William Makepeace Thackeray

Gesammelte Werke in Einzelbänden

Herausgegeben von
Günther und Sigrid Klotz

WILLIAM MAKEPEACE

THACKERAY

Die Abenteuer des

PHILIP

auf seinem Wege durch die Welt,
die zeigen, wer ihn beraubte,
wer ihm half
und wer an ihm vorüberging

Erster Band

Rütten & Loening
Berlin

Für M. J. Higgins
in dankbarer Erinnerung
an alte Freundschaft
und Freundlichkeit

Kensington, im Juli 1862

1. KAPITEL

Doktor Fell

Nicht einmal den eigenen Sohn zu pflegen, wenn er krank ist!“ sagte meine Mutter. „Sie verdient es gar nicht, einen Sohn zu haben!“ Und während Mrs. Pendennis diesen empörten Ruf ausstieß, blickte sie zu ihrem eigenen einzigen Liebling hinüber. Ich weiß, was ihr bei diesem Blick durch den Kopf ging. Sie nährte mich; sie kleidete mich in Mützchen und Tragekleidchen; sie zog mir zum allererstenmal Jacke und Hosen an; sie wachte an meinem Bett über meine kindlichen und jugendlichen Unpäßlichkeiten; sie beschützte mich mein Leben lang; sie drückte mich mit unendlichen Gebeten und Segenswünschen an ihr Herz. Sie weilt nicht mehr unter uns, kann nicht mehr beten und nicht mehr segnen; aber ich weiß, vom Himmel her, wo sie jetzt ist, folgt mir ihre Liebe; und oft genug glaube ich, sie ist hier, nur unsichtbar.

„Mrs. Firmin wäre keine Hilfe“, knurrte Doktor Goodenough.

„Sie bekäme hysterische Anfälle, und die Pflegerin müßte sich um zwei Patienten kümmern."

„*Mir* können Sie nichts sagen!" ruft meine Mutter mit hochroten Wangen. „Meinen Sie, wenn das Kind dort krank wäre" (womit sie natürlich ihren Wunderknaben meint), „würde ich nicht zu ihm eilen?"

„Meine Liebe, wenn das Kind dort Hunger hätte, würden Sie sich den Kopf abhacken, um ihm eine Brühe daraus zu kochen", gibt der Arzt zurück und trinkt in kleinen Schlucken seinen Tee.

„Potage à la bonne femme", bemerkt Mr. Pendennis. „Mutter, die gibt es in meinem Club. Man würde dich mit Milch, Eiern und einer Menge Gemüse zubereiten. Man würde dich viele Stunden lang in einem irdenen Topf über gelindem Feuer kochen und . . ."

„Sei nicht so abscheulich, Arthur!" ruft eine junge Dame, die in jenen glücklichen Tagen die Gesellschafterin meiner Mutter war.

„. . . und die Leute, die dich kennenlernten, würden dich ungemein schätzen."

Mein Onkel sah aus, als verstünde er das Gleichnis nicht.

„Wovon redet ihr da? Potage à la – Dingsda?" sagte er. „Ich dachte, wir sprechen von Mrs. Firmin aus der Old Parr Street. Mrs. Firmin ist eine verflixt zarte Frau", warf der Major ein. „Alle Frauen in der Familie sind so. Ihre Mutter starb früh. Ihre Schwester, Mrs. Twysden, ist sehr zart. Sie wäre in einem Krankenzimmer nicht mehr nütze als ein – als ein Elefant in einem Porzellanladen, bei Gott!, und sie würde sich womöglich auch noch das Scharlachfieber holen."

„Und Sie auch, Major!" ruft der Arzt. „Sprechen Sie denn nicht mit mir, der gerade von dem Jungen kommt? Halten Sie Abstand, ich beiße womöglich."

Der alte Herr ruckte ein Stückchen mit seinem Stuhl zurück. „Alle Wetter, damit spaßt man nicht", sagt er. „Ich habe erlebt, daß Kerls mit einigen Jahren mehr auf dem Buckel als ich das Fieber erwischten. Jedenfalls, mein Junge ist es nicht, bei Gott! Ich speise in Firmins Haus, der in eine gute Familie eingeheiratet hat, wenn er auch nur Arzt ist, und . . ."

„Und was, bitte, war mein Mann?" rief Mrs. Pendennis.

„Nur Arzt, ich muß schon sagen!" ruft Goodenough. „Mein

lieber Mann, ich habe größte Lust, ihm auf der Stelle auch Scharlach zu verpassen!"

„Mein Vater war Wundarzt und Apotheker, soviel ich weiß", sagt der Sohn der Witwe.

„Na und? Ich möchte doch wissen, ob ein Mann aus einer der ältesten Familien im Königreich – im ganzen Empire, weiß Gott! – nicht das Recht hat, einem gelehrten, einem nützlichen, einem ehrenhaften Beruf nachzugehen. Mein Bruder John war ..."

„Praktischer Arzt!" sage ich seufzend.

Und mein Onkel streicht sich das Haar glatt, führt sich das Taschentuch an die Zähne und sagt:

„Dummes Zeug! Unsinn – hab mit diesen Personen nichts im Sinn, bei Gott! Firmin ist Arzt, gewiß – wie Sie auch – wie andere auch. Aber Firmin war auf der Universität und ist ein Gentleman. Firmin ist weit gereist. Firmin ist mit einigen der vornehmsten Leute in England dick befreundet und hat in eine der ersten Familien eingeheiratet. Alle Wetter, Sir, meinen Sie etwa, eine Frau, die im Schoße des Luxus aufgewachsen ist – buchstäblich im Schoße, Sir –, in Ringwood und Whipham, und im Ringwood House in der Walpole Street, wo sie die absolute Gebieterin war, bei Gott – meinen Sie etwa, eine solche Frau taugt zur Pflegerin in einem Krankenzimmer? Dazu hat sie *nie* getaugt, oder zu sonst etwas, ausgenommen ..." (hier entdeckte der Major ein Lächeln auf dem Gesicht einiger seiner Zuhörer) „ausgenommen, sage ich, dem Ringwood House vorzustehen und – und eine Zierde der Gesellschaft darzustellen und dergleichen. Und wenn es einer solchen Frau beliebt, mit dem Arzt ihres Onkels durchzubrennen und unter ihrem Stand zu heiraten – also, *ich* finde das nicht zum Lachen, dafür lasse ich mich hängen."

„Und so hält sie sich weiter auf der Insel Wight auf, während der arme Junge in der Schule bleiben muß", seufzt meine Mutter.

„Firmin kann nicht weg. Er behandelt den Großherzog. Ohne Firmin fühlt sich der Fürst nie ganz behaglich. Er hat ihm seinen Schwanenorden verliehen. In den gehobenen Kreisen setzt man Himmel und Erde in Bewegung; und ich wette mit Ihnen, Goodenough, dieser Junge, den Sie gerade besucht haben, wird eines Tages noch Baronet – wenn Sie ihn nicht mit Ihren verdammten Tränken und Pillen umbringen, das sag ich!"

Doktor Goodenough brummte nur und zog die dicken Augenbrauen zusammen.

Mein Onkel fuhr fort: „Ich weiß, was Sie meinen. Firmin ist ein vornehmer Mann – ein gutaussehender Mann. Ich erinnere mich an seinen Vater, Brand Firmin, mit dem Herzog von York zusammen in Valenciennes. Feuerbrand Firmin, so nannten sie ihn – ein rothaariger Kerl – ein gewaltiger Duellant: erschoß einen Iren – wurde in späteren Jahren gesetzter und so – zerstritt sich mit seinem Sohn, der in jungen Jahren verteufelt wild war. Ein vornehmer Mann, Firmin, zweifellos. Schwarzes Haar. Sein Vater hatte rotes. Um so besser für den Doktor; aber – aber – wir verstehen uns wohl, Goodenough? Sie und ich – wir haben in unserem Leben so manchen komischen Kauz kennengelernt."

Und der alte Gentleman kniff ein Auge zu, nahm elegant eine Prise Schnupftabak und blies das Thema Firmin sozusagen fort.

„Wollten Sie mir einen komischen Kauz zeigen, als Sie mich in Doktor Firmins Haus in der Parr Street mitnahmen?" fragte Mr. Pendennis seinen Onkel. „Das Haus war nicht besonders fröhlich und die Dame des Hauses nicht besonders klug, aber sie waren alle mächtig freundlich; und ich kann den Jungen gut leiden."

„Genauso mochte ihn Lord Ringwood, der Onkel seiner Mutter", warf Major Pendennis ein. „Dieser Junge brachte eine Versöhnung zwischen seiner Mutter und ihrem Onkel zustande, nach ihrer Entführung und Heirat. Ich nehme an, du weißt, daß sie mit Firmin durchgebrannt ist, meine Liebe?"

Meine Mutter räumte ein, sie „habe etwas von der Geschichte gehört". Und der Major bekräftigte noch einmal, daß Doktor Firmin vor zwanzig Jahren ein wilder Bursche war. Zu der Zeit, von der ich schreibe, war er Arzt am Plethorischen Hospital, Leibarzt des Großherzogs von Gröningen und Ritter seines Schwarzen Schwanenordens, Mitglied vieler gelehrter Gesellschaften, Gatte einer reichen Frau und ein Mann von nicht geringem Ansehen.

Was seinen Sohn angeht, dessen Name im Titel dieses Buches auftaucht, so ist anzunehmen, daß er an der Krankheit nicht verstorben ist, von der soeben die Rede war. Eine gute Pflegerin versorgte ihn, während seine Mama sich auf dem Lande aufhielt. Wenngleich sein Papa abwesend war, fand sich ein sehr tüchtiger

Arzt, der sich des jungen Patienten annahm und ihn zum Wohle seiner Familie und zum Besten dieser Geschichte am Leben erhielt.

Wir setzten unser Gespräch über Philip Firmin und seinen Vater und seinen Großonkel, den Lord, den Major Pendennis genauestens kannte, fort, bis Doktor Goodenoughs Wagen gemeldet wurde, und unser freundlicher Arzt verabschiedete sich von uns und fuhr nach London zurück. Manche, die an jenem Sommerabend das Wort führten, sind nicht mehr unter uns, nicht mehr in der Lage, zu sprechen oder zuzuhören. Manche, die damals jung waren, haben den Gipfel überschritten und sind auf dem Abstieg ins Tal der Schatten. „Aha", sagte der alte Major Pendennis, seine braunen Locken schüttelnd, als der Arzt gegangen war; „hast du gesehen, du gute Seele, wie mürrisch Goodenough dreinsah, als ich über seinen confrère sprach? Sie mögen einander nicht, meine Liebe. Zwei Vertreter desselben Gewerbes vertragen sich nie, und außerdem zweifle ich nicht daran, daß die übrigen Heilkünstler auf Firmin eifersüchtig sind, weil er in der besten Gesellschaft verkehrt. Ein Mann von guter Familie, meine Liebe. Es hat bereits ein großes rapprochement gegeben; und wenn Lord Ringwood sich ganz mit ihm ausgesöhnt hat, ist nicht abzusehen, welches Glück diesem Sohn Firmins noch zufällt."

Wenn auch Doktor Goodenough vielleicht nur wenig von seinem confrère hielt, schenkte ihm ein großer Teil der Öffentlichkeit eine viel höhere Wertschätzung; und besonders in der kleinen Gemeinschaft der Grauen Brüder, von denen der geneigte Leser in früheren Werken des gegenwärtigen Biographen gehört hat, war Doktor Brand Firmin außerordentlich beliebt und wurde mit viel Respekt und Ehrfurcht empfangen. Wann immer die Knaben in jener Schule unter den üblichen Unpäßlichkeiten des Jugendalters litten, kümmerte sich Mr. Sprat, der Apotheker-Doktor der Schule, um sie; und mit Hilfe der einfachen, wenn auch eklig schmeckenden Mittel, die damals im Schwange waren, gelang es ihm meistens, seine jungen Patienten wiederherzustellen. Doch war der junge Lord Egham (Sohn des Marquis von Ascot, wie mein geschätzter Leser höchstwahrscheinlich weiß) einmal unpäßlich, was häufig vorkam, weil Seine Lordschaft über große Mengen Taschengeld verfügte und eine unvernünftige Zuneigung für das Angebot des Konditorladens hegte; oder gab es in der Schule wirklich einmal eine schwere Erkrankung, dann schickte man geschwind nach dem berühmten Doktor Firmin aus der Old Parr Street, Burlington Gardens; und eine Krankheit müßte schon sehr schwer gewesen sein, wenn *er* sie nicht hätte heilen können. Doktor Firmin war ein Schulkamerad des Rektors gewesen und sein enger Freund geblieben. Als der ebenerwähnte junge Lord Egham (er war unser einziger Lord, und deshalb waren wir auf unseren lieben Jüngling ein bißchen stolz und um ihn besorgt) die Rose bekam, die seinen Kopf zur Größe eines Kürbisses anschwellen ließ, brachte ihn der Doktor siegreich durch, und bei der alljährlichen Abschlußfeier rühmte ihn der Primus in seiner lateinischen Rede ob seiner übermenschlichen Kunstfertigkeit und göttlichen Begnadung salutem hominibus dando. Der Rektor drehte sich zu Doktor Firmin um und verneigte sich; die Stiftsvorsteher und die wichtigen Amtspersonen tuschelten miteinander und sahen zu ihm hin; die Jungen sahen zu ihm hin; der Arzt hielt den schönen Kopf auf seine Hemdkrause gesenkt. Sein bescheidener Blick wollte sich nicht von dem untadeligen Futter des breitkrempigen Hutes auf seinen Knien lösen. Beifälliges Gemurmel durchsummte die altehrwürdige Halle, ein Scharren junger Füße, ein Rascheln neuer Talare bei den Lehrern, und als der Redner seine kunstvolle Periode abgespult hatte und auf ein anderes Thema überging, folgte ein allgemeines befreiendes Schnauben und Naseputzen.

Inmitten der allgemeinen Begeisterung war einer aus der Zuhörerschaft anderer Meinung und voller Hohn. Dieser Gentleman flüsterte am Anfang der den Doktor betreffenden Phrase seinem Kameraden die (ich glaube, aus dem Osten Londons stammende) Silbe „Quatsch!" zu und fuhr, traurig zum Gegenstand all dieses Lobes hinüberblickend, fort: „Er versteht kein Latein – wenn es auch bloß ein Haufen Gewäsch ist."

„Pst, Phil!" sagte sein Freund; und Phils Gesicht lief rot an, als Doktor Firmin die Augen hob und ganz kurz zu ihm hinsah; denn der Adressat all dieses Lobes war kein anderer als Phils Vater.

Die Krankheit, von der wir sprachen, war schon lange vergessen. Phil war kein Schuljunge mehr, sondern in seinem zweiten

Jahr an der Universität und einer aus dem Halbdutzend junger Männer, ehemalige Schüler der Lehranstalt, die zum alljährlichen Dinner gekommen waren. Die Ehrungen beim Dinner dieses Jahres galten Doktor Firmin, sogar noch mehr als Lord Ascot mit Stern und Ordensband, der Arm in Arm mit dem Arzt in die Kapelle schritt. Seiner Lordschaft stockte die Stimme, als er bei seiner Tischrede auf die unschätzbaren Dienste und das Können seines bewährten treuen Freundes zu sprechen kam, den er als Mitschüler in diesen Mauern kennengelernt habe – (laute Hochrufe) –, dessen Freundschaft das Glück seines Lebens gewesen sei – eine Freundschaft, die auf ihre Kinder überkommen möge, darum bete er. (Ungeheurer Beifall, indes Doktor Firmin mit seiner Ergriffenheit rang.)

Die Rede des Arztes war vielleicht ein wenig abgedroschen; die lateinischen Zitate, die er verwendete, waren nicht eben taufrisch; aber Phil hätte nicht so wütend und so ungezogen zu sein brauchen. Er nippte weiter an seinem Sherry, starrte verbissen auf seinen Vater und murmelte Bemerkungen, die alles andere als schmeichelhaft für seinen Erzeuger waren. „Jetzt paß auf", sagte er, „gleich wird er von seinen Gefühlen überwältigt. Er führt das Taschentuch an den Mund und läßt seinen Brillantring sehen. Hab ich's dir nicht gesagt! Es ist zuviel. Ich kann ihn nicht verdauen, diesen – diesen Sherry. Hört mal, Freunde, verziehen wir uns doch und gehen irgendwohin rauchen." Und Phil stand auf und verließ den Saal, gerade als sein Vater verkündete, welche Freude, welchen Stolz und welches Glück ihm der Gedanke bedeute, daß die Freundschaft, mit der sein edler Freund ihn beehre, auf ihre Kinder übergehen werde, und wenn er diesen irdischen Schauplatz verlassen habe (Rufe: „Nein, nein!" – „Tausend Jahre sollen Sie leben!"), werde er mit inniger Freude daran denken, daß sein Sohn in dem edlen, dem fürstlichen Haus Ascot allezeit einen Freund und Beschützer finden werde.

Wir trafen die Kutschen vor dem Tor der Grauen Brüder wartend an, und Philip Firmin schob mich in die seines Vaters und befahl dem Kutscher, nach Hause zu fahren, der Doktor kehre in Lord Ascots Wagen heim. Also fuhren wir nach Hause in die Old Parr Street, wo ich als Junge so manches Mal freundlich aufgenommen worden war. Und wir zogen uns in Philips eigene Bude in den rückwärtigen Regionen des großen Hauses zurück;

über unseren Zigarren sprachen wir das Gründungsfest und die dort gehaltenen Reden durch; und die alten Zisterzienser aus unserer Zeit; und daß Thompson geheiratet hatte und Johnson in der Armee war; und Jackson (nicht der rothaarige Jackson, sondern Jackson mit den Schweinsaugen) war in seinem Jahrgang Primus, und so weiter; und wir waren fröhlich so am Schwatzen, als Phils Vater die hohe Tür des Studierzimmers aufstieß.

„Hier kommt der Alte!" knurrte Phil; und mit gedämpfter Stimme: „Was will *der* denn?"

„Der Alte" war, als ich aufsah, kein besonders erfreulicher Anblick. Doktor Firmin besaß sehr weiße falsche Zähne, vielleicht ein bißchen zu groß für seinen Mund, und diese grinsten im Gaslicht äußerst bösartig. Auf den Wangen prangte ein schwarzer Backenbart, und über den starrblickenden Augen saßen grimmige schwarze Brauen, und sein kahler Kopf glänzte wie eine Billardkugel. Man hätte kaum gemerkt, daß er das Original jenes melancholischen, philosophischen Porträts war, das alle Patienten im Wartezimmer des Doktors bewunderten.

„Ich stelle fest, Philip, daß du meinen Wagen genommen hast", sagte der Vater; „und Lord Ascot und ich mußten ewig lange zu Fuß eine Droschke suchen!"

„Hatte er nicht seinen eigenen Wagen mit? Ich dachte natürlich, er würde an einem Galatag in seiner Kutsche kommen und Sie würden mit dem Lord zurückfahren", sagte Philip.

„Ich hatte versprochen, *ihn* heimzufahren, Sir!" versetzte der Vater.

„Nun, Sir, das tut mir sehr leid", gab der Sohn kurz und bündig zurück.

„Leid!" knurrte der andere.

„Mehr kann ich nicht sagen, Sir, und es *tut* mir sehr leid", antwortet Phil; und er klopfte die Asche seiner Zigarre am Ofen ab.

Der Außenstehende wußte kaum, wie er den Hausherrn oder seinen Sohn betrachten sollte. Ganz offensichtlich gab es zwischen ihnen irgendeinen schrecklichen Zwist. Der alte Mann starrte den jungen an, der seinem Vater gelassen ins Gesicht sah. Böse Wut und Haß schienen aus des Arztes Augen zu sprühen, und gleich darauf folgte ein Blick unverhohlen kläglichen Flehens zum Gast hinüber, ein Blick, der furchtbar schwer zu ertragen war. An welchem dunklen Familiengeheimnis hatte ich teil?

Was bedeutete dieses grausame Schauspiel, der angstvolle Zorn des Vaters und die Verachtung des Sohnes?

„Ich – ich wende mich an Sie, Pendennis", sagt der Doktor mit erstickter Stimme und totenbleichem Gesicht.

„Fangen wir ab ovo an, Sir?" sagt Phil. Wieder erscheint der grausige Ausdruck des Schreckens im Gesicht des Vaters.

„Ich – ich verspreche einem der ersten Edelleute in England", keucht der Doktor, „ihn von einem Festessen in meiner Kutsche nach Hause zu bringen; und mein Sohn nimmt sie einfach und überläßt es mir und Lord Ascot, zu Fuß zu gehen! – Ist das fair, Pendennis? Benimmt sich so ein Gentleman dem anderen, ein Sohn dem Vater gegenüber?"

„Nein, Sir", sagte ich ernst, „nichts kann das entschuldigen." Wirklich war ich über die Verstocktheit und Pflichtvergessenheit des jungen Mannes empört.

„Ich habe Ihnen doch gesagt, es war ein Irrtum!" ruft Phil, rot anlaufend. „Ich habe gehört, wie Lord Ascot seine eigene Kutsche rufen ließ; ich habe nicht daran gezweifelt, daß er meinen Vater nach Hause bringen würde. In einem protzigen Wagen mit einem Lakaien hintendrauf zu fahren macht mir sowieso keine Freude; ein Hansom und eine Zigarre sind mir viel lieber. Es war ein Versehen, und es tut mir leid – bitte sehr! Und wenn ich hundert Jahre werde, mehr kann ich nicht sagen."

„Wenn es dir leid tut, Philip", sagte der Vater, „genügt das. Sie erinnern sich noch, Pendennis, als – als mein Sohn und ich nicht auf diesem – Fuße standen", und er blickte flüchtig zu einem Bild auf, das über Phils Kopf hing – einem Porträt der Mutter Phils; die Dame, von der meine Mutter an jenem Abend gesprochen hatte, als wir uns über die Krankheit des Jungen unterhielten. Beide Damen waren inzwischen aus der Welt geschieden, und ihre Bildnisse waren nichts als gemalte Schatten an der Wand.

Der Vater hatte eine Entschuldigung angenommen, obwohl der Sohn keine ausgesprochen hatte. Ich betrachtete das Antlitz des älteren Firmin und die darin ausgeprägten Charakterzüge. Mir fielen gewisse Einzelheiten aus seinem früheren Lebenslauf ein, soweit man sie mir erzählt hatte; und ich erinnerte mich ganz genau daran, welches Gefühl des Mißtrauens und der Abneigung mich überkommen hatte, als mich mein Onkel vor einigen Jahren in das Haus des Arztes in der Old Parr Street einführte und ich zum erstenmal das anziehende Gesicht des Arztes erblickte; der kleine Phil war damals ein flachshaariges, hübsches Kind, das gerade seine ersten langen Hosen trug, und ich ein Schüler in der fünften Klasse.

Mein Vater und Doktor Firmin gehörten der Ärztegilde an. Sie waren als Jungen in derselben Schule erzogen worden, wohin viele Familien ihre Söhne von einer Generation zur anderen zu schicken pflegten, lange, ehe man erkannt hatte, daß es ein ungesunder Ort war. Grey Friars war freilich rauchig; ich glaube, zur Zeit der Großen Pest wurden dort unzählige Menschen beerdigt. Aber hätte die Schule im malerisch schönsten Moorland von England gelegen, hätte die gesundheitliche Verfassung der Knaben nicht besser sein können. Wir Jungen hörten oft, daß in anderen Schulen Epidemien ausbrachen, und bedauerten fast, daß sie nicht zu uns gelangten, so daß wir womöglich hätten schließen müssen und längere Ferien bekommen hätten. Sogar jene Krankheit, die später Philip Firmin selbst befiel, griff sonst keinen an – da die Jungen glücklicherweise genau an dem Tag, als es den armen Phil erwischte, zu den Feiertagen nach Hause fuhren; doch von dieser Krankheit später mehr. Als beschlossen war, daß der kleine Phil Firmin zu den Grauen Brüdern solle, besann sich Phils Vater darauf, daß Major Pendennis, mit dem er gesellschaftlich und auch sonst verkehrte, einen Neffen dort hatte, der den kleinen Kerl beschützen könnte. Eines Sonntags nach der Kirche nahm der Major seinen Neffen zu Doktor und Mrs. Firmin mit, und wir aßen in der Old Parr Street zu Mittag, und dort wurde mir der kleine Phil vorgestellt, den ich unter meinen Schutz zu nehmen versprach. Er war ein einfältiger kleiner Bursche; ein argloses Kind, das nicht die geringste Ahnung von der Würde eines Schülers der fünften Klasse hatte. Er gab sich ganz ungezwungen, wenn er mit mir und anderen Personen sprach, und ist seither auch so geblieben. Er fragte meinen Onkel, wie es komme, daß er so merkwürdiges Haar habe. Er langte kräftig bei den Delikatessen auf dem Tisch zu. Ich weiß noch, daß er mich ein- oder zweimal mit seiner kleinen Faust schlug, welche Dreistigkeit mich zunächst in geradezu panische Verblüffung stürzte und dann so überwältigend komisch auf mich wirkte, daß ich in einen Lachkrampf verfiel. Verstehen Sie, es war so, als würde ein Fremder den Papst in die Rippen boxen und ihn „alter Knabe" nennen; als würde Jack einen der Riesen in die Nase kneifen oder Fähnrich Jones dem Herzog von Wellington einen Schluck Wein anbieten. Ich besaß einen ausgeprägten Sinn für Humor, schon in jenen jungen Jahren, und kostete diesen Witz dementsprechend aus.

„Philip!" ruft Mama, „du tust Mr. Pendennis weh!"

„Den kriege ich unter!" schreit Phil. Man bedenke, *mich* zu Boden werfen – MICH, einen Schüler der fünften Klasse!

„Das Kind ist ein wahrer Herkules", bemerkt die Mutter.

„Er hat in der Wiege zwei Schlangen erwürgt", sagt der Arzt und sieht mich dabei an. (Da geschah es, wie ich mich erinnere, daß ich ihn als *Doktor Fell* erlebte.)

„Herrje, Doktor Firmin!" ruft Mama. „Ich kann Schlangen nicht ausstehen. Ich weiß noch, in Rom trafen wir einmal auf eine, als wir spazierengingen; eine große, lange Schlange, und ich fand sie so widerlich und schrie und wurde fast ohnmächtig; und mein Onkel Ringwood sagte, eigentlich sollte ich Schlangen mögen, denn eine einzelne gebe doch eine hübsche Klapper ab; und ich habe gelesen, daß sie in Indien etwas damit beschwören, und Sie haben es sicher auch gelesen, Mr. Pendennis, denn wie ich höre, sind Sie sehr gescheit; und ich bin es überhaupt nicht; ich wünschte, ich wäre es; aber mein Mann ist es sehr – und Phil wird es auch sein. Wirst du ein ganz gescheiter Junge werden, mein Liebling? Er hat seinen Namen nach meinem lieben Papa, der bei Busaco fiel, als ich ein ganz, ganz kleines Ding war, und wir trugen Trauer, und danach zogen wir zu meinem Onkel Ringwood; aber Maria und ich besaßen beide eigenes Vermögen; und ich habe wahrlich nicht gedacht, daß ich einen Arzt heiraten würde – meine Güte, ebenso hätte ich daran denken können, einen von Onkel Ringwoods Reitknechten zu heiraten! – aber, wissen Sie, mein Mann ist einer der gescheitesten Menschen *auf der ganzen Welt.* Mir brauchst du nichts zu sagen – du bist es, Liebster, und das weißt du; und wenn ein Mann gescheit ist, lege ich keinen Wert auf seinen Rang im Leben; nein, und wäre er das Kamingitter da; und ich habe Onkel Ringwood immer gesagt: ‚Ich will einen Menschen mit Begabung heiraten, denn die Begabung bete ich an'; und ich *habe* dich geheiratet, Doktor Firmin, und dieses Kind ist dein Ebenbild. Und Sie werden in der

Schule gut zu ihm sein", bat die arme Dame, an mich gewandt, während ihr die Tränen in die Augen stiegen, „denn Begabte sind immer gütig, außer Onkel Ringwood, und der war sehr ..."

„Noch etwas Wein, Mr. Pendennis?" fiel der Arzt ein – immer noch Doktor Fell, obwohl er äußerst freundlich zu mir war. „Ich vertraue meinen kleinen Mann Ihrer Obhut an, und ich weiß, Sie werden ihn vor Schaden bewahren. Ich hoffe, Sie machen uns die Freude, in die Parr Street zu kommen, wann immer Sie frei sind. Zu meines Vaters Zeiten kamen wir oft sonnabends von der Schule heim und gingen dann gern ins Theater." Und der Doktor schüttelte mir herzlich die Hand und, das muß ich sagen, blieb mir gegenüber stets freundlich, solange ich ihn kannte. Als wir gingen, erzählte mir mein Onkel Pendennis viele Geschichten über den großen Grafen und die Familie Ringwood, und wie Doktor Firmin die Ehe – eine Neigungsehe – mit dieser Dame geschlossen hatte, der Tochter Philip Ringwoods, der bei Busaco gefallen war; und daß sie eine große Schönheit gewesen war und allezeit eine vollkommene grande dame; und wenn nicht die gescheiteste, so doch gewiß eine der gütigsten und liebenswürdigsten Frauen auf der Welt.

Zu jener Zeit war ich es gewöhnt, den Ansichten meines Gesprächspartners mit solchem Respekt zu begegnen, daß ich diese Auskunft sofort als bare Münze nahm. Mrs. Firmins Porträt war wirklich schön: der junge Mr. Harlowe hatte es gemalt, in dem Jahr, als er in Rom war und in achtzehn Tagen eine Kopie der „Verklärung Christi" vollendete, zur Bewunderung der ganzen Akademie; aber ich selbst erinnere mich nur an eine schwache, magere und verblühte Dame, die nie vor dem späten Nachmittag aus ihrem Ankleidezimmer kam und deren antiquierte Art zu lächeln und zu grimassieren jedesmal meinen jugendlichen Sinn für Komik reizte. Sie pflegte Phil auf die Stirn zu küssen; und wenn sie die Hand des Jungen in einer ihrer schmalen Hände hielt, sagte sie oft: „Wer würde vermuten, daß ein so großer Junge mein Sohn sein könnte?" – „Seien Sie gut zu ihm, wenn ich nicht mehr bin", bat sie mich seufzend eines Sonntagabends, als ich mich von ihr verabschiedete, während ihre Augen sich mit Tränen füllten und sie zum letztenmal die magere Hand in die meine legte. Der Doktor, der am Feuer las, drehte sich um und blickte sie unter seiner hohen, glänzenden Stirn hervor finster an. „Du bist nervös, Louisa, und gehst wohl besser auf dein Zimmer, ich habe es dir doch gesagt", äußerte er schroff. „Ihr jungen Herren, es wird Zeit, daß ihr zu den Grauen Brüdern zurückkehrt. Steht die Droschke vor der Tür, Brice?" Und er zog die Taschenuhr – seine große, blinkende Taschenuhr, mit der er so vielen berühmten Persönlichkeiten den Puls gemessen hatte, die alle seine überragende Kunst vor bösen Krankheiten rettete. Und beim Abschied schlang Phil die Arme um seine Mutter und küßte sie unter die glänzenden Locken; die geborgten Locken; und er sah seinem Vater entschlossen ins Gesicht (der stets den Blick vor dem des Jungen niederschlug) und sagte ihm mürrisch gute Nacht, ehe wir uns auf den Weg zu den Grauen Brüdern machten.

2. KAPITEL

In der Schule und zu Hause

Ich habe gestern mit drei Gentlemen diniert, deren Lebensalter sich aus ihrem Gespräch erraten läßt, bestand es doch zum großen Teil aus Erinnerungen an Eton und heiteren Imitationen Doktor Keates. Jeder einzelne schilderte, wie er die Rute zu kosten bekommen hatte, und ahmte nach besten Kräften das Gebaren und die Methode des berühmten Doktors nach. Mit riesigem Spaß gedachte man der kleinen Bemerkungen, die er bei der Zeremonie einstreute: sogar das Zischen der Ruten machte man mit erregender Naturtreue nach, und nach einer guten Stunde erreichte das Thema seinen Höhepunkt mit einer Schilderung jener furchtbaren Nacht, als der Doktor einen Trupp Jungen nach dem anderen aus den Betten in den verschiedenen Internatsgebäuden holte, die ganze Nacht hindurch prügelte und ich weiß nicht wie viele hundert Rebellen abstrafte. Alle diese reifen Männer lachten, schwatzten, amüsierten sich und wurden wieder jung, während sie ihre Geschichten erzählten; und jeder einzelne versicherte dem Fremden eifrig und eindringlich, daß Keate durch und durch ein Gentleman gewesen war. Nachdem sie, wie gesagt, mindestens eine Stunde lang über ihre erlittenen Prügel geplaudert hatten, entschuldigten sie sich bei mir dafür, daß sie sich bei einem Gegenstand aufgehalten hatten, der ja schließlich doch nur von begrenzter Bedeutung war: aber in der Tat belustigte und unterhielt mich ihr Gespräch ungemein, und ich hoffe und bin gern bereit, all ihre lustigen Geschichten noch einmal zu hören.

Seien Sie nicht böse, geduldiger Leser früherer Bücher des Autors vorliegender Schilderung, wenn ich Sie mit meinem Geschwätz über die Grauen Brüder belästige und zu jener altehrwürdigen Erziehungsstätte zurückkehre, um die Helden unserer Erzählung wiederzufinden. Wir sind nur einmal jung. Wenn wir uns an jene Jugendzeit erinnern, sind wir immer noch jung. Wenn einer über Jungen schreiben will, über dessen Haupt acht oder neun Lustren hinweggegangen sind, so muß er der Zeit gedenken, als er selbst ein Junge war. Ihre Bräuche ändern sich; ihre Taille ist länger oder kürzer; ihr Hemdkragen ragt höher oder weniger hoch hervor; doch ein Junge ist ein Junge, zu König Georges Zeit wie zu der seiner erlauchten Nichte – einst unsere jungfräuliche Königin, jetzt die besorgte Mutter zahlreicher Knaben. Und junge Kerle sind ehrlich und fröhlich und faul und übermütig und schüchtern und tapfer und strebsam und egoistisch und großzügig und gemein und falsch und aufrichtig und liebevoll und gut und schlecht, heute wie in alten Zeiten. Derjenige, mit dem wir es hauptsächlich zu tun haben, ist jetzt ein Gentleman von reifem Alter, der mit eigenen Söhnen durch die Straßen geht. Er wird im letzten Kapitel dieser Erinnerungen nicht umkommen – an der Schwindsucht sterben, mit der weinenden Geliebten an seinem Bett, oder sich aus Verzweiflung eine Kugel durch den Kopf jagen, weil man sie mit seinem Nebenbuhler verheiratet hat, oder bei einem Sturz aus der Kutsche zu Tode kommen oder sonstwie im vorletzten Kapitel zugrunde gehen. Nein, nein: wir wollen keinen unglücklichen Ausgang. Philip Firmin ist in dieser Minute am Leben und wohlauf, schuldet keinem Menschen einen Shilling und kann sein Glas Portwein in vollkommener Behaglichkeit genießen. Also, meine liebe Miss, wenn Sie einen Schwindsüchtigen-Roman wünschen, wird Ihnen das Vorliegende nicht zusagen. Also, junger Gentleman, wenn Sie für Schwermut, Verzweiflung und bittere Satire sind, fragen Sie bitte woanders nach. Daß Philip seine Bewährungsproben zu durchlaufen hat, ist selbstverständlich – mögen sie fesselnd genug sein, auch wenn sie nicht traurig enden! Daß er auf seinem Weg manchmal fällt und strauchelt, ist ziemlich sicher. Ach, wer tut das nicht auf unserer Lebensreise? Schafft nicht unsere Bedürftigkeit die Gelegenheit für die Mildtätigkeit unseres Bruders, erreicht also jenes Übel nichts Gutes? Als der Reisende (von dem Jesus Christus sprach) unter die Räuber fiel, war sein Ungemach dazu angetan, neben dem seinen so manches Herz auf die Probe zu stellen – das des Schurken, der ihn beraubte, das des Leviten und des Priesters, die an ihm vorbeigingen, als er blutend lag, das des bescheidenen Samariters, dessen Hand Öl in seine Wunde goß und ihr Scherflein hingab, um ihm beizustehen.

So wurde der kleine Philip Firmin von seiner Mama mit der Kutsche in die Schule gebracht, von seiner Mama, die die Hausmutter flehentlich bat, sich des engelgleichen Kindes ganz besonders anzunehmen; und sobald die arme Dame sich abgewendet hatte, leerte Mrs. Bunce den Inhalt des Reisekoffers des kleinen Jungen in einen der sechzig oder siebzig schmalen Schränke aus, in denen Kleidung und Toilettenartikel anderer Jungen ruhten; und dann ersuchte Mrs. Firmin darum, Ehrwürden Mr. X. zu sprechen, in dessen Haus Philip wohnen sollte, und beschwor ihn und erläuterte ihm vielerlei, wie etwa die ungemein zarte Konstitution des Kindes usw. usw.; und Mr. X., der sehr gutmütig war, tätschelte dem Kind freundlich den Kopf und ließ den anderen Philip holen, Philip Ringwood, Phils Vetter, der ein, zwei Stunden vorher bei den Grauen Brüdern eingetroffen war; Mr. X. wies Ringwood an, sich um den Kleinen zu kümmern; und Mrs. Firmin, hinter ihrem Taschentuch fast erstickend, schluchzte einen Segen über den grinsenden Jüngling hervor und erwog einen Augenblick, Master Ringwood einen Sovereign zu schenken, ließ es jedoch sein, weil sie dachte, er sei vielleicht schon zu groß und sie dürfe sich das nicht herausnehmen, und dann war sie fort; und man machte den kleinen Phil Firmin mit dem Schulzimmer bekannt und mit seinen Mitschülern in Mr. X.s Haus; und weil er reichlich Geld hatte und am nächsten Tag nach dem Unterricht ganz von selbst den Weg zum Konditor fand, fing ihn sein Vetter Ringwood ab und nahm ihm die

Hälfte der Törtchen weg, die er sich gekauft hatte. Vierzehn Tage später luden der gastliche Arzt und seine Frau ihren jungen Verwandten in die Old Parr Street, Burlington Gardens, ein, und die zwei Jungen gingen hin; Phil jedoch erzählte seinen Eltern nie etwas von dem Raub der Törtchen, vielleicht, weil ihn die Androhung gräßlicher Strafen schreckte, die sein Vetter ihm für nach der Rückkehr zur Schule verhieß, falls der kleine Junge petzte. In der Folge wurde Master Ringwood einmal in jedem Schulhalbjahr in die Old Parr Street eingeladen; doch weder Mrs. Firmin noch der Doktor noch Master Firmin konnten den Sohn des Baronets leiden, und Mrs. Firmin bezeichnete ihn als einen streitsüchtigen, ungezogenen Burschen.

Was mich betrifft, ging ich unerwartet früh von der Schule ab und ließ meinen kleinen protégé zurück. Seine arme Mutter, die sich vorgenommen hatte, ihn jeden Sonnabend abzuholen, hielt ihren Vorsatz nicht ein. Smithfield ist weit von Piccadilly entfernt; und einmal zerkratzte eine wütende Kuh den Schlag ihrer Kutsche, was ihren Lakaien zu einem Sprung von seinem Brett herab in einen Schweinekoben veranlaßte und ihr selbst einen schweren Schock versetzte, weshalb es kein Wunder war, daß sie seither vor einem Besuch der City Angst hatte. Oft schilderte sie uns alle Umstände dieses Unfalls. Ihr Anekdotenschatz war nicht groß, doch sie erzählte sie immer wieder. In meiner Phantasie höre ich manchmal ihr unaufhörliches, einfältiges Geplapper; sehe ihre matten Augen, während sie ahnungslos daherschwatzt, und beobachte die finsteren Blicke ihres stattlichen, schweigenden Gemahls, düster unter seinen Brauen hervorstarrend und hinter seinen Zähnen hervorlächelnd. Ich vermute, manchmal hat er vor unterdrückter Wut mit diesen Zähnen geknirscht. Ich vermute, ihre endlose Zungenfertigkeit zu ertragen muß seine Geduld auf eine harte Probe gestellt haben. Er mag sie schlecht behandelt haben, aber sie fiel ihm auf die Nerven. Sie dagegen mag nicht eine besonders kluge Frau gewesen sein, doch sie war gut zu mir. Hat ihre Haushälterin mir nicht die besten Törtchen zubereitet und von den Dinnergesellschaften Leckereien für die jungen Herren aufgehoben, wenn sie nach Hause kamen? Hat ihr Mann mir nicht von seinen Honoraren etwas zugesteckt? Ich versichere Ihnen, nachdem ich ein paarmal Doktor Fell begegnet war, verging jener erste unangenehme Eindruck, den seine Finsterlingsmiene und sein düsteres, gutes Aussehen hervorgerufen hatten. Er war ein Gentleman. Er hatte in der großen Welt gelebt, von der er Geschichten erzählte, die für einen Jungen spannend genug anzuhören waren; und er reichte die Flasche an mich weiter, als wäre ich ein Mann.

Ich hoffe und glaube, daß ich die Ermahnung der armen Mrs. Firmin im Gedächtnis behielt, gut zu ihrem Jungen zu sein. Solange wir gleichzeitig bei den Grauen Brüdern waren, war ich Phils Verteidiger, wann immer er meinen Schutz brauchte, obwohl ich natürlich nicht immer an Ort und Stelle sein konnte, um den kleinen Taugenichts vor all den Schlägen zu bewahren, die Faustkämpfer seiner eigenen Größe auf sein junges Gesicht abzielten. Zwischen uns lagen sieben oder acht Jahre (er behauptet zehn, was absurd ist und was ich bestreite); aber ich habe mich stets durch meine Leutseligkeit ausgezeichnet und nahm, trotz unseres Altersunterschieds, oft huldvoll die stehende Einladung wahr, die ich von seinem Vater für jeglichen Sonnabend und Sonntag hatte, wenn ich Lust hätte, Philip nach Hause zu begleiten.

Solch eine Einladung ist jedem Schuljungen willkommen. Smithfield zu entfliehen und in der Bond Street unsere besten Kleider auszuführen war immer etwas Besonderes. Am Sonntag durch den Park zu stolzieren und den anderen Burschen zuzunikken, die auch dort stolzierten, war besser, als in der Schule zu bleiben, „auf Diatesseron", wie damals die Redensart lautete, das ewige Roastbeef zum Mittagessen zu bekommen und sich in der Kapelle gleich zwei Predigten anzuhören. Es mag in London betriebsamere Straßen gegeben haben als die Old Parr Street; aber es war dort angenehmer, als über die Mauer der Grauen Brüder hinweg die Goswell Street zu betrachten; und so hielt der gegenwärtige Biograph und des Lesers ganz ergebener Diener Doktor Firmins Haus für einen ansprechenden Zufluchtsort. Mama war oft leidend oder begab sich, falls gesund, mit ihrem Gatten gemeinsam in die große Welt hinaus; in jedem Fall wurde uns Jungen ein gutes Dinner vorgesetzt, mit den speziellen Gerichten, die Phil besonders mochte; und nach dem Dinner hoben wir die Tafel auf und gingen ins Theater und waren keineswegs zu stolz, mit Mr. Brice, dem persönlichen Bedienten des Arztes, zusammen im Parkett zu sitzen. Sonntags besuchten wir Lady Whittleseas Kirche, und am Abend ging es zurück in die Schule; wobei uns der Doktor fast immer *ein Taschengeld gab.* Wenn er nicht zu Hause dinierte (und ich gebe zu, seine Abwesenheit dämpfte unser Vergnügen nicht merklich), pflegte Brice, der Butler, auf die Mäntel der jungen Herren einen Umschlag zu legen, den wir umgehend in die Taschen überführten. Ich glaube, in der so uneigennützig eingestellten Gegenwart verschmähen die Schuljungen solche Trinkgelder.

In Doktor Firmins Haus war alles so fein wie nur möglich, und doch war die Atmosphäre irgendwie nicht freundlich. Die Schritte fielen lautlos auf den verblichenen Orientteppich; das Zimmer war groß, und alles außer dem Speisetisch lag in einem düsteren Dämmerlicht. Mrs. Firmins Porträt sah uns von der Wand her an und folgte uns mit schwärmerischen veilchenblauen Augen überallhin. Philip Firmin hatte die gleichen veilchenblauen, seltsamen, leuchtenden Augen und das gleiche Haar von kastanienbraunem Ton; auf dem Bild fiel es der Dame in langen, ungebändigten Massen über den Rücken, indes sie sich mit bloßen Armen auf eine Harfe stützte. Über der Anrichte ragte der Doktor auf, in schwarzem Samtmantel mit Pelzkragen, die Hand auf einem Totenschädel, wie Hamlet. Die Hirnschalen von Ochsen, gehörnt und bekränzt, bildeten das heitere Ornament des Wandfrieses unter der Decke. Auf der Anrichte blinkte ein Paar Becher, von dankbaren Patienten überreicht, die eher nach Behältnissen für die Asche teurer Toten aussahen als nach Gefäßen für festliche Blumen oder Wein. Brice, der Butler, trug die ernste Würde und die Tracht eines Bestattungsunternehmers. Der Diener schlich behutsam hin und her, wenn er uns das Dinner auftrug; wir sprachen beim Essen immer im Flüsterton. „Morgens, wenn die Patienten hier sitzen, sieht das Zimmer nicht freundlicher aus, kann ich dir sagen“, bemerkte Phil dann wohl; wahrhaftig, wir konnten uns gut vorstellen, daß es bedrükkend war. Der Salon wies eine rhabarberfarbene Velourtapete auf (wegen der Anhänglichkeit des Alten für sein Fach, behauptete Master Phil), einen Flügel, in der Ecke eine im Lederüberzug erstickende Harfe, die ihre ermattete Besitzerin jetzt nie mehr anrührte; und jedermanns Gesicht wirkte bleich und erschrocken in den großen Spiegeln, die das eigene Abbild immer wieder und wieder zurückwarfen, bis in eine solche Ferne, daß man glatt durch das Albany nach Piccadilly davonzuflimmern schien.

Die Old Parr Street war der Wohnsitz ganzer Generationen von Chirurgen und Ärzten. Ich nehme an, die Edelleute, denen die Straße zur Zeit der frühen Georges zugedacht war, flüchteten, weil sie die Umgebung zu bedrückend fanden, und die Gentlemen im schwarzen Rock kamen und ergriffen von den goldverzierten, düsteren Gemächern Besitz, die die geheiligte *mode* räumte. Ein solcher Wechsel der Mode ist für mich stets der Gegenstand tiefgründiger Betrachtungen gewesen. Weshalb soll man nicht über London moralisieren wie über Rom oder Baalbek oder Troja? Ich gehe gern zwischen den Hebräern der Wardour Street spazieren und stelle mir die Straße vor, wie sie einst aussah, wimmelnd von Sänften und goldverzierten Prachtkutschen und leuchtenden Fackeln in den Händen vorauseilender Lakaien. Der Gedanke bereitet mir ein grimmiges Vergnügen, daß der Golden Square einst der Sammelpunkt der Aristokratie war und die Monmouth Street die Wonne der vornehmen Welt. Was soll uns Londoner davon abhalten, dem Niedergang und Fall städtischer Herrschaftsbereiche nachzusinnen und unsere Cockneymoral daraus zu ziehen? Wie der verstorbene Mr. Gibbon, an eine Säule des Kapitols gelehnt, über sein Geschichtswerk meditierte, warum sollte ich nicht über das meine nachdenken, unter einer Arkade des Pantheons ruhend? Nicht das Pantheon in Rom, am Kohlmarkt bei der Piazza Navona, wo man die unsterblichen Götter verehrte – die unsterblichen Götter, die jetzt tot sind; sondern das Pantheon in der Oxford Street, meine Damen, wo Sie milde Pomaden, Notenblätter, Glaswaren und Babywäsche kaufen, und das ebenfalls seine Geschichte hat. Haben dort nicht Selwyn und Walpole und March und Carlisle eine Rolle gespielt? Ist nicht Prinz Florizel in seinem raschelnden Domino durch den Saal geeilt und hat dort in seiner gepuderten Pracht getanzt? Und als die Türsteher der schönen Sophy Baddeley den Eintritt verwehrten, zogen da nicht die jungen Männer, ihre Anbeter, die Rapiere und gelobten, die Türhüter niederzumachen; und bildeten, die blinkenden Klingen über dem Kopf der bestrickenden Dame kreuzend, einen kriegerischen Triumphbogen, unter dem sie hocherrötend und lächelnd und parfümiert und geschminkt dahinschritt? Das Leben der Straßen gleicht dem Leben der Menschen, und nimmt nicht der Straßenprediger, wenn ihm der Sinn danach steht, die Steine in der Gosse zum Predigttext? Daß du einst der Sammelpunkt der Mode warst, o Monmouth Street! Soll ich nicht unter Anrufung des heiligen Giles diesen holden Gedanken zu einer frommen Abhandlung auswerten und die Ruine zu etwas Erbaulichem machen? O mes frères! Prachtvolle Wagenströme, blendende Gesellschaft, glänzende Illuminationen gab es in *unseren* Straßen, als unsere Herzen jung waren: wir bewirteten in ihnen eine edle jugendliche Schar ritterlicher Hoffnungen und erhabener Bestrebungen, errötender Gedanken in schneeweißen Gewändern, fleckenlos und jungfräulich. Seht, in der Fensternische, wo ihr zu den Sternen aufblikkend an die weiche Seite eurer ersten Liebe geschmiegt saßt, hängt Mr. Moses' Museum gewendeter alter Kleider, ganz billig; abgetragener alter Stiefel, mit so viel, so zahlreicher Leute Unrat beschmutzt, zu Spottpreisen. Seht! entlang der Straße, einst vielleicht mit Blumen bestreut – eine Schlägerei zwischen Bettlern um den Abfall eines Apfelkarrens, oder eine betrunkene Hökerin, die kreischend zur Wache schwankt. O weh! O meine geliebte Gemeinde! Seit so vielen, vielen Jahren halte ich euch diese schal gewordene Predigt. O meine fröhlichen Gefährten, ich habe manches Gelage mit euch gefeiert und auf dem Boden des Kruges stets vanitas vanitatum geschrieben gefunden!

Wenn ich jetzt hier vorbeikomme, moralisiere ich lieber. Der Garten ist verkommen, die Spazierwege sind mit Mehltau überzogen, die Statuen haben abgebrochene Nasen, der Kies ist feucht von grünem Moos, die Rosen sind verwelkt, und die Nachtigallen schnäbeln nicht mehr. Es *ist* eine Straße der Trauer, die Old Parr Street, ganz gewiß. Die Kutschen, die dort fahren, müßten Federbüschel auf dem Dach haben, und die Butler, die die Türen öffnen, müßten lange Trauerflore tragen – diesen Eindruck macht die Szene jetzt, wenn man den breiten, leeren Bürgersteig entlanggeht. Die Galle drückt Sie, guter Mann. Gehen Sie und zahlen Sie einem der Ärzte in diesen Häusern eine Guinea; es sind noch Ärzte da. Er wird Ihnen Taraxacum verschreiben oder pil. hydrarg. Wohl bekomm's! Zu *meiner* Zeit, für uns Gentlemen aus der fünften Klasse, war die Gegend erträglich. Der gelbe Nebel dämpfte unsere Lebensgeister nicht – und wir fanden ihn nie zu dick, um uns vom Schauspiel abzuhalten: vom ritterlichen

Charles Kemble, versichere ich euch, mein Mirabell, mein Mercutio, mein fürstlicher Falconbridge; von seiner anbetungswürdigen Tochter (o mein verwirrtes Herz!); vom klassischen Young; vom glorreichen Long Tom Coffin; vom überirdischen Vanderdecken – „Kehr zurück, o Geliebte, und wir trennen uns nie, nie mehr" (wo bist du, lieblicher Sänger jenes ergreifendsten Liedes meiner Jugend?); von der süßen, süßen „Victorine" und dem „Flaschenteufelchen". Ach, noch einmal dieses „Flaschenteufelchen" zu sehen und jenes Lied über den „Pilger der Liebe" zu hören! Einmal, aber – pst! – das ist ein Geheimnis – hatten wir eine Privatloge, denn die vornehmen Freunde des Arztes ließen ihm oft Billetts zukommen; und weil wir die Oper ziemlich langweilig fanden, gingen wir in ein Konzert in der M– –d–n Lane, nahe bei Covent Garden, und hörten ganz himmlische Stimmungslieder bei einem Abendessen von brutzelnden Würsten und Kartoffelbrei, wie die Welt sie seither nie wieder gesehen hat. Wir taten nichts Schlimmes; aber ich nehme an, es war sehr unrecht. Brice, der Butler, hätte uns nicht mitnehmen dürfen. Wir setzten ihn unter Druck und brachten ihn dazu, uns überall hinzubringen, wo es uns gefiel. Wir tranken Rumlimonade im Zimmer der Haushälterin, wo wir uns oft am geselligen Umgang mit weiteren Butlern des benachbarten Adels und gehobenen Bürgertums erfreuten, die dorthin zu Besuch kamen. Vielleicht war es falsch, uns so dem Verkehr mit Dienstboten zu überlassen. Doktor Firmin pflegte zu seinen vornehmen Abendgesellschaften zu gehen, Mrs. Firmin zu Bett. „Hat euch die Vorstellung gestern abend gefallen?" fragte unsere Gastgeberin dann beim Frühstück. „O ja, die Vorstellung hat uns gefallen!" Doch meine arme Mrs. Firmin bildete sich ein, uns hätte „Semiramide" oder „La Donna del Lago" gefallen; während wir (auf eigene Kosten) im Parkett des „Adelphi" gesessen und den ulkigen John Reeve gesehen und gelacht – bis zum Umfallen gelacht – hatten und geblieben waren, bis der Vorhang sich senkte. Und dann kamen wir nach Hause und verbrachten, wie schon gesagt, eine herrliche Stunde beim Abendessen und hörten uns die kuriosen Geschichten der Freunde Mr. Brices, der anderen Butler, an. Ach, das waren noch Zeiten! Nie hat es ein so gutes alkoholisches Getränk wie Rumlimonade gegeben, nie; und die Würste dufteten nach Elysium. Wie wir verstummten, wenn Doktor Firmin, von seinen

Gesellschaften heimkehrend, zur Haustür hereinkam! Ohne Schuhe schlichen wir in unsere Schlafzimmer hinauf. Und wir kamen mit unschuldigen jungen Gesichtern zum Frühstück herunter – und ließen beim Lunch Mrs. Firmin über die Oper plappern; und da standen Brice und die Diener hinter uns und schauten ganz würdevoll drein, die abscheulichen Heuchler!

Dann, Sir, gab es einen bestimmten Weg, zum Fenster des Studierzimmers hinaus oder durch die Küche und über das Bleidach, zu einem Anbau, freilich düster, aber wo ich, das gebe ich zu, herrliche Stunden mit dem verworfenen und verbrecherischen Genuß gewisser köstlicher kleiner Havannas, zehn für einen Shilling, verbracht habe. Jener Anbau enthielt einst Stallungen, zweifellos mit mächtigen flandrischen Pferden und rumpelnden Goldkutschen aus Walpoles Zeit besetzt; doch ein berühmter Chirurg machte, als er das Haus in Besitz nahm, aus dem Nebengebäude einen Vorlesungssaal ... „Und diese Tür", sagt Phil und deutet auf eine, die auf die enge Gasse an der Hinterfront hinausgeht, „war sehr praktisch, um *die Leichen* hinein- und hinauszubringen" – eine erheiternde Erinnerung. Von solcher Ausstattung fand sich jetzt nur noch wenig in dem Raum, abgesehen von einem zerfallenen Skelett in der Ecke, ein paar verstaubten gipsernen Kopfmodellen und Flaschen mit Mixturen auf einem alten Schreibpult und einigem verschimmeltem Pferdegeschirr von ganz früher an den Wänden.

Dieses Gemach wurde Mr. Phils Rauchzimmer, als er größer wurde und sich zu erhaben fühlte, um in den Küchenregionen zu sitzen: der ehrliche Butler und die Haushälterin selbst wiesen ihren jungen Herrn darauf hin, sein Platz sei nicht bei den Dienstboten. Also rauchten wir, heimlich und mit großem Ergötzen, manche abscheuliche Zigarre dort in diesem trübseligen Hinterzimmer, dessen schäbige Wände und finstere Decke für uns durchaus nicht bedrückend waren, die wir nach der absurden Art der Schuljungen verbotene Freuden am süßesten fanden. Doktor Firmin war ein Feind des Rauchens und äußerte sich stets mit beredter Entrüstung über diesen Brauch. „Es ist ein ordinärer Brauch – die Gewohnheit von Droschkenkutschern, Kneipengängern und irischen Apfelweibern", erklärte der Arzt oft, während Phil und sein Freund einander mit verstohlenem Vergnügen ansahen. Phils Vater trat stets duftend und gepflegt auf, das Muster gutaussehender Wohlanständigkeit. Vielleicht besaß er, auf die Manieren bezogen, klarere Begriffe von letzteren als hinsichtlich der Moral; vielleicht steckten seine Äußerungen voller Platitüden, war sein Geplauder (hauptsächlich Leute der eleganten Welt betreffend) armselig und wenig inhaltsreich, sein Benehmen dem jungen Lord Egham gegenüber ziemlich widerwärtig und kriecherisch. Vielleicht, sage ich, mag dem jungen Mr. Pendennis der Gedanke durch den Kopf gegangen sein, sein großzügiger Gastgeber und Freund, Doktor Firmin aus der Old Parr Street, sei das, was man in heutiger Zeit als einen alten Angeber bezeichnen könnte; doch anständige junge Männer gelangen, wenn es um Ältere geht, nicht so rasch zu so unerfreulichen Schlußfolgerungen. Doktor Firmin hatte so gute Umgangsformen, seine Stirn war so hoch, seine Halskrause so frisch, seine Hände so weiß und schlank, daß wir ihn eine beträchtliche Zeit lang aufrichtig bewunderten; und nicht ohne einen schmerzhaften Stich kamen wir dazu, ihn so zu sehen, wie er wirklich war – nein, nicht, wie er wirklich war – kein Mensch, den man in Güte aufgezogen hat, kann einen Mann ganz unbefangen beurteilen, der in der Kindheit gut zu ihm war.

Ich ging ganz plötzlich von der Schule ab und ließ meinen kleinen Phil zurück, einen prächtigen, hübschen kleinen Jungen, der wegen seines guten Aussehens, seiner Fröhlichkeit, seines Mutes und seines ehrenhaften Betragens bei alt und jung beliebt war. Gelegentlich kam ein Brief von ihm, voll jener ungekünstelten Zuneigung und Wärme, die viele Knabenherzen erfüllt und in ihren Briefen so rührend ist. Der ältere Junge antwortete darauf mit der gebührenden Würde und Herablassung. Unser bescheidenes kleines ländliches Heim hielt freundliche Verbindung mit Doktor Firmins großartigem Londoner Wohnsitz, von dem mein Onkel, Major Pendennis, bei seinen Besuchen regelmäßig die letzten Neuigkeiten mitbrachte. Die Damen beider Häuser standen im Briefwechsel. Wir ließen Mrs. Firmin bescheidene Gaben vom Lande zukommen, Zeichen des Wohlwollens und der Dankbarkeit meiner Mutter gegenüber den Freunden, die ihrem Sohn so viel Güte erwiesen hatten. Ich ging meinen Weg zur Universität, wobei ich Phil hin und wieder kurz in der Schule sah. Ich bezog Räume im Temple, die er mit Begeisterung besuchte; und er mochte unser einfaches, von „Dick's" geliefertes

Dinner und einen Schlafplatz auf dem Sofa lieber als die glanzvollen Empfänge in der Old Parr Street und sein großes düsteres Zimmer dort. Er war inzwischen so gewachsen, daß er den älteren Freund weit überragte, obwohl er bis zum heutigen Tag darauf beharrt, er blicke zu mir auf.

Nur wenige Wochen, nachdem meine arme Mutter jenes Urteil über Mrs. Firmin geäußert hatte, fand sie Ursache, es zu bedauern und zurückzunehmen. Phils Mutter, die sich gefürchtet hatte oder der man es vielleicht untersagt hatte, ihren Sohn bei seiner Krankheit in der Schule zu pflegen, erkrankte selbst, und der Doktor schickte nach seinem Sohn.

Phil kehrte in einem tiefschwarzen Anzug zu den Grauen Brüdern zurück; die Diener auf der Kutsche trugen ebenfalls Schwarz. Ein gewisser Schultyrann, der zu lachen und zu höhnen anfing, weil Firmins Augen sich bei einer gemeinen Bemerkung mit Tränen füllten, wurde von Sampson dem Älteren, dem Häuptling der ganzen Schule, schroff zurechtgewiesen und mit den Worten: „Siehst du nicht, daß der arme Kerl Trauer trägt, du dummes Vieh?“ mit einem Tritt davongejagt.

Als Philip Firmin und ich uns wiedersahen, trugen wir beide Trauerflor am Hut. Ich glaube nicht, daß einer das Gesicht des anderen besonders deutlich zu sehen vermochte. Ich besuchte ihn in der Parr Street, in dem leeren, melancholischen Haus, wo das Porträt der armen Mutter immer noch in ihrem Salon hing.

„Sie hat dich immer gern gehabt, Pendennis“, sagte Phil. „Gott segne dich, weil du so gut zu ihr warst. Du weißt, was es heißt, die zu verlieren – zu verlieren, die dich am meisten auf der Welt liebt. Ich wußte nicht, wie sehr ich sie liebte, bis – bis ich sie verlor.“ Und mancher Schluchzer unterbrach seine Worte.

Ihr Bild wurde bald vom Salon in Phils eigenes kleines Studierzimmer hinübergebracht – das Zimmer, wo er saß und seinem Vater Trotz bot. Was war zwischen ihnen vorgegangen? Der junge Mann war sehr verändert. Der offene Blick von früher war dahin, und Phils Gesicht sah abgehärmt und herausfordernd aus. Nachdem der Doktor uns beieinander gefunden hatte, ließ er nicht zu, daß ich noch ein Wort mit seinem Sohn wechselte, sondern folgte mir mit zweifelnder, flehender Miene zur Tür und schloß sie hinter mir. Ich hatte das Gefühl, sie schloß sich vor zwei unglücklichen Menschen.

3. KAPITEL

Eine Konsultation

Sollte ich in Firmins Privatsphäre spähen und den Schlüssel zu jenem Geheimnis suchen? Welches Skelett war dort im Schrank versteckt? Wir wissen, daß in so mancher Gentlemen Herz und Gedächtnis solche Schädel eingeschlossen sind. Blaubart zum Beispiel besaß ein ganzes Museum – wie seine kleine unvorsichtige letzte Frau zu ihrem Schaden entdeckte. Und andererseits würde eine Dame die ihren vermutlich von der Art wählen, die zu Lebzeiten Bärte getragen haben. Hat man etwa einen säuberlich verschlossenen Skelettschrank vor sich, der einem Menschen eines gewissen Alters gehört, braucht man, um das Geschlecht des ursprünglichen Besitzers der Gebeine herauszufinden, wohl kaum einen Nachschlüssel oder Schlosser. Es ist unnötig, das Scharnier aufzubrechen oder die hübsche Tür zu zerkratzen. *Wir* wissen, was darin ist – wir Erzschurken und Männer von Welt. Morde, nehme ich an, sind eher selten – Feinde und Opfer unseres Hasses und Zorns, von uns vernichtet und zu Tode gestampft und weggeschlossen; aber die Leichname unserer toten Liebe, mein lieber Sir – meine liebe Madam –, haben wir sie nicht weggepackt, in Schrank auf Schrank, Flasche auf Flasche? O pfui! Und junge Leute! Wie kann man eine solche Doktrin *jenen* predigen, die an Papas oder Mamas Knie gelehnt dein Buch buchstabieren? Ja, und wie falsch ist es, sie in die Kirche gehen zu lassen, wo sie Papa und Mama in aller Öffentlichkeit auf den Knien sehen, laut ausrufend und der ganzen Gemeinde beichtend, daß sie Sünder sind? So konnte ich, auch wenn ich den Schlüssel nicht besaß, durch die Tür blicken und das Skelett darin glimmern sehen.

Obwohl der ältere Firmin mir zur Tür folgte und seine Augen erst von mir abließen, als ich um die Ecke bog, war ich überzeugt, Philip werde mir binnen kurzem sein Herz ausschütten oder mir einen Schlüssel zu diesem Geheimnis geben. Ich würde von ihm hören, warum seine blühenden Wangen hohl geworden waren, warum seine frische Stimme, die ich noch so offen und fröhlich gekannt hatte, jetzt rauh und sarkastisch war, mit Tönen, die den Hörer oft unangenehm berührten, und Gelächter, das weh tat. Meine Sorgen galten Philip selbst. Der junge Bursche hatte von seiner armen Mutter ein beträchtliches Vermögen geerbt – rund acht- oder neunhundert im Jahr, hatten wir immer vermutet. Er lebte derzeit auf kostspieligem, um nicht zu sagen verschwenderischem Fuße. Ich dachte, Mr. Philips jugendliche Gewissensbisse seien in dem Skelettschrank eingeschlossen, und mich schmerzte der Gedanke, er mochte auf die schiefe Bahn geraten sein. Zweifellos könnte daher der Zorn zwischen ihm und seinem Vater aufgeflammt sein. Der Junge war verschwenderisch und eigensinnig; der Vater vorwurfsvoll und verärgert.

Eines Abends traf ich im Club meinen alten Freund Doktor Goodenough; und während wir zusammen dinierten, unterhielt ich mich mit ihm über seinen ehemaligen Patienten und erinnerte ihn an jenen Jahre zurückliegenden Tag, als der Junge krank in der Schule lag und meine arme Mutter und auch Phils Mutter noch am Leben waren.

Goodenough machte ein sehr ernstes Gesicht.

„Ja", sagte er, „der Junge war sehr krank; er wäre fast gestorben damals – damals – als seine Mutter auf der Insel Wight war und sein Vater einem Fürsten nachlief. Einmal glaubten wir, es sei vorbei mit ihm; aber ..."

„Aber ein guter Arzt stellte sich zwischen ihn und pallida mors."

„Ein guter Arzt? Eine gute Pflegerin! Der Junge war im Fieberdelir und wollte unbedingt zum Fenster hinaus und hätte es auch getan, wäre nicht eine meiner Pflegerinnen gewesen. Sie kennen sie."

„Was! Die Kleine Schwester?"

„Ja, die Kleine Schwester."

„Sie hat Phil durch sein Fieber gebracht und ihm das Leben gerettet? Ich trinke auf ihr Wohl. Sie ist eine gute kleine Seele."

„Gut!" versetzte der Doktor mit seiner schroffsten Stimme und finsterem Stirnrunzeln. (Er war immer besonders grimmig, wenn sein Herz besonders weich war.) „Gut, das kann man wohl sagen. Wollen Sie noch etwas von dieser Ente? – Nehmen Sie nur! Sie haben schon genug gegessen, und sie ist sehr schwer verdaulich. Gut, Sir? Gäbe es die Frauen nicht, müßte es Feuer und Schwefel regnen und diese Welt verzehren. Ihre liebe Mutter war eine der guten. Ich habe Sie behandelt, als Sie in jenen gräßlichen Räumen krank lagen, die Sie im Temple hatten, zur gleichen Zeit, als der junge Firmin bei den Grauen Brüdern krank lag. Und ich nehme an, ich bin dafür verantwortlich, daß ich der Welt zwei Tunichtgute erhalten habe."

„Warum hat Doktor Firmin ihn nicht besucht?"

„Hm! Seine Nerven waren zu empfindlich. Außerdem, er *ist* ja gekommen. Wenn man vom *** spricht . . ."

Die mit Sternchen gekennzeichnete Persönlichkeit war Phils Vater, der auch Mitglied unseres Clubs war und gerade in den Speisesaal trat, hochgewachsen, stattlich und bleich, mit seinem stereotypen Lächeln und einer grüßenden Bewegung seiner schönen Hand. Übrigens, dieses Lächeln Firmins war eine ganz eigenartige Verzerrung seiner wohlgebildeten Züge. Wenn man auf ihn zukam, schob er die Lippen über die Zähne und bewirkte so, daß seine Wangen zu beiden Seiten Falten schlugen (oder, wenn Sie so wollen, sich kräuselten). Indessen blickten seine Augen ganz schwermütig aus seinem Gesicht, und zwar ganz unabhängig von der kleinen Pflichtübung, mit der der Mund beschäftigt war. Die Lippen drückten aus: „Ich bin ein Gentleman von feinen Manieren und faszinierender Lebensart, und ich habe mich zu freuen, Sie zu treffen. Wie geht es Ihnen?" Trübselig, traurig, wie in eine riesige leere Wüste hinein blickten die dunklen Augen. Ich kenne ein oder zwei, aber auch nur ein oder zwei Menschengesichter, die, selbst wenn sie vom Kummer überwältigt sind, *über und über* lächeln können.

Goodenough antwortet mit finsterem Nicken auf das Lächeln des anderen Arztes, der, mit einer seiner schönen Hände sein Kinn umfassend, freundlich auf unseren Tisch blickt.

„Wie geht's?" knurrt Goodenough. „Der hoffnungsvolle Jüngling wohlauf?"

„Der hoffnungsvolle Jüngling sitzt bis in den Morgen zigarrenrauchend mit ein paar Freunden zusammen", sagt Firmin, das traurige Lächeln diesmal auf mich gerichtet. „Jungen sind eben Jungen." Und er verläßt uns nachdenklich mit einem freundlichen Nicken zu mir hin; mustert die Speisekarte in einer Haltung schwermütiger Eleganz; deutet mit der ringgeschmückten Hand auf die Gerichte, die er serviert haben möchte, und ist wieder auf und davon und lächelt geziert einem anderen Bekannten an einem weiter entfernten Tisch zu.

„Ich dachte mir, daß er diesen Tisch wählen würde", bemerkt Firmins zynischer confrère.

„In der Zugluft an der Tür? Sehen Sie nicht, wie die Kerze flackert? Es ist der schlechteste Platz im Saal!"

„Ja; aber sehen Sie nicht, wer am Nachbartisch sitzt?"

Nun saß am Nachbartisch ein Ed-lm-nn von ungeheurem Reichtum, der gerade über die Qualität der Hammelkoteletts und der halben Pinte Sherry murrte, die er zum Dinner bestellt hatte. Aber da Seine Lordschaft nichts mit der weiteren Geschichte zu tun hat, werden wir natürlich nicht den Vertrauensbruch begehen, seinen Namen zu nennen. Wir konnten Firmin seinem Nachbarn mit seiner mildesten Schwermut zulächeln sehen, und dann trugen die Kellner die Gerichte auf, die der Arzt für den eigenen Verzehr bestellt hatte. *Er* machte sich nichts aus Hammelkoteletts und schlechtem Sherry, wie ich wußte, weil ich an so manchem Schmaus an seiner Tafel teilgenommen hatte. Ich konnte den Brillanten an seiner schönen Hand glitzern sehen, während sie zierlich den perlenden Wein aus dem Eiskübel neben ihm einschenkte – die freigebige Hand, die mich als Jungen so oft mit einem Sovereign beschenkt hatte.

„Ich kann mir nicht helfen, ich mag ihn", erklärte ich meinem Gefährten, dessen verächtliche Blicke sich hin und wieder auf seinen Kollegen richteten.

„Dieser Portwein ist zu süß. Heutzutage ist fast jeder Portwein süß", bemerkt der Arzt.

„In meiner Schulzeit war er sehr freundlich zu mir; und Philip war ein prächtiges Kerlchen."

„Einer der hübschesten Jungen, der mir je über den Weg lief. Hat er sich sein gutes Aussehen erhalten? Der Vater war ein ausgemacht gutaussehender Mann. Ein richtiger Herzensbrecher – ich meine, außerhalb seiner Praxis!" fügt der grimmige Doktor an. „Was macht der Junge jetzt?"

„Er ist auf der Universität. Er erbte das Vermögen seiner Mutter. Er ist unbesonnen und unstet, und ich fürchte, er kommt ein bißchen auf die schiefe Bahn."

„So? Würde mich nicht wundern!" brummt Goodenough.

Bis zum Erscheinen des anderen Arztes hatten wir sehr offen und angenehm geplaudert, doch mit Firmins Eintreffen wirkte Goodenough zugeknöpft. Er stapfte rasch vom Speisezimmer in das Gesellschaftszimmer hinüber und blieb dort über einem Roman sitzen, bis es für ihn Zeit wurde, um sich zurückzuziehen, entweder zu seinen Patienten oder nach Hause.

Daß zwischen den Ärzten keine Sympathie herrschte, daß zwischen Philip und seinem Vater ein Zerwürfnis bestand, war mir völlig klar: doch die Gründe für diese Konflikte sollte ich erst noch kennenlernen. Ich bekam die Geschichte stückweise zu erfahren; aus Bekenntnissen hier, Geständnissen da, ergänzt durch eigene Schlußfolgerungen. Selbstverständlich konnte ich bei vielen der Szenen nicht zugegen sein, die ich im weiteren so schildern muß, als wäre ich Zeuge gewesen; und Haltung, Ausdruck und geheime Gedanken Philips und seiner Freunde sind, wie sie hier erzählt werden, zweifellos in vielen Fällen Phantasiegebilde des Berichterstatters; doch die Geschichte ist so authentisch wie viele Geschichten, und der Leser braucht ihr nur so viel Glauben zu schenken, wie es ihre Wahrscheinlichkeit seiner Meinung nach rechtfertigt.

Nun also, wir müssen nicht nur zu jener Krankheit zurückkehren, als Philip Firmin noch Schüler bei den Grauen Brüdern war, sondern müssen noch weiter zurückgreifen, auf einen Zeitraum, den ich nicht ganz genau bestimmen kann.

Die Schüler der Malakademie des alten Gandish erinnern sich vielleicht noch an einen lächerlichen kleinen Mann mit einem hohen Maß an ungebändigtem Talent, über dessen letztlichen Erfolg seine Freunde geteilter Meinung waren. Ob Andrew ein Genie war oder ein Spinner, das war die ständige Streitfrage unter den Stammgästen des Billardsalons in der Greek Street und den Schülern der Akademie von der St. Martin's Lane. Er mag verrückt und absonderlich gewesen sein; er mag auch Talent gehabt haben: solche Charaktere sind in der Kunst oder der Literatur nicht unbekannt. Er sprach ein nachlässiges Englisch; er war zum Staunen unwissend; er kleidete seine kleine Person in die ausgefallensten Gewänder und den absonderlichsten billigen Putz; er trug einen Bart, Gott steh mir bei! zwanzig Jahre, ehe in Britannien Bärte zu wippen begannen. Er war ein furchtbar affektiertes Kerlchen, und wenn man ihn ansah, spreizte er sich in Posen von so grotesker schmuddeliger Würde, daß man trotz der Gewißheit, daß einen im Flur des Logierhauses ein auf seinem Geld beharrender Gläubiger erwartete oder die Akademie das eingesandte Bild zurückgewiesen hatte – daß man selbst, wenn man unter noch so großen Kalamitäten litt –, nicht anders konnte als loszulachen. Er war die Zielscheibe der Witze aller seiner Bekannten, der Gegenstand des Spotts von hoch und niedrig, und er besaß ein so liebevolles, freundliches, treues, ehrenhaftes Herz, wie es nur je in einer kleinen Brust gepocht hat. Jetzt hat er seine letzte Ruhe gefunden; seine Palette und Staffelei sind Brennholz; sein Genie, das ein kleines lichtes Flackern von sich gab, hat nie sehr hell geleuchtet und ist erloschen. In einem alten Album, das mehr als zwanzig Jahre weit zurückreicht, sehe ich mir manchmal die sonderbaren wilden Skizzen des armen Andrew an. Er hätte vielleicht etwas erreicht, wäre er weiter arm geblieben; doch eine reiche Witwe, die er in Rom kennenlernte, verliebte sich in den seltsamen, abenteuerlichen Maler, verfolgte ihn nach England und heiratete ihn mit sanfter Gewalt. Sein Genie welkte unter der Knechtschaft dahin; er lebte nur noch ein paar kurze Jahre und starb an der Schwindsucht, die auch die Kunst des guten Goodenough nicht zu heilen vermochte.

Eines Tages, als er mit seiner Frau in ihrer prächtigen Barutsche durch die Haymarket fuhr, befahl er dem Kutscher unvermittelt, anzuhalten, sprang über die Seite des Wagens herab, bevor man die Stufen herunterklappen konnte, und seine überraschte Frau sah mit an, wie er einer gerade vorbeikommenden, ärmlich gekleideten kleinen Frau die Hände schüttelte – beide Hände, und dabei weinte und gestikulierte und seinen Bart zwirbelte, wie er es in seelischer Erregung zu tun pflegte. Mrs. Montfitchet (sie war die reiche Mrs. Carrickfergus gewesen, bevor sie den Maler heiratete), die Besitzerin des jungen Ehemannes, der von ihrer Seite weg aus der Kutsche gesprungen war, um einer auf der Straße vorbeikommenden jungen Frau um den Hals zu fallen, mochte von dieser Kundgebung mit Recht beunruhigt sein; aber sie war eine gutherzige Frau, und als Montfitchet, nachdem er wieder in die Familienkutsche gestiegen war, seiner Frau die Geschichte der Person erzählte, von der er sich soeben verabschiedet hatte, weinte auch sie von Herzen. Sie befahl dem Kutscher, stracks nach Hause zu fahren: sie eilte in ihre Gemächer hinauf, und als sie wieder herauskam, trug sie eine riesige Tasche voll Kleidung, und ihr folgte ein keuchender Butler, der einen Flaschenkorb und eine Pastete schleppte; und ihren erfreuten Andrew neben sich, fuhr sie davon, zu einem Hinterhof in der St. Martin's Lane, wo die arme Frau wohnte, mit der er gerade gesprochen hatte.

Es hatte dem Himmel gefallen, ihr in ihrem schrecklichen Elend Freunde und Beistand zu senden. Sie lebte im Unglück, sie litt unter Armut und feigem Verrat. Ein Mann, der sich Brandon genannt hatte, als er im Haus ihres Vaters ein möbliertes Zimmer bezog, hatte sie geheiratet, nach London gebracht, war ihrer überdrüssig geworden und hatte sie verlassen. Sie hatte Grund zu der Vermutung, daß er einen falschen Namen angegeben hatte, als er sich bei ihrem Vater einmietete: er floh nach wenigen Monaten, und seinen wahren Namen erfuhr sie nicht. Als er sie verließ, kehrte sie zu ihrem Vater zurück, einem charakterschwachen Mann, verheiratet mit einer herrischen Frau, die vorgab, die Geschichte ihrer Heirat nicht zu glauben, und sie davonjagte. Verzweifelt und dem Wahnsinn nahe, kehrte sie nach London zurück, wo sie noch eine spärliche Habe hatte, Überreste, die ihr flüchtiger Ehemann zurückgelassen hatte. Bevor er verschwand, versprach er, ihr Geld zukommen zu lassen; doch er schickte keines, oder sie verweigerte die Annahme – oder sie verlor in ihrer wilden Verzweiflung den schrecklichen Brief, der sie über seine Flucht unterrichtete und ihr mitteilte, daß er schon vorher verheiratet gewesen sei, und ihn zu verfolgen würde sei-

SWAIN S.

nen Ruin bedeuten, und er wisse, *das* werde sie nie tun – nein, wie schlecht er sie auch behandelt haben mochte.

Da war sie nun also völlig mittellos – von allen verlassen –, nachdem sie den letzten Tand ihrer kurzen Liebestage hingegeben, nachdem sie den letzten kleinen Rest ihres dürftigen Bestands an Kleidung verkauft hatte –, allein in der großen Wildnis Londons, als es Gott gefiel, ihr Rettung in Gestalt eines alten Freundes zu schicken, der sie in glücklicheren Tagen gekannt und sogar geliebt hatte. Als die Samariter bei diesem armen Kind eintrafen, fanden sie sie krank und in Fieberschauern. Sie brachten ihren Arzt zu ihr, der nie so eifrig ist wie dann, wenn er die Treppe eines Armen hinaufläuft. Und während er an dem Bett wachte, wo ihre gütigen Freunde ihr zu Hilfe kamen, hörte er ihre traurige kleine Geschichte von Vertrauen und Verrat.

Ihr Vater war ein einfacher Mensch, der bessere Tage gesehen hatte; und die arme kleine Mrs. Brandon hatte ein liebenswürdiges und ungekünsteltes Wesen, das den Arzt ungemein rührte. Sie besaß wenig Bildung, von jener abgesehen, die Schweigen, langes Leid, Zurückgezogenheit manchmal bewirken. Als sie von ihrer Krankheit genesen war, mußte sie sich dem großen und stetigen Übel der Armut stellen und es besiegen. Wovon sollte sie leben? Goodenough gewann sie mit der Zeit so lieb wie ein eigenes Kind. Sie war ordentlich, sparsam, manchmal heiter mit einer stillen, schlichten Fröhlichkeit. Die Blümchen blühten auf, als der Sonnenschein sie traf. Bis dahin hatte sich ihr ganzes Leben unter Vernachlässigung, Tyrannei und Trübsinn hingeduckt.

Mr. Montfitchet pflegte so oft nach der kleinen Ausgestoßenen zu sehen, die er gerettet hatte, daß Mrs. M., wie ich sagen muß, geradezu hysterisch eifersüchtig wurde und ihn auf der Treppe erwartete, als er, in seinen spanischen Mantel gehüllt, herunterkam, sich auf ihn stürzte und ihn ein Ungeheuer nannte. Auch Goodenough hegte, glaube ich, Argwohn gegen Mr. Montfitchet, und Montfitchet gegen Goodenough. Wie dem auch sei, der Arzt beteuerte, er habe seiner armen kleinen protégée gegenüber nie andere als väterliche Gefühle gehegt, auch hätte kein Vater liebevoller sein können. Er versuchte nicht, sie aus ihrem Stand herauszuheben. Er fand, oder sie fand für sich, eine Arbeit, die sie leisten konnte. „Papa sagte immer, niemand hat ihn je so schön gepflegt wie ich", erklärte sie. „Ich glaube, das könnte ich besser als alles andere, außer mit der Nadel umgehen, aber am liebsten helfe ich armen Kranken. Dann denke ich nicht über mich nach, Sir." Und in diesem Beruf ließ der gute Doktor Goodenough sie ausbilden und tätig werden.

Die Witwe, die Mrs. Brandons Vater geheiratet hatte, starb nach einiger Zeit, und ihre Töchter wollten nicht für ihn sorgen und äußerten sich sehr abfällig über diesen alten Mr. Gann, der in der Tat ein schwacher alter Mann war. Und jetzt kam Caroline ihrem alten Vater zu Hilfe. Sie war eine schlaue kleine Caroline. Sie hatte ein bißchen Geld gespart. Goodenough gab gerade ein Landhaus auf, das er ohnehin nicht mehr benutzt hatte, und überließ Mrs. Brandon leihweise die Einrichtung. Sie dachte, sie könnte eine Pension aufmachen und sich Mieter suchen. Montfitchet hatte sie gemalt. Sie besaß eine Art Schönheit, die die Künstler bewunderten. Als das Akademiemitglied Ridley die Pocken hatte, pflegte sie ihn und steckte sich an. Sie nahm es nicht schwer; sie nicht. „Es wird meine Schönheit nicht verunstalten", meinte sie. Und so war es auch. Die Krankheit ging mit ihrem kleinen bescheidenen Gesicht sehr rücksichtsvoll um. Ich weiß nicht, wer ihr den Spitznamen gab; und sie hatte nun ein solides geräumiges Haus in der Thornhaugh Street, einen Künstler im ersten und im zweiten Stock; und nie fiel ein Wort der Verleumdung gegen die Kleine Schwester, denn saß ihr Vater nicht ständig bei Gin mit Wasser im Wohnzimmer im Erdgeschoß? So, wie wir sie die „Kleine Schwester" nannten, hieß ihr Vater „der Hauptmann" – ein prahlerischer, fauler, gutmütiger alter Mann – kein achtbarer Hauptmann – und sehr wohlgelaunt, obwohl das Benehmen seiner Kinder, wie er sagte, ihm wiederholt das Herz gebrochen hatte.

Ich weiß nicht, wie viele Jahre die Kleine Schwester schon ihren Dienst verrichtet hatte, als Philip Firmin seinen Scharlach bekam. Es erwischte ihn am Ende des Schulhalbjahrs, gerade als alle Jungen heimfuhren. Sein Tutor und dessen Frau wollten auch Ferien machen und schickten ihre eigenen Kinder aus dem Haus. Da Phils Vater abwesend war, kam Doktor Goodenough und holte seine Pflegerin. Der Fall verschlimmerte sich so sehr, daß Doktor Firmin von der Insel Wight herbeigerufen wurde und eines Tages bei den Grauen Brüdern eintraf – dem jetzt so stillen Grey Friars, zu anderen Zeiten so lärmerfüllt von dem Geschrei und Getümmel des Spielplatzes.

Doktor Goodenoughs Kutsche stand vor der Tür, als Doktor Firmin vorfuhr.

„Wie geht es dem Jungen?"

„Es ist ihm sehr schlecht gegangen. Er hat den ganzen Tag über phantasiert und ganz wild dahergeredet und gelacht", berichtete das Dienstmädchen.

Der Vater rannte die Treppe hinauf.

Phil lag in einem großen Raum mit mehreren leeren Betten von den Jungen, die für die Ferien nach Hause gefahren waren. Die Fenster standen zum Grey Friars Square offen. Goodenough hörte die Kutsche seines Kollegen vorfahren und erriet, daß Phils Vater eingetroffen war. Er kam heraus und begegnete Firmin im Vorraum.

„War ein bißchen wirr im Kopf. Jetzt gebessert und ruhig"; und der eine Arzt erklärte dem anderen leise, welche Behandlung er vorgenommen hatte.

Firmin trat behutsam ein und ging auf den Patienten zu, neben dessen Bett gerade die Kleine Schwester stand.

„Wer ist da?" fragte Phil.

„Ich bin es, lieber Junge. Dein Vater", sagte Doktor Firmin mit echter Zärtlichkeit in der Stimme.

Die Kleine Schwester drehte sich kurz um und fiel wie ein Stein neben dem Bett zu Boden.

„Sie elender Schuft!" rief Goodenough mit einem Fluch und einem Schritt nach vorn. „Sie sind der Mann!"

„Pst! Der Patient, wenn ich bitten darf, Doktor Goodenough", gab der andere Arzt zurück.

4. KAPITEL

Eine standesgemäße Familie

aben Sie sich zur Frage von Sein und Schein in der Welt eine Meinung gebildet? Ich will sagen, angenommen, Sie *sind* arm, ist es recht von Ihnen, wohlhabend zu *scheinen*? Haben die Menschen ein ehrliches Recht, den Schein zu wahren? Ist es gerechtfertigt, seinen Speisentisch darben zu lassen, um eine Kutsche halten zu können; ein so kostspieliges Haus zu führen, daß man ganz unmöglich einem armen Verwandten helfen kann; die eigenen Töchter mit teuren Modeartikeln herauszuputzen, weil sie mit Mädchen zusammenleben, deren Eltern doppelt so reich sind? Manchmal ist es schwer zu sagen, wo der ehrliche Stolz aufhört und die Heuchelei anfängt. Die eigene Armut aufdringlich zur Schau zu stellen ist niedrig und knechtisch; es ist widerwärtig, wenn ein Bettler Mitleid heischt, indem er seine Wunden vorweist. Aber Wohlstand zu heucheln – dreimal im Jahr in verschwenderischem Reichtum zu leben, wenn man seine Freunde einlädt, und die übrige Zeit an einer Kruste zu nagen und bei einer einzigen Kerze zu hocken – verdienen die Leute, die diese Täuschung betreiben, Beifall oder Prügel? Manchmal ist es edler Stolz, manchmal schäbiger Betrug. Wenn ich Eugenia mit ihren lieben Kindern vollkommen adrett und fröhlich sehe; wenn sie nicht den geringsten Anschein von Armut offenbart oder die leiseste Klage äußert; dabei bleibt, Squanderfield, ihr Gatte, behandele sie anständig und sei im Innersten gut, und abstreitet, daß er sie und ihre Kleinen Mangel leiden lasse; dann bewundere und verehre ich diese edle Unwahrheit – diese schöne Beständigkeit und Geduld, die es verachtet, Mitgefühl herauszufordern. Wenn ich am Tisch der armen Jezebella sitze und mit ihrer falschen Freigebigkeit und zweifelhaften Pracht bewirtet werde, fühle ich nur Zorn über die Gastfreundschaft und empfinde, daß Dinner und Gast und Gastgeber alle miteinander Blender sind.

Talbot Twysdens Dinnertafel ist lang, und die Gäste sind äußerst achtbar. Stets sind ein oder zwei hohe Tiere zugegen und eine Witwe von Stand, die jede Einladung zum Dinner wahrnimmt und in den größten Häusern verkehrt. Man hat einen Butler, der Ihnen Wein anbietet; vor Mrs. Twysden liegt ein menu du dîner; und wenn man es liest, könnte man sich einbilden, ein gutes Dinner vor sich zu haben. Es schmeckt nach gehacktem Stroh. Ach, das trübselige Perlen dieses schwachen Champagners; die Schamlosigkeit dieses Kneipensherrys; der Betrug dieses kratzigen Rotweins; der ätzende Nachgeschmack dieses klebrigen Portweins! Ich habe sie alle probiert, versichere ich Ihnen! Bei trügerischem Wein, einem trügerischen Dinner, nach einem trügerischen Willkommen herrscht eine trügerische Fröhlichkeit unter den versammelten Gästen. Ich spüre, daß dieses Weib die Koteletts beäugt und zählt, wenn sie abgetragen werden; womöglich gerade das beobachtet, das man herunterzuwürgen bemüht ist. Sie hat jede Kerze abgezählt und bedauert, bei der die Köchin das Mahl zubereitet. Mästet sich ihr riesenhafter Kutscher an unterschlagenem Hafer und Bohnen und Thorleys Rinderfutter? Über die Neigen jener abscheulichen Flaschen wird der Butler am nächsten Morgen Rechenschaft ablegen müssen. Sofern Sie nicht der ganz großen monde angehören, dünken sich Twysden und seine Frau besser als Sie und begönnern Sie allen Ernstes. Sie halten es für eine Auszeichnung, zu diesen gräßlichen Mahlzeiten eingeladen zu werden, zu denen sie feierlich die hervorragendsten Leute im Land auffordern. Ich habe tatsächlich Winton dort getroffen – den berühmten Winton – den Gastgeber mit den besten Dinners der Welt (ah, welche Stellung für einen Mann!). Ich habe ihn beobachtet und das gewisse Staunen bemerkt, das ihn überkam, als er einen Gang nach dem anderen, ein Glas nach dem anderen kostete und stehenließ. „Versuchen Sie diesen Château Margaux, Winton!" ruft der Gastgeber. „Er ist aus einer Partie, die Bottleby und ich importiert haben." Importiert! Ich sehe Wintons Gesicht, als er den Wein kostet und hinstellt. Er spricht nicht gern über dieses Dinner. Er hat einen Tag verloren. Twysden wird ihn weiterhin alljährlich einladen; wird weiterhin erwarten, seinerseits eingeladen zu werden, mit Mrs. Twysden und einer seiner Töchter; und wird im Club laut seine Überraschung mit den Worten zum Ausdruck bringen: „Verflixter Winton! Zum Teufel mit dem Kerl! Er hat mir dieses Jahr kein Wildbret geschickt!"

Wenn ausländische Herzöge oder Fürsten eintreffen, packt Twysden sie unverzüglich beim Kragen und lädt sie in sein Haus ein. Und manchmal gehen sie ein einziges Mal hin – und fragen dann: „Qui donc est ce Monsieur Tvisden, qui est si drôle?" Und bei den Galaempfängen des Ministers rempelt er sich zu ihnen durch und gibt ihnen unbefangen die Hand. Und die stille Mrs. Twysden schlängelt und drängelt und windet und schubst sich durch und tritt, wenn es sein muß, anderen auf die Füße, ihre Töchter immer hinter ihr, bis auch sie vor die Augen des großen Mannes gelangt ist und ihm ein Lächeln und einen Knicks geschenkt hat. Twysden drückt dem Wohlstand herzlich die Hand. Dem Erfolg ruft er „Bravo!" zu. Dagegen habe ich nie einen Mann erlebt, der so entschlossen unglückliche Menschen übersehen oder so dreist alle vergessen hätte, an deren Bekanntschaft ihm nichts lag. Träfe dieser Levit, von Jerusalem kommend, einen Wanderer, der unter die Räuber gefallen wäre, glauben Sie, er würde stehenbleiben, um den gefallenen Mann zu retten? Er würde weder Wein noch Öl noch Geld geben. Er würde, restlos mit der eigenen Tugend zufrieden, vorbeigehen und den anderen nach Jericho oder zum Teufel gehen lassen.

Was ist denn das? Bin ich wütend, weil Twysden mich nicht mehr zu seinem Essig und gehäckselten Stroh einlädt? Nein. Ich glaube nicht. Bin ich gekränkt, weil Mrs. Twysden manchmal meine Frau begönnert und sie manchmal schneidet? Vielleicht.

Nur Frauen kennen durch und durch die Unverfrorenheit der Frauen in der Gesellschaft untereinander. Das ist eine ganz abgestandene Bemerkung. Höflich lächelnd, empfangen und versetzen sie Dolchstiche. Tom Sayers konnte Hiebe nicht heiterer einstecken als sie. Könnten Sie nur *unter* die Haut sehen, fänden Sie ihre kleinen Herzen über und über von Lanzettenstichen zernarbt. Ich beteuere, ich habe meine eigene Frau die Unverschämtheit dieser Person mit so ruhiger und gelassener Miene ertragen sehen, wie sie sie aufsetzt, wenn der alte Twysden selbst mit ihr spricht und eine seiner zum Verrücktwerden langstieligen Geschichten abspult. O nein! Ich bin überhaupt nicht wütend. *Das* merke ich an der Art, wie ich von diesen Leuten schreibe. Übrigens, während ich diese offenherzige Meinung über die Twysdens abgebe, halte ich da manchmal ein, um zu überlegen, was sie wohl von *mir* halten? Was geht mich das an? Haltet doch von mir, was ihr wollt. Mittlerweile verbeugen wir uns bei Gesellschaften grüßend voreinander. Wir lächeln einander bläßlich an. Und was die Dinners in der Beaunash Street angeht, hoffe ich, daß denen, die daran teilnehmen, das Essen schmeckt.

Twysden ist jetzt einer der ersten Sekretäre in der Kanzlei für Puder und Pomade (die Abteilung Zöpfe wurde schließlich 1833 nach der Reform Bill aufgelöst, mit einer Entschädigung für den Unterstaatssekretär, der in den Ruhestand ging), und sein Sohn ist Beamter im selben Amt. Als die Töchter in die Gesellschaft eingeführt wurden, waren sie sehr hübsch – sogar meine Frau gibt das zu. Eine von beiden pflegte täglich mit ihrem Vater oder Bruder im Park auszureiten; und da man wußte, wie hoch sein Gehalt und das Vermögen seiner Frau waren und was die Miete seines Hauses in der Beaunash Street ausmachte, fragte sich jedermann, wie die Twysdens es schafften, mit ihren Mitteln auszukommen. Sie hielten Pferde, Kutschen und ein großes Haus, die mindestens fünftausend Pfund im Jahr entsprachen; wie jeder wußte, hatten sie nicht halb soviel; und man vermutete, der alte Ringwood müsse wohl seiner Nichte einen Zuschuß geben. Sie arbeitete zweifellos hart, um ihn sich zu verdienen. Ich sprach vorhin von Dolchstichen und über und über mit Narben bedeckten kleinen Busen und Taillen. Keine Nonne, kein Mönch, kein Fakir nimmt Geißelungen sanftmütiger hin als diejenigen, die sich der Welt geweiht haben; und, da die Strafe der moralischen

Erbauung dient, laßt uns hoffen, daß die Welt scharf auf Rücken und Schultern einschlägt und die Peitsche kräftig schwingt.

Wenn der alte Ringwood an seinem Lebensabend seine liebe Nichte und deren Mann und Kinder besuchte, brachte er in der Tasche stets eine neunschwänzige Katze mit und gab sie dem ganzen Haushalt zu kosten. Er grinste höhnisch über die Armut, den falschen Schein, die niedrige Gesinnung dieser Leute, wie sie da vor ihm knieten und ihm huldigten. Zitternd führten Vater und Mutter die Mädchen zur Abstrafung vor und nahmen, kläglich lächelnd, in Gegenwart der Kinder ihre eigenen Ohrfeigen hin. „Ah!" sagte die kleine französische Gouvernante oft, „ich freue mich, wenn milor kommt. Den ganzen Tag slagt ihr auf mich ein. Wenn milor kommt, slägt er euch, und ihr kniet hin und küßt die Rute."

Allerdings knieten sie und nahmen ihre Tracht Prügel mit der musterhaftesten Standhaftigkeit hin. Manchmal landete der Hieb auf Papas Rücken, manchmal auf Mamas; jetzt traf er Agnes, und jetzt fiel er auf Blanches hübsche Schultern. Aber ich glaube, den Erben des Hauses, den jungen Ringwood Twysden, bearbeitete Mylord am liebsten. Rings Eitelkeit war sehr empfindlich, seine Selbstsucht leicht verwundbar, und wie er sich unter der Züchtigung wand und krümmte, das erheiterte den alten Foltermeister.

Wenn Mylords Brougham vorfährt – der bescheidene kleine braune Brougham mit dem edlen Pferd, dem Lordkanzler von Kutscher und dem unsäglichen Lakaien –, rufen die Damen, die das Räderrollen sogleich erkennen und sich vielleicht gerade im Salon in den Haaren liegen, einen Waffenstillstand aus und glätten ihre zerzausten Gemüter und Gewänder. Mama sitzt an ihrem Tisch und schreibt, in jener schönen, klaren Schrift, die wir alle so bewundern; Blanche sitzt über ihrem Buch; Agnes steht gerade ganz ungezwungen vom Klavier auf. Ein Streit zwischen diesen sanften, lächelnden, zarten Geschöpfen! Unmöglich! Wenn es um das gewöhnlichste bißchen Heuchelei geht, wie werden die Männer dann gleich rot und stümpern herum; wie mühelos, wie anmutig, wie vollendet bringen es die Frauen fertig!

„Na", brummt Mylord, „ihr seid alle so hübsch gruppiert, ich bin sicher, ihr hattet euch gerade in der Wolle. Ich vermute, Maria, die Männer wissen, wie verteufelt kratzbürstig die Mädchen sind. Wer kann euch beim Streiten beobachtet haben? Im Augenblick seid ihr schön still, ihr kleinen Affen. Ich will euch sagen, wie das zugeht. Die Zofen kommen herum und reden im Zimmer der Haushälterin mit den Kammerdienern, und die Bedienten erzählen es ihren Herren. Auf mein Wort, ich glaube, es war diese Geschichte voriges Jahr in Whipham, was Greenwood abgeschreckt hat. Famose Partie. Fabelhaftes Haus in der Stadt und auf dem Land. Mutter nicht mehr am Leben. Agnes hätte es schaffen können, wäre nicht diese ..."

„Wir sind in unserer Familie nicht alle Engel, Onkel!" ruft Miss Agnes und wird rot.

„Und eure Mutter geht zu scharf ran. Die Männer haben Angst vor dir, Maria. Das habe ich mehrere junge Gentlemen sagen hören. Bei White's sprechen sie ganz offen davon. Schade für die Mädchen. Jammerschade. Die jungen Kerle erzählen mir davon. Jack Hall und solche Burschen, die überall herumkommen."

„Mir ist es bestimmt egal, was Hauptmann Hall über mich redet – der ekelhafte kleine Wicht!" ruft Blanche.

„Da spuckst du schon wieder Gift und Galle! Hall hat nie eine eigene Meinung. Er trägt nur weiter, was andere sagen. Und er sagt, die jungen Kerle sagen, sie haben Angst vor eurer Mutter. Herrjemine! Hall hat keine Meinung. Jemand könnte einen Mord begehen, und Hall würde an der Tür warten. Ein richtig diskreter Mensch. Aber ich habe ihm gesagt, er soll sich umhören, was man über euch erzählt. Und das kriege ich zu hören. Und er sagt, Agnes macht dem Jungen des Arztes schöne Augen."

„Das ist schändlich!" ruft Agnes und vergießt unter ihren Marterqualen Tränen.

„Älter als er, aber das ist kein Hindernis. Gutaussehender Junge, dagegen hast du doch wohl nichts? Hat das Geld seiner armen Mutter und das seines Vaters: muß wohlhabend sein. Ein gewöhnlicher Kerl, aber auch ein gescheiter Kerl und ein entschlossener Kerl, der Vater – und ein Kerl, der zu allem fähig ist, hab ich so im Gefühl. Soll mich nicht wundern, wenn der Kerl irgendeine reiche Witwe von Stand heiratet. Diese Ärzte gewinnen einen ungeheuren Einfluß über die Frauen; und wenn ich mich in dem Mann nicht sehr irre, Maria, erwischte deine arme Schwester damals einen ..."

„Onkel!“ ruft Mrs. Twysden, auf ihre Töchter deutend, „vor diesen ...“

„Vor diesen unschuldigen Lämmern! Hm! Nun, ich glaube, Firmin gehört zur Gattung der Wölfe“, und der alte Edelmann lachte und ließ beim Sprechen seine eigenen grausamen Fangzähne sehen.

„Ich muß zu meinem tiefen Bedauern sagen, Mylord, ich stimme Ihnen zu“, bemerkte Mr. Twysden. „Ich halte Firmin nicht für einen Mann mit hohen Grundsätzen. Ein gescheiter Mann? Ja. Ein gebildeter Mann? Ja. Ein guter Arzt? Ja. Ein wohlhabender Mann? Ja. Aber was ist ein Mann ohne Grundsätze?“

„Sie hätten Pfarrer werden sollen, Twysden.“

„Das haben auch andere schon gesagt, Mylord. Meine arme Mutter hat oft bedauert, daß ich mich nicht für die Kirche entschied. Als ich in Cambridge war, habe ich regelmäßig im Debattier-Club gesprochen. Zur Übung. Ich verhehle Ihnen nicht, daß mein Ziel die politische Laufbahn war. Ich darf mich offen und unumwunden zu meiner Meinung bekennen, daß das Unterhaus ein geeigneter Wirkungskreis für mich gewesen wäre; und hätten es meine Mittel erlaubt, hätte ich mich bestimmt zur Wahl gestellt.“

Lord Ringwood lächelte und zwinkerte seiner Nichte zu.

„Er meint, liebes Kind, er möchte gern auf meine Kosten schwafeln, und ich soll ihn für Whipham aufstellen.“

„Es gibt, denke ich, schlechtere Parlamentsmitglieder“, bemerkte Mr. Twysden.

„Wenn es einen Haufen solcher wie Sie gäbe, was wäre das für ein Käfig voll Narren!“ brüllte Mylord. „Beim heiligen George, ich habe das Geschwafel satt. Und ich möchte einen beherzten König in diesem Land sehen, der die Schwatzbuden zumacht und die ganze schnatternde Besatzung knebelt!“

„Ich stehe auf der Seite der Ordnung – aber ich liebe die Freiheit“, fährt Twysden fort. „Meiner Meinung nach ist das Gleichgewicht unserer Verfassung ...“

Ich glaube, Mylord hätte sich mit einigen jener Flüche Luft gemacht, die seine altmodische Ausdrucksweise großzügig garnierten; doch der Diener, der soeben eintritt, meldet Mr. Philip Firmin; und ein hauchzartes Rot stiehlt sich auf die Wange der verwirrten Agnes, die das Auge des Lords auf sich spürt.

„Nun, mein Lieber, ich habe dich gestern abend in der Oper gesehen", sagt Lord Ringwood.

„Ich habe Sie auch gesehen, Sir", gibt der biedere Philip zurück.

Die Frauen sehen erschrocken drein und Twysden verängstigt. Die Twysdens bekamen manchmal Lord Ringwoods Loge. Aber es gab Logen, in denen der alte Mann saß, wo *sie* ihn *nie* bemerken konnten.

„Warum schaust du nicht zur Bühne, mein Junge, wenn du in die Oper gehst, statt zu mir? Wenn du in die Kirche gehst, gehört es sich, daß du zum Pfarrer schaust, oder nicht?" knurrte der alte Mann. „Ich bin ungefähr so gut anzuschauen wie der Kerl, der im Ballett das Solo tanzt – und fast ebenso alt. Aber wenn ich du wäre, würde ich es für amüsanter halten, mir die Elßler anzuschauen."

Und jetzt kann man sich ausmalen, von welch uralten Zeiten wir schreiben – Zeiten, als es noch diese scheußlichen alten Tänzer gab – fürchterliche alte Gestalten mit ausgeschnittenen Kleidern und Puffärmeln, die absonderlichen alten Perücken mit Blumenkränzen oder Federn umwunden –, die an der Spitze des Balletts hüpften. Laßt uns froh sein, daß diese alten Gecken fast ganz von der Bühne verschwunden sind und sie den schönen Ballerinen des anderen Geschlechts überlassen haben. Ach, meine lieben, jungen Freunde, die Zeit *wird* kommen, da auch diese nicht mehr überirdisch schön erscheinen! Für Philip, in seinem Alter, sahen sie noch so lieblich aus wie Huris. Damals nahm der arglose junge Mensch, wenn er von seinem Parkettplatz in der Oper das Ballett betrachtete, Karmin fälschlich für natürliches Erröten, Perlweiß für ursprünglichen schneeigen Teint und Baumwolle für angeborene Symmetrie; und ich wage zu behaupten, als er in die Welt eintrat, sah er auch nicht klarer, was deren rougegeschminkte Unschuld, wattegepolsterte Vortäuschung und aufgemalte Aufrichtigkeit betraf.

Der alte Lord Ringwood hatte seine helle Freude daran, Philip Firmin vor Philips Verwandten aus der Beaunash Street zu hätscheln und zu verwöhnen. Sogar die Mädchen empfanden einen gelinden kläglichen Neid angesichts der Vorliebe, die Onkel Ringwood für Phil offenbarte; doch die älteren Twysdens und Ringwood Twysden, ihr Sohn, krümmten sich vor Qual, wenn der alte Mann den Sohn des Arztes manchmal so offenkundig vorzog. Phil war viel größer, viel hübscher, viel stärker, viel freundlicher veranlagt und viel reicher als der junge Twysden. Er würde der Alleinerbe des Vermögens seines Vaters sein und besaß die dreißigtausend Pfund seiner Mutter. Sogar als man ihm versicherte, sein Vater werde wieder heiraten, lachte Phil und schien sich nichts daraus zu machen. „Ich wünsche ihm Glück mit seiner neuen Frau“ war alles, was man aus ihm herausbekam; „wenn er sich eine nimmt, werde ich wohl in eine Junggesellenwohnung ziehen. Die Old Parr Street ist nicht so flott wie Pall Mall.“ Ich nehme es Mrs. Twysden nicht übel, daß sie gegenüber ihrem Neffen eine kleine Eifersucht nährte. Ihr Junge und ihre Mädchen waren die Frucht einer pflichtschuldigen Heirat; und Phil war der Sohn eines ungehorsamen Kindes. Ihre Kinder benahmen sich vor ihrem Großonkel stets musterhaft; Phil lag nicht mehr an ihm als an jedem anderen Menschen; und er mochte Phil am liebsten. Ihr Junge war so demütig und darauf bedacht, Gefallen zu finden, wie der demütigste Knecht Seiner Lordschaft; und Lord Ringwood fuhr ihn an, schüchterte ihn ein, trampelte auf den zartesten Gefühlen des armen Lieblings herum und behandelte ihn kaum besser als einen Lakaien. Was den armen Mr. Twysden betraf, gähnte Mylord ihm nicht nur ungeniert ins Gesicht – das war nicht zu ändern; die Konversation des armen Talbot schläferte viele aus seinem Bekanntenkreis ein –, sondern lachte ihn aus, unterbrach ihn und hieß ihn den Mund halten. An diesem Tag, als die Familie zur gemütlichen Stunde – der Stunde vor dem Dinner – der Stunde des Kaminfeuers und des Teetisches – beisammensaß, fragte Lord Ringwood Phil:

„Ißt du heute mit mir zu Abend, junger Mann?“

Warum fordert er nicht mich auf, mich mit meiner Konversationsgabe? dachte der alte Twysden für sich.

Hol ihn der Kuckuck, immer lädt er diesen Strolch ein, wand sich der junge Twysden in seiner Ecke.

„Tut mir sehr leid, Sir, kann nicht kommen. Hab ein paar Burschen zum Essen in die ‚Blue Posts‘ eingeladen“, sagt Phil.

„Verflixt, mein Freund, warum lädst du sie nicht aus?“ ruft der alte Lord. „*Du* würdest sie ausladen, Twysden, stimmt's?“

„Oh, Sir!“ Vater und Sohn klopfte das Herz.

„Das würdest du; und du nimmst es diesem Jungen übel, weil er seine Freunde nicht auslädt. Gute Nacht, Firmin, wenn du also nicht mitkommen willst."

Und damit war Mylord fort.

Die zwei Herren des Hauses blickten verdrossen aus dem Fenster und sahen Mylords Brougham im Regen rasch davonfahren.

„Ich finde es gräßlich, daß du in diesen schrecklichen Schenken dinierst", flüsterte eine junge Dame Philip zu.

„Es macht mehr Spaß, als zu Hause zu dinieren", bemerkt Philip.

„Du rauchst und trinkst zuviel. Du kommst spät nach Hause, und du verkehrst nicht in einer anständigen monde, mein Lieber!" fährt die junge Dame fort.

„Was befiehlst du mir?"

„Ach, nichts! Du mußt mit diesen abscheulichen Männern dinieren", ruft Agnes gekränkt, „sonst hättest du heute abend zu Lady Pendleton gehen können."

„Ich kann die Leute ohne weiteres ausladen, wenn das dein Wunsch ist", antwortet der junge Mann.

„Ich? Ich wünsche nichts dergleichen. Hast du nicht schon Onkel Ringwood einen Korb gegeben?"

„*Du* bist nicht Lord Ringwood", erklärt Phil mit einem Beben in der Stimme. „Ich glaube, es gibt nicht viel, das ich dir abschlagen würde."

„Du alberner Junge! Verlange ich jemals etwas von dir, was du abschlagen müßtest? Ich möchte, daß du in unserer Welt verkehrst und nicht mit deinen fürchterlichen wilden Junggesellen aus Oxford und vom Temple. Ich möchte, daß du nicht rauchst. Ich möchte, daß du dich in den Regionen bewegst, zu denen du Zutritt hast – und du gibst deinem Onkel wegen irgendeiner abscheulichen Verabredung in einer Schenke einen Korb!"

„Soll ich bleiben? Tante, gibst du mir hier etwas zum Abendessen?" fragt der junge Mann.

„Wir haben schon gegessen. Mein Mann und mein Sohn essen auswärts", sagte die sanfte Mrs. Twysden.

Für die Damen gab es kaltes Hammelfleisch und Tee; und Mrs. Twysden mochte ihrem Neffen, der gutes Essen und einen üppigen Lebensstil gewöhnt war, nicht dieses kärgliche Mahl vorsetzen.

„Du siehst, ich muß mich in der Schenke trösten“, sagte Philip. „Das wird dort eine lustige Gesellschaft.“

„Und aus wem, bitte, besteht sie?“ fragt die Dame.

„Da ist Ridley, der Maler.“

„Mein lieber Philip! Weißt du, daß sein Vater tatsächlich ...“

„Bedienter bei Lord Todmorden war? Er erzählt es uns oft. Er ist ein ganz eigener Charakter, der alte Mann.“

„Mr. Ridley ist ein Mann von Genie, gewiß. Seine Bilder sind himmlisch, und ihm stehen alle Türen offen – aber – aber du bringst mich auf, Philip, mit deiner Gleichgültigkeit, wirklich und wahrhaftig. Weshalb solltest du mit den Söhnen von Lakaien zu Abend essen, wenn dir die ersten Häuser im Lande offenstehen? Du machst mir Kummer, du unvernünftiger Junge.“

„Weil ich in Gesellschaft eines Mannes von Genie zu Abend esse? Komm, Agnes!“ Und die Stirn des jungen Mannes verfinsterte sich. „Außerdem“, fuhr er mit einem sarkastischen Beiklang in der Stimme fort, der Miss Agnes gar nicht gefiel, „außerdem weißt du, meine Liebe, daß er bei Lord Pendleton diniert.“

„Was sprecht ihr da über Lady Pendleton, Kinder?“ fragte die wachsame Mama aus ihrer Ecke.

„Ridley diniert dort. Heute diniert er mit mir in einer Schenke. Und Lord Halden kommt auch – und Mr. Winton kommt auch –, weil sie von den berühmten Beefsteaks gehört haben.“

„Winton! Lord Halden! Beefsteaks! Wo? Alle Wetter! Ich habe Lust, auch zu gehen! Wo diniert ihr Burschen? au cabaret? Verflixt, ich bin dabei“, schrie der kleine Twysden zu Philips Entsetzen, der die furchterregende Konversationsgabe seines Onkels kannte. Doch Twysden besann sich rechtzeitig und zur großen Erleichterung des jungen Firmin. „Herrje! Ich vergaß ja! Deine Tante und ich dinieren bei den Bladeses. Beschränkter alter Kerl, der Admiral, und schlechter Wein – was unverzeihlich ist; aber wir müssen hin – on n'a que sa parole, wie? Richte Winton aus, ich hätte daran gedacht, mich anzuschließen, und ich hätte noch etwas von diesem Château Margaux, der ihm gemundet hat. Haldens Vater kenne ich gut. Sag ihm das. Bring ihn mit her. Maria, schicke Lord Halden eine Donnerstagskarte! Du mußt ihn zum Dinner mitbringen, Philip. *Das* ist die beste Art,

Bekanntschaft zu machen, mein Junge!" Und der kleine Mann stolziert davon, eine Schlafzimmerkerze aus Walrat schwingend, als wollte er einen Humpen dieses perlenden Materials auf einen Zug leeren.

Die Erwähnung so hoher Persönlichkeiten wie Lord Halden und Mr. Winton brachte die Vorwürfe der nachdenklichen Agnes zum Verstummen.

„Dir liegt sicher nichts an unserem stillen Heim, wenn du mit diesen feinen Leuten verkehrst, Phil", seufzte sie. Jetzt war keine Rede mehr davon, daß er sich an schlechte Gesellschaft wegwerfe.

Also speiste Philip nicht bei seinen Verwandten. Talbot Twysden sorgte aber zuverlässig dafür, Lord Ringwood wissen zu lassen, daß der junge Firmin sich an jenem Tag erboten hatte, bei seiner Tante zu Abend zu essen, nachdem er Seine Lordschaft abgewiesen hatte! Und alles für Phil Abträgliche, auch jede Leichtfertigkeit oder Ausgelassenheit des jungen Mannes, trugen Philips Onkel und Phils Vetter Ringwood Twysden dem alten Edelmann zu. Wären nicht sie die Informanten gewesen, wäre Lord Ringwood in Wut geraten; denn er verlangte von allen um sich her Gehorsam und Liebedienerei. Es machte aber mehr Spaß, die Twysdens zu ärgern, als Philip zu schelten und einzuschüchtern, und so beliebte Seine Lordschaft zu lachen und sich über Phils Widersetzlichkeit zu amüsieren. Er bemerkte auch noch andere Dinge, über die er nicht sprach. Er war ein verschlagener alter Mann, der es sich leisten konnte, bei passender Gelegenheit blind zu sein.

Was schließen Sie aus der Tatsache, daß Philip, angestiftet von einer jungen Dame, bereit war, Verabredungen zu treffen oder zu brechen? Als Sie zwanzig Jahre alt waren, hatten da junge Damen keinen Einfluß auf *Sie*? Waren sie nicht in der Regel älter als Sie? Hat Ihre jugendliche Leidenschaft zu irgend etwas geführt, und tut es Ihnen jetzt sehr leid, daß es nicht der Fall war? Angenommen, Ihr Herzenswunsch hätte sich Ihnen erfüllt und Sie hätten sie geheiratet, wie alt wäre sie jetzt? Und wenn Sie ihr jetzt in der Welt begegnen, bedauern Sie, auf Ehre und Gewissen, *wirklich* tief, daß die kleine Affäre ein Ende fand? Ist es jene (magere oder dicke oder gedrungene oder hochgewachsene) Frau mit all den Kindern, um derentwillen Ihnen einst das Herz brechen wollte; und beneiden Sie Jones immer noch? Philip war zweifellos in seine Cousine verliebt, aber war er vorher an der Universität nicht in die Tochter des Tomkinsischen Professors, Miss Budd, verliebt gewesen; und hatte er nicht bereits Verse an Miss Flower geschrieben, die Tochter seines Nachbarn in der Old Parr Street? Und verlieben sich junge Männer nicht immer zunächst in Damen, die älter sind als sie selbst? Agnes war gewiß älter als Philip, wie ihre Schwester ihm ständig mitzuteilen sich befleißigte.

Und Agnes hätte Geschichten über Blanche erzählen können, wenn sie gewollt hätte – wie Sie vielleicht über mich und ich über Sie. Nicht ganz wahre Geschichten, sondern Geschichten mit einem ausreichenden Zusatz an Lügen, um sie zu brauchbarer Münze schlagen zu können; Geschichten, wie wir sie täglich in der Welt hören; Geschichten, wie wir sie in den gelehrtesten und gewissenhaftesten historischen Werken lesen, von den achtbarsten Personen vorgebracht und vollkommen authentisch, bis sie widerlegt werden. Nur *unsere* Geschichten lassen sich nicht widerlegen (es sei denn allerdings, Romanschreiber widerlegen sich selbst, wie es manchmal geschieht). Was *wir* über die Tugenden, Fehler, Charaktere der Menschen sagen, ist alles wahr, das dürfen Sie glauben. Und ich fordere jeden heraus, der behauptet, meine Meinung über die Familie Twysden sei boshaft oder lieblos oder in irgendeinem Punkt unbegründet.

Agnes schrieb Verse und setzte ihre Gedichte und die anderer Autoren in Musik. Blanche war wissenschaftlich interessiert und besuchte eifrig die Vorträge in der Albemarle Street. Sie sind beide intelligente Frauen, nach dem Maßstab der Zeit; gut erzogen und gebildet und mit vorzüglichen Umgangsformen, wenn es ihnen beliebt, freundlich zu sein. Wären Sie, sagen wir, ein Junggeselle mit schönem Vermögen oder ein trostbedürftiger Witwer oder eine Dame, die sehr feine Gesellschaften gibt und zur monde gehört, würden Sie die Leute nett finden. Wären Sie ein kleiner Schreiber im Schatzamt oder ein junger Rechtsanwalt ohne Praxis oder eine alte oder junge Dame, *nicht* ganz zur monde gehörig, wäre Ihre Meinung von ihnen nicht so günstig. Ich habe sie ein und dieselbe Person schneiden und verachten und meiden und hätscheln und auf den Knien anbeten sehen. Als Mrs. Lovel ihre ersten Gesellschaften gab, sehe ich da nicht noch die schockierten Mienen der Familie Twysden vor mir? Wer zeigte je mehr die kalte Schulter als ihr, liebe Mädchen? Jetzt lieben sie sie; sie liebkosen ihre Stiefkinder; sie loben sie ins Gesicht hinein und hinter ihrem wohlgestalteten Rücken; sie ergreifen in der Öffentlichkeit ihre Hand; sie nennen sie bei ihrem Vornamen; sie geraten über ihre Toiletten in Verzückung und würden für das Feuer in ihrem Ankleidezimmer Kohlen holen, äußerte sie nur den Wunsch. *Sie* hat sich nicht verändert. Sie ist dieselbe Dame, die einst Gouvernante war, und seither nicht kälter und nicht wärmer geworden. Aber verstehen Sie, ihr Wohlstand hat Vorzüge ans Licht gebracht, die man nicht wahrnahm, als sie arm war. Konnten die Leute Aschenbrödels Schönheit erkennen, als sie in Lumpen am Feuer saß oder bevor sie mit ihren Brillanten aus ihrer Feenkutsche stieg? Wie *soll* man denn einen Brillanten in einer Aschengrube erkennen? Nur ganz aufgeweckte Augen schaffen das. Wohingegen eine Dame in einer achtspännigen Feenkutsche natürlicherweise Aufsehen erregt; und hingerissene Prinzen kommen und bitten um die Ehre, mit ihr tanzen zu dürfen.

In der Rolle des unfehlbaren Geschichtsschreibers erkläre ich also, wenn Miss Twysden mit dreiundzwanzig noch so viel oder wenig Zuneigung für ihren noch nicht volljährigen Cousin empfindet, besteht kein Grund, ihr zu grollen. Ein stattlicher, hübscher, täppischer, offenherziger junger Bursche mit breiten Schultern, überschäumender Munterkeit und ganz frischem, rasch errötendem Gesicht, mit vorzüglichen Gaben (wenn er auch beklagenswert faul gewesen ist und ersucht wurde, sich vorübergehend von seiner Universität zu entfernen), Besitzer eines ansehnlichen Vermögens und Erbe eines weiteren, wird natürlich einen gewissen Eindruck auf das Herz einer Dame machen, mit der ihn Verwandtschaft und Verhältnisse täglich in Berührung bringen. Wann hatte man in der Beaunash Street einen so herzhaften Klang wie Philips Lachen gehört? Seine fröhliche Offenheit rührte seine Tante, eine weltgewandte Frau. Sie lächelte dann und sagte: „Mein lieber Philip, nicht nur, was du sagst, sondern was du wohl als nächstes sagen wirst, bringt mich nicht aus dem Zittern heraus." Es mag einmal eine Zeit gegeben haben, da sie selbst offen und herzlich war: so ewig lange ist es her, als sie und ihre Schwester zwei blühende Mädchen waren, die liebevoll aneinander hingen und gerade in die Welt hinaustraten. Doch wenn es einem gelingt, mit einem schmalen Einkommen ein feines Haus zu führen; der Welt ein heiteres Gesicht zu zeigen, auch wenn einen noch so viele Sorgen bedrücken; mit pflichtschuldiger Ehrfurcht einen unausstehlichen alten Schwätzer von Ehemann zu ertragen (und ich versichere, das ist die Eigenschaft an Mrs. Twysden, derentwegen ich sie am meisten bewundere); geduldig Niederlagen hinzunehmen; lächelnd Demütigungen auszuhalten, um sich in der geliebten monde zu behaupten – dann mag man das schaffen, doch muß man es aufgeben, offen und herzlich zu sein.

Die Heirat ihrer Schwester mit dem Arzt versetzte Maria in gewaltige Panik, denn Lord Ringwood tobte, als die Nachricht eintraf. Da opferte sie vielleicht eine kleine eigene heimliche Leidenschaft auf; dann suchte sie einen jungen adligen Nachbarn Mylords zu angeln, der *sie* abblitzen ließ; dann bändelte sie mit Talbot Twysden, Esquire, an, dem hohen Beamten von der Kanzlei für Puder und Pomade, und wurde ihm eine sehr treue Ehefrau und eine sehr sorgliche Mutter seiner Kinder. Doch was Offenheit und Herzlichkeit angeht, mein guter Freund, nehmen Sie von einer Dame an, was sie Ihnen zu geben hat – gute Umgangsformen, angenehme Konversation und höfliche Beachtung. Wenn Sie sich an ihren Frühstückstisch setzen, bitten Sie nicht um das Wunderei des Vogels Roch, sondern essen Sie das mäßig frische Hühnerei, das John Ihnen bringt. Wenn Mrs. Twysden in ihrer offenen Kutsche im Park ausfährt, wie glücklich, gut und heiter sie aussieht – wie lächelnd und jung die Mädchen (das heißt freilich, alles in allem genommen); wie wohlgenährt sehen die Pferde aus und wie glattgeschniegelt und reich aufgeputzt Kutscher und Lakai; sie tauschen Verneigungen mit den Insassen anderer Kutschen – wohlbekannten Aristokraten. Jones und Brown, die sich über das Geländer beugen und die Equipage der Twysdens vorbeifahren sehen, hegen nicht den geringsten Zweifel, daß sie Leute von höchstem Reichtum und erlesenster Eleganz enthält. „Hör mal, Jones, welche adlige Familie hat das Motto ‚Wel done Twys done‘? und was für fesche Mädchen in der Barutsche da saßen!“ B. bemerkt zu J.: „Und was für ein feiner junger Stutzer das ist, der die braune Stute reitet und sich hinüberbeugt und mit dem blonden Mädchen spricht!“ Und zumindest einem dieser Gentlemen ist ganz klar, daß er die richtige erstklassige Hautevolée zu sehen bekommen hat.

Was Phil Firmin auf seiner braunen Stute und mit der Geranie im Knopfloch angeht, besteht kein Zweifel, daß Philippus so stattlich und so reich und so fein aussieht wie ein Lord. Und ich meine, John muß es einen kleinen Stich versetzt haben, als sein Freund ihm eröffnete: „Das ein Lord! Herrje, das ist nur der Sohn von einem vornehmen Arzt." Doch während J. und B. sich die ganze kleine Gruppe sehr glücklich vorstellen, hören sie nicht, wie Phil seiner Cousine zuflüstert: „Ich hoffe, *dein Partner* gestern abend hat dir gefallen?" und sehen sie nicht, wie besorgt Mrs. Twysden unter ihrem Lächeln ist, wie sie Oberst Shaftos (des bewußten Tanzpartners) Droschke nahen sieht und wie sie Phil lieber sonstwo sähe als an gerade diesem Rad ihres Wagens; wie Lady Braglands gerade an ihnen vorbeigefahren ist, ohne sie zu bemerken – Lady Braglands, die einen Ball vorhat und entschlossen ist, jene Frau und ihre zwei ewigen Mädchen *nicht* einzuladen; und wie Lady Braglands, obwohl sie Mrs. Twysden in ihrer großen, in die Augen springenden Equipage und die drei Gesichter, die ihr strahlend zugelächelt haben, absolut nicht sieht, im Nu Lady Lovel wahrnimmt, die, in ihrem hübschen kleinen Brougham verschanzt, vorüberfährt und ihr zwanzig Kußhände zuwirft. Wie sollten die armen J. und B., die, vous comprenez, nicht du monde sind, diese geheimnisvollen Dinge verstehen?

„Das ist wohl der junge Firmin, der hübsche junge Kerl da?" will Brown von Jones wissen.

„Doktor hat die Nichte des Grafen von Ringwood geheiratet – mit ihr durchgebrannt, verstehst du."

„Gute Praxis?"

„Tadellos. Erstklassig. Die ganze Hautevolée. Beliebter Damenarzt. Können ihn gar nicht entbehren. Macht ein Vermögen, außer dem, was er mit seiner Frau bekam."

„Wir haben seinen Namen – den des Alten – auf einem recht zweifelhaften Schriftstück gesehen", sagt B. und blinzelt J. zu. Woraus ich schließe, daß es sich um in der City tätige Gentlemen handelt. Und sie mustern den jungen Philip eingehend, als er herankommt und ein paar Fußgänger anspricht, die über das Geländer hinweg die lebhafte und hübsche Parkszene betrachten, und ihnen die Hand gibt.

5. KAPITEL

Der adlige Verwandte

Hatte ich ein- oder zweimal Gelegenheit, einen edlen Grafen zu erwähnen, so bin ich sicher, kein mit der Etikette vertrauter Leser wird damit einverstanden sein, daß Seine Lordschaft sich zusammen mit der Menge gewöhnlicherer Personen durch diese Geschichte drängt, ohne ein besonderes Wort über ihn selbst. Wenn Sie sich nur etwas im „Burke“ oder „Debrett“ auskennen, wissen Sie, daß die altehrwürdige Familie Ringwood seit langem für ihre großen Besitztümer und ihre Loyalität gegenüber der britischen Krone berühmt ist.

In die Unruhen, die bedauerlicherweise nach der Entthronung des ehemaligen regierenden Hauses dieses Königreich erschütterten, waren mit vielen anderen Familien zusammen auch die Ringwoods verstrickt, doch mit der Thronbesteigung Seiner Majestät Georges III. fanden diese Differenzen ein glückliches Ende, auch besaß der Monarch keinen loyaleren und ergebeneren Untertanen als Sir John Ringwood, Baronet, von Wingate und Whipham Market. Sir Johns Einfluß brachte drei Leute ins Parlament; und während der gefährlichen und beschwerlichen

Zeit des amerikanischen Krieges machte sich dieser Einfluß so aufrichtig und beständig für die Sache der Ordnung und der Krone geltend, daß Seine Majestät es für richtig hielt, Sir John zur Würde eines Barons Ringwood zu erheben. Sir Johns Bruder, Sir Francis Ringwood von Appleshaw, der die juristische Laufbahn einschlug, wurde zum Richter mit dem Titel eines Barons an Seiner Majestät Schatzkammergericht ernannt. Auf den ersten Baron, der A. D. 1786 starb, folgte der ältere seiner zwei Söhne – John, zweiter Baron und erster Graf von Ringwood. Der Bruder Seiner Lordschaft, der Ehrenwerte Oberst Philip Ringwood, fiel glorreich an der Spitze seines Regiments und bei der Verteidigung seines Landes 1810 in der Schlacht von Busaco und hinterließ zwei Töchter, Louisa und Maria.

Der Graf von Ringwood hatte nur einen Sohn, Charles Viscount Cinqbars, der bedauerlicherweise in seinem zweiundzwanzigsten Jahr an der Auszehrung starb. Und so wurden Sir Francis Ringwoods Nachkommen die Erben der großen Güter des Grafen zu Wingate und Whipham Market, jedoch nicht der Peerswürde, die dem Grafen und seinem Vater verliehen worden war.

Lord Ringwood hatte in seinem Haushalt zwei Nichten, die Töchter seines verstorbenen Bruders, des Obersts Philip Ringwood, der im Spanischen Krieg gefallen war. Von diesen Damen war die jüngere, Louisa, der Liebling Seiner Lordschaft; und obgleich beide Damen beträchtliches eigenes Vermögen besaßen, wurde allgemein angenommen, ihr Onkel werde ein Weiteres für sie tun, zumal er auf keinem besonders guten Fuß mit seinem Cousin stand, Sir John aus der Linie der Shaw, der sich politisch auf der Seite der Whigs befand, während Seine Lordschaft ein prominentes Mitglied der Torypartei war.

Von diesen beiden Nichten heiratete die ältere, Maria, die bei ihrem Onkel nie besonders in Gunst stand, im Jahre 1824 Talbot Twysden, Esq., einen hohen Beamten für die Puder- und Pomadesteuer; die jüngere aber, Louisa, zog sich Mylords heftigsten Zorn zu, indem sie mit George Brand Firmin, Esq., M. D., durchbrannte, einem jungen Gentleman von der Universität Cambridge, der Lord Cinqbars beistand, als dieser in Neapel starb, und seinen Leichnam nach Schloß Wingate heimgeführt hatte.

Der Zwist mit der jüngeren Nichte und die Gleichgültigkeit,

die Seine Lordschaft meistens für die ältere empfand (die er eine alte Intrigantin zu nennen pflegte), führten zunächst zu einem kleinen rapprochement zwischen Lord Ringwood und seinem Erben, Sir John von Appleshaw; doch beide Gentlemen waren von sehr festem, um nicht zu sagen störrischem Charakter. Sie bekamen Streit wegen der Ablösung eines kleinen, als unveräußerliches Erblehen eingetragenen Grundbesitzes, den der Graf zu verkaufen wünschte; und sie trennten sich unter heftigem Groll und grobem Geschimpfe seitens Seiner Lordschaft, der ein ungewöhnlich offenherziger Edelmann war und dazu neigte, wie man so sagt, das Kind beim rechten Namen zu nennen.

Nach dieser Meinungsverschiedenheit nahm man an, der Graf von Ringwood werde heiraten, um seinen Erben zu ärgern. Er war wenig mehr als siebzig Jahre alt und hatte einst eine sehr kräftige Konstitution besessen. Und obgleich sein Charakter hitzig war und sein Äußeres nicht eben angenehm (denn sogar auf Sir Thomas Lawrences Porträt ist sein Antlitz sehr unschön), besteht kaum ein Zweifel, daß es ihn nur ein Wort gekostet hätte, unter den jungen Schönen seiner eigenen Grafschaft oder den lieblichen Blumen von Mayfair eine Gattin zu finden.

Doch er war ein zynischer Edelmann und sich seines wenig anziehenden Äußeren möglicherweise krankhaft bewußt. „Natürlich kann ich mir eine Frau kaufen", (sagte Seine Lordschaft oft). „Meinen Sie, die Leute würden ihre Töchter an einen Mann meines Ranges und Vermögens nicht verkaufen? Nun sehen Sie mich an, werter Sir, und sagen Sie, ob irgendeine Frau auf Erden sich in mich verlieben könnte? Ich war verheiratet, und einmal war genug. Häßliche Frauen sind mir ein Greuel; und die tugendhaften Frauen, die heimlich zittern und weinen und ihrem Mann Predigten halten, langweilen mich. Sir John Ringwood von Appleshaw ist ein Esel, und ich kann ihn nicht ausstehen; aber doch nicht so sehr, als daß ich mich für den Rest meiner Tage unglücklich machen würde, nur um ihn zu ärgern. Wenn ich hin bin, bin ich hin. Glauben Sie, es kümmert mich, was nach mir kommt?" Und mit viel sarkastischem Humor pflegte dieser alte Lord alle wackeren Witwen von Stand, die ihm ihre Töchter zuschoben, nacheinander an der Nase herumzuführen. Emily schickte er Perlen, Fanny Brillanten, der munteren Kate Logenplätze in der Oper, der frommen Selinda Andachtsbücher, und am Ende der Saison fuhr er zurück in sein einsames großes Schloß im Westen. Sie waren alle gleich, so lautete die Meinung Seiner Lordschaft. Ein böser und verderbter alter Herr, fürchte ich, meine Lieben. Aber ach, würde eine Frau nicht so manches Opfer auf sich nehmen, um diesen unglücklichen Mann zu bessern; diesen begabten, aber verlorenen Menschen auf den rechten Weg zu führen; diese irrende Seele zu einem Glauben an die Reinheit der Frau zu bekehren? Sie versuchten es bei ihm mit orthodoxen Altardecken für seine hochkirchliche Kapelle in Wingate; sie versuchten es mit puritanischen Traktaten; sie tanzten vor ihm; sie setzten zu Pferd über alle Zäune; sie trugen Stirnbänder oder Löckchen, wie sein Geschmack es vorschrieb; sie waren stets zu Hause, wenn er vorsprach, während wir armen anderen barsch zu hören bekamen, sie seien beschäftigt; sie wußten sich vor Dankbarkeit über seine Buketts nicht zu lassen; sie sangen für ihn, und ihre Mütter, ein Schluchzen unterdrückend, hauchten: „Was ist meine Cecilia doch für ein Engel!“ Jede Spielart verlockender Spreu streuten sie neckisch diesem alten Vogel. Doch am Ende der Saison war er immer noch nicht gefangen; er flog zurück in seine westlichen Berge. Und wenn Sie zu behaupten wagen, Mrs. Netley habe versucht, ihn zu erwischen, oder Lady Trapboys habe ihm eine Schlinge gelegt, sind Sie ein übler, plumper Verleumder und allüberall wegen Ihrer dummen und gemeinen Schmähung der Frauen berüchtigt.

Im Jahre 1830 befiel diesen hervorragenden Edelmann eine Gichtattacke, die seine Besitztümer um ein Haar seinem Verwandten, dem Baronet von Appleshaw, übereignet hätte. In einem benachbarten Staat gab es eine Revolution. Eine illustre regierende Familie wurde aus ihrem Land vertrieben, und in dem unseren waren Reformprojekte herangereift (die ziemlich gewiß in einer Revolution enden würden). Die Ereignisse in Frankreich und jene, die daheim in der Luft lagen, regten Lord Ringwood so auf, daß ihn einer der schwersten Gichtanfälle übermannte, die er je erlitten hatte. Seine Schreie, als man ihn in Ryde aus seiner Jacht in ein Haus brachte, das man in der Stadt für ihn gemietet hatte, klangen entsetzlich; seine Ausdrucksweise gegenüber allen Personen seiner Umgebung war erschreckend kräftig und lautstark, wie Lady Quamley und ihre Tochter, die mehrmals mit ihm ausgefahren waren, bezeugen können. Schlecht dankte ihnen dieser grobe alte Mann all ihre Güte und Aufmerksamkeit ihm gegenüber. Sie hatten an Bord seiner Jacht getanzt; sie hatten an Bord seiner Jacht diniert; sie waren mit ihm hinausgesegelt und hatten den Unbequemlichkeiten der hohen See in seiner Gesellschaft freudig getrotzt. Und als sie an die Seite seines Rollstuhls rannten – denn was täten sie nicht, um einem alten Gentleman in Krankheit und Not beizustehen? –, als sie an seinen Rollstuhl gerannt kamen, den man die Pier entlangschob, warf er Mutter und Tochter die vulgärsten und schimpflichsten Ausdrücke an den Kopf und brüllte sie an, sich an einen Ort zu scheren, den ich bestimmt nicht näher bezeichnen werde.

Nun traf es sich, daß sich in dieser Zeit Doktor und Mrs. Firmin mit ihrem kleinen Jungen, damals etwa drei Jahre alt, zufällig in Ryde aufhielten. Der Doktor war gerade dabei, sich eine Position als einer der damals in London beliebtesten Ärzte zu schaffen, und gewann bereits einige Berühmtheit für die Behandlung dieser speziellen Krankheit. (Firmin über „Gicht und Rheumatismus" war, Sie erinnern sich, Seiner Majestät König George IV. gewidmet.) Lord Ringwoods Kammerdiener kam auf die Idee, den Arzt holen zu lassen und erwähnte, er sei gerade in der Stadt. Nun war Lord Ringwood ein Edelmann, der es seinem Groll nie gestattete, seinem gegenwärtigen Behagen oder Wohlbefinden im Wege zu stehen. Er wünschte sofort Doktor Firmins Beistand und unterwarf sich seiner Behandlung; diese bestand zum Teil aus einem Hochmut von genau derselben Größenordnung, die der Kranke an den Tag legte. Firmins Erscheinung war so stattlich und großartig, daß er weitaus edler aussah als so mancher Adlige. Sechs Fuß, eine hochfahrende Art, eine glänzende Stirn, ein blitzendes Auge, eine schneeweiße Hemdkrause, ein gerollter Samtkragen, eine wohlgeformte Hand, die aus einer Samtmanschette ragte – all diese Vorzüge besaß und nutzte er. Er machte nicht die kleinste Anspielung auf Vergangenes, sondern behandelte seinen Patienten mit tadellosem Anstand und unerschütterlicher Selbstsicherheit.

Diese trotzige und finstere Höflichkeit mißfiel dem alten Mann nicht immer. Er war von seiner Umgebung so an beflissenen Gehorsam und sklavische Unterwerfung gewöhnt, daß er manchmal ihrer Kriecherei überdrüssig wurde und an ein wenig Unabhängigkeit Geschmack fand. Geschah es aus Berechnung oder weil er ein Mann von stolzem Sinn war, daß Firmin beschloß, bei Seiner Lordschaft einen unabhängigen Kurs zu steuern? Vom ersten Tag ihrer Begegnung an wich er nicht davon ab und erlebte die Befriedigung, nur verbindliche Höflichkeit von seinem edlen Verwandten und Patienten zu erfahren, der für seine Grobheit und Brutalität gegenüber fast jedem, der ihm in den Weg kam, berüchtigt war.

Mit Andeutungen, die Seine Lordschaft im Gespräch fallenließ, gab er dem Arzt zu verstehen, daß er über manche Einzelheiten der jungen Jahre dieses Gentlemans unterrichtet war. Diese waren ausschweifend und stürmisch verlaufen. Firmin hatte Schulden gemacht; hatte sich mit seinem Vater überworfen; hatte die Universität verlassen und war ins Ausland gegangen; hatte in einer wilden Gesellschaft gelebt, die sich allnächtlich der Würfel und Spielkarten bediente und morgens manchmal der Pistolen; und im Umgang mit letzterem Instrument hatte er eine furchterregende Geschicklichkeit bewiesen, indem er es gegen die Person eines berühmten italienischen Abenteurers richtete, der in Neapel von seiner Hand fiel. Als dieses Jahrhundert noch fünfundzwanzig Jahre jünger war, konnte man in den Londoner Vororten noch dann und wann den Knall eines Pistolenschusses vernehmen; und in manchem Vergnügungslokal machte der Würfelbecher die Runde. Die Ritter der Vier Könige reisten von Hauptstadt zu Hauptstadt und banden miteinander an oder plünderten die Unvorsichtigen aus. Jetzt haben sich die Zeiten geändert. Die Karten sind in ihren Schachteln eingesargt. Nur sous-officiers, in ihren Cafés in den Provinzstädten über ihr Domino in Streit geratend, fechten noch Duelle aus. „Ach, du lieber Gott", hörte ich neulich bei Bays's einen ergrauten Pointeur seufzen, „ist es nicht ein trauriger Gedanke? Wenn ich mich mit einer Fünfzigpfundnote amüsieren wollte, wüßte ich in London kein einziges Haus, wo ich hingehen könnte, um sie zu verlieren." Und er zählte wehmütig die Namen von zwanzig Häusern auf, wo er in seiner Jugend sein Geld fröhlich hätte setzen und verlieren können.

Nach mehrfach verlängerter Abwesenheit im Ausland kam Mr. Firmin in sein Vaterland zurück, durfte wieder an die Universität und verließ sie mit dem Grad eines Bakkalaureus der Medizin. Wir haben berichtet, wie er mit Lord Ringwoods

Nichte durchbrannte und sich den Zorn dieses Edelmanns zuzog. Über Schimpftiraden und Wutanfälle hinaus war Seine Lordschaft machtlos. Der jungen Dame stand es frei zu heiraten, wen sie wollte, und ihrem Onkel, ihm die Anerkennung zu verweigern oder ihn zu empfangen; und dementsprechend wurde sie, wie wir gesehen haben, von Seiner Lordschaft verstoßen, bis er es angemessen fand, ihr zu verzeihen. Wie Lord Ringwoods Absichten hinsichtlich seines Besitzes aussahen, wie hoch sich sein Vermögen belief und wer seine Erben sein würden, wußte kein Mensch. Mittlerweile gab es natürlich Leute, die an diesem Punkt brennendes Interesse verspürten. Mrs. Twysden mit Mann und Kindern war hungrig und arm. Wenn Onkel Ringwood Geld zu vermachen hatte, wäre es diesen drei Lieblingen höchst willkommen, deren Vater, anders als Doktor Firmin, kein großes Einkommen besaß. Philip war ein lieber, guter, offener, freundlicher, ausgelassener Bursche, und sie liebten ihn alle. Doch er hatte seine Fehler – sie ließen sich nicht verheimlichen –, und so wurden die Fehler des armen Philip von lieben Verwandten, die sie nur zu gut kannten, fast regelmäßig Onkel Ringwood vor Augen geführt. Die lieben Verwandten! Wie gütig sie sind! Ich glaube nicht, daß Phils Tante ihn Mylord gegenüber schlechtmachte. Diese ruhige Dame förderte gelassen und sanft die Ansprüche ihrer eigenen Lieblinge und verbreitete sich wohlwollend über den gegenwärtigen Wohlstand und die großartigen Zukunftsaussichten des jungen Mannes. Die Zinsen von dreißigtausend Pfund bereits jetzt, und die Erbschaft des von seinem Vater angehäuften großen Vermögens! Welcher junge Mann könnte mehr verlangen? Vielleicht habe er schon zuviel. Vielleicht sei er zu reich, um zu arbeiten. Der listige alte Peer stimmte den Äußerungen seiner Nichte zu und begriff vollkommen, in welche Richtung sie abzielten. „Eintausend im Jahr! Was sind eintausend im Jahr", brummte der alte Lord. „Nicht genug, um einen Gentleman zu unterhalten, mehr als genug, um einen Kerl zum Müßiggang zu verleiten."

„Ach, gewiß, es ist nur ein geringes Einkommen", seufzte Mrs. Twysden. „Bei einem großen Haus, einem gutgeführten Hauswesen und Mr. Twysdens Gehalt aus der Kanzlei – es ist blutwenig."

„Blutwenig! Hunger leiden ist das", knurrt Mylord mit seiner gewohnten Offenheit. „Weiß ich etwa nicht, was ein Haushalt kostet, und sehe, wie ihr knausert? Butler und Lakaien, Kutschen und Mietpferde, Hausmiete und Dinners – wenn deine, Maria, auch nicht berühmt sind."

„Ganz schlecht – ich weiß, sie sind ganz schlecht", gibt die zerknirschte Dame zu. „Ich wünschte, wir könnten uns bessere leisten."

„Euch bessere leisten? Natürlich könnt ihr das nicht. Ihr seid die irdenen Töpfe, und ihr schwimmt mit den feinen Messingtöpfen den Strom hinab. Neulich habe ich Twysden mit Rhodes die St. James's Street entlanggehen sehen – diesem langen Kerl." (Hier lachte Mylord und ließ viele Fangzähne sehen, die Seiner Lordschaft, wenn er gutgelaunt war, ein eigentümlich wildes Aussehen gaben.) „Wenn Twysden mit einem großen Kerl geht, versucht er immer, mit ihm Schritt zu halten. *Du* weißt das ja." Natürlich kannte die arme Maria die Eigenheiten ihres Mannes; aber sie sprach nicht aus, daß man sie nicht daran zu erinnern brauche.

„Er schnaufte so, daß er kaum ein Wort herausbrachte", fuhr Onkel Ringwood fort; „aber er mußte partout die Beinchen strekken und versuchen Schritt zu halten. Er hat einen kleinen Körper, le cher mari, aber Schneid hat er. Diese kleinen Kerle haben oft welchen. Ich habe ihn bei der Jagd halbtot gesehen, wie er hinter Burschen, die doppelt so große Schritte machten, über die gepflügten Äcker sprang. Warum sind die Menschen in der Welt nicht mit weniger zufrieden, möchte ich wissen? Warum hast du, Maria, statt eines feinen Hauses und einer Bande fauler Dienstboten nicht ein Dienstmädchen und eine Hammelkeule? Du machst dich halb verrückt damit, dich nach der Decke zu strekken. Das weißt du genau. Es hält dich in der Nacht wach; *ich* weiß genau Bescheid. Ihr habt ein Haus, das Leuten mit viermal soviel Geld ansteht. Ich leihe euch meinen Koch und so weiter; aber ich kann nicht bei euch dinieren, es sei denn, ich schicke euch den Wein. Warum gibt es bei euch nicht einen Krug Porter und einen Lendenbraten oder Kuttelflecke? – Kuttelflecke sind etwas ganz Famoses. Die Nöte, die Leute auf sich ziehen, wenn sie versuchen, über ihre Mittel zu leben, sind absolut lächerlich, beim George! Sieh dir den Kerl an, der mir die Tür geöffnet hat; er ist so lang wie einer meiner eigenen Leute. Geht doch hin und wohnt in einer ruhigen kleinen Straße irgendwo in Belgravia und haltet euch ein schmuckes kleines Dienstmädchen. Niemand wird einen Deut weniger von euch halten – und ihr steht genauso gut da, als wenn ihr mit zweitausend im Jahr extra hier wohnt. Der Rat, den ich dir gebe, ist schon halb soviel wert, bis auf den letzten Shilling."

„Es ist ein sehr guter Rat; aber ich glaube, Sir, die tausend Pfund wären mir lieber", sagte die Dame.

„Natürlich wären sie das. Das ist die Folge eurer schiefen Lage. Eine der guten Eigenschaften an diesem Doktor ist, daß er stolz ist wie Luzifer, und sein Junge auch. Die gieren nicht immerzu nach Geld. Sie wahren ihre Unabhängigkeit; obwohl er auch auf seinem Teil besteht, der Kerl. Denk dir, als ich ihn neulich kommen ließ, dachte ich, weil er doch ein Verwandter ist, er würde mich umsonst verarzten; aber das tat er nicht. Er bestand auf seinem Honorar, beim George! und wollte ohne das nicht kommen. Verflixt unabhängiger Mann ist Firmin. Und der Junge auch."

Doch als Twysden und sein Sohn (vielleicht von Mrs. Twysden inspiriert) ein- oder zweimal versuchten, sich in Gegenwart dieses Löwen unabhängig zu geben, brüllte er und stürzte sich auf sie und zerfleischte sie, so daß sie aufheulend vor ihm flohen. Und das erinnert mich an eine alte Geschichte, die ich gehört habe – eine ganz uralte Geschichte, wie freundliche alte Knaben in Clubs sie sich gern ins Gedächtnis rufen –, wie Mylord, als er nur Lord Cinqbars war, einen Leutnant auf Halbsold auf dessen eigenem Grund und Boden beleidigt hatte und Seine Lordschaft von ihm auf die heimlichste und grimmigste Weise mit der Pferdepeitsche bearbeitet wurde. Es wurde ausgestreut, Lord Cinqbars hätte einen Zusammenstoß mit Wilderern gehabt; doch es war Mylord, der wilderte, und der Leutnant, der seinen eigenen Taubenschlag verteidigte. Ich behaupte nicht, er sei ein mustergültiger Edelmann; aber daß er, wenn ihn seine Leidenschaften oder Interessen nicht irreführten, ein Edelmann von ganz beträchtlichem Scharfsinn, Humor und gesundem Menschenverstand war und gelegentlich durchaus guten Rat erteilen konnte. Wenn manche unbedingt niederknien und ihm die Stiefel küssen wollten, nur zu. Da war die Schuhwichse, und jeder durfte gern Spitze und Ferse umfangen. Doch jenen, die das nicht wollten, stand es frei, den Akt zu unterlassen. Sogar der Papst fordert die Zeremonie nicht von Protestanten; und wenn sie etwas gegen den Pantoffel haben, denkt niemand daran, ihnen diesen mit Gewalt an den Mund zu führen. Vermutlich weigerten sich Phil und sein Vater, vor dem alten Mann zu zittern, nicht so sehr, weil sie wußten, daß er ein Tyrann war, den man kleinkriegen konnte, sondern weil sie Männer von Mut waren, die sich nicht darum scherten, ob einer ein Tyrann war oder nicht.

Ich habe Ihnen erzählt, daß ich Philip Firmin mag, wenn ich auch zugeben muß, daß der junge Bursche viele Fehler hatte und daß sein Lebenslauf, besonders in den Jugendjahren, durchaus nicht musterhaft war. Habe ich jemals sein Benehmen gegenüber seinem Vater entschuldigt oder ein Wort zur Rechtfertigung seines kurzen und unrühmlichen Universitätslebens gesagt? Ich gestehe seine Fehler mit derselben Aufrichtigkeit, mit der meine Freunde von den meinen reden. Wer sieht die Schwächen eines Freundes nicht und ist so blind, daß er jenen gewaltigen Balken im Auge seines Nächsten nicht erkennen könnte? Nur eine einzige Frau oder zwei, von Zeit zu Zeit. Und sogar diesen gehen eines Tages die Augen auf. Selbst ein Weltmann, schreibe ich über meine Freunde als weltzugewandte Mitmenschen. Glauben Sie etwa, es gebe hier viele Engel? Ich sage noch einmal, vielleicht eine Frau oder zwei. Aber was Sie und mich betrifft, werter Sir, gibt es irgendwelche Anzeichen, daß aus *unseren* Schulterblättern Flügel sprießen? Schweigen Sie. Verfolgen Sie Ihre bissigen, zynischen Bemerkungen nicht weiter, sondern fahren Sie mit Ihrer Geschichte fort.

Wie Sie durchs Leben gehen, stolpernd und ausrutschend und wieder auf die Füße taumelnd, der eigenen elenden Schwäche jämmerlich bewußt und, hoffentlich mit zerknirschtem Herzen, darum betend, nicht in Versuchung geführt zu werden, haben Sie da nicht oft zu anderen Mitsündern hinübergeblickt und mit abscheulichem Interesse über ihrem Lebenslauf gerätselt? Manche sind dabei, denen der dunkle Ahriman in früher Jugend sein böses Zeichen aufgeprägt hat: Kinder, doch bereits verderbt und von lasterhafter Rede; in zartem Alter, doch grausam; solche, die noch wahrheitsliebend und großmütig sein sollten (gestern noch lagen sie am Busen ihrer Mutter), jedoch vor der Zeit falsch und kalt und gierig sind. Fast noch kleine Kinder, üben sie sich in der

Verschlagenheit und Selbstsucht alter Männer. Hinter ihrer ehrlichen Miene stecken Ränke und Bosheit und eine scheußlich frühreife Hinterlist. Ich kann mich an solche erinnern, und im Rückblick auf die ferne, unvergessene Kindheit sehe ich jene traurige kleine Prozession von enfants perdus. Möge es dem Himmel gefallen, sie zu retten! Dann gibt es noch die zweifelhafte Sorte, die noch geprüft werden; jene, die fallen und wieder aufstehen; jene, die im Lebenskampf oft arg gebeutelt werden; niedergeschlagen, verwundet, eingesperrt; doch manchmal entrinnen und obsiegen. Und dann gibt es die glückliche Sorte, an denen gar kein Zweifel zu bestehen scheint: die fleckenlosen und weißgekleideten, denen die Tugend leichtfällt; in deren reinem Busen der Glaube nistet und der kalte Zweifel keinen Eingang findet; die als Kinder gut sind; als junge Männer gut sind; sogar als Ehemänner und Väter gut sind. Warum konnte der Primus unserer Schule ohne Anstrengung und ohne einen Fehler seine griechischen Jamben schreiben? Andere unter uns bedeckten die Seite mit Klecksen und vergeblichen Tränen und konnten sich noch so sehr abquälen und hinkten doch mühsam am Ende der Klasse. Unser Freund Philip gehört zur mittleren Sorte, in der Sie und ich uns vermutlich befinden, mein lieber Sir – noch nicht, wie ich hoffe, jener furchtbaren dritten Sorte überantwortet, von der die Rede war.

Doch da Mr. Philip ein Mensch war und dem Irrtum unterworfen, besteht kein Zweifel, daß er von diesem Recht Gebrauch machte, und eine Zeitlang hegten wir sogar nicht wenig Sorge, er werde sein Konto überziehen. Er ging von der Schule zur Universität und zeichnete sich dort zwar aus, doch auf eine Weise, die ganz wenige Eltern bei ihren Söhnen gern gesehen hätten. Daß er auf die Jagd ging, daß er Gesellschaften gab, daß er in einem der besten Boote auf dem Fluß ein kräftiges Ruder schwang, daß er im Debattier-Club sprach – all das war soweit ganz gut. Doch warum sollte er solche schrecklichen radikalen und republikanischen Meinungen äußern – er, in dessen Adern edles Blut floß, und Sohn eines Vaters, in dessen Interesse es zumindest lag, sich mit Leuten von hohem Rang gut zu stehen?

„Warum, Pendennis“, sprach Doktor Firmin mich an, Tränen in den Augen und viel echten Kummer auf seinem gutaussehenden bleichen Gesicht, „warum muß es heißen, Philip Firmin –

dessen Großväter beide wacker für ihren König gekämpft haben – vergesse die Grundsätze seiner Familie und – und – ich finde keine Worte, Ihnen zu sagen, wie tief er mich enttäuscht. Denken Sie nur, ich habe wahrhaftig gehört, er habe in diesem schrecklichen Debattier-Club dem Tod Charles' I. das Wort geführt! Ich war selbst wüst und ausgelassen genug, als ich auf der Universität war, aber ich war ein Gentleman."

„Jungen, Sir, sind eben Jungen", wandte ich ein. „Einem Streitgespräch zuliebe setzen sie sich für alles mögliche ein: und Philip hätte genauso bereitwillig die andere Seite vertreten."

„Lord Axminster und Lord St. Dennis haben es mir im Club erzählt. Ich kann Ihnen sagen, es hat einen höchst peinlichen Eindruck gemacht", rief der Vater. „Daß mein Sohn ein Radikaler und Republikaner sein soll, ist für einen Vater ein grausamer Gedanke; und ich, der sich immer Lord Ringwoods Wahlkreis für ihn erhofft hatte, der gehofft hatte – der sich sehr viel bessere Dinge für ihn und von ihm erhofft hatte ... Er ist mir kein Trost. Sie haben gesehen, wie er mich neulich abend behandelt hat? Ich meine, ein Mann könnte zu seinem einzigen Sohn in einem anderen Verhältnis stehen!" Und mit versagender Stimme, bleicher Wange und echtem Gram im Herzen ging der unglückliche Arzt weiter.

Wie hatte der Doktor seinen Sohn erzogen, daß der junge Mann derart unlenksam wurde? War der Junge an der Revolte schuld oder der Vater? Doktor Firmins Entsetzen schien daraus zu entspringen, daß seine adligen Freunde über Phils radikale Doktrinen entsetzt waren. In jenem Abschnitt meines Lebens, als ich jung und sehr unreif war, bereitete es mir ein kleines boshaftes Vergnügen, den pedantischen Mucker aufzubringen und ihn zu dem Ausspruch zu veranlassen, ich sei „ein gefährlicher Mann". Jetzt bin ich bereit zu der Erklärung, Nero sei ein Herrscher mit zahlreichen kultivierten Fertigkeiten und beträchtlicher natürlicher Liebenswürdigkeit gewesen. Ich rühme und bewundere den Erfolg, wo immer ich ihm begegne. Ich übe Nachsicht gegenüber Fehltritten und Mängeln, besonders bei Höhergestellten; und meine, wüßten wir alles, würden wir sie ganz anders beurteilen. Die Leute schenken mir vielleicht nicht mehr ganz soviel Glauben wie früher. Aber ich errege keinen Anstoß. Habe ich etwas Verletzendes gesagt? Zum Kuckuck mit meinen Schnitzern! Ich nehme den Ausdruck zurück. Ich bedauere ihn. Ich widerrufe ihn ausdrücklich.

Da ich für jedermann Entschuldigungen zu finden bereit bin, mag der arme Philip in den Genuß dieser milden Amnestie kommen; und wenn er seinem Vater Verdruß machte, was zweifellos der Fall war, wollen wir hoffen – wollen wir wohlgemut überzeugt sein –, daß er nicht so schwarz war, wie der alte Herr ihn malte. Phil war widerspenstig, weil er kühn und unbesonnen und jung war. Seinem Vater taten die Überspanntheiten und Torheiten des Jungen natürlich weh. Sie werden wieder zusammenkommen, wie es sich für Vater und Sohn gehört. Diese kleinen Unterschiedlichkeiten des Naturells werden mit der Zeit geglättet und ausgeglichen. Der Junge hat *wirklich* ein wildes Leben geführt. Er war gezwungen, das College zu verlassen. Er hat seinem Vater Stunden voller Sorge und Nächte voll schmerzlichen Wachens beschert. Doch halt, Vater, was ist mir dir? Hast du dem Jungen gezeigt, wie man Vertrauen übt, das Beispiel von Liebe und Ehre gegeben? Hast du ihn an die Tugend gewöhnt und das Kind an deinem Knie die Wahrheit gelehrt? „Du sollst Vater und Mutter ehren." Amen. Ein langes Leben sei dem beschert, der das Gebot einhält; doch ist da nicht das Gebot einbegriffen, wenn es auch nicht auf der Tafel geschrieben steht: „Du sollst Sohn und Tochter ehren"? Wolle Gott, daß auch wir, deren Erdentage bereits beträchtlich sind, dieses Gebot einhalten.

Was hatte Philip wild, verschwenderisch und widerspenstig gemacht? Von jener Krankheit geheilt, bei der wir ihn sahen, stand er auf und ging seinen Weg von der Schule zur Universität und fing dort ein Leben an, wie ungebärdige junge Männer es eben führen. Von jenem Krankenlager ab veränderte sich sein Benehmen gegenüber seinem Vater, und der ältere Firmin schien sich zu fürchten, seinen Sohn nach dieser Veränderung zu fragen. Er nutzte das Haus, als wäre es sein Eigentum, kam und ging nach Belieben, herrschte über die Dienstboten und wurde von ihnen verwöhnt; verbrauchte das seiner Mutter und deren Kindern ausgesetzte Einkommen und schenkte davon großzügig an arme Bekannte weiter. Auf die Vorhaltungen alter Freunde gab er zurück, er habe das Recht, mit seinem Eigentum nach Belieben zu verfahren; andere Leute, die arm seien, könnten ja arbeiten, er aber habe genug, um davon zu leben, ohne die Klassiker und

Mathematik zu büffeln. Er war in mehr als eine Schlägerei verwickelt; seine Lehrer bekamen ihn nicht zu sehen, aber er und die Proktoren wurden nur allzu gut miteinander bekannt. Sollte ich eine Geschichte Mr. Philip Firmins auf der Universität schreiben, wäre es die Geschichte eines Faulen Lehrlings, dem seine Pastoren und Erzieher mit Recht Unheil prophezeiten. Er wurde bei unerlaubten Ausflügen nach London gesehen, als sein Vater und seine Lehrer ihn unpäßlich in seiner Wohnung im College glaubten. Er schloß Bekanntschaft mit fröhlichen Kumpanen, obwohl dieser Umgang seinen Vater schmerzlich berührte. In London schnitt er auf der Straße den verdutzten Onkel Twysden und erklärte ihm gelassen, er müsse sich irren – er Franzose, er nicht sprechen Englisch. Er starrte den Vorsteher seines eigenen Colleges an, bis dieser unsicher wurde, raste mit turpingleicher Geschwindigkeit ins College zurück und befand sich, als Nachforschungen angestellt wurden, mit einem felsenfesten Alibi in seinem Zimmer. Leider besteht kein Zweifel daran, daß Phil die Tür seines Tutors zuschraubte; Mr. Okes ertappte ihn auf frischer Tat. Er mußte abgehen, der junge verlorene Sohn. Ich wünschte, ich könnte sagen, er sei reuig gewesen. Doch er trat mit der denkbar größten Lässigkeit vor seinen Vater; erklärte, auf der Universität bringe er es zu nichts und wäre viel besser woanders, und dann unternahm er eine aufwendige Auslandsreise nach Frankreich und Italien, wohin ihm zu folgen uns durchaus nicht ansteht. Irgend etwas hatte das edle Blut vergiftet. Der einst freundliche, aufrichtige Bursche war wild und rücksichtslos. Er verfügte über Geld genug, eigene Pferde und Equipage und freie Wohnung im Hause seines Vaters. Doch Vater und Sohn trafen kaum zusammen und nahmen selten gemeinsam eine Mahlzeit ein. „Ich weiß, wo er verkehrt, aber ich kenne seine Freunde nicht, Pendennis“, sagte der Ältere. „Ich glaube nicht, daß sie lasterhaft sind, eher niedrigstehend. Wohlgemerkt, ich werfe ihm keine Laster vor; aber Faulheit und einen fatalen Hang zu ordinärem Umgang und eine besessene, selbstmörderische Entschlossenheit, seine Aussichten im Leben wegzuwerfen. Ach, bedenken Sie doch, wo er stehen könnte und wo er steht!“

Wo stand er? Beunruhigen Sie sich nicht. Philip faulenzte nur herum. Philip hätte sehr viel fleißiger, einträglicher und ein ganz Teil verruchter beschäftigt sein können. Was man jetzt die Boheme nennt, hatte in Philips Jugend keinen Namen, wenn auch viele von uns das Land Bohemia ganz genau kannten. Ein heiteres Land, nicht wie Tyburnia und Belgravia mit gelblichgrauem Stuck umschlossen; nicht von einem riesigen stehenden Heer von Lakaien bewacht; nicht von stolzen Kutschen hallend; nicht mit eleganten Chintzsalons und hübschen Teetischen vollgestopft; ein Land, über dem ewiger Nebel hängt, von vielem Tabak erzeugt; ein Land von Junggesellenquartieren, Billardstuben, Speisehäusern, Austern; ein Land des Gesanges; ein Land, wo morgens in Strömen Sodawasser fließt; ein Land zinnerner Dekkel über den Schüsseln der Tavernen und schäumenden Porterbiers; ein Land, wo man Lotos ißt (mit Massen von Cayennepfeffer), Ruderpartien auf dem Fluß macht, begeistert Romane und Magazine liest und viele Ateliers durchstreift; ein Land, wo man einander beim Vornamen nennt; wo die meisten arm, wo fast alle jung sind, und wenn ein paar alte Knaben Eingang finden, so liegt es daran, daß sie sich sorgsamer und bedachter als andere Leute ihren jugendlichen Geist und die herrliche Fähigkeit zum Müßiggang bewahrt haben. Jetzt finde ich nicht mehr den Weg nach Böhmen, aber es steht fest, daß Prag die malerischste Stadt der Welt ist.

Da ich lange im Land der Bohemiens gelebt habe und es in der Tat zu der Zeit, von der ich schreibe, erst kürzlich verlassen hatte, konnte ich Doktor Firmins Empörung darüber nicht ganz teilen, daß sein Sohn auf seinem argen Lebenswandel und seinen ungezähmten Gefährten beharrte. Als Firmin selbst zügellos gewesen war, hatte er gefochten, seine Ränke geschmiedet und dem Glücksspiel gehuldigt, aber in guter Gesellschaft. Phil wählte seine Freunde aus einer Bande, von der man in eleganten Kreisen nie etwas hörte. Vielleicht spielte er gern inmitten dieser Gefährten den Prinzen und war der Schmeichelei nicht abgeneigt, die eine volle Börse ihm unter Männern einbrachte, deren Taschen zumeist kärglich ausgepolstert waren. Er war nicht nach Bohemia ausgewandert und dort fest ansässig geworden. Auf der Schule und in seiner kurzen Universitätslaufbahn hatte er einige Freunde gewonnen, die in der vornehmen Welt lebten und mit denen er noch Umgang hatte. „Diese kommen und klopfen vorn an meiner Haustür, der Tür meines Vaters“, sagte er dann wohl und lachte wie früher; „die Banditen, die das verabredete Signal kennen, kommen nur hinten durch den Seziersaal. Ich weiß, welche die ehrlicheren sind und daß es nicht immer die armen Freibeuter sind, die es am ersten verdienen, gehängt zu werden."

Wie mancher junge Gentleman, der nicht vorhat, das Studium der Rechte ernstlich zu betreiben, schloß Philip sich einer Advokateninnung an und hielt getreulich seine Termine ein, obwohl er versicherte, sein Gewissen werde es ihm nicht erlauben, zu praktizieren (ich verteidige damit nicht die Ansichten dieses heiklen Tugendrichters – ich gebe sie nur wieder). Sein Bekanntenkreis hier lag bei den Bohemiens des Temple. Er bezog einen Teil einer Wohnung in den Parchment Buildings, gewiß, und Sie konnten an einer Tür lesen: „Mr. Cassidy, Mr. P. Firmin, Mr. Vanjohn"; doch war es denkbar, daß diese Gentlemen Philip im Leben voranhalfen? Cassidy war Pressereporter, und der junge Vanjohn lebte vom Wetten und besuchte immerzu Rennen. Doktor Firmin hatte einen Abscheu vor Zeitungsleuten, war der Ansicht, sie gehörten den gefährlichen Schichten an, und behandelte sie mit zurückhaltender Leutseligkeit.

„Sieh dir meinen Alten an, Pen", sagte Philip oft dem derzeitigen Chronisten. „Er beobachtet dich immer mit heimlichem Argwohn und hat nie sein Staunen darüber verwunden, daß du ein Gentleman bist. Ich mag ihn, wenn er die Lord-Chatham-Masche abzieht und sich zu dir herabläßt und dir die Hand zum Kuß reicht. Er hält sich für weit über dir stehend, merkst du das nicht? Oh, er ist das Muster eines père noble, der Alte! und ich sollte ein junger Sir Charles Grandison sein." Und dann äffte der junge Taugenichts das Lächeln seines Vaters nach und die Art des Arztes, die Hand auf die Brust zu legen und das wohlgeformte rechte Bein vorzustellen, Gesten oder Posen, die, zugegeben, allesamt ziemlich prahlerisch und affektiert waren.

Worin auch immer die väterlichen Mängel bestanden, Sie werden sagen, daß es Philip nicht zukam, sie zu kritisieren; auch will ich in diesem Punkt nicht versuchen, ihn zu verteidigen. Meine Frau hat eine kleine Pensionärin, die sie auf der Straße auflas, wo das kleine Wesen umherirrte und ein einfaches Liedchen sang. Das Kind konnte noch nicht sprechen – nur sein kleines Lied trällern; und so hatte es sich von zu Hause verlaufen und gar nichts von der Gefahr gemerkt. Wir behielten sie eine Weile, bis die Polizei ihre Eltern fand. Unsere Dienstboten badeten sie und kleideten sie ein und schickten sie in so schmucken Sachen heim, wie sie das arme kleine Wurm noch nie gesehen hatte, bis das Glück sie diesen gutmütigen Menschen in den Weg führte. Sie kommt oft zu Besuch. Wenn sie uns verläßt, ist sie immer ordentlich und sauber; wenn sie wieder bei uns erscheint, ist sie in Lumpen und schmutzig. Eine schlimme kleine Schlampe! Und wessen Pflicht ist es denn, sie reinzuhalten? und hat nicht die Mutter in diesem Fall vergessen, ihre Tochter zu ehren? Angenommen, es bestünde ein Grund, der Philip daran hinderte, seinen Vater zu lieben – angenommen, der Arzt habe verabsäumt, das Herz des Jungen reinzuhalten und ihn aus Nachlässigkeit und Gleichgültigkeit in die Welt hinausirren lassen. Wenn dem so ist, wehe diesem Arzt! Wenn ich meinen kleinen Sohn zum Mittagessen in die Schenke mitnehme, werde ich nicht gewißlich dafür büßen? Wenn ich ihn im zarten Jugendalter fehlgehen lasse und ihm dann etwas zustößt, wer ist daran schuld?

Vielleicht lag die Ursache für eben das unschickliche, unregelmäßige Leben, das Philips Vater beklagte, in gewissem Maß an den Fehlern des Älteren. Er gab sich großen Leuten gegenüber so beflissen unterwürfig, daß der Sohn ihnen wutentbrannt Trotz bot und sie mied. Er gab sich so gemessen, so höflich, so schmeichlerisch, so gekünstelt, daß Phil aus Empörung gegenüber solcher Heuchelei es vorzog, sich offen, zynisch und plump vertraulich zu geben. Die ernsten alten Persönlichkeiten, die der Doktor zu versammeln liebte, milde und gravitätische Männer der alten Schule, die gravitätisch miteinander in ihren gravitätischen alten Häusern dinierten – Männer wie Lord Botley, Baron Bumpsher, Cricklade (der die „Reisen in Kleinasien“, Quarto, 1804, herausgab), der Bischof von St. Bees und solche Leute –, wackelten betrübt mit den alten Köpfen, wenn sie in den Clubs miteinander schwatzten und des armen Firmin Taugenichts von Sohn durchhechelten. Es werde kein gutes Ende mit ihm nehmen; er mache seinem guten Vater viel Kummer; an der Universität sei er in alle möglichen Streitereien und Ruhestörungen verwickelt gewesen, und der Vorsteher von Boniface äußere sich ganz ungünstig über ihn. Und bei den würdevollen Dinners in der Old Parr Street – den vortrefflichen, kostspieligen, ruhigen Dinners – behandelte er diese alten Gentlemen mit einer Ungezwungenheit, die die alten Köpfe vor Überraschung und würgender Empörung zum Zittern brachten. Lord Botley und Baron Bumpsher hatten Firmins Jungen im Megatherium Club vorgeschlagen und unterstützt. Als er dort erschien, trollten sich die bleichen alten Knaben erschrocken. Er brachte einen Geruch nach Tabakrauch mit. Er entblödete sich nicht, sogar im Gesellschaftszimmer zu rauchen. Sie erbebten vor Philip, der wiederum ihren greisenhaften Zorn zu genießen pflegte und seinen innigen Spaß daran hatte, sie, wie er es nannte, bei ihren alten Zöpfen zusammenzubinden.

Nirgends war Philip in so unvorteilhaftem Licht zu sehen und zu hören wie im Haus seines Vaters. „Ich fühle mich zwischen diesen alten Hohlköpfen selbst wie ein Hohlkopf", sagte er oft zu mir. „Ihre abgestandenen Witze und altmodischen Komplimente und ihre erbaulichen alten Gespräche machen mich krank. Ob wohl alle alten Männer Hohlköpfe sind?" Es ist nicht erfreulich, von jungen Lippen solche misanthropischen Äußerungen zu vernehmen und Augen, die knapp zwanzig Jahre alt sind, schon mit Mißtrauen in die Welt blicken zu sehen.

In anderen Häusern war Philip, das muß ich sagen, sehr viel liebenswürdiger, und er brachte einen Glanz von Heiterkeit und Fröhlichkeit mit sich, die Sonnenschein und freundliches Willkommen in so manchen der oft von ihm besuchten Räume trugen. Ich habe gesagt, daß viele seiner Gefährten Künstler und Journalisten waren und er in ihren Clubs und Stammlokalen zu Hause war. Ridley, das Akademiemitglied, wohnte möbliert bei Mrs. Brandon in der Thornhaugh Street, und Philip war oft in J. J.s Atelier oder unten im Stübchen der Witwe. Er brachte ihr größte Zärtlichkeit und Zuneigung entgegen; ihre Gegenwart schien ihn zu läutern; und in ihrer Gesellschaft war der lärmende, rücksichtslose junge Mann unwandelbar zahm und respektvoll. Oft füllten sich ihre Augen mit Tränen, wenn sie von ihm sprach; und wenn er anwesend war, folgten sie ihm und beobachteten ihn mit holder mütterlicher Anhänglichkeit. Es machte Freude, ihn an ihrem schlichten kleinen Kamin zu sehen und seine Späße und sein Geschwätz mit ihrem einfältigen alten Vater zu hören, der einer von Mrs. Brandons Logiergästen war. Philip spielte mit diesem alten Mann stundenlang Cribbage, schwirrte mit hundert harmlosen Scherzen um ihn herum und ging neben seinem Rollstuhl her, wenn der alte Hauptmann in die New Road fuhr, um sich zu sonnen. Er war ein fauler Bursche, der Philip, das ist die Wahrheit. Er besaß anerkennenswerte Ausdauer im Nichtstun und konnte einen halben Tag lang in restloser Zufriedenheit damit verbringen, über seiner Pfeife Ridley an der Staffelei zuzusehen. J. J. hat jenen reizenden Kopf von Philip gemalt, der in Mrs. Brandons Stübchen hängt – mit dem blonden Haar, braunblonden Bart und Koteletten und den kekken blauen Augen.

Phil hatte für den späten Abend ein bestimmtes Lied parat, „Garryowen na Gloria“, das erfreulich anzuhören und, in voller Lautstärke gesungen, auf eine Meile im Umkreis zu vernehmen war. Eines Abends hatte ich am Russell Square diniert und wurde von Doktor Firmin, der zu den Gästen gehörte, in seiner Kutsche nach Hause gebracht. Als wir durch Soho kamen, standen die Fenster eines gewissen Clublokals, genannt „Zum Schlupfwinkel“, offen, und wir konnten Philips Lied durch die Nacht schallen hören, besonders einen gewissen irischen Schlachtruf, mit dem es unter allgemeinem Beifall und begeistertem Gläserklopfen endete.

Der arme Vater sank in der Kutsche zurück, als hätte ihn ein Schlag getroffen. „Hören Sie seine Stimme?“ stöhnte er auf. „Hier verkehrt er. Mein Sohn, dem alle Türen offenstehen, ist ein allseits beliebter Anführer des Pöbels in der Kneipe und singt seine Lieder in einer Schankstube!“

Ich versuchte, die Sache so günstig wie möglich darzustellen. Mir war bekannt, daß das Lokal harmlos war, daß geistreiche Männer von beträchtlichem Ansehen dort verkehrten. Doch der betroffene Vater ließ sich mit solchen abgedroschenen Beteuerungen nicht trösten; und ein tiefer und natürlicher Kummer bedrückte ihn angesichts der Verfehlungen seines Sohnes.

Was darauf folgte, überraschte mich durchaus nicht. Zu Doktor Firmins Patienten gehörte eine ledige Dame passenden Alters mit großem Vermögen, die den gebildeten Arzt mit wohlwollenden Augen betrachtete. Daß er sich eine Gefährtin wählte, die ihn in seiner Einsamkeit aufheitern könnte, war ganz natürlich, und alle seine Freunde waren sich darin einig, er sollte heiraten. Jedermann wußte Bescheid, was sich da in aller Stille anspann, ausgenommen der Sohn des Arztes, zwischen dem und seinem Vater sich nur zu viele Geheimnisse auftürmten.

Jemand fragte Philip im Club, ob er ihm zur bevorstehenden Heirat seines Vaters kondolieren oder gratulieren solle. Zu seiner was? Als der jüngere Firmin von dieser Partie hörte, legte er die größte Überraschung und Aufregung an den Tag. Er rannte nach Hause: er wartete auf die Rückkehr seines Vaters. Kaum kam Doktor Firmin heim und begab sich in sein Studierzimmer, stellte Philip ihn dort zu Rede.

„Es muß eine Lüge sein, Sir, was ich heute gehört habe", stieß der junge Mann ungestüm hervor.

„Eine Lüge! Was für eine Lüge, Philip?" fragte der Vater. Beide waren sehr entschlossene und mutige Männer.

„Daß Sie Miss Benson heiraten wollen."

„Machst du mein Haus so glücklich, daß ich weiter keine Gesellschaft brauche?" wollte der Vater wissen.

„Darum geht es nicht", gab Philip hitzig zurück. „Sie können und dürfen diese Dame nicht heiraten, Sir."

„Und warum nicht, Sir?"

„Weil Sie vor Gott und dem Himmel schon verheiratet sind, Sir. Und ich schwöre, morgen erzähle ich Miss Benson die Geschichte, wenn Sie auf Ihrem Vorhaben bestehen."

„Du kennst also diese Geschichte?" ächzte der Vater.

„Ja. Gott möge Ihnen verzeihen", sagte der Sohn.

„Es war ein Fehler meiner Jugend, den ich bitterlich bereut habe."

„Ein Fehler? – ein Verbrechen!" rief Philip.

„Das reicht, mein Lieber. Worin immer mein Fehler bestand, dir kommt es nicht zu, ihn mir vorzuwerfen."

„Wenn Sie nicht selbst für Ihre Ehre einstehen, dann muß ich es. Ich gehe jetzt zu Miss Benson."

„Wenn du dieses Haus verläßt, erhebst du wohl keinen Anspruch darauf, zurückzukehren?"

„Mag es so sein. Rechnen wir miteinander ab und trennen wir uns, Sir."

„Philip, Philip! Du brichst mir das Herz", rief der Vater.

„Sie glauben doch wohl nicht, meines ist nicht verletzt, Sir?" gab der Sohn zurück.

Philip bekam Miss Benson nicht zur Stiefmutter. Doch Vater und Sohn liebten einander nach ihrem Wortwechsel kein bißchen mehr als vorher.

6. KAPITEL

Im Hause Brandon

Thornhaugh Street ist jetzt nur noch eine armselige Gegend, und die Häuser sehen aus, als hätten sie bessere Tage erlebt: doch jenes Haus mit dem durchgehenden, durchbrochenen Fenster vor dem Salon in der Mitte, mit dem Namen Brandon an der Tür, war so schmuck wie kein anderes im Viertel, und das Messingschild glänzte stets wie poliertes Gold. Um die Osterzeit halten viele stattliche Kutschen an dieser Tür, und elegante Leute treten ein, von einem adretten kleinen Dienstmädchen eingelassen oder aber von einem athletischen Italiener mit glänzendem schwarzem Bart und goldenen Ohrringen, der sie in das obere Stockwerk führt, wo Mr. Ridley, der Maler, wohnt und wo seine Bilder privat ausgestellt werden, ehe sie in die Königliche Akademie kommen.

Wenn die Kutschen vorfahren, sieht man oft, mild lächelnd über die Scheibengardinen des Wohnzimmers im Erdgeschoß hinweg, einen rotgesichtigen Mann in olivfarbener Perücke. Das ist Hauptmann Gann, der Vater der Dame des Hauses. Ich weiß nicht, wie er zum Rang eines Hauptmanns gekommen ist, er hat ihn aber so lange und so tapfer getragen, daß es keinen Sinn hat, den Titel noch länger anzuzweifeln. Er erhebt keinen Anspruch darauf, noch streitet er ihn ab. Doch die Spaßvögel, die

Mrs. Brandon besuchen, können ihren Vater jederzeit „aufziehen“, wie die Redensart lautet, indem sie auf Preußen, Frankreich, Waterloo oder Schlachten im allgemeinen zu sprechen kommen, bis die Kleine Schwester sagt: „Nun laß mal die Schlacht bei Waterloo, Papa“ (sie sagt „Pa“ – übrigens kommen ihre H nach Belieben! – ich kann es nicht ändern), „laß mal Waterloo, Papa. Du hast ihnen schon alles darüber erzählt. Und machen Sie nicht weiter, Mr. Beans, *bitte* machen Sie nicht so weiter.“

Der junge Beans hat bereits gezeichnet: „Hauptmann Gann (unter Beistand Shaws, des Leibgardisten) macht bei Waterloo vierundzwanzig französische Kürassiere nieder“; „Hauptmann Gann verteidigt Hougoumont“; „Hauptmann Gann, von Napoleon Bonaparte aufgefordert, die Waffen zu strecken, gibt zurück: ‚Ein Hauptmann der Miliz stirbt, doch er ergibt sich nie‘“; „Der Herzog von Wellington deutet auf die vorrückende Alte Garde und ruft: ‚Drauf, Gann, auf sie!‘“ Und diese Skizzen sind so drollig, daß sogar die Kleine Schwester, Ganns eigene Tochter, wider Willen darüber lachen muß. Wahrhaftig, sie liebt Spaß, die Kleine Schwester; lacht über lustige Bücher; lacht bei der Arbeit in ihrem kleinen stillen Winkel vor sich hin; lacht über Bilder; und am rechten Ort lacht sie und fühlt auch mit. Ridley behauptet, er kenne kaum bessere Gemäldekritiker als Mrs. Brandon. Sie hat einen liebenswürdigen Charakter, einen fröhlichen Sinn für Humor, der Grübchen in die Wangen und ein Leuchten in die Augen zaubert; und ein gütiges Herz, das schwer geprüft und verwundet wurde, doch immer noch sanft und freundlich ist. Glücklich jene, deren Herzen, so von Leid heimgesucht, doch wieder gesunden. Manche haben Krankheiten, von denen es keine Genesung gibt, und schleppen sich danach verstümmelt und verkrüppelt durchs Leben.

Doch diese Kleine Schwester, der in der Jugend eine schreckliche Prüfung und Not widerfuhr, hat eine gütige Vorsehung daraus errettet, und jetzt ist sie so gänzlich wiederhergestellt, daß sie bekennen kann, glücklich zu sein, und daß sie Gott dafür zu preisen vermag, sich dankbar und nützlich erweisen zu dürfen. Als der arme Montfitchet starb, pflegte sie ihn so liebevoll in seiner Krankheit wie seine gute Frau selbst. In den Tagen ihres eigenen schwersten Kummers und Unglücks wies der Vater, der unter dem Regiment seiner Frau, eines grausamen und gefühllosen Weibes, stand, der armen kleinen Caroline die Tür, als sie, das Opfer der Verführung eines Schurken, mit gebrochenem Herzen dorthin zurückkehrte; und als der alte Hauptmann selbst Not litt und obdachlos war, hatte sie ihn aufgelesen, ihm eine Heimstatt gegeben und ihn durchgefüttert. Und von jenem Tag an hatten ihre Wunden angefangen zu heilen, und aus Dankbarkeit für das ihr zugefallene ungeheuer gute Los kehrten ihr Glück und ihre Fröhlichkeit zurück. Kehrten zurück? Die Familie hatte eine alte Dienerin, die nicht im Hause bleiben konnte, weil sie sich dem Hauptmann gegenüber so abscheulich respektlos benahm, und diese Frau behauptete, sie habe Miss Caroline noch nie so heiter und so glücklich und so gutaussehend erlebt wie jetzt.

So kam es, daß Hauptmann Gann zu seiner Tochter zog und sie höchst würdevoll begönnerte. Er hatte nur ganz wenige Pfund im Jahr, die dazu dienten, die Ausgaben im Club und für einen Teil seiner Kleidung zu bestreiten. Sein Club, das versteht sich von selbst, tagte im „Admiral Byng", Tottenham Court Road, und hier kam der Hauptmann häufig mit einer netten kleinen Gesellschaft zusammen und prahlte unaufhörlich mit seinem früheren Wohlstand.

Ich habe gehört, das Landhaus in Kent, mit dem er großtat, sei ein schäbiges kleines Logierhaus in Margate gewesen, dessen Einrichtung zwangsversteigert worden war; doch wäre es ein Palast gewesen, hätte der Hauptmann sich dort keinesfalls am unrechten Ort befunden, meinten ein oder zwei Personen immer noch recht liebreich. Unter anderem hatte seine Tochter danach getrachtet, sich von ihrem Vater allerlei Gutes auszumalen, und besonders, daß er ein Mann von bemerkenswert guten Umgangsformen sei. Doch war sie, seit sie den armen alten Vater kannte, mehreren Gentlemen begegnet – Gentlemen mit grobem Rock und gutem Herzen, wie Doktor Goodenough; Gentlemen mit superfeinem Rock und superfeinen, geschliffenen Manieren, wie Doktor Firmin, und einem Herzen – nun, lassen wir diesen Punkt; Gentlemen ohne falsche Aussprache des „H", wie der gute, liebe, treue Wohltäter, der sie vom Rand der Verzweiflung gerettet hatte; Männer von Genie, wie Ridley; edle, warmherzige, großmütige, aufrichtige Gentlemen, wie Philip – und diese Illusion über Pa war, so nehme ich an, zusammen mit einigen weiteren Vorstellungen ihrer armseligen Kleinmädchenzeit verflogen. Die Wahrheit ist, sie hatte ein Abkommen mit dem „Admiral Byng“: die Wirtin war instruiert, wieviel sie dem Hauptmann ausschenken durfte; und was seine Geschichten anging, kannte die arme Caroline sie viel zu gut, um noch daran zu glauben.

Ich möchte nicht so verstanden werden, daß ich dem Hauptmann Trunksucht anlaste. Er war ein großzügiger Offizier, und seine größte Freude war es, wenn bei Kasse, „Runden“ für die Gesellschaft im Club zu bestellen, der er die Geschichte seiner glanzvollen jungen Jahre erzählte, als er in einigen der allerfeinsten Kreise dieser Stadt verkehrte, Sir – Kreisen, wo es, überflüssig zu sagen, unter Gentlemen stets der Brauch ist, anderen Gentlemen Rum mit Wasser zu spendieren. Lassen wir das – ich wünschte, wir wären alle so glücklich wie der Hauptmann. Ich sehe noch sein fröhliches Gesicht vor mir, wie es durch das Fenster in der Thornhaugh Street strahlt, und das Winken der etwas schmuddeligen Hand, die mir einen huldvollen Gruß zuwirft.

Der Pfarrer der benachbarten Kapelle war ein sehr guter Freund der Kleinen Schwester und hat oft in ihrem Wohnzimmer Tee getrunken; auf diesen Umstand wies der Hauptmann oft hin und deutete sogar auf den Stuhl, auf dem der Geistliche zu sitzen pflegte. Mr. Gann besuchte seine Gottesdienste regelmäßig jeden Sonntag und steuerte zu den Liedern und Hymnen in der Kapelle eine volle, wenn auch etwas altersschwache Baßstimme bei. Sein Stil war ausdrucksvoller, als es jetzt unter Kirchensängern üblich ist, und hatte sich in der Tat zu einer früheren Zeit und beim Vortrag gepfefferter bacchanalischer Gesänge herausgebildet, wie sie die Zeitgenossen unserer Incledons und Brahams erfreuten. Es bedurfte nur geringen Zuredens, den Hauptmann dazu zu bewegen, im Club zu singen; und ich muß gestehen, daß Phil Firmin den Hauptmann oft genug aufstachelte und ihm ein Lied aus alter Zeit entlockte; doch das mußte in Abwesenheit seiner Tochter geschehen, deren Gesichtchen eine Miene so extremer Angst und Verwirrung zeigte, wenn ihr Vater sang, daß er schließlich aufhörte, seine musikalischen Talente vor ihren Ohren auszuüben. Er hängte seine Leier an den

Nagel, und man muß ja zugeben, daß die Zeit inzwischen einige der einst klingenden Saiten zerrissen hatte.

Mit ein, zwei von ihren Mietern beigesteuerten Skizzen – mit manchem Schnickschnack aus der benachbarten Wardour Street, den ihr andere Freunde geschenkt hatten – mit Stühlen, Tischen und Kommoden, so blank, wie Bienenwachs und fleißiges Polieren sie nur machen konnten – war das Stübchen der Kleinen Schwester ein freundlicher Winkel und empfing nicht wenig Besuch. Sie genehmigte Pas Pfeife. „Sie leistet ihm Gesellschaft", sagte sie. „Ein Mann kann nicht viel Unheil anrichten, wenn er seine Pfeife raucht." Und sie genehmigte Phils Zigarre. Phil sei alles erlaubt, behaupteten die übrigen Mieter, die vorgaben, auf Philip Firmin schrecklich eifersüchtig zu sein. Sie besaß nur ganz wenige Bücher. „Als Mädchen habe ich immerzu Romane gelesen", erklärte sie, „aber, bah, sie sind meistens Unsinn. Nehmen Sie Mr. Pendennis, der zu Mr. Ridley kommt. Ich wundere mich, daß ein verheirateter Mann weiter über Liebe und all so ein Zeug schreiben kann!" Und wirklich, es ist ziemlich lächerlich, wenn ältliche Finger immer noch an Dan Cupidos Spielzeugbogen und -pfeilen herumzupfen. Das Gestern ist vorbei – ja, aber sehr genau im Gedächtnis verwahrt; und wir schätzen es um so höher, jetzt, da wir wissen, daß das Morgen uns nicht viel zu bringen hat.

Manchmal kam Mr. Ridleys alter Vater abends in Mrs. Brandons Wohnzimmer und nahm an dem Happen Brot und Käse oder dem bescheidenen Abendessen Mrs. Brandons und des Hauptmanns teil. Die einfache häusliche kleine Mahlzeit ist jetzt fast gänzlich aus unserem Leben verschwunden, doch in früheren Jahren versammelte sie manche Familie um ihre wohltätige Tafel. Ein kleines bescheidenes Tablett mit Abendbrot – ein bißchen ruhiges Geplauder – ein kleines angenehmes Glas, das aufheiterte und nie berauschte. Angesichts eines solchen Mahles sehe ich freundliche Gesichter lächeln, zu einer Zeit, die noch nicht lange zurückliegt, und doch wie fern! Ich wüßte gern, ob es jetzt noch alte Leute in alten Vierteln in alten Landstädtchen gibt, die einander um sechs Uhr in Sänften besuchen und bis zur Abendbrotzeit Quadrille spielen. Abends also spielten Ridley und der Hauptmann eine gemessene Partie Cribbage, und die Kleine Schwester mischte für die zwei alten Herrschaften im

Krug etwas Gutes. Sie freute sich, wenn Mr. Ridley kam, denn er behandelte ihren Vater immer so respektvoll und war ganz Gentleman. Und was Mrs. Ridley betraf, Mr. R.s „gute Frau“ – war sie der Kleinen Schwester nicht auch dankbar, weil sie ihren Sohn in seiner Krankheit gepflegt hatte? Durch ihre Beziehungen waren sie in der Lage, Mrs. Brandon viele wertvolle Freunde zu vermitteln; und sie verbrachten stets gern einen Abend mit dem Hauptmann und behandelten ihn so höflich, als wären sie ihm auf dem Gipfel seines Wohlstands und Glanzes begegnet. Meine private Meinung über den alten Hauptmann ist nämlich, daß er ein nichtsnutziger alter Hauptmann war, der bei seinem frühzeitigen Ruin großes Glück hatte, weil er danach hochbewundert und bequem lebte, stand doch fast immer ausreichend Whisky für ihn bereit.

Die Achtung des alten Mr. Ridley für ihren Vater gewährte der Kleinen Schwester wertvollen Trost. Ridley ließ sich gern die Zeitung vorlesen. Ihm war mit Gedrucktem nie ganz wohl, und bis an sein Lebensende bereiteten dem guten Butler viele Wörter, denen man in Zeitungen oder sonstwo begegnete, große geistige Anstrengung. Die Kleine Schwester schrieb ihm die Rechnungen für seine Gäste aus (Mr. R., ebenso wie die Tochter des Hauptmanns, war bestrebt, sein kleines Einkommen durch das Vermieten möblierter Zimmer zu vermehren), oder der Hauptmann selbst nahm sich dieser Dokumente an; er besaß eine tadellose kaufmännische Handschrift, jetzt im Alter etwas zitterig geworden, doch immer noch sehr schön in ihren Schnörkeln und Großbuchstaben, und stellte sie ganz dem würdigen Mr. Ridley zur Verfügung. Früher, als sein Sohn noch ein Kind war, hatte J. J. selbst diese Rechnungen ausgeschrieben, die weder sein Vater noch seine Mutter besonders geschickt zusammenzustellen vermochten. „Wir, Mr. Gann“, erklärte Ridley seinem Freund, „sind in unseren Jugendjahren nicht sonderlich zu großer Gelehrsamkeit erzogen worden; und Personen *meines* Standes hat man sehr wenig Bücherwissen vermittelt. Für Gentlemen wie Sie war es natürlich notwendig und passend, Sir.“ – „Freilich, Mr. Ridley“, zwinkert der andere Veteran über seiner Pfeife. – „Aber jetzt kann ich nicht mehr hingehen und meinen Sohn John James bitten, seinem alten Vater die Bücher zu führen, so wie früher – ein Dienst, der von Ihnen und Mrs. Brandon ein wahrer Freundschaftsdienst ist. Und ich schätze es hoch, Sir, und genauso erkennt mein Sohn John James es an und schätzt es, Sir."

Mr. Ridley hatte Gentlemen der bonne école bedient. Kein Edelmann konnte sich höflicher oder gemessener aufführen als er. Mr. Gann gab sich in seiner Art humoriger und spaßhafter, was jedoch die Vornehmheit des Hauptmanns in keiner Weise minderte. Im Laufe seiner engen Freundschaft mit Mr. Ridley wurde er immer stolzer und majestätischer. Ich glaube, jeder dieser Alten wirkte auf den anderen ein, und zwar vorteilhaft; und ich hoffe, Ridleys Meinung traf zu, daß Mr. Gann durch und durch ein Gentleman war. Diese zwei guten alten Knaben beieinander zu sehen war ein erbaulicher Anblick. Ihre Gläser küßten einander auf dem Tisch. Ihre Altersfreundschaft tat ihnen gut, und ihren Familien auch. Einmal schuf eine kleine Geldangelegenheit eine Abkühlung zwischen den beiden alten Herren. Doch die Kleine Schwester beglich die offene Rechnung zwischen ihrem Vater und Mr. Ridley; zwischen ihnen war nie wieder von pekuniären Anleihen die Rede; und wenn sie in den „Admiral Byng" gingen, zahlte jeder für sich.

Phil hörte oft von jenen abendlichen Treffen im „Admiral Byng" und wünschte sich brennend, mit von der Partie zu sein. Doch sogar wenn er die alten Gentlemen im Wohnzimmer der Kleinen Schwester traf, spürten diese unklar, daß er sich über sie lustig machte. Der Hauptmann hätte nicht so ungezwungen prahlen können, hätte Phil ihn ständig dabei beobachtet. „Ich hatte die Ehre, Ihren werten Herrn Vater am Tisch Mylord Todmordens zu bedienen. Unser kleiner Club ist nicht der rechte Ort für Sie, Mr. Philip, auch nicht für meinen Sohn, wenn er auch ein guter Sohn ist und ich und seine Mutter auf ihn stolz sind, der uns, seit er ein Mann geworden ist, nie einen Augenblick Kummer gemacht hat, außer, als er krank war, tief dankbar bin ich, Hand aufs Herz, daß ich das sagen darf. Aber was für mich und Mr. Gann gut ist, schickt sich nicht für euch junge Gentlemen. *Sie* gehören nicht zu den kleinen Geschäftsleuten, Sir, oder ich müßte mich in der Familie irren, wo ich die Ringwoods für eine der besten in England halte, und die Firmins gleichfalls für eine gute." Mr. Ridley liebte den Klang seiner eigenen Stimme. Bei den fröhlichen Zusammenkünften im Club

SWAIN.SC

verging selten ein Abend, wo er nicht seinen Byng-Gefährten Artigkeiten sagte und seiner Beredsamkeit freien Lauf ließ. Unter diesem Tadel errötete Philip und ließ verlegen und beschämt den Kopf hängen. „Mr. Ridley", entgegnet er, „Sie werden merken, daß ich nirgends hingehe, wo ich nicht willkommen bin; und wenn ich in den ‚Admiral Byng' komme, um Sie zu ärgern, will ich aufs Achterdeck gestellt und erschossen werden." Woraufhin Mr. Ridley erklärte, Philip sei ein „ganz söltner, äkstra ungewöhnlicher und äksöntrischer junger Mann. Ein gutes Hörz, Sir. Ungemein großzügig, wo es Not zu lindern gilt. Schöne Begabung, Sir; aber ich fürchte – ich fürchte, sie bringt ihn nicht besonders weit, Mr. Gann – mit Verlaub zu sagen, Mrs. Brandon, Madam, wo Sie freilich *immer* für ihn einstehen."

Wenn Philip Firmin seine Pfeife und sein Plauderstündchen mit der Kleinen Schwester in ihrem Wohnzimmer hinter sich hatte, stieg er nach oben und rauchte seine zweite, dritte, zehnte Pfeife in J. J. Ridleys Atelier. Er verbrachte oft Stunden vor J. J.s Staffelei und schwatzte unentwegt über die Politik, über die Religion, über die Dichtkunst, über die Frauen, über die furchtbare sklavische Gesinnung und Gemeinheit der Welt – unermüdlich im Reden und Nichtstun wie der gelassene J. J. im Zuhören und Arbeiten. Der Maler hatte im Leben zu fleißig an seiner Staffelei gestanden, als daß er viele Bücher gelesen hätte. Seine Unkenntnis der Literatur versetzte ihm häufig einen Stich der Scham. Er bewunderte Bücherschreiber und junge Männer von der Universität, die geläufig ihr Griechisch und ihren Horaz zitierten. Er lauschte mit Ehrerbietung ihrem Gespräch über solche Dinge; bezog zweifellos von einigen gute Hinweise; war stets insgeheim schmerzlich berührt und überrascht, wenn die Gentlemen von der Universität im Wortgefecht den kürzeren zogen oder im Gespräch laut und grob wurden, wie es manchmal vorkam. „J. J. ist natürlich ein ganz geschickter Kerl", sagte Mr. Jarman oft von ihm, „und der glücklichste Mensch in ganz Europa. Er liebt das Malen und ist den ganzen Tag an der Arbeit. Er liebt es, feinen Leuten schönzutun, und geht jeden Abend zu einer Teegesellschaft." Sie alle kannten Jarman aus der Charlotte Street, den Miniaturenmaler. Er war einer der Könige im „Schlupfwinkel". Seine Zunge verschonte keinen. Er war auf jeden Erfolg neidisch, und der Anblick einer gedeihlichen Entwicklung machte ihn wütend; doch Erfolglosen gegenüber war er freundlich; den Armen spendete er bereitwillig Beistand und verschwenderisches Mitgefühl; und er vertrat ungemein leidenschaftlich und beredt jenes alte Geschwätz über den natürlichen Adel und den Ruhm der Arbeit. Seine Freunde bewunderten ihn: er war die Seele der Unabhängigkeit und hielt die meisten Leute, die saubere Wäsche trugen und mit Gentlemen verkehrten, für Kriecher; doch muß man gestehen, daß seine Hauswirte eine schlechte Meinung von ihm hatten, und ich habe von einem oder zwei seiner Geldgeschäfte gehört, die Mr. Jarman gewiß nicht zur Ehre gereichten. Jarman war ein Mann von merkwürdigem Temperament. Er hatte die Witwe gern und sprach mit Tränen in den Augen von ihrer Güte, Tatkraft und Ehrenhaftigkeit. Sie war noch arm und hatte schwer zu kämpfen. Wäre sie reich und gutsituiert gewesen, hätte Mr. Jarman ihre Vortrefflichkeit nicht so klar erkannt.

Wir steigen in das Zimmer im ersten Stock hinauf, wo das Mittelfenster erweitert worden ist, um Oberlicht zu schaffen, und unter diesem Strom von Helligkeit erblicken wir den Kopf eines alten Freundes, Mr. J. J. Ridleys, Mitglied der Königlichen Akademie. Die Zeit hat seine üppigen Locken etwas gelichtet und den Kopf verfrüht mit Silberstreifen geschmückt. Sein Gesicht sieht recht bleich aus; die fleißige, sensible Hand, die Pinsel und Palette hält und über das Bild zuckt, ist sehr mager; um die Augen ziehen sich zahlreiche Linien schlechter Gesundheit und vielleicht der Sorge, doch die Augen sind so hell wie immer, und, wenn sie auf die Leinwand blicken oder auf das Modell, das er dorthin überträgt, klar und scharf und glücklich. Er hat eine gefällige Singstimme und trällert lächelnd bei der Arbeit oder pfeift vor sich hin. Er gibt seiner Hand kleine Geschicklichkeitsübungen auf und strahlt selbst mit kindlicher Freude über seine unvergleichliche Fertigkeit. Ich habe erlebt, wie er mit einem alten zinnernen Mostrichtopf als Modell in einem seiner Bilder ein prächtiges Silberfläschchen geschaffen hat; wie er das Fell eines Tieres, den Faltenwurf und das Blumenmuster eines Stücks Brokat und so fort mit vollkommener Begeisterung über die gerade vorliegende Arbeit malte; einer Begeisterung, die vom Morgen bis zum Sonnenuntergang anhielt, und während dieser Zeit war er zu beschäftigt, um das Biskuit und das Glas Wasser anzurühren, die für sein frugales Mittagsmahl bereitstanden. Er giert nach der letzten Minute Licht und läßt sich nie ohne Bedauern von seinen geliebten Bildern fortholen. Ein Maler zu sein und die eigene geschickte Hand voll zu beherrschen, das ist für mich eines der summa bona des Lebens. Die glückliche Mischung von Hand- und Kopfarbeit muß den Beruf unübertrefflich angenehm machen. Im Laufe der Tagesarbeit müssen sich in endloser Folge beglückende Schwierigkeiten und Bewährungsproben der eigenen Kunstfertigkeit ergeben. Den Details dieser Rüstung, jener Drapierung oder was sonst, dem Funkeln dieses Auges, dem flaumigen Erröten auf jener Wange, dem Schmuck an jenem Hals gegenüber gilt es Schlachten zu bestehen und Siege zu erringen. Täglich muß es kritische Augenblicke äußerster Anspannung und höchsten Triumphes geben, wo Kampf und Sieg zugleich erquickend und köstlich beglückend sein müssen – wie es ein scharfer Ritt querfeldein für einen guten, vorzüglich berittenen Reiter ist, der weiß, daß sein Mut und sein Pferd ihn nie im Stich lassen. Da ist die Erregung des Spiels und die stolze Freude, es zu gewinnen. An dieser Art herrlichem Lohn für die Mühe hat, meine ich, kein Mensch einen so großen Anteil wie ein Maler (vielleicht ist ein Violinist, der fehlerlos und triumphierend seine eigene Komposition vorträgt, genauso glücklich). Hier ist der Beruf; hier ist Erregung; hier ist Kampf und Sieg; und hier ist Gewinn. Kann der Mensch vom Schicksal mehr verlangen? Herzöge und Rothschilds dürfen auf einen solchen Mann neidisch sein.

Obwohl Ridley seine Mühen und Nöte durchzustehen hatte, hat seine Kunst sie alle überwunden. Die Schwarze Sorge mag mit auf der Kruppe jenes Pegasus gesessen haben, hat jedoch den Reiter nie abwerfen können. In bestimmten Herzen ist die Kunst allbeherrschend und überragt alles andere – ist stärker als die Liebe, stärker als der Haß oder die Sorge oder die Armut. Sobald das Fieber die Hand freigibt, greift sie schon liebevoll nach dem Pinsel. Die Liebe mag finster blicken und Verrat üben, aber die andere Geliebte nie. Sie ist stets treu; stets neu; stets Freundin, Gefährtin, unschätzbare Trösterin. So saß John James Ridley vom Frühstück bis zum Sonnenuntergang an seiner Staffelei und ließ nie ganz freiwillig von der Arbeit ab. Ich frage mich, sind Männer anderer Berufe auch so in den ihren verliebt; klammern sich Rechtsanwälte an den letzten ihrer geliebten Schriftsätze; oder ist Schriftstellern ihr Pult und Tintenfaß lieber als die Gesellschaft, die Freundschaft, der holde Müßiggang? Ich habe im Leben keine Männer kennengelernt, die ihren Beruf so liebten wie die Maler, die Schauspieler vielleicht ausgenommen, die immer ins Theater gehen, wenn sie nicht selbst auf der Bühne stehen.

Vor dieser betriebsamen Staffelei saß Phil stundenlang und strömte endlos Geplauder und Tabakrauch aus. Seine Gegenwart tat Ridley in der Seele wohl; sein Gesicht war ihm ein Sonnenstrahl, seine Stimme ein Stärkungsmittel. Selbst schwächlich und körperlich fast hinfällig, mit bebend empfindlichen Sinnen, bewunderte der Maler bei anderen am meisten Kraft, Gesundheit, frohen Lebensgeist, gute Erziehung. Von alledem hatte Philip in seiner Jugend im Überfluß mitbekommen; und ich hoffe, diese kostbaren Glücksgaben haben ihn in seinem reiferen Alter nicht verlassen. Ich behaupte nicht, Phil sei bei allen Menschen so beliebt gewesen. Es gibt genug Menschen, die Glück nie zu verzeihen vermögen und in der Gesellschaft von Gentlemen sehr wohl auf Kränkungen achtgeben; und zweifellos hat der arme offenherzige Phil auf seinem Weg durchs Leben nicht wenigen, die ihm unterwegs begegneten, auf die Hühneraugen getreten. „Wissen Sie, warum Ridley den Firmin so mag?" fragte Jarman. „Weil Firmins Vater den Adligen am Puls hängt, während Ridley bekanntlich über die Anrichte mit ihnen verknüpft ist." So nahm Jarman seinen Gegner gleich auf beide Hörner: er konnte einen Mann verachten, weil er kein Gentleman war, und beleidigen, weil er einer war. Ich bin in der Welt Menschen begegnet, bei denen letzteres Vergehen ein unverzeihliches Verbrechen ist – ein Grund für unaufhörliches Mißtrauen, für böses Blut und Verdacht. Was ist verbreiteter oder natürlicher, Bufo, als einen anderen zu hassen, weil er ist, was du nicht bist? Die Geschichte ist so alt wie Frösche, Ochsen und Menschen.

Dann gibt es freilich außer Ihren Neidern im Leben auch Ihre Bewunderer. Mehr als Geist, den er verstand – mehr als Genie, das er besaß – bewunderte Ridley gutes Aussehen und Benehmen und erkürte sich stets irgendeinen schlichten, heimlich geliebten Helden, dessen Bild er zu hegen und zu verehren vermochte. Er hielt sich mit Wonne zwischen schönen Frauen und aristokratischen Männern auf. Philip Firmin mit seinen republikanischen Ideen und seinem ausgesprochen ungeschminkten Benehmen gegenüber allen ihm im Rang Überlegenen hatte selbst eine großartige stolze Art an sich; und hätte, mit kaum zwei Pence in den Hosentaschen, die Hände mit genausoviel Unabhängigkeitsgeist hineingebohrt wie der größte Dandy, der je über das Pflaster von Pall Mall schlenderte. Welche Unverfrorenheit der Kerl an den Tag legte! Manche Menschen hätten sie, nicht unberechtigt, für Frechheit halten können. Ridley faszinierte sie. So ein Mann zu sein, so eine Figur, so ein Auftreten zu haben, der Gesellschaft ins Gesicht sehen, ihr auf die Schulter klopfen zu können, wenn einem gerade danach war, und sie beim Knopf festzuhalten – was hätte Ridley nicht für solche Fähigkeiten und Fertigkeiten gegeben! Denken Sie bitte daran, ich behaupte nicht, J. J. hatte recht, nur, daß er war, wie er nun einmal war. Ich hoffe, wir haben in dieser Geschichte niemanden ohne kleine Fehler und Eigenheiten. Man muß Jarman zustimmen, wenn er sagt, Ridley liebe feinen Umgang. Ich glaube, seine Abstammung bereitete ihm geheime Seelenqualen. Lieber wäre er ein Gentleman gewesen als ein noch so großes Genie; aber Sie und ich, die selbst keine Schwächen haben, wollen versuchen, diese eingestandene schwache Seite meines Freundes mit Nachsicht zu betrachten.

J. J. dachte gar nicht daran, Philip Vorwürfe zu machen, weil er dem Müßiggang huldigte. Nach Meinung des Malers glich Phil den Lilien auf dem Felde. Er war nicht dazu berufen, sich abzumühen und zu plagen, sondern es sich bequem zu machen, im Sonnenschein zu wachsen und zu gedeihen und sich prächtig zu kleiden. Die kleine Malerclique war über Firmins finanzielle Verhältnisse im Bilde. Dreißigtausend Pfund gehörten ihm. Dreißigtausend Pfund in bar, Sir; und die Erbschaft des ungeheuren Vermögens seines Vaters! Ein Glanz ging von diesem begabten jungen Mann aus. Seine Ansichten, seine Witze, sein Lachen, sein Gesang hatten das Gewicht von baren dreißigtausend, Sir; und so weiter, siehe oben. Welche Veranlassung hatte *er*, zu arbeiten? Würden Sie einen jungen Aristokraten in die Lehre geben? So gut wie jedem Lord stand es Phil frei, untätig zu bleiben, wenn es ihm so gefiel. Er sollte feine Kleidung tragen, schöne Pferde reiten, von silbernen Tellern speisen und jeden Tag

Champagner trinken. J. J. arbeitete ganz wohlgemut bis Sonnenuntergang und nahm als bescheidenes Abendbrot in der Wardour Street einen Teller Fleisch für acht Pennies und ein Glas Porter zu sich. Im „Schlupfwinkel“ und an ähnlichen geselligen Stätten der Boheme fand sich für Firmin immer ein gemütliches Plätzchen am Kamin. Was für ein wütender Republikaner Jarman auch immer war, für unseren Lord hatte er stets ein Lächeln übrig und legte jedesmal ein besonders geckenhaftes Getue an den Tag, wenn er in die Old Parr Street zum Dinner eingeladen war. Philip mochte Schmeicheleien anscheinend ganz gern. Ich gebe zu, daß er in diesem Punkt eine Schwäche besaß und daß Sie und ich, mein werter Sir, ihm darin natürlich haushoch überlegen sind. J. J., der ihn lieb hatte, hätte es gern gesehen, wenn er dem Rat seiner Tante und seiner Cousine gefolgt wäre und besseren Umgang gepflegt hätte; aber ich glaube, dem Maler hätte es nicht gefallen, wenn sein Liebling sich die Hände mit zuviel Arbeit beschmutzt hätte, und er bewunderte Mr. Phil eher seines Nichtstuns wegen.

Die Kleine Schwester gab ihm freilich gute Ratschläge, sowohl welche Gefährten er bevorzugen sollte, als auch welche Beschäftigung ihm zuträglich wäre. Doch wenn andere aus seinem Bekanntenkreis andeuteten, sein Müßiggang werde ihm schaden, mochte sie diesen Tadel nicht hinnehmen. „Warum soll er arbeiten, wenn er nicht will?“ fragte sie. „Er hat keine Veranlassung, zu kritzeln und zu kratzen. Sie möchten doch wohl nicht, daß *er* den ganzen Tag lang dasitzt und kleine Puppenköpfe auf eine Leinwand malt und sich wie ein Sklave abschindet. Eine nette Idee, wahrhaftig! Sein Onkel wird ihm eine Bestallung verschaffen. Das ist etwas, das für *ihn* paßt. Er müßte Sekretär eines Botschafters im Ausland werden, und das *wird* er auch!“ In der Tat verkündete Phil damals gern seinen Wunsch, in den diplomatischen Dienst einzutreten, und seine Hoffnung, Lord Ringwood werde seine diesbezüglichen Absichten fördern. Mittlerweile war er der König der Thornhaugh Street. Er konnte so faul sein, wie es ihm beliebte, und Mrs. Brandon hatte immer ein Lächeln für ihn übrig. Er mochte viel zuviel rauchen, sie aber nähte ihm hübsche kleine Zigarrentaschen. Sie säumte seine feinen Batisttaschentücher und stickte sein Wappen in eine Ecke. Sie nähte ihm eine Weste, so kostbar, daß es ihn fast verlegen machte, sie zu tragen, so prachtvoll er sich auch in dieser Zeit kleidete und mit Ketten, Hemdknöpfen und Toilettenartikeln Luxus trieb. Ich fürchte, Doktor Firmin hatte, wenn er seine enttäuschten Hoffnungen hinsichtlich seines Sohnes beseufzte, recht guten Grund für seine Unzufriedenheit. Doch von diesen Vorhaltungen wollte die Kleine Schwester nichts hören. „Müßig, und warum nicht? Warum soll er arbeiten? Junge Leute sind nun einmal so. Bestimmt war sein knurriger alter Pa nicht besser als Philip, als er jung war!" Und das äußerte sie mit einem tieferen Rot in ihrem Gesichtchen und einem trotzigen Zurückwerfen des Kopfes, dessen volle Bedeutung ich damals noch nicht verstand; vielmehr schrieb ich ihre eifrige Parteinahme jener bewundernswerten Ungerechtigkeit zu, die allen guten Frauen eigen ist und für die wir täglich Dank sagen müssen. Ich weiß, liebe Damen, Sie nehmen mir diese Behauptung übel. Doch selbst auf die Gefahr hin, *Ihnen* zu mißfallen, müssen wir die Wahrheit sagen. Sie würden sich gern als unparteiisch, logisch und streng gerecht darstellen. Ebenso hätte Doktor Johnson es vermutlich gern gesehen, wenn Mrs. Thrale ihm gesagt hätte: „Sir, Ihre Manieren sind vorzüglich; Ihre Erscheinung ist elegant, reinlich und höchst ansprechend; Ihr Appetit gering (besonders beim Tee), und Sie tanzen wie Violetta", was, Sie merken es, nur ironisch gemeint ist. Frauen unparteiisch, logisch und streng gerecht! Der Himmel steh uns bei! Wären sie es, würde die Menschheit aussterben, die Welt wäre eine öde, entsetzliche Wüste. Also, mit einem Wort, die Kleine Schwester verhätschelte und verwöhnte Philip Firmin auf so absurde Weise, daß alle es merkten – solche, die keine Freunde, keinen Schatz, keine Mutter, keine Töchter, keine Ehefrau hatten, und solche, die zu Hause selbst verhätschelt und verwöhnt und verzogen wurden; was hoffentlich bei Ihnen, geliebter Leser, der Fall ist.

Nun muß man allerdings einräumen, daß Philips Vater Grund hatte, dem Jungen zu zürnen und die Vorliebe seines Sohnes für niedrigen Umgang zu beklagen; doch andererseits wollen wir dem jungen Mann seine heftige Revolte und seine tiefe Abneigung gegen vieles in seinem häuslichen Kreis, was ihn aufbrachte, ein wenig nachsehen. „Beim Himmel!" (brüllte er oft, an seinem Haar und Backenbart zerrend und mit vielen hitzigen Ausrufen, wie bei ihm üblich), „die Aufgeblasenheit dieser

Schwätzer widert mich so an, daß ich den alten Bischof am liebsten mit der Suppenschüssel krönen und Baron Bumpsher den Hammelbraten um die Ohren schlagen würde. Bei meiner Tante ist der Schwindel genau der gleiche. Er ist vielleicht geschickter angelegt; aber, ach, Pendennis, könntest du nur die Qualen spüren, die mir ins Herz schnitten, Sir, den Geier, der an dieser verflixten Leber nagte, als ich Frauen sah – Frauen, die rein sein sollten – Frauen, die wie Engel sein sollten – Frauen, die keine List kennen dürften als die, unseren Kummer fortzuschmeicheln und unsere Sorgen zu besänftigen –, wie sie schöntaten und krochen und angelten; dem einen gegenüber kalt, dem anderen gegenüber demütig, zu den Reichen schmeichlerisch und zu den einfachen Leuten gleichgültig. Ich sage Ihnen, das habe ich alles mit angesehen, Mrs. Pendennis! Ich will keine Namen nennen, aber ich habe welche kennengelernt, die mich vor der Zeit alt gemacht haben – hundert Jahre alt! Mir ist die Lebenslust vergangen" (hier stürzte Mr. Phil ein volles Glas aus der nächstbesten Karaffe hinunter). „Aber wenn mir das gefällt, was Ihr Mann niedrige Gesellschaft zu nennen beliebt, liegt es daran, weil ich die andere erlebt habe. Ich habe mich auf feinen Gesellschaften herumgedrückt und bei eleganten Bällen getanzt. Ich habe gesehen, wie Mütter ihre jungfräulichen Töchter ausgemergelten alten Wüstlingen zuführten und bereit waren, für ein Vermögen oder einen Titel ihre Unschuld hinzuopfern. Die Atmosphäre dieser vornehmen Salons erstickt mich. Ich kann nicht vor dem gräßlichen alten Mammon das Knie beugen. Ich gehe durch die Menge, so einsam, als wäre ich in einer Wüste, und beginne erst dann wieder frei zu atmen, wenn ich etwas ehrlichen Tabak habe, um die Luft zu reinigen. Was Ihren Mann angeht" (womit er den Schreiber dieser Memoiren meint), „kann er eben nicht anders; er ist ein Weltkind, weltlich gesinnt. Würde ihn morgen ein Herzog zum Dinner einladen, er würde gehen, das gibt der Parasit offen zu. Laßt mir meine Freunde, meine Freiheit, meine rauhen Gefährten in ihren Werktagskleidern. Hinter den Pfeifen hervor höre ich nicht solche Lügen und Schmeicheleien, wie sie über weißen Halsbinden hinweg hin und her wechselten, als ich in der großen Welt war." Und dann zerrte er an seiner Krawatte, als würde ihn der bloße Gedanke an die leere Förmlichkeit der Welt geradezu erwürgen.

Das war freilich erst später in seiner Laufbahn, doch nehme ich seine Biographie hier und da auf, um den bestmöglichen Begriff vom Charakter meines Freundes zu geben. Damals – eben jetzt ist er außer Landes, und außerdem, hätte er sein eigenes Abbild direkt vor Augen, würde er es nach meiner Überzeugung nicht erkennen – war Mr. Philip in manchen Dingen so halsstarrig wie ein Maultier und in anderen so schwach wie ein Weib. Er besaß eine kindische Empfänglichkeit für alles, was zart, hilflos, hübsch oder rührend war; und eine gewaltige Verachtung für Hochstapelei, wo immer sie ihm begegnete. Er hatte viele gute Absichten, die oft sehr schwankten und die er selten zum Ziele führte. Er hatte eine ungeheure Zahl schlechter Angewohnheiten, deren Wurzel bekanntlich der Müßiggang sein soll. Viele dieser schlimmen Neigungen hegte und pflegte er mit großer Sorgfalt; und obwohl er ganz aufrichtig peccavi schrie, wenn man ihm seine Fehltritte vorhielt, geriet dieser Übeltäter sehr bald, nachdem er Besserung gelobt hatte, wieder ins Stolpern. Was ihm gefiel, mußte er haben. Was ihm mißfiel, dazu konnte man ihn nur unter größten Schwierigkeiten bewegen. Er mochte gute Dinners, guten Wein, gute Pferde, gute Kleidung und späte Stunden; und all diesen Luxus des Lebens (oder jeden anderen, der es ihm antat oder den seine Mittel ihm erlaubten) gönnte er sich vollkommen ungehemmt. Er haßte die Heuchelei bei sich selbst wie die Heuchelei im allgemeinen. Er sprach über Menschen und Dinge alles aus, was ihm in den Kopf kam; und war natürlich oft genug im Unrecht und oft in Vorurteilen befangen und erregte durch seine offene Sprache oft empörte Aufschreie oder bösartiges Haßgeflüster. Er glaubte alles, was man ihm sagte, bis sein Informant ihn ein-, zweimal getäuscht hatte, woraufhin er gar nichts mehr glaubte. Und daran werden Sie erkennen, daß seine ungestüme Leichtgläubigkeit genauso absurd war wie seine darauffolgende hartnäckige Ungläubigkeit. Mein lieber junger Freund, der nützlichste Weg im Leben ist der Mittelweg. Glauben Sie keinem ganz, denn er könnte Sie täuschen; mißtrauen Sie ihm auch nicht, denn das wäre unhöflich gegenüber Ihrem Freund. Das Schwarz ist nicht ganz so schwarz; und was das Weiß angeht, bon Dieu! welcher Anstrich bleibt in unserem Klima lange weiß? Wenn Philip sich gehenließ, andere Leute tun es vermutlich ebenfalls; und überdies sind ja die makellosen Helden schon ewig lange aus der Mode gekommen. Jung zu sein, gut auszusehen, gesund zu sein, dreimal täglich Hunger zu haben, viel Geld zu besitzen, über große Schlafbereitschaft zu verfügen und nichts zu tun zu haben – all das sind wohl sehr gefährliche Versuchungen für einen Mann, aber ich glaube, ich kenne welche, die sich liebend gern diesen Gefahren aussetzen würden. Angenommen, es wären Ferien, kommt nicht auch eine Zeit der Arbeit? Angenommen, heute wäre ein Festtag; folgen morgen nicht vielleicht Tränen und Reue? Solche Zeiten stehen Master Philip bevor, also gönnen wir ihm bitte ein, zwei Kapitel lang Ruhe und Frieden.

7. KAPITEL

Impletur veteris Bacchi

Tage kamen, da dachte Philip oft an jene Zeit zurück, jene fröhliche Zeit im Hause Brandon, in der Boheme, mit Austern, Müßiggang, Rauchen, Gesang am Abend und wahren Strömen von Sodawasser am Morgen, einer Liegestatt, freilich einsam und junggesellenhaft, doch ohne große Sorgen als Bettgenossen, mit reichlichem Taschengeld, Wohlsein für heute und wenig Gedanken an morgen. Mr. Phil Firmins Lebensansichten waren nicht besonders hochstrebend, nicht wahr? Die Früchte dieser Welt, die er mit solchem Appetit verschlang, gehörten, das muß ich zugeben, der gewöhnlichen Küchengartenware an; und der Ehrgeiz des faulen Wichts ging nicht weiter, als an der sonnigen Mauer entlangzuschlendern, sich vollzustopfen und dann behaglich in der Laube unter dem Rebenbogen zu ruhen. Weshalb haben die Eltern von Phils Mutter ihr dreißigtausend Pfund hinterlassen? Ich glaube, manche irregeleiteten Menschen wären froh, wenn sie für ihre Söhne das gleiche tun könnten; doch wenn ich zehn Söhne bekomme, bin ich entschlossen, jeder soll entweder einhunderttausend haben oder aber trocken Brot und Käse. „Der Mensch ist dazu geschaffen, schwer zu arbeiten und müßig zu gehen", behauptete Philip gern in seiner üblichen starken Ausdrucksweise. „Wenn der indianische Krieger auf die Jagd geht, ist er nüchtern, aktiv, unbezähmbar. Keine Gefahr schreckt ihn, keine Mühe erschöpft ihn. Er erträgt die Winterkälte; er legt sich auf dem Laub des Waldes schlafen; er ernährt sich kärglich von Wurzeln oder der zufälligen Beute seines Bogens. Kehrt er in sein Dorf zurück, schlägt er sich den Bauch voll; er schläft womöglich unmäßig. Wenn das Wild verschlungen und das Feuerwasser ausgetrunken ist, macht er sich wieder auf in die Wildnis; er holt kletternd das Opossum ein, er erwürgt den Bären. Ich bin der Indianer: und der ‚Schlupfwinkel' ist mein Wigwam! Barbara, meine Squaw, bring mir Austern; bring mir einen Krug vom schäumenden schwarzen Bier der Bleichgesichter, sonst hänge ich deinen Skalp an meinen Zeltpfahl!" Und die alte Barbara, die gute alte Bedienerin in diesem Schlupfwinkel der Banditen, sagte dann: „Herrje, Mr. Philip, wie Sie aber wieder reden!" Wo ist der „Schlupfwinkel" jetzt? Wo sind all die fröhlichen Männer, die sich dort versammelten? Das Schild hängt nicht mehr da; das Lied ist verstummt; der Sand ist vom Boden gefegt; die Pfeifen sind zerbrochen, und die Asche ist verstreut.

Noch ein bißchen Klatsch über seine lustigen Tage, und wir sind fertig. Er, Philip, wurde zur gehörigen Zeit als Barrister zugelassen, und bei seinem Berufungsmahl versammelten wir ein Dutzend seiner ältlichen und jugendlichen Freunde. Die Wohnung in den Parchment Buildings wurde ihm für diesen Tag überlassen. Mr. Vanjohn war, glaube ich, bei einem Hindernisrennen; aber Mr. Cassidy war da, und etliche Bekannte Philips von der Schule, vom College und aus der Gesellschaft kamen. Philips Vater war da und Philips Onkel Twysden und ich, Philips verehrter und angesehener älterer Mitschüler, und andere aus unserer altehrwürdigen Lehranstalt. Da war Burroughs, der zweitbeste Student seines Jahrgangs, groß in der Metaphysik, größer noch im Umgang mit Messer und Gabel. Da war Stackpole, Eblanas Lieblingskind – unersättlich in allen Richtungen der Gelehrsamkeit, der viele Sprachen beherrschte, jedoch stotterte und rot anlief, wenn er die eigene sprach. Da war Pinkerton, der, obzwar auf der Universität ein Ignorant, bereits sagenhafte Triumphe im Unterhaus feierte und zur Bewunderung aller seiner Altersgefährten in Konsols investierte. Da war der schöne Rosebury, der Liebling Mayfairs und die Wonne von Almack's, auf dessen Kaminsims Karten lagen, bei deren Anblick alle große Augen machten und manche von uns vor bösem Neid schielten. Da war Mylord Ascot, vordem Lord Egham. Da war Tom Dale, der seine Universitätslaufbahn zunächst allzu glanzvoll begonnen, aber mitten darin Malheur gehabt hatte und jetzt sein Brot bescheiden in der Reportergalerie verdiente, Seite an Seite mit Cassidy. Da war Macbride, der Einkünfte und Stelle eines Fellows hingeworfen und seine Cousine geheiratet hatte und jetzt einen tapferen Kampf gegen die Armut ausfocht und sich von der Literatur ernähren ließ, bis die Juristerei ihn großzügiger belohnen würde. Da war Haythorn, der Gentleman vom Lande, der nie seine Gefährten aus dem College vergaß und die Erinnerung an jene Freundschaft in der Jagdsaison durch ständige Gaben in Gestalt von Fasanen und anderem Wild wachhielt. Da waren Raby und Maynard vom Garde-Club (Maynard schläft jetzt unter dem Krimschnee), die Waffen der Toga vorzogen, jedoch die Liebe zu ihren alten Büchern, die Zuneigung ihrer alten Freunde in ihr militärisches Leben mitnahmen. Die meisten müssen in unserem kleinen Drama stumme Personen bleiben. Könnte irgendein Chronist sich daran erinnern, *was* sie alle schwatzten?

Mehrere der anwesenden Gäste waren Mitglieder der Advokateninnung (dem Upper Temple), die Philip den Grad eines Barristers zuerkannt hatte. An jenem Tag hatte er in Perücke und Talar (Blackmores Perücke und Talar) in der Halle der Innung diniert, in Gesellschaft weiterer Mitglieder seiner Innung; und nach dem Dinner vertagten wir uns in Phils Wohnung in den Parchment Buildings, wo es ein Dessert gab, zu dem Mr. Firmins Freunde zusammengerufen worden waren.

Die Weine kamen aus Doktor Firmins Keller. Seine Bedienten waren da, der Gesellschaft aufzuwarten. Vater und Sohn liebten es beide, glanzvoll zu bewirten, und soweit es die leiblichen Genüsse betraf, war Philips Festtafel reich gedeckt. „Ein Supper, am allerliebsten ist mir ein Supper! Und damit ich deines genießen kann, habe ich zum Dinner nur ein einziges Hammelkotelett gegessen!" rief Mr. Twysden, als er Philip begrüßte. Wirklich fanden wir ihn, als wir von der Innungshalle kamen, schon in der Wohnung vor, wo er sich am Dessert des jungen Barristers gütlich tat. „Er ist schon ewig lange da", bemerkte Mr. Brice, der als Butler waltete, „und hat in die Oliven und Makronen reingehauen. Soll mich nicht wundern, wenn er welche eingesteckt hat." Mr. Brice brachte wenig Respekt für Mr. Twysden auf, den der würdige Butler offen als knickrigen Gauner bezeichnete. Talbot dagegen glaubte, der alte Mann achte ihn, und ließ sich immer auf ein Gespräch mit Brice ein und behandelte ihn mit munterer Leutseligkeit.

Bald trafen die auswärtigen Philister ein, und wären nicht der Wein und die Männer etwas älter gewesen, hätte man sich auf einem Weinabend im College wähnen können. Mr. Twysden redete für die ganze Versammlung. Er strahlte. Er fühlte sich in Hochstimmung. Er machte an Philips Tisch die Honneurs. Wahrhaftig, kein Mann gab sich gastfreundlicher mit anderer Leute Wein. Philip selbst war still und nervös. Ich fragte ihn, ob die ehrwürdige Zeremonie, die er soeben hinter sich gebracht hatte, ihm auf der Seele liege.

Philip blickte oft ziemlich beklommen zur Tür; und da ich über den Stand der Dinge daheim etwas Bescheid wußte, dachte ich, er und sein Vater hätten wohl eine Auseinandersetzung hinter sich, wie sie neuerdings zwischen ihnen so häufig geworden waren.

Die Gesellschaft war fast vollzählig versammelt, redete durcheinander und sprach dem vorzüglichen Rotwein des Arztes zu, als Brice eintrat und Doktor Firmin und Mr. Tufton Hunt meldete.

„Zum Teufel mit Mr. Tufton Hunt", knurrte Philip. Aber er sprang auf, ging seinem Vater entgegen und begrüßte ihn sehr achtungsvoll. Dann verbeugte er sich vor dem als Mr. Hunt eingeführten Gentleman, und sie fanden Plätze am Tisch, wobei der Arzt den seinen mit der gewohnten geschmeidigen Eleganz einnahm.

Die Unterhaltung, die recht lebhaft verlaufen war, bis Doktor Firmin kam, fiel nach seinem Erscheinen ein wenig ab. „Vor zwei Tagen hatten wir einen furchtbaren Krach", flüsterte mir Philip zu. „Wir haben uns die Hand gegeben und sind versöhnt, wie du siehst. Er bleibt nicht lange. In einer halben Stunde oder so wird er abgerufen. Er wird sagen, eine Herzogin hat ihn rufen lassen, und in den Club gehen und Tee trinken."

Während Philip sprach, neigte Doktor Firmin den Kopf und lächelte mir traurig zu. Ich wurde wohl ein wenig rot und hatte das Gefühl, als wüßte der Arzt, was sein Sohn mir gerade anvertraute. Dann begann er ein Gespräch mit Lord Ascot; er hoffe, sein werter Vater sei wohlauf?

„Sie erhalten ihn ja so gut, Doktor. Sie geben einem aber auch keine Chance", spricht der junge Lord.

„Gebt die Flasche herum, ihr jungen Leute! He! Wir wollen euch alle noch ausstechen!" ruft Talbot Twysden, auf Vergnügen erpicht und von haushälterischem Sinn.

„Wohl gesprochen, Sir", stimmt der als Mr. Hunt vorgestellte Fremde zu; „und ein famoser Wein. Ha, Firmin! Ich glaube, das Gesöff kenne ich!" Und er kostete schmatzend den Rotwein nach. „Das ist Ihr Fünfundzwanziger, keine Frage."

„Der rotnasige Typ scheint ein Kenner zu sein", flüsterte Rosebury neben mir.

Die Nase des Fremden war in der Tat recht rosig. Und dazu darf ich noch anmerken, daß seine Kleidung schwarz war, sein Gesicht blaß und nicht gut rasiert, seine weiße Halsbinde angeschmutzt und seine Augen blutunterlaufen waren.

„Er sieht aus, als wäre er in den Kleidern zu Bett gegangen, und trägt einen mächtigen Riechkolben mit sich herum. Wer ist denn der geschätzte Freund deines Vaters?" fährt der Witzbold mit gedämpfter Stimme fort.

„Du hast seinen Namen gehört, Rosebury", gibt der frischgebackene Barrister trübsinnig zurück.

„Ich würde sagen, dein Vater ist in Schwierigkeiten und wird von einem Beamten des Sheriffs von London begleitet, oder vielleicht ist er geistig umnachtet und steht unter der Obhut eines Wärters."

„Laß mich doch in Ruhe!" stöhnte Philip. Und hier sprang Twysden, der auf eine Gelegenheit für eine Rede brannte, vom Stuhl auf und verhinderte die nächsten Bemerkungen des übermütigen Barristers mit seiner eigenen Beredsamkeit. Sein Vortrag galt dem Lob Philips, des neuen Barristers. „Was denn! Wenn sonst keiner diesen Toast ausbringt, tut es dein Onkel, und viele innige Segenswünsche gelten dir auch, mein Junge!" rief der kleine Mann. Er strömte über von Lob und Preis. Er wischte die Träne der Rührung beiseite. Er sprach vollkommen fließend und eine beträchtliche Zeit. Er hielt eine wirklich gute Rede und empfing wohlverdiente Hochrufe, als er schließlich endete.

Phil stammelte ein paar Worte zum Dank für die wortreichen Komplimente seines Onkels; und dann brachte Lord Ascot, ein junger Aristokrat mit viel leutseligem Humor, einen Toast auf Phils Vater und seine Gesundheit aus und schlug zu seinen Ehren ein Lied vor. Der Arzt hielt hinter seinem gerüschten Hemd hervor eine wohlgesetzte Rede. Die zärtlichen Gefühle eines väterlichen Herzens hätten ihn aufgewühlt, sagte er und blickte dabei wohlwollend zu Phil hin, der Haselnüsse knackte. Seinen Sohn glücklich zu sehen, umringt von solchen Freunden, zu wissen, daß er heute einen Beruf antrete, der dem Talent breitesten Spielraum, dem Fleiß den edelsten Lohn schenke, das sei für ihn, Doktor Firmin, ein stolzer und glücklicher Augenblick. Wie habe der Dichter gesprochen? „Ingenuas didicisse fideliter artes" (Hört, hört!) „emollit mores", – jawohl, „emollit mores." Er trinke ein volles Glas auf den jungen Barrister (er schwenkte seinen Ring, mit einem Fingerhut voll Wein im Glas). Er verpflichte die jungen Freunde, die er versammelt sehe, seinem Sohn auf dessen vorwärtsweisenden Weg Mut zu machen. Er danke ihnen aus ganzem Vaterherzen! Er fuhr sich kurz mit dem Smaragdring über die Augen und hob diese zur Decke, aus welcher Richtung er einen Segen für seinen Sohn erbat. Als hießen Klopfgeister (von denen Sie vielleicht im „Cornhill Magazine" gelesen haben) seine Anrufung gut, ertönte gleichzeitig mit dem Beifall, den die Rede des Arztes von den Gentlemen um den Tisch empfing, von unten ein gewaltiges dumpfes Pochen. Doch das Pochen von unten war höhnisch gemeint und kam von Mr. Buffers im dritten Stock, der sich auf diese Weise über unsere harmlose kleine Festlichkeit lustig zu machen beliebte.

Ich glaube, dieser Beifall des ironischen Buffers, war er auch schimpflich für unsere Gesellschaft gemeint, trug dazu bei, sie aufzulockern und uns zum Lachen zu bringen. Allem Geplauder zum Trotz langweilten wir uns; und ich konnte nicht umhin, die Richtigkeit der Bemerkung meines Nachbarn zu bestätigen, die alten Männer lasteten auf uns und erstickten uns. Ein oder zwei der jüngeren Gentlemen waren ungehalten, weil man das Rauchen noch nicht freigegeben hatte. Doch Philip versagte uns dieses Vergnügen zunächst noch.

„Bitte nicht“, sagte er; „mein Vater mag das nicht. Er muß heute abend noch Patienten besuchen; und die können an ihrem Bett keinen Tabakgeruch ertragen.“

Die ungeduldigen jungen Männer warteten mit gezückten Zigarrenetuis. Sie wünschten heiß, das Hindernis zu ihrem Glück möge sich zurückziehen.

„Er geht nicht von allein, sage ich dir. Man wird ihn holen lassen müssen“, knurrte Philip mir zu.

Der Arzt war nach rechts und links in eine Konversation vertieft und schien an Fortgehen nicht zu denken. Doch siehe da, ein paar Minuten nach zehn kam Doktor Firmins Lakai mit einem Brief ins Zimmer, den Firmin öffnete und las, während Philip mich mit grimmigem Humor in der Miene ansah. Ich glaube, Phils Vater wußte, daß wir wußten, daß er Theater spielte. Dennoch spulte er seine Komödie ganz ernsthaft ab.

„Ein Arzt ist nie Herr über seine Zeit“, äußerte er, sein gutaussehendes, melancholisches Haupt schüttelnd. „Leben Sie wohl, mein lieber Lord! Bitte mich zu Hause zu empfehlen! Gute Nacht, Philip, mein Junge, und viel Glück in deiner Laufbahn! Bitte, bitte sich nicht stören zu lassen.“

Und fort ist er, mit der schönen Hand und dem breitkrempigen Hut mit dem eleganten weißen Futter winkend. Phil begleitete ihn zur Tür und seufzte tief auf, als sie sich hinter seinem Vater schloß – ein Seufzer der Erleichterung, glaube ich, daß er fort war.

„Exit der Alte. Wie heißt ‚der Alte‘ auf Lateinisch?“ bemerkt Lord Ascot, der viel Mutterwitz, doch keine besonders tiefgründige Gelehrsamkeit besaß. „Ein höchst ehrwürdiger alter Vater, Firmin. Dieser Hut und dieses Auftreten wären für jede beliebige Geldsumme gut.“

„Verzeihung“, lispelt Rosebury, „aber warum hat er seinen ältlichen Freund nicht ins Schlepptau genommen – den heruntergekommenen geistlichen Herrn, der so unmäßig Rotwein trinkt? Und warum hat er nicht auch deinen redegewaltigen Oheim weggelotst? Mr. Twysden, Ihr interessanter junger Novize hat uns eine vorzügliche Probe des heiteren Produkts der gascognischen Traube vorgesetzt."

„Nun denn, nachdem der alte Herr jetzt fort ist, wollen wir die Flasche kreisen lassen und uns einen lustigen Abend machen. He, Mylord?" ruft Twysden. „Philip, dein Rotwein ist gut! Hör mal, erinnerst du dich an einen bestimmten Château Margaux bei mir, der Winton so zusagte? Er muß gut sein, wenn *er* ihn lobte, das kann ich dir sagen. Ich habe ihn selbst importiert und ihm die Adresse des Händlers in Bordeaux gegeben; und er sagte, er habe selten etwas Ähnliches zu kosten bekommen. Genau das waren seine Worte. Ihr Burschen müßt einmal zu mir kommen und ihn kosten."

„Einmal! Wann? Nennen Sie einen Tag, freigebiger Amphitryon?" ruft Rosebury.

„Irgendwann einmal, um sieben Uhr. Mit einem schlichten kleinen Dinner – eine klare Suppe, etwas Fisch, zwei kleine Zwischenspeisen und ein netter kleiner Braten. Das ist meine Art Dinner. Und wir werden den bewußten Rotwein kosten, ihr jungen Leute. Es ist kein schwerer Wein. Es ist kein erstklassiger Wein. Ich will nicht einmal behaupten, es sei ein teurer Wein, aber er besitzt ein Bouquet und eine Reinheit ... Was, wollt ihr *unbedingt* rauchen, ihr jungen Leute?"

„Unbedingt, Mr. Twysden. Halten Sie lieber mit uns allen mit. Probieren Sie diese einmal."

Der kleine Mann nimmt die angebotene Zigarre aus dem Etui des jungen Edelmannes, steckt sie an, räuspert sich, hustet und verstummt.

„Ich dachte mir, das würde ihn erledigen", murmelt der witzige Ascot. „Sie ist stark genug, um ihm das greise Haupt zu sprengen, und ich wünschte, das würde sie. Diese Zigarre", fährt er laut fort, „hat mein Vater vom Herzog von Medina Sidonia bekommen, der sie aus dem persönlichen Vorrat der spanischen Königin hatte. Sie raucht sehr viel, aber natürlich mag sie sie mild. Ich kann Ihnen auch eine stärkere geben."

„O nein. Diese hier ist schon sehr gut. Danke sehr!" sagt der arme Talbot.

„Laß ihn doch in Ruhe", mahnt Philip. „Mach ihn vor den jungen Männern nicht zum Narren, Ascot."

Inmitten der Festlichkeit sah Philip immer noch sehr trübselig drein. Er dachte an die Streitigkeiten mit seinem abwesenden Vater.

Wir alle hätten uns leicht trösten können, wenn der Arzt den ältlichen Begleiter mitgenommen hätte, den er bei Phils Fest eingeführt hatte. Er kann unserem Gastgeber nicht sehr willkommen gewesen sein, denn Phil betrachtete seinen Gast mit finsterem Blick und flüsterte seinem Nachbarn zu: „Zum Henker mit Hunt!"

„Zum Henker mit Hunt" – Ehrwürden Tufton Hunt war sein Name – ließ sich durch die kühle Aufnahme in keiner Weise stören. Er trank ganz ungezwungen seinen Wein, sprach leutselig seinen Nachbarn an und rief Twysden ein lautes „Hört, hört!" zu, als dieser Gentleman seine Absicht verkündete, sich einen lustigen Abend zu machen. Als Mr. Hunt vom Wein warm wurde, sprach er zur ganzen Runde. Er redete eine Menge über die Familie Ringwood, war in früheren Zeiten in Wingate ganz heimisch gewesen, wie er Mr. Twysden eröffnete, und ein enger Freund des armen Cinqbars, Lord Ringwoods einzigem Sohn. Nun war der Gedanke an den verstorbenen Lord Cinqbars für die Verwandten des Hauses Ringwood keine angenehme Erinnerung. Zu Lebzeiten war er ein ausschweifender und verrufener junger Lord gewesen. Sein Name wurde in seiner Familie selten erwähnt; nie von seinem Vater, mit dem er zahlreiche Auseinandersetzungen gehabt hatte.

„Sie wissen, daß ich Cinqbars mit Ihrem Vater bekannt gemacht habe, Philip?" ruft der schmuddelige Geistliche hinüber.

„Ich habe Sie davon sprechen hören", sagt Philip.

„Sie sind sich bei einem Weinabend in meinem Zimmer im Corpus begegnet. Brummell Firmin, so nannten wir Ihren Vater damals immer. Er war der größte Stutzer an der Universität – allezeit ein Elegant, hielt sich Jagdpferde, gab die besten Dinners in Cambridge. Wir waren eine tolle Clique. Da war Cinqbars, Brand Firmin, Beryl, Toplady, rund ein Dutzend waren wir, fast alles Adlige oder Kommilitonen aus dem gehobenen Bürgerstand – Kerls, die sich sämtlich Pferde hielten und ihre privaten Bedienten hatten."

Diese Worte waren an die Versammelten gerichtet, die jedoch von den Collegeerinnerungen des schmierigen älteren Mannes nicht besonders erbaut zu sein schienen.

„Fast alles Leute vom Trinity, Sir! Wir dinierten wöchentlich reihum. Viele von ihnen hatten ein Tandemgespann. Verwegener Kerl querfeldein war Ihr Vater. Und – aber wir wollen nicht aus der Schule plaudern, he?“

„Nein, lieber nicht, Sir“, sagte Philip, die Fäuste ballend und sich auf die Lippe beißend. Der schäbige, prahlerische Mensch ohne Lebensart saß an Philips Tisch; Phils stolze Begriffe von Gastfreundschaft erlaubten ihm nicht, mit dem Gast unter seinem Zelt einen Streit anzufangen.

„Als er sich auf die Medizin warf, waren wir alle überrascht. Wissen Sie, Sir, Brand Firmin war eine Zeitlang der größte Dandy an der Universität“, fuhr Mr. Hunt fort, „und so ein schneidiger Kerl! Das war der arme Cinqbars auch, hatte aber kein Stehvermögen. Er, ich und Firmin, wir haben uns zwanzig Minuten lang vor dem Caius Gate mit rund zwanzig Bootsknechten geprügelt, und Sie hätten Ihren Vater drauflosboxen sehen sollen! Damals verstand auch ich mit den Fäusten umzugehen. Zu meiner Zeit lernten wir die edle Kunst der Selbstverteidigung, ihr jungen Gentlemen! Wir ließen regelmäßig Glover, den Boxer, von London kommen, der uns Unterricht gab. Cinqbars war ein tüchtiger Faustkämpfer – hatte aber kein Stehvermögen. Der Brandy hat ihn umgebracht, Sir, der Brandy hat ihn umgebracht! Nanu, der Wein hier kommt doch von Ihrem alten Herrn! Er und ich haben ihn heute abend in der Parr Street getrunken und über alte Zeiten gesprochen.“

„Ich freue mich, Sir, daß der Wein Ihnen zugesagt hat“, bemerkt Philip ernst.

„Hat er, Philip, mein Junge! Und als Ihr Vater sagte, er wolle zu Ihrem Weinabend gehen, sagte ich, ich würde ihn begleiten.“

„Ich wünschte, jemand würde ihn zum Fenster hinauswerfen“, ächzte Philip.

„Ein höchst überzeugender, ernster und ehrwürdiger alter Herr“, flüsterte Rosebury mir zu. „Ich lese in seinen edlen Zügen Billard, Boulogne, Spielhöllen. Ist er schon lange eine Zierde deines Familienkreises, Firmin?“

„Vor rund einem Monat habe ich ihn zu Hause angetroffen, im Vorzimmer meines Vaters, in denselben Kleidern, mit einem räudigen Schnurrbart im Gesicht; und seither ist er Tag für Tag bei uns im Haus gewesen.“

„Echappé de Toulon“, stellt Rosebury fest, freundlich zum Fremden hinübersehend. „Cela se voit. Homme parfaitement distingué. Sie haben ganz recht, Sir, ich sprach gerade von Ihnen. Und zwar fragte ich unseren Freund Philip, wo genau ich die Ehre hatte, Sie voriges Jahr im Ausland zu treffen. Diese Höflichkeit“, fügte er leise an, „entwaffnet sogar Tiger.“

„Ich *war* im Ausland, Sir, im vorigen Jahr“, sagt der andere nickend.

„Drei zu eins, daß er in Boulogne im Gefängnis war, oder vielleicht hat er in einem Spielsaal als Kaplan amtiert. Halt, ich hab's! Baden-Baden, Sir?“

„Ich war dort, ganz recht“, sagt der Geistliche. „Eine sehr hübsche Stadt; aber die Luft des Après bringt einen um. Haha! Ihr Vater war als junger Mann auch ein toller Spieler, Philip. Ich muß Sie einfach Philip nennen. Ich kenne Ihren Vater seit dreißig Jahren. Wir waren nämlich Gefährten auf dem College.“

„Ach! was würde ich darum geben“, seufzt Rosebury, „wenn dieses ehrwürdige Wesen doch auch mich mit Vornamen anreden würde! Philip, tu doch etwas, damit deine Gesellschaft in Schwung kommt. Die alten Herrn würgen sie ab. Soll jemand etwas singen! Oder ertränken wir unsere Schwermut in Wein. Sie haben Ihre Billigung für diesen Rotwein geäußert, Sir, und erklärt, schon früher damit Bekanntschaft gemacht zu haben?“

„Ich habe im vergangenen Monat zwei Dutzend davon getrunken“, sagt Mr. Hunt grinsend.

„Zwei Dutzend und vier, Sir“, bemerkt Mr. Brice, während er eine neue Flasche auf den Tisch stellt.

„Wohlgesprochen, Brice! Ich mache das ‚Wappen von Firmin‘ zu meinem Hauptquartier und beehre den Wirt oft und lange mit meiner Gesellschaft“, bemerkt Mr. Hunt.

„Das ‚Wappen von Firmin‘ fühlt sich geehrt, solche Anhänger zu haben!“ stößt Phil mit starrem Blick und schweratmender Brust hervor. Von Minute zu Minute steigerte sich seine Wut auf diesen Pfaffen.

In einem gewissen Stadium der Geselligkeit bei Tisch sprach Philip besonders gern über seine Abstammung; und obzwar ein Verkünder äußerst liberaler Ansichten, war er auf manche seiner Ahnen nicht wenig stolz.

„Ach, komm doch! Laß die Wappenkunde!“ ruft Lord Ascot.

„Es tut mir sehr leid! Dir zuliebe würde ich alles tun, aber ich kann es nicht ändern, daß ich ein Gentleman bin!" knurrt Philip.

„Oh, hör mal! Wenn du uns jetzt mit König Richard III. kommen willst . . .", platzt Mylord heraus.

„Ascot! deine Vorfahren haben Ladentische abgestaubt, als die meinen König Richard in seinem gerechten Kampf zur Seite standen!" schreit Philip.

Jener Herrscher hatte der Familie Ringwood Ländereien verliehen. Richard III. war Philips Schlachtroß; wenn er es nach dem Dinner in allen Gangarten vorführte, war er großartig in seiner Ritterwürde.

„Ach, weißt du! Wenn du White Surrey satteln, Bosworth Field ausfechten und die Kleinen im Tower ermorden willst!" fährt Lord Ascot fort.

„Geschah den kleinen Biestern recht!" brüllt Phil. „Sie waren genausowenig Erben des königlichen Geblüts von England wie . . ."

„Kann ja sein! Nur wäre mir jetzt, wo der alte Knabe gegangen ist, ein Lied lieber. Hergehört, Leute, singt doch etwas! Laßt diesen ganzen Streit über Bosworth Field und Richard den Dritten! Das macht er immer, wenn er einen über den Durst getrunken hat – das macht er immer, auf Ehre!" flüstert der junge Aristokrat seinem Nachbarn zu.

„Ich bin ein Trottel! Ich bin ein Trottel!" ruft Phil und schlägt sich vor die Stirn. „In gewissen Augenblicken kommt das meinem Hause zugefügte Unrecht einfach zum Ausbruch. Es ist nicht Ihre Schuld, Mr. Dingsda, daß Sie in verächtlicher Weise auf mein Wappen angespielt haben. Ich trage es Ihnen nicht nach! Nein, ich bitte Sie um Verzeihung! Nein! Ich trinke Ihnen mit diesem Rotwein zu, der gut ist, obwohl er meinem Alten gehört. In unserem Haus ist nicht alles – hm – Quatsch! Es ist ein fünfundzwanziger Rotwein, Sir! Ascots Vater hat ihm ein Faß voll geschenkt, weil er ein Leben bewahrt hat, das besser draufgegangen wäre; und ich glaube, der Apotheker hätte dich genauso gut durchgebracht wie mein Alter, Ascot. Aber der Wein ist gut! Gut! Brice, noch etwas Wein! Ein Lied! Wer sprach da von einem Lied? Sing uns eins, Tom Dale! Ein Lied, ein Lied, ein Lied!"

Woraufhin Tom Dale mit all seinem gewohnten Humor das reizende Liedchen vom „Mondlicht auf dem Dach“ vortrug. Dann verlangte es die Höflichkeit, daß unser Gastgeber eines seiner Lieder zu Gehör brachte, und da ich es ihn oft habe singen hören, beehre ich mich, es hier abzudrucken: wobei ich vorausschicke, daß Melodie und Kehrreim aus einem deutschen Liederbuch stammten, das uns musikalische Jünglinge in vergangenen Tagen begeisterte. Philip hob also seine kräftige Stimme und sang das Lied vom „Doktor Luther“:

„An Erbauung ihrer Seelen
soll's dem würd'gen Kreis nicht fehlen.
Ist's euch recht, wenn's so geschieht,
sing ich euch ein frommes Lied,
sing ich euch ein frommes Lied.
Dünkt das Lied euch lock're Speise,
's war ein Vater, fromm und weise,
sang's so weit in alter Zeit.
Drum singt, wie Doktor Luther sang,
wie Doktor Luther sang:
‚Wer nicht liebt Wein, Weib und Gesang,
der bleibt ein Narr sein Leben lang.‘

Patriarch noch, selbst als Zecher,
sah er funkeln gern den Becher.
Und noch besser wollt's ihm munden,
wenn's die Gattin gut befunden,
liebe Lippen gut befunden.
Freund', ich wünscht, solch fromme Sitten
würden Brauch in unsrer Mitten:
Im Verein Lieb, Sang und Wein.
Und singt, wie Doktor Luther sang,
wie Doktor Luther sang:
‚Wer nicht liebt Wein, Weib und Gesang,
der bleibt ein Narr sein Leben lang.‘

Wer nicht in dies Credo einstimmt,
wer nicht seinen Trunk wie wir nimmt,
wär er heilig wie John Knox,

ich erklärt ihn heterodox,
ich erklärt ihn heterodox.
Würd ihn aus der Runde jagen,
hängt den Bannfluch ihm an 'n Kragen,
auf der Stell als Rebell.
Wer nicht so singt, wie Luther sang,
wie Doktor Luther sang:
‚Wer nicht liebt Wein, Weib und Gesang,
der bleibt ein Narr sein Leben lang.'"

Des Lesers ergebener Diener war älter als die meisten bei diesem Symposium Versammelten; doch als ich dem Stimmengewirr lauschte, dem munteren Gelächter, den aus alten Universitätstagen im Gedächtnis bewahrten Liedern, dem Gespräch und dem Jargon der alten Schule, deren Zöglinge die meisten von uns gewesen waren, du lieber Himmel, da fühlte ich mich wieder ganz jung, und als gegen Mitternacht ein gewisses Pochen an der Tür ertönte, genoß ich einen Moment lang einen richtig erfrischenden Stich beklommener Spannung, meinte ich doch, die Proktoren klopften, weil sie unten im Hof unser Geschrei gehört hätten. Der späte Gast war jedoch nur ein Kellner aus dem Wirtshaus, der ein Tablett mit dem Abendessen brachte; und es stand uns frei, Reden zu schwingen, zu rufen, zu streiten und so jung zu sein, wie es uns gefiel, ohne daß jemand etwas daran auszusetzen hatte, ausgenommen vielleicht der ältere Advokat unter uns, den unser Lärm bestimmt wachhielt.

Als dieses Abendessen eintraf, war der arme Talbot Twysden, der von so weit zu diesem Genuß herbeigeeilt war, nicht imstande, daran teilzunehmen. Lord Ascots Zigarre war zuviel für ihn gewesen; und der würdige Gentleman lag schon seit geraumer Zeit im Zustand eines hoffnungslosen Kollapses in einem Nebenzimmer auf dem Sofa. Solange er noch zum Sprechen fähig war, hatte er uns eröffnet, welche Liebe und Zuneigung er für Philip hege, doch zwischen ihm und Philips Vater bestehe nur wenig Sympathie. Sie hatten jenen schlimmsten und unheilbarsten Zwist durchgemacht, eine Meinungsverschiedenheit über zweieinhalb Pence bei der Teilung des Vermögens ihres verstorbenen Schwiegervaters. Firmin hielt Twysden immer noch für einen schäbigen Knicker; und Twysden sah Firmin als einen charakterlosen Menschen an. Als Mrs. Firmin noch lebte, hatten die zwei bedauernswerten Schwestern ihre Zuneigung nach den Anweisungen ihrer Ehemänner regeln und sich je nach dem derzeitigen Verhältnis ihrer Gatten warm, kühl, zurückhaltend, eisig geben müssen. Ich frage mich, gibt es viele echte Versöhnungen? Der gute Tomkins und ich sind versöhnt, das weiß ich. Wir sind bei Jones zusammengetroffen und haben dort diniert. Und ach! wie gern wir uns haben! Oh, wirklich sehr gern! Gleiches gilt für Firmin und Twysden. Sie trafen sich, sie gaben sich mit perfekter Feindseligkeit die Hand. Genauso Twysden junior und Firmin junior. Der junge Twysden war der ältere, und als Junge verdrosch und schikanierte er Phil, bis dieser sich empörte und seinen Cousin die Treppe hinunterwarf. Im Geiste warfen sie einander dauernd die Treppe hinunter. Also, der arme Talbot konnte nicht an dem Abendessen teilnehmen, als es eintraf, und lag in beklagenswertem Zustand nebenan auf dem Sofa des abwesenden Mr. Vanjohn.

Wer bringt ihn nach Hause, wo seine Frau sich inzwischen um ihn sorgen dürfte? Ich erklärte mich einverstanden, ihm Schutzgeleit zu geben, und der Geistliche meinte, er habe den gleichen Weg und werde uns begleiten. Wir stützten den alten Herrn auf dem Weg durch den Temple und brachten ihn auf dem Vordersitz einer Droschke unter. Die Zigarre hatte ihn schändlich übermannt; und jeder Eiferer gegen die Schädlichkeit des Rauchens hätte seine Moral auf die hilflose Erscheinung dieses jämmerlichen Gentlemans zuspitzen können.

Das Gelage des Abends hatte Mr. Hunt nur angeregt und seinen Äußerungen eine angenehme abandon verliehen. Ich hatte den Mann schon vorher in Doktor Firmins Haus getroffen und gebe zu, daß mir seine Gesellschaft fast so widerwärtig war wie dem Sohn des Arztes. Nach seiner Gewohnheit äußerte sich Phil über alle Themen und Personen nur allzu offen, und Mr. Hunt war für ihn der Gegenstand besonderer Abneigung, seit er ihn überhaupt kannte. Ich gab mir Mühe, die Sache im besten Licht zu sehen. Wenigen Männern von wohltätigem Sinn und gutem Stand fehlt es an ein, zwei von ihm abhängigen Gefolgsleuten. Die Männer treten gemeinsam den Wettlauf des Lebens an; Jack gewinnt, und Tom neben ihm stürzt. Der Erfolgreiche hilft dem unglücklichen Mitbewerber und reicht ihm eine freundschaftliche Hand. Die Erinnerung an frühere Zeiten gibt letzterem gewissermaßen das Recht, sich an seinen glücklicheren Kameraden zu wenden; und man muß feststellen, daß man einen Gefährten erst bemitleidet, dann erträgt und dann in die Arme nimmt, für den man in alten Tagen vielleicht überhaupt keine Sympathie oder Achtung aufbrachte. Ein wohlhabender Mann sollte solche Anhänger haben; hat er keine, besitzt er ein hartes Herz.

Dieses Philosophieren war soweit ganz schön. Es war gut, wenn ein Mann die Freunde seiner Jugend nicht im Stich ließ. Doch mit einem derartigen Lumpen zusammenzuleben – mit dieser Kreatur, gemein, kriecherisch, großmäulig, versoffen. Wie konnte sein Vater, der erlesenen Geschmack besaß und vornehmen Umgang liebte, so einen Kerl ertragen? fragte Phil. „Ich weiß nicht, wann der Kerl widerlicher ist, wenn er sich vertraulich oder wenn er sich respektvoll gibt; wenn er den Gästen meines Vaters in der Parr Street schöntut oder fürchterliche alte, abgedroschene Anekdoten erzählt, wie bei meinem Berufungsmahl."

Der Wein, den Mr. Hunt bei jener Gelegenheit ungehemmt genossen hatte, machte ihn, wie ich bereits sagte, mitteilsam. „Kein übler Kerl, unser Gastgeber", bemerkte er, als wir zusammen fortgingen. „Aufgeblasen, gutaussehend, hält mit seiner Meinung nicht hinter dem Berg, haßt mich, und mir ist das egal. Er muß reich sein, der Master Philip."

Ich erwiderte, das hoffe und glaube ich.

„Brummell Firmin muß seine vier-, fünftausend im Jahr verdienen. Er war zu meiner Zeit ein ausgelassener Bursche, kann ich Ihnen sagen – in den Tagen des tollen Prinzen und Poins –, scheute vor nichts zurück, verjubelte sein eigenes Geld, ruinierte sich, kam irgendwie wieder auf die Beine und heiratete ein Vermögen. Manche von uns haben nicht so viel Glück gehabt. Ich hatte niemand, der *meine* Schulden bezahlte. Mir ist eine Stelle als Fellow entgangen, weil ich mit diesen verdammt überheblichen Nasen und silberverbrämten Röcken herumtrödelte und praßte. Ich mochte dazumal guten Umgang – habe ihn immer gemocht, wenn ich welchen fand. Würden Sie meine Abenteuer aufschreiben, ja, da hätten Sie manche kuriosen Geschichten zu erzählen. Ich bin überall gewesen; ich habe hoch und niedrig erlebt – besonders niedrig. Ich habe es als Schulmeister, Reisebegleiter, Zeitungsmensch sowohl in Amerika wie in Westindien versucht. Ich bin in jeder größeren Stadt in Europa gewesen. Ich habe nicht soviel Glück wie Brummell Firmin gehabt. Er rollt in seiner Kutsche, so ist es, und ich wandere in meinen Schnürstiefeln dahin. Jeden Tag fallen ihm Guineas in die Hand, und in der meinen sind sie mächtig selten, das kann ich Ihnen sagen; und der arme alte Tufton Hunt steht mit über Fünfzig nicht viel besser da als damals, als er ein junger Student von achtzehn Jahren war. Wie geht es Ihnen, alter Herr? Tut Ihnen die Luft gut? Hier sind wir in der Beaunash Street; hoffe, Sie haben den Schlüssel und Missis kriegt Sie nicht zu sehen." Ein großer stattlicher Butler, zu wohlerzogen, um Erstaunen über irgend etwas auszudrücken, was sich draußen abspielte, öffnete Mr. Twysdens Tür und ließ den kläglichen Gentleman ein. Dieser war äußerst bleich und ernst. Er keuchte ein paar Worte hervor, mit denen er seine Absicht zu erkennen gab, bald einen Tag festlegen und uns zum Dinner einladen zu wollen, wo wir jenen Wein kosten sollten, den Winton so mochte. Er winkte uns mit unsicherer Hand zu. Falls Mrs. Twysden auf der Treppe war, um den Zustand ihres Gebieters zu beurteilen, hat sie ihm hoffentlich die Kerze weggenommen. Als wir herauskamen, brummte Hunt: „Er hätte uns eine Erfrischung anbieten können, nachdem wir ihn diese ganze Strecke heimbegleitet haben. Es ist erst halb zwei. Es hat keinen Sinn, derart früh schlafen zu gehen. Trinken wir doch noch irgendwo etwas. Ich kenne in der Nähe eine famose Kneipe. Nein, Sie wollen nicht? Ach so" (hier brach er in ein Gelächter aus, das die schlafende Straße aufschreckte), „ich weiß, was Sie in der Droschke die ganze Zeit gedacht haben. Sie sind ein ganz Feiner – doch, das sind Sie! Sie haben eben gedacht: ‚Dieser langweilige alte Geistliche wird versuchen, mich anzupumpen.' Aber das tue ich nicht, mein Junge. Ich habe einen Bankier. Sehen Sie her! Kling, klang, Gloria, Sie verstehen. Ich kann die Sovereigns bei meinem feinen Mediziner in der Old Parr Street herausholen. Ich verschreibe ihm einen Aderlaß – heute abend habe ich ihn angezapft. Er ist ein richtig gutherziger Kerl, der Brummell Firmin. Einem so lieben alten Freund kann er nichts abschlagen. Gott sei mit ihm!" Und als er sich zu irgendeiner seiner mitternächtlichen Spelunken trollte, stieß er die Hand in die Höhe. Ich hörte ihn durch die stille Straße lachen, und der Polizist X, der seine Runde stapfte, drehte sich um und musterte ihn mißtrauisch.

Dann dachte ich an Doktor Firmins dunkle, schwermütige Züge und Augen. War eine wohltuende Erinnerung an alte Zeiten das Band zwischen diesen Männern? Mein ganzes Haus schlief schon längst, als ich behutsam meine Haustür öffnete und schloß. Beim Schein der blinzelnden Nachtlampe konnte ich undeutlich Kind und Mutter sacht atmen sehen. Ach, gesegnet seien, auf deren Kopfkissen nicht die Reue nistet. Glücklich ihr, die der Versuchung entronnen seid!

Vielleicht haben Philips Vermutungen über den schmierigen Geistlichen, die er mit seiner gewohnten Offenheit vorbrachte, mich in meinem Argwohn gegen ihn bestärkt. „Der Kerl bestellt im ‚Wappen von Firmin', was ihm gefällt", erzählte der arme Phil; „und wenn sich die hochmächtigen Freunde meines Vaters versammeln, hoffe ich, daß der ehrwürdige Gentleman mit ihnen diniert. Ich würde gern zusehen, wie er mit dem alten Bumpsher schwatzt oder dem Bischof auf den Rücken klopft. Er wohnt in der Sligo Street, gleich um die Ecke, um in der Nähe unseres Hauses zu sein und doch seine vornehme Unabhängigkeit zu wahren. Sonst würde es mich wundern, daß er sich nicht in der Old Parr Street einquartiert hat, wo das Schlafzimmer meiner armen Mutter leersteht. Der Doktor legt keinen Wert darauf, diesen Raum zu benutzen. Ich kann mich jetzt erinnern, wie schweigsam sie waren, wenn sie zusammensaßen, und wie verängstigt sie ihm gegenüber immer wirkte. Was hat er getan? Ich weiß von einer Affäre in seinen jungen Jahren. Kennt dieser Hunt noch andere? Sie waren Komplizen in irgendeiner Verschwörung, Sir; vermutlich zusammen mit diesem jungen Cinqbars, mit dem Hunt immerzu protzt: der würdige Sohn des würdigen Ringwood. Hör mal, ist Bösartigkeit erblich? Meine Großväter, habe ich gehört, waren ehrliche Männer. Vielleicht hat man sie bloß nicht erwischt, und der Familienmakel schlägt eines Tages bei mir durch. Zuweilen spüre ich den Teufel so stark in mir, daß ich denke, eines Tages muß er die Oberhand gewinnen. Ich bin noch nicht *ganz* schlecht: aber ich zittere davor, daß ich es werde. Angenommen, ich sacke ab und gehe unter? Es ist gar nicht schön, Pendennis, einen Vater wie den meinen zu haben. Verkleistere du mir nicht mit deiner nachsichtigen Schönfärberei und deinen beschwichtigenden Mutmaßungen die Augen. Du erinnerst mich dann an die Welt, beim Zeus, wahrhaftig! Ich lache und ich trinke und bin fröhlich und singe und rauche maßlos Tabak; und ich sage dir, dabei habe ich ständig das Gefühl, als ob ein kleines Schwert über meinem Schädel baumelt, das eines Tages herunterfällt und ihn spaltet. Die Old Parr Street ist vermint, Sir – vermint! Und eines Morgens fliegen wir in die Luft – in die Luft, Sir; denke an meine Worte! Deshalb bin ich ja so nachlässig und so faul, weswegen ihr Kerls mich dauernd plagt und ausschimpft. Es hat keinen Sinn, sich zu etablieren, ehe die Explosion vorbei ist, siehst du das nicht ein? Incedo per ignes suppositos, und beim George, Sir, ich merke schon, wie es meine Stiefelsohlen versengt. Das arme Ding! arme Mutter!" (er sprach zum Porträt seiner Mutter, das in dem Zimmer hing, wo wir uns unterhielten), „war dir das Geheimnis bekannt, und lag es an diesem Wissen, daß deine armen Augen immer so ängstlich dreinschauten? Sie hat dich immer gern gehabt, Pen. Weißt du noch, wie hübsch und anmutig sie aussah, wenn sie auf ihrem Sofa da oben lag oder aus ihrer Kutsche herauslächelte und uns Jungen eine Kußhand zuwarf? Hör mal, was ist, wenn eine Frau heiratet, weil sie sich von einer sanften Zunge hat einwickeln und beschwatzen lassen, wenn sie durchbrennt und hinterher feststellt, daß ihr Mann einen Pferdefuß hat?"

„Ach, Philip!"

„Was hat der Sohn eines solchen Mannes zu erwarten? Zeigt sich bei mir auch der Pferdefuß?" Dieser ruhte bei seinen Worten auf dem Ofen, nach amerikanischer Sitte ausgestreckt. „Angenommen, es gibt für mich kein Entrinnen, und ich erbe mein Verhängnis wie jemand anders die Gicht oder die Schwindsucht? Wenn man dieses Schicksal kennt, was hat es dann für einen Sinn, irgend etwas zu unternehmen? Ich sage dir, Sir, das ganze Bauwerk unseres gegenwärtigen Lebens bricht bald zusammen und zerfällt in Trümmer." (Hier schleudert er die Pfeife mit einem schrecklichen Krach auf den Boden.) „Und bis die Katastrophe kommt, was in aller Welt hat es für einen Sinn, sich an die Arbeit zu machen, wie du es nennst? Genausogut hättest du in Pompeji am Tag vor dem Ausbruch einem Mann raten können, sich für einen Beruf zu entscheiden."

„Wenn du weißt, daß der Vesuv bald über Pompeji ausbricht“, meinte ich etwas beunruhigt, „warum nicht nach Neapel oder noch weiter fahren, wenn du willst?“

„Standen nicht in den Schilderhäusern an den Stadttoren Männer“, fragte Philip, „die hätten weglaufen können und doch dablieben und dort verbrannten? Angenommen, das Verhängnis schwebt doch nicht über uns – die Angst davor ist nur eine nervöse Einbildung? Angenommen, es kommt, und ich überlebe es? Das Risiko verleiht dem Spiel die Würze, alter Junge. Außerdem ist da auch die Ehre; und noch eine andere Person ist betroffen, von der sich ein Mann in der Stunde der Gefahr nicht trennen *könnte.*“ Und hier überzog ein schönes Rot sein Gesicht, er seufzte tief auf und leerte einen Humpen Rotwein.

8. KAPITEL

Wird von Wohlwollenden zynisch genannt

Gütige Leser werden gewiß nicht schlecht von ihrem gehorsamen, ergebenen Diener denken, wenn ich gestehe, daß ich, heimgekehrt, mit meiner Frau über Philip und seine Angelegenheiten sprach. Wenn es mir beliebt, aufrichtig zu sein, kann hoffentlich kein Mensch so offen sein wie ich; wenn mir danach ist, stillzuschweigen, kann kein Fisch so stumm sein. Ich habe Geheimnisse so unverbrüchlich gewahrt, daß ich sie gänzlich vergaß, bis mein Gedächtnis von Leuten aufgefrischt wurde, die sie ebenfalls kannten. Aber wozu sollte es gut sein, das hier vor der Person zu verbergen, der ich alle, oder fast alle – sagen wir alle, nur bis auf eines oder zwei – Geheimfächer meines Herzens öffne? Also sage ich ihr: „Liebste, es ist so, wie ich es geahnt habe. Philip und seine Cousine Agnes haben eine kleine Liebschaft miteinander."

„Ist Agnes die Blasse oder die *sehr* Blasse?" fragt die Wonne meines Daseins.

„Nein, die ältere ist Blanche. Beide sind älter als Mr. Firmin, aber Blanche ist die ältere von beiden."

„Nun, ich sage doch wohl nichts Boshaftes oder nicht den Tatsachen Entsprechendes, Sir?"

Nein. Nur sehe ich ihrem Ausdruck an, wenn der Name einer anderen Dame fällt, ob meine Frau sie mag oder nicht. Und ich muß dazu bemerken, auch wenn diese Erklärung womöglich verneint wird, daß sich ihre Miene nicht bei jedem Namen einer Dame für ein Lächeln bereit fand.

„Du verkehrst dort nicht? Du und Mrs. Twysden habt gegenseitig einen Besuch gemacht, und dabei ist es geblieben? Oh, ich weiß! Bloß weil der arme Talbot so mit seinem Wein prahlt und so gräßliches Zeug anbietet, bringst du ihm so unchristliche Gefühle entgegen!"

„Das wird wohl der Grund sein", bestätigt die Dame.

„Nein. Es ist nichts dergleichen. Obwohl du wirklich Sherry von Portwein unterscheiden kannst, glaube ich auf Ehre und Gewissen, daß du die Twysdens nicht meidest, weil sie schlechten Wein anbieten. Manche andere versündigen sich in dieser Hinsicht, und du vergibst ihnen. Dir sind deine Mitmenschen lieber als der Wein – manche Mitmenschen –, und manche Mitmenschen sind dir unangenehmer als Arznei. Du schluckst sie, Madam. Du sagst nichts, aber deine Miene ist schrecklich. Du schneidest Gesichter, und wenn du sie eingenommen hast, brauchst du ein Stück Konfekt, um den Geschmack loszuwerden."

Die derart witzig angesprochene Dame zuckt mit den schönen Schultern. Meine Frau bringt mich mit vielerlei Dingen auf; zum Beispiel, indem sie zu irrsinnigen Stunden aufsteht, um zum Frühgottesdienst zu gehen; indem sie mich beim Dinner auf eine ganz bestimmte Art ansieht, wenn ich gerade eine dieser Vorspeisen essen will, die mir, wie Doktor Goodenough behauptet, nicht bekömmlich sind; am meisten aber mit jenem beharrlichen Schweigen, das sie manchmal so hartnäckig an den Tag legt, wenn ich über Leute herziehe, die ich nicht mag, die sie nicht mag und die schlecht von mir reden. Diese Zurückhaltung macht mich wild. Was kann zwischen Mann und Frau für ein Vertrauen bestehen, wenn er ihr nicht sagen kann: „Zum Teufel mit Soundso, ich kann ihn nicht leiden" oder „Was ist der Dingsda doch für ein eingebildeter Affe!" oder „Was Dingsbums für ein aufgeblasener Aristokrat geworden ist, seit er sein Haus hat!" oder sonst etwas?

„Nein", fahre ich fort, „ich weiß, warum du die Twysdens nicht ausstehen kannst, Mrs. Pendennis. Du kannst sie nicht ausstehen, weil sie sich in einer Welt bewegen, die du nur hin und wieder besuchen kannst. Du beneidest sie, weil sie mit den vornehmen Leuten dick befreundet sind; weil sie eine natürliche Anmut besitzen und eine freie und edle Eleganz, die gewöhnlichen Leuten vom Land und Apothekerssöhnen abgeht."

„Mein lieber Arthur, ich glaube gar, du schämst dich, daß du ein Apothekerssohn bist. Du sprichst so oft davon", sagt die Dame. Was soweit ganz gut war: aber wie Sie sehen, beantwortete sie damit nicht meine Bemerkungen über die Twysdens.

„Du hast recht, Liebste", sage ich dann. „Ich darf nicht krittelig sein, denn ich bin selbst nicht tugendhafter als mein Nächster."

„Ich weiß, daß die Leute über dich herziehen, Arthur; aber ich finde, du bist ein sehr guter Mensch", wirft die Dame über ihr kleines Teetablett hinweg ein.

„Und ebenso sind die Twysdens sehr gute Menschen – sehr nette, ungekünstelte, selbstlose, einfache, großmütige, wohlerzogene Leute. Mrs. Twysden ist ganz Herz; Twysdens Gesprächsgabe ist erstaunlich und angenehm; und Philip hat gewaltiges Glück, daß er eines dieser entzückenden Mädchen zur Frau bekommt."

„Ich kann keine Nachsicht für sie aufbringen!" ruft meine Frau, zu meiner großen Befriedigung die Geduld verlierend; denn da war mir klar, daß ich den Riß in Madam Pendennis' stählernem Panzer gefunden und sie an einer kleinen verwundbaren Stelle getroffen hatte.

„Keine Nachsicht für sie? Stille, damenhafte junge Frauen!" gebe ich zurück.

„Ach", seufzt meine Frau, „was haben sie Philip zu geben, für . . ."

„Für seine dreißigtausend? Jede bekommt zehntausend Pfund, wenn ihre Mutter stirbt."

„Oh! Ich könnte es nicht ertragen, wenn unser Junge eine Frau wie eine von diesen beiden heiraten würde, und wenn sie eine Million hätte. Ich könnte es nicht, mein Kind und mein ganzes Glück!" (Das ist an einen kleinen Liebling gerichtet, der gerade in einem hohen Stühlchen am Tisch neben seiner Mutter süße Kuchen ißt und der, wenngleich er damals gewiß sehr oft schrie, in dieser Geschichte eine stumme Rolle spielen soll.)

„Du meinst Blanches kleine Affäre mit ..."

„Nein, die meine ich nicht, Sir!"

„Woher weißt du dann, welche ich meinte? – Oder Agnes' allbekannte Enttäuschung, als Lord Farintosh Witwer wurde? Wenn er nicht wollte, konnte sie nicht – du weißt, Liebste. Und ich bin sicher, sie hat sich nach Kräften bemüht; wenigstens haben alle das gesagt."

„Ach! Ich kann die Art nicht ertragen, wie ihr Weltmenschen das heiligste aller Themen behandelt – das heiligste, Sir – hörst du das? Soll es möglich sein, daß eine Frau von einem Tag zum anderen ihre Liebe verpfändet und wieder zurücknimmt? Soll ihre Treue und Reinheit nur eine Sache des Tauschhandels und des Ranges und des gesellschaftlichen Ansehens sein? Das tut mir leid, denn ich möchte Philip, der noch gut und ehrlich und großmütig und treu ist – wie groß seine Fehler auch sein mögen –, ich möchte ihn nicht ausgeliefert sehen an ... Oh, es ist empörend, empörend!"

An wen oder was ausgeliefert? An etwas Furchtbares in dieser Welt oder der nächsten? Glauben Sie nicht, daß Philips Verwandte gemeint hätten, sie fügten, indem sie sich zu einer Heirat mit ihm herabließen, Phil Schaden zu oder sich selbst einen Nachteil? Der Sohn eines Arztes, also wirklich! Die Twysdens standen ja in der Welt viel besser da als ihre Verwandten in der Old Parr Street; und sie verkehrten in besseren Häusern. Dem jährlichen Morgenempfang und der Galacour bei Hofe hätte es ohne Mr. und Mrs. Twysden an etwas gemangelt. Es gab vielleicht Familien mit höheren Titeln, größerem Reichtum, von höherem Rang; doch gab es in der großen Welt keine angeseheneren Leute als die Twysdens: davon war jeder einzelne in der Familie überzeugt, von Talbot bis hinab zu seinem Erben. Würde jemand oder eine Körperschaft von Gelehrten die Geschichte des Unheils schreiben, das Leute, die sich für wohlanständig halten, in der Welt angerichtet haben, was für ein wunderliches, erbauliches Buch das wäre und wie arme unterdrückte Spitzbuben wieder den Kopf hochhalten könnten! Wer verbrennt die Protestanten? – zweifellos die wohlanständigen Katholiken. Wer röstet die Katholiken? – die wohlanständigen Reformer. Wer hält mich für einen gefährlichen Menschen und weicht mir im Club aus? – der wohlanständige Spießer. Wer verachtet? wer verfolgt?

wer verzeiht nicht? – die wohlanständige Mrs. Grundy, die Klatschbase. Sie bewahrt die kleinen Sünden ihres Nächsten bis zur dritten und vierten Generation im Gedächtnis; und wenn sie auf ihrem Weg einen bestimmten Menschen findet, der gestrauchelt und gefallen ist, rafft sie entsetzt mit einem Aufschrei ihre Röcke zusammen, aus Angst, der beschmutzte, blutende Unglückliche könnte sie anstecken, und geht weiter.

Ich trachte in dieser bescheidenen Geschichte nicht danach, mit Überraschungen aufzuwarten, und gestatte mir nicht, redliche Leser über mancherlei Dinge, die sie möglicherweise interessieren, in Ungewißheit zu lassen. Zum Beispiel hat das Problem der Liebe die Romanleser seit Jahrhunderten gefesselt und wird sie zweifellos weiterhin fesseln. Fast alle jungen Leute lesen begierig Bücher und Geschichten über die Liebe, wie die Alten medizinische Bücher lesen und, worum es auch immer geht – Herzbeschwerden, Gicht, Leber, Schlagfluß –, rufen: „Richtig, ganz genau mein Fall!“ Phils erster Liebeshandel, zu dem wir jetzt kommen, war ein Mißerfolg. Ich gebe es von Anfang an zu. Und mit diesem Beginn seines Lebenslaufes war er, glaube ich, nicht mehr und nicht weniger glücklich dran als viele, viele andere Männer und Frauen. Angenommen, die wahre Liebe würde stets glatt verlaufen und alle würden ihre erste Liebe heiraten. Ach, wie sähen dann wohl die Ehen aus?

Ein edelmütiger junger Mensch kommt auf den Markt mit einem Herzen, das ihm aus der Weste springen will, immerzu hämmert und pocht und so ungestüm ist, daß er keine Ruhe findet, bis er es veräußert hat. Ist es ein Wunder, wenn er auf dem Jahrmarkt der Eitelkeiten an eine verschlagene Händlerin gerät und seine ganze Habe für ein abgegriffenes Stück Talmi hingibt, das keine sechs Pence wert ist? Phil gefiel es, sich in seine Cousine zu verlieben; und ich warne Sie im voraus, daß aus dieser Leidenschaft nichts wird, den Einfluß ausgenommen, den sie auf den Charakter des jungen Mannes hatte. Obwohl meine Frau die Twysdens nicht eben liebte, mag sie Gefühlsdinge, mag sie Liebesangelegenheiten – alle Frauen tun das. Der arme Phil pflegte *mich* nach dem Dinner mit endlosem Schwulst über seine Leidenschaft und seine Zauberin zu langweilen; meine Frau aber wurde des Zuhörens nie müde. „Du bist ein egoistischer, herzloser, blasierter Weltmann, das bist du“, sagte er oft. „Dein eigenes gewaltiges und unverdientes Glück in der Ehelotterie hat dich hart, kalt, grob, gleichgültig gemacht. Du bist heute abend zweimal eingeschlafen, Sir, während ich redete. Ich gehe jetzt nach oben und erzähle alles Madam. *Sie* hat ein Herz." Und bald hörte ich dann, mit meinem Buch oder meinem Schlummer nach Tisch beschäftigt, Phil über mir hin- und herstampfen und -knarren und nachdrücklich mit dem Schüreisen im Feuer im Salon stochern.

Dreißigtausend Pfund für den Anfang; ein Drittel dieser Summe fiel der Dame von ihrer Mutter her zu; alle Ersparnisse sowie Hab und Gut des Arztes – hier war zweifellos genug an Besitztum und Aussichten auf zukünftigen Besitz beisammen, um manches junge Paar zufriedenzustellen; und da Phil zweiundzwanzig ist und Agnes (muß ich es zugeben?) fünfundzwanzig und da sie eingewilligt hat, die warmen Herzensergüsse des beredten und leidenschaftlichen Jünglings anzuhören und sein frisches, neugeprägtes Goldstück von Herz gegen jene abgegriffene kleine Dreipennymünze, das ihre, einzutauschen – weshalb sollten sie nicht sofort heiraten und uns mit sich und ihrer Geschichte zu Ende kommen lassen? Sie haben durchaus genug Geld, um den Pfarrer und die Postkutsche zu bezahlen; mögen sie aufs Land hinausfahren und von ihren Mitteln leben und ein so eintöniges und leidlich glückliches Dasein führen, daß Phil für seine gegenwärtige Position als Romanheld viel zu dick und träge und insgesamt ungeeignet wird. Aber halt – es gibt da noch Hindernisse; züchtige, zögerliche Aufschübe des Liebeshandels. Immerhin ist Philip ein lieber, stattlicher, gutaussehender, ausgelassener, unbesonnener, tölpischer Junge, der allen auf die Schleppe tritt, die Meißner Figürchen und die hübschen, kleinen, dekorativen Kinkerlitzchen der Gesellschaft, des Lebens, der Konversation zerbricht; aber noch ist Zeit. Sind Sie so ganz sicher hinsichtlich des Geldes seiner Mutter? Und wie kommt es, daß sein Vater, der Arzt, noch nicht mit ihm abgerechnet hat? C'est louche. Eine Familie von Stand und hohen Grundsätzen muß darauf achten, daß die Geldangelegenheiten vollkommen in Ordnung sind, bevor sie einen an jeden Luxus gewöhnten Liebling der Obhut eines eingestandenermaßen tollen und exzentrischen, wenn auch großzügigen und liebenswürdigen jungen Mannes anvertraut. Außerdem – ah! außerdem, außerdem!

„... Es ist entsetzlich, Arthur! Es ist grausam, Arthur! Es ist eine Schande, eine Frau oder christliche Menschen so zu beurteilen! Oh! Meine Lieblinge! meine Gottesgaben! würde ich *euch* verkaufen?" ruft diese junge Mutter und drückt ein kleines, mit Spitzen und Falbeln geschmücktes Wesen an ihr Herz, winzig, brüllend, mit blauen Schulterschleifen, einem fleckigen, frisch geimpften Ärmchen und allerliebsten roten Schuhen. „Würde ich *euch* verkaufen?" sagt Mama. Der kleine Arty, wie gesagt, brüllt; und die kleine Nelly blickt mit fragendem, weinerlichem Ausdruck von ihren Bausteinen auf.

Nun, ich schäme mich zu sagen, worin das „außerdem" besteht; aber Tatsache ist, daß der junge Woolcomb von der Grünen Leibgarde, der ungeheuren westindischen Besitz geerbt hat und, sagen wir, knapp einen Teelöffelvoll von jenem dunklen Blut, das einem Mann eine natürliche Vorliebe für blonde Schönheiten verleiht, seine Opalaugen neuerdings sehr warm auf die goldhaarige Agnes geworfen hat; mit ihr nicht wenig getanzt hat; und wenn Mrs. Twysdens Barutsche an der Serpentine auftaucht, sehen Sie nicht selten ein Paar der schicksten kleinen gelben Glacéhandschuhe leicht mit den Zügeln spielen, ein Paar der hübschesten Stiefelchen knapp den Steigbügel berühren, ein prachtvolles Pferd tänzeln und hüpfen und die anmutigsten Wendungen und Pirouetten vorführen, und auf dem prachtvollen Pferd einen schmucken kleinen Mann mit einer flammendroten Blüte auf der Brust und schillernden Opalaugen und einem dunklen Teint und so *besonders* schwarzem und krausem Haar, daß ich wirklich beinahe glaube, in manchen Südstaaten von Amerika dürfte er in einem Eisenbahnwagen schimpflich behandelt werden.

Doch in England sind wir klüger. In England ist Grenville Woolcomb ein Mensch und ein Bruder. Die Hälfte der Pfeilwurzinsel, so heißt es, gehört ihm; außerdem Mangrove Hall in Hertfordshire; ungeheuer viel Grundbesitz in anderen Grafschaften und jenes stattliche Haus am Berkeley Square. Hinter den Kulissen vieler Theater heißt er der Schwarze Prinz; aus Broughams nicken ihm Damen zu, die man, Sie verstehen, nicht näher beschreiben muß. Die Vorstellung von seinem ungeheuren Reichtum bestätigt die bekannte Tatsache, daß er ein knauseriger Schwarzer Prinz ist und höchst abgeneigt, sich von seinem

Geld zu trennen, außer um sich selbst zu schmücken oder zu amüsieren. Jedoch sind seine Feste glanzvoll, wenn er in seinem Landhaus empfängt. Man hat ihm sein Leben lang geschmeichelt, gehorcht, schöngetan, und eine zärtliche Mutter hat ihm stets seinen Willen gelassen; und da dieser ihn nie zum Lernen verleitet hat, muß man zugeben, daß seine literarischen Kenntnisse gering sind wie sein Schreibstil mangelhaft. Doch bei der Verwaltung seiner geldlichen Angelegenheiten ist er äußerst scharf und aufgeweckt. Seine Pferde kosten ihn weniger als jeden anderen jungen Mann in England, der so gut beritten ist. Kein Händler hat ihn, soweit man weiß, je übervorteilt; aber so gewiß er sein Geld zusammenhält, weiß man doch, daß er niemals irgendwelche Kosten gescheut hat, wenn ihn heftige Wünsche getrieben haben.

Siehe den Kauf der ... Doch lassen wir den Klatsch. Vergessen wir Vergangenes. Ein junger Arztsohn mit einem Vermögen von eintausend im Jahr mag in manchen Kreisen als guter Fang gelten, aber nicht, vous concevez, in den höheren Regionen der Gesellschaft. Und die holde Weiblichkeit – die holde, engelsgleiche, hochgebildete, ehrsame Weiblichkeit –, weiß sie nicht viele Mängel an unserem Geschlecht zu verzeihen? Das Alter? Pah! Sie wird meinen alten kahlen Kopf mit den Rosen ihrer Jugend bekränzen. Die Hautfarbe? Welcher Kontrast ist so lieblich und rührend wie Desdemonas goldene Ringellocken auf des dunkelbraunen Othellos Schulter? Eine Vergangenheit der Selbstsucht und schlechten Umgangs? Komm unter den Schweinen hervor, mein verlorener Sohn, und ich will dich läutern!

Das nennt man Zynismus, wissen Sie. Dann ist meine Frau wohl eine Zynikerin, die ihre Kinder an ihr reines Herz preßt und zum gütigen Himmel betet, sie vor Selbstsucht, vor weltlicher Gesinnung, vor Herzlosigkeit, vor böser Habgier zu bewahren.

9. KAPITEL

Enthält ein Rätsel, das gelöst wird, und vielleicht noch mehr

Meine Muse ist sittsam, und da jetzt der Abschnitt der Geschichte kommt, wo die Schilderung eines Liebeshandels fällig ist, wendet sich meine Mnemosyne von dem jungen Paar ab, läßt einen kleinen Vorhang über die Fensternische fallen, wo sie miteinander flüstern, seufzt aus ihrem ältlichen Busen auf und legt einen Finger an die Lippen. Ach, liebe Mnemosyne! wir wollen die jungen Leute doch nicht ausspionieren. Wir wollen sie auf keinen Fall schelten. Wir wollen nicht viel über ihre Aufführung sagen. Als wir jung waren, hat vielleicht auch uns die Liebe in ihr schützendes Zelt genommen; wir haben ihr Salz geteilt und von ihrem bitteren, ihrem köstlichen Brot gegessen. Jetzt, da wir einsam durch die Wüste trotten, wollen wir unsere Wirtin nicht schmähen, oder? Wir wollen uns unter den Sternen zur Ruhe legen und liebevoll der alten Zeiten gedenken und morgen den Stab und die Wanderung wieder aufnehmen.

Und doch, wenn ein Romanautor die Chronik einer Leidenschaft aufzeichnen darf, ihrer Flammen, ihrer Verzückungen, ihres Geflüsters, ihrer Stelldicheins, ihrer Sonette, ihrer Streitereien, des Schmollens, der Versöhnungen und so fort, mag der Abdruck der Geschichte einer Liebe wie dieser, Phils erster, verzeihlich sein, denn ich glaube nicht, daß es überhaupt eine wahre Liebe war, nur eine kleine, kurze Verblendung der Sinne, von der sich unser Held, ich warne Sie im voraus, erholen wird, noch ehe viele Kapitel verstrichen sind. Was! mein guter Junge, sollen wir dein Herz wegschenken, ein für allemal, in guten wie in schlechten Tagen, bis daß der Tod euch scheide? Was! mein Corydon und seufzender Schäfer, sollen wir dich unwiderruflich an Phyllis binden, die die ganze Zeit, während du ihr etwas vorflötest und ihr den Hof machst, Melibœus handlich im Schrank bereithält, falls dieser Schäfer sich als die bessere Partie erweist? Ich bin meinen Lesern oder meinem Helden gegenüber nicht so grausam, sie dem Jammer einer solchen Ehe auszusetzen.

Philip war kein Club- oder Gesellschaftsmensch. Selten oder nie betrat er den Megatherium Club, oder wenn er dort war, starrte er finster und grimmig in die Runde und belachte auffällig die Sitten und Gebräuche der dort Ansässigen. Er machte merkwürdigerweise nur eine ungeschickte Figur in der vornehmen Welt, obwohl er vom Äußeren her durchaus stattlich, behende und korrekt war; doch dauernd riß er mit seinem großen Fuß Löcher in die Spitzenröcke der Welt, und dann starrte sie ihn wütend an und schrie auf und war ihm böse. Er war der letzte, der etwas von dem Woolcomb-Flirt merkte, als wohl schon Hunderte darüber schmunzelten.

„Wer ist dieser kleine Mann, der bei euch verkehrt und den ich manchmal im Park sehe, Tante – der kleine Mann mit den sehr weißen Handschuhen und dem sehr fahlbraunen Teint?" fragt Philip.

„Das ist Mr. Woolcomb – von der Grünen Leibgarde", entsinnt sich die Tante.

„Offizier ist der?" sagt Philip und wendet sich zu den Mädchen um. „Ich hätte gedacht, Turban und Becken hätten ihm eher angestanden." Und er lacht und meint, etwas sehr Geistreiches geäußert zu haben. Oh, diese treffenden Bemerkungen über die Leute und gegen die Leute! Sprechen Sie, mein lieber junger Freund, sie nie vor jemandes Ohren aus – vor keinem Fremden, denn er geht hin und erzählt es weiter; nicht vor derjenigen, die über Ihre Zuneigung gebietet, denn vielleicht überwerfen Sie sich mit ihr, und dann erzählt *sie* es weiter; nicht vor Ihrem Sohn, denn das arglose Kind kehrt zu seinen Schulkameraden zurück und sagt: „Papa sagt, Mr. Blenkinsop ist ein Hohlkopf." Mein Kind oder wer sonst, lobe jeden, lächele jeden an, und jeder wird dir mit einem Lächeln antworten, einem falschen Lächeln, und dir eine falsche Hand entgegenstrecken und dich, mit einem Wort, so hochachten, wie du es verdienst. Nein. Ich glaube, Sie und ich werden das Auf und Ab, die rauhen wie die glatten Strecken dieses täglichen Daseins und Umgangs hinnehmen. Wir werden die loben, die wir mögen, auch wenn niemand unsere freundlichen Äußerungen weitergibt; und unsere Meinung über die aussprechen, die wir nicht mögen, auch wenn wir ziemlich sicher sind, daß Klatschmäuler unsere Worte weitertragen und aufbauschen und vermehren und im Gedächtnis bewahren, lange nachdem wir sie vergessen haben. Wir lassen ein Steinchen fallen – ein Steinchen, das untergeht und verschwindet, aber der ganze Teich gerät in Bewegung und kräuselt sich in ständig größeren Kreisen, nachdem das ursprüngliche Steinchen längst hineingeplumpst und außer Sicht ist. Kehren Ihre Aussprüche von vor zehn Jahren – vielleicht bis zur Unkenntlichkeit verstümmelt, verzerrt, aufgebläht – nicht auf eigenartige Weise zu ihrem Urheber zurück?

Fünf Minuten nachdem Phil den Witz gemacht hatte, vergaß er seinen Ausspruch über den Schwarzen Prinzen und seine Bekken vollständig; daher glaubte der junge Firmin, als Hauptmann Woolcomb ihn mit seinen grimmigsten Blicken fixierte, das sei der normale Ausdruck im dunklen Gesicht des Hauptmanns, und machte sich weiter keine Gedanken darüber. „Beim heiligen George, Sir!" äußerte Phil später über diesen Offizier, „ich merkte wohl, daß er grinste und schnatterte und die Zähne zeigte; und weil mir einfiel, daß solche Paviane es an sich haben, zu schnattern und zu grinsen, hatte ich keine Ahnung, daß dieser Schimpanse auf mich wütender war als auf sonst einen Gentleman. Verstehst du, Pen, ich habe eine weiße Haut, boshafte Zungen behaupten sogar, ich hätte einen roten Backenbart. Es ist nicht die hübscheste Farbe. Aber ich hatte keine Ahnung, daß ich einen Mulatten als Rivalen bekommen würde. So reich bin ich nicht, gewiß, aber ich habe genug. Ich kann fehlerlos lesen und schreiben und habe einen leidlich flüssigen Stil. Ich konnte doch wohl vernünftigerweise nicht annehmen, daß ich Konkurrenz zu fürchten hätte und das schwarze Pferd das rotbraune schlagen würde, oder? Soll ich dir sagen, was sie mir immer vorhielt? Das ist kein Verrat von Liebesdingen, wohlgemerkt. Nein, beim George! Tugend und Vorsicht lagen ihr ewig auf den Lippen! Sie hat mir kleine Predigten ins Ohr gezwitschert; sacht angedeutet, ich solle für sichere Anlagen meines Vermögens sorgen, und kein Mensch, nicht einmal ein Vater, dürfe dessen einziger und unkontrollierter Hüter sein. Sie hat mir, Sir, unzählige kleine, reizende, schüchterne, arglose Fragen über das Vermögen des Doktors gestellt und wie hoch es meiner Meinung nach sei und wie er es angelegt habe. Was für treffliche Eltern dieser Engel hat! Wie haben sie sie erzogen und ihre lieben blauen Augen auf die größte Chance ausgerichtet! Sie kennt die Kosten eines Haushalts und den Wert von Eisenbahnaktien; sie investiert ihr Kapital in dieser Welt und der nächsten. Mag sein, sie handelt nicht immer recht, aber unrecht? O pfui, niemals! Ich sage dir, Pen, ein unentwickelter Engel mit unter dem Kleid zusammengefalteten Flügeln, vielleicht nicht die gewaltigen, schneeweißen, blitzenden Schwingen, die sich ausbreiten, um zu den höchsten Sternen emporzusteigen, aber ein Paar gute, nützliche, fade, taubenfarbene Flügel, die sie sanft und gleichmäßig knapp über unserem Kopf schweben lassen und ihr zu einer weichen Landung verhelfen, wenn sie sich zu uns herabläßt. Wenn ich mir vorstelle, Sir, ich könnte mit einem standesgemäßen Engel verheiratet sein, und bin immer noch ledig . . . Oh, welche Verzweiflung, welche Verzweiflung!"

Doch muß man Philips kleine Geschichte enttäuschter Hoffnungen und verpuffter Leidenschaft mit weniger beißenden und ungerechten Worten schildern, als der Gentleman sie gebrauchen würde, der, von Natur zu heißblütigem Schwadronieren neigend, in übertriebene Kundgebung seiner Enttäuschung verfallen, der aufschreien, aufbrüllen – wohl auch fluchen – würde, sobald ihm jemand auf die Hühneraugen getreten hat, so laut wie manche, wenn ihnen ein Bein abgenommen wird.

Dafür kann ich mich bei Miss Twysden, Mrs. Twysden und dem ganzen Rest der Familie verbürgen: wenn sie Philip, wie man so sagt, abwimmelten, so geschah das ohne das geringste Zögern oder die leiseste Ahnung, daß sie eine Gemeinheit begingen. Ihre Handlungen waren *nie* gemein oder niederträchtig: sie waren notwendig, versichere ich Ihnen, und ganz unaufdringlich schicklich. Sie aßen unter vornehmem Schweigen Käserinden; sie mogelten am Kostgeld ihres Personals; sie jagten hungrige Dienstboten aus dem Haus; sie ließen sich keine Gelegenheit zu ihren eigenen Gunsten entgehen; sie schliefen vornehm unter dünnen Bettdecken; sie zündeten kärgliche Feuer an; sie verschlossen die Teebüchse mit dem sichersten Schloß und füllten die Teekanne selten und mit dem kleinsten Löffel nach. Aber Sie glauben doch wohl nicht, sie dächten, sie seien geizig oder handelten unrecht? Ach! es ist herrlich, an so viele, unendlich viele achtbare Familien aus Ihrem und meinem Bekanntenkreis zu denken, lieber Freund, wie sie zusammenkommen und einander blauen Dunst vormachen! „Meine Liebe, ich habe von James' Kniehosen einen halben Zoll Plüsch abgeknappst." – „Meine Liebe, ich habe an Marys Bier einen halben Penny eingespart. Ist es nicht Zeit, sich für den Besuch bei der Herzogin anzukleiden? Und meinst du nicht, John könnte die Livree von Thomas anziehen, der sie erst ein Jahr lang hatte und an den Pocken starb? Sie ist ihm freilich ein bißchen eng, aber ..." usw. Was ist denn das? Ich behaupte, ein unparteiischer Chronist der Geschicke, Mißgeschicke, Freundschaften und was sonst noch des armen Phil zu sein, und werde auf diese Twysdens fast so zornig wie nur je Phil selbst.

Nun, ich empfinde keinen maßlosen Zorn auf die arme Traviata, die durch die Straßen streicht, das armselige, aufgemalte Lächeln grell von der Gaslaterne angestrahlt, sonst könnten meine empörte Tugend und empfindliche Sittsamkeit nie Piccadilly betreten oder an die Luft gehen. Aber Laïs, durchaus moralisch und sehr gefällig, schmuck und eng geschnürt; Phryne, kein bißchen aufgelöst, sondern mit Pomade im Haar und im besten Korsett, von Mama fest verzurrt; die hochkirchliche oder protestantische Aspasia, Muster allen Anstands und Besitzerin aller Blüten jungfräulicher Reinheit, bereit, ihre Wange dem ältesten alten Knacker zu verkaufen, der Geld und einen Titel hat; *diese* sind die Gefallenen, meine lieben Mitsünder und Mitsünderinnen, die ich reuig sehen möchte und gern als erste kräftig durchgeprügelt hätte. Ja, manche von ihnen werden in Besserungsanstalten für jugendliche Verbrecher am Grosvenor Square gesteckt. Sie tragen eine Gefängniskleidung aus Brillanten und Chantillyspitze. Ihre Eltern weinen und danken dem Himmel, wenn sie sie verkaufen; und alle möglichen ehrwürdigen Bischöfe, Pfarrer, Verwandten, vornehmen Witwen tragen sich im Buch ein und heißen die Zeremonie gut. Kommt! Berufen wir doch ein mitternächtliches Treffen all jener ein, die man in die Ehe verkauft hat; und was für eine achtbare, was für eine vornehme, was für eine elegante, was für eine glänzende, was für eine imponierende, was für eine überfüllte Versammlung wir da zusammenbekommen; und wo findet sich in ganz Babylon ein Raum, groß genug, um sie alle aufzunehmen?

Blicken Sie in jenen schlichten, steifen, düsteren, etwas kahlen, aber eleganten Salon in der Beaunash Street, und mit einem kleinen Opernglas der Phantasie können Sie eine hübsche Gruppe oder auch zwei an verschiedenen Abschnitten des Tages beschäftigt sehen. Es ist nach dem Lunch, und ehe es Zeit ist, in der Rotten Row auszureiten (diese Geschichte spielt nämlich in einer weit zurückliegenden Zeit und lange, bevor man daran dachte, am Vormittag im Park zu reiten). Nach dem Lunch und ehe es Zeit für die Rotten Row ist, betritt den Salon lässig ein junger Mann mit großen Füßen und breiter Brust, ungepflegten Handschuhen, rötlichbraunem Backenbart, der über einen offenen Kragen streift, und – muß ich es gestehen? – einem ganz unverkennbaren Geruch nach Zigarren um sich. Er sprudelt sogleich los, über die Debatte am Vorabend oder die gestrige Flugschrift oder das Gedicht vom Tag vorher oder den Skandal der vorigen Woche oder den Straßenkehrer an der Kreuzung oder den Italiener mit dem Affen vor der Tür – mit einem Wort, über das, was ihn im Moment gerade beschäftigt. Falls Philip gestern ein schlechtes Dinner vorgesetzt bekommen hat (und es zufällig noch weiß), knurrt er, murrt, nein, läßt sich vermutlich mit den lästerlichsten Worten über den Koch, die Kellner, den Küchenmeister, das Komitee, die ganze Gesellschaft des Clubs aus, wo er diniert hat. Falls Philip auf der Straße einem Leierkastenmädchen mit hübschen Augen und einem Affen begegnet ist, hat er über den Affen gegrinst und gestaunt; er hat den Kopf im Takt gewiegt und alle Melodien des Leierkastens mitgesungen; er hat entdeckt, daß die Kleine die hinreißendste Schönheit ist, die Augen je erblickt haben, und daß ihr schuftiger savoyardischer Vater höchstwahrscheinlich ein Hundsfott aus den Alpen ist, der sein Kind an einen Hausierer aus einem elenden Käsetal verhökert hat, der sie einem Freund verkauft hat, qui fait la traite des hurdigurdies und sie in England losgeschlagen hat. Falls er sich über das Gedicht, die Flugschrift, den Zeitschriftenartikel auslassen muß – das hat das größte Genie oder der größte Trottel geschrieben, den die Welt derzeit aufzuweisen hat. „*Der* und schreiben! Ein Mann, der Feuer auf Reue reimt! Dieses Tränental, diese Welt, in der wir leben, birgt nicht noch so einen Idioten. Oder habt ihr Dobbins' Gedicht gelesen? Agnes, merke dir meine Worte, in Dobbins steckt ein Genie, das eines Tages beweisen wird, was ich immer vermutet, was ich immer für möglich gehalten, was ich immer für mehr als wahrscheinlich angesehen habe, was ich, beim George, als absolut sicher betrachte, und jeder, der es bestreitet, ist ein Schwätzer und niederträchtiger Schuft, und die Welt wimmelt von Leuten, die einem anderen nie etwas zutrauen, und ich schwöre, in der Poesie, Malkunst, Musik, im Seiltanzen oder sonstwas wahre Leistung zu erkennen und zu spüren ist die größte Wonne und Freude meines Daseins. Also – was sagte ich doch gerade?"

„Du sagtest gerade, Philip, daß du von Herzen gern die Leistungen aller Menschen anerkennst, denen du begegnest", klärt ihn die sanfte Agnes auf, „und das glaube ich."

„Ja!" ruft Philip, die hellen Locken schüttelnd. „Das meine ich auch. Gott sei Dank tue ich das. Ich kenne Burschen, die vieles besser fertigbringen als ich – sogar alles."

„O Philip!" seufzt die Dame.

„Aber ich habe deswegen keinen Groll auf sie."

„Du hast nie auf jemanden einen Groll gehabt, mein Lieber. Du bist viel zu gut! Mama, kannst du dir vorstellen, daß Philip jemandem grollen könnte?"

Mama schreibt gerade:

„Mr. und Mrs. Talbot Twysden bitten um die Ehre, Admiral und Mrs. Davis Locker am Donnerstag, dem Soundsovielten, zum Dinner bei sich begrüßen zu dürfen. – Philip was?" sagt Mama, von ihrer Karte aufblickend. „Philip soll jemandem grollen! Genausogut kann Philip jemanden fressen! Philip! Am Vierundzwanzigsten haben wir ein kleines Dinner. Wir laden deinen

Vater dazu ein. Es dürfen nicht zu viele von der Familie dabeisein. Komm doch bitte erst hinterher."

„Ja, Tante", sagt der biedere Phil. „Ich komme, wenn du und die Mädchen es möchten. Du weißt, Tee ist nicht meine Sache; und aus Dinners mache ich mir nichts, außer auf meine Art, und mit . . ."

„Und mit deiner eigenen gräßlichen Clique, Sir!"

„Na ja", sagt Sultan Philip, wirft sich auf das Sofa und spreizt sich auf der Ottomane, „ich mag eben meine Gemütlichkeit und mein Gasthaus."

„Ach, Philip! Du wirst täglich egoistischer. Ich meine, die Männer überhaupt", seufzt Agnes.

Sie werden annehmen, Mama verläßt an diesem Punkt das Zimmer. Sie hat so viel Vertrauen zum lieben Philip und den lieben Mädchen, daß sie manchmal wirklich aus dem Zimmer geht, wenn Agnes und Phil zusammensitzen. Ruben, den Erstgeborenen, läßt sie bei ihren Töchtern; aber du, mein armer, lieber, kleiner jüngerer Sohn von einem Joseph, wenn du glaubst, sie geht aus dem Zimmer und läßt *dich* darin allein – o mein lieber Joseph, da kannst du gleich in den Brunnen springen! Mama, wie gesagt, hat endlich das Zimmer verlassen, nachdem sie mit vollkommener Liebenswürdigkeit und huldvoller Gelassenheit und Würde den Kopf geneigt hat; und sie ist die Treppe hinabgehuscht, kaum geräuschvoller als der Schatten, der schräg über den verblichenen Teppich fällt – (oh, der verblaßte Schatten, der verblaßte Sonnenschein!) – Mama hat sich also in die unteren Regionen begeben, und mit untadeliger Noblesse foltert sie den Butler auf seinem Flaschenbrett – quält sie die Haushälterin in ihrer Vorratskammer mit der Konfitüre – behält sie die drei kalten Koteletts im Auge, die im Fleischfach hinter der Drahtgaze schaudern – wirft sie milde Blicke auf die Küchenmagd, bis das arme Ding sich einbildet, das Stückchen Speck sei entdeckt, das sie dem Straßenkehrer an der Kreuzung gegeben hat – und durchbohrt John gelassen, bis er überzeugt ist, sein innerstes Herz liege vor ihr bloß, wie es in seiner wollenen Weste pocht, und sie wisse, daß er jene alten Stiefel des Hausherrn (verdammte alte Schnürstiefel!) versetzt hat, und – und überhaupt alle noch so vertraulichen Umstände seines Lebens. Ein unglückliches Dienstmädchen, das Kragen oder sonst etwas gebügelt hat, macht vor ihrer Herrin einen bebenden Knicks und schleicht sich mit ihren Spitzen davon; und mittlerweile plappern unser Mädchen und unser Junge im Salon weiter.

Worüber? Über alles, worüber es Philip zu plaudern beliebt. Keiner ist da, der ihm widerspricht, bis auf ihn selbst, und dann beteuert und versichert seine hübsche Zuhörerin, er habe sich gar nicht so sehr widersprüchlich geäußert. Er deklamiert seine Lieblingsgedichte. „Entzückend! Philip, lies doch noch etwas von Walter Scott vor! Er ist, wie du sagst, der ursprünglichste, der männlichste, der gütigste aller poetischen Schriftsteller – nicht gerade ersten Ranges, gewiß; in der Tat hat er ganz furchtbaren Quatsch geschrieben, wie du es so drollig ausdrückst; genauso Wordsworth, obwohl er einer der größten Männer ist und manchmal die allergrößte Höhe und Erhabenheit der Poesie erreicht hat; aber jetzt, wo du es sagst, muß ich zugeben, daß er oft ein alter Langweiler ist, und während des ‚Ausflugs' wäre ich bestimmt eingeschlafen, nur liest du es so hübsch vor. Du findest die neuen Komponisten nicht so gut wie die alten und liebst Mamas altmodisches Spiel? Nun ja, Philip, es ist entzückend, so damenhaft, so weiblich!" Oder vielleicht ist Philip gerade vom Hyde Park gekommen und erzählt: „Als ich am Apsley House vorbeikam, sah ich den Herzog herauskommen, in seinem alten blauen Rock und den weißen Hosen und mit dem offenen Gesicht. In einem alten ‚European Magazine' habe ich ein Bild von ihm gesehen, das mir, glaube ich, von allen am besten gefällt – es gibt mir die Vorstellung von einem der ruhmreichsten Männer der Welt. Die kühnen Augen blitzen einen aus dem Bild an; und auf den beherzten Lippen liegt ein Lächeln, das den Sieg zu verbürgen scheint. Agnes, Assaye muß glorreich gewesen sein!"

„Glorreich, Philip!" bestätigt Agnes, die in ihrem ganzen Leben noch nicht von Assaye gehört hatte. Arbela vielleicht; Salamis, Marathon, Azincourt, Blenheim, Busaco – wo der liebe Großpapa fiel –, Waterloo, Armageddon; aber Assaye? Was in aller Welt ist Assaye?

„Stell dir jenen normalerweise bedächtigen Mann vor, und wie großartig er es verstand, alles zu wagen, als die Gelegenheit kam! Ich wäre gern gestorben, nachdem ich eine solche Partie gewonnen hätte. Seither hat er nie wieder etwas so Aufregendes vollbracht."

Eine Partie? Eben dachte ich noch, es wäre eine Schlacht, murrt Agnes innerlich; aber vielleicht liegt ein Mißverständnis vor. „Ach, Philip“, sagt sie, „ich fürchte, heutzutage gehört die Aufregung zu sehr zum Leben aller jungen Männer. Wann kommst du zur Ruhe und Vernunft, Sir?“

„Und gehe Tag für Tag in ein Büro, wie mein Onkel und mein Vetter; und lese drei Stunden lang die Zeitung und trotte zurück, um dich zu sehen.“

„Also, Sir! Das dürfte wohl kein allzu schlechter Zeitvertreib sein“, bemerkt eine der Damen.

„Was bin ich doch für ein ungeschickter Tropf! Dauernd trampele ich jemandem auf die Füße!“ stöhnt Philip.

„Du mußt zu uns kommen, und wir bringen dir das Tanzen bei, Bruin!“ sagt die sanfte Agnes und lächelt ihm zu. Ich glaube, wenn sie besonders stark erregt war, stieg ihr Puls wohl auf vierzig an. Ihr Blut muß von hellem Rosa gewesen sein. Das Herz, das unter diesem hübschen weißen, so freigebig enthüllten Busen schlug, mag ein-, zweimal beim Walzer rascher geklopft haben, stieg oder fiel aber sonst nie aus seinem natürlichen zahmen Gleichmaß heraus. Mag sein, daß es einmal kummervoll gepocht hat aus Enttäuschung, weil die Putzmacherin ein Kleid nicht brachte; oder daß es einen kleinen bebenden Impuls jugendlicher Leidenschaft empfand, als sie noch kurze Röcke trug und Master Grimsby in der Tanzschule eine andere junge Schülerin aus der Kinderstube vorzog. Doch Gefühle und Hoffnungen und errötende Wangen und Leidenschaften, jetzt noch? Pah! Diese vergehen wie Kinderstubenträume. Jetzt gibt es nur noch Anstand und Schicklichkeit. Was ist die Liebe, du junges Herz? Sie bedeutet zweitausend im Jahr, bei allerniedrigster Schätzung; und beim derzeitigen Ansteigen der Löhne und Hausmieten kann es bei dieser Rechnung nicht lange bleiben. Liebe? Neigung? Seht doch Frank Maythorn mit seinem frühlingshaften Erröten, seinem vollbelaubten Backenbart, seinem sonnigen, lachenden Gesicht und den Jubel aller Lenzvögel in der fröhlichen Stimme; und den alten General Pinwood, wie er auf seinem Korkbein hereinhumpelt, mit seinen Sternen und Orden, und unter seinen angemalten Augenbrauen hervor verliebt in die Runde blickt. Wird meine züchtige Nymphe zu Maythorn gehen oder zu dem grinsenden Satyr da drüben, der in seinem Weiß und Rouge auf sie zuwankt? Unsinn. Sie reicht ihren Kranz selbstverständlich dem alten Mann. Er ist zehnmal so reich wie der junge. Und so trieben sie es sogar in Arkadien, *in Wirklichkeit.* Nicht in jener sentimentalen Welt des Balletts und der Idylle, wo sie im Rhythmus der Musik aufeinander zutrippelten und in Hexametern sprachen; sondern in dem wahren, nur an unmißverständlichen, nüchternen Tatsachen orientierten Land Arkadien, wo Tityrus, der Amaryllis im Schatten etwas auf der Flöte blies, das Pfeifen sehr bald verging, als Meliboeus (der große Viehzüchter) sein melodisches, köstliches, unwiderstehliches Kuhhorn ertönen ließ; und wo die Mutter Daphne mit Bändern aufputzte und auf den Markt trieb und sie verkaufte, sie losschlug und verhökerte wie jedes andere Lamm auf dem Jahrmarkt. Dieses hier hat man jetzt schon so lange auf den Markt getrieben, daß es den Weg von allein kennt. Ihr Geblök war schon – rechnen wir lieber nicht nach, wie viele Sommer lang – zu hören. Sie hat an zahllosen Händen gezupft; ist in vielen tausend Tänzen gehüpft; ist ganz unversehrt weiß der Himmel wie vielen Wölfen entronnen. Ach! ihr Lämmer und mit dem Rötel gezeichneten Unschuldigen unseres Arkadiens! Ach, altes *Mutterschaf*! Handelt diese Fabel etwa von Ihnen, Madam? Ich behaupte, sie reicht so lange zurück wie Cadmus, solange es Menschen und Schafe gibt.

Wenn also Philip in die Beaunash Street kommt, hört Agnes ihm ungemein freundlich, liebenswürdig, sanft und zärtlich zu. Ihr Puls steigt fast um einen halben Schlag, wenn der Schall der Hufe seines Pferdes in der stillen Straße erklingt. Er fällt entsprechend wieder ab, wenn der tägliche Kummer des Abschiednehmens bevorsteht und überstanden ist. Blanche und Agnes lieben einander nicht besonders innig. Wenn ich über diese zwei Lämmchen soviel äußern darf, sie stoßen sich gegenseitig mit dem Kopf – sie streiten miteinander – stehen jedoch in heimlichem Einvernehmen. Bei Phils Besuchen bleiben die Mädchen beisammen, Sie verstehen, oder Mama sitzt bei den jungen Leuten. Mag sein, es kommen Freundinnen zu Mrs. Twysden zu Besuch, und die Matronen tuscheln miteinander und werfen Blicke auf Cousin und Cousine und schauen wissend drein. „Der arme verwaiste Junge!" teilt Mama einer Mitmatrone mit. „Ich bin ihm wie eine Mutter, seit meine arme Schwester starb. Sein eigenes Heim ist so trübselig, und unseres so fröhlich, so liebevoll! Vielleicht besteht enge Freundschaft, herzliche Wertschätzung, äußerstes Vertrauen zwischen Cousin und Cousine – vielleicht gibt es künftig noch engere Bindungen zwischen ihnen – aber Sie verstehen, Mrs. Matcham, keine Verlobung zwischen den beiden. Er ist hastig, hitzköpfig, ungestüm und unbedacht, wie wir alle wissen. Sie hat noch nicht genug von der Welt gesehen – kennt sich selbst noch nicht, das arme, liebe Kind. Deshalb ist alle Umsicht, alle Vorsicht vonnöten. Es darf keine Verlobung geben – keine Briefe zwischen ihnen. Mein Liebling Agnes schreibt ihm keine Einladung zum Dinner, ohne den Brief vorher mir oder ihrem Vater zu zeigen. Meine liebsten Mädchen haben Selbstachtung!"

„Selbstverständlich, meine liebe Mrs. Twysden, sie sind musterhaft, alle beide. Ihr lieben Mädchen! Agnes, Sie sehen glänzend aus! Ach, Rosa, mein Kind, ich wünschte, du hättest den Teint der lieben Blanche!"

„Und ist es nicht ungeheuerlich, diesen armen Jungen nicht aus den Klauen zu lassen, bis Mr. Woolcomb sich überlegt hat, ob er sich erklären will?" äußert sich die liebe Mrs. Matcham zu ihrer eigenen Tochter, als der Schlag ihres Broughams sich hinter den beiden schließt. „Hier kommt er! Das ist sein Wagen. Maria Twysden ist eine der schlauesten Frauen in England – das kann man wohl sagen."

„Wie seltsam, Mama, daß der beau cousin und Hauptmann Woolcomb dauernd zu Besuch kommen, und nie gleichzeitig!" bemerkt die ingénue.

„Sie könnten aneinandergeraten, wenn sie sich begegnen. Es heißt, der junge Firmin sei sehr streitsüchtig und aufbrausend!" erklärt Mama.

„Aber wie hält man sie voneinander getrennt?"

„Zufall, liebes Kind, reiner Zufall!" sagt Mama. Und sie behaupten übereinstimmend, es sei Zufall – und übereinstimmend tun sie so, als glaubten sie einander. Und das Mädchen und die Mutter wissen alles über Woolcombs Vermögen, alles über Philips Vermögen und seine Aussichten, alles über sämtliche jungen Männer in London und jene, die neu dazukommen. Und Mrs. Matchams Tochter hat voriges Jahr in Schottland, in Lochhookey, nach Hauptmann Woolcomb geangelt; und ist ihm nach Paris nachgepirscht; und sie sind vor Lady Banbury auf die Knie gefallen, als sie von der Liebhaberaufführung in Cross hörten; und sie haben diesen Mann überallhin verfolgt, bis er sich zu der Äußerung gezwungen sieht: „Verflucht! Verdammt! Es ist ja furchtbar mit dieser Frau und ihrer Tochter, wirklich, auf Ehre! Und alle Bekannten ziehen mich schon auf! Und sie hat ein Haus am Regent's Park gemietet, gegenüber von unserer Kaserne, und hat ihre Tochter in unserer Reitschule angemeldet – das hat sie getan, weiß Gott, Mrs. Twysden! Und einmal dachte ich, meine schwarze Stute würde buckeln und sie abwerfen – ich meine die Tochter –, aber sie hat sich angeklammert wie der bleiche Tod; und meine Freunde nennen sie Mrs. Bleicher Tod und ihre Tochter. Unser Chirurg hat sie so genannt, ein verflucht komischer Kerl – und sie ziehen mich damit auf, wissen Sie – furchtbar viele Kameraden – und *ich* habe nicht vor, mich von Mrs. Bleicher Tod und ihrer Tochter auf *die* Art kriegen zu lassen! Nein, nicht, solange ich es merke, besten Dank!"

„Sie sind ein schrecklicher Mann, und Sie haben ihr einen schrecklichen Namen gegeben, Hauptmann Woolcomb!" bemerkt Mama.

„Ich war es ja nicht. Es war der Chirurg, wissen Sie, Miss Agnes: verflucht ulkiger und witziger Kerl, der Nixon – hat einmal eine Sache an ‚Punch' geschickt, dieser Nixon. Ich habe in der Albany-Kaserne mit angehört, wie er das Silbenrätsel ausgeknobelt hat, und Foker hat sich so geärgert! Sie haben ja keine Ahnung, wie Foker sich geärgert hat, denn er kommt drin vor!"

„Kommt darin vor?" fragt Agnes mit dem sanften Lächeln, den aufrichtigen blauen Augen – denselben Augen, Mienen, Lippen, die Philip anlächeln und anstrahlen.

„Hier habe ich es! Famos! Hab's aufgeschrieben. Hab's gleich in mein Notizbuch geschrieben, als Nixon es gemacht hat. ‚*Mein Erstes brauchen Ärzte, das ist klar!*' Doktor Firmin zum Beispiel. Der Mann aus der Old Parr Street! Verstehen Sie nicht, Miss Agnes? FEE*! Verstehen Sie nicht?"

„Fee! O Sie drolliger Mensch!" ruft Agnes, lächelnd, strahlend, sich ungemein den Kopf zerbrechend.

„‚*Mein Zweites*'", fährt der junge Offizier fort, „‚*mein Zweites liefert Fokers Bier sogar! – Zusammen ist's ein Monat, der kürzeste im*

* Das Rätsel setzt sich aus den englischen Wörtern „fee" (Honorar) und „brewer" (Brauer) zusammen.

Jahr!‘ Verstehen Sie nicht, Mrs. Twysden? Fee-Brauer, verstehen Sie nicht? *Februer!* Ganz famos, was? Und ich staune nur, daß ‚Punch‘ es nicht abgedruckt hat. Und auf mein Wort, früher habe ich es immer Februar geschrieben, tatsächlich; und wahrscheinlich tun das immer noch furchtbar viele Leute. Und jetzt weiß ich, wie es richtig ist, und nur von dem Rätsel, das Nixon sich ausgedacht hat.“

Die Damen versichern, er sei ein drolliger Mensch und immer zu Späßen aufgelegt. Er plappert weiter und erzählt arglos seine Anekdötchen über Sport, Trinken, Abenteuer, in denen der kleine dunkle Mann selbst eine hervorragende Rolle spielt. Keinen honigzüngigen Platon würden diese drei Damen wohlwollender anhören. Ein aufrichtiges, mildes Lächeln überstrahlt Talbot Twysdens edle Züge, als er von seinem Amt heimkommt und den Kreolen schwatzend antrifft.

„Was! *Sie* hier, Woolcomb? Hallo! Freue mich, Sie zu sehen!“ Und die wackere Hand streckt sich aus und trifft und ergreift Woolcombs winzigen Glacéhandschuh.

„Er war so amüsant, Papa! Wir sind vor Lachen fast gestorben! Sagen Sie Papa doch dieses Rätsel, das Sie gemacht haben, Hauptmann Woolcomb.“

„Das Rätsel, das *ich* gemacht habe? Das Rätsel, das Nixon, unser Chirurg, gemacht hat. ‚*Mein Erstes brauchen Ärzte, das ist klar*‘“, und so weiter.

Und da capo. Und während der junge Offizier diesen vortrefflichen Rebus auslegt, versammelt sich die Familie in einer Gruppe um ihn, und der Vorhang fällt.

Wie es in einer Theaterbude auf dem Jahrmarkt zwei, drei Vorstellungen am Tag gibt, so wird in der Beaunash Street eine kleine standesgemäße Komödie zweimal gespielt: um vier Uhr mit Mr. Firmin, um fünf Uhr mit Mr. Woolcomb; und für beide jungen Gentlemen gleiches Lächeln, gleiche Augen, gleiche Stimme, gleiches Willkommen. Ah, bravo! Ah, Zugabe!

10. KAPITEL

In dem wir den „Admiral Byng“ besuchen

Fraglos infolge des langen Aufenthalts in der Boheme und einer verhängnisvollen Liebe zu der Behaglichkeit und den Bräuchen des Junggesellenlebens wurden Master Philips reiner Geschmack so zerstört und seine Manieren so zugrunde gerichtet, daß ihm die Freuden des kultivierten Heimes, das wir soeben beschrieben haben, tatsächlich gleichgültig waren; und wenn Agnes abwesend war, manchmal sogar, wenn sie zu Hause war, fühlte er sich richtig erleichtert, aus der Beaunash Street fortzukommen. Er hat die Tür kaum zwanzig Meter hinter sich gelassen, da taucht aus seiner Tasche ein Etui auf; aus dem Etui springt eine aromatische Zigarre, die ihren Duft ringsum verbreitet, während er rasch nordwärts seinem nächsten Besuch zustrebt. Der Schritt ist jetzt sogar noch flotter, als wenn er auf den sogenannten Flügeln der Liebe zur Beaunash Street eilt. In dem Haus, wohin er jetzt geht, sind er und die Zigarre stets willkommen. Es besteht keine Notwendigkeit, Orangenschnitze zu kauen oder Duftpastillen zu lutschen oder eine halbe Meile, bevor man die Thornhaugh Street erreicht – die schlechte, vulgäre Gegend –, seinen Glimmstengel wegzuwerfen. Ich versichere Ihnen, bei den Brandons darf Phil rauchen und findet dort auch andere, die dasselbe tun. Er darf das Haus in Brand stecken, wenn es ihm paßt, so hoch steht er dort in Gunst; und die Kleine Schwester mit ihrem gütigen, freudigen Lächeln ist stets bereit, ihn willkommen zu heißen. Wie diese Frau Phil liebte und wie er sie liebte, ist geradezu kurios; und beide wurden oft von ihren gemeinsamen Freunden mit dieser Neigung geneckt und erröteten, wenn sie sie eingestanden. Seit die kleine Pflegerin ihm als Schuljungen das Leben gerettet hatte, stand es zwischen ihnen à la vie à la mort. Der Wagen von Phils Vater kam manchmal – selten – in die Thornhaugh Street, und der Arzt stieg dort aus und hatte mit der Kleinen Schwester Unterredungen. Sie pflegte diesen oder jenen seiner Patienten. In diesen späteren Jahren stand es um ihre Geldangelegenheiten zweifellos weit besser als jemals, seit sie Doktor Firmin kennengelernt hatte. Glauben Sie, sie hätte Geld von ihm genommen? Als Romanautor, der alles über seine Personen weiß, sehe ich mich genötigt, ja zu sagen. Sie nahm gerade so viel, um ein paar kleine Schuldscheine ihres charakterschwachen alten Vaters zu bezahlen und die Hand des Gerichtsvollziehers von ihm abzuwenden. Aber mehr nicht. „Ich meine, soviel sind Sie ihm schuldig“, erklärte sie dem Arzt. Doch soweit es schöne Redensarten zwischen ihnen betraf . . . „Doktor Firmin, lieber würde ich sterben, als Ihnen wegen irgendwas verpflichtet zu sein“, sagte sie, an ihrem ganzen kleinen Leibe bebend und mit zornblitzenden Augen. „Wie wagen Sie es, Sir, nach dem, was früher war, so unverschämt zu sein und mir Komplimente zu machen; ich werde Ihrem Sohn von Ihnen erzählen, Sir!“ Und die kleine Frau sah aus, als hätte sie den ältlichen Wüstling auf der Stelle erdolchen mögen. Und er zuckte mit den stattlichen Schultern; errötete vielleicht auch ein wenig; warf ihr einen seiner Finsterlingsblicke zu und ging. Sie hatte ihm einmal vertraut. Wie sie glaubte, hatte sie ihn geheiratet. Er war ihrer überdrüssig geworden; hatte sie verraten, sie verlassen – sie sogar ohne Namen zurückgelassen. Ihr war der seine noch lange Jahre nach ihrem Akt des Vertrauens und seinem Betrug unbekannt geblieben. „Nein, Sir, jetzt würde ich Ihren Namen nicht mehr wollen, und wäre es der eines Lords, und Sie hätten eine Adelskrone an Ihrer Kutsche. Sie stehen jetzt tief unter mir, Mr. Brand Firmin!“ hatte sie gesagt.

Wie kam sie dazu, den Jungen so zu lieben? Sie bewahrte in sich die Erinnerung an eine oder zwei Wochen eines kurzen, seltsamen, heftigen Glücks, die ihr Jahre zuvor, inmitten ihrer eigenen grenzenlosen, entsetzlichen Not, zuteil geworden waren, als sie ein paar Tage lang ein Baby in den Armen hielt, mit Augen wie die von Philip. Es wurde ihr nach wenigen Tagen genommen – nach nur sechzehn Tagen. Der Wahnsinn überfiel sie, als man ihr totes Kind fortbrachte: der Wahnsinn und Fieber und ein Kampf – ach! wer kann sagen, wie furchtbar? Sie kann es nicht. In ihrem Leben klafft eine Lücke, an die sie sich nicht recht zurückerinnern kann. Doch George Brand Firmin, Esq., M. D., weiß, daß es doch recht häufig solche Fälle einer Wahnbildung gibt und daß Frauen, die nie darüber sprechen, sie oft noch jahrelang nähren, wenn sie längst verflogen zu sein scheinen. Die Kleine Schwester sagt manchmal sehr ernst: „Sie dürfen zurückkehren. Sie kehren auch zurück. Was hätte es sonst für einen Sinn, daß kleine Engel geboren werden und lächeln und glücklich und schön sind – sagen wir, sechzehn Tage lang, und dann Schluß? Ich habe vielen Damen davon erzählt, die ähnlichen Kummer hatten wie ich damals, und es tröstet sie. Und als ich dieses Kind auf seinem Krankenbett sah, und es schlug die Augen auf, da *erkannte ich ihn*, ich sag's Ihnen, Mrs. Ridley. Ich rede nicht darüber; aber ich habe ihn erkannt, Ma'am; mein Engel war zurückgekommen. Ich erkenne ihn an den Augen. Sehen Sie sie doch an. Haben Sie je solche Augen bemerkt? Sie sehen aus, als hätten sie den Himmel erblickt. Die seines Vaters nicht." Mrs. Ridley glaubt ernstlich an diese Theorie, und ich meine eine Dame zu kennen, eng mit mir verbunden, die sich nicht dazu bewegen läßt, sie gänzlich abzulehnen. Und dieses geheime Wissen teilt Mrs. Brandon unerschütterlich solchen Frauen mit, die in Leid und Trauer um ihre verlorenen Neugeborenen leben. „*Ich* kenne einen Fall", flüstert die Pflegerin, „wo eine arme Mutter ihr sechzehn Tage altes Kind verloren hat; und sechzehn Jahre später, auf den Tag genau, sah sie es wieder."

Philip weiß so viel von der Geschichte der Kleinen Schwester, daß er der Gegenstand dieses Wahns ist, und es berührt ihn wirklich ganz sonderbar und innig. Er erinnert sich bruchstückhaft an die Krankheit, durch die ihn die Kleine Schwester gepflegt hat, an seine wilden Fieberattacken, seinen schmerzenden

Kopf auf ihrer Schulter – kühle Tamarindentränke, die sie ihm an die Lippen führte – riesige wehende nächtliche Schatten, die durch den kahlen Schlafsaal flackern – die kleine Gestalt der Pflegerin, die aus der Dunkelheit herbeigleitet und dann wieder darin verschwindet. Er muß über das Wiedererkennen im Bilde sein, von dem wir wissen und das an seinem Bett stattfand, wenn er es auch nie erwähnt hat – nicht seinem Vater, nicht Caroline gegenüber. Doch er hängt an der Frau und scheut vor dem Mann zurück. Ist es instinktive Liebe und Antipathie? Den besonderen Grund für den Zwist mit seinem Vater hat mir der jüngere Firmin nie ausdrücklich mitgeteilt, weder damals noch seither. Ich kenne viel mitteilsamere Söhne, die im Falle eines Stolperns oder Strauchelns ihrer Väter ihre Bekannten sämtlich dazu aufwiegeln würden, den Patriarchen in seinem Sturz zu verhöhnen.

Eines Tages, als Philip in die Thornhaugh Street und in das dortige Stübchen der Kleinen Schwester kommt, wer beschreibt sein Erstaunen, als er den schmuddeligen Freund seines Vaters, Ehrwürden Tufton Hunt, gemütlich am Kamin sitzend, antrifft.

„Wundern sich, mich hier zu sehen, he?“ sagt der schmierige Gentleman mit einem höhnischen Lächeln angesichts Philips hochmütiger Miene voll Erstaunen und Abscheu. „Hat sich herausgestellt, daß Mrs. Brandon und ich ganz alte Freunde sind.“

„Ja, Sir, alte Bekannte“, sagt die Kleine Schwester sehr ernst.

„Der Hauptmann hat mich vom Club bei den Byngs mit nach Hause gebracht. Fidele Burschen, die Byngs. Auf Ihr Wohl, Mr. Gann und Mrs. Brandon.“ Und die zwei von dem Gentleman, der „eine Erfrischung zu sich nimmt“, wie die Redensart lautet, angesprochenen Personen neigen zum Dank den Kopf.

„Sie hätten bei Mr. Philips Berufungsmahl dabei sein sollen, Hauptmann Gann“, fährt der Geistliche fort. „*Das* war ein Abend! Die feinsten Leute – Adlige – erstklassiger Rotwein. Dieser Rotwein Ihres Vaters, Philip, ist so ziemlich ausgetrunken. Und Ihr Lied war famos. Haben Sie den jemals singen hören, Mrs. Brandon?“

„Wen meinen Sie mit *den*?“ fragt Philip, der vor diesem Mann immer vor Wut kochte.

Caroline spürt die Abneigung. Sie legt Philip ihre kleine Hand auf den Arm. „Mr. Hunt hat wohl zuviel getrunken“, sagt sie. „Ich habe ihn wirklich vor langer Zeit kennengelernt, Philip.“

„Was meint er mit *den?*“ wiederholt Philip, Tufton Hunt anschnaubend.

„Den? Doktor Luthers Lied! ‚*Wein, Weib und Gesang*‘*, versteht sich!“ ruft der Geistliche und summt die Melodie. „Ich habe es selbst in Deutschland gelernt – hab eine ganze Zeit in Deutschland verbracht, Hauptmann Gann – sechs Monate an einem besonders finsteren Ort – dieser Kerkerlochstraße in Frankfurt am Main – da haben mich ein paar heimtückische Juden gepiesackt. Und noch ein armer englischer Bursche war da, der dieses Lied oft hinter den Gittern gesungen hat und dort starb und die Philister enttäuschte. Ich habe eine ganze Menge vom Leben mitgekriegt, hab ich; und ich hab eine gewaltige Menge Pech gehabt und es auch ganz schön standhaft ertragen, seit Ihr Vater und ich zusammen im College waren, Philip. Sie betätigen sich gar nicht in dieser Richtung? Nicht so früh, he? Das ist guter Rum, Gann, keine Frage.“ Und wieder trinkt der Pfarrer dem Hauptmann zu, der mit der schmutzigen Hand der Gastfreundschaft seinem dunklen Besucher zuwinkt.

Seit mehreren Monaten war Hunt jetzt in London wohnhaft und ziemlich ständiger Gast in Doktor Firmins Haus. Er kam und ging, wie es ihm paßte. Er machte diese Stätte zu seinem regelmäßigen Anlaufpunkt und gab sich im gepflegten, stillen, ordentlichen Wohnsitz des Arztes absolut ungezwungen, redselig, schlampig und plump vertraulich. Philips Abscheu vor dem Mann wuchs, bis er sich zu rasendem Haß steigerte. Mr. Phil, theoretisch Radikaler und fast Republikaner (vielleicht in Opposition zu seinem Vater, der selbstverständlich die hochrespektable Richtung der Politik vertrat) – Mr. Sansculotte Phil persönlich gehörte zu den aristokratischsten und hochfahrendsten aller jungen Gentlemen; er hegte Verachtung und Haß für ehrlose Menschen, für gemeine Menschen, für kriecherische Menschen und besonders für allzu aufdringliche Menschen, was manchmal recht amüsant, was oft sehr herausfordernd wirkte und was er niemals auch nur im geringsten zu verhehlen strebte. Seinen Onkel und seinen Cousin Twysden zum Beispiel behandelte er nicht halb so höflich wie deren Lakaien. Der kleine Talbot demütigte sich vor Phil und fühlte sich in seiner Gesellschaft nicht immer behaglich. Der junge Twysden haßte ihn und hielt im Club oder

* Im Original deutsch.

hinter Phils breitem Rücken gemeinsamen Bekannten gegenüber mit seinen Gefühlen nicht hinter dem Berg. Und Phil seinerseits begegnete seinem Cousin in einer herausfordernden, rüden Manier, die, zugegeben, für diesen Gentleman ärgerlich gewesen sein muß, der drei Jahre älter als Phil war, Sekretär in einem öffentlichen Amt, Mitglied etlicher guter Clubs und sich insgesamt in der besten Gesellschaft bewegte. Phil pflegte Ringwood Twysdens Gegenwart oft zu übersehen und seine Äußerungen fortzusetzen, ganz ohne Rücksicht auf Ringwoods Bemerkungen. Er *war* sehr ungehobelt, ich gebe es zu. Wir alle haben unsere kleinen Fehler, und zu Philips gehörte eine nur durch Unerfahrenheit zu erklärende Unduldsamkeit gegenüber Langweilern, Schmarotzern und Heuchlern.

So war es kein Wunder, daß mein junger Gentleman den Freund seines Vaters, den schmierigen Gefängniskaplan, nicht besonders mochte. Ich als der toleranteste Mensch der Welt, wie alle meine Freunde wissen, konnte Hunt kaum mehr leiden. Die Gegenwart des Mannes war mir unbehaglich. Seine Kleidung, seine Haut, seine Zähne, die lüsternen Blicke, mit denen er Frauen musterte – que sais-je? –, alles an diesem Mr. Hunt war unangenehm und seine Fröhlichkeit und Vertraulichkeit sogar noch widerlicher als seine Feindseligkeit. Ein Wunder war nur, daß es nicht schon zu Tätlichkeiten zwischen Philip und dem Gefängnispfarrer gekommen war, der, vermutlich daran gewöhnt, daß man ihn nicht mochte, mit zynischer Belustigung über die Abneigung des anderen lachte.

Hunt kehrte in vielen Wirtsstuben ein; und eines Tages, als er gemächlich den „Admiral Byng" verließ, sah er in der Thornhaugh Street die wohlbekannte Equipage seines Freundes Doktor Firmin vor einer Tür stehen, aus der bald darauf der Arzt kam. *Brandon* stand an der Tür. Brandon, Brandon! Hunt entsann sich einer finsteren Transaktion vor mehr als zwanzig Jahren – einer von diesem Firmin hintergangenen Frau, der es damals vorzog, unter dem Namen Brandon aufzutreten. Er lebt immer noch mit ihr, der alte Heuchler, oder er ist zu ihr zurückgekehrt, dachte der Geistliche. O du alter Sünder! Und als Mr. Hunt das nächstemal seinen lieben alten Collegefreund in der Old Parr Street besuchte, war er besonders aufgeräumt und furchtbar unangenehm und zudringlich.

„Hab deinen Wagen Richtung Tottenham Court Road gesehen", sagt der schludrig sprechende Pfarrer und nickt dem Arzt zu.

„Habe da Patienten. Auch in der Tottenham Court Road sind Leute krank", bemerkt der Arzt.

„Pallida mors aequo pede – he, Doktor? Was sagte Flaccus immer, als wir ganz junge Semester waren?"

„Aequo pede", seufzt der Mediziner und richtet seine schönen Augen an die Decke.

Verschlagener alter Fuchs! Kein Wort rückt er über sie raus! denkt der Geistliche. Ja, ja, ich erinnere mich. Und beim Zeus! Gann war der Name!

Gann war auch der Name jenes wunderlichen Alten, der oft in den „Admiral Byng" kam, wo das Bier so gut war – der alte Knabe, den sie Hauptmann nannten. Ja, jetzt war es klar. Diese häßliche Geschichte war ausgebügelt. Der scharfsinnige Hunt begriff alles. Der Arzt hatte immer noch Beziehungen zu der – zu der Person. Und das ist ihr alter Vater, ganz klar. Der alte Fuchs, der alte Fuchs! Ich habe seinen Bau aufgespürt, was? Das ist ein famoses Spielchen. Mir fehlte ein bißchen was zu tun, und das bringt mich in Schwung, denkt der Geistliche.

Ich beschreibe jetzt etwas, das ich keinesfalls hätte sehen oder mit anhören können, und so kann ich mich in meiner Darstellung des vertraulichen Gesprächs dieser würdigen Männer nur für die Wahrscheinlichkeit, nicht für die buchstäbliche Wahrheit verbürgen. Das Ende Dutzender vertraulicher Gespräche Hunts mit seinem Freund war stets das gleiche – ein Ersuchen um Geld. Regnete es, wenn Hunt sich von seinem Collegekameraden trennte, so hieß es: „Hör mal, Doktor, ich verderbe mir den neuen Hut und habe, hol's der Kuckuck, kein Geld für eine Droschke bei mir. Danke, alter Junge. Au revoir." War das Wetter schön, hieß es: „Meine alten schwarzen Hosen sind an den Nähten schon so abgewetzt, daß du mir schon aus Barmherzigkeit ein neues Paar spendieren solltest. Nicht dein Schneider; der ist zu teuer. Danke – zwei Sovereigns reichen." Und der Doktor nimmt zwei vom Kaminsims, und der Gottesmann geht und läßt das Gold in der speckigen Tasche klimpern.

Der Doktor will nach den paar Worten über pallida mors aus dem Haus gehen und hat jenen gutgebürsteten breitkrempigen Hut mit dem ewig frischen Futter aufgenommen, den wir alle an ihm bewundern – „Ach, hör mal, Firmin!“ platzt der Pfarrer heraus. „Ehe du gehst, mußt du mir ein paar Sovereigns borgen, bitte. In der Air Street haben sie mich total ausgenommen. Dieses verdammte Roulette! Das ist bei mir wie eine Manie.“

„Beim George!“ ruft der andere mit einem derben Fluch. „Es ist furchtbar mit dir, Hunt. Jede Woche meines Lebens haust du mich um Geld an. Du hast genug eingesackt. Geh woandershin. Ich gebe dir keins.“

„Doch, das wirst du, alter Junge“, sagt der andere und mißt ihn mit einem furchterregenden Blick, „weil . . .“

„Weil was?“ fragt Firmin, und die Adern auf seiner hohen Stirn schwellen dick an.

„Im Gedenken an alte Zeiten“, fährt der Geistliche fort. „Da liegen sieben auf dem Tisch, jedes in Papier gewickelt – das reicht mir schon.“ Und er wischt die Honorare mit seiner schmutzigen Hand in einen schmutzigen Beutel. „Holla! Vor einem Geistlichen fluchen und lästern? Reg dich bloß nicht auf, alter Junge! Geh ruhig an die Luft. Sie kühlt dich ab.“

„Ich glaube, ich würde mich nicht gern von diesem Kerl behandeln lassen, wenn ich krank wäre“, sagt Hunt laut zu sich, während er davonschlurft und die Beute in der schmierigen Hand rollt. „Ich glaube, ich würde ihm nicht gern allein im Mondlicht begegnen, jedenfalls nicht in einer *besonders* stillen Gasse. Er ist ein entschlossener Kerl. Und in seinen Augen liegt ‚spitzbübische Munkelei‘, weiß Gott. Pfff!“ Und er lacht und macht eine grobe Bemerkung über Doktor Firmins Augen.

An diesem Nachmittag fiel den Gentlemen, die im „Admiral Byng“ verkehrten, die Wiederkehr des Gastes auf, der am Abend vorher hereingeschaut hatte und der jetzt großzügig Runden spendierte und sich wahrhaftig mächtig angenehm machte. Der alte Mr. Ridley behauptet, er sei ein Gentleman vom Scheitel bis zur Sohle. „Sichtlich viel in ausländischen Ländern rumgereist und spricht die Sprachen. Hat sicher Unglück gehabt, wie so mancher. Trinkt kolossal Rum mit Wasser. Hat fast gar keinen Happetit nicht. So manchen bringt das Unglück dahin. Ein netter Mensch, weiß über fast jedes Thema bestens Bescheid. Glaube, er ist Geistlicher. Er und Mr. Gann haben sich richtig angefreundet, er und Mr. Gann. Haben von Watloo gesprochen, und Gann hat das sehr gern, hat Gann das, ganz bestimmt.“ Ich stelle mir vor, wie Ridley abwechselnd diese halbverschluckten Sätze und kleine Rauchsalven ausstößt, während er in der Wirtsstube hinter seiner nüchternen Friedenspfeife sitzt und schwatzt.

Nachdem Doktor Firmin in schnellem Galopp durch die Stadt gebraust ist, wo er mit seinem milden traurigen Lächeln an den Betten der Kranken steht; wo ihn zärtliche Mütter anschwärmen und segnen, die ihn als Retter ihrer Kinder rühmen; wo er Damen den Puls fühlt mit einer Hand, so zart wie die ihre; mit vornehmer Güte frische kleine Wangen tätschelt – kleine Wangen, die ihre Rosen seiner wunderbaren Kunst verdanken; nachdem er Mylady beruhigt und getröstet, Mylord die Hand geschüttelt, in den Club hineingeschaut und höfliche Grüße mit Größen seinesgleichen ausgetauscht hat und in der stattlichen Kutsche mit den edlen Pferden davongefahren ist – bewundert, geehrt wie ehrerbietig, allseits grüßend wie Grüße empfangend –, so daß jedermann sagt: „Vorzüglicher Mann, Firmin. Vorzüglicher Arzt, vorzüglicher Mann. Zuverlässiger Mann. Solider Mann. Mann aus guter Familie. Hat eine reiche Frau geheiratet. Hat Glück, der Mann." Und so weiter. Nach dem triumphalen Tagesablauf bilde ich mir ein, den Doktor heimfahren zu sehen, mit diesen tieftraurigen Augen, diesem bleichen Lächeln.

Er kommt in flottem Tempo die Old Parr Street entlanggewirbelt, als Phil eben von der Regent Street heranschlendert, wie üblich die Zigarre im Mund. Als er seinen Vater sieht, wirft er die Zigarre weg, und sie gehen gemeinsam ins Haus.

„Bleibst du zum Essen da, Philip?" fragt der Vater.

„Und Sie, Sir? Wenn Sie bleiben, bleibe ich auch", sagt der Sohn, „und wenn Sie allein sind . . ."

„Allein? Ja. Das heißt, Hunt wird da sein, nehme ich an, den du ja nicht magst. Aber der arme Kerl hat wenige Stellen, wo er dinieren kann. Was? Der verd . . . Hunt? Das ist ein starker Ausdruck für einen armen Kerl im Unglück und einen alten Freund deines Vaters."

Ich glaube fast, Philip hatte dieses schlimme Wort ausgestoßen, während sein Vater sprach und als der verhaßte Name des Geistlichen fiel. „Verzeih, Vater. Es ist mir wider Willen herausgerutscht. Ich kann mir nicht helfen. Ich finde den Kerl gräßlich."

„Du verbirgst deine Neigungen und Abneigungen nicht", sagt oder vielmehr ächzt der zuverlässige Mann, der solide Mann, der wohlhabende Mann, der erfolgreiche Mann, der unglückliche Mann. Seit vielen Jahren weiß er, daß sich das Herz seines Jungen gegen ihn aufgelehnt und ihn durchschaut und sich von ihm abgewendet hat; und voll Scham und Reue und Verzweiflung liegt er in den Nächten wach und denkt daran, wie allein er ist – allein in der Welt. Ach! liebt eure Eltern, ihr jungen Leute! O gütiger Vater! mache unser Herz stark: mach es stark und läutere es, auf daß wir nicht vor unseren Kindern zu erröten brauchen!

„Du verbirgst deine Neigungen und Abneigungen nicht", sagt der Vater also in einem Ton, der dem jungen Mann einen seltsamen und scharfen Stich versetzt.

In Philips Stimme schwingt ein heftiges Beben mit, als er sagt: „Nein, Vater, ich kann den Mann nicht ertragen, und ich kann meine Gefühle nicht verbergen. Ich habe mich eben erst von diesem Mann verabschiedet. Eben bin ich ihm begegnet."

„Wo?"

„Bei – bei Mrs. Brandon, Vater." Bei diesen Worten errötet er wie ein Mädchen.

Im nächsten Moment erschrickt er über den Fluch, der über die Lippen seines Vaters zischt, und den furchtbaren Ausdruck des Hasses, der auf dem Gesicht des Älteren erscheint – jenen unheilvollen, hilflosen, gottverlassenen, verlorenen Ausdruck, der dem armen Phil von klein auf so oft Angst gemacht hat. Philip war dieser Ausdruck nicht geheuer, freilich jener genausowenig, mit dem sein Vater Hunt empfing, der gleich darauf hereinstolziert kam.

„Was, *Sie* essen hier? Wir erweisen Papa so selten die Ehre, mit ihm zu essen", bemerkt der Pfarrer mit seinem durchtriebenen Grinsen. „Ich nehme an, Doktor, jetzt, wo der verlorene Sohn heimgekehrt ist, wird das gemästete Kalb geschlachtet. Es gibt Schlechteres als ein gutes Kalbsfilet, he?"

Woraus die Mahlzeit auch bestanden haben mag, der schmierige Kaplan grinste und zwinkerte, als er seinen unheilvollen Segen darüber sprach. Die zwei Älteren bemühten sich, lebhaft und heiter zu erscheinen, wie jedenfalls Philip fand, der sich so wenig Mühe gab, seine eigenen trüben oder fröhlichen Stimmungen zu verbergen. Kein Wort fiel über die Ereignisse des Vormittags, als mein junger Gentleman Mr. Hunt gegenüber recht grob geworden war; und Philip bedurfte nicht der Warnung seines

Vaters, um nichts von seinem vorherigen Zusammentreffen mit ihrem Gast zu erwähnen. Wie üblich sprach Hunt den Butler an, richtete nebensächliche Bemerkungen an den Lakaien und schmückte seine Äußerungen mit schlüpfrigen Zweideutigkeiten und veralteten unflätigen Gossenausdrücken. Wettlokale, Spielhöllen, Tattersall's, Boxkämpfe und deren Besucher waren seine erfreulichen Themen, und über diese ließ er sich wie üblich weitschweifig aus. Der Doktor schluckte diese Dosis, die sein Freund ihm verpaßte, ohne jede Miene des Widerwillens. Im Gegenteil, er war fröhlich; er war für eine weitere Flasche Rotwein – besser als gerade jetzt werde er nie sein.

Die Flasche war kaum auf den Tisch gekommen, kaum hatten sie den Wein gekostet und für hervorragend erklärt, als – o Enttäuschung! der Butler mit einem Brief für den Arzt wiederkommt. Eine seiner Patientinnen. Er muß fort. Sie hat nichts von Bedeutung. Sie wohnt ganz in der Nähe, in Mayfair. „Du und Hunt, ihr macht diese Flasche leer, es sei denn, ich bin zurück, bevor sie alle ist; und wenn sie alle ist, trinken wir noch eine", bestimmt Doktor Firmin jovial. „Rühr dich nicht von der Stelle, Hunt" – und fort ist Doktor Firmin und läßt Philip mit dem Gast allein, zu dem er am Vormittag unzweifelhaft grob gewesen war.

„Den Patienten des Doktors geht es oft genau dann schlecht, wenn es Zeit für den Rotwein ist", knurrt Mr. Hunt ein paar Minuten später. „Na, egal. Der Wein ist gut – gut! wie jemand bei Ihrem berühmten Berufungsmahl gesagt hat, *Mr.* Philip – nenne Sie nicht mehr Philip, weil Sie das nicht mögen. Sie waren am Vormittag mächtig kratzbürstig zu mir, wahrhaftig. Zu meiner Zeit wären für so eine Aufführung Flaschen kaputtgegangen oder Schlimmeres."

„Ich habe Sie um Verzeihung gebeten", sagte Phil. „Ich war verärgert über ... ist ja auch egal ... und hatte nicht das Recht, zu Mrs. Brandons Gast unhöflich zu sein."

„Übrigens, haben Sie Ihrem Alten erzählt, daß Sie mich in der Thornhaugh Street getroffen haben?" fragt Hunt.

„Ich war sehr grob und übelgelaunt, und ich gebe noch einmal zu, daß es nicht richtig von mir war", erklärt Phil, zögernd und stockend, und wird sehr rot. Ihm fiel ein, was sein Vater ihm eingeschärft hatte.

„Ich wiederhole, Sir, haben Sie Ihrem Vater von unserer Begegnung heute vormittag erzählt?“ will der Geistliche wissen.

„Und bitte, Sir, wie kommen Sie dazu, mich über meine vertraulichen Gespräche mit meinem Vater zu befragen?“ erkundigt sich Philip mit großartiger Würde.

„Sie wollen es mir nicht sagen? Dann *haben* Sie es ihm erzählt. Er ist ein netter Mann, Ihr Vater, für einen so moralisch gesinnten Menschen.“

„Ich bin nicht auf Ihre Meinung über die Moral meines Vaters erpicht, Mr. Hunt“, erklärt Philip, schnappt verwirrt nach Luft und trommelt mit den Fingern auf den Tisch. „Ich bin hier, um ihn in seiner Abwesenheit zu vertreten und seinen Gast höflich zu behandeln.“

„Höflich! Schöne Höflichkeit!“ sagt der andere und starrt ihn wütend an.

„So gut sie eben ist, Sir; es ist meine beste, und – ich – ich verfüge über keine andere“, ächzt der junge Mann.

„Alter Freund Ihres Vaters, Akademiker, M. A., von Geburt ein Gentleman, beim Zeus! ein Geistlicher – auch wenn ich das einmal beiseite lasse ...“

„Ja, Sir, Sie lassen das wirklich beiseite“, meint Philip.

„Bin ich ein Hund“, kreischt der Geistliche, „daß Sie mich so behandeln können? Wer sind Sie überhaupt? Wissen Sie, wer Sie sind?“

„Sir, ich bemühe mich mit aller Kraft, es nicht zu vergessen“, gibt Philip zurück.

„Also! Hören Sie mal! Lassen Sie Ihr stolzes Getue bloß nicht an *mir* aus!“ kreischt Hunt mit einer ganzen Salve von Flüchen und stürzt aus den verschiedenen Karaffen vor ihm ein Glas nach dem anderen hinunter. „Verflucht, als ich ein junger Mann war, hätte ich Ihnen eins-zwei vor den Schädel geknallt, und wären Sie zweimal so groß gewesen! Was sind Sie denn, einen älteren Mann von oben herab zu behandeln, den alten Kameraden Ihres Vaters – einen Akademiker – Sie verflixter, hochnäsiger ...“

„Ich bin hier, um dem Gast meines Vaters jede Aufmerksamkeit zu erweisen“, sagt Phil, „aber wenn Sie Ihren Wein ausgetrunken haben, will ich gern die Sitzung schließen, so rasch es Ihnen beliebt.“

„Das werden Sie mir bezahlen! Das schwöre ich", stieß Hunt hervor.

„Oh, Mr. Hunt", rief Philip und sprang auf, die großen Fäuste geballt, „nichts wäre mir lieber."

Der Mann schrak zurück, in der Meinung, Philip wolle ihn schlagen (wie Philip mir erzählte, als er die Szene beschrieb), und rannte zur Klingel. Doch als der Butler kam, verlangte Philip nur Kaffee; und Hunt taumelte, ein, zwei wilde Flüche ausstoßend, hinter dem Bedienten aus dem Zimmer. Brice berichtete, er sei schon angetrunken gekommen. Das sei er oft. Und Phil dankte seinen Sternen, daß er den Gast seines Vaters nicht an Ort und Stelle, unter seinem eigenen Dach, tätlich angegriffen hatte.

Er ging an die Luft hinaus. Noch immer aufgebracht, kühlte er sich unter den Sternen ab. Er besänftigte sich mit seinem gewohnten Trost, dem Tabak. Ihm fiel ein, daß Ridley an diesem Abend in der Thornhaugh Street seine kleine Gesellschaft, seinen Diwan, abhielt; er sprang in eine Droschke und fuhr zu seinem alten Freund.

Das Dienstmädchen des Hauses, das an die Tür kam, als die Droschke gerade losfahren wollte, hielt sie auf; und als Philip eintrat, fand er im Hausflur die Kleine Schwester und seinen Vater im Gespräch. Der breite Hut des Doktors schirmte sein Gesicht von der Flurlampe ab, die besonders hell brannte, doch Mrs. Brandons Antlitz war sehr bleich, und sie hatte geweint.

Sie schrie leise auf, als sie Phil sah. „Ach, bist du es, mein Liebling?" sagte sie. Sie lief zu ihm; ergriff seine beiden Hände; klammerte sich an ihn und schluchzte tausend heiße Tränen auf seine Hand. „Das tue ich nie. Oh, nie, nie, nie!" murmelte sie.

Die breite Brust des Doktors hob sich wie unter einem gewaltigen Seufzer der Erleichterung. Er betrachtete die Frau und seinen Sohn mit einem merkwürdigen Lächeln – keinem milden Lächeln.

„Gott segne Sie, Caroline", sagte er auf seine hochtrabende, ziemlich theatralische Art.

„Gute Nacht, Sir", sagte Mrs. Brandon, immer noch an Philips Hand geklammert, und machte vor dem Doktor einen demütigen kleinen Knicks. Und als er fort war, küßte sie wieder Philips Hand und ließ ihre Tränen darauf fallen und sagte: „Nie, mein Liebling; nein, nie, nie."

11. KAPITEL

In dem Philip sehr mißgelaunt ist

Philip hatte schon längst einen Teil der Geschichte seiner geliebten kleinen Freundin erraten. Ein naives, ungebildetes junges Mädchen war von einem Gentleman der großen Welt aufgespürt, verführt, verlassen worden. Und die arme Caroline war das Opfer und Philips eigener Vater der Verführer. Soviel war an dieser kleinen Geschichte für ihn leicht zu erraten. Doktor Firmins Beteiligung daran genügte, um seinem Sohn einen Schauder des Abscheus einzujagen und das Mißtrauen, den Zweifel, die Entfremdung zu steigern, die der Vater dem Sohn seit langem eingeflößt hatte. Was würde Philip empfinden, wenn alle Seiten jenes schwarzen Buches vor ihm aufgeschlagen würden und er von einer falschen Heirat und einer zugrunde gerichteten und ausgestoßenen Frau zu hören bekäme, vor Jahren von ebendem Mann verlassen, mit dem ihn selbst das engste Band verknüpfte? Mit einem Wort, Philip hatte es nur als einen Fall jugendlicher Zügellosigkeit angesehen und mehr nicht; und als solchen hatte er es mit den ganz wenigen Worten, die er mir gegenüber zu dieser Angelegenheit geäußert haben mag, auch hinzustellen gesucht. Bis dahin erfuhr ich von der Geschichte nicht mehr, als mein Freund mir erzählt hatte; ich erfuhr sie erst allmählich vollständiger, in dem Maße, wie die folgenden Ereignisse dazu dienten, sie zu entwickeln und zu erklären.

Als Firmins alter Bekannter und, wie es schien, Komplize aus früheren Tagen ihn über das Ende einer gewissen Intrige in Margate ausfragte, die sich an die vier- oder fünfundzwanzig Jahre früher ereignet hatte, zu jener Zeit, als Firmin aus gutem Grund seinen Gläubigern aus der Collegezeit auszuweichen, sich woanders niederzulassen und einen falschen Namen anzunehmen vorzog, da hatte der ältere Firmin dem Geistlichen eine Reihe Unwahrheiten gesagt, die diesen offenbar zufriedenstellten. Was sei aus dem armen kleinen Ding geworden, um das er sich so zum Narren gemacht habe? Ach, sie sei tot, schon seit vielen Jahren. Er habe sie abgefunden. Sie habe geheiratet und sei in Kanada gestorben – ja, in Kanada. Armes kleines Ding! Ja, sie sei ein gutes kleines Ding gewesen, und eine Zeitlang habe er eine große Schwäche für sie gehabt. Es tut mir leid, von einem achtbaren Gentleman behaupten zu müssen, daß er log, und zwar gewohnheitsmäßig und mühelos. Aber sehen Sie, wenn Sie ein Verbrechen begehen und, sagen wir, das Siebente Gebot brechen oder das Achte, oder wählen Sie jede beliebige Ziffer – werden Sie wahrscheinlich die Lüge der Tat durch die Lüge der Zunge untermauern müssen, und damit sind Sie rechtzeitig gewarnt, und ich kann Ihnen nicht weiterhelfen. Wenn ich einen Mann ermorde und der Polizist fragt mich: „Bitte, Sir, haben Sie dem Gentleman hier die Kehle durchgeschnitten?", muß ich falsch Zeugnis reden, zur eigenen Verteidigung, verstehen Sie, auch wenn ich von Natur aus vielleicht ein höchst zuverlässiger, wahrheitsliebender Mensch bin. Und so geht es mit vielen Verbrechen, die Gentlemen begehen – es ist peinlich, das bezüglich Gentlemen sagen zu müssen, aber sie werden nicht mehr und nicht weniger als Gewohnheitslügner und müssen ihr Leben lang weiterlügen, müssen Sie anlügen, mich, die Dienstboten, ihre Ehefrau, ihre Kinder und – o hehrer Name! Ich verneige und demütige mich. Knien wir nieder, knien wir nieder, trachten wir nicht, unsere Lügen vor Dir zu äußern!

Und so, werter Sir, da Sie nach einem Verstoß gegen die sittlichen Gesetze lügen müssen, um sich aus der Klemme zu ziehen, möchte ich Sie als Mann von Ehre und als Gentleman fragen, ob Sie sich nicht besser des Verbrechens enthalten, um der unangenehmen und täglich wiederkehrenden Notwendigkeit des Meineids zu entgehen? Ein armes junges Mädchen der unteren Stände, beschwatzt und mehr oder weniger zugrunde gerichtet, ist natürlich keine große Sache. Das kleine liederliche Frauenzimmer wird hinausgeworfen – ihr Pech –, oder sie findet eine Stellung, oder sie heiratet einen ihres Standes, der nicht das außerordentliche Feingefühl besitzt, das zum „blauen" Blut gehört – und dann ist Schluß mit ihr. Aber wenn Sie selbst sie heimlich und regelwidrig heiraten und sie dann verstoßen und dann jemand anders heiraten, werden Sie auf alle möglichen unangenehmen Arten zur Verantwortung gezogen. Ich schreibe von ganz alten Vorgängen, denken Sie freundlichst daran. Den ersten Teil der Geschichte habe ich selbst vor etwa zwanzig Jahren gedruckt; und wenn Sie sich einbilden, ich beziehe mich auf irgendeine jüngere Zeit, Madam, liegen Sie mit Ihrer Vermutung völlig falsch.

Es muß für einen Mann von Welt, Ehre und guter Familie eine höchst unangenehme Pflicht gewesen sein, die Tochter eines armen trunksüchtigen, verrufenen, bankrotten Kaufmanns wie Caroline Gann zu belügen; doch George Brand Firmin, Esq., M. D., hatte keine andere Wahl, und als er log, hielt er es – wie in ernsten Fällen, wenn er Kalomel verordnete – für ratsam, die Arznei großzügig zu bemessen. So log er Hunt an und behauptete, das Mädchen sei schon vor langer Zeit in Kanada gestorben. Und er log Caroline an und verfuhr mit ihr nach dem gleichen Rezept, indem er behauptete, Hunt sei vor langer Zeit in Kanada gestorben. Und ich kann mir für einen Mann von Welt, von hohem Rang und gutem Ruf kaum eine peinlichere und demütigendere Situation vorstellen, als sich so weit erniedrigen zu müssen, einer kleinen ungebildeten Person etwas vorzulügen, die ihr Brot als Krankenpflegerin verdient und ihre H nicht richtig einsetzt.

„Ach ja, Hunt!" hatte Firmin in einem der trübseligen kurzen Gespräche, die es manchmal zwischen ihm und seinem Opfer, seiner Ehefrau aus alter Zeit, gab, der Kleinen Schwester gesagt. „Ein wüster, übler Mann war Hunt – in Zeiten, als ich, zugegeben, kaum besser war! Seither habe ich tief bereut, Caroline; am meisten mein Verhalten dir gegenüber; denn du hättest ein besseres Los verdient, und du hast mich wahrhaft geliebt – maßlos."

„Ja", sagt Caroline.

„Damals war ich wie toll! Ich war verzweifelt! Ich hatte meine Zukunft aufs Spiel gesetzt, meinen Vater vor den Kopf gestoßen, hielt mich unter einem angenommenen Namen vor meinen Gläubigern versteckt – dem Namen, unter dem ich dich besuchte. Ach, warum bin ich bloß in dein Haus gekommen, mein armes Kind? Der böse Geist hatte mich gepackt. Ich wagte nicht, meinem Vater gegenüber von Heirat zu sprechen. Du hast den deinen und sorgst mit unverwüstlicher Güte für ihn. Weißt du, daß mein Vater mich nicht sehen wollte, als er starb? Ach, welch grausamer Gedanke!" Und der gequälte Mann schlägt sich die bebende Hand vor die hohe Stirn; und ein Teil seines Kummers über seinen eigenen Vater ist wohl aufrichtig, denn er empfindet die Scham und die Reue, seinem eigenen Sohn entfremdet zu sein.

Was die Heirat anging – daß es eine ganz verruchte und unverantwortliche Täuschung war, gab er zu; doch er war außer sich, als sie stattfand, außer sich vor Schulden und Verzweiflung über das Zerwürfnis mit seinem Vater – aber Tatsache war, es war keine rechtmäßige Heirat.

„Ich bin froh darüber!" seufzte die arme Kleine Schwester.

„Warum?" fragte der andere gespannt. Seine Liebe war tot, doch seine Eitelkeit war immer noch gesund und kräftig. „Lag dir jemand anders am Herzen, Caroline? Hast du deinen George vergessen, den du immer . . .?"

„Nein!" rief die kleine Frau tapfer. „Aber ich könnte nicht mit einem Mann leben, der sich zu einer Frau so unehrlich verhielt wie Sie zu mir. Ich hatte Sie gern, weil ich dachte, Sie wären ein Gentleman. Mein armer Maler war einer, den Sie immer verachtet haben und auf ihm herumtrampelten – und mein lieber, lieber Philip ist einer, Mr. Firmin. Aber Gentlemen sprechen die Wahrheit! Gentlemen betrügen nicht arme unschuldige Mädchen und lassen sie ohne einen Penny im Stich!"

„Caroline! Ich wurde von meinen Gläubigern gehetzt. Ich . . ."

„Lassen Sie nur. Jetzt ist es vorbei. Ich trage es Ihnen nicht nach, Mr. Firmin, aber ich würde Sie nicht heiraten, nein, und wenn ich die Frau vom Leibarzt der Königin würde!"

So hatte sich die Kleine Schwester geäußert, als nicht an das Wiederauftauchen Hunts, des Geistlichen, der ihre Heirat vollzogen hatte, zu denken war; und ich weiß nicht, ob Firmin über die Scheidung, die die kleine Frau aus eigener Amtsvollmacht aussprach, eher gekränkt oder erfreut war. Doch als der Unglücksbote Hunt auf die Bildfläche trat, erfüllten Firmin Zweifel und Ängste. Hunt war bettelarm, gierig, hinterlistig, skrupellos, verzweifelt. Er konnte diese Heirat dem Arzt ständig drohend vor Augen halten. Er konnte drohen, erpressen, enthüllen, vielleicht Philips eheliche Geburt völlig in Frage stellen. Die erste Ehe war ganz gewiß null und nichtig, doch der Skandal wäre für Firmins Ruf und Praxis verhängnisvoll. Und der Zwist mit seinem Sohn zog Folgen nach sich, an die zu denken nicht erfreulich war. George Firmin, Esq., M. D., war nämlich ein Mann mit einem stark ausgeprägten Hinterkopf; wenn er etwas begehrte, begehrte er es so heftig, daß er es haben *mußte*, ohne Rücksicht auf die Folgen. Und so hatte er danach begehrt, sich die arme kleine Caroline zu unterwerfen; und so hatte er als junger Mann Pferde, rauschende Feste, Roulette und Ekarté und so weiter begehrt; und die Rechnung dafür folgte im natürlichen Lauf der Zeit, und George Firmin, Esq., zahlte nicht immer gern. Doch daß ein großartiger, wohlhabender, vornehmer Gentleman in der besten Gesellschaft – mit glänzender Stirn und glänzenden Manieren und allgemein hochangesehen – einer armen kleinen, schüchternen, klaglosen Krankenpflegerin etwas vorlügen mußte, das war schon demütigend, nicht wahr? Und ich kann es Firmin nachfühlen.

Hunt zu belügen war ekelhaft, aber irgendwie nicht so überaus gemein und entwürdigend, wie ein kleines vertrauensvolles, bescheidenes, obdachloses Geschöpf betrügen zu müssen, dem sein verfluchter Fuß bereits die Blüte ihres sanften jungen Lebens zertreten hatte. Und überdies war dieser Hunt so ein Schuft und roher Mensch, daß man keine Skrupel zu hegen brauchte, *ihn* hinters Licht zu führen; und hätte Firmin überhaupt Sinn für Humor besessen, hätte er seine grimmige Freude daran haben können, dem schmutzigen Geistlichen zu einem Tänzchen über Stock und Stein aufzuspielen. So war vielleicht (natürlich habe ich keine Möglichkeit, mich zu vergewissern) dem Arzt die ihm jetzt zufallende Pflicht nicht gänzlich unangenehm, seinen alten Bekannten und Komplizen zu täuschen. Ich gebrauche nicht gern mit Bezug auf einen Mann in Doktor Firmins hoher gesellschaftlicher Position eine so gewöhnliche Redensart, sonst würde ich von ihm und dem Gefängniskaplan behaupten, hier heiße es „Dieb fängt Dieb“; doch ist Hunt jedenfalls ein so schändlicher, unverschämter, freundloser Vagabund, daß wir ihn, wenn er ein paar Fußtritte abbekommt oder an der Nase herumgeführt wird, nicht groß zu bedauern brauchen. Wenn Mr. Thurtell gehängt wird, legen wir keine Trauerkleidung an. Seine Lage mag derzeit unangenehm gewesen sein, aber immerhin hat er Mr. William Weare ermordet.

Firmin war ein kühner und mutiger Mann, hitzig in seinem Streben, ungestüm in seinem Verlangen, doch kühl in der Gefahr und rasch in der Tat. Ein Teil seiner großen Erfolge als Arzt erwuchs aus seinem unerschrockenen und erfolgreichen Vorgehen in unerwarteten Notsituationen. Solange der elende Hunt nur ziellos durch die Stadt wankte, von der schmutzigen Hand in den schmutzigen Mund lebte und leidlich zufrieden war, wenn er Alkohol, Spielkarten und Obdach fand, oder sich doch durch eine Dosis von ein, zwei Guineas ziemlich leicht beschwichtigen ließ, konnte Firmin die ausschließlich lindernde Behandlungsstrategie fortsetzen, seinen Patienten mit einem gelegentlichen Trinkgeld dämpfen, mit einer beruhigenden Arznei aus Rotwein oder Branntwein einschläfern und von einem Tag zum anderen abwarten. Womöglich starb er; womöglich bekam er Lust, wieder ins Ausland zu gehen; womöglich wurde er wegen einer Fälschung oder einer anderen Schurkerei deportiert, tröstete sich Doktor Firmin; und er vertraute auf die Rubrik der Unfälle, um seinen Freund loszuwerden. Jedoch ein Hunt, der Bescheid wußte, daß die Frau noch lebte, die er in der Tat, wenn auch unrechtmäßig, mit Firmin vermählt hatte, wurde zu einem Feind, den es unbedingt zu ducken, beschwatzen oder bestechen galt, und je eher der Arzt seine Verteidigungsstellung bezog, desto besser. Wie sollte die Verteidigung aussehen? Vielleicht war die wirkungsvollste ein ungestümer Angriff; vielleicht wäre es besser, den Feind zu bestechen. Die Entscheidung über das Vorgehen ließe sich wohl am besten nach einigen kleineren Erkundungsoperationen fällen.

Er wird versuchen, Caroline aufzuhetzen, dachte Firmin, indem er ihr das erlittene Unrecht und ihre Rechte klarmacht. Er wird ihr beweisen, daß sie als meine Ehefrau Anspruch auf meinen Namen und einen Anteil meines Einkommens hat. Eine weniger auf ihren Vorteil bedachte Frau als dieses arme kleine Geschöpf hat nie gelebt! Sie verschmäht Geld und hätte, außer ihres Vaters wegen, keines von mir angenommen. Aber um mich für mein fraglos ziemlich gemeines Benehmen zu bestrafen, um ihr Recht und ihre Position in der Welt als ehrliche Frau zu fordern und durchzusetzen, läßt sie sich vielleicht doch dazu bringen, mir den Krieg zu erklären und auf ihre Heirat zu pochen? Nachdem sie von daheim fortgegangen war, ließen ihre zwei irischen Halbschwestern sie im Stich und bespien sie; und als sie zurückkehren wollte, jagten die zwei herzlosen Weiber sie von der Tür. O diese keifenden Hexen! Und wenn sie jetzt in ihrer Kutsche an ihnen vorbeifahren, von mir Unterhalt beziehen und das Recht auf meinen angesehenen Namen beanspruchen könnte, wäre das für sie nicht die süßeste Rache an ihren Schwestern, wenn sie ihnen so eine Heirat kundtäte?

Firmins edlem Gemüt schwante in diesem Punkt gar nichts Gutes. Er kannte die Frauen und wußte, wie diese zwei ihre kleine Schwester behandelt hatten. Lag es in der menschlichen Natur, auf Rache zu verzichten? Diese Gedanken schossen Firmin sofort durch den Kopf, als er erfuhr, daß die vielbefürchtete Begegnung zwischen Caroline und dem Kaplan stattgefunden hatte.

Während Firmin mit seinem ihm gegenübersitzenden Gast und Feind dinierte, legte er seinen Gefechtsplan zurecht. Die Schutzwehr war aufgerichtet, und dahinter stellte er sozusagen seine Geschütze in Position. Selbstverständlich gab er sich Hunt gegenüber so höflich wie der Mieter gegenüber seinem Hauswirt, wenn er ohne Miete kommt. Also lachte, witzelte, prahlte, plauderte der Doktor nach besten Kräften und überlegte währenddessen, was gegen die Gefahr zu unternehmen war.

Er hatte einen Plan, der vielleicht Erfolg haben konnte. Er mußte sofort mit Caroline sprechen. Er kannte die schwache Stelle ihres Herzens, wo sie am ehesten verwundbar wäre. Und er würde gegen sie vorgehen wie einst die Barbaren gegen ihre Feinde, wenn sie die gefangenen Frauen und Kinder vor ihren Schlachtreihen aufstellten und den Gegner herausforderten, durch diese Mauer zu stoßen. Er wußte, wie Caroline seinen Jungen liebte. Mittels dieser Liebe würde er auf sie einwirken. Während er sich vor dem Dinner die schönen Hände wäscht und die edle Stirn kühlt, legt er sich seinen kleinen Plan zurecht. Er gibt Anweisung, ihn gleich nach der zweiten Flasche Rotwein rufen zu lassen – und offenbar waren es Firmins Dienstboten gewöhnt, solche Botschaften ihres Herrn an sich selbst auszurichten. – Nach diesen Überlegungen wollen wir unser Dinner und unseren Wein genießen und es uns gemütlich machen, bis es heißt, zu handeln. In jenen Zeiten, als er sich die Hörner ablief und mit ausschweifenden, adligen Gefährten im Ausland umherreiste, hatte Firmin ein, zwei Duelle ausgetragen – dabei hatte er sich vorher stets durch fröhliche Konversation und herzhaften Appetit ausgezeichnet, die er beim Frühstück an den Tag legte, ehe er zum Kampfplatz aufbrach. Hunt hätte also, wäre er nicht vom vorausgegangenen Alkohol betäubt gewesen, stutzig werden müssen, wenn er Firmins extragroße Höflichkeit und Fröhlichkeit bemerkt hätte, während sie zusammen speisten. Es war nunc vinum, cras aequor.

Als die zweite Flasche Rotwein angebrochen war, macht Doktor Firmin sich auf den Weg. Er hat gegenüber seinem Gegner, oder dem Mann, der womöglich sein Gegner wird, einen Vorsprung von mindestens einer halben Stunde. Falls die Kleine Schwester zu Hause ist, wird er mit ihr sprechen – er wird sein aufrichtiges Herz vor ihr öffnen und ihr alles gestehen. Die Kleine Schwester war daheim.

„Ich möchte mit Ihnen ganz vertraulich über den Fall der armen Lady Humandhaw sprechen“, erklärt Firmin mit gesenkter Stimme.

„Ich geh mal kurz weg, liebes Kind, und schöpfe ein bißchen frische Luft“, sagt Hauptmann Gann; womit er meint, er wird sich zum „Admiral Byng“ trollen; und die zwei sind allein.

„Etwas hat mir auf dem Gewissen gelegen. Ich habe dich getäuscht, Caroline“, sagt der Arzt mit dem Glanz auf der schönen Stirn und dem Hut.

„Ach, Mr. Firmin“, gibt sie zurück, über ihre Handarbeit gebeugt, „daran haben Sie mich gewöhnt.“

„Ein Mann, den du einstmals kanntest und der mich für seine eigenen selbstsüchtigen Zwecke benutzt hat und mich verleitete, dir solch großes Unrecht zuzufügen – der gewisse Mann, den ich für tot gehalten hatte, ist noch am Leben: Tufton Hunt, der jene

– jene illegale Zeremonie in Margate vollzogen hat, die ich oft und oft auf den Knien bereut habe, Caroline!“

Die schönen Hände sind gefaltet, die schöne tiefe Stimme bebt demütig durch das Zimmer; und ich vermute, wenn sich eine Träne oder zwei aus den schönen Augen pressen lassen, dürfte es dem guten Doktor nicht unlieb sein.

„Er ist heute hiergewesen! Er und Mr. Philip waren hier und hatten Streit miteinander. Philip hat es Ihnen erzählt, nehme ich an, Sir?“

„Beim Himmel und auf das Wort eines Gentlemans! Als ich sagte, er sei *tot*, Caroline, glaubte ich wirklich, er *sei* tot! Ja, wahrhaftig, in unserem College ... Maxwell – Doktor Maxwell –, der mit uns in Cambridge war, hat behauptet, unser alter Freund Hunt sei in Kanada gestorben.“ (Das, meine geliebten Freunde und Leser, mag von George Firmin, Esq., M. D., nicht direkt geflunkert sein; aber daß er eine famose Lüge abschwirren ließ, wann immer diese Waffe angebracht war, ist eine feststehende Tatsache, das versichere ich Ihnen.) „Ja, Doktor Maxwell hat mir erzählt, unser alter Freund sei tot. Unser alter Freund? Mein schlimmster Feind und der deine! Aber lassen wir das. Er war es, Caroline, der mich zu Verbrechen verleitet hat, die ich nie zu beklagen aufgehört habe.“

„Ach, Mr. Firmin“, seufzt die Kleine Schwester, „solange ich Sie kenne, waren Sie selbst groß genug, um in diesen Sachen auf sich aufzupassen.“

„Ich bin nicht gekommen, um mich zu entschuldigen, Caroline“, spricht die tiefe, wohlklingende Stimme. „Ich habe dir genug Unrecht zugefügt, und ich empfinde es hier – in diesem Herzen. Ich bin nicht gekommen, um über mich zu sprechen, sondern von einem, den ich auf der ganzen Welt am meisten liebe – dem einzigen Menschen, den ich wirklich liebe – einem, den du liebst, du gute und großmütige Seele – von Philip.“

„Was ist mit Philip?“ fragt Mrs. Brandon sehr rasch.

„Willst du, daß ihm Schaden geschieht?“

„Oh, meinem liebsten Jungen, nein!“ ruft die Kleine Schwester und faltet die Händchen.

„Würdest du ihn vor Schaden bewahren?“

„Ach, Sir, das wissen Sie doch. Als er den Scharlach hatte, habe ich ihm da nicht alle Tränke eingeflößt, in seinen armen

SWAIN.SC

Hals, und ihn gepflegt und versorgt, als ob – als ob – wie eine Mutter ihr eigenes Kind?"

„Das hast du getan, du ganz vortreffliche Frau; und der Himmel segne dich dafür! Ein Vater segnet dich. Ich bin nicht völlig herzlos, Caroline, wie du mich vielleicht ansiehst."

„Ich finde, es ist kein besonderes Verdienst, daß Sie *ihn* lieben", erwidert Caroline und beginnt wieder zu nähen. Und vielleicht denkt sie bei sich: Worauf will er eigentlich hinaus? Sie war nämlich ein schlaues Persönchen, wenn ihre Leidenschaften und Sympathien nicht ihren Verstand überwältigten; und sie war zu dem Schluß gelangt, dieser elegante Doktor Firmin, den sie einst so bewundert hatte, sei ein – nicht ganz und gar wahrheitsliebender Gentleman. In der Tat hörte ich selbst sie später sagen: „Herrje! Er hat immer so fein dahergeredet und sich mit der Hand aufs Herz geklopft, wissen Sie; aber ich habe ihm nie geglaubt, nicht mehr als einem Mann in einem Theaterstück."

„Es ist kein besonderes Verdienst, daß Sie diesen Jungen lieben", sagt Caroline also. „Aber was ist mit ihm, Sir?"

Da erklärt es ihr Firmin. Dieser Mensch Hunt sei aus Geldgier oder aus Rache jeden Verbrechens fähig. Als er feststellte, daß die junge Frau noch lebte . . .

„Ich nehme an, Sie haben ihm erzählt, ich wäre auch gestorben, Sir", sagt sie, von ihrer Arbeit aufblickend.

„Hab doch Nachsicht, hab Nachsicht mit mir! Vor Jahren vielleicht, als ich dich aus den Augen verloren hatte, könnte ich möglicherweise gedacht haben . . ."

„Und Sie haben nichts dazu getan, George Brandon, nichts", ruft Caroline auffahrend und fährt mit ihrer lieben, unschuldigen, klingenden Stimme fort: „Gütigen, lieben Freunden – meinem guten Gott verdanke ich mein Leben, das Sie von sich gestoßen hatten. Und ich habe es Ihnen vergolten, indem ich das Leben Ihres lieben Jungen erhalten habe, das hab ich – wegen der Güte desjenigen, der gibt und nimmt. Und sein Name sei gelobt!"

„Du bist eine gute Frau, und ich bin ein schlechter, sündiger Mann, Caroline", sagt der andere. „Du hast meinem Philip – unserem Philip das Leben gerettet, unter Gefahr des deinen. Jetzt sage ich dir, daß ihm wieder eine ungeheure Gefahr droht und jeden Tag über ihn hereinbrechen kann, solange jener Schurke am

Leben ist. Gesetzt den Fall, sein Ruf wird angegriffen; gesetzt den Fall, ich hätte, *weil* ich dich für tot hielt, eine andere geheiratet . . ."

„Ach, George, Sie haben mich nie für tot gehalten; wenn Sie es sich auch vielleicht gewünscht haben, Sir. Und manch eine wäre gestorben", fügt die Kleine Schwester an.

„Paß auf, Caroline! Wäre ich mit dir verheiratet, war meine Frau – Philips Mutter – nicht *meine* Frau, und er ist ihr leiblicher Sohn! Das Vermögen, das er erbt, steht ihm unter bestimmten Umständen nicht zu. Die Kinder der anderen Tochter seines Großvaters erheben Anspruch darauf, und Philip ist *ein Bettler*. Philip, so, wie er aufgewachsen ist – Philip, Erbe des großen Vermögens seiner Mutter."

„Und – und des seines Vaters hoffentlich auch?" fragt Caroline besorgt.

„Ich wage es dir nicht zu sagen – obwohl – nein, beim Himmel! dir kann ich alles anvertrauen. Meine eigenen wirklich großen Einkünfte sind bei Spekulationen draufgegangen, die fast alle fehlschlugen. Über mir hat ein Unheil geschwebt, Caroline – die gerechte Strafe dafür, daß ich dich verlassen habe. Ich schlafe mit einem Schwert über dem Haupt, das herabfallen und mich vernichten kann. Ich schreite auf dem Rande eines Vulkans, der jeden Tag ausbrechen und mich zerstören kann. Und die Leute reden von dem berühmten Doktor Firmin, dem reichen Doktor Firmin, dem vom Glück begünstigten Doktor Firmin! Man sagt, bald soll ich Titel und Rang bekommen. Ich gelte als glücklich, und ich bin allein und der unglücklichste Mensch auf Erden."

„Allein sind Sie?" sagte Caroline. „Da gab es einmal eine Frau, die auf Biegen und Brechen zu Ihnen gehalten hätte, nur – nur haben Sie sie weggestoßen. Hören Sie zu, George Brandon. Mit uns ist es vorbei. Seit vielen, vielen Jahren liegen die Gefühle da, wo ein kleiner Cherub begraben wurde. Aber ich liebe meinen Philip; und ich werde ihm nichts Übles zufügen, nein, nie, nie, nie."

Und als Firmin sich zum Gehen wandte, folgte ihm Caroline bedrückt in den Flur, und hier traf Philip die beiden an.

Carolines zärtliches „nie, nie" klang in Phils Erinnerung nach, als er bei Ridleys Gesellschaft zwischen den dort versammelten Künstlern und Schriftstellern saß. Phil war nachdenklich und still. Er lachte nicht so sehr laut. Er rühmte oder beschimpfte niemanden maßlos, wie es dieser höchst nachdrücklich seinen Standpunkt vertretende junge Gentleman sonst zu tun pflegte. Er widersprach kaum einem der Anwesenden; und wenn Larkins etwa behauptete, Scumbles neuestes Bild sei schön, oder Bogle, der Rezensent des „Connoisseur", Bowmans neuesten Roman lobte, begnügte er sich mit einem verächtlichen „Ho!" und zerrte zum Zeichen des Protests und des Widerspruchs an seinem Bakkenbart. Wäre er in seiner üblichen glänzenden Stimmung gewesen und hätte er sich voll Genuß von seinem üblichen Redefluß treiben lassen, so hätte er Larkins und die Versammelten nicht nur darüber aufgeklärt, daß Scumble ein Hochstapler sei, sondern daß ihn, Larkins, seine Bewunderung zum Idioten stempele. Er hätte Bogle eröffnet, er sei rein verblendet mit diesem Esel Bowman, diesem Cockney, diesem elenden Nichtskönner, der sich weder in seiner eigenen noch einer anderen Sprache auskenne. Er hätte eine von Bowmans Erzählungen vom Regal genommen und die Beschränktheit, den Schwachsinn und die grobe Unwissenheit des Autors bewiesen. (Ridley hat in einem alten Kabinettschrank in seinem Atelier einen bescheidenen kleinen Bestand an Romanen und Gedichten und liest sie immer noch mit viel naivem Staunen und Respekt.) Oder aber Phil hätte zu den hier aufgeführten Behauptungen genau entgegengesetzte vorgebracht und erklärt, Bowman sei ein Genie und Scumble ein ganz vollendeter Künstler. Aber dann, verstehen Sie, hätte jemand anders das Gespräch einleiten und die Gegenseite vertreten müssen. Bestimmt habe ich nie einen so wunderlichen und erbitternden und dickköpfigen und widersprüchlichen Disputanten wie Mr. Phil kennengelernt. Ich bin nie Doktor Johnson begegnet, der starb, ehe ich in die Stadt kam; aber ich glaube wirklich, Philip hätte es sogar mit ihm aufgenommen und mit ihm gestritten.

Bei diesen donnerstäglichen Diwans sorgte der Gastgeber für die bescheidene, aber wohlgemeinte Erfrischung, und das Dienstmädchen Betsy oder das Modell Virgilio eilten mit Gläsern und Wasser hin und her. Jeder Gast brachte sein eigenes Rauchzeug mit, und ich versichere Ihnen, der Rauch wurde so großzügig beigesteuert, daß das Atelier voll davon war; und Neuankömmlinge wurden in der Regel mit einer Lachsalve begrüßt, wenn man eher hörte als sah, wie sie eintraten und in dem Dunst nach Luft rangen. Einmal hieß es: „Hallo, Prodgers! bist du das, alter Knabe?“, und bald zeichnete sich Prodgers’ (des berühmten Bildhauers) Bart durch die Wolke ab. Dann hieß es: „Newcome, wie geht’s?“, und Mr. Clive Newcome (ein mittelmäßiger Künstler, das muß ich zugeben, aber ein fideles Haus mit einer ungewöhnlich hübschen Villa und einer hübschen und reichen Frau in Wimbledon) trat in Erscheinung und wurde von unserem kleinen Gastgeber herzlich begrüßt. Dann hieß es: „Bist du das, F. B.? Brauchst du eine Fackel, alter Knabe, um durch den Nebel den Weg zu finden?“ Und die tiefe Stimme Frederick Bayhams, Esquire, (des hervorragenden Kunstkritikers) dröhnte aus dem Tabakdunst heraus und rief: „Eine Fackel? Was zu trinken brauche ich!“ Ach, Geister aus der Jugendzeit, ihr naht euch wieder! Altvertraute Gestalten schimmern durch die Wolke. Alte Lieder hallen aus der Ferne wider. Was habt ihr damals über Doktor Johnson gesagt, Jungs? Ich bin sicher, einige unter uns müssen sich an ihn erinnern. Was mich angeht, ich bin so alt, daß ich in der Schule von Edial hätte sein können – der andere Schüler neben dem kleinen Davy Garrick und seinem Bruder.

Wir hatten erst kürzlich ein Junggesellenmahl im Temple, so daß ich glaube, wir dürfen einem Rauchabend in der Thornhaugh Street nur einen ganz kurzen Besuch abstatten, sonst behaupten die Damen, uns liegen Junggesellenbräuche allzusehr am Herzen, und wir halten unsere Freunde von ihrer entzückenden und liebenswürdigen Gesellschaft ab. Ein Roman darf nicht stark nach Zigarren duften, auch dürfen seine kultivierten und salonfähigen Seiten nicht vom zu häufigen Gebrauch von Branntwein mit Wasser Flecken davontragen. Bitte sich also das Stimmengewirr der bei Ridleys Diwan versammelten Künstler, Schriftsteller und Amateure vorzustellen. Malen Sie sich aus, Jarman, der Miniaturenmaler, trinkt mehr Alkohol als jeder andere Anwesende und fragt (sub voce) seinen Nachbarn, warum Ridley nicht seinen Vater (den alten Butler) für fünf Shilling die Bedienung machen läßt; äußert die Vermutung, der alte Mann sei vielleicht außer Haus und verdiene sich woanders sieben Shilling und Sixpence; rühmt laut Ridleys Bild und bespöttelt es mit gedämpfter Stimme; und wenn gerade ein Mann von Rang ins Zimmer kommt, macht er sich an ihn heran und kriecht vor ihm und krümmt sich mit überströmenden Lob- und Schmeichelworten. Hat der Gentleman den Rücken gekehrt, kann Jarman ihn mit durchschlagenden Reden bespucken. Ich hoffe, er wird Ridley nie vergeben und allezeit fortfahren, ihn zu hassen; denn hassen wird ihn Jarman, solange er Erfolg hat, und ihn verfluchen, solange die Welt ihn hochschätzt. Sehen Sie sich Pym an, den Geistlichen der benachbarten Pfarrei von Sankt Bronze, der hereinkommt, um an der literarischen und künstlerischen Versammlung teilzuhaben, und in seiner weißen Halsbinde nach Luft schnappt, zur Belustigung aller, die ihn sehen können! Sechzehn, achtzehn, zwanzig Männer sind versammelt. Reißt die Fenster auf, sonst ersticken sie in dem Rauch bestimmt allesamt! Er erfüllt ja das ganze Haus, so daß die Kleine Schwester das Fenster ihres Stübchens im Erdgeschoß öffnen muß und dankbar die frische Luft einatmet.

Phils Kopf und Zigarre ragen oben aus einem Fenster, er lehnt sich dort heraus und sinniert über seine eigenen Angelegenheiten, indes sein Rauch zum Himmel aufsteigt. Der junge Mr. Philip Firmin ist bekanntermaßen reich, und sein Vater gibt in der Old Parr Street vorzügliche Gesellschaften, also macht Jarman sich an Phil heran und braucht auch ein bißchen frische Luft. Er eröffnet das Gespräch, indem er Ridleys Bild schlechtmacht, das auf der Staffelei steht.

„Alle loben es; was halten *Sie* davon, Mr. Firmin? Um die Augen herum irgendwie verzeichnet, nicht?“

„Ist das so?“ knurrt Phil.

„Sehr grelles Kolorit.“

„Ach!“ sagt Phil.

„Die Komposition ist so unverkennbar Raffael abgesehen.“

„Tatsächlich!“

„Ich bitte um Verzeihung. Ich glaube, Sie wissen gar nicht, wer ich bin“, fährt der andere mit geziertem Lächeln fort.

„Doch, ich weiß es“, sagt Phil und funkelt ihn an. „Sie sind Maler, und Sie heißen Mr. Neidhammel.“

„Sir!“ schrillt der Maler; doch er redet Phils Rockschöße an, die obere Hälfte von Mr. Firmins Körper reckt sich aus dem Fenster. Nun kann man zwar von einem Mann hinter dessen Rücken reden, aber nicht zu einem Rücken. Also zieht Mr. Jarman sich zurück und spricht, von Angesicht zu Angesicht, jemand anders an. Ich vermute, er läßt sich abfällig über diesen emporgekommenen, unverschämten, aufgeblasenen jungen Arztsohn aus. Habe ich nicht zugegeben, daß Phil oft wirklich grob war? Und heute abend ist er besonders schlechtgelaunt.

Während er weiter auf die Straße starrt, wer ist das, der gerade an das Geländer unten herangetorkelt ist und in Mrs. Brandons Fenster hineinspricht? Wessen gemeine Stimme, wessen rohes Lachen erkennt Phil mit einem Schauder? Es sind Stimme und Lachen unseres Freundes Mr. Hunt, den Philip vor gar nicht langer Zeit am Haus seines Vaters in der Old Parr Street verlassen hat; und die vertrauten Klänge sind sogar noch weinseliger, noch abscheulicher, noch unverschämter als vor zwei Stunden.

„Hallo! Heda!" ruft er mit einem Lachen und einem Fluch. „Pst! Mrs. Dingsbums! Verdammt! machen Sie das Fenster nicht zu. Lassen Sie einen doch rein!" Und als er zum oberen Fenster aufblickt, wo Philips Kopf und Schulterpartie sich dunkel vor dem Licht abzeichnen, schreit Hunt: „Hallo! Was spielt sich denn hier ab? Abendessen und Ball. Soll mich gar nicht wundern." Und er summt, vom Schluckauf unterbrochen, eine Walzermelodie und stampft mit seinen schmutzigen Stiefeln den Takt dazu.

„Mrs. Dingsda! Mrs. B.!" kreischt der Säufer dann wieder los. „Muß Sie sprechen – ganz wichtige Sache. Privat und vertraulich. Hören Sie sich das an, es ist nur zu Ihrem Vorteil." Und bumm, bumm, bumm donnert er jetzt an die Tür. Im Getöse von zwanzig Stimmen vernahm außer Philip kaum jemand von Ridleys Gästen den von Hunt verursachten Lärm; oder falls doch, vermuten sie nur, ein weiterer Gast treffe ein.

An der Haustür hört man Stimmen und einen Wortwechsel und das Schrillen einer wohlbekannten widerlichen Stimme. Philip verläßt rasch sein Fenster, rempelt an der Ateliertür Freund Jarman an und erntet, als er an ihm vorbeidrängt, zweifellos noch mehr gute Wünsche dieses geistreichen Künstlers. Philip ist so grob und hochfahrend, daß ich wirklich Lust habe, ihn von seiner Stellung als Held abzusetzen – nur, sehen Sie, wir sind nun einmal festgelegt. Sein Name steht auf der Titelseite, und wir können ihn nicht herunterholen und einen anderen anbringen. Die Kleine Schwester steht in ihrem Flur an der spaltbreit geöffneten Tür und macht Mr. Hunt Vorhaltungen, der sich offenbar mit Gewalt Einlaß verschaffen will.

„Puh! Quatsch, meine Liebe! Wenn er hier ist, muß ich 'n sehn – wichtige Sache – weg da!" Und er kippt vornüber gegen die Schulter der kleinen Caroline.

„Scheren Sie sich weg, Sie Rohling, Sie!" ruft die kleine Dame. „Gehen Sie nach Hause, Mr. Hunt; Sie sind ja schlimmer dran als heute morgen." Sie ist ein resolutes Frauchen und wehrt mit einem energischen kleinen Arm diesen widerwärtigen Eindringling ab. Sie hat im Krankenhaus fieberrasende Patienten erlebt; von einem betrunkenen Kerl läßt sie sich noch lange nicht einschüchtern. „Herrje, sind Sie das, Mr. Philip? Wer nimmt mir denn bloß diesen gräßlichen Mann ab? Er ist nicht in der Verfassung, zu den Gentlemen raufzugehen; wahrhaftig nicht."

„Sie haben gesagt, Firmin ist da – und 's ist nich der Vater. 's ist der Bengel! Ich will aber den Doktor. Wo is der Doktor?" hickt der Pfarrer und torkelt gegen die Wand; und dann blickt er Philip mit blutunterlaufenen, haßglimmenden Augen an. „Wer will denn Sie, möcht ich wissen? Hatte heut schon genug von Ihn'. Eingebildeter Affe. Sehnse *mich* nich so an! Hab keine Angst vor Ihnen – hab vor keinem nich Angst. Als junger Mann hab ich mich früher beim geringsten Anlaß geschlagen. Hörn Sie mal, Philip!"

„Gehen Sie jetzt heim. Gehen Sie brav heim", drängt die Frau des Hauses.

„Hörn Sie mal! Passen Sie mal auf – hick – hi! Philip! Auf Ihr Wort als Gentleman, Ihr Vater ist nicht hier? Ein schlauer alter Fuchs, der Brummell Firmin – Trinity-Mann – ich bin kein Trinity-Mann – Corpus-Mann. Hör zu, Philip, gib mir die Hand. Nichts für ungut. Hör mal – was ganz Wichtiges. Nach dem Dinner – bin zur Air Street – weißt schon – Rouge gagne, et couleur – total blank, auf die Ehre eines Gentlemans und M. A. der Universität Cambridge. So wie dein Vater – nein, der hat sich auf die Medizin geworfen. Hör mal, Philip, rück fünf Sovereigns raus, und wir versuchen noch mal unser Glück! Was, du willst nicht? Das ist richtig knickerig. Sei doch nicht so knickerig."

„Oh, hier sind fünf Shilling! Gehen Sie und nehmen Sie eine Droschke. Holen Sie ihm eine Droschke, Virgilio, bitte!" ruft die Frau des Hauses.

„Das reicht nicht, meine Liebe!" kreischt der Pfarrer und rückt mit so schmierigem Grinsen und Gebaren auf Mrs. Brandon zu, daß Philip, halberstickt vor Wut, vorstürzt, Hunt beim Kragen packt und mit dem Ruf: „Sie dreckiger Schuft; das ist nicht mein Haus, also kann ich Sie rauswerfen!“ ihn im nächsten Moment durch die Tür geschoben und die Stufen hinuntergeworfen hat, so daß er bäuchlings in der Gosse landet.

„Krach da unten“, berichtet Rosebury gelassen, von oben zuschauend. „Persönliche Angelegenheit. Betrunkene Person – im Rinnstein. Unser hitziger Freund hat ihn niedergeschlagen.“

Hunt setzt sich nach einem Augenblick auf und stiert Philip an. Er ist unverletzt. Vielleicht hat der Schock ihn ernüchtert. Er glaubt vielleicht, Philip werde noch einmal zuschlagen. „Hände weg, Bastard!“ kreischt der zu Boden gestreckte Schurke.

„O Philip, Philip! Er ist verrückt, er ist betrunken!“ schreit die Kleine Schwester auf und rennt auf die Straße. Sie schlingt die Arme um Philip. „Achte nicht auf ihn, Liebling – er ist verrückt! Polizei! Der Herr hat zuviel getrunken. Komm herein, Philip; komm herein!“

Sie nahm ihn mit in ihr Stübchen. Die Tapferkeit ihres Jungen freute sie. Es hatte ihr gefallen, wie er eben über ihrem Feind stand, mutig, siegreich, ihr Held. „Herrje! wie wild er ausgesehen hat; und wie tapfer und stark du bist! Aber der kleine Lump ist es nicht wert, daß er sich mit deinesgleichen mißt!“ Und sie strich mit sanfter Hand seinen Arm entlang, dessen Muskeln noch von dem soeben bestandenen Scharmützel bebten.

„Was hat der Strolch damit gemeint, mich einen ‚Bastard‘ zu nennen?“ fragte Philip, dessen wilde blaue Augen mit mehr als dem gewöhnlichen Grimm in die Runde starrten.

„Unsinn, lieber Junge! Wer kümmert sich darum, was er sagt, dieser Kerl? Seine Redensarten sind immer fürchterlich; er ist kein Gentleman. Er hatte schon heute vormittag zuviel getrunken, als er hier war. Was hat es schon zu bedeuten, was er von sich gibt? Morgen weiß er nichts mehr davon. Aber es war lieb von meinem Philip, seiner armen kleinen Pflegerin zu helfen. Wie im Roman. Komm herein, ich mache dir Tee. Geh doch nicht wieder rauchen; du hast schon genug gehabt. Komm herein und unterhalte dich mit mir.“

Und wie eine Mutter mit lieblichem, frommem Antlitz, die es von ihrem Platz aus zu ihren kleinen Kindern hinzieht, liebkost sie ihn, läßt ihn nicht aus den Augen; sie füllt den Teetopf aus ihrem summenden Kessel. Sie plaudert – plaudert auf ihre einfache Art über dies und das. Es ist verwunderlich, wie sie, sonst im allgemeinen so still, immerfort schwatzt. Sie will Phils Augen nicht sehen, die ihr ganz sonderbar und wild überallhin folgen. Und als er wieder murmelt: „Was meinte er mit ...“, platzt sie heraus: „Herrje, mein Schatz, wie grantig du bist! Es ist immer so. Ohne deine Zigarre bist du nicht froh. Hier ist eine Manila, ein Prachtstück! Pa hat sie aus dem Club mitgebracht. Ein Kapitän der Chinaroute hat ihm welche geschenkt. Du mußt sie am dünnen Ende anstecken. Da!“ Und wenn ich das Bild zeichnen könnte, das ich im Geist vor mir sehe, wie sie Phil die Manilazigarre ansteckt und immerfort lächelt – wie die kleine unschuldige Delila diesem jungen Simson schöntut und schmeichelt, weiß ich, es würde ein hübsches Bild werden. Ich wünschte, Ridley würde es mir skizzieren.

12. KAPITEL

Damokles

ld Parr Street war am nächsten Morgen noch kaum erwacht, und sogar die Dienstmädchen, die die breiten Stufen vor den Häusern der Herrenschneider und Gentlemen-Ärzte scheuern, die in dieser Gegend wohnen, waren zu dieser frühen Stunde noch nicht vor ihren jeweiligen Türen niedergekniet, da läutete Doktor Firmins Nachtglocke, und als der gähnende Gehilfe die Tür öffnete, trat eine kleine Person in grauem Kleid und schwarzer Haube vor seine Augen, übergab dem Bedienten einen Brief und sagte, der Fall sei äußerst dringend, und der Doktor müsse sofort kommen. War nicht Lady Humandhaw die Persönlichkeit von Adel, die wir zuletzt als die Patientin erwähnten, über die Arzt und Pflegerin am Abend vorher ein paar Worte gewechselt hatten? Die Kleine Schwester, denn sie war es, gebrauchte ebendiesen Namen dem Bedienten gegenüber, der sich brummend zurückzog, um seinen Herrn zu wecken und den Brief abzugeben.

Schwester Brandon saß eine Weile in dem großen kahlen Speisezimmer, wo das Porträt des Doktors mit seinem prächtigen schwarzen Kragen und ebensolchen Ärmelaufschlägen hing, und betrachtete dieses Meisterwerk, bis eine Invasion von Zimmermädchen sie aus dem Raum vertrieb und sie in jenem anderen kleinen Zimmer Zuflucht fand, in das man Mrs. Firmins Porträt umgehängt hatte.

Das ist er ganz genau, vor so vielen, vielen Jahren, denkt sie. Es ist ein bißchen schöner anzusehen; aber es hat auch seinen verruchten Ausdruck, den ich immer so unwiderstehlich fand, und meine beiden Schwestern ebenso – sie hätten sich aus Eifersucht am liebsten gegenseitig die Augen ausgekratzt. Und das ist Mrs. Firmin! Na, der Maler hat ihr wahrscheinlich nicht geschmeichelt. Wenn doch, kann sie gar nicht etwas so Besonderes gewesen sein, diese Mrs. Firmin. – Und der Arzt, der leise durch die offene Tür hereintritt, nähert sich ihr lautlos über den Orientteppich und findet die Kleine Schwester beim Betrachten des Porträts der verstorbenen Dame.

„Ach, Sie sind's? Ich überlege, ob Sie sie wohl auch nicht besser behandelt haben als mich, Doktor F.? Ich hab so eine Ahnung, sie ist nicht die einzige. Sie sieht nicht glücklich aus, das arme Ding", sagt die kleine Person.

„Worum geht es, Caroline?" fragt der Arzt mit seiner tiefen Stimme. „Und was führt dich so früh her?"

Da berichtet ihm die Kleine Schwester die ganze Sache. Vorigen Abend, nachdem er gegangen war, sei Hunt gekommen, wie zu erwarten. Natürlich betrunken. Er sei sehr grob gewesen, und Philip habe es nicht ertragen. Philip habe ordentlich Courage im Leib und heißes Blut. Und Philip habe gedacht, Hunt wolle ihr, der Kleinen Schwester, frech kommen. Er also zugepackt, und Mr. Hunt fliegt aufs Pflaster. Na, als er dagelegen hat, sei er schrecklich wütend gewesen und habe Philip ein schreckliches Schimpfwort an den Kopf geworfen.

„Ein Schimpfwort? Was für ein Schimpfwort?" Da verriet Caroline dem Arzt das Wort, das Mr. Hunt gebraucht hatte; und wenn Firmins Gesicht normalerweise verrucht aussah, dürfte es nicht besonders engelhaft gewirkt haben, als er hörte, daß dieses häßliche Wort seinem Sohn angehängt worden war.

„Kann er Philip Schaden zufügen?" fuhr Caroline fort. „Ich dachte, ich müßte es seinem Vater erzählen. Hören Sie, Doktor F., ich will meinem lieben Jungen nicht schaden. Aber angenommen, was Sie mir gestern abend erzählt haben, ist nicht wahr – was Ihnen bestimmt nicht viel ausmacht! – nämlich Sachen sagen, die nicht stimmen, wenn's um uns Frauen geht. Aber angenommen, als Sie den Bösewicht spielten und nur daran dachten, ein armes unschuldiges Kind von sechzehn anzuführen, wären *Sie* es gewesen, der angeführt wurde, und ich bin doch Ihre richtige Ehefrau? Das wäre aber eine Strafe!"

„Ich hätte eine ehrliche und gute Frau, Caroline", stöhnte Firmin.

„Das wäre eine Strafe, aber nicht für Sie, sondern für meinen armen Philip", fährt die Frau fort. „Was hat er getan, daß ihm sein ehrlicher Name weggenommen werden soll – und vielleicht auch sein Vermögen? Ich habe die ganze Nacht hellwach dagelegen und mußte an ihn denken. Ach, George Brandon! Warum, warum sind Sie zu meinem armen alten Vater ins Haus gekommen und haben diesen Jammer über mich gebracht und über Ihr ungeborenes Kind?"

„Über mich selbst den allerschlimmsten Kummer", sagt der Arzt.

„Sie verdienen es. Aber wir Unschuldigen haben oder werden am meisten leiden müssen. O George Brandon! Denken Sie an ein armes Kind, verstoßen und dem Hunger und Tod überlassen, ohne auch nur Ihren wahren Namen zu kennen! Denken Sie an Ihren Jungen, der vielleicht durch Ihre Schuld in Schande und Armut gerät!"

„Meinst du, ich denke nicht oft an mein Unrecht?" gibt der Arzt zurück. „Meinst du, mir beschert es keine schlaflosen Nächte und angstvollen Stunden? Ach! Caroline!" Und er blickt in den Spiegel. Ich bin unrasiert, und das sieht sehr unschicklich aus, denkt er; das heißt, wenn ich mir unterstehen darf, seine Gedanken zu lesen, wie ich seine Worte wiederzugeben wage, die ich nicht direkt vernommen habe.

„Jetzt denken Sie an Ihr Unrecht, wo es womöglich herauskommt, nehme ich an!" sagt Caroline. „Angenommen, dieser Hunt wendet sich gegen Sie? Er ist verzweifelt; verrückt nach Alkohol und Geld; war im Gefängnis – wie er gerade gestern abend mir und meinem Papa erzählt hat. Er ist imstande, alles zu tun oder zu sagen. Wenn Sie hart mit ihm umspringen – und Philip *ist* hart mit ihm umgesprungen – wenn auch nicht härter, als er es verdient hat –, reißt er das Haus ein, auch wenn er selbst darunterliegt, aber er hat seine Rache. Vielleicht hat er gestern abend so viel getrunken, daß er alles vergessen hat. Aber ich habe Angst, er hat etwas Böses vor, und bin hergekommen, um das zu sagen, und ich hoffe, daß Sie sich in acht nehmen, Doktor F., und wenn Sie mit ihm aneinandergeraten, weiß ich nicht, was Sie tun können, bestimmt nicht mehr, als wenn Sie sich mit dem Schornsteinfeger auf der Straße prügeln müßten. Ich habe die ganze Nacht wachgelegen und nachgedacht, und kaum sah ich das Tageslicht, habe ich beschlossen, loszurennen und Ihnen Bescheid zu sagen."

„Als er Philip mit diesem Schimpfwort belegte, wirkte der Junge da sehr verstört?"

„Ja, er hat immer wieder davon angefangen – dabei habe ich versucht, ihn abzulenken. Aber es lag ihm gestern abend auf der Seele, und bestimmt fällt es ihm heute morgen gleich wieder ein. Ach ja, Doktor! Manchmal überläßt das Gewissen einen Gentleman seinem Schlummer; doch wenn erst das Schicksal mit der Entdeckung aufwartet und Ihre Vorhänge aufgezogen und gesagt hat: ‚Sie wollten früh geweckt werden!', hat es wenig Sinn, noch lange schlafen zu wollen. – Sie sehen mächtig erschrocken aus, Doktor F.", fährt die Pflegerin fort. „Sie besitzen nicht den Mut wie Philip; oder wie früher, als Sie ein junger Mann waren und arme Mädchen verführten. Damals haben Sie vor nichts Angst gehabt. Erinnern Sie sich noch an den Kerl auf dem Dampfer in Schottland, auf unserer Hochzeitsreise? Und meine Güte, ich dachte, Sie würden ihn umbringen. Dieser arme kleine Lord Cinqbars hat mir damals so viele Geschichten erzählt, über Ihren Mut, und wie Sie sich mit Leuten geschossen haben. Es war nicht so sehr mutig, ein armes Mädchen mit falschem Namen und fast ohne eine Guinea sitzenzulassen, oder? Aber ich bin nicht gekommen, um alte Geschichten aufzuwärmen – nur um Sie zu warnen. Sogar in alten Zeiten, als er uns traute und ich dachte, er erweist uns eine Gefälligkeit, konnte ich diesen schrecklichen Mann nicht leiden. In Schottland, als Sie mit Ihrem kleinen Lord zur Jagd unterwegs waren, war es schlimm, was Hunt immer für Sachen sagte und wie er guckte. Ich staune, wie Sie, als Gentleman, einen solchen Kerl bloß ertragen konnten! Ach, das waren traurige Flitterwochen damals! Ich möchte wissen, wieso ich jetzt daran denke? Wahrscheinlich, weil ich das Bild von der anderen gesehen habe – die arme Dame!"

„Ich habe dir doch gesagt, Caroline, ich war in jener unglücklichen Zeit so wild und verzweifelt, ich war für meine Handlungen kaum verantwortlich. Wenn ich dich verließ, so nur, weil mir kein anderer Ausweg mehr blieb als die Flucht. Ohne die Heirat mit Louisa Ringwood war ich ein ruinierter, bettelarmer Mann. Du glaubst doch wohl nicht, die Ehe war glücklich? Glücklich! wann bin ich jemals glücklich gewesen? Mein Schicksal ist es, unglücklich zu sein und alle, die ich liebe, ins Unglück zu stürzen! – dich, meinen Vater, meine Frau, meinen Sohn – ich bin ein gestrafter Mensch. Ach, daß die Unschuldigen für mich leiden müssen!" Und unser Freund schielt verstohlen in den Spiegel, auf das blaue Kinn und die hohlen Augen, die sein Schuldbekenntnis noch verstörter wirken läßt.

„Ich hab nie meinen Trauschein gesehen", fuhr die Kleine Schwester fort, „ich wußte gar nicht, ob es Papiere oder Schriftliches oder sonstwas außer einem Ring und einem Pfarrer gab, als Sie mich geheiratet haben. Aber ich hab gehört, die Leute in Schottland brauchen überhaupt keinen Pfarrer; und wenn sie sich Mann und Frau nennen, sind sie Mann und Frau. Nun, Sir, Mr. und Mrs. Brandon sind in Schottland gewiß zusammen gereist – siehe diesen Mann, den Sie in den See werfen wollten, weil er Ihrer Frau unverschämt kam – und . . . Herrje! gehen Sie doch nicht gleich hoch! Ich war es doch nicht, ein armes Mädchen von sechzehn, die unrecht tat. Das waren Sie, ein Mann von Welt, der viele Jahre älter war."

Als Brandon sein armes kleines Opfer und Eheweib entführte, hatte eine Reise nach Schottland stattgefunden, wo Lord Cinqbars, der damals noch lebte, eine Jagdhütte besaß. Seiner Lordschaft Kaplan, Mr. Hunt, hatte zu der Gruppe gehört, die das Schicksal ganz kurz darauf trennte. Der Tod ereilte Cinqbars in Neapel. Schulden zwangen Firmin – Brandon, wie er sich damals nannte –, ins Ausland zu fliehen. Der Kaplan wanderte von Gefängnis zu Gefängnis. Und was die arme kleine Caroline Brandon anging, so dachte vermutlich der Gatte, der sie unter falschem Namen geheiratet hatte, ihr zu entfliehen, sie zu verlassen und gänzlich zu verleugnen sei ein leichteres und weniger gefährliches Unterfangen, als die Beziehungen zu ihr fortzusetzen. So ging eines Tages, vier Monate nach ihrer Heirat, als das junge Paar sich gerade in Dover aufhielt, Carolines Gatte eben mal spazieren. Doch ließ er, ehe er den Spaziergang antrat, einen Handkoffer zur Hintertür herausschaffen, und als Caroline ein paar Stunden später auf ihr bescheidenes Dinner wartete, kam der Gepäckträger, der den Koffer fortgebracht hatte, mit einem Briefchen von ihrem liebsten G. B.; und dieses floß über von kleinen zärtlichen Ausdrücken der Liebe und Verehrung, wie Gentlemen sie in solchen Briefchen gebrauchen; doch der liebste G. B. schrieb, die Gerichtsvollzieher seien hinter ihm her, und einer sei diesen Morgen eingetroffen, und er müsse fliehen; und er nehme die Hälfte des Geldes mit, das er habe, und lasse die andere Hälfte für seine kleine Carry da. Und er werde bald zurück sein und alles in Ordnung bringen; oder ihr mitteilen, wohin sie ihm schreiben und folgen solle. Und sie solle auf ihre Gesundheit achten und viel an ihren Georgy schreiben. Doch sie verstand damals nicht so sehr gut zu schreiben; aber sie tat ihr Bestes und verbesserte sich erheblich; denn in der Tat schrieb sie ungemein viel, das arme Ding. Viele, viele Bogen Papier bekleckste sie mit Tinte und Tränen. Und dann war das Geld verbraucht; und das nächste Geld; und dann kam keines mehr, und auch keine Briefe. Und sie war allein auf hoher See und sank immer tiefer und tiefer, bis es dem Himmel gefiel, ihr jenen Freund zu schicken, der sie rettete. Es ist eine so tieftraurige kleine Geschichte, daß ich wirklich ungern dabei verweile; denn ich mag nicht arme unschuldige, vertrauensvolle Menschen in ihrem Schmerz beobachten.

... Nun also, als Caroline rief: „Herrje! gehen Sie doch nicht gleich hoch, Doktor Firmin!“, hatte der Arzt vermutlich aufgeschrien und wild geflucht angesichts der Erinnerungen seines Freundes „Mr. Brandon“ und der Gefahr, die möglicherweise über jenem Herrn schwebte. Heiratszeremonien sind immer gefährlich und ein Risiko, ob im Spaß oder im Ernst. Sie können nicht vorgeben, auch nur die Tochter eines armen alten, bankrotten Logierhausvaters zu heiraten, ohne ein gewisses Risiko einzugehen, späterhin zur Rechenschaft gezogen zu werden. Wenn Sie eine Ehefrau aus dem gewöhnlichen Volk haben, die noch lebt, und hinterher beliebt es Ihnen, sie zu verlassen und die Nichte eines hohen Adligen zu heiraten, bekommen Sie Ärger, wie gut Ihre Beziehungen und wie hochgestellt Sie auch immer sein mögen. Wenn Sie zusammen mit der Ehefrau Nummer zwei dreißigtausend Pfund bekommen haben und das Geld unversehens zurückzahlen müssen, kommt die Zahlung vielleicht ungelegen. Man kann Sie wegen Bigamie belangen und zu weiß der Himmel welcher Strafe verurteilen. Jedenfalls, wenn die Geschichte ruchbar wird und Sie ein höchst achtbarer Mann sind, der in den höchsten wissenschaftlichen und gesellschaftlichen Kreisen verkehrt, könnten diese Leute geneigt sein, Sie zu ersuchen, ihren Umkreis zu verlassen. Ich weiß, ein Romanautor sollte gegenüber seinen Personen keine Vorliebe, keine Abneigung, kein Mitgefühl, keine Parteilichkeit hegen; aber ich muß sagen, ich kann nicht umhin, achtungsvolles Mitgefühl für einen Gentleman zu empfinden, der infolge einer jugendlichen und, ich bin überzeugt, ehrlich bedauerten Torheit in Gefahr ist, sein Vermögen, seine Stellung in der Gesellschaft und seine umfangreiche Praxis zu verlieren. Die Strafe hat kein Recht, auf solche Art, nämlich pede claudo daherzukommen. Es müßte Grenzen geben; und es ist von der Gerechtigkeit kleinlich und rachsüchtig, ihren kleinen Wechsel vorzulegen, wenn er seit über zwanzig Jahren fällig ist ... Nachdem er sich mit der Kleinen Schwester ausgesprochen hatte, nachdem ein lange zurückliegendes Verbrechen plötzlich aus der Versenkung aufgetaucht war, nachdem eine längst für tot und begraben gehaltene Reue plötzlich in denkbar jäher, ungestümer, lästiger Weise hervorgebrochen ist, während ihn Wut und Angst innerlich zerreißen – kann ich mir vorstellen, wie dieser höchst respektable Arzt an sein Tagewerk geht, und empfinde aufrichtige Sympathie für ihn. Wer soll den Arzt heilen? Ist er an diesem Tag nicht kränker am Herzen als die meisten seiner Patienten? Er muß Lady Megrim zuhören, während sie mindestens eine halbe Stunde lang gackert und ihre kleinen Beschwerden schildert. Er muß zuhören und darf kein einziges Mal zu rufen wagen: „Zum Teufel mit Ihnen, altes Schwatzweib! Was plappern Sie mir Ihre Zipperlein vor, mir, der ich echte Qualen leide, während ich Ihnen ins Gesicht grinse?" Er muß das aufmunternde Lächeln zeigen, den milden Scherz säuseln, muß trösten, Hoffnung flüstern, Arznei verabreichen; und den ganzen Tag lang begegnet er vielleicht nicht einem, der so ganz und gar krank, so bedrückt, so verzweifelt ist wie er selbst.

Der erste Mensch, vor dem er an diesem Tag heucheln mußte, war sein eigener Sohn, dem es einfiel, zum Frühstück zu erscheinen – einer Mahlzeit, die Vater und Sohn jetzt selten gemeinsam einnahmen. Was weiß er, und was vermutet er? sind die Gedanken des Vaters; ein finsterer Trübsinn liegt auf Philips Gesicht, und die Augen des Vaters blicken in die des Sohnes, können aber ihre Dunkelheit nicht durchdringen.

„Bist du gestern abend noch lange geblieben, Philip?“ fragt Papa.

„Ja, Sir, ziemlich lange“, antwortet der Sohn.

„Nette Gesellschaft?“

„Nein, Sir, fade. Ihr Freund, Mr. Hunt, wollte hereinkommen. Er war betrunken und wurde grob zu Mrs. Brandon, und ich war gezwungen, ihn vor die Tür zu setzen. Er war furchtbar wütend und beleidigend.“

„Hat gewaltig geflucht, nehme ich an.“

„Wie wild, Sir, und mit Schimpfnamen um sich geworfen.“

Ich vermute, Philip klopfte das Herz so sehr, als er diesen Satz sprach, daß er kaum zu vernehmen war: jedenfalls schien Philips Vater den Worten nicht viel Aufmerksamkeit zu schenken, denn er war in die „Morning Post“ vertieft und verbarg hinter diesem Blatt voller Nachrichten aus der vornehmen Welt jeden Ausdruck der Qual, der womöglich auf seinem Gesicht lag. Philip berichtete später seinem derzeitigen Biographen von diesem trostlosen Tête-à-tête beim Frühstück. „Ich brannte darauf, zu fragen, was die Worte dieses Lumpen vom Abend zuvor zu bedeuten hätten“, erzählte Philip seinem Biographen, „aber irgendwie wagte ich es nicht. Verstehst du, Pendennis, es ist nicht angenehm, seinen Vater geradeheraus zu fragen: ‚Sir, sind Sie ein Erzschurke, oder sind Sie es nicht? Ist es möglich, daß Sie eine zweifache Ehe geschlossen haben, wie es dieser andere Schuft angedeutet hat; und daß meine eigene Abkunft und der makellose Name meiner Mutter genauso wie die Ehre und das Glück der armen harmlosen Caroline durch Ihr Verbrechen zerstört sind?‘ Aber ich hatte die ganze Nacht wachgelegen und über die Worte dieses Halunken Hunt nachgedacht und ob das, was er sagte, außer betrunkener Bosheit noch einen tieferen Sinn hatte.“

Wir stellen also fest, daß infolge Mr. Firmins üblen Benehmens vor fünfundzwanzig Jahren drei Menschen eine schlechte Nacht verbracht hatten, was gewiß eine wahrhaft maßlose Strafe für eine so weit zurückliegende Sünde ist. Ich wünschte, meine geliebten Mitsünder, wir könnten die ganze Strafe für unsere eigenen Verbrechen auf unsere eigenen Schultern nehmen: doch wir ziehen andere mit uns hinab – das ist eine Tatsache; und wenn Macheath zum Tod durch den Strang verurteilt wird, sind es Polly und Lucy, die weinen und leiden und klägliche Trauer im Herzen tragen müssen, nachdem der tollkühne Bösewicht in Tyburn längst von der Leiter gesprungen ist.

„Also, mein Lieber, er sprach kein Wort", sagte Philip, als er seinem Freund die Begegnung schilderte; „oder doch kein Wort zu der Sache, die uns beiden am Herzen lag. Aber über Mode, Gesellschaften, Politik ließ er sich viel ausführlicher aus als sonst bei ihm üblich. Er sagte, ich hätte Lord Ringwoods Unterhaussitz für Whipham haben können, stünde dem nicht meine beklagenswerte politische Einstellung im Wege. Was habe bloß aus mir einen Radikalen gemacht, fragte er, wo ich von Natur aus einer der hochmütigsten Menschen sei? (und das bin ich womöglich sogar", sagt Phil, „und eine ganze Menge liberale Kerls sind es). Ich werde zur Ruhe kommen, davon sei er überzeugt – ich werde zur Ruhe kommen und die politische Einstellung der hommes du monde teilen."

Philip konnte seinem Vater nicht erklären: „Sir, daß ich Sie vor den Großen habe kriechen sehen, hat mir den Rücken gestreckt!" Es gab zahllose Dinge, über die Vater und Sohn nicht sprechen konnten; und stets war ein unsichtbares, unausgesprochenes, vollkommen unverständliches Mißtrauen mit zugegen, wenn diese beiden zusammen waren.

Ihre Mahlzeit war kaum beendet, als Mr. Hunt hereintrat, mit dem Hut auf dem Kopf. Ich war damals nicht dabei und kann es nicht mit Bestimmtheit sagen: aber ich sollte meinen, bei seinem unheildrohenden Erscheinen ist Philip rot und sein Vater blaß geworden. Jetzt ist es soweit, haben wohl beide gedacht; und der Doktor mußte an seine stürmischen jungen Tage des Glücksspiels, der Intrigen und Duelle im Ausland denken, als er vor seinen Gegner gestellt wurde und den Befehl erhielt, auf ein Signal hin zu feuern. Eins, zwei, drei! Jeden Mannes Hand war mit Haß und Mord bewaffnet. Philip besaß viel Schneid, doch kann ich mir vorstellen, daß er bei einer solchen Gelegenheit vielleicht ein bißchen nervös und aufgeregt war, während sein Vater ein scharfes Auge hatte und rasch und sicher zielte.

„Sie und mein Sohn hatten gestern abend eine Auseinandersetzung, berichtete er mir“, beginnt Doktor Firmin.

„Ja, und ich habe ihm versichert, das soll er mir bezahlen“, gab der Geistliche zurück.

„Und ich habe gesagt, nichts wäre mir lieber“, erklärt Mr. Phil.

„Er hat einen Älteren geschlagen, den Freund seines Vaters – einen kranken Mann, einen Geistlichen“, keuchte Hunt.

„Würden *Sie* wiederholen, was Sie gestern abend taten, würde *ich* wiederholen, was ich tat“, sagte Phil. „Sie haben eine anständige Frau beleidigt.“

„Das ist gelogen, Sir!“ ruft der andere.

„Sie haben eine anständige Frau beleidigt, eine Dame in ihrem eigenen Haus, und ich habe Sie hinausgesetzt“, sagte Phil.

„Ich sage noch einmal, das ist gelogen, Sir!“ kreischt Hunt und schlägt mit der Faust auf den Tisch.

„Ob Sie mir Lügen vorwerfen oder nicht, ist mir vollkommen gleichgültig. Aber wenn Sie in meiner Gegenwart Mrs. Brandon oder sonst eine arglose Frau beleidigen, bleibt mir nichts übrig, als Sie zu züchtigen“, ruft Philip – Phil mit dem roten Schnurrbart und zwirbelt diesen mit großer Würde.

„Du hörst ihn, Firmin?“ fragt der Pfarrer.

„Wahrhaftig, ich höre ihn, Hunt!“ sagt der Arzt, „und ich glaube, er meint auch, was er sagt.“

„Ach! *So* läuft bei dir der Hase, wie?“ ruft Hunt – Hunt mit den schmutzigen Händen, den schmutzigen Zähnen, der schmutzigen Halsbinde.

„So läuft bei mir, was du den Hasen nennst; und wann immer jemand dieser vorbildlichen Frau in Hörweite meines Sohnes frech kommt, soll es mich sehr wundern, wenn er es nicht übel aufnimmt“, sagt Mr. Firmin. „Ich danke dir, Philip!“

Die entschlossene Rede und Miene des Vaters war Philip vorübergehend ein großer Trost. Hunts Worte vom Vorabend hatten die Gedanken des jungen Mannes ständig beschäftigt. Wäre Firmin schuldig gewesen, hätte er nicht so unerschrocken sein können.

„So redest du in Gegenwart deines Sohnes? Ihr habt die Sache schon vorher miteinander besprochen?“ fragt Hunt.

„Wir haben die Sache schon vorher besprochen – ja. Wir waren gerade dabei, als du beim Frühstück hereinplatztest“, gab der

Arzt zurück. „Sollen wir mit dem Gespräch fortfahren, wo wir stehengeblieben sind?“

„Na ja, nur zu – das heißt, wenn du es wagst“, sagte der Geistliche, einigermaßen verblüfft.

„Philip, lieber Junge, es ist für einen Mann schrecklich, sein Gesicht vor dem eigenen Sohn zu verbergen; aber wenn ich sprechen soll – und sprechen muß ich eines Tages doch –, warum nicht jetzt?“

„Warum überhaupt, Firmin?“ fragt der Geistliche, über den recht unvermittelten Entschluß des anderen erstaunt.

„Warum? Weil ich Sie satt und über habe, Mr. Tufton Hunt“, ruft der Arzt in seinem hochfahrendsten Ton, „Sie und Ihre Anwesenheit in meinem Haus; Ihr gemeines Benehmen und Ihre schurkische Erpressung – weil Sie mich eines Tages doch zum Sprechen zwingen – und jetzt, Philip, soll es soweit sein, wenn du möchtest.“

„Verdammt! Halt mal!“ ruft der Geistliche.

„Mir scheint, Sie wollen noch mehr Geld von mir.“

„Ich hab Jacobs versprochen, ich würde ihn heute bezahlen, und deshalb war ich gestern abend so mürrisch; und vielleicht hatte ich auch ein bißchen zuviel getrunken. Verstehst du, mein Verstand war durcheinander; und wozu eine Geschichte erzählen, die keinem etwas nützt, Firmin – am allerwenigsten dir“, ruft der Pfarrer bedeutsam.

„Du Lump, weil ich genug von dir habe“, ruft Firmin, und die Adern auf seiner Stirn schwellen an, als er seinen schmierigen Gegner voller Wut anstarrt. „Philip, in den letzten neun Monaten hat dieser Mann neunhundert Pfund von mir bekommen!“

„Ich hatte solches Pech, auf Ehre, großes Pech“, murrt der Pfarrer.

„Morgen wird er noch mehr wollen, übermorgen noch mehr und am Tag darauf noch mehr. Und, kurzum, ich mag nicht mehr mit diesem vermaledeiten Mann vom Meer am Hals leben. Du sollst die Geschichte erfahren. Und Mr. Hunt soll dabeisitzen und sein eigenes Verbrechen und das meine bezeugen. Als junger Mann habe ich es in Cambridge toll getrieben. Ich hatte mich mit meinem Vater überworfen, lebte mit einer liederlichen Clique zusammen und weit über meine Mittel; meine Schulden hatte dein Großvater schon so oft bezahlt, daß ich Angst hatte, noch mehr zu fordern. Er war streng zu mir; ich war ihm gegenüber ungehorsam. Ich gebe meine Schuld zu. Mr. Hunt kann bezeugen, was ich sage. Ich hielt mich in Margate versteckt, unter falschem Namen. Du kennst den Namen."

„Ja, Sir, ich glaube, ich kenne ihn", sagte Philip und dachte, sein Vater gefalle ihm jetzt besser als jemals zuvor in seinem Leben, und seufzte: Ach, wäre er doch immer aufrichtig und wahrhaftig zu mir gewesen!

„Ich mietete ein bescheidenes Logis bei kleinen Leuten." (Wenn Doktor Firmin einen gewaltigen Begriff von seiner eigenen Größe und Bedeutung hatte, kann ich es nämlich nicht ändern – und er galt seit langem als ein so ehrenwerter Mann.) „Und dort fand ich ein junges Mädchen – eines der unschuldigsten Wesen, die je ein Mann als Spielzeug mißbraucht und betrogen hat. Betrogen, ich gestehe es ein. Dieses Verbrechen ist die Schande meines Lebens gewesen und hat meine ganze Laufbahn verdüstert. Ich verschaffte mir einen Mann, der noch schlechter war als ich, sofern das überhaupt möglich war. Ich bewog Hunt für ein paar Pfund, die er mir schuldete, eine Scheintrauung zwischen mir und der armen Caroline zu vollziehen. Mein Geld war bald dahin. Meine Gläubiger waren hinter mir her. Ich floh ins Ausland, und ich ließ sie im Stich."

„Eine Scheintrauung! Eine Scheintrauung!" schreit der Geistliche. „Hast du mich nicht gezwungen, sie zu vollziehen, indem du mir eine Pistole an die Kehle gesetzt hast? Ein Kerl riskiert doch nicht umsonst die Deportation. Aber ich war ihm vom Kartenspiel Geld schuldig, und er hatte meinen Schuldschein, und er sagte, er würde es mir erlassen, und deshalb habe ich ihm geholfen. Ist ja auch egal. Ich bin jetzt aus der Geschichte raus, Mr. Brummell Firmin, und du steckst drin. Ich habe im Gesetz nachgelesen, Sir. Dem Geistlichen, der die Trauung vollzieht, droht Bestrafung, falls er binnen drei Jahren angezeigt wird, und es ist zwanzig Jahre her oder mehr. Aber du, Mr. Brummell Firmin – dein Fall liegt anders; und Sie, mein junger Gentleman mit den brandroten Koteletten, der bei Nacht alte Männer niederschlägt – Sie werden vielleicht merken, daß manche unter uns sich zu rächen wissen, auch wenn wir am Boden liegen." Und damit schoß Hunt auf seinen speckigen Hut zu und verließ das Haus, wobei er, während er die Vorhalle durchschritt, die übelsten Verwünschungen gegen seine Gastgeber ausstieß.

Sohn und Vater saßen nach dem Aufbruch ihres gemeinsamen Feindes eine Weile stumm da. Endlich sprach der Vater.

„Das ist das Schwert, das ständig über meinem Haupt geschwebt hat, und jetzt fällt es herab, Philip."

„Was kann der Mann tun? Ist die erste Heirat die gültige?" fragte Philip mit beunruhigter Miene.

„Es ist keine Heirat. Sie ist ganz und gar nichtig. Du kannst dir denken, daß ich mit aller Sorgfalt die diesbezüglichen Rechtsvorschriften erkundet habe. Du bist der legitime Sohn, das ist sicher. Aber dieser Mann kann mich ruinieren, oder doch beinahe. Morgen wird er es versuchen, wenn nicht schon heute. Solange er aus uns beiden noch eine Guinea herausquetschen kann, wird er sie in die Spielhölle tragen. Ich war selbst einmal dieser Sucht verfallen. Mein armer Vater sagte sich daraufhin von mir los und starb, ohne mich noch einmal zu sehen. Ich heiratete deine Mutter – der Himmel steh ihr bei, arme Seele! und vergebe mir, daß ich ihr nur ein unfreundlicher Ehemann war – mit der Absicht, meine zerrütteten Verhältnisse in Ordnung zu bringen. Ich wünschte, sie wäre glücklicher geworden, das arme Ding. Aber tadele mich nicht gänzlich, Philip. Ich war verzweifelt, und sie verlangte so sehr nach der Heirat! Damals sah ich gut aus und war lebenslustig. Das sagten alle." (Hier wirft er einen Seitenblick auf sein stattliches Porträt.) „Jetzt bin ich ein Wrack, ein Wrack!"

„Ich kann mir denken, Sir, daß das alles Ärger macht. Aber wie kann es Sie ruinieren?" fragte Philip.

„Was wird aus meiner Praxis als Hausarzt? Unter uns, Philip, die Praxis ist nicht mehr, was sie einmal war, und die Unkosten sind größer, als du denkst. Ich habe mich auf unglückliche Spekulationen eingelassen. Falls du auf einen großen Vermögenszuwachs von meiner Seite rechnest, mein Junge, wirst du eine Enttäuschung erleben; obwohl du nie auf deinen Vorteil aus warst, nein, nie. Aber die Geschichte, die dieser Schuft aussprengt, über einen in zwei Ehen verstrickten namhaften Arzt, glaubst du etwa, meine Rivalen werden nicht davon Wind kriegen und das nicht ausschlachten – meine Patienten werden sie nicht erfahren und mich nicht meiden?"

„Dann machen Sie schleunigst reinen Tisch, Sir, und bringen Sie ihn zum Schweigen."

„Sich mit einem Spieler zu verständigen ist unmöglich. Mein Geldbeutel steht ihm jederzeit offen, er braucht nur hineinzulangen, wenn er verloren hat. Kein Mensch kann einer solchen Versuchung widerstehen. Ich bin froh, daß du da nie hineingeraten bist. Ich habe dir manchmal vorgeworfen, daß du mit Leuten unter deinem Rang verkehrst: vielleicht hattest du recht und ich unrecht. Ich hatte schon immer, ich verhehle es nicht, gern Umgang mit Personen von Stand. Und diese haben mir, als ich auf der Universität war, das Glücksspiel und die Verschwendungssucht beigebracht; und in der Welt haben sie mir nicht viel vorangeholfen. Wer würde das schon? Wer?" Und der Arzt verfiel ins Grübeln.

Bald danach trat eine kleine Katastrophe ein, nach der Mr. Philip Firmin mir das Wesentliche dieser Geschichte erzählte. Er schilderte mir, wie lange sein Vater sich Hunts Forderungen gefügt hatte und wie er sich plötzlich dagegen wehrte, und vermochte sich die Veränderung nicht zu erklären. Ich teilte es meinem Freund nicht ausdrücklich mit, aber ich meinte sein verändertes Verhalten deuten zu können. Doktor Firmin war bei seinen Aussprachen mit Caroline hinsichtlich des einen Teils der drohenden Gefahr beruhigt worden. Der Arzt brauchte nicht länger die Beschuldigung einer Doppelehe zu fürchten. Die Kleine Schwester verzichtete auf ihre ehemaligen, gegenwärtigen und künftigen Ansprüche.

Wenn ein Gentleman zum Tode durch den Strang verurteilt wird, wüßte ich gern, ob es ihm einen Trost bedeutet oder nicht, im voraus den Tag des Vollzuges zu kennen. Hunt würde Rache nehmen. Wann und wie? fragte sich Doktor Firmin. Nein, wahrscheinlich müssen Sie erfahren, daß diesem hervorragenden praktischen Arzt auf Schritt und Tritt mehr als eine Gefahr drohend über dem Haupt schwebte. Vielleicht war es ein Strick; vielleicht war es ein Schwert; jedenfalls ein Instrument zur Hinrichtung, wie wir möglicherweise bald sehen. Ein Tag verstreicht: kein Meuchelmörder stürzt sich auf den Doktor, als er sich auf dem Weg zu seinem Club durch die dunkle Passage der Opernkolonnaden windet. Eine Woche verstreicht: kein Stilett wird ihm in die gutwattierte Brust gestoßen, als er an der Tür eines adligen Patienten seiner Kutsche entsteigt. Philip sagt, er habe seinen Vater nie so heiter, freundlich, aufgeräumt und leutselig erlebt wie in dieser Zeitspanne, als er gespürt haben mußte, daß eine Gefahr über ihm schwebte, von der sein Sohn damals keine Ahnung hatte. Ich habe einmal in diesem denkwürdigen Zeitraum in der Old Parr Street diniert (denkwürdig erscheint er mir auf Grund der unmittelbar folgenden Ereignisse). Nie war das Dinner besser; der Wein vorzüglicher; waren die Gäste und das Gespräch gesetzter und wohlachtbarer als bei dieser Geselligkeit. Und mein Nachbar bemerkte erfreut, daß Vater und Sohn viel besser als sonst miteinander auszukommen schienen. Ein-, zweimal wandte sich der Doktor ausdrücklich an Philip; spielte auf seine Auslandsreise an; sprach von der Familie seiner Mutter – es war richtig erfreulich, die beiden zusammen zu sehen. Ein Tag nach dem anderen verstreicht so. Der Feind ist verschwunden. Zumindest sieht man das Futter seines speckigen Hutes nicht mehr auf dem breiten Marmortisch in Doktor Firmins Vorhalle.

Doch eines Tages – es mag zehn Tage nach dem Streit gewesen sein – kommt eine kleine Botin zu Philip und sagt: „Lieber Philip, ich bin sicher, da stimmt etwas nicht; dieser gräßliche Hunt war mit einem sehr ruhigen alten Gentleman mit sanfter Sprache hier, und sie haben mit meinem armen Pa endlos über mein erlittenes Unrecht und seines – *seines*, stell dir vor! – geredet und haben ihn so bearbeitet, daß er glaubt, jemand hätte seine Tochter um ein großes Vermögen betrogen. Und wer kann dieser Jemand anders sein als dein Vater? Und immer, wenn sie mich kommen sehen, verziehen sich Papa und dieser abscheuliche Hunt in den ‚Admiral Byng'; und als Pa neulich abend heimkam, sagte er: ‚Gott segne dich, Gott segne dich, mein armes, unschuldiges, gekränktes Kind; und Segen *wirst* du erleben, merke dir die Worte eines liebenden Vaters!' Sie führen etwas gegen dich und deinen Vater im Schilde. Mr. Bond ist der Name des sanften alten Gentlemans: und zweimal war ein gewisser Mr. Walls da und hat sich erkundigt, ob Mr. Hunt bei uns ist."

„Mr. Bond? – Mr. Walls? Ein Gentleman mit dem Namen Bond ist doch Onkel Twysdens Rechtsanwalt. Ein alter Herr mit kahlem Kopf, und ein Auge ist größer als das andere?"

„Na ja, bei diesem alten Mann ist eins eher kleiner als das andere, scheint mir!“ sagt Caroline. „Zuallererst tauchte Mr. Walls auf – ein schneidiger junger, flotter Bursche, immer lustig, redet über Theater, Opern, alles mögliche –, kam aus dem ‚Byng‘, zusammen mit Pa und seinem neuen Freund ... Ach! ich hasse ihn richtig, diesen Kerl, diesen Hunt! – Dann brachte er den alten Mann mit, diesen Mr. Bond. Was hecken sie gegen dich aus, Philip? Ich sage dir, die Sache dreht sich einzig um dich und deinen Vater!“

Vor Jahren, zu Lebzeiten der armen Mutter noch, so erinnert sich Philip, hatte sein Vater einen fürchterlichen Wutausbruch, wobei er Onkel Twysden einen betrügerischen Geizhals nannte und ebendiesen Mr. Bond einen Gauner, der es verdiente, an den Galgen zu kommen, weil er sich irgendwie in die Verwaltung eines Teils des Vermögens einmischte, das Mrs. Twysden und ihre Schwester von ihrer Mutter geerbt hatten. Dieser Streit war beigelegt worden, wie bei solchen Meinungsverschiedenheiten üblich. Fortan hatten die Schwager einander mißtraut; doch es bestand kein Grund, weshalb die Fehde auf die Kinder übergehen sollte; und Philip und seine Tante, und zumindest eine ihrer Töchter, standen miteinander auf gutem Fuß. Die Anwälte von Philips Onkel mit dem Schuldner und Feind seines Vaters gegen Doktor Firmin verbündet: die Allianz verhieß nichts Gutes.

„Ich will dir nicht sagen, was ich glaube, Philip“, äußerte der Vater. „Du bist deiner Cousine zugetan?“

„Oh! Auf ew ...“

„Auf ewig, selbstverständlich! Mindestens, bis wir uns anders besinnen oder einer von uns es satt hat oder einen besseren Partner findet.“

„Ah, Sir!“ ruft Philip, bricht aber plötzlich seine Erwiderung ab.

„Was wolltest du gerade sagen, Philip, und warum sprichst du nicht weiter?“

„Ich wollte gerade sagen, Vater, wenn ich mir das herausnehmen darf, daß ich finde, Sie urteilen hart über die Frauen. Ich kenne zwei, die treu zu Ihnen gehalten haben.“

„Und ich habe sie beide verraten. Ja; und meine Reue, Philip, meine Reue!“ stößt sein Vater mit seiner tiefsten Tragödenstimme hervor und greift sich an ein Herz, das meiner Überzeugung nach recht gelassen pocht. Aber pah! warum mache ich, Philips Biograph, mir so viele Umstände, Philips Papa zu schmähen? Genügt die Drohung der Enthüllung einer Bigamie nicht, um den Gleichmut jedes Mannes zu stören? Ich sage noch einmal, angenommen, es hinge ein weiteres Schwert – ein Strick, wenn Sie so wollen – über dem Haupt unseres Damokles aus der Old Parr Street? . . . Wie auch immer, Vater und Sohn begegneten und trennten sich in diesen Tagen mit ungewöhnlicher Rücksicht und Herzlichkeit. Und dies waren die letzten Tage, da sie zusammenkommen sollten. Auch konnte Philip hinterher nicht ohne Befriedigung daran denken, daß er die Hand, die er ergriff, mit derselben Herzlichkeit und wahrhaften Wärme drückte, mit der sie sich ihm entgegenstreckte.

Wieso waren das die letzten Tage, die Vater und Sohn zusammen verbringen sollten? Doktor Firmin ist noch am Leben. Philip ist ein mehr als leidlich wohlhabender Gentleman. Er und sein Vater trennten sich als gute Freunde, und es ist das Amt des Biographen, zu berichten, wie und weshalb.

Als Philip seinem Vater erzählte, die Messrs. Bond & Selby, die Anwälte seines Onkels Twysden, seien mit einemmal an Mr. Brandon und seinen Angelegenheiten interessiert, erriet der Vater sofort, wenn auch der Sohn noch zu einfältig war, um es zu verstehen, aus welchem Grund diese Gentlemen sich eingeschaltet hatten. War Mr. Brandon-Firmins Ehe mit Miss Ringwood nichtig, so war ihr Sohn illegitim, und ihr Vermögen ging an ihre Schwester. Mochte es so weichherzigen Menschen wie unseren Twysdens auch eine schmerzliche Pflicht sein, Pflicht bleibt schließlich Pflicht, und um der Gerechtigkeit und ihrer eigenen Kinder willen müssen Eltern alles opfern. „Wäre ich in solcher Lage gewesen“, erklärte Talbot Twysden später und wiederholt, „hätte ich keinen Augenblick Ruhe gefunden, wenn ich geglaubt hätte, unrechtmäßig das Vermögen eines geliebten Neffen zu besitzen. Ich hätte nicht in Frieden schlafen können; ich hätte mich nicht in meinem eigenen Club oder vor meinem eigenen Gewissen zu zeigen gewagt, hätte mir die Last einer solchen Ungerechtigkeit auf der Seele gelegen.“ Mit einem Wort, als er eine Chance entdeckte, Philips Anteil an dem Vermögen dem seinen zuzuschlagen, erkannte Twysden klar, daß seine Pflicht es erforderte, alles für seine Frau und seine Kinder geltend zu machen.

Die Information, auf die hin Talbot Twysden, Esq., handelte, brachte ihm ein Gentleman in staubigem Schwarz in seine Kanzlei, der ihn, nach einer langen Aussprache, zu seinem Anwalt, dem vorhin erwähnten Mr. Bond, begleitete. Hier, am South Square, Gray's Inn, hielten die drei Gentlemen eine Beratung ab, deren Ergebnisse auf rasche Weise sichtbar wurden. Die Messrs. Bond & Selby hatten einen ungemein lebhaften, fröhlichen, jovialen und intelligenten Prokuristen, der mit äußerster Leutseligkeit Geschäft und Vergnügen miteinander verband und über tausend sonderbare Dinge und sonderbare Geschichten von sonderbaren Menschen in dieser Stadt unterrichtet war; wer Geld verlieh; wer Geld brauchte; wer Schulden hatte; wer kriminell über seine Mittel lebte; wessen Brillanten versetzt waren; wessen Grundbesitz mit Hypotheken überlastet war; wer sich mit Bauvorhaben übernahm; wer verlangende Blicke auf welche hübsche Balletteuse warf – über Rennen, Boxkämpfe, Wechselmakler, quicquid agunt homines. Dieser Tom Walls besaß eine Menge Informationen und teilte sie auf eine Weise mit, daß man sich totlachen konnte.

Ehrwürden Tufton Hunt brachte diesen munteren Burschen erst in den „Admiral Byng“, wo sein freundliches Wesen alle Herzen im Club für sich einnahm. Im „Byng“ war es nicht besonders schwierig, Hauptmann Ganns leicht zugängliches Vertrauen zu gewinnen. Und dieser alte Mann wurde im Verlauf eines ganz unerheblichen Konsums von Rum mit Wasser zu der Erkenntnis gebracht, daß seine Tochter Ziel einer heimtückischen Verschwörung geworden und daß sie die rechtmäßige und schwer gekränkte Ehefrau eines Mannes sei, der ihren makellosen Ruf vor der Welt offenbaren und ihr einen Teil seines großen Vermögens überschreiben müsse.

Ein großes Vermögen? Ein wie großes Vermögen? Waren es, sagen wir, dreihunderttausend? Diese Ärzte oder doch eine ganze Reihe von ihnen hatten ihre fünfzehntausend im Jahr. Mr. Walls (der es vielleicht besser wußte) stand es nicht frei, zu sagen, wie hoch das Vermögen war: doch es war eine Schande, daß Mrs. Brandon ihre Rechte vorenthalten wurden, das stand fest.

Die Aufregung des alten Gann, als man ihm diese Angelegenheit zum erstenmal eröffnete (unter Gelübden tiefster Geheimhaltung), war so heftig, daß sein alter Verstand auf seinem wackligen alten Thron ins Wanken geriet. Er platzte fast vor Verlangen, über dieses Geheimnis zu sprechen. Mr. und Mrs. Oves, die geachteten Wirtsleute des „Byng“, hatten ihn nie so aufgeregt erlebt. Er hielt große Stücke auf die Urteilskraft seines Freundes, Mr. Ridley; in der Tat wäre er im Tollhaus gelandet, hätte er nicht mit jemandem über diese ruchlose Machenschaft gesprochen, die das Blut jedes Briten vor Entsetzen gerinnen lassen konnte – wie er geradeheraus erklärte.

Der alte Mr. Ridley war von viel kühlerem Temperament und überhaupt ein bedächtigerer Mensch. Der Arzt reich? Er wolle „keine Geheimnisse nicht ausplaudern und sich auch nicht in die Angelegenheiten keines Gentlemans nicht einmischen“: aber er hätte über Doktor Firmins Verhältnisse ganz andere Angaben gehört.

Als dunkle Andeutungen über Verrat, böswilliges Verlassen, vorenthaltene Rechte und „ein großes Vermögen, das ein niederträchtiger Wolf im Schafspelz dir, meine arme Caroline, verweigert; und ich hab ihm nie getraut, vom ersten Moment an, wo ich ihn sah, und hab deiner Mutter gesagt: ‚Emily, dieser Brandon ist ein schlechter Mensch, das ist er‘, und bitter, bitter hab ich bereut, ihn überhaupt unter meinem Dach aufgenommen zu haben“ – als solche Äußerungen an Mrs. Caroline gerichtet wurden, tat die kleine Dame sie seltsamerweise leichthin ab. „Ach, Unsinn, Pa! Bring doch diese schlimme alte Geschichte nicht wieder auf. Ich habe schon genug darunter gelitten. Wenn Mr. F. mich verließ, war er nicht der einzige, der mich verstoßen hat; und ich habe das alles Gott sei Dank durchstehen können.“

Das war ein harter Schlag, und er ließ sich nicht abwehren. Die Wahrheit ist, als die arme Caroline, von ihrem Gatten verlassen, im Unglück an die Tür ihres Vaters zurückgekehrt war, hatten der Mann und die Ehefrau, die ihn damals beherrschte, es für richtig gehalten, sie abzuweisen. Und sie hatte ihnen vergeben und konnte später eine gewaltige Menge glühende Kohlen auf das Haupt dieses alten Herrn häufen.

Als der Hauptmann die Gleichgültigkeit seiner Tochter bemerkte, ihre Abneigung, diese schmerzliche Frage ihrer Scheinheirat mit Firmin wiederaufzunehmen, geriet er in Zorn, und sein Mißtrauen regte sich. „Ha!“ ruft er, „hat dieser Mann dich wieder erweicht?“

„Unsinn, Pa!“ sagt Caroline noch einmal. „Ich sage dir, dieser glattzüngige Anwaltsschreiber hat dich erweicht. Sie benutzen dich als Werkzeug, Pa! Und man hat dich dein ganzes Leben lang als Werkzeug benutzt!“

„Also, nun aber, auf meine Ehre, Madam!“ wirft Mr. Walls ein.

„Reden Sie nicht mit mir, Sir! Ich will nicht, daß irgendwelche Anwaltsschreiber in meinen Angelegenheiten herumschnüffeln!“ ruft Mrs. Brandon höchst energisch. „Ich weiß nicht, weswegen Sie gekommen sind. Ich will es gar nicht wissen, und ich bin ganz sicher, es bringt nichts Gutes.“

Ich nehme an, es war der Mißerfolg seines Botschafters, der Mr. Bond selbst in die Thornhaugh Street führte; und nie gab es einen so gütig, so väterlich wirkenden kleinen Mann wie Mr. Bond, auch wenn sein eines Auge kleiner als das andere sein mochte.

„Was höre ich da, meine liebe Madam, von meinem Prokuristen Mr. Walls?“ fragte er die Kleine Schwester. „Sie lehnen es ab, ihm Ihr Vertrauen zu schenken, weil er nur ein angestellter Sekretär ist? Ob Sie es wohl mir als Prinzipal gewähren?“

„Das darf sie, Sir, das darf sie – jegliches Vertrauen!“ beteuert der Hauptmann und legt die Hand auf jene mit Schnupftabak bestreute Satinweste, die alle seine Freunde schon so lange an ihm bewunderten. „Sie *hätte* mit Mr. Walls sprechen können.“

„Mr. Walls ist kein Familienvater. Ich bin es. Ich habe Kinder zu Hause, Mrs. Brandon, die so alt sind wie Sie“, sagt der wohlwollende Bond. „Ich will nur, daß ihnen Gerechtigkeit zuteil wird und Ihnen auch.“

„Sie sind sehr gütig, sich ganz plötzlich soviel Mühe um mich zu machen, bestimmt“, sagt Mrs. Brandon bescheiden. „Ich nehme an, Sie tun es nicht umsonst.“

„Ich würde kein hohes Honorar verlangen, um einer guten Frau zu ihrem Recht zu verhelfen; und ich meine, man muß eine Dame nicht lange überreden, um ihr zu ihrem Vorteil zu verhelfen“, bemerkt Mr. Bond.

„Das kommt darauf an, wer der Helfer ist.“

„Nun, wenn ich Ihnen keinen Schaden zufügen und Ihnen

möglicherweise zu einem Namen, einem Vermögen, einer angesehenen Stellung in der Welt verhelfen kann, glaube ich nicht, daß Sie Angst zu haben brauchen. Ich sehe nicht so sehr verrucht oder verschlagen aus, oder?"

„Mancher sieht nicht so aus. Soviel habe ich über euch Gentlemen gelernt", erklärt Mrs. Brandon.

„Ein Mann hat Ihnen Unrecht getan, und Sie mißtrauen allen."

„Nicht allen. Manchen, Sir!"

„Zweifeln Sie an mir, wenn ich Sie irgendwie schädigen kann. Aber wie und warum sollte ich? Ihr guter Vater weiß, was mich hergeführt hat. Ich habe kein Geheimnis vor ihm. Oder doch, Mr. Gann oder *Hauptmann* Gann, wie man Sie anredet, wie ich hörte?"

„Mr., Sir ... einfach Mr. ... Nein, Sir; Sie haben sich ganz offen, ehrenhaft und wie ein Gentleman betragen. Auch würden Sie, Sir, nichts tun, um Mrs. Brandon zu verunglimpfen; genausowenig ich, ihr Vater. Auf keinen Fall, meine ich, würde ein Vater seinem eigenen Kind Schaden zufügen. Darf ich Ihnen eine Erfrischung anbieten, Sir?" und eine zitterige, eine schmuddelige, aber gastfreundliche Hand legt sich auf den glänzend polierten Schrank, in dem Mrs. Brandon ihren bescheidenen kleinen Vorrat an starken Wassern aufbewahrt.

„Keinen Tropfen, danke sehr! Sie vertrauen mir, glaube ich, mehr als Mrs. Fir ... ich bitte um Verzeihung, Mrs. Brandon geneigt ist."

Als diese Silbe *Fir* fiel, wurde Caroline so kreidebleich und bebte so, daß ihr Gesprächspartner sich unterbrach, recht erschrocken über die Wirkung seines Wortes – seines Wortes! –, seiner Silbe eines Wortes.

Der alte Rechtsanwalt faßte sich mit großer Gewandtheit.

„Verzeihen Sie mir, Madam", sagte er, „ich kenne das Ihnen zugefügte Unrecht; ich kenne Ihre höchst betrübliche Geschichte; ich kenne Ihren Namen und wollte ihn gerade gebrauchen, doch er schien schmerzliche Erinnerungen in Ihnen zu wecken, die ich nicht unnötig aufrühren möchte."

Hauptmann Gann zog ein schnupftabakfleckiges Taschentuch heraus, wischte sich über zwei rote Augen und eine Hemdbrust, zwinkerte dem Anwalt zu und rang theatralisch nach Luft.

„Sie kennen meine Geschichte und meinen Namen, Sir, der Sie mir fremd sind. Hast du diesem alten Herrn alles über mich und meine Angelegenheiten erzählt, Pa?“ fragte Caroline etwas schroff. „Hast du ihm erzählt, daß meine Ma nie ein gutes Wort für mich übrig hatte – daß ich wie ein Dienstbote für sie und für dich geschuftet habe – und als ich zu euch zurückkam, nachdem ich betrogen und verlassen worden war, daß du und Ma mir die Tür vor der Nase zugeschlagen habt? Das habt ihr getan! Das habt ihr getan! Ich vergebe dir, aber hunderttausend Millionen Jahre können diese Kränkung nicht wiedergutmachen, Vater, weil du damals einem armen Kind damit das Herz gebrochen hast. Mein Pa hat Ihnen das alles erzählt, Mr. Wie-war-doch-der-Name? Ich staune, daß er nicht etwas Angenehmeres zu reden gefunden hat, wirklich!“

„Meine Liebe!“ warf der Hauptmann dazwischen.

„Schöne Liebe! hinzugehen und einem Fremden in einem Wirtshaus, und noch vielen anderen außerdem, nehme ich an, die Mißgeschicke deiner Tochter zu erzählen, Pa. Schöne Liebe! Genau das, was ich von dir bekommen habe!“

„Keiner Seele, auf die Ehre eines Gentlemans, außer mir und Mr. Walls.“

„Wozu kommen Sie dann überhaupt her und reden mit mir? Und worauf wollen Sie um Gottes willen überhaupt hinaus? – Was führt diesen alten Mann her?“ ruft die Hausfrau aus der Thornhaugh Street heftig und stampft mit dem Fuß auf.

„Soll ich es Ihnen offen sagen, meine gute Dame? Ich habe Sie eben Mrs. Firmin genannt, weil ich diese Anrede, auf meine Ehre und mein Wort, für Ihren rechtmäßigen Namen halte – weil Sie die gesetzliche Ehefrau von George Brand Firmin sind. Wenn das Ihr gesetzlicher Name ist, tragen ihn andere, die kein Recht darauf haben – und erben Besitz, auf den sie keinen gerechten Anspruch erheben können. Im Jahre 1827 wurden Sie, Caroline Gann, ein sechzehnjähriges Kind, von einem Ihnen bekannten Geistlichen mit George Brand Firmin, der sich George Brandon nannte, vermählt. Er war des Betrugs an Ihnen schuldig; Sie aber haben sich keinen Betrug zuschulden kommen lassen. Er war ein hartgesottener und arglistiger Mann; Sie aber waren ein unschuldiges Kind, frisch aus der Schulstube. Und obwohl er glaubte, die Heirat sei für ihn nicht bindend, kraft eines vom Parlament erlassenen Gesetzes und kraft Richterspruchs ist sie bindend; und Sie, Madam, sind so unzweifelhaft George Firmins Ehefrau, wie Mrs. Bond die meine ist!"

„Dir ist grausames Unrecht geschehen, Caroline", sagt der Hauptmann und schüttelt die alte Nase über seinem Taschentuch.

Caroline schien sich in den auf vorliegenden Fall zutreffenden gesetzlichen Bestimmungen ganz genau auszukennen. „Sie meinen, Sir", erwiderte sie bedächtig, „wenn ich und Mr. Brandon getraut wurden, wobei er wußte, daß er die Heirat nur spielte, und ich glaubte, es hätte alles seine Richtigkeit, daß wir dann wirklich verheiratet sind?"

„Zweifellos sind Sie das, Madam – mein Klient hat – das heißt, ich habe zu diesem Punkt Rat eingeholt."

„Aber wenn wir *beide* wußten, daß es nur – *nur eine Art* Heirat war – also eine irreguläre Heirat?"

„Dann sagt das Gesetz, daß die Heirat in jeder Hinsicht null und nichtig ist."

„Aber du hast es nicht gewußt, mein armes, unschuldiges Kind", ruft Mr. Gann. „Wie solltest du auch? Wie alt warst du? Sie war noch in der Kinderstube, Mr. Bond, als der Schuft sie von ihrem armen alten Vater weggelockt hat. *Sie* wußte nichts von 'ner irregulären Heirat."

„Natürlich nicht, das arme Geschöpf", ruft der alte Herr und reibt sich glänzend aufgelegt die Hände. „Das arme, junge Ding, das arme, junge Ding!"

Während er sprach, betrachtete Caroline, sehr blaß und still, Ridleys Zeichnung von Philip, die in ihrem Stübchen hing. Dann drehte sie sich zu dem Anwalt um, die Hände über ihrer Näharbeit gefaltet.

„Mr. Bond", sagte sie, „Mädchen, und wären sie noch so jung, wissen mehr, als manche Leute sich einbilden. Ich war über sechzehn, als diese – diese Geschichte passierte, ich war zu Hause nicht glücklich und brannte darauf, wegzukommen. Ich wußte, daß ein Gentleman von Stand ein armes Aschenbrödel aus einem Logierhaus wie mich wohl kaum richtig heiraten würde. Wenn die Wahrheit heraus muß, ich – ich wußte, daß es keine Heirat war – habe nie geglaubt, es sei eine Heirat – nicht gültig, meine ich."

Und sie krampft die Hände zusammen, als sie die Worte ausspricht, und blickt wohl noch einmal auf Philips Porträt.

„Gütiger Himmel, Madam, Sie müssen einem Irrtum unterliegen!" ruft der Anwalt. „Wie hätte ein Kind wie Sie wissen sollen, daß die Heirat ungültig war?"

„Weil ich keinen Trauschein hatte!" ruft Caroline rasch. „Habe nie einen verlangt! Und unser Mädchen, das wir damals hatten, hat mir gesagt: ‚Miss Carry, wo ist Ihr Trauschein? Und ohne gilt es nicht.' Und ich wußte, daß es nicht galt! Und ich bin bereit, morgen vor den Lordkanzler zu treten und das zu sagen!" ruft Caroline zur Bestürzung ihres Vaters und des Mannes, der sie ins Kreuzverhör genommen hat.

„Moment, Moment! Meine werte Madam!" ruft der milde alte Gentleman, von seinem Stuhl auffahrend.

„Gehen Sie und sagen Sie das denen, wo Sie hergeschickt haben, Sir!" ruft Caroline herrisch, den Anwalt verblüffend und im Gesicht ihres Vaters einen Ausdruck der Ratlosigkeit hinterlassend, den wir mit seinem schnupftabakfleckigen alten Taschentuch verhüllen wollen.

„Sollte das bedauerlicherweise der Fall sein – sollten Sie tatsächlich beabsichtigen, bei diesem erstaunlichen Geständnis zu bleiben – das Sie einer hohen Stellung in der Gesellschaft beraubt – und – und die von uns genährte Hoffnung vereitelt, Ihren verletzten Ruf wiederherzustellen –, so habe ich nichts mehr zu sagen! Ich ziehe mich zurück, Madam! Guten Morgen, Mr. Äh – Mr. Gann!" Und der alte Rechtsanwalt verläßt das Stübchen der Kleinen Schwester.

Sie will sich nicht zu der Heirat bekennen! Sie hängt an jemand anderem – die kleine Selbstmörderin! denkt der alte Anwalt, als er die Straße entlang zu einem nahegelegenen Haus trappelt, wo sein beklommener Auftraggeber wartet. „Sie hängt an jemand anderem!"

Ja. Und jener andere, den Caroline liebte, war Brand Firmins Sohn: um Philip vor dem Ruin zu retten, zog die arme Kleine Schwester es vor, ihre Ehe mit seinem Vater zu vergessen.

13. KAPITEL

Wer mich liebt, liebt alles, was mein ist

Während die Schlacht tobt, lugen die Alten und die Damen über die Zinnen, um die Wechselfälle des Kampfes und das Verhalten der Ritter zu beobachten. Für die Prinzessinnen aus alter Zeit, deren schöne Hand dem Sieger zufallen sollte, muß es eine Angelegenheit von nicht geringem Interesse gewesen sein, zu erfahren, ob der schlanke junge Held mit den herrlichen Augen auf dem milchweißen Streitroß siegen würde oder der kurze, ältliche, breite, schielende, fuchsrote, backenbärtige Krieger, der so wild um sich hieb; genauso waren an diesem Kampf, von dessen Ausgang die Bewahrung oder der Verlust der Erbschaft des armen Phil abhing, mehrere Nichtkombattanten zutiefst interessiert. Oder wollen wir das ritterliche Gleichnis zurücknehmen (da in der Tat das Verhalten und die Ansichten gewisser in die Sache verwickelter Personen alles andere als das waren, was wir ritterlich nennen) und uns einen schlauen alten Affen vorstellen, der eine Katze dazu einspannt, bestimmte Kastanien aus dem Feuer zu holen, und Mieze steckt die Pfote durch das Gitter, schnappt sich die Nuß und läßt sie dann fallen? Jacko ist enttäuscht und wütend, fletscht die scharfen Zähne und beißt zu, wenn er es wagt. Als der Anwalt den Platz betrat, um den Kampf um Philips Erbteil aufzunehmen, waren einige von denen, die es haben wollten, Zuschauer bei dem Gefecht und lauerten dicht daneben in einem Baum. Als Mr. Bond vortrat, um zu versuchen, Phils Kastanien an sich zu bringen, war da ein schlauer alter Affe, der die Pfote der Katze mit der Absicht lenkte, die dampfende Beute zu verschlingen.

Falls Sie jemals im „Admiral Byng" waren, wissen Sie, meine liebe Madam, daß die Gaststube, wo sich der Club trifft, direkt hinter Mrs. Oves' Schankzimmer gelegen ist; so daß diese gutmütige Frau, indem sie das Schiebefenster zwischen den beiden Gemächern anhebt, den Kopf in den Clubraum stecken und tatsächlich an der Versammlung teilnehmen kann. Manchmal setzt sich Mr. Ridley zur Gesellschaft zu Mrs. O. in ihr Schankzimmer und liest dort die Zeitung. Er kommt mit dem Lesen nur langsam voran. Die langen Wörter bereiten dem würdigen Gentleman Kopfzerbrechen. Da er aber genug freie Zeit hat, ist sie ihm für das Studium seiner Zeitung nicht zu schade.

An dem Tag, als Mr. Bond daranging, Mrs. Brandon in der Thornhaugh Street zu überreden, ihren Anspruch auf Doktor Firmin als Ehemann geltend zu machen und den armen Philip zu enterben, erschien ein kleiner Gentleman, ungemein steif und geheimnisvoll in einen riesigen Mantel gehüllt, am Ausschank des „Admiral Byng" und sagte in hochfahrendem Ton: „Sie haben eine hintere Gaststube; führen Sie mich hin"; und nachdem man ihn in die Gaststube geleitet hatte (wo schöne Porträts von Oves und Mrs. O. und Fleck, ihrer verstorbenen Lieblingsbulldogge, hängen), setzte er sich und verlangte ein Glas Sherry und die Zeitung.

Der höfliche und intelligente Schankbursche des „Byng" brachte dem Individuum den „Advertiser" von gestern (weil die Zeitung von heute „besetzt" war); und als der Gentleman über das alte Exemplar zu fluchen begann, teilte Frederick der Wirtin seine Meinung mit, der Fremde sei ein 'errischer Typ – was er wirklich war, nur vielleicht unter Hinzufügung eines einzigen Buchstabens; ein Mann, der jeden einschüchterte, der sich einschüchtern ließ. Tatsächlich war es unser Freund Talbot Twysden, Esq., Bevollmächtigter des Puder- und Pomadeamtes; und ich überlasse es denen, die ihn kennen, auszusagen, ob er herrisch ist oder nicht.

Zu ihm gesellte sich nach einer Weile jener milde alte Gentleman, Mr. Bond, der auch nach der Gaststube fragte und ein wenig Sherry mit Wasser bestellte; und so bekamen Philip und sein wahrhaftiger und scharfsinniger Biograph mit Gewißheit zu erfahren, daß der liebe Onkel Talbot die Person war, die – die Philips Kastanien haben wollte.

Mr. Bond und Mr. Twysden hatten kaum eine Minute lang zusammengesessen, als ein solcher Sturm von Flüchen durch das Glasfenster, das auf Mrs. Oves' Schankstube geht, gebraust kam, daß er die Krüge und Gläser auf den Regalen zum Klirren brachte und Mr. Ridley, ein sehr zurückhaltender Mann, der seine Zeitung las, diese mit ängstlichem Gesicht hinlegte und sagte: „Also, so was hab ich mein Lebtag nie ..." Und vermutlich erlebte er so etwas auch nicht oft.

Diese Salve feuerte Talbot Twysden ab, aus Wut über die Nachricht, die Mr. Bond ihm brachte.

„Also, Mr. Bond; also, Mr. Bond! Was sagt sie denn?" wollte er von seinem Kundschafter wissen.

„Sie will nichts mit der Sache zu tun haben, Mr. Twysden. Wir kommen da nicht heran. Und ich wüßte nicht, wie wir sie umstimmen können. Sie leugnet die Heirat genauso hartnäckig ab wie Firmin. Behauptet, sie wußte, daß alles nur Schein war, als die Zeremonie vollzogen wurde."

„Sie haben ihr nicht genug geboten, Sir", kreischte Mr. Twysden. „Sie haben die Geschichte verpfuscht; Donnerwetter, das haben Sie, Sir."

„Gehen Sie doch und machen Sie es selbst, Sir, wenn Sie sich nicht genieren, in Erscheinung zu treten", gibt der Anwalt zurück. „Sie glauben doch wohl nicht, ich hätte es getan, weil es mir Spaß machte oder weil ich diesem armen jungen Mann sein Erbteil wegnehmen will wie Sie?"

„Ich wünsche, daß es nach Recht und Gerechtigkeit geht, Sir. Wenn ich sein Eigentum unrechtmäßig zurückhielte, würde ich es herausgeben. Ich wäre der erste, der es herausgeben würde. Ich trachte nach Recht und Gerechtigkeit und habe Sie engagiert, weil Sie Rechtsvertreter sind. Oder sind Sie das nicht?"

„Und ich habe Ihren Auftrag ausgeführt und werde zu gegebener Zeit meine Liquidation einreichen! Und damit hat meine

Verbindung mit Ihnen als Ihr Rechtsvertreter ein Ende, Mr. Twysden", rief der alte Anwalt.

„Sie wissen, Sir, wie niederträchtig Firmin in der letzten Angelegenheit gegen mich gehandelt hat."

„Wahrhaftig, Sir, wenn Sie meine Meinung als Rechtsvertreter wissen wollen, ich glaube nicht, daß Sie sich gegenseitig viel nehmen. Was macht der Sherry mit Wasser? – behalten Sie den Rest. Tut mir leid, daß ich Ihnen keine bessere Nachricht bringen konnte, Mr. T., und da Sie unzufrieden sind, empfehle ich Ihnen noch einmal, einen anderen Anwalt zu engagieren."

„Werter Sir, ich ..."

„Werter Sir, ich habe schon mehr Geschäfte mit Ihrer Familie abgewickelt und gedenke Ihre Hochnäsigkeit genausowenig hinzunehmen wie früher Lord Ringwoods, als ich einer *seiner* Rechtsvertreter war. Ich werde Mr. Philip Firmin nicht mitteilen, daß sein Onkel und seine Tante vorhaben, ihm sein Vermögen abzunehmen; aber wenn es jemand anders tut – diese gute kleine Mrs. Brandon – oder der alte Esel Mr. Dingsda, ihr Vater –, glaube ich nicht, daß es ihn besonders freut. Ich spreche jetzt als Gentleman, nicht als Anwalt. Sie und Ihr Neffe bekamen zu gleichen Teilen das Vermögen des Großvaters von Mr. Philip Firmin, und Sie wollten es ganz, das ist die Wahrheit, und haben einen Anwalt angesetzt, es Ihnen zu verschaffen; und haben ihn mit Schimpfworten belegt, weil er es seinem rechtmäßigen Besitzer nicht abnehmen konnte. Und nun, Sir, wünsche ich Ihnen einen guten Morgen und empfehle Ihnen, Ihre Akten einem anderen Sachwalter zu übergeben, Mr. Twysden." Und damit exit Mr. Bond. Und nun frage ich Sie, ob dieses Geheimnis gewahrt werden konnte, das Mrs. Oves vom „Admiral Byng" und Mr. Ridley, J. J.s Vater und Mrs. Ridleys unterwürfigem Gatten, durch eine bebende Glastür hindurch zur Kenntnis gelangt war? Noch am selben Nachmittag, zur Teezeit, wurde Mrs. Ridley von ihrem Gatten (auf seine schwülstige und umständliche Weise) von dem Gespräch unterrichtet, das er zufällig mit angehört hatte. Man kam überein, in dieser Angelegenheit eine Abordnung zu J. J. zu schicken und seinen Rat dazu einzuholen; und J. J. war der Meinung, man müsse Mr. Philip Firmin unbedingt von dem Gespräch berichten, und er möge daraufhin handeln, wie es ihm richtig erscheine.

Was? Seine eigene Tante, sein Cousin, seine Cousinen, sein Onkel einig in dem Vorhaben, seine eheliche Geburt, seine Legitimität über den Haufen zu werfen und ihm das Erbteil seines Großvaters abzugaunern? Das schien unmöglich zu sein. Bis zum Bersten mit der ungeheuerlichen Neuigkeit angefüllt, kam Philip zu seinem Ratgeber, Mr. Pendennis vom Temple, und teilte ihm mit, was seitens des Vaters, des Onkels und der Kleinen Schwester alles vorgefallen war. Ihre Selbstverleugnung war so edel gewesen, daß Sie überzeugt sein dürfen, Philip wußte sie zu schätzen; und ein Band der Freundschaft bildete sich zwischen dem jungen Mann und der kleinen Dame, sogar noch enger und inniger als das, was sie bis dahin verknüpft hatte. Aber daß die Twysdens, seine Verwandten, einen Rechtsanwalt engagierten, um ihn seiner Erbschaft zu berauben! – Oh, es war niederträchtig! Philip brüllte und stampfte und hämmerte seine Meinung über das Unrecht auf die bei ihm übliche nachdrückliche Art heraus. Was seinen Vetter Ringwood Twysden betraf, habe er ja oftmals den heftigen Wunsch verspürt, ihm den Hals umzudrehen und ihn die Treppe hinunterzuwerfen. „Und Onkel Talbot: daß er ein alter Nassauer ist, daß er ein aufgeblasener alter Gauner und ein total verdrehter alter Speichellecker ist, zugegeben; aber das hier hätte ich ihm doch nicht zugetraut. Und die Mädchen – ach, Mrs. Pendennis, Sie, die Sie tugendhaft sind, Sie, die Sie gütig sind, obwohl Sie die beiden nicht mögen, das weiß ich genau – Sie können doch nicht sagen, Sie werden doch nicht sagen, daß sie am Komplott beteiligt waren?“

„Aber angenommen, Twysden hat nur das gefordert, was er für sein Recht hält?“ fragte Mr. Pendennis. „Wäre dein Vater mit Mrs. Brandon verheiratet gewesen, wärst du nicht Doktor Firmins legitimer Sohn. Wärst du *nicht* sein legitimer Sohn, hättest du kein Recht auf die Hälfte des Vermögens deines Großvaters. Onkel Talbot spielt in der Geschichte nur die Rolle der Ehre und Gerechtigkeit. Er ist Brutus, und er läßt dich über die Klinge springen, mit blutendem Herzen.“

„Und er schickt seine Familie aus dem Weg“, donnert Phil, „damit ihnen das schmerzliche Erlebnis erspart bleibt, der Hinrichtung beizuwohnen! Jetzt begreife ich alles. Ich wünschte, jemand würde mir gleich ein Messer in den Leib rennen und ein Ende mit mir machen. Jetzt begreife ich alles. Weißt du, daß ich die ganze vergangene Woche über mehrfach in die Beaunash Street gegangen bin und nie jemanden angetroffen habe? Agnes hatte Bronchitis, und ihre Mutter kümmerte sich um sie; Blanche kam auf eine Minute oder zwei und war so kühl – so kühl, wie ich Lady Eisberg ihr gegenüber kühl erlebt habe. Dann mußten sie zur Luftveränderung verreisen. Seit drei Tagen sind sie fort: während Onkel Talbot und diese Viper von einem Ringwood mit ihrem netten neuen Freund, Mr. Hunt, die Köpfe zusammensteckten. Ach verfl . . .! Ich bitte um Verzeihung, Madam; aber ich weiß, daß Sie meine drastische Ausdrucksweise stets mit Gelassenheit hinnehmen."

„Ich würde gern diese Kleine Schwester kennenlernen, Mr. Firmin. Sie war in keiner Weise selbstsüchtig und hatte nichts anderes im Sinn als Ihren Vorteil", bemerkt meine Frau.

„Ein kleiner Engel, der seine H verschluckt – ein kleines Herz, so gut und zärtlich, daß ich weich werde, wenn ich daran denke", sagt Philip und wischt sich mit der großen Hand über die Augen. „Was haben die Männer dafür getan, um die Liebe mancher Frauen zu gewinnen? Wir verdienen sie nicht; wir sind ihrer vielleicht gar nicht würdig. Wir erwidern sie nicht. Sie schenken sie uns. Ich habe ihr all diese Liebe und Güte nicht vergolten, aber ich ähnele ein bißchen meinem Vater, wie er früher war, für den – für den sie Zuneigung empfand. Und nun seht, wie sie sich umbringen würde, um mir zu helfen! Ihr seid wunderbar, ihr Frauen! Eure Treue und euer Wankelmut sind gleichermaßen erstaunlich. Was kann eine Frau an dem Doktor so anbetungswürdig gefunden haben? Meinen Sie, mein Vater könnte jemals anbetungswürdig gewesen sein, Mrs. Pendennis? Und doch habe ich meine arme Mutter sagen hören, sie habe ihn einfach heiraten *müssen.* Sie habe gewußt, daß sie ein schlechtes Gespann waren, aber sie habe nicht widerstehen können. Worin war mein Vater so unwiderstehlich? *Mein* Geschmack ist er nicht. Unter uns, ich finde, er ist ein . . . nun, ich sage lieber nicht, was."

„Ich glaube, wir sollten lieber nicht sagen, was", stimmt meine Frau mit einem Lächeln zu.

„Ganz richtig – ganz richtig; nur platze ich mit allem heraus, was mir durch den Kopf geht. Kann es nicht drinbehalten", ruft Phil und nagt an seinem Schnurrbart. „Hinge mein Vermögen von meinem Schweigen ab, wäre ich ein Bettler, Tatsache. Und wissen Sie, wenn Sie so einen Vater wie den meinen hätten, würde es Ihnen selbst ziemlich schwerfallen, was ihn angeht, den Mund zu halten. Aber nun sagen Sie mir: daß die Mädchen und Tante Twysden weggeschickt werden, während der kleine Anschlag auf mein Vermögen abgewickelt wird – ist das nicht eigenartig?"

„Die Frage hat sich erledigt", sagte Mr. Pendennis. „Du bist wieder in deine atavis regibus und angestammten Ehren eingesetzt. Jetzt, wo Onkel Twysden das Vermögen nicht über deinen Kopf hinweg bekommen kann, kannst du Mut fassen, mein Junge – vielleicht nimmt er es zusammen mit der ganzen Hypothek."

Der arme Phil hatte es nicht gewußt – aber manche unter uns, die recht scharfsichtig sind, wenn es nicht unser edles Selbst betrifft, hatten bemerkt, daß Philips liebe Tante den Jungen an der Nase herumführte und, wenn er den Rücken gekehrt hatte, einen reicheren Bewerber um die Hand ihrer Tochter ermutigte.

Ehrlichen Herzens kann ich von meiner Frau behaupten, daß sie sich so wenig in die Angelegenheiten ihrer Umgebung einmischt wie nur je ein Mensch, den ich gekannt habe; doch wenn es um List und Tücke in Liebesangelegenheiten geht, brennt sie sofort lichterloh und würde den herzlosen männlichen oder weiblichen Missetäter bis aufs Schafott treiben, der die unantastbaren Gesetze der Liebe bräche. Die Vorstellung, daß ein Mann oder eine Frau mit diesem heiligen Pakt ein leichtfertiges Spiel treibt, weckt in ihr die Flamme der Empörung. In traulichen Gesprächen hinter dem Vorhang des Ehebetts (deren Geheimnisse ich nicht herabwürdigen will) hatte sie mir mitgeteilt, was sie von Miss Twysdens Aufführung mit jenem widerlichen Mohren hielt, wie sie Hauptmann Woolcomb zu nennen beliebte, der, zugegeben, einen ganz leicht getönten Teint besaß; und als ich, Hamlets Worte über seinen Vater und seine Mutter kühn abwandelnd, fragte: „Die Weide dieses schönen Bergs verläßt sie und mästet sich im *Mohr*?", rief Mrs. Pendennis aus, die Sache sei viel zu ernst für Witzeleien, und äußerte ihre Verwunderung, wie ihr Mann Wortspiele damit machen könne. Vielleicht hat sie nicht den erlesenen Sinn für Humor, den manche Leute besitzen; oder hat sie nur mehr Ehrfurcht? Nach ihrem Glauben, wennschon nicht nach der Lehre ihrer Kirche, ist die Ehe ein Sakrament; und die fromme gute Seele spricht davon nie ohne heilige Scheu.

Da sie also von beiden Partnern des Eheverlöbnisses erwartet, daß sie dieses Bündnis heilighalten, versteht sie genausowenig einen leichtfertigen Umgang damit, wie sie Lachen und Scherzen in einer Kirche begreifen könnte. Sie kann Flirts, wie man sie nennt, nicht ausstehen. „Sag mir doch nichts, Sir", meint die Enthusiastin, „ein loses Wort zwischen einem Mann und einer verheirateten Frau dürfte einfach nicht erlaubt sein." Und ebendeshalb geht sie mit der Frau strenger als mit dem Mann ins Gericht, wenn so trübe Dinge einmal zur Sprache kommen. Ein Blick, ein Wort von einer Frau, behauptet sie, wird einen zügellosen Gedanken oder ein solches Wort bei einem Mann in Schranken halten; und diesen Fällen wäre sofort Einhalt geboten, wenn die Frau nur die geringste Entschlossenheit zeigte. Sie grollt deshalb (ich erwähne nur die Eigenheiten, verteidige nicht die Ethik dieser speziellen Sittenrichterin) – sie grollt, sage ich, in solchen heiklen Fällen der Frau mehr als dem Mann, und ich fürchte, sie ist der Ansicht, die Frauen würden größtenteils nur zum Opfer, weil es ihnen so beliebe.

Nun, wir hatten in dieser Saison mehrere Geselligkeiten, große Abendgesellschaften und so fort, besucht, wo der arme Philip wegen seines bedauerlichen Hangs zur Boheme und seiner Liebe zum Tabak usw. nicht anwesend war – und wo wir Miss Agnes Twysden derart mit dem brünetten Woolcomb kokettieren sahen, daß Mrs. Laura vor Empörung am ganzen Leibe bebte. Obwohl Agnes' blauäugige Mama bei ihrer blauäugigen Tochter saß und ihre scharfen klaren Augäpfel ganz weit aufgesperrt hielt und stets über alles unterrichtet war, was um sie vorging? Um so schlimmer für sie, schlimmer für beide. Es war eine Sünde und Schande, daß eine christliche englische Mutter mit ansah, wie ihre Tochter leichtfertig mit der heiligsten, der hehrsten aller menschlichen Bindungen umsprang, daß sie ihr Kind für wer weiß was für ein späteres Elend von Geist und Seele vorbereitete. Noch vor drei Monaten hatte man sie den armen Philip ermutigen sehen, und jetzt sehe man sie mit diesem Mulatten!

„Ist er nicht ein Mensch und Bruder, liebe Frau?" flicht Mr. Pendennis hier vielleicht ein.

„O pfui, Pen, keine Frivolität – keinen Hohn und kein Gelächter gegenüber diesem heiligsten aller Dinge.“ Und hier beginnt die Frau wohl, ihre eigenen Kinder zu liebkosen und ans Herz zu drücken, wie es ihre Art war, wenn sie etwas innerlich bewegte. Que voulez-vous? Es gibt einige Frauen auf der Welt, denen hienieden Liebe und Wahrheit ihr ein und alles sind. Andere Damen gibt es, die den Vorteil eines guten Leibgedinges, eines Stadt- und eines Landhauses und so weiter erkennen und es nicht sonderlich genau nehmen, was den Charakter, den Intellekt oder den Teint von Gentlemen betrifft, die in der Lage sind, ihren lieben Töchtern diese Vorteile zu bieten. Kurz, ich behaupte, Mrs. Lauras Seelenverfassung gegenüber dieser blauäugigen Mutter und Tochter war derart, daß sie bereit gewesen wäre, ihnen die blauen Augen auszukratzen.

Nein, es kostete nicht wenig Mühe, Mrs. Laura zum Schweigen über diese Sache zu bewegen und sie davon abzuhalten, Philip ihre Meinung mitzuteilen. „Was?“ fragte sie dann, „man will den armen jungen Mann hinters Licht führen und um den Finger wickeln; ihn nach Belieben nehmen oder stehenlassen, wie es diesen Leuten gerade in den Kram paßt; ganz gewiß würde sie ihn fürs Leben unglücklich machen, wenn sie ihn heiratet – und seine Freunde sollen sich nicht erkühnen, ihn zu warnen? Die Feiglinge! Die Feigheit von euch Männern, Pen, von euch Herren und Meistern der Schöpfung, wenn es um Überzeugungen geht, ist wirklich jämmerlich, Sir! Ihr wagt es nicht, eine eigene Meinung zu haben, und wenn ihr eine habt, wagt ihr nicht, sie auszusprechen und danach zu handeln. Ihr macht dem Verbrechen täglich Zugeständnisse, weil ihr es für aufdringlich haltet, Farbe zu bekennen und euch einzumischen. Ihr habt keine Angst davor, die Sittlichkeit zu beleidigen, aber der Gesellschaft wollt ihr jede Schererei ersparen und eure Beliebtheit nicht aufs Spiel setzen. Ihr seid so zynisch wie – wie – na, wie hieß doch der abscheuliche alte Mann, der in dem Faß wohnte – Demosthenes? – schön, also Diogenes, und der Name ist ja auch ganz egal, Sir. Ihr seid genauso zynisch, nur habt ihr feine Hemden mit Halskrausen und Manschetten an, und ihr tragt eure Laterne dunkel mit euch herum. Es ist nicht richtig, ‚seinen Senf dazuzugeben‘, wie ihr in eurem Jargon sagt (und sogar euer Slang ist auf seine Art nichts als Feigheit, Sir, denn ihr habt Angst, die Gefühle eures Herzens zu offenbaren): es ist nicht richtig, sich einzumischen und die Wahrheit zu sagen, nicht richtig, eine arme ertrinkende Seele zu retten – natürlich nicht. Wie kommt ihr feinen weltlichen Gentlemen dazu, euren Senf dazuzugeben? Laßt ihn doch zugrunde gehen! Was hatte er auch in dieser Galeere zu suchen? Das ist die Sprache der Welt, liebstes Baby. Und mein armes, armes Kind, wenn du am Untergehen bist, wird niemand eine Hand ausstrecken, dich zu retten!" Wenn diese meine Frau die Argumente der Mütterlichen vorbringt und sich auf die überschwengliche Schule der Philosophen beruft, weiß ich, daß kein vernünftiges Wort mit ihr zu sprechen ist. Ich ziehe mich zu meinen Büchern zurück und lasse sie den Rest der Auseinandersetzung in Gestalt von Küssen für die Kinder fortsetzen.

Philip konnte nicht ermessen, wieviel er seiner kleinen Freundin und Beschützerin Caroline schuldete; doch er war sich darüber im klaren, daß er auf der Welt keine bessere Freundin als sie besaß; und vergalt ihr vermutlich, wie es bei einem solchen Handel zwischen Mann und Frau – oder doch zwischen Frau und Mann – üblich ist, einen Sixpence für jenen reinen Goldschatz, ihre höchste Zuneigung. Ich nehme an, Caroline meinte, ihr Opfer verleihe ihr ein wenig Autorität, Philip zu beraten; denn sie war es, glaube ich, die ihn als erste nachzuforschen aufforderte, ob jene Verlobung, die er gewissermaßen mit seiner Cousine eingegangen war, überhaupt Aussichten hatte und etwa für ihn, aber nicht für sie bindend sein sollte. Sie bewog Ridley, ihren Vorbehalten seine Zweifel hinzuzufügen. Sie wies Philip darauf hin, daß nicht nur das Verhalten seines Onkels, sondern auch das seiner Cousine selbstsüchtig war, und bewog ihn, das näher zu untersuchen.

Jene eigentümliche Form der Bronchitis, unter der die arme liebe Agnes litt, besserte sich infolge ihrer Abwesenheit von London. Der Rauch, das Gedränge der Gesellschaften und Bälle, die späten Stunden und, vielleicht, die Trübseligkeit des Hauses in der Beaunash Street hatten dem armen lieben Kind arg zu schaffen gemacht; und ihr Husten wurde erheblich von jenem reinen, schneidenden Ostwind gelindert, der so ungehemmt über die Klippen von Brighton bläst und, wie wir alle wissen, so gut für den Husten ist. Aber Brighton hatte einen Nachteil, dem in ihrem hartnäckigen Fall nicht abzuhelfen war: es liegt zu nahe bei London. Die Luft, dieser zügellose Geselle, kann ganz mühelos von London herüberwehen; oder es können Leute von London nach Brighton kommen und womöglich den heimtückischen Londoner Nebel mitbringen. Jedenfalls hätte Agnes, das arme Ding, wenn es sie nach Ruhe verlangte, mit größerem Nutzen weiter fortreisen sollen. Immerhin, wenn Sie einem Schneider eine Rechnung schuldig sind, kann er in wenigen Stunden herüberfahren und sie vorlegen. Unfeine, lästige Bekannte drängen sich Ihnen dauernd und an jeder Ecke auf. Gab es je ein solches Tohuwabohu von Menschen, wie es sich dort versammelt? Sie können nicht ungestört bleiben, wenn Sie es möchten. Leierkästen pfeifen und kreischen ohne Unterlaß vor Ihren Fenstern. Ihr Name kommt in die Zeitungen, wenn Sie eintreffen; und jeder begegnet jedem unzählige Male am Tag.

Angesichts der Entdeckung, daß Philips Onkel Rechtsanwälte angesetzt hatte, in der gütigen Absicht, festzustellen, ob dessen Vermögen rechtmäßig sein Eigentum sei, war der junge Mann innerlich schwer verstört. Er vermochte den hohen Sinn für seine moralische Verpflichtung, der Mr. Twysden bewegte, nicht zu würdigen. Zumindest fand er, diese Nachforschungen hätten nicht heimlich und hinterrücks eingeleitet werden dürfen; und da er selbst vollkommen offen – vielleicht viel zu offen – in seinen Worten und Taten war, urteilte er streng über andere, die ihn zu täuschen oder zu betrügen versuchten.

Es konnte nicht sein; ach nein! nie und nimmer konnte Agnes, die Reine und Sanfte, in diese Verschwörung eingeweiht sein. Aber wiederum, wie sehr, sehr oft war sie neuerdings nicht daheim gewesen; wie sehr, sehr kalt war irgendwie Tante Twysdens Schulter geworden. Einmal lieferte gerade, als er an die Tür kam, der Laufbursche des Fischhändlers einen schönen Lachs am Kücheneingang ab – einen Lachs und eine Wanne Eis. Ein-, zweimal hing, als er um fünf Uhr vorsprach, ein Essengeruch in der Vorhalle – jener Vorhalle, die höchst selten kulinarische Düfte heimsuchten. Eines dieser noblen Twysden-Dinners war auf dem tapis, und Philip war nicht eingeladen. Nicht eingeladen zu sein war kein großer Verlust; aber wer waren die Gäste? Gewiß, das waren klitzekleine Kleinigkeiten, die nur federleicht ins Gewicht fielen; doch Philip witterte im Dunst dieser Twysden-Dinners Unheil. Er kaute an diesem Lachs mit einer bitteren Soße, als er ihn die Hintertreppe hinabsinken und (mit seinem begleitenden Hummer) in den dunklen Küchenregionen verschwinden sah.

Ja, irgendwie waren die Augen abgewandt, die immer ganz offen in die seinen geblickt hatten; irgendwie war ein Handschuh über ein Händchen gewachsen, das früher ganz wohlig in seiner breiten Handfläche zu liegen pflegte. Würde jemand anders es ergreifen, und würde es sich in die verfluchten Finger dieses Mohren schmiegen? Ah! Teufel und Qualen! Ein Gentleman mag wohl zu lieben aufhören, aber gefällt es ihm, wenn eine Frau *ihn* zu lieben aufhört? Die Menschen machen so furchtbar lange weiter, aus Angst vor der Erklärung, alles sei vorbei. Kein Geständnis ist so schwer abzulegen. Die Sonne der Liebe ist untergegangen. Wir sitzen unbehaglich im Dunkeln – ich meine Sie, teure Madam, und Corydon, oder mich und Amaryllis – und haben einander nichts mehr zu sagen; der Nachttau fällt, und wir riskieren uns zu erkälten, während wir trübsinnig den verblassenden Westhimmel betrachten, mit „den kühlen Spuren alten Glanzes und Feuers, längst versunken". Sinke, Feuer der Liebe! Steigt auf, sanfter Mond und frösteliger Abendnebel. Und, meine gute Madam Amaryllis, lassen Sie uns heimgehen zum Tee und uns ans Feuer setzen.

Also beschloß Philip seine Cousine aufzusuchen. In seinem Hotel angekommen (und wenn es das *** war, kann ich mir Philip kaum besser untergebracht denken), hatte er Gelegenheit, jene ergötzliche Zeitungsrubrik über eingetroffene Gäste durchzusehen, deren Studium uns in Brighton so oft erbaut hat. Mr. und Mrs. Penfold, erfuhr er, weilten weiterhin am Horizontal Place Nr. 96; und wie er wußte, hielt seine Agnes sich bei diesen Beschützern auf. Er begibt sich eilends zum Horizontal Place. Miss Twysden ist ausgegangen. Er seufzt tief auf und gibt eine Karte ab. Ist es Ihnen jemals widerfahren, in *jenem* Haus eine Karte abzugeben – jenem Haus, das einmal DAS Haus war – fast Ihr eigenes; wo Sie stets willkommen waren; wo die liebreichste Hand bereit war, die Ihre zu ergreifen, das strahlendste Auge, Sie zu begrüßen? Und jetzt ist Ihre Freundschaft zu einem Stückchen Karton zusammengeschrumpft, das man einmal im Jahr abwirft, und die arme liebe Mrs. Jones (Ihren Streit hatten Sie mit J.) macht immer noch bei den Damen Ihrer Familie Besuch und legt verstohlen das Kärtchen ihres Mannes auf den Tisch in der Vorhalle. O Zeit, o Leben! daß es soweit kommen mußte! O ihr gütigen Mächte! Erinnern Sie sich an die Zeit, als Arabella Thompson noch Arabella Briggs war? Sie sprechen bei ihr vor und plaudern über fadaises (anfangs ist sie recht nervös und hat die Kinder bei sich); Sie plaudern über Regen und schönes Wetter; den letzten Roman; die nächste Abendgesellschaft. Thompson in der City? Ja, Mr. Thompson ist in der City. Es geht ihm ganz gut, danke. Ach! Dolch, Strick und Gift, ist es soweit gekommen? Mit ihr plaudern Sie über das Wetter und eines anderen Mannes Befinden und eines anderen Mannes Kinder, deren Mutter sie ist? Einst war das Wetter ein einziger glühender Sonnenschein, in dem Sie sich mit ihr wärmten; oder wenn sich Wolken zusammenzogen und ein Gewitter aufkam, legte sich ein so herrlicher Regenbogen um Sie beide, so köstliche Tränen fielen und erfrischten Sie, daß der Sturm beglückender war als die Ruhe. Und jetzt sitzen die Kinder eines anderen Mannes auf ihrem Knie – dem Knie ihrer Mutter; und einmal im Jahr bitten Mr. und Mrs. John Thompson um die Ehre, Mr. Brown zum Dinner bei sich zu sehen; und einmal im Jahr lesen Sie in der „Times": „In der Nursery-Street – die Gattin J. Thompsons, Esq., einen Sohn." An die Tür der einstmals Geliebten zu kommen und den Türklopfer mit einem weißen Glacéhandschuh umwickelt zu sehen, ist demütigend – sagen Sie, was Sie wollen, es ist demütigend.

Philip gibt seine Karte ab, spaziert zu den Klippen weiter und trifft natürlich binnen drei Minuten Clinker. In der Tat, wer fuhr jemals auf eine halbe Stunde nach Brighton, ohne Clinker zu begegnen?

„Vater wohlauf? Seine alte Patientin, Lady Gemini, ist mit den Kindern hier; was für einen Haufen Kinder sie hat, wahrhaftig! Bleiben Sie längere Zeit? Wie ich sehe, ist Ihre Cousine, Miss Twysden, mit den Penfolds hier. Gestern abend kleine Gesellschaft bei den Grigsons; sie sah ungewöhnlich gut aus; hat auffallend oft mit dem Schwarzen Prinzen getanzt – Woolcomb von der Grünen Leibgarde – nehme an, ich kann Ihnen gratulieren. Sechstausendfünfhundert im Jahr jetzt, und dreizehntausend, wenn seine Großmutter stirbt; aber diese Negerinnen leben ewig. Ich nehme an, die Sache ist abgemacht. Ich habe sie eben auf

dem Pier gesehen, und Mrs. Penfold saß in der Laube und las. War ein Band Predigten – fromme Frau, Mrs. Penfold. Sie sind wahrscheinlich noch auf dem Pier." Mit langen Schritten eilt Philip Firmin zum Pier. Der atemlose Clinker kann sich nicht auf gleicher Höhe mit ihm halten. Ich hätte gern sein Gesicht gesehen, als Clinker sagte, „die Sache" zwischen Miss Twysden und dem Gentleman von der Kavallerie sei abgemacht.

Ein paar Gouvernanten, Kindermädchen und Kinder tummeln sich am Ende des Piers; und in einer der Lauben las eine dicke Frau ein Buch – aber keine Agnes, kein Woolcomb. Wo können sie sein? Sind sie etwa dabei, sich gegenseitig zu wiegen oder diese verrückten Kieselsteine zu kaufen, die die Gäste bekanntlich so gern erwerben? Oder lassen sie ihre Silhouetten in schwarzen Scherenschnitten verewigen? Haha! Woolcomb dürfte *sein* Gesicht wohl kaum in Schwarz verewigen lassen. Der Gedanke würde zu unangenehmen Vergleichen herausfordern. Ich sehe, Philip ist in einer furchtbar schlechten, sarkastischen Stimmung.

Herauf kommt aus einem dieser falltürartigen Abgänge, die von der Pierspitze zu den stets ruhelos wallenden grünen Meereswogen hinabführen – herauf kommt ein kleiner Skyeterrier mit rotem Halsband, eine Hündin, die, sobald sie Philip sieht, loswinselt, fiept, quiekt, auf ihn zurennt, hüpft, an ihm hochpurzelt, wenn mir diese Wendung gestattet ist, ihm die Hände küßt und ihm mit Augen, Zunge, Pfoten und Schwanz tausend Zeichen des Willkommens und der Liebe erweist. „Was, Brownie, Brownie!" Philip freut sich, den Hund zu sehen, eine alte Freundin, die ihm so manches Mal die Hand geleckt hat und ihm auf die Knie gesprungen ist.

Nach der Begrüßung trottet Brownie, ungeheuer lebhaft mit dem Schwanz wedelnd, vor Philip her – trottet zu einer Luke und die Stufen hinab, unter denen grün die Wellen schimmern, und zu einem ganz stillen, abgelegenen Winkel direkt über dem Wasser, von wo aus man eine wunderschöne Aussicht auf das Meer, die Küste, die Marine Parade und das Hotel „Albion" genießen kann und wo ich, wäre ich, sagen wir, fünfundzwanzig und hätte nichts weiter zu tun, mit Freuden eine Viertelstunde damit zubringen würde, mit dem Gegenstand meiner Zuneigung über „Glaucus oder die Wunder der Tiefe" zu plaudern.

Hier, in dem Labyrinth von Pfählen, schwänzelt Brownie aufgeregt dahin, bis sie zu einem jungen Paar gelangt, das die soeben geschilderte Aussicht in sich aufnimmt. Um sie besser betrachten zu können, hat der junge Mann die Hand, ein hübsches, ungemein fein behandschuhtes Händchen, auf die Hand der Dame gelegt; und Brownie kommt heran und schmiegt sich an sie und jault und winselt, als wollte sie sagen: „Hier ist jemand“, und die Dame sagt: „Platz, Brownie, Miss.“

„Er taugt nichts, Agnes, dieser Hund“, sagt der Gentleman (er hat sehr lockiges, um nicht zu sagen krauses Haar unter seinem flotten Hütchen). „Ich schenke Ihnen einen Mops mit einer Nase, an der Sie Ihren Hut aufhängen können. Ich weiß gerade einen. Mein Diener Rummins weiß einen. Mögen Sie Möpse?“

„Leidenschaftlich gern“, sagt die Dame.

„Ich schenke Ihnen einen, und wenn ich fünfzig Pfund dafür bezahlen muß. Und sie machen eine gute Figur, die echten Möpse, das kann ich Ihnen sagen. Einmal war in London eine Ausstellung von Möpsen, und ...“

„Brownie, Brownie, Platz!“ ruft Agnes. Der Hund sprang an einem Herrn hoch, einem hochgewachsenen Herrn mit rotem Schnurrbart und Backenbart, der durch das Streifenmuster von Schatten unter den mächtigen Balken über dem durchsichtigen Meer nähertritt.

„Bitte nicht aufregen, Brownie tut mir nichts“, spricht eine vollkommen wohlbekannte Stimme, vor deren Klang alle Farben in Miss Agnes' rosigen Wangen schaudernd verblassen.

„Ich habe dieses Hündchen nämlich meiner Cousine geschenkt, Hauptmann Woolcomb“, sagt der Gentleman, „und die kleine Schlampe kennt mich noch. Vielleicht mag Miss Twysden den Mops lieber.“

„Sir!“

„Wenn er eine Nase hat, an der man den Hut aufhängen kann, muß es ein wirklich hübscher Hund sein, und ich nehme an, Sie haben vor, Ihren Hut sehr oft daran aufzuhängen.“

„O Philip“, sagt die Dame: doch eine Attacke dieses schrecklichen Hustens verhindert weitere Äußerungen.

14. KAPITEL

Enthält zwei Mißgeschicke Philips

Verschiedentlich erfährt man vom Kindermord in manchen Teilen Indiens. Er gehört zur Religion des Landes, wie es in anderen Gebieten die Witwenverbrennung war. Ich kann es mir gar nicht vorstellen, daß es Damen gefällt, sich selbst oder ihre lieben Kinder umzubringen, wenngleich sie sich tapfer und sogar freudig den Vorschriften jener Religion fügen, die ihnen ihr eigenes Leben oder das ihrer Kleinen zu vernichten befiehlt. Nun, nehmen wir an, Sie und ich, als Europäer, kämen zufällig vorbei, wo gerade ein junges Geschöpf dabei ist, sich dem Rat ihrer Familie und der höchsten Würdenträger ihrer Kirche gemäß selbst zu braten; was könnten wir tun? Sie retten? Nichts dergleichen. So dumm sind wir nicht, uns in ihre Angelegenheiten und die Gesetze und Bräuche ihres Landes einzumischen. Wir wenden uns mit einem Seufzer von der kläglichen Szene ab; wir ziehen unser Taschentuch, befehlen dem Kutscher weiterzufahren und überlassen sie ihrem traurigen Schicksal.

Nun zur armen Agnes Twysden: Wie in Gottes Namen können wir ihr helfen? Sehen Sie, sie ist eine wohlerzogene und gläubige junge Frau der Brahmanensekte. Wenn sie geopfert werden soll, drängen jener alte Brahmane, ihr Vater, jene brave und fromme

Mutter, jener ganz besondere Brahmane, ihr Bruder, und jenes musterhafte Mädchen, ihre sittenstrenge Schwester, alle darauf, daß sie sich der Zeremonie unterzieht, und schmücken sie mit Blumen, bevor sie sie zu dieser gräßlichen Altarflamme führen. Angenommen, sage ich, sie hätte sich entschlossen, den armen Philip fallenzulassen und mit einem anderen anzubändeln? Welches Gefühl soll unser tugendsamer Busen ihr gegenüber hegen? Zorn? Ich habe mich soeben mit einem jungen Burschen in Lumpen und ohne Schuhe unterhalten, dessen Bett gewöhnlich ein trockener Brückenbogen ist, der wiederholt im Gefängnis war, dessen Vater und Mutter Diebe waren und dessen Großeltern Diebe waren; sollen wir auf ihn böse sein, weil er dem väterlichen Beruf folgt? Ein Auge vor Mitleid überfließend, das andere unentwegt die Familiensilberlöffel bewachend, höre ich mir seine einfache Geschichte an. Ich hege keinen Zorn auf jenes Kind; auch nicht auf dich, Agnes, Tochter Talbots des Brahmanen.

Denn ist Pflicht auch Pflicht, wenn es zum Äußersten kommt, ist sie oft schwer zu erfüllen. Auch wenn der liebe Papa und die liebe Mama sagen, hier sei ein Gentleman mit vielen, vielen Tausend im Jahr, einem unangefochtenen Anteil in Soundsoshire und ganzen Inseln im westlichen Weltmeer, der rasend in deine helle Haut und blauen Augen verliebt ist und bereit, dir alle seine Schätze zu Füßen zu legen; doch wenn du bedenkst, daß er sehr ungebildet ist, wenn auch sehr gerissen; sehr geizig, wenn auch sehr reich; vermutlich sehr bösartig, falls das Gesicht, die Augen, der Mund der Menschen die Wahrheit sprechen können: und was Philip Firmin angeht – obgleich in der Tat seine Legitimität zweifelhaft ist, wie wir kürzlich erfahren haben, in welchem Fall sein mütterliches Vermögen uns gehört – und bezüglich seines väterlichen Erbes wissen wir nicht, ob der Arzt dreißigtausend Pfund wert ist oder einen Shilling; und doch – was Philip angeht –, er ist ein Mann; er ist ein Gentleman; er hat Verstand im Kopf und ein großes ehrliches Herz, dessen beste Gefühle er seiner Cousine zu schenken sich erboten hat; ich sage, wenn ein armes Mädchen diese alte Liebe, diese ehrliche und lichte Liebe abbrechen und die neue, die dunkle aufnehmen muß, fühle ich mit ihr; und obzwar die Brahmanen, wie wir wissen, die vornehmste Sekte in Hindustan sind, wünschte ich doch, das arme Kind hätte einer niedrigeren und weniger starren Sekte angehören können. Arme Agnes! zu denken, daß er stundenlang, natürlich mit Mama und Blanche oder der Gouvernante zusammen, im Zimmer gesessen hat (denn als sie und Phil noch ganz, ganz klein waren, hatte die liebe Mama ihre kleinen liebenswürdigen Pläne im Auge); stundenlang an Miss Twysdens Seite gesessen und ihr sein Herz ausgeschüttet hat; womöglich kurze kostbare Augenblicke vertraulicher Mitteilungen erlebt hat – kurzes hastiges Geflüster in Korridoren, auf Treppen, hinter Fenstervorhängen und – und ebenso weiter. Sie muß sich dieser ganzen Vergangenheit erinnern und kann nicht ohne einen leisen schmerzhaften Stich auf demselben Sofa, hinter denselben Fenstervorhängen zuhören, wie ihr dunkler Freier seine simplen Geschichten von Kasernen, vom Boxen, von Pferden und von zärtlicher Leidenschaft ausschüttet. Er ist langweilig, er ist niederträchtig, er ist boshaft, er ist ungebildet, und der andere war . . . Doch sie wird ihre Pflicht tun: o ja, sie wird ihre Pflicht tun! Arme Agnes! C'est à fendre le cœur. Ich muß sagen, ich habe direkt Mitgefühl mit ihr.

Als Philips Biograph war ich bereits zuzugeben genötigt, wie überaus grob und unangenehm er sein konnte, wenn er aufgebracht war; und Sie müssen bestätigen, daß ein junger Mann einigen Grund hat, unwirsch zu werden, wenn er das Mädchen seines Herzens Hand in Hand mit einem anderen jungen Gentleman in einem versteckten und schattigen Schlupfwinkel im Holzgerüst des Piers von Brighton findet. Die grünen Wellen murmeln sanft; desgleichen der Offizier der Grünen Leibgarde. Die Wellen küssen den Strand. Ach, qualvoller Gedanke! Ich will das Gleichnis nicht fortsetzen, das womöglich nur der rasenden Phantasie eines eifersüchtigen Mannes entspringt. Eines weiß ich sicher, kein Stein an diesem Strand ist kühler als die wohlerzogene Agnes. Doch ist Philip im Rausch der Eifersucht kein vernünftiger Mensch wie der nüchterne Philip. „Er war schrecklich reizbar", äußerte Philips Tante später über ihn, „ich zitterte um mein liebes, sanftes Kind bei dem Gedanken, sie für immer mit einem Mann von so heftigem Temperament verbunden zu sehen. Nie konnte ich im tiefsten Innern glauben, daß ihre Verbindung glücklich werden könnte. Außerdem, Sie verstehen, eine so nahe Verwandtschaft. Meine Skrupel in dieser Hinsicht, liebe Mrs. Candour, ließen sich nie, nie ganz überwinden." Und diese Skrupel wogen schließlich ganze Tonnen, als Mangrove Hall, das Haus am Berkeley Square und Mr. Woolcombs westindische Insel zu ihnen auf die Waagschale gelegt wurden.

Selbstverständlich hatte es keinen Sinn, zwischen diesen feuchten, muffig riechenden Pfählen zu verweilen, nun, da das nette kleine Tête-à-tête vorbei war. Die kleine Brownie strich zärtlich und winselnd um Philips Waden, während die Gruppe zur freien Luft hinaufstieg. „Mein Kind, wie blaß du aussiehst!" ruft Mrs. Penfold und legt ihr Buch hin. Aus den opalschillernden Augäpfeln des Offiziers schossen düstere Flammen, und heißes Blut brannte hinter seinen gelben Wangen. Bei einer Auseinandersetzung konnte Mr. Philip Firmin sich ganz besonders kühl und selbstbeherrscht geben. Als Miss Agnes ihn ziemlich kläglich Mrs. Penfold vorstellte, machte er eine Verbeugung, so höflich und glatt wie nur eine der Verneigungen seines edlen Vaters. „Mein Hündchen hat mich erkannt", erklärte er, das Tier streichelnd. „Sie ist ein treues kleines Ding, und sie hat mich zu meiner Cousine hinabgeführt; und zu – Hauptmann Woolcomb ist wohl Ihr Name, Sir?"

Während Philip Firmin seinen Schnurrbart zwirbelt und liebenswürdig lächelt, zerrt Hauptmann Woolcomb an dem seinen und blickt grimmig und finster drein. „Ja, Sir", knurrt er, „mein Name ist Woolcomb." Eine weitere Verbeugung und ein Lüften des Hutes von seiten Mr. Firmins. Ein Lüften? – ein joviales Schwenken des Hutes; von Mr. Woolcomb durchaus nicht so freundlich erwidert.

Zu diesen Bemerkungen sagt Mrs. Penfold: „Oh!" In der Tat ist „Oh!" so ungefähr das Beste, was man unter den Umständen sagen konnte.

„Meine Cousine, Miss Twysden, sieht so blaß aus, weil sie gestern bis spät in die Nacht getanzt hat. Wie ich höre, war es ein sehr netter Ball. Aber darf sie denn so lange ausgehen, bei ihrer angegriffenen Gesundheit? Das dürftest du wirklich nicht, Agnes! Darf sie so spät aufbleiben, Brownie? Na – laß doch, du dummes kleines Ding! Ich habe das Hündchen meiner Cousine geschenkt: und sie hat mich sehr gern – Brownie nämlich –, immer noch. Als ich herankam, sagten Sie gerade, Hauptmann Woolcomb, Sie würden Miss Twysden einen Hund schenken, an dessen Nase Sie *Ihren* – wie bitte?"

Als Philip diese zweite Anspielung auf die eigenartige Nasenbildung des Mopses machte, knirschte Mr. Woolcomb mit den kleinen weißen Zähnen, und ihm rutschte eine höchst ungehörige Silbe heraus. Miss Twysden legte weitere akute Bronchialbeschwerden an den Tag. Mrs. Penfold bemerkte: „Es bewölkt sich. Ich glaube, Agnes, ich würde gern in meinem Rollstuhl nach Hause zurück."

„Ist es mir gestattet, Sie bis zu Ihrem Haus zu begleiten?" fragt Philip und spielt mit einem kleinen Medaillon, das er an der Uhrkette trug. Es war ein kleines goldenes Medaillon mit einer Strähne hellen Haares darin. Wessen Haar konnte es gewesen sein, das so hell und fein war? Was das hübsche hieroglyphische A. T. auf der Rückseite betraf, so konnten diese Buchstaben Alfred Tennyson bedeuten oder Anthony Trollope, die Philip womöglich eine Locke *ihres* goldenen Haares geschenkt hatten, denn ich weiß, daß er ein Bewunderer ihrer Werke ist.

Agnes blickte schuldbewußt auf das kleine Medaillon. Hauptmann Woolcomb riß so an seinem Schnurrbart, daß man hätte glauben können, er müßte ihn sich ausreißen; und seine schillernden Augen starrten vor fürchterlicher Verwirrung und Wut.

„Bleibst du bitte mit mir ein Stück zurück, damit ich dir etwas sagen kann, Agnes? Verzeihen Sie, Hauptmann Woolcomb, ich habe eine private Botschaft für meine Cousine: und ich bin extra aus London gekommen, um sie auszurichten."

„Wenn Miss Twysden wünscht, daß ich mich zurückziehe, bleibe ich sofort zurück", sagt der Hauptmann und ballt die kleinen zitronenfarbenen Handschuhe.

„Meine Cousine und ich haben unser ganzes Leben miteinander verbracht, und ich bringe ihr eine Botschaft von der Familie. Haben Sie irgendein Anrecht darauf, sie mit anzuhören, Hauptmann Woolcomb?"

„Nicht, wenn Miss Twysden nicht wünscht, daß ich sie höre ... Verd ... kleines Biest."

„Treten Sie doch nicht nach der armen kleinen, harmlosen Brownie! Er soll dir keinen Fußtritt geben, was, Brownie?"

„Wenn das Biest mir zwischen die Füße kommt, gebe ich ihr einen Tritt!" kreischt der Hauptmann. „Hol sie der Teufel, ich werfe sie ins Wasser!"

„Was immer Sie meinem Hund antun, tue ich Ihnen auch an, das schwöre ich!“ flüstert Philip dem Hauptmann zu.

„Wo wohnen Sie?“ schrillt der Hauptmann. „Zum Teufel mit Ihnen, Sie hören von mir.“

„Leise! – ‚Bedford Hotel‘. Vorsicht, sonst muß ich glauben, Sie wollen, daß die Damen es hören.“

„Ihr Benehmen ist unmöglich, Sir“, sagt Agnes rasch auf Französisch. „Der Herr versteht es nicht.“

„Verd . . .! Wenn Sie irgendwelche Geheimnisse zu besprechen haben, ziehe ich mich auf der Stelle zurück, Miss Agnes“, ruft Othello.

„Oh, Grenville! Kann ich vor Ihnen Geheimnisse haben? Mr. Firmin ist mein Vetter ersten Grades. Wir haben unser ganzes Leben miteinander verbracht. Philip, ich – ich weiß nicht, ob Mama dir meine – meine Verlobung mit Hauptmann Grenville Woolcomb mitgeteilt hat.“ Die Aufregung hat wieder eine schwere Attacke des Bronchialleidens ausgelöst. Arme, arme kleine Agnes! Wie schlimm, einen so anfälligen Hals zu haben!

Der Pier schwankt himmelwärts, als hätte er sich aus seiner Verankerung gelöst – die Häuser auf der Steilküste tanzen und schwanken, als schüttelte sie ein Erdbeben – das Meer schwillt an bis zu den Pensionen hinauf – und Philip werden die Knie weich: es dauert nur einen Augenblick. Wenn man Ihnen einen großen, festsitzenden Zahn mit zwei Wurzeln zieht, steigt da nicht auch der Stuhl bis zur Decke hinauf, und es reißt Ihnen den Kopf ab? Aber im nächsten Moment steht ein würdiger Herr vor Ihnen, verneigt sich und läßt etwas im rechten Ärmel verschwinden. Der Zusammenbruch ist vorbei. Sie sind wieder ein Mann. Philip klammert sich eine Minute lang Halt suchend an die Kette des Piers: dieser sinkt nicht unter ihm weg. Die Häuser nehmen, nachdem sie ein, zwei Sekunden lang gewankt hatten, wieder die Senkrechte ein und wölben ihre Erkerfenster dem Meer entgegen. Er sieht die Leute aus den Fenstern blicken, die Kutschen vorbeifahren, Professor Spurrier mit achtzehn jungen Damen, seinen Schülerinnen, auf den Klippen reiten. In viel späteren Tagen entsinnt er sich mit sonderbarer Hartnäckigkeit dieser absurden bedeutungslosen Geschehnisse.

„Diese Nachricht“, sagt Philip, „kam nicht – nicht ganz unerwartet. Ich gratuliere meiner Cousine, versteht sich. Hauptmann

Woolcomb, hätte ich das zuverlässig gewußt, hätte ich Sie bestimmt nicht gestört. Sie wollten mich vielleicht gerade in Ihr gastliches Haus bitten, Mrs. Penfold?"

„Wollte sie das?" ruft der Hauptmann.

„Ich habe einen Freund eingeladen, mit mir im ‚Bedford' zu dinieren, und werde, hoffe ich, morgen früh in die Stadt zurückkehren. Kann ich etwas für dich mitnehmen, Agnes? Leb wohl!" Und er wirft ganz dégagé einen Handkuß hinterher, als Mrs. Penfolds Rollstuhl sich ostwärts wendet und er gen Westen geht. Stumm eilt die hochgewachsene Agnes dahin, eine schöne Hand auf dem Rollstuhl ihrer Freundin ruhend.

Es ist vorbei! Es ist vorbei! Sie hat es getan. Er war gebunden und hat seine Ehre bewahrt, aber sie nicht: sie war es, die ihn verließ. Und ich fürchte wirklich sehr, daß Mr. Philip das Herz vor Freude hüpft, mit einem ungeheuren Gefühl der Erleichterung bei dem Gedanken, frei zu sein. Bei den Klippen trifft er ein halbes Dutzend Bekannte. Er lacht, witzelt, schüttelt Leuten die Hand, lädt zwei oder drei übermütig zum Dinner ein. Er setzt sich auf den Rasenplatz nicht weit von seinem Gasthaus und lacht vor sich hin, als er plötzlich merkt, daß sich etwas an sein Knie schmiegt – sich an ihn drückt und kuschelt und kläglich winselt. „Was, bist du das?" Es ist die kleine Brownie, die ihm gefolgt ist. Armer kleiner Wicht!

Da senkte Philip den Kopf über dem Hund, und als dieser ihn mit Blaffen und Winseln und arglosen Liebkosungen ansprang, entrang sich ihm ein Schluchzen, und ein gewaltiger erfrischender Tränenregen fiel aus seinen Augen. So eine leichte Krankheit! So ein mildes Fieber! So eine rasche Genesung! Manche Leute machen das Übel so leicht durch, daß sie kaum bettlägerig werden. Andere tragen seine Narben für immer.

Philip saß entschlossen die ganze Nacht im Hotel, nachdem er dem Portier ausdrücklich seine Anwesenheit zu bestätigen aufgetragen hatte, falls ein Gentleman vorsprechen sollte. Er hegte eine schwache Hoffnung, gab er später zu, ein Freund Hauptmann Woolcombs werde ihn vielleicht im Auftrag dieses Offiziers aufsuchen. Er hegte eine schwache Hoffnung, es werde ein Brief kommen, der diesen Verrat erklärte – wie Menschen eben ein krankhaftes, bohrendes, sehnendes, törichtes Verlangen nach Briefen haben – Briefen, die nichts enthalten, nie etwas enthalten haben – Briefen, die Sie dennoch ... Sie wissen ja über solche Briefe Bescheid, und es hat absolut keinen Sinn, Philips lesen zu wollen. Haben wir nicht alle solche Liebesbriefe gelesen, die nach Liebeszerwürfnissen manchmal vor Gericht auftauchen? Wir haben alle welche gelesen; und wie viele haben selbst welche geschrieben? Neun Uhr. Zehn Uhr. Elf Uhr. Keine Forderung vom Hauptmann, keine Erklärung von Agnes. Philip versichert, er habe ausgezeichnet geschlafen. Aber die arme kleine Brownie heulte die ganze Nacht jämmerlich im Stall. Sie war kein Hund von guter Rasse. Man hätte an ihrer Nase nicht den kleinsten Hut aufhängen können.

Wir verglichen vorhin unsere liebe Agnes mit einer brahmanischen Dame, die sich nach dem in ihrer hochachtbaren Kaste gebräuchlichen Verfahren demütig als Opfer darbringt. Haben wir im Zorn oder aus Gram gesprochen? – gewiß in Ausdrücken achtungsvollen Kummers und Mitgefühls. Und wenn wir sie bemitleiden, müßten wir nicht gleichermaßen ihre hochachtbaren Eltern bemitleiden? Als der berüchtigte Brutus seine Söhne zur Hinrichtung befahl, können Sie doch wohl nicht annehmen, er wäre so brutal gewesen, sich darüber zu freuen? Alle drei Parteien litten unter dem Vorgang: die Söhne wahrscheinlich noch mehr als ihr strenger Vater; doch es liegt auf der Hand, daß das ganze Trio höchst schwermütig gestimmt war. Zumindest würde ich, wäre ich Dichter oder Komponist und wollte diese Geschichte darstellen, es bestimmt so machen: die Söhne in wirklich ausgeprägtem Moll piepsend; der männliche Baß des Vaters von tiefen Blasinstrumenten begleitet und füglich von Schluchzern unterbrochen. Wenngleich die hübsche blonde Agnes zur Hinrichtung geführt wird, glaube ich nicht, daß es ihr zusagt oder daß ihre Eltern sich so recht darüber freuen, die gezwungen sind, die Tragödie anzuordnen.

Daß der reiche junge Besitzer von Mangrove Hall ihr zugetan war, sei nur ein zufälliges Zusammentreffen gewesen, behauptete Mrs. Twysden später stets. Nicht um bloßen Reichtums willen – o nein! nicht für ganze Goldminen – würde sie ihr Herzenskind opfern. Doch als jene unangenehme Affäre um Firmin im Gange war, traf es sich zufällig auch, daß Hauptmann Woolcomb stark von der lieben Agnes beeindruckt war, der er überall begegnete. Ihr Tunichtgut von Vetter ging ja nie irgendwohin. Er zog seine

Junggesellenkumpane und abscheuliche Rauch- und Trinksitten den Unterhaltungen und Vergnügungen kultivierteren Umganges vor. Er vernachlässigte Agnes. Es besteht nicht der leiseste Zweifel, daß er sie vernachlässigte und kränkte, und seine eigensinnige und häufige Abwesenheit bewies, wie wenig ihm an ihr lag. Würden Sie dem guten Mädchen Kälte gegenüber einem Mann vorwerfen, der seinerseits ihr gegenüber solche Gleichgültigkeit an den Tag legte? „Nein, meine liebe Mrs. Candour. Wäre Firmin zehnmal so reich wie Mr. Woolcomb gewesen, hätte ich meinem Kind geraten, ihn abzuweisen. *Ich* nehme die Verantwortung für den Schritt gänzlich auf mich – ich und ihr Vater und ihr Bruder." So sprach Mrs. Twysden später in Kreisen, wo ein absurdes und gehässiges Gerücht umlief, die Twysdens hätten ihre Tochter gezwungen, dem jungen Mr. Firmin den Laufpaß zu geben, um einen jungen Quarteronen zu heiraten. Die Leute reden eben immer, de me, de te. Hätten Woolcombs Dinners nach seiner Heirat nicht so nachgelassen, zweifelte ich kaum daran, daß die üblen Gerüchte sich verloren hätten und man ihn und seine Frau so ziemlich allgemein geachtet und auch besucht hätte.

Sie dürfen auch nicht annehmen, wie wir schon sagten, daß die gute Agnes ihre erste Liebe ohne jede Pein aufgegeben hätte. Jene Bronchitis bewies, wie heftig das arme Ding unter ihrer Lage litt. Die Krankheit brach sehr bald aus, nachdem Mr. Woolcombs Aufmerksamkeiten ein wenig auffällig geworden waren; und infolgedessen verließ sie sogar London. Es ist wahr, daß er ihr ohne Mühe folgen konnte, aber das konnte schließlich auch Philip, wie wir gesehen haben, als er herüberkam und Hauptmann Woolcomb gegenüber so ungezogen war. Und bevor Philip erschien, konnte die arme Agnes vorschützen: „Mein Vater trieb mich sehr", wie im Falle der berüchtigten Mrs. Robin Gray.

Beide, Vater und Mutter, trieben sie sehr in die Enge. Mrs. Twysden, das habe ich wohl erwähnt, besaß einen vorzüglichen Briefstil und war sich ihrer Fertigkeit bewußt. Sie pflegte dem lieben Onkel Ringwood, wenn er auf dem Lande war, regelmäßig jede Woche viele Bogen Klatsch zu schreiben; und als ihre Tochter Blanche geheiratet hatte, soll sie angeblich mehrere Predigten ihres neuen Schwiegersohnes verfaßt haben. Sollte sie, als christliche Mutter, ihrer Tochter in diesem schwerwiegenden Abschnitt ihres Lebens nicht ihren Rat zukommen lassen? Dieser

Rat lief den Chancen des armen Philip bei seiner Cousine zuwider, die über alle Umstände des Streitfalles, dessen Ausgang wir vorhin gesehen haben, auf dem laufenden gehalten wurde. Ich will damit nicht sagen, daß Mrs. Twysden eine unparteiische Darlegung des Falles gegeben hätte. Welche Partei in einem Prozeß äußert sich unparteiisch zu der eigenen Sache oder der des Gegners? Mrs. Twysdens Sicht, wie ich sie später erfahren habe und wie sie sie ihrer Tochter darstellte, war die folgende: Jener überaus verworfene Mensch, Doktor Firmin, der bereits, und zwar unrechtmäßig, versucht habe, die Twysdens eines Teils ihres Vermögens zu berauben, habe schon in ganz jungen Jahren seinen Feldzug voller Schmach und Bosheit gegen die Familie Ringwood eingeleitet. Er habe den Sohn des lieben Lord Ringwood, den armen lieben Lord Cinqbars, zu einem Leben des Lasters und der Verschwendung verleitet, das zum vorzeitigen Tod jenes unglücklichen jungen Edelmanns geführt habe. Mr. Firmin habe dann, den Tränen und flehentlichen Bitten Mrs. Twysdens zum Trotz, eine Ehe mit ihrer verstorbenen unglücklichen Schwester geschlossen, deren ganzes Leben infolge des Verhaltens des Arztes ein einziger Jammer gewesen sei. Doch der Gipfel der Schmach und Bosheit sei, daß er, als er – er, ein gemeiner, bettelarmer Abenteurer – Oberst Ringwoods Tochter heiratete, *bereits verheiratet war*, was der reuige Geistliche beschwören könne, den Doktor Firmin unter Rachedrohungen gezwungen habe, den Ritus zu vollziehen! „Die Seele" – Mrs. Talbot Twysdens schöne Seele – „schaudert beim Gedanken an solche Verruchtheit!" Doch am schlimmsten (denn es tue ihr weh, von jemandem, den sie einmal geliebt habe, schlecht zu denken), es bestehe Grund zu der Annahme, daß der unglückliche Philip Firmin der *Komplize seines Vaters* sei und daß er von seiner *eigenen Illegitimität* wisse, die er durch *Betrug oder Schliche* beiseite zu wischen entschlossen sei (sie schaudere, sie weine, das sagen zu müssen: O Himmel! daß solche Verderbtheit in Deinen Geschöpfen wohnen soll!). Und so wenig Wert lege Philip auf die *Ehre seiner Mutter*, daß er tatsächlich das verworfene Weib besuche, die ihre eigene Schande zugebe und so unaussprechliche Schmach über die Familie Ringwood gebracht habe! Der Gedanke an dieses Verbrechen habe Mrs. Twysden und ihrem lieben Gatten Nächte voll schlafloser Qual beschert – habe sie *um viele Jahre* altern lassen

– habe ihre Herzen mit Kummer angefüllt, der bis ans *Ende ihrer Tage* andauern müsse. Angesichts so skrupelloser, so habgieriger, so durchtriebener Menschen wie Doktor Firmin und (müsse sie es sagen?) sein Sohn seien sie verpflichtet, *auf der Hut* zu sein; und obwohl sie Philip *gemieden* hätten, habe sie es für richtig erachtet, sich bei den seltenen Anlässen, wo sie und der junge Mann, den sie jetzt ihren *illegitimen Neffen* nennen müsse, zusammengetroffen seien, so zu verhalten, als wüßte sie nichts von dieser ganzen schrecklichen Streitfrage.

„Und nun, liebstes Kind ..." Die Moral liegt doch gewiß auf der Hand? Das liebste Kind müsse unverzüglich einsehen, daß man törichte Pläne, die man in Kindertagen und in *früherer Verblendung* gefaßt habe, für immer als unmöglich, als einer Twysden – einer Ringwood unwürdig abtun müsse. „Mache Dir keine Gedanken um den jungen Mann", schrieb Mrs. Twysden; „ich erröte, daß er den Namen jenes lieben Vaters trägt, der in Ehren auf Busacos ruhmreichem Feld fiel. P. F. hat *Kumpane*, bei denen er sich stets viel mehr zu Hause gefühlt hat als in unserem kultivierten Kreis, und Neigungen, die es ihm nur zu leicht machen werden, Dich zu vergessen. Und wenn sich in Deiner Nähe jemand befindet, dessen Glut aus jedem seiner Worte, jeder seiner Handlungen spricht, dessen Reichtum und Vermögen Dich vielleicht zu einer Stellung emporheben, die meines Kindes würdig ist, so begleitet Dich, überflüssig zu sagen, der Segen einer Mutter, eines Vaters." Dieser Brief ging Miss Twysden in Brighton mit Extrapost zu; und die Adresse verkündete, „das Porto übernehme Hauptmann Grenville Woolcomb".

Wenn also Miss Agnes einen entsprechenden Brief bekommen hat, von einer Mutter, auf deren Klugheit und Liebe ein Kind doch gewiß vertrauen durfte; wenn sie sich all der Schmähungen erinnert, die ihr Bruder überreichlich gegen Philip ausstößt, wie es liebe Verwandte, der Himmel segne einige von ihnen! am besten verstehen; wenn sie daran denkt, wie kalt er in letzter Zeit gewesen ist – daß er *immer* nach Zigarren riecht, wenn er kommt – daß er sich einfach nicht den Sitten und Bräuchen du monde anpassen will und jeglichen gesellschaftlichen Anstand vernachlässigt hat – daß sie seine wunderlichen Rhapsodien über die Poesie, die Malerei und dergleichen oft nicht verstehen kann und auch nicht, wie er mit solchen Kumpanen verkehren kann, die ihn zu begeistern scheinen – und daß er sich jetzt geradezu als *charakterlos* erweist und seinem abscheulichen Vater beisteht: berücksichtigen wir, daß Mutter sehr drängt, und alle diese Punkte, die für Mutters Meinung sprechen, so glaube ich nicht, daß wir Agnes wegen des Entschlusses, zu dem sie sich durchringt, der sofortigen Hinrichtung überantworten können. Sie wird ihn aufgeben – sie wird ihn aufgeben. Leb wohl, Philip. Leb wohl, Vergangenheit. Seid vergessen, vergessen, ihr zärtlichen Worte, in nicht abgeneigte Ohren gehaucht! Seid still und atmet nicht, ihr glutvollen Lippen, die so nahe aneinander gebebt haben! Löst euch voneinander, ihr Hände, und trennt euch für immer, die für des Lebens lange Reise geschaffen schienen! Ach, sich für immer zu trennen ist schwer: aber noch schwerer und noch demütigender, sich ohne Bedauern zu trennen!

Daß Papa und Mama Miss Twysden in ihrem Verhalten beeinflußt und unter Druck gesetzt hatten, konnten meine Frau und ich uns leicht vorstellen, als Philip in seiner Wut und seinem Leid zu uns kam und die Gefühle seines Herzens vor uns ausschüttete. Meine Frau ist ein sicherer Hort für menschliche Geheimnisse, eine unermüdliche Trösterin und Besänftigerin; und sie kennt manche traurige Geschichte, die zu erzählen uns nicht freisteht wie die vorliegende, die uns dieser Mann, Mr. Firmin, überlassen hat.

„Auf Befehl von Vater und Mutter", brüllt Philip, „das mag wohl sein, Mrs. Pendennis; aber der Wunsch war der Vater des Gedankens an Trennung, und um der Parks und Ländereien dieses Mohren willen hat das Mädchen mir den Abschied gegeben. Hören Sie. Ich habe Ihnen eben gesagt, ich hätte in jener höllischen Nacht, nachdem ich ihr Lebewohl gesagt hatte, ausgezeichnet geschlafen. Also, das habe ich nicht. Es war gelogen. Ich bin die ganze Länge der Klippen, von Hove fast bis Rottingdean, immerzu hin- und hergelaufen, und hinterher ging ich dann zu Bett und schlief ein bißchen aus reiner Erschöpfung. Und als ich am Horizontal Place vorbeikam (– ich bin zwei-, dreimal im Mondlicht da vorbeigekommen, wie ein dummer Esel –), Sie kennen doch diese Verse von mir, die ich hier manchmal gesummt habe?" (Gesummt! er pflegte sie zu *röhren*) „‚Wenn die strahlend goldnen Locken, Lady, bleiches Silber werden!' Na, und so weiter. Sie kennen die Verse über die Treue und das hohe Alter? Sie hat sie an ebendem Abend gesungen, für diesen Neger. Und ich habe durch die offenen Fenster die Stimme des Kerls ‚bravo!' sagen hören."

„Ach, Philip! das war grausam", sagt meine Frau, die Seelenpein und das Unglück unseres Freundes herzlich mitfühlend. „Das war wirklich grausam. Ich bin sicher, wir können es Ihnen nachfühlen. Aber bedenken Sie, welches sichere Unglück eine Ehe mit so einer Person gewesen wäre! Bedenken Sie, wenn Sie Ihr warmes Herz für immer diesem herzlosen Geschöpf geschenkt hätten."

„Laura, Laura, hast du mich nicht oft davor gewarnt, schlecht von den Menschen zu reden?" fragt Lauras Gatte.

„Manchmal kann ich nicht anders", ruft Laura, von ihren Gefühlen übermannt. „Ich bemühe mich nach besten Kräften, nicht schlecht von meinen Nächsten zu reden; aber die selbstsüchtige Gesinnung dieser Leute empört mich so, daß ich ihre Nähe nicht ertragen kann. Sie sind so ganz und gar von Konventionen gebunden und gefesselt, so restlos von ihrer eigenen ungeheuren Vornehmheit überzeugt, daß sie mir verächtlicher und vulgärer als ganz einfache Leute vorkommen: und ich bin sicher, Philips Freundin, die Kleine Schwester, ist bei weitem mehr eine Dame als seine schreckliche Tante oder seine hochnäsigen Cousinen!" Auf mein Wort, wenn diese Dame einmal ihre Meinung äußerte, war deren Sinn unmißverständlich.

Ich glaube, Mr. Firmin zog hinsichtlich dieser in die Brüche gegangenen Liebesgeschichte eine ganze Reihe Leute ins Vertrauen. Er ist einer dieser Menschen, die ihre Geheimnisse nicht bei sich behalten können; und ist er verletzt, brüllt er so laut, daß alle seine Freunde es vernehmen. Man hat beobachtet, daß die Kümmernisse solcher Menschen nicht allzu lange währen; auch war es in diesem Fall gewiß nicht nötig, daß Philips Herz lange Trauer trug. Binnen kurzem rauchte er seine Pfeife, spielte sein Billard, schmetterte seine Lieder; er unternahm seine Ritte durch den Park, um des Vergnügens willen, seine Tante und Cousinen eiskalt zu schneiden, wenn ihre offene Kutsche vorüberfuhr, oder Hauptmann Woolcomb oder seinen Vetter Ringwood über den Haufen zu reiten, falls einer dieser Ehrenmänner ihm in den Weg kommen sollte.

Eines Tages, als der alte Lord Ringwood zu seinem gewohnten

Frühjahrsbesuch in die Stadt kam, ließ Philip sich herab, ihm seine Aufwartung zu machen, und wurde Seiner Lordschaft genau in dem Augenblick gemeldet, als Talbot Twysden und sein Sohn Ringwood sich von ihrem adligen Verwandten verabschiedeten. Philip musterte sie mit blitzendem Auge und geblähtem Nasenflügel, wie es seine großtuerische Art war. Ich vermute, sie ihrerseits machten einen sehr gemeinen und duckmäuserischen Eindruck: denn Mylord lachte über ihre verdrossene Miene, und es schien ihn ungeheuer zu belustigen, wie sie sich aus der Tür drückten, als Philip hereingestürmt kam.

„So, Sir, es hat also einen Familienzwist gegeben. Habe alles darüber gehört: wenigstens von ihrer Seite. Dein Vater hat mir die Gefälligkeit erwiesen, meine Nichte zu heiraten, während er schon eine Ehefrau hatte?"

„Als er noch keine Ehefrau hatte, Sir – obwohl meine lieben Verwandten beweisen möchten, daß er eine hatte."

„Wollten dein Geld; dreißigtausend Pfund sind kein Pappenstiel. Zehntausend pro Kopf für diese Kinder. Und kein verfluchtes Knausern und Knapsen mehr nötig, wie sie es in der Beaunash Street machen müssen. Affäre zwischen dir und Agnes abgeblasen? Absurde Affäre. Um so besser."

„Ja, Sir. Um so besser."

„Haben zehntausend pro Kopf. Hätten zwanzigtausend, wenn sie deins bekämen. Ganz natürlich, daß sie es haben wollen."

„Durchaus."

„Woolcomb eine Art Neger, höre ich. Schöner Besitz hier – dazu der westindische Kram. Hitziger Mann – hat man mir erzählt. Zum Glück scheint Agnes eine kühle, umgängliche Person zu sein und muß das schlechte Wetter ebenso hinnehmen wie das gute, wenn sie einen solchen Besitz heiratet. Dein Glück, daß diese Frau dabei bleibt, es hätte keine Heirat mit deinem Vater gegeben. Twysden behauptet, der Doktor hätte sie bestochen. Ich meine, er hat nicht viel Geld zum Bestechen, es sei denn, du hast ihm etwas von deinem gegeben."

„Ich besteche niemanden, falsches Zeugnis abzulegen, Mylord – und wenn ..."

„Reg dich doch nicht auf; ich hab es ja nicht behauptet. Twysden behauptet es – vielleicht glaubt er es sogar. Wenn die Leute prozessieren, trauen sie sich gegenseitig alles zu."

„Ich weiß nicht, was andere Leute tun, Sir. Wenn ich das Geld eines anderen hätte, fände ich keine Ruhe, bis ich es ihm zurückgezahlt hätte. Wäre mein Anteil am Vermögen meines Großvaters nicht gesetzlich mein Eigentum – und ein paar Stunden lang hatte ich geglaubt, das wäre es nicht –, bei Gott, ich hätte es seinen rechtmäßigen Eigentümern überlassen – vielmehr, mein Vater hätte es getan."

„Zum Teufel auch, Mann, du willst doch wohl nicht sagen, dein Vater hat dich nicht ausgezahlt?"

Philip errötete ein wenig. Er hatte sich ziemlich gewundert, daß zwischen ihm und seinem Vater keine Abrechnung stattgefunden hatte.

„Ich bin erst seit ein paar Monaten volljährig, Sir. Ich hege keinerlei Befürchtung. Ich bekomme meine Dividende ganz regelmäßig. Einer der Treuhänder meines Großvaters, General Baynes, ist in Indien. Er soll demnächst zurückkehren, sonst hätten wir ihm eine Handlungsvollmacht hinübergeschickt. Die Sache hat keine Eile."

Philips Großvater mütterlicherseits und Lord Ringwoods Bruder, der verstorbene Oberst Philip Ringwood, hatte bei seinem Tod nur ganz wenig eigenen Besitz gehabt; aber seine Frau hatte ein Vermögen von sechzigtausend Pfund in die Ehe gebracht, das auf beider Kinder festgeschrieben war, und zwar auf den Namen von Treuhändern – Mr. Briggs, einen Anwalt, und Oberst Baynes, einen ostindischen Offizier und Freund von Mrs. Philip Ringwoods Familie. Oberst Baynes war vor rund acht Jahren in England gewesen; und Philip entsann sich eines gütigen alten Herrn, der ihn in der Schule besucht und Zeichen seiner Freigebigkeit hinterlassen hatte. Der andere Treuhänder, Mr. Briggs, ein in der Grafschaft hochangesehener Anwalt, war schon lange tot und hatte seine Geschäfte in recht unübersichtlicher Verfassung zurückgelassen. Solange der Treuhänder abwesend und Philip minderjährig war, nahm Philips Vater die Dividende aus dem Vermögen seines Sohnes entgegen und verwendete sie freigebig für den Jungen. Ich glaube wirklich, Mr. Philip verbrauchte im College und auf seinen ersten Auslandsreisen eine Zeitlang eher mehr als das Einkommen aus seinem mütterlichen Erbteil, wurde er von seinem Vater doch großzügig versehen, der ihm empfahl, sich nicht einzuschränken. Er trat nobel auf, Doktor Firmin – gebefreudig – spendete für viele Wohltätigkeitszwecke – ein Freund festlicher Geselligkeit. Die Dinners des Doktors und die Equipagen des Doktors waren auf ihre Art Vorbilder; und ich erinnere mich an den aufrichtigen Respekt, mit dem mein Onkel, der Major (der kundige Berater der Familie in solchen Dingen), von Doktor Firmins Geschmack zu sprechen pflegte. „Keine Herzogin in London, Sir", sagte er oft, „fuhr bessere Gespanne als Mrs. Firmin. Sir George Warrender, Sir, konnte kein besseres Dinner geben, Sir, als das, zu dem wir gestern geladen waren." Und um der Ausübung dieser Bürgertugenden willen genoß Firmin den aufrichtigen Respekt des guten Majors.

„Erzählen Sie mir doch nichts", sagte wiederum Lord Ringwood oft. „Ich habe einmal bei dem Kerl diniert – ein angeberischer Großtuer, Sir; aber auch ein Kriecher. Wie er Bücklinge machte und mir schmeichelte, das war einfach geschmacklos. Diese Burschen glauben, es macht uns Spaß – und das mag ja sein. Sogar in meinem Alter habe ich meine Freude an Schmeicheleien jeder Art und Menge; und nicht, was man zart nennt, sondern kräftig aufgetragen, Sir. Ich genieße es, wenn ein Mann niederkniet und meine Schnürsenkel küßt. Kann sein, ich habe hinterher meine eigene Meinung über ihn, aber ich mag es eben – das mögen alle Menschen; und das ist es, was Firmin in Massen lieferte. Aber man mußte auch bemerken, daß sein Haushalt wahnsinnig kostspielig war. Seine Tafel war ausgezeichnet, und man war sicher, daß sie alle Tage so war – nicht wie deine Dinners, meine gute Maria; nicht wie deine Weine, Twysden, die ich verdammt nicht herunterkriege, außer, ich schicke sie euch selbst. In meinem eigenen Haus biete ich die Sorte Wein nicht mal bei gewöhnlichen Gelegenheiten an, die Firmin regelmäßig aufgetischt hat. Den besten trinke ich natürlich selbst oder lasse ihn für ein paar Kenner auftragen; aber ich gebe ihn nicht gewöhnlichen Kerlen zu trinken, die zu einem Jagdessen kommen, oder jungen Leuten, die auf meinen Bällen tanzen."

„Tja, Mr. Firmins Dinners waren wirklich nobel – und ein nettes Ende haben die noblen Dinners genommen!" seufzte Mrs. Twysden.

„Darum geht es nicht; ich spreche nur über Speise und Trank bei diesem Kerl, und die waren gut. Und meine Meinung ist, dieser Kerl wird immer ein gutes Dinner haben, wohin er auch geht."

Ich hatte das Glück, an einem dieser Gastmahle teilzunehmen, bei dem Lord Ringwood anwesend war und wo ich Philips Treuhänder, General Baynes, kennenlernte, der gerade aus Indien angekommen war. Ich kann mich noch an die geringste Einzelheit des kleinen Dinners erinnern – an den Glanz des alten Tafelsilbers, das der Stolz des Doktors war, und die stille Behaglichkeit, um nicht zu sagen Pracht der Bewirtung. Der General schien eine große Zuneigung für Philip zu entwickeln, dessen Großvater sein bester Freund und Waffengefährte gewesen war. Er meinte in Philip Firmins Gesicht etwas von Philip Ringwood zu erkennen.

„Ach, wirklich!" knurrt Lord Ringwood.

„*Sie* sehen ihm kein bißchen ähnlich", sagt der biedere General. „Hab nie wieder einen so gutaussehenden Menschen mit so einem offenen Gesicht wie Philip Ringwood getroffen."

„Ach! Ich nehme an, vor vierzig Jahren habe ich auch ziemlich offen gewirkt", gab Mylord zurück. „Jetzt bin ich wohl verschlossen. Ich sehe in diesem jungen Mann nicht die geringste Ähnlichkeit mit meinem Bruder."

„Das ist ein Sherry, so alt wie das Jahrhundert", flüstert der Gastgeber, „es ist der gleiche, der dem Prinzregenten vor fünfundzwanzig Jahren bei einem Dinner im Mansion House so zugesagt hat."

„Hab nie was von Wein verstanden; immer nur Liköre und Punsch gepichelt. Was zahlen Sie für diesen Sherry, Doktor?"

Firmin seufzte und blickte zum Kronleuchter auf. „Trinken Sie, solange er reicht, mein verehrter Lord; aber fragen Sie mich nicht nach dem Preis. Tatsache ist, ich sage nicht gern, was ich dafür ausgegeben habe."

„Sie brauchen mit dem Preis von Sherry nicht zu knausern", ruft der General heiter. „Sie haben nur einen Sohn, und der hat eigenes Vermögen, wie ich zufällig weiß. Sie haben es doch nicht verpfändet, Master Philip?"

„Ich fürchte, Sir, in den letzten drei Jahren habe ich mein Einkommen vielleicht manchmal überzogen; aber mein Vater hat mir ausgeholfen."

„Neunhundert im Jahr überzogen! Ich muß schon sagen! Als

ich Leutnant war, bekam ich von meinen Freunden fünfzig Pfund im Jahr, und ich hatte nie einen Shilling Schulden! Was wird bloß noch aus der Menschheit?"

„Wenn Ärzte Prinzregenten-Sherry zu zehn Guineas das Dutzend trinken, was können Sie dann von ihren Söhnen erwarten, General Baynes?" knurrt Mylord.

„Mein Vater bietet Ihnen vom Besten, was er hat, Mylord", sagt Philip fröhlich, „wenn Sie etwas Besseres kennen, schafft er es für Sie heran. Si non, his utere mecum! Bitte reiche mir die Karaffe dort, Pen!"

Ich hatte den Eindruck, der alte Lord war von der Ungezwungenheit des jungen Mannes nicht unangenehm berührt; und jetzt, da ich es mir zurückrufe, glaube ich mich zu entsinnen, daß auf unserem Gastgeber eine eigentümliche Schweigsamkeit und Beklemmung zu lasten schien – auf ihm, dessen Miene schon normalerweise so beklommen und bedrückt war.

Der berühmte Sherry, der viele Seereisen zu den indischen Breiten gemacht hatte, bevor er seine erlesene Blume erwarb, war drei-, viermal um die polierte Tafel des Doktors gekreist, als Brice, sein Diener, mit einem Brief auf dem silbernen Tablett eintrat. Vielleicht wechselten Philips Augen und meine flüchtige Blicke, in denen ein winziger Funken Bosheit aufblitzte. Der Doktor bekam oft Briefe, wenn er seine Freunde zu Gast hatte; und seine Patienten verstanden es, zu ungelegenen Zeiten zu erkranken.

„Mein Gott!" ruft der Doktor, als er die Botschaft gelesen hat – es war eine telegraphische Depesche. „Der arme Großherzog!"

„Welcher Großherzog?" fragt grämlich Lord Ringwood.

„Mein frühester Gönner und Freund – der Großherzog von Gröningen! Erlitt heute morgen um elf in Potzendorff eine Attacke! Läßt mich rufen. Ich habe versprochen, zu ihm zu kommen, wann immer er mich braucht. Ich muß hin! Den Nachtzug kann ich noch erreichen. General! Wir müssen unseren Besuch in der City bis zu meiner Rückkehr aufschieben. Brice, packen Sie eine Reisetasche und rufen Sie sofort eine Droschke. Philip kümmert sich heute abend um meine Freunde. Verehrter Lord, Sie nehmen es nicht übel, daß ein alter Doktor Sie verläßt, um einem alten Patienten beizustehen? Von Gröningen aus schreibe ich. Freitag vormittag bin ich dort. Leben Sie wohl, Gentlemen!

Brice, noch eine Flasche von diesem Sherry! Ich bitte alle, sich nicht stören zu lassen! Gott segne dich, Philip, mein Junge!" Und damit trat der Doktor zu seinem Sohn, ergriff seine Hand und legte die andere sehr liebevoll dem jungen Mann auf die Schulter. Dann machte er der Tafelrunde seiner Gäste eine Verbeugung – eine seiner geschmeidigen Verbeugungen, für die er berühmt war. Ich sehe jetzt noch das schwermütige Lächeln auf seinem Gesicht, und wie das Licht vom Kronleuchter über dem Tisch auf seine glänzende Stirn fiel und seine dichten Brauen tiefe Schatten auf seine Wangen warfen.

Die Abreise kam ein wenig plötzlich und versetzte die Versammelten natürlich in eine gewisse Mißstimmung.

„Meine Kutsche ist erst für zehn befohlen – muß wohl hier sitzen bleiben. Elendes Leben muß so ein Arzt haben! Zu jeder Nachtstunde geholt zu werden! Kriegen ja Honorar! Müssen hin!" brummte der große Mann der Gesellschaft.

„Die Menschen sind heilfroh über seinen Besuch, wenn sie krank sind, Mylord. Ich glaube gehört zu haben, daß einmal, als Sie in Ryde waren ..."

Der große Mann fuhr zurück, als habe ihn ein kleiner Guß kalten Wassers getroffen, und musterte dann Philip mit nicht unfreundlichen Blicken. „Hat meine Gicht behandelt – das stimmt. Und zwar ausgezeichnet!" bestätigte Mylord und flüsterte, nicht unvernehmlich: „Unverfrorener Kunde, dieser Junge!" Und dann begann Seine Lordschaft mit General Baynes über dessen Feldzüge zu plaudern und seine frühere Bekanntschaft mit Mylords Bruder, Philips Großvater.

Der General mochte nicht mit seinen eigenen Waffentaten prahlen, sondern rühmte laut seinen alten Kameraden. Philip freute sich, über seinen Großvater so gute Worte zu hören. Der General hatte auch Doktor Firmins Vater gekannt, der ebenfalls Oberst in der berühmten alten Spanienarmee gewesen war. „Ein Draufgänger war das, und was für einer!" erklärte der gute Offizier. „Ihr Vater sieht ihm sehr ähnlich; und Sie haben zuweilen auch ein bißchen von ihm. Aber Sie erinnern mich nicht wenig an Philip Ringwood; und Sie könnten mit keinem besseren Mann verwandt sein."

„Ha!" sagte Mylord. Zwischen ihm und seinem Bruder hatte es Differenzen gegeben. Womöglich dachte er gerade an Zeiten, als sie noch Freunde waren. Lord Ringwood fragte jetzt huldvoll, ob General Baynes länger in London bleibe. Doch der General war nur gekommen, um diese geschäftliche Angelegenheit abzuwikkeln, die nun aufgeschoben werden mußte. Er sei zu arm, um in London zu wohnen. Er müsse sich nach einem Haus auf dem Lande umsehen, wo er und seine Kinder billig leben könnten. „Drei Jungen in der Schule und einer im College, Mr. Philip – Sie wissen, was das kosten muß; wenn auch, meinen Sternen sei Dank, mein Collegeknabe keine neunhundert im Jahr ausgibt. Neunhundert! Wo stünden wir, wenn er das täte?" In der Tat sind die Zeiten der Nabobs längst vorbei, und der General war nur mit sehr geringen Mitteln zum Unterhalt einer großen Familie in sein Vaterland zurückgekehrt.

Als Mylords Kutsche kam, brach er auf, und die übrigen Gäste verabschiedeten sich auch bald. Der General, der vorübergehend Junggeselle war, blieb noch eine Weile, und wir drei schwatzten bei Manilas in Philips Rauchzimmer. Es war ein Abend wie hundert andere, die ich dort verbracht habe, und doch, wie gut ich mich noch daran erinnere! Wir sprachen über Philips Zukunftsaussichten, und er teilte uns in seiner großspurigen Art seine Absichten mit. Als Advokat praktizieren: „Nein, Sir!" antwortete er auf General Baynes' Erkundigung; da würde er nicht groß etwas leisten, und wenn er noch so arm wäre. Er habe sein eigenes Geld und das seines Vaters, und er ließ sich zu der Erklärung herab, er wolle sich vielleicht um einen Sitz im Parlament bewerben, sollte sich eine annehmbare Gelegenheit bieten.

„Das ist mal ein Bursche, dem der Reichtum in die Wiege gelegt wurde", bemerkt der General, als wir zusammen fortgingen. „Ein Vermögen gleich von Anfang an, und ein Vermögen als Erbe zu erwarten. Mein Vermögen belief sich auf zweitausend Pfund und den Preis meiner zwei ersten Offizierspatente; und wenn ich sterbe, stehen meine Kinder nicht mal so gut da wie ihr Vater, als er begann!"

Nachdem ich mich vor dem bescheidenen Logierhaus in der Nähe seines Clubs von dem alten Offizier verabschiedet hatte, wanderte ich meinem Heim zu und ließ mir nicht träumen, daß die Zigarre, von der ich etwas Asche in Philips Rauchzimmer verstreut hatte, der letzte Tabak gewesen war, den ich je dort rauchen sollte. Die Pfeife war ausgeraucht. Der Wein war getrunken. Als jene Tür sich hinter mir schloß, schloß sie sich zum letztenmal – oder sollte mich doch nie wieder als Philips, als Doktor Firmins Gast und Freund einlassen. Ich komme jetzt oft dort vorbei. Die Erinnerung an meine Jugend überfällt mich, wenn ich jene leeren, blanken Fenster betrachte. Ich sehe mich als Jungen und Philip als kleines Kind; und seine schöne Mutter; und seinen Vater, den gastlichen, den schwermütigen, den prachtliebenden. Ich wünschte, ich hätte ihm helfen können. Irgendwie wünschte ich, er hätte sich Geld geliehen. Das tat er nie. Oft schenkte er mir von seinem. Seit dem Abend, als seine eigene Tür sich hinter ihm schloß, habe ich ihn nie wiedergesehen.

Am zweiten Tag nach der Abreise des Doktors, als ich mit meiner Familie beim Frühstück saß, erhielt ich folgenden Brief:

Mein lieber Pendennis! Hätte ich Sie am Dienstagabend unter vier Augen sprechen können, hätte ich Ihnen vielleicht einen Wink gegeben, welches Unheil über meinem Hause schwebte. Aber zu welchem Zweck? Damit Sie ein paar Wochen, Stunden früher wüßten, was morgen durch die ganze Welt schallen wird? Weder Sie noch mich noch einen, den wir beide lieben, hätte es froh gemacht, von meinem Unglück ein paar Stunden früher zu erfahren. In vierundzwanzig Stunden wird jeder Club in London vom Klatsch über das Verschwinden des berühmten Doktor Firmin – des reichen Doktor Firmin – erfüllt sein; noch ein paar Monate, und (zuverlässige und *vertrauliche* Kunde berechtigt mich zu der Annahme) ich wäre in den erblichen Adelsstand erhoben worden, aber *Sir* George Firmin wäre ein bankrotter Mann gewesen und sein Sohn Sir Philip ein Bettler. Vielleicht war der Gedanke an diese Ehrung einer der Gründe, die mich dazu bewogen haben, mein Vaterland eher zu verlassen, als ich genötigt gewesen wäre.

George Firmin, der hochgeehrte, der wohlhabende Arzt, und sein Sohn Bettler? Ich sehe, die Nachricht überrascht Sie! Sie fragen sich, wie bei einer großen Praxis und ohne sichtlich große Ausgaben ein solcher Ruin über mich – über ihn – hereingebrochen sein kann. Es sah so aus, als sei das Verhängnis seit Jahren entschlossen gewesen, George Brand Firmin zu befehden; und wer kann gegen das Verhängnis ankämpfen? Als allgemein für scharfsinnig geltender Mensch habe ich mich auf überaus vielversprechende Handelsspekulationen eingelassen. Alles, was ich anpackte, ist dem Ruin verfallen; doch kann ich mit dem lateinischen Barden sagen, impavidum ferient ruinae. Und fast mittellos, fast alt, als ein aus meinem Land vertriebener Flüchtling suche ich ein anderes, wo ich, daran zweifle ich nicht – *daran glaube ich sogar fest*, imstande sein werde, mein vernichtetes Vermögen wieder aufzubauen! Meinem Geschlecht hat es nie an Mut gemangelt, und Philip und *Philips Vater* müssen den ihren fest zusammennehmen, um den dunklen Zeiten trotzen zu können, die ihnen drohen. Si celeres quatit pennas Fortuna, müssen wir aufgeben, was sie uns geschenkt hat, und unseren Schicksalsschlag mit unerschüttertem Herzen tragen!

Einen Mann gibt es, das gestehe ich Ihnen, dem kann ich, darf ich nicht ins Gesicht sehen. General Baynes ist soeben aus Indien gekommen, doch mit sehr geringen Ersparnissen, fürchte ich, und diese sind durch seine Unvorsichtigkeit und mein überaus grausames und unerwartetes Pech gefährdet. Ich brauche Ihnen nicht zu sagen, daß *meine gesamte Habe* meinem Jungen zugefallen wäre. Mein Testament, schon vor langer Zeit aufgesetzt, befindet sich in dem Schildpattsekretär in meinem Sprechzimmer unter dem Bild, wo Abraham Isaak darbringt. Daraus werden Sie ersehen, daß ich alles, ausgenommen Jahresrenten für alte und verdienstvolle Dienstboten und ein Legat für eine treffliche und treue Frau, der ich, wie ich zugebe, Unrecht getan habe – mein gesamtes Vermögen, das einmal beträchtlich war, *meinem Jungen vermache.*

Jetzt besitze ich weniger als nichts und habe Philips Vermögen zusammen mit dem meinen verspielt. Als Geschäftsmann war General Baynes, Oberst Ringwoods alter Waffengefährte, sträflich nachlässig, und ich – ach, daß ich das zugeben muß! – habe ihn getäuscht. Als einziger überlebender Treuhänder (Mrs. Philip Ringwoods anderer Treuhänder war ein charakterloser Rechtsanwalt, der schon lange tot ist) hat General B. ein Dokument unterschrieben, mit dem er, wie er glaubte, meine Bank ermächtigte, Philips Dividenden entgegenzunehmen, doch *in Wirklichkeit* mich ermächtigte, über das Kapital zu verfügen. Auf meine Ehre als Mann, als Gentleman, als Vater, Pendennis, ich hoffte, es wiederzuerstatten! Ich nahm es an mich; ich legte es in

Spekulationen an, bei denen es mit dem zehnfachen Betrag meines eigenen Vermögens unterging. Halbjahr auf Halbjahr, mit beschränkten Mitteln und unter *größten Schwierigkeiten für mich*, hat mein armer Junge seine Dividende bekommen; und *er* wenigstens hat bisher nie erfahren, was Not oder Sorge war. Not? Sorge? Wolle Gott, er möge nie die angstvolle Schlaflosigkeit, die quälende Sorge durchmachen, die mich verfolgt haben! Post equitem sedet atra cura, sagt unser Lieblingsdichter. Ach, wie richtig bemerkt er auch: Patriae quis exul se quoque fugit? Meinen Sie, wo ich hingehe, werden Kummer und Reue mir nicht folgen? Nie werden sie mich verlassen, bis ich in dieses Land zurückkehre – denn *daß* ich einmal zurückkehre, sagt mir mein Herz –, bis ich General Baynes entschädigen kann, der infolge seiner Sorglosigkeit und meiner übergroßen Notlage in Philips Schuld steht; und mein Herz – das Herz eines vom Wege abgeirrten, aber liebenden Vaters – sagt mir, daß mein Junge durch mein Unglück schließlich *keinen* Penny verlieren wird.

Unter uns, ich gebe zu, daß diese Erkrankung des Großherzogs von Gröningen ein von mir vorgeschützter Vorwand war. Binnen kurzem werden Sie von mir aus der Stadt hören, wohin ich schon seit einiger Zeit meine Schritte zu lenken beschlossen hatte. Am Sonnabend habe ich zu Philips Gunsten 200 Pfund bei seiner Bank eingezahlt. Ich nehme wenig mehr als diese Summe mit; bedrückt, doch *voller Hoffnung*; im Bewußtsein meines Unrechts, doch *entschlossen*, es wiedergutzumachen, und *gelobend*, daß mein armer Junge, bevor ich sterbe, nicht darüber zu erröten braucht, daß er meinen Namen trägt,

George Brand Firmin

Leb wohl, lieber Philip! Dein alter Freund wird Dir von meinen Mißgeschicken berichten. Wenn ich wieder schreibe, teile ich Dir mit, wie Du mich erreichen kannst; und wo immer ich bin, oder welche Widrigkeiten auch immer auf mir lasten, denke an mich stets als an

Deinen Dich
liebenden Vater

Ich hatte kaum diesen furchtbaren Brief gelesen, da kam Philip Firmin selbst mit arg verstörter Miene in unser Frühstückszimmer.

15. KAPITEL

Samariter

Traulich vereint, rannten die Kinder mit ausgestreckten Händen und dem gewohnten, reizenden Willkommenslächeln auf ihren Freund zu. Philip tätschelte ihnen den Kopf und setzte sich dann mit tief kummervoller Miene an den gedeckten Familientisch. „Ach, Freunde", sagte er, „ihr wißt alles?"

„Ja, Philip", bestätigte die liebe Laura traurig, die allezeit bereit war, an dem Unglück ihrer Mitmenschen teilzunehmen.

„Was! ist es schon in der ganzen Stadt herum?" fragte der arme Philip.

„Heute früh haben wir einen Brief von deinem Vater bekommen." Und wir brachten ihm den Brief und zeigten ihm den für ihn bestimmten liebevollen Gruß.

„Sein letzter Gedanke galt Ihnen, Philip!" ruft Laura. „Sehen Sie hier, diese letzten freundlichen Worte!"

Philip schüttelte den Kopf. „Was hier geschrieben steht, stimmt zwar: aber es ist nicht die ganze Wahrheit!" Und Philip Firmin versetzte uns mit der Nachricht, die er uns anschließend mitteilte, in Bestürzung. Im Haus in der Old Parr Street fand eine Pfändung statt. Hundert Gläubiger hatten sich dort bereits eingestellt und machten ein großes Geschrei. Vor seiner Abreise hatte der Arzt beträchtliche Summen bei jenen gefährlichen Geldverleihern aufgenommen, auf die er in letzter Zeit zurückgegriffen hatte. Sie waren im Besitz zahlloser kürzlich gezogener Wechsel, die der verzweifelte Mann zu Geld gemacht hatte. Wohl hatte er behauptet, mit Philip zu teilen, doch den Löwenanteil hatte er mitgenommen und Philip zweihundert Pfund seines eigenen Geldes zurückgelassen. Der ganze Rest war weg. Philips sämtliche Effekten waren verkauft. Der Schwindel seines Vaters hatte diesem Vollmacht über die Unterschrift des Treuhänders gegeben. Und Philip Firmin, der als so reich galt, war, hier in meinem Zimmer, ein Bettler. Glücklicherweise hatte er wenige oder ganz unerhebliche Schulden. Mr. Philip hegte eine hochmütige Abneigung gegen Schulden und hatte, bei seinem guten Junggeselleneinkommen, alle seine Vergnügungen so, wie er sie genoß, auch gleich bezahlt.

Also! Er mußte arbeiten. Ein junger Mann, der mit zweiundzwanzig ruiniert ist und noch zweihundert Pfund in der Tasche hat, merkt kaum, daß er ruiniert ist. Er wird seine Pferde verkaufen – sich ein Zimmer bei der Advokateninnung nehmen – hat genug, um ein Jahr lang auszukommen. „Wenn ich ganz schlimm in der Klemme bin“, meint Philip, „komme ich zu euch und esse um eins mit den Kindern. Du hast wohl nicht oft bei Williams im Old Bailey gegessen? Dort bekommst du ein famoses Dinner für einen Shilling – Rindfleisch, Brot, Kartoffeln, Bier und ein Penny für den Kellner.“ Ja. Philip schien seine Bedrängnis förmlich zu genießen. Schon lange hatten wir ihn nicht mehr so aufgeräumt erlebt. „Jetzt ist mir die Last von der Seele herunter. Sie hat mich schon seit langem bedrückt. Ohne zu begreifen, wieso und warum, war ich immer auf so etwas gefaßt. Meinem armen Vater stand der Ruin im Gesicht geschrieben: und als gestern diese Gerichtsvollzieher in der Old Parr Street auftauchten, hatte ich das Gefühl, als hätte ich ihre Bekanntschaft schon früher gemacht. Ich hatte ihre gekrümmten Schnäbel in meinen Träumen gesehen.“

„Dieser Pechvogel General Baynes hat, als er die Treuhandschaft deiner Mutter annahm, alle Folgen daraus mit übernommen. Wenn der Posten auf Wache einschläft, muß er dafür büßen“, erklärt Mr. Pendennis sehr streng.

„Ihr himmlischen Mächte! Du willst doch wohl nicht, daß ich über einen alten Mann mit einer großen Familie herfalle und sie alle ruiniere?" ruft Philip.

„Nein, ich glaube nicht, daß Philip das tut", sagt meine Frau mit ungemein befriedigter Miene.

„Wenn jemand eine Treuhandschaft annimmt, muß er sie auch erfüllen, mein Schatz", meint der Herr des Hauses.

„Und ich soll diesen alten Herrn für das Unrecht meines Vaters büßen lassen? Wenn ich das tue, will ich Hungers sterben! So!" verkündet Philip.

„Also hat diese arme Kleine Schwester ihr Opfer vergebens gebracht!" seufzte meine Frau. „Und der Vater – o Arthur! Ich kann dir gar nicht sagen, wie zuwider mir dieser Mann war. Er hatte etwas Schreckliches an sich. Und seine Art den Frauen gegenüber – oh!"

„Wäre er ein Wiener Tränkchen gewesen, liebe Frau, hättest du dich nicht natürlicher schütteln können."

„Nun ja, er war gräßlich. Und ich weiß, Philip ist jetzt besser dran, wo er weg ist."

Die Frauen setzen sich oft leicht über den Ruin hinweg. Man lasse ihnen nur ihre geliebten Wesen, und die Armut ist ein spielend zu ertragendes Kümmernis. Philip nun ist, wie gesagt, heiterer als seit Jahren. Die Flucht des Arztes erregt nicht wenig Geschwätz in den Clubs: doch nun, da er fort ist, erkennen viele Leute ganz deutlich, daß sie über seine Zahlungsunfähigkeit im Bilde waren und immer wußten, daß es so enden mußte. Die Sache wird weitererzählt, wird durchgehechelt, wird aufgebauscht, wie in solchen Fällen üblich. Ich möchte annehmen, sie liefert eine Woche lang den Gesprächsstoff. Doch die Leute wissen, daß der arme Philip der Hauptgläubiger seines Vaters ist, und betrachten den jungen Mann mit durchaus nicht unfreundlichen Blicken, als er nach seinem Schicksalsschlag in den Club kommt – mit brennenden Wangen und einem kribbelnden Gefühl der Scham, bildet er sich doch ein, alle Welt werde mit dem Finger auf ihn zeigen und ihn als Sohn des schuldbeladenen Flüchtlings meiden.

Nein – die Welt nimmt sehr wenig Notiz von seinem Unglück. Ein, zwei alte Bekannte begegnen ihm freundlicher als vorher. Ein paar sagen, sein Ruin und die Notwendigkeit zu arbeiten werden ihm guttun. Nur ganz, ganz wenige meiden ihn und tun so, als sähen sie ihn nicht, wenn er an ihnen vorbeigeht. Unter diesen kalten Mienen werden Sie selbstverständlich die Gesichter der ganzen Familie Twysden erkennen. Drei Statuen mit marmornen Augen könnten nicht so steinern-gelassen blicken wie Tante Twysden und ihre zwei Töchter, wenn sie in der stattlichen Barutsche vorüberfahren. Die Herren werden rot, wenn sie Philip sehen. Onkel Twysden fängt wahrlich ziemlich spät im Leben mit dem Erröten an. „Zum Henker mit dem Kerl! Er wird mich natürlich um Geld angehen. Dawkins, ich bin nicht zu Hause, wenn der junge Mr. Firmin vorspricht, merken Sie sich das." So spricht Lord Ringwood, den unter die Räuber gefallenen Philip betreffend. Ach, dem Himmel sei Dank, Reisende begegnen außer Leviten auch Samaritern auf dem schweren Weg des Lebens! Philip berichtete uns mit viel Humor von einem Zusammenstoß mit seinem Vetter, Ringwood Twysden, in einem öffentlichen Lokal. Twysden amüsierte sich da mit mehreren jungen Sekretären aus seinem Amt, doch als Philip mit seinem grimmigsten Stirnrunzeln und gewichtigsten Gehabe auf ihn zukam, verließ den anderen der Mut, und er flüchtete. Und kein Wunder. „Glauben Sie denn", sagt Twysden, „ich sitze freiwillig mit dieser Kanaille im selben Zimmer, so, wie er meine Familie behandelt hat! Nein, Sir!" Und so wird sich die hohe Tür in der Beaunash Street für Philip Firmin nie wieder auftun.

Für einen anderen Gentleman fliegt die hohe Tür in der Beaunash Street bereitwillig genug auf. Ein prachtvolles Droschkenpferd bleibt täglich davor stehen. Ein Paar lackglänzende Stiefel springt aus der Droschke und setzt die breiten Stufen hinauf, wo schon jemand mit einem wohlerzogenen Willkommenslächeln wartet – dasselbe Lächeln – auf demselben Sofa – dieselbe Mama, Briefe schreibend, an ihrem Tisch. Und wunderschöne Buketts vom Covent Garden Market schmücken das Zimmer. Und nach einer halben Stunde geht Mama hinaus, um mit der Haushälterin zu sprechen, vous comprenez. Und es gibt nichts besonders Neues unter der Sonne. Morgen wird sie auf so ziemlich die gleichen Blumen, Belustigungen, Zerstreuungen usw. scheinen, die sie gestern beleuchtet hat. Und ist die Zeit des Liebesgeplänkels vorbei, Miss, und Sie sind verheiratet und vorteilhaft untergebracht, kommen dann nicht Ihre kleinen Schwestern, jetzt noch in der Kinderstube, heruntergetrippelt und treiben ihre Spielchen? Möchten Sie, jetzt einmal ganz ehrlich – Sie, die Sie eher dazu neigen, Miss Agnes Twysdens Verhalten herzlos zu finden –, möchten Sie etwa, sage ich, daß sie sich die schönen Augen um einen Mann ausweint, dem nicht viel an ihr liegt, an dem ihr selbst nicht viel gelegen hat und der jetzt zudem ein Bettler ist, mit einem ruinierten und entehrten Vater und einer zweifelhaften Herkunft? Lächerlich! Dieses liebe Mädchen gleicht einer schönen, duftenden Laube im „Stern und Hosenband" in Richmond, um deren Fenster sich vielleicht Geißblattranken schlingen, von wo aus Sie eine der lieblichsten und gefälligsten Wald- und Flußlandschaften betrachten können. Die Tische sind mit Blumen geschmückt, kostbare Weinpokale blinken auf der Tafel, und Hauptmann Jones' Gäste bekommen geboten, was sie sich nur wünschen können. Ist dieses Festmahl vorüber und diese Gesellschaft fort, stehen dieselben Kellner, dieselben Blumen, dieselben Pokale und Gläser für Mr. Brown und *seine* Gäste bereit. Oder, falls Sie Agnes Twysden nicht mit dem Gasthaus „Zum Stern und Hosenband" vergleichen wollen, das eine gemischte Gesellschaft aufzunehmen hat, sehen Sie in ihr den keuschen Mond, der auf Schäfer aller Hautfarben herabscheint, schwärzlich oder hell.

Wenn ein Feldherr, von einer Übermacht bedrängt, zum Rückzug gezwungen ist, sehen wir ihn gern sein taktisches Geschick darin beweisen, daß er seine Geschütze, seine Geldkiste und seine Feldausrüstung mitnimmt. Doktor Firmin, vom Schicksal geschlagen und zur Flucht gezwungen, bewies in der Art seines Rückzuges eine hervorragende Geschicklichkeit und einen kühlen Kopf und ließ die denkbar geringste Beute in den Händen des siegreichen Feindes zurück. Seine Weine waren bei den gesetzten Epikureern, mit denen er dinierte, berühmt gewesen: er pflegte wie ein würdiger bon vivant, der den Wert einer Konversation über Wein nach dem Dinner kennt, davon zu prahlen, welche Mengen er besitze und welch seltene Kisten er eingelagert habe; doch als die Gerichtsvollzieher die Versteigerung vorbereiten kamen, fanden sie nur eine klägliche Zahl leerer Flaschen vor, und ich fürchte, so mancher skrupellose Gläubiger lagerte einen großen Posten schlechter Ware ein und versuchte, ihn der Öffentlichkeit als den echten und sorgfältig ausgewählten Vorrat eines bekannten Kenners aufzuschwatzen. Mit der Zeit erhielt Doktor Firmin an seinem Zufluchtsort Kenntnis von diesem unredlichen Vorgehen; und er brachte in seinem Brief eine edle und mannhafte Empörung darüber zum Ausdruck, wie seine Gläubiger mit seinem ehrlichen Namen und guten Ruf als bon vivant Schindluder getrieben hatten. *Er* und schlechten Wein! Pfui! Er hatte den besten vom besten Weinhändler und zahlte, oder vielmehr schuldete, die besten Preise dafür; denn in den letzten Jahren hatte der gute Doktor überhaupt keine Rechnungen mehr bezahlt, und der Weinhändler tauchte mit einer recht stattlichen Zahlenreihe in seiner Schuldenbilanz auf. Gleicherweise waren seine Bücher einem Buchauktionator verpfändet; und Brice, der Butler, besaß einen Schuldschein auf die Möbel. Firmin bewerkstelligte seinen Rückzug, wir wollen nicht sagen mit allen kriegerischen Ehren, doch von der Niederlage so wenig wie möglich geschädigt. Wollten die Feinde die Stadt plündern? Er hatte nahezu alle seine Wertsachen über die Mauer geschmuggelt. Wollten sie seine Schiffe? Er hatte sie versenkt; und als die Eroberer schließlich seine Festung stürmten, war er weit außer Reichweite ihrer Schüsse. Hören wir nicht immer noch oft, Nana Sahib sei noch am Leben und befinde sich ungemein wohl? Wir mögen ihn nicht; aber wir können nicht umhin, eine gewisse Bewunderung für jenen aalglatten Flüchtling zu hegen, der dem schrecklichen Rachen des Löwen entkommen ist. Mit einem Wort, als Firmins Einrichtung zum Verkauf kam, war es erstaunlich, wie wenig seine Gläubiger bei der Versteigerung herausschlugen. Verächtliche Trödler erklärten, sie hätten noch nie einen so schäbigen Posten Ware erlebt. Ein Freund des Hauses und des armen Philip brachte das Porträt seiner Mutter für ein paar Guineas an sich; und zum Staatsporträt des Arztes selbst muß ich leider sagen, daß es unter schallendem hebräischem Gelächter für wenige Shilling wegging. Nicht lange danach entdeckte ich in der Wardour Street die großartige Anrichte des Arztes, und was Händler witzig als Sarkophag-Flaschenschrank bezeichnen. Armer Doktor! Sein Wein war ganz ausgetrunken; sein Fleisch war aufgegessen; doch sein eigener Leib war der Reichweite der krummschnäbeligen Raubvögel entwischt.

Wir hatten uns rasch und mit gesenkter Stimme verständigt,

im arglosen Glauben, das junge Volk um uns herum achte nicht auf unsere Worte. Doch in einer Gesprächspause platzte Mr. Pendennis junior, der schon immer Philips Freund gewesen war, heraus: „Philip! wenn du so *furchtbar* arm bist, hast du bestimmt Hunger, und da kannst du mein Marmeladenbrot kriegen. Und ich will es nicht, Mama“, fuhr er fort, „und du weißt, daß Philip mir oft und oft Sachen geschenkt hat.“

Philip beugte sich hinunter und gab diesem guten kleinen Samariter einen Kuß. „Ich habe keinen Hunger, Arty, mein Junge“, sagte er, „und ich bin auch gar nicht so arm, vielmehr habe ich – sieh mal her – für Arty einen blanken neuen Shilling.“

„Ach, Philip, Philip!“ rief Mama.

„Das kannst du nicht nehmen, Arthur“, rief Papa.

Und der Junge schickte sich mit bedauernder Miene, aber mannhaftem Herzen an, das Geldstück zurückzugeben. „Es ist ein ganz neuer; und ein besonders hübscher; aber ich will ihn nicht, Philip, danke“, sagte er und wurde dabei ganz rot.

„Wenn er ihn nicht nimmt, gebe ich ihn dem Droschkenkutscher, verlaßt euch drauf“, sagte Philip.

„Die Droschke wartet die ganze Zeit? O Philip, Philip!“ ruft Mama, die sparsame, noch einmal.

„Verlorene Zeit ist verlorenes Geld, verehrte Dame“, erklärt Philip sehr gewichtig. „Ich muß noch so viele Stellen aufsuchen. Wenn ich mich erst darauf eingestellt habe, ruiniert zu sein, werden Sie erleben, was ich für ein Geizhals werde! Ich muß zu Mrs. Brandon, die sicher sehr unruhig ist, die arme liebe Frau, bis sie das Schlimmste weiß.“

„O Philip, ich würde so gern mitkommen!“ meint Laura. „Bitte richten Sie ihr unsere allerbesten Grüße und Empfehlungen aus.“

„Merci!“ sagte der junge Mann und drückte Mrs. Pendennis’ Hand mit seiner Pranke. „Ich richte Ihre Botschaft aus, Laura. J’aime qu’on l’aime, savez-vous?“

„Das bedeutet, ich liebe die, die sie lieben“, ruft die kleine Laura, „aber ich glaube nicht“, äußerte dieses Persönchen hinterher ihrem väterlichen Vertrauten gegenüber, „daß es mir recht ist, wenn *alle* Menschen meine Mama lieben. Das heißt, es gefällt mir nicht, daß *sie* sie mag – nur du darfst das, Papa, und Ethel darf es, und Arthur darf es, und Philip darf es wohl auch, jetzt,

wo er arm ist und ganz, ganz allein – und wir wollen uns um ihn kümmern, ja? Und ich glaube, ich kaufe ihm etwas mit dem Geld, das Tante Ethel mir geschenkt hat."

„Und ich schenke ihm mein Geld!" ruft ein Junge.

„Und ich gebe ihm mein – mein . . . Pah! Was besagt es schon, was die kleinen süßen Lippen in ihrer arglosen Zuneigung plapperten? Doch die zarten Worte der Liebe und des Mitgefühls erfüllten das Herz der Mutter mit köstlicher, fast schmerzhafter Dankbarkeit und Freude: und ich weiß, wo sie ihren Dank für diese liebevollen Worte und Gedanken ihrer Kleinen abstattete.

Mrs. Pendennis nahm Philip das Versprechen ab, zum Dinner zu kommen und auch daran zu denken, keine Droschke zu nehmen – was Philip nicht weiter schwerfallen sollte, weil er von seinem Club aus nur ein paar hundert Meter durch den Park zurückzulegen hatte; und ich muß sagen, daß meine Frau sich an diesem Tag besondere Mühe mit unserem Dinner gab und für Philip bestimmte Gerichte zubereitete, die er ihres Wissens besonders mochte, und dem Butler des Haushalts (der, wie es sich traf, auch der Herr des Hauses war) einschärfte, den erlesensten Wein, den er besitze, aus dem Keller zu holen.

Ich habe schon früher unseren Freund und seinen ungestümen, impulsiven, großzügigen Charakter geschildert. War Philip gerührt, rief er die ganze Welt auf, seine Gefühlsaufwallung mitzuerleben. War er aufgebracht, verkörperten seine Gegner sämtliche Schurken und Lumpen auf der Welt. Er gelobte, er werde keine Nachsicht mit ihnen haben, und wünschte, daß alle seine Bekannten seinen Zorn teilten. Wie konnte ein so offenherziger Sohn einen so verschlossenen Vater haben? Gewiß haben Sie schon sehr feine junge Leute kennengelernt, die die Kinder gewöhnlicher und ungebildeter Eltern waren; den großmäuligen Vater mit einem stillen Sohn; die laute Mutter mit einer zurückhaltenden Tochter. Unser Freund ist nicht Amadis oder Sir Charles Grandison; und ich stelle ihn keinen Moment als verehrungs- oder nachahmungswürdige Persönlichkeit dar; jedoch versuche ich ihn getreulich zu zeichnen, wie die Natur ihn geschaffen hat. Wie die Natur ihn geschaffen hat, so war er. Ich glaube nicht, daß er sich groß darum bemühte, besser zu werden. Das tun wahrscheinlich wenige Menschen. Sie meinen, sie täten es: und Sie lesen in apologetischen Memoiren und nachsichtigen

Biographien, wie dieser Mann sein reizbares Temperament kurierte und der andere rackerte und strebte, bis er mit der Zeit nahezu fehlerlos wurde. Ganz gut und schön, liebe Leute. Ihr könnt eine Sprache lernen; ihr könnt eine Wissenschaft meistern; ich habe von einem alten Philister von sechzig Jahren gehört, der mit Fleiß und eifriger Hartnäckigkeit recht passabel tanzen gelernt hat; aber könnt ihr mit Vorbedacht eure moralische Statur im Wert steigern? O weh! Der gelehrte Mann, der die Predigt hält, überragt die meisten von uns nur um die Höhe der Kanzel; und wenn er herabsteigt, wird er wahrscheinlich vor der Herzogin kriechen, seine Kinder anknurren, seine Frau des Essens wegen schelten. Siehe, alles ist Eitelkeit: und so ist auch der Prediger nichts als Eitelkeit.

Nun also, ich muß noch einmal sagen, daß Philip seine Kümmernisse herausschrie; sein Lachen herausdröhnte; seinen Beifall herausdonnerte; er war überschwenglich in seiner Bescheidenheit wie in seinem Stolz, in der Bewunderung seiner Freunde wie in der Verachtung seiner Feinde; sicherlich kein gerechter Mann, doch ich habe gerechtere Männer erlebt, die nur halb so ehrlich waren; und gewiß kein fehlerloser Mann, obwohl ich bessere Männer kenne, die nicht annähernd so gut sind. Genauso denkt, glaube ich, meine Frau; weshalb sonst hätte sie ihn so gern? Haben wir nicht alle irgendwelche Jungen gekannt, die nie über die Stränge schlugen und nie zu spät in die Schule kamen und nie eine falsche Konstruktion oder Rechnung machten und nie die Rute zu kosten bekamen; und andere, die dauernd die Schule schwänzten und Fehler machten und verprügelt wurden; und doch, war nicht Master Frechbengel beliebter als Master Bravkind?

Als Master Frechbengel am ersten Tag seines Ruins zu uns zum Essen kam, strahlte seine Miene vor eitel Glück – er lachte, er tollte umher, er streichelte die Kinder; bald nahm er zwei auf die Knie; bald warf er das Baby bis an die Zimmerdecke; bald machte er sich auf einem Sofa breit, und bald saß er rittlings auf einem Stuhl; nie war ein bettelarmer Gentleman fröhlicher. Beim Dinner war Phils Appetit stets ausgezeichnet, aber an diesem Tag hätte auch ein Menschenfresser wohl kaum so verheerende Arbeit mit Messer und Gabel leisten können. Er ließ sich immer noch etwas auftun, bis seine Gastgeber ihren Augen nicht mehr trauten. „Esse für heute und morgen gleich mit. Kann nämlich nicht alle Tage solche Kost erwarten. Dieser Rotwein, wie gut der ist! Darf ich mir etwas davon in Papier wickeln und mit nach Hause nehmen?“ Die Kinder jauchzten vor Vergnügen über diesen herrlichen Einfall, Wein in einem Stück Papier nach Hause zu tragen. Ich meine, es sind nicht immer die besten Witze, über die Kinder lachen – Kinder, und weise Männer auch.

Als wir drei unter uns waren und befreit von der Gesellschaft der Dienstboten und Kinder, erklärte unser Freund uns den Grund für seine Heiterkeit. „Beim heiligen George!“ schwor er, „es lohnt sich, nichts mehr zu besitzen, wenn man gleichzeitig so gute Menschen in der Welt findet. Meine liebe, gütige Laura“, hier wischt sich der Gentleman mit der Faust über die Augen, „heute morgen konnte ich mich mit knapper Not zurückhalten, Sie in die Arme zu schließen, Sie waren so großmütig und – und so freundlich und so besorgt und so gütig, wahrhaftig! Und nachdem ich euch verlassen hatte, was glaubt ihr, wohin ich gegangen bin?“

„Ich glaube, ich kann es erraten, Philip“, sagt Laura.

„Nun ja“, fährt Philip fort, blinzelt sich wieder etwas aus den Augen und stürzt einen großen Humpen Wein hinunter, „ich bin natürlich zu ihr gegangen. Ich glaube, sie ist die beste Freundin, die ich auf der Welt habe. Der Alte war ausgegangen, und ich habe ihr alles erzählt, was passiert war. Und was meint ihr wohl, was hat sie getan? Sie sagt, sie hätte mich schon erwartet – hat sie auch; und sie hat doch tatsächlich eine Kammer ganz oben im Haus mit einem netten kleinen Bett eingerichtet, und alles so hübsch und adrett wie möglich; und sie hat mich gebeten und angefleht, daß ich gleich zu ihr ziehe – und ich habe ihr zu Gefallen zugesagt. Und dann nimmt sie mich mit in ihr Stübchen hinunter; und sie springt zu einem Schrank, den sie aufschließt; und sie macht ihn auf und nimmt dreiundzwanzig Pfund aus einer – aus einer Tee ... aus einer Teebüchse – verdammt! –, und sie sagt: ‚Da, Philip‘, sagt sie und ... Huhuhuuu! ich bin doch ein Blödian!“ und hier blieb der Sprecher ganz und gar stecken.

16. KAPITEL

In dem Philip beweist, aus welchem Holz er geschnitzt ist

ährend die arme Kleine Schwester Philip ihr Scherflein, ihre ganze Habe anbot, dürften sich zwischen ihnen einige sentimentale Szenen abgespielt haben, die viel zu unbedeutend sind, als daß man sie schildern müßte. Zweifellos hätte sie ihm in diesem Moment mit Freuden nicht nur jenes Gold geschenkt, das sie sich für den Tag zusammengespart hatte, an dem die Miete fällig würde, sondern auch die Löffel, die Möbel und alle Wertsachen des Hauses, vielleicht einschließlich J. J.s Nippes, Vitrinen, Porzellan und so weiter. Einen Liebesdienst zu erweisen, einen Akt der Aufopferung – sind das nicht die köstlichen Vorrechte weiblicher Zärtlichkeit? Philip bremste den Überschwang seiner kleinen Freundin ab. Er zeigte ihr eine Börse voll Geld, bei deren Anblick die arme kleine Seele recht enttäuscht war. Er bauschte den Wert seiner Pferde auf, die Philip nach seiner Berechnung mindestens noch zweihundert Pfund über das Kapital, das er bereits in der Hand hatte, hinaus einbringen würden; und wer über eine solche Summe gebot, das mußte sie einräumen, brauchte nicht zu verzweifeln. In der Tat hatte sie nie in ihrem Leben auch nur halb soviel besessen. Von ihrem gütigen Anerbieten, sich in ihrem Hause eine Heimstatt zu nehmen, werde er dankbar von Zeit zu Zeit Gebrauch machen. Nun, das war schon ein gelinder Trost. Im Nu sah diese fleißige kleine Haushälterin das Zimmer fertig vor Augen; Blumen auf dem Kaminsims; einen Spiegel, denn ihr Vater konnte ganz gut mit dem kleinen auskommen, wo ihn doch jetzt immer der Barbier rasierte; die gesteppte Bettdecke, die sie selbst gearbeitet hatte – ich weiß nicht, wie viele Verschönerungen sie noch plante; und ich fürchte, bei der Vorstellung, Philip bei sich zu haben, war dieses kleine Wesen so überschäumend und unvernünftig glücklich, wie wir es soeben bei Philip festgestellt haben. Was war doch jenes letzte Gericht, das Paetus und Arria miteinander teilten? Ich habe meinen „Lemprière" (den Schatz meiner Jugend) verloren und weiß nicht mehr, ob es kalter Dolch au naturel war oder ein Gericht glühender Kohlen à la Romaine, was sie zu sich nahmen; doch was es auch war, sie lächelte und empfing es mit Wonne, glücklich, das Schicksal des geliebten Menschen zu teilen.

Ja, Philip wollte gelegentlich zu seiner Kleinen Schwester heimkommen: manchmal sonnabends, und am Sonntag würden sie in die Kirche gehen, wie früher, als er noch ein Schuljunge war. „Aber immerhin", sagt Phil, „Rechtswissenschaft ist Rechtswissenschaft; Studium ist Studium. Ich muß meine ganze Kraft in meine Arbeit legen – ganz früh aufstehen."

„Überanstrenge nur deine Augen nicht, lieber Junge", wirft Philips sanfte, vernünftige Freundin ein.

„Man darf die Arbeit nicht auf die leichte Schulter nehmen", erklärt Philip mit kolossaler Würde. „Nehmen Sie Richter Benton: Benton und Burbage, Sie wissen."

„Oh, Benton und Burbage!" haucht die Kleine Schwester, nicht wenig ratlos.

„Was meinen Sie, wie er noch vor vierzig Richter wurde?"

„Vor vierzig was? Meine Güte aber auch!"

„Bevor *er* vierzig war, Mrs. Carry! Als er an die Arbeit ging, mußte er ganz allein seinen Weg machen: genau wie ich. Er bekam eine kleine Unterstützung von seinem Vater: das ist nicht wie bei mir. Er quartierte sich im Temple ein. Er volontierte bei einem Verteidiger. Jeden Tag las er vierzehn, fünfzehn Stunden lang. Sein Mittagbrot bestand aus einer Tasse Tee und einem Hammelkotelett."

„Herrje, meine Güte, Kind! Das lasse ich nicht zu, und wenn

du Lordkämmerer – Lordkanzler, oder wie das heißt, werden wolltest. Deine Jugend mit Lesen verderben und deine Augen auch und ohne Mittagbrot auskommen? Du bist so etwas nicht gewöhnt, lieber Junge. Es würde dich umbringen!"

Philip strich sich das helle Haar aus der Stirn und nickte mit freundlichem Lächeln. Ich glaube, seine innere Stimme machte ihn darauf aufmerksam, daß er keinesfalls große Gefahr lief, sich durch Überarbeitung umzubringen. „Um in der Rechtswissenschaft wie in allen anderen akademischen Berufen Erfolg zu haben", fuhr er mit großem Ernst fort, „bedarf es größter Beharrlichkeit, des Fleißes und der Begabung; und dann hat man vielleicht doch keinen Erfolg. Manche haben versagt, die alle diese Eigenschaften besaßen."

„Aber die haben nicht die Begabung wie mein Philip, das weiß ich. Und ich mußte einmal vor einem Gericht erscheinen, und ein ordinärer Mann hat mich vor einem abscheulichen tauben alten Richter ins Kreuzverhör genommen; und das weiß ich, wenn deine Rechtsanwälte so sind wie die, möchte ich gar nicht, daß du Erfolg hast. Und jetzt, sieh nur! bringen sie eine schöne Schweinslende. Pa mag Schweinebraten so gern, und du mußt kommen und mitessen. Und jeden Tag und alle Tage, lieber Junge, möchte ich dich da sitzen sehen." Und die Kleine Schwester wirtschaftete hier und kramte dort und brachte aus irgendeinem Winkel eine feine Flasche Wein zutage und hieß den Jungen willkommen. So daß er, wie Sie sehen, weit davon entfernt, zu verhungern, an diesem ersten Tag seines Ruins sogar zwei Mittagessen verzehrte.

Hinsichtlich des Geldes ließ sich Mrs. Caroline auf einen Kompromiß ein, auf Philips feierliches Gelöbnis und Versprechen hin, sie solle sein Bankier sein, wann immer die Not es erfordere. Fast wünschte sie seine Armut herbei, deren beglückender Folge wegen. Sie versteckte ein Beutelchen mit Gold zur Verwendung ihres Lieblings, wann immer er es benötigen sollte. Ich vermute, sie knauserte daheim am Essen, so daß der Hauptmann zu murren begann. Wirklich, um dieses Jungen willen wäre sie, glaube ich, imstande gewesen, an den Hammelkeulen ihrer Logiergäste herumzuschnippeln und auf deren Teebüchsen und Backwaren Steuern zu erheben. Wenn Ihnen eine solche prinzipienlose Anhänglichkeit nicht gefällt und Sie von Ihren Frauensleuten nur um Ihrer selbst willen und nach Ihren Verdiensten geliebt werden möchten, bin ich Ihr sehr ergebener Diener. Ihr erblichen Vasallinnen! Ihr wißt, meine Lieben, wärt ihr frei und wagtet ihr den Ausbruch, so würdet ihr schmerzlich eure Leiden entbehren, und ihr würdet begierig wieder nach euren Fesseln verlangen. Welcher Dichter hat diesem Gefühl Ausdruck gegeben? Es ist vollkommen echt und darf der herzlichen Zustimmung der lieben Damen sicher sein, das weiß ich.

Philip hat sich fest vorgenommen, in jene Wohnung im Temple zu ziehen, wo wir ihm schon begegnet sind. Vanjohn, der dem Wettsport zugetane Gentleman, hatte sich aus bestimmten Gründen entschlossen, sich von der Rechtswissenschaft und vom Sport in diesem Land zurückzuziehen, und Mr. Firmin nahm seine leerstehende Schlafkammer in Besitz. Das Schlafzimmer eines Junggesellen zu möblieren braucht keine allzu kostspielige Sache zu sein; doch Mr. Philip war ein zu gutmütiger Mensch, als daß er bei der Schätzung von Vanjohns Bettstellen und Kommoden gefeilscht hätte, und übernahm sie großzügig zum Doppelten ihres Wertes. Er und Mr. Cassidy teilten jetzt das Quartier mit gleichen Rechten. Ach, welch glückliches Quartier, welch lichtes Quartier, ein Quartier in Himmelsnähe – sich an dich erinnern heißt, wieder jung zu sein! Denn Sie sollen wissen, als Philip seinen Anteil des vierten Stocks im Temple in Besitz nahm, war sein Biograph noch vergleichsweise jung und hieß in ein, zwei sehr altmodischen Familien der „junge Pendennis".

So hauste Philip in einer Dachkammer; und der vierte Teil einer Waschfrau und die Hälfte eines Jungen machten jetzt den Haushalt dessen aus, den Haushälterinnen und Butler und unterwürfiges livriertes Gesinde bedient hatten. Von jener Förmlichkeit und Etikette, von Plüsch und Tressen befreit zu sein bedeutete für Firmin eine ungeheure Erleichterung. Seine Pfeife brauchte sich jetzt nicht in Schlupfwinkeln und Kämmerchen zu verstecken; ihr Duft durchwebte die ganze Wohnung und stieg zum Himmel empor, ihrem nahen Nachbarn.

Die ersten ein oder zwei Monate nach seinem Ruin, beteuerte Philip, waren eine ungemein vergnügte Zeit. Er hatte immer noch reichlich Geld in der Tasche; und das Bewußtsein, daß es vielleicht leichtsinnig sei, eine Droschke zu nehmen oder eine Flasche Wein zu trinken, verlieh diesen Genüssen eine Würze, die sie durchaus nicht besaßen, als sie noch leicht und täglich zu haben waren. Ich bin mir nicht sicher, ob ein Dinner von Rindfleisch und Porterbier unseren jungen Mann nicht fast ebenso ergötzte wie viel kostspieligere Bankette, die er gewöhnt gewesen war. Er lachte über das anspruchsvolle Getue seiner jüngeren Jahre, als er und weitere würdevolle junge Epikureer sich zu ausgeklügelten Gelagen in die Wirtshäuser zu setzen pflegten und Weinjahrgänge, Soßen und Schildkröten abschätzen zu können vorgaben. Bisher kennzeichnete nicht nur Zufriedenheit sein Dinner, sondern auch Fülle, und ich möchte Sie nicht mit der Vermutung beunruhigen, Philip werde im Laufe seiner Geschichte jemals irgendwelche furchtbaren Extreme der Armut und des Hungers erfahren. Der Wein im Krug stand zeitweise sehr niedrig, aber ganz leer war er nie. Dieses Lamm war geschoren, doch wehte ihm ein milder Wind.

So nahm Philip sein Quartier im Temple in Besitz und zog auch wirklich ein, gerade zu Beginn der langen Gerichtsferien, die er einem ernsthaften Studium der Rechtswissenschaft und der privaten Vorbereitung zu widmen gedachte, ehe er sich an die große Arbeit der Assisenrundreisen und Gerichtsverhandlungen wagen würde. Nichts ist für Schreibtischmenschen so wichtig wie Ausarbeitung, also verschaffte Philip sich diese reichlich; besonders auf dem Wasser, wo er wacker das Ruder eintauchte. Nichts ist nach körperlicher Ausarbeitung so natürlich wie das Bedürfnis nach Erfrischung; und Mr. Firmin legte nun, da er für Rotwein zu arm war, eine gewaltige Aufnahmefähigkeit für Bier an den Tag. Nach Bier und körperlicher Anstrengung ist natürlich Ruhe vonnöten; und Firmin schlief neun Stunden durch und sah so rosig aus wie ein Mädchen in ihrer ersten Ballsaison. Danach muß so ein Mann mit solcher Statur und Gesundheit einen herzhaften Appetit aufs Frühstück haben. Und dann muß jeder Mann, der im Gerichtssaal, im Senat, auf der Parlamentsbank, im Oberhaus, auf dem Wollsack des Lordkanzlers vorankommen möchte, die Tagesereignisse seines Landes kennen; also las Philip selbstverständlich die Zeitung. Auf diese Weise, sehen Sie, beschnitten die unvermeidlichen Pflichten, die ihn von seinen Mühen ablenkten, zwangsläufig die Stunden seines Studiums.

Es wurde schon gesagt, daß Mr. Firmins Wohngenosse, Mr.

Cassidy, ein Bürger des benachbarten Königreichs Irland war und sich hierzulande mit literarischen Arbeiten beschäftigte. Ein fröhlicher, schlauer, stiller, aufmerksam beobachtender kleiner Mann, verstand er es stets, anders als manche seiner Landsleute, mit seinen Mitteln gut hauszuhalten; hatte keinen lebenden Menschen in der Rolle eines drängenden Gläubigers zu fürchten; und schaffte es, seinen alten Eltern, die irgendwo in Munster wohnten, von seinem geringen Einkommen nicht unerhebliche Unterstützung und Zuwendungen zukommen zu lassen. Zu Cassidys Freunden gehörte Finucane, jetzt Chefredakteur der „Pall Mall Gazette“; er heiratete die Witwe des exzentrischen und begabten Hauptmanns Shandon, und Cass selbst war der Gesellschaftskorrespondent der „Gazette“, Chronist der Heiraten, Todesfälle, Geburten, Dinner des Adels. Diese irischen Gentlemen kannten wiederum andere irische Gentlemen, mit anderen Zeitungen verbunden, die einen kleinen literarischen Zirkel bildeten. Sie kamen reihum in ihren Wohnungen zusammen und in Lokalen, wo die Geselligkeit zu mäßigem Preis zu haben war. Philip Firmin war vielen von ihnen schon bekannt, ehe sich sein Mißgeschick ereignete und als noch reichlich Gold in seiner Tasche steckte und seine Lieder niemals ohne Beifall aufgenommen wurden.

Als Pendennis und seine Freunde für diese Zeitung schrieben, war sie schon frech genug, und viele Menschen müssen die Autoren haben lachen hören, wenn diese es gelegentlich für angebracht hielten, sich sehr von oben herab zu geben. Der Ton, den sie anschlugen, amüsierte, ärgerte, prickelte, war beliebt. Ihre Nachfolger setzten ihn fort und karikierten ihn natürlich. Sie arbeiteten für recht bescheidenes Honorar: doch hielten sie sich durch Unverschämtheit schadlos und durch die Befriedigung, Höherstehende angreifen zu können. Drei oder vier Personen waren vor ihren Ausfällen sicher; aber irgend jemanden banden sie unweigerlich jede Woche an ihren Pfahl, und die Öffentlichkeit weidete sich daran, wie das Opfer sich wand. Die Autoren waren dahergelaufene Advokaten, Hilfslehrer und Collegeabsolventen, doch sie hatten die Allwissenheit für ihre Feder gepachtet und waren bereit, sich kategorisch über jedes beliebige Thema auszulassen – jeglichen Mann über seinen Beruf zu belehren, sei es einen Bischof auf seiner Kanzel, einen Minister auf seiner Bank im Parlament, einen Kapitän auf seinem Achterdeck, einen Schneider auf seinem Arbeitstisch oder einen Jockey in seinem Sattel.

Seit jener Anfangszeit der „Pall Mall Gazette", als der alte Shandon seinen grausamen Tomahawk schwang und die Herren W-rr-ngt-n und P-nd-nn-s ihm auf dem Kriegspfad folgten, war die „Gazette" durch mehrere Hände gegangen; und die Opfer, die von den Redakteuren von heute hingemetzelt wurden, waren sehr wahrscheinlich Gegenstand der heftigsten Lobhudelei der vorhergehenden Dynastie. In dem Schulzimmer, wo man einst selbst unterrichtet hat, ausgepeitscht zu werden – das ist gewiß ein merkwürdiges Gefühl; und als meine Untersuchung über den Niedergang des Siegellackhandels in den drei Königreichen (auf Grund der allgemeinen Verbreitung gummierter Umschläge – wie Sie aus jenem meisterhaften Dokument ersehen können) erschien, zog man mich in der „Gazette" über den Bock, und mit einigen der Ruten, die nach meiner Zeit aus der Beize gekommen waren, prügelte man mich kräftig durch. Wurde der gute Doktor Guillotin nicht mittels seiner eigenen netten Erfindung hingerichtet? Ich weiß nicht, wer der Monsieur Sanson war, der mich bearbeitete, hatte jedoch immer so eine Ahnung, Digges, vom Corpus, sei der Mann gewesen, dem man meine Geißelung anvertraut hatte. Sein Vater betreibt in Hackney eine Schule für junge Damen; aber alles, was Digges schreibt, besitzt eine Eleganz und atmet einen ritterlichen Konservativismus, die mich ziemlich sicher machen, daß D. mein Folterknecht war. All das ist jedoch müßig. Wenden wir uns von den privaten Kümmernissen und Egoismen des Autors denen des Helden der Geschichte zu.

Erinnert sich jemand an das Erscheinen eines Büchleins vor rund zwanzig Jahren, das „Trompetenstöße" hieß – ein Buch mit Liedern und Gedichten, von Kornett Canterton seinen Offizierskameraden gewidmet? Seine Trompete war leidlich melodisch, und der Kornett spielte darauf mit bescheidener Anmut und Fertigkeit ein paar nette Liedchen. Doch dieser bedauernswerte Canterton gehörte der Grünen Leibgarde an, und Philip Firmin wäre mindestens einem oder zweien aus diesem Korps liebend gern an die Gurgel gegangen. In Mr. Cassidys Zimmer fand Philip das Bändchen. Er machte sich ans Werk, Canterton zu zermalmen. Er ritt ihn über den Haufen, trampelte ihm über Gesicht und Leib, schlug dem Trompeter die Trompetenstöße und alle Zähne aus. Nie wurde ein so vernichtender Artikel geschrieben wie der seine. Und Mugford, Mr. Cassidys Chef und Besitzer, der gern immer mindestens einen Mann in der „Pall Mall Gazette" kleingehackt und angerichtet sieht, hielt in ebendiesem kritischen Moment kein anderes Opfer in seiner Speisekammer bereit. Philips Rezension erschien also dort im Druck. Er kam mit grenzenlosem Frohlocken nach Westminster gestürmt, um uns sein Glanzstück zu zeigen. Er gab sich nicht zufrieden, bis er auf seinen Erfolg ein Dinner in Greenwich gegeben hatte. O Philip! Wir wünschten, nicht das wäre sein erstes Honorar gewesen und die nüchterne Rechtswissenschaft hätte es ihm bezahlt und nicht die dreiste und wankelmütige Muse, mit der er getändelt hatte. Denn, um die Wahrheit zu sagen, gewisse weise alte Häupter, die sich ob dieser Leistung bedenklich wiegten, konnten nur wenig Wert darin sehen. Sein Stil war ungeschliffen, sein Witz plump und grausam. Doch wollen wir jetzt nicht näher darauf eingehen. Er hat seinen Irrtum eingesehen und sich von der Muse getrennt, die er nie hätte umwerben sollen.

Der schlaue Cassidy selbst konnte nicht nur nicht schreiben, sondern wußte das auch – konnte zumindest nicht mehr als einen einfachen, kurzen Artikel oder einen knappen, sachlichen Satz verfassen, erklärte aber, er wolle diesen Artikel seinem Chef vorlegen. „*Seine Exzellenz*" war der Spitzname, auf den dieser Chef im Bekanntenkreis getauft war. Mugford – Frederick Mugford war sein richtiger Name, und sah man von jenem kleinen Charakterfehler ab, daß er einmal wöchentlich einen systematischen literarischen Mord beging, gab es keinen trefflicheren, gutmütigeren kleinen Mörder. Er kam aus der alten Schule der Presse. Wie französische Marschälle war er aus den Reihen der Gemeinen aufgestiegen und behielt einige Gewohnheiten und Eigentümlichkeiten des einfachen Soldaten bei. Seit er als Drukkergehilfe in den Dienst getreten war, war ein neuer Schlag von Autoren herangewachsen – Männer von Welt mit den Umgangsformen der übrigen Gentlemen. Mugford erhob nie den geringsten Anspruch auf Vornehmheit. Er wußte, daß seine jungen Männer über seine Eigenheiten lachten, und scherte sich den Teufel um ihre Geringschätzung. Wenn ihm das Messer, mit dem er sich die Nahrungsmittel in den Mund beförderte, bei seinen üppigen Banketten in den Schlund fuhr, sah er seine jungen Freunde zusammenzucken und staunen und hatte an ihrer Verblüffung seinen Spaß. Diesen Lippen lag nicht das geringste daran, die H an den richtigen Stellen anzubringen. Sie brachten höchst ungezwungen Kraftausdrücke vor – (ihn eine Druckerei herunterputzen zu hören war ein Wunder an Beredsamkeit) –, doch sie verrieten keine Geheimnisse, und den Worten, die sie aussprachen, durfte man vertrauen. Er hatte zwei oder drei Parteien angehört und hatte sie alle geachtet. Wenn er in das Büro des Unterstaatssekretärs kam, brauchte er nie zu warten; und ein- oder zweimal befahl ihm Mrs. Mugford, die ihn regierte, den Sonnabendempfang der Ministersgattinnen zu besuchen, wo er mit schmutzigen Händen anzutreffen war, das ist wahr, aber in einer reichbestickten Weste und eleganten Seidenkrawatte. Doch mit dem Herzen war er nicht bei diesen Festlichkeiten. Ich habe ihn sagen hören, er sei nur gekommen, weil Mrs. M. es unbedingt wolle; und er gab offen zu, ihm sei „'ne Pfeife und 'n Schluck was 'eißes lieber als das ganze *H*eis und Zeugs".

Mugford besaß eine ungewöhnlich reiche Kenntnis von allem, was in der Welt vorging, und von den Affären unzähliger Menschen. Als Cass Seiner Exzellenz Philips Artikel brachte und den Namen des Autors nannte, zeigte sich, daß Mugford über Philips Geschichte und die seines Vaters im Bilde war. „Der alte Kunde hat dem jungen Kerl das Geld abgegaunert, fast bis zum letzten Shilling, höre ich. Hab gewußt, daß er nicht durchhalten würde. Seine Zinsen hätten jeden Mann umgebracht. Hab seit zehn Jahren seine Wechsel umlaufen sehen. Der junge ist ein Gentleman – hitziger Kerl, lauter Kerl, aber gut zu den Armen. Der Vater war nie ein Gentleman, bei seinem ganzen feinen Getue und seinen feinen Westen. Ich selbst hab mit so was nichts im Sinn, Cass, aber ich sage Ihnen, ich erkenne diese Typen auf einen Blick."

Philip besaß Freunde und heimliche Gönner, deren Einfluß auf die Familie Mugford groß war und von denen er kaum etwas ahnte. Alljährlich pflegte Mrs. M. der Welt einen Mugford beizusteuern. Sie gehörte zu Mrs. Brandons regelmäßigsten Patientinnen; und Ridley, der Maler, war Jahr um Jahr, fast von seinem Eintreffen in London an, bei dieser würdigen Familie als Porträtmaler beschäftigt gewesen. Philip und seine Krankheit; Philip und seine Pferde, seine glanzvollen Bewirtungen und Unterhaltungen; Philip und sein beklagenswerter Sturz und Ruin hatten das Thema für so manches interessante Gespräch zwischen Mrs. Mugford und ihrer Freundin, der Kleinen Schwester, abgegeben; und da wir Mrs. Carolines Vernarrtheit bezüglich des jungen Mannes kennen, dürfen wir annehmen, daß seine guten Eigenschaften bei der Schilderung nicht verlorengingen.

Als jener Artikel in der „Pall Mall Gazette" erschien, nahm Schwester Brandon den Omnibus nach Haverstock Hill, wo, wie Sie wissen, Mugford seine Villa hatte; traf, die „Gazette" in der Hand, bei Mrs. Mugford ein und führte ein langes und herzerfrischendes Gespräch mit dieser Dame. Mrs. Brandon kaufte ich weiß nicht wie viele Exemplare dieser Nummer. Auf ihren Wegen fragte sie jetzt wiederholt nach dieser Zeitung, in verschiedenen Ingwerbierschenken und bei allen möglichen Zeitungshändlern. Ich habe gehört, daß Mrs. M., als die Mugfords gerade die „Gazette" gekauft hatten, aus ihrer Ponychaise heraus Reklamezettel auszustreuen pflegte und Plakate verteilte, die von der Vortrefflichkeit des Blattes kündeten. „Wir halten uns eine Kutsche, aber wir sind uns nicht zu schade fürs Geschäft, meine liebe Mrs. Brandon", sagte diese gute Dame oft. Und das Geschäft blühte unter der Leitung dieser ehrenwerten Leute; und die Ponychaise entfaltete sich zu einer stattlichen Barutsche; und das Pony wuchs und mehrte sich und verwandelte sich in ein Paar Pferde; und um keinen Kutscherhut Londons wand sich ein so kostbares Stück Goldtresse, wie es jetzt John zierte, der im gleichen Maße wie der Erfolg seines Herrn gewachsen war und die Karosse lenkte, in der seine treffliche Herrschaft Hampstead, Ehren und Wohlstand entgegenfuhr.

„Dem Dichter ordentlich einzuheizen ist ja soweit ganz gut, Cassidy", eröffnet Mugford seinem Untergebenen. „Es ist, als ob man einen Schmetterling mit der Donnerbüchse abschießt; aber wenn Firmin diese Art Sport zusagt, mir soll es recht sein. Bei uns soll es keine Schwierigkeiten geben, ihm seine Beiträge abzunehmen. Die Herzogin kennt eine andere alte Frau, die mit ihm befreundet ist" („*die Herzogin*" war der Titel, mit dem Mr. Mugford seine Frau scherzhaft zu belehnen pflegte). „Nach meiner Meinung sollte sich der junge F. lieber an die Rechte halten und den Schreibkram sein lassen. Aber das ist seine Sache, und wohlgemerkt, die Herzogin ist entschlossen, wir sollen ihn unter unsere Fittiche nehmen."

Einmal, in der Zeit seines Wohlstands und in J. J.s Begleitung, hatte Philip Mrs. Mugford und ihre Familie besucht – ein Umstand, den der Gentleman fast vergessen hatte. Der Maler und sein Freund waren bei einem Sonntagsspaziergang zufällig an Mugfords hübschem Landhaus mit Garten vorbeigekommen und dort von den Besitzern gastlich aufgenommen worden. Das Haus ist verschwunden, der frühere Garten ist schon lange mit Reihenhäusern und Villen zugebaut, und Mugford und Mrs. M., die guten Seelen, wo sind sie? Doch die Dame meinte, noch nie einen so gutaussehenden Burschen wie Philip getroffen zu haben; überlegte für sich, welche ihrer kleinen weiblichen Mugfords ihn heiraten solle; und drang darauf, ihrem Gast Champagner anzubieten. Armer Phil! Sie sehen also, während er sich womöglich einiges auf seine literarischen Talente zugute tat und sich einbildete, er sei ein geistreicher Bursche, war er nur Ziel der Bemühungen zweier oder dreier guter Leute, die seine Geschichte kannten und ihn in seinem Unglück bemitleideten.

Mugford brachte sich Phil in Erinnerung, als beide nach dem Erscheinen von Mr. Phils erstem Beitrag in der „Gazette" zusammentrafen. Falls er immer noch seine Sonntagsspaziergänge in Richtung Hampstead unternehme, so bitte ihn Mr. M., daran zu denken, daß in der alten Kate eine Scheibe Rindfleisch und ein Glas Wein auf ihn warte. Jetzt erinnerte sich Philip ganz gut daran: das häßliche Zimmer, die häßliche Familie, die freundlichen wackeren Menschen. Bald erfuhr er, welche Verbindungen es zwischen ihnen und Mrs. Brandon gegeben hatte, und dem jungen Mann wurde das Herz weich, als er dankbar bedachte, wie dieses gütige, sanfte Wesen es erreicht hatte, ihn zu unterstützen. Sie, dessen dürfen wir sicher sein, war auf ihren Schützling nicht wenig stolz. Ich glaube, mit der Zeit redete sie sich ein, die ganze Zeitung werde von Philip verfaßt. Sie ließ sich von ihrem liebenden Vater bei der Arbeit daraus vorlesen. Mr. Ridley senior verkündete, es sei ausnehmend gut, also wirklich – ohne, glaube ich, den Sinn der Gedanken ganz zu verstehen, die Mr. Gann mit seiner kräftigen, lauten Stimme vortrug, und oft während dieser Predigt in seinem Sessel einschlummernd.

Im Herbst wählten Mr. Firmins Freunde, Mr. und Mrs. Pendennis, die romantische Hafenstadt Boulogne zum Ferienaufenthalt. Und da wir in der alten Stadt eine geräumige Unterkunft hatten, luden wir Mr. Philip ein, uns zu besuchen, wann immer er sich von der Literatur und der Rechtswissenschaft losreißen könne. Er kam in Hochstimmung an. Er erheiterte uns mit Imitationen und Schilderungen seines neuen Zeitungsherrn und Chefs, Mr. Mugford – seiner Schnitzer, seiner Kraftausdrücke, seines guten Herzens. Eines Tages erwartete Mugford eine berühmte literarische Persönlichkeit zum Dinner, und Philip und Cassidy waren dazu eingeladen. Der große Mann war krank und konnte nicht kommen. „Die Zwischenspeisen brauchen Sie nicht aufzutragen", rief Mugford vor den Ohren seiner übrigen Gäste seiner Köchin draußen zu, „Mr. Lyon kommt nicht." Sie dinierten auch ohne Zwischenspeisen durchaus reichlich und waren in Abwesenheit des berühmten Mannes recht wohlgelaunt. Mugford begönnerte seine jungen Leute mit belustigender Gutmütigkeit. „Firmin, tranchieren Sie für die Herzogin die Gans, ja? Cass wagt sich ja an keine ran, der doch nicht. Ridley, ein bißchen Füllung. Davon kriegen Sie lockige Haare." Und Philip wollte gerade eine grausige Nummer mit dem kalten Stahl nachahmen (mit dem sich Philips Chef, wie ich schon sagte, das Essen in den Mund zu befördern pflegte), aber unsere liebe unschuldige dritte Tochter stieß einen Schrei des Entsetzens aus, woraufhin er die schreckliche Waffe fallen ließ. Unsere liebste kleine Florence ist ein nervöses Kind, und der Anblick eines scharfschneidigen Werkzeugs macht ihr Angst, seit unser liebster kleiner Tom sich mit dem Rasiermesser seines Vaters beinahe den Daumen abgeschnitten hat.

Unser Hauptvergnügen an diesem reizenden Ort bestand darin, uns das Anlanden der Seekranken von den Dampfern anzusehen; und eines Tages, als wir dieses Phänomen betrachteten, sprang Philip an die Taue, die uns von den ankommenden Passagieren trennten, und begrüßte mit dem Ruf: „Wie geht es Ihnen, General?" einen gelbgesichtigen Gentleman, der daraufhin zurückprallte und meiner Meinung nach nur wenig geneigt schien, Philips freundlichen Gruß zu erwidern. Zweifellos war der General von dem Durcheinander und den die Landung begleitenden Zwischenfällen etwas verwirrt. Eine blasse Dame, vermutlich die

Gefährtin seines Lebens, rief: „Nuhf et duh domestiques, duh“, an die Posten gewandt, die die Absperrung bewachten und für diese Familiennachricht wenig Interesse aufzubringen schienen. Eine Gouvernante, eine hochgewachsene junge Dame und noch mehrere männliche und weibliche Kinder folgten der blassen Dame, die seltsam erschrocken schien, als der als General angesprochene Gentleman ihr Philips Namen nannte. „Der ist das?“ äußerte die Dame mit fragwürdiger Grammatik, und die hochgewachsene junge Dame richtete ein Paar große Augen auf die als „der“ bezeichnete Person und ließ zwei durchfeuchtete Ringellocken sehen, aus denen die neidischen Meernymphen die ganze Kräuselung herausgeschüttelt hatten.

Der General stellte sich als General Baynes heraus; die blasse Dame war Mrs. General B., die hochgewachsene junge Dame war Miss Charlotte Baynes, das älteste Kind des Generals, und die weiteren sechs, die die Gesamtzahl auf neun, oder „nuhf“, wie Mrs. General B. gesagt hatte, brachten, waren die übrigen Mitglieder der Familie Baynes. Und hier kann ich auch gleich sagen, weshalb der General bestürzt wirkte, als er Philip erblickte, und weshalb die Gattin des Generals ihn mit gerunzelter Stirn ansah. Im Gefecht einer der Tapfersten, war General Baynes im Alltagsleben zaghaft und schwach. Besonders fürchtete er Mrs. General Baynes, die über ihn energisch ihre Autorität ausübte. Als Philips Treuhänder hatte er zugelassen, daß Philips Vater mit dem Geld des Jungen durchging. Er erfuhr mit Grausen und Entsetzen, daß er für seine eigene Nachlässigkeit und mangelnde Umsicht haftbar war. Lange Zeit wagte er nicht, seiner Oberbefehlshaberin von der schrecklichen Strafe zu berichten, die über ihm schwebte. Ich beneide ihn nicht um die Szene, die zwischen ihm und seiner Kommandantin erfolgt sein muß, als er sich endlich zu diesem Geständnis durchrang. Am Morgen nach dem verhängnisvollen Geständnis, als die Kinder sich zu Frühstück und Gebet versammelten, teilte Mrs. Baynes an ihre Kleinen den Haferbrei aus; sie und Charlotte schenkten den älteren Tee und Kaffee ein, und dann sprach sie, an ihren ältesten Sohn Ochterlony gewandt: „Ocky, mein Junge, der General hat heute morgen eine reizende Nachricht bekanntgegeben.“

„Das Pony gekauft, Sir?“ fragt Ocky.

„Oh, ganz famos!“ meint Moira, der zweite Sohn.

„Lieber, lieber Papa! Was ist los, und wie siehst du denn aus?“ ruft Charlotte, die hinter die Zeitung ihres Vaters lugt.

Dieser schuldbeladene alte Mann hätte aus seinem „Morning Herald“ am liebsten ein Leichentuch gemacht. Er hätte sich das Blatt über den Leib gezogen, um dort vor aller Augen verborgen zu liegen.

„Famos ist, meine Lieben, daß euer Vater ruiniert ist: das ist das Famose. Eßt jetzt euren Haferbrei, ihr Kleinen. Charlotte, gib an Carricks Brei ein Stückchen Butter; denn morgen bekommt ihr vielleicht keinen mehr.“

„Ach, Humbug!“ ruft Moira.

„Du wirst bald merken, ob es Humbug ist oder nicht, mein Lieber, wenn du Hunger leidest, mein Lieber. Euer Vater hat uns ruiniert – und ein hübsches Stück Arbeit ist das für ’nen kurzen Vormittag, wirklich.“

Und sie wischt gelassen ihrem jüngsten Kind die Nase, das neben ihr sitzt und zu jung, unschuldig und, vielleicht, gegenüber der Mißbilligung der Welt zu achtlos ist, um das eigene liebe Stupsnäschen und die roten Bäckchen tadellos sauberzuhalten.

„Wir sind *nur* ruiniert und werden bald hungern, liebe Kinder, und falls der General ein Pony gekauft hat – was ich fast glaube . . . er ist durchaus imstande, ein Pony zu kaufen, wenn wir am Verhungern sind –, ist das Beste, was wir machen können, das Pony aufzuessen. M’Grigor, lache nicht. Verhungern ist nicht zum Lachen. Als wir in Dumdum waren, im Jahr 1836, haben wir ein Fohlen gegessen. Erinnerst du dich an Jubbers Fohlen – Jubber von der reitenden Artillerie, General? Hab mein Lebtag nie wieder etwas so Zartes gekostet. Charlotte, nimm Janys Hände aus der Marmelade! Wir sind alle ruiniert, liebe Kinder, so gewiß unser Name Baynes ist.“

So plapperte die Mutter der Familie inmitten ihrer Kleinen munter fort und eröffnete ihnen die furchtbare Nachricht des ihnen bevorstehenden Hungers. General Baynes habe durch seine Nachlässigkeit Doktor Firmin ermöglicht, mit dem Geld durchzubrennen, für das der General als Schildwache aufgestellt worden sei. Philip Firmin könne sich am Treuhänder schadlos halten und werde das zweifellos auch. Vielleicht mache er seinen Anspruch nicht geltend? „Liebes Kind, was kannst du vom Sohn eines solchen Vaters erwarten? Verlaß dich darauf, Charlotte, von einem derartigen Stamm kann keine gute Frucht kommen. Der Sohn taugt nichts, der Vater taugt nichts, und deinen Vater, die arme liebe Seele, kann man nicht auf die Straße lassen, wenn keiner dabei ist, der ihn vor dem Stolpern bewahrt. Warum habe ich ihm nur erlaubt, ohne mich in die Stadt zu fahren? Wir lagen damals in Colchester in Garnison, und ich konnte nicht weg, wegen deines Bruders M'Grigor. ‚Baynes', habe ich deinem Vater gesagt, ‚so gewiß ich dich ohne mich in die Stadt lasse, wirst du ins Unglück geraten.' Und hingefahren ist er, und ins Unglück geraten ist er. Und wegen seiner Einfalt müssen ich und meine armen Kinder bald auf der Straße um unser Brot betteln gehen – ich und meine sieben armen, beraubten, mittellosen Kinder. Ach, es ist grausam, grausam!"

Wahrhaftig, man kann sich keine trübseligere Aussicht für diese wackere Mutter und Gattin vorstellen, als ihre Kinder am Beginn ihres Lebens unversorgt und ihren unglückseligen Mann der Ersparnisse seines Lebens beraubt zu sehen, just dann ruiniert, als er zu alt zum Arbeiten geworden ist.

Was sollte aus ihnen werden? Jetzt bemerkte Charlotte mit bitterer, schmerzlicher Reue, wie müßig sie gewesen war und wie sie ihre Gouvernante vor den Kopf gestoßen hatte und wie wenig sie wußte und wie schlecht sie Klavier spielte. O versäumte Gelegenheiten! O Reue, nun, da die Zeit vorüber und unwiederbringlich verloren war! Liest das gerade irgendeine junge Dame, die etwa stattdessen ihre Aufgaben machen müßte? Liebes Kind, legen Sie unverzüglich das Geschichtenbuch hin. Gehen Sie sofort in Ihr Schulzimmer hinauf und üben Sie zwei Stunden lang Klavier; auf daß Sie darauf vorbereitet sind, Ihre Familie zu versorgen, gesetzt den Fall, der Ruin bricht einmal über *Sie* herein. Ich bedaure Charlotte Baynes, das große Mädchen von sechzehn, in ihrer Qual. Sie hat keine besonders gute Handschrift; sie kann so gut wie keine Frage in den Lehrbüchern ordentlich beantworten; ihr Klavierspiel ist wirklich sehr, sehr mittelmäßig. Wenn sie aus dem Haus gehen und den Lebensunterhalt für die Familie verdienen soll, wie in Gottes Namen soll sie das anstellen? Was sollen sie mit den Jungen anfangen, was wird mit dem Geld, das sie dafür auf die hohe Kante gelegt haben, wenn Ochterlony aufs College geht, und für Moiras Offizierspatent? Wir können es uns ja gar nicht mehr leisten, sie bei Doktor Pybus zu lassen, wo sie sich so gut gemacht haben; und sie waren viel, viel besser als Oberst Chandlers Jungen und die feineren Gentlemen; und der Armee entsagen zu müssen bricht Moira das Herz, bestimmt. Und die Kleinen, mein kleiner blauäugiger Carrick, und mein Liebling Jany, und meine Mary, die ich wie durch ein Wunder bei ihrem Scharlach gesund gepflegt habe. Gott steh ihnen bei! Gott steh uns allen bei! denkt die arme Mutter. Kein Wunder, daß sie nachts wachliegt und ihr Herz bei der Vorstellung der drohenden Gefahr in einen Aufruhr der Sorge gerät.

Und der Vater der Familie? – der mannhafte alte General, dessen Schlachten und Feldzüge vorbei sind, der heimgekehrt ist, die kriegsmüden Glieder auszuruhen und mit dem Himmel seinen Frieden zu schließen, bevor dieser ihn abruft – was muß er bei dem Gedanken empfinden, daß ein Schurke ihn zu einer Unvorsichtigkeit verleitet hat, die seine Kinder mittellos und ihn selbst ehrlos und zum Bettler macht? Als er herausbekam, was Doktor Firmin getan und wie er ihn betrogen hatte, wandte er sich bestürzt an seinen Rechtsanwalt, der nichts für ihn tun konnte. Der Treuhänder von Philips Mutter war Philip gegenüber für dessen Vermögen haftbar. Es war infolge Baynes' Unachtsamkeit gestohlen worden, und das Gesetz verpflichtete ihn zum Ersatz. General Baynes' geschäftlicher Berater konnte ihm in keiner Weise aus der Patsche helfen; und ich hoffe, mein werter Leser nimmt es dem General nicht allzu übel, was er, zugegeben, getan hatte. *Sie* täten das nie, mein lieber Sir, das weiß ich. Keine Macht auf Erden könnte *Sie* dazu bewegen, einen Zollbreit vom Pfad der Rechtschaffenheit abzuweichen; oder, wenn Sie schon eine unbedachte Handlung begangen haben, die Folgen nicht auf sich zu nehmen. Die ganze Geschichte lief darauf hinaus, daß der arme Baynes und seine Frau, nachdem sie aufgeregte und verstohlene Beratungen abgehalten hatten – nachdem sie in jedem, der auftauchte, einen Gerichtsvollzieher zu sehen glaubten, der sie zugunsten Philips pfänden wollte – nach entsetzlichen Tagen der Reue, Niedergeschlagenheit, des Schuldgefühls –, ich sage, es lief darauf hinaus, daß diese armen Leute die Flucht beschlossen. Sie wollten sich irgendwo auf dem Kontinent verstecken – in einem undurchdringlichen Fichtenwald in Norwegen – auf einem unzugänglichen Berg in der Schweiz. Sie wollten einen anderen Namen annehmen; sich den Schnurrbart und das ehrliche alte weiße Haar färben; mit ihren Kleinen weit, weit, weit fort fliehen, außer Reichweite Philips und des Gesetzes; und beim ersten Fluchtversuch landen sie auf dem Pier von Boulogne, und da steht Mr. Philip mit ausgestreckter Hand und faßt sie beim Verlassen des Dampfers ins Auge! Ins Auge? Es ist das Auge des Himmels, das auf diesen Verbrechern ruht. Streckt ihnen die Hand entgegen? Es ist die Hand des Schicksals, die auf ihren nichtswürdigen Schultern lastet. Kein Wunder, daß sie zusammenschreckten und erbleichten. Das, was ich für Seekrankheit hielt, war, so muß ich zu meinem Bedauern sagen, ein schuldbeladenes Gewissen: und wo findet sich der Steward, meine lieben Freunde, der uns das erleichtern kann?

Als diese Gruppe nun aus dem Zollgebäude gewankt kam, sah der arme Baynes Philips Hand immer noch ausgestreckt, ihn zu packen, und dieser begrüßte ihn mit schauerlicher Freundlichkeit. „Das sind Ihre Kinder, General, und das ist Mrs. Baynes?“ fragte Philip lächelnd und zog den Hut.

„O ja! Ich bin Mrs. General Baynes!“ antwortet die arme Frau; „und das hier sind die Kinder – ja, ja. Charlotte, das ist Mr. Firmin, von dem du uns hast sprechen hören; und das sind meine Jungen, Moira und Ochterlony.“

„Ich habe die Ehre gehabt, General Baynes in der Old Parr Street kennenzulernen. Erinnern Sie sich nicht, Sir?“ wendet sich Mr. Pendennis mit großer Liebenswürdigkeit an den General.

Was, *noch einer*, der mich kennt? denkt der arme Wicht vermutlich; und grauenhaft bedeutungsvolle Blicke wechseln zwischen der schuldigen Gattin und dem schuldigen Gatten.

„Steigen Sie in einem Hotel ab?“

„Hôtel des Bains!“ – „Hôtel du Nord?“ – „Hôtel d'Angleterre“, rufen an dieser Stelle zwanzig Hoteldiener in einem Atemzug.

„Hotel? O ja! Das heißt, wir haben uns noch nicht entschlossen, ob wir heute abend weiterfahren oder ob wir bleiben“, sagen diese armen Sünder, blicken einander an und dann zu Boden, worauf eines der Kinder aufheult:

„Ach, Ma, was erzählst du da! Du hast gesagt, ihr bleibt über Nacht. Und mir war auf dem gräßlichen Schiff so schlecht, und ich *will* nicht mehr weiterfahren!“ Und Tränen ersticken seine arglosen Worte. „Und du hast dem Mann, der deine Sachen nahm, ‚Bäng' gesagt, das weißt du genau“, fährt das unschuldige Kind fort, sobald es wieder einen Satz hervorschluchzen kann.

„Wer hat *dir* zu sprechen erlaubt?“ rief Mama, den Jungen schüttelnd.

„Hier lang geht es zum ‚Hôtel des Bains'“, bemerkt Philip und macht vor Miss Baynes noch eine seiner schönsten Verbeugungen. Und Miss Baynes macht einen Knicks, und ihre Augen blikken zu dem gutaussehenden jungen Mann auf – große, braune, aufrichtige Augen in einem reizenden runden Gesicht, an dem zu beiden Seiten zwei glatte braune Haarsträhnen herunterhängen, die noch Ringellocken waren, als sie vor wenigen Stunden Folkestone verließen.

„Ach, sieh doch, diese Frauen mit den kurzen Röcken und Holzschuhen, alle Wetter! Oh! wie hübsch, nicht?“ ruft einer der jungen Gentlemen.

„Alle Wetter, da ist ein Mann mit Ohrringen! Wirklich, Ocky, auf mein Wort!“ ruft ein anderer. Und der ältere Junge dreht sich zu seinem Vater um und weist auf ein paar Soldaten. „Hast du schon mal so kleine Wichte gesehen?“ sagt er und wirft stolz den Kopf zurück. „In unserer Truppe würden sie solche Kerls gar nicht aufnehmen.“

„Ich bin überhaupt nicht müde, danke“, sagt Charlotte. „Ich bin es gewöhnt, ihn zu tragen.“ Ich vergaß zu erzählen, daß die junge Dame eines der Kinder schlafend auf dem Arm hatte; ein zweites wackelte neben ihr her, hielt sich am Kleid seiner Schwester fest und bewunderte Mr. Firmins gezwirbelten Schnurrbart, der ungemein leuchtend und herrlich flammte, den Strahlen der sinkenden Sonne gleich.

„Ich freue mich sehr, daß wir uns getroffen haben, Sir“, sagt Philip ausnehmend freundlich, als er sich vom General am Eingang seines Hotels verabschiedet. „Ich hoffe, Sie reisen morgen nicht ab und ich darf kommen, um Mrs. Baynes meine Aufwartung zu machen.“ Noch einmal grüßt er diese Dame mit einem coup de chapeau. Noch einmal verbeugt er sich vor Miss Baynes. Sie macht einen recht hübschen Knicks, wenn man bedenkt, daß sie ein schlafendes Baby auf dem Arm hat. Und sie betraten das Hotel, und die tüchtige Marie steuert sie in passende Zimmer, wo einige von ihnen bestimmt sehr fest schlafen werden. Wie sehr viel angenehmer hätten der arme Baynes und seine Frau schlafen können, hätten sie gewußt, welche Gefühle Phil Firmin ihnen gegenüber hegte!

Wir bewunderten beide Charlotte, das hochgewachsene Mädchen, das den kleinen Bruder trug und das die übrigen eng umringten. Und wir schwärmten Mrs. Pendennis viel von Miss Charlotte vor, als wir uns mit dieser Dame zu Tisch setzten. Zu Mrs. Baynes hatten wir nicht allzuviel Lobendes zu sagen, außer daß sie offenbar das Kommando über die ganze Expedition habe, den General, ihren Mann, eingeschlossen.

Obwohl Maries Betten im „Hôtel des Bains" so bequem sind wie nur irgendein Bett in Europa, kann diese vortreffliche Kammerfrau doch nicht ein reines, ruhiges Gewissen auf dem reinen, duftenden Kissenbezug ausbreiten; und General und Mrs. Baynes gaben in späteren Tagen zu, eine der schlimmsten Nächte, die sie je erlebt hätten, sei die erste nach ihrer Landung in Frankreich gewesen. Welcher Flüchtling aus seinem Land kann sich selbst entfliehen? Eisenbahnen gab es in diesem Teil Frankreichs noch nicht. Der General war zu arm, um mit zwei privaten Mietkutschen zu fliehen, die er für seine „nuhf"-köpfige Familie, die Gouvernante und zwei Dienstboten gebraucht hätte. Von einem solchen Troß behindert, wäre er von seinem Feind rasch verfolgt und eingeholt worden. Es ist eine Tatsache, daß er und seine Befehlshaberin unmittelbar nach dem Eintreffen in ihrem Hotel wieder ausgingen, um sich zu erkundigen, wann sie Plätze nach – kümmern wir uns nicht um den Namen des Ortes, wo sie wirklich Zuflucht zu nehmen gedachten – bekommen könnten. Sie verrieten ihn nie, aber Mrs. Baynes hatte eine Schwester, Mrs. Major MacWhirter (mit MacW. von der Bengalischen Kavallerie verheiratet), und die Schwestern liebten einander *innig*, besonders brieflich, denn man muß gestehen, daß sie sich schrecklich stritten, wenn sie beisammen waren: und Mrs. MacWhirter konnte es einfach nicht verwinden, daß ihre jüngere Schwester beim Dinner den Vortritt hatte, weil sie mit einem Offizier höheren Ranges verheiratet war. Nun, waren die zwei Damen getrennt, waren ihre kleinen Meinungsverschiedenheiten vergessen. Die Schwestern schrieben einander sagenhaft lange Briefe, in denen sie Haushaltsdinge, die Kinderkrankheiten der Sprößlinge, die entsprechenden Preise für Kalbfleisch, Eier, Hühner, die Mieten für möblierte Wohnungen und Häuser an verschiedenen Orten eingehend erörterten. Und da Mrs. Baynes sich überraschend gut über Tours unterrichtet erwies, über dortige Märkte und Mieten, die Pfarrer und die dortige Gesellschaft, und da Major und Mrs. MacWhirter sich dort aufhielten, zweifle ich für mein Teil angesichts diesen und eines weiteren durchaus nicht unwichtigen Indizes kaum daran, daß unsere Flüchtlinge ebendieser schönen Stadt zustrebten, als Ereignisse eintraten, von denen ich jetzt berichten muß und die General Baynes an der Spitze seines Familienregiments das zu tun veranlaßten, was einst der König von Frankreich mit zwanzigtausend Mann getan haben soll.

Philip nahm großen Anteil an der Familie. Die Wahrheit ist, wir alle langweilten uns in Boulogne ungemein. Wir verschlangen im Lesezimmer mit größter Ausdauer die fadesten Londoner Zeitungen. Wir sahen alle Schiffe einlaufen: und der Tag war verloren, an dem wir das Schiff aus Folkestone oder das aus London verpaßten. Wir brachten in den Cafés viel Zeit und Absinth durch und legten täglich Meilen auf diesem alten Pier zurück. Nun, Philip war am nächsten Morgen zu sehr früher Stunde im „Hôtel des Bains“, und dort traf er auf den General, der sich mit vergrämter Miene auf seinen Stock stützte und sein Gepäck betrachtete, das aufgetürmt in der porte cochère des Hotels lag. Da waren sie aufgestapelt, alles in allem siebenunddreißig Gepäckstücke, einschließlich Waschwannen und einem indischen Kinderbett; und alle diese Stücke waren wie folgt beschriftet: M. LE GÉNÉRAL BAYNES, OFFICIER ANGLAIS, TOURS, TOURAINE, FRANCE. Also, wenn ich zwei und zwei zusammenzähle, dabei Mrs. General Baynes' ungewöhnliche Kenntnis von Tours und genaue Bekanntschaft mit dem Ort und seinen Preisen bedenke; mich erinnere, daß ihre Schwester Emily – also Mrs. Major MacWhirter – sich dort aufhielt; und siebenunddreißig Koffer, Kisten, Reisetaschen und Handkoffer sehe, alle „M. le Général Baynes, Officier Anglais, Tours, Touraine“ adressiert, gehe ich dann fehl in der Annahme, daß Tours das Ziel des Generals war? Andererseits haben wir die Erklärung des alten Offiziers Philip gegenüber, er wisse noch nicht, wohin er wolle. O Sie verschlagener alter Mann! O Sie grauer alter Fuchs, der im Alter von siebenundsechzig Jahren anfängt, Haken zu schlagen und Winkelzüge zu machen! Na, und? Der General war auf dem Rückzug, und er wollte nicht, daß der Gegner erfuhr, nach welchem Plan er sich zurückzog. Was ist daran Schlimmes, bitte schön? Außerdem stand er unter dem Befehl seiner Oberkommandierenden, und wenn Mrs. General ihre Befehle erteilte, hätte ich einen ihrer Offiziere den Gehorsam verweigern sehen mögen.

„Was für eine Kofferpyramide! Sie gedenken doch wohl nicht heute abzureisen, General?" fragt Philip.

„Es ist Sonntag, Sir", gibt der General zurück. Was, wie Sie wohl bemerken, die Frage nicht beantwortet – doch in Wahrheit würde der gute General, außer in einem überwältigenden Notfall, an diesem Tag nie reisen.

„Ich hoffe, die Damen haben nach ihrer stürmischen Überfahrt gut geschlafen."

„Danke. Meine Frau ist eine alte Seefahrerin und hat zwei Reisen nach Indien und zurück gemacht." Sie verstehen, auch hier weicht der alte Mann wieder den arglosen Erkundigungen seines Gesprächspartners aus.

„Ich würde gern mit Ihnen sprechen, Sir, wenn es Ihnen beliebt", fährt Philip fort, der noch keine Zeit hat, sich über das Verhalten des anderen zu wundern.

„Es gibt noch andere Tage für geschäftliche Unterredungen als den Sonntag", sagt dieser erbärmliche Schlaumeier von einem alten Offizier. Ach, das Gewissen! das Gewissen! Vierundzwanzig Sikhs mit blankem Schwert, zwei Dutzend Pindari, Marathen, Ghurkas, was Sie wollen – dieser alte Mann empfand, er wäre lieber diesen entgegengetreten als Philips unbefangenen blauen Augen. Diese jedoch blitzten jetzt auf bei einem recht ärgerlichen Ausruf: „Nun, Sir, da Sie sonntags nichts Geschäftliches besprechen, darf ich Sie morgen früh aufsuchen?"

Und welchen Nutzen hatte der arme alte Kerl aus all diesen Winkelzügen, seinem Zögern und seiner List erreicht? – einen Aufschub bis morgen früh! Noch eine Nacht schrecklicher Schlaflosigkeit und hoffnungslosen Schuldbewußtseins, und am nächsten Morgen würde Philip Firmin schon mit seiner kleinen Rechnung warten: „Bitte zahlen Sie mir die dreißigtausend aus, die mein Vater ausgegeben hat und die Sie mir schulden. Bitte scheren Sie sich mit Ihrer Frau und Familie auf die Straße, betteln und hungern Sie. Haben Sie die Güte, mir Ihre letzte Rupie auszuhändigen. Seien Sie so freundlich und verkaufen Sie die Kleidung Ihrer Kinder und den Schmuck Ihrer Frau und händigen Sie mir den Erlös aus. Morgen spreche ich vor. Bis dann."

Hier kam über den Marmorboden der Hotelhalle eine hochgewachsene junge Dame in einem braunen Seidenkleid getrippelt, der üppige Ringellocken auf den schönen jungen Hals fielen (schöne braune, gekringelte Ringellocken, vous comprenez, nicht Strähnen feuchten Haares), mit einer breiten, klaren Stirn und darunter zwei ehrlichen, leuchtenden Augen und Wangen, nicht so bleich wie gestern; und noch röteren Lippen; und sie sagt: „Papa, Papa, kommst du nicht zum Frühstück? Der Tee ist ..." In welchem Zustand der Tee sich genau befindet, weiß ich nicht – wird keiner von uns je erfahren –, denn hier sagt sie: „Oh, Mr. Firmin!" und macht einen Knicks.

Auf welche Bemerkung Philip antwortete: „Miss Baynes, ich hoffe, Sie sind heute morgen ganz wohlauf und haben das gestrige stürmische Wetter gut überstanden."

„Ich bin vollkommen wohlauf, danke sehr", lautete Miss Baynes' prompte Antwort. Die Antwort war gewiß nicht geistreich, aber ich wüßte nicht, daß sie unter den waltenden Umständen etwas Passenderes hätte vorbringen können. In der Tat sah man nie ein hübscheres Bild von Gesundheit und guter Laune, als es die junge Dame darstellte; einen angenehmeren Unterschied zwischen Miss Charlottes Gesicht, am Sonnabend bleich von der Dampferfahrt und am wolkenlosen Sonntagmorgen strahlend, rosig, froh und unschuldig.

A Madame,
Madame le Major MacWhirter,
à Tours,
Touraine, France.

Tintelleries, Boulogne-sur-Mer,
Mittwoch, den 24. August 18 ...

Liebste Emily! Nachdem ich auf der *zweistündigen* Überfahrt von Folkestone hierher *furchtbarer* gelitten habe als bei vier Seereisen nach Indien und zurück, außer bei dem entsetzlichen Sturm am Kap im September 1824, als ich freilich an Bord jenes schrecklichen Truppentransporters in grausamster Weise gelitten habe, sind wir letzten Sonnabendabend hier eingetroffen, mit der *festen*

Absicht, unsere Reise gleich fortzusetzen. *Jetzt* haben wir es uns anders überlegt, wie Du siehst. Wir finden diese Stadt angenehm, und die Unterkunft außerdem sehr sauber, bequem und in allem wohlversehen, *billiger*, als Du sie uns in Tours beschaffen wolltest, wo auch die Luft, wie ich höre, feucht ist und womöglich beim General *wieder das Dschungelfieber* auslösen würde. Weil gerade der Keuchhusten im Haus war, den alle meine Lieben gottlob schon hatten, einschließlich des lieben Babys, das ihn recht gut überstanden und Seeluft empfohlen bekommen hat, haben wir dieses Haus *billiger* bekommen als zu den Preisen, die Du aus Tours nennst. Ein ganzes Haus: kleines Zimmer für zwei Jungen, Kinderzimmer, nettes Zimmerchen für Charlotte, und ein *Kabinett für den General*. Ich weiß nicht, wie wir *jemals* unsere Gesellschaft wohlbehalten den ganzen Weg nach Tours gebracht hätten. *Siebenunddreißig* Gepäckstücke, und Miss Flixby, die sich als perfekte Gouvernante mit Französisch empfohlen hat, in Paris erworben – perfekt, *aber vollkommen unbrauchbar*. Sie kann die Franzosen nicht verstehen, wenn sie mit ihr sprechen, und durchstreift das Haus *auf ganz befremdliche Weise. Der Dolmetscher bin ich.* Die arme Charlotte ist viel zu schüchtern, um zu sprechen, wenn ich dabei bin. Ich habe das alte Französisch aufpoliert, das wir in Chiswick bei Miss Pinkerton gelernt haben; und ich finde in meinem *Hindustani* eine große Hilfe; was ich anwende, wenn uns ein Wort fehlt, und es tut *ganz ausgezeichnet* seinen Dienst. Wir zahlen an Miete für das ganze Haus ... Francs pro Monat. Fleisch und Geflügel reichlich, aber teuer. Ein Händler in der Grande Rue verkauft vorzüglichen Wein zu fünfzehn Pence die Flasche und Lebensmittel so ziemlich zu englischen Preisen. Mr. Blowman in der englischen Kapelle der Tintelleries hat eine schöne Stimme und scheint ein *ganz ausgezeichneter Pfarrer* zu sein. Ich habe ihn jedoch erst einmal gehört, am Sonntagabend, als ich so aufgeregt und *niedergeschlagen* war, daß ich gestehen muß, ich habe nur wenig auf seine Predigt geachtet.

Den Grund dieser Aufregung *kennst Du*, habe ihn Dir in meinen Briefen vom Juli, Juni und 24. Mai d. J. mitgeteilt. Mein armer, schlichter, argloser Baynes war Mrs. Doktor Firmins Treuhänder, bevor sie diesen ganz verworfenen Menschen geheiratet hat. Als wir das letztemal in der Heimat waren und vom 99. ins 120. Regiment versetzt wurden, hat der gräßliche Mensch meinen armen Mann zur Unterschrift unter ein Dokument verleitet, das den Doktor in den Besitz des *ganzen Vermögens seiner Frau* brachte; während Charles glaubte, er unterschriebe nur eine Vollmacht, mit der er die Dividenden seines Sohnes entgegennehmen könne. *Nach dem ungeheuerlichsten Betrug, Fälschungen und Verbrechen aller Art* floh Dr. F. außer Landes: und Hunt & Pegler, unsere Anwälte, teilten uns mit, daß der General *für die Verruchtheit dieses Schurken* haftbar sei. Er ist *so schwach*, daß er *viele, viele* Male im Begriff war, zum jungen Mr. F. zu gehen und *alles herzugeben.* Nur durch meine flehentlichen Bitten, durch meine *Befehle* habe ich ihn ruhighalten können; und wahrhaftig, Emily, die Anstrengung hat *ihn fast umgebracht.* Branntwein mußte ich ihm in der *furchtbaren Nacht* unserer Ankunft hier mehrmals verabreichen.

Denn *der erste Mensch*, dem wir bei der Landung begegneten, war Mr. Philip Firmin, *mit seinem naseweisen Freund*, Mr. Pendennis, den ich überhaupt nicht mag, wenn auch seine Frau eine liebenswürdige Person ist, etwa wie Emma Fletcher von der berittenen Artillerie: zwar nicht Emmas *Stil*, aber trotzdem liebenswürdig und sehr höflich. Charlotte hat sie sehr liebgewonnen, wie es bei jeder Person, die neu auftaucht, ihre Art ist. Nun, male Dir unsere Verfassung bei der Landung aus, als ein junger Gentleman ruft: ‚Wie geht es Ihnen, General?' und sich als Mr. Firmin herausstellt! Ich dachte, ich würde Charles in jener Nacht verlieren. Ich habe ihn erlebt, bevor er ins Gefecht ging, so ruhig, und schlief und lächelte so süß wie ein *kleines Kind.* Es hat mich meine ganze Kraft gekostet, seinen Mut aufrechtzuerhalten: und wäre ich nicht gewesen, und meine Bitten und *meine Qualen*, ich glaube, er wäre aus dem Bett gesprungen und in *derselben Nacht* noch zu Mr. F. gegangen und hätte gesagt: „Nehmen Sie alles, was ich habe!"

Der junge Mann, das muß ich zugeben, hat sich *höchst ehrenhaft* verhalten. Er kam am Sonntag *vor dem Frühstück* zu uns, als es dem armen General so schlecht ging, daß ich dachte, er würde *über seinem Tee ohnmächtig.* Es ging ihm zu schlecht für den Gang zur Kirche, wohin ich mich allein aufmachte, mit meinen Lieben, fand jedoch, wie ich gestehe, nur sehr geringen Trost in der Predigt. Aber ach, Emily! stell Dir nur vor, als wir zurückkamen und ich in unser Zimmer ging, fand ich meinen General auf den Knien, sein Gebetbuch vor sich, und er weinte, weinte wie ein

Kind! Du weißt, daß ich manchmal von vorschnellem Naturell bin, und das seine ist *wirklich engelhaft* – und ich sagte zu ihm: „Charles Baynes, sei ein Mann, und weine nicht wie ein Kind!" – „Ach", sagt er, „Eliza, knie auch du nieder und danke Gott"; worauf ich sagte, ich dächte, ich brauche *für meine Religion* keine Unterweisung von ihm oder sonst einem Menschen, ausgenommen von einem Geistlichen, und viele von diesen sind *nur mäßige Lehrer, wie Du weißt.*

„Er ist dagewesen", sagt Charles; und ich fragte: „Wer ist dagewesen?" – „Der edle junge Mensch", sagt mein General; „der edle, edle Philip Firmin." Daß er sich edel verhalten hat, muß ich zugeben. „Während du in der Kirche warst, tauchte er hier auf – hier in diesem Zimmer, wo ich saß, ratlos und verzweifelt, mit der Heiligen Schrift vor den Augen und fand doch keinen Trost darin. Und er sagte: ‚General, ich möchte mit Ihnen über das Testament meines Großvaters sprechen. Sie glauben doch wohl nicht, daß ich, weil mein Vater Sie betrogen und mich ruiniert hat, den Ruin weitergebe und sein Unrecht an Kindern und unschuldigen Menschen auslasse?' Das waren die Worte des jungen Mannes", sagte mein General; und „O Eliza!" sagte er, „wie mich die Reue stach, als mir einfiel, mit welch harten Worten wir über ihn gesprochen hatten", was ich auch zugebe, denn er hat eine rauhe und hochmütige Art, und ich habe über ihn *Sachen gehört*, die ich jetzt nicht mehr für wahr halten kann.

Den ganzen Montag mußte mein armer Mann mit einer heftigen Attacke seines Fiebers das Bett hüten. Aber gestern war er *wieder ganz munter und wohl*, und die Pendennisleute nahmen Charlotte auf eine Spazierfahrt mit und erwiesen sich *überaus zuvorkommend.* Sie erinnert mich an Mrs. Tom Fletcher von der berittenen Artillerie, aber ich glaube, das habe ich schon erwähnt. Mein Bogen ist voll; und mit unseren besten Grüßen an MacWhirter und die Kinder bin ich stets meiner liebsten Emily liebende Schwester

Eliza Baynes

17. KAPITEL

Brevis esse laboro

Niemals, so erklärte General Baynes später, kam und ging Fieber so angenehm wie jene Attacke, auf die wir Mrs. General in ihrem Brief an ihre Schwester, Mrs. Major MacWhirter, haben hinweisen sehen. Der Schüttelfrost war nur ein munteres, vergnügtes Zähneklappern; die hitzige Phase eine angenehme Wärme; und obwohl den darauffolgenden Schlaf, mit dem meines Wissens solche Wechselfieberattacken gewöhnlich zu Ende gehen, etliche Träume von Tod, Teufel und Folter belebten, wie beglükkend war es, aufzuwachen und jenen schrecklichen Gedanken an den Ruin ausgelöscht zu finden, der in den letzten paar Monaten seit Doktor Firmins Flucht und der Einsicht in die eigene Unvorsichtigkeit den gutmütigen Gentleman ständig verfolgt hatte! Was denn, dieser Junge konnte das College besuchen und jener sein Patent bekommen; und ihre Mahlzeiten sollten nun nicht mehr von fürchterlichen Gedanken an morgen verbittert sein, und auf ihren Spaziergängen folgten ihnen nicht mehr imaginäre Gerichtsvollzieher auf dem Fuße und präsentierte sich ihnen nicht mehr der Ausblick auf ein Gefängnis? Es war zuviel Glückseligkeit; und wieder und wieder sprach der alte Soldat seine Dankgebete und segnete seinen Wohltäter.

Philip dachte nicht mehr an seine gute Tat, außer daß er tief dankbar und glücklich war, andere dankbar und glücklich gemacht zu haben. Er hätte genausowenig die gesamte Habe des alten Mannes nehmen und diese unschuldige Familie in Armut stürzen können, wie er mir Gabeln vom Tisch hätte stehlen können. Doch andere Leute waren geneigt, seine Güte sehr viel höher zu veranschlagen; und zu diesen gehörte meine Frau, der es beliebte, diesen jungen Gentleman förmlich anzubeten, und die ihm, glaube ich, erlaubt hätte, in ihrem Salon zu rauchen, wenn er Lust dazu gehabt hätte, und wären ihre vornehmsten Bekannten im Zimmer gewesen. Der Himmel weiß, welches Geschrei und welche vorwurfsvollen Blicke es gibt, wenn der Herr des Hauses sich einmal nach dem Dinner eine Zigarre gönnt; aber Sie verstehen, *ich* habe ja auch nie abgelehnt, mein und meiner Kinder Recht in Anspruch zu nehmen, weil es einem alten Gentleman ungelegen käme: und ebendas mache ich Mrs. Pen klar. Wenn ich bei meinem Schneider einen Rock bestelle, darf ich mich weigern, ihn zu bezahlen, weil ein Schurke ihn stiehlt, und könnte ich damit durchzukommen erwarten? Die Frauen wollen Tatsachen einfach nicht von einem sachlichen Standpunkt aus sehen; und die Gerechtigkeit, sofern sie nicht mit einem Hauch Romantik gefärbt ist, findet bei ihnen keine Achtung.

Fürwahr, weil Philip diesen gewiß höchst großmütigen, höchst blendenden, höchst tollkühnen Akt der Überschwenglichkeit vollbracht hat, soll er also als vollkommener preux chevalier hingestellt werden. Für ihn werden die üppigsten Dinners geplant. Wir haben zu warten, bis er zum Frühstück kommt, und er verspätet sich so gut wie immer. Die Kinder werden um den Tisch geschickt, damit sie Onkel Philip, wie er jetzt genannt wird, einen Kuß geben. Ich wundere mich, daß die Mutter nicht auch aufsprang und ihn küßte. Elle en était capable. Was die Küsserei anging, die sich zwischen Mrs. Pendennis und ihrer neuerworbenen jungen Freundin, Miss Charlotte Baynes, abspielte, so war sie vollkommen lächerlich; zwei Schulmädchen hätten sich nicht alberner aufführen können; und ich weiß nicht, welche die jüngere von beiden zu sein schien. Es gab Gespräche, Verabredungen, Rendezvous auf den Wallanlagen, auf dem Pier, was weiß ich – und die Dienstboten und kleineren Kinder der zwei Haushalte trabten ständig mit Briefen von der liebsten Laura an die liebste Charlotte und von der liebsten Charlotte an ihre liebste Mrs. Pendennis hin und her. Jawohl, meine Frau verstieg sich rundweg zu der Behauptung, die Mutter der liebsten Charlotte,

Mrs. Baynes, sei eine vortreffliche, gescheite Frau und eine gute Mutter – eine Frau, deren Zunge unaufhörlich plapperte, über das Regiment und alle Offiziere und alle Offiziersfrauen, von denen sie übrigens sehr wenig Gutes zu berichten hatte.

„Eine vortreffliche Mutter ist sie, liebe Frau?“ sage ich. „Aber, o mein Gott! Mrs. Baynes würde eine furchtbare Schwiegermutter abgeben!“

Mich schauderte bei der Vorstellung, etwa einer so gewöhnlichen, hartherzigen, ungeschliffenen Frau irgendeine Art Autorität über mich einräumen zu müssen.

Daraufhin muß Mrs. Laura in regelrecht verdrießlichem Ton losbrechen: „Ach, wie *abgedroschen* das doch ist, Arthur, von einem Mann, qui veut passer pour un homme d'esprit! Immerzu ziehst du über Schwiegermütter her!“

„Nimm zum Beispiel diese Mrs. Mackenzie, Liebste – Clive Newcomes Schwiegermutter. Das ist eine nette Person; nicht egoistisch, nicht böse, nicht ...“

„Unsinn, Arthur!“

„Mrs. Baynes hat Mrs. Mackenzie in Westindien kennengelernt, wie sie die ganze weibliche Armee kennt. Sie ist der Ansicht, Mrs. Mackenzie war eine höchst elegante, gutaussehende, fesche Frau – nur ein bißchen zu sehr auf die Bewunderung unseres Geschlechts aus. Ich gebe zu, Hauptmann Goby hatte etwas Faszinierendes an sich. Erinnerst du dich, Liebste, an den Mann mit der Schnürbrust und dem gefärbten Haar, der ...“

„Oh, Arthur! Wenn unsere Mädchen heiraten, wirst du wohl ihren Männern beibringen, *ihre* Schwiegermutter zu schmähen und zu verachten und ihr zu mißtrauen. Wird er das, meine Lieblinge? Wird er das, meine Gottesgaben?“ (Das beiseite zu den Kindern, bitte schön.) „Geh mir weg! Ich kann solches Gerede nicht ausstehen!“

„Schön, Liebste, Mrs. Baynes ist eine wirklich angenehme Frau; und wenn ich die Geschichte über die Hochländer am Kap der Guten Hoffnung noch ein paarmal gehört habe“ (ich erzähle sie hier nicht, denn sie hat mit der vorliegenden Geschichte nichts zu tun), „fängt sie bestimmt an, mich zu amüsieren.“

„Ah! hier kommt Charlotte, ich freue mich. Wie hübsch sie ist! Welche frische Farbe! Was für ein liebes Geschöpf!“

Zu alledem konnte ich freilich kein Wort des Widerspruchs

vorbringen, denn ein hübscheres, blühenderes junges Mädchen als Miss Baynes – mit Stimme, Gesicht und Lachen von noch größerer Lieblichkeit, ließe sich schwerlich finden.

„Warum hat Mama Charlotte lieber als uns?" fragt unsere liebe und mit Recht empörte Älteste.

„Ich könnte sie nicht noch mehr lieben, wenn ich ihre *Schwiegermutter* wäre", erklärt Laura, rennt ihrer jungen Freundin entgegen und wirft mir dabei über die Schulter einen Blick zu. Und zwischen den beiden jungen Damen beginnt dieses unsinnige Abküssen. Gewiß, das Mädchen sieht ungewöhnlich strahlend und hübsch aus, mit ihren rosigen Wangen, ihren glänzenden Augen, ihrer schlanken Gestalt und dem wunderhübschen weißen indischen Schal, den ihr Vater ihr mitgebracht hat.

In diese Kußveranstaltung platzt bald Mr. Philip Firmin herein, der schon seit dem Frühstück auf den Wallanlagen umhergebummelt ist. Er behauptet, er habe dort juristische Bücher gelesen. Er habe einen schönen ruhigen Platz zum Lesen gefunden. So, juristische Bücher? Und möge es ihm viel Nutzen bringen! Warum ist er nicht zu seiner Rechtswissenschaft und seinen Rezensionen zurückgekehrt?

„Sie müssen – Sie *müssen* ein bißchen länger bleiben. Sie sind erst fünf Tage hier. Charlotte, bitten Sie doch Philip, noch ein bißchen zu bleiben."

Alle Kinder rufen im Chor: „O bitte, Onkel Philip, bleib doch noch ein bißchen!" Miss Baynes sagt: „Ich hoffe, Sie bleiben noch, Mr. Firmin" und sieht ihn an.

„Fünf Tage ist er hier? Fünf Jahre. Fünf Leben. Fünfhundert Jahre. Was meinst du nur? In dieser kurzen Zeit von – warte mal, einhundertzwanzig Stunden, und mindestens die Hälfte davon für Schlafen und Essen" (denn Philip hatte einen herzhaften Appetit), „willst du behaupten, in dieser kurzen Zeit sei sein Herz, grausam durchbohrt von einem vorausgegangenen Ungeheuer in weiblicher Gestalt, geheilt, völlig gesundet und habe tatsächlich die Ansätze einer neuen Verwundung empfangen? Haben zwei Spaziergänge auf dem Pier, ebenso viele Besuche in den Tintelleries (wo er sich mit respektvoller Anteilnahme die Geschichte der Hochländer am Kap der Guten Hoffnung anhört), ein, zwei Worte über das Wetter, ein, zwei Blicke, vielleicht auch ein Drücken eines Händchens – also, meinst du wirklich, daß dieser absurde junge Idiot und das kleine Mädchen mit dem runden Gesicht, hübsch, gewiß, aber doch knapp der Schulstube entronnen – willst du etwa behaupten, sie haben ... Auf mein Wort, Laura, das ist gar nicht gut. Philip besitzt ja keinen Penny auf der ganzen Welt."

„Doch, er hat zweihundert Pfund und hofft, seine Stute für mindestens neunzig zu verkaufen. Er ist hervorragend begabt. Er kann mühelos drei Artikel pro Woche für die ‚Pall Mall Gazette' schreiben. Ich bin überzeugt, keiner schreibt so gut, und sie ist viel besser gemacht und viel amüsanter als früher. Das sind dreihundert im Jahr. Er muß sich an Lord Ringwood wenden, und der muß und wird ihm etwas zukommen lassen. Weißt du nicht, daß Hauptmann Baynes bei Busaco Oberst Ringwood zur Seite stand und daß sie die engsten Freunde waren? Und bitte, wie sind denn *wir* zurechtgekommen, möchte ich mal wissen? Wie sind *wir* zurechtgekommen, Baby?"

„Wie sin wir surechtdekommen?" sagt das Baby.

„O Weib, Weib!" donnert der Vater der Familie. „Aber Philip Firmin hat alle Gepflogenheiten eines reichen Mannes mit der Löhnung eines Handwerkers. Meinst du, er hätte je in seinem Leben in einem Wagen zweiter Klasse gesessen oder hätte sich irgendeine Freude versagt, auf die er Lust hatte? Gestern hat er einem Bettelkind fünf Francs geschenkt."

„Er hatte schon immer ein edles Herz", erwidert meine Frau. „Vor einer Woche hat er einer ganzen Familie ein Vermögen geschenkt; und ..." (das Taschentuch kommt heraus – oh, natürlich, das Taschentuch) „und – ‚denn einen fröhlichen Geber hat Gott lieb!'"

„Er ist unbedacht; er ist verschwenderisch; er ist faul; ich glaube nicht, daß er übermäßig gescheit ist ..."

„O ja! Er ist dein Freund, freilich. Also, verleumde ihn ruhig – mach nur, Arthur!"

„Und bitte, wann ist dir diese verblüffende Neuigkeit zuteil geworden?" erkundige ich mich.

„Wann? Natürlich vom allerersten Moment an, als ich beobachtete, wie Charlotte ihn ansah. Erst gestern hat mir das arme Kind gesagt: ‚O Laura! er ist unser Retter!' Und ihr Retter ist er gewesen, weiß der Himmel."

„Ja, aber er besitzt keine Fünfpfundnote!" rufe ich.

„Arthur, ich muß mich über dich wundern. O Männer, Männer sind furchtbar weltlich gesinnt! Glaubst du denn, der Himmel wird ihm nicht zur rechten Zeit Hilfe senden und gut zu ihm sein, der so viele vor dem Ruin errettet hat! Glaubst du denn, die Gebete, die Segenswünsche jenes Vaters, jener Kleinen, jenes lieben Kindes werden ihm nicht helfen? Angenommen, er muß ein Jahr, muß zehn Jahre warten, haben sie denn nicht Zeit, und wird der Freudentag nicht kommen?"

Ja. So sprach tatsächlich eine Frau, die Verstand und gesundes Urteilsvermögen besaß, wenn dem nicht Vorurteile und romantische Gefühle im Wege waren, und sie freute sich auf die Heirat dieser Leute, in etwa zehn Jahren, so zuversichtlich, als wären beide reich und träten morgen den Weg nach St. George's an.

Eine romantische Geschichte daraus zu machen oder Liebesgeflüster zwischen Jenny und Jessamy auszuspinnen oder die Mondlichtschwärmereien und leidenschaftlichen Ergüsse zweier junger Herzen zu schildern und so fort – erlassen Sie mir das, s'il vous plaît. Ich bin ein Mann von Welt und in einem gewissen Alter. Sollen die jungen Leute diesen Umriß ausfüllen und kolorieren, wie es ihnen gefällt. Sollen die alten Leute, die das lesen, das Buch eine Minute hinlegen und sich der Erinnerung überlassen. Sie haftet lebhaft in der Erinnerung, jene Zeit, nicht wahr? Ja, guter John Anderson und Mrs. John. Ja, guter Darby und Joan. Jetzt wollen die Lippen nicht verraten, was sie einst taten. Das Heute gehört den Glücklichen und das Morgen den Jungen, und das Gestern, ist es dem Herzen nicht auch noch wert und gegenwärtig?

Ich war vor nicht allzu langer Zeit mit einem ältlichen Gentleman zusammen, der vollkommen nüchtern war, der nicht besonders gutaussehend oder gesund oder vermögend oder geistreich ist und der, von seiner Vergangenheit sprechend, ungefragt erklärte, er würde liebend gern jede Minute noch einmal erleben. Ist ein Mann, der das behaupten kann, ein hartgesottener Sünder, der nicht erkennt, wie unglücklich er von Rechts wegen sein müßte, und sich folglich in Wahrheit in einem äußerst verzweifelten und beklagenswerten Zustand befindet; oder ist er ein fortunatus nimium, und sollte man sein Standbild an der glanzvollsten und belebtesten Verkehrsader der Stadt aufstellen? Möchten zum Beispiel Sie, die Sie das lesen, *Ihr* Leben noch einmal durchleben? Worin bestand sein größtes Glück? Welches sind die Freuden von heute? Sind sie so köstlich, daß Sie sie auf ewig verlängern möchten? Möchten Sie das Roastbeef, das Sie zu Mittag hatten, noch einmal vorgesetzt bekommen und immer mehr und noch mehr Rindfleisch essen? Möchten Sie die gestrige Predigt immer und immer wieder hören – in ewigem Fluß? Möchten Sie die Postkutsche nach Edinburgh besteigen und fünfzig Stunden lang auf dem Außensitz reisen wie in Ihrer Jugend? Genausogut könnten Sie behaupten, Sie möchten sich in die Abstrafkammer unter die Rute begeben; Sie möchten sich noch einmal von dem Jungen durchprügeln lassen, der Sie in der Schule schikanierte; Sie möchten den Zahnarzt aufsuchen, zu dem Ihre lieben Eltern Sie zu bringen pflegten; Sie möchten Epsomer Bittersalz in warmem Wasser einnehmen, dazu ein Stück trocken Brot, um den Geschmack wegzubringen; Sie möchten sich von Ihrer ersten Liebe einen Korb holen; Sie möchten vor Ihren Vater treten, um ihm zu eröffnen, Sie hätten an der Universität Schulden im Betrag von x + y + z gemacht. Wenn ich die leidenschaftlichen Nöte der Kindheit bedenke, die Langeweile und Eintönigkeit des Rasierens, die Qualen durch Hühneraugen und die tausend anderen Leiden, denen das Fleisch unterworfen ist, behaupte zumindest ich heiter, ich bin nicht darauf erpicht, sie wieder zu ertragen. Nein. Ich möchte nicht wieder zur Schule gehen. Ich möchte nicht Trotmans Predigt von vorn hören. Bringt mich hinaus und gebt mir den Rest. Reicht mir sogleich den Schierlingsbecher. Auf euer Wohl, meine Gefährten. Weine nicht, mein Simmias. Sei fröhlich, mein Phaedon. Ha! Ich fühle, wie die Kä-ä-älte allmählich emporkriecht. Jetzt sitzt sie in den Fußknöcheln – keine Gicht mehr im Fuß; jetzt sind mir die Knie taub. Was denn, weint jener arme Henkersknecht auch? Lebt wohl. Opfert einen Hahn dem Äsku ... dem Äskula ... Haben Sie einmal das Kapitel in Grotes „Geschichte" gelesen? Ach! Wenn der Heilige Nachen von Delos zurückkehrt und sein Einlaufen in den Hafen telegraphisch gemeldet wird, mögen wir unseren Frieden gemacht haben und bereit sein!

Was soll dieser Trauergesang, wo die Flöten heiter trillern sollten, da doch die Liebe und die Jugend und der Frühling und die Freude unter den Fenstern tanzen? Sehen Sie einmal her. Männer, nicht so weise wie Sokrates, haben ihre Dämonen, die sich

Gehör verschaffen wollen und zu ganz ausgefallenen Zeiten und an wunderlichen Stellen wispern. Vielleicht habe ich demnächst von einer Beerdigung zu berichten und gebe mich skandalös lustig oder von einer Hinrichtung und berste vor Lachen. Wenn ich in meinen Jahren mit ansehe, wie ein bettelarmer junger Freund sich verliebt und natürlich daran denkt, eine Eheschließung zu begehen, was bleibt mir anderes, als schwermütig zu werden? Wie soll ein Mann heiraten, der nicht genug besitzt, um auch nur den winzigsten Zweisitzer zu halten – auch nur das kleinste Haus –, der nicht genug hat, um sich selbst zu versorgen, geschweige denn eine Frau und Familie? Himmlische Mächte! Ist es nicht Blasphemie, ohne fünfzehnhundert im Jahr zu heiraten? Armut, Schulden, zu Protest gegangene Wechsel, drängende Gläubiger, Verbrechen, all das stürzt unweigerlich über den Tropf herein, der keine fünfzehn-, sagen wir gleich zweitausend im Jahr hat; denn mit weniger kann man in London nicht anständig leben. Und eine Frau, die Sie knapp zwei dutzendmal bei Bällen oder Gabelfrühstücken gesehen haben, dazu in ihrem besten Aufputz und mit ihren besten Manieren auf einem Landsitz; woher wissen Sie, wie sie sich entpuppt, wie ihr Charakter ist, wie ihre Verwandten geartet sind? Angenommen, sie hat arme Verwandte oder lärmende, ungehobelte Brüder, die dauernd zum Dinner hereinplatzen? Welcherart ist ihre Mutter; und können Sie es ertragen, wenn diese Frau sich dauernd in Ihr Hauswesen einmischt und alle tyrannisiert?

Der alte General Baynes war soweit ganz gut, ein nachgiebiger, stiller und präsentabler alter Mann: aber Mrs. General Baynes und die schreckliche Mrs. Major MacWhirter – und diese tapsigen, schlaksigen Jungen in knarrenden Schuhen, die durch das ganze Haus toben? Als welterfahrener Mann sah ich alle diese furchterregenden Belastungen drohend über Miss Charlotte Baynes' Ehemann schweben und konnte sie nicht ohne Grausen ins Auge fassen. Philip elegant und leichthin, doch witzig und auf meine sarkastische Art die Eigenarten der Familie Baynes aufzuzeigen, hielt ich für meine Pflicht. Ich ahmte die Jungen nach und ihre schweren Blücherstiefel. Ich skizzierte die entsetzlichen militärischen Damen durchaus pfiffig und geschickt, wie ich meinte, und als ahnte ich überhaupt nicht, daß Philip irgendwelche Absichten auf Miss Baynes hegte. Um ihm Gerechtigkeit widerfahren zu lassen, er lachte ein-, zweimal; dann wurde er knallrot. Sein Sinn für Humor ist sehr begrenzt; das gibt sogar Laura zu. Dann machte er seinem Herzen mit seinen üblichen starken Ausdrücken Luft, erklärte, es sei eine verdammte Schande, und stampfte mit seiner Zigarre davon. Und als ich meiner Frau gegenüber äußerte, wie empfänglich er für manche Dinge sei und wie wenig gerade für Scherze, zuckte sie mit den Achseln und sagte, Philip habe nicht nur ganz genau begriffen, was ich gesagt habe, sondern werde bei der nächsten Gelegenheit Mrs. General und Mrs. Major alles berichten. Und das traf zu, wie Mrs. Baynes *hinterher* mir mitzuteilen nicht versäumte. Sie war im Bilde, wer ihr *Feind* war. Sie war im Bilde, wer *hinter unserem Rücken* schlecht von ihr und ihrem einzigartigen Liebling sprach. Und: „Meinen Sie, um *Sie* zu sehen oder sonst jemanden, der zu Ihrem *hochnäsigen Haus* gehört, Sir, wären wir so oft zu Ihnen gekommen, was allerdings der Fall war, Tag und Nacht, Frühstück und Abendbrot, wofür wir Ihnen bestens danken? Nein, Sir! Haha!", mit diesen Worten kann ich sie aus meinem Salon stolzieren sehen, unter schrillem Lachen, und an der Tür schnipst sie mit den schmuddelig behandschuhten Fingern. O Philip, Philip! Zu denken, daß du ein solcher Kriecher warst, hinzugehen und es ihr zu verraten! Doch ich verzeihe ihm. Von Herzen bemitleide und entschuldige ich ihn.

Für den Schritt, den der junge Mann erwägt, erkennt er nicht die geringste Ursache zu Verzeihung oder Mitleid, das dürfen Sie glauben. Er befindet sich in einem Zustand so irrsinnigen Glücks, daß es zwecklos ist, vernünftig mit ihm zu reden. Der Erbarmungswürdige, ursprünglich durchaus ohne Hang zur Poesie, verbricht wahrhaftig heimlich Verse, und mein Personal hat auf der Kommode in seinem Schlafzimmer Fetzen seines Manuskripts gefunden. *Herz* und *Schmerz*, *Treue* und *Reue* und so weiter; was sind das für abgedroschene Reime? Ich fühle mich nicht ermächtigt, das Gedicht im ganzen wiederzugeben, das unser Mädchen in Philips Zimmer fand und kichernd meiner Frau brachte, die nur sagte: „Armes Ding!" Tatsache ist, es war zu erbärmlich. So ein faseliger Schund! So abgenutzte Reime und so verbrauchte Gedanken! Aber immerhin, meint Laura, „ist wohl das Liebeswerben aller Menschen für die Nachbarn nicht ergötzlich. Und ich weiß, wer nicht so besonders geistreiche Liebesgedichte schrieb, als er jung war." Nein, ich werde Philips Verse erst veröffentlichen, wenn er mich eines Tages tödlich beleidigt. An einige der meinen, die unter ähnlichen Umständen zustande kamen, erinnere ich mich mit schmerzhafter Scham; und ich will die Torheit meines Freundes mit dem Schleier freundschaftlicher Schicklichkeit verhüllen.

Unter diesem Schleier ist der junge Mann inzwischen vollkommen zufrieden, nein, überschäumend glücklich. Die ganze Welt und die Natur um ihn her lächeln. „Wenn Jupiter im Homer seiner Juno begegnet, Sir", bringt Philip auf seine renommistische Art vor, „sprießen da nicht unsterbliche Blumen der Schönheit um sie her auf, und wölben sich nicht Regenbogen in den Farben des Himmels über ihnen? Die Liebe, Sir, breitet einen Strahlenkranz um das geliebte Wesen. Wo sie schreitet, sprießen Rosen, Hyazinthen und ambrosische Düfte auf. Komm mir nicht mit Armut, mein Lieber! – Er fürchtet zu sehr das Geschick, es fehlt ihm an Schneid zumal, wer nicht auf Probe stellt sein Glück, bring' Sieg es oder Fall! – Habe ich die Armut nicht getragen? Bin ich jetzt nicht so arm, wie es jemand nur sein kann – und was ist dabei? Mangelt es mir an irgend etwas? Habe ich nicht eine Guinea in der Tasche? Schulde ich einem Menschen etwas? Regnet es nicht Manna in der Wüste für jene, die den Glauben haben, in ihr zu wandern? Ebendas geht dir ab, Pen. Bei allem, was heilig ist, du hast keinen Glauben; dein Herz ist kleinmütig, Sir; und wenn du davonkommst, was ja möglich ist, dann wird es wahrscheinlich deine Frau sein, die dich rettet. Laura setzt Vertrauen in den Himmel, aber Arthurs Moral ist ein vornehmer Atheismus. Gib mir doch mal diesen Claret herüber – der Wein ist nicht schlecht. Wie gesagt, deine Moral ist ein vornehmer Atheismus, und mich schaudert, wenn ich deine Verfassung bedenke. Rede *du* mir nicht davon, ein Brougham sei als Annehmlichkeit für eine Frau notwendig! Ein Besenstiel, um zum Mond zu reiten! Und ich behaupte nicht, ein Brougham sei keine Annehmlichkeit, wohlgemerkt; vielmehr, gib acht, wenn er sich als eine Notwendigkeit erweist, wird der Himmel schon für ihn sorgen! Na, Sir, zum Donnerwetter, sieh doch mich an! Leide ich etwa nicht unter schauderhaftester Armut? Ich frage dich, gibt es in ganz London einen Mann, der so arm ist wie ich? Und mangelt es mir seit dem Ruin meines Vaters an irgend etwas? Ein, zwei Tage mangelte es mir an Obdach. Gut. Meine liebe Kleine Schwester steht schon bereit, es mir zu gewähren. Es mangelt mir an Geld. Gießt nicht der irdene Topf jener ehrwürdigen Witwe sein Öl für mich aus? Der Himmel segne sie und lohne es ihr. Huhuuu!" (Hier preßt sich der Redner aus Gründen, die nicht genannt zu werden brauchen, die Fäuste in die Augen.) „Ich brauche eine Unterkunft; bin ich nicht gut einquartiert? Ich brauche Arbeit; habe ich nicht Arbeit, und hast du sie mir nicht verschafft? Du müßtest nur mal sehen, Sir, wie ich es heute vormittag diesem Reisebuch besorgt habe. Ich habe Char . . ., Miss . . ., also ein paar Freunden aus dem Artikel vorgelesen. Ich will damit nicht sagen, daß es besonders intellektuell eingestellte Leute sind, aber die gewöhnlichen, nüchternen, durchschnittlichen Zuhörer sind das Publikum, an dem man sich versuchen soll. Denke an Molière und seine Haushälterin."

„Mit der Haushälterin meinst du wohl Mrs. Baynes?" frage ich in meinem Amontillado-Ton. (Übrigens, wer hatte in den längstvergangenen Tagen, von denen ich schreibe, etwas von Amontillado gehört?) „Nach ihrem Benehmen würde sie dafür taugen und wohl auch nach ihren Fähigkeiten; aber hinsichtlich ihres Naturells habe ich meine Zweifel."

„Du bist fast so weltlich gesinnt wie die Twysdens, beim heiligen George, das bist du! Sofern die Menschen nicht zu einer gewissen monde gehören, achtest du sie nicht. Ein bißchen Pech würde dir guttun, Pen; und ich wünschte von Herzen, es stieße dir zu, ginge es nicht auch um deine liebe Frau und die Kinder. Du richtest deine Moral nach den Maßstäben von Mayfair; und wenn unvermutet ein Engel in Holzschuhen und mit einem baumwollenen Regenschirm zu dir käme, würdest du dich von ihm abwenden. *Du* hättest die Kleine Schwester nie entdeckt. Eine Herzogin – Gott segne sie! Ein Geschöpf von wahrhaft majestätischer Großzügigkeit, von Zartgefühl, Beherztheit und dem schönsten Sinn für Humor, aber sie verschluckt oft ihre H, und wie könntest du so einen Frevel verzeihen? Sir, an Geist und der geschickten Anwendung deiner Fähigkeiten bist du mir über; aber ich glaube, Sir", sagt Phil und zwirbelt den flammenden Schnurrbart, „hinsichtlich einer gewissen Großmut steche ich dich allemal aus. Wenn du, alter Bursche, beim Zeus!, auch von Kind auf P. F. gegenüber einer der besten

Kerls auf der Welt gewesen bist. Einer der besten und der großmütigste und der aufrichtigste – ganz gewiß; nur bringst du mich auf, wenn du mit diesem verdammten Mayfairgenäsel herumsäuselst.“

Hier rief uns eines der Kinder zum Tee . . ., und „Papa hat gelacht, und Onkel Philip hat mit den Händen gefuchtelt und an seinem Bart gerissen“, berichtet die kleine Botin.

„Ich hebe dir eine schöne Locke davon auf, Nelly, liebes Kind“, verspricht Onkel Philip. Worauf das Kind sagte: „O nein! Ich weiß schon, wem du sie schenkst, nicht, Mama?“ Und sie geht zu ihrer Mama und tuschelt.

Miss Nelly weiß das? In welchem Alter beginnen denn diese kleinen Ehestifterinnen Bescheid zu wissen, und wie früh gebrauchen sie ihre jungen Augen, ihr Lächeln, ihre Schliche und koketten Blicke? Dieses junge Weib hat, glaube ich, schon geflirtet, als sie noch ein Baby war, hat über die Schulter ihrer Kinderfrau hinweg geflirtet. Ehe sie sprechen konnte, war sie stolz auf ihre neuen scharlachroten Schuhe und machte auf die Reize ihrer blauen Schärpe aufmerksam. Sie war schon in der Kinderstube eifersüchtig, und ihr Herzchen hatte schon jahrelang gepocht, bevor sie die Kinderschürze ablegte.

Für wen wird Philip eine Locke des roten Goldes aufbewahren, das sein Gesicht umkräuselt? Erraten Sie es? Welche Farbe hat das Haar in dem kleinen Medaillon, das der Gentleman selbst verborgen trägt? Vor ein paar Monaten hielt, glaube ich, eine blasse, strohfarbene Haarsträhne jenen Ehrenplatz besetzt; jetzt ist es eine kastanienbraune, soweit ich es erkennen kann, von genau derselben Farbe, wie sie sich in Wellen um Charlotte Baynes’ hübsches Gesicht schmiegt und ihr in Kaskaden von Lokken auf den Hals fällt, ganz ähnlich wie die Farbe Mrs. Paynters in der vorigen Saison. Wie Sie sehen, verändern wir uns immerzu: Stroh weicht Kastanien, und auf Kastanien folgt Ebenholz; und was uns selbst betrifft, trotzen wir der Zeit. Und wenn du eine Locke meines Haares haben möchtest, Belinda, so nimm diese Schere und schau in jenen Schrank, in die Pappschachtel mit der Aufschrift Nr. 3, und schneide dir eine dicke glänzende Strähne ab, Liebling, und trage sie, und mein Segen sei mit dir! Was ist das? Mokiere ich mich, weil Corydon und Phyllis turteln und glücklich sind? Wissen Sie, ich habe mich verpflichtet, keinen sentimentalen Unsinn zu dulden. Das Liebeswerben zu beschreiben ist unmoralisch und unschicklich; das wissen Sie genau. Es zu beschreiben, wie es wirklich ist oder Ihnen und mir als Zuschauern erscheinen würde, hieße die langweiligste Posse schildern, ein mehr als tautologisches Geschwätz aufzeichnen. Seufzer, Händedrücke, zum Mond emporgewandte Blicke und so weiter festzuhalten – steht diese Sache unserer Würde als Historiker an? Lassen Sie diese närrischen jungen Leute allein – sie brauchen uns nicht; und so langweilig ihre Posse und so sinnlos in seiner ewigen Wiederholung ihr Geschwätz ist, Sie dürfen überzeugt sein, daß es ihnen Spaß macht und daß sie ohne uns ganz glücklich sind. Glücklich? Gibt es ein Glück, das diesem gleichkommt, bitte? War es nicht Verzückung, nach dem Boten Ausschau zu halten, das Briefchen an sich zu reißen und den Überbringer zu entlohnen? – sich aus dem Blickfeld aller spähenden Augen zurückzuziehen und zu lesen: „Liebster! Mamas Schnupfen ist heute morgen besser. Die Joneses waren zum Tee hier, und Julia hat gesungen. Mir hat es keine Freude gemacht, weil mein Liebster bei seinem *abscheulichen Dinner* war, wo er sich hoffentlich gut unterhalten hat. Schicke mir mit Buttles, der dieses überbringt, ein Wort, auch wenn Du nur sagst, du bist Louisas einziger, einziger" usw. usw. usw. So etwa pflegte es zu klingen. In solchen sittsamen Zeilen pflegte die schlichte Unschuld ihre kleinen Schwüre zu wispern. So pflegte sie zu lächeln; so pflegte sie zu zwitschern; so pflegte sie zu plappern. Junge Leute, derzeit mit der hübschen Kurzweil befaßt, seid versichert, daß eure ältlichen Eltern dasselbe Spiel getrieben haben und sich noch an die Regeln erinnern. Ja, unter dem rundlichen Erker von Papas Weste schlägt ein Herz, das sich sehr heftig Bewegung verschaffte, als diese Taille noch schlank war. Jetzt sitzt er gelassen in seinem Zelt und sieht zu, wie die jungen Burschen sich ins Spiel stürzen. Sehen Sie sich doch an, wie Großmama mit der Brille diesen Sermon liest. In *ihrem* alten Herzen findet sich ein Eckchen, immer noch so romantisch wie damals, als sie in ihren Jungmädchentagen den „Irischen Wildfang" oder die „Schottischen Häuptlinge" las. Und was euren Großvater angeht, meine Lieben, wenn ihr ihn jetzt anseht, würdet ihr kaum vermuten, daß dieser ruhige, feine, liebe alte Herr einst so wild – so wild war wie Orson ... Während ich schreibe, kommt an meinem Fenster ein umherziehender Blumenhändler vorbei. Er hat seine Rosen und Geranien auf einem Karren, den ein Vierfüßer zieht – ein kleiner, langohriger Vierfüßer, der die Stimme erhebt und auf seine Weise singt. Als ich jung war, schrien die Esel ganz genauso; und andere werden so ihr Iah schreien, wenn wir verstummt sind und unsere Ohren nicht mehr hören.

18. KAPITEL

*Drum ist's so wohl mir in der Welt**

benerwähnte neue Freunde blieben eine Zeitlang ganz zufrieden in Boulogne, wo sie Kameraden und Bekannte aus jenen zahlreichen Gegenden versammelt fanden, die sie im Laufe ihrer militärischen Laufbahn besucht hatten. Abseits vom Schlachtfeld führte Mrs. Baynes das Oberkommando über den General. Sie wählte für ihn die Kleidung, band seine Halsbinde zu einer ordentlichen Schleife, und für abendliche Teegesellschaften steckte sie ihm die Brosche in das Jabot. Beim Dinner gab sie ihm zu verstehen, wann er genug gegessen und getrunken hatte, und erläuterte mit großer Offenheit, wieso ihm dies oder das Gericht nicht bekomme. Wenn er sein Maß zu überschreiten geneigt war, rief sie mit lauter Stimme: „Denke daran, General, was du heute morgen eingenommen hast!" In Kenntnis seiner Konstitution, wie sie sagte, kannte sie auch die Heilmittel, die ihr Mann brauchte, und verabreichte sie ihm mit freigebiger Hand. Widerstand war zwecklos, wie der Offiziersveteran bekannte. „Die Jungen haben sich gegen die Medizin gewehrt, seit wir heimgekommen sind", gestand er, „aber sie hat mich unter dem Daumen, das kann man wohl sagen! Sie ist aber wirklich ein fabelhafter Arzt. Sie hat ein paar unschätzbare Rezepte, und in

* Im Original deutsch.

Indien hat sie immer den ganzen Standort verarztet." Sie hätte sich auch des kleinen Haushalts des derzeitigen Autors angenommen, und sie riet zu mehreren Arzneien für meine Kinder, bis ihre beunruhigte Mutter ihr die Kleinen aus den Augen zu schaffen genötigt war. Ich behaupte nicht, sie sei eine sympathische Frau gewesen. Ihre Stimme war laut und grell. Die Anekdoten, die sie fortwährend erzählte, bezogen sich auf Militärpersonen in fremden Ländern, die mir unbekannt waren und deren Geschichte mich nicht zu interessieren vermochte. Sie sprach wakker ihrem Wein zu, während sie dieses Geschwätz von sich gab. Ich habe beileibe nicht weniger dummes Gerede in viel vornehmerer Gesellschaft gehört und Leute entzückt den Anekdoten über die Herzogin und die Marquise lauschen sehen, die über die Geschichte von Hauptmann Jones' Streitigkeiten mit seiner Frau oder Mrs. Major Wolfes ungeheuerlichen Flirt mit dem jungen Fähnrich Kydd gähnen würden. Meine Frau ahmte mit der Bosheit ihres Geschlechts das Geplauder der guten Mrs. General Baynes oft sehr drollig nach, beharrte aber stets darauf, sie sei in Wirklichkeit nicht ungebildeter oder unfeiner als zahlreiche viel größere Persönlichkeiten.

Bei alledem zögerte Mrs. General Baynes nicht, zu behaupten, wir seien „hochnäsige" Leute; und sie erklärte, von dem Tage an, da wir ihr zum allerersten Mal vor Augen kamen, betrachte sie uns mit einem ständigen instinktiven Argwohn. Mrs. P. sei ein harmloses, farblos-blasses Geschöpf, in dem nichts stecke. Was diesen eingebildeten Mr. P. und *sein* stolzes Getue angehe, hätte sie gern mal gewußt, ob die Gattin eines britischen Generals, der in *jedem Teil des Erdballs* Dienst getan und mit den hervorragendsten Gouverneuren, Generalen und ihren Damen, von denen mehrere *Adelige waren*, verkehrt habe –, sie hätte gern mal gewußt, ob solche Leute nicht gut genug seien für usw. usw. Wem sind diese Schwierigkeiten im Leben nicht begegnet, und wer kann ihnen entrinnen? „Zum Teufel, Sir", sagte Philip oft, den roten Schnurrbart zwirbelnd, „ich mag es, daß gewisse Kerls mich nicht leiden können"; und man muß gestehen, daß Mr. Philip bekam, was er mochte. Ich nehme an, Mr. Philips Freund und Biograph hatte ein ganz ähnliches Gefühl. Jedenfalls ließ sich in bezug auf diese Dame die Heuchelei der Höflichkeit wirklich schwer durchhalten; da sie uns aus nur ihr bekannten Gründen brauchte, verbarg sie den Dolch, mit dem sie uns am liebsten durchbohrt hätte. Doch wir wußten, daß er da war, in ihrer leeren Tasche umklammerte sie ihn in ihrer dürren Hand. Sie machte uns die widerwärtigsten Komplimente mit wutflammenden Augen – eine kleine, haßerfüllte Frau, neidisch, boshaft, doch liebte sie ihren Nachwuchs und hegte ihn und preßte ihn mit ihren mageren Armen eifersüchtig an sich. Es hieß: „Leb wohl, Liebling! Ich lasse dich hier bei deinen Freunden. Ach, wie gut Sie zu ihr sind, Mrs. Pendennis! Wie kann ich Ihnen und Mr. P. jemals danken, wirklich"; und sie sah aus, als hätte sie uns alle beide am liebsten vergiftet, als sie im Fortgehen knickste und uns ein finsteres Abschiedslächeln zuwarf.

Diese Dame besaß eine enge Vertraute und Waffengefährtin – und zwar Mrs. Oberst Bunch, von der ... ten Bengalischen Kavallerie –, die jetzt mit Bunch und ihren Kindern in Europa weilte, wo sie sich zur Bildung des jungen Volks in Paris aufhielten. Wie wir schon hörten, war Mrs. Baynes zunächst ganz für Tours eingenommen gewesen, wo ihre Schwester wohnte und wo die Unterkunft billig und das Essen entsprechend preiswert war. Doch Bunch, der auf dem Weg zu seiner Frau in Paris durch Boulogne kam und zufällig seinen alten Kameraden traf, gab General Baynes einen solchen Bericht, wie billig und wie angenehm das Leben in der französischen Hauptstadt sei, daß er den General auf den Gedanken brachte, seine Schritte dorthin zu lenken. Mrs. Baynes wollte von so einem Plan nichts hören. Sie war ganz für ihre liebe Schwester und Tours; doch als Oberst Bunch im Laufe des Gesprächs einen Ball in den Tuilerien beschrieb, wo die königliche Familie ihn und Mrs. B. mit denkbar schmeichelhafter Höflichkeit empfangen hatte, war bei Mrs. Baynes ein Meinungswandel zu bemerken. Als Bunch des weiteren behauptete, die Bälle im Government House zu Kalkutta seien gar nichts, verglichen mit denen in den Tuilerien oder der Präfektur Seine; die Engländer würden überall eingeladen und geachtet; die Geistlichen seien ganz ausgezeichnet; und in ihrer Pension, die Madame la Générale Baronne de Smolensk im „Petit Château d'Espagne", Avenue de Valmy, Champs-Elysées, unterhalte, hätten sie zweimal monatlich einen Ball, die behaglichsten Zimmer, die erlesenste Gesellschaft und jede Bequemlichkeit und jeden Luxus zu soundsoviel Francs im Monat, mit einer Ermäßigung für Kinder – also, da war Mrs. Baynes gänzlich hingerissen. „Nicht etwa“, erklärte sie, „wegen der Bälle beim Botschafter oder in den Tuilerien, denn ich bin eine alte Frau; und trotz allem, was Sie sagen, Oberst, kann ich mir nach dem Government House in irgendeinem französischen Palast nichts Prächtigeres vorstellen. Nicht für *mich*, das weiß der Himmel, spreche ich: aber die Kinder brauchen Bildung, und meine Charlotte eine Einführung in die Welt; und was Sie von dem unschätzbaren Geistlichen, Mr. X, sagen, hat mich die ganze Nacht beschäftigt; aber vor allem, vor allem die Bildungsmöglichkeiten für meine Lieblinge. Dem darf nichts im Weg stehen – nichts!“

Daraufhin gab es eine lange und höchst angeregte Erörterung und Rechnerei. Bunch legte ihnen die Rechnungen der Baronin de Smolensk vor. Den ganzen Abend addierten und kalkulierten die beiden Gentlemen. Sogar Mrs. Baynes fiel es schwer, die Zahlen in eine Form zu zwingen, die sie in Übereinstimmung mit dem Einkommen des Generals brachte; doch von einer Berechnung nach der anderen zurückgeschlagen, ging sie immer wieder von neuem zum Angriff über, bis sie die hartnäckigen arithmetischen Schwierigkeiten besiegte und die Pfund, Shilling und Pence vor ihr im Staub lagen. An diesem Posten könnten sie sparen; an jenem könnten sie knapsen; sie *müßten* ein Opfer bringen, um die Kinder zu bilden. „Sarah Bunch und ihre Mädchen bei Hofe, also wirklich! Warum sollen meine das nicht?“ Worauf ihr General bemerkte: „Potztausend, Eliza, das hast du also im Sinn.“ Worauf Eliza „nein“ erwiderte und ein dutzendmal „nein“ wiederholte und bei jedem Nein, das sie ausstieß, wütender wurde. Und sie rief den Himmel zum Zeugen an, daß sie *nicht* an irgendeinen Hof wolle. Habe sie sich nicht geweigert, zu Hause bei Hofe vorgestellt zu werden, obwohl Mrs. Oberst Flack gegangen sei, weil sie nicht daran gedacht habe, die horrenden Kosten für eine Schleppe auszugeben? Und es sei gemein vom General, *gemein* und *niederträchtig*, das zu behaupten. Und es gab eine gewaltige Szene, wie man mir zu verstehen gegeben hat. Nicht etwa, daß ich bei diesem Familienstreit zugegen gewesen wäre: vielmehr war mein Informant Mr. Firmin! Und Mr. Firmin hatte seine Information von einer kleinen Person, die etwa um diese Zeit so weit war, ihm alle Geheimnisse ihres jungen Herzens auszuplaudern; die, ihre Hand in der seinen, von der Pierspitze gesprungen wäre, wenn er gesagt hätte „komm!"; ohne seine Hand, wenn er gesagt hätte „geh!" – eine kleine Person, deren ganzes Leben sich verändert hatte – sich seit einem Monat verändert hatte – sich binnen einer Minute verändert hatte, jener Minute, als sie Philips feurigen Backenbart sah und seine laute, schallende Stimme zwischen den Hoteldienern auf dem quai vor dem Zollgebäude ihren Vater begrüßen hörte.

Tours war jedenfalls einhundertfünfzig Meilen weiter als Paris von – von einer Stadt entfernt, wo ein junger Gentleman wohnte, für den Miss Charlotte Interesse empfand; daraus entsprang vermutlich ihre Begeisterung darüber, daß ihre Eltern beschlossen hatten, sich in der größeren und näher gelegenen Stadt niederzulassen. Außerdem gestand sie bei ihren arglosen vertraulichen Mitteilungen an meine Frau, daß Mama und Tante MacWhirter, wenn vereint, unaufhörlich miteinander stritten; und einmal hätten sie die alten Knaben, den Major und den General, so weit gebracht, sich zu fordern. Ihr sei es deshalb lieber, weit weg von Tante Mac zu wohnen. Sie habe noch nie eine Freundin wie Laura gehabt, nie. Sie sei noch nie so glücklich wie in Boulogne gewesen, nie. Sie werde stets jeden in unserem Hause lieben, das werde sie, auf immer und ewig – und so weiter, und so weiter. Die Damen stürzen aufeinander zu, umklammern sich, Küsse werden reihum an den ganzen Familienkreis verteilt, angefangen bei unserem staunenden ältesten Sohn, der: „Nanu, hallo, wegen was küßt du mich denn so?" ruft, bis zum Herzensbaby, das nichtsahnend unter den Umarmungen des stürmischen jungen Mädchens kräht und sabbert. Ich versichere Ihnen, diese zwei Frauen führten sich direkt närrisch auf, und sie brannten vor Begeisterung für den „Retter" der Familie Baynes, wie sie den großen Kerl da nannten, als dessen Biograph ich zu dienen bestrebt bin.

Der faule Wicht dehnte sich genüßlich in der herrlichen Wärme und Sonne der jungen Liebe. In unserem Garten pflegte er alle viere von sich zu strecken; endlos und wortreich seine Gefühle zu verströmen; hominum divumque voluptas, alma Venus anzurufen; zu beteuern, er habe bis jetzt nie gelebt oder Glück empfunden; zu verkünden, er verlache die Armut und alle ihre Übel; und gegen seine Oberen bei der „Pall Mall Gazette" zu wüten, weil sie es ablehnten, gewisse Liebesgedichte einzurücken, die

Mr. Philip jetzt fast täglich verfaßte. Arme kleine Charlotte! Und hast du diese Liederschätze empfangen; und hast sie bewundert, womöglich ohne sie ganz zu verstehen; und hast sie im innersten Fach deines Herzens wie in deinem kleinen Schreibpult eingeschlossen; und sie in stillen Stunden hervorgeholt und sie geküßt und dem Himmel dafür gedankt, daß er dir solche Juwelen geschenkt hat? Ich vermute es. Ich kann mir all das vorstellen, ohne es zu sehen. Ich kann die Briefchen in dem kleinen Pult lesen, ohne ein Schloß zu sprengen oder ein Siegel aufzubrechen. Armselige Briefchen! Manchmal ist die Rechtschreibung nicht ganz korrekt; aber ich meine nicht, daß der Stil darunter leidet. Armselige Briefchen! Manchmal werdet ihr in den Wind geworfen und mit all euren süßen Geheimnissen und liebevollen, aufrichtigen Geständnissen vergessen; aber nicht immer – nein, nicht immer. Philip jedenfalls, der liederlichste Mensch auf Erden, der alle seine Kleider und Toilettengegenstände im Schlafzimmer auf dem Boden herumliegen ließ, hatte zu dieser Zeit seine Brusttasche vollgestopft mit Papieren, die ganz lächerlich knisterten. Er sah immerzu auf diese kostbare Tasche herab und legte eine seiner großen Hände darauf, als wollte er sie schützen. Die Tasche enthielt keine Banknoten, davon dürfen Sie überzeugt sein. Sie enthielt Dokumente mit der Aussage, Mamas Schnupfen habe sich gebessert; die Joneses seien zum Tee gekommen, und Julia habe gesungen, usw. Ach, mein Freund, wie alt Sie jetzt auch sind, wie abgebrüht, wie träge von Gefühl Sie jetzt auch sind, ich hoffe, auch Sie erinnern sich daran, wie Julia sang und die Joneses zum Tee kamen.

Mr. Philip blieb Woche um Woche und versicherte meiner Frau, sie sei einfach ein Engel, daß sie ihn so lange dabehalte. Bunch schrieb aus seiner Pension immer überschwenglichere Berichte über die Annehmlichkeiten des Hauses. Ihm zuliebe werde Madame la Baronne de Smolensk unglaubliche Opfer bringen, um den General und seinen hochgeschätzten Anhang unterzubringen. Die Bälle sollten in diesem Winter wahrhaft glanzvoll werden; in der Nähe wohnten mehrere ehemalige Inder; tatsächlich könnten sie einen richtigen kleinen Club bilden. Man einigte sich, Baynes solle hinfahren und das Gelände rekognoszieren. Er fuhr hin. Madame de Smolensk, eine ungemein vornehme Frau, setzte ihm ein vorzügliches Dinner vor, aber nur, was es da alle Tage gibt. Suppe selbstverständlich, liebe Frau; Fisch, kapitaler Wein, und ich würde sagen, an die fünf- oder sechsunddreißig Ragouts und dergleichen. Der General war völlig hingerissen. Bunch habe seine Jungen in eine namhafte Schule gesteckt, wo sie die französischen Jungen „verdreschen" und alle modernen Sprachen lernen könnten. Die Kleinen würden zeitig Abendbrot bekommen; die Baronin wolle die ganze Familie zu einem verblüffend billigen Satz aufnehmen. Mit einem Wort, die Bayneskolonne setzte sich nach Paris in Marsch, kurz ehe unsere Familie die See überquerte, um zu den Londoner Nebeln und Pflichten zurückzukehren.

Sie haben zweifellos bemerkt, wie die Frauen in gewissen Liebessituationen einander helfen. Sie helfen, wo sie nicht helfen dürften. Wenn Mr. Darby von Miss Joan getrennt werden müßte und das Beste, was den beiden passieren könnte, ein lettre de cachet wäre, der Monsieur Darby auf fünf Jahre in der Bastille verschwinden ließe, ergänzt durch eine Weisung von Mademoiselle Jeannes Eltern, sie in ein Kloster einzusperren, findet sich unter Garantie eine Tante, eine Verwandte, eine mitleidige Freundin, die dem Paar Gelegenheit zu einem Zusammentreffen verschafft und woanders hinsieht, während diese unglücklichen Liebenden einer dicht am Ohr des anderen endlose Lebewohls trillern. Meiner Frau, wie gesagt, gefiel es, für die jungen Leute, über die wir gerade gesprochen haben, diese sinnlose Anteilnahme zu entwikkeln. Als Charlottes Abreise näher rückte, nahm diese nichtswürdige, irreleitende Matrone das Mädchen oft auf Spaziergänge in ich weiß nicht welche menschenleeren Nebengassen mit, in ruhige Straßen, in stille Nischen der Wallanlagen und dergleichen; und nanu! infolge des sonderbarsten Zufalls kamen Mr. Philips plumpe Stiefel mit Sicherheit den Füßchen der Frauen hinterhergestampft. Was werden Sie sagen, wenn ich Ihnen erzähle, daß selbst ich, der Vater der Familie, der Mieter des altmodischen Hauses in der Rue Roucoule, Haute Ville, Boulogne-sur-Mer – als ich gerade mein eigenes Studierzimmer betreten will –, auf der Schwelle von Helen, meiner ältesten Tochter, abgefangen werde, die ihre Ärmchen vor der Glastür ausbreitet, die ich eben durchschreiten wollte, und sagt: „Du darfst da nicht rein, Papa! Mama sagt, keiner von uns darf da rein."

„Und warum nicht, bitte?" frage ich.

„Weil Onkel Philip und Tante Charlotte sich da Geheimnisse erzählen. Und keiner darf sie stören – *keiner*!"

Auf mein Wort, war das nicht einfach ungeheuerlich? Bin ich zu Herrn Pandarus von Troja geworden? Soll ich zulassen, daß ein bettelarmer junger Mann das Herz eines jungen Mädchens stiehlt, das keine zweieinhalb Pence Vermögen besitzt? Soll ich mich, sage ich, für diese ganz unverantwortliche Intrige hergeben?"

„Sir", sagt meine Frau (es traf sich so, daß wir von Kind auf zusammen aufgewachsen waren, und ich bekenne, sozusagen als Einführung ein, zwei alberne Liebeleien durchgemacht zu haben, bevor ich mich ins Joch der ehelichen Treue begab) – „Sir", sagt sie, „als du so toll hinter Blanche her warst – verschossen in sie, ist wohl dein eleganter Ausdruck dafür –, und daheim für sie immer Briefe in einen hohlen Baum gesteckt hast, habe ich die Briefe oft gesehen und sie doch nie angerührt. Diese zwei Menschen sind viel warmherziger und haben einander viel inniger lieb als du und Blanche damals. Ich würde jetzt Charlotte nicht gern von Philip trennen. Es ist zu spät, Sir. Sie kann einen anderen nie so mögen wie ihn. Und wenn sie hundert Jahre alt wird, sie wird ihn nie vergessen. Warum soll das arme Ding nicht ein bißchen glücklich sein, solange sie kann?"

Ein altes Haus mit einem grünen alten Hof und einer uralten, moosbedeckten Mauer, durch deren Lücken ich die Dächer und Giebel des alten Städtchens, darunter die Stadt, die schimmernde See und jenseits die weißen englischen Küstenfelsen sehen kann; in dem grünen alten Hofraum ein hohes altes Steinhaus aufragend, überwuchert von einer Masse Schlingpflanzen, auf die die Sonne flimmernde Schatten wirft; und unter den Schatten und durch das Glas eines hohen grauen Fensters kann ich eben in einen braunen, dämmerigen Salon spähen, und dort sehe ich zwei verschwommene Gestalten an einem Tisch. Die eine schlanke Gestalt hat braunes Haar, und die andere hat einen flammendroten Backenbart. Seht! Gerade lugt ein Sonnenstrahl in das Zimmer und bringt den Bart zum Leuchten!

„Armes kleines Ding", flüstert meine Frau ganz sanft. „Morgen fahren sie ab. Laß sie sich doch aussprechen. Sie weint sich die Äuglein aus, bestimmt. Arme kleine Charlotte!"

Während meine Frau Miss Charlotte so ergriffen bemitleidete

und gewiß gleich zu ihrem eigenen Taschentuch greifen würde, brach, so wahr ich lebe, in dem dämmerigen Gemach, wo die zwei Liebenden schnäbelten und gurrten, Gelächter aus. Erst erschallte Mr. Philips mächtiges Gedröhn (so ein Gebrüll – so ein Ha-ha-ha oder Hi-hi-hi habe ich kein anderes *zwei*beiniges Tier jemals ausstoßen hören). Dann folgt Miss Charlottes silbernes Geläute; und bald kommt diese junge Person in den Garten heraus, das runde Gesicht durchaus nicht mit Tränen betaut, sondern vollkommen rosig, frisch, gutgelaunt und mit schelmischen Grübchen. Charlotte macht vor mir einen kleinen Knicks und gibt meiner Frau die Hand und einen freundlichen Blick. Sie ziehen sich durch die offene Fenstertür zurück, einander umschlingend wie die Ranke das Fenster; obwohl ich mich nicht zu sagen erkühne, wer in diesem Gleichnis die Ranke und wer das Fenster ist – ich kann keine von beiden durchschauen, das ist die Wahrheit. Sie gehen durch den Salon und zweifellos auf die Straße hinaus; und was Mr. Philip angeht, *seinen* Kopf sehe ich bald mit der großen Pfeife im Mund aus dem Fenster im ersten Stock herausragen. Ohne Pfeife kann er nicht „arbeiten", behauptet er; und meine Frau glaubt ihm. Arbeiten, daß ich nicht lache!

Miss Charlotte machte am Abend, als wir gerade allein waren, bei uns noch einmal einen kurzen Besuch. Die Kinder waren schon zu Bett. Die süßen Liebchen! Charlotte mußte hinauf und sie küssen. Mr. Philip Firmin war ausgegangen. Sie schien ihn überhaupt nicht zu vermissen, erkundigte sich auch mit keinem Wort nach ihm. Wir seien so gut zu ihr gewesen – so gütig. Wie könnte sie jemals unsere große Güte vergessen? Sie sei so glücklich gewesen, ach, so glücklich! Noch nie sei sie so glücklich gewesen. Sie werde oft und oft schreiben, und Laura werde regelmäßig schreiben, nicht wahr? „Ja, liebes Kind", sagt meine Frau. Und nun noch eine kurze Küsserei, und es ist Zeit, nach den Tintelleries heimzukehren. Was für eine herrliche Nacht! Wirklich, der Mond leuchtete in vollem Rund am purpurnen Himmel, und die Sterne funkelten zu Myriaden.

„Leben Sie wohl, liebe Charlotte; das Glück begleite Sie!" Ich nehme ihre Hand. Ich verspüre den väterlichen Wunsch, ihr zartes, rundes Gesicht zu küssen. Ihre Liebenswürdigkeit, ihre Glückseligkeit, ihr ungekünstelter Frohsinn und ihre Sanftmut haben sie uns allen lieb gemacht. Ich jedenfalls liebe sie mit der

Zuneigung eines Vaters. „Warten Sie, liebes Kind!" rufe ich auf einen galanten Einfall hin. „Ich begleite Sie heim nach den Tintelleries."

Da hätten Sie das zarte runde Gesicht sehen sollen! So eine klägliche Miene breitete sich darüber aus! Sie sah meine Frau an, und diese Mrs. Laura zupfte mich am Rockschoß.

„Was meinst du, mein Schatz?" frage ich.

„Geh doch an einem so unfreundlichen Abend nicht aus. Du wirst dich erkälten!" sagt Laura.

„Erkälten, meine Liebe!" wende ich ein. „Aber der Abend ist so schön wie überhaupt . . ."

„Ach! Du – du Dummkopf!" ruft Laura und fängt an zu lachen. Und schon trippelt Miss Charlotte ohne ein weiteres Wort davon!

Philip kam etwa eine halbe Stunde danach heim. Und wissen Sie, ich hege den ganz starken Verdacht, daß er gleich um die Ecke gewartet hatte. *Mir* entgeht nämlich kaum etwas, wenn es mir in den Sinn kommt aufzupassen. Und bestimmt, wenn ich an diese Möglichkeit gedacht hätte, daß ich ein Spielverderber sein könnte, hätte ich Miss Charlotte nicht angeboten, sie heimzubegleiten.

Ganz früh am nächsten Morgen stand meine Frau auf und wandte, meiner Meinung nach, eine unnütze Menge Zeit, Brot, Butter, kalten Rinderbraten, Senf und Salz an die Zusammenstellung eines Berges Sandwiches, die sie in eine Nummer der „Pall Mall Gazette" wickelte. Diese beharrliche Neigung, für die Reise Sandwiches herzurichten, für Kuchen und andere Erfrischungen zu sorgen, ist eine merkwürdige Marotte der Frauen; als bekäme man in den Wirtshäusern an der Landstraße und in den Bahnhöfen nicht immer genug zu essen! Was für ein gutes Dinner erhielt man vormals in Montreuil, noch bevor es Eisenbahnen gab und als die Postkutsche für den Weg nach Paris vier- oder sechsundzwanzig fröhliche Stunden brauchte! Ich finde, die erlesensten Gerichte lassen sich nicht mit jenem in guter Erinnerung bewahrten fricandeau aus der Jugend vergleichen, sowenig wie die Weine des exquisitesten Jahrgangs den ehrlichen, herben blauen ordinaire übertreffen, der am reichgedeckten Wirtshaustisch serviert wurde. Ich brachte unseren Ballen Sandwiches zum Büro der Messageries hinab, wo unsere Freunde

abfahren sollten. Wir sahen zu, wie sechs Mitglieder der Familie Baynes im Inneren der Postkutsche verstaut wurden und die Jungen munter auf die rotonde kletterten. Aus Charlottes Ecke warfen uns ihre hübschen Lippen und Hände Küsse zu. Mrs. General Baynes kommandierte die Kolonne, stopfte die Kleinen in ihre Plätze in der Arche, dirigierte den General und die Kinder mit ihrem Sonnenschirm hierhin und dahin, weigerte sich, den murrenden Trägern mehr als das geringstmögliche Trinkgeld zu geben, und redete in einem schrillen Jargon aus Französisch und Hindustani auf die um die Kutsche versammelten Leute ein. Meine Frau hat so viel Gewalt über mich, daß sie mich tatsächlich dazu brachte, mich so weit herabzulassen und einem der Baynesjungen das Sandwichpaket zu übergeben. Ich sagte: „Da hast du", und der arme Wicht streckte beflissen die Hand aus, sichtlich in der Erwartung, ich werde ihm ein Fünffrancsstück oder eine ähnliche Münze zustecken. Fouette, cocher! Die Pferde wiehern. Das riesige Gefährt rumpelt über die Zufahrt und rasselt die Straße entlang. Adieu, hübsche Charlotte, mit deinem holden Gesicht, deiner sanften Stimme und deinen freundlichen Augen! Aber wieso, bitte, ist Mr. Philip Firmin nicht da, um auch Lebewohl zu sagen?

Bevor die Postkutsche sich in Bewegung setzte, hatten die Baynesjungen unter Streit und Gerempel auf die Imperiale oder das cabriolet des Wagens steigen wollen, wo bisher erst ein Passagier saß. Doch der Kondukteur rief die Burschen herunter und erklärte, der zweite Platz sei von einem Herrn bestellt, der unterwegs zusteigen werde. Und wer war das wohl? Knapp außerhalb der Stadt springt ein Mann auf die Imperiale auf: sein leichtes Gepäck, stellt sich heraus, war bereits in der Kutsche, und dieses Gepäck gehörte Philip Firmin. Ah, monsieur! und das war wohl der Grund, weshalb sie gestern so guter Dinge waren – am Tag der Trennung? Weil sie sich noch nicht gleich trennen mußten. Weil ihnen, als der Tag der Vollstreckung nahte, eine kleine Galgenfrist dazuzumogeln gelungen war! Auf Ehre und Gewissen, mein ganzes Leben lang habe ich nicht von solchem Leichtsinn gehört! Aber das heißt doch Hunger leiden – das sichere Unglück für den einen wie für die andere. „Ich mische mich ungern in anderer Leute Angelegenheiten", erkläre ich meiner Frau, „aber ich ärgere mich über so eine Unvernunft und über mich selbst, weil ich mit General Baynes nicht darüber gesprochen habe. Ich will dem General schreiben."

„Liebster, der General weiß alles", sagt Charlotte, Philips (meiner Meinung nach) höchst unbesonnene Freundin. „Wir haben darüber gesprochen, und der General, als verständiger Mann, nimmt es nicht tragisch. ‚Junge Leute sind eben junge Leute', sagt er. Und: ‚Du liebe Güte, Madam, als ich geheiratet habe – ich müßte sagen, als Mrs. B. mir befahl, sie zu heiraten –, hatte sie nichts und ich bloß meinen Hauptmannssold. Irgendwie kommen die Menschen voran. Besser, ein junger Mann heiratet und hält sich aus Müßiggang und Dummheiten heraus; und ich versichere Ihnen, der Bursche, der mein Mädchen heiratet, gewinnt einen Schatz. Ich mag den Jungen um meines alten Freundes Phil Ringwood willen. Ich meine nicht, daß die Kerls mit den reichen Frauen so viel glücklicher sind oder daß die Männer warten sollten, bis sie gichtige alte Lebemänner sind.'" Und anscheinend führte der General mehrere Offiziere seines Bekanntenkreises als Beispiel an; einige hatten geheiratet, als sie jung und arm waren, einige hatten geheiratet, als sie alt und brummig waren, einige hatten überhaupt nicht geheiratet. Und er erwähnte seinen Kameraden, meinen eigenen Onkel, den verstorbenen Major Pendennis, den er als egoistisches, altes Subjekt bezeichnete, und deutete an, der Major habe in jungen Jahren eine Dame sitzenlassen, obwohl er viel besser daran getan hätte, sie zu heiraten.

Und so ist Philip tatsächlich seiner Zauberin nachgesetzt und folgt ihr summa diligentia? Die Familie Baynes hat zugelassen, daß dieser bettelarme junge Student der Rechte ihrer Tochter den Hof macht, sie alle nach Paris begleitet, als der beinahe anerkannte Sohn des Hauses auftritt. „Auch andere Leute wollten, als sie jung waren, unbedachte Ehen schließen", sagt meine Frau (als wäre dieses elende tu quoque eine Antwort auf meine Bemerkung!) „Dieser bettelarme Student der Rechte könnte eine schöne Summe Geld haben, wenn es ihm beliebt hätte, die Familie Baynes zu bedrängen, damit sie ihm auszahlen, was sie ihm schließlich doch schuldig sind." Und die arme kleine Charlotte sollte also ihren Vater loskaufen! Freilich hatte die kleine Charlotte nichts dagegen, sich zur Bezahlung der Schuld ihres Papas darzubringen! Und wenngleich ich als moralisch gesinnter Mann und umsichtiger Mann und Familienvater Einwände hatte, konnte ich nicht ganz ernstlich böse sein. Heimlich habe ich das Gemüt des altehrwürdigen père de famille aus den Lustspielen, des reizbaren alten Gentleman in Stutzperücke und Rock aus der Zeit Georges des Zweiten, der ständig „Tom, dem jungen Lümmel" mit dem Stock droht. Wenn die Tat getan ist und Miranda (die kleine Schlaubergerin!) vor meinen breiten Schuhen mit den Schnallen zu Boden sinkt und Tom, der junge Lümmel, in seinen weißen Beinkleidern vor mir niederkniet und sie in hübschem Chor ausrufen: „Verzeih uns, Großpapa!", sage ich: „Nun, du Schelm, Jugend hat keine Tugend. Nimm sie, Bursche! Sei mit ihr glücklich. Und hört zu! In dieser Brieftasche findet ihr zehntausend" usw. usw. Sie alle kennen die Geschichte; ich kann mir nicht helfen, mir gefällt sie, wie alt sie auch sein mag. In Liebesdingen freut es einen irgendwie, wenn junge Leute ein bißchen etwas wagen. War Bessy Eldon nicht als sparsame Wirtschafterin berühmt und Lord Eldon für seine Weisheit und Umsicht gefeiert? Und hat nicht John Scott Elizabeth Surtees geheiratet, als beide zusammen kaum zwei Pence im Jahr hatten? „Natürlich, Liebste", sage ich der Gefährtin meines Daseins, „jetzt, wo dieser verrückte Kerl vollkommen ruiniert ist, jetzt ist für ihn genau der richtige Zeitpunkt zum Heiraten. Die gültige Doktrin lautet, ein Mann habe zunächst sein eigenes Vermögen zu verbrauchen, dann das Vermögen seiner Frau, und dann beginne er vielleicht im Rechtswesen voranzukommen. Philip hat, sagen wir, einhundert Pfund; Charlotte hat nichts; also dürften wir in rund sechs Wochen zu hören erwarten, daß Philip mit Erfolg praktiziert . . ."

„Mit Erfolg! Unsinn!" ruft die Dame. „Rede doch nicht wie eine kaltblütige Rechenmaschine! Du glaubst kein Wort von dem, was du sagst, und einen so unbekümmerten Menschen, wie du selbst es als junger Mann warst, hat es noch nie gegeben!" Das hieß vom Problem ablenken, was die Frauen immer tun. „Unsinn!" wiederholt mein romantisches Wesen von Gefährtin-im-Dasein. „Sag du *mir* doch nichts, Sir. Sie *werden* genug haben! Sollen wir denn ewig nur für den nächsten Tag sorgen und nicht darauf vertrauen, daß für uns gesorgt wird? *Du* magst deine Denkweise Umsicht nennen. Ich nenne das eine *sündhafte weltliche Gesinnung*, Sir." Wenn meine Lebensgefährtin in einem gewissen Ton spricht, weiß ich, daß Widerspruch zwecklos ist und jede

Argumentation unnütz; und ich helfe mir dann im allgemeinen mit feigen Ausflüchten und schleiche mich mit einem Wortspiel, einem Witzchen oder sonst einer leichtfertigen Bemerkung aus dem Gespräch. Außerdem liegt in diesem Fall, obwohl ich gegen meine Frau disputiere, meine Sympathie auf ihrer Seite. Ich weiß, Mr. Philip ist leichtsinnig und halsstarrig, aber es wäre mir lieb, wenn er Erfolg hätte und glücklich würde. Ich gebe zu, daß er ein Taugenichts ist, aber ich wünsche ihm alles Gute.

Also, kaum hat die Postkutsche von Laffitte & Caillard die Stadt Boulogne verlassen, läßt der Kondukteur den Wagen anhalten, und im Handumdrehen ist ein junger Mann auf das Dach gestiegen; und der Postillion ruft seinen Pferden „hüh" zu, und diese wiehernden Grauschimmel trappeln auf und davon. Und eine junge Dame, die zufällig aus einem der Kutschenfenster blickt, hat den jungen Gentleman, der so gewandt auf das Dach sprang, ganz genau erkannt; auch die zwei Jungen, die in der rotonde saßen, hätten den Gentleman erkannt, nur verspeisten sie schon ganz vertieft die Sandwiches, die meine Frau beigesteuert hatte. Und so fährt die Postkutsche weiter, bis sie jenen Hügel erreicht, wo früher die Mädchen kamen, um einem Äpfel zum Kauf anzubieten; und einige Passagiere steigen aus und gehen zu Fuß, und der hochgewachsene junge Mann auf dem Dach springt ab und nähert sich der Gesellschaft im Innenraum, und eine junge Dame schreit auf: „Herrje!", und ihre Mama sieht undurchdringlich ernst und gar nicht überrascht drein, und ihr Vater kneift ein Auge zu und sagt: „Er ist es, was, hol's der Kukkuck!", und die zwei Jungen, die, den Mund voll Sandwich, von der rotonde kommen, rufen aus: „Hallo! Da ist ja Mr. Firmin!"

„Wie geht es Ihnen, meine Damen?" sagt er und wird rot wie ein Apfel, und sein Herz hämmert – doch das kann an der Steigung des Weges liegen. Und er streckt eine Hand zum Kutschenfenster hinaus, und ein Händchen kommt heraus und legt sich auf die seine. Und Mrs. General Baynes, die ein frommes Buch liest, blickt auf und sagt: „Oh! Wie geht es Ihnen, Mr. Firmin?" Und das ist der ganze denkwürdige Dialog, der da stattfindet. Er ist nicht eben geistreich, aber Philips Stimme versetzt ein junges Herz in Entzücken. Und als er nicht mehr zu sehen ist und zu seinem Platz im Kabriolet hinaufgestiegen ist, spendet das Trampeln seiner Stiefel auf dem Dach besagtem jungen Herzen unaussprechlichen Mut und Trost. Leuchtet, Mond und Sterne! Wiehert, graue Pferde, durch die stille Nacht! Schnarcht sanft, Papa und Mama, in euren Ecken, die Taschentücher um die alten Häupter gebunden! Ich nehme an, unter allen Himmelssternen ist niemand glücklicher als dieses Kind in dieser Kutsche – dieses schlaflose Mädchen in holdem jungfräulichem Sinnen –, das sein Herz der Obhut jenes Helden anvertraut hat, der so nahe bei ihr ist. Ist er nicht stets ihrer aller Held und Retter gewesen? Verdanken sie seiner Großmut nicht alles im Leben? Eine der kleinen Schwestern fährt aus dem Schlaf auf und weint in der Nacht, und Charlotte nimmt das Kind in die Arme und beschwichtigt es. „Pst, Liebes ... Er ist doch da, er ist doch da!" haucht sie, während sie sich über das Kind neigt. Nichts Schlimmes kann geschehen, wenn *er* da ist, fühlt sie. Würden hinter den dunklen Fichten dort die Räuber hervorbrechen, nun, er würde herabspringen, und sie würden alle vor ihm fliehen! Die Kutsche rollt weiter durch schlafende Dörfer, und als das alte Gespann sich, in eine gewaltige Dampfwolke gehüllt, entfernt und die frischen Pferde an die Deichsel herantrappeln, nimmt Charlotte im Schein der Wagenlaternen ein wohlbekanntes weißes Gesicht wahr. Durch die langen Alleen rollt das mächtige Gefährt auf seinem Weg dahin. Die Morgendämmerung lugt über die Pappeln, die Sterne blinzeln und verschwinden, die Sonne ist am Himmel aufgegangen, und der ganze Himmel steht in Flammen. Die Nacht ist vorüber – die Nacht der Nächte. Auf der ganzen runden Welt, ob von Sternen oder vom Sonnenschein beleuchtet, waren keine zwei Menschen so glücklich wie diese.

Ganz kurze Zeit später, Ende Oktober, ging unser eigener kleiner Aufenthalt am Meer zu Ende. Die erstaunliche Rechnung für zerbrochenes Glas, Mobiliar, Geschirr wurde beglichen. Der Londoner Dampfer nimmt uns alle an einem schönen, sonnigen Herbstabend an Bord und setzt uns am Zollhauskai ab, mitten in einen dicken, bräunlichen Nebel hinein, durch den sich unsere Droschken mit zwei Ladungen stiller und verängstigter Kinder über schmieriges Pflaster ihren Weg suchen müssen. Ach, diese Rückkehr, selbst nach so kurzer Abwesenheit, nach vierzehn Tagen Ferien! Oh, dieser Haufen Briefe, der in einem schauderhaften Stapel im matten Dämmerlicht, und doch so deutlich sichtbar, im Studierzimmer des Hausherrn liegt! Die ersten zwei Tage nach unserer Ankunft daheim frühstücken wir fröhlich bei Kerzenschein, und ich habe das Vergnügen, mir ein Stück Kinn abzusäbeln, weil es um neun Uhr vormittags zum Rasieren noch immer zu dunkel ist.

Meine Frau kann doch nicht so gefühllos sein, zu lachen und sich darüber zu belustigen, daß mir ein Unfall zugestoßen ist, der mich vorübergehend entstellt? Wenn der graubraune Nebel sie heiter macht, hat sie einen sehr sonderbaren Sinn für Humor. Sie hat einen Brief vor sich, der sie förmlich strahlen läßt. Wenn sie sich besonders freut, merke ich ihr das am Gesicht an und an einer besonderen Lebhaftigkeit und Herzlichkeit gegenüber der übrigen Familie. An diesem bestimmten Morgen strahlt ihr Gesicht aus den Nebelwolken hervor. Es erhellt das Zimmer, vielleicht unterstützt durch die zwei Kerzen zu beiden Seiten des Teewasserkessels. Das Feuer prasselt und flammt und faucht lustig; und der Himmel draußen, vom gleichen Farbton wie braunes Packpapier, scheint die Helligkeit der kleinen Szene drin noch hervorzuheben.

„Ein Brief von Charlotte, Papa“, ruft eines der kleinen Mädchen mit wichtiger Miene. „Und ein Brief von Onkel Philip, Papa!“ ruft ein anderes. „Und in Paris gefällt es ihnen so gut“, fährt die kleine Berichterstatterin fort.

„Da, bitte, Sir, habe ich es dir nicht gesagt?“ ruft die Dame und reicht mir den Brief herüber.

„Mama hat es dir immer gesagt“, echot das Kind mit bedeutsamem Nicken, „und es würde mich nicht wundern, wenn er noch *sehr reich* wird, dich nicht auch, Mama?“ fügt diese Arithmetikerin an.

Ich würde Miss Charlottes Brief nicht abdrucken, selbst wenn ich könnte, denn wissen Sie, die Grammatik dieses Persönchens war oft fehlerhaft; zwei, drei Wörter waren falsch geschrieben; und der Brief war so mit *Unterstreichungen* und *Hervorhebungen* unter *jedem* zweiten *Wort* gespickt, daß mir klar ist, man hatte ihre Bildung vernachlässigt; und weil ich sie wirklich mag, möchte ich mich nicht über sie lustig machen. Und Mr. Philips Brief kann ich nicht abdrucken, denn ich habe ihn nicht aufbewahrt. Was nützt es, Briefe aufzubewahren? Verbrennen, sage ich, verbrennen, verbrennen. Kein Herzweh. Keine Vorwürfe. Kein Gestern. War es glücklich oder leidvoll? Daran zu denken ist immer schmerzlich. Verflixt! Wahrscheinlich ist es der Gedanke an jenen Nebel, der diesen Satz so trübselig macht. Inzwischen aber lächelt Madam Lauras Gesicht beseligt aus der Dunkelheit hervor; und kein Wunder: sie ist immer glücklich, wenn ihre Freunde es sind.

Charlottes Brief enthielt einen ausführlichen Bericht über die Unterbringung der Familie Baynes in Madame Smolensks Pension, wo sie es anscheinend wirklich ungemein behaglich hatten, und zu einem recht billigen Satz. Mr. Philip seinerseits suchte eine Bleibe auf, die ihm seine Künstlerfreunde empfohlen hatten, auf derselben Seite des Flusses wie Faubourg St-Germain – das „Hôtel Poussin" in der gleichnamigen Straße (Rue Poussin), die, wie Sie wissen, zwischen der Mazarin-Bibliothek und dem Musée des Beaux-Arts liegt. In früheren Jahren hatte mein Gentleman in Glanz und Überfluß in den englischen Hotels im von seinen Landsleuten bevorzugten Viertel gewohnt. Jetzt fand er sich für dreißig Francs im Monat sehr ordentlich untergebracht, und mit fünf oder sechs Pfund, hat er seither wiederholt erklärt, kam er ganz bequem durch den Monat. Ich behaupte nicht, mein junger Reisender, *Sie* könnten heutzutage auch so viel Glück haben. Erzählen wir nicht eine Geschichte aus der Zeit vor zwanzig Jahren? Traun fürwahr. Ehe noch die Dampfwagen über die französischen Schienen zu kreischen begonnen hatten, und als Louis-Philippe König war.

Kaum ist Mr. Philip Firmin ruiniert, muß er sich unbedingt verlieben. Um dem Ziel seiner Liebe nahe zu sein, muß er ihr unbedingt nach Paris folgen und die Rechtsstudien daheim aufgeben, die er sich so fest vorgenommen hatte; wo es der Kerl, um ihm Gerechtigkeit zuteil werden zu lassen, wohl nie zu etwas gebracht hätte. Und er ist noch keine vierzehn Tage in Paris, als diese launische Dirne Fortuna, die ihn bisher zu fliehen schien, ihm einen lächelnden Blick des Wiedererkennens zuwirft, als wollte sie sagen: „Junger Mann, mit Ihnen bin ich noch nicht ganz fertig."

Mit dem Glück war es nicht weit her. Denken Sie nicht, Philip habe plötzlich einen Zwanzigtausendpfundgewinn in der Lotterie gezogen. Doch als es ihm mächtig an Geld fehlte, fand er sich unversehens in der Lage, auf eine für ihn ziemlich unbeschwerliche Art welches zu verdienen.

Zunächst traf Philip seine Freunde, Mr. und Mrs. Mugford, in ziemlich ratloser Verfassung mitten in Paris, wo Mugford niemals einen laquais de place angeheuert hätte, war er doch bis an sein Lebensende fest davon überzeugt, seine französischen Sprachkenntnisse genügten allen Bedürfnissen der Verständigung. Philip, der Paris schon oft besucht hatte, kam seinen Freunden in einem Zwei-Francs-Restaurant zu Hilfe, das er aus Gründen der Sparsamkeit frequentierte und sie, weil sie das dort gebotene Mahl nicht nur billig, sondern ganz großartig und durchaus ausreichend fanden. Er dolmetschte für sie und half ihnen aus ihren Schwierigkeiten, worin sie auch bestanden haben mochten. Er bewirtete sie auf dem „Bullyvard" freigebig mit „Kaffy", wie Mugford sagte, als er heimgekehrt war und mir das Abenteuer erzählte. „Er kann nicht vergessen, daß er ein großspuriger Stutzer gewesen ist: und er gibt sich ganz als Gentleman, dieser Firmin. Er fuhr mit uns in unser Hotel zurück – das ‚Meurice'", berichtete Mr. Mugford, „und wer kam in den Hof gefahren und stieg aus seiner Kutsche? Lord Ringwood – Sie kennen Lord Ringwood; jeder kennt ihn. Als er aus der Kutsche steigt, sagt Seine Lordschaft: ‚Was! Bist du das, Philip?' und gibt dem jungen Kerl die Hand. ‚Komm morgen vormittag zu mir zum Frühstück.' Und geht richtig freundlich weg."

Wie kam es, daß Lord Ringwood, dessen Selbsterhaltungstrieb besonders ausgeprägt war – der, fürchte ich, ein recht egoistischer Edelmann war – und der jüngst, wie wir vernommen haben, Befehl erteilt hatte, Mr. Philip den Zutritt zu seiner Tür zu verwehren –, mit einemmal sein Verhalten änderte und den jungen Mann leutselig begrüßte? Erstens hatte Philip den Türklopfer Seiner Lordschaft überhaupt nicht betätigt; und zweitens wollte es das Glück, daß Seine Lordschaft an ebendiesem Tag ihrer Begegnung mit dem wohlbekannten, in Paris ansässigen bon vivant, Mylord Viscount Trim, diniert hatte, der Gouverneur auf den Sagoinseln gewesen war, als Oberst Baynes mit seinem Regiment, den tapferen Hundertern, dort stationiert war. Und da der General und sein alter Gouverneur aus Westindien in der Kirche zusammengetroffen waren, lud Mylord Trim General Baynes unverzüglich zum Dinner ein, wo Lord Ringwood mit anderen vornehmen Gästen zugegen war, auf die wir derzeit nicht weiter einzugehen brauchen. Nun wurde schon gesagt, daß Philip

Ringwood, Mylords Bruder, und Hauptmann Baynes in früher Jugend enge Freunde gewesen waren und daß der Oberst in den Armen des Hauptmanns gestorben war. Lord Ringwood, der ein ausgezeichnetes Gedächtnis hatte, wenn es ihm beliebte, davon Gebrauch zu machen, war bei dieser Gelegenheit erfreut, sich an General Baynes und dessen enge Freundschaft mit seinem Bruder in alten Zeiten zu erinnern.

Und von diesen alten Zeiten plauderten sie; wobei der General beredter wurde, als bei ihm üblich, dank Lord Trims hervorragendem Wein, wie ich vermute. Und im Laufe des Gesprächs fiel Philips Name, und der General, vom Trunk erwärmt, brach in eine begeisterte Lobrede auf seinen jungen Freund aus und erwähnte, wie edelmütig und selbstlos Philip sich in seinem Fall verhalten hatte. Und vielleicht war es Lord Ringwood angenehm, den Enkel seines Bruders so rühmen zu hören, und vielleicht dachte er an alte Zeiten, als er ein Herz hatte und er und sein Bruder einander zugetan waren. Und wenn er Philip vielleicht auch für einen verrückten jungen Schafskopf hielt, weil er auf jegliche Ansprüche verzichtet hatte, die er an General Baynes haben mochte, dachte Seine Lordschaft jedenfalls zweifellos: Dieser Junge wird wohl schwerlich bei mir Geld betteln kommen! Also regte sich, als er an ebendiesem Abend nach dem Dinner in sein Hotel zurückfuhr und im Hof diesen Philip Firmin traf, den Enkel seines Bruders, im Herzen des alten Edelmannes eine wohlwollende Empfindung, und er lud Philip zu einem Besuch bei sich ein.

Ich habe einige der Eigenheiten Philips geschildert, und zu diesen gehörte eine wirklich auffallende Veränderung in seinem Äußeren, die sehr rasch nach seinem Ruin erfolgte. Ich weiß, daß die allermeisten Romanleser jung sind, und die anderen, mögen sie noch so alt sein, erinnern sich, daß ihre eigene Jugend erst ganz, ganz kurze Zeit zurückliegt. Wissen Sie noch, allermächtigster, gesetzter und ehrwürdiger Greis, wie Sie als junger Fant tatsächlich Ihre Freude an neuen Kleidern hatten? Freut ein neuer Rock oder eine neue Weste Sie jetzt überhaupt noch? Einem rechtschaffenen Gentleman mittleren Alters dürfte nach meiner Überzeugung ein eleganter neuer Anzug eher ein Gefühl des Unbehagens verschaffen – nicht des knappen Sitzes wegen, was ein Grund sein könnte –, sondern wegen des Schimmers und Glanzes. Als mir meine verstorbene gütige Freundin, Mrs. ***, die smaragdfarbene Moiréweste mit den goldenen Kleeblättern schenkte, trug ich sie ein einziges Mal, um mit ihr in Richmond zu dinieren; aber ich knöpfte mich so fest in meinen Überrock ein, daß ich sicher bin, niemand im Omnibus sah, was ich für eine farbenprächtige Weste anhatte. Goldstickerei und smaragdgrüner Moiré, welch glanzvolles Gewand! Seit zehn Jahren stellt es den Hauptschmuck meines Kleiderschranks dar; und obwohl ich seither nie wieder gewagt habe, die Weste zu tragen, denke ich stets mit heimlicher Freude daran, daß ich diesen Schatz besitze. Lieben die Frauen, wenn sie sechzig sind, schönen und eleganten Putz und ein jugendliches Äußeres? Sehen Sie Lady Jesabels errötende Wange, ihr rabenschwarzes Haar, ihre prachtvollen Kleider! Doch diese Erörterung gerät womöglich zu sehr in die Breite. Ich möchte auf eine Tatsache hinweisen, die nach meiner Erfahrung nicht allzu selten ist – daß Männer, die große Stutzer gewesen sind, oftmals unvermittelt auf ihre langgewohnte Kleiderpracht verzichten und ganz glücklich und zufrieden in den allerschäbigsten Röcken und Hüten herumlaufen. Nein. Die meisten Männer sind nicht eitel hinsichtlich ihrer Kleidung. Zum Beispiel hatten die Männer noch vor wenigen Jahren gutaussehende Füße. Sehen Sie, wie entschlossen sie fast einmütig ihre hübschen Stiefeletten abgestreift haben und riesige, dicke, plumpe, bequeme Laufstiefel tragen, in der Form kaum eleganter als ein Kübel!

Als Philip Firmin erstmals in London auftrat, gab es noch Dandies: man sah betörende Westen aus Samt und Brokat und hohe Halsbinden mit wallenden Jabots aus Satin; man trug Busennadeln, Hemdknöpfe, Halsketten, ich weiß nicht was für närrischen jugendlichen Putz. Seine blitzblanken Stiefeletten wuchsen auf ganzen Wäldern von Schuhständern. Er besaß einen geradezu funkelnden Toilettenkasten aus vergoldetem Silber, ein Geschenk seines Vaters (den zu bezahlen der Doktor allerdings versäumte, diese Pflicht seinem Sohn überlassend). „Er ist eine reine Formsache", erklärte der würdige Doktor, „ein hinderliches Ding, an dem du vielleicht zu Anfang Gefallen findest; aber nimm ihn ruhig auf Reisen mit. Auf einem Landsitz macht er sich gut auf dem Toilettentisch eines Mannes. Er gibt einem Mann *den rechten Rahmen*, du verstehst. Ich kenne Fälle, wo

Frauen sich einschlichen und heimlich einen Blick darauf warfen. Eine Bagatelle, sagst du vielleicht, mein Junge; aber weshalb soll man irgendeine Chance im Leben vertun?" Nun, als das Unglück eintrat, warf Philip alle diese prächtigen Narreteien ab. Er hüllte sich in virtute sua; und ich muß sagen, noch nie ist jemand, der so seltsam aussah wie mein Freund Philip, durch die Straßen von London oder Paris geschritten. In sechs Monaten konnte er nicht den Flor aller seiner Röcke abnutzen oder alle Ellbogen durchwetzen; doch wie er mit großer Schlichtheit von sich sagte: „Ich glaube wirklich, ich komme schneller herunter als alle, die ich kenne. Alle Socken zerlöchert, Mrs. Pendennis, alle Hemdknöpfe weg, auf mein Wort. Ich weiß nicht, wie die Dinger noch zusammenhalten und warum sie sich nicht in Fetzen auflösen. Ich habe den Verdacht, ich muß wohl eine schlechte Waschfrau haben." Verdacht! Meine Kinder lachten und krähten vor Übermut, wenn sie ihm Knöpfe annähten. Was die Kleine Schwester anging, so brach sie in seiner Abwesenheit in seine Wohnung ein und erklärte, sie kriege graue Haare, wenn sie den Zustand seiner armen Garderobe sehe. Ich glaube, Mrs. Brandon legte ihm heimlich Wäsche in die Schubladen. Er merkte es nicht. Er trug die Hemden mit zufriedenem Sinn. Die blanken Stiefel begannen rissig zu werden und dann aufzuplatzen, und Philip trug sie mit denkbar größtem Gleichmut. Wo waren die schönen lavendel- und zitronenfarbenen Handschuhe des vergangenen Jahres geblieben? Seine riesigen bloßen Hände (mit denen er so großartig gestikuliert) waren jetzt so braun wie bei einem Inder. In seiner Zeit des Glanzes hatten wir ihn herzlich gern gehabt; jetzt in seinem fadenscheinigen Aufzug hatten wir ihn lieb.

Ich kann mir vorstellen, wie der junge Mann mit großen Schritten das Zimmer betrat, wo die Gäste Seiner Lordschaft versammelt waren. In der Gegenwart von vornehm oder gering ist Philip stets gänzlich unbekümmert gewesen, und er gehört zu dem halben Dutzend Männer, denen ich in meinem Leben begegnet bin, auf die ein hoher Rang keinen Eindruck machte. Anscheinend waren bei diesem Frühstück ein oder zwei Dandies zugegen, die über Philips ungezwungenes Benehmen entsetzt waren. Er knüpfte ein Gespräch mit einem berühmten französischen Staatsmann an, widersprach ihm mit großem Nachdruck in dessen Muttersprache, und als der Staatsmann fragte, ob monsieur membre du Parlement sei, brach Philip in sein brüllendes Gelächter aus, das beinahe die Gläser auf dem Tisch zum Zerspringen bringt, und sagte: „Je suis journaliste, monsieur, à vos ordres!“ Der junge Timbury von der Botschaft war über Philips Unverschämtheit bestürzt; und Doktor Botts, der mitreisende Arzt Seiner Lordschaft, starrte ihn mit angstvoller Miene an. Eine Flasche Rotwein kam auf den Tisch, von der fast alle anwesenden Herren zu trinken begannen, bis Philip, sein Glas kostend, ausrief: „Pfui! Er ist ja korkig!“ – „Richtig, und ganz übel“, knurrt Mylord mit einem seiner gewohnten Flüche. „Warum hat keiner von euch Kerls ein Wort gesagt? Mögt ihr korkigen Wein?“ Rund um diesen Tisch saßen schneidige Burschen, die jedes korkige Wiener Tränkchen geschluckt hätten, hätte Seine Lordschaft behauptet, Sennesblätter zu mögen. Der alte Gastgeber ergötzte und belustigte sich an dem Vorgang. „Deine Mutter war eine stille Seele, und dein Vater hat sich immer verbeugt wie ein Tanzmeister. Du bist ihm kaum ähnlich. Ich diniere fast immer zu Hause. Gib vormittags meinen Leuten Bescheid und komm, wann du willst, Philip“, brummte er. Einen Teil dieser Neuigkeit berichtete Philip uns in seinem Brief, und weiteres teilten uns Mr. und Mrs. Mugford nach ihrer Rückkehr nach London mündlich mit. „Ich sage Ihnen, Sir“, erklärt Mugford, „ein paar prima Leute haben ihn an die Hand genommen, und ich habe ihn zu drei Guineas die Woche für einen Korrespondentenbrief an die ‚Pall Mall Gazette‘ verpflichtet.“

Und das war der Grund für das Frohlocken meiner Frau und ihr triumphierendes „Habe ich's dir nicht gesagt?“ Philip hatte den Fuß auf der Leiter, und wer war mehr befähigt hinaufzusteigen? Würde er den Mut verlieren, irgendeine Mühe scheuen oder sich vor dem Aufstieg fürchten, wenn dort das Glück und ein liebendes und hübsches Mädchen auf ihn warteten? Er besaß keinen wohlwollenderen Freund als mich und keinen, der ihn mehr gemocht hätte, obwohl ihn manche vermutlich viel mehr bewunderten als ich. Aber das waren meistenteils Frauen; und Frauen werden bei Menschen, die sie lieben, so widersinnig ungerecht und parteiisch, wenn diese im Unglück sind, daß ich mich nur wundere, wieso Mr. Philip in seiner Armut nicht gänzlich den Verstand verlor, mit solchen zärtlichen Schmeichlerinnen und Anbeterinnen um sich her. Würden Sie ihm den Trost mißgönnen, den diese süßen Seiten seines Mißgeschicks für ihn bargen? Manches Herz wäre verhärtet ohne die Erinnerung an vergangenes Leid, als Augen, die sich jetzt womöglich abgewendet haben, voller Anteilnahme waren und inzwischen erkaltete Hände beflissen, Trost und Beistand zu gewähren.

19. KAPITEL

Qu'on est bien à vingt ans

Auf den Blättern eines alten Albums, das wir zu Hause haben, hat ein Freund verschiedene Skizzen von Philip, Charlotte und unserem ganzen Familienkreis hinterlassen. Uns ältlichen Leuten erscheinen die Tage, die wir hier schildern, wie gestern; doch wenn ich mir die Zeichnungen ansehe und an meinen Freund zurückdenke, an die Trachten, in die wir uns vor rund zwanzig Jahren kleideten, male ich mir unvermeidlich aus, welchen Aufruhr wir hervorrufen würden, falls wir unseren Salon oder den unseres Nachbarn in den Sachen beträten, die man im Jahre 1840 vollkommen schicklich fand. Was wäre zum Beispiel eine Frau ohne Krinoline? Eine lächerliche, empörende, womöglich kaum anständige Erscheinung. Was würden Sie von einem Helden halten, der eine große, hohe Halsbinde aus schwarzem Satin trüge, die über eine gemusterte seidene Weste wallte, und einen blauen Frack, womöglich mit Messingknöpfen? Wenn eine so gekleidete Person Sie zum Tanzen aufforderte, könnten Sie sich das Lachen verbeißen? Einst fanden so herausgeputzte junge Männer Gunst in den Augen von Jungfern, die nie Reifröcke erblickt hatten, außer auf den Porträts ihrer Großmütter. Leute, die im ersten Abschnitt des Jahrhunderts in der Blüte des Lebens standen, hätten sich nicht träumen lassen, daß sich die Reifröcke aus den alten Tagen unserer Vorfahren wieder auf unsere Zeitgenossen und Kinder herabsenkten. Haben wir uns je vorgestellt, es werde eine Zeit kommen, da unsere jungen Männer sich das Haar in der Mitte scheiteln und ein Stück Band als Halsbinde tragen würden? Genausogut hätten wir uns ausdenken können, sie würden sich den Leib mit Färberwaid bemalen und sich wie die alten Briten kleiden. So erleben die Zeitalter ihre Kleidung und Entkleidung; und die Herren und Damen in Victorias Zeit sind mit ihrer Bekleidung genauso zufrieden, wie sie an Boadiceas Hof tätowiert und blau angemalt gewiß reizend aussahen.

Die Zeit, von der wir schreiben, die Zeit des Königs Louis-Philippe, ist von der Gegenwart so verschieden, daß Paris, als Philip Firmin hinfuhr, ein absolut billiger Aufenthaltsort war; und er hat in späteren Tagen oft damit geprahlt, von fünf Pfund einen Monat lang gut gelebt und mit einem Teil des Geldes noch eine hübsche Weste gekauft zu haben. „Ein famoses Schlafzimmer, au premier, für einen Franc pro Tag, Sir", machte er alle aufmerksam, „ein Schlafzimmer, so gut wie das Ihre bei ‚Meurice', Mylord; sehr gutes Frühstück mit Tee oder Kaffee, zwanzig Francs im Monat, mit einem Berg Brot und Butter. Zwanzig Francs im Monat für die Wäsche und fünfzig für Dinner und Taschengeld – das ist etwa die Summe. Zugegeben, das Dinner ist mager, es sei denn, ich esse bei Freunden; und dann halte ich mich für Fasttage schadlos." Und nach diesen Worten ließ Philip sich noch einmal getrüffelte Rebhühner auftun oder füllte großzügig seinen Humpen mit Mylord Ringwoods bestem Sillery. „In den Lokalen", bemerkte er dann, „wo ich diniere, trinke ich Bier. Den Wein kann ich nicht ausstehen. Und Sie verstehen, die billigen englischen Mittagstische, von denen es viele gibt, kann ich nicht aufsuchen, denn dort verkehren die Diener der englischen Gentlemen, wissen Sie, und es macht keinen Spaß, mit einem Kerl beisammenzusitzen, der einen am nächsten Tag bedient."

„Ach! die englischen Dienstboten besuchen also die billigen Mittagstische?" fragt Mylord ungemein erheitert, „und in dem Lokal, wo du ißt, trinkst du bière de Mars?"

„Und wo ich ganz schlecht esse, das kann ich Ihnen sagen. Bin am Ende immer hungrig. Geben Sie mir Champagner – den trockenen, bitte. Das verträgt sich sehr gut – süß und trocken. Haben Sie schon einmal bei ‚Flicoteaux' gegessen, Mr. Pecker?"

„*Ich* in einem Ihrer gräßlichen Zwei-Francs-Lokale?" ruft Mr. Pecker mit einer Miene des Grausens. „Wissen Sie, Mylord, daß es tatsächlich Häuser gibt, wo man für zwei Francs ißt?"

„Zwei Francs? Siebzehn Sous!" röhrt Mr. Firmin. „Die Suppe, das Rindfleisch, der rôti, der Salat, das Dessert, dazu Graubrot nach Belieben. Es ist kein gutes Dinner, freilich – genau besehen ist es furchtbar schlecht. Aber so zu essen täte manchen Kerlen mächtig gut."

„Was meinen Sie, Pecker? ‚Flicoteaux' – siebzehn Sous. Tun wir uns doch zusammen und probieren es, und Firmin soll uns in seinem Restaurant bewirten", meint der Lord grinsend.

„Himmel!" Mr. Pecker ringt nach Luft.

„Ich diniere lieber hier, wenn es Ihnen recht ist, Mylord", sagt der junge Mann. „Das hier ist billiger und ganz gewiß besser."

Mylords Arzt und viele der Gäste an seinem Tisch, Mylords unterwürfige Gefolgsleute, Schmeichler und Schmarotzer, sahen recht verstört drein angesichts der Ungezwungenheit des jungen Burschen im schäbigen Rock. Wenn *sie* ihrem Gastgeber vertraulich zu kommen wagten, trat auf jenes edle Antlitz ein finsterer Ausdruck, der grauenhaft anzusehen war. In Demut tranken sie seinen korkigen Wein. Erbebend belachten sie seine Witze. Einer nach dem anderen war die Zielscheibe seines bissigen Spotts; und jeder grinste kläglich, wenn er mit der Prozedur an die Reihe kam. Manche Dinners sind teuer, auch wenn sie nichts kosten. Werden an manchen vornehmen Tischen mit den Vorspeisen nicht auch Kröten serviert? Ja, und viele Bewunderer lieben das Gericht über alles.

Wie kommen die Pariser überhaupt zurecht? Das ist eine Frage, die mich oft beschäftigt hat. Wie können Männer in öffentlichen Ämtern mit, sagen wir, fünfzehntausend Francs Gehalt – und für einen französischen Beamten ist das ein hohes Gehalt – sich ansehnliche Wohnungen halten, standesgemäße Gesellschaften geben, sich und ihre Familie viel aufwendiger kleiden, als englische Leute desselben Standes es sich leisten können, ihre Ferien auf dem Lande verbringen, einen sechswöchigen Aufenthalt aux eaux nehmen, offenbar so guter Dinge, als mangelte es ihnen an nichts? Paterfamilias in London mit sechshundert im Jahr weiß, wie beengt seine Verhältnisse sind, bei der hohen Miete und mit Rindfleisch zu einem Shilling das Pfund. Nun, in Paris ist die Miete höher und das Fleisch teurer; und doch ist Madame reich gekleidet, wenn man sie trifft; Monsieur hat immer ein bißchen Geld für seinen Club oder sein Café in der Tasche; und mit ziemlicher Sicherheit wird alljährlich etwas für die Mitgift des jungen Volks auf die hohe Kante gelegt.

„Sir“, pflegte Philip zu sagen, wenn er diesen Abschnitt seines Lebens schilderte, bei dem er übrigens, wie bei den meisten ihn selbst betreffenden Themen, stark zur Beredsamkeit neigte, „als mein Einkommen auf fünftausend Francs im Jahr anwuchs, auf mein Wort, da betrachteten meine französischen Freunde mich als reich. Ich gab dem Kellner in unserem Speisehaus vier Sous – in dieser Hinsicht war ich immer spendabel –, und ich glaube, sie nannten mich ‚Milor‘. In der Rue de la Paix wäre ich arm gewesen; aber im Luxembourgviertel war ich vermögend. Erzähle du mir nichts von Armut, Sir! Die Armut ist ein Quälgeist, wenn man Angst vor ihr hat oder sich ihr unterwirft. Die Armut ist ganz wohlwollend, wenn man sich ihr wie ein Mann stellt. Du hast gesehen, wie mein armer alter Vater vor ihr Angst hatte und glaubte, die Welt gehe unter, wenn Doktor Firmin sich nicht einen Butler und einen Lakaien und ein stattliches Haus und eine schöne Kutsche und Pferde halten könne. Er war ein bedauernswerter Mann, glaube mir. In seinem Kampf, alle Ansprüche unter einen Hut zu bringen, muß er Qualen ausgestanden haben. Alles, was er gekauft hat, muß ihn das Doppelte des ehrlichen Preises gekostet haben; und wenn ich bedenke, wie viele Nächte er schlaflos verbracht haben muß – wie krampfhaft dieser stolze Mann seinen Gläubigern gegenüber lächeln und vor ihnen kriechen mußte – Fleischern gut zureden, beim heiligen George, und Schneidern schöntun –, dann tut er mir leid; ich kann nicht mehr wütend auf ihn sein. Dieser Mann hat genug gelitten. Was mich betrifft, hast du nicht gemerkt, wie mächtig ich mich aufspiele, seit ich keine Guinea mehr auf der Welt habe, und daß ich ein viel vornehmerer Mann bin als früher?“ Und die Wahrheit ist, ein Prinz von königlichem Geblüt hätte nicht mit großartigerer Miene nach seinen gens rufen können als Mr. Philip, wenn er den Kellner heranwinkte und sein petit verre bezahlte.

Was redet man von Armut, wahrhaftig! Jener Zeitabschnitt,

beteuert Philip, war der glücklichste seines Lebens. In späteren Tagen erzählte er gern, welche erlesenen Bekanntschaften er unter den Bohemiens geschlossen hatte. Ihr Krug, sagte er, enthielt zwar nur Dünnbier, war aber immer voll. Ihr Tabak hatte zwar keinen höheren Rang als Caporal, es gab ihn aber reichlich, und er war aromatisch. Er kannte etliche vortreffliche Medizinstudenten, etliche Künstler, denen es nur an Talent und Fleiß mangelte, um die Höhen ihres Berufes zu erklimmen, und ein, zwei Magnaten seines eigenen Metiers, Zeitungskorrespondenten, zu deren Häusern und Tafeln er freien Zutritt hatte. Es war erstaunlich, welche Geheimnisse der Politik er erfuhr und an seine eigene Zeitung weitergab. Er heftete sich französischen Staatsmännern jener Zeit mit sagenhafter Beredsamkeit und Energie an die Fersen. Auf Kosten jenes alten Königs gab er sich fabelhaft witzig und sarkastisch. Mit unermüdlichem Wortreichtum gab er kritische Urteile über die Angelegenheiten Europas ab, regelte Rußlands Geschicke, prangerte die spanischen Heiraten an, schaffte den Papst ab und setzte sich für die Sache der Liberalen in Frankreich ein. „Absinth war mein Getränk, Sir", teilte er seinen Freunden entgegenkommend mit. „Er bringt die Tinte zum Fließen und verleiht dem Stil eine schöne Überzeugungskraft. Du lieber Gott, wie habe ich in dem Café gegenüber der Bourse, wo ich immer meinen Brief schrieb, unter dem Einfluß des Absinths den armen König der Franzosen fertiggemacht! Wer weiß, Sir, vielleicht hat der Einfluß dieser Briefe den Fall des Hauses Bourbon beschleunigt! Bevor ich ein Büro hatte, haben Gilligan vom ‚Century' und ich immer unsere Briefe in dem Café dort geschrieben. Wir haben unsere Ansichten ausgetauscht und es uns gegenseitig in aller Freundschaft ordentlich gegeben."

Gilligan vom „Century" und Firmin von der „Pall Mall Gazette" waren jedoch unter den Londoner Zeitungskorrespondenten ganz kleine Lichter. Ihre höherrangigen Kollegen von der Tagespresse hatten schöne Wohnungen, gaben üppige Dinners, kamen mit Staatssekretären unter vier Augen zusammen und bewirteten Mitglieder der Deputiertenkammer. Philip, im besten Einvernehmen mit sich und der Welt, auf den Botschaftsbällen umherstolzierend – Philip, Lord Ringwoods Freund und Verwandter –, wurde von erfahreneren und erfolgreicheren Kollegen mit einem wohlwollenden Auge betrachtet, das gewiß nicht alle Gentlemen seines Berufes in gleicher Weise traf. Der arme Gilligan wurde freilich nie zu den Dinners geladen, die einige der Pressebotschafter gaben, während man Philip nicht ungastlich aufnahm. Gilligan bekam bei Mrs. Morgenbotes Donnerstagen nur eine kalte Schulter gezeigt; und was die Einladungen zum Dinner anging, „Bei Gott, dieser Kerl Firmin hat ein Auftreten, das ihm überall durchhilft!" gab Philips Korrespondentenkollege zu. „Es sieht aus, als begönnerte er den Botschafter, wenn er an einen herantritt und mit ihm spricht. Und er sagt einem Sekretär: ‚Guter Mann, teilen Sie Ihrem Herrn mit, Mr. Firmin von der ›Pall Mall Gazette‹ möchte ihn sprechen und bittet ihn, zum ›Café de la Bourse‹ herüberzukommen.'" Ich glaube nicht, daß Philip selbst einen besonderen Grund zur Überraschung darin gesehen hätte, wenn sogar ein Minister zu einem Gespräch mit ihm herübergekommen wäre. Für ihn waren alle Menschen gleich, vornehm oder gering; und es ist überliefert, daß Philip, als Lord Ringwood ihn bei einer bestimmten Gelegenheit in seinem Zimmer im Faubourg St-Germain aufsuchte, Seiner Lordschaft leutselig ein cornet mit gebackenen Kartoffeln anbot, an denen, natürlich neben reichlich Tabak, Philip und ein oder zwei seiner Freunde sich gerade gütlich taten, als Lord Ringwood zufällig bei seinem Verwandten vorsprach.

Ein Stück Brot und ein carafon Dünnbier, die Korrespondenz für eine Wochenzeitschrift und ein Honorar, wie wir es erwähnt haben – sollte Philip Firmin nicht mehr als dieses bißchen anstreben und sich nicht nach einer dauerhafteren und lukrativeren Tätigkeit umtun? Manche seiner Freunde daheim waren ziemlich erbost darüber, was Philip als Glück zu betrachten beliebte; nämlich seine Verbindung zu der Zeitschrift und den kärglichen Sold, den sie für ihn abwarf. Er konnte sich jederzeit mit seinem Brotgeber entzweien. Wirklich war es bei keinem Menschen wahrscheinlicher, daß er seinen Lebensunterhalt mutwillig aufs Spiel setzte, als bei Mr. Philip. Er verlor schon kostbare Zeit für das Studium der Rechte, wo er, wie hunderte andere arme Gentlemen vor ihm, hätte Karriere machen können. Wozu werden Strafkolonien geschaffen? Weshalb kommt es zu Bankrotten? Warum stören Menschen die öffentliche Ordnung und geraten mit Polizisten aneinander, wenn nicht dazu, Advokaten als Richter, Anwälte, Polizeirichter Beschäftigung zu verschaffen? Ein

Reporter bei einer Zeitung bleibt sein Leben lang Zeitungsreporter. Philip, wollte er sich nur selbst helfen, besaß Freunde genug in der Welt, die, ihn vorwärtszubringen, tatkräftig behilflich sein könnten. So redeten wir auf ihn ein, mit gemäßigten Worten, machten nachdrücklich die Forderungen des gesunden Menschenverstandes geltend. Als könnten Mäßigung und gesunder Menschenverstand dieses Maultier von einem Philip Firmin von der Stelle bringen, als könnte irgendeines unserer Argumente ihn dazu veranlassen, etwas anderes zu tun, als was er selbst am liebsten tat!

„... daß *Du* materiell eingestellt bist, armer Kerl" (so schrieb Philip an seinen derzeitigen Biographen), „daß Du an Geld und persönlichen Vorteil denkst, kommt mir nicht überraschend. Du hast unter jenem Fluch der Mannesehre, jenem Zerstörer großmütiger Gesinnung, jenem Vater der Selbstsucht gelitten – einem kleinen Vermögen. Du bekommst Deine erbärmlichen Hunderte" (mein offenherziger Briefpartner gab die Summe ganz richtig an; ich wünschte, es wäre doppelt oder dreimal soviel; doch darum geht es hier nicht) „vierteljährlich ausgezahlt. Die klägliche Summe umnebelt Dein ganzes Dasein. Sie vereitelt die Freiheit des Gedankens und der Tat. Sie macht einen Geizhals aus einem Mann, dem es gewiß nicht an großzügigen Impulsen fehlt, wie ich weiß, mein armer alter Harpagon: denn hast Du Dich nicht erboten, mir Deine Börse zu öffnen? Ich sage Dir, es widert mich an, wie die Menschen in London, besonders die braven Menschen, über Geld denken. Ihr lebt bis hart an den Rand eures Einkommens. Ihr seid jämmerlich arm. Ihr prahlt und schmeichelt euch, daß ihr keinem Menschen etwas schuldet – aber auf eurem Besitz lasten Gläubiger, so unersättlich wie Wucherer und so hart wie Gerichtsvollzieher. Du nennst mich leichtsinnig und verschwenderisch und faul und alles mögliche, weil ich in einem einzigen Zimmer wohne, sowenig wie möglich arbeite und mit Löchern in den Stiefeln herumlaufe: und Du schmeichelst Dir, Du seist haushälterisch, weil Du ein standesgemäßes Haus hast, einen würdevollen Lakaien ohne Livree und zwei Gemüsekrämer zur Bedienung, wenn Du Dein halbes Dutzend langweilige Dinnergesellschaften gibst. Unglücklicher! Du bist ein Sklave, nicht ein Mann. Du bist ein Bettler mit einem guten Haus und guten Kleidern. Du bist so erbärmlich haushälterisch, daß all Dein Geld für Dich verloren ist, ausgenommen die paar kläglichen Shilling, die Du Dir als Taschengeld bewilligst. Du zitterst vor den Kosten einer Droschke. Ich glaube, Du drehst tatsächlich jede halbe Krone um, bevor Du sie ausgibst. Der Hauswirt ist Dein Herr. Der Mietstallbesitzer ist Dein Herr. Ein Schweif von rücksichtslosen, unnützen Dienstboten sind Deine unbarmherzigen Gläubiger, denen Du täglich maßlose Dividenden zahlen mußt. Mich, mit einem Loch im Ellbogen, mich, der von einem Dinner zu einem Shilling lebt und auf rissigen Stiefelsohlen herumläuft, nennt man verschwenderisch, faul, leichtsinnig, was weiß ich – während Du Dich fürwahr für haushälterisch hältst. Erbärmliche Täuschung! Du wirfst das Geld haufenweise für unnütze Lakaien, für unnütze Dienstmädchen, für eine unnütz aufwendige Wohnung, für unnützen Putz hinaus – und Du sagst: ‚Armer Phil! Was ist er für ein arger Faulpelz! Wie er sich wegwirft! Wie erbärmlich, wie schimpflich er lebt!‘ Der arme Phil ist so reich wie Du, denn er hat genug und ist zufrieden. Der arme Phil kann es sich leisten, faul zu sein, und Du nicht. Du mußt arbeiten, um den großen massigen Diener, die große knochige Köchin, das Heer von schnatternden Kindermädchen und was sonst noch alles zu erhalten. Und wenn es Dir beliebt, Dich der Sklaverei und Erniedrigung zu unterwerfen, die mit Deinen Verhältnissen untrennbar verknüpft sind: die schäbige Musterung von Kerzenstummeln, die Du Ordnung nennst – die kleinlichen Selbstverleugnungen, die Du täglich praktizieren mußt –, bemitleide ich Dich und streite nicht mit Dir. Aber ich wünschte, du wärest nicht so unerträglich selbstzufrieden und mit Deinen Vorwürfen und Deinem Mitleid für *mich* so schnell bei der Hand. Wenn ich glücklich bin, bitte, mußt Du Dir Sorgen machen? Angenommen, ich ziehe die Unabhängigkeit und abgetragene Stiefel vor? Ist das nicht besser, als infolge Deines scheußlichen Haftens an der glänzenden Fassade des Herkömmlichen ständig in Geldnöten zu sein und jeglichen Spielraum der Handlungsfreiheit entbehren zu müssen? Du armer Kerl, ich bemitleide Dich aus tiefstem Herzen, und es betrübt mich, daran zu denken, daß diese prächtigen, ehrlichen Kinder – noch ehrlich und warm und offenherzig und aufrichtig – ihre angeborenen guten Eigenschaften verlieren sollen, wenn jenes starrsinnige

Weltkind, ihr Vater, sie windelt und wickelt und die Gesundheit und Aufrichtigkeit in ihnen erstickt. Erzähle *mir* nichts über die Welt, ich kenne sie. Die Menschen bringen ihr die nächste Welt zum Opfer und sind dabei noch stolz auf ihre Klugheit. Sieh Dir meine der Achtbarkeit tief verhafteten elenden Verwandten an. Sieh Dir meinen Vater an. Er hat eine Chance, jetzt, wo er heruntergekommen und arm ist. Ich habe einen Brief von ihm bekommen, der auch eine Reihe jener schlimmen weltlichen Ratschläge enthält, wie Ihr Pharisäer sie erteilt. Wären nicht Laura und die Kinder, Sir, wünschte ich von Herzen, Du wärest ruiniert wie Dein guter Freund

P. F.

N. B., PS – O Pen! Ich bin so glücklich! Sie ist ein so liebes Kind! Ich schwelge in ihrer Unschuld, Sir! Ich stärke mich an ihrer Reinheit. Ich liege vor ihrer süßen Güte und Arglosigkeit auf den Knien. Jeden Morgen um sieben Uhr verlasse ich mein Zimmer und treffe sie. Ich sehe sie jeden Nachmittag. Sie hat Dich und Laura lieb. Und Ihr habt sie auch lieb, nicht wahr? Und zu denken, daß ich vor sechs Monaten nahe daran war, eine Frau ohne Herz zu heiraten! Ja, Sir, gesegnet sei der arme alte Vater, daß er unser Geld ausgegeben und mich vor jenem schrecklichen Schicksal bewahrt hat! Es hätte mir wie diesem Kerl in ‚Tausendundeiner Nacht' gehen können, der Amîna heiratete – die achtbare Frau, die sich zu Mittag von Reiskörnern ernährte, aber zu Abend von Leichen. War es nicht alles Geld, das ich jemals erben sollte, wert, diesem menschenfressenden Dämon entronnen zu sein? Lord Ringwood sagt, seiner Meinung nach bin ich gut davongekommen. Er hat für alle Leute angelsächsische Ausdrücke und verwendet sehr kräftige einsilbige Wörter; und von Tante Twysden, Onkel Twysden, den Mädchen und ihrem Bruder spricht er auf eine Weise, die mir beweist, daß er offensichtlich die richtigen Schlüsse über sie gezogen hat.

PS Nr. 2 – Ach, Pen! Sie ist so lieb. Ich glaube, ich bin der glücklichste Mensch auf der Welt."

Das kam also davon, wenn man ruiniert war! Ein Taugenichts, der mürrisch, herrschsüchtig und unzufrieden war, als er viel Geld in der Tasche hatte; jetzt, wo er keine zwei Pence wert ist, erklärt er sich zum glücklichsten Menschen auf der Welt! „Weißt du noch, Liebste, wie er immer über unseren Rotwein murrte und was er für ein schiefes Gesicht zog, wenn es zum Dinner nur kalten Aufschnitt gab? Der Wicht ist vollkommen zufrieden mit Brot und Käse und Dünnbier – sogar dem schlechten Bier, das es in Paris gibt!"

Zu dieser Zeit kam ich hin und wieder, wie es unsere jeweiligen beruflichen Verpflichtungen erlaubten, mit Philips Freundin, der Kleinen Schwester, zusammen. Er schrieb ihr getreulich von Zeit zu Zeit. Er berichtete ihr von seiner Liebesgeschichte mit Miss Charlotte; und meine Frau und ich konnten Caroline mit der Versicherung trösten, diesmal habe der junge Mann sein Herz einer würdigen Geliebten geschenkt. Ich sage trösten, denn die Nachricht war für sie letztlich doch bedrückend. In dem Kämmerchen, das sie stets für ihn bereithielt, würde er wach liegen und an eine denken, die ihm teurer war als hundert arme Carolinen. Sie wollte sich etwas ausdenken, das der jungen Dame Freude machen könnte. Zur Weihnachtszeit bekam Miss Baynes ein herrlich gearbeitetes Taschentuch aus Batist, in das in einer Ecke wunderschön „Charlotte" eingestickt war. Es war dieser armen Witwe Scherflein von Liebe und Zärtlichkeit, das sie bescheiden an der Stelle niederlegte, wo sie anbetete. „Und für ihn habe ich auch sechs", erzählte Mrs. Brandon meiner Frau. „Der arme Kerl! Seine Hemden waren in ganz furchtbarem Zustand, als er von hier wegfuhr, Sie wissen es, Ma'am." Sie sehen also, dieser Wanderer, unzweifelhaft unter die Räuber geraten, hat doch viele gute Seelen gefunden, die ihm halfen, und manchen guten Samariter, der für den Notfall seine zwei Pence bereithielt.

Den Grund, weshalb Philip der glücklichste Mensch auf der Welt war, verstehen Sie natürlich. Die Franzosen sind ausgesprochene Frühaufsteher; und in dem kleinen Hotel, wo Mr. Philip wohnte, war die gesamte Mannschaft des Hauses schon stundenlang auf, ehe träge englische Gentlemen und Diener daran denken, sich zu rühren. Zu noch so früher Stunde bekam Philip eine schöne Tasse Kaffee und Milch und Brot zum Frühstück; und schon schritt er zum Invalides hinab und über die Brücke zu den Champs-Elysées, und die Rauchwolken seiner Pfeife wehten ihm mit angenehmem Duft voraus. Und kurz nachdem er am Rond-Point in den Elysäischen Feldern vorbei war, wo ein emsiger Springbrunnen ganze Schauer von Diamanten in den Himmel schleuderte –, nachdem er, wie gesagt, den Rond-Point rechts hinter sich gelassen und unter schattigen Baumgruppen die Richtung auf das jetzige Blumenschloß eingeschlagen hatte, erblickte Mr. Philip regelmäßig ein Persönchen. Manchmal begleitete eine kleine Schwester oder ein Bruder das Persönchen. Manchmal flog nur ein Erröten über ihre Wange, und ein liebliches Lächeln strahlte auf ihrem Gesicht, wenn sie auf ihn zukam, um ihn zu begrüßen. Denn die Engel waren kaum reiner als dieses junge Mädchen; und Una hatte nicht mehr Angst vor dem Löwen als Charlotte vor ihrem Begleiter mit der lauten Stimme und der rötlichgelben Mähne. Ich hätte den Ruchlosen nicht um sein Los beneidet, der es gewagt hätte, an diese Una ein zweifelhaftes Wort zu richten; aber die Wahrheit ist, sie dachte überhaupt nicht an Gefahr, und ihr begegnete auch keine. Die Arbeiter strebten ihrem Tagewerk zu, die Dandies schliefen noch, und wenn man das Alter der beiden bedenkt und die Beziehung, in der sie zueinander standen, so wundert mich Philips Behauptung nicht, dies sei die glücklichste Zeit seines Lebens gewesen. In späteren Jahren, als zwei Gentlemen reifen Alters zufällig gemeinsam in Paris weilten, war Mr. Firmin nicht davon abzubringen, mit mir in gefühlvoller Stimmung zu den Champs-Elysées zu spazieren und dort ein altes Haus zu betrachten, ein ziemlich verwohntes altes Haus in einem Garten. „Hier war es“, seufzt er. „Das war Madame de Smolensks Pension. Das Fenster da war es, das dritte, mit der grünen Jalousie. Beim Zeus, Sir; wie glücklich und wie verzweifelt bin ich hinter dem grünen Rouleau da gewesen!“ Und mein Freund schüttelt die große Faust vor dem etwas verfallenen Gebäude, aus dem Madame de Smolensk und ihre Gäste längst ausgezogen sind.

Ich fürchte, besagte Baronin hatte sich mit unzureichendem Kapital in ihr Unternehmen eingelassen oder führte es mit solcher Großzügigkeit, daß ihre Pensionsgäste den Profit aufzehrten. Ich könnte schlimme Geschichten erzählen, die dem moralischen Ruf der Baronin abträglich waren. Es hieß, sie hätte überhaupt kein Recht auf den Titel Baronin oder auf den edlen ausländischen Namen Smolensk. Heute noch sind Leute am Leben, die sie unter einem anderen Namen kannten. Die Baronin selbst war, was manche Kenner eine imposante Erscheinung nennen, besonders zur Dinnerzeit, wenn sie in schwarzem Satin er-

SWAIN. Sc
F.W

schien und mit bis zu den Augenlidern hinauf rot überhauchten Wangen. Vormittags in ihrem Morgenrock war sie vielleicht das Gegenteil von imposant. Umrisse, die abends rund waren, sahen am Vormittag mager und eckig aus. Ihre Rosen erblühten erst eine halbe Stunde vor der Dinnerzeit auf Wangen, die bis fünf Uhr ganz gelb waren. Es ist von ältlichen Leuten mit mangelhaftem Teint gewiß sehr freundlich, den Verheerungen der Zeit und der Gelbsucht abzuhelfen und unserem Auge eine blühende Erscheinung darzubieten statt eines verblichenen und verwelkten Anblicks. Hadern Sie mit Ihrem Nachbarn von gegenüber, weil er die Fassade seines Hauses anstreicht oder Rosen auf seinen Balkon stellt? Sie sind eher dankbar für die Verschönerung. Madame de Smolensks Fassade war nachmittags so geschmückt. Geranien prangten unter jenen Fenstern im ersten Stock, ihren Augen. Astrallampen strahlten aus diesen Fenstern – Lampen, die sie mit ihrer eigenen Schere gestutzt hatte und in die diese arme Witwe das Öl goß, das sie sich irgendwie und trotz allem beschaffte. Wenn sie nachmittags die schwärzlichen Frühstückspapilotten abgelegt hatte, was erschienen da für schöne schwarze Locken rings um ihre Stirn! Die schwärzlichen Papilotten verschwanden in der Schublade, der peignoir zog sich auf seinen Haken hinter der Tür zurück, das Satingewand trat hervor, das glänzende, das uralte, das wohlerhaltene, das gutgepolsterte; und zugleich holte die treffliche Frau aus einem niedlichen Kästchen auf ihrem dürftig bestückten Frisiertisch jenes Lächeln hervor – jenes Lächeln, das sie den ganzen Abend zusammen mit ihrer übrigen Toilette trug und aus dem Mund nahm, wenn sie zu Bett ging, um zu grübeln – zu grübeln, wie sie ihre Finanzen ins Gleichgewicht bringen könne.

Philip erklärte, er achte und bewundere diese Frau. Und auf ihre Art war sie der Achtung wert. Sie bemalte sich das Gesicht und zeigte der Armut lächelnd die Zähne. Sie lachte und plapperte, während die Sorge an ihr nagte. Sie mußte dem Milchmann seine fromme Denkungsart abschmeicheln; dem épicier Öl – sein eigenes Öl – auf die stürmisch wogende Seele gießen; den Butterlieferanten zum Schmelzen bringen; den Weinhändler anzapfen; den Fleischer weichklopfen; neue Ausreden für den Hauswirt erfinden; ihre weiblichen Pensionäre miteinander aussöhnen, sagen wir Mrs. General Baynes und die Ehrenwerte

Mrs. Boldero, die sich immerzu stritten; dafür sorgen, daß das Dinner, war es erst einmal beschafft, ordentlich zubereitet wurde; daß Françoise, der sie viele, viele Monate Lohn schuldig war, nicht allzu rebellisch oder betrunken war; daß Auguste, gleichfalls ihr Gläubiger, die Gläser sauber und die Lampen in Ordnung hielt. Und war diese Arbeit getan und nahte die sechste Stunde, mußte sie vorschneiden und ihrer Tischrunde gegenüber charmant sein; das Murren der Unzufriedenen überhören (und an welcher Table d'hôte sitzen keine Mißvergnügten?); an jeden Anwesenden ein Wort richten; ein Lächeln und ein Lachen an Mrs. Bunch (mit der es am Vormittag höchstwahrscheinlich einen furchtbaren Krach gegeben hatte); eine Bemerkung an den Oberst; eine höfliche Redensart an die Gattin des Generals; und sogar ein gutes Wort und ein Lob für den trotzigen Auguste, der knapp vor der Dinnerzeit wegen seines Lohnes die Serviette der Meuterei gehißt hatte.

War das nicht genug Arbeit für eine Frau? Ein großes Haus ohne ausreichend Geld zu führen und Suppe, Fisch, Braten und ein Halbdutzend Vorspeisen sozusagen aus Luft zu machen? Wein einzeln und im Dutzend herbeizaubern? Ohne die geringste innere Heiterkeit zu lachen und zu scherzen? Verachtung, üble Nachrede, Zurückweisungen, Unverschämtheiten in bester Laune hinzunehmen? Und dann am Abend erschöpft zu Bett zu gehen und an Zahlen denken zu müssen und jene ganz, ganz furchtbare Rechenaufgabe – vorhanden fünf Pfund, zu zahlen sechs Pfund? Lady Macbeth soll eine resolute Frau gewesen sein; und man wählt für diese Rolle große, kräftige, laute, herrschsüchtige Frauenspersonen. Ich sage nein. Die Lady war ein schwaches Weib. Nachdem sich in ihrem Haus ein einziger kleiner unangenehmer Vorfall abgespielt hatte, begann sie schlafzuwandeln und alles auszuplaudern. Sie brach zusammen und vertrieb alle Leute auf denkbar schroffe und ungeschickte Art von ihrem eigenen Tisch, weil ihr faselnder, epileptischer Ehemann sich einbildete, einen Geist zu sehen. An Lady Smolensks Stelle wäre Madame de Macbeth binnen einer Woche zusammengebrochen: und die Smolensk hielt über Jahre durch. Wären zwanzig schnatternde Geister in der Pension zum Dinner erschienen, hätte Madame unbeirrt weiter vorgeschnitten und gelächelt und den lebendigen Gästen, den zahlenden Gästen vorgelegt; den toten Gästen hätte sie es überlassen, drauflloszuschnattern und sich selbst zu bedienen. „Mein armer Vater mußte den Schein wahren", sagte Phil oft, wenn er in späteren Tagen von diesen Dingen erzählte, „aber wie? Du weißt, daß er immer aussah, als sollte er gehenkt werden. Die Smolensk war allezeit der Fröhlichsten eine. Diese Witwe wäre an ihren Scheiterhaufen getrippelt und hätte ihren Freunden mit einem lächelnden ‚Bonjour!' Handküsse zugeworfen."

„Ach bitte, wer war Monsieur de Smolensk?" fragt eine Dame, ein schlichtes Gemüt, die vielleicht der Erzählung unseres Freundes lauscht.

„Ah, meine werte Dame! Es gab einen netten Aufruhr im Haus, als *diese* Frage aufs Tapet kam, das versichere ich Ihnen", erwidert unser Freund lachend bei der Schilderung seiner Abenteuer. Und was geht es schließlich Sie und uns im Rahmen dieser Geschichte an, wer Smolensk war? Ich bin sicher, diese arme Dame hatte im Feldzug ihres Lebens genug Bedrängnisse, und Ney selbst hätte dem Schicksal nicht mit heroischerer Standhaftigkeit die Stirn bieten können.

Nun denn, als die Bayneses bei ihr Einzug hielten, lächelten Madame de Smolensk und alle um sie herum, das kann man wohl sagen, und unsere Freunde meinten, sie wären in einem wahren rosigen Elysium auf den gleichnamigen Champs gelandet. Madame hatte zu Ehren ihrer Gäste ein Carrick à l'Indienne vorbereitet. Sie habe in ihrem Etablissement viele Inder gehabt. Sie schwärme für Inder. N'était-ce la polygamie – es seien höchst schätzenswerte Leute, die Hindus. Surtout, sie schwärme für indische Schals. Der von Madame la Générale sei hinreißend. Die Gesellschaft bei Madame war sympathisch. Die Ehrenwerte Mrs. Boldero war eine fesche Frau von Eleganz und Achtbarkeit, die in den besten Kreisen gelebt hatte – das war leicht zu erkennen. Die Duette der jungen Damen waren sehr beeindruckend. Der Ehrenwerte Mr. Boldero halte sich zur Jagd in Schottland bei seinem Schwager, Lord Strongitharm, auf und werde auf seinem Weg nach Süden auf Schloß Gaberlunzie und beim Herzog Station machen. Mrs. Baynes kenne Lady Estridge nicht, die Gattin des Botschafters? Sobald die Estridges aus Chantilly zurückkehrten, werde die Ehrenwerte Mrs. B. sie mit Vergnügen vorstellen. „Ihre hübsche Tochter heißt Charlotte? Lady Estridges Tochter auch – und fast genauso groß; feine Mädchen, die

Estridges; schöne lange Hälse – große Füße – aber Ihre Tochter, Lady Baynes, hat schöne Füße. Habe ich Lady Baynes gesagt? Nun, Sie müssen bald Lady Baynes werden. Der General *muß* K. C. B. werden, nach seinen Verdiensten. Was, Sie kennen Lord Trim? Er wird und muß es für Sie durchsetzen. Wenn nicht, macht es mein Bruder Strongitharm." Ich zweifle nicht daran, daß die Aufmerksamkeiten der Schwester Lord Strongitharms Mrs. Baynes ungemein erbauten; und daß sie im Adelskalender nachschlug, wo Seiner Lordschaft Wappen, Stammbaum und Wohnsitz auf Schloß Gaberlunzie gehörig verzeichnet sind.

Die Töchter der Ehrenwerten Mrs. Boldero, die Misses Minna und Brenda Boldero, rasselten mehrere lebhafte Sonaten auf einem Klavier herunter, das durch ihre Bemühungen arg überanstrengt war, denn die Hände der jungen Damen waren sehr kräftig. Und Madame sagte mit ihrem süßesten Lächeln: „Danke"; und Auguste reichte auf einem silbernen Tablett – ich sage Silber, um die Konventionen nicht zu verletzen – nun, sagen wir also Silber, das errötete, weil es sich als Kupfer identifizierte –, reichte auf einem Tablett ein weißes Getränk, das die Baynesjungen zu dem Ausruf veranlaßte: „Äh, Mutter, was ist das eklige Zeug?" Worauf sich Madame mit dem süßesten Lächeln an die Gesellschaft wandte und sagte: „Sie mögen Orgeat so sehr, diese lieben Kleinen!" und ihr Piquet mit dem alten Monsieur Bidois fortsetzte – jenem eigenartigen Herrn in dem langen, braunen Rock mit dem roten Ordensband, der so viel Tabak schnupfte und sich so oft und so laut die Nase schneuzte. Eine, zwei, drei lebhafte Sonaten rasselten Minna und Brenda herunter; Mr. Clancy, vom Trinity College, Dublin (Monsieur de Clanci nannte ihn Madame), blätterte ihnen die Noten um und ließ sich dann überreden, den Damen ein paar irische Lieder vorzusingen. Ich glaube nicht, daß Miss Charlotte Baynes besonders auf die Musik achtete. Sie lauschte einer anderen Musik, die sie und Mr. Firmin miteinander spielten. Ach, wie schön diese Musik damals war! Sie war von einer gewissen Eintönigkeit, meine ich, aber dennoch war es herrlich, die Melodie immer noch einmal zu hören. Das hübsche kleine Duett à quatre mains, wo die Hände sich überkreuzen und die Tasten hinauf- und hinabhüpfen und wo die Köpfe so nahe, so nahe zusammenrücken. O Duette, o schöne Zeit! Pah! Nichts mehr davon. Geh hinunter, kindischer

Greis. Nimm deinen Hut und Schirm und geh am Strand spazieren und pfeife dir ein zahnloses altes Solo. „Das sind unsere ruhigen Abende", flüstert M. de Clanci den Damen Baynes zu, als der Abend sich dem Ende zuneigt. „Madames Donnerstage sind, das versichere ich Ihnen, sehr viel besser besucht." Gute Nacht, gute Nacht. Der feste Druck eines Händchens, ein herzliches Händeschütteln von Papa und Mama, und Philip wandert vermutlich mit langen Schritten durch die dunklen Elysäischen Felder und über den Platz der Eintracht seinem Zimmer im Faubourg St-Germain entgegen. Oder, halt! was ist das für ein Glühwürmchen, das an der Mauer gegenüber Madame de Smolensks Haus leuchtet? – ein Glühwürmchen, das aromatischen Weihrauch und Duft verströmt? Ich glaube wirklich, das ist Mr. Philips Zigarre. Und er hält Wache, bewacht ein Fenster, an dem hin und wieder eine schlanke Gestalt vorbeihuscht. Dann legt sich Dunkelheit auf das kleine Fenster. Die lieben Augen sind geschlossen. Oh, Segen, Segen über sie! Oben leuchten die Sterne. Und Mr. Firmin stapft heimwärts, redet mit sich selbst und schwingt seinen mächtigen Stock.

Ich wünschte, diese arme Madame Smolensk könnte so gut schlafen wie die Leute in ihrem Haus. Doch die Sorge mit den kalten Füßen schlüpft unter die Bettdecke und sagt: „Da bin ich. Du weißt, morgen ist diese Rechnung fällig." Ah, atra cura! Könnt ihr dem armen Ding nicht ein bißchen Ruhe lassen? Hat sie den ganzen Tag nicht genug Arbeit gehabt?

20. KAPITEL

Wahrer Liebe Lauf

Wir bitten den geneigten Leser, sich daran zu erinnern, daß Mr. Philips Tätigkeit in Paris bisher nur eine Londoner Wochenzeitschrift betraf und er deshalb reichlich Muße genoß. Er konnte einen flüchtigen Überblick über die Lage Europas vermitteln; die neuesten Nachrichten aus den Salons weitergeben, die ihm größtenteils, glaube ich, etliche freiberufliche Journalistenkollegen mitteilten; durch Stellvertreter in allen Theatern anwesend sein; und in wenigen leichthin formulierten Absätzen Louis-Philippe und Thiers zerschmettern, was diese beherzte und geschwinde Feder nur wenige Stunden Arbeit kostete. Wenn sich große und hochgebildete Autoren an die Öffentlichkeit wenden, muß es für sie ein nützlicher, wenn auch demütigender Gedanke sein, daß ihre beredten Predigten nur für den Tag bestimmt sind und daß wir, wenn wir gelesen haben, was die Philosophen am Dienstag oder Mittwoch sagen, nicht wieder an ihre Predigten und Aufsätze von gestern denken. In zwanzig Jahren werden die Menschen die Zeitungen von 1861 der aufgezeichneten Ereignisse wegen lesen – Geburten, Heiraten, Bankrotte, Wahlen, Morde, Todesfälle und so fort –, und nicht der Leitartikel halber. „Wenn ich mir auch von einigen meiner Briefe gern vorstellte“, gestand Mr. Philip in späteren Zeiten oft, „die Welt werde sie nicht so ohne weiteres ad acta legen. Ich hätte sie gern in einem Sammelband nachgedruckt gesehen, aber ich konnte keinen Verleger finden, der das Risiko auf sich zu nehmen bereit gewesen wäre. Ein liebendes Wesen, das in allem, was ich sage oder schreibe, Genialität zu entdecken vermeint, wollte mich dazu bewegen, meine Briefe an die ‚Pall Mall Gazette' herauszugeben; aber ich war zu zaghaft, oder sie war vielleicht zu zuversichtlich. Die Briefe wurden nie wieder veröffentlicht. Sollen sie vergehen." Sie *sind* vergangen. Und er seufzt, wenn er diese Tatsache erwähnt, und versucht, glaube ich, *sich* mehr als anderen einzureden, daß er ein verkanntes Genie sei.

„Und dann", führt er zu seiner Verteidigung an, „war ich ja verliebt, Sir, und verbrachte alle meine Tage an Omphales Knie. Ich bin meinen Fähigkeiten nicht gerecht geworden. Hätte ich eine Tageszeitung an der Hand gehabt, meine ich immer noch, ich hätte einen guten Autor abgegeben; und ich hätte das Zeug dazu gehabt – das Zeug dazu gehabt, Sir!"

Die Wahrheit ist, hätte Mr. Philip eine Tageszeitung an der Hand gehabt und zehnmal soviel Arbeit wie ihm zufiel, hätte er Mittel und Wege gefunden, seiner Neigung zu folgen, wie er es sein ganzes Leben lang getan hat. Die Person, mit der ein junger Mann zusammenzusein wünscht, sucht er auch auf. Welche Aufgabe ist so wichtig wie die, mit ihr zusammenzusein? Hält eine hellespontische Lappalie Leander von seiner Hero fern? Er würde eher sterben als nicht mit ihr zusammenzutreffen. Wäre er in jener stürmischen Nacht schwimmend der bekannten Notlage entronnen und hätte er die Sache ein paar Monate fortsetzen können, hätte es vielleicht geheißen: „Geliebte! Mein Schnupfen und mein Rheumatismus sind so schlimm, daß der Arzt sagt, ich dürfe nicht daran denken, nachts kalt zu baden", oder: „Liebste! Wir haben Gäste zum Tee, und Du kannst heute abend nicht mit Deinem Dich ewig liebenden Lambda rechnen", und so weiter, und so weiter. Doch in der Hitze seiner Leidenschaft konnte Wasser ihn nicht aufhalten; Stürme konnten ihn nicht schrekken; und in einem dieser Stürme ging er unter, während die Lampe der armen Hero vergebens blinkte und ihre beste Flamme verschwendete. So kam Philip täglich von Sestos nach Abydos – über eine der Brücken, und sehr wahrscheinlich unter

Entrichtung eines Brückenzolls von einem halben Penny –, und spät oder früh leuchteten die jungfräulichen Lampen der armen kleinen Charlotte aus ihren Augen und hielten nach ihm Ausschau.

Philip brachte viele Opfer, wohlgemerkt: Opfer, die nicht alle Männer zu bringen pflegen. Als Lord Ringwood in Paris war, schlug er zwei- oder dreimal aus, mit Seiner Lordschaft zu dinieren, bis dieser Edelmann Lunte roch, wie die Redensart lautet, und sagte: „Na, Jüngling, ich nehme an, du gehst irgendwohin, wo es anziehenderes Metall gibt. Wenn du zwölf Lustren erreicht hast, mein Junge, findest du in solchen Sachen nichts als Eitelkeit und Ärgernis, und ein gutes Dinner scheint dir besser, und auch billiger, als das Beste jener Sorte." Und wenn Philips reiche Collegefreunde ihm in seinem Exil begegneten und ihn etwa ins „Rocher" oder ins „Trois Frères" einluden, riß er von diesen Gelagen aus. Und traf er bei diesen Schmausereien auf zweifelhafte Gesellschaft, wie sie junge Männer manchmal zu ihren Festen einladen, wandte sich Philip mit Verachtung und Zorn von ihnen ab. Seine Tugend war laut, und er tat sie lauthals kund. Er erwartete von der kleinen Charlotte, ihm das hoch anzurechnen, und berichtete ihr von seiner Selbstverleugnung. Und sie glaubte alles, was er sagte, und freute sich herzlich über alles, was er schrieb, und kopierte seine Artikel aus der „Pall Mall Gazette" und bewahrte seine Gedichte wie einen Schatz im innersten Fach ihres Pultes auf. Und nie lebte in ganz Sestos, in ganz Abydos, in ganz Europa, in ganz Kleinasien oder Großasien ein so edler Mensch wie Leander, fand Hero: nie, nie! Ich hoffe, meine jungen Damen, Sie haben alle einen Leander unterwegs zu dem Turm, wo das Licht Ihrer Liebe unentwegt brennt. Ich hoffe, meine jungen Herren, Sie haben alle ein Leuchtfeuer in Sicht, und möge Ihnen kein Unheil zustoßen, wenn Sie darauf zuschwimmen.

Meine früheren Mrs. Baynes betreffenden Bemerkungen haben den Leser darauf hingewiesen, daß die Frau des Generals nicht weniger Fehler hatte als ihre übrigen Mitmenschen. Und da ich dem Publikum bereits offen mitgeteilt habe, daß der Schreiber dieses Berichtes und seine Familie bei der Dame nicht eben in Gunst standen, fällt mir jetzt die angenehme Pflicht zu, meine eigene Meinung über *sie* aufzuzeichnen.

Mrs. General B. war Frühaufsteherin. Sie war eine sparsame Frau; liebte ihre Kinder oder, sagen wir, war bestrebt, für ihren Unterhalt zu sorgen; und damit ist, glaube ich, bei aller Hochachtung der Katalog ihrer guten Eigenschaften zu Ende. Sie hatte einen schlechten, heftigen Charakter, ein unangenehmes Äußeres, betont durch geschmacklose Kleidung, eine schrille Stimme und zwei Arten, sich zu geben, die kriecherische und die herablassende, die beide gleich widerwärtig waren. Als sie Baynes befahl, sie zu heiraten, gütiger Himmel! warum ist er nicht davongelaufen? Wer hat als erster zu behaupten gewagt, Ehen würden im Himmel geschlossen? Wir wissen, daß in der Ehekanzlei nicht nur Mißgriffe, sondern Schurkereien unterlaufen. Kommen nicht täglich Irrtümer vor, und die falschen Leute werden zusammengetan? Hatte der Himmel irgend etwas bei dem Handel zu tun, durch den die junge Miss Rosenrot an den alten Mr. Rauhreif verkauft wurde? Hat der Himmel der jungen Miss Trippel befohlen, den armen Tom Spooner fallenzulassen und den reichen Mr. Bung zu heiraten? Genausogut könnten Sie sagen, Pferde werden im Himmel verkauft, die, wie Sie wissen, von geschickten Roßtäuschern gestriegelt, aufgeschönt, lauthals auf dem Markt angepriesen werden, mit einer Garantie für alle guten Eigenschaften an Rasse, Gang, Temperament und Alter. Gegen diese hat Mr. Greenhorn hin und wieder Rechtsmittel; doch welche Rechtsmittel gibt es gegen eine Mutter, die Ihnen eine Tochter mit bester Garantie verkauft? Man hat Sie unter fadenscheinigen Vorspiegelungen überfahren und für Cecilia zu bieten bewogen, und das Tier gehört Ihnen fürs Leben. Sie scheut, schlägt aus, stolpert, hat einen teuflischen Charakter, ist ein Krippensetzer – und ihre Mutter hatte Ihnen garantiert, sie sei das vollkommenste, gutmütigste Wesen, das auch der Zaghafteste regieren könne! Sie haben sie gekauft. Sie gehört Ihnen. Der Himmel segne Sie! Nehmen Sie sie mit nach Hause und seien Sie für den Rest Ihrer Tage unglücklich. Sie haben kein Rückgaberecht. Sie haben die Urkunde unterschrieben. Die Ehen wurden nämlich im Himmel geschlossen, und mit der Ihren wurden Sie genauso geleimt wie Moses Primrose, als er die zwölf Dutzend grünen Brillen kaufte.

Ich glaube nicht, daß der arme General Baynes je die rechte Erkenntnis seiner Situation besaß oder wußte, wie unglücklich er genaugenommen hätte sein müssen. Zeitweise war er nicht unfroh: ein schweigsamer Mann, der seinen Robber und sein Glas Wein liebte; ein sehr schwacher Mensch in den gewöhnlichen Lebensfragen, wie seine besten Freunde zugeben mußten; doch wie ich gehört habe, ein wahrer Tiger im Gefecht. „Ich kenne deine Meinung über den General", sagte Philip mir oft in seiner großspurigen Art. „Du verachtest Männer, die ihre Frauen nicht einschüchtern; das tust du, Sir! Du hältst den General für schwach, ich weiß, ich weiß. Auch andere tapfere Männer waren das den Frauen gegenüber, wie du vermutlich gehört hast. Dieser Mann, zu Hause so schwach, war auf dem Kriegspfad gewaltig; und in seinem Wigwam hängen die Skalpe ungezählter Krieger."

„Was denn, nur *die?*" gebe ich zurück. Die Wahrheit ist, der General trug auf seinem sanftmütigen Kopf einen kleinen lockigen kastanienbraunen Haarknoten, der über diesem runzeligen und vom Kriege gegerbten Gesicht sehr wunderlich und unpassend wirkte.

„Wenn du über deinen Witz lachen kannst, bitte, nur zu", sagt Philip majestätisch. „Ich zeichne das edle Bild eines Kriegers. Du ziehst Barbierbecken und Perückenständer vor. Bon! Reich mir den Wein herüber. Über den Veteran, den ich in nicht allzu langer Zeit als Vater zu grüßen hoffe – den Soldaten in zwanzig Schlachten – der meinen eigenen Großvater an seiner Seite fallen sah – bei Busaco fallen sah, beim George! –, machst du dich wegen seiner Perücke lustig. Ein famoser Witz." Und hier runzelte Phil die Stirn und schlug auf den Tisch und fuhr sich mit der Hand über die Augen, als stürzte ihn der Tod seines Großvaters, lange vor Philips Geburt, in ernsthaft schmerzlichste Trauer. Philips Zeitungsangelegenheiten führten ihn von Zeit zu Zeit nach London. Ich glaube, bei einem dieser Besuche hatten wir unser Gespräch über General Baynes. Und bei derselben Gelegenheit schilderte Philip uns die Pension und ihre Bewohner und die Wirtin, und was sich dort abspielte.

Für diese um ihre Existenz ringende Wirtin wie für alle Frauen in Nöten empfand unser Freund große Anteilnahme und Sympathie. Und sie erwiderte Philips Freundlichkeit, indem sie Mademoiselle Charlotte viel Güte und der Frau des Generals und seinen übrigen Kindern große Nachsicht entgegenbrachte. Der Appetit dieser Kleinen war erschreckend, Madame la Générales Charakter war fast unerträglich, aber Charlotte war ein Engel, und der General war ein Schaf – ein wahres Schaf. Ihr eigener Vater war genauso gewesen. Die Tapferen sind daheim oft Schafe. Ich habe den Verdacht, daß Madame von der Familie des Generals zwar nur wenig profitiert haben kann, seine monatlichen Zahlungen ihrer mageren kleinen Staatskasse aber doch sehr willkommen waren. „Ah! wären nur alle meine locataires so wie er!" seufzte die arme Dame. „Diese Madame Boldero, die die Generalin immer als ‚Honourable' behandelt, ich wünschte, ich wäre mir ihrer genauso sicher! Und noch andere!"

Ich habe nie eine Pension geleitet, bin aber davon überzeugt, daß zu diesem Beruf unvermeidlich viele unangenehme Pflichten gehören. Was kann man tun, wenn eine Dame oder ein Herr die Rechnung nicht bezahlt? Ihn oder sie hinauswerfen? Vielleicht genau das, was diese Dame oder dieser Herr sich wünschen. Sie gehen. Dieses Gepäck, das Sie unsinnigerweise einbehalten haben und dessentwegen es Zank und Skandal gab, enthält keine hundert Francs an Warenwert, und Ihre Schuldner kommen nie wieder. In einer Pension mögen Sie Streitigkeiten ebensowenig wie eine Person mit Scharlach in Ihrem besten Schlafzimmer. Die Person mit Scharlach bleibt, und die übrigen Gäste ziehen aus. Was, fragen Sie, meine ich mit dieser Geheimnistuerei? Es tut mir leid, Namen, und betitelte Namen, nennen zu müssen. Es tut mir leid, sagen zu müssen, daß die „Honourable", die Ehrenwerte Mrs. Boldero ihre Rechnungen nicht bezahlte. Sie wartete auf Überweisungen, mit denen sich der Ehrenwerte Mr. Boldero schrecklich viel Zeit ließ. Ein furchtbarer Mensch! Er weilt immer noch bei Seiner Lordschaft auf Schloß Gaberlunzie, wo er den wilden Hirsch schoß und das Reh jagte. Und obwohl das Herz der Ehrenwerten Mrs. Boldero selbstverständlich im Hochland weilte, wie konnte sie ohne das Geld, um Madame zu bezahlen, zu ihrem Hochlandhäuptling fahren? Das Hochland, daß ich nicht lache! Eines trüben Tages kam heraus, daß der Ehrenwerte Boldero sich im Hochland von Hessen-Homburg amüsierte – und dem gefährlichen Sport huldigte, der auf den grünen Flächen um Loch Badenbadenoch geboten wird.

„Hat man schon von solcher Schamlosigkeit gehört? Das Weib ist eine verwegene und verworfene Abenteuerin! Ich wundere mich, daß Madame es wagt, mich und meine Kinder und meinen

General mit derartigen Leuten an einen Tisch zu setzen, Philip!" ruft Madame la Générale. „Ich meine die gegenüber – diese Frau und ihre zwei Töchter, die Madame seit drei Monaten keinen Shilling bezahlt haben – die mir fünfhundert Francs schuldet, die sie sich bis nächsten Dienstag geliehen hat, weil sie von Lord Strongitharm eine Überweisung erwartete – schöne Überweisung! Lord Strongitharm, wer's glaubt! Und sie tut so, als wäre sie in der Botschaft ganz zu Hause; und sie würde uns dort einführen und in den Tuilerien; und sie hat mir gesagt, Lady Estridge hätte die Pocken im Haus; und als ich sagte, unsere wären alle geimpft und mir machte es nichts aus, hat sie mich mit irgendeiner anderen Ausrede abgewimmelt – und ich bin der festen Überzeugung, die Frau ist eine Schwindlerin. Sie kann mich hören? Mir ist es egal, ob sie mich hört. Nein. Sie können herschauen, soviel Sie wollen, meine *Sehr Ehrenwerte* Mrs. Boldero; und mir ist es egal, ob Sie mich hören. Oguhst! Pomdütehr pour le général! Wie zäh Madames Buhf ist, und jeden Tag nur Buhf, Buhf, Buhf, ich habe Buhf satt bis obenhin. Oguhst! warum bedienen Sie meine Kinder nicht?" Und so fort.

Aus dieser Wiedergabe des Redeflusses der würdigen Frau werden Sie ersehen, daß die Freundschaft, die zwischen den beiden Damen aufgeflammt war, ein Ende gefunden hatte, infolge peinlicher pekuniärer Auseinandersetzungen; daß die Leitung einer Pension kein besonders angenehmes Geschäft sein kann und daß sogar das Speisen in einer Pension sehr unerfreulich sein muß, wenn die Gesellschaft verschreckt und langweilig ist und wenn zwei alte Frauen am Tisch einander am liebsten die Schüsseln an den Kopf werfen würden. Zu dem Zeitpunkt, von dem ich jetzt schreibe, gab es nach dem Dinner nur wenig von dem vierhändigen Klavierspiel, das kann ich Ihnen versichern. Erstens kannte schon jeder die Stücke der Mädchen; und wenn sie anfingen, pflegte Mrs. General Baynes ihre Stimme zu erheben, lauter als das klimpernde alte Instrument, mochten Minna und Brenda es auch noch so kräftig bearbeiten. „Mir völlig unbekannt, Mr. Clancy, wirklich. Hätte ich sie gekannt, hätte ich ihr das Geld bestimmt nicht geborgt. Ehrenwerte Mrs. Boldero, daß ich nicht lache! Seit fünf Wochen schuldet sie mir fünfhundert Frongs. Bong swor, Monsieur Bidois! Sangsong frong pas payy ancor! Prommy, pas payy!"

Malen Sie sich aus, sage ich, was das für ein trübseliges Leben in der exklusiven Pension gewesen sein muß, wo sich diese zwei Parteien täglich nach dem Dinner miteinander anlegten! Malen Sie sich aus, wie die Gattin des Generals bei den exklusiven Soireen einen Gast nach dem anderen mit Beschlag belegt und den ihr zugefügten Schaden ausposaunt und auf die Missetäterin weist. Und wie die arme Madame Smolensk über das ganze Gesicht lächelt und strahlt und von einem Ende des Salons zum anderen eilt und M. Pivoine für seine entzückende Romanze dankt und M. Brumm für sein herrliches Spiel auf dem Violoncello und sogar diese armen Misses Boldero bittet, ihr Duett zu spielen – denn ihnen gegenüber schmolz ihr das Herz. Das Böse sehr wohl kennend, hatte sie gelernt, den Unglücklichen beizustehen. Sie wußte, was Armut ist, und mußte scheel blickenden, drängenden Geldgebern gut zureden und gemeine Gläubiger beschwatzen. „Tenez, Monsieur Philippe“, sagte sie, „die générale ist zu grausam. Hier sind noch mehr, die sich beklagen könnten und schweigen.“ Philip empfand das alles. Das Benehmen seiner zukünftigen Schwiegermutter erfüllte ihn mit Schrecken und Abscheu. Und einige Zeit nach diesen denkwürdigen Vorgängen verriet er mir unter Erröten ein demütigendes Geheimnis. „Weißt du, mein Lieber“, sagt er, „in dem Herbst damals hatte ich mit diesem und jenem mein Schäfchen ganz schön ins trokkene gebracht. Ich arbeitete für die ‚Pall Mall Gazette‘; und Smith vom ‚Daily Intelligencer‘, der einen Monat Ferien machen wollte, überließ mir seinen Korrespondentenartikel und zehn Francs pro Tag. Und genau zu der Zeit traf ich Redman, der mir seit unserer Collegezeit zwanzig Pfund schuldete und gerade mit vollen Taschen aus Homburg zurückkam und mich bezahlte. Also gut. Schwöre, daß du es nicht weitersagst. Schwöre bei deinem christlichen Glauben! Mit diesem Geld, Sir, bin ich heimlich zu Mrs. Boldero gegangen. Ich sagte, wenn sie den Drachen – ich meine Mrs. Baynes – bezahlen würde, wolle ich ihr das Geld borgen. Und ich *habe* ihr das Geld geborgt, und die Boldero hat Mrs. Baynes nichts davon gegeben! Sprich nicht darüber. Versprich mir, daß du es Mrs. Baynes nicht verrätst. Ich hatte gar nicht damit gerechnet, Redmans Geld zu bekommen, verstehst du, und bin nicht schlechter dran als vorher. An einem Tag der Grandes Eaux, glaube ich, besuchten wir Versailles, und die Ehrenwerte Mrs. Boldero ist uns heimlich entwischt. Zum Pfand hat sie die armen Mädchen zurückgelassen, die, das muß ich gerechterweise sagen, weinten und sich schrecklich aufregten. Und als Mrs. Baynes nach unserer Rückkehr über ihre ‚sangsong frong' loskreischte, verlor Madame Smolensk ausnahmsweise regelrecht die Geduld und sagte: ‚Mais, madame, vous nous fatiguez avec vos cinq cents francs'; woraufhin die andere etwas von ‚engsolong' murmelte, aber ihr Mann rief sie energisch zur Ordnung und sagte: ‚Grundgütiger Himmel, Eliza, Madame hat ganz recht. Und ich wünschte, die fünfhundert Francs lägen im Meer.'"

Also, Sie verstehen, wenn Mrs. General Baynes manche Menschen für „hochnäsige Leute" hielt, können manche Personen es Mrs. Baynes heimzahlen – und tun es hiermit –, indem sie der Öffentlichkeit ihre ehrliche Meinung über Moral, Manieren und Charakter dieser Lady unterbreiten. Wie konnte sich eine so gewitzte Person bloß immer aufs neue von Rängen und Titeln blenden lassen? In Madame Smolensks Pension speiste regelmäßig ein gewisser deutscher Baron mit einem mächtigen Ring an einem schwärzlichen Finger, und diesen Baron, dem es gefiel, sich in ihre hübsche Tochter zu verlieben, geruhte die Dame mit wohlwollendem Auge zu betrachten; der junge Mr. Clancy, der irische Dicher, war ebenfalls von den Reizen der schönen jungen Dame bezaubert – und diese unerschrockene Mutter ermutigte beide Bewerber, zu Philip Firmins unsagbarer Qual, der oft lebhaft empfand, daß diese Bewohner von Madame Smolensks Haus, während er seiner Arbeit nachging, seine Angebetete umschwärmten, beim Lunch an ihrer Seite saßen, ihr beim Frühstück die Tasse reichten, schon auf sie warteten, wenn sie in den Garten hinaustrat ... Und ich nehme die Stiche der Eifersucht für einen Teil jener unsagbaren Leiden, die Philip in dem Haus ausgestanden zu haben behauptete, wohin er auf Freiersfüßen kam.

Die kleine Charlotte klagte in einem oder zwei ihrer Briefe an ihre Freunde am Queen Square, London, sanft über Philips Hang zur Eifersucht.

„Glaubt er denn, ich könnte, seit ich ihn kenne, an diese anderen abscheulichen Männer denken?" fragte sie ihre liebe Laura. „Ich verstehe nicht, wovon Mr. Clancy spricht, wenn er mir mit

‚Pomen und Posie' kommt; und wer kann Gedichte so vorlesen wie gerade Philip? Dann der deutsche Baron – der sich nicht einmal selbst Baron nennt: Mama ist es, die darauf beharrt, ihn so zu nennen –, der trägt so furchtbar schmutzige Sachen und riecht so nach Zigarren, daß ich gar nicht in seine Nähe kommen mag. Philip raucht auch, aber *seine* Zigarren sind ganz *angenehm.* Ach, liebe Freundin, wie *konnte* er bloß denken, Männer wie diese ließen sich mit ihm vergleichen! Und er zankt so, und er starrt, wenn er abends kommt, die armen Männer wütend an! Und er ist so gereizt! Lege doch bei ihm ein *gutes Wort* ein – ganz behutsam und sanft, Du verstehst – für Deine Dich herzlich liebende und überglückliche – nur manchmal macht er mich unglücklich; aber Du bringst ihn davon ab, ja? – Charlotte B."

Ich konnte mir vorstellen, wie polternd Philip die Rolle des Othello spielte und seine arme junge Desdemona sich nicht wenig vor seinen schwarzen Stimmungen ängstigte. Gefühle, die Mr. Philip stark bewegten, äußerte er mit mächtiger Stimme. Charlottes Briefpartnerin nahm diese ihr anvertrauten kleinen häuslichen Probleme wie üblich leicht. „Den Frauen ist eine Schelte aus Eifersucht nicht unangenehm", sagte sie. „Sie mag recht lästig sein, aber sie ist immer ein Kompliment. Manche Ehemänner haben eine so hohe Meinung von sich, daß sie sich nicht dazu herablassen können, eifersüchtig zu sein." – „Ja", gebe ich zurück, „die Frauen haben lieber einen Tyrannen über sich. Schelte haltet ihr für ein Zeichen der Aufmerksamkeit. Willst du nicht lieber gleich das russische System übernehmen und mir eine Knute kaufen und sie mir mit einem Knicks und besten Empfehlungen überreichen, und mit der demütigen Bitte, sie auch zu gebrauchen?" – „Dir eine Knute überreichen? Eine Gans werde ich dir überreichen!" sagt die Dame, die offenbar die Schelte anderer Gatten gutheißt, aber von dem ihren kein Wort duldet.

Beide Disputanten hatten ihr sentimentales Herz an die Heirat dieses jungen Mannes und dieser jungen Frau gehängt. Das Herz der kleinen Charlotte war so auf die Heirat gerichtet, daß wir meinten, es würde ihr brechen, wenn sie darin enttäuscht werden sollte; und im Verhalten ihrer Mutter spürten wir aus unserer Kenntnis der Gemütsart dieser Person einen ernsten Grund zur Beunruhigung. Käme ein besseres Angebot, würde Mrs. Baynes, fürchteten wir, den armen Philip fallenlassen; und es lag in der Natur und Logik der Dinge, daß er mit ihr in Streit geraten und im Lauf der verbissenen Schlacht, die es in der Folge zwischen ihnen geben mußte, tödlich verletzende Äußerungen abfeuern würde. Gibt es in jedermanns Bekanntenkreis nicht so manche Leute, die einen Handel bereuen, sobald sie ihn abgeschlossen haben? Philip als „Retter“ General Baynes’ in der ersten Glut der Familiendankbarkeit für jenen Akt der Selbstaufopferung des jungen Mannes war ja soweit ganz gut. Doch Dankbarkeit nutzt sich ab; oder angenommen, eine Frau sagt: „Es ist meine Pflicht gegenüber meinem Kind, mein Wort zurückzunehmen und nicht zuzulassen, daß sie sich an einen Bettler wegwirft.“ Angenommen, Sie und ich, mit einem starken Hang zu Niederträchtigkeiten, bekommen ein gutes, brauchbares und höchst moralisches Motiv dafür in die Hand? Ich bangte um Philips wahrer Liebe Lauf und die Aussichten der kleinen Charlotte, wenn mir diese Mutmaßungen durch den Sinn gingen. Eine Hoffnung bestand noch in General Baynes’ Ehrgefühl und Dankbarkeit. *Er* würde seinen jungen Freund und Wohltäter *nicht* im Stich lassen. Nun war General Baynes zwar ein tapferer Kriegsmann, und auch John von Marlborough war ein tapferer Kriegsmann; aber es steht fest, daß beide Angst vor ihren Frauen hatten.

Wir haben erwähnt, auf wessen Einladung und Zureden hin General Baynes sich dazu entschloß, seine Familie in die Pariser Pension zu bringen; nämlich auf Anregung seines Freundes und Waffengefährten, des tapferen Obersts Bunch. Als die Familie Baynes eintraf, standen die Bunches tatsächlich alle auf den Stufen vor Madames Haus und winkten den Neuankömmlingen ein Willkommen zu. Dann hieß es: „Da sind wir, Bunch, mein Junge.“

„Freue mich, dich zu sehen, Baynes. Richtig gut siehst du aus, und Mrs. B. auch.“

Und der General gibt zurück: „Du aber auch, Bunch; und auch *Sie*, Mrs. B.“

„Wie geht’s, Jungs? Wie geht es Ihnen, Miss Charlotte? Sind wohl gekommen, um den Pariser Kerls zu zeigen, was ein hübsches Mädchen ist, he? Blüht wie eine Rose, Baynes!“

„Ich sage dem General gerade“, ruft der Oberst der Gattin des Generals zu, „das Mädchen ist direkt das Ebenbild ihrer Mutter.“

In diesem Falle muß die arme Charlotte wie eine gelbe Rose ausgesehen haben, denn Mrs. Baynes war von galligem Temperament und Teint, während Miss Charlotte so frisch rosig und weiß war wie – was wollen wir sagen? –, wie die allerfrischesten Erdbeeren, mit feinster Sahne vermischt.

Die zwei alten Soldaten waren füreinander ein gewaltiger Trost. Täglich zottelten sie gemeinsam zu Galignani und lasen dort die Zeitungen. Sie sahen sich die Musterungen auf dem Carrousel an, und ein-, zweimal gingen sie zum Champ-de-Mars – wo sie hier und da die Nummern der Regimenter erkannten, gegen die sie in den berühmten früheren Kriegen gekämpft hatten. Sie prahlten durchaus nicht mit ihren Heldentaten, sie kniffen ein Auge zu und verstanden einander. Sie holten ihre alten Uniformen aus den alten Kisten, nahmen eine voiture de remise, beim Zeus! und ließen sich Louis-Philippe vorstellen. Sie kauften sich einen Katalog, gingen in den Louvre und wiegten vor den Gemälden die ehrlichen alten Köpfe; und vor einigen Nymphen in der Skulpturensammlung zwinkerten sie wohl und stupsten sich gegenseitig in die wackeren alten Rippen. Sie fuhren mit ihren Familien nach Versailles hinaus; hielten die Damen gebührend beim Restaurateur frei. (Bunch hatte in seinem Notizbuch einen Hinweis von Benyon, der im letzten Feldzug Adjutant des Herzogs gewesen war, „zu Beauvillier zu gehen“, nur hatte Beauvillier vor zwanzig Jahren das Geschäft aufgegeben.) Sie führten ihre Familien und Charlotte ins Théâtre-Français, in ein Trauerspiel; und sie besorgten sich Textbücher, und sie erklärten, das sei das verdrehteste Zeug, das sie je im Leben gesehen hätten. Und ich muß berichten, daß Bunch im Hintergrund der Loge so laut schnarchte, daß er trotz seines verborgenen Platzes eine wahre Sensation hervorrief. „Corniel“, gibt er zu, war zuviel für ihn: Shakespeare allemal, John Kemble allemal, Mrs. Siddons allemal; Mrs. Jordan allemal. Aber das hier? „Ich denke, unsere Theatertage sind vorbei, Baynes – he?“ Und ich glaube, auch Miss Charlotte Baynes, deren Kenntnis der Sprache noch dürftig war, geriet während des Trauerspiels in arge Verwirrung und konnte es nur mangelhaft wiedergeben. Aber im Parkett saß ja auch Philip Firmin; und hatte er nicht drei Buketts für die drei Damen geschickt und bedauernd mitgeteilt, er könne nicht jemanden auf den Champs-Elysées treffen, weil für ihn Posttag sei und er seine Korrespondenz für die „Pall Mall Gazette" schreiben müsse? Da war er, *ihr* Cid, ihr Held ohnegleichen; und für *ihn* Vater und Mutter aufgeben? Unsere kleine Chimène hielt ein solches Opfer für nicht allzu schwer. Nach jenem mißlichen Versuch mit dem Theater wiederholte man das Experiment nicht. Die alten Gentlemen zogen ihren Whist den hochtrabenden, durch die Nase gesungenen Alexandrinern vor, die Oberst Bunch, ein witziger kleiner Oberst, nachzuahmen pflegte und zwar, wie ich höre, sehr schlecht.

Die trefflichen Offiziere verglichen Madames Pension mit einem Ostindienfahrer, samt Streitereien und allem. Selina hatte sich an Bord der „Burrumpooter" genauso aufgeführt. Immerzu Gezänk über den Vortritt und die Bedienung und weiß der Teufel was noch. Bei den Frauen ist es immer so. Selina Bunch führte sich so auf, und Eliza Baynes führte sich auch so auf; aber nach der zuverlässigsten Information würde ich meinen, Eliza war schlimmer als Selina.

„Über jede Person mit Titel macht sich diese Frau jedesmal restlos zum Narren", äußerte Selina über ihre Freundin. „Weißt du noch, was sie in Barrackpore um diese kleine Krabbe Stoney Battersby für ein Wesens gemacht hat, weil er der Sohn eines irischen Viscounts war? Sieh doch, wie sie sich dieser Mrs. Boldero an den Hals wirft – mit ihrem stolzen Getue und ihrer Schminke und ihrem falschen schwarzen Scheitel! Ich kann die Person nicht leiden! Ich weiß, daß sie Madame nicht bezahlt hat. Ich weiß, mit ihr stimmt etwas nicht! Und mit anzusehen, wie Eliza Baynes ihr schöntut und sich an sie heranmacht und sie umschmeichelt – es ist schändlich, einfach schändlich! Eine Person, die Madame so viel schuldig ist! Eine Person, die ihre Waschfrau nicht bezahlt!"

„Alles wie auf der ‚Burrumpooter', meine Liebe", ruft Oberst Bunch. „Du und Eliza Baynes, ihr liegt euch dauernd in den Haaren – das steht mal fest. Warum hast du sie denn eingeladen herzukommen? Ich wußte, ihr würdet wieder damit anfangen, sobald ihr zusammenkommt." Und die Wahrheit war, daß die beiden Damen sich immerzu stritten und wieder versöhnten.

„Sie und Mrs. Bunch sind also alte Bekannte?" fragte Mrs. Boldero ihre neue Freundin. „Meine liebe Mrs. Baynes! Das hätte ich nie geglaubt: Ihr Auftreten ist so verschieden! Ihre Freundin, wenn ich mir die Bemerkung herausnehmen darf, hat den Feldlagerstil. Ihnen geht der Feldlagerstil gänzlich ab. Ich würde denken, Sie – verzeihen Sie mir die Ausdrucksweise, aber ich bin so offenherzig und spreche stets meine Meinung aus –, Sie haben keine Spur von dem Feldlagerstil an sich. Sie wirken, als wären Sie eine von uns. Minna! erinnert dich Mrs. Baynes nicht an Lady Hm . . .?“ (Der Name ist infolge Mrs. Bolderos übermäßiger Zurückhaltung bei der Nennung von Namen nicht zu vernehmen; jedoch die Mädchen sehen die Ähnlichkeit mit der teuren Lady Hm . . . sofort.) „Und wenn Sie Ihr liebes Mädchen nach London bringen, werden Sie die Dame, die ich meine, kennenlernen und sich selbst ein Urteil bilden. Ich versichere Ihnen, meine liebe Mrs. Baynes, ich setze Sie nicht herab, wenn ich Sie mit ihr vergleiche!“

Und so setzt sich das Gespräch fort. Wenn Mrs. Major MacWhirter in Tours geneigt gewesen wäre, Geheimnisse zu verraten, hätte sie Auszüge aus den Briefen ihrer Schwester vorweisen können, um zu beweisen, wie tief der Eindruck war, den das Geplauder und die Beteuerungen der schottischen Dame in Mrs. General Baynes' Gemüt hervorriefen.

Sicher jage der General und gehe gern auf die Pirsch? Der gute General müsse nach Schloß Gaberlunzie kommen, wo sie ihm ein Willkommen nach Art des Hochlands versprechen könne. Ihr Bruder Strongitharm sei der reizendste Mensch; bete sie und ihre Mädchen förmlich an; es sei sogar davon die Rede, Minna mit dem Hauptmann zu verheiraten, aber sie jedenfalls könne den Gedanken an eine Heirat zwischen Cousin und Cousine ersten Grades nicht *ertragen.* In ihrer Familie sei man aus Überlieferung gegen solche Ehen. Von drei Bolderos und Strongitharms, die ihre Cousinen ersten Grades geheiratet hätten, sei einer drei Wochen nach der Hochzeit im Gaberlunzie-See ertrunken, einer habe seine Frau an der galoppierenden Schwindsucht verloren und sei als Mönch in Rom gestorben und der dritte habe vierzehn Tage vor der Schlacht von Culloden geheiratet, wo er an der Spitze der Strongitharms gefallen sei. Mrs. Baynes könne sich *keinen Begriff* von der Pracht in Schloß Gaberlunzie machen: siebzig Schlafzimmer und dreizehn Gesellschaftszimmer, dazu die Gemäldegalerie! In Edinburgh habe

Lord Strongitharm das Recht, in Gegenwart seines Herrschers das Barett aufzubehalten. „Ein Barett! Wie überaus eigenartig, liebe Schwester! Aber mit Straußenfedern sieht es vielleicht ganz gut aus, besonders, weil die Hochländer ja auch Röcke tragen!" Lord Strongitharm besitze kein Haus in London, nachdem er sich fast dabei ruiniert habe, sein herrliches Schloß im Norden zu bauen. Mrs. Baynes *müsse* hinkommen und ihre adligen Verwandten und den ganzen schottischen Adel kennenlernen. „*Mir* liegt ja nichts an diesen Eitelkeiten, liebe Schwester, außer um meine süße Charlotte in die Welt einzuführen. Ist das nicht Mutterpflicht?"

Nicht nur ihrer Schwester, sondern auch Charlottes Freunden am Queen Square teilte Mrs. Baynes diese erfreulichen Neuigkeiten mit. Doch das geschieht in der ersten Glut der Freundschaft, die zwischen Mrs. Baynes und Mrs. Boldero entflammt, und vor jenen unangenehmen Geldstreitigkeiten, von denen schon die Rede war.

Später, als die zwei Damen sich über die denkwürdigen „sangsong frong" zerstritten haben, schwenkte Mrs. Bunch, glaube ich, auf Mrs. Bolderos Seite um. „Eliza Baynes geht zu streng mit ihr um. Es ist zu grausam, sie vor diesen zwei unglücklichen Töchtern zu beleidigen. Diese Frau ist ein abscheuliches Weib und ein ordinäres Weib und eine Intrigantin dazu, und das habe ich schon immer gesagt. Aber sie vor ihren Töchtern zu ohrfeigen – ihre *ehrenwerte* Freundin noch vor einer Woche! Das ist schändlich von Eliza!"

„Liebe Frau, sag ihr das doch selbst!" meint Bunch trocken. „Aber wenn du es ihr sagst, dann bitte, wenn ich weit vom Schuß bin!" Und als die zwei alten Offiziere eines Tages von ihrem Spaziergang zurückkehren, eröffnet Mrs. Bunch dem Oberst also, sie habe sich mit Eliza auseinandergesetzt; und Mrs. Baynes erzählt dem General mit erhitztem Gesicht, sie und Mrs. Oberst Bunch hätten sich gestritten; und sie sei fest entschlossen, es solle das letztemal gewesen sein. So muß diese arme Madame Smolensk zwischen Mrs. Baynes und Mrs. Boldero vermitteln und zwischen Mrs. Baynes und Mrs. Bunch; und, von funkelnden Augen und hervorgezischten Anspielungen umgeben und von unüberbrückbaren Fehden umbrandet, der Tafel vorsitzen. Natürlich wird der Zwist von den Frauen auf die Männer übergreifen. So kommt es immer. Die arme Madame bebt. Wieder versichert Bunch seinem Nachbarn auf sein Wort, es sei wie auf dem Ostindienfahrer „Burrumpooter“ – auf der „Burrumpooter“ bei starkem Sturm noch dazu.

„Jedenfalls, *wir* lassen uns nicht mit reinziehen, Baynes, mein Junge!“ erklärt der Oberst, ein Mann von sanguinischem Temperament, seinem Freund.

„He, he! sei nur nicht zu sicher, Bunch; sei nur nicht zu sicher!“ seufzt der andere Veteran, der vielleicht von pessimistischerer Wesensart ist, als die zwei alten Krieger nach einem von den Amazonen leidenschaftlich ausgetragenen Gefecht beim Lunch ihre Schritte zu Galignani lenken.

Den Angehörigen seiner Charlotte begegnete der arme Philip respektvoll aus Pflichtgefühl und womöglich auch einem gewissen Maß Eigeninteresse. Besonders vor der Heirat geben sich die Männer den Angehörigen des geliebten Wesens gegenüber ungemein liebenswürdig. Sie machen Mama Komplimente; sie hören sich Papas alte Geschichten an und lachen an den richtigen Stellen; sie bringen den unschuldigen Kleinen Geschenke mit und lassen sich von den Brüderchen in die Schienbeine treten. Philip ertrug die jugendlichen Bayneses sehr gutmütig: er nahm die Jungen zu Franconi mit und paßte seine Konversation, so gut er konnte, den alten Leuten an. Er mochte den General, einen schlichten und ehrenwerten alten Mann. Er hegte, wie wir schon sagten, herzliche Anteilnahme und Achtung für Madame Smolensk und bewunderte ihre Standhaftigkeit und gute Laune unter der Last ihrer vielen schweren Prüfungen. Aber Leser, die sich in seine Memoiren vertieft haben, sind darüber im Bilde, daß Mr. Firmin sich gelegentlich nicht wenig unangenehm geben konnte. Wenn er, breit auf ein Sofa gelümmelt, ins Gespräch mit seiner Angebeteten vertieft war, rührte er sich nicht von der Stelle, wenn andere Damen ins Zimmer kamen. Er starrte sie finster an, sofern er sie nicht leiden konnte. Er gab sich überhaupt keine Mühe, seine Zuneigungen oder Abneigungen zu verhehlen. Er hatte eine Art, sich das Monokel ins Auge zu klemmen, die Daumen in die Armlöcher seiner Weste zu schieben, mit dröhnender Stimme zu sprechen und lauthals über seine eigenen Witze oder absurden Einfälle zu lachen, die Damen gegenüber nicht gerade gefällig oder respektvoll war.

„Ihr lauter junger Freund mit den rissigen Schuhen ist ganz mauvais ton, meine liebe Mrs. Baynes", äußerte Mrs. Boldero in der ersten Glut ihrer Freundschaft zu ihrer neuen Freundin. „Ein Verwandter Lord Ringwoods ist er? Lord Ringwood ist ein ganz sonderbarer Mensch. Ein Sohn jenes schrecklichen Doktor Firmin, der durchgebrannt ist, nachdem er jedermann betrogen hatte? Der arme junge Mann! Er kann nichts dafür, so einen Vater zu haben, ganz recht, und ungemein gütig und freundlich von Ihnen, das zu sagen. Und der General und der Ehrenwerte Philip Ringwood waren wohl Jugendgefährten. Aber ich finde, mit einem so fatalen Vater wie Doktor Firmin sollte sich Mr. Firmin ein bißchen weniger prononcé geben, meinen Sie nicht? Und zu sehen, wie er sich in rissigen Schuhen auf dem Sofa breitmacht, und ihn so sehr laut lachen und sprechen zu hören, wenn meine Lieblinge ihre Duette spielen – ich muß gestehen, das ist mir nicht angenehm. Ich bin diese Art monde nicht gewöhnt, auch meine Herzenskinder nicht. Sie sind ihm außerordentlich verpflichtet, und er hat sich Ihnen gegenüber großmütig verhalten, sagen Sie? Selbstverständlich. Um in Ihre Gesellschaft zu gelangen, wird sich ein junger Mann, der Pech gehabt hat, von der allerbesten Seite zeigen, obwohl er sich gewiß nicht dazu herabläßt, sich uns gegenüber höflich zu benehmen. Aber – was! Dieser junge Mann mit diesem lieblichen, unschuldigen, bezaubernden Kind, Ihrer Tochter, verlobt? Liebste, Sie machen mir Angst! Ein Mann mit einem solchen Vater –, und, verzeihen Sie, mit einem solchen Benehmen – und ohne einen Penny auf der Welt, mit Miss Baynes verlobt! Ihr himmlischen Mächte! Das darf nie geschehen. Es soll nicht geschehen, meine liebe Mrs. Baynes. Bedenken Sie, ich habe meinem Neffen Hector geschrieben, herüberzukommen, Strongitharms Lieblingssohn und mein Lieblingsneffe. Ich habe ihm berichtet, daß wir hier ein süßes junges Geschöpf haben, das er unbedingt kennenlernen muß. Würde sich das liebe Kind nicht gut als Herrin auf Schloß Strongitharm machen? Und Sie wollen sie diesem schrecklichen jungen Mann mit der lauten Stimme und den rissigen Schuhen geben – jenem qualmenden jungen Mann – oh, unmöglich!"

Madame hatte zweifellos den übrigen Bewohnern ihres Hauses einen sehr vorteilhaften Bericht über ihre neuen Gäste gegeben; und sie und Mrs. Boldero waren zu dem Schluß gelangt, alle aus

Indien heimkehrenden hohen Offiziere seien ungeheuer reich. Sich vorzustellen, daß ihre Tochter die Ehrenwerte Mrs. Strongitharm, Baronin Strongitharm werden und bei einer Krönung in der Staatsrobe, die kleine Adelskrone in der Hand, einherschreiten könnte! Mrs. Baynes ließ sich an Untertanentreue von keiner Frau übertreffen, doch ich fürchte, ihre gottlosen Wünsche schlossen ein baldiges königliches Ableben nicht aus, als dieser Gedanke an den Ehrenwerten Lenox Strongitharm ihr durch den Kopf ging. Sie schlug im Adelskalender nach und fand diesen jungen Edelmann als Häuptling von Strongitharm bezeichnet. Charlotte könnte die Ehrenwerte Mrs. Häuptling von Strongitharm werden! Als der arme Philip an diesem Abend nach dem Dinner in seinen schäbigen Stiefeln und dem verräucherten Paletot hereinstolziert kam, gewährte ihm Mrs. Baynes nur ein verdrossenes Willkommen. Er trat näher und schwatzte nichtsahnend an der Seite seiner kleinen Charlotte, deren zärtliche Augen an den seinen hingen und deren helle Wangen zur Begrüßung rosig erglühten. Er schwatzte drauflos. Er lachte laut heraus, während Minna und Brenda ihr Duett herunterhämmerten. „Taisez-vous donc, monsieur Philippe", ruft Madame und legt den Finger an die Lippen. Die Ehrenwerte Mrs. Boldero sah die liebe Mrs. Baynes an und zuckte mit den Achseln. Armer Philip! Hätte er so laut (und auch so ungezogen, wie ich zugebe) gelacht, wenn er gewußt hätte, was im Kopf dieser Frauen vorging? Verrat ging da vor: und unter jenem kurzen Blick weltkluger Verachtung, den die Augen der Ehrenwerten Mrs. Boldero abschossen, geriet die liebe Mrs. General Baynes ins Wanken. Wie kurz angebunden und trocken sie Philip behandelte! Wie schroff Charlotte! Der arme Philip, wohl wissend, daß seine Angebetete sich in der Macht ihrer Mutter befand, gab sich diesem Drachen gegenüber recht unterwürfig und versuchte, sie durch ungehobelte Schmeicheleien zu besänftigen und für sich einzunehmen. Sie besaß einen verqueren, bissigen Humor und war für Witze zu haben; aber an diesem Abend fielen Phils Witze nicht recht auf fruchtbaren Boden. Mrs. Baynes nahm seine Scherze mit einem „ach, wirklich?" auf. Sie war plötzlich sicher, eines der Kleinen in der Kinderstube weinen zu hören. „Bitte geh, Charlotte, und sieh nach, warum das Kind weint." Und die arme Charlotte geht, bisher nur mit einer unklaren Vorahnung von

Unheil. Hatte Mama nicht oft schlechte Laune, und waren sie nicht alle an ihre Zurechtweisungen gewöhnt?

Was Mrs. Oberst Bunch angeht, muß ich leider sagen, daß Philip bis dahin bei ihr nicht nur keine Gunst genoß, sondern daß er dieser Dame *gründlich* mißfiel. Ich habe Ihnen die Fehler unseres Freundes geschildert. Er war laut, er war kurz angebunden, er war oft unhöflich und gab mit seinem Gelächter, seiner Respektlosigkeit und seiner großspurigen Art oft berechtigten Grund zum Ärger. Menschen, die er mochte, begegnete er sanft wie eine Frau und behandelte sie mit äußerstem Zartgefühl und rührender, wenn auch ungeschliffener Hochachtung. Doch er gab sich nie die kleinste Mühe, Personen, die ihm gleichgültig waren, für sich einzunehmen oder ihnen zu gefallen. Wenn sie zum Beispiel lange Geschichten erzählten, wandte er sich einfach ab oder unterbrach sie abrupt mit eigenen Bemerkungen zu irgendeinem ganz anderen Thema. Folglich verabscheute Mrs. Oberst Bunch diesen jungen Mann geradezu und hatte, meine ich, sehr gute Gründe für ihre Abneigung. Was Bunch betraf, so sagte Bunch zu Baynes: „Unverfrorener Kunde, dieser junge Kerl!“ und kniff ein Auge zu. Und Baynes sagte zu Bunch: „Querköpfiger Kauz. Aber auch ein feiner Kerl, wie ich aus gutem Grund ganz genau weiß. Ich spiele Treff. Kein Treff? Ich notiere Honneurs und zwei Tricks.“ Und das Spiel ging weiter. Auch Clancy konnte Philip nicht ausstehen, dieser sanftmütige Mensch, den Philip doch zu erzürnen vermocht hatte. „Dieser Mann“, bemerkte der Poet Clancy, „hat eine Art, mir auf die Hühneraugen zu treten, die mir unertrrräglich ist!“

Die Wahrheit ist, Philip trat dauernd jemandem auf die Zehen und trampelte auch noch darauf herum. Und was den Clan der Bolderos angeht, so behandelte Philip sie mit der amüsantesten Frechheit und ignorierte sie, als wären sie überhaupt nicht vorhanden. Sie sehen also, der arme Kerl hatte bei all seiner Mittellosigkeit nicht die kleinste Lektion in Demut gelernt oder die allerersten Anfangsgründe der Kunst erworben, sich Freunde zu machen. Ich glaube, seine beste Freundin im Haus war dessen Gebieterin, Madame Smolensk. Mr. Philip behandelte sie als seinesgleichen, welchen Beweis freundlicher Gesinnung er durchaus nicht allen Menschen zu schenken pflegte. Manche großen Leute, manche reichen Leute, manche scheinbar feinen Leute begönnerte er mit unerträglicher Dreistigkeit. Rang und Reichtum scheinen auf diesen Mann irgendwie keinen Einfluß auszuüben wie auf gewöhnliche Sterbliche. Er tippte einem Bischof auf die Weste und widersprach einem Herzog bei der ersten Begegnung. Ich habe erlebt, daß er während einer stumpfsinnigen Predigt die Kirche verließ, womöglich mit einer vernehmlichen Äußerung in diesem Sinne, als wäre sein Gehen das Selbstverständlichste von der Welt. Wenn die Gesellschaft beim Dinner ihn langweilte, schlief er ganz unbefangen ein. Zu Hause schwebten wir unaufhörlich in dem angenehmen Zustand ängstlicher Gespanntheit, nicht nur dessentwegen, was er tat und sagte, sondern angesichts der Vorstellung, was er wohl als nächstes tun oder sagen werde. In Madames Pension schlief er nicht ein, denn er hielt die Augen lieber offen, um in die der hübschen Charlotte zu blicken. Und gab es je solche Saphire wie die seinen? dachte sie. Und die ihren? Ach! Wenn sie Tränen zu vergießen haben, so hoffe ich, ein gütiges Geschick wird sie rasch trocknen!

21. KAPITEL

Handelt vom Tanzen, Tafeln, Sterben

Ohne Zweifel erinnern sich ehemalige Schuljungen, wie der fromme Äneas, als er durch sehr schmerzliche Umstände zum Verlassen seines Vaterlandes gezwungen war, zusammen mit seiner auserlesenen Schar Trojaner ein echt neues Troja gründete, wo sie gelandet waren; wie sie den trojanischen Göttern Tempel errichteten, Straßen mit trojanischen Namen bauten und sich mit aller Macht bemühten, ihren geliebten Geburtsort wieder aufleben zu lassen. In gleicher Weise bringen britische Trojaner und französische Trojaner ihr Troja überallhin mit. Algier habe ich nur vom Meer aus gesehen, aber New Orleans und den Leicester Square habe ich besucht; und habe an den Ufern des Mississippi noch ein altväterliches Frankreich dahindämmern sehen; ein schmuddeliges modernes Frankreich rund um jenen berühmten Globus Mr. Wylds, mit dem es angeblich zu Ende geht. Es gibt französische Cafés, Billardsalons, Estaminets, Kellner, Marköre, arme Franzosen und reiche Franzosen in einem neuen Paris – schäbig und schmutzig, das ist wahr –, doch bietet es dem Emigranten das Domino, den chopine, das petit verre der patrie. Und nehmen nicht auch britische Trojaner, die auf den europäischen Kontinent auswandern, ihr Troja mit sich? Sie alle kennen die Viertel in Paris, die von uns

Trojanern wimmeln. Von der Friedensstraße bis zum Bogen am Stern sind Tausende Flüchtlinge aus unserem Ilium versammelt. Unter den Arkaden der Rue de Rivoli trifft man zu bestimmten Stunden ebenso viele unserer Trojaner wie Einheimische. Wir drängen uns in den trojanischen Herbergen des „Meurice", im Louvre usw. Wir haben zahlreiche anglo-trojanische Ärzte und Apotheker, die uns die teuren Pillen und Tränkchen von Pergamus verabreichen. Wir suchen Mrs. Guerre oder die freundliche Mrs. Colombin auf und können die Sandwiches von Troja, das helle Bier und den Sherry von Troja und die teuren weißen Semmeln der Heimat erwerben. Wir halten uns jahrelang hier auf und sprechen nie eine andere Sprache als unser heimisches Trojanisch, außer mit unseren Dienstboten, denen wir die trojanische Art beibringen, Frühstückstoast zuzubereiten, trojanische Brotsoße für Geflügel und Rebhühner, trojanisches Pökelrindfleisch usw. Wir haben Tempel, wo wir Gott nach den trojanischen Riten anbeten. Ein wohltuender Anblick, den man sonntags auf den Elysäischen Feldern und im Viertel Saint-Honoré zu sehen bekommt, wo ganze Prozessionen englischer Erwachsener und Kinder, kräftig, rotwangig, zu ihren Kirchen marschieren, das goldverzierte Gebetbuch in der Hand, um in einem fremden Land die geistlichen Lieder ihres Zion zu singen. Ich bin überzeugt, es gibt in Paris viele Engländer, die nie mit einem Einheimischen über dem Rang eines Kellners oder Verkäufers sprechen.

Unlängst hörte ich einem Franzosen in Folkestone zu, der mit den Kellnern Englisch sprach und für seine Gruppe den Dolmetscher machte. Er sprach recht gut und sehr schnell. Er wirkte unwiderstehlich komisch. Ich staune, daß wir ernst bleiben konnten. Und Sie und ich, mein lieber Freund, wenn *wir* Französisch sprechen, wirken wir vermutlich genauso lächerlich. So lächerlich? Und warum nicht? Lassen Sie sich nicht entmutigen, junger Mann. Courage, mon jeune ami! Denken Sie daran, die Trojaner haben eine bezwingende Art an sich. Als Äneas in Karthago landete, hat er wahrscheinlich karthagisch mit einem lächerlichen trojanischen Akzent gesprochen; aber dennoch hat Dido sich wahnsinnig in ihn verliebt. Nehmen Sie sich den Sohn des Anchises zum Vorbild, mein Junge. Kümmern Sie sich nicht um die Grammatik oder die Aussprache, sondern machen Sie sich an die Dame heran und sagen Sie ihr, so gut Sie können, was Sie auf dem Herzen haben.

Das ist der Plan, nach dem der Vicomte de Loisy vorzugehen pflegte. Er machte einen Englisch-*cours* nach der berühmten méthode Jobson mit. Der cours fand zweimal wöchentlich statt; und der Vicomte besuchte mit löblichem Eifer alle englischen Gesellschaften, zu denen er eine Einführung ergattern konnte, mit der Absicht, sich die englische Sprache anzueignen und une Anglaise zu heiraten. Dieser fleißige junge Mann ging sogar sonntags au Temple, um sich mit der englischen Sprache vertraut zu machen. Und da er Doktor Murrogh Macmanus vom T. C. D., damals ein sehr wortgewaltiger Prediger in Paris, zu Füßen saß, eignete sich der Vicomte eine ganz bemerkenswerte Aussprache an. Der Sache unglücklicher Monarchien in der ganzen Welt verschworen, hatte der Vicomte in den spanischen karlistischen Armeen gekämpft. Er tanzte ausgezeichnet Walzer, und Madame fand, sein Ordenskreuz mache sich auf ihren Gesellschaften wirklich gut. Wird man wohl glauben, daß Mrs. General Baynes diesem Herrn ihr besonderes Wohlwollen zuwandte, bei jeder Soirée mit ihm plauderte, nie über sein Englisch lachte, ihrer Tochter zuredete, mit ihm Walzer zu tanzen (was er perfekt konnte, während der arme Philip nur ein unbeholfener und ungeschickter Tänzer war), und ihm die denkbar größte Gunst erwies, bis sie eines Tages, als sie Mr. Bonus, den Hausverwalter, aufsuchte (der selbst vermietet und britisches Essiggemüse, Tee, Sherry und dergleichen verkauft), den Vicomte als Schreiber auf einem Schemel in Mr. Bonus' Firma antraf, wo er für zwölfhundert Francs im Jahr tagsüber seine unschätzbaren Dienste zur Verfügung stellte! Mrs. Baynes zog die arme Madame heftig zur Verantwortung, daß sie einen solchen Menschen zu ihren Gesellschaften zulasse. Madame war erstaunt. Monsieur sei ein Gentleman aus altehrwürdiger Familie, die mehrfach Unglück gehabt habe. Er verdiene sich seinen Lebensunterhalt. In einem Büro zu sitzen sei keine Schande. Mrs. Baynes, die wußte, daß boutique „Laden" und garçon „Junge" bedeutet, brachte das nächstemal, als sie den Vicomte sah, die Worte „boutique garçon" hervor. Der kleine Mann weinte Tränen der Wut und Kränkung. Es folgte eine sehr peinliche Szene, bei der – dem Himmel sei Dank! dachte die arme Charlotte – Philip nicht anwesend war. Wären nicht die cheveux blancs des Generals (mit welcher Formulierung der Vicomte sehr rücksichtsvoll General Baynes' kastanienbraunen Haarknoten bezeichnete), hätte der Vicomte von ihm Satisfaktion gefordert. „Bezaubernde Miss", erklärte er Charlotte, „Ihr ehrenwerter Papa ist vor meinem Schwert sicher! Madame Ihre Mama hat an mich Worte gerichtet, die ich nicht näher bestimmen möchte. Aber Sie – Sie sind zu 'übsch, zu gütig, als daß Sie einen armen Soldaten, einen armen Gentleman verachten!" Ich habe gehört, der Vicomte tanzt immer noch in den Pensionen und ist immer noch auf der Jagd nach einer Anglaise. Er muß jetzt ein fast ebenso ältlicher Freier sein wie der gute General, auf dessen Skalp er Rücksicht genommen hatte.

Für die arme Madame war Mrs. Baynes, versteht sich, eine schwere Last, aber ihre mageren Schultern waren an so manche Bürde gewöhnt. Und war die Frau des Generals streitsüchtig und gehässig, so war er selbst, wie Madame sagte, sanft wie ein Schaf, und Charlottes hübsches Gesicht und liebenswürdiges Betragen fanden allgemeine Bewunderung. Die gelbhäutigen Misses Boldero, jene beklagenswerten, ältlichen, als Pfand zurückgelassenen Waisen, mochten sich vor Neid auf die Lippen beißen, konnten sie aber nie so rot machen wie Miss Charlottes lächelnder Mund. Zu Madame Smolensks Ehre sei gesagt, daß sie nie durch Wort oder Wink diesen unglücklichen jungen Damen unnötigen Schmerz bereitete. Sie knapste ihnen nie etwas an irgendeiner Mahlzeit ab. Kein Gast in Vollpension konnte Madames Frühstück, Mittagessen, Dinner regelmäßiger vorgesetzt bekommen. Am Tag nach der Flucht ihrer Mutter brachte diese gute Madame Smolensk den Mädchen eigenhändig die morgendliche Tasse Tee auf die Zimmer. Und ich glaube, sie half einer von beiden beim Frisieren und trug auch sonst dazu bei, sie in ihrem Mißgeschick zu trösten. Sie konnten ihr Geheimnis nicht wahren. Ich muß einräumen, daß Mrs. Baynes nie eine Gelegenheit versäumte, ihre Lage zu beklagen und alle Neuankömmlinge über die Flucht und das Vergehen ihrer Mutter aufzuklären. Doch sie behandelte die Arrestantinnen auf ihre grimmige Art gutmütig und bewunderte Madames Nachsicht ihnen gegenüber. Die zwei alten Offiziere begegneten den armen Dingern jetzt besonders höflich; und der General zog einem seiner Jungen eins über die Hand, weil der zu Miss Brenda gesagt hatte: „Wenn Ihr

Onkel ein Lord ist, warum gibt er Ihnen denn kein Geld?" – „Und diese Mädchen haben immer die Nase höher getragen als meine Tochter, und ihre Mutter tat immer so großartig!" rief Mrs. Baynes. „Und Eliza Baynes hat diesen armen Mädchen und ihrer Mutter immer schöngetan und sich eingebildet, sie würden eine Dame von Welt aus ihr machen!" sagte Mrs. Bunch. „Wir haben alle unsere Schwächen. Lords sind nicht die deinen, meine Liebe. Wahrhaftig, ich glaube nicht, daß du überhaupt einen kennst", sagte der wackere kleine Oberst Bunch. „Ich würde eine Herzogin nicht so hofieren, wie Eliza dieses Weib hofiert hat!" rief Emma; und sie erkundigte sich sarkastisch beim General, ob Eliza von ihrer Freundin, der Ehrenwerten Mrs. Boldero, gehört habe. Aber dennoch taten Mrs. Bunch die jungen Damen leid, und sie gab ihnen, glaube ich, aus ihrer privaten Börse einen kleinen Extrabetrag an Bargeld.

Ein Wort zu ihrer späteren Geschichte. Ihre Mama wurde der Schrecken aller Pensionsinhaberinnen; und die armen Mädchen übten ihre Duette in ganz Europa. Mrs. Bolderos edler Neffe, der derzeitige Strongitharm (wie ein Freund, der die vornehme Welt kennt, mir mitteilt), wurde von seinem eigenen Onkel geprellt, und bei einer Partie Karten ereignete sich zwischen ihnen eine höchst peinliche Affäre. Die Ehrenwerte Mrs. Boldero wohnt in der Gegend um Holyrood; eine ihrer Töchter ist glücklich mit einem Geistlichen verheiratet und die andere mit einem Apotheker, den man zur Behandlung ihrer Halsbräune zuzog. Deshalb neige ich zu der Meinung, jener Ausdruck von den „exklusiven" Pensionen ist eine bloße Floskel, und was die Wendung betrifft, man verlange und garantiere die strengsten Referenzen, so würde ich mir bestimmt die Mehrkosten dafür ersparen, diese Redensart in meinem Inserat abdrucken zu lassen, falls ich je selbst ein Etablissement eröffnen wollte.

Alte Freunde Philips aus dem College besuchten von Zeit zu Zeit Paris und hatten ihre Freude daran, ihn zu „Borel" oder ins „Trois Frères" zu verschleppen und ihn, der zu seiner Zeit so gastfreundlich gewesen war, gastlich zu bewirten. Ja, dem Himmel sei Dank, es gibt gute Samariter in recht großer Zahl auf dieser Welt und Hände, die gern bereit sind, einem Mann im Unglück beizustehen. Ich könnte zwei oder drei Gentlemen nennen, die in Kutschen umherfahren und sich von den Leuten die

Zunge zeigen lassen und wunderliche Zahlen und wunderliches Latein auf Notizzettel schreiben und die in aller Stille eine Börse mit fälligen Honoraren von einhundertfünfzig oder zweihundert sammelten und sie Doktor Firmin in sein Exil nachschickten. Der arme Tropf hatte sich denkbar schlecht benommen, doch er besaß keinen Penny und keinen Freund. Ich vermute, unter anderen Philantropen griff auch Doktor Goodenough in die Tasche. Hatte er Firmin im Wohlstand auch zutiefst verabscheut und mißtraut, so rührte ihn der arme flüchtige Schelm in seinem Unglück: er vermochte sogar zu glauben, Firmin verstehe etwas von seinem Beruf und sei in seiner Praxis nicht ganz und gar ein Quacksalber.

Philips alte Kameraden aus dem College und der Schule lachten, als sie hörten, daß er nun, da sein Ruin vollständig war, ans Heiraten dachte. So ein Vorhaben entsprach ganz genau Mr. Firmins bekannter Besonnenheit und Vorausschau! Doch sie brachten einen Einwand gegen seine geplante Verbindung vor, der uns zu Hause schon vorher in den Sinn gekommen war. Schwiegerpapa war ja soweit ganz gut oder zumindest harmlos – aber ach, ihr himmlischen Mächte! was für eine Schwiegermutter sicherte sich der arme Phil für seine künftigen Tage! Zwei oder drei unserer gemeinsamen Freunde machten diese Bemerkung, als sie nach den Herbstferien an die Arbeit und in ihre Wohnung zurückkehrten. Wir hatten nie allzuviel Nachsicht für Mrs. Baynes aufgebracht, und was Philip uns von ihr erzählte, trug nicht dazu bei, unsere Wertschätzung zu steigern.

Gegen Weihnachten führten Mr. Firmin persönliche Angelegenheiten auf einen kurzen Besuch nach London. Wir waren nicht eifersüchtig, daß er sich bei seiner kleinen Freundin in der Thornhaugh Street einquartierte, die sich damit zufriedengab, daß er bei uns aß, sofern sie nur die Freude genießen durfte, ihm ihr gütiges Obdach zu gewähren. So erhabene und vornehme Leute wir auch waren – denn unter welchem bescheidenen Dach regiert nicht die Eitelkeit? –, hätten wir, die Mrs. Brandons gute Eigenschaften kannten und über ihre Vorgeschichte im Bilde waren, uns herabgelassen, sie in unserem Kreis zu empfangen; doch die kleine Dame selbst hatte ihren Stolz und hielt sich fern. „Meine Eltern haben mir nicht die Erziehung gegeben, die Sie hatten, Ma'am“, erklärte Caroline meiner Frau. „Mein Platz ist nicht hier, das weiß ich ganz gut – außer, Sie werden krank, und *dann*, Ma'am, werden Sie erleben, daß ich herzlich gern komme. Philip kann kommen und *mich* besuchen; und es ist mir eine Wohltat, wenn ich ihn vor mir sehe. Aber in Ihrem Salon wäre mir nicht wohl und Ihnen auch nicht, mich dazuhaben. Die lieben Kinder gucken und sind ganz verwundert über meine Redeweise. Und kein Wunder! Und manchmal lachen sie sich gegenseitig an, Gott segne sie! Mir macht es nichts. Um meine Bildung hat sich keiner nicht gekümmert. Ich hatte kaum Unterricht bis auf das, was ich mir selber beigebracht habe. Mein Pa hatte nicht die Mittel, mich viel unterrichten zu lassen, und mit über vierzig ist es zu spät, in die Schule zu gehen. Ich hab schon alle seine Socken und Sachen gestopft. Und seine Wäsche, der arme Kerl! – richtig schön! Ich wünschte, in Frankreich, wo er ist, würden sie sie ebensogut pflegen! Sie richten der jungen Dame liebe Grüße von mir aus, nicht wahr, Ma'am; und ach! es tut mir so gut, zu hören, wie nett und freundlich sie ist! Er hat ein hitziges Wesen, der gute Philip – aber die er mag, können ihn leicht lenken. Sie sind die besten und gütigsten Freunde für ihn gewesen. Und das wird sie auch sein, das glaube ich fest; und sie können glücklich werden, auch wenn sie arm sind. Aber sie haben ja Zeit, reich zu werden, nicht? Und die Reichsten sind nicht die Glücklichsten, das kann ich in manchem feinen Haus sehen, wo Schwester Brandon hinkommt und die Augen offenhält, wenn sie auch nicht viel sagt, wissen Sie." So schwatzte Schwester Brandon in einem fort, wenn sie uns besuchen kam. Sie teilte dann unser Mahl und dankte dem Dienstboten, der ihr vorlegte, stets mit Namen. Sie bestand darauf, unsere Kinder „Miss" und „Master" zu nennen, und ich glaube, diese jungen Spötter lachten nicht allzuoft und dann nicht boshaft über ihre Eigenheiten. Ich weiß, daß man sie darauf hinwies, Schwester Brandon sei eine gute Frau; und sie sorge für ihren Vater auf seine alten Tage; und sie habe ganz schlimme Nöte und Prüfungen durchgemacht; und sie habe Onkel Philip gepflegt, als er furchtbar krank war und viele Leute Angst hatten, in seine Nähe zu kommen; und sie verbringe ihr Leben damit, die Kranken zu pflegen und ihrem Nächsten Gutes zu tun.

Eines Tages, während Philip sich bei uns aufhält, lesen wir in der Zeitung von Lord Ringwoods Ankunft in London. Mylord besaß ein großartiges eigenes Stadthaus, das er nicht immer bewohnte. Die Gemütlichkeit eines Hotels gefiel ihm besser. Ringwood House war zu weiträumig und zu düster. Ihm lag nichts daran, allein in einem riesigen Speisezimmer ein Hammelkotelett zu essen, von geisterhaften Bildern toter Ringwoods umgeben – seinem toten Sohn, der früh gestorben war, seinem toten Bruder in der Uniform seiner Zeit (auf welchem Gemälde sich keine geringe Ähnlichkeit zu Philip Firmin abzeichnete, dem Enkel des Obersts); schließlich Lord Ringwoods totes Selbst in noch jungen Jahren, als Lawrence ihn malte und er der Gefährte des Regenten und seiner Freunde war. „Ah! das ist der Kerl, den ich mir besonders ungern ansehe", sagte der alte Mann oft, finster auf das Bild blickend und in die altmodischen Flüche ausbrechend, die in seiner Jugend viele Gespräche garniert hatten. „Der Kerl da konnte den ganzen Tag reiten und die ganze Nacht schlafen oder ohne Schlaf auskommen, wie es ihm paßte. Und seine vier Flaschen trinken, und er hatte nie Kopfschmerzen; und sich das Schlüsselbein brechen und drei Stunden danach zusehen, wie der Fuchs zerrissen wurde. Das war einmal ein Mann, wie der alte Marlborough sagte, als er sein eigenes Porträt betrachtete. Jetzt ist der Arzt mein Herr und Meister; mein Arzt, und die höllische Gicht steht noch über ihm. Ich lebe von Brei und Pudding, wie ein Kind, bloß habe ich schon alle meine Zähne abgeworfen, hol sie der Teufel. Wenn ich drei Glas Sherry trinke, droht mir mein Butler. Du junger Mann, der keine zwei Pence in der Tasche hat, verdammt, ich würde gern mit dir tauschen! Nur du würdest nicht mitmachen, hol dich der Teufel, du würdest nicht mitmachen. Wahrhaftig, ich glaube nicht, daß Todhunter mit mir tauschen würde: würden Sie, Todhunter? – und Sie sind in einen großen Mann mehr vernarrt als sonst ein Kerl, der mir jemals über den Weg gelaufen ist. Sagen Sie mir doch nichts. Sie *sind* es, Sir. Jawohl, als ich einmal mit Ihnen auf der Sandebene von Ryde spazierengegangen bin, habe ich diesen Kerl gefragt: ‚Todhunter, meinen Sie nicht, ich könnte der See befehlen, stillzustehen?' Hab ich. Und Sie hatten nie von König Knut gehört, weiß der Henker – und nie ein Buch gelesen, außer dem Pferdezuchtbuch und Mrs. Glasses ‚Kochkunst', das weiß der Teufel."

Derlei Bemerkungen und Gespräche seines Verwandten hat Philip mir wiedergegeben. Zwei oder drei Lebemänner in der

Stadt brachten ausgezeichnete Imitationen dieses zahnlosen, knurrigen, lästerlichen alten Zynikers zuwege. Er war verschwenderisch und filzig, hitzig und leicht zu beeinflussen, von Schmeichlern umringt und gänzlich einsam. Er hatte altmodische Vorstellungen, die jetzt, meine ich, in der Lebensart der Großen keine Rolle mehr spielen. Er hielt es für unter seiner Würde, mit der Eisenbahn zu reisen, und seine Postkutsche war eine der letzten auf der Landstraße. Die Flut wälzte sich weiter voran, diesem alten Knut zum Trotz, und ist schon lange über ihn und seine Postkutsche hinweggerollt. Ja, fast alle seine Imitatoren sind auch schon tot. Und erst dieses Jahr, als der alte Jack Mummers ihn in Bays's Club parodierte (wo man noch vor wenigen Jahren Jacks Persiflage jedesmal mit schallendem Gelächter aufnahm), herrschte im Kaffeezimmer peinliches Schweigen, und nur zwei, drei junge Männer an einem Tisch in der Nähe sagten: „Worüber hat der alte Narr denn jetzt wieder zu mümmeln und zu fluchen? Eine Parodie auf Lord Ringwood, und wer war das?" So vergehen unsere Namen und werden vergessen: und häuft sich nicht der Sand der Zeit über die höchsten Statuen und begräbt sie unter sich? *Ich* habe Mylord nicht vergessen, sowenig ich den Haupthahn der Schule vergessen habe, von dem Sie vielleicht gar nichts wissen möchten. Ich sehe Mylords kahlen Kopf und gekrümmten Schnabel und buschige Augenbrauen und hohen Samtkragen und Messingknöpfe und großen mürrischen Mund und zitternde Hand vor mir und schlotternde Parasiten um ihn her, und ich vernehme seine Stimme, seine gewaltigen Flüche und sein Gelächter. Ihr Parasiten von heute verneigt euch vor anderen Großen; und dieser Große, der noch gestern lebte, ist so tot wie George IV. oder Nebukadnezar.

Also, während Philip sich bei uns aufhält, lesen wir zufällig, daß Philips adliger Verwandter, Lord Ringwood, im *** Hotel eingetroffen ist. Und ich gestehe, daß ich meinem Freund rate, gleich Seine Lordschaft aufzusuchen. In Paris habe er sich ihm freundlich erwiesen: offensichtlich habe er an Philip Gefallen gefunden. Firmin sollte ihm seine Aufwartung machen. Wer weiß? Lord Ringwood sei womöglich geneigt, für den Enkel seines Bruders etwas zu tun.

Das war genau der Gesichtspunkt, den jeder, der Philip kannte, ihm nur unter größter Zurückhaltung hätte nahelegen dürfen. Ihn dazu bewegen zu wollen, sich vor einem Großen zu verneigen und ihn im Hinblick auf künftige Gefälligkeiten anzulächeln, hieß von Firmin das Unmögliche verlangen. Des Königs Leute mögen des Königs Pferde ans Wasser führen, aber nicht einmal der König selbst kann sie zum Trinken zwingen. Ich gebe zu, daß ich wiederholt auf das Thema zurückkam und es meinem Freund aufdrängte. „Ich *war* schon da", sagte Philip mürrisch. „Ich habe eine Karte bei ihm abgegeben. Wenn er mich braucht, kann er zum Queen Square Nr. 120, Westminster, schicken, meinem derzeitigen Hotel. Aber wenn du glaubst, er läßt mir über ein Dinner hinaus etwas zukommen, irrst du dich, sage ich dir."

An diesem Tag speisten wir bei Philips Brotherrn, dem würdigen Mr. Mugford von der „Pall Mall Gazette", der uns mit freigebiger Hand seine Gastfreundschaft erwies und Philip gegenüber besonders huldvoll war. Mugford war mit Philips Briefen zufrieden, und Sie können überzeugt sein, daß strengere Kritiker dem gutmütigen Gönner ihres Freundes nicht widersprachen. Wir fuhren zu der vorstädtischen Villa in Hampstead, und dampfender Duft nach Suppe, Hammelfleisch und Zwiebeln quoll in die Vorhalle, um uns willkommen zu heißen und uns einen Vorgeschmack des Schmauses zu geben, der die Gesellschaft erwartete. *Das* war nicht einer der Tage, wo Mugford Zwischengänge absagte, kann ich Ihnen versichern. Männer in Schwarz mit schmucken weißen Baumwollhandschuhen standen bereit, uns zu bedienen, und Mrs. Mugford in kostbarem blauem Seidenatlas, über und über von Falbeln, Spitzen, Marabufedern, Geschmeide prangend und nach Eau de Cologne duftend, erhob sich, um uns willkommen zu heißen, von einem Prunksofa, wo sie von ihren Kindern umringt saß. Auch diese steckten in schimmernden, prächtigen Kleidern und hatten glänzende, frischgekämmte Haare. Die Damen begannen sich selbstverständlich sofort über ihre Kinder zu unterhalten, und die ungeheuchelte Bewunderung meiner Frau für Mrs. Mugfords jüngstes Baby gewann, glaube ich, alsbald die Gunst dieser wackeren Dame. Ich machte irgendeine Bemerkung, wonach einer der Jungen das Ebenbild seines Vaters sei, die nicht gut ankam. Ich weiß nicht warum, aber ich weiß von einem Geständnis des Gatten selbst, daß Mrs. Mugford immer meint, ich „ziehe sie auf". Einer der

Jungen teilte mir offenherzig mit, es gebe Gans zum Dinner; und als aus einem Nebenzimmer ein fröhliches Plopp zu vernehmen war, erzählte er mir, das sei Papa, der die Korken ziehe. Warum nur tadelte Mrs. Mugford das offenherzige Kind und sagte: „James, halt doch bloß den Mund!" Ein besserer Wein als der, der nach diesem Korkenziehen eingeschenkt wurde, floß nie aus einer Flasche – also, ich habe nie besseren Wein oder mehr Flaschen erlebt. Wenn man jemals von einem Tisch sagen konnte, er habe sich gebogen, konnte man diesen Ausdruck mit Recht auf Mugfords Mahagoni anwenden. Talbot Twysden hätte mit dem Mahl, das unser überaus großzügiger Gastgeber hier für acht bereitstellte, vierzig Personen festlich bewirtet. Obwohl Mugfords Chefredakteur anwesend war, galten alle Ehren des Banketts dem „Pariser Korrespondenten", den man ausdrücklich darum bat, Mrs. Mugford zur Tafel zu führen. Wir fanden natürlich, daß dieser Ehrenplatz Firmin als Großneffen eines Grafen und Urenkel eines Lords von Rechts wegen zukam.

Wie Mrs. Mugford ihn zum Essen nötigte! Sie tranchierte – ich bin wirklich froh, daß sie Philip nicht erlauben wollte, an ihrer Stelle vorzuschneiden, denn er hätte ihr die Gans womöglich in den Schoß rutschen lassen –, sie tranchierte, sage ich, und ich glaube wirklich, sie gab ihm mehr Füllung als uns anderen, aber das kann auch bloßer Neid von mir gewesen sein. Wiederholt fielen während des Essens Anspielungen auf Lord Ringwood. „Lord R. ist in der Stadt, wie ich höre, Mr. F.", sagt Mr. Mugford augenzwinkernd. „Sie haben ihn selbstverständlich schon besucht?" Mr. Firmin starrte mich ganz wütend an, er mußte gestehen, daß er Lord Ringwood wirklich schon besucht hatte. Mugford lenkte das Gespräch so oft auf den edlen Lord, daß Philip mir unter dem Tisch wild gegen die Schienbeine trat. Ich weiß nicht, wie oft ich unter jenem Fuß zu leiden hatte, der seinerzeit so vielen Menschen auf die Hühneraugen getrampelt hat: jedesmal ein Tritt, wenn Lord Ringwoods Name, Häuser, Parks, Besitztümer erwähnt wurden, war eine fürchterliche Zuteilung. Mrs. Mugford sagte etwa: „Darf ich Ihnen ein bißchen Fasan vorlegen, Mr. Firmin? Sicher sind sie nicht so gut wie Lord Ringwoods" (ein Tritt von Philip), oder Mugford rief etwa aus: „Mr. F., probieren Sie diesen Rheinwein! Lord Ringwood hat keinen besseren." (Furchtbare Züchtigung meiner Schienbeine unter dem Tisch.) „John, zweimal Rheinwein, für mich und Mr. Firmin! Halten Sie mit uns mit, Mr. P.", und so fort. Und nach dem Dinner drehte sich Mrs. Mugfords Konversation mit den Damen – wie meine Frau mir berichtete, die mir ihre Geheimnisse verriet – unaufhörlich um die Familie Ringwood und Firmins verwandtschaftliches Verhältnis zu jenem adligen Haus. Das Zusammentreffen des alten Lords mit Firmin in Paris wurde mit ungeheurer Anteilnahme erörtert. Seine Lordschaft nenne ihn so überaus leutselig Philip! Er habe Mr. Firmin sehr gern. Ein Vögelchen habe Mrs. Mugford verraten, daß noch jemand anders Mr. Firmin sehr gern habe. Sie hoffe, es werde eine Heirat und Seine Lordschaft werde seinen *Neffen* nobel behandeln. Was? Meine Frau wundere sich, daß Mrs. Mugford über Philips Angelegenheiten Bescheid wisse? (Und sie wunderte sich wirklich.) Ein Vögelchen habe es Mrs. M. erzählt, eine Freundin beider Damen, die liebe, gute kleine Schwester Brandon, die sie engagiert hätten – und hier schweifte das Gespräch in Geheimnisse ab, die ich bestimmt nicht enthüllen werde. Es soll genügen, daß Mrs. Mugford eine von Mrs. Brandons besten, wohlwollendsten und stetigsten Patroninnen war – oder darf ich lieber Matronen sagen? – und von der Kleinen Schwester einen ungemein vorteilhaften Bericht über uns erhalten hatte. Und hier gab Mrs. Pendennis nicht nur die Äußerungen unserer Gastgeberin, sondern auch ihre Sprechweise und ihren Ton wörtlich wieder. „Ja, Ma'am", teilt Mrs. Mugford Mrs. Pendennis mit, „unsere Freundin hat mir von einem *gewissen Gentleman* erzählt, dessen Name nicht genannt sein soll. Er hat eine kalte, um nicht zu sagen hochmütige Art an sich. Manchmal scheint es, er lacht über die Leute – sagen Sie nicht nein; ich habe ihn ein- oder zweimal beim Dinner getroffen, ihn und auch Mr. Firmin. Aber er ist ein treuer Freund, Mrs. Brandon sagt das. Und wenn man ihn näher kennt, ist sein Herz gut." Ist es das? Amen. Ein prominenter Schriftsteller, nicht aus allerjüngster Zeit, hat eine Komödie verfaßt, deren heitere Moral lautet, wir seien „nicht so schlecht, wie wir scheinen". Sind wir das nicht? Noch einmal amen. Gib uns deine ehrliche Hand, Jago! Tartuffe, wie hat die Welt dich verkannt! Macbeth! schlag dir die kleine Affäre mit dem Mord aus dem Sinn. Es war eine vorübergehende Schwäche; und wer ist nicht hin und wieder schwach? Blifil, einen so verleumdeten

Menschen wie dich gibt es nicht noch einmal! O Menschheit! Wir haben uns in dir geirrt! Laßt uns aus allen Gebetbüchern den vulgären Ausdruck „elende Sünder“ austilgen, die Luken aller Gefangenentransportschiffe aufreißen, die Ketten aller Sträflinge zerbrechen und alle Besteckkästen aufschließen.

Während wir auf dem Heimweg Mr. Mugfords Gesellschaft besprachen, nutzte ich die Gelegenheit aus, um Philip darauf hinzuweisen, welche berechtigten Hoffnungen auf Hilfe von seinem reichen Verwandten er sich machen könne, und nötigte ihm tatsächlich das Versprechen ab, am nächsten Tag Mylord seine Aufwartung zu machen. Nun, wenn Philip Firmin etwas gegen seinen Willen tat, so tat er es mißlaunig. Wenn er über etwas nicht erbaut ist, gibt er nicht vor, darüber glücklich zu sein; und wenn Mr. Firmin mürrisch ist, ist er ein ganz unangenehmer Zeitgenosse. Obwohl er mir später hinsichtlich der Geschehnisse kein einziges Mal Vorwürfe machte, gestehe ich, daß ich seither grausame Gewissensbisse hatte. Hätte ich ihn nicht zu jenem Pflichtbesuch bei seinem Großonkel geschickt, wäre es vielleicht nie zu dem gekommen, was geschah. Ich habe es gut gemeint, und das beteuere ich, wie sehr ich auch die Folgen beklagen mag, die daraus erwuchsen, daß der arme Kerl meinem Rat folgte.

Hielt sich Philip in London von Lord Ringwood fern, so dürfen Sie überzeugt sein, daß Philips liebe Vettern Seine Lordschaft hofierten und keine Gelegenheit ausließen, ihre ehrfurchtsvolle Anteilnahme zu erweisen. War Lord Ringwood unpäßlich? Mr. Twysden oder Mrs. Twysden oder die lieben Mädchen oder ihr Bruder Ringwood fanden sich täglich im Vorzimmer Seiner Lordschaft ein und erkundigten sich nach seinem Befinden. Sie bückten sich respektvoll vor Lord Ringwoods Haushofmeister. Sie hätten ihm Geld gegeben, wie sie stets behaupteten, nur, welche Summe konnten sie einem Mann wie Rudge schon anbieten? Sie versuchten tatsächlich, Mr. Rudge mit ihrem Wein zu bestechen, der ihn zu gräßlichen Grimassen veranlaßte. Immer krochen und lächelten sie vor ihm. Ich hätte gern diese stille Mrs. Twysden gesehen, diese gelassene, kultivierte Frau, die ihre liebste Freundin schneiden würde, wenn ein Unglück sie träfe oder die Welt ihr den Rücken zukehrte – ich hätte sie gern gesehen und *kann* sie im Geiste sehen, geziert lächelnd und scharwenzelnd und diesem Lakaien schmeichelnd. Sie machte Mr. Rudge billige Geschenke; sie lächelte ihn an und erkundigte sich nach seiner Gesundheit. Und natürlich ging ihm auch Talbot Twysden auf seine fidele Art um den Bart. Ein Zwinkern und ein Nicken und ein herzliches „Wie geht es Ihnen?" – und dann (nachdem die angemessenen Erkundigungen über Seine Lordschaft vorgebracht und beantwortet waren) hieß es: „Rudge! Ich glaube, meine Haushälterin hat ein gutes Glas Portwein in ihrem Zimmer, falls Sie zufällig dort vorbeikommen und Mylord Sie nicht gerade braucht!" Und ich kann mir ausmalen, wie Mr. Rudge sich mit ernster Höflichkeit vor Mr. und Mrs. Twysden verbeugt und ihnen dankt und in Mrs. Blenkinsops kärgliches Zimmer hinabsteigt, wo der Portwein bereits wartet – und falls Mr. Rudge und Mrs. Blenkinsop sich gut miteinander stehen, kann ich mir ausmalen, wie sie die Charaktere und Eigenheiten der Leute oben durchhecheln. Dienstboten tun das manchmal wirklich! Und wenn Hausherr und Hausfrau Blender sind, kommt dieses erbärmliche Gesinde ihnen manchmal auf die Spur.

Nun, kein Herzog konnte sich der dienenden Schar gegenüber stolzer und herablassender als Mr. Philip Firmin geben. Zu der Zeit, als er noch Geld in der Tasche hatte, spendete er Mr. Rudge von seinem Überfluß; und als er arm war, erinnerte sich der Mann seiner Großzügigkeit und erklärte – in einem auserlesenen Kreis und in Gesellschaft des Verwandten einer Person, von der ich die Auskunft habe –, erklärte also in Gegenwart Hauptmann Ganns an der Clubtafel im „Admiral B-ng", Mr. Eff sei immer großartig aufgetreten. Aber seit er erledigt sei, wolle er, Rudge, „verflucht sein, wenn dieser junge Kerl nicht noch großspuriger auftritt als früher". Und Rudge mochte diesen armen jungen Menschen wahrhaftig mehr als die Familie in der Walpole Street, die Mr. R. und seinesgleichen als „eine schäbige Bande" bezeichnete. Und tatsächlich gab Rudge Philip genauso wie ich den Rat, Seine Lordschaft aufzusuchen.

Als Philip Firmin endlich seinen zweiten Besuch abstattete, sagte Mr. Rudge: „Ich glaube, Sir, Mylord wird Sie empfangen. Er hat von Ihnen gesprochen. Er ist sehr unpäßlich. Ich glaube, er steht vor einer Gichtattacke. Ich melde ihm, daß Sie da sind." Und als er nach kurzem Verschwinden und mit ziemlich erschrockener Miene zu Philip zurückkam, gab er die Erlaubnis zum Eintreten an ihn weiter und warnte ihn noch einmal mit den Worten: „Mylord geht es ganz übel."

Tatsächlich rief Mylord, wie wir hinterher auf dem vorhin genannten Weg erfuhren, auf die Nachricht von Philips Kommen: „*Ist* er gekommen, he? Zum Henker mit ihm, schicken Sie ihn rein"; wobei er, wie ich zu sagen genötigt bin, statt des Wortes „Henker" einen viel stärkeren Ausdruck gebrauchte.

„Ach, du bist es also?" sagt Mylord. „Du bist schon mächtig lange in London. Twysden hat mir gestern von dir erzählt."

„Ich war schon einmal hier", sagte Philip ganz ruhig.

„Ich staune, daß du die Stirn hast, überhaupt herzukommen, Sir!" ruft der alte Mann und starrt Philip wild an. Das Antlitz Seiner Lordschaft war gummiguttfarben, seine edlen Augen waren blutunterlaufen und quollen hervor, seine Stimme, immer sehr scharf und grell, war jetzt besonders mißtönend, und aus dem Krater seines Mundes entluden sich donnernde Flüche.

„Die Stirn! Mylord?" sagt Philip, immer noch ganz sanftmütig.

„Ja, wenn du das ein Gesicht nennst, was mit Haar überzogen ist wie bei einem Pavian!" knurrte Mylord und zeigte die Hauer. „Twysden war gestern abend hier und erzählt mir nette Neuigkeiten von dir."

Philip wurde rot; er wußte, worin die Neuigkeit höchstwahrscheinlich bestand.

„Twysden sagt, daß du jetzt, wo du ein Bettler bist, beim heiligen George, und vom Steineklopfen lebst – ein so verfluchter, blöder, gottverdammter Narr gewesen bist, dich mit noch so einer Bettlerin zu verloben!"

Der arme Philip wechselte die Farbe von Rot zu Weiß und sprach langsam: „Verzeihung, Mylord, Sie sagten ..."

„Ich sagte, du bist ein gottverdammter Narr, Sir!" brüllte der alte Mann, „kannst du nicht hören?"

„Ich glaube, ich bin ein Mitglied Ihrer Familie, Mylord", sagt Philip und steht auf. Bei einem Streit wurde er manchmal hitzig und sagte gründlich seine Meinung. Manchmal jedoch, und dann war er am gefährlichsten, gab er sich ganz besonders ruhig und steif à la Grandison.

„Irgendein verfluchter Abenteurer, der dachte, du würdest Geld von mir kriegen, hat dich für seine Tochter geangelt, was?"

„Ich habe mich mit einer jungen Dame verlobt, und ich bin der ärmere von uns beiden“, erklärt Philip.

„Sie glaubt, du kriegst Geld von mir“, fährt Seine Lordschaft fort.

„Glaubt sie das? Ich habe es nie geglaubt!“ gab Philip zurück.

„Bei Gott, du kriegst auch keins, es sei denn, du gibst diesen Unsinn mit dem Frauenzimmer auf.“

„Ich gebe sie nicht auf, Sir, und ich werde ohne das Geld auskommen“, verkündete Mr. Firmin ganz keck.

„Zum Tartarus mit dir!“ kreischte der alte Mann.

„Worauf“, berichtete uns Philip, „ich sagte: ‚Seniores priores, Mylord‘ und mich umdrehte. Ihr seht also, wenn er mir etwas vermachen wollte, und er sagte beinahe etwas in dem Sinne, daß er das vorhätte, ist diese Chance jetzt verpaßt, und ich habe ein nettes Tagewerk vollbracht.“ Und ein nettes Tagewerk war es. Und ich war es, der ihn darangesetzt hatte! Nicht nur machte mein braver Philip mir keine Vorwürfe, daß ich ihn zu diesem Gang veranlaßt hatte, sondern er nahm die Schuld für die ganze Geschichte auf sich. „Seit ich verlobt bin“, sagte er, „werde ich furchtbar habgierig und bin in Geldsachen fast so gemein wie diese Twysdens. Ich habe vor diesem alten Mann gekatzbuckelt, ich bin vor seinen gichtigen Füßen gekrochen. Na, ich könnte von hier bis zum St.-James-Palast kriechen, um Geld für meine kleine Charlotte zu beschaffen.“ Philip katzbuckeln und kriechen! Gäbe es keine geschmeidigeren Akrobaten als Philip Firmin, wäre der Kotau eine vergessene Kunst, wie das Menuet de la Cour. Doch fürchtet nichts, ihr Großen! Der Rücken des Menschen wurde zum Bücken geschaffen, und das Geschlecht der Parasiten steht immer noch in gutem Ruf.

Als unser Freund uns erzählte, wie seine kurze Unterredung mit Lord Ringwood begonnen und geendet hatte, schämten sich meiner Meinung nach jene, die Philip geraten hatten, seinem Großonkel aufzuwarten, doch recht ihrer Weltklugheit und des Rates, den sie erteilt hatten. Wir hätten unseren Huronen gut genug kennen müssen, um uns über die Gefährlichkeit des Experiments im klaren zu sein, ihn zum Katzbuckeln in Vorzimmern von Lords auszuschicken. War nicht damit zu rechnen, daß seine Ellbogen höfisches Porzellan zerbrachen, seine Füße auf eine Spitzenschleppe traten und sie zerrissen? Also hatten wir nichts weiter erreicht, als ein Zerwürfnis zwischen ihm und seinem Gönner herbeizuführen. Lord Ringwood versicherte, er habe die Absicht gehabt, Phil Geld zu vermachen; und indem wir den armen Kerl in das Krankenzimmer des alten Edelmanns drängten, hatten wir einen Streit zwischen den Verwandten verursacht, so daß sie sich im Zorn und unter gegenseitigen Drohungen trennten. „Ach du lieber Gott!" stöhnte ich bei ehelichen Zwiegesprächen. „Wir müssen ihn aus dem Wege schaffen. Als nächstes wird er Mugford ohrfeigen und Mrs. Mugford ins Gesicht sagen, sie sei eine schwatzhafte, gewöhnliche Person und eine Langweilerin." Er brannte darauf, zu seiner Arbeit – oder wohl eher zu seiner Liebsten – in Paris zurückzukehren. Wir versuchten nicht, ihn aufzuhalten. Aus Angst vor weiteren Zwischenfällen waren wir sehr darauf aus, daß er abreiste. Niedergeschlagen und traurig begleitete ich ihn ans Schiff nach Boulogne. Er bezahlte seinen Platz in der zweiten Klasse und sagte mannhaft Lebewohl. Eine stürmische Nacht, ein nasses, schlüpfriges Deck, eine Menge arg zerzauster Mitpassagiere und mitten unter ihnen der arme Philip in einem dünnen Mantel, das blonde Haar und der Bart im Wind flatternd. Ich sehe den Dampfer jetzt noch vor mir, den ich mit ich weiß nicht welchen Gefühlen der Zerknirschung und Scham verließ. Warum nur hatte ich Philip losgeschickt, diesen seinen grausamen, herrschsüchtigen Gönner zu besuchen? Warum nur ihn zu jenem nutzlosen Akt der Unterwürfigkeit gezwungen? Lord Ringwoods Grobheiten waren allgemein berüchtigt. Ein böser, ausschweifender, zynischer alter Mann! Und wir mußten versuchen, uns diesem Dämon der Ungerechtigkeit anzubiedern und den armen Philip dazu bringen, sich vor ihm zu verneigen und ihm zu schmeicheln! Ach, mea culpa, mea culpa! Der Wind wehte scharf in jener Winternacht, und viele Dachziegel und Schornsteinaufsätze flogen herab; und als ich daran dachte, wie der arme Philip in der schmutzigen Kabine zweiter Klasse hin- und herrollte, warf ich mich sehr unbehaglich in meinem eigenen Bett herum.

Am nächsten Tag schaute ich in Bays's Club und stieß dort auf beide Twysdens. Als ich hereinkam, hielt sich der Parasit von Vater gerade am Knopf eines großen Mannes fest. Das kleine Reptil von Sohn kam in Rittmeister Woolcombs Brougham in Gesellschaft dieses vornehmen Mulattenoffiziers in den Club.

Sie musterten mich mit eigenartigen Blicken. Ich war mir dessen sicher. Talbot Twysden, der sein lautes, prahlerisches Geschwätz dem armen Lord Lepel ins Ohr dröhnte, beäugte mich mit einem triumphierenden Blick und sprach und renommierte so, daß ich es hören mußte. Ringwood Twysden und Woolcomb, die Absinth tranken, um ihren vortrefflichen Appetit anzuregen, wechselten grinsend Blicke. Woolcombs Augen hatten die Farbe des Absinths, den er schluckte. Ich sah zwar nicht, daß Twysden einen von Lord Lepels Knöpfen abriß, aber dieser Edelmann zog sich mit erschrockener Miene rasch von seinem kleinen Plagegeist zurück. „Zum Teufel mit ihm, lassen Sie ihn doch einfach sitzen und kommen Sie zu mir!" hörte ich den edelmütigen Twysden sagen. „Ich erwarte Ringwood und noch ein, zwei Gäste." Bei diesem Vorschlag murmelte Lord Lepel mit unsicherer Stimme, er könne seine Verabredung nicht brechen, und flüchtete aus dem Club.

Twysdens Dinners, das wurde dem geneigten Leser bereits mitgeteilt, waren berüchtigt, und er gab ständig damit an, Lord Ringwood zu Gast zu haben. Nun traf es sich so, daß an ebendiesem Abend Lord Ringwood mit dreien seiner Anhänger, feilen Begleitern oder Schmarotzern, bei Bays's dinierte, denn er hatte vor, sich eine Pantomime anzusehen, in der eine besonders hübsche junge Columbine auftrat. Irgendeiner der Anwesenden warf Seiner Lordschaft scherzend zu: „Aber Sie dinieren doch bei Talbot Twysden. Eben noch hat er gesagt, daß er Sie erwartet."

„Hat er das gesagt?" gab Seine Lordschaft zurück. „Dann hat Talbot Twysden verdammt noch mal gelogen!" Und der kleine Tom Eaves, mein Gewährsmann, merkte sich diese denkwürdigen Worte wegen eines Umstands, der jetzt fast unmittelbar darauf folgte.

Nur wenige Tage nach Philips Abreise kam unsere Freundin, die Kleine Schwester, zu uns an den Frühstückstisch, einen Ausdruck großer Sorge und Niedergeschlagenheit auf dem guten kleinen Gesicht. Den Grund für diesen Kummer erklärte sie uns, sobald unsere Kinder sich in ihr Schulzimmer getrollt hatten. Wir haben unter Mrs. Brandons Freunden und als einen der ständigen Gefährten ihres Vaters den wackeren Mr. Ridley erwähnt, Vater des berühmten Malers gleichen Namens, der selbst von viel zu ehrenhaftem und edlem Charakter war, als daß er sich seiner bescheidenen väterlichen Abkunft geschämt hätte. Die Beziehungen zwischen Vater und Sohn konnten indes nicht besonders eng oder vertraut sein; zumal während der Kinderzeit des jüngeren Ridley sein Vater, der nichts von den schönen Künsten verstand, den Jungen als kränkliches, beschränktes Geschöpf betrachtet hatte, das seinen Eltern nichts als Kummer und Last zu sein verspreche. Doch als J. J. Ridley, Esq., sich in seinem Beruf auszuzeichnen begann, gingen seinem Vater die Augen auf. An Stelle von Gleichgültigkeit und Verachtung blickte er jetzt mit einer aufrichtigen, naiven Bewunderung zu seinem Sohn auf, und oft hat er unter Tränen geschildert, welche Freude und welchen Stolz er an dem Tag empfand, als er John James am Tisch seines Herrn, Lord Todmordens, aufwarten durfte. Ridley senior spürte jetzt, daß er seinen Jungen in dessen Kinderjahren unfreundlich und ungerecht behandelt hatte, und mit ganz rührender Demut erkannte der alte Mann seine frühere Ungerechtigkeit an und bemühte sich, sie jetzt durch Achtung und Liebe wiedergutzumachen.

Obwohl die Liebe zu seinem Sohn und die Freude an der Gesellschaft Hauptmann Ganns Mr. Ridley oft in die Thornhaugh Street und in den Club im „Admiral Byng“ zogen, in dem beide tonangebende Mitglieder waren, gehörte Ridley senior noch anderen Clubs im West End an, wo Lord Todmordens Butler mit den Butlern anderer Adliger geselligen Umgang pflegte; und wie ich höre, hieß Ridley in diesen Clubs weiter „Todmorden“, noch lange, nachdem seine Verbindung mit jenem ehrwürdigen Edelmann geendet hatte. Allerdings hieß er weiter Todmorden, genau wie Lord Popinjoy bei seinen alten Freunden immer noch Popinjoy heißt, obwohl sein Vater tot ist und Popinjoy, wie jedermann weiß, gegenwärtig Graf von Pintado ist.

In einem dieser Clubs ihres Standes traf Lord Todmordens Diener regelmäßig mit Lord Ringwoods Diener zusammen, wenn Ihre Lordschaften (Herr und Diener) in der Stadt weilten. Diese Gentlemen schätzten einander; und wenn sie zusammentrafen, eröffneten sie einander ihre Ansichten über die Gesellschaft und ihre Meinung über den Charakter der verschiedenen edlen Lords und einflußreichen Bürgerlichen, denen sie dienten. Mr. Rudge war in allem über Philip Firmins Angelegenheiten unterrichtet, über die Flucht des Arztes, über Philips großmütiges Verhalten. „Großmütig! *Ich* nenne es admirabel!" bemerkte der alte Ridley, während er diesen Charakterzug unseres Freundes und seine derzeitige Lage schilderte. Und Rudge stellte Philips mannhaftes Verhalten dem Benehmen mancher *Kriecher* gegenüber, die wo er nicht nennen wollte, die aber den armen jungen Menschen immerzu hinter seinem Rücken schlechtmachten und sich an Mylord anschmierten, und größere Knicker und gemeinere Blender habe es noch nie gegeben; und über Geschmäcker lasse sich nicht streiten, aber er, Rudge, würde *seine* Tochter mit keinem Schwarzen nicht verheiraten.

Nun, als Mr. Firmin bei Mylord Ringwood vorsprach, hatte Mylord einen seiner allerschlechtesten Tage, und es war fast so gefährlich, sich ihm zu nähern, wie einem bengalischen Tiger. „Kurz vor einer Gichtattacke", bemerkte Mr. Rudge, „ist Seine Lordschaft immer schrecklich. Er flucht und wettert wirklich mit jedem; sogar die Geistlichkeit und die Damen nicht ausgespart. An ebendem Tag, wo Mr. Firmin kam, hatte er Mr. Twysden gesagt: ‚Raus mit Ihnen, und kommen Sie mir nie wieder den Jungen, diesen armen Teufel, verleumden und anschwärzen und heruntermachen. Das ist hundsgemein, beim George – das ist hundsgemein.' Und Twysden kam mit eingezogenem Schwanz raus, und er sagt zu mir: ‚Rudge', sagt er, ‚Mylord geht es heute ganz besonders schlecht.' Na gut. Er war noch keine Stunde weg, da kommt der arme Philip, zu seinem Pech, und Mylord, der gerade von Twysden alles über diese junge Frau gehört hatte – diese Person in Paris, Mr. Ridley – und es *ist* so ziemlich die größte Dummheit, von der ich überhaupt gehört habe –, Mylord fährt auf den armen jungen Kerl los und betitelt ihn noch schlimmer als Twysden. Aber Mr. Firmin ist nicht diese Sorte Mann, der nicht. *Er* läßt sich von keinem Menschen beschimpfen; und ich nehme an, er zahlte Mylord mit gleicher Münze zurück, denn ich hörte, wie Mylord fürchterlich auf ihn loswetterte, habe ich gehört, mit meinen eigenen Ohren. Wenn Mylord die Gicht in den Knochen steckt, ist er furchtbar, das sage ich ja. Wenn er sein Colchicum einnimmt, ist er noch schlimmer. Also, zu Weihnachten haben wir in Whipham eine Gesellschaft, und nach Whipham müssen wir. Und da hat er vorgestern abend sein Colchicum eingenommen, und heute war er in solch furchtbarer

Raserei, fluchte, tobte und schnauzte alle an, er war sozusagen *rotglühend.* Und als Twysden und Mrs. Twysden an dem Tag kamen – (wenn man diesen Kerl zur Haustür rausschmeißt, kommt er bei Gott grinsend den Schornstein herab) –, wollte er keinen von beiden empfangen. Und er brüllte mir hinterher: ‚Wenn Firmin kommt, die Treppe runterschmeißen – verstanden?' mit einer ganzen Kette von Flüchen und Schimpfwörtern gegen den armen Kerl, und er schwor, er wollte sein verdammtes unverschämtes Gesicht nie wieder sehen. Aber das war noch nicht alles, Ridley. Noch denselben Tag ließ er Bradgate kommen, seinen Rechtsanwalt. Er ließ sich sein Testament vorlegen, das ich selbst als Zeuge mit unterschrieben habe – ich und Wilcox, der Hotelbesitzer –, und ich weiß, daß er Firmin darin etwas vermacht hatte. Mein Wort darauf. Mit diesem armen jungen Kerl hat er nichts Gutes vor."

Mr. Ridley gab seiner kleinen Freundin Mrs. Brandon dieses Gespräch ausführlich wieder, kannte er doch die Anteilnahme, die Mrs. Brandon für den jungen Gentleman hegte. Und mit dieser unerfreulichen Neuigkeit eilte Mrs. Brandon davon, um sich mit jenen zu beraten, die – so beliebte die gute Pflegerin zu behaupten – Philips beste Freunde auf der Welt waren. Wir wünschten, wir hätten der Kleinen Schwester Mut machen können: aber alle Welt wußte, was Lord Ringwood für ein Mann war – wie launisch, wie rachsüchtig, wie grausam.

Ich kannte Mr. Bradgate, den Rechtsanwalt, mit dem ich geschäftlich zu tun hatte, und ging zu ihm, mehr darauf aus, über Philips Belange mit ihm zu sprechen als über meine eigenen. Ich nehme an, ich ging zu eifrig auf mein Ziel zu, denn Bradgate erkannte den Sinn meiner Fragen nur zu bald und weigerte sich, sie zu beantworten. „Mein Klient und ich sind nicht die engsten Freunde auf der Welt", sagte Bradgate, „aber ich muß seine Absichten für mich behalten und darf Ihnen nicht sagen, ob Mr. Firmins Name im Testament Seiner Lordschaft genannt wird oder nicht. Wie soll ich das wissen? Er kann sein Testament geändert haben. Er kann Firmin Geld vermacht haben; er kann ihm keines vermacht haben. Ich hoffe, der junge Firmin rechnet nicht auf ein Vermächtnis. Das ist alles. Vielleicht wird er enttäuscht, wenn er darauf rechnet. Sogar *Sie* können auf ein Legat von Lord Ringwood hoffen und werden vielleicht enttäuscht. Ich kenne Dutzende Menschen, die sich etwas erhoffen und die keinen Penny bekommen werden!" Und das war die ganze Antwort, die ich damals aus dem orakelhaften kleinen Rechtsanwalt herausbekam.

Ich erzählte es meiner Frau, wie natürlich jeder pflichttreue Mann jeder pflichttreuen Ehefrau alles erzählt; doch obwohl Bradgate uns kaum Mut machte, blieb irgendwie immer noch eine heimliche Hoffnung, der alte Edelmann werde unseren Freund bedenken. Dann würde Philip Charlotte heiraten. Dann würde er noch viel mehr Geld bei seiner Zeitung verdienen. Dann würde er für immer glücklich werden. Meine Frau zählt die Eier nicht erst, bevor sie ausgebrütet sind, sondern bevor sie gelegt werden. So einen hartnäckig hoffnungsvollen Charakter trifft man selten. Ich wiederum betrachte die Dinge vernünftig und pessimistisch; und wenn sie sich besser entwickeln, als ich es erwarte – wie es gelegentlich vorkommt –, gebe ich mit freundlicher Milde zu, daß ich mich geirrt habe.

Doch bald kam ein Tag, da es Mr. Bradgates Hinweis nicht mehr bedurfte, oder anders gesagt, da er sich hinsichtlich seines adligen Klienten nicht mehr an die Schweigepflicht gebunden fühlte. Es war zwei Tage vor Weihnachten, und ich machte meinen gewohnten Nachmittagsbummel zu Bays's, wo weitere habitués des Clubs versammelt waren. Unter den Besuchern des Hauses herrschte nicht wenig Aufregung und Stimmengewirr. Talbot Twysden traf stets zehn Minuten nach vier bei Bays's ein und balgte sich um die Abendzeitung, als wäre ihr Inhalt für Talbot von größter Wichtigkeit. Er hielt Leute an den Knöpfen fest und trug ihnen mit überwältigendem Ernst und Nachdruck den Leitartikel aus dieser Zeitung vor. An diesem Tag kam er etwa zehn Minuten nach seiner gewohnten Zeit im Club an. Andere Gentlemen waren in das Abendblatt vertieft. Die Lampen auf den Tischen schienen auf die kahlen Köpfe, die grauen Köpfe, gefärbten Köpfe und die Perücken vieler versammelter alter Knaben – ein Raunen durchlief das Lesezimmer. „So plötzlich." – „Gicht auf den Magen geschlagen." – „Hat erst vor vier Tagen hier diniert." – „Sah sehr gut aus." – „Sehr gut? Nein! Hab mein Lebtag keinen Mann gesehen, der schlechter aussah." – „Gelb wie eine Guinea." – „Konnte nicht essen." – „Hat die Kellner furchtbar angefahren, und auch Tom Eaves, der mit ihm aß." –

„Sechsundsiebzig, lese ich. Im selben Jahr wie der Herzog von York geboren.“ – „Vierzigtausend im Jahr.“ – „Vierzig? Achtundfünfzigtausenddreihundert, sage ich Ihnen. War immer aufs Sparen aus.“ – „Besitz geht an seinen Vetter, Sir John Ringwood; hier nicht Mitglied – Mitglied bei Boodle's.“ – „Haßten einander abgrundtief. Mächtig hitziges Temperament, der alte Knabe. Hat die Reform Bill nie verwunden, hieß es früher.“ – „Möchte doch wissen, vermacht er dem alten Duckmäuser Twys . . .“ Hier tritt Talbot Twysden, Esq., ein. „Ha, Oberst! Wie geht es Ihnen? Was gibt es heute abend Neues? Bin im Büro aufgehalten worden, mußte Konten durchgehen. Fahre morgen nach Whipham, um Weihnachten mit dem Onkel meiner Frau zu verbringen – Ringwood, Sie wissen. Fahre immer zu Weihnachten nach Whipham. Hebt die Fasane für uns auf – bin selbst kein Jäger mehr. Hab die Nerven nicht mehr, verdammt!“

Während der prahlerische kleine Kerl dieses großspurige Geschwätz von sich gab, sah er die auf ihn gehefteten vielsagenden Blicke nicht, oder wenn er sie bemerkte, freute er sich vielleicht über die Aufmerksamkeit, die er erregte. Bays's hallte seit langem von Twysdens Auslassungen über Ringwood wider, über die Fasane, seinen eigenen Verlust der Nerven bei der Jagd und die Summe, die seine Familie beim Tode ihres adligen Verwandten erben würde.

„Ich glaube, ich habe Sie sagen hören, Sir John Ringwood erbt nach Ihrem Verwandten?“ erkundigte sich Mr. Hookham.

„Ja – den Besitz, nicht den Titel. Die Grafenwürde fällt Mylord und seinen Erben zu, Hookham. Warum sollte er nicht wieder heiraten? Ich sage ihm oft: ‚Ringwood, warum heiraten Sie nicht, und wäre es nur, um diesen Whig Sir John zu enttäuschen? Sie sind frisch und munter, Ringwood. Sie können noch zwanzig, fünfundzwanzig Jahre leben. Wenn Sie Ihrer Nichte und meinen Kindern etwas vermachen, wir haben es nicht so eilig zu erben‘, sage ich, ‚warum heiraten Sie nicht?‘“

„Ach, Twysden, mit dem Heiraten ist es für ihn vorbei“, seufzt Mr. Hookham.

„Durchaus nicht. Nüchterner Mann jetzt. Rüstiger Mann. Ungeheuer kräftiger Mann. Gesunder Mann, bis auf die Gicht. Ich sage ihm oft: ‚Ringwood!‘, sage ich . . .“

„Ach, um Himmels willen! Machen Sie ein Ende“, stöhnt der

alte Mr. Tremlett, den es beim Klang der Stimme des armen Twysden immer zu schaudern beginnt. „Sagt es ihm doch, irgend jemand soll . . .“

„Haben Sie es nicht gehört, Twysden? Haben Sie es nicht gelesen? Wissen Sie es nicht?“ fragt Mr. Hookham ernst.

„Gehört, gelesen, wissen – was denn?“ ruft der andere.

„Lord Ringwood ist etwas zugestoßen. Schauen Sie in die Zeitung. Hier steht es.“

Und Twysden holt seine große goldene Brille hervor, hält die Zeitung so weit von sich ab, wie sein kurzer Arm nur reicht, und – ihr himmlischen Mächte! – doch ich will es nicht auf mich nehmen, die Qual auf jenem edlen Antlitz zu schildern. Wie der Maler Timanthes verhülle ich diesen Agamemnon mit einem Schleier. Ich werfe die Zeitung „Globe“ über ihn. Illabatur orbis – und überlasse es der Phantasie, unseren Twysden unter den Ruinen abzubilden.

Was Twysden im „Globe“ las, war nur ein kurzer Absatz; doch in der „Times“ vom nächsten Morgen stand einer jener Nachrufe, denen prominente Edelleute allgemein unterworfen werden, aus der Feder des geheimnisvollen Nekrographen, den dieses Blatt sich hält.

22. KAPITEL

Pulvis et umbra sumus

Tatsache ist: Der erste und einzige Graf von Ringwood ist dem Geschick erlegen, das Peers und Bürgern gleichermaßen bestimmt ist. Recht eilig seinem prachtvollen Landsitz bei Whipham Market zustrebend, wo er eine illustre Weihnachtsgesellschaft bewirten wollte, verließ Seine Lordschaft London, noch kaum wiederhergestellt von einer Attacke der Gicht, die ihn seit vielen Jahren zum Märtyrer machte. Das Leiden muß ihm auf den Magen geschlagen sein und ihn ganz plötzlich überwältigt haben. Dreißig Meilen von seinem fürstlichen Wohnsitz entfernt, in Turreys Regum, wo er auf seinen beinahe königlichen Reisen zu seiner Heimstatt zu dinieren pflegte, machte er bereits furchtbare Leiden durch, denen seine Dienerschaft nicht die gebührende Aufmerksamkeit schenkte; denn wenn er an dieser äußerst schmerzhaften Krankheit litt, stieß er laute Schreie aus, und seine Ausdrucksweise und sein Verhalten waren überaus heftig. In Turreys lehnte er es zornig ab, ärztliche Hilfe kommen zu lassen, und bestand darauf, die Heimreise fortzusetzen. Er war noch einer der alten Schule, der nie eine Eisenbahn besteigen wollte (obwohl sein Vermögen durch die Streckenführung der Eisenbahn über seinen Grundbesitz eine gewaltige Steigerung erfuhr); und stets erwarteten ihn seine eigenen Pferde in Popper's Tavern, einem unbekannten Weiler siebzehn Meilen vor seinem stolzen Wohnsitz. Bei der Ankunft in Popper's gab er kein Zeichen und sprach kein Wort, zur nunmehr ernsten Besorgnis seiner Bedienten. Als sie näher traten, um seine Kutschlaternen anzuzünden und in seine Reisekutsche zu blicken, war der Herr über viele tausend Acker und, dem Gerücht nach, ungeheuren Reichtum tot. Die Fahrt von Turreys her war die letzte Etappe eines langen, gedeihlichen und, wenn nicht ruhmreichen, so doch zumindest berüchtigten und glanzvollen Lebenslaufes gewesen.

„Weiland John George, Graf und Baron Ringwood und Viscount Cinqbars, trat in der gefahrdrohenden Periode vor der Französischen Revolution ins öffentliche Leben. Er begann seine Laufbahn als Freund und Gefährte des Prinzen von Wales. Als Seine Königliche Hoheit von der Whigpartei abfiel, schloß sich auch Lord Ringwood politisch den Tories an, und die Grafenwürde war der Lohn für seine Treue. Doch als Lord Steyne in das Marquisat erhoben wurde, haderte Lord Ringwood eine Zeitlang mit seinem königlichen Gönner und Freund, hielt er doch seine eigenen Verdienste für ungerecht geringgeschätzt, da ihm die gleiche Würde nicht verliehen wurde. Bei verschiedenen Anlässen stimmte er gegen die Regierung und veranlaßte seine Abgeordneten im Unterhaus, mit den Whigs zu stimmen. Er versöhnte sich nie mehr mit weiland Seiner Majestät George IV., über den er sich auf seine ungeschminkte Art zu äußern pflegte. Jedoch trieb das Herannahen der Reform Bill diesen Edelmann endgültig auf die Seite der Tories, deren wenn nicht beredter, so doch hitziger Anhänger er seither stets geblieben ist. Er galt als großzügiger Grundherr, sofern seine Pächter nicht seinen Ansichten widersprachen. Sein einziger Sohn starb jung; und wie es heißt, stand Seine Lordschaft mit seinem Verwandten und Nachfolger, Sir John Ringwood von Appleshaw, Baronet, seit langem auf schlechtem Fuße. Die Baronetswürde befindet sich seit der Regierung Georges I. in dieser altehrwürdigen Familie, als der erste unserer hannoveranischen Herrscher Sir John Ringwood in den Adelsstand erhob und Sir Francis, seinen Bruder, einen Richter am Schatzkammergericht, zum Baronet ernannte."

Das war der Artikel, den meine Frau und ich am Morgen des Heiligen Abends lasen, während unsere Kinder für das heranrükkende Fest alle Lampen und Spiegel mit Stechpalme und roten Beeren schmückten. Am Abend vorher hatte ich Philip eilig einen Brief mit der Nachricht geschickt. Wir lebten jetzt in schmerzhafter Spannung um sein Schicksal, das sich in wenigen Tagen entscheiden sollte. Wieder führten mich meine Geschäfte oder die Neugier zu Mr. Bradgate, dem Rechtsanwalt. Er wußte selbstverständlich schon Bescheid. Er war nicht abgeneigt, darüber zu reden. Der Tod seines Klienten entsiegelte teilweise die Lippen des Anwalts: ich muß sagen, Bradgate äußerte sich auf eine für seinen dahingegangenen adligen Klienten nicht schmeichelhafte Weise. Die Grobheiten des verstorbenen Edelmanns seien wirklich schwer erträglich gewesen. Anläßlich ihres letzten Zusammentreffens hätten seine Flüche und sein beleidigendes Benehmen besonders abstoßend gewirkt. Er habe fast jeden seiner Verwandten schlechtgemacht. Sein Erbe, so sagte er, sei ein geschwätziger republikanischer Windbeutel. Er habe einen Verwandten (den Mr. Bradgate, wie er sagte, nicht nennen wolle), der ein intriganter, großmäuliger, verlogener, speichelleckerischer Schmarotzer sei, ständig um ihn herumschwänzele und seinen Tod herbeiwünsche. Und er habe noch einen Verwandten, den unverschämten Sohn eines betrügerischen Arztes, der ihn eben vor zwei Stunden in seinen eigenen vier Wänden beleidigt habe – einen Kerl, der ein Bettler sei und eine Brut fürs Armenhaus hervorbringen werde; denn nach dessen unverschämtem Auftreten wolle er (Lord Ringwood) in die tiefste Höhle Acherons verdammt sein, ehe er diesem Lumpen einen Penny seines Geldes gäbe. „Und Seine Lordschaft forderte mich auf, ihm sein Testament zurückzuschicken", berichtete Mr. Bradgate. Und er habe dieses Testament vernichtet, bevor er abgereist sei. Es sei beileibe nicht das erste gewesen, das er verbrannt habe. „Und jetzt, wo alles vorbei ist, darf ich Ihnen verraten, daß er dem Enkel seines Bruders in diesem Testament ein schönes Legat vermacht hatte, das Ihrem armen Freund zugefallen wäre, hätte er Mylord nicht während dieser unglücklichen Gichtattacke besucht." Ach, mea culpa! mea culpa! Und wer hat Philip losgeschickt, seinen Verwandten während dieses unglücklichen Anfalls zu besuchen? Wer war so weltklug – so twysdengleich, Philip Schmeichelei und Unterwürfigkeit anzuraten? Ohne diesen Rat könnte er jetzt reich sein; er könnte glücklich sein; er könnte in der Lage sein, seine junge Liebste zu heiraten.

Unsere Weihnachtspute blieb mir im Hals stecken. Die Lichter brannten trübe, und die Küsse und das Lachen unter dem Mistelzweig waren nur ein trübsinniger Spaß. Wie glücklich hätte mein Freund ohne meinen Rat sein können! Ich betrachtete die ehrlichen Gesichter meiner Kinder von der Seite. Was würden sie sagen, wenn sie wüßten, daß ihr Vater einem Freund geraten hatte, sich vor einem reichen, bösen alten Mann zu dukken und zu verneigen und zu demütigen? Ich saß bei der Pantomime so stumm da wie bei einem Begräbnis; das Gelächter der lieben Kleinen traf mich wie ein Vorwurf. Ein Begräbnis? Gerade bestattete man mit Federn und Kerzen und dem großartigen Gepränge des Bestattungsunternehmers und Trauer nach dem Ellenmaß Mylord Ringwood, der Philip Firmin reich gemacht hätte, wäre ich nicht gewesen.

Alle noch nachklingenden Hoffnungen, was unseren Freund betraf, wurden rasch zunichte. In Whipham fand man ein Testament, ein Jahr vorher datiert, in dem der arme Philip Firmin nicht erwähnt war. Kleine Legate – schändlich klein und mager, sagte Twysden – fielen der Familie Twysden zu, dazu das Ganzporträt des verstorbenen Grafen in seiner Krönungsrobe, das meiner Meinung nach seinen überlebenden Verwandten nur zu geringer Befriedigung gereicht haben kann; denn Seine Lordschaft war eine wenig ansehnliche Erscheinung, und der Preis für die Beförderung des großen Bildes von Whipham her war eine Ausgabe, bei der der arme Talbot ein gewaltig schiefes Gesicht zog. Hätten das Bild dreißig- oder vierzigtausend Pfund begleitet, oder auch fünfzigtausend – weshalb hätte er ihnen nicht fünfzigtausend Pfund vermachen sollen? –, wie ganz anders hätte Talbots Trauer ausgesehen! Wohingegen, wenn Talbot die Dinners zusammenzählte, die er Lord Ringwood gegeben hatte und die er allesamt an Hand seiner schlauen Hauptbücher und Journale mühelos ausrechnen konnte, weil dort jedes Festmahl verzeichnet war, bei dem Seine Lordschaft dabeigewesen war, samt jedem anwesenden Gast und jeder getrunkenen Flasche Wein – wenn Twysden diese Rechnung aufstellte, gelangte er zu dem Schluß, daß er ganz entschieden mehr Geld für Mylord ausgegeben hatte, als der alte Mann in seinem Testament zurückzahlte.

Doch die ganze Familie warf sich in Trauer, und Kutscher und Lakai der Twysdens traten zu Ehren des illustren Verstorbenen mit schwarzen geflochtenen Epauletten an die Öffentlichkeit. Nicht alle Tage wird einem Mann die Chance zuteil, öffentlich den Verlust eines mit ihm verwandten Grafen zu beklagen. Ich nehme an, Twysden zog in dieser Angelegenheit viele hundert Menschen ins Vertrauen und betrauerte den Tod seines Onkels und das ihm selbst zugefügte Unrecht, während er sich an viele Dutzend Knopflöcher klammerte.

Und wie trug der arme Philip die Enttäuschung? Er muß sie empfunden haben, denn leider hatten wir ihn selbst in der Hoffnung ermutigt, sein Großonkel werde etwas tun, um seinem Mangel abzuhelfen. Philip schlang sich ein Stück Trauerflor um seinen Hut, hüllte sich in seinen schäbigen alten Mantel und verschmähte jede äußerliche Trauerbekundung. Hätte der alte Mann ihm Geld hinterlassen, wäre es ihm recht gewesen. Da das nicht der Fall war . . . ein Zug an der Zigarre beschließt vielleicht den Satz, und unser Philosoph wendet keinen weiteren Gedanken an seine Enttäuschung. War nicht Philip der Arme genauso stolz und unabhängig wie Philip der Reiche? Das Ringen mit der Armut ist mit drei- oder fünfundzwanzig eine durchaus zuträgliche Rauferei. Die Sehnen sind jung und werden durch den Kampf gekräftigt. Wem die Auseinandersetzung schwerfällt, das sind die Alten, die von mangelnder Gesundheit geschwächt und vielleicht von langen Jahren des Wohlstands verweichlicht sind.

Firmins breiter Rücken vermochte eine schwere Last zu tragen, und er nahm freudig alle Arbeit an, die ihm über den Weg kam. Als Phipps vom „Daily Intelligencer" einen Assistenten brauchte, verkaufte Philip gern vier Stunden seines Tages an Mr. Phipps: übersetzte Seite um Seite aus Zeitungen, französischen und deutschen, unternahm gelegentlich einen Gang zur Abgeordnetenkammer, schrieb Berichte über wichtige Sitzungen und wurde zu einem recht tatkräftigen Stellvertreter. Er begann sogar Geld zu sparen. Freilich trug er entsetzlich schäbige Kleidung, denn Charlotte konnte nicht in sein Zimmer gehen und seine Lumpen ausbessern, wie es die Kleine Schwester getan hatte; doch als Mrs. Baynes seiner schäbigen Erscheinung wegen über ihn herzog – und es muß manchmal wirklich kein Vergnügen gewesen sein, den Burschen in seinen alten Sachen in Madame Smolensks Salons herumstolzieren zu sehen, laut redend, widersprechend und selbstbewußt seine Ansichten verkündend –, verteidigte Charlotte ihren verleumdeten Philip. „Wissen Sie, warum Monsieur Philip diese schäbige Kleidung trägt?“ fragte sie Madame de Smolensk. „Weil er seinem Vater in Amerika Geld geschickt hat.“ Und die gute Smolensk erklärte, Monsieur Philippe sei ein tapferer junger Mann, und er könne wie ein Irokese gekleidet zu ihrer Soirée kommen und wäre deswegen doch willkommen. Und Mrs. Baynes behandelte Philip unwirsch, wenn er anwesend war, und machte verächtliche Bemerkungen in seiner Abwesenheit. Und Philip zitterte vor Mrs. Baynes; und er nahm ihre Ohrfeigen mit großer Demut hin; denn war seine Charlotte nicht eine Geisel in den Händen ihrer Mutter, und konnte nicht Mrs. General B. das arme kleine Geschöpf büßen lassen?

Es traf sich, daß ein, zwei indische Damen aus Mrs. Baynes' Bekanntenkreis den Winter in Paris verbrachten, und diese Damen, die möblierte Wohnungen im Faubourg St-Honoré oder in den Champs-Elysées hatten und in ihren Kutschen, sehr wahrscheinlich mit einem Lakaien auf dem Kutschbock, umherfuhren, behandelten Mrs. Baynes ziemlich von oben herab, weil sie in einer Pension wohnte und keine Equipage hielt. Keine Frau mag es, wenn eine andere Frau sie von oben herab behandelt, und nun gar eine Person wie Mrs. Batters, die Frau des Rechtsanwalts aus Kalkutta, die nicht zur Gesellschaft gehörte und nicht im Government House verkehrte und hier auf den Champs-Elysées herumfuhr und sich dermaßen dicke tat, also wirklich! Ebenso Mrs. Doktor Macoon mit ihrer *Kammerzofe* und ihrem *Koch* und ihrer *offenen Kutsche* und ihrer *geschlossenen Kutsche.* (Bitte lesen Sie diese Worte mit dem vernichtendsten Nachdruck, den Sie ihnen zu verleihen vermögen.) Und wer war denn Mrs. Macoon, bitte schön? Die Tochter Madame Bérets, der französischen Putzmacherin, nicht mehr und nicht weniger. Und diese Kreatur mußte Leute, die über ihr standen, nur weil sie zu Fuß gingen, durch den Dreck ziehen. „Ich sage meinen armen Mädchen, Madame“, teilte sie oft Madame Smolensk mit, „wäre ich eine Putzmacherstochter gewesen, oder wäre ihr Vater ein

Winkeladvokat gewesen und nicht ein Soldat, der seiner Herrscherin in allen Erdteilen gedient hat, wären sie *besser gekleidet* als jetzt, die armen Hühnchen! – wir hätten eine schöne Wohnung im Faubourg St-Honoré – wir brauchten nicht in einer Pension zu wohnen."

„Und wäre *ich* eine Putzmacherin gewesen, Madame la Générale", rief die gute Smolensk temperamentvoll aus, „hätte ich es vielleicht nicht nötig gehabt, eine Pension zu führen. Mein Vater war auch ein hoher Offizier und hat seinem Kaiser gedient. Aber was wollen Sie? Wir alle müssen unangenehme Dinge tun und mit unangenehmen Leuten zusammenleben, Madame!" Und damit macht Madame Smolensk vor Mrs. General Baynes einen stolzen Knicks und wendet sich anderen Dingen oder Gästen zu. Sie teilte die Meinung vieler Freunde Philips. „Ah, Monsieur Philippe", sagte sie ihm, „wenn Sie verheiratet sind, müssen Sie es einrichten, weit weg von dieser Frau zu wohnen – ganz bestimmt."

Als Mrs. Baynes erfuhr, daß Mrs. Batters die Tuilerien besuchen wollte, erfaßte sie ein heftiger Nachahmungstrieb, wie ich zu meinem Bedauern sagen muß, und sie gab keine Ruhe, bis sie ihren General dazu überredet hatte, mit ihr zum Botschafter und zu den Festen des Bürgerkönigs zu gehen, der in jenen Tagen Frankreich regierte. Es werde wenig oder nichts kosten. Charlotte müsse in die Gesellschaft eingeführt werden. Ihre Tante MacWhirter aus Tours habe Charlotte das Geld für ein Kleid geschenkt. Um Mrs. Baynes Gerechtigkeit widerfahren zu lassen, sie gab sehr wenig Geld für ihre eigene Kleidung aus und entnahm einem ihrer Überseekoffer ein Gewand, das schon in Barrackpore und Kalkutta gedient hatte. „Nachdem sie erfuhr, daß Mrs. Batters hinging, wußte ich, daß sie keine Ruhe mehr geben würde", sagte General Baynes seufzend. Seine Frau stritt die Beschuldigung als empörend ab, erklärte, die Männer schrieben den Frauen immer die schlechtesten Beweggründe zu, während es, weiß Gott, ihr einziger Wunsch sei, ihr liebstes Kind geziemend vorgestellt und ihren Gatten in dem ihm zukommenden Rang in der Welt gewürdigt zu sehen. Und Charlotte sah am Abend des Balls entzückend aus; und Madame Smolensk frisierte Charlottes Haar wunderhübsch und erbot sich, Auguste als Begleitung für die Kutsche des Generals auszuleihen. Doch

Oguhst rebellierte und sagte: „Non, merci! Für den General und Miss Charlotte würde ich alles tun – aber für die générale, nein, nein, nein!", und er machte Zeichen heftiger Abwehr. Und obwohl Charlotte lieblich wie eine Rosenknospe aussah, hatte sie wenig Freude an ihrem Ball, denn Philip war nicht dabei. Und wie konnte er dabei sein, der nur einen einzigen alten Mantel besaß und Löcher in den Schuhen hatte?

So kommt also nach einem sonnigen Herbst ein kalter Winter, wo der Wind empfindlichen Lungen nicht zuträglich und es für kleine Schuhe zu schlammig ist. Wie konnte Charlotte an einem Wintermorgen um acht Uhr in Matsch und Schnee auf die Straße kommen, wenn sie zuvor bis spät in die Nacht auf einer Abendgesellschaft gewesen war? Mrs. General Baynes begann recht oft die Pariser Abendgesellschaften zu besuchen – ich meine die Gesellschaften von uns Trojanern –, Gesellschaften, wo vierzig Engländer anwesend sind, drei Franzosen und ein Deutscher, der Klavier spielt. Charlotte fand große Bewunderung. Der Ruf ihrer Anmut verbreitete sich. Ich versichere Ihnen, es gab Personen von viel größerer Gewichtigkeit als der arme Vicomte de Garçon-Boutique, die sich von ihren strahlenden Augen, ihrem strahlenden Lächeln, ihrer ungekünstelten, rosigen Schönheit bezaubert fühlten. Ja, der kleine Hely von der Botschaft lud sich wahrhaftig selbst zu Mrs. Doktor Macoon ein, um diese junge Schöne zu sehen, und tanzte unaufhörlich mit ihr – Mr. Hely, der tonangebende Elegant, Sie wissen. Der mit königlichen Prinzessinnen tanzte und alle großen Gesellschaften des Faubourg St-Germain besuchte. Er begleitete sie an ihre Kutsche – ein recht erbärmlicher Einspänner, muß man gestehen; doch Mrs. Baynes teilte ihm mit, in Indien seien sie Equipagen ganz anderer Art gewöhnt gewesen. Er machte wahrhaftig in der Pension Besuch und gab für General Baynes und Gattin seine Karte ab: *M. Walsingham Hely – attaché à l'Ambassade de S. M. Britannique.* Welche Bälle würde Mrs. Baynes gern besuchen? in den Tuilerien? in der Botschaft? im Faubourg St-Germain? im Faubourg St-Honoré? Ich könnte noch viele vornehme Leute nennen, die von der hübschen Miss Charlotte hingerissen waren. Ihre Mutter schämte sich immer mehr des schäbigen Einspänners, in dem unsere junge Dame zu und von ihren Gesellschaften befördert wurde; des schäbigen Einspänners und jenes schäbigen Kavaliers, der manchmal bereitstand, Miss Charlotte in ihre Kutsche zu setzen. Charlottes Mutter hatte nur zu scharfe Ohren, wenn abschätzige Bemerkungen über diesen Kavalier fielen. Was? Mit diesem sonderbaren rotbärtigen Menschen verlobt, mit den ausgefransten Hemdkragen, der bei der Polka allen auf die Füße trat? Ach, ein Zeitungsschreiber? Der Sohn jenes Arztes, der durchgebrannt war, nachdem er alle betrogen hatte? Welch überaus merkwürdiger Gedanke von General Baynes, seine Tochter mit so einem Mann zu verloben!

So wurde Mr. Firmin nicht in allzu viele der vornehmen Häuser eingeladen, wo man seine Charlotte mit offenen Armen aufnahm; wo man im Salon tanzte, in der salle à manger sehr schwachen Punsch und Gebäck bekam und im Schlafzimmer der Dame des Hauses Karten spielte. Und ihm lag gar nicht daran, eingeladen zu werden. Und er gab sich sehr arrogant und unangenehm, wenn er eingeladen wurde; und er warf Teetabletts um und brach dauernd in schallendes Gelächter aus und stolzierte durch den Salon, als wäre er eine gewichtige Persönlichkeit – *er, wahrhaftig* –, und warf sich so in die Brust, weil der Bruder seines Großvaters ein Graf war! Und was hatte der Graf für ihn getan, bitte schön? Und wie kam er dazu, loszulachen, als Miss Crackley ein wenig falsch sang? Was dachte sich General Baynes nur dabei, einen solchen Ehemann für dieses nette, bescheidene junge Mädchen auszuwählen?

Der alte General, der im besten Schlafzimmer sitzt und heiter mit den anderen britischen alten Knaben Whist spielt, hört diese Bemerkungen vielleicht nicht, aber die kleine Mrs. Baynes mit den hellwachen Augen und Ohren sieht und weiß alles. *Ihr* haben eine Reihe von Leuten gesagt, Philip sei eine schlechte Partie für ihre Tochter. Sie hat ihn ganz reichen Persönlichkeiten seelenruhig widersprechen hören. Mr. Hobday, der ein Heim in Carlton Terrace, London, hat und in Paris in den ersten Häusern verkehrt, dem hat Philip freiheraus widersprochen, bis Mr. Hobday feuerrot anlief und Mrs. Hobday gar nicht wußte, wohin sie blicken sollte. Mr. Peplow, Geistlicher und ältester Sohn eines Baronets, der eines Tages Ehrwürden Sir Charles Peplow von Peplow Manor sein wird, rühmte bei Mr. Badger gerade Tomlinsons Gedichte und erbot sich, einige vorzulesen – und er liest sehr schön vor, wenn auch vielleicht ein wenig durch die Nase –, und als er gerade ansetzte, sagte Mr. Firmin: „Mein lieber Peplow, verschonen Sie uns um Himmels willen mit diesem faulen Quatsch. Genausogern würde ich eines Ihrer eigenen Preisgedichte hören." Fauler Quatsch, man stelle sich das vor! Was für ein Ausdruck! Natürlich war Mr. Peplow sehr verärgert. Und das von einem ganz gewöhnlichen Zeitungsschreiber. Unerhörte Frechheit! Mrs. Tuffin behauptete, sie habe sich sofort ihre Meinung gebildet, als sie diesen Mr. Firmin kennenlernte. „Er mag ja der Großneffe eines Grafen sein, das ist mir gleich. Er mag das College besucht haben, dort hat er jedenfalls keine Manieren gelernt. Er mag gescheit sein, ich behaupte nicht, das beurteilen zu können. Aber er ist äußerst hochfahrend, plump und unangenehm. Ich lade ihn zu meinen Dienstagen nicht ein; und Emma, wenn er dich zum Tanz auffordert, gehst du auf keinen Fall darauf ein!" Verstehen Sie, ein Stier auf einer Wiese oder auf einer Prärie mit einer Herde weiterer Büffel ist ein edles Tier: aber ein Stier in einem Porzellanladen ist fehl am Platz. Und genauso stand es mit Philip inmitten des Geschirrs jener kleinen, einfachen Teegesellschaften, wo seine Mähne und seine Hufe und sein Gebrüll endlose Unruhe verursachten.

Diese Bemerkungen über den verlobten Schwiegersohn vernahm Mrs. Baynes und gab sie in passenden Augenblicken wieder. Sie beherrschte Baynes, ging jedoch sehr behutsam vor und hatte insgeheim Angst vor ihm. Ein-, zweimal war sie im Umgang mit dem friedlichen alten Mann zu weit gegangen, und er hatte revoltiert, sie geduckt und ihr nie verziehen. Über einen gewissen Punkt hinaus wagte sie ihren Mann nicht zu reizen. Sie bemerkte etwa: „Nun ja, Baynes, die Ehe ist eine Lotterie. Und ich fürchte, unsere arme Charlotte hat keinen Hauptgewinn gezogen", worauf der General zurückgab: „Andere aber auch nicht, liebe Frau!" und damit das Thema vorläufig fallenließ. Bei einer anderen Gelegenheit hieß es etwa: „Hast du gehört, wie grob Philip Firmin zu Mr. Hobday war?" Und dann antwortete der General: „Ich habe Karten gespielt, liebe Frau." Dann wieder erzählte sie vielleicht: „Mrs. Tuffin sagt, sie will Philip nicht bei ihren Dienstagen haben, mein Lieber", und die Erwiderung des Generals lautete: „Bei Gott, um so besser für ihn!" – „Ach!" stöhnt sie, „dauernd beleidigt er jemanden!" – „Mir scheint, *dir* sagt er nicht so recht zu, Eliza!" versetzt der General, und sie entgegnet: „Nein, tut er nicht, und das gebe ich auch zu. Und ich denke nicht gern daran, Baynes, daß wir mein süßes Kind der sicheren Armut und einem solchen Mann preisgeben!" Woraufhin der General dann wohl mit einigen Garnisonsausdrücken hervorstieß: „Verdammt, Eliza, glaubst du denn, ich halte es für eine besonders gute Partie?" und sich zur Wand drehte, um hoffentlich zu schlafen.

Was die arme kleine Charlotte betrifft, vor der kleinen Charlotte hat die Mutter keine Angst – und wenn die beiden allein sind, weiß das arme Kind, daß ihr Angriffe ihrer Mutter gegen Philip bevorstehen, die sie unglücklich machen. Habe man je ein so schlechtes Benehmen erlebt, loszulachen, während Miss Crackley sang? Komme es ihm zu, Sir Charles Peplow derart schroff zu widersprechen und ihm so gut wie zu erklären, er sei ein Trottel? Das war gewiß sehr unrecht, und die arme Charlotte bedenkt, vielleicht unter Erröten, daß sie gerade im Begriff war, Sir Charles Peplows Vortrag wirklich sehr zu bewundern, und sich geneigt fand, Tomlinsons Gedichte entzückend zu finden, bis Philip ihr befahl, eine geringschätzige Meinung über den Dichter anzunehmen. Und hast du gesehen, wie er angezogen war? An seiner Weste fehlte ein Knopf, und sein Stiefel hatte ein Loch.

„Mama!" ruft Charlotte und wird blutrot. „Er hätte besser angezogen sein können, wenn – wenn . . ."

„Das heißt, es wäre dir recht, wenn dein eigener Vater im Gefängnis säße, deine Mutter um ihr Brot bettelt, deine Schwestern in Lumpen gehen und deine Brüder hungern, Charlotte, damit wir Philip Firmin das Geld zurückzahlen, um das *sein* Vater ihn gebracht hat! Doch. Das meinst du. Du brauchst gar nichts weiter zu erklären. Ich verstehe ganz gut, danke. Gute Nacht. Ich hoffe, *du* schläfst gut. *Ich* kann es nicht, nach diesem Gespräch. Gute Nacht, Charlotte!" O weh! O Weg der wahren Liebe, bist du jemals glatt verlaufen? Wenn wir in jene Pension hineinlugen – die schlaflosen Nächte der von Sorge vor dem Morgen gequälten Wirtin habe ich bereits geschildert; und die Misses Boldero dürften natürlich recht unbehaglich in ihren Betten liegen, sind sie doch nur geduldet und sozusagen in Nöten –, welchen Kummer sehen wir nicht über den Nachtmützen brüten! Da ist die arme Charlotte, die für ihren Philip gebetet hat: und als sie ihre jungen Augen auf das Kissen senkt, nässen sie es mit ihren Tränen. Warum redet ihre Mutter stets und ständig gegen ihn? Warum ist ihr Vater so kalt, wenn Philips Name fällt? Könnte Charlotte je an einen anderen denken? Oh, niemals, niemals! Und so fällt endlich ein Schleier über die nassen Augen, und sie schließen sich in Zweifel und Angst und Sorge. Und im Zimmer neben Charlotte liegt eine kleine gelbhäutige alte Frau hellwach; und im Bett neben ihr kann ein alter Gentleman die Augen nicht schließen, weil er denkt – mein armes Mädchen ist einem Bettler versprochen. Alle schönen Hoffnungen, die wir hegten, er werde von diesem Lord ein Legat bekommen, sind ausgeträumt! Armes Kind, armes Kind, was soll nur aus ihr werden?

Jetzt, hinkender Teufel, laß uns über die Seine zu Mr. Philip Firmins Zimmer fliegen: zu Philips Haus, der keinen Penny besitzt, an Philips Bett, der sich bei jener Teegesellschaft so unhöflich und unangenehm gezeigt hat. Er hat keine Ahnung, daß er irgend jemanden vor den Kopf gestoßen hat. Er ist hochzufrieden nach Hause gegangen. Er hat den löcherigen Stiefel abgestreift. Er hat in seinem Ofen noch ein Feuerchen vorgefunden, an dem er nachdenklich eine Pfeife geraucht hat. Bevor er in sein Bett gesprungen ist, hat er einen Augenblick daneben gekniet: und mit ganzem Herzen – ach! mit ganzem Herzen und ganzer Seele – hat er die Liebste dem wohlwollenden Schutz des Himmels anbefohlen! Und jetzt schläft er wie ein Kind.

ANHANG

ANMERKUNGEN

7 *M. J. Higgins* – Matthew James Higgins (1810–1868), Journalist. Er wurde als „Jacob Omnium“ bekannt (Titel seines ersten Artikels, 1845) und lieferte Beiträge für die „Morning Chronicle“, die „Times“, die „Pall Mall Gazette“ und das „Cornhill Magazine“ (unter Thackeray); u. a. „Essays on Social Subjects“ (postum 1875). Er war mit Thackeray befreundet.

9 *Doktor Fell* – John Fell (1625–1686), Dekan des Christ Church College, Oxford, und später Bischof von Oxford. Er erwarb sich Verdienste um den Druck wissenschaftlicher Werke, war Herausgeber antiker Autoren und ließ den Turm über dem Haupttor von Christ Church erbauen. Der Student Thomas Brown verfaßte seinerzeit ein Epigramm (nach Martial, 1,32) auf ihn, das die Runde machte: „I do not love thee, Dr. Fell, / The reason why I cannot tell; / But this I know, I know full well, / I do not love thee, Dr. Fell.“ – Sein Name bezeichnet im übertragenen Sinne eine Person, die man aus unerfindlichen Gründen ablehnt.

Doktor Goodenough – Thackerays Vorbild war der Arzt John Elliotson (1791–1868), ab 1831 Professor für klinische Medizin an der Londoner Universität. Er benutzte als erster das Stethoskop, spezialisierte sich auf Herzleiden und beschäftigte sich mit dem Mesmerismus. Letzteres kostete ihn 1838 sein Lehramt. 1849 richtete er privat ein Hospital für mesmerische Heilverfahren ein und begründete auch ein medizinisches Journal. Er war u. a. 1849 während Thackerays schwerer fieberhafter Erkrankung dessen Hausarzt. Thackeray schätzte ihn sehr und widmete ihm seinen Roman „Pendennis“ (1848/50).

10 *Potage à la bonne femme* – (franz.) Fleischsuppe nach guter Frauen Art.

Old Parr Street – Fiktiv; Thackeray siedelt seinen Modearzt Doktor Firmin zwischen der Old Bond Street, der Regent Street und dem Burlington Estate nahe Piccadilly an. – Der Name ist eine witzige Anspielung auf die Familie Parr, die Patentmedizinen herstellte und vertrieb und sich in der Werbung auf ihren berühmten Vorfahren Thomas Parr (1483?–1635) berief, der angeblich 152 Jahre alt wurde. Annoncen erschienen mit einem Holzschnitt, der den kräutersammelnden „Old Parr“ zeigte. Parrs „Life Pills“ versprachen ein langes Leben und kurierten angeblich Krebs, nervöse Leiden, Ohnmachten, Husten, Rheumatismus, Skorbut usw.

11 *Walpole Street* – Kleine Straße im Londoner Stadtteil Chelsea.
Insel Wight – Insel und Grafschaft im Süden Englands. Das milde Klima und eine fast mediterrane Pflanzenwelt machten sie zu einem bevorzugten Kuraufenthalt sogar im Winter.
Baronet – Der niederste erbliche Adelstitel in England; er besteht seit 1611.

12 *Herzog von York* – Frederick Augustus Herzog von York und Albany (1763–1827), zweiter Sohn Georges III., seit 1764 Bischof von Osnabrück. Von 1781 bis 1787 nahm er an den Manövern der österreichischen und preußischen Armeen teil, war Befehlshaber der englischen Truppen in Flandern in den Feldzügen gegen die Französische Revolution von 1793 bis 1795 und von 1798 bis 1809; ab 1811 Oberbefehlshaber. Seit 1791 war er mit der ältesten Tochter Friedrich Wilhelms II. von Preußen, Friederike, verheiratet. Als seine Mätresse, die Schauspielerin Mrs. Anne Clarke (1776–1852), ihn in einen Skandalprozeß verwickelte, mußte er sich vorübergehend (bis 1811) von seinen Ämtern zurückziehen.
Valenciennes – Stadt im Norden Frankreichs an der Schelde. Die französische Garnison mit 3000 Mann wurde 1793 nach 43 Tagen Beschießung von den Verbündeten (mit 140000 Soldaten und 400 Kanonen) gestürmt. 1815 verteidigte sie sich erfolgreich.
Lord Ringwood – Thackerays Vorbild war Sir William Lowther, der zweite Graf Lonsdale (1787–1872).
Plethorisch – Soviel wie Überfülle an Blut.

13 *confrère* – (franz.) Fachkollege, Amtsbruder.
rapprochement – (franz.) Wiederannäherung, Versöhnung.
Graue Brüder – Thackeray bezeichnet so die Charterhouse School in Smithfield, London, die aus einem alten Kartäuserkloster, erbaut 1371, hervorging. Es war 1611 von dem reich gewordenen Kohlenminenbesitzer Thomas Sutton (1532–1611) für 13000 Pfund erworben worden, der dort ein Hospital einrichtete. Er hinterließ 200000 Pfund zur Aufrechterhaltung einer Kapelle, eines Spitals und einer Schule. Die Stiftung sollte u. a. 80 männlichen Pensionären (verarmten Adligen, ehemaligen Soldaten, Kaufleuten nach Schiffbruch oder Piraterie und königlichen Dienern) im Alter Unterkunft gewähren. Die Schule hatte Freistellen für 44 arme Knaben und nahm zusätzlich noch zahlende Schüler auf. – 1818 waren 238 Schüler dort, 1822 161, 1828 stieg die Zahl auf 480 und wurde 1835 auf 99 reduziert. Thackeray besuchte sie als einer der 56 Externen vom 15. 1. 1822 bis Mai 1828 und wohnte bei Reverend Henry Penny in der Wilderness Row 28, die durch einen Tunnel von der Schule erreichbar war.

14 *salutem hominibus dando* – (lat.) den Menschen die Gesundheit wiederzugeben.

15 *Stern und Ordensband* – Der Hosenbandorden war um 1350 von Edward III. als höchster Ritterorden Englands gestiftet worden. Die Zahl der Mitglieder außer der königlichen Familie ist auf 26 beschränkt. Das Knieband mit der Inschrift „Honi soit qui mal y pense“ (Ein Schelm, wer Arges dabei denkt) wird unter dem linken Knie getragen; zu dem Orden gehören ein breites, dunkelblaues, schärpenartiges Band über der Brust und der eigentliche Ordensstern.

16 *Zisterzienser* – So bezeichnet Thackeray die Absolventen der Charterhouse School.

17 *ab ovo* – (lat.) vom Ei, d. h. von der Vorgeschichte an.

Hansom – Nach dem Erfinder Joseph Aloysius Hansom (1803–1882) benannte zweirädrige Droschke mit zwei Sitzen; der Kutscherbock befindet sich hinter den Fahrgästen über dem Halbverdeck.

18 *Grey Friars* – So bezeichnet Thackeray hier die Charterhouse School, das Kloster der Grauen Brüder.

die Große Pest – Die Pest von 1665 forderte in der damals 460000 Einwohner zählenden Großstadt London 68576 Opfer. Da die Friedhöfe nicht ausreichten, wurden die Toten des Nachts in Massengräbern auf freiem Gelände beerdigt.

19 *Herzog von Wellington* – Arthur Wellesley, Herzog von Wellington (1769–1852), Feldherr und Politiker. Er diente von 1796 bis 1805 in den Kolonialkriegen in Indien, hatte das Kommando von 1808 bis 1814 auf der Pyrenäenhalbinsel, wo er, verbündet mit den Spaniern, bei Oporto (1808) und Talavera (1809) über die Franzosen siegte. Als Held der Schlacht von Waterloo (1815) erhielt er den Titel Fürst von Waterloo und 200000 Pfund vom Parlament nebst Apsley House in London. Er war Bevollmächtigter Großbritanniens in der Schlußphase des Wiener Kongresses (1815) und von 1828 bis 1830 Premierminister, 1834/35 Außenminister und Mitglied der neugebildeten konservativen Regierung von 1841 bis 1846; u. a. Ratgeber Königin Victorias.

Herkules – Griechischer Held von gewaltiger Körperkraft; er hatte u. a. zwölf schwere, gefährliche Arbeiten zu verrichten und Abenteuer zu bestehen.

Busaco – Auch Bussaco; Berg in der portugiesischen Provinz Beira. Dort siegten am 27. 9. 1810 die Engländer und Portugiesen unter Wellington über die Franzosen unter Marschall Masséna.

20 *grande dame* – (franz.) Dame von Welt.

Mr. Harlowe – George Henry Harlow (1787–1819), Maler und Schüler von Sir Thomas Lawrence. Er stellte 1804 in der Royal Academy Porträts und historische Szenen aus. 1818 hielt er sich in Italien auf, wo er mit Canova bekannt wurde und Raffaels „Verklärung Christi“ in achtzehn Tagen kopierte. Er wurde Mitglied der Academia di San Luca in Rom, der er das dort entstandene Historienbild „Wolsey empfängt den Kardinalshut in der Westminsterabtei“ widmete. Bekannt auch wegen seiner Darstellung berühmter Schauspieler in Shakespearerollen.

22 *Eton* – Sitz einer der ältesten (seit 1440) englischen Internatsschulen in der Nähe von Windsor.

Doktor Keate – John Keate (1773–1852), Direktor von Eton von 1809 bis 1834; er war für strenge Zucht und Disziplin bekannt.

23 *neun Lustren* – Ein Lustrum umfaßt den Zeitraum von fünf Jahren.

König Georges Zeit – George IV. hatte bereits 1811 als Prinz von Wales die Regentschaft für seinen geisteskranken Vater George III. übernommen. Er wurde 1820 nach dessen Ableben König. Vgl. Anm. zu S. 68.

unsere jungfräuliche Königin – Victoria (1819–1901), Enkelin von George III. und einzige Tochter von dessen viertem Sohn Edward Augustus Herzog von Kent und Marie Louise Viktoria von Sachsen-Coburg-Saalfeld. Sie heiratete am 10. 2. 1840 ihren Cousin Prinz Albert von Sachsen-Coburg-

Gotha. Der Ehe entsprossen fünf Töchter und vier Söhne. Zur Königin wurde sie am 20. 6. 1837 nach dem Tode ihres Onkels William IV. gekrönt und blieb 60 Jahre lang auf dem Thron.

23 *Shilling* – Englische Silbermünze; 1 Shilling = 12 Pence.

24 *Als der Reisende unter die Räuber fiel* – Vgl. Neues Testament, Lukas 10, 30–37.

Levit – Priesterdiener im alten israelitisch-jüdischen Kultus (nach dem Stamm Levi, der die Priester und Tempeldiener stellte).

Master – In England Anrede Untergebener an die minderjährigen Söhne der Herrschaft; soviel wie „junger Herr".

Sovereign – Englische Goldmünze; 1 Sovereign = 20 Shilling.

25 *Smithfield* – Charterhouse School lag in der Nähe von Smithfield im Norden der City, wo seinerzeit Londons größter Viehmarkt abgehalten wurde. Bereits 1173 wurden dort jeden Freitag prächtige Pferde verkauft, und ab 1123 fand der Bartholomäusjahrmarkt statt, der 1885 wegen der Lockerheit der Sitten und zu lautem Treiben verboten wurde.

Piccadilly – Vornehme, 1,5 km lange Geschäftsstraße im Stadtteil Mayfair im Londoner West End; dort befanden sich auch hochherrschaftliche Stadtpaläste, eine Reihe teurer Hotels und mehrere vornehme Clubs. – Die Entfernung nach Smithfield beträgt ca. 4 km.

26 *Bond Street* – Die teuerste Londoner Geschäftsstraße in Westminster mit vielen Luxusläden; seinerzeit Promenade der vornehmen Welt.

Park – Der Hyde Park war der größte öffentliche Park Londons mit Reit-, Kutsch- und Spazierwegen.

Diatesseron – (griech.) Quarte (in der Musik); Evangelienharmonie; Medizin aus vier Ingredienzien.

Goswell Street – Sie begrenzt östlich das Areal von Charterhouse. Dort siedelte Charles Dickens in dem Roman „Die Pickwickier" (1837) auch Mr. Pickwick an, der philosophische Betrachtungen anstellt, während er aus dem Fenster lehnt und die Goswell Street überblickt.

27 *wie Hamlet* – Der Titelheld des Shakespearestücks wurde immer wieder gemalt, u. a. von Benjamin Wilson (David Garrick als Hamlet), Daniel Maclise (Szene aus Hamlet), Thomas Lawrence (J. P. Kemble als Hamlet) und Henry Fuseli (Hamletskizzen).

rhabarberfarben – Witzige Anspielung: Verstopfungen waren eines der Hauptleiden der reichen, ausschweifend lebenden Patienten; dagegen halfen Rhabarberpillen.

28 *Albany* – Das an der Nordseite von Piccadilly gelegene ehemalige Melbourne House wurde ab 1802 erweitert und unterteilt, und die Quartiere wurden als teure, vornehme Junggesellenwohnungen vermietet. Gladstone, Byron, Macaulay, George Canning, M. G. Lewis, Bulwer-Lytton wohnten u. a. dort.

die frühen Georges – Nach dem Tod von Königin Anne gelangte 1714 das Haus Hannover auf den englischen Thron. George I. (1660–1727) regierte ab 1714, George II. (1683–1760) ab 1727 und George III. (1738–1820) ab 1760.

Baalbek – Phönikisch-hellenistische Stadt am Libanon, in der Antike Heliopolis genannt.

28 *Troja* – Stadt im Norden Kleinasiens, im 3. Jahrtausend v. u. Z. gegründet. Schauplatz des in der „Ilias" geschilderten Trojanischen Krieges.

Wardour Street – Ab 1680 bebaute Straße im Londoner Stadtteil Soho, Bezirk Westminster, zwischen der Oxford Street und der Shaftesbury Avenue. Sie wurde im 18. Jahrhundert von Antiquitätenhändlern und Möbelherstellern besiedelt. Im 19. Jahrhundert erlangte sie einen recht zweifelhaften Ruf, da Läden entstanden, die auch schlechte Nachahmungen von Möbeln, Fälschungen von Bildern usw. verkauften.

Golden Square – Der Platz im Bezirk Westminster wurde um 1670 bebaut und galt als vornehme Gegend. Aber bereits Ende des 18. Jahrhunderts verlegte die Aristokratie ihre Wohnsitze in andere Stadtteile; ausländische Gesandtschaften (Bayern, Braunschweig, Genua, Rußland, Portugal) faßten dort Fuß und auch Künstler (u. a. Angelica Kauffmann), Ärzte und Schauspieler. Als Charles Dickens in „Nicholas Nickleby" (1839) Ralph Nickleby in einem düsteren Haus am Golden Square ansiedelte, war die Gegend schon heruntergekommen. Verschiedene Pensionen und kleine Hotels waren entstanden; geräuschvolle Musiker wohnten dort wie auch Instrumentenbauer und Wollfabrikanten.

Monmouth Street – An der Shaftesbury Avenue gelegen; benannt nach den Grafen von Monmouth, die im 17. Jahrhundert dort ihren Grundbesitz hatten, und vornehme Wohngegend. Im 18. und 19. Jahrhundert war sie dann wegen der vielen Trödelläden mit zum Teil wertlosem Plunder und Flitterkram berühmt; dort gab es auch gebrauchte Kleider, Schuhe und Stiefel.

Cockneymoral – Nach der Art eines gebürtigen Londoners; hier auch verweichlichter Städter und Philister. Als Cockneys wurden Angehörige der unteren Schichten aus dem Osten Londons bezeichnet.

Mr. Gibbon – Edward Gibbon (1737–1794), Historiker und Politiker. Auf einer Reise nach Italien 1764/65 faßte er inmitten der Ruinen des Kapitols den Entschluß, eine Geschichte des Römischen Reiches zu verfassen. Das mehrbändige Werk „The History of the Decline and Fall of the Roman Empire" erschien 1776 bis 1788.

Pantheon in Rom – Das einzige noch vollständig erhaltene Tempelgebäude aus dem alten Rom und der größte antike Kuppelbau von 43 m Höhe liegt an der Piazza Rotonda bzw. der Piazza della Minerva. – Die Piazza Navona befindet sich westlich davon.

Pantheon – Die 1770/71 nach Plänen des Architekten James Wyatt für 60000 Pfund erbaute Vergnügungsstätte in der Londoner Oxford Street sollte in der Wintersaison Ranelagh Gardens in Chelsea ersetzen. Eine riesige Rotunde, glänzende Vestibüls, Spiel-, Tee- und Speiseräume boten zur Eröffnung am 27. 1. 1772 über 1500 Personen Platz. Augenzeugen waren von dem märchenhaften Interieur entzückt und hielten es für das eleganteste Bauwerk Europas. Johnson, Boswell, H. Walpole verkehrten dort, und Gibbon nannte es „ein Wunder des 18. Jahrhunderts". Die Maskenbälle, Konzerte und Gesellschaften waren bis 1780 gut besucht, dann wurde das Gebäude für Ausstellungen genutzt. 1791 eröffnete dort das King's Theatre, Pantheon, das 1792 einem Brand zum Opfer fiel. Wechselnde Pächter hatten danach weder mit Theateraufführungen noch Kunstgalerien Erfolg.

1833 wurde es in ein Warenhaus umgewandelt und 1867 von einer Weinfirma erworben.

28 *Selwyn* – George Augustus Selwyn (1719–1791) wurde in Eton und Oxford erzogen. Er war Parlamentsmitglied, ohne je an den Debatten teilzunehmen, und galt in der vornehmen Welt als Elegant und geistreicher Plauderer; er wurde 1744 in White's Club aufgenommen und verfügte über beträchtliche Sinekuren als Inspektor des Münzwesens, als Zahlmeister und Oberinspektor der Bergwerke.

Walpole – Horatio oder Horace Walpole, Graf von Orford (1717–1797), Sohn des Premierministers Robert Walpole; Politiker, Schriftsteller und Essayist. Er hatte aus verschiedenen Ämtern lukrative Einnahmen. Mit seinem Roman „The Castle of Otranto" (Das Schloß von Otranto, 1764) begründete er den englischen Schauerroman. Er sammelte Kunstgegenstände, Kuriositäten und bibliophile Ausgaben in seinem im gotischen Stil errichteten Landsitz Strawberry Hill, Twickenham. Sein Briefwechsel ist wegen der vielseitigen Auskünfte über seine Zeit bemerkenswert.

March – William Douglas, dritter Graf von March und Ruglen und vierter Herzog von Queensberry (1724–1810), war wegen seiner Eskapaden und seines ausschweifenden Lebenswandels bekannt; er versuchte u. a. das Pferderennen „wissenschaftlich" zu betreiben; Patron der Bühne und der Künste; Freund und Berater des Prinzen von Wales; von 1767 bis 1776 Vizeadmiral von Schottland; von 1762 bis 1789 Oberkammerherr Georges III. Mit Selwyn war er u. a. dadurch verbunden, daß beide Anspruch auf die Vaterschaft der schönen Maria Fagniani, der späteren Frau des Marquis von Hertford, erhoben und beide ihr Erbschaften hinterließen.

Carlisle – Frederick Howard, fünfter Graf von Carlisle (1748–1825), Politiker und Verfasser einer Tragödie; Freund des einflußreichen Politikers Charles James Fox; u. a. von 1780 bis 1782 Vizekönig von Irland. – Seine Tragödie „The Father's Revenge" (1783) wurde von Johnson und Walpole gelobt.

Florizel – Gestalt aus Shakespeares „Wintermärchen", der Geliebte Perditas. – Der Prinz von Wales (der spätere George IV.) bediente sich in seiner Korrespondenz mit der Schauspielerin Mary Robinson (1758–1800) dieses Namens. Sie hatte die Aufmerksamkeit des Prinzen erregt, der häufig hinter den Kulissen des Theaters zu finden war und der sie erstmals in der Rolle der Perdita am 20. 11. 1779 am Covent Garden Theatre sah. Sie wurde ab 1780 für kurze Zeit seine Mätresse.

Sophy Baddeley – Sophia Baddeley (1745–1786), Schauspielerin. Sie trat 1764 als Ophelia im Drury Lane Theatre in London auf und war auch in anderen Shakespearerollen (als Desdemona, Imogen) erfolgreich. Als Sängerin war sie in den Vergnügungsstätten Ranelagh und Vauxhall zu hören. Verschwenderisch und extravagant veranlagt, wurde sie von ihrem Ehemann, dem Pastetenbäcker und später äußerst beliebten Schauspieler Robert Baddeley, verlassen, obwohl er auch nach der Trennung noch wegen der schönen Sophia ein Duell mit David Garricks Bruder ausfocht.

29 *der heilige Giles* – Auch Ägidius, der Patron der Krüppel und Bettler.

O mes frères! – (franz.) O meine Brüder!

Mr. Moses – Der Gebrauchtwarenhändler Moses Moses eröffnete um 1860 in der Bedford Street Nr. 21 ein Geschäft mit alten und billig angefertigten neuen Kleidern. Schon 1843 hatte der Fall einer Hemdennäherin, die für 7 Shilling die Woche für Moses arbeitete, für Aufsehen gesorgt: Moses beschuldigte die arme Frau, seine Ware ins Leihhaus geschafft zu haben. Thomas Hood verfaßte 1843 für die Weihnachtsnummer des „Punch" das Gedicht „The Song of the Shirt" (deutsch von Ferdinand Freiligrath).

29 *vanitas vanitatum* – (lat.) Eitelkeit der Eitelkeiten. Vgl. Altes Testament, Salomo 1,2 und 12,8.

Guinea – Englische Goldmünze; 1 Guinea = 21 Shilling.

Taraxacum – (lat.) Löwenzahn; Wurzeln und Kraut wurden als Blutreinigungsmittel, bei Gelbsucht und Leberleiden (meist als Extrakt) verwendet.

pil. hydrarg. – Pilulae hydrargyrum (lat.) = Quecksilberpillen; ein Präparat u. a. gegen Gallenleiden.

Der gelbe Nebel – Der Londoner Nebel entstand aus Hunderttausenden von kohlebeheizten Öfen der Privathäuser, aus Schornsteinen der Fabriken, Brauereien, chemischen Werke im Weichbild der Stadt, von den Dampfschiffen auf der Themse usw. Er wird Mitte des 19. Jahrhunderts als so dicht und grüngelb wie Erbsensuppe beschrieben, daß der Verkehr zum Erliegen kam, das Verbrechen auf den Straßen blühte und kein braver Bürger sein Haus verließ.

30 *Charles Kemble* – (1775–1854), Komödienschauspieler und beliebter Darsteller von Shakespearerollen. Er leitete das Covent Garden Theatre in London ab 1822 und war nach David Garrick (1717–1779) der gefeiertste Mime Englands.

Mirabell – Held in William Congreves Komödie „The Way of the World" (Der Lauf der Welt, 1700), Liebhaber der schönen Millamant.

Mercutio – Gestalt aus Shakespeares „Romeo und Julia", Freund Romeos.

Falconbridge – Faulconbridge; Gestalt aus Shakespeares „König Johann".

seine anbetungswürdige Tochter – Das ist die Schauspielerin Frances Anne (genannt Fanny) Kemble (1809–1893), die 1829 im Covent Garden Theatre als Julia debütierte, um ihren Vater Charles Kemble, der das Theater leitete, vor dem Bankrott zu retten; sie hatte sogleich unglaublichen Erfolg. Sehr hübsch, mit dunklen Augen und schwarzem Haar, schmachtendem Ausdruck und von schlankem Wuchs, bewahrte und vervollkommnete sie ihre Schönheit noch im Alter.

Young – Charles Mayne Young (1777–1856), beliebter Schauspieler seiner Zeit. Er trat erstmals 1807 als Hamlet am Haymarket Theatre in London auf und spielte fortan alle großen Shakespearerollen, u. a. Falstaff, Cassius, Jago und Macbeth. Er war mit Walter Scott befreundet.

Long Tom Coffin – Ein tapferer, beherzter amerikanischer Seebär und Lotse aus James Fenimore Coopers Roman „The Pilot" (1823). Die Bühnenadaption von Edward Fitzball (1792–1873) mit dem berühmten Darsteller von Matrosenrollen Thomas Potter Cooke (1786–1864) wurde erstmals 1825 im Adelphi Theatre in London gespielt.

„Victorine" – Im Adelphi Theatre in der Strand wurde 1834 die sentimentale Burleske „Victorine" aufgeführt.

M--d-n Lane – In der Maiden Lane Nr. 20, in der Nähe von Covent Garden neben dem Bühneneingang des Adelphi Theatre, befand sich das Lokal „Cider Cellars", wo man Geselligkeit und kräftigen volkstümlichen Männergesang pflegte. Man aß dort Austern, Welsh rarebits, rauchte Zigarren, trank Branntwein und starkes Porterbier. Thackeray suchte diese Stätte des Vergnügens gern auf.

30 *„Semiramide“* – Oper (1823) in zwei Akten von Giacchino Rossini (1792–1868), 1824 in London am Haymarket Theatre aufgeführt und 1842 in Covent Garden.

„La Donna del Lago“ – Oper (1819) in zwei Akten von Rossini nach Walter Scotts Gedicht „The Lady of the Lake“ (1810), aufgeführt im Haymarket Theatre 1823.

„Adelphi“ – Das Theater befand sich in der Strand und war 1806 von John Scott, einem Färber und Erfinder eines neuen Waschblaus, eröffnet worden, der seine Tochter als Schauspielerin lancieren wollte. Um 1820 spielte man Melodramen und Possen nebst Bühnenadaptionen von Scotts Romanen und von 1837 bis 1845 populäre Dramatisierungen von Dickens' Werken. Ab 1844 wurde das Theater von Madame Céleste und Ben Webster geleitet und 1858 nach dem Vorbild der Opéra Comique in Paris umgebaut.

John Reeve – (1799–1838), Bankangestellter und später Schauspieler; er trat 1819 erstmals im Drury Lane Theatre als Possenreißer auf und war dann in beliebten Komödienrollen an verschiedenen Theatern zu sehen. Der Trunksucht verfallen, vergaß er oft seinen Part, war jedoch beim Publikum so beliebt, daß Theaterdirektoren ihn trotzdem engagierten.

31 *Walpoles Zeit* – Sir Robert Walpole, Graf von Orford (1676–1745), bedeutendster Vertreter der Whig-Finanzoligarchie. Er war von 1715 bis 1717 und von 1721 bis 1742 Premierminister und Schatzkanzler und schuf die neuzeitliche Form des Regierungskabinetts.

32 *Temple* – Die Advokateninnungen Middle Temple und Inner Temple bilden mit ihren Gebäuden, zahlreichen Gassen, Innenhöfen und Gärten das Areal des Temple am Westrand der City von London zwischen Fleet Street und Themse. Dort befanden sich über den Kanzleiräumen in den Untergeschossen auch die Wohnungen der Juristen und Studenten. Die Inns of Court besaßen allein die Prüfungsbefugnis und erteilten Amtszulassungen. Ein Jurastudent hatte zunächst eine praktische Ausbildung in einer der Gemeinschaftskanzleien, den Chambers, abzuleisten. Dieser Prozedur unterzog sich auch Thackeray vom 3. 6. 1831 bis April 1832 im Middle Temple.

„Dick's“ – „Dick's Coffee House“ in der Fleet Street nahe Temple Bar war 1680 von Richard Torvor oder Turver eröffnet worden und avancierte rasch zum Treffpunkt von Literaten.

34 *Blaubart* – Im Märchen „La Barbe-bleue“ von Charles Perrault (1628–1703) verführt der Ritter eine Reihe von Frauen, die alle nach der Heirat auf geheimnisvolle Weise verschwinden. Er bewahrt ihre Leichname in dunklen Kammern seiner Burg auf. Nur der letzten gelingt die Rettung, indem sie neugierig das Schloß durchforscht, die Opfer entdeckt und so gewarnt ist.

35 *pallida mors* – (lat.) den bleichen Tod. Vgl. Horaz, „Oden“ 1, 4, 13.

36 *in jenen gräßlichen Räumen* – Anspielung auf Arthur Pendennis' fieberhafte Erkrankung, die ihn in seinem Quartier im Temple aufs Krankenbett warf. Vgl. Thackeray, „Pendennis“, Kapitel 52 und 53.

37 *Ed-lm-nn* – (Edelmann) Hier wird die zeitgenössische Manier der Zeitungen benutzt, die sich besonders bei Namen dieser verschleiernden Methode der

Auslassung von Buchstaben bedienten, um etwaige Gerichtsprozesse wegen Beleidigung, Verleumdung, Indiskretion usw. zu vermeiden.

37 *Pinte* – Altes Flüssigkeitsmaß; 1 Pinte = 0,9 l.

38 *Malakademie des alten Gandish* – Als Vorbild nahm Thackeray die Malakademie in der Charlotte und Streatham Street in Bloomsbury, wo sich Malschüler bei Henry Sass (1788–1844) auf das Studium in den Kursen der Royal Academy vorbereiteten. Thackeray besuchte sie selbst 1833/34.

39 *Greek Street* – In der in Soho gelegenen Straße, 1680 bebaut, befanden sich einige Kaffeehäuser und Werkstätten kleiner Handwerker; im 18. Jahrhundert zogen Künstler und Musiker dorthin. Berühmt waren die Wirtshäuser „Die Säulen des Herkules" und „Zur Kutsche und zu den Pferden".

St. Martin's Lane – In der Straße nahe dem Leicester Square wohnten u. a. die Künstler Henry Fuseli (Johann Heinrich Füßli), Sir Joshua Reynolds, Louis Francis Roubiliac. – 1720 eröffneten Louis Chéron und John Vanderbank dort die Artists' Academy, wo William Hogarth und William Kent Unterricht nahmen ebenso wie später Thomas Gainsborough, Joshua Reynolds und Benjamin West. Auf der Westseite befand sich seit 1692 das „Old Slaughter Coffee House", wo die Künstler gern verkehrten.

Barutsche – Zwei- oder vierrädriger Wagen mit Verdeck, Kutscherbock und zwei Quersitzen.

Haymarket – Die Straße führt von Piccadilly zur Pall Mall.

44 *Thornhaugh Street* – Kleine Straße am Russell Square in Bloomsbury.

Tutor – Hauslehrer oder Studienleiter und Erzieher von Studenten unterer Semester an englischen Universitäten oder Schulen.

47 *monde* – (franz.) vornehme Welt.

48 *Winton* – Archibald William Montgomerie, dreizehnter Graf von Eglinton und erster Graf von Winton (1812–1861), Vizekönig von Ayrshire im Südwesten Schottlands 1841 und von Irland 1852, Mitglied des Staatsrats 1852 und 1858/59. Er hielt in Eglinton Castle glänzende mittelalterliche Turniere ab, die Benjamin Disraeli in seinem Roman „Endymion" (1880) beschrieb.

Château Margaux – Berühmter Bordeauxwein aus dem Anbaugebiet der Gemeinde Margaux im französischen Departement Gironde.

Qui donc est ce Monsieur . . . – (franz.) Wer ist denn dieser Herr Twysden, der so komisch ist.

ein Wanderer – Vgl. Neues Testament, Lukas 10, 30–37.

51 *Tom Sayers* – (1826–1865), Maurer und Boxer in Brighton und ab 1848 in London; er trat erstmals 1849 in Greenhithe gegen Crouch an und siegte, wurde 1853 von Nat Langham geschlagen, war 1857 wieder Champion und boxte 1860 gegen den Amerikaner John C. Heenan (the Benicia Boy) in Farnborough unentschieden.

Beaunash Street – Fiktiver Name nach dem Dandy Richard Nash (1674–1762), genannt Beau Nash. Er ließ sich 1705 in Bath nieder, arrangierte dort aufwendige Gesellschaften für die reichen Kurgäste, erfand neue Spiele und bestimmte die Mode und Etikette.

Reform Bill – Am 7. 7. 1832 wurde vom britischen Parlament ein Gesetz zur Wahlreform erlassen, das den Forderungen der durch die industrielle Revolution entstandenen Industriebourgeoisie Rechnung trug und u. a. die Parlamentsvertretungen neu regelte und die Wahlkreise neu festlegte. So verloren 57 sogenannte Rotten boroughs (heruntergewirtschaftete Flecken mit geringer Einwohnerzahl) das Wahlrecht ganz, 30 büßten den zweiten Abgeordneten ein; 22 bisher nicht vertretene Boroughs, darunter fünf Großstädte, konnten nunmehr zwei Abgeordnete wählen, weitere 21 einen Abgeordneten. Die Zahl der Vertreter der einzelnen Grafschaften stieg von 94 auf 159; ebenso wurde der Wahlzensus herabgesetzt, so daß sich die Zahl der Wähler von 220000 auf 670000 erhöhte.

52 *neunschwänzige Katze* – In neun Riemen auslaufende Peitsche, die bis 1881 zur körperlichen Züchtigung in der englischen Armee und Marine benutzt wurde.

milor – Mylord.

Brougham – Zwei- oder vierrädriger und entsprechend zwei- oder viersitziger Einspänner mit festem unbeweglichem Verdeck.

53 *White's* – Der älteste Club in der Londoner St. James's Street Nr. 37; hervorgegangen aus einem 1693 von Francis White (Francesco Bianco) gegründeten Kaffeehaus. Seit 1730 als exklusiver Club mit eingetragenen Mitgliedern (vorwiegend Tories) geführt, wurde dort vor allem im 18. Jahrhundert um ungeheure Summen gespielt und unmäßig getrunken. Er galt als Treffpunkt der galanten Welt. Mitglieder waren George IV., William IV., ebenso jeder Premierminister von Robert Walpole (1715) bis Robert Peel (1841), außerdem Baron Clive und Wellington, Fox, H. Walpole, Selwyn, Lord Chesterfield, Gibbon, Beau Brummell. 1811 erhielt der Club nach einem Umbau das berühmte Erkerfenster in der Mitte der Fassade, wo alle großen Dandies der Zeit herausschauten. Ab 1812 war George Raggett der Besitzer, der ein Vermögen aus den unter den Spieltischen zusammengekehrten Sovereigns gemacht haben soll. 1814 hatte der Club 500 Mitglieder und eine lange Warteliste. Die Zuwahl erfolgte durch Ballotage, die wegen politischer Animositäten so manchen Kandidaten ausschloß, so daß 1833 die Regeln geändert wurden und ein Komitee die Kandidatenwahl übernahm.

55 *Elßler* – Fanny Elßler (1810–1884), österreichische Tänzerin; neben Maria Taglioni die berühmteste Ballerina jener Tage.

Huri – Nach mohammedanischem Glauben schöne Jungfrau von unvergänglichem Reiz im Paradies.

56 *Pall Mall* – Elegante Straße im Londoner Bezirk Westminster, zwischen Trafalgar Square und Green Park gelegen, mit vielen vornehmen Clubs, Stadtpalästen und erlesenen Geschäften; seinerzeit auch Promenade der Stutzer.

„Blue Posts“ – Das Gasthaus war berühmt wegen seiner saftigen Beefsteaks. Thackeray traf sich dort gern mit Freunden.

57 *Oxford* – Im 12. Jahrhundert gegründete Universität.

Temple – Vgl. Anm. zu S. 32.

58 *au cabaret* – (franz.) in der Kneipe.

on n'a que sa parole – (franz.) man muß zu seinem Wort stehen.

60 *Albemarle Street* – In Mayfair gelegene Querstraße der Piccadilly. Dort hatte die Royal Institution of Great Britain, eine 1799 zur Förderung und Lehre der Naturwissenschaften und ihrer Entdeckungen gegründete Einrichtung

für chemische und physikalische Experimente, ihren Sitz. Sie besaß eine öffentliche Bibliothek, Lesesäle, Laboratorien und veranstaltete wöchentlich wissenschaftliche Vorträge und Vorlesungen (auch für Kinder).

62 *Vogel Roch* – Riesenvogel der arabischen Mythologie, der sorgfältig sein einziges Ei hütet. Vgl. auch „Die Geschichte Sindbads des Seefahrers" aus „Tausendundeiner Nacht".

Wel done Twys done – Soviel wie: gut getan – zweimal getan.

63 *vous comprenez* – (franz.) Sie verstehen.

64 *„Burke"* – John Burke (1787–1848), Genealoge und Heraldiker. Er gab u. a. die genealogischen Nachschlagewerke „Peerage and Baronetage" (1826), „Commoners" (1833/38), „Knightage" (1841) und Abhandlungen über die königliche Familie heraus.

„Debrett" – John Debrett (gest. 1822) gab ab 1802 den Adelskalender „Peerage of England, Scotland, and Ireland" und ab 1808 „Baronetage of England" heraus; die jährlich erscheinenden Nachschlagewerke (vergleichbar dem „Gotha") wurden nach ihm kurz „Debrett" genannt.

nach der Entthronung – Die Mitglieder des Königshauses der katholischen Stuarts (seit 1371 Könige von Schottland, seit 1603 von England) wurden 1688 vom englischen Thron verdrängt. Nach dem Tod von Königin Anne 1714 übernahm das protestantische Haus Hannover mit George I. die Krone. Die Anhänger der Stuarts sahen jedoch in James Francis Edward Stuart (1688–1766) den rechtmäßigen König. Er wurde 1701 von Frankreich, Spanien, dem Papst u. a. als James III. von England anerkannt. Er und sein Sohn Charles Edward (1720–1788), der jüngere Prätendent, versuchten mehrmals, u. a. 1745 mit Unterstützung Frankreichs, in England wieder Fuß zu fassen.

George III. – Er bestieg 1760 den englischen Thron.

drei Leute ins Parlament – Das Unterhaus war von Beginn an das Repräsentationsorgan des mittleren und niederen Adels sowie der Bürger in den Städten und Ortschaften. Seit 1715 war die Legislaturperiode von zuvor drei auf sieben Jahre festgelegt. Das Unterhaus hatte etwa 635 Abgeordnete (wobei das Haus selbst nur 346 Sitzplätze besaß), die durch Mehrheitsbeschluß seit 1832 den Premierminister bestimmen. Die Abgeordnetensitze im Unterhaus waren wegen des gesellschaftlichen Prestiges und der damit verbundenen Vergünstigungen (Titel, Aufträge, Einflußnahme auf politische und fiskale Ämter, Portofreiheit usw.) sehr begehrt und zugleich käuflich (um 1810 für 5000 Pfund und mehr).

65 *Zeit des amerikanischen Krieges* – In den parlamentarischen und militärischen Auseinandersetzungen der Jahre 1775 bis 1783 errangen die dreizehn britischen Kolonien in Nordamerika ihre Selbständigkeit. Bereits am 4. 7. 1776 erklärten ihre Vertreter offiziell die Unabhängigkeit und lösten die Bindungen zum Mutterland. – George III. betrachtete die Vorgänge in Übersee zunächst als eine nicht ernst zu nehmende Drohung, ehe er Truppen schickte.

Baron – Die Rangabstufung des erblichen englischen Hochadels (engl. nobility) ist folgende: Prinz (nur Kinder und Enkel des Königs) – Herzog – Marquis – Graf – Viscount – Baron.

mit dem Titel eines Barons – Den Titel „Baron of his Majesty's Court of Exchequer" erhielten Beamte, die die Ausgaben der Krone bereitstellten und die Schulden des Königs zu decken hatten, bzw. die Richter am Schatzkammergericht.

65 *A. D.* – Anno Domini (lat.) = im Jahr des Herrn.

Ehrenwert – „The Honourable“ – ein Titel, der in England den Töchtern und Söhnen eines Barons und den jüngeren Söhnen eines Grafen zukommt. Der Titel „The Most Honourable“ steht dem Marquis, der Titel „The Right Honourable“ dem Viscount, Baron und Grafen zu.

Peerswürde – Ein Peer ist ein Angehöriger des erblichen englischen Hochadels, zu dem Herzöge, Marquis, Grafen, Viscounts und Barone gehören. Die Peers besitzen Sitz und Stimme im Oberhaus, sind königliche Räte, dürfen nicht verhaftet werden (außer wegen Hochverrats), brauchen Aussagen nur auf Ehrenwort zu machen und können nur von anderen Peers abgeurteilt werden. Die Peerswürde mit ihren Vorrechten wurde auch neu verliehen. – Unter George I. wurden 60 Peers zusätzlich ernannt, George II. ernannte 90, George III. 54 und George IV. in zehn Jahren 59, William IV. 55 und Victoria 60.

Spanischer Krieg – Nach 1796 wurde Spanien erneut in die Auseinandersetzungen zwischen Frankreich und England verwickelt. 1807 hatten die Franzosen Spanien besetzt, und Napoleon I. hatte die spanische Krone seinem Bruder Joseph Bonaparte übertragen. Daraufhin kam es am 2. 5. 1808 zu einer Volkserhebung in Madrid. Die Aufständischen, von englischen Geldern unterstützt, vertrieben die Franzosen. Napoleon griff jedoch ein und brachte seinen Bruder wieder nach Madrid zurück. Wellington schlug mit seinen Truppen 1808 bei Oporto und 1809 bei Talavera, mit den Spaniern verbündet, die Franzosen. 1810 besetzte er Madrid. Erst Anfang 1813 hatte die napoleonische Unterdrückung Spaniens ein Ende. Ferdinand VII. von Spanien wurde 1814 als König eingesetzt.

Whig – Die den Tories entgegengesetzte, ursprünglich antikatholische Parlamentspartei. Im 18. Jahrhundert gehörten zu den Whigs mächtige, bereits kapitalistisch wirtschaftende Peers und Vertreter der aufstrebenden Bourgeoisie. Sie waren von 1714 bis 1783 und während der Napoleonischen Kriege an der Macht. Den von Charles James Fox (1749–1806) geführten neuen Whigs wandten sich besonders die Industriebourgeoisie und die städtischen Mittelschichten zu. Die radikalen Vertreter formierten sich in der Liberalen Partei (1832) und setzten die Parlamentsreform durch.

Torypartei – Die politischen Gruppierungen der Tories (alter Landadel, ländlicher Klerus, Pächter) und der Whigs bildeten sich bereits um 1680 im englischen Parlament heraus. 1784 gründete William Pitt (1759–1806) die neue Torypartei. Ab 1820 machte sich ihr Zerfall bemerkbar. Es entstanden fest organisierte Parteien: die Konservative Partei (1827; Großgrundbesitzer, alte Tories) und die Liberale Partei (1832; Industrie- und Handelsbourgeoisie, neue Whigs und linke Tories).

Esq. – Esquire; zunächst Adelstitel für den jüngeren Sohn eines Peers, dann auch niederer Adelstitel und später ein dem Namen nachgestellter Höflichkeitstitel, etwa „Wohlgeboren“.

M. D. – Medicinae Doctor = Doktor der Medizin.

66 *Sir Thomas Lawrence* – (1769–1830), Porträtmaler der vornehmen englischen Aristokratie, ab 1792 Hofmaler in London; Präsident der Royal Aca-

demy 1820. Im Auftrag des Prinzregenten (später George IV.) malte er ab 1814 eine die Monarchen, Feldherren und Verbündeten in den Napoleonischen Kriegen darstellende Porträtfolge, u. a. Zar Alexander I., Metternich, Blücher, Wellington.

66 *Mayfair* – Der vornehme Stadtteil Mayfair nördlich von Piccadilly im Londoner West End, Bezirk Westminster, wurde ab 1715 bebaut. Die Aristokratie zog von Covent Garden und Soho wegen der Nähe zum St.-James-Palast und den Parks hierher und brachte die Gegend rasch in Mode. Dort lag die elegante Kirche St. George's; in den breiten Straßen gab es herrschaftliche Paläste mit den „Mews", den im Hintergelände an Sackgassen gelegenen Gebäuden für die Stallknechte und Kutschen.

67 *Saison* – Die Saison in London umfaßte die Monate Mai, Juni, Juli. Angehörige der Aristokratie wie auch des niederen Landadels kamen mit ihren Familien in die Stadt, das Parlament und die Gerichtshöfe tagten, in den Theatern gastierten die ersten Künstler, die Royal Academy eröffnete ihre Ausstellung, andere gesellschaftliche Ereignisse wie die Vorstellung bei Hofe, Empfänge und Bälle fanden statt.

hochkirchliche Kapelle – Innerhalb der anglikanischen Kirche, der Staatskirche, bestanden drei Richtungen: die Hochkirche (High Church; konservativ-aristokratisch, mit stark katholischen Zügen), die Niederkirche (Low Church; bürgerlich-demokratisch, mit protestantisch-pietistischen Zügen) und die Breitkirche (Broad Church; liberal, tolerant).

in einem benachbarten Staat – Die heftigen Straßenkämpfe in Paris vom 27. bis 29. 7. 1830, die durch die Juliordonnanzen (Aufhebung der Pressefreiheit, Einschränkung des Stimmrechts) ausgelöst wurden, hatten den letzten Bourbonenkönig Karl X. (er regierte von 1824 bis 1830) gestürzt. Die Großbourgeoisie konnte die politische Macht an sich reißen und Louis-Philippe, den „Bürgerkönig", auf den Thron bringen. Er regierte von 1830 bis 1848.

aus ihrem Land vertrieben – Karl X. (1757–1836) ging nach Edinburgh (Schloß Holyrood) und nach Prag ins Exil.

Reformprojekte – Im November 1830 wurde unter Premierminister Lord Grey ein Whigkabinett gebildet, zu dessen Programm die Parlamentsreform gehörte. Nach scharfen Auseinandersetzungen und Neuwahl des Unterhauses im Mai 1831, dem Rücktritt und der Wiederberufung Greys im Mai 1832 setzte die Whigregierung die Parlamentsreform durch. Vgl. auch Anm. *Reform Bill* zu S. 51.

Ryde – Im 19. Jahrhundert vielbesuchter Badeort an der Nordküste der Insel Wight.

68 *George IV.* – (1762–1830), ältester Sohn Georges III. und nach dessen Krankheit ab 1811 Regent. Er war als Verschwender und Wüstling bekannt und wenig beliebt. Als er mündig wurde (1783), residierte er im Carlton House und erhielt 60000 Pfund vom Parlament bewilligt, um seine Schulden zu bezahlen, neben seiner prinzlichen Apanage von 50000 Pfund jährlich und den Schenkungen seines Vaters. Ab 1785 führte er eine heimliche Ehe mit der Katholikin Maria Anne Fitzherbert, leugnete diese Ehe jedoch, um 1787 erneut eine Summe von 221000 Pfund vom Parlament zu erhalten, die sein Vater noch um 10000 Pfund aus seinem eigenen Vermögen er-

gänzte. Er heiratete 1795, um vermutlich weitere Schulden zu bezahlen, seine Cousine Caroline von Braunschweig.

68 *Fuß* – Englisches Längenmaß; 1 Fuß = 12 Zoll = 30,48 cm. – Sechs Fuß = 1,83 m.

69 *Ritter der Vier Könige* – Anspielung auf das Kartenspiel.

Jetzt haben sich die Zeiten geändert – Bezieht sich auf Königin Victoria, die am 20. 6. 1837 den Thron bestieg und sechzig Jahre hindurch ein puritanisch-sittenstrenges Regiment führte.

sous-officiers – (franz.) Unteroffiziere.

Bays's – Als Vorbild diente Thackeray der elegante Reform Club in der Pall Mall Nr. 104. Er war 1832 für Liberale gegründet worden und erhielt 1838/39 für 80000 Pfund ein von Charles Barry im Renaissancestil des Palazzo Farnese in Rom entworfenes Gebäude mit sechs Stockwerken, 134 Räumen (als seinerzeit einziger Club bot er Schlafgelegenheit für seine Mitglieder), einer großen Halle, Gemäldegalerie, Bibliothek und einen von dem berühmten Koch Alexis Soyer, der dort ab 1841 Küchenchef war, konstruierten modernen Küchentrakt, der als Attraktion vorgeführt wurde. Die Mitgliederzahl war auf 1400 beschränkt; die Aufnahmegebühr betrug 25 Guineas, der Jahresbeitrag 10 Guineas. Alle bedeutenden Whigs des 19. Jahrhunderts waren dort Mitglied. (Jules Vernes Held Phineas Fogg schließt im Rauchsalon seine Wette einer Reise in achtzig Tagen um die Welt 1873 ab.)

Bakkalaureus – Erster, d. h. niedrigster akademischer Grad an einer Universität; nach mindestens dreijähriger Studienzeit durch Prüfung erlangt.

71 *St. James's Street* – Die Straße im Londoner Bezirk Westminster führt vom St. James's Park zur Piccadilly; an ihr lagen eine Anzahl eleganter Clubs, Cafés und exklusive Läden.

le cher mari – (franz.) dieser liebe Mann.

72 *Belgravia* – Vornehmer Stadtteil im Londoner Bezirk Westminster.

73 *Balken im Auge* – Vgl. Neues Testament, Matthäus 7,3. Dort heißt es: „Was siehest du aber den Splitter in deines Bruders Auge und wirst nicht gewahr des Balkens in deinem Auge."

Ahriman – In der Religion des Zarathustra Unwesen und Prinzip des Bösen, das am Ende die Welt vernichtet.

74 *enfants perdu* – (franz.) verlorene Kinder.

von der Schule zur Universität – Thackeray zeichnet hier quasi seinen eigenen Lebensweg nach: Er studierte ab Februar 1829 am Trinity College in Cambridge und belegte die klassischen Fächer Mathematik, griechische und lateinische Sprache, Literatur und Ethik. In der zweiten Juniwoche 1830 verließ er die Universität und begab sich auf Bildungsreise (grand tour) auf den Kontinent.

Debattier-Club – An den Universitäten Cambridge und Oxford gab es die Union, einen literarischen und politischen Studentenclub, wo sich Studenten in der Redekunst übten.

75 *Charles I.* – (1600–1649), König von England, Schottland und Irland seit 1625. Er versuchte den Absolutismus weiter zu stärken und eine Versöhnung mit dem Katholizismus durchzusetzen, wobei sein Widerstand gegen das Parlament 1642 zum Ausbruch der englischen bürgerlichen Revolution

unter Oliver Cromwell führte. Der König floh nach Schottland, wurde aber vom schottischen Heer gegen eine Kaufsumme von 400000 Pfund dem englischen Parlament ausgeliefert, von diesem zum Tode verurteilt und am 30. 1. 1649 enthauptet.

75 *Nero* – Claudius Drusus Nero (37–68), römischer Kaiser seit 54. Er war wegen seiner Grausamkeit und wegen der Verfolgung der Christen berüchtigt. Er brachte seinen Stiefbruder Britannicus, seine Mutter Agrippina und seine Frau Octavia um.

77 *Proktoren* – Universitätsbeamte in Oxford und Cambridge, die auf Ordnung zu sehen haben, die Aufführung der unteren Graduierten überwachen und auch Ordnungsstrafen eintreiben.

Fauler Lehrling – Anspielung auf die Komödie „Eastward Hoe" (Nach Osten, 1605) von George Chapman, Ben Jonson und John Marston. Darin wird der sittenstrenge, fleißige Lehrling Golding dem faulen Windbeutel Quicksilver gegenübergestellt. Beide sind bei dem Goldschmied Mr. Touchstone in der Lehre. Der Faule beraubt eines Tages seinen Meister, gerät ins Gefängnis, bereut seine Tat und gewinnt durch die Großmut seines Opfers die Freiheit.

turpingleich – Nach der Art Richard Turpins (1706–1739), des berühmten Straßenräubers aus Hempstead, Essex. Er tat sich 1735 mit Tom King in der Nähe der Cambridge Road zusammen, den er aus Versehen erschoß, und wurde wegen Pferdediebstahls in York gehängt. Um sein Leben und seine Taten ranken sich Legenden; er wurde bald zum Helden vieler Balladen und Räubergeschichten. In dem Roman „Rookwood" (1834) gibt William Harrison Ainsworth (1805–1882) eine Beschreibung von Turpins schnellem Ritt auf dem Rücken seines Pferdes Black Bess.

Okes – Richard Okes (1797–1888), Gelehrter und Vorsteher des King's College in Cambridge.

der junge verlorene Sohn – Vgl. Neues Testament, Lukas 15, 24.

78 *Tyburnia, Belgravia* – Die Stadtteile Tyburn an der Nordseite und Belgravia am Südrand des Hyde Park gehörten seinerzeit zu den elegantesten Wohngegenden Londons.

wo man Lotos ißt – Anspielung auf das freundliche Märchenvolk in der griechischen Sage, dessen wohlschmeckende Lotosspeise Vergessen bewirkte. Odysseus gelangte auf seiner Heimfahrt zu den Lotophagen und mußte seine Gefährten, die vom Lotos kosteten, mit Gewalt auf das Schiff zurückbringen. – Übertragen auch für einen in verfeinertem Geschmack (Genuß) Schwelgenden gebraucht.

79 *Advokateninnung* – Im 13. und 14. Jahrhundert entstanden in London vier Advokateninnungen, die Inns of Court, denen alle Juristen angeschlossen sein mußten. Es waren der Middle und der Inner Temple (vgl. Anm. *Temple* zu S. 32), Lincoln's Inn und Gray's Inn.

Parchment Buildings – Als Vorbild nahm Thackeray die Paper Buildings, eines der Gebäude im Inner Temple. Thackeray bezog selbst eine Junggesellenwohnung vom 3. 6. 1831 bis April 1832 im Middle Temple, Essex Court Nr. 5, um juristische Studien bei dem Anwalt William Taprell, Inner Temple, Hare Court Nr. 1, zu betreiben. Auch als er die Studien abbrach, behielt er die Wohnräume im Middle Temple bei.

79 *Lord-Chatham-Masche* – Bezieht sich auf William Pitt (den Älteren), Graf von Chatham (1708–1778). Er war als Politiker ein glänzender Redner, ein Führer der Whigs und Opponent Robert Walpoles; von 1735 bis 1766 Parlamentsmitglied. Lange Zeit hindurch bekleidete er höchste Staatsämter; u. a. Sprecher des Unterhauses, von 1746 bis 1755 Generalzahlmeister. 1756/57 und von 1757 bis 1761 bestimmte er als Staatssekretär die britische Politik. Er führte 1755 erfolgreich den Kolonialkrieg gegen Frankreich, wurde aber 1761 von George III. zum Rücktritt gezwungen, da er gegen die hannoverschen Rücksichten des englischen Königs in bezug auf die Bündnispolitik Englands in den europäischen Erbfolgestreitigkeiten auftrat. 1766/68 leitete er noch einmal das Kabinett.

père noble – (franz.) edler Vater.

Sir Charles Grandison – Der elegante, vornehme, überaus tugendhafte und umsichtige Held aus Samuel Richardsons gleichnamigem, rührselig-didaktischem Roman, der 1754 erschien. Er entsagt einer Ehe mit der andersgläubigen Clementina della Porretta in Italien und heiratet darauf in edler Absicht die schöne Harriet Byron in England.

81 *Megatherium Club* – Als Vorbild diente Thackeray der Londoner Athenaeum Club in der Pall Mall Nr. 107. Seit 1824 hatte sich die Elite der Künstler, Schriftsteller, Wissenschaftler und Politiker zunächst in den Räumen der Royal Society im Somerset House getroffen, ehe sie sich ab 1830 in dem von Decimus Burton im griechischen Stil entworfenen neuen Gebäude (oberhalb des Säulenportals befindet sich die Statue der Pallas Athene) versammelte. Darwin, Huxley, Macaulay, Dickens, Thackeray, Joseph Conrad, Kipling und Chesterton gehörten u. a. dem Club an. Die 40 m lange Bibliothek ist der berühmteste Clubraum Londons.

Cribbage – Kartenspiel, dem Whist verwandt, mit 52 Karten für zwei bis vier Personen.

82 *New Road* – Diese 1756/57 angelegte Straße, die heutige Marylebone Road (seit 1857) und ihre Verlängerung, die Euston Road, liegt in der Nähe von Regent's Park.

„Garryowen na Gloria" – Altes irisches Lied.

Russell Square – Der weite Platz im Londoner Stadtteil Bloomsbury wurde 1800 angelegt und galt als Wohngegend für den gehobenen Mittelstand, für Kaufleute und Gelehrte.

Soho – Ende des 18. Jahrhunderts hatten sich in der Gegend französische Emigranten, Handwerker, Musiker und bildende Künstler angesiedelt. Die schmalen Gassen waren vollgestopft mit Läden, Werkstätten, Restaurants und Cafés. Ab 1850 eröffneten Theater und Music halls ihre Pforten; die Gegend bot allerlei Vergnügungen.

84 *ehe sie in die Königliche Akademie kommen* – Die Royal Academy of Arts wurde 1768 gegründet und hatte Sir Joshua Reynolds (1723–1792) zum ersten Präsidenten. Sie hatte 40 Mitglieder (R. A.) und 20 nicht vollberechtigte Mitglieder (A. R. A.), veranstaltete Ausstellungen und unterhielt Kunstschulen. Sie befand sich zunächst in der Pall Mall und im alten Somerset House in der Strand, wo allerdings nur 136 Gemälde ausgestellt werden konnten. Von 1776 bis 1836 konnte man im neuerbauten Somerset House 600 bis 700 Gemälde hängen. Von 1837 bis 1868 hatte sie ihren Sitz

in der National Gallery am Trafalgar Square, später im Burlington House. Die berühmten Ausstellungen fanden jährlich im Sommer statt und zeigten über 1300 Werke von über 10000 eingereichten.

85 *Waterloo* – Belgische Gemeinde südlich von Brüssel, in der Wellington und Blücher am 18. 6. 1815 über Napoleon I. siegten, der danach nach Sankt Helena verbannt wurde.

Hougoumont – Einer von drei Weilern südlich von Waterloo an der Straße Brüssel-Charleroi in der belgischen Provinz Brabant, der eine taktische Schlüsselposition der Verbündeten gegen die Franzosen vor der Schlacht von Waterloo am 18. 6. 1815 bildete. Napoleon versuchte mit 5000 Reitern durchzubrechen, die britische Kavallerie unter Lord Uxbridge wehrte ihn ab.

Napoleon Bonaparte – (1769–1821), Sohn eines Advokaten auf Korsika; er wurde am 9. 11. 1799 durch Staatsstreich Erster Konsul und 1804 Kaiser der Franzosen.

86 *„Admiral Byng“* – Thackeray benannte den Club nach dem Admiral John Byng (1704–1757), der 1756 nach Menorca, das seit 1713 in englischen Besitz gelangt war, entsandt wurde, um den Hafen von Port Mahon vor den Franzosen zu schützen. Diese hatten bei Ausbruch des Siebenjährigen Krieges von Toulon aus angegriffen. Byng sah sich mit 3000 Mann 12000 Gegnern gegenüber und zog sich nach kurzem Seegefecht zurück. Er wurde von einem Kriegsgericht zum Tode verurteilt. Menorca fiel erst 1763 wieder an England.

Tottenham Court Road – Straße im Londoner Stadtteil Bloomsbury. Dort befand sich das berühmte Lokal „Horseshoe Tavern“.

Margate – Hafenstadt und volkstümliches Seebad in der englischen Grafschaft Kent auf der Insel Thanet in der Themsemündung.

87 *Incledon* – Charles Benjamin Incledon (1763–1826), berühmter Tenor jener Tage; Opern-, Oratorien- und Liedersänger. – Sein Sohn Charles Incledon (1791–1865) war ebenfalls Sänger.

Braham – John Braham (1774?–1856), berühmter Tenor von europäischem Rang, der u. a. in der Uraufführung von Carl Maria von Webers „Oberon“ in Covent Garden am 12. 4. 1826 unter der Leitung des Komponisten auftrat.

88 *Wardour Street* – Vgl. Anm. zu S. 28.

Dan Cupido – Herr Amor.

Quadrille – Im 18. Jahrhundert beliebtes Kartenspiel für vier Personen; dem L'hombre nachgebildet.

90 *bonne école* – (franz.) gute (alte) Schule.

93 *Horaz* – Quintus Horatius Flaccus (65–8 v. u. Z.), römischer Lyriker; neben Vergil bedeutendster Dichter des Augusteischen Zeitalters und meistzitierter Autor der Antike im England des 18. und 19. Jahrhunderts.

Charlotte Street – Ab 1787 bebaute Straße im Londoner Stadtteil Marylebone; seit dem 18. Jahrhundert auch von Künstlern bewohnt.

95 *summa bona* – (lat.) der höchsten Güter.

Rothschilds – Das von Mayer Amschel Rothschild (1744–1812) in Frankfurt am Main begründete jüdische Bankhaus beherrschte in der ersten Hälfte des 19. Jahrhunderts über mehrere europäische Filialen das internationale Bankgeschäft. Nathan Mayer Rothschild (1777–1836) hatte 1798 eine Textilexportfirma in Manchester gegründet und 1809 in London in New Court, St. Swithin's Lane, in der Nähe der Lombard Street, eine Handelsbank eröffnet. Während der Napoleonischen Kriege verdiente das Bankhaus mit Staatsanleihen große Summen.

95 *die Schwarze Sorge* – Anspielung auf Horaz' Zeile „Post equitem sedet atra cura." = Hinter dem Reiter sitzt die schwarze Sorge. Vgl. „Oden" 3, 1, 40.

Pegasus – In der griechischen Sage geflügeltes Wunderpferd; später auch Dichterroß.

97 *Lilien auf dem Felde* – Vgl. Neues Testament, Matthäus 6, 28. Dort heißt es: „Schauet die Lilien auf dem Feld, wie sie wachsen; sie arbeiten nicht, auch spinnen sie nicht . . ."

99 *Doktor Johnson* – Samuel Johnson (1709–1784), klassizistischer Schriftsteller, Essayist, Biograph und Lexikograph. Er gilt als einer der einflußreichsten Gelehrten seiner Zeit. Er gründete 1764 den Literary Club, dem u. a. Reynolds, Burke, Goldsmith, Garrick, C. J. Fox und Boswell angehörten. – Sein verdienstvolles großangelegtes Wörterbuch „Dictionary, with a Grammar and History of the English Language" (1755) wurde für den Gebrauch und die Reinheit des englischen Wortschatzes maßgebend. Die Herausgabe hatte zwar Johnsons Ruhm begründet, ihn aber weiterhin mittellos gelassen. So saß er u. a. zweimal im Verlauf des Jahres 1756 im Schuldgefängnis und wurde weitere zwei Male mit Hilfe Samuel Richardsons ausgelöst. Er legte wenig Wert auf sein Äußeres und wird von den Zeitgenossen als groß, ungeschlacht, plump in seinen Gesten, mit zu kleiner, zerknitterter Perücke und nachlässiger, schmuddliger Kleidung, jedoch in der Unterhaltung als geistvoll, lebhaft und gewinnend beschrieben. Johnson war ein starker Teetrinker.

Mrs. Thrale – Hester Lynch Thrale (1741–1821) heiratete 1763 gegen ihre Neigung Henry Thrale, den Sohn eines reichen Brauers in Southwark. Das Ehepaar war 16 Jahre mit Johnson befreundet, der die Familie auch auf deren Reisen nach Bath, Brighton, Wales und Paris begleitete; auch hatte Johnson stets ein Quartier in Southwark wie in der Villa Streatham Place. Nach dem Tode ihres Mannes wohnte Mrs. Thrale mit Johnson in der Argyll Street und pflegte ihn während seiner Krankheit. Später ging sie unvermutet 1784 eine Ehe mit dem italienischen Musiker Gabriel Piozzi ein, der römisch-katholischen Glaubens war, was ihr die Gesellschaft sehr verübelte. Sie verfaßte „Anecdotes of the late Samuel Johnson" (1786) und veröffentlichte 1788 auch ihren Briefwechsel mit Johnson.

Violetta – Eva Marie Violetti (1724–1822), Tänzerin Wiener Herkunft; sie tanzte am Haymarket Theatre ab 1746 und heiratete 1749 den Schauspieler David Garrick.

101 *peccavi* – (lat.) ich habe gesündigt.

bon Dieu! – (franz.) guter Gott!

103 *Impletur veteris Bacchi* – (lat.) Er wird voll alten Weines. Vgl. Vergil, „Äneis", 1, 215.

104 *Barrister* – Anwalt, der vor höheren Gerichten plädieren darf.

Eblana – Der Name steht für Dublin (im Impressum alter Bücher); nach einem frühen irischen Stamm der Eblanii.

105 *Konsols* – Konsolidierte Staatsanleihen; in England waren es die dreiprozentigen fundierten Renten.

Almack's – Die eleganten Gesellschaftsräume befanden sich seit 1764 in der King Street, St. James's; sie wurden nach ihrem Besitzer William Almack (gest. 1781) so genannt. Zu den Subskriptionsbällen, die zwölf Wochen lang mittwochs von April bis Juni abgehalten wurden, hatten nur die allervornehmsten Kreise, die vorher schriftlich um eine Einladung ersuchten, Zutritt. Die Karten wurden von einem siebenköpfigen Damenkomitee verteilt.

Fellow – Ein zugewähltes, graduiertes Mitglied eines Universitätscolleges. Die Wahl ist mit einem Stipendium – meist auf sieben bis zehn Jahre befristet – verbunden.

Garde-Club – Der Guard's Club befand sich in der Pall Mall Nr. 70, St. James's. Als Mitglieder waren nur Offiziere der Königlichen Gardetruppen zugelassen. Der Prinzregent (der spätere George IV.) und der Herzog von Wellington hatten 1810 beschlossen, für die Offiziere, die aus dem Spanischen Krieg gegen Napoleon zurückkehrten, einen solchen Treffpunkt einzurichten. Er war zunächst gegenüber White's in der St. James's Street untergebracht.

Krimschnee – Im Krimkrieg (1853–1856) Rußlands gegen die Türkei, die mit England, Frankreich und Sardinien verbündet war, erlitt Rußland eine schwere Niederlage. 1854 landeten 20000 Engländer zur Unterstützung in Warna. Die folgende Belagerung Sewastopols zog sich über den Winter 1854 bis zum September 1855 hin. Die Truppen erlitten u. a. durch Krankheiten und Kälte große Verluste.

Blackmore – Vermutlich Richard Doddridge Blackmore (1825–1900), Anwalt und Schriftsteller. Er studierte in Oxford und wurde 1852 als Barrister am Middle Temple zugelassen. Er verfaßte 15 Romane; u. a. „Lorna Doone" (1869).

Supper – Auch Abendessen zur Feier einer bestandenen Prüfung; Examensschmaus.

107 *Sheriff* – Der oberste Beamte einer Grafschaft, der auch das Exekutivverfahren in Zivil- und Kriminalsachen leitet. Sein Amt ist ein Ehrenamt und wird auf dem Lande meist von Großgrundbesitzern wahrgenommen.

108 *Ingenuas didicisse* . . . – (lat.) Ein gewissenhaftes Studium der freien Künste macht den Menschen sittlich (und verbietet ihm, grausam zu sein). Vgl. Ovid, „Epistulae ex Ponto", 2, 9, 47.

Klopfgeister – Immer wieder hatten Geschichten über sogenannte Klopfgeister die Gemüter erregt. Der Cock Lane Ghost, der im Haus der Cock Lane Nr. 33 in Smithfield 1762 wiederholt zu hören war (Johnson selbst ging der Erscheinung nach und berichtete darüber in „The Gentleman's Magazine"), und der Stockwell Ghost (1772) erwiesen sich als Schwindel. Thackerays Anspielung bezieht sich hier auf Folgendes: Nach dem so erfolgreichen Erscheinen der ersten Nummer (1860) des „Cornhill Magazine", die mit 120000 Exemplaren verkauft wurde, gab der Verleger George Smith (1824–1901) das erste einer ganzen Reihe von üppigen Dinners in seinem Haus am Gloucester Square. Dessen vorheriger Besitzer war der irische Politiker und Bankenschwindler John Sadleir (1814–1856) gewesen, der sich nach Auffliegen seiner Betrügereien vergiftet hatte. „Der Gedanke an den Geist des verstorbenen Gentlemans, der durch die Räume zu huschen schien, gab dem Bankett einen merkwürdigen Anstrich", schreibt der Herausgeber des „Cornhill Magazine", Thackeray, 1860. „Zumal der Wind die Haustür öffnete und dabei gleichzeitig die Salontür wie von Geisterhand aufflog und der Luftzug den Teppich in leichten Wellen anhob. Jedermann war überzeugt, der Geist suche versteckte Dokumente unter dem Fußboden."

108 *„Cornhill Magazine"* – Diese Monatszeitschrift wurde im Januar 1860 von Smith gegründet; Herausgeber war bis April 1862 Thackeray. Der Name rührt von dem Sitz des Verlagshauses Smith, Elder & Co. in der Cornhill Nr. 65 her, dessen Besitzer George Smith war. Dort erschienen in Fortsetzungen auch Thackerays Romane „Lovel the Widower" (1860), „The Adventures of Philip" (1861/62), der unvollendete Roman „Denis Duval" (1864) sowie die Essays „The Roundabout Papers" (1860/63). Beiträger waren u. a. John Ruskin, Matthew Arnold, Elizabeth Cleghorn Gaskell, Anthony Trollope, Bulwer-Lytton.

109 *Exit* – (lat.) Er geht ab.

110 *Amphitryon* – Anspielung auf Molières höfisch-galante Komödie „Amphitryon" (1668), die den Helden und den als Amphitryon verkleideten Jupiter mit einem Bankett in Verbindung bringt. Der Diener Sosie erkennt in dem Freigebigen den echten der beiden Amphitryons beim Festmahl. Im übertragenen Sinn: ein gefälliger Gastgeber.

Herzog von Medina Sidonia – Name nach den Mitgliedern eines der ältesten spanischen Adelsgeschlechter. – Don Alonso Pérez da Guzmán, Herzog von Medina-Sidonia (1550–1615), hatte z. B. die Befehlsgewalt über die spanische Armada, die 1588 von den Engländern vernichtet wurde.

die spanische Königin – Isabella II. (1830–1904) war von 1833 bis 1868 Königin von Spanien.

111 *Corpus* – Corpus Christi College, ein 1352 in Cambridge gegründetes College.

Brummell Firmin – Beiname nach dem Stutzer George Bryan Brummell (1778–1840), genannt Beau Brummell. Er wurde in Eton und Oxford erzogen und war berühmt wegen seiner raffinierten Sorgfalt in der Kleidung, wegen seiner hochgestochenen Manieren und witzigen Schlagfertigkeit. Er gewann die Aufmerksamkeit des Prinzregenten und spielte als Dandy in der Londoner Gesellschaft eine glänzende Rolle, ehe er 1816 wegen seiner Schulden nach Calais flüchten mußte. Dort lebte er von gelegentlichen finanziellen Zuwendungen seiner englischen Freunde und verstarb gänzlich verarmt.

112 *Trinity* – Das größte College an der Universität Cambridge; 1546 von Henry VIII. gegründet; Ausbildungsstätte von Francis Bacon, Dryden, Newton, Byron, Macaulay, Thackeray, Tennyson.

Tandemgespann – Leichter, ungedeckter Kutschwagen mit zwei voreinandergespannten Pferden.

Caius Gate – Eingang zum 1348 gegründeten Gonville and Caius College der Universität Cambridge, das 1557 von Dr. John Caius, einem Mediziner, erweitert wurde und allgemein dann Caius hieß; es grenzt an das Trinity College.

112 *Boulogne* – Boulogne-sur-Mer, Stadt im Norden Frankreichs an der Kanalküste. Dort hielten sich gern Engländer auf, die wegen Schulden untertauchen mußten.

113 *Échappé de Toulon* . . . – (franz.) Aus Toulon entwischt. Das sieht man. Ein ganz distinguierter Mann.

Baden-Baden – Heil- und Luxuskurort im Oostal im nördlichen Schwarzwald; bekannt für seine Glücksspiele.

114 *Richard III.* – (1452–1485), König von England ab 1483. Nach Edwards IV. Tod übernahm er für dessen Sohn (seinen Neffen) Edward V. die Regentschaft. Er ließ Edward und dessen Bruder im Tower gefangensetzen und ermorden und sich selbst zum König ausrufen.

White Surrey – Richards III. Pferd. Vgl. Shakespeare, „Richard III.“, V, 3.

Bosworth Field – In der Schlacht bei Bosworth (Leicestershire) verlor Richard III. am 22. 8. 1485 gegen Henry Tudor, Graf von Richmond, der von Frankreich aus gelandet war, Krone und Leben. Es war der letzte Kampf in den Rosenkriegen (1455–1485). Das Haus Plantagenet wurde vom Haus Tudor abgelöst.

die Kleinen im Tower – Edward V. (1470–1483), ältester Sohn Edwards IV. und Prinz von Wales seit 1471, und Richard Herzog von York (1472–1483), zweiter Sohn Edwards IV. Beide wurden auf Befehl ihres Onkels, des Herzogs von Gloucester (später Richard III.), im Tower hingerichtet.

Tower – Alte Zitadelle (Burg, Kapelle) im Südosten der City von London am Themseufer, deren Bau unter William dem Eroberer (er regierte von 1066 bis 1087) begonnen wurde; das bekannteste Gefängnis des Mittelalters.

115 *„Doktor Luther“* – Die Zeilen „Wer nicht liebt Wein, Weib und Gesang, / Der bleibt ein Narr sein Leben lang“ werden Martin Luther (1483–1546) zugeschrieben. Das Gedicht mit dem Titel „The Credo“ (Glaubensbekenntnis) stammt von Thackeray.

John Knox – (1505–1572), schottischer Reformator. Er floh 1554 vor der Reaktion unter Mary der Katholischen nach Genf, wo er die Lehre Calvins studierte und die Bibel ins Englische übersetzte.

117 *abandon* – (franz.) Ungezwungenheit.

118 *der tolle Prinz und Poins* – Anspielung auf Shakespeares Gestalten, den Prinzen Hal und seinen Begleiter, den prahlerischen, liederlichen, stets betrunkenen wilden Gefährten Poins (auch Kumpan von Falstaff) aus dem Königsdrama „Heinrich IV.“, Erster und Zweiter Teil.

121 *Incedo per ignes suppositos* – (lat.) Ich gehe über Feuer, das (unter trügerischer Asche) schwelt. Vgl. Horaz, „Oden“, 2, 1, 7-8.

Pompeji – Altrömische Provinzstadt bei Neapel, 79 bei Ausbruch des Vesuvs zusammen mit Herculaneum verschüttet.

127 *Mrs. Grundy* – Die niemals in Erscheinung tretende Gestalt der Mrs. Grundy stammt aus Thomas Mortons Schauspiel „Speed the Plough“ (1798), in dem ständig die Frage wiederholt wird: „Was würde wohl Mrs. Grundy dazu sagen?“ Sie wurde in England zum Inbegriff für die vorgefaßte öffentliche Meinung, zum Symbol für Anstand und Schicklichkeit im viktorianischen Zeitalter.

128 *C'est louche* – (franz.) Das ist verdächtig.

131 *Serpentine* – Der lange, gebogene künstliche See verdankt seine Entstehung Königin Caroline, der Frau Georges II., die ihn ab 1730 anlegen ließ. Der nördliche Teil bildet die Begrenzung zwischen dem Hyde Park und den Kensington Gardens. Der Fahrweg an der Nordseite der Serpentine heißt Ladies' Mile. Dort versammelten sich während der Saison viele elegante Equipagen.
Hertfordshire – Grafschaft im Süden Englands, an Greater London angrenzend.
Berkeley Square – Der Platz in Mayfair im Londoner Bezirk Westminster wurde von 1730 bis 1740 mit vornehmen Palästen der Aristokratie bebaut; William Pitt der Ältere wohnte dort, ebenso Baron Clive, Fox, George Canning.
132 *vous concevez* – (franz.) Sie verstehen.
Desdemona – Heldin aus Shakespeares Tragödie „Othello"; Desdemona, die Tochter des venezianischen Senators Brabantio, heiratete heimlich den Mohren Othello, den tapferen General im Dienste Venedigs.
komm unter den Schweinen hervor – Vgl. Neues Testament, Lukas 15, 16.
133 *Mnemosyne* – (griech.) Erinnerung; in der griechischen Sage eine Titanin, Tochter des Uranos und der Gaia; sie gebar dem Zeus die neun Musen.
134 *Corydon* – Verliebter Schäfer in den Idyllen des griechischen Dichters Theokrit und in den Hirtengedichten des Römers Vergil; danach beliebter Name der Schäferdichtung.
Phyllis – Name aus der Schäferdichtung, nach der thrakischen Königstochter in der griechischen Sage.
Melibœus – Name aus der Schäferdichtung nach einem Hirten aus Vergils „Eklogen".
Megatherium Club – Vgl. Anm. zu S. 81.
137 *Traviata* – (ital.) Die vom Wege Gewichene. Anspielung auf die schöne, schwindsüchtige Kurtisane Violetta Valery aus Guiseppe Verdis Oper „La Traviata" (1853), deren Libretto auf Alexandre Dumas' (Sohn) Drama „La dame aux camélias" (1849) zurückgeht.
Piccadilly – Vgl. Anm. zu S. 25.
Laïs – Name verschiedener griechischer Hetären. Die berühmteste war die Rivalin von Phryne und das Modell des Bildhauers Apelles (2. Hälfte des 4. Jahrhunderts v. u. Z.).
Phryne – Berühmte, reiche griechische Hetäre in Athen im 4. Jahrhundert v. u. Z. Sie ist das Modell der Venus von Praxiteles und der Venus Anadyomene des Apelles.
Aspasia – Eine geistvolle, emanzipierte Hetäre in Athen; seit 445 v. u. Z. Lebensgefährtin des Perikles. Sie war Mittelpunkt eines Kreises bedeutender Männer, u. a. Sokrates, Platon, Xenophon.
138 *Grosvenor Square* – Größter Londoner Platz in Mayfair, bebaut zwischen 1725 und 1731 mit Stadtpalästen der Aristokratie und Wohnsitzen von Diplomaten und Ministern.
Rotten Row – Reitweg im Londoner Hyde Park, parallel zur Fahrallee für Kutschen (The Carriage Road) verlaufend und gleichfalls auf der Südseite der Serpentine. Von Hyde Park Corner bis zum Kensington Gate ritt man die 1,5 Meilen eine halbe Stunde lang. Auf der einen Seite bewegte sich eine

ununterbrochene Reihe eleganter Equipagen mit geputzten Damen hin und her, während parallel dazu auf der anderen Seite Reiter und Reiterinnen auf edlen Pferden vor der zuschauenden, nebenher spazierenden oder auf gemieteten Stühlen sitzenden Menge paradierten. Die bevorzugte Zeit war seinerzeit von 17 bis 19 Uhr; für Reiter auch zwischen 12 und 14 Uhr.

139 *savoyardisch* – Aus Savoyen stammend, einer Landschaft im Südosten Frankreichs.

qui fait la traite des hurdigurdies – (franz.) der einen Handel mit Drehorgeln betreibt.

140 *Ruben, der Erstgeborene* – Nach dem Alten Testament (1. Moses 35, 23) ist Ruben der Erstgeborene von Jakobs zwölf Söhnen; Joseph ist der siebente.

141 *Walter Scott* – (1771–1832), schottischer Schriftsteller und Dichter. Er begründete den historischen Roman in England und wirkte als literarischer Gestalter der Geschichte Schottlands: u. a. „Waverley" (1814), „Rob Roy" (1817), „Das Herz von Midlothian" (1818) – Englands: u. a. „Ivanhoe" (1819), „Kenilworth" (1821) – und kontinentaler Länder: u. a. „Quentin Durward" (1823).

Wordsworth – William Wordsworth (1770–1850), Dichter der sogenannten romantischen „See-Schule". Er predigte in literaturkritischen Schriften einfaches Naturgefühl, das er gemeinsam mit Samuel Taylor Coleridge (1772–1834) in den „Lyrical Ballads" (1798) gestaltete. Das Gedicht „The Excursion" (Der Ausflug) in neun Büchern erschien 1814 und ist der mittlere Teil eines großangelegten, jedoch unvollendeten Zyklus mit philosophischen Dialogen und Betrachtungen über Mensch, Natur und Gesellschaft, auch über das mit der Industrialisierung einhergehende Elend. Der Dichter trifft einen philosophierenden Wanderer, einen Pfarrer und einen pessimistischen Einzelgänger; er empfiehlt eine bessere Schulbildung für die Kinder, für sich selbst sucht er Harmonie in der Zurückgezogenheit.

Apsley House – 1820 wurden Grundstück und Palais an der Hyde Park Corner Ecke Park Lane dem Herzog von Wellington für seine Verdienste von der Toryregierung geschenkt; die Lage des Hauses war eine der besten in London. Es war ursprünglich 1771 bis 1778 für den Lordkanzler Henry Graf Bathurst erbaut worden; 1825 bis 1829 ließ Wellington es von Benjamin Wyatt umbauen und erweitern. Ein korinthischer Säulenvorbau und eine große Freitreppe wurden angelegt, und der rote Ziegelbackstein wurde mit honigfarbenem Bathstein ummantelt. Das prachtvoll eingerichtete Innere enthält eine Gemäldegalerie mit zahlreichen Porträts, Statuen und Trophäen.

„European Magazine" – Eine von James Perry 1782 gegründete Zeitschrift, die bis 1826 erschien.

Assaye – Ort im Distrikt Haidarabad in Vorderindien. Dort fand am 23. 9. 1803 eine Schlacht zwischen den Engländern (4500 Mann) unter Wellington und den Armeen der Marathen-Konföderation (50000 Mann) unter Sindh statt, der von französischen Kanonen unterstützt wurde. Die Einheimischen verloren 12000 Soldaten, Wellington 1657. Er konnte die Schlacht für die Engländer entscheiden.

Arbela – Im 9. Jahrhundert v. u. Z. assyrische Provinzstadt. In der Schlacht vom 1. 10. 331 v. u. Z. schlug Alexander der Große dort die Perser.

141 *Salamis* – Im Sund von Salamis fand 480 v. u. Z. die berühmte Seeschlacht statt, in der die aus großen unbeweglichen Schiffen bestehende persische Kriegsflotte von den wendigen griechischen Booten vernichtet wurde.

Marathon – In der Ebene von Marathon besiegten 490 v. u. Z. die Athener unter Miltiades die Perser und begründeten damit die Machtstellung Athens.

Azincourt – In der Schlacht bei Azincourt, einem Dorf im Norden Frankreichs, besiegte König Henry V. von England mit seinen leichtbeweglichen Bogenschützen am 25. 10. 1415 die zahlenmäßig überlegenen Franzosen und besetzte anschließend große Teile Frankreichs.

Blenheim – In der Schlacht von Blenheim (Höchstädt) am 13.8. 1704 siegten die Engländer unter Marlborough, verbündet mit Prinz Eugen, über die Franzosen.

Busaco – Vgl. Anm. zu S. 19.

Waterloo – Vgl. Anm. zu S. 85.

Armageddon – Auch Harmagedon, der Berg Karmel, an dem sich nach dem Neuen Testament (Offenbarung 16, 16) die „Könige von Osten her" versammeln sollten.

142 *Bruin* – Der Bär in der Fabel.

143 *Arkadien* – Eine Gegend des Peloponnes, wo nach Vergil die Heimstatt ländlicher Einfachheit und Glückseligkeit zu finden ist.

Tityrus – Seit Vergils „Eklogen" Name für einen Schäfer.

Amaryllis – Seit Theokrit, Vergil und Ovid in der Dichtung häufig gebrauchter Name für eine verliebte Schäferin.

Daphne – In der griechischen Sage Tochter des Flußgottes Peneios. Sie wich dem Liebeswerben des Apollon aus und wurde auf ihre Bitten in einen Lorbeerbaum verwandelt, als der Gott die Fliehende fast eingeholt hatte.

Cadmus – Kadmos war in der griechischen Sage der Sohn des phönikischen Königs Agenor. Er wurde von seinem Vater ausgesandt, die von Zeus entführte Schwester Europa zu suchen. Vom Orakel von Delphi angewiesen, gründete er in Boötien an der Stelle, wo eine Kuh sich niederlegte, die Kadmeia, die Burg des späteren Theben.

144 *beau cousin* – (franz.) der schöne Cousin.

ingénue – (franz.) die Naive.

145 *Cross* – Ort in der Grafschaft Somersetshire.

Regent's Park – Ehemals Marylebone Park; Park im Nordwesten Londons, 1814 in den letzten Regierungsjahren Georges III. (während der Regentschaft – daher der Name) von dem führenden Architekten der Epoche John Nash (1752–1835) angelegt. Der Prinzregent förderte Nashs Pläne, in die idyllische Gartenlandschaft nach halbkreisförmigen Kolonnaden in zwei exzentrischen Kreisen auf erhöhten Terrassen 56 palaisartige Villen zu bauen, wobei nur acht zur Ausführung kamen.

Kaserne – An der Ostseite des Regent's Park verläuft von Norden nach Süden die Albany Street, 1820 angelegt und nach Frederick Herzog von Albany, Georges IV. jüngerem Bruder, benannt. In ihrem nördlichen Teil lagen die Regent's Park Kasernen, auch als Albany-Kasernen bezeichnet.

„Punch" – Die illustrierte satirische Wochenzeitschrift „Punch, or The London Charivari" erschien erstmals am 17. 7. 1841 als radikales Witzblatt.

Thackeray gehörte neben Henry Mayhew, Douglas William Jerrold, Gilbert à Beckett, John Leech zu den Mitarbeitern.

146 *Platon* – (427–347 v. u. Z.), griechischer Philosoph, Begründer der objektiv-idealistischen Richtung in der Philosophie.

148 *à la vie à la mort* – (franz.) fürs ganze Leben.

150 *Tamarindentränke* – Tamarinde wurde als Arzneimittel benutzt und wirkt u. a. fiebersenkend und mild abführend.

152 *que sais-je?* – (franz.) was weiß ich?

153 *Pallida mors aequo pede* – (lat.) Der bleiche Tod (stößt) mit gleichem Fuß (an die Hütten der Armen wie an die Paläste der Reichen). Vgl. Horaz, „Oden", 1, 4, 13.

154 *Air Street* – An der Regent Street gelegene Straße mit Restaurants und Billardsälen.

„spitzbübische Munkelei" – Vgl. Shakespeare, „Hamlet", III, 2, 143.

Happetit – Ein Beispiel für das falsche Hinzufügen des Buchstabens H, das ebenso wie das Weglassen des H die Sprechgewohnheiten von Angehörigen der niederen Schichten, besonders aus dem Londoner Osten, charakterisiert.

155 *Regent Street* – Imposante, 1,5 km lange Pracht- und Geschäftsstraße im Londoner West End; 1813 von John Nash erbaut, um Carlton House in der Pall Mall, die Residenz des Prinzregenten, mit Regent's Park zu verbinden.

157 *Tattersall's* – Von Richard Tattersall (1724–1795), einem ehemaligen Reitburschen vom Gestüt des Herzogs von Kingston, 1766 gegründetes Reitinstitut mit Verleihpferden in der Nähe von Hyde Park Corner, in das auch eigene Pferde in Unterkunft und Futter gegeben werden konnten. Reitpferd und/oder Kutsche waren Statussymbol des Adels und des gehobenen Bürgertums jener Tage. Bei Tattersall's, wo sich Adel, Neureiche, Spieler, Gauner und Fachleute versammelten, wechselten auf Auktionen Reitpferde oft zu hohen Summen den Besitzer. Dort wurden bis 1865 auch Rennwetten abgeschlossen.

158 *M. A.* – Master of Arts (engl.) = Magister der freien Künste; unterer akademischer Grad der philosophischen Fakultät.

162 *Kalomel* – Das Quecksilberpräparat galt als ein Universalmittel gegen Syphilis, Verstopfung, Darmdesinfizienz, Typhus, Cholera, Brechdurchfall, Ruhr und Gallensteine und als harntreibendes Mittel.

164 *Ekarté* – Französisches Kartenspiel für zwei Personen mit 32 Piquetkarten.

165 *Mr. Thurtell* – John Thurtell (1794–1824), Sohn des Bürgermeisters von Norwich, ein verkrachter Tuchhändler, Preisboxer und Spieler. Er lauerte seinem Gläubiger William Weare auf der Straße auf und ermordete ihn; er wurde gehängt.

167 *nunc vinum, cras aequor* – (lat.) jetzt (vertreibt die Sorgen mit) Wein, morgen (geht es wieder hinaus aufs weite) Meer. Vgl. Horaz, „Oden", 1, 7, 31–32.

173 *„Connoisseur"* – Name nach der von dem Dramatiker und Essayisten George Colman und dem Schöngeist Bonnell Thornton von 1754 bis 1756 redigierten Zeitschrift „The Connoisseur".

Doktor Johnson – Er starb am 13. 12. 1784.

174 *Mr. Clive Newcome* – Held aus Thackerays Roman „Die Newcomes" (1853/55), der nach vielen Wirren seine schöne Cousine Ethel heiratet.

Wimbledon – Im Süden von London in der Grafschaft Surrey gelegen.

174 *Edial* – Bei Lichfield in der Grafschaft Staffordshire, dem Geburtsort von Samuel Johnson (vgl. Anm. zu S. 99), liegt Edial. Dort unternahm Johnson 1736, nachdem er die Witwe Mrs. Elizabeth Porter (1688–1752) geheiratet hatte, den wenig erfolgreichen Versuch, eine Schule einzurichten.
Davy Garrick – Der später so berühmte Schauspieler und Theaterdirektor David Garrick (1717–1779) und sein Bruder George waren zwei von Johnsons drei Schülern in Edial. Beide Brüder brachen nach sechs Monaten Unterricht 1737 mit Johnson zusammen nach London auf.
sub voce – (lat.) bei dem Stichwort.
175 *Raffael* – Raffaelo Santi (1483–1520), italienischer Maler der Renaissance.
177 *Rouge gagne, et couleur* – (franz.) Rot gewinnt, und Farbe.
179 *Delila* – Im Alten Testament (Richter 16) wird der unüberwindliche Simson von seiner Geliebten Delila betört, so daß er ihr das Geheimnis seiner Kraft, die in seinem langen Haar liegt, anvertraut. Während er schläft, schneidet sie ihm das Haar ab und liefert ihn so seinen Feinden aus.
180 *Damokles* – Der Legende nach ein Höfling am Hofe Dionysius' I. von Syrakus (9. Jahrhundert v. u. Z.), über dessen Haupt der Tyrann ein scharfes Schwert an einem einzelnen Haar befestigt schweben ließ, um die Unsicherheit menschlichen Lebens, unabhängig von Reichtum und Macht, zu zeigen.
184 *überhaupt keinen Pfarrer* – In Gretna Green, einem schottischen Dorf an der englischen Grenze, konnten sich entflohene Liebespaare rasch trauen lassen. Nach schottischem Recht bedurfte die Eheschließung nicht der elterlichen Zustimmung; eine formlose Willenserklärung reichte aus. Lange Zeit nahm die Trauung der Schmied in seiner Eigenschaft als Friedensrichter vor.
186 *pede claudo* – (lat.) hinkenden Fußes. Vgl. Horaz, „Oden", 3, 2, 32.
187 *„Morning Post"* – Eine 1772 gegründete Londoner Tageszeitung; sie war ein Spiegel des Hofes und der vornehmen Gesellschaft, über deren Leben und Treiben minutiös berichtet wurde; u. a. druckte man sogar die Speisenfolge großartiger Dinners ab.
188 *Macheath* – Gestalt aus John Gays Singspiel „The Beggar's Opera" (Die Bettleroper, 1728). Er macht als Straßenräuber und Herzensbrecher mit Hilfe der beiden Damen Lucy und Polly Karriere, landet aber schließlich im Gefängnis Newgate, wo ihn Polly und alle anderen verlassenen Ehefrauen aufsuchen, so daß ihm der Tod am Galgen als das kleinere Übel erscheint; doch alles nimmt noch einen glücklichen Ausgang.
Tyburn – Londoner Stadtteil nördlich von Hyde Park, wo bis 1783 Hinrichtungen stattfanden.
hommes du monde – (franz.) Männer der feinen Welt.
190 *Mann vom Meer* – Anspielung auf den alten Mann vom Meer aus „Tausendundeiner Nacht", der Sindbad den Seefahrer überredet, ihn auf seinen Schultern zu schleppen, was dieser mehrere Tage und Nächte erduldet. Er entledigt sich seiner Last, indem er den Alten betrunken macht.
193 *Opernkolonnaden* – Die Royal Opera Arcade, Londons erste Geschäftspassage, wurde im Regency-Stil 1816/18 von John Nash und G. S. Repton an der Rückseite des Haymarket Opera House erbaut; sie führte von der Pall Mall zur Charles II. Street.

197 *South Square* – Der Haupteingang von High Holborn aus in die Gray's Inn Chambers führte direkt auf den South Square. Charles Dickens war 1827/28 dort als Schreiber bei einem Anwalt beschäftigt.
Gray's Inn – Die Advokateninnung lag auf der Nordseite von Holborn und bestand als „Rechtsschule" seit 1371. Neben den Kanzleiräumen und Wohnungen der Anwälte und Studierenden gibt es dort auch weitläufige alte Gärten und Promenaden.
quicquid agunt homines – (lat.) was immer die Menschen treiben. Vgl. Juvenal, „Satiren", 1, 85.

203 *Lordkanzler* – Der Lord Chancellor of England ist der erste Staatsbeamte, Mitglied des Geheimen Rates, Sprecher des Oberhauses, Justizminister und Vorsitzender des Obersten Gerichtshofes. Er wird durch Übergabe des Staatssiegels ernannt und heißt daher auch Lordsiegelbewahrer.

205 *„Advertiser"* – Der „Morning Advertiser" wurde 1794 in London gegründet und kursierte in Kaffeehäusern und Lokalen, so daß dem Verleger auf diese Weise eine tägliche Abnahme von 5000 Exemplaren garantiert war. In ihm erschienen vor allem Rechtfertigungen von Handelsinteressen, Handelsberichte, Börsennachrichten für die große Gesellschaft der eingetragenen Lebensmittelgroßhändler. Der spätere Verleger James Grant (1802–1879) machte bei einer Auflage von 8000 Exemplaren einen Profit von 12000 Pfund im Jahr.

208 *Brutus* – Marcus Iunius Brutus (85–42 v. u. Z.), seit 48 v. u. Z. Anhänger Caesars, der ihn 46 zum Statthalter von Gallia Cisalpina und 44 v. u. Z. zum Prätor machte. Im Interesse der Erhaltung der republikanischen Senatsherrschaft wurde er neben Cassius der Anführer der Verschwörung gegen Caesar, der ermordet wurde. Überliefert wurde der Ausruf des sterbenden Caesars: „Auch du, mein Brutus!" Vgl. Shakespeare, „Julius Cäsar", III, 1, 79.

210 *atavis regibus* – (lat.) königliche Vorfahren.
Hamlets Worte – Vgl. Shakespeare, „Hamlet", III, 4, 68. Dort heißt es: „Die Weide dieses schönen Bergs verlaßt Ihr, / Und mästet Euch im Sumpf?"

212 *Que voulez-vous?* – (franz.) Was wollen Sie?
Demosthenes – (384–322 v. u. Z.), athenischer Redner und Politiker, das Vorbild für politische Beredsamkeit.
Diogenes – Diogenes von Sinope (etwa 412–323 v. u. Z.), griechischer Philosoph. Trotz vornehmer Herkunft führte er ein Bettlerdasein (lebte angeblich in einer Tonne), um seine Bedürfnislosigkeit und Verachtung aller kulturellen und zivilisatorischen Einrichtungen zu demonstrieren.

213 *Brighton* – Badeort an der Kanalküste, etwa 80 km südlich von London am Abhang eines Hügels an einer großen seichten Bucht gelegen. 1754 hatte ihn der Arzt Dr. Richard Russell aus dem benachbarten Lewes wegen der wohltätigen Heilwirkung von Seeluft und -wasser in Mode gebracht. 1782 reiste der Prinz von Wales (der spätere George IV.) dorthin und ließ sich von dem Architekten John Nash für 250000 Pfund 1815 bis 1821 den Royal Pavilion im orientalischen Stil erbauen, in dem später auch William IV. und vorübergehend Königin Victoria wohnten; 1850 wurde er von der Stadt Brighton erworben. Um 1820 gab es dort täglich 70 an- und abfahrende Postkutschen von und nach London; die Eisenbahnstrecke, mit der man von London in ca. drei Stunden reiste, war 1841 eröffnet worden.

214 *tapis* – (franz.) Teppich.
216 *fadaises* – (franz.) läppische Dinge.
„Times“ – 1788 von John Walter gegründete konservative Londoner Tageszeitung, in jener Zeit das meistgelesene Blatt.
spaziert zu den Klippen – Der schönste Teil von Brighton findet sich bei den „Old Steine“ genannten Anlagen, die die Stadt in eine östliche und eine westliche Hälfte teilen. Hier liegen auch das Aquarium und der Royal Pavilion. Am Meer östlich entlang läuft oberhalb, von einer neun bis achtzehn Meter hohen Mauer geschützt, die Marine Parade mit vielen Hotels und Pensionen. Auf diesem Weg gelangt man zu den King's Cliffs.
219 *Pier* – Die alte Landungskettenbrücke (Chain Pier) wurde 1822/23 erbaut, war 345 m lang und bot einen hübschen Blick auf das Meer, die Häuser der Stadt und den Badestrand. Zwischen ihren gußeisernen Pfeilern trugen durchhängende vierfache Ketten die Brücke.
„Albion“ – Das vornehme Hotel in Brighton lag an der Esplanade mit Blick aufs Meer.
„Glaucus oder die Wunder der Tiefe“ – Anspielung auf Glaucus, den weissagenden niederen Meeresgott in der griechischen Sage, der sich nach dem Genuß eines Zauberkrauts ins Meer stürzte. Er wurde als Greis und mit Fischschwanz dargestellt.
221 *Kindermord* – In manchen Gegenden Indiens war es üblich, neugeborene Kinder, namentlich Mädchen, zu töten.
Witwenverbrennung – Aus religiöser Überzeugung folgten in Indien gattentreue Frauen dem Mann „freiwillig“ in den Tod. 1829 untersagt, gab es in manchen Gegenden noch lange heimliche Witwenverbrennungen.
Brahmanensekte – Anhänger des Brahmanismus, der durch die soziale und geistige Herrschaft der Brahmanen (Priester und Angehörige der obersten Kaste) geprägten Religion Indiens mit kastenmäßiger Organisation und Anerkennung der Autorität des Weda.
223 *C'est à fendre le cœur* – (franz.) Das ist herzzerreißend.
Mrs. Candour – Eine der Klatschbasen und Lästermäuler aus Richard B. Sheridans Komödie „The School for Scandal“ (Die Lästerschule, 1777), die sich wegen der Überbetonung ihrer angeblichen Wahrheitsliebe als besonders widerlich erweist.
225 *Alfred Tennyson* – Alfred Baron Tennyson (1809–1892), spätromantischer Lyriker, Hauptvertreter der viktorianischen Dichtung. 1842 erschien eine zweibändige Gedichtsammlung, die ihm bei seinen Zeitgenossen einen triumphalen Erfolg einbrachte. Ab 1850 war er Poeta laureatus.
Anthony Trollope – (1815–1882), Schriftsteller. Er verfaßte 40 Romane und zahlreiche Kurzgeschichten, Reisebücher und Essays; u. a. „The Warden“ (Der Kirchenvorsteher, 1855), „Barchester Towers“ (Die Türme von Barchester, 1857). Er wurde von der viktorianischen Mittelklasse gern gelesen.
226 *„Bedford Hotel“* – Es lag an der Esplanade in Brighton mit Ausblick aufs Meer.
Spurrier – Sprechender Name; soviel wie „Sporenmacher“.
seine Schülerinnen – In der Gemeinde Roedean, östlich von Brighton, gab es ein berühmtes Mädchenpensionat.
227 *dégagé* – (franz.) leicht, ungezwungen.

228 *der berüchtigte Brutus* – Lucius Iunius Brutus, der legendäre erste Konsul Roms. Nachdem sein Bruder von Tarquinius Superbus, dem legendären König Roms aus dem Aristokratengeschlecht der Tarquinier, ermordet worden war, simulierte er Schwachsinn, um dem gleichen Schicksal zu entgehen. Er rief die Römer auf, die Tarquinier zu stürzen. Er wurde um 510 v. u. Z. zum Konsul ernannt und ließ seine beiden Söhne wegen Konspiration zugunsten der Tarquinier hinrichten.

229 *de me, de te* – (lat.) über mich, über dich.

„Mein Vater trieb mich sehr . . .“ – Zeile aus der schottischen Ballade „Auld Robin Gray“.

Mrs. Robin Gray – Gestalt aus der volkstümlichen schottischen Ballade „Auld Robin Gray“ von Lady Anne Lindsay Barnard (1750–1825), Tochter des fünften Grafen von Balcarres. – Die junge Heldin Jeannie wird vom Unglück verfolgt: ihr Liebhaber Jamie muß zur See, ihr Vater bricht sich den Arm, ihre Mutter wird krank, und die gute Kuh wird gestohlen. Außerdem soll sie den alten Hirten Robin Gray heiraten. Am Ende stirbt dieser jedoch, und Jeannie bekommt ihren Jamie.

231 *das Porto* – Von 1660 bis 1840 hatten in England gewisse Stände, u. a. auch die Parlamentsabgeordneten, das Vorrecht, ihre Briefe portofrei zu versenden und zu empfangen. Ansonsten hatte der Empfänger die Gebühr zu entrichten. Rowland Hill (1795–1879) reformierte 1840 das Postwesen; ein Brief kostete 1 Penny.

232 *von Hove fast bis Rottingdean* – Der Ort Hove liegt westlich von Brighton, Rottingdean östlich; die Entfernung beträgt etwa 6 km.

„Wenn die strahlend . . .“ – Zeilen aus dem letzten Teil des Gedichts „Polyhymnia“ (1590) des Dichters und Dramatikers George Peele (1558?–1597?).

235 *ostindischer Offizier* – Britische Offiziere und Soldaten dienten in den von der Ostindischen Kompanie bezahlten Regimentern. Die Truppen waren im Grunde gemietet, um ihre turnusmäßige Dienstzeit in Indien zu absolvieren; sie wurden verstärkt, sobald kriegerische koloniale Auseinandersetzungen drohten. – Die Ostindische Kompanie war eine 1600 von Londoner Kaufleuten gegründete Handelsgesellschaft mit besonderen Monopol- und Territorialrechten, später mit eigener Beamtenschaft, Verwaltungs- und Militärgewalt in Indien. Ab 1833 war sie eine Art Handelskonzern mit administrativen Funktionen; durch die Government of India Act von 1858 wurde die Krone uneingeschränkte Rechtsnachfolgerin. Die Direktoren der Gesellschaft wurden ab 1850 von einem Kabinettsminister beaufsichtigt, der von dem Direktorium ernannte Generalgouverneur für Indien wurde de facto von der Regierung eingesetzt.

237 *Mansion House* – Der offizielle Wohn- und Amtssitz des Lord Mayor von London befindet sich inmitten der City. Er wurde im Renaissancestil von George Dance dem Älteren (1700–1768) zwischen 1739 und 1752 erbaut. Empfänge und Bankette fanden in der repräsentativen Egyptian Hall statt.

238 *Si non, his utere mecum* – (lat.) Wenn nicht, nimm mit mir zusammen hiermit vorlieb. Vgl. Horaz, „Episteln“, 1, 6, 68.

240 *Nabob* – Indischer Titel, der auch als Bezeichnung für die in Indien reich gewordenen Engländer gebraucht wurde. So war z. B. Robert Clive (1725–1774) als Angestellter der Ostindischen Kompanie 1744 mit leeren

Taschen nach Madras gekommen und dort bald vom Fähnrich zum Oberstleutnant der britischen Armee avanciert; er nahm Kalkutta ein und siegte 1757 bei Plassey; damit begründete er die britische Vorherrschaft gegenüber Frankreich in Ostindien. Er wurde 1758 Gouverneur von Bengalen und erneut ab 1765. 1762 wurde er geadelt. 1765 unterdrückte er mehrere Aufstände; 1767 kehrte er mit großen Reichtümern nach England zurück. 1772/73 wurde er vom Unterhaus über seine Vermögensverhältnisse zur Rechenschaft gezogen, jedoch von Korruption, Ausbeutung und persönlicher Bereicherung freigesprochen. – Richard Barwell (1741–1804) war ebenfalls Angestellter der Ostindischen Kompanie in Bengalen und Mitglied des Direktoriums in Kalkutta geworden, wo er 1773 den Generalgouverneur von Bengalen Warren Hastings unterstützte. Er kehrte 1780 mit einem Riesenvermögen von mehr als 400000 Pfund nach England zurück, wurde 1784 Parlamentsabgeordneter und erwarb von dem verstorbenen Grafen von Halifax für 90000 Pfund dessen Landsitz Stanstead Park in Sussex.

242 *impavidum ferient ruinae* – (lat.) (Wenn die Welt untergeht) werden die Trümmer einen Unerschrockenen treffen. Vgl. Horaz, „Oden", 3, 3, 7–8.

Si celeres quatit pennas Fortuna – (lat.) Wenn Fortuna ihre raschen Schwingen zum Fluge reckt. Vgl. Horaz, „Oden", 3, 29, 53–54.

wo Abraham Isaak darbringt – Nach dem Alten Testament (1. Mose 22 ff.) ist der Stammvater Israels Abraham auf Befehl Gottes bereit, seinen spätgeborenen Sohn Isaak zu opfern.

243 *Post equitem sedet atra cura* – Vgl. Anm. *die Schwarze Sorge* zu S. 95.

Patriae quis exul se quoque fugit? – (lat.) Wer, der seine Heimat verlassen, wäre sich selbst entflohen? Vgl. Horaz, „Oden", 2, 16, 19–20.

244 *Samariter* – Vgl. Das Gleichnis vom barmherzigen Samariter, Neues Testament, Lukas 10, 33.

245 *Old Bailey* – Das Kriminalgericht, in dem der überwiegende Teil aller Strafgerichtsprozesse Londons und der umliegenden Grafschaften stattfindet. Seit dem 13. Jahrhundert war Old Bailey mit dem gefürchteten Newgate-Gefängnis verbunden, das zeitweilig als Haftlokal für Untersuchungsgefangene vor ihrem Verhör diente. Begüterte Gefangene konnten sich auf eigene Kosten relativ angenehme Lebensumstände (gute Quartiere, Essen, Bedienung) verschaffen.

246 *Wiener Tränkchen* – Eine Art Abführmittel, gewonnen aus dem Sud von Sennesblättern mit Manna und Seignettesalz.

247 *Covent Garden Market* – Obst-, Gemüse- und Blumenmarkt. Der Platz westlich der City von London wurde bereits 1631 vom Herzog von Bedford nach Plänen des Architekten Inigo Jones angelegt. Hier wurde 1732 auch ein Theater eröffnet.

248 *„Stern und Hosenband"* – Das Gasthaus und Hotel „Star and Garter" befand sich auf Richmond Hill am Eingang zu Richmond Park. Seine Aussicht über die Themse hin war berühmt und zog viele Ausflügler an. Ab 1822 wurde es von Joseph Ellis als Wirt geführt. Der französische Bürgerkönig Louis-Philippe hielt sich 1848 nach seiner Flucht aus Paris hier für sechs Monate auf. In den Gesellschaftsräumen fanden vornehme Dinners statt; Dickens gab alljährlich an seinem Hochzeitstag ein üppiges Essen für seine Freunde; auch Thackeray suchte es gern auf.

248 *Epikureer* – Anhänger der Lehre des griechischen Philosophen Epikur (341–270 v. u. Z.). Hier: ein dem Genuß Ergebener.
bon vivant – (franz.) Lebemann.

249 *Nana Sahib* – Held des Dramas „Jessie Brown" des irischen Schauspielers und Dramatikers Dionysius Lardner Boucicault (1802?–1890). Der Autor trat selbst in der Rolle des Nana Sahib auf; das Drama behandelt die Belagerung Lucknows in Indien, bei der während des Sepoyaufstands 1857/58 2000 Engländer getötet wurden. Boucicault verfaßte ca. 150 Bühnenstücke (u. a. Ehebruchsdramen) und die überaus erfolgreiche, effektvolle Londoner Charakterkomödie „London Assurance" (1841).
Wardour Street – Vgl. Anm. zu S. 28.

250 *Merci ... J'aime qu'on l'aime, savez-vous?* – (franz.) Danke. – Ich mag es, daß man sie liebt, wissen Sie?

253 *Amadis* – Held spanischer Ritterromane des 15. Jahrhunderts; seine Geliebte, eine Königstochter, ist Oriana. Die im 16. Jahrhundert erfolgten Übertragungen ins Französische („Amadis de Gaule") bauten die Abenteuer- und Liebesszenen noch weiter aus und waren in Frankreich lange im Schwange.
Charles Grandison – Vgl. Anm. zu S. 79.

254 *alles ist Eitelkeit* – Beliebter Ausspruch über die Eitelkeit, die Vergeblichkeit und Sinnlosigkeit irdischen Strebens nach dem Alten Testament (Salomo 1, 2).

257 *Paetus und Arria* – Als Paetus, ein Verschwörer gegen den römischen Kaiser Claudius (er regierte 41–54), zögerte, sich selbst zu töten, nachdem er dazu verurteilt worden war, stieß sich seine Frau Arria den Dolch in die Brust und übergab ihn dann ihrem Gatten mit den Worten: „Es tut nicht weh!" Vgl. Plinius, „Briefe" 3, 16.
„Lemprière" – John Lemprière (um 1765–1824) verfaßte das Standardnachschlagewerk für die antike griechische und römische Mythologie und Geschichte, „Bibliotheca Classica or Classical Dictionary" (1788), das ständig erweitert und neuaufgelegt wurde. 1808 erschien „A Universal Biography of Eminent Persons in All Ages and Countries".
au naturel – (franz.) ohne Beigaben.
à la Romaine – (franz.) auf römische Art.
Temple – Vgl. Anm. zu S. 32.

260 *Assisenrundreisen* – Zur Zeit der Assisen (Schwurgerichtssitzungen einer königlichen Kommission) bereisten englische Richter periodisch die einzelnen Grafschaften, um dort Zivil- und Strafprozesse zu verhandeln.
Wollsack – Das ausladende rote Wollkissen im englischen Oberhaus ist mit Schafwolle aus England, Irland, Schottland und Wales gestopft; auf ihm sitzt der Lordkanzler. Dem Oberhaus gehören an: die volljährigen Prinzen, die geistlichen und weltlichen Peers aus dem britischen Königreich, die auf Grund ihrer erblichen Adelstitel das Recht auf einen Sitz im Oberhaus haben, außerdem 24 Bischöfe und die Erzbischöfe von Canterbury und York sowie die vom König auf Lebenszeit ernannten Peers.

261 *Munster* – Provinz (und altes Königreich) im Südwesten Irlands. Sie besteht aus den Grafschaften Clare, Cork, Kerry, Limerick, Tipperary und Waterford.

261 *„Pall Mall Gazette“* – Von Thackeray in dem Roman „Pendennis“ (1848/50) eingeführter fiktiver Name einer Zeitschrift. Hauptmann Shandon bereitet dort die Herausgabe dieses Magazins „von Gentlemen für Gentlemen“ vor. Später griffen der Verleger George Smith (1824–1901) und sein Redakteur Frederick Greenwood (1830–1909) bei der Gründung ihrer Zeitschrift 1865 den Namen auf. Die erste Nummer erschien am 7. 2. 1865 in London; sie wurde 1880 eingestellt.

Hauptmann Shandon – Als Vorbild nahm Thackeray den irischen Schriftsteller und Journalisten William Maginn (1793–1842), dem er selbst während seiner frühen Journalistenjahre viel verdankte. Maginns Beiträge erschienen in „Fraser's Magazine“ und in „Blackwood's Magazine“ in Edinburgh. Er verstarb, nachdem seine Gesundheit im Schuldgefängnis gelitten hatte.

262 *Doktor Guillotin* – Joseph Ignace Guillotin (1738–1814), politisch und sozialhygienisch tätiger Arzt in Paris, dessen Name mit der Köpfmaschine der Revolution in Verbindung gebracht wurde, an deren Erfindung er keinen Anteil hatte. Als Mitglied der Nationalversammlung hatte er lediglich am 10. 10. 1789 einen die Todesstrafe und ihre Ausführung betreffenden Antrag gestellt, der angenommen wurde. – Die „Guillotine“ wurde nach ihrem eigentlichen Urheber Antoine Louis ursprünglich „Louisette“ genannt.

Sanson – Charles Sanson (1740–1793) und sein Sohn Henri Sanson (1767–1840) waren die offiziellen Henker in Paris während der Französischen Revolution. Der Vater enthauptete u. a. Ludwig XVI., der Sohn Marie Antoinette.

Corpus – Vgl. Anm. zu S. 111.

Hackney – Zu Beginn des 19. Jahrhunderts war Hackney im Osten Londons noch eine ländliche Gegend mit Feldern, Baumschulen, Gemüsegärten und Ausflugslokalen; es wurde aber rasch bebaut und hatte 1851 bereits 53000 Einwohner. Im benachbarten Homerton gab es eine Reihe von Internatsschulen.

263 *Greenwich* – Der östlich von London am Südufer der Themse gelegene Ort war ein beliebtes Ausflugsziel.

französische Marschälle – Napoleon I. ernannte 1804 im Ersten Kaiserreich die ersten 18 Marschälle. Sie waren seine Ratgeber und Befehlshaber in den Schlachten und stammten aus bourgeoisen oder kleinbürgerlichen Kreisen.

265 *Haverstock Hill* – Straße im Norden Londons von Camden Town Richtung Hampstead.

Hampstead – Nördlich von London gelegenes Dorf. Die Heide von Hampstead war mit ihrem landschaftlich reizvollen Wechsel von Hügel und Tälern ein beliebtes Ausflugsziel der Londoner. Am Nordende befand sich das alte Wirtshaus „Bull and Mouth Inn“, auf dem höchsten Punkt der Gegend das alte Wirtshaus „Jack Straw's Castle“.

268 *Nuhf et duh . . .* – (schlechtes Französisch) Neun und zwei Bedienstete, zwei.

269 *„Morning Herald“* – Von 1781 bis 1869 in London erscheinende, weitverbreitete Tageszeitung; eine Zeitlang illustrierte George Cruikshank darin Berichte von Kriminalfällen.

Dumdum – Stadt und Militärstation im damaligen Britisch-Ostindien in der Präsidentschaft Bengalen. Von 1783 bis 1853 das Hauptquartier der bengalischen Artillerie und Herstellungsort der dort erfundenen, große Wunden reißenden Dumdum-Infanteriegeschosse.

270 *Colchester* – Stadt in der Grafschaft Essex am schiffbaren Colne mit Resten römischer Stadtmauern, Kasernen und einem Hafen.

272 *Hôtel des Bains* – Es befand sich am Boulevard Ste-Beuve Nr. 18 in Boulogne.

Hôtel du Nord – Es befand sich in der Rue de Boston Nr. 58 in Boulogne.

273 *Folkestone* – Stadt in der Grafschaft Kent, an der Straße von Dover; ein vielbesuchtes Seebad mit schönen Promenaden und regem Dampferverkehr über den Kanal nach Boulogne und Vlissingen.

coup de chapeau – (franz.) Lüften des Hutes.

275 *Tours* – Hauptstadt der Touraine in der fruchtbaren Ebene der Loire, mit Boulevards an der Stelle der alten Befestigungen.

König von Frankreich – Bezieht sich vermutlich auf Ludwig XVIII. (1755–1824), König von Frankreich 1814/15 und von 1815 bis 1824. Er war am 3. 5. 1814 von den Verbündeten offiziell als König von Frankreich eingesetzt worden, verließ aber 1815 während der Hundert Tage der Napoleonherrschaft fluchtartig Paris, hielt sich in Gent auf und kehrte erst am 8. 7. 1815 nach der entscheidenden Schlacht von Waterloo wieder zurück.

porte cochère – (franz.) Einfahrt, Torweg.

276 *Sikhs* –Mitglieder einer im 16. Jahrhundert im Pandschab gegründeten politisch-religiösen Reformsekte, die eine Vereinigung von Hinduismus und Islam anstrebten; dann auch Bezeichnung für die indischen Soldaten in britischen Diensten.

Pindari – Angehöriger der seit Beginn des 18. Jahrhunderts im Gefolge des indischen konföderierten Marathenheeres auftretenden Freischärler.

Marathen – Angehörige eines Volksstamms in Vorderindien, die dort auch die Hauptbevölkerung bildeten. Die Marathenfürsten leisteten mit ihren Heeren der Expansion der Briten in Indien erfolgreich Widerstand. Der allmähliche Niedergang der Zentralgewalt der Peschwas (Dynastie von Reichsverwesern) ermöglichte es jedoch der Ostindischen Kompanie Ende des 18. Jahrhunderts bis 1819, den Marathenbund zu vernichten.

Ghurka – Seinerzeit Angehöriger des herrschenden nordindischen Volkes im Königreich Nepal. – Im anglo-indischen Sprachgebrauch wurden auch die für den britischen Söldnerdienst (insbesondere in der anglo-indischen Armee) geworbenen Nepalesen so bezeichnet. Sie wurden zur Niederwerfung der nationalen Befreiungsbewegungen in den britischen Kolonien und in den von Großbritannien mit anderen Staaten (u. a. Frankreich) geführten Kriegen eingesetzt.

Rupie – Seit Mitte des 16. Jahrhunderts geprägte indische Silbermünze von unterschiedlichem Wert.

277 *Tintelleries* – Breite Promenade in Boulogne-sur-Mer und Bahnstation Richtung Calais.

278 *Chiswick* – Im Londoner Vorort Chiswick befand sich das fiktive Mädchenpensionat von Miss Pinkerton. Vgl. Thackeray, „Jahrmarkt der Eitelkeit“, 1. Kapitel.

Hindustani – Neuindische Sprache; sie ist als Verkehrssprache besonders in den Städten Nordindiens und Pakistans verbreitet. – Hier im Sinne von

„Bazar-Hindustan" gebraucht, eine in grammatischer und lexikalischer Hinsicht äußerst vereinfachte Form des Hindustani, das zur Verständigung verschiedener indischer Völker besonders in den Handelszentren diente.

281 *Brevis esse laboro* – (lat.) Ich mühe mich, mich kurz zu fassen. Vgl. Horaz, „Über die Dichtkunst", 25.

282 *preux chevalier* – (franz.) tapferer Ritter.

Elle en était capable – (franz.) Sie war dessen fähig.

283 *qui veut passer pour un homme d'esprit* – (franz.) der für einen Mann von Geist gelten will.

285 *denn einen fröhlichen Geber hat Gott lieb* – Vgl. Neues Testament, 2. Korinther 9,7.

286 *St. George's* – Nach Entwürfen von John James 1713 bis 1724 mit barockem Turm und korinthischem Portikus erbaute Kirche am Hanover Square in Mayfair, die seit dem späten 18. Jahrhundert von den Vornehmen für Trauungen bevorzugt wurde.

Jenny und Jessamy – Ein altes, harmonisches Paar aus dem pathetisch-rührseligen Roman „Die Geschichte von Jenny und Jemmy Jessamy" (1753) der Schauspielerin und Schriftstellerin Eliza Haywood (1693–1756).

s'il vous plaît – (franz.) bitte.

John Anderson – Held des Gedichts in volksliedhaftem Ton „John Anderson, my Jo" (1792) des schottischen Dichters Robert Burns (1759 bis 1796).

Darby und Joan – Bezeichnung für ein liebevolles, tugendhaftes Ehepaar im fortgeschrittenen Alter und unter bescheidenen Lebensumständen, das im 18. Jahrhundert in Yorkshire glücklich gelebt haben soll.

fortunatus nimium – (lat.) allzu Glücklicher. Vgl. Vergil, „Vom Landbau", 2, 458.

287 *Epsomer Bittersalz* – Aus dem Salz der Quellen von Epsom hergestellte Pastillen, bei Durchfällen angewandt.

Schierlingsbecher – In der Antike Art der Hinrichtung, indem man einen Giftbecher leeren mußte; u. a. wurde Sokrates wegen Leugnung der Staatsgötter und Verführung der Jugend angeklagt und zum Tode durch Gift verurteilt.

Simmias – (um 300 v. u. Z.), griechischer Dichter und Grammatiker aus Rhodos. Er verfaßte vor allem Epigramme und Figurengedichte.

Phaedon – Phaidon (um 400 v. u. Z.), griechischer Philosoph und Lieblingsschüler des Sokrates. Er stiftete nach dessen Tod in Elis eine Philosophenschule, die die Lehren des Meisters pflegte.

Äskulap – Asklepios, griechischer Gott der Heilkunst. Er wurde oft bärtig, mit einem Mantel bekleidet und mit dem von einer Schlange umwundenen Stab dargestellt.

Grote – George Grote (1794–1871), Bankier und Parlamentsmitglied für die City von London von 1832 bis 1841. Seine „History of Greece" (Geschichte Griechenlands; 1846 bis 1856 in acht Bänden) wurde ins Französische und Deutsche übertragen. Seine Abhandlungen über Platon und Aristoteles wurden ebenfalls sehr geschätzt.

Delos – Kleine Insel im Zentrum der Kykladen. Nach der mythischen Überlieferung gebar hier Leto Apollon und Artemis.

287 *Sokrates* – (um 470–399 v. u. Z.), griechischer Philosoph, Lehrer Platons und Wegbereiter der idealistischen Philosophie. Nach seiner Auffassung soll die Philosophie die Menschen vervollkommnen; jedermann sei gleichermaßen zur Tugend geeignet, weil jeder zur Erlangung der Weisheit befähigt ist.

288 *Blücherstiefel* – Nach dem preußischen Feldmarschall Gebhard Leberecht Fürst Blücher von Wahlstatt (1742–1819) benannter hoher Schaftstiefel.

290 *Wenn Jupiter im Homer . . .* – Als Zeus Hera trifft, heißt es bei Homer: „Unter ihnen ergrünte von Kräutern die herrliche Erde, / tauübersprühtem Lotos und Krokos und Hyakinthos, / dichtem und weichem; hoch stand er ab vom Boden." Vgl. „Ilias", 14, 347 ff. (übersetzt von Dietrich Ebener).

Er fürchtet zu sehr das Geschick . . . – Zeilen aus dem Gedicht „My Dear and only Love" von James Graham, Marquis von Montrose (1612–1650).

291 *jene ehrwürdige Witwe* – Vgl. Altes Testament, 1. Könige 17, 10 ff.

Molière – Jean-Baptiste Poquelin, genannt Molière (1622–1673), französischer Schauspieler und Dramatiker. Er las seiner Haushälterin und Geliebten Laforêt aus seinen Komödien vor, um deren Wirkung zu erproben.

Amontillado – Heller, herber spanischer Sherry aus Montilla; hier im übertragenen Sinn: in herbem Ton.

Mayfair – Vgl. Anm. zu S. 66.

292 *Belinda* – Heldin des heroisch-komischen Gedichts „The Rape of the Lock" (Der Lockenraub, 1714) von Alexander Pope (1688–1744). Ein junger Lord raubt der vornehmen Dame Belinda eine Nackenlocke und löst damit einen Streit zwischen zwei Adelsfamilien aus. Pope nahm einen tatsächlichen Vorfall, der die schöne Arabella Fermor betraf, zum Anlaß für seinen Spott.

293 *„Schottische Häuptlinge"* – „The Scottish Chiefs" (1810), ein vielgelesener historischer Roman von Jane Porter (1776–1850), der sogleich ins Deutsche und Russische übersetzt wurde.

Orson – Einer der beiden Zwillingsbrüder aus der französischen Ritterromanze „Valentine et Orson" (1489). Nachdem ihre Mutter Bellisant vom Hofe verbannt wurde, raubte ein Bär eines ihrer Kinder. Orson wuchs wild im Wald heran, während Valentine von seinem Onkel König Pepin gefunden und als Ritter erzogen wurde. Später begegnet Valentine seinem Bruder Orson, besiegt ihn und zähmt ihn. Beide bestehen noch zahlreiche Abenteuer.

297 *Tuilerien* – Zwischen den beiden Endpavillons des Louvre erstreckte sich bis 1871 der alte Tuilerienpalast mit Garten, der seit Napoleon I. wieder Hauptresidenz der französischen Herrscher war. Louis-Philippe, der „Bürgerkönig", hielt dort Hof mit seiner Frau Maria Amelia, Tochter Ferdinands I. von Sizilien, und seinen acht Kindern.

Government House – Gouverneurspalast in Kalkutta in der damaligen britisch-indischen Provinz Bengalen. Zwischen Maidan und Eden Gardens gelegen, war er für den Generalgouverneur von Indien Richard Colley, Marquis Wellesley (1760–1842), nach dem Vorbild des Landsitzes Kedleston Hall in Derbyshire erbaut worden.

Petit Château d'Espagne – (franz.) Kleines spanisches Schlößchen.

Champs-Elysées – Die „Elysäischen Felder" am rechten Seineufer erstrecken sich von der Place de la Concorde bis zum Rond-Point als gartenförmige

Anlage und von da als breiter Boulevard bis zur Place de l'Etoile, durchzogen von der Avenue des Champs-Elysées. Sie wurden unter Ludwig XIV. (1643–1715) angelegt und gehören zu den beliebtesten Promenaden in Paris.

299 *hominum divumque voluptas, alma Venus* – (lat.) Freude der Menschen und Götter, segenspendende Venus. Vgl. Lukrez, „Über die Natur“, 1, 1–2.

301 *Darby, Joan* – Vgl. Anm. zu S. 286.

lettre de cachet – (franz.) geheimer Haftbefehl.

Bastille – Seit dem frühen 17. Jahrhundert Staatsgefängnis in Paris mit unterirdischen Kerkern, feuchten, grabähnlichen Höhlen; am 14. 7. 1789 erstürmt und zerstört.

302 *Pandarus* – Ein sprichwörtlich gewordener Kuppler, der Onkel Cressidas, aus Shakespeares „Troilus und Cressida“.

toll hinter Blanche her – Anspielung auf den Flirt des jungen Arthur Pendennis mit Blanche Amory. Vgl. Thackeray, „Pendennis“ Band 1, Kapitel 26 und 27.

304 *Montreuil* – Montreuil-sur-Mer, Stadt im nordöstlichen Frankreich, ca. 15 km vom Meer entfernt.

fricandeau – (franz.) gebratene oder geschmorte Schnitte von gespicktem Kalbfleisch, von Fisch usw.

ordinaire – (franz.) gewöhnlicher Tischwein.

Messageries – (franz.) Fuhrunternehmen für Personen und Gepäck.

307 *rotonde* – (franz.) Hinterkasten; billigster Platz der französischen Diligencen.

Fouette, cocher! – (franz.) Vorwärts, los!

Imperiale – (franz.) mit Sitzen versehenes Wagendach.

cabriolet – (franz.) Sitzbank für zwei.

308 *summa diligentia* – (lat.) äußerst sorgfältig.

tu quoque – (lat.) auch du (mein Sohn Brutus).

309 *père de famille* – (franz.) Familienvater.

George der Zweite – König von England von 1727 bis 1760.

Lord Eldon – John Scott, erster Graf von Eldon (1751–1838), Anwalt am Middle Temple in London 1776, Parlamentsmitglied 1783 bis 1796. Er rückte in höchste richterliche Ämter auf, war als Tory Lordkanzler von 1801 bis 1827 und 1806 Ratgeber von Caroline Prinzessin von Wales und später des Prinzregenten; Gegner der Reform Bill von 1832. Er heiratete Elizabeth (Bessy), die älteste Tochter von Aubone Surtees, einem reichen Bankier aus Newcastle, nachdem er sie am 18. 11. 1772 mit Hilfe einer Leiter und eines Freundes aus Sandhill House entführt hatte und mit ihr über die Grenze nach Schottland geflohen war. Er wohnte als Anwalt mit ihr in der Cursitor Street, London.

310 *Laffitte & Caillard* – Das bedeutendste französische Postkutschenunternehmen Laffitte, Caillard et Cie befand sich in der Rue Saint-Honoré Nr. 130 in Paris.

313 *Faubourg St-Germain* – Der Pariser Stadtteil entstand im ersten Viertel des 18. Jahrhunderts als Wohnbezirk der Aristokratie mit prunkvollen Palästen.

Rue Poussin – Thackeray bezeichnet so die Rue des Beaux-Arts, eine Nebenstraße der Rue de Seine auf dem linken Seineufer, in der er während seines Pariser Aufenthalts im Juni 1835 wohnte.

313 *Mazarin-Bibliothek* – Die Bibliothèque Mazarine befindet sich im Institut de France, dem Sitz der Akademie seit 1806, an der Pont des Arts.

Musée des Beaux-Arts – Thackeray meint die Ecole des Beaux-Arts, die Kunstakademie, die 1820 bis 1838 unweit des Institut de France erbaut wurde. Sie beherbergte Sammlungen von Skulpturen und Gemälden.

Louis-Philippe – (1773–1850), Herzog von Orleans ab 1793, König von Frankreich von 1830 bis 1848. Er schloß sich 1789 der Revolution an, trat dem Jakobinerklub bei, ging aber 1793 zu Österreich über, lebte in der Schweiz, in Amerika und in England. Nach Karls X. Absetzung 1830 nahm er am 9. 8. 1830 von der Kammer die Krone als „Bürgerkönig" entgegen. Da er weder durch Erbschaft noch durch Volkswahl König war, wurde er von Bourbonen, Bonapartisten und Republikanern gleichermaßen angefeindet. Nach der Revolution von 1848 lebte er als Graf von Neuilly in Claremont bei Windsor in der englischen Grafschaft Surrey.

314 *laquais de place* – (franz.) ortskundiger Mietdiener.

„Meurice" – Von Engländern bevorzugtes Pariser Hotel ersten Ranges auf dem rechten Seineufer in der Rue de Rivoli Nr. 228, dem Jardin des Tuileries gegenüber.

die Hunderter – Die Regimenter Nr. 101 bis 109 waren in Indien eingesetzt.

316 *Richmond* – Stadt südwestlich von London an der Themse. Am Eingang zu Richmond Park befindet sich das Gasthaus „Star and Garter" (Stern und Hosenband), ein beliebtes Ausflugsziel der Londoner Gesellschaft. Vgl. Anm. zu S. 248.

Jesabel – Im Alten Testament (1. Könige 16 und 19; 2. Könige 9) Frau König Ahabs von Israel. Hier allgemein gebraucht für gottloses und schändliches Weib bzw. speziell für eine übermäßig geschminkte Frau.

317 *virtute sua* – (lat.) in seine Tugend. Vgl. Horaz, „Oden", 3, 29, 54–55.

318 *ob monsieur . . .* – (franz.) ob der Herr Parlamentsmitglied sei.

Je suis journaliste . . . – (franz.) Ich bin Journalist, mein Herr, stehe zu Diensten.

Sennesblätter – Sie werden als Abführmittel (Wiener Trank, Sennesmus, Saint-Germain-Tee) und als Brustpulver verwendet.

320 *Qu'on est bien à vingt ans* – (franz.) Man ist gut mit zwanzig Jahren.

321 *Färberwaid* – Blaufarbstoff aus der Pflanzengattung Isatis (Waid).

Victoria – Von 1837 bis 1901 Königin von England. Sie bevorzugte besonders nach dem Tod (1861) ihres Mannes, des Prince-Consort Albert, eine matronenhafte, dunkle Kleidung und trug eine wenig attraktive Haube.

Boadicea – (gest. 62), Stammesfürstin der keltischen Ikener im Osten Englands, die sich 61 mit ihrem Volk dem Vordringen der Römer entgegenstellte. Als sie geschlagen wurde, tötete sie sich mit Gift.

billiger Aufenthaltsort – Viele Engländer hatten bereits 1815 (nach Waterloo) Paris zu längerem Aufenthalt gewählt; neben den Vornehmen und Neureichen waren auch Schuldner und Randfiguren der Gesellschaft gekommen. Um 1835 lebten dort auch Engländer aus dem Mittelstand für eine Weile, da es ökonomischer war. Thackeray traf dort seine Tante und seinen Onkel John Ritchie wie auch Eyre Evans Crowe, den Pariser Korrespondenten des „Morning Chronicle", und andere englische Künstler (u. a. Douglas Jerrold) und Schriftsteller. Schließlich begegnete er der Familie seiner künftigen

Frau Isabelle Shawe, der Tochter des verstorbenen irischen Obersten Matthew Shawe, die mit ihrer Mutter, der Schwester und den Brüdern in einer Pension in der Nähe der Champs-Elysées Rue Ponthieu Nr. 10 mit geringstem Einkommen lebte.

321 *au premier* – (franz.) im ersten Stock.

Sillery – Ein nichtschäumender, trockener Champagnerwein aus dem Weinanbaugebiet von Sillery im französischen Departement Marne.

bière de Mars – (franz.) Lagerbier.

322 „*Flicoteaux*" – Restaurant an der Ecke Place de la Sorbonne, seinerzeit bekannt wegen seiner Rindfleisch- und Fischgerichte mit viel Kartoffeln und einer wenig abwechslungsreichen Speisekarte.

rôti – (franz.) Braten.

aux eaux – (franz.) im Bad.

Paterfamilias – (lat.) Familienvater.

323 *Rue de la Paix* – Hauptsitz der großen Schneider und Juweliere in Paris und seinerzeit teure Wohngegend mit eleganten Luxusgeschäften.

Luxembourgviertel – Auf dem linken Seineufer gelegen, mit dem Künstlerviertel von Montparnasse und dem Quartier Latin mit der Sorbonne.

gens – (franz.) Bedienter.

petit verre – (franz.) kleines Glas.

324 *Caporal* – Gewöhnlicher Rauchtabak, der französische (staatliche) Regietabak.

Rußlands Geschicke – In der Londoner Konvention vom 25. 7. 1840 verbündete sich Rußland mit England und der Türkei gegen Frankreich, das seine Ägyptenpläne vorerst aufgeben mußte. Zar Nikolaus' I. (er regierte von 1825 bis 1855) Ansprüche auf das türkische „Erbe" standen jedoch vor allem den Absichten Englands, Österreichs und Persiens entgegen. So kam es wiederholt zu diplomatischen und kriegerischen Zusammenstößen, die mit Rußlands Niederlage im Krimkrieg (1853/56) endeten.

spanische Heiraten – Isabella II. (1830–1904; unter Regentschaft ab 1833, Königin von Spanien von 1843 bis 1868) heiratete am 10. 10. 1846 ihren körperlich schwachen Cousin Francisco de Assisi de Bourbon (1822–1902). Nachdem die Vermählung mit einem deutschen Prinzen zuvor am Einspruch des Königs von Frankreich Louis-Philippe gescheitert war, stimmte er dieser Ehe zu, da er auf die Kinderlosigkeit dieser Verbindung zugunsten des französischen Throns spekulierte. Am gleichen Tag wurde Isabellas Schwester mit Antoine-Philippe Herzog von Montpensier, einem Sohn Louis-Philippes, vermählt.

Sache der Liberalen in Frankreich – Während des Julikönigtums stützten sich das Ministerium Soult (Ministerpräsident und Kriegsminister) und Guizot (Außenminister) von 1840 bis 1847 innenpolitisch einseitig auf den rechten Flügel; ihm entgegen wirkten Kräfte der Liberalen, der radikalen Republikaner in Geheimbünden und die frühsozialistischen Theoretiker (Fourier, Proudhon, Louis Blanc), die auf politische Reformen drängten und zur Revolution von 1848 führten.

Café gegenüber der Bourse – Das Café de la Bourse auf der Place de la Bourse Nr. 31 wurde gern von Ausländern aufgesucht. – Die Pariser Börse in der Rue Vivienne wurde von 1808 bis 1826 als Nachbildung eines römischen Tempels mit einer offenen Halle und achtzig korinthischen Säulen erbaut.

324 *der Fall des Hauses Bourbon* – Die Dynastie der Bourbonen regierte in Frankreich von 1589 bis 1792 und 1814/15 bis 1830, wo sie durch die Julirevolution abgesetzt wurde.

325 *cornet* – (franz.) dünne eingerollte Scheibe Schinken.

carafon – (franz.) Fläschchen.

326 *Harpagon* – Name des Geizhalses in Molières Komödie „Der Geizige" (1668).

328 *Pharisäer* – Vertreter einer religiös-politischen Richtung innerhalb des Frühjudentums, seit etwa Mitte des 2. Jahrhunderts v. u. Z. Sie forderten strenge Einhaltung des jüdischen Gesetzes und Absonderung von allem kultisch Unreinen. Oft als heuchlerisch, scheinheilig und selbstgerecht dargestellt.

Amîna – Gestalt aus „Tausendundeiner Nacht"; Sîdi Nu'mân heiratet die schöne Amîna; diese besucht heimlich ihren Ghûl – einen Dämon, der Gräber plündert und Leichen frißt – auf einem Friedhof, und beide verzehren Leichen und deren Beigaben.

329 *Invalides* – Die Place des Invalides geht zur Seine hin in die weite Anlage der Esplanade des Invalides über und führt zur Pont des Invalides (1827/29 erbaut).

Rond-Point – Vgl. Anm. *Champs-Elysées* zu S. 297.

330 *Blumenschloß* – Das Château des Fleurs befand sich in der Avenue Montaigne nahe dem Rond-Point; später der Jardin Mabille.

Una – Heldin des ersten Buches des Versepos „The Faërie Queene" (Die Feenkönigin, 1590) von Edmund Spenser (1552?–1599). Una zieht mit einem Ritter aus, um ihre Eltern zu suchen, wird von ihrem Beschützer getrennt, trifft auf einen Löwen, der sie bei weiteren Abenteuern begleitet und getötet wird. Im übertragenen Sinne repräsentiert der Löwe England.

333 *peignoir* – (franz.) Morgenrock.

épicier – (franz.) Kolonialwarenhändler.

334 *Table d'hôte* – (franz.) Gemeinsame Gasthoftafel.

Lady Macbeth – In Shakespeares Tragödie „Macbeth" die machtbesessene Frau des schottischen Feldherrn Macbeth, die ihren Mann dazu überredet, König Duncan, der auf ihrem Schloß zu Gast weilt, im Schlaf zu ermorden und selbst König zu werden.

335 *Ney* – Michel Ney, Herzog von Elchingen und Fürst von der Moskwa (1769–1815), Marschall von Frankreich in den Napoleonischen Kriegen; u. a. in den Schlachten von Jena (1806), in Spanien von 1808 bis 1811 und Moskau (1812). Auf dem Rückzug in Rußland befehligte er die Nachhut und rettete beim Übergang über die Beresina Teile der französischen Armee. Nach Napoleons erster Abdankung wurde er durch Ludwig XVIII. Mitglied des Kriegsrats und Pair, am 4. 3. 1815 trat er wieder zu Napoleon über, kämpfte bei Quatrebras (16. 6. 1815) und befehligte bei Waterloo das Zentrum. Nach der französischen Niederlage wurde er auf der Flucht ergriffen und als Hochverräter erschossen.

N'était-ce la polygamie – (franz.) Es war nicht die Polygamie.

Surtout – (franz.) Vor allen Dingen.

Schloß Gaberlunzie – Witzige Anspielung; ein Gaberlunzie ist ein Bettelmönch, in Schottland ein offizieller Almosenempfänger oder Bettler mit Lizenz.

336 *K. C. B.* – Knight Commander (Komtur) of the Order of the Bath. – Der Bathorden (seit 1399) erhielt seinen Namen nach dem ehemaligen Ritus des der Investitur vorangehenden Bades. Er wurde 1725 als Orden für Heeres- und Zivildienste neu gestiftet und 1815 auf drei Klassen erweitert: Großkreuze, Komture und Genossen. Der Bathorden war seinerzeit auf 55 militärische und 27 zivile Ritter vom Großkreuz, 145 militärische und 108 zivile Komture und 705 militärische und 298 zivile Genossen (Companions; C. B.) begrenzt.

Orgeat – Kühler Trunk aus Mandelmilch mit Wasser und Zucker.

Piquet – Kartenspiel mit 32 Karten für zwei Personen; vermutlich 1390 in Frankreich erfunden.

Trinity College – 1591 von Elizabeth I. in Dublin gegründetes College; ab 1759 identisch mit der Universität von Dublin.

à quatre mains – (franz.) zu vier Händen.

337 *Platz der Eintracht* – Die Place de la Concorde ist der größte Platz in Paris. Er wurde 1753 unter Ludwig XV. angelegt und erhielt 1836 den 23 m hohen Obelisk von Luksor, ein Geschenk des Vizekönigs von Ägypten an Louis-Philippe.

338 *Wahrer Liebe Lauf* – Vgl. Shakespeare, „Sommernachtstraum", I, 1, 134.

Thiers – Louis-Adolphe Thiers (1797–1877), französischer Historiker und Staatsmann; er hatte 1830 die Volksmassen hinter sich, weil er für den Sturz der Bourbonen eintrat. Von 1836 bis 1840 war er Ministerpräsident und Führer der Opposition im Zweiten Kaiserreich ab 1863; von 1871 bis 1873 war er Präsident der Dritten Republik; er schlug 1871 den Aufstand der Pariser Kommune blutig nieder.

339 *Omphale* – In der griechischen Sage eine Königstochter, der Herakles (Herkules) drei Jahre lang diente und für die er in seiner blinden Liebe Frauenarbeiten verrichtete und Frauenkleider trug.

Leander – In der griechischen Sage ein schöner Jüngling aus Abydos, der allnächtlich den Hellespont durchschwamm, um am gegenüberliegenden Ufer seine Geliebte Hero, eine Priesterin der Aphrodite in Sestos, aufzusuchen. Er ertrank, als die von Hero als Wegweiser aufgestellte Lampe erlosch. Hero stürzte sich darauf vom Turm.

Lambda – Der griechische Buchstabe L.

340 *„Rocher"* – Das Restaurant „Rocher de Cancale" befand sich in der Rue Montorgueil Nr. 65; es wurde von Balaine begründet und ab 1820 von Borel geführt und war bekannt wegen seiner vorzüglichen Fischgerichte.

„Trois Frères" – Vornehmes Speiselokal im Palais-Royal, das auch Thackeray gern aufsuchte.

341 *Moses Primrose* – Der zweitälteste, pedantische und einfältige Sohn des Pfarrers aus Oliver Goldsmith' Roman „The Vicar of Wakefield" (Der Landpfarrer von Wakefield, 1766), der u. a. auf dem Markt ein Pferd gegen zwölf Dutzend grüner Brillen eintauscht.

342 *Robber* – Eine Serie von drei Whistpartien, nach der das Spiel entschieden ist und Gewinn und Verlust berechnet werden.

343 *locataires* – (franz.) Mieter.

344 *Oguhst! Pomdütehr...* – (schlechtes Französisch) Auguste! Kartoffeln für den General!

344 *Buhf* – (schlechtes Französisch) Rindfleisch.
Bong swor ... – (schlechtes Französisch) Guten Abend, Monsieur Bidois. Fünfhundert Francs noch nicht bezahlt! Versprochen, nicht bezahlt!
345 *Tenez* ... – (franz.) Sehen Sie, Monsieur Philippe.
Homburg – Kurort mit Spielsälen bei Wiesbaden.
Grandes Eaux – Die Wasserkünste in den Gartenanlagen von Versailles.
346 *Mais, madame* ... – (franz.) Aber Madame, Sie langweilen uns mit Ihren fünfhundert Francs.
Queen Square – Ein von 1708 bis 1720 angelegter Platz in Bloomsbury im Bezirk Westminster, benannt nach Königin Anne (gest. 1714), der noch zu Beginn des 19. Jahrhunderts als vornehme Wohngegend galt.
348 *Marlborough* – John Churchill, Herzog von Marlborough (1650–1722), Feldherr und Politiker der Whigpartei, erfolgreicher Oberbefehlshaber der britischen Truppen sowie der verbündeten Armeen im Spanischen Erbfolgekrieg von 1701 bis 1714; er war u. a. 1689 in Flandern, schlug die Franzosen bei Blenheim 1704 und bei Ramillies 1706. Er erhielt auf Staatskosten (240 000 Pfund) Schloß Blenheim, das Marlborough House in London und wachte habsüchtig über sein großes Vermögen; 1678 heiratete er. Seine ehrgeizige Frau Sarah Jennings, Herzogin von Marlborough (1660–1744), gewann als Oberkammerfrau politischen Einfluß bei Königin Anne und nutzte diesen für die Machtstellung ihres Mannes. Sie war Verwalterin der Privatschatulle der Königin, aus der sie sich ab 1702 2000 Pfund jährlich selbst überwies. Mangel an Takt und ihr jähzorniges Temperament brachten ihr 1710 die Entlassung. Marlborough fiel 1711 in Ungnade. Nach dessen Tod entfachte sie einen Familienstreit und führte Prozesse wegen des Erbes.
349 *Galignani* – Der Verleger Giovanni Antonio Galignani (1757–1822) gründete 1814 in Paris das in englischer Sprache erscheinende politische Journal „Galignani's Messenger" (Galignanis Bote), das unter den Engländern auf dem Kontinent weite Verbreitung fand. Die ab 1822 täglich erscheinende Zeitung wurde von seinen Söhnen John Anthony Galignani (1796–1873) und William Galignani (1798–1882) weitergeführt; sie gaben in Paris auch Reprints von englischen Büchern heraus. Thackeray arbeitete 1835 während seines Parisaufenthalts auch für Galignani.
Carrousel – Auf der Place du Carrousel zwischen dem Louvre und dem Jardin des Tuileries befindet sich der Arc de Triomphe du Carrousel, der 1806 auf Napoleons I. Veranlassung als eine Nachahmung des römischen Triumphbogens des Septimius Severus errichtet wurde.
Champ-de-Mars – Der Exerzierplatz der Ecole Militaire befand sich am linken Seineufer; später (1900) wurde er in eine Gartenanlage umgewandelt.
voiture de remise – (franz.) nichtnumerierte Droschke.
Louvre – Königlicher Schloßbau in Paris, 1546 errichtet und bis 1868 erweitert und verändert; durch zwei Galerien mit den Tuilerien verbunden; seit 1793 eines der bedeutendsten Kunstmuseen der Welt.
Versailles – Barockschloß und Residenz Ludwigs XIV. (1638–1715), dessen prunkvolle Hofhaltung dort zum Vorbild für die europäischen Fürsten im 18. Jahrhundert wurde.
Beauvillier – Antoine Beauvilliers (1754–1817), der Koch des Herzogs von Provence, eröffnete nach der Revolution im Palais-Royal ein elegantes Re-

staurant mit Mahagonitischen, Kristallüstern, geschulten Kellnern, ausgesuchten Weinen und exquisiter Küche.

349 *Théâtre-Français* – Das französische Nationaltheater wurde bereits 1680 unter Ludwig XIV. gegründet und Molière zu Ehren „La Maison de Molière" genannt. Nach 1785 befand es sich am Palais-Royal und spielte vorwiegend Dramen und Tragödien der französischen Klassiker.

Corniel – Pierre Corneille (1606–1684), französischer Dramatiker; Begründer und neben Jean Baptiste Racine (1639–1699) der Hauptvertreter der klassischen französischen Tragödie; u. a. „Cid" (1637), „Horatius" (1640), „Ödipus" (1659).

John Kemble – John Philip Kemble (1757–1823), Schauspieler. Er trat 1783 erstmals als Hamlet am Drury Lane Theatre in London auf und errang als Darsteller tragischer Shakespearehelden großen Beifall.

Mrs. Siddons – Sarah Siddons (1755–1831), berühmteste Tragödin der englischen Bühne jener Tage; ab 1782 am Drury Lane Theatre in London, wo sie sich in Shakespearerollen (Portia, Lady Macbeth, Desdemona, Ophelia) hervortat. Sie wurde wegen ihrer Schönheit, edlen Haltung, einer tragenden Stimme, umfangreicher Gefühlsäußerung und Gestik gerühmt. Sie war mit Samuel Johnson und Horace Walpole befreundet und wurde von Reynolds, Lawrence und Gainsborough gemalt.

Mrs. Jordan – Dorothy Jordan (1761–1816), Schauspielerin vorwiegend komödiantischer und Hosenrollen. Ihren ersten Auftritt hatte sie 1779 in Dublin und war ab 1785 im Drury Lane Theatre in London zu sehen. Sie sang auch mit großem Erfolg eigens für sie eingeschobene Lieder.

350 *Cid* – Titelgestalt einer Tragödie (1637) von Corneille, basierend auf einer spanischen Vorlage. Don Rodrigue, ein kastilischer Adliger (der später so genannte Cid), liebt Chimène, die Tochter des Grafen Gomes. Um seiner Ehre willen wird Don Rodrigue gezwungen, den Vater seiner Geliebten zu töten. Chimène verlangt in Pflichterfüllung vom König den Kopf des Geliebten, um nach seinem Tod selbst zu sterben. Durch eine heldische Tat – er bewahrt die Stadt Sevilla vor dem Überfall durch die Mauren – kann der Cid sein Leben bewahren und wird vermutlich eines Tages mit Chimène vereint.

Whist – Englisches Kartenspiel mit 52 Karten für vier oder drei Personen.

Alexandriner – Vermutlich nach dem französischen Alexanderroman (12. Jahrhundert) benannter Vers aus zwölf Silben; der beliebteste Vers des klassischen französischen Dramas und Epos.

Barrackpore – Barrackpur, Stadt in Bengalen; sie war von beiden Sepoyaufständen 1824 und 1857 betroffen.

351 *Culloden* – In der Schlacht bei Culloden am 27. 4. 1746 erlitten die schottischen Anhänger des Stuartprätendenten Charles Edward (1720–1788) eine endgültige Niederlage.

353 *Franconi* – Die beiden Brüder Laurent Franconi (1776–1849) und Henri Franconi (1778–1849), die aus einer berühmten italienischen Kunstreiterfamilie stammten, gründeten u. a. 1807 in Paris den Cirque Olympique und 1846 ein Hippodrom. Dort waren die traditionellen Reit- und Dressurkunststücke zu sehen, ein- und untergeordnet einer turbulenten Handlung mit Ballett, Pantomime und Dialogen; z. B. „Der Tod Marlboroughs", „Don

Quichotte", „Macbeth oder die Hexen aus dem Walde", „Die Laterne des Diogenes" und eine Unzahl von Aufführungen mit Napoleon als Helden.

354 *mauvais ton* – (franz.) schlechter Geschmack.

prononcé – (franz.) hervortretend, bestimmend.

monde – (franz.) Hier: Umgang.

355 *Taisez-vous donc* – (franz.) Seien Sie doch still.

356 *Honneurs* – Bilder, As und Zehn der Trumpfkarte; Robber beim Whist.

Trick – Jeder Stich über die sechs ersten, besonders beim Whistspiel.

358 *Äneas* – In der griechisch-römischen Sage der Sohn des Trojaners Anchises und der Aphrodite. Er entkam nach der Eroberung Trojas durch die Griechen auf seiner Mutter Rat aus der brennenden Stadt. In Delos forderte ihn das Orakel auf, das Land seiner Urväter (Italien) zu suchen. Nach verschiedenen Abenteuern (u. a. verschlug ihn ein Sturm nach Karthago zu Königin Dido) landete er in Latium und gründete Lavinium.

Algier – Thackeray unternahm von August bis Oktober 1844 eine Mittelmeerreise. Sie führte ihn an Bord der „Lady Mary Wood" nach Vigo und Cadiz und weiter mit der „Tagus" ab Gibraltar ins Mittelmeer, wo er Malta, Athen, Smyrna und Konstantinopel besuchte. Anschließend fuhr er im Oktober auf der „Iberia" nach Jaffa (besuchte Jerusalem) und weiter nach Alexandria, von wo aus er nach Kairo reiste.

New Orleans – Es war 1718 als Hauptstadt des französischen Kolonialgebiets von Louisiana am Mississippi gegründet worden. Auf seiner zweiten Vortragsreise durch Amerika 1855/56 besuchte Thackeray New York, Boston, Buffalo, Philadelphia, Washington, Baltimore und in den Südstaaten Charleston, Savannah. Am 20. 2. 1856 begab er sich nach New Orleans, wo er am 5. 3. für vierzehn Tage Aufenthalt nahm und an der französischen Architektur, der französischen Sprache und dem Claret zum Dinner Gefallen fand. Auch fuhr er per Schiff acht Tage den Mississippi bis St. Louis hinauf.

Leicester Square – Platz im Londoner West End mit Stadthäusern des Adels seit 1630. Im 19. Jahrhundert ein von den Franzosen bevorzugtes Viertel mit Blumenbeeten, Cafés und Hotels für Ausländer (u. a. Brunet's, Jaynay's, Sablonière und Cavour).

Mr. Wyld – James Wyld der Jüngere (1812–1887), Geograph; er war Mitglied der Royal Geographical Society 1830, gab einen volkstümlichen Atlas und einen Schlachtenatlas heraus und stellte von 1851 bis 1862 am Londoner Leicester Square sein riesiges Modell eines Globus mit einem Durchmesser von 65 Fuß aus, dessen Inneres mit Reliefkarten der Welt in großem Maßstab ausgekleidet war. Hügel, Täler, Berge, Vulkane, Land und Wasser waren in entsprechender Farbe dargestellt. Besucher konnten über Treppen in vier Stockwerken von Galerien aus das Wunder bestaunen.

Estaminet – (franz.) Gastwirtschaft (in der auch kalte Speisen verabreicht werden) oder Rauchzimmer in einem Kaffeehaus.

chopine – (franz.) Schoppen (vom Wein).

petit verre – (franz.) Schnapsglas.

patrie – (franz.) Vaterland.

359 *Friedensstraße* – Die Rue de la Paix. Vgl. Anm. zu S. 323.

Bogen am Stern – Die Avenue des Champs-Elysées führt in gerader Linie zur Place de l'Etoile mit zwölf sternförmig ausstrahlenden Alleen und dem Arc de Triomphe, den Napoleon I. in Erinnerung an den siegreichen Feldzug von 1805/06 errichten ließ.

359 *Ilium* – Ein anderer Name für Troja.

Rue de Rivoli – Breite Pariser Geschäftsstraße, 1811 unter Napoleon I. angelegt und 1856 unter Napoleon III. vollendet, mit Warenhäusern und Geschäften und z. T. einheitlichen Häuserfronten mit gleichlaufenden Balkonen und Arkaden.

Pergamus – Pergamon, die Burg von Troja.

Mrs. Guerre – Anspielung auf die Pâtisserie Guerre in der Rue de Rivoli, wo es feinstes Backwerk gab.

Sandwiches ... – Die Engländer trafen sich in Paris vorwiegend im „La Hill's Tavern", Boulevard de Capucines, wo es Sandwiches und Tee gab, wie sie es gewohnt waren.

Saint-Honoré – Das alte aristokratische Viertel lag nördlich parallel zu den Champs-Elysées.

ihre Kirchen – Die anglikanische Kirche, die die Engländer in Paris aufsuchten, befand sich unweit der Rue du Faubourg Saint-Honoré in der Rue d'Aguesseau Nr. 5.

Folkestone – Vgl. Anm. zu S. 273.

Courage ... – (franz.) Nur Mut, mein junger Freund!

Dido – In der griechischen Sage Tochter des Königs von Tyros und später Königin von Karthago. Nach Vergil tötete sie sich, als Äneas sie verließ, mit dessen Schwert auf dem Scheiterhaufen.

Sohn des Anchises – Das ist Äneas.

360 *une Anglaise* – (franz.) eine Engländerin.

au Temple – (franz.) in die (protestantische) Kirche.

T. C. D. – Trinity College Dublin.

karlistische Armeen – Freiwillige aus Frankreich und Irland nahmen am spanischen Bürgerkrieg teil, der zwischen 1834 und 1839 von den Karlisten (Anhänger des spanischen Kronprätendenten Don Carlos, 1788–1855) zur Durchsetzung ihrer politischen und dynastischen Ziele geführt wurde.

361 *cheveux blancs* – (franz.) bereifte (graue) Haare.

362 *Holyrood* – Alte königliche Residenz in Edinburgh.

Borel – Das Pariser Restaurant „Rocher de Cancale" in der Rue Montorgueil Nr. 65 wurde 1820 von Borel übernommen. Vgl. Anm. zu S. 340.

365 *Lawrence* – Vgl. Anm. zu S. 66.

Marlborough – Vgl. Anm. zu S. 348. Er soll vor seinem Porträt von Sir Godfrey Kneller (1646–1722) im Alter ausgerufen haben: „This was once a man."

König Knut – (995–1035), König von Dänemark und von England von 1016 bis 1035. Er vollendete die Eroberung Englands, wo er die Gesetze Alfreds des Großen wiederherstellte.

Pferdezuchtbuch – Verzeichnis von Vollblutpferden. – Außerdem veröffentlichte Robert Smith Surtees (1803–1864) ein vielbenutztes Handbuch „The Horseman's Manual" (1831).

Mrs. Glasse – Hannah Glasse (um 1747) verfaßte das bürgerliche Kochbuch „The Art of Coockery made Plain and Easy" (Die Kunst des Kochens einfach und leicht gemacht, 1747), „The Compleat Confectioner" (Der vollkommene Konditor) und „The Servant's Directory, or Housekeeper's Companion" (1770), den Leitfaden für Bedienstete und Ratgeber für Haushälterinnen.

366 *Bays's Club* – Vgl. Anm. zu S. 69.

George IV. – Er starb am 24. 6. 1830.

Nebukadnezar – (604–562 v. u. Z.), König von Babylon (vgl. Altes Testament, Daniel 4, 27).

369 *Jago* – Der rachedurstige, böse Intrigant aus Shakespeares Tragödie „Othello".

Tartuffe – Der scheinheilige Betrüger aus Molières gleichnamiger Komödie (1664), dem der Familienvater Orgon zum Opfer fällt.

Blifil – Der Typ des arglistigen, heuchlerischen, gemeinen jungen Mannes; Rivale des Titelhelden um die Hand der schönen Sophia Western in Henry Fieldings Roman „Tom Jones" (1749).

372 *Grandison* – Vgl. Anm. zu S. 79.

375 *Tartarus* – In der griechischen Sage der finstere Strafort in der Tiefe der Erde, von ehernen Mauern umgeben; auch tiefster Teil des Hades; Göttergefängnis, in dem Zeus Missetäter und Gottesfrevler gefangenhielt.

St.-James-Palast – Unter Henry VIII. errichteter Palast im Londoner Stadtteil Westminster an der Mall, der, nachdem Whitehall 1697 niedergebrannt war, bis 1837 ständige Residenz der englischen Könige wurde.

Menuet de la Cour – (franz.) Menuett am Hofe.

Hurone – Angehöriger des Bundes von vier Indianerstämmen der Irokesensprachgruppe zwischen Huronsee und dem St.-Lorenz-Strom.

376 *mea culpa* – (lat.) ich bin schuldig.

379 *Colchicum* – Der Same der im Orient und in den Mittelmeerländern verbreiteten Pflanze wurde als Mittel (Tinktur, Wein) gegen Gicht, Rheumatismus, Wassersucht usw. angewendet; große Mengen wirken, wie auch die Wurzeln und Blüten, giftig.

381 *habitués* – (franz.) Stammgäste.

382 *Herzog von York* – Vgl. Anm. zu S. 12. Frederick Augustus Herzog von York und Albany, der zweite von Georges III. neun Söhnen, wurde am 16. 8. 1763 geboren.

Boodle's – Ein 1762 gegründeter Gesellschaftsclub, der gern vom Landadel aufgesucht wurde. Er befand sich ab 1783 in der St. James's Street Nr. 28; 1821/24 erfolgte ein Umbau, und das Gebäude erhielt ein bauchiges Erkerfenster. Fox, Gibbon, Beau Brummell, Wellington, Wilberforce waren u. a. Mitglieder. Dort gab es eine gute Küche, und es wurde hoch gespielt.

Reform Bill – Vgl. Anm. zu S. 51.

383 *Timanthes* – Griechischer Maler des 4. Jahrhunderts v. u. Z., berühmt wegen seiner „Iphigenia am Altar", deren Nachbildung in Pompeji entdeckt wurde.

Agamemnon – In der griechischen Sage Heerführer der Griechen vor Troja. Vor der Ausfahrt der Flotte opferte er seine Tochter Iphigenie, die aber von der Göttin Artemis zu den Tauriern entrückt wurde. Nach seiner Rückkehr aus dem zehn Jahre währenden Trojanischen Krieg wurde er von seiner Frau Klytämnestra und deren Liebhaber Ägisth ermordet.

„Globe" – Ab 1. 1. 1803 in London erscheinende Abendzeitung.

383 *Illabatur orbis* – (lat.) Mag die Welt untergehen. Vgl. Horaz, „Oden", 3, 37.

384 *Pulvis et umbra sumus* – (lat.) Wir sind Staub und Schatten. Vgl. Horaz, „Oden", 4, 7, 16.

385 *Prinz von Wales* – George Augustus Frederick (der spätere George IV.) stand zu seinem Vater, George III., in Opposition, indem er sich den Ansichten seiner Ratgeber Charles James Fox (1749–1807; 1784 Gründer und Führer der neuen Whigs und in verschiedenen Regierungsämtern tätig) und Richard Brinsley Sheridan (1751–1816; Dramatiker, 1782 Unterstaatssekretär für Auswärtige Angelegenheiten und Sekretär der Schatzkammer) anschloß. Als er 1783 mündig wurde, residierte er im Carlton House, wo sich die Whiganhänger unter seinem Patronat trafen. Als er 1811 die Regentschaft übernahm, ließ er die Whigpolitiker im Stich. Das Torykabinett unter Perceval (von 1809 bis 1812 Premierminister) und Lord Liverpool (Premierminister von 1812 bis 1827) blieb bestehen.

George I. – Er regierte von 1714 bis 1727.

386 *Acheron* – In der griechischen Sage sumpfiger, träge fließender Strom der Unterwelt, den die Seelen der Verstorbenen auf dem Weg ins Totenreich überqueren müssen.

389 *Government House* – Vgl. Anm. zu S. 297.

390 *hat seinem Kaiser gedient* – Bezieht sich auf Napoleon I., Kaiser der Franzosen seit 1804.

Bürgerkönig – Louis-Philippe regierte von 1830 bis 1848.

392 *salle à manger* – (franz.) Speisesaal.

Carlton Terrace – Carlton House Terrace; die beiden langgestreckten, hochherrschaftlichen, mit Säulenfassaden versehenen Terrassenhäuser wurden 1827/32 von John Nash erbaut. Sie befinden sich an der Stelle des ursprünglichen Stadtpalais des Prinzen von Wales, das dieser, als er 1820 den Thron bestieg, abreißen ließ.

395 *hinkender Teufel* – Die Gestalt des Asmodeus (der „hinkende Teufel") entstammt dem Roman „Le Diable boiteux" des französischen Schriftstellers Alain-René Le Sage (1668–1747). Asmodeus gewährt dem jungen Edelmann Don Cleofas Leandro Perez Zambullo, der den Dämon aus der Gewalt eines Magiers befreite, von oben her Einblick in das lächerlich-absurde, jammervolle Tun und Treiben seiner Mitmenschen, indem er die Dächer der Madrider Häuser abdeckt.

INHALT

Anhang

William Makepeace Thackeray

The Adventures of Philip on His Way through the World Shewing Who Robbed Him, Who Helped Him, and Who Passed Him by

Aus dem Englischen übersetzt
von Ana Maria Brock

Mit Illustrationen
von William Makepeace Thackeray und Frederick Walker
und einem Frontispiz

1. Auflage 1989

Einbandgestaltung Heinz Hellmis
Typographie Peter Birmele
Karl-Marx-Werk, Graphischer Großbetrieb, Pößneck V 15/30
Printed in the German Democratic Republic
Lizenznummer 220. 415/21/89
Bestellnummer 618 505 5
I/II 02450

Thackeray, Ges. Werke in Einzelb.
ISBN 3-352-00146-4
Philip 1–2
ISBN 3-352-00296-7

William Makepeace Thackeray

Gesammelte Werke in Einzelbänden

Herausgegeben von
Günther und Sigrid Klotz

WILLIAM MAKEPEACE

THACKERAY

Die Abenteuer des

PHILIP

auf seinem Wege durch die Welt,
die zeigen, wer ihn beraubte,
wer ihm half
und wer an ihm vorüberging

Zweiter Band

Rütten & Loening
Berlin

23. KAPITEL

In dem wir noch die Elysäischen Felder umschweben

Treu hat sich der Beschreiber und Biograph unseres Freundes Mr. Philip Firmin bemüht, nichts zu beschönigen; und hat, so hoffe ich, nichts Böswilliges zu Papier gebracht. Wenn Philips Stiefel Löcher hatten, so habe ich geschrieben, daß er Löcher in den Stiefeln hatte. Wenn er einen roten Bart hatte, so ist der auch in dieser Geschichte rot. Ich hätte ihn mit einem braunen Ton salben und ihn in satter Kastanienfarbe malen können. Einfachen Menschen gegenüber gab er sich sehr freundlich und zartfühlend; doch ich muß gestehen, im allgemeinen war er in der Gesellschaft nicht immer ein angenehmer Umgang. Er war oft hochmütig und arrogant. Altbekannte Geschichten machten ihn ungeduldig, abgedroschene Redensarten waren ihm unerträglich. Mrs. Baynes' Anekdoten aus ihrem Garnisonsleben in Indien und Europa fanden bei Mr. Philip kein sehr langmütiges Gehör. Und obgleich ihm die kleine Charlotte sanfte Vorhaltungen machte und sagte: „Laß doch bitte Mama ihre Geschichte zu Ende erzählen; und dreh ihr nicht mitten darin den Rücken zu und fang von etwas anderem an; und sag ihr nicht, daß du die Geschichte schon gehört hast, du unhöflicher Mensch! Wenn sie nicht mit dir zufrieden ist, ist sie böse auf mich, und ich muß es ausstehen, wenn du fort bist." Miss Charlotte sagte ihm nicht, wieviel sie auszustehen hatte, wenn Philip abwesend war; wie beständig ihre Mutter etwas an ihm auszusetzen hatte; welch bedrückendes Leben das junge Mädchen infolge ihrer Zuneigung zu ihm führen mußte; und ich fürchte, der ungeschickte Philip machte sich nicht hinreichend klar, welche Leiden sein Verhalten über das Mädchen brachte.

Wie Sie sehen, erkenne ich an, daß es auf seiner Seite zahlreiche Fehler gab, die vielleicht in gewissem Maße jene entschuldigen oder erklären, die Mrs. General Baynes ihm gegenüber unstreitig beging. Sie liebte Philip nicht von Natur aus – und meinen Sie, sie liebte ihn, weil sie ihm außerordentlich verpflichtet war? Lieben Sie denn Ihren Gläubiger, weil Sie ihm mehr schulden, als Sie jemals bezahlen können? Würde ich meinen Schneider niemals bezahlen, stünde ich dann etwa mit ihm auf gutem Fuße? Ich könnte von jetzt an bis zum Jahr neunzehnhundert immer weiter Anzüge bestellen; aber ich würde ihn von Jahr zu Jahr mehr verabscheuen. Ich würde an seinem Zuschnitt und seinem Stoff mäkeln; vermutlich würde ich seine Rechnungen schließlich überhöht finden, obwohl ich sie nie bezahlte. Die Güte ist recht schwer verdaulich. Sehr stolzen Mägen bekommt sie nicht. Ich frage mich, war jener Reisende, der unter die Räuber fiel, dem Samariter, der ihn rettete, hinterher dankbar? Freilich, er gab Geld – aber daran fehlte es ihm nicht. Die religiösen Meinungen über Samariter sind beklagenswert heterodox. O Bruder! Mögen wir den Gefallenen immer noch helfen, auch wenn sie uns nie bezahlen, und mögen wir leihen, ohne den Wucherzins der Dankbarkeit abzufordern!

Eines habe ich mir vorgenommen, wann immer ich wieder auf Freiersfüßen gehe, werde ich meine Huldigungen nicht an mein geliebtes Wesen richten – Tag für Tag und von einem Jahr zum anderen, höchstwahrscheinlich mit Mutter, Vater und einem halben Dutzend kleiner Brüder und Schwestern des lieben Mädchens mit im Zimmer. Ich werde selbstverständlich damit anfangen, der alten Dame Artigkeiten zu erweisen. Zunächst fühlt sie sich geschmeichelt, daß ein junger Mann ihrer Tochter den Hof macht. Sie nennt mich „lieber Edward“, stickt mir ein Paar Hosenträger, schreibt an Mama und Schwestern und so fort. Der alte Herr sagt: „Brown, mein Junge“ (ich male mir hier liebevoll aus, ich wäre ein junger Mensch namens Edward Brown, der, sagen wir, Miss Kate Thompson verehrt), Thompson also sagt: „Brown, mein Junge, kommen Sie um sieben zum Dinner. Wir haben immer ein Gedeck für Sie“; und natürlich, himmlischer Gedanke!, ist dieses Gedeck an der Seite der liebsten Kate aufgelegt. Aber das Dinner ist manchmal schlecht. Manchmal verspäte ich mich. Manchmal gehen die Geschäfte in der City schlecht. Manchmal ist Mrs. Thompson nicht gut aufgelegt: sie hatte immer gedacht, Kate hätte etwas Besseres finden können. Und angenommen, inmitten dieser Zweifel und Verzögerungen erscheint JONES, der älter ist, jedoch von besserer Gemütsart, besserer Familie und – die Pest über ihn! – doppelt so reich? Was sind Verlobungen? Was sind Zusagen? Manchmal ist es die PFLICHT einer liebenden Mutter, ihre Zusage zu brechen, und diese Pflicht wird die entschlußkräftige Matrone auch tun.

Dann ist Edward nicht mehr Edward, sondern Mr. Brown; oder, noch schlimmer, im Haus ganz ohne Namen. Dann werden Messer und Gabel an der Seite der armen Kate entfernt, und sie selbst verzehrt ihr trübseliges Mahl unter Tränen. Wenn dann einer der kleinen Thompsons arglos sagt: „Papa, in der Regent Street habe ich Teddy Brown getroffen; er sah so ...“, ruft Mama: „Halt den Mund, gefühlloser Bengel! Seht doch das liebe Kind!“ Kate sinkt in Ohnmacht. Sie bekommt Riechsalz. Man läßt den Arzt kommen. Und nach einiger Zeit – führt Charles Jones Kate Thompson zu Tisch. Lange Seereisen sind gefährlich, lange Werbungen desgleichen. Auf langen Seereisen streiten sich die Passagiere dauernd (dafür könnte sich Mrs. General verbürgen); bei langen Werbungen besteht dieselbe Gefahr. Um wieviel mehr, wenn Sie in letzterem Schiff eine Mutter mithaben, die sich immerzu unberufen einmischt! Und dann an die Plage jener Liebesreise zu denken, wenn Sie und das geliebte Wesen und Papa, Mama, ein halbes Dutzend Brüder und Schwestern des geliebten Wesens sich alle in einer einzigen Kabine aufhalten! Der Sparsamkeit halber hatten die Bayneses bei Madame kein Wohnzimmer – denn man konnte den Raum im zweiten Stock, in dem zwei Betten standen und die Kleinen, unterwiesen von Charlotte,

Klavier übten, nicht Wohnzimmer nennen. Philips Werbung mußte sich zum größten Teil vor der ganzen Familie abspielen; und unter solchen Schwierigkeiten seine Liebe zu offenbaren wäre entsetzlich und zum Tollwerden und fast unmöglich gewesen, nur haben wir ja eingestanden, daß unsere jungen Freunde kleine Spaziergänge auf den Champs-Elysées unternahmen. Und dann müssen Sie zugeben, daß es für sie sicher herrlich gewesen ist, einander immerfort Briefchen zu schreiben, die sie sich direkt vor Papas und Mamas Nase verstohlen zusteckten und sogar in Gegenwart der anderen Pensionsgäste bei Madame, die natürlich nie bemerkte, was vorging. Ja, diese schlauen Schelme richteten wahrhaftig überall im Zimmer kleine Postämter ein. Da war zum Beispiel im Salon die Uhr auf dem Kaminsims, auf der die alte französische Allegorie „Le temps fait passer l'amour" dargestellt war. Einer dieser gewitzten jungen Leute schob geschwind einen Zettel in den Nachen der Zeit, wo ihn niemand sah, dessen dürfen Sie sicher sein. Das Tricktrackbrett war auch so ein Postamt. Ebenso die Schublade des Notenständers. Ebenso der Blumentopf aus Sèvresporzellan usw. usw.; jedem dieser Verstecke reihum vertraute das Pärchen die wonnigen Geheimnisse ihrer jungen Liebe an.

Hast du dir jemals deine Liebesbriefe an Darby aus der Zeit eurer Werbung angesehen, liebe Joan? Es sind geweihte Blätter, wenn man sie liest. Die seinen hast du irgendwo, mit einem ausgeblichenen Band verschnürt. Du brauchst kaum die Brille, wenn du sie dir ansiehst. Das Haar wird schwarz, die Augen werden feucht und glänzen, die Wangen runden sich wieder und erröten. Ich versichere feierlich, es gibt auf der Welt nichts Schöneres als Darby und Joan. Ich hoffe, Philip und seine Frau werden bis ans Ende Darby und Joan bleiben. Ich sage Ihnen, sie sind verheiratet, und will gar keine Geheimnisse um die Sache machen. Ich verachte einen Kunstgriff dieser Art. Zur Zeit der alten dreibändigen Romane, haben Sie da nicht immer am Schluß nachgesehen, um festzustellen, ob Louisa und der Graf (oder der junge Geistliche, wie der Fall eben liegen mochte) glücklich geworden waren? Wenn sie starben oder ihnen sonst ein Ungemach zustieß, habe ich für mein Teil das Buch weggelegt. Diesen beiden also geht es gut. Sie sind verheiratet; sind hoffentlich glücklich: doch bevor sie heirateten und auch danach, hatten sie viel Kummer und Sorgen; wie zweifellos auch Sie, werter Sir oder verehrte Madam, seit Sie sich dieser Zeremonie unterzogen haben. Verheiratet? Freilich sind sie das. Meinen Sie etwa, ich hätte der kleinen Charlotte gestattet, Philip auf den Champs-Elysées zu treffen, nur einen leichtfertigen kleinen Bruder als Begleiter, der sich immerzu umdrehte, um Punch, Guignol, die vorbeimarschierenden Soldaten, den Pfefferkuchen- und Bonbonstand des alten Weibleins und so weiter anzustarren? Ich sage, nehmen Sie etwa an, ich hätte diesen beiden erlaubt, miteinander auszugehen, wenn sie nicht hinterher heiraten würden? Sie gingen also miteinander spazieren; und einmal, als sie Arm in Arm die Champs-Elysées entlangschritten, wen sahen sie da in einer schönen offenen Kalesche? Den jungen Twysden und Hauptmann und Mrs. Woolcomb, vor denen Philip, als sie vorüberfuhren, mit einer tiefen Verbeugung den Hut zog und die er noch dazu mit einer ungeheuren Lachsalve grüßte. Woolcomb muß es in den Ohren geklungen haben. Wahrscheinlich ließ die Begegnung Mrs. Woolcombs Wange leicht erröten und – und mehrte damit zweifellos die vielen Reize dieser eleganten Dame. Ich habe hinsichtlich meiner Personen keine Geheimnisse und sage meine Meinung über sie ganz ungeschminkt. Es hieß, Woolcomb sei das eifersüchtigste, knickerigste, protzigste, grausamste kleine Biest; er mache seiner Frau das Leben sauer. Nun? und wenn es so war? Mir ist es gewiß gleichgültig. „Da ist dieser prahlerische bankrotte Bettler Firmin!“ ruft der bräunlichgelbe junge Ehemann und beißt sich auf den Schnurrbart. „Unverschämter zerlumpter Strolch“, sagt Twysden junior, „ich hab ihn gesehen.“

„Solltest du nicht besser den Wagen halten lassen und ihn ins Gesicht hinein beschimpfen statt mir gegenüber?“ sagt Mrs. Woolcomb matt und läßt sich in ihre Kissen zurücksinken.

„Los doch! Zum Henker! Ally! Vite!“ rufen die Gentlemen in der Kalesche dem laquais de place auf dem Kutschbock zu.

„Ich kann mir vorstellen, daß du keinen Wert darauf legst, mit ihm zusammenzutreffen“, fährt Mrs. Woolcomb fort. „Er hat einen hitzigen Charakter, und ich möchte um alles in der Welt nicht, daß ihr Streit bekommt.“ Ich nehme also an, Woolcomb wettert wieder auf den laquais de place ein; und das glückliche Paar, wie man so sagt, rollt zum Bois de Boulogne davon.

„Warum lachst du denn so?“ fragt die kleine Charlotte zärtlich, während sie neben ihrem Liebsten dahintrippelt.

„Weil ich so glücklich bin, liebster Schatz!“ sagt ihr Partner und drückt das Händchen, das auf seinem Arm liegt, fest an sein Herz. Als er an jene Frau denkt und dann in das reine, hingebungsvolle Gesicht des lieblichen Mädchens an seiner Seite blickt, bricht das verächtliche Lachen ab, das die soeben erfolgte unerwartete Begegnung ausgelöst hat, und ein ungeheures Gefühl der Dankbarkeit erfüllt die Brust des jungen Mannes – Dankbarkeit dafür, welcher Gefahr er entronnen ist, und für den Preis und Segen, der ihm zugefallen ist.

Doch Mr. Philips Wege sollten nicht so angenehm verlaufen wie dieser Spaziergang; und wir kommen jetzt zur Schilderung nasser, rutschiger Straßen, schlimmer Zeiten und rauhen Winterwetters. Alles, was ich für diesen trüben Abschnitt versprechen kann, ist, daß es keine lange Geschichte werden soll. Sie werden anerkennen, daß wir das Liebeswerben recht kurz abgehandelt haben, das ich, auf mein Wort, für den allerleichtesten Teil der Arbeit des Romanautors halte. Während diese leidenschaftlichen Szenen zwischen dem Hauptmann und der Heldin ablaufen, denkt ein Schriftsteller, der sich in seinem Metier auskennt, womöglich an etwas ganz anderes – an das nächste Kapitel, oder was er wohl zum Dinner vorgesetzt bekommt oder was Sie wollen; deshalb müssen Sie mir, da wir über die Verzückungen und Freuden der jungen Liebe so kurz und knapp hinweggehuscht sind, bitte den Gefallen tun, auch den Kummer kurz und bündig hinzunehmen.

Wenn unsere jungen Leute leiden sollen, laßt den Schmerz rasch vergehen. „Setzen Sie sich bitte in den Sessel, Miss Baynes, und Sie, Mr. Firmin, in diesen. Erlauben Sie mir, Sie zu untersuchen. Bitte öffnen Sie den Mund; und – oh, oh, meine liebe Miss – da ist er heraus! Ein wenig Eau de Cologne und Wasser, meine Liebe. Und jetzt, Mr. Firmin, wenn es recht ist, wollen wir ... Was für Fangzähne! Welch ein Riesending! Zwei Guineas. Ich danke Ihnen. Guten Morgen. Kommen Sie einmal jährlich zu mir. John, schicken Sie den nächsten Patienten herein.“ Mit der nun folgenden schmerzhaften Angelegenheit gedenke ich mich also nicht länger aufzuhalten, ich beteuere es, genauso wie der humane und geschickte Operateur, mit dem zu vergleichen ich mich erkühnt habe. Wenn meiner hübschen Charlotte ein Zahn gezogen werden soll, dem armen lieben Kind, soll er so sanft wie möglich entfernt werden. Was Philip und seine gewaltige rotbärtige Kinnlade angeht, macht es mir nicht soviel aus, wenn der Ruck *ihn* kurz aufbrüllen läßt. Und doch bleiben sie, sie bleiben und pochen noch im späteren Leben, diese Wunden der Jugendjahre. Habe ich nicht erzählt, wie Mr. Firmin, als es sich viele Jahre nach der hier aufgezeichneten familiären Situation so ergab, mit mir in Paris spazierenging und vor dem Fenster jenes Hauses an den Champs-Elysées stehenblieb, wo Madame Smolensk einst ihre Pension führte, vor einer Jalousie des jetzt verschmutzten und unansehnlich gewordenen Wohnsitzes die Faust schüttelte und mir andeutete, er habe in der von jenem Fenster erhellten Kammer schwere Leiden durchgemacht? So haben wir alle gelitten; so werden Sie, meine liebe junge Miss oder auch mein lieber junger Master, die Sie in diese bescheidene Seite vertieft sind, sicherlich zu Ihrer Zeit leiden. Vermutlich werden Sie an der Operation nicht sterben; doch sie ist schmerzhaft, sie hinterläßt eine Lücke im Mund, voyez-vous? Und vielleicht viele Jahre später, wenn Sie daran denken, lebt der Schmerz wieder auf, und die schreckliche Tragödie läuft noch einmal ab.

Philip gefiel es, wenn sein kleines Mädchen ausging, tanzte, lachte, bewundert wurde, glücklich war. In ihrer offenen Art erzählte sie ihm von ihren Bällen, ihren Teegesellschaften, ihren Vergnügen, ihren Partnern. In der ersten bescheidenen Saison eines Mädchens entgeht ihr nichts. Haben Sie nicht gestaunt, wenn Sie sie über die Ereignisse des Abends berichten hörten, über die Kleider der Matronen, über die Komplimente der jungen Männer, über das Benehmen der anderen Mädchen und was nicht noch alles?

Die kleine Charlotte gab Philip stets die Komödie des Vorabends wieder, und indes ihre Füßchen neben ihm herhüpften, schüttete sie mit ihrem Geplapper ihr junges Herz aus. Und Philips schallendes Gelächter zu hören! Es hätte Ihnen gutgetan. Sie hätten ihn vom Obelisk bis zur Etoile hören können. Die Leute drehten sich zu ihm um und zuckten verwundert die Achseln, wie es die gutmütigen Franzosen so an sich haben. Wie konnte nur ein Mann, so kürzlich ruiniert, ein Mann, soeben in seinen Hoffnungen auf ein großes Vermächtnis seines Großonkels, des Grafen, enttäuscht, ein Mann mit Stiefeln in so beklagenswertem Zustand, so lachen und so ausgelassen sein? Allein der Gedanke, daß so ein frecher, zerlumpter Strolch (wie Ringwood Twysden seinen Vetter nannte) sich glücklich zu sein erdreistete! Tatsache ist, diese Lachsalve traf die drei Twysdens wie drei Ohrfeigen und brachte aller Wangen gleichzeitig zum Prickeln und Erröten. Philips Fröhlichkeit verjagte jedesmal die Wolken, die sich über Charlottes liebliches Gesicht ausgebreitet hatten. Wenn das Mädchen an seiner Seite hing, schwanden die Zweifel, die an ihrem Herzen nagten. Wenn sie die Szenen des Festes vom Vorabend nachspielte, war sie nicht immer heiter. Doch während sie plauderte und plapperte, hob sich auch ihre Stimmung; und die Hoffnung und eine natürliche Freude brachen wieder in ihrem Herzen auf und stiegen in ihre errötenden Wangen. Charlotte war damals eine Heuchlerin, wie es, dem Himmel sei Dank, alle guten Frauen manchmal sind. Sie hatte Kummer; sie verbarg ihn vor ihm. Sie hegte Zweifel und Befürchtungen: sie flohen, wenn er erschien und sie sich an seinen starken Arm klammerte und in seine ehrlichen blauen Augen blickte. Sie erzählte ihm nicht von jenen schlimmen Nächten, wenn ihre Augen schlaflos blieben und tränennaß waren. Eine gelbhäutige alte Frau in einer weißen Jacke kam mit einer Nachthaube und einem Nachtlicht Abend für Abend an ihr Bettchen; und da stand sie und keifte mit ihrer strengen Stimme gegen Philip. Der dürre Finger dieser alten Frau deutete dann auf alle Risse in des armen Philips fadenscheinigem Paletot von Charakter – wies auf die Löcher und riß sie weiter auf. Sie stampfte auf seine schmutzbespritzten Stiefel. Sie rümpfte ihre gekrümmte Nase beim Gedanken an die Pfeife des armen Kerls – seine Pfeife, seine beste Gefährtin und Trösterin, wenn seine liebe kleine Gebieterin nicht in der Nähe war. Sie ließ sich über die Partner des Abends aus; die unverkennbaren Aufmerksamkeiten des einen Herrn, die Höflichkeit und feine Lebensart des anderen.

Und wenn diese schreckliche abendliche Folter vorüber war und Charlottes Mama das arme Kind sich selbst überlassen hatte, schlich sich manchmal Madame Smolensk, die noch über ihren Kontobüchern und Rechnungen saß und infolge ihrer eigenen Sorgen schlaflos blieb, zur armen Charlotte herauf und tröstete sie; und brachte ihr Kräutertee, vorzüglich für die Nerven;

und sprach mit ihr über – über das Thema, von dem Charlotte am liebsten hörte. Und obwohl die gute Smolensk am Morgen Mrs. Baynes höflich begegnete, wozu sie von Berufs wegen verpflichtet war, so hat sie doch eingestandenermaßen oft das Verlangen gespürt, Madame la Générale wegen der Behandlung ihres kleinen Engels von Tochter zu erwürgen; und alles, weil Monsieur Philippe nach Pfeife riecht, parbleu! „Was? Eine Familie, die Ihnen das Brot verdankt, das sie essen; und sie wenden sich wegen einer Pfeife ab! Diese Feiglinge, diese Feiglinge! Eine Soldatentochter hat keine Angst davor. Merci! Tenez, M. Philippe“, erklärte sie unserem Freund, als die Dinge sich zum Äußersten zuspitzten. „Wissen Sie, was ich an Ihrer Stelle täte? Einem Franzosen würde ich das nicht sagen; das versteht sich von selbst. Aber diese Sachen machen sich in England anders. Ich habe kein Geld, aber ich habe einen cachemire. Nehmen Sie ihn. Und wenn ich Sie wäre, würde ich eine kleine Reise nach Gretna Grin machen.“

Und nun wollen wir, wenn es Ihnen recht ist, die Champs-Elysées verlassen. Wir wollen von Madames Pension aus die Straße überqueren. Wir wollen uns in den Faubourg St-Honoré begeben und wahrhaftig ein Tor durchschreiten, über dem der L-w-, das Einh-rn und die K-n-gskr-n- und das W-pp-n der Drei K-n-g-r--ch- eingemeißelt sind, und uns unter der porte cochère nach rechts wenden, mehrere Stufen hinaufsteigen und uns beim Bedienten auf dem Treppenabsatz erkundigen, wer sich in der chancellerie befinde. Der Bediente sagt, mehrere der messieurs y sont. Wirklich treffen Sie, wenn Sie den Raum betreten, sagen wir, Mr. Motcomb, Mr. Lowndes, Mr. Halkin und unseren jungen Freund Mr. Walsingham Hely an, die in einer gewaltigen Rauchwolke an ihren jeweiligen Tischen sitzen. Inmitten dieser Gentlemen, rauchend und rittlings auf einem Stuhl sitzend, als wäre es sein Pferd, sehen wir jenen schneidigen jungen irischen Häuptling, den O'Rourke. Einige Gentlemen kopieren in großer Schrift Depeschen auf Kanzleipapier. Eher würde ich mich von O'Rourkes wildesten Pferden in Stücke reißen lassen, als den Eindruck zu vermitteln, ich wolle andeuten, was diese Depeschen, was diese Depeschentaschen enthalten. Vielleicht enthalten sie Nachrichten vom spanischen Hof, wo gewisse Intrigen gespielt werden, bei deren Kenntnis sich Ihnen das Haar sträuben würde; vielleicht verschließt jene Tasche, auf die nebenan ein Bote wartet, vierundzwanzig Meter Chantillyspitze für Lady Belweather und sechs neue französische Possen für Tom Tiddler vom Außenministerium, der verrückt auf das Theater ist. Es ist viele Jahre her – woher soll ich wissen, was sich in diesen Depeschentaschen befindet?

Doch die Arbeit, worin sie auch immer bestehen mag, ist nicht besonders dringlich, denn nur Mr. Chesham – habe ich übrigens schon Chesham erwähnt? Sie können ihn Mr. Sloanestreet nennen, wenn Sie wollen. Nur Chesham (und er nimmt alles immer furchtbar ernst) scheint stark mit Schreiben beschäftigt zu sein; und das Gespräch nimmt seinen Fortgang.

„Wer hat es spendiert?" fragt Motcomb.

„Der schwarze Mann natürlich. Wir würden uns nicht anmaßen, es mit einer so prallvollen Börse wie der seinen aufzunehmen. Sie hätten sehen sollen, was für Grimassen er beim Anblick der Rechnung geschnitten hat! Dreißig Francs die Flasche für Rheinwein. Er hat unter gräßlichsten Qualen gegrinst, als er die Endsumme las. Er wurde beinahe gelb. Er hat seine Frau früh weggeschickt. Wie lange dieses Mädchen in London herumhing; und zu denken, daß sie sich zuletzt einen Millionär geangelt hat! Othello ist ein furchtbarer Knicker und höllisch eifersüchtig auf seine Frau."

„Wie heißt der kleine Mann, der sich so vollaufen ließ und wegen dem alten Ringwood das heulende Elend kriegte?"

„Twysden – der Bruder der Frau. Kennen Sie Humbug Twysden nicht, den Vater? Der Junge ist noch widerwärtiger als der Vater."

„Ein ganz ekelhafter kleiner Wüstling. Wollte unbedingt mit zum Variété, weil wir sagten, wir gingen hin, wollte unbedingt zu Lamaignon, wo die Russen einen Tanzabend und ein lansquenet gaben. Warum sind Sie nicht gekommen, Hely?"

Mr. Hely: Ich sage Ihnen, die ganze Sache widert mich an. Mir graust vor diesen angemalten alten Schauspielerinnen. Wozu soll ich Motcomb Geld abgewinnen, der gar keins hat? Glauben Sie etwa, es macht mir Freude, mit der alten Carodol zu tanzen? Sie erinnert mich an meine Großmutter – nur ist sie noch älter. Meinen Sie, ich will sehen, wie dieser blöde alte Boutzoff Corinne und Palmyrine lüstern angrinst und mit ihnen eine

Dreiergruppe von alten Weibern bildet? Ich staune nur, wie ihr Burschen immerfort Spaß daran haben könnt. Habt ihr truffles und écrevisses à la Bordelaise noch nicht über und diese alten Opernmenschen, deren vertrocknete Greisenkörper damit vollgestopft sind?

DER O'R.: Nehmen Sie nur mal Cérisette, auf Ehre. So was haben Sie noch nicht erlebt. Sie ist in ihrem Stohl eingeschlafen ...

MR. LOWNDES: In ihrem *was*, O'R.?

DER O'R.: Na, dann eben in ihrem *Stuhl*! Und Figaroff hat ihr das ganze Gesicht mit der Creme aus einer Charlotte Russe vollgeschmiert. Ein richtiges munteres Vögelchen ist die Cérisette, und einen Schnurrbart hat sie auch.

MR. HELY: Charlotte, Charlotte! Oh! (Er packt wie toll mit seinen Händen die Schläfenhaare. Die Ellbogen hat er auf den Tisch gestützt.)

MR. LOWNDES: Das ist das Mädchen, das er bei den Teegesellschaften trifft, wo er hingeht, um sich bewundern zu lassen.

MR. HELY: Besser Tee trinken, als sich, wie ihr Kerls, mit schlechtem Champagner um das bißchen Verstand zu bringen, das ihr habt. Besser sehen und hören und beobachten und mit einem sittsamen Mädchen tanzen, als, wie ihr Kerls, mit angemalten alten Vetteln in Schenken herumzuhüpfen, wie diese alte Cérisette, die ein Gesicht wie pomme cuite hat und schon beim Frieden von Amiens vor Lord Malmesbury tanzte. Hat sie, ich versichere es Ihnen; und vor Napoleon auch.

MR. CHESHAM (blickt von seiner Schreibarbeit auf): Damals gab es keinen Napoleon. Es ist nicht weiter wichtig, aber ...

MR. LOWNDES: Besten Dank, Sie haben etwas bei mir gut. Sie sind ein wirklich wertvoller Mann, Chesham, und machen Ihrem Vater und Ihrer Mutter Ehre.

MR. CHESHAM: Nun ja, der Erste Konsul war Bonaparte.

MR. LOWNDES: Ich bin Ihnen verpflichtet. Ich sage, ich bin Ihnen verpflichtet, Chesham, und wenn Sie eine Erfrischung brauchen, bestellen Sie sie meis sumptibis, alter Junge – auf meine Kosten.

MR. CHESHAM: Diese Kerls können einfach nicht ernst sein. (Er schreibt weiter.)

MR. HELY (Iterum, aber ganz leise): Oh, Charlotte, Char...

Mr. Lowndes: Hely schwärmt rasend für dieses Mädchen – dieses Mädchen mit der gräßlichen alten Mutter in Gelb, wissen Sie noch?, und dem alten Vater – ein guter alter Militär in einem schäbigen alten Rock –, das auf dem letzten Ball war. Wie war der Name? O'Rourke, was reimt sich auf Baynes?

Der O'R.: Pays, und zum Henker mit Ihnen. Dauernd machen Sie sich über mich lustig, Sie kleiner Cockney!

Mr. Motcomb: Von dem dänischen Mädchen war Hely genauso schwer getroffen. Sie wissen doch, Walse, Sie haben furchtbar viele Verse an sie verfaßt und haben Ihrer Mutter geschrieben und um Erlaubnis gebeten, sie zu heiraten.

Der O'R.: Ich hätte gedacht, er ist groß genug, um ohne Erlaubnis zu heiraten – nur würde ihn keine haben wollen, weil er so häßlich ist.

Mr. Hely: Sehr gut, O'Rourke. Sehr gut und witzig. Sie haben gerade die Versammelten mit einer Anekdote unterhalten. Wollen Sie nicht fortfahren?

Der O'R.: Also gut, die Cérisette hatte auf der Bühne und unten getanzt, bis sie todmüde war, nehme ich an, und so schlief sie plumps ein, und Figaroff nahm die Dingsda aus der Charlotte Russe, schmierte ihr das Gesicht ganz ...

Stimme draussen: Diht Mosho Ringwood Twysden, sivopleh, puhr l'honorable Mosho Lownds!

Bedienter: Monsieur Twysden!

Mr. Twysden: Mr. Lowndes, wie geht es Ihnen?

Mr. Lowndes: Sehr gut, danke, und Ihnen?

Mr. Hely: Lowndes ist heute ungewöhnlich geistreich.

Mr. Twysden: Keinen Kater von gestern abend? Einige von uns waren ein bißchen angeheitert, glaube ich.

Mr. Lowndes: Einige von uns ganz das Gegenteil. (Der kleine Lump, was will er bloß? Angeheitert! Er konnte sich nicht mehr auf den Beinchen halten!)

Mr. Twysden: Hm! Sie rauchen, wie ich sehe. Danke sehr. Ich rauche sehr selten – aber da Sie so freundlich sind – paff. Hm! Ungewöhnlich gutaussehende Person, diese, hm – Madame Cérisette.

Der O'R.: Danke, daß Sie es uns mitteilen.

Mr. Lowndes: Wenn sie *Ihren* Beifall findet, Mr. Twysden, meine ich, Mademoiselle Cérisette ist in Ordnung.

Der O'R.: Vielleicht kriegt sie mehr Gage, wenn Sie es ihr sagen.

Mr. Twysden: Hehe – ich merke schon, Sie ziehen mich auf. Solche Sachen machen wir ziemlich viel bei uns in Somerset, in unserem – in – hm! Dieser Tabak ist ein bißchen stark. Ich fühle mich heute vormittag wirklich ein bißchen angeschlagen. Übrigens, wer ist dieser Fürst Boutzoff, der mit uns lansquenet gespielt hat? Gehört er zu den livländischen Boutzoffs oder zu den hessischen Boutzoffs? Ich erinnere mich, bei meinem armen Onkel, Lord Ringwood, einen Fürst Blucher de Boutzoff kennengelernt zu haben, ähnelt diesem Mann übrigens etwas. Sie kannten meinen armen Onkel?

Mr. Lowndes: Vor drei Monaten habe ich mit ihm hier im berühmten „Trois Frères" diniert.

Mr. Twysden: Womöglich auch in Whipham gewesen? Ich bin dort aufgewachsen. Es hieß einmal, ich hätte sein Erbe werden sollen. Er hatte mich sehr gern. Er war mein Pate.

Der O'R.: Dann hat er Ihnen einen Becher geschenkt, und der war sowenig ein Prachtstück wie Sie. (Sotto voce.)

Mr. Twysden: Wie meinen? Ich sprach gerade von Whipham, Mr. Lowndes – einer der schönsten Landsitze in England, möchte ich sagen, außer Chatsworth, wissen Sie, und *solchen* Häusern. Mein Großvater hat es gebaut – ich meine, mein *Ur*großvater, denn ich gehöre zur Familie Ringwood.

Mr. Lowndes: Dann war Lord Ringwood Ihr *Groß*vater oder Ihr *Groß*pate.

Mr. Twysden: Hehe! Meine Mutter war seine direkte Nichte. Mein Großvater war sein direkter Bruder, und ich bin ...

Mr. Lowndes: Danke sehr. Jetzt verstehe ich.

Mr. Halkin: *Das ist sehr interessant. Ich versichere Ihnen, das ist sehr interessant.*

Mr. Twysden: Wie meinen? (Diese Zigarre ist wirklich – ich werfe sie fort, wenn es recht ist.) Ich sagte gerade, daß wir in Whipham, wo ich groß geworden bin, oft vierzig zu Tisch waren, und ebenso viele im Eßzimmer der höheren Dienerschaft.

Mr. Lowndes: Und Sie speisten im ... Sie hatten recht gute Dinners?

Mr. Twysden: Ein französischer Chefkoch! Zwei Gehilfen, dazu Schildkröte aus London. Zwei oder drei reguläre Köchinnen im Haushalt, außerdem Küchenmädchen, Küchenjungen und all so etwas, Sie verstehen. Wie viele haben Sie hier wohl? In Lord Estridges Küche kommen Sie nicht aus, ich würde sagen, ohne mindestens – mal sehen – also, bei *unserem* bescheidenen Stil – und wenn Sie nach London kommen, wird sich mein Vater höllisch freuen, Sie zu begrüßen – wir ...

Mr. Lowndes: Wie geht es Mr. Woolcomb heute morgen? Ein sehr ordentliches Dinner, das Woolcomb uns gestern gab.

Mr. Twysden: Er hat massenhaft Geld, *massen*haft. Ich hoffe, Lowndes, wenn Sie nach London kommen – sobald Sie das nächste Mal kommen, denken Sie daran –, werden Ihnen einen äußerst herzlichen Empfang bereiten, und meines Vaters alter Port...

Mr. Hely: Gibt denn keiner diesem kleinen Biest einen Tritt, daß er zur Tür hinausfliegt?

Bedienter: Monsieur Chesham peut-il voir M. Firmin?

Mr. Chesham: Gewiß doch. Komm rein, Firmin!

Mr. Twysden: Mr. Fiermäng? Mr. Fir... Mr. *wer*? Sie wollen doch wohl nicht sagen, Sie empfangen *den* Kerl, Mr. Chesham?

Mr. Chesham: Welchen Kerl? Und was wollen Sie damit sagen, Mr. Dingsda?

Mr. Twysden: *Den* Halun... – Oh, will sagen, ich – ich bitte um ...

Mr. Firmin (tritt ein und geht auf Mr. Chesham zu): Hör mal, ich brauche heute unbedingt eine kleine Information. Was du da gesagt hast, über – hm und hm und ha – kann ich das nicht bekommen? (Er unterhält sich vertraulich mit Mr. Chesham, als er Mr. Twysden gewahrt.) *Was! Die* kleine Kanaille habt ihr hier?

Mr. Lowndes: Sie kennen Mr. Twysden, Mr. Firmin? Er sprach gerade von Ihnen.

Mr. Firmin: Wirklich? Mein Pech.

Mr. Twysden: Sir! Wir sprechen nicht miteinander. Sie haben kein Recht, so mit mir umzugehen! Reden Sie mich nicht an, und ich rede nicht mit Ihnen, Sir – also bitte! Guten Morgen, Mr. Lowndes! Denken Sie an Ihr Versprechen, bei uns zu dinieren, wenn Sie nach London kommen. Und – auf ein Wort (er hält Mr. Lowndes am Knopf fest. Nebenbei, er weist ganz kuriose Ähnlichkeiten mit Twysden senior auf) – wir bleiben sicher noch zehn Tage hier. Ich glaube, Lady Estridge veranstaltet nächste Woche etwas. Ich habe unsere Karten abgegeben, und ...

Mr. Lowndes: Vorsicht. *Er* ist auch dort. (Weist auf Mr. Firmin.)

Mr. Twysden: Was! *Der* Strolch? Sie wollen doch wohl nicht sagen, Lord Estridge empfängt einen Kerl wie ... Auf Wiedersehen, auf Wiedersehen! (Mr. Twysden ab.)

Mr. Firmin: Ich habe gemerkt, wie dieser Wicht mich angesehen hat. Er ist nämlich mein Vetter. Wir hatten einen Streit. Ich bin sicher, er hat über mich gesprochen.

Mr. Lowndes: Nun, da Sie davon angefangen haben, er *hat* über Sie gesprochen.

Mr. Firmin: Tatsächlich? Dann *glauben Sie ihm nicht*, Mr. Lowndes. Das ist mein Rat.

Mr. Hely (an seinem Schreibtisch dichtend): „Mädchenwange hold errötend, Mädchen mit" – Oh, Charlotte, Char. .. (Er kaut auf seiner Feder herum und wirft rasche Reime auf Behördenpapier.)

Mr. Firmin: Was sagt er da? Er hat Charlotte gesagt.

Mr. Lowndes: Er ist ständig verliebt, es bricht ihm das Herz, und das setzt er in Verse um; er verpackt es in Papier und verliebt sich in die nächste. Wollen Sie sich nicht setzen und eine Zigarre rauchen?

Mr. Firmin: Kann mich nicht aufhalten. Muß meinen Brief fertig machen. Morgen gehen wir in Druck.

Mr. Lowndes: Wer hat diesen Artikel geschrieben, in dem es Mr. Peel ans Leder geht?

Mr. Firmin: Geschäftsgeheimnis – darf ich nicht sagen. – Auf Wiedersehen. (Mr. Firmin ab.)

Mr. Chesham: Meiner Meinung nach ein äußerst unangebrachter und ausfallender Artikel. Dieses Journal, die „Pall Mall Gazette", nimmt sich eine ganz unnötige Gehässigkeit heraus, finde ich.

Mr. Lowndes: Chesham nennt einen Spaten nicht gern einen Spaten. Er nennt ihn Gartenwirtschaftsgerät. Ihnen steht eine große Karriere bevor, Chesham. Sie besitzen Weisheit und Würde über Ihre Jahre hinaus. Sie langweilen uns ein wenig, aber wir alle achten Sie – wirklich. Wie lautete der Predigttext am vorigen Sonntag? Ach, übrigens, Hely, Sie kleiner Heide, *Sie* waren in der Kirche!

Mr. Chesham: Sie brauchen nicht rot zu werden, Hely. Ich selbst neige nicht zu Scherzen, aber solche Witze scheinen mir nicht so besonders amüsant zu sein, Lowndes.

Mr. Lowndes: Sie gehen in die Kirche, weil Sie tugendhaft sind, weil Ihre Tante Bischof oder so etwas war. Aber Hely geht, weil er ein kleiner Schuft ist. Sie heuchlerischer Wicht hatten sich aufgetakelt, als gingen Sie zu einem déjeuner, und Sie hatten sich das Haar gekräuselt, und man hat Sie mit dieser hübschen Miss Baynes aus einem Gesangbuch singen sehen, Sie kleiner scharwenzelnder Sünder; und Sie haben die Familie heimbegleitet – meine Schwestern haben Sie gesehen – zu der Pension, wo sie wohnen – beim Zeus, das haben Sie! Und ich sag's Ihrer Mutter!

Mr. Chesham: Ich wünschte, Sie würden nicht solchen Lärm machen und mich meine Arbeit tun lassen, Lowndes. Sie ...

Hier reißt Asmodeus uns mit sich aus dem Zimmer, und uns entgeht der Rest des Gesprächs der jungen Leute. Doch ich denke, wir haben genug mit angehört, um die Richtung erkennen zu lassen, in die Mr. Helys Gedanken schweiften. Seit er siebzehn Jahre alt war (zu der Zeit, da wir ihn vor uns sehen, ist er etwa dreiundzwanzig), ist dieser romantische Jüngling wiederholt verliebt gewesen: in die Tochter seines ältlichen Hauslehrers natürlich; in eine junge Kurzwarenverkäuferin während der Universitätszeit; in die beste Freundin seiner Schwester; voriges Jahr in die blühende junge dänische Schönheit; und jetzt hat, fürchte ich sehr, eine junge Bekannte von uns die Aufmerksamkeit dieses schwärmerischen Don Juan auf sich gelenkt. Wann immer Hely verliebt ist, bildet er sich ein, seine Leidenschaft werde ewig währen, vertraut sich jeder nächstbesten Person an, weint ergiebig und schreibt viele Ries Papier voll Verse. Erinnern Sie sich, daß wir Ihnen in einem früheren Kapitel mitgeteilt hatten, Mrs. Tuffin sei entschlossen gewesen, Philip *nicht* zu ihren Soiréen einzuladen, und habe ihn als unangenehmen, vorlauten jungen Mann bezeichnet? Den jungen Walsingham Hely in seiner schlaffen Art, mit seinem hängenden Kopf, den blonden Locken und der Blume im Knopfloch empfing sie mit Freuden; und Hely, der zu jener Zeit gerade hitzig einer der hochgewachsenen Misses

Blacklock nachstellte, besuchte Mrs. Tuffin, wurde dort mit allen Ehren willkommen geheißen, und dort flatterte unser Schmetterling Miss Blacklock davon und umspielte Miss Baynes. Nun hätte Miss Baynes auch mit einem Besenstiel getanzt, so versessen war sie aufs Tanzen: und Hely, der aus tausend Chaumières, Mabilles (oder wie das Tanzlokal nun heißen mochte, das damals in Mode war) praktische Erfahrung mitbrachte, war ein ungemein liebenswürdiger, leichtfüßiger und ganz vorzüglicher Partner. Und sie erzählte Philip am nächsten Tag, was für einen netten kleinen Partner sie gefunden habe – dem armen Philip, der nicht zu jenem Paradies von Gesellschaft geladen war. Und Philip bemerkte, er kenne den kleinen Mann; er glaube, er sei reich; er schreibe hübsche Verse: mit einem Wort, Philip auf seine löwenhafte Art betrachtete den kleinen Hely wie ein Leu ein Schoßhündchen.

Nun verfügte dieser kleine Pfiffikus über tausend kleine Listen. Er besaß ein besonders feines Empfindungsvermögen und einen erlesenen Geschmack, die auf Unschuld und Schönheit ganz unvermittelt ansprachen. Er vergoß Tränen, ich will nicht sagen auf Abruf; denn sie entzogen sich jeder Kontrolle und entströmten wider Willen seinen schönen Augen. Charlottes Unschuld und Frische entflammten ihn zu höchstem Entzücken. Bon Dieu! Was war jene stattliche, hochgewachsene Miss Blacklock, die durch tausend Ballsäle gestampft war, verglichen mit diesem ungekünstelten, fröhlichen Geschöpf? Kaum erblickte er unsere junge Freundin, tanzte er Miss Blacklock davon und Charlotte nach; und die Blacklocks, die völlig über ihn im Bilde waren und über sein Geld und seine Mutter und seine Erwartungen Bescheid wußten – die seine Verse in ihrem bescheidenen Album hatten – neben deren Kutsche er Tag für Tag im Bois de Boulogne Kapriolen geritten hatte –, standen finster und verlassen da, indes dieser junge Mensch mit der Miss Baynes davontanzte, die in einer Pension wohnte und mit ihrer gräßlichen alten Mutter in einer Droschke zu den Gesellschaften kam! Von nun an waren die Blacklocks für Mr. Hely nicht mehr vorhanden. Sie baten ihn zum Dinner. Meine Güte, er vergaß es aber auch ganz und gar! An ihrem Abend in der Oper kam er nie mehr in ihre Loge. Es bereitete ihm nicht einen Gewissensbiß. Nicht einen Stich schmerzlicher Erinnerung. *Wenn* er sich an sie erinnerte, dann nur, wenn sie ihm auf die Nerven fielen, wie jene großen tragischen Frauen in Schwarz, die sich ständig mit ihren mächtigen langen Schleppen zu Don Juan drängen, um ihm eine Predigt zu singen. Meine Damen, Ihr Name ist im Katalog Seiner Lordschaft festgehalten; sein Bedienter führt ihn; und Sie, Miss Anna, sind Nummer tausendunddrei.

Doch was Miss Charlotte angeht, das ist etwas ganz anderes. Welche Unschuld! Welch fraîcheur! Welch heiteres Temperament! Don Pfiffikus ist angerührt, er empfindet zartes Interesse; ihre unverstellte Stimme durchschauert ihn von Kopf bis Fuß; er bebt, wenn er mit ihr Walzer tanzt; wenn seine schönen Augen sie ansehen, ha! was ist das für ein Schleier, der sich über sie legt? O Pfiffikus, Pfiffikus! Und da sie nichts zu verbergen hat, hat sie ihm binnen kurzem alles erzählt, was er wissen will. Es sei ihr erster Winter in Paris; ihre erste Saison in der Gesellschaft. Bisher habe sie erst zwei Bälle besucht und zwei Schauspiele und eine Oper. Und ihr Vater habe Mr. Hely bei Lord Trim getroffen. Das sei ihr Vater, der dort Whist gespielt habe. Und sie wohnten in Madame Smolensks Pension auf den Champs-Elysées. Und sie seien bei Mr. Dash gewesen und bei Mrs. Blank, und sie glaube, am Freitag würden sie zu Mrs. Star gehen. Und gingen sie wohl auch in die Kirche? Gewiß gingen sie in die Kirche, in die Rue d'Aguesseau, oder wo es eben sein mochte. Und Pfiffikus ging am nächsten Sonntag in die Kirche. Sie erraten vielleicht, in welche Kirche. Und am Sonntag darauf ging er auch. Und in seiner Wohnung sang er seine eigenen Lieder und begleitete sich auf der Gitarre. Und er sang auch anderswo. Und er hatte ein wirklich hübsches Stimmchen, der Pfiffikus. Ich glaube, die Gedichte unter dem gemeinsamen Titel „Gretchen" in unseres Walsinghams reizendem Bändchen waren alle von Miss Baynes inspiriert. Am allerersten Abend, nachdem er ihr begegnet war, begann er über sie und sich selbst zu schreiben. Er rauchte Zigaretten und trank grünen Tee. Er sah so bleich aus – so bleich und traurig, daß er sich im Spiegel seiner Wohnung in der Rue Miroménil richtig leid tat. Und er verglich sich mit einem schiffbrüchigen Seemann und mit einem Grab und mit einem in Verzückung versetzten und dem Leben wiedergeschenkten Mann. Und er weinte ganz ungehemmt und wohltuend für sich allein. Und am nächsten Tag besuchte er seine Mutter und

Schwester im „Hôtel de la Terrasse“ und weinte vor ihnen und erklärte, diesmal liebe er für immer und ewig. Und seine Schwester nannte ihn einen albernen Tropf. Und als er sich ausgeweint hatte, aß er eine ausnehmend umfangreiche Mahlzeit. Und er zog jedermann ins Vertrauen, wie immer, wenn er verliebt war: allezeit davon sprechend, allezeit verseschmiedend und allezeit weinend. Was Miss Blacklock betraf, versenkte er die Leiche jener Liebe tief im Ozean seiner Seele. Die Wogen verschlangen Miss B. Das Schiff stampfte weiter. Der Sturm legte sich. Und die Sterne kamen hervor, und die Morgenröte erfüllte seine Seele usw. Soso! Die Mutter war eine gewöhnliche Person, und ich bin froh, daß du da heraus bist. Und was für Leute sind General Baynes und Mrs. Baynes?

„Ach, reizende Leute! Ganz hervorragender Offizier, der Vater, bescheiden – sagt kein Wort. Die Mutter eine äußerst lebhafte, energische, angenehme Frau. Du mußt sie unbedingt besuchen, Ma'am. Ich möchte, daß ihr sofort hingeht.“

„Und bei den Miss Blacklocks Besuchskarten mit p. p. c. abgeben!“ ergänzt Miss Hely, die eine reizlose, aber muntere Person war. Und Mutter und Schwester verwöhnten beide diesen jungen Hely; wie die Frauen stets einen Sohn, einen Bruder, einen Vater, Gatten, Großvater verwöhnen sollten – mit einem Wort, jeden männlichen Verwandten.

Diesen verwöhnten Sohn verheiratet zu sehen war das innige Gebet der gutmütigen Mutter. Ein ältester Sohn war als Wüstling gestorben; ein Opfer zu vielen Geldes, Vergnügens, Müßiggangs. Die verwitwete Mutter hätte alles gegeben, um diesen vor der Entwicklung zu bewahren, die der älteste genommen hatte. Der junge Mann würde eines Tages so reich sein, daß ihr klar war, wie viele, viele Intrigantinnen versuchen würden, ihn in die Falle zu locken. Vielleicht hatte man sie veranlaßt, seinen Vater zu heiraten, weil er reich war, und sie erinnerte sich an den Trübsinn und Jammer ihrer eigenen Verbindung. O könnte sie ihren Sohn doch außer Reichweite der Versuchung bringen und als Gatten eines ehrlichen Mädchens sehen! Es war die erste Saison der jungen Dame? Um so wahrscheinlicher, daß sie nicht berechnend war. „Der General – erinnerst du dich nicht an einen netten alten Herrn in einer – nun ja, in einer Perücke –, als wir bei Lord Trim dinierten und dieser gräßliche alte Lord Ringwood da war? Das war General Baynes; und er setzte sich so begeistert zur Verteidigung eines armen jungen Mannes ein – Doktor Firmins Sohn –, der wohl ein schlechter Mensch war; und ich werde nie wieder für einen anderen Arzt Vertrauen aufbringen, bestimmt nicht. Und wir wollen bei diesen Leuten Besuch machen, Fanny. Ja, in einer braunen Perücke – der General, ich erinnere mich ganz genau an ihn, und Lord Trim sagte, er sei ein wirklich ganz vortrefflicher Offizier. Und ich zweifle nicht daran, daß seine Frau sich als äußerst angenehme Person herausstellt. Diese Generalsfrauen, die durch die Welt gereist sind, müssen eine Menge gesehen und gehört und allerlei Kenntnisse gesammelt haben. In einer Pension wohnen sie? Bestimmt sehr angenehm und amüsant. Und wir wollen sofort hinfahren und bei ihnen vorsprechen."

An diesem Tag, als MacGrigor und Moira Baynes sich in dem kleinen Vorgarten von Madame Smolensks Pension tummelten, war Moira, glaube ich, gerade im Begriff, MacGrigor zu verprügeln, als seine brudermörderische Hand beim Anblick einer großen gelben Kutsche stockte – der geräumigen Kutsche einer Londoner Witwe von Stand –, von der ein stattlicher Londoner Familienlakai abstieg, mit puderbemehlten Seitenlocken, mit Waden, wie sie nur stattlichen Londoner Familienlakaien eigen sind, und mit Karten in der Hand.

„Ceci Madame Smolensk?" fragt der stattliche Dienstbote. „Oui", gibt der Junge kopfnickend zurück; woraufhin der Lakai verunsichert war, denn wegen seines prompten Gebrauchs der französischen Sprache hielt er den Jungen für einen Franzosen.

„Ici demeure General Bang?" fuhr der Mann fort.

„Gib uns ruhig die Karten, John. Nicht zu Hause", sagte Moira.

„*Wer* is nich zu 'ause?" erkundigte sich der Bediente.

„General Baynes, mein Vater, ist nicht zu Hause. Er soll die Pappe kriegen, wenn er kommt. Mrs. Hely? Ach, Mac, das ist derselbe Name wie der junge Geck, der neulich zu Besuch war! Ist nicht zu Hause, John. Ausgegangen, Besuche machen. Hat extra einen Einspänner kommen lassen. Ist mit meiner Schwester fort. Auf mein Wort, sie sind weg, John." Und angesichts dieser genauen Schilderung des Benehmens des Jungen befürchte ich, daß der junge Baynes wohl in einer klassisch und kaufmännisch orientierten Akademie erzogen worden ist, wo man die Ökonomie intensiver studierte als den guten Ton.

Philip kommt zum Dinner anmarschiert und trifft, da es nicht sein Posttag ist, zeitig ein. Er hofft vielleicht auf einen Spaziergang mit Miss Charlotte oder ein trauliches Stündchen in Madame Smolensks kleinem Privatzimmer. Auf dem Vorplatz trifft er die zwei Jungen, und sie haben Mrs. Helys Karte in der Hand; und sie schildern ihm die Ankunft und Abfahrt der Dame in der eleganten Kutsche, der Mutter des jungen Gecken mit der Blume im Knopfloch, der neulich auf einem so famosen Pferd kam. Ja. Und vorigen Sonntag war er in der Kirche, Philip, und er hat Charlotte ein Gesangbuch gegeben. Und gesungen hat er: er hat gepiepst wie der Mann, der vor Moses Flöte spielte, hat Pa gesagt. Und Ma hat gesagt, das wäre gottlos, aber das war es nicht: bloß Papas Späßchen, weißt du. Und Ma hat gesagt, *du* kämst nie in die Kirche. Warum eigentlich nicht?

Bei seiner edelmütigen Wesensart besaß Philip keine Spur von Eifersucht und hätte Charlotte ebensowenig beschuldigt, mit anderen Männern zu flirten, wie Madames Silberlöffel zu stehlen. „Ihr habt also ganz vornehmen Besuch gehabt“, sagt er, als der Einspänner vorfährt. „Ich erinnere mich an die reiche Mrs. Hely, eine Patientin meines Vaters. Meine arme Mutter war oft bei ihr.“

„Oh, wir bekommen Mr. Hely sehr oft zu sehen, Philip!“ ruft Miss Charlotte und übersieht das Stirnrunzeln der Mutter, die dem Mädchen erbost mit Kopf und Hand Zeichen macht.

„Ihr habt ihn bisher überhaupt nicht erwähnt. Er ist einer der größten Dandies in Paris: ein richtiger Gesellschaftslöwe“, bemerkt Philip.

„Ist er das? Was für ein drolliger kleiner Löwe! Ich hatte gar nicht an ihn gedacht“, sagt Miss Charlotte ganz schlicht. O Undankbarkeit! Undankbarkeit! Und wir haben berichtet, wie Mr. Walsingham sich die Augen nach ihr ausweinte.

„Sie hat gar nicht an ihn gedacht“, ruft Mrs. Baynes beflissen.

„Ihr redet wohl über den Piepser, wie?“ fragt Papa. „Ich habe ihn nämlich Piepser genannt, weil er in der Kirche so lieblich gepie. . . Ja, liebe Frau?“

Mrs. Baynes hatte soeben ihren General in die Seite gestupst. Sie wünschte nicht, daß der Piepser das Gesprächsthema bildete, vermute ich.

„Die Mutter des Piepsers ist steinreich, und der Piepser wird sie beerben. Sie hat ein schönes Haus in London. Sie gibt ganz erstklassige Gesellschaften. Sie fährt in einer prächtigen Kutsche, und ich nehme an, sie ist gekommen, um bei euch Besuch zu machen und euch zu ihren Bällen einzuladen."

Mrs. Baynes war über diesen Besuch begeistert. Und als sie sagte: „*Ich* lege gewiß keinen Wert auf feine Leute oder ihre feinen Gesellschaften oder ihre feinen Kutschen, aber ich möchte, daß mein Kind die Welt zu sehen bekommt", glaubte ich keinem der Worte, die Mrs. Baynes sprach. Sie freute sich viel mehr als Charlotte an dem Gedanken, diese vornehme Dame zu besuchen. Warum sonst hätte sie dem General den ganzen Abend schöngetan und nach dem Munde geredet und ihn so besonders freundlich behandelt? Sie wollte eine neue Robe. Die Wahrheit ist, ihr Gelbes *war* sehr schäbig; wohingegen Charlotte in schlichtem weißem Musselin hübsch genug aussah, um die Hilfe jeder französischen Putzmacherin entbehren zu können. Ich male mir eine Beratung mit Madame und Mrs. Bunch aus. Ich male mir am nächsten Tag die Bestellung eines Einspänners und einen Besuch bei der Schneiderin aus. Und wenn das Modell der Robe mit der Schneiderin abgesprochen ist, male ich mir das Entsetzen auf Mrs. Baynes' runzeligem Gesicht aus, wenn sie die Höhe der Rechnung erfährt. Der Gerechtigkeit halber sei es gesagt, die Frau des Generals hatte stets wenig an ihre eigene unansehnliche Person gewendet. Sie wählte ihre Roben häßlich, aber billig. In jener Familie waren so viele Personen zu kleiden, daß die sparsame Mutter nicht darauf achtete, sich selbst herauszuputzen.

24. KAPITEL

Nec dulces amores sperne, puer, neque tu choreas

Mein liebes Kind", sprach Mrs. Baynes zu ihrer Tochter, „du bewegst dich jetzt viel in der Welt. Du wirst eine Menge Häuser besuchen, wo Philip nicht hoffen kann, Zutritt zu erhalten."

„Philip keinen Zutritt erhalten, Mama! Dann gehe ich bestimmt nicht hin", ruft das Mädchen.

„Zeit genug, den Besuch von Gesellschaften aufzugeben, wenn du ihn heiratest und es dir nicht mehr erlauben kannst. Als ich die Frau eines Leutnants war, habe ich keine Gesellschaften außerhalb des Regiments besucht, mein Kind!"

„Ach, dann will ich bestimmt *nie* ausgehen!" erklärt Charlotte mit Nachdruck.

„Du bildest dir wahrscheinlich ein, er wird immer zu Hause bleiben. Die Männer sind nicht alle so häuslich wie dein Papa. Sehr wenige bleiben so gern zu Hause wie er. Wirklich, ich darf sagen, ich habe ihm sein Heim behaglich gemacht. Aber eines ist klar, mein Kind, Philip kann nicht immer erwarten, da hinzugehen, wo wir hingehen. Seine gesellschaftliche Stellung läßt es nicht zu. Denke daran, dein Vater ist General, C. B. und vielleicht bald K. C. B., und deine Mutter ist die Gattin eines Generals. *Wir* dürfen überall hin. Ich hätte daheim zur Gala bei Hofe gehen können, wenn ich gewollt hätte. Lady Biggs hätte mich mit Freuden vorgestellt. Deine Tante war zur Galacour, und sie ist bloß Mrs. Major MacWhirter; und es war einfach unvernünftig von Mac, sie hingehen zu lassen. Aber sie regiert ihn in allem, und sie haben keine Kinder. Ich habe welche, weiß Gott! Ich opfere mich für meine Kinder auf. Du ahnst ja nicht, was ich mir meiner Kinder wegen versage. Ich habe Lady Biggs gesagt: ‚Nein, Lady Biggs; mein Mann kann hin. Er soll sogar hin. Er hat seine Uniform, und es kostet ihn weiter nichts als einen Einspänner und den Blumenschmuck für den Kutscher; aber *ich* werde kein Geld an mich wenden, um mir Brillanten und Federn auszuleihen, und wenn ich auch an Königstreue *keinem* Menschen nachstehe, wird mich meine Herrscherin sicherlich *nicht vermissen.*‘ Und ich glaube nicht, daß Ihre Majestät mich vermißt hat. Sie hat noch an andere Sachen zu denken als an Mrs. General Baynes, nehme ich an. Sie ist Mutter und kann die Opfer einer Mutter für ihre Kinder würdigen.“ – Wenn ich Ihnen bisher noch keine nähere Wiedergabe von Mrs. Baynes’ Gesprächston geboten habe, geschätzter Leser, so glaube ich nicht, daß Sie es mir sehr übelnehmen.

„Nun, Kind“, fuhr die Gattin des Generals fort, „laß dich mahnen, Philip nicht so viel über die Häuser zu erzählen, die du ohne ihn besuchst und die zu besuchen seine Situation im Leben ihm nicht erlaubt. Etwas vor ihm verbergen? O Gott, nein! Nur zu seinem eigenen Besten, du verstehst. Ich erzähle deinem Papa auch nicht alles. Ich würde ihn nur beunruhigen und verärgern. Wenn ihn etwas freut und glücklich macht, *das* sage ich ihm. Und zu Philip. Philip, ich muß es sagen, liebes Kind – ich muß es als Mutter sagen –, hat seine Fehler. Er ist ein *neidischer* Mensch. Guck nicht so empört. Er hat eine hohe Meinung von sich. Und weil er seinerzeit von seinem unglücklichen Vater furchtbar verwöhnt worden ist und man zu viel von ihm hergemacht hat, ist er so stolz und hochmütig, daß er *seine Stellung vergißt* und meint, er müßte mit der höchsten Gesellschaft verkehren. Hätte Lord Ringwood ihm ein Vermögen vermacht, und Philip hat in uns *diese Erwartung geweckt*, als wir unsere Einwilligung zu dieser höchst unglücklichen Partie gaben – denn daß mein liebes Kind einen Bettler heiraten soll, *ist* höchst unglücklich und höchst bedauerlich; ich kann nicht anders, ich muß es aussprechen, Charlotte –, läge ich auf meinem Totenbett, könnte ich nicht anders, ich müßte es aussprechen; und ich wünschte von ganzem Herzen, wir hätten nie etwas von ihm gesehen oder gehört. – Na, na! Mach mir jetzt nur nicht eine deiner Szenen! Bitte, was sagte ich gerade? Ich sage, Philip ist in keiner angemessenen Position, oder eher in einer sehr bescheidenen – ein bloßer Zeitungsschreiber, und noch dazu ein subalterner –, was jeder zugibt. Und wenn er uns über unsere Gesellschaften sprechen hört, die wir mit vollem Recht besuchen dürfen – die du mit deiner Mutter, der Gattin eines Generals, mit vollem Recht besuchen darfst –, nun ja, wird ihn das ärgern. Es wird ihm nicht gefallen, davon zu hören und zugleich zu wissen, daß er dazu keine Einladung bekommt. Und es ist besser, du sprichst überhaupt nicht darüber oder über die Leute, die du dort triffst und mit denen du tanzt. Bei Mrs. Hely tanzt du womöglich mit Lord Headbury, dem Sohn des Botschafters. Und wenn du es Philip erzählst, wird er sich ärgern. Er wird sagen, daß du damit prahlst. Als ich nur die Frau eines Leutnants in Barrackpore war, besuchte Mrs. Hauptmann Capers immer die Bälle im Government House in Kalkutta. Ich ging nicht hin. Aber ich habe mich geärgert, und ich sagte immer, Flora Capers gebe an und prahle dauernd mit ihrer dicken Freundschaft mit der Marquise von Hastings. Wir mögen es nicht, wenn unseresgleichen besser dran sind als wir selbst. Merke dir meine Worte. Und wenn du Philip von den Leuten erzählst, die du in der Gesellschaft kennenlernst und die er in seiner unglücklichen Lebenslage nicht kennenzulernen hoffen kann, ärgerst du ihn. Deshalb habe ich dich heute angestupst, als du pausenlos über Mr. Hely geredet hast. So etwas Albernes! Ich habe gesehen, wie Philip sofort wütend wurde und auf seinen Schnurrbart biß, wie immer, wenn er wütend ist – und schimpft auch laut los – so ordinär! Da! Gleich wirst du wieder böse, Liebes; so etwas wie dich habe ich noch nicht erlebt! Ist das meine Charly, die nie böse war? Ich kenne die Welt, liebes Kind, und du nicht. Sieh mich an, wie ich deinen Papa lenke, und ich sage dir, sprich nicht mit Philip über Sachen, die ihn ärgern! Jetzt, liebstes Kind, gib deiner armen alten Mutter, die dich liebhat, einen Kuß. Geh hinauf, und kühle dir die Augen, und komm fröhlich zum Dinner herunter.“ Und beim Dinner gab sich Mrs. General Baynes Philip gegenüber ungewöhnlich huldvoll. Und huldvoll fand Philip sie besonders unsympathisch, denn sein edelmütiges Wesen war schlecht mit der schmeichelnden Falschheit einer alten Frau ohne Lebensart in Einklang zu bringen.

Dem Rat dieser nichtswürdigen Mutter folgend, sprach meine arme Charlotte mit Philip fast gar nicht über die Gesellschaften, die sie besuchte, und die Vergnügungen, die sie ohne ihn genoß. Ich vermute, Mrs. Baynes gab sich durchaus zufrieden dem Gedanken hin, sie „lenke" ihr Kind richtig. Als hätte eine Frau von gewöhnlichem Charakter, weil sie gemein und habgierig und heuchlerisch und fünfzig Jahre alt ist, das Recht, eine arglose Natur ins Unrecht zu lenken! Ach! wenn manche unter uns alten Leuten bei unseren Kindern in die Schule gingen, ich bin überzeugt, Madam, das täte uns sehr gut. In meinem Urenkel Tommy steckt ein Schatz an gesundem Menschenverstand und Ehrgefühl, der wertvoller ist als alle Erfahrung und Weltkenntnis seines Großpapas. Weltkenntnis, fürwahr! Nichts als Kompromisse, angepaßte Selbstsucht und Doppelzüngigkeit. Tom verachtet die Lüge: wenn er einen Pfirsich haben will, brüllt er danach. Wenn hingegen seine Mutter zu einer Gesellschaft gehen möchte, schmeichelt sie und überredet und arrangiert und lächelt geziert und knickst monatelang, um ihr Ziel zu erreichen; steckt zwanzig Zurückweisungen ein und geht lächelnd in die nächste Runde; und diese Frau gibt ihren Töchtern immerzu gute Lehren und predigt ihren Söhnen Tugend, Aufrichtigkeit und sittlichen Anstand!

Mrs. Helys kleine Gesellschaft im „Hôtel de la Terrasse" war sehr hübsch und freundlich. Und Miss Charlotte genoß sie, obwohl ihr Liebster nicht dabei war. Doch Philip freute sich, daß seine kleine Charlotte glücklich war. Sie betrachtete staunend Pariser Herzoginnen, amerikanische Millionäre, Dandies aus den Botschaften, Abgeordnete und Pairs von Frankreich mit großen Sternen und Perücken wie Papa. Sie schilderte Philip heiter die Gesellschaft; vielmehr schilderte sie ihm alles außer ihrem eigenen Erfolg, der unzweifelhaft war. Bei Mrs. Hely waren viele Schönheiten anwesend, aber keine frischer oder hübscher. Die Misses Blacklock zogen sich sehr zeitig und in allerschlechtester Laune zurück. Prinz Pfiffikus kümmerte sich überhaupt nicht um ihren Abgang. All seine Gedanken waren auf die kleine Charlotte gerichtet. Charlottes Mama sah, welchen Eindruck das Mädchen auf ihn machte, und eine gierige Freude erfüllte sie.

Die gutmütige Mrs. Hely beglückwünschte sie zu ihrer Tochter. „Gott sei Dank ist sie so gut, wie sie hübsch ist", sagte die Mutter, die diesmal bestimmt im Ernst sprach, was ihre Tochter betraf. Prinz Pfiffikus tanzte kaum mit einer anderen. Er ließ geradezu einen Wirbelsturm von Komplimenten um Charlotte herum aufsteigen. Sie war eine ganz schlichte Person und verstand nicht den zehnten Teil dessen, was er ihr sagte. Er bestreute ihren Pfad mit poetischen Rosen: er warf ihr den ganzen Weg vom Vorzimmer und die Treppe hinab bis zum Einspänner, der sie und ihre Eltern in die Pension heimbringen sollte, gefühlvolle Blumengewinde zu Füßen. „Beim heiligen George, Charlotte, ich glaube, du hast diesen Burschen erobert", ruft der General, den der junge Hely unendlich belustigte – seine Verzükkungen, seine Affektiertheiten, sein langes Haar, und was Baynes sein „Dekolleté" nannte. Ein schmales weißes Band mit einem Knopf aus Rubin schlang sich um Helys Hals. Das Haar wallte ihm lockig bis auf die Schultern. Baynes hatte noch nie ein solches Exemplar vor Augen gehabt. In der Messe der wackeren Hundertzwanziger sprachen die Jungs von ihren Hunden, ihren Pferden und vom Sport. Ein junger Zivilist, in der Poesie herumstümpernd, ein Dutzend Sprachen schnatternd, parfümiert, lächelnd, vollkommen einig mit sich und der Welt, war für den alten Offizier etwas ganz Neues.

Und nun kam der Geburtstag der Königin heran – und daß er noch manch Dutzend Jahre kommen möge, ist, dessen bin ich sicher, unser aller Gebet – und mit dem Geburtstag die große jährliche fête Seiner Exzellenz Lord Estridges zu Ehren seiner Herrscherin. Eine Karte für den Ball wurde bei Madame Smolensk abgegeben, für General, Mrs. und Miss Baynes; und ohne Zweifel war Monsieur Pfiffikus Walsingham Hely der listige Mittler, der die Einladung befördert hatte. Wieder einmal kam die altgediente Uniform des Generals aus der Blechkiste, mit ihren angeschmutzten Epauletten und dem kleinen Kreuz und Ordensband. Seine Frau hielt ihm dringlich die Notwendigkeit vor, eine neue Perücke anzuschaffen, denn in Paris seien die Perücken wirklich preiswert und gut – doch Baynes meinte, mit einer neuen Perücke würde sein alter Waffenrock allzu schäbig wirken; und eine neue Uniform würde mehr Geld kosten, als er gern ausgäbe. So schäbig ging er de cap à pied, mit einer Feder, die in der Mauser war, einem fadenscheinigen Rock, einer glanzlosen Perücke und einer erschlafften Spitzenkrause, sibi constans. Stiefel, Hosen, Schärpe, Mantel waren alle alt und abgetragen, und „auf Ehre“, sagte er, „mein Gesicht paßt dazu“. Ein tapferer, schweigsamer Mann war Baynes, mit einem humorvollen Blinzeln im mageren, faltigen Gesicht.

Und wenn General Baynes beim Ball in der Botschaft schäbig gekleidet war, glaube ich einen Freund von mir zu kennen, der auch schäbig auftrat. In den Tagen seines Wohlstands war Mr. Philip parcus cultor et infrequens von Bällen, großen Abendempfängen und Damengesellschaft. Vielleicht weil Philip mit der Vernachlässigung seiner gesellschaftlichen Vorteile und mit der Gleichgültigkeit gegenüber dem Erfolg in der Welt seinen Vater aufbrachte, verhielt er sich nur noch nachlässiger und gleichgültiger. Das falsche Lächeln und die gemessene heuchlerische Höflichkeit des Älteren erregten in dem jungen Mann Aufruhr und Verachtung. Philip verachtete den falschen Schein und die Welt, der so ein falscher Schein willkommen sein konnte. Er hielt sich also von Teenachmittagen fern: seine Abendkleidung diente ihm geraume Zeit. Ich kann nicht sagen, wie alt sein Frack zu der Zeit war, von der wir schreiben. Er war es aber damals bereits seit vielen Jahren gewohnt, dieses Kleidungsstück mit Respekt zu betrachten und es für neu und gutaussehend zu halten. Inzwischen war der Frack eingelaufen, oder sein Träger hatte zugenommen; und seine großartige bestickte, bossierte, kolorierte, ziselierte und vergoldete samtene Galaweste hatte sich auch zusammengezogen, war lächerlich eng und kurz geworden und diente sicherlich vielen seiner Bekannten als Zielscheibe des Spotts, während er selbst, der arme schlichte Kerl, sich einbildete, es sei ein rundum prachtvolles Kleidungsstück. Sie wissen, im Palais-Royal hängen die prächtigsten Morgenröcke, Westen und so weiter von der Stange. – Nein, dachte Philip, als er aus seinem billigen Speiselokal kam und, die Hände in den Taschen, die Arkaden entlangstolzierte und sich die Auslagen der Schneider ansah. Meine braunsamtene Galaweste mit der Goldstickerei, die ich im College habe machen lassen, ist ein viel geschmackvolleres Stück als diese auffällige Konfektionsware. Und mein Frack ist freilich alt, aber die Messingknöpfe sind immer noch ganz blank und schön, und er ist wirklich ein schmuckes und einem Gentleman anstehendes Stück. Und unter diesem Wahn kleidete sich der ehrliche Kerl in seine alten Sachen, steckte zwei Kerzen an und betrachtete sich befriedigt im Spiegel, streifte ein Paar frisch gekaufte billige Handschuhe über, ging zu Fuß die Quais entlang und über die Deputiertenbrücke, überquerte die Place Louis-XV und stolzierte die Faubourg St-Honoré entlang zum Hôtel der britischen Botschaft. Eine eine halbe Meile lange queue von Kutschen hatte sich die Straße entlang gebildet, und natürlich war der Eingang zum Hôtel glänzend illuminiert.

Die Pest über diese billigen Handschuhe! Warum hatte Philip nicht drei Francs für ein Paar Handschuhe ausgegeben anstatt neunundzwanzig Sous? Mrs. Baynes hatte einen fabelhaften billigen Handschuhladen aufgestöbert, und der arme Phil war in der Einfalt seines Herzens da hingegangen; und als er nun unter die großartig illuminierte porte cochère trat, sah Philip, daß die Handschuhe am Daumen aufgeplatzt waren und daß seine Hände durch die Risse guckten, so rot wie rohe Beefsteaks. Es ist sagenhaft, wie auffällig rote Hände durch Löcher in weißen Handschuhen sichtbar sind. Und da ist auch noch das Loch in meinem Schuh, dachte Phil; aber er hatte ein bißchen Tinte über die Naht geschmiert, und so war der Riß nicht wahrzunehmen. Der Frack und die Weste waren eng und aus vergangener Zeit. Ist egal. Die Brust war breit, die Arme waren muskulös und lang, und Phils Gesicht, inmitten eines Strahlenkranzes aus hellem Haar und flammendem Backenbart, sah tapfer, ehrlich und ansehnlich aus. Eine Zeitlang streiften seine Augen ungestüm und rastlos durch den ganzen Ballsaal von Gruppe zu Gruppe; aber jetzt – ah! jetzt – blieben sie haften. Sie waren einem anderen Augenpaar begegnet, das in frohem Willkommen aufleuchtete, als es ihn erblickte. Ein holdes Erröten übergoß zwei junge Wangen. Das waren Charlottes Wangen: und direkt neben ihnen sah man Mamas, von ganz anderer Farbe. Aber Mrs. General Baynes hatte einen überaus schicken Turban auf und einen Granatschmuck um den alten Hals wie in Gold gefaßte Stachelbeeren.

Sie bestaunten die Säle. Sie hörten die Namen der eintreffenden Großen und bekamen viele berühmte Persönlichkeiten zu sehen. Sie machten ihren Knicks vor der Botschafterin. Wie peinlich! Mit einem lauten Reißen trennt sich der Daumen eines dieser billigen Handschuhe Philips vom Rest des Handschuhs, und er muß ihn zerknüllt in der Hand halten: ein schreckliches Mißgeschick, denn gleich soll er mit Charlotte tanzen, und er wird dem vis-à-vis die Hand reichen müssen.

Wer tritt lächelnd näher, mit einem flachen Kragen, mit gekräuselten Locken und Backenbart, hübschen kleinen, erlesen behandschuhten Händen und winzigen Füßen? Walsingham Hely ist es, der Leichtfüßigste beim Tanz. Ungemein herzlich begrüßt Mrs. General Baynes den jungen Mann. Ganz strahlend und glücklich blicken Charlottes Augen zu ihrem Lieblingspartner hin. Es steht fest, daß der arme Philip ganz und gar nicht hoffen kann, wie Hely zu tanzen. „Und sieh nur, was er für nette zierliche Hände und Füße hat", bemerkt Mrs. Baynes. „Comme il est bien ganté! Ein Gentleman muß immer gut behandschuht sein."

„Warum haben Sie mich in den Neunundzwanzig-Sous-Laden geschickt?" fragt der arme Philip und mustert dabei seine zerfetzten Handschuhe und den aufdringlichen roten Daumen.

„Ach, Sie!" (Hier zuckt Mrs. Baynes mit den gelben alten Schultern.) „*Ihre* Finger würden wohl jeden Handschuh platzen lassen! – Wie geht es Ihnen, Mr. Hely! Ist Ihre Mama da? Aber natürlich! Was hat sie uns doch für einen entzückenden Abend geboten! Die liebe Botschafterin sieht recht angegriffen aus – ganz reizende Manieren, wirklich! Lord Estridge, was für ein untadeliger Gentleman!"

Die Bayneses waren gerade eingetroffen. Welchen Tanz habe Miss Charlotte noch frei? „So viele Sie nur wollen!" ruft Charlotte, die in der Tat Hely ihren kleinen Tanzmeister nannte und außer als Partner keinen Gedanken für ihn übrig hatte. „Oh, zuviel des Glücks! Oh, könnte das ewig dauern!" seufzte Hely nach einem Walzer, einer Polka, Mazurka, was weiß ich, und richtete den vollen Flammenstrahl seiner schönen blauen Augen auf Charlotte. „Ewig?" ruft Charlotte lachend. „Ich tanze wirklich sehr gern. Und Sie tanzen wunderbar; aber ich glaube nicht, daß ich ewig tanzen möchte." Bevor die Worte ausgesprochen sind, wirbelt er sie schon wieder durch den Saal. Seine Füßchen fliegen mit überraschender Behendigkeit. Sein Haar flattert hinter ihm her. Beim raschen Drehen verströmt er Wohlgeruch. Das

Taschentuch, mit dem er seine bleiche Stirn fächelt, gleicht einem wolkigen Gespinst aus Musselin – und der arme alte Philip entdeckt mit Entsetzen, daß *sein* Taschentuch drei große Löcher hat. Während Philip sich die Stirn wischte, schauten seine Nase und ein Auge durch eines der Löcher. Es war furchtbar heiß. Ihm war furchtbar heiß. Ihm war, obwohl er stillstand, heißer als dem kleinen Hely, der tanzte. „Hehe! Ich gratuliere Ihnen zu Ihren Handschuhen und Ihrem Taschentuch, wahrhaftig", kichert Mrs. Baynes und wirft stolz den Turban in den Nacken. Wurde nicht schon gesagt, daß ein Stier ein starkes, mutiges und edles Tier ist, aber ein Stier in einem Porzellanladen sei fehl am Platze? „Da haben wir's. Danke bestens! Ich wünschte, Sie würden woanders hingehen", ruft Mrs. Baynes voller Wut. Der arme Philip ist eben mit dem Fuß durch den Volant ihrer Schleppe getreten. Wie rot er wird! Wieviel heißer denn je ihm ist! Da kommen Hely und Charlotte vorbei, im Kreis wirbelnd wie zwei Balletänzer! Philip knirscht mit den Zähnen, er knöpft sich den Frack über der Brust zu. Wie entsetzlich er spannt! Wie wild Philips Augen starren! Schauen junge Männer auf Bällen immer noch so wild und ernst drein? Ein ritterlicher junger Engländer hat natürlich diese Pflicht zum Tanzen zu erfüllen. Die Gesellschaft verlangt es von ihm. Doch ich wüßte nicht, daß er beim Vollzug fröhlich dreinblicken müßte oder sich leichtfertig auf eine so schwerwiegende Sache einlassen sollte.

Als Charlottes liebes rundes Gesicht über Helys Schultern hinweg Philip lächelnd anstrahlte, sah es so glücklich aus, daß er gar nicht daran dachte, ihr die Freude zu mißgönnen: und er hätte zufrieden bei dieser Betrachtung bleiben können – versunken achtete er nicht auf den Kreis der Tänzer, die in ihrem üblichen raschen Tempo dahingaloppierten und -wirbelten, sondern auf sie, die für ihn der Mittelpunkt allen Glücks und aller Freude war –, wenn sich nicht plötzlich hinter ihm eine schrille Stimme bemerkbar gemacht hätte: „Aus dem Weg, zum Henker!", und unversehens prallte Ringwood Twysden gegen ihn, der Miss Flora Trotter, eine der mächtigsten und kühnsten Tänzerinnen jener Saison in Paris, rund um den Saal zerrte. Sie rempelten an Philip vorbei; sie schleuderten ihn gegen eine Säule. Er hörte ein Aufkreischen, einen Fluch und noch ein lautes Auflachen Twysdens und nahm Miss Trotters böse Blicke wahr, als dieses geschwind sich drehende Geschöpf nach einigen Zusammenstößen endlich einen sicheren Ort erreichte.

Ich habe Ihnen von Philips Frack berichtet. Er saß sehr knapp. Das Tageslicht rang schon lange darum, an den Nähten einzudringen. Als er gegen die Wand taumelte, krach! fetzte ein großes Loch in seinem Rücken auf; und krach! sprang einer seiner Goldknöpfe ab und hinterließ an der Brust einen Riß. Das war zu jener Zeit, als an der Brust einiger tapferer Männer noch Goldknöpfe saßen, und wir haben ja gesagt, der schlichte Philip hielt seinen Frack immer noch für ein gutes Stück.

Nicht nur die Naht war aufgerissen, nicht nur ein Knopf war abgeplatzt, sondern auch in Philips kostbarer Samtweste mit den goldenen Blümchen, die er so schön fand, war ein Schlitz entstanden – ein großer, herzzerreißender Schlitz. Was tun? Ein Rückzug war unumgänglich. Er teilte Miss Charlotte mit, welchen Schaden er erlitten hatte, und ihre Miene zeigte einen ganz drolligen Ausdruck des Mitgefühls für sein Mißgeschick – er bedeckte einen Teil seiner Wunden mit seinem Klappzylinder –, dann wollte er versuchen, durch den Garten des Hôtels zu verschwinden, der selbstverständlich hell illuminiert und belebt war, aber doch nicht ganz so hell und belebt wie die Salons, Galerien, Speiseräume und Säle mit ihrem strahlend-goldenen Licht, in denen sich die Gesellschaft zum größten Teil versammelt hatte.

So irrte unser armer verwundeter Freund in den Garten hinaus, auf den der Mond mit der äußersten Gleichgültigkeit für das Fiedeln und Feiern und die kunterbunten Lampen herabschien. Er sagt, der Anblick jenes milden Mondes und der zwinkernden Sterne habe sein Gemüt besänftigt und er hätte seinen elenden kleinen Unfall mit dem zerrissenen Frack und der Weste vollkommen vergessen: aber ich zweifle, ob das die gänzliche Wahrheit war, denn es hat mehrere Anlässe gegeben, wo er, Mr. Philip, auf das Thema zu sprechen gekommen ist und zugegeben hat, er habe sich geärgert und sei wütend gewesen.

Also. Er ging in den Garten hinaus und beruhigte sich bei der Betrachtung der Sterne, als er genau neben dem Springbrunnen, wo Pradiers kleines Standbild des – sagen wir, Moses im Schilf – steht, um den sich eine schöne Reihe strahlender Lampen zog, ein großes Blumenarrangement beleuchtend, das meine lieben Leser nach ihrem eigenen erlesenen Geschmack auswählen und zusammenstellen dürfen – als er also in der Nähe dieses kleinen Springbrunnens auf drei Gentlemen stieß, die miteinander plauderten.

Die hohe Stimme des einen vernahm Philip und kannte sie aus früheren Tagen. Ringwood Twysden, Esquire, liebte es allezeit, sich reden zu hören und sich mit anderer Leute Spirituosen anzuregen. Er hatte mit großem Fleiß auf die Gesundheit der Monarchin getrunken, nehme ich an, und war außerordentlich laut und fröhlich. Bei Ringwood stand Mr. Woolcomb, dessen Antlitz die Lampen schön geisterhaft beleuchteten und dessen Augäpfel im Zwielicht schimmerten; und der dritte der Gruppe war unser junger Freund Mr. Lowndes.

„Das war einfach fällig, verstehen Sie, Lowndes", sagte Mr. Ringwood Twysden. „Ich hasse den Kerl! Zum Henker mit ihm, hab ihn noch nie leiden können! Ich sah den großen plumpen Tölpel dastehen. Konnte einfach nicht widerstehen. Auf Ehre, konnte nicht widerstehen. Ich hab einfach Miss Trotter auf ihn zugelenkt – hab ihn ordentlich mit dem Ellbogen gerammt, daß es ihn gegen die Wand gewirbelt hat. Der Kanaille sind die Knöpfe vom Frack gesprungen, bei Gott! Was hatte er überhaupt da zu suchen, verdammt noch mal? Bei Gott, Sir, er karambolierte mit einer alten Frau in Blau und flog in . . ."

Hier brach Mr. Ringwoods Rede ab; denn sein Vetter stand vor ihm, grimmig und sich auf den Schnurrbart beißend.

„Hallo!" piepste der andere. „Was soll das heißen, meine Unterhaltung zu belauschen? Verdammt noch mal! Ich . . ."

Philip streckte die bewußte Hand mit dem zerrissenen Handschuh aus. Der Handschuh befand sich jetzt in einem schlimmen Zustand der Auflösung. Er schob seinem Verwandten die Hand tief in den Kragen, und nachdem er sich Ringwood in die passende Stellung zurechtgedreht hatte, pflanzte er den armen alten kaputten Stiefel mit solchem Nachdruck auf die geeignete Fläche, daß es Ringwood in den kleinen Brunnen katapultierte und er mitten zwischen Blumen und Wasser und Öllampen landete und ein heilloses Durcheinander und Gezische anrichtete. Und Philips Frack, der riß noch ein Stückchen weiter.

Ich weiß nicht, wie viele der Messingknöpfe sich aufgelehnt und von dem armen alten Tuch getrennt hatten, das unter der Erregung jener pochenden, zornigen Brust krachte und barst und riß. Ich erröte, wenn ich mir Mr. Firmin in diesem zerfetzten Zustand vorstelle, einen großen Riß quer über den ganzen Rücken, und sein zu Boden gestreckter Gegner liegt heulend im Wasser inmitten der zischenden und berstenden Öllampen zu seinen Füßen. Wir wissen alle, wie zerlumpt Aschenbrödel aussah, als sie, kaum hatte die Uhr zwölf geschlagen, ihren ersten Ball verließ. Philip bot eine noch weniger reputierliche Erscheinung, als er sich davonschlich. Ich weiß nicht, durch welche Seitentür ihn Mr. Lowndes verschwinden ließ. Dieser kümmerte sich auch gutwillig um Philips Verwandten und Gegner, Mr. Ringwood Twysden. Mr. Twysdens Hände, Frackschöße usw. waren von den Öllampen arg verbrüht und versengt und von den Glasscherben zerschnitten, die man ihm sämtlich im Beaujon Hospital entfernte, wenn auch nicht ohne starke Schmerzen des Patienten. Doch obwohl der junge Lowndes sich für Philip einsetzte, als er die Szene schilderte (ich fürchte, nicht ohne Gelächter), ließ Seine Exzellenz Mr. Firmins Namen aus seinen Einladungslisten streichen: und ich bin sicher, kein vernünftiger Mensch wird Philips Betragen auch nur andeutungsweise verteidigen.

Dieser beklagenswerte Zwischenfall, der sich im Garten des Hôtels abspielte, blieb Miss Baynes und ihren Eltern eine Zeitlang verborgen. Charlotte war viel zu sehr vom Tanzen in Anspruch genommen, dem sie sich mit aller Energie hingab. Papa saß mit einigen gesetzten männlichen und weiblichen Veteranen bei den Karten, und Mama beobachtete hocherfreut ihre Tochter, die sich die jungen Gentlemen aus einer ganzen Reihe von Botschaften begeistert zur Partnerin kürten. Als Lord Headbury, Lord Estridges Sohn, Miss Baynes vorgestellt wurde, geriet ihre Mutter in solche Hochstimmung, daß sie am liebsten auch getanzt hätte. Ich beneide Mrs. Major MacWhirter in Tours nicht um die Lektüre des endlosen schriftlichen Ergusses, in dem ihre Schwester die Ereignisse des Balls niederlegte. Da sei Charlotte, schön, elegant, gebildet, *überall bewundert*, und junge Männer, junge *Edelmänner* von ungeheurem Vermögen und mit besten Zukunftsaussichten, *verrückt nach ihr*; und versprochen sei sie einem groben, zerlumpten, *eingebildeten*, schlecht erzogenen jungen Mann *ohne einen Penny auf der Welt* – sei das nicht niederschmetternd? Ach, armer Philip! Wie böse ihn die kleine, saure, gelbe zukünftige Schwiegermutter anblickte, als er am Tag nach dem

Ball mit ziemlich beschämter Miene kam, um seiner Liebsten aufzuwarten! Mrs. Baynes hatte ihre Tochter ermahnt, sich ganz besonders schick anzuziehen, hatte dem armen Kind auszugehen verboten und ihr gut zugeredet und ihr geschmeichelt und sie mit ich weiß nicht welchen eigenen Schmuckstücken herausgeputzt, in der innigen Hoffnung, daß Lord Headbury, daß der junge gelbe spanische Attaché, daß der flotte preußische Sekretär und Walsingham Hely, alles Charlottes Partner beim Ball, bestimmt vorsprechen würden; und die einzige Equipage, die an Madame Smolensks Tor erschien, war eine billige Mietdroschke, die am Abend vorfuhr und aus der des armen Philips wohlbekannte löcherige Stiefel herausstiegen. Eine so zärtliche Mutter wie Mrs. Baynes konnte mit gutem Grund verstimmt sein.

Philip jedenfalls war ungewöhnlich schüchtern und bescheiden. Er wußte nicht, in welchem Licht seine Freunde seinen Streich vom Vorabend betrachten würden. Er hatte den ganzen Vormittag in vollem Staat zu Hause gesessen, in Gesellschaft eines polnischen Obersts, der in seinem Hotel wohnte und den Philip als Sekundanten gewählt hatte, falls das Treffen vom Abend vorher Folgen haben sollte. Diesen Oberst hatte er in Gesellschaft eines Beutels Tabak und einer unbeschränkten Bestellung für Bier zurückgelassen, während er selbst hinübereilte, um einen Blick auf seine Liebste zu erhaschen. Die Bayneses hatten nichts vom Gefecht des vergangenen Abends gehört. Sie waren ganz erfüllt von dem Ball, von Lord Estridges Leutseligkeit, von den Brillanten des Botschafters von Golkonda, vom Auftreten der königlichen Prinzen, die das Fest beehrt hatten, mit einem Wort, vom vornehmsten Gesprächsthema von Paris.

Philip wurde von Mama gescholten, geduckt und kühl abgefertigt; doch er war an diese Behandlung gewöhnt und fühlte sich gewaltig erleichtert, als er feststellte, daß ihr seine gewalttätige Aufführung nicht bekannt geworden war. Er berichtete Charlotte nichts von dem Streit; die Nachricht hätte das Mädchen beunruhigen können. Und so verhielt sich unser Freund ausnahmsweise besonnen und hielt den Mund.

Doch wenn er auch nur den geringsten Einfluß auf den Herausgeber von „Galignani's Messenger" hatte, weshalb flehte er die Leitung dieses vorzüglichen Journals nicht an, jede Erwähnung des Zwischenfalls beim Botschaftsball zu unterlassen? Zwei

Tage nach dem Fest, muß ich mit Bedauern sagen, erschien in der Zeitschrift ein kurzer Artikel, der die Umstände der Prügelei wiedergab. Und der schuldige Philip fand ein Exemplar dieses Blattes auf dem Tisch vor Mrs. Baynes und dem General, als er nach seiner Gewohnheit an den Champs-Elysées eintraf. Hinter diesem Blatt saß Generalmajor Baynes, C. B., mit verlegener Miene, und neben ihm seine Gattin, stirnrunzelnd wie Rhadamanthys. Doch keine Charlotte befand sich im Zimmer.

25. KAPITEL

Infandi dolores

Philips Herz klopfte rascher, als er dieses finstere Paar erblickte und vor ihnen das schuldige Blatt, auf dem Mrs. Baynes' magere Rechte lag. „Also, Sir", rief sie, „beehren Sie uns immer noch mit Ihrer Gesellschaft, nachdem Sie sich vorgestern abend auf solche Weise hervorgetan haben. Auf dem Ball Seiner Exzellenz zu raufen und zu boxen wie ein Dienstmann. Es ist widerlich! Ich habe kein anderes Wort dafür: widerlich!" Und hier gab sie dem General vermutlich einen Rippenstoß oder einen Blick oder ein Zeichen, woran er merkte, daß er in Aktion zu treten hatte, denn Baynes rückte stracks vor und gab Feuer.

„Wahrhaftig, Sir, mein Lebtag habe ich von keinem schu. . . sch. . . schuftigeren Betragen gehört! Das ist das einzige Wort dafür! Das einzige Wort dafür", ruft Baynes.

„Der General weiß, was schuftiges Betragen ist, und Ihr Betragen ist genau das, Mr. Firmin! Es ist in der ganzen Stadt herum; überall spricht man davon; es wird in allen Zeitungen stehen. Als Seine Lordschaft davon hörte, war er empört. Nie, nie wieder bekommen Sie Zutritt zur Botschaft, nachdem Sie solche Schande über sich gebracht haben", ruft die Dame.

„Schande über sich gebracht haben, das ist das richtige Wort. Und schändlich war Ihr Betragen, bei Gott!" ruft der Zweite im Kommando.

„Sie wissen nicht, wie ich provoziert wurde", verteidigte sich der arme Philip. „Als ich Twysden traf, tat er sich gerade damit dicke, daß er mich mutwillig angerempelt hätte, und – und er lachte über mich."

„Na, eine nette Erscheinung gaben Sie ja auch ab! So auf einen Ball zu gehen! Wer konnte sich da das Lachen verbeißen, Sir?"

„Er prahlte, er hätte mich herausgefordert, und ich verlor die Beherrschung und schlug zurück. Die Sache ist geschehen und läßt sich nicht mehr ändern", knurrte Philip.

„Einen körperlich unterlegenen Mann vor Damen zu schlagen! Sehr tapfer, wahrhaftig!" ruft die Dame.

„Mrs. Baynes!"

„Ich nenne das feige. Bei uns in der Armee gilt es als feige, vor Damen zu streiten", fährt Mrs. General B. fort.

„Ich habe zwei Tage lang zu Hause gewartet, ob er mich fordert", ächzte Philip.

„O ja! Nachdem Sie einen kleinen Mann beleidigt und niedergeschlagen haben, wollen Sie ihn auch noch ermorden! Und das nennen Sie das Benehmen eines Christenmenschen – das Benehmen eines Gentlemans!"

„Das Benehmen eines Raufbolds, verdammt!" sagt General Baynes.

„Es war besonders taktvoll von Ihnen, sich ausgerechnet einen kleinen Menschen auszusuchen und die Damen in Hörweite zu haben!" fährt Mrs. Baynes fort. „Also ich wundere mich, daß Sie als nächstes noch nicht meine lieben Kinder verprügelt haben. Wunderst du dich nicht, General, daß er unsere armen Jungen noch nicht zu Boden geschlagen hat? Sie sind ganz klein und wehrlos. Und offensichtlich bedeutet die Anwesenheit von Damen keinen Hinderungsgrund für Mr. Firmins *Boxkämpfe*."

„So ein Benehmen ist roh und eines Gentlemans unwürdig", wiederholt der General.

„Hören Sie, was dieser Mann sagt – dieser alte Mann, über dessen Lippen nie ein unfreundliches Wort kommt? Dieser Veteran, der in zwanzig Schlachten gekämpft und noch nie einen Mann im Angesicht von Frauen geschlagen hat? Hast du das etwa, Charles? *Er* hat Ihnen seine Meinung dazu gesagt. Er hat Sie mit einem Wort belegt, durch dessen Wiederholung ich meine Lippen nicht beschmutzen will, das Sie aber verdienen. Und glauben Sie etwa, Sir, ich werde mein geliebtes Kind einem Mann geben, der sich so benommen hat wie *Sie*, der den Namen eines ...? Charles! General! Eher will ich ins Grab sinken, als meine Tochter einem solchen Mann auszuliefern!"

„Gütiger Himmel!" sagt Philip mit zitternden Knien. „Sie wollen doch nicht sagen, Sie hätten vor, Ihr Wort zurückzunehmen und ..."

„Oh! Sie drohen uns mit einer Geldsache, ja? Weil Ihr Vater ein Betrüger war, wollen Sie uns dafür leiden lassen, ja?" kreischt die Dame. „Ein Mann, der einen wehrlosen Menschen vor Damen schlägt, bringt jede feige Handlung fertig. Und wenn Sie meine Familie an den Bettelstab bringen wollen, weil Ihr Vater ein Lump war ..."

„Liebe Frau!" wirft der General ein.

„War er etwa kein Lump, Baynes? Läßt sich das abstreiten? Hast du das nicht hundert- und aber hundertmal gesagt? Eine nette Familie, in die man da einheiraten soll! Nein, Mr. Firmin! Sie können mich beleidigen, wie es Ihnen beliebt. Sie können Leute vor den Augen von Damen niederschlagen. Sie können Ihre große ruchlose Hand in einem Ihrer Räusche gegen diesen armen alten Mann erheben: aber ich kenne die Liebe einer Mutter, die Pflicht einer Mutter – und ich wünsche, daß Sie uns nie wieder vor die Augen kommen."

„Ihr himmlischen Mächte!" ruft Philip entsetzt. „Sie wollen mich doch wohl nicht – nicht von Charlotte trennen, General? Ich habe Ihr Wort. Sie haben mich ermutigt. Das bricht mir das Herz. Ich will vor dem Kerl niederknien. Ich will – oh! – Sie meinen nicht, was Sie sagen!" Und angstvoll und schluchzend krampfte der arme Junge die starken Hände zusammen und wandte sich flehend an den General.

Baynes befand sich unter den Augen seiner Frau. „Ich meine", sagte er, „Ihr Benehmen ist verdammt schlecht, gewalttätig und eines Gentlemans unwürdig gewesen. Sie können mein Kind nicht ernähren, wenn Sie sie heiraten. Und wenn Sie den geringsten Funken Ehre in sich haben, wie Sie es behaupten, werden Sie, Mr. Firmin, das Verlöbnis abbrechen und das arme Kind damit vor dem sicheren Unglück bewahren. Beim heiligen George, Sir, wie soll ein Mann, der sich im Ballsaal eines Edelmanns prügelt und Streit sucht, in der Welt vorankommen? Wie soll ein Mann, der sich keinen anständigen Mantel leisten kann, eine Frau ernähren? Je genauer ich Sie kennengelernt habe, desto mehr hatte ich das Gefühl, die Verlobung würde mein Kind ins Unglück stürzen! Wollen Sie das? Ein Mann von Ehre ..." („*Ehre*" als Einwurf quasi in Kursivschrift von Mrs. Baynes!) „Still, meine Liebe! – Ein Mann von Charakter würde sie aufgeben, Sir. Was haben Sie außer Bettelarmut zu bieten, beim heiligen George? Wollen Sie, daß mein Mädchen in Ihr möbliertes Zimmer zieht und Ihre Kleider flickt?"

„Ich glaube, den Punkt habe ich ganz gut vorgebracht, Bunch, mein Junge", sagte der General, als er hinterher über die Sache sprach. „Da hab ich ihn getroffen, Sir."

Der alte Soldat traf seinen Gegner an dieser Stelle in der Tat mit einem tödlichen Stich. Philips Rock war zweifellos zerschlissen, und seine Börse wog nur leicht. Er hatte aus seinem kleinen Bestand seinem Vater Geld geschickt. In dem alten Haus in der Parr Street waren ein, zwei Dienstboten ohne Lohn geblieben, und einen Teil dieser Schulden hatte Philip bezahlt. Er kannte sein aufbrausendes Naturell und sein störrisches Unabhängigkeitsstreben. Er schätzte seine Talente sehr bescheiden ein und zweifelte oft an seiner Fähigkeit, in der Welt voranzukommen. In seinen weniger hoffnungsvollen Stimmungsphasen zitterte er bei der Vorstellung, er bringe womöglich Armut und Unglück über sein liebstes Mädchen, für das er freudig sein Blut, sein Leben hingeopfert hätte. Den armen Philip schwindelte bei Baynes' Worten, und er sank fast ohnmächtig zurück.

„Sie erlauben mir – Sie erlauben mir, sie zu sehen?" keuchte er hervor.

„Sie ist unpäßlich. Sie liegt zu Bett. Sie kann heute nicht erscheinen!" rief die Mutter.

„Ach, Mrs. Baynes, ich muß – ich muß sie sehen", sagte Philip und schluchzte vor Schmerz beinahe auf.

„Das ist der Mann, der Männer im Angesicht von Frauen schlägt!" sagte Mrs. Baynes. „Sehr tapfer, wahrlich!"

„Beim heiligen George, Eliza!" rief der General aufspringend, „das geht zu weit ..."

„O schwache Willenskraft! Gib mir die Dolche!" schmetterte Philip, als er diese Szene in späteren Tagen seinem Biographen schilderte. „Macbeth hätte die Morde nie begangen, wäre nicht die kleine stille Frau an seiner Seite gewesen. Wenn die Gefangenen der Indianer umgebracht werden, erfinden immer die Squaws die schlimmsten Martern. Du hättest diese Teufelin und ihr bleiches Lächeln sehen sollen, während sie mir ihre Bohrer ins Herz drehte! Ich weiß nicht, womit ich ihr mißfallen habe. Ich versuchte, sie gern zu haben, Sir. Ich hatte mich vor ihr gedemütigt. Ich machte ihr den Laufburschen. Ich spielte mit ihr Karten. Ich saß da und hörte mir ihre fürchterlichen Geschichten über Barrackpore und den Generalgouverneur an. Ich wälzte mich vor ihr im Staub, und sie haßte mich. Ich sehe heute noch ihr Gesicht vor mir: ihr grausames, gelbes Gesicht und ihre scharfen Zähne und ihre grauen Augen. Es war Ende August, und an dem Tag kam ein Wolkenbruch herunter. Ich nehme an, mein armes Kind fror und litt oben, denn ich hörte, wie in ihrer Kammer ein Feuer geschürt wurde. Wenn ich jetzt – zwanzig Jahre später – höre, wie über mir ein Feuer geschürt wird, fällt mir die ganze Geschichte wieder ein; und ich mache noch einmal diese höllische Qual durch. Würde ich tausend Jahre alt, ich könnte ihr nicht verzeihen. Ich habe ihr nie etwas angetan, aber verzeihen kann ich ihr nicht. Ach, guter Gott, wie diese Frau mich gemartert hat!"

„Ich glaube, ich kenne ein oder zwei ähnliche Beispiele", bemerkte Mr. Firmins Biograph.

„Du redest den Frauen immer Schlechtes nach!" bemerkte die Frau von Mr. Firmins Biograph.

„Nein, dem Himmel sei Dank!" sagte der Gentleman. „Ich glaube, ich kenne einige, über die ich nie ein böses Wort gesprochen oder gedacht habe. Liebste, gibst du Philip noch etwas Tee?" Und damit nehmen wir die Erzählung des Gentlemans wieder auf.

Der Regen prasselte auf die Avenue herab, als Philip auf die Straße kam. Er blickte zu Charlottes Fenster auf: aber von da gab es kein Zeichen. Der schwache Widerschein eines Feuers war zu sehen. Das arme Mädchen hatte Fieber und wurde in ihrem Kämmerchen vom Frost geschüttelt, an Madame Smolensks Schulter weinend und schluchzend, „que c'était pitié à voir", sagte Madame. Ihre Mutter hatte ihr befohlen, mit Phil zu brechen; hatte hundert Verleumdungen gegen ihn erfunden und vorgebracht; hatte erklärt, er habe sich nie etwas aus ihr gemacht; er habe liederliche Grundsätze und verkehre ständig in Theatern und in schlechter Gesellschaft. „Das ist nicht wahr, Mutter, das ist nicht wahr!" hatte das Mädchen gerufen, vorübergehend in Empörung aufflammend: doch bald versank sie wieder in Tränen und Jammer, vom Gedanken an ihr Unglück ganz gebrochen. Dann führte man ihren Vater zu ihr, dem man einige der Geschichten gegen den armen Philip eingeredet hatte und den seine Frau abkommandierte, sie dem Mädchen nachdrücklich vorzuhalten.

Und Baynes versuchte den Befehl zu befolgen; aber der Anblick des Kummers und Leids seines kleinen Mädchens machte ihm Angst und tat ihm grausam weh. Er setzte zu einer schwachen Ermahnung an und versuchte ein- oder zweimal, eine Rede zu beginnen. Doch der Mut verließ ihn. Er zog sich hinter seine Frau zurück. *Sie* zögerte nie mit ihren Vorhaltungen oder wankte in einem einmal gefaßten Entschluß, und ihre Worte wurden noch bitterer, als ihr Bundesgenosse ins Stocken geriet. Philip sei ein Trunkenbold; Philip sei ein Verschwender; Philip verkehre ständig in schlechten Lokalen und mit liederlichen Kumpanen. Sie habe ihre Behauptungen aus bester Quelle. Sei eine Mutter nicht um das Wohl ihres eigenen Kindes besorgt? („Bei Gott, du glaubst doch wohl nicht, deine eigene Mutter würde etwas tun, das nicht zu deinem Wohl wäre, was?" fiel der General schwach ein.) „Meinst du, wenn er nicht betrunken gewesen wäre, er hätte eine so empörende Gewalttat wie in der Botschaft gewagt? Und glaubst du, ich will, daß ein Trunkenbold und Bettler meine Tochter heiratet? Deine Undankbarkeit, Charlotte, ist entsetzlich!" ruft Mama.

Und der arme Philip, den man der Trunksucht bezichtigte, hatte für siebzehn Sous diniert, mit einem carafon Bier, und hatte mit einem Abendessen an der Seite der kleinen Charlotte gerechnet: so stand, während das Kind schluchzend auf ihrem Bett lag, die Mutter über ihr und geißelte sie mit Worten. Für General Baynes – einen tapferen Mann, einen gütigen Mann – muß es eine schwere Pflicht gewesen sein, bei dieser Folterung zuzusehen. Er konnte das Pensionsdinner nicht essen, wenn er auch beim Klang der trübseligen Glocke seinen Platz am Tisch einnahm. Madame selbst war bei der Mahlzeit nicht zugegen; und Sie wissen, daß der Platz der armen Charlotte leer war. Ihr Vater ging hinauf, blieb vor ihrer Kammertür stehen und horchte. Er hörte drin Gemurmel, und als er vor der Tür stolperte, rief Madames Stimme scharf: „Qui est là?“ Er trat ein. Madame saß auf dem Bett, und Charlottes Kopf lag auf ihrem Schoß. Die dicken braunen Flechten fielen über das weiße Nachthemd des Kindes, und sie lag fast bewegungslos da und schluchzte matt. „Ah, Sie sind es, General!“ sagte Madame. „Sie haben etwas Schönes angerichtet, Sir!“ – „Mama läßt fragen, ob du nicht etwas zu dir nehmen möchtest, Charlotte, Liebes?“ stammelte der alte Mann. „Wollen Sie sie nicht in Ruhe lassen?“ sagte Madame mit ihrer tiefen Stimme. Der Vater trat den Rückzug an.

Als Madame später hinausging, um für ihre arme kleine Freundin jenes Universalmittel, une tasse de thé, zu holen, fand sie den alten Herrn auf einem Koffer vor seiner Tür sitzend. „Geht es – geht es ihr jetzt ein bißchen besser?“ schluchzte er heraus. Madame zuckte die Achseln und sah mit erhabener Verachtung auf den Veteranen herab. „Vous n'êtes qu'un poltron, général!“ sagte sie und rauschte die Treppe hinunter. Baynes war wirklich besiegt. Er litt furchtbar. Er war gänzlich demoralisiert, und Tränen rannen über seine alten Wangen, während er niedergeschlagen da im Dunkeln saß. Seine Frau rührte sich nicht vom Tisch, solange Dinner und Dessert dauerten. Danach las sie standhaft den „Galignani“. Sie ermahnte die Kinder, keinen Lärm zu machen, denn ihre Schwester liege oben mit schlimmen Kopfschmerzen. Doch sie nahm diese Aussage gewissermaßen zurück (wie sie auch später beim Kartenspiel nicht bediente), indem sie die Misses Boldero bat, eines ihrer Duette zu spielen.

Ich wüßte gern, ob Philip an diesem Abend vor dem Haus auf und ab ging. Ach! es war für sie alle eine schlimme Nacht: ein quälender Schmerz, ein grausames Schamgefühl pochte unter Baynes' Baumwolltroddel; und was Mrs. Baynes angeht, hoffe ich, daß sich unter *ihrer* alten Nachtmütze nicht viel Ruhe oder Behaglichkeit ausbreitete. Madame verbrachte den größten Teil der Nacht in einem großen Sessel in Charlottes Schlafkammer, wo das arme Kind eine Stunde nach der anderen schlagen hörte und auch im trübseligen Licht der Morgendämmerung keinen Trost fand.

Was veranlaßte die arme kleine Charlotte zu einer sehr frühen Stunde des dunklen, regnerischen Morgens die Arme um Madame zu schlingen und zu rufen: „Ah, que je vous aime! Ah, que vous êtes bonne, Madame!“ und nahezu glücklich durch ihre Tränen zu lächeln? Zunächst ging Madame zu Charlottes Kommode, woher sie eine Schere holte. Dann setzte sich das Mädchen mit dem über die Schultern wallenden braunen Haar im Bett auf, und Madame ergriff eine Flechte und schnitt eine dicke Locke ab; und küßte der armen Charlotte die roten Augen; und legte ihr die bleiche Wange auf das Kissen und deckte sie sorgfältig zu; und hieß sie mit vielen liebevollen Worten einschlafen. „Wenn Sie ganz brav sind und schlafen, soll er es in einer halben Stunde haben“, sagte Madame. „Und wenn ich hinuntergehe, sage ich Françoise, sie soll Tee für Sie bereithalten, wenn Sie läuten.“ Und dieses Versprechen sowie der Gedanke daran, was Madame vorhatte, trösteten Charlotte in ihrer Not. Und mit vielen lieben, innigen Gebeten für Philip und beschwichtigt von dem Gedanken: Jetzt muß sie den größten Teil des Weges hinter sich haben; jetzt muß sie bei ihm sein; jetzt weiß er, daß ich nie, niemals einen anderen lieben werde, schlief sie endlich auf ihrem feuchten Kissen ein. Und sie lächelte im Schlaf und träumte sicher von Philip, als sie beim Poltern eines umfallenden Möbels auffuhr, und sie erwachte aus ihrem Traum und sah die grausame alte Mutter in ihrer weißen Nachtmütze und dem weißen Morgenrock an ihrem Bett stehen.

Macht nichts. Jetzt hat sie mit ihm gesprochen. Jetzt hat sie es ihm gesagt, war der allererste Gedanke des Kindes, als sie die Augen aufschlug. Er weiß, daß ich nie, niemals an einen anderen denken werde. Ihr war, als wäre sie tatsächlich dort in Philips Zimmer und spräche selbst mit ihm, hauche die Schwüre, die ihre zärtlichen Lippen oft und oft ihrem Liebsten zugeflüstert hatten. Und jetzt, da er wußte, sie werde sie nie brechen, fühlte sie sich aufgerichtet und mutiger.

„Du hast etwas Schlaf gehabt, Charlotte?“ fragt Mrs. Baynes.

„Ja, ich habe geschlafen, Mama.“ Beim Sprechen tastet sie unter dem Kissen nach einem kleinen Medaillon, das – was wohl? – vermutlich eine Strähne von Mr. Philips glattem Haar enthält.

„Ich hoffe, du bist weniger niederträchtig gesinnt als gestern abend, als ich zu Bett ging“, fährt die Matrone fort.

„War ich niederträchtig, weil ich Philip liebte? Dann bin ich immer noch niederträchtig, Mama!" ruft das Kind und setzt sich im Bett auf. Und sie umklammert die kleine Haarlocke, die unter ihrem Kissen ruht.

„Was für ein Unsinn, Kind! So etwas hast du aus deinen albernen Romanen. Ich sage dir, er denkt gar nicht an dich. Er ist ein ganz rücksichtsloser, unbekümmerter Wüstling."

„Ja, so rücksichtslos und unbekümmert, daß wir ihm das Brot verdanken, das wir essen. Er denkt nicht an mich! Wirklich nicht? Ach ..." Hier unterbrach sie sich, als im Nebenzimmer eine Uhr zu schlagen anfing. Jetzt, dachte sie, hat er meine Nachricht bekommen! Ein Lächeln schimmerte in ihrem Gesicht auf. Den Kopf von ihrer Mutter abwendend, sank sie auf ihr Kissen zurück, küßte das Medaillon und murmelte: „Denkt nicht an mich! Und wie, und wie, Liebster!" Sie beachtete die Frau an ihrer Seite gar nicht, hörte weder ihre Stimme, noch schien sie ihre Gegenwart überhaupt wahrzunehmen. Charlotte weilte fern in Philips Zimmer, sie sah ihn mit ihrer Botin sprechen, hörte seine Stimme, so tief und freundlich, wußte, er werde die Gelöbnisse, die er gesprochen hatte, niemals brechen. Mit funkelnden Augen und roten Wangen sah sie ihre Mutter an, ihre Feindin. Sie hielt ihren Talisman, ihr Medaillon, fest und preßte es ans Herz. Nein, niemals würde sie ihm untreu! Nein, er würde sie nie, nie verlassen! Und als Mrs. Baynes die ehrliche Empörung gewahrte, die aus dem Gesicht des Mädchens strahlte, las sie Charlottes Auflehnung, Herausforderung, vielleicht gar Sieg davon ab. Das sanfte Kind, das bisher noch nie einen Befehl in Frage gestellt oder einen Wunsch ausgesprochen hatte, den sie nicht auf Weisung ihrer Mutter geopfert hätte, stand jetzt unter Waffen und beanspruchte ihre Unabhängigkeit. Doch ich sollte meinen, Mama gedenkt nicht nach einem einzigen aufrührerischen Akt das Kommando niederzulegen; und sie wird mehr als einen Versuch machen, ihre Rebellin zu beschwatzen oder unter ihren Willen zu zwingen.

Mag inzwischen die Phantasie das kleine Medaillon, an Charlottes Herzchen geschmiegt, zurücklassen (an welch weichem Plätzchen gewiß ein angenehmes Verweilen wäre). Mag sie sich in einen Schal hüllen und ein Paar feste Galoschen über die Füße streifen; mag sie die schlammigen Champs-Elysées durcheilen, wo bei diesem rauhen Wetter nur ein paar Polizisten und Handwerker unterwegs sind. Mag sie am Pont des Invalides einen halben Penny zahlen und dann standhaft die Quais entlangmarschieren, an der Deputiertenkammer vorbei, wo sich noch Deputierte versammeln; und am Flußufer entlangtraben, bis sie die Seinestraße erreicht, in die, wie Sie alle wissen, die Rue Poussin mündet. Das war der Weg, den die tapfere Madame Smolensk an einem böigen, regnerischen Herbstmorgen einschlug, und zwar zu Fuß, denn Fünffrancsstücke waren bei der guten Frau knapp. Vor dem „Hôtel Poussin“ (ah, qu'on y était bien à vingt ans!) befindet sich eine kleine gestrichene Holzpforte, die sich unter Geläut öffnet; und dann kommt der Flur, wissen Sie, von dem die Treppe in die oberen Regionen führt, zu Monsieur Philippes Zimmer, das im ersten Stock liegt, wie das Bouchards, des Malers, der sein Atelier gegenüber hat. Ein schlechter Maler ist Bouchard, aber ein edler Freund, ein fröhlicher Gefährte, ein bescheidener, liebenswürdiger Gentleman. Und ein einmalig guter Geselle ist Laberge vom zweiten Stock, der Dichter aus Carcassonne, der vorgibt, die Rechte zu studieren, dessen Herz jedoch den Musen gehört und der nur von Victor Hugo und Alfred de Musset spricht, deren Verse er jedem, der ihm in den Weg läuft, deklamiert. In Laberges Nähe (habe ich Philip, glaube ich, sagen hören) wohnte Escasse, auch ein Mann aus dem Süden – ein Kapitalist – Buchhalter in einer Bank, quoi! –, dessen Zimmer mit eigenen Möbeln luxuriös ausgestattet war, der in seinen Schränken spanischen Wein und Würste hatte und einen Beutel voll Dollars für einen bedürftigen Freund. Ist Escasse noch am Leben, wüßte Philip gern, und jener alte Oberst, der im selben Stockwerk wohnte und als Kriegsgefangener in England gewesen war? Welche erstaunlichen Beschreibungen dieser Oberst Dujarret von les Mihs anglaises und deren Eigenheiten hinsichtlich Kleidung und Betragen zu bieten hatte! Obzwar besiegt und Kriegsgefangener, welch ein Eroberer und Unterjocher war er einst in unserem Lande! Philip pflegte nämlich auf seine ungehobelte Art vor seinen Freunden diese Leute zu imitieren, und wir bildeten uns beinahe ein, wir sähen das Hotel vor uns. Es war sehr sauber; es war sehr billig; es war sehr dunkel; es war sehr fröhlich; zum Frühstück famoser Kaffee und Butterbrot für fünfzehn Sous; famoses Schlafzimmer au premier für dreißig Francs im Monat; Dinner, wenn man wollte, für ich weiß nicht mehr wie wenig; und anschließend ein lustiges Gespräch im Kreise um den Mittelpunkt der Pfeifen und des Grogs – des Grogs, oder des bescheidenen eau sucrée. Hier gab Oberst Dujarret seine Siege über beide Geschlechter zu Protokoll. Hier seufzte Oberst Tymowski über seine versklavten Polen. Tymowski hätte als Philips Sekundant auftreten sollen, falls die Affäre Ringwood Twysden einen gewalttätigen Abschluß gefunden hätte. Hier schmetterte Laberge seine Verse Philip vor, der zweifellos dem jungen Franzosen wiederum die eigenen Hoffnungen und Leidenschaften anvertraute. Bis tief in die Nacht hinein saß er und sprach von seiner Liebsten, von ihrer Güte, ihrer Schönheit, ihrer Unschuld, ihrer schrecklichen Mutter, ihrem guten alten Vater – que sais-je? Haben wir nicht gesagt, wenn diesem Mann irgend etwas auf der Seele brannte, röhrte er stracks seine Ansichten durch das Universum? Philip, von seiner Liebsten getrennt, dröhnte Laberge Stunde um Stunde ihr Lob in die Ohren, bis die Kerzen herunterbrannten, bis die Schlafenszeit gekommen war und sich nicht länger hinauszögern ließ. Dann legte er sich mit einem Gebet für sie zu Bett; und im selben Moment, da er erwachte, begann er wieder an sie zu denken und sie zu segnen und Gott für ihre Liebe zu danken. So arm Mr. Philip auch war, als Eigner von Gesundheit, Zufriedenheit, Ehre und jenes unbezahlbaren reinen Juwels, der Liebe des Mädchens, brauchen wir ihn, meine ich, nicht allzusehr zu bemitleiden; obwohl er in der Nacht, als Mrs. Baynes ihm den Abschied gab, bestimmt Furchtbares durchgemacht haben muß. Wälze dich, Philip, auf deinem Lager voller Schmerz und Zweifel und Furcht. Schlagt, schleppende Stunden, vom Abend bis zum Morgengrauen. Ach! es war eine schwere Nacht, in der zwei bedrückte junge Herzen euch schlagen hörten.

Zu recht früher Stunde pflegten die verschiedenen Bewohner der Krippe in der Rue Poussin in der finsteren kleinen salle à manger zu erscheinen und das dort angebotene Frühstück einzunehmen. Monsieur Menou in Hemdsärmeln tat auf und verteilte die Portionen. Madame Menou, ein halbseidenes Madrastuch um den ergrauenden Kopf geschlungen, stellte den dampfenden Kaffee auf dem glänzenden Wachstuch ab, während sich jeder Gast aus einem kleinen Serviettenmuseum sein eigenes Mundtuch heraussuchte. Der Raum war klein, das Frühstück war nicht erlesen; die Gäste, die daran teilnahmen, zeichneten sich gewiß nicht durch den Luxus reiner Leibwäsche aus. Aber Philip – der jetzt viele Jahre älter ist als zu jener Zeit, als er in diesem Quartier wohnte, und ganz und gar nicht in Geldverlegenheit, was zu hören Sie sicher freut (und der, unter uns, ein rechter Gourmand geworden ist) –, Philip beteuert, in diesem bescheidenen „Hôtel Poussin" sei er einst sehr glücklich gewesen und seufzt der Zeit nach, als er um Miss Charlotte seufzte.

Nun, er hat eine schreckliche Nacht voll Trübsinn und Angst verbracht. Ich habe den Verdacht, daß er Laberge mit seinen Tränen und seiner Niedergeschlagenheit ungemein gelangweilt hat. Und jetzt ist der Morgen gekommen, und während er mit einem oder mehreren der vorerwähnten Biedermänner frühstückt, kommt grinsend der kleine Bursche für alles herein, sein plumet unter dem Arm, und ruft: „Une dame pour Monsieur Philippe!"

„Une dame", sagt der französische Oberst, von seiner Zeitung aufblickend, „allez, mauvais sujet!"

„Grand Dieu! was ist passiert?" ruft Philip, als er Madames hohe Gestalt im Gang erkennt, und stürzt zu ihr. Sie gehen wahrscheinlich in sein Zimmer hinauf, ohne Rücksicht auf das Feixen und die höhnischen Blicke des Bürschchens mit dem plumet, der dem Dienstmädchen beim Bettenmachen hilft und der meint, Monsieur Philippe habe eine ziemlich ältliche Freundin.

Philip schließt die Tür hinter seiner Besucherin, die ihn mit so viel Hoffnung, Güte und Zuversicht in den Augen anblickt, daß der arme Kerl Mut faßt, noch ehe sie zu sprechen anfängt. „Ja, Sie haben recht; ich komme von der kleinen Person", sagte Madame Smolensk, „kann man diesem armen lieben Engel widerstehen? Sie hat eine schlimme Nacht verbracht. Was? Sie sind auch nicht zu Bett gewesen, armer junger Mann!" In der Tat hatte sich Philip nur auf sein Bett fallen lassen und dort unruhig mit den Beinen gezuckt und gestöhnt und sich herumgeworfen; und hatte zu lesen versucht und wird sich später wohl mit ungewöhnlichem Interesse an das Buch erinnert haben, das er las, und an jenen anderen Gedanken, der fortwährend in seinem Gehirn pochte, während er las und die schlaflosen Stunden sich quälend langsam dahinschleppten.

„Nein, ganz ehrlich“, sagt der arme Philip und dreht sich eine trübselige Zigarette, „die Nacht war nicht allzu gut. Und sie hat auch gelitten? Der Himmel segne sie!“ Und dann berichtete Madame Smolensk, wie der kleine liebe Engel die ganze Nacht lang geweint habe und wie es der Smolensk nicht gelungen sei, sie zu trösten, bis sie versprach, zu Philip zu gehen und ihm zu versichern, seine Charlotte sei für immer und ewig sein; sie könne nie an einen anderen Mann denken; er sei der beste und liebste und tapferste und treueste Philip, und sie glaube kein Wort von den ruchlosen Geschichten gegen ihn, die ihr ... „Halt, Monsieur Philippe, ich nehme an, Madame la Générale hat über Sie geklatscht und mag Sie nicht mehr“, rief Madame Smolensk. „Fast alle Frauen sind Meuchelmörderinnen – hinterrücks, wissen Sie! Aber bei dem kleinen Mädchen ist Madame la Générale zu weit gegangen. Sie ist ein gehorsames Mädchen, die liebe Miss! – zittert vor ihrer Mutter, und immer zum Nachgeben bereit – nur jetzt ist ihre Seele aus dem Gleichgewicht! Und sie ist die Ihre und nur die Ihre. Die liebe, sanfte Kleine! Ah, wie hübsch sie war, an meine Schulter gelehnt. Da habe ich sie an mich gedrückt – ja, da, mein armer garçon, und das hier habe ich ihr am Nacken abgeschnitten und es dir gebracht. Komm in meine Arme. Weine, das tut gut, Philip. Ich habe dich sehr lieb. Geh – und deine kleine – sie ist ein Engel!“ Und so haben in der Stunde ihres Schmerzes Myriaden mannhafte Herzen erlebt, wie die Liebe einer Frau ihre Not zu lindern bereit war.

Philip jene dicke braune Haarlocke überlassend (von einem Kopf, der jetzt womöglich ein, zwei Strähnen matronenhaften Silbers zeigt), stapft diese Samariterin zu ihrem Haus zurück, wo ihre eigenen Sorgen sie erwarten. Doch obwohl der Weg sich hinzieht, ist Madames Schritt jetzt leichter, wenn sie daran denkt, daß am Ziel der Wanderung Charlotte auf Nachricht von Philip wartet. Und ich vermute, es folgen weitere Küsse und Umarmungen, wenn die gute Seele mit dem leidenden Mädchen zusammenkommt und ihr berichtet, daß Philip für immer redlich und treu bleiben wird; und daß sie, Madame Smolensk, alles tun will, was in ihrer Macht steht, um ihren jungen Freunden zu helfen, sie zu unterstützen und zu trösten. Was den Schreiber der Memoiren Mr. Philips angeht, so sehen Sie, daß ich gar nicht versuche, etwas zu verhehlen. Ich habe Ihnen schon die ganze Zeit gesagt, daß Charlotte und Philip verheiratet sind, und ich glaube, sie sind glücklich. Aber es steht fest, daß sie in jenem Abschnitt ihres Lebens schrecklich gelitten haben; und meine Frau behauptet, wenn Charlotte auf die schwere Prüfung damals zu sprechen komme, drücke sie sich aus, als hätten beide irgendeine gräßliche Operation durchgemacht, und selbst die Erinnerung daran versetze dem Gedächtnis immer einen Stich.

So, meine liebe junge Dame, steht auch Ihnen eines Tages eine Prüfung bevor, die Sie, will's der Himmel, in demütigem Geiste durchhalten. Ach, wie unausweichlich wir alle einmal an die Reihe kommen! Sehen Sie Madame Smolensk an ihrem Mittagstisch an, am selben Tag nach ihrem Besuch in Philips Wohnung, nachdem sie die kleine Charlotte in ihrem Schmerz getröstet hat. Wie energisch sie ist! wie gut aufgelegt! wie sie lächelt! wie sie mit allen am Tisch plaudert, während sie ihren Gästen vorschneidet! Sie glauben doch wohl nicht, sie hätte keine eigenen Kümmernisse und Sorgen? Sie wissen es besser. Ich möchte annehmen, sie denkt gerade an ihre Gläubiger; an ihre Armut; an jenen akzeptierten Wechsel, der nächste Woche fällig wird, und so fort. Der Samariter, der Ihnen zu Hilfe kommt, ist mit Sicherheit selbst einmal ausgeraubt worden und hat Blut verloren, und es ist ein verwundeter Arm, der den Ihren verbindet, wenn er blutet.

Falls Anatole, der Junge, der, das plumet in der Jackentasche und die Pantoffeln mit Bohnerbürsten besohlt, im „Hôtel Poussin" die Fußböden reinemachte, die Umarmung zwischen Philip und seiner guten Freundin sah, hat er, glaube ich, bei all seiner Erfahrung in diesem Hotel nie einen ehrenhafteren, edelmütigeren und unschuldigeren Vorgang beobachtet. Lege die Sache aus, wie du willst, Anatole, du kleiner boshafter Kobold! Nie gab dir deine Mutter einen so liebevollen Kuß wie den, den Madame Smolensk Philip gab – wie den, den sie Philip gab? – wie den, den sie von ihm zurückbrachte und getreulich auf der blassen runden Wange der armen kleinen Charlotte absetzte. Die Welt ist voller Liebe und Mitgefühl, sage ich. Gäbe es weniger Leid, gäbe es auch weniger Güte. Ich jedenfalls wünschte mir fast, wieder krank zu sein, damit die Freunde, die mir beisprangen, mir noch einmal zu Hilfe kommen könnten.

Der armen kleinen verwundeten Charlotte in ihrem Bett

brachte unsere Freundin, die Hausfrau der Pension, unaussprechlichen Trost. Was immer geschehen mochte, Philip würde sie nie verlassen! „Meinen Sie, ich hätte jemals für ein französisches Mädchen einen solchen Botengang gemacht oder hätte mich zwischen sie und ihre Eltern eingemischt?“ fragte Madame. „Niemals, niemals! Aber Sie und Monsieur Philippe sind schon vor dem Himmel verlobt, und ich würde Sie verachten, Charlotte, ich würde ihn verachten, würde einer von Ihnen beiden abtrünnig werden.“

Nachdem diese kleine Nebensächlichkeit in Miss Charlottes Gemüt klargestellt ist, kann ich mir denken, daß sie ungeheuer beruhigt und getröstet ist; daß Hoffnung und Mut in ihrem Herzen einziehen; daß die Farbe in ihre jungen Wangen zurückkehrt; daß sie wie gestern zu ihrer Familie herunterkommen kann. „Ich habe dir doch gesagt, sie hat sich nie etwas aus ihm gemacht“, verkündet Mrs. Baynes ihrem Mann. „Wahrhaftig nicht. Sie kann sich nicht viel aus ihm gemacht haben“, gibt Baynes zurück, etwas betrübt, daß sein Mädchen so flatterhaft sein soll. Aber Sie und ich, die hinter den Kulissen gestanden haben, die in Philips Schlafzimmer und hinter die keuschen Vorhänge der armen Charlotte gelugt haben, wir wissen, daß das Mädchen sich gegen ihre Eltern aufgelehnt hat; und das tun Kinder mit Sicherheit, wenn die über sie ausgeübte Autorität allzu tyrannisch oder ungerecht ist. Die sanfte Charlotte, die kaum je Widerstand leistete, war aufgerüttelt und in Aufruhr; die ehrliche Charlotte, die immer alle Gedanken aussprach, verbarg sie jetzt und täuschte tatsächlich Vater und Mutter; ja, täuschte – welch ein Geständnis hinsichtlich einer jungen Dame, der prima donna unserer Oper!

Mrs. Baynes krakelt gerade wie gewohnt ihr weitschweifiges Geschreibsel an Schwester MacWhirter in Tours und teilt der Gattin des Majors mit, zu ihrer größten Befriedigung könne sie endlich verkünden, „daß diese so sehr unkluge und in keiner Hinsicht wünschenswerte Verlobung zwischen meiner Charlotte und *einem gewissen jungen Mann*, dem Sohn eines bankrotten Londoner Arztes, zu Ende gegangen ist. Mr. F. hat sich so wild, so *roh*, so *gewalttätig* und des Namens eines Gentlemans *unwürdig* aufgeführt, daß der General (und Du weißt, Maria, was für ein nachgiebiger und *gutmütiger* Mann Baynes ist) Mr. Firmin in unmißverständlichen Worten die Meinung gesagt und ihm verboten hat, seine Besuche fortzusetzen. Nachdem sie ihn sechs Monate lang tagtäglich gesehen und sich in dieser Zeit an seine Eigenarten und seine oft grobe und abstoßende Ausdrucks- und Verhaltensweise gewöhnt hatte, ist es kein Wunder, daß die Trennung der lieben Char einen Schock versetzt hat, dabei glaube ich, daß der junge Mann, der die *Ursache dieses ganzen Kummers* gewesen ist, nichts empfindet. Daß ihm an *ihr* wenig liegt, war schon *die ganze Zeit* meine Meinung, obwohl sie, das arglose Kind, ihm ihre ganze Zuneigung geschenkt hat. Für ihn ist es nichts Neues, Frauen sitzenzulassen; und der Bruder einer jungen Dame, der Mr. F. *den Hof gemacht* und die er dann *verlassen* hatte (und die seither eine ganz hervorragende Partie gemacht hat), ließ neulich abend auf dem Botschaftsball seine Empörung über Mr. F.s Betragen erkennen, worauf der junge Mann seine weit überlegene Größe und Kraft ausnutzte, um einen *vulgären Boxkampf* anzufangen, bei dem beide Parteien ernste Verletzungen davontrugen. Selbstverständlich hast Du im ‚Galignani' den Artikel über die ganze Sache gelesen. Ich habe unsere Kleider eingeschickt, aber sie haben sie nicht abgedruckt, wenn auch unsere Namen unter den Anwesenden erschienen. Etwas Ausgefalleneres als Mr. F.s Erscheinung kannst Du Dir kaum vorstellen. Ich trug meinen Granatschmuck; Charlotte (die allgemein Aufmerksamkeit erregt hat) war in ..." usw. usw. „Natürlich hat ihr die Trennung sehr weh getan; denn Mr. F. hat bei einer früheren Gelegenheit zweifellos große Güte und Nachsicht an den Tag gelegt. Aber der General will von der Fortsetzung der Beziehung *nichts hören.* Er sagt, der junge Mann hätte sich zu roh und schändlich aufgeführt; und Du weißt, wenn Baynes erst einmal aufgebracht ist, kann ich genausogut versuchen, einen Tiger an die Kette zu legen. Unsere arme Char wird durch das Betragen dieses brutalen Kerls ganz sicher leiden, aber sie ist immer ein gehorsames Kind gewesen, das Vater und Mutter zu ehren weiß. *Sie trägt es mit wunderbarer Fassung*, obwohl das arme Kind natürlich unter dem Bruch leidet. Ich glaube, wenn sie für *ein, zwei Monate* zu *Dir und MacWhirter* nach *Tours könnte*, würde ihr auch die Luftveränderung guttun, lieber Mac. Komm und hole sie ab, und wir bezahlen das dawk. Sie würde in die sichere Armut und ins Unglück rennen, wenn sie diesen äußerst gewalttätigen und verrufenen jungen Mann heiraten würde. Der General läßt Mac grüßen, und ich verbleibe ..." usw. usw.

Daß dies der genaue Wortlaut von Mrs. Baynes' Brief war, kann ich als wahrheitsliebender Biograph nicht zu behaupten wagen. Ich habe das Dokument nie gesehen, jedoch hatte ich das Glück, andere von derselben Hand zu studieren. Charlotte bekam den Brief etwas später zu Gesicht, bei einer der nicht seltenen Gelegenheiten, wo zwischen den beiden Schwestern – Mrs. Major und Mrs. General – Streit ausbrach, und Charlotte teilte den Inhalt des Briefes einem Freund von mir mit, der mir viele, viele Stunden lang von seinen Angelegenheiten und besonders seinen Liebesangelegenheiten erzählt hat. Und mag Mrs. Baynes auch eine schlaue alte Frau sein, so können Sie feststellen, wie sehr sie sich in der Vorstellung irrte, sie könne des Gehorsams ihrer Tochter immer noch sicher sein. Das Mädchen hatte Vater und Mutter verlassen, anfangs mit deren beflissener Billigung. Sie hatte ihre Liebe Firmin geschenkt, und als Bewohnerin – als Gefangene, wenn Sie so wollen – unter dem Dach ihres Vaters blieb ihr Herz bei Philip, wie weit Zeit oder Entfernung sie auch trennen mochten.

Und jetzt, da wir über Philips Schreibpult verfügen und es uns freisteht, die Privatbriefe, die sich auf seine Geschichte beziehen, zu öffnen und zu lesen, erlaube ich mir, ein Dokument einzufügen, das sein würdiger Vater am Ort seines Exils verfaßt hat, nachdem ihm die Kunde von der im vorigen Kapitel dieser Memoiren geschilderten Auseinandersetzung zugegangen war:

Astor House, New York
den 27. September

Lieber Philip! Ich habe die Neuigkeiten in Deinem letzten freundlichen und herzlichen Brief mit nicht ungemischter Freude empfangen; aber ach, welche Freude im Leben trägt nicht ihr amari aliquid in sich! Daß Du gesund, fröhlich und fleißig bist und Dir ein hinlängliches Auskommen verdienst, dieser Gedanke freut mich wirklich; daß Du davon sprichst, Dich mit einem mittellosen Mädchen zu verheiraten, macht mir nicht gerade aufrichtige Freude, muß ich sagen. Mit Deinem guten Aussehen, Deinen guten Manieren und Talenten hättest Du auf eine bessere Partie hoffen können als die Tochter eines Offiziers auf Halbsold. Aber es ist sinnlos, darüber nachzudenken, was hätte sein *können.* Wir sind fast alle Marionetten in der Hand des Schicksals. Uns reißt eine Kraft dahin, die stärker ist als wir. Mich hat sie, im Alter von sechzig Jahren, aus einer hohen gesellschaftlichen Stellung mit allgemeiner Achtung und gutem Einkommen in die Armut und ins Exil getrieben. So sei es denn! laudo manentem, wie mein herrlicher alter Freund und Philosoph mich lehrt – si celeres quatit pennas ... Du weißt, wie es weitergeht. Was immer uns das Schicksal beschert, ich hoffe, daß mein Philip und sein Vater es mit dem Mut von Gentlemen tragen werden.

Unsere Zeitungen haben den Tod des Onkels Deiner armen Mutter, Lord Ringwoods, gemeldet, und ich hatte noch immer der liebgewordenen Hoffnung angehangen, daß er dem Enkel seines teuren Bruders eine Erinnerungsgabe vermachen würde. Das hat er nicht. Du hast probam pauperiem sine dote. Du hast Mut, Gesundheit, Kraft und Talent. Ich war in Deinem Alter in größerer Not als Du. *Mein* Vater war nicht so nachsichtig, wie es Deiner, so hoffe und glaube ich, gewesen ist. Aus Schulden und Abhängigkeit heraus habe ich mich mit eigener Kraft zu einer stolzen Position emporgearbeitet. Daß mich der Sturm eingeholt hat und die Wellen mich dann verschlungen haben, ist wahr. Aber ich bin wie der Kaufmann meines Lieblingsdichters: ich hoffe immer noch – jawohl, mit dreiundsechzig! –, meine zerschellten Schiffe wiederaufzubauen, indocilis pauperiem pati. Ich hoffe immer noch, meinem lieben Jungen das Vermögen zurückzuzahlen, das ihm hätte gehören sollen und das bei meinem Schiffbruch untergegangen ist. Etwas sagt mir, das muß ich – das werde ich!

Ich stimme Dir zu, daß es *für Dich ein Glücksfall* gewesen ist, Agnes Twysden entronnen zu sein, und Dein Bericht über ihren *schwärzlichen innamorato* belustigt mich sehr! Unter uns, die Liebe der Twysdens zum Geld lief auf Gemeinheit hinaus. Und obwohl ich Twysden in der lieben alten Old Parr Street immer empfing, wie ein Gentleman es meiner Überzeugung nach sollte, war mir seine Gesellschaft unerträglich langweilig und seine vulgäre Redseligkeit widerwärtig. Auch sein Sohn war wenig nach meinem Geschmack. Wirklich, ich war *von Herzen erleichtert*, als ich erfuhr, daß Deine Verbindung mit dieser Familie vorbei ist, denn ich kenne ihre Gier nach Geld und weiß, daß es Dein Vermögen war, nicht Du, was sie für Agnes zu sichern erpicht waren.

Du wirst Dich freuen zu erfahren, daß ich schon jetzt eine nicht unbeträchtliche Praxis habe. Mein Ruf als Arzt ist mir in dieses Land vorausgeeilt. Die wissenschaftlichen Zeitschriften hier und in Philadelphia und Boston haben meine Arbeit über die Gicht lobend vermerkt. Die Leute hier verhalten sich dem Unglück gegenüber großmütiger und mitfühlender als auf unserer kaltherzigen Insel. Ich könnte mehrere Gentlemen in New York nennen, die wie ich Schiffbruch erlitten haben und jetzt wohlhabend und angesehen sind. Ich hatte das Glück, auf der Überfahrt Oberst J. B. Fogle aus New York beruflich große Dienste leisten zu können; und der Oberst, der hier eine prominente Persönlichkeit ist, hat sich keineswegs undankbar erwiesen. Jene, die sich einbilden, in New York könnten die Menschen die Manieren eines Gentlemans nicht würdigen und verstehen, *irren sich nicht wenig*; und ein Mann, der wie ich in London mit der besten Gesellschaft Umgang hatte, hat, so schmeichle ich mir, nicht *ganz vergebens* in dieser Gesellschaft verkehrt. Der Oberst ist Besitzer und Chefredakteur einer der glänzendsten und einflußreichsten Zeitschriften der Stadt. Du weißt, daß hier Waffen und Toga oft von ein und derselben Person getragen werden, und ...

Ich hatte gerade so weit geschrieben, als ich in der Zeitung des Obersts – dem „New York Emerald" – einen Bericht von Deinem Kampf mit Deinem Vetter beim Botschaftsball las. O Du streitsüchtiger Philip! Nun, der junge Twysden war sehr rüde, sehr grob und überheblich und hat, daran zweifle ich nicht, die Züchtigung verdient, die Du ihm verpaßt hast. Übrigens, der Korrespondent des „Emerald" macht, Dich betreffend, in seinem Brief ein paar drollige Schnitzer. Wir sind alle Freiwild für die Öffentlichkeit in diesem Land, wo die Presse so frei ist, daß es schon *nicht mehr schön* ist; und Deine Privatangelegenheiten oder die meinen oder die des Präsidenten oder übrigens auch die unserer huldreichen Königin werden mit einer Zwanglosigkeit erörtert, die gewiß auf *Zügellosigkeit hinausläuft.* Die Gattin des Obersts verbringt den Winter in Paris, und es wäre mir lieb, wenn Du ihr Deine Aufwartung machtest. Ihr Mann hat sich überaus freundlich mir gegenüber gezeigt. Ich höre, Mrs. F. verkehrt in den erlesensten französischen Kreisen, und die Freundschaft dieser Familie könnte Dir ebenso nützlich werden wie

Deinem Dich liebenden Vater
G. B. F.

PS – Schreibe wie üblich, bis Du Weiteres von mir hörst, an Dr. Brandon, New York. Ob Lord Estridge Dich wohl nach seinem alten Freund aus dem College gefragt hat? Als er in Headbury und im Trinity war, galten er und ein gewisser Pensionsgast, den die Leute mit dem Spitznamen Brummell Firmin zu belegen pflegten, als die bestgekleideten Leute an der Universität. Estridge ist zu Rang und Ehren gekommen! Du kannst Dich darauf verlassen, daß er eines der *allernächsten* frei werdenden Hosenbänder bekommt. Welch eine ganz andere, welch eine unglückliche Laufbahn die seines quondam Freundes! – ein Mann im Exil, Bewohner eines kleinen Zimmers in einem riesigen Hotel, wo ich an einer ungepflegten öffentlichen Tafel mit allen möglichen primitiven Leuten zusammensitze! Wie sie ihr Dinner herunterschlingen, oft *mit dem Messer*, schockiert mich. Deine Überweisung war hochwillkommen, so bescheiden sie auch war. Es beweist, daß mein Philip ein *gutes Herz* hat. Ach! warum nur, warum denkst Du ans Heiraten, wo Du so arm bist? Übrigens, Dein ermutigender Bericht über Deine Verhältnisse hat mich bewogen, 100 Dollar auf Dich zu ziehen. Der Wechsel geht mit dem Postschiff, das diesen Brief befördert, nach Europa und ist mir gefälligerweise von meinen Freunden, der Firma Plaster & Shinman, Wall Street, angesehenen Bankiers in dieser Stadt, diskontiert worden. Gib Deine Karte bei Mrs. Fogle ab. Ihr Mann kann Dir vielleicht noch nützen,

sowie Deinem Dich allezeit liebenden
Vater

Bei Bays's halten wir den „New York Emerald", und darin hatte ich in einer geistreichen („Briefe eines Attachés" betitelten) Korrespondenz, die in dieser Zeitschrift erschien, einen sehr amüsanten Bericht über unseren Freund Philip gelesen. Ich schrieb den Artikel sogar ab, um ihn meiner Frau zu zeigen und vielleicht unserem Freund zu übersenden.

„Ich kann Ihnen versichern“, schrieb der Attaché, „das neue Land hat beim Ball in der britischen Botschaft zu Königin Vics Geburtstag dem alten keine Schande gemacht. Oberst Z. B. Hoggins' Gattin aus Albany und die unvergleichliche Braut Elijah J. Dibbs' aus der Neunundzwanzigsten Straße in Ihrer Stadt standen im Brennpunkt der Blicke aller Beobachter, die auf Pracht, auf Eleganz, auf kultivierte natürliche Schönheit aus waren. Die Herzöge von königlichem Geblüt tanzten mit niemand sonst; und bei der Aufmerksamkeit, die einer der Prinzen der schönen Miss Dibbs widmete, bemerkte ich bei seiner königlichen Herzogin eine gewitterschwarze Miene. Souper sehr ordentlich. Delmonico schlägt es mit Längen. Champagner so lala. Übrigens, der junge Mensch, der hier für die ‚Pall Mall Gazette‘ schreibt, hatte zuviel Champagner geladen – wie üblich, sagt man mir. Der Ehrenwerte R. Twysden aus London war zur Partnerin meines jungen Kerls ruppig oder blinzelte ihn beleidigend an oder trat ihm auf die Zehen oder was weiß ich – jedenfalls folgte ihm der junge F. in den Garten, versetzte ihm einen Schlag, daß er wie ein Adler mit ausgebreiteten Flügeln mitten in eine Illumination flog, und ließ ihn da zappelnd liegen. Wüster, zügelloser Bursche, dieser junge F. Hat schon sein eigenes Vermögen verschwendet und seinen armen alten Vater ruiniert, der gezwungen war, nach Übersee zu gehen. Der alte Louis-Philippe ging zeitig fort. Er unterhielt sich mit unserem Gesandten lange über seine Reisen in unserem Land. Ich stand dabei, weiß aber selbstverständlich, was sich gehört, und verrate nicht, was zwischen ihnen gesprochen wurde.“

So wird Geschichte geschrieben. Wahrscheinlich sind auch über andere außer Philip, in englischen Zeitungen wie in amerikanischen, Fabeln verbreitet worden.

26. KAPITEL

Enthält heiße Kämpfe

Wer war der erste, der das Gerücht verbreitete, Philip sei ein Verschwender und habe seinen armen gutgläubigen Vater ruiniert? Ich meinte eine Person zu kennen, der daran liegen könnte, unter ein schützendes Dach zu schlüpfen und zum eigenen Vorteil sogar den eigenen Sohn zu opfern. Ich meinte einen Mann zu kennen, der das bereits getan hatte und gewiß auch wieder tun könnte; doch meine Frau geriet in einen ihrer Entrüstungsstürme, als ich etwas in diesem Sinne andeutete, preßte ihre eigenen Kinder ans Herz, wie es ihre mütterliche Gewohnheit ist, fragte mich, ob irgendeine Macht mich veranlassen könnte, *diese* zu verleumden, und tadelte mich streng, daß ich so schlecht, herzlos und zynisch zu sein wagte. Mein liebes Kind, Zorn ist keine Antwort. Du nennst mich herzlos und zynisch, weil ich behaupte, die Menschen seien falsch und schlecht. Hast du nie gehört, daß manche Bankrotteure bis zum Äußersten gehen? Hast du nicht gelesen, daß manche Reisenden, um die Wölfe abzulenken, die ihnen im Winterwald nachsetzen, sämtliche Vorräte aus dem Schlitten werfen? Und wenn alle Vorräte fort sind, weißt du nicht, daß sie womöglich die Schwester, womöglich die Mutter, womöglich das Baby, das kleine, liebe, zarte, unschuldige Geschöpf, hinauswerfen? Siehst du es nicht in das heulende Rudel purzeln, und knirschend, fletschend, krachend verschlingen es die Wölfe im Schnee? O Graus – o Graus! Meine Frau zieht alle ihre Kleinen an die Brust, als ich diese teuflischen Bemerkungen von mir gebe. Sie umschlingt sie fest mit den Armen und sagt: „Pfui!", und ich sei ein Ungeheuer und so weiter. Geh mir doch! Auf die Knie, Weib, und gestehe die Sündhaftigkeit unseres Menschengeschlechts ein. Wie lange hatte unser Geschlecht existiert, ehe Mord und Gewalt begannen? Und wie alt war die Welt, als der Bruder den Bruder erschlug?

Nun, meine Frau und ich gelangten zu einem Kompromiß. Ich mochte bei meiner Meinung bleiben, aber bestand die Notwendigkeit, sie dem armen Philip mitzuteilen? Bestimmt nicht. Deshalb schickte ich ihm den Auszug aus dem „New York Emerald" nicht zu; obwohl es irgendein anderer wohlmeinender Freund selbstverständlich doch tat, und ich glaube nicht, daß der hochherzige Philip sich viel daraus machte. Und die Vermutung, der Vater könnte, um seinen eigenen Ruf zu wahren, den seines Sohnes durch Lügen zerstören – solche Schliche überstiegen Philips Begriffsvermögen gänzlich, der sich sein ganzes Leben lang schwergetan hat, Schurkereien wahrzunehmen oder auch nur einzusehen, daß es in der Welt Gemeinheit und Falschheit gibt. Wenn es einmal so weit kommt, daß er die Tatsache erkennt; wenn er einmal begreift, daß Tartuffe ein Betrüger ist und der aufgeblasene Bufo eine schmarotzende Kröte; dann wird mein Freund so unsinnig empört und mißtrauisch, wie er vorher begeistert und gutgläubig war. Ach, Philip! Tartuffe hat eine Reihe guter, ehrenwerter Eigenschaften; und Bufo, obzwar ein ekelhaftes, unterirdisch lebendes Tier, trägt womöglich einen kostbaren Edelstein im Kopf. Du bist es, der zynisch ist. *Ich* erkenne die guten Eigenschaften in diesen Buben, die du verachtest. Ich nehme sie wahr. Ich zucke die Achseln. Ich lächle, und du nennst mich einen Zyniker.

Es dauerte lange, bis Philip begriff, weshalb Charlottes Mutter sich gegen ihn wandte und ihre Tochter zu zwingen suchte, ihn aufzugeben. „Ich habe die alte Frau auf hunderterlei Art geärgert", sagte er wohl. „Mein Tabak belästigt sie, meine alten Kleider bringen sie auf, sogar das Englisch, das ich spreche, kommt ihr oft spanisch vor, und sie kann sich meine Sätze nicht besser deuten als ich den hindustanischen Jargon, in dem sie beim Dinner auf ihren Mann einredet."

„Mein lieber Junge, wenn du zehntausend im Jahr hättest, würde sie deine Sätze zu deuten versuchen oder sie hinnehmen, auch wenn sie sie nicht verstünde", antwortete ich dann. Und manche Menschen, von denen Sie und ich wissen, daß sie gemein und falsch und Schmeichler und Schmarotzer und in ihrem eigenen Kreis unerbittlich hart und grausam sind, ziehen morgen bestimmt ein langes Gesicht und sagen: „Ach! Der Mann ist so zynisch!"

Ich spreche Baynes von dem, was folgte, frei. Meiner Meinung nach ist Mrs. B. die Übeltäterin gewesen – die bornierte Übeltäterin. Der Ehemann, wie viele andere Männer, die im tätigen Leben außergewöhnlich tapfer sind, war daheim zaghaft und unentschlossen. Von zwei Köpfen, die dreißig Jahre lang Seite an Seite auf demselben Kissen liegen, muß einer die stärkere Autorität, die festere Entschlossenheit besitzen. Baynes in Abwesenheit seiner Frau war verschmitzt, beherzt, gelegentlich lustig; in ihrer Gegenwart war er wie gebannt und betäubt von der Gewalt dieses bösartigen, überlegenen Wesens. „Ach, als wir 1803 als Subalternoffiziere im Feldlager zusammen waren, was war Charley Baynes da für ein munterer Kerl!" sagte oft sein Kamerad, Oberst Bunch. „Das war, bevor er das gelbe Gesicht seiner Frau überhaupt gesehen hatte; und was für einen Sklaven hat sie aus ihm gemacht!"

Nach jenem verhängnisvollen Gespräch, das auf den Ball folgte, kam Philip nicht, wie es seine Gewohnheit war, in Madames Haus zum Dinner. Mrs. Baynes plauderte keine Familienangelegenheiten aus, und Oberst Bunch, der den jungen Mann nicht übermäßig mochte, machte sich weiter keine Mühe, sich nach ihm zu erkundigen. Ein, zwei, drei Tage vergingen, und kein Philip. Schließlich fragt der Oberst den General mit einem verschmitzten Blick auf Charlotte: „Baynes, wo steckt denn unser junger Freund mit dem Schnurrbart? Wir haben ihn seit drei Tagen nicht mehr gesehen." Und er schaut schelmisch zur armen Charlotte hin. Ein glühendes Rot flammte in Charlottes blassem Gesichtchen auf, als sie ihre Eltern und dann deren alten Freund ansah. „Mr. Firmin kommt nicht, weil Papa und Mama es ihm verboten haben", sagt Charlotte. „Ich nehme an, er geht nur da hin, wo er willkommen ist." Und nach dieser kecken kleinen Rede warf das Mädchen wahrscheinlich das Köpfchen zurück –

und fragte sich in dem darauf folgenden Schweigen, ob alle Anwesenden hören konnten, wie ihr Herz hämmerte.

Madame sieht von ihrem zentralen Platz aus, wo sie vorschneidet, den Mienen ihrer Gäste, dem empörten Erröten auf Charlottes Gesicht, der Verwirrung auf dem ihres Vaters, der Wut auf Mrs. Baynes', an, daß böse Worte fallen, und bemüht sich vergeblich, den aufgebrachten Lauf des Gesprächs zu wenden. „Un petit canard délicieux, goûtez-en, madame!" ruft sie. Der ehrliche Oberst Bunch bemerkt, daß das junge Mädchen mit zornsprühenden Augen am ganzen Leibe zittert. Nachdem eine Ablenkung mittels der angebotenen Ente nicht gelungen ist, versucht auch er es mit einem kraftlosen Allgemeinplatz. „Eine kleine Meinungsverschiedenheit, liebes Kind", bringt er mit gedämpfter Stimme vor. „So etwas kommt in den bestgeordneten Familien vor. Canard sauvage tres bong, madame, avec ...", doch er wird am Weitersprechen gehindert, denn ...

„Was würden Sie tun, Oberst Bunch", platzt die kleine Charlotte mit ihrem armen klingenden, bebenden Stimmchen heraus, „ich meine, wenn Sie ein junger Mann wären und ein anderer junger Mann Sie anrempelte und beleidigte?" Ich sage, sie bringt das mit so vernehmlicher Stimme hervor, daß Françoise, die femme-de-chambre, daß Auguste, der Diener, daß alle Gäste es hören, daß alle Messer und Gabeln auf einmal ihr Geklapper unterbrechen.

„Bei Gott, liebes Kind, ich würde ihn zu Boden schlagen, wenn ich könnte", erklärt Bunch; und er packt das Mädchen am Ärmel und würde sie gern am Sprechen hindern.

„Und genau das hat Philip getan", ruft Charlotte laut; „und Mama hat ihn aus dem Haus gewiesen – jawohl, aus dem Haus, weil er gehandelt hat wie ein Mann von Ehre!"

„Sofort gehst du auf dein Zimmer, Miss!" kreischt Mama. Und der alte Baynes, ja, dessen fleckige alte Uniform zeigt kein dunkleres Braunrot als sein zerknittertes Gesicht und seine klopfenden Schläfen. Er wird zweifellos rot bis unter die Perücke, könnten wir unter dieses altehrwürdige Kunstgebilde blicken.

„Was ist das? Madame Ihre Mutter schickt Sie von meinem Tisch fort? Ich komme mit Ihnen, meine liebe Miss Charlotte!" erklärt Madame mit großer Würde. „Tragen Sie den süßen Gang auf, Auguste! Meine Damen, Sie entschuldigen mich! Ich kümmere mich um die liebe Miss, die mir krank zu sein scheint." Und sie steht auf, und sie folgt der armen kleinen errötenden, glühenden, weinenden Charlotte und nimmt sie sicherlich wieder in die Arme und küßt und beschwichtigt und streichelt sie – an der Schwelle der Tür – dort an der Treppe, zwischen den kalten Platten des Dinners, wo Moira und MacGrigor eben noch marodiert hatten.

„Courage, ma fille, courage, mon enfant! Tenez! Sieh, hier ist etwas, das dich trösten soll!", und Madame holt ein Briefchen aus der Tasche und gibt es dem Mädchen, das bei seinem Anblick die Adresse küßt und dann in einem überwältigenden Andrang der Liebe und der Freundschaft und des Kummers der gütigen Frau um den Hals fällt, die sie in ihrem Jammer tröstet. Wessen Schrift ist es, die Charlotte küßt? Können Sie es überhaupt erraten? Auf mein Wort, Madame Smolensk, ich rate Damen nie, Töchter in *Ihre* Pension zu bringen. Und ich mag Sie so sehr, ich würde Sie nicht verpetzen, aber das Haus ist ja schon seit langer, langer Zeit geschlossen. Ach! die Jahre gleiten flüchtig dahin; Gras ist über Gräber gewachsen; viele, viele Freuden und Leiden sind seither für Charlotte und Philip geboren und gestorben; doch jenes Leid brennt ihnen zuweilen immer noch im Busen, und jene Qual pocht wieder in Charlottes Herz, wann immer sie in ihrem Kramkästchen ein gelbes Briefchen erblickt. Und sie erzählt ihren Kindern: „Papa hat mir das geschrieben, bevor wir heirateten, liebe Kinder." Ich glaube, in dem Briefchen stehen kaum ein halbes Dutzend Worte; und zwei davon lauten „für immer".

Ich könnte einen Grundriß von Madames Haus auf den Champs-Elysées zeichnen, wenn ich Lust dazu hätte, denn hat Philip mir das Gebäude nicht gezeigt und oftmals beschrieben? Nach vorn, zur Straße und zum Vorgarten hinaus, lag Madames Zimmer und der Salon; hinten hinaus lag die salle à manger; und eine Treppe (wo man zur Dinnerzeit die Platten abzustellen pflegte und wo Moira und MacGrigor an den Fleischgängen und den Puddings herumfingerten) führte nach oben. Mrs. General Baynes' Zimmer befanden sich im ersten Stock, mit Blick auf die Champs-Elysées und auf den rückwärtigen Garten des Hauses darunter. Und an diesem Tag, als das Dinner notgedrungen kurz war (auf Grund unglücklicher Umstände) und die Gentlemen,

allein zurückgeblieben, verdrießlich ihren Wein oder Grog tranken und Mrs. Baynes in ihre eigenen Zimmer hinaufgegangen war, ihren Jungen mehrere Klapse versetzt hatte und nun aus dem Fenster sah – war es nicht ärgerlich, daß ausgerechnet an diesem Tag der junge Hely auf seiner feurig tänzelnden Stute vor das Haus geritten kam, eine Blume im Knopfloch, die kleinen lackglänzenden Stiefelspitzen knapp bis zu den Steigbügeln reichend, und, nachdem er im Garten verschiedene halbe Wendungen und Luftsprünge ausgeführt hatte, mit der in gelbes Glacéleder gehüllten Hand Mrs. Baynes am Fenster einen Kuß zusandte, der Hoffnung Ausdruck gab, Miss Baynes sei wohlauf, und fragte, ob er auf eine Tasse Tee hereinkommen dürfe? Charlotte, auf Madames Bett im Parterrezimmer liegend, vernahm Mr. Helys liebliche Stimme, die sich nach ihrem Befinden erkundigte, das Knirschen der Hufe seines Pferdes auf dem Kies und erblickte sogar mehrmals flüchtig seine kleine Gestalt, als das Pferd auf dem Vorplatz umhertänzelte, obwohl er sie natürlich nicht sehen konnte und nicht ahnte, wo sie, ihren Brief in der Hand, auf dem Bett lag. Mrs. Baynes mußte vom offenen Fensterflügel aus den welken Kopf schütteln und hervorseufzen: „Meine Tochter liegt mit schlimmen Kopfschmerzen zu Bett, leider“, und dann hatte sie wohl mit Verdruß zusehen müssen, wie Hely davontänzelte, nachdem er ihr ein wohlerzogenes Adieu zugewinkt hatte. Die Damen im vorderen Salon, die sich nach dem Dinner dort versammelt hatten, beobachteten die Unterhandlung, und Mrs. Bunch dürfte ihre grimmige Freude daran gehabt haben, daß Eliza Baynes' junger Sproß der eleganten Welt, mit dem Eliza ständig prahlte, endlich gekommen war und wieder davonreiten mußte, zwar ohne sich den Staub von den Schuhen zu schütteln, denn wo gab es blanker beschuhte Füße?, aber nach einem vergeblichen Weg.

Inzwischen blieben die Herren eine Weile im Speisezimmer sitzen, nach dem alten bewährten britischen Brauch, der diesen Veteranen so behagte, daß sie ihn nie aufgegeben hätten. Zwei andere männliche Pensionsgäste gingen, ziemlich bestürzt von dem stürmischen Ausbruch, unter dem Charlotte den Mittagstisch verlassen hatte, und ließen die alten Soldaten miteinander allein, die ihrer Gewohnheit gemäß nach dem Dinner bedächtig ein Glas mit „etwas Heißem“ genießen wollten, wie die Redensart lautet. In Wahrheit war Madames Wein nämlich von der mäßigsten Qualität; aber was konnte man für das Geld Besseres erwarten?

Baynes war nicht eben darauf erpicht, mit Bunch allein zu bleiben, und bestimmt wurde er wieder rot, als er sich tête-à-tête mit seinem alten Freund fand. Aber was blieb ihm übrig? Der General traute sich nicht, in seine eigenen Zimmer hinaufzugehen, wo die arme Charlotte wahrscheinlich weinte und ihre Mutter einen ihrer Wutanfälle hatte. Und im Salon hielten sich die Damen der Pension auf, und dort würde mit Sicherheit Mrs. Bunch auf ihn losgehen. Wirklich hatte sich Mrs. Bunch, seit die Bayneses sich in der großen Welt bewegten, unermüdlich sarkastisch über Lords, Ladies, Attachés, Botschafter und ganz allgemein vornehme Leute ausgelassen. So saß Baynes im sinkenden Abend schweigsam mit seinem Freund zusammen und tauchte die alte Nase in das Glas Brandy mit Wasser.

Der kleine breitgesichtige, rotgesichtige, schnurrbartgefärbte Oberst Bunch saß seinem alten Kameraden gegenüber und musterte ihn nicht ohne Verachtung. Bunch hatte eine Frau. Bunch besaß Gefühle. Glauben Sie, diese Frau habe auf diese Gefühle nicht immer wieder in privaten Gesprächen eingewirkt? Glauben Sie, wenn zwei alte Frauen auf ziemlich derselben Rangstufe ihr Leben zusammen verbracht haben – wenn die eine plötzlich befördert und in höhere Sphären emporgetragen wird und von ihren neuen Freundinnen, den Gräfinnen, Herzoginnen, Botschafterinnen spricht, wie es unweigerlich geschieht –, glauben Sie, sage ich, daß die erfolglose Frau sich über den Erfolg der erfolgreichen Frau freut? Die Kenntnis des eigenen Herzens, liebe verehrte Dame, muß Ihnen die Wahrheit in dieser Angelegenheit enthüllen. Ich verlange nicht, daß Sie zugeben, Sie seien erbost, weil Ihre Schwester bei der Herzogin von Fitzbattleaxe zu Gast war, aber Sie sind es doch. Sie haben sich Ihrem Mann gegenüber abfällig über das Thema ausgelassen, und solche Bemerkungen, davon bin ich überzeugt, machte Mrs. Oberst Bunch *ihrem* Mann gegenüber, ihre arme Freundin Mrs. General Baynes betreffend.

Während dieser Einschaltung haben wir den General mit der Nase in seinem Glas Brandy mit Wasser sitzenlassen. Er kann nicht ewig so sitzenbleiben. Bald muß er auftauchen, um Luft zu holen. Sein Gesicht muß sich aus dem Glas heben und über den Tisch seufzen.

„Was ist das für eine Geschichte, Baynes?“ fragte der Oberst. „Was ist mit der armen Charley los?“

„Familienangelegenheiten – es gibt immer mal Meinungsverschiedenheiten“, gibt der General zurück.

„Ich will doch hoffen, zwischen ihr und dem jungen Firmin ist nichts schiefgegangen, Baynes?“

Dem General behagt es nicht, wie diese festen Augen ihn unter diesen buschigen Brauen hervor anstarren, von diesem buschigen, geschwärzten Backenbart eingefaßt.

„Na, also ja, Bunch, es *ist* etwas schiefgelaufen; und es hat mir und – und Mrs. Baynes – auch verfluchten Kummer gemacht. Der junge Kerl hat sich wie ein Strolch aufgeführt, bei einem Botschaftsball krakeelt und sich geprügelt und uns alle lächerlich gemacht. Er ist kein Gentleman ... darauf läuft es hinaus, Bunch. Und jetzt wollen wir das Thema wechseln.“

„Aber überlege doch mal, wie man ihn herausgefordert hat!“ ruft der andere, die Bitte seines Freundes gänzlich mißachtend. „Gerade heute habe ich bei Galignani über die Sache reden hören. Ein Kerl stänkert Firmin an, rennt ihn über den Haufen, tut sich dicke, daß er ihn umgeschmissen hat – und wird dafür niedergeschlagen. Beim heiligen George! Ich finde, Firmin war ganz im Recht. Würde irgendein Mann mit mir oder dir dasselbe machen, was täten wir wohl, sogar in unserem Alter?“

„Wir sind Militärpersonen. Ich habe gesagt, ich möchte nicht über das Thema sprechen, Bunch“, gibt der General ziemlich von oben herab zurück.

„Du meinst, Tom Bunch hat keinen Anlaß, sich einzumischen?“

„Genau das“, erklärt der andere barsch.

„Gut, kein Wort weiter! Sprechen wir lieber von den Herzögen und Herzoginnen beim Ball. *Das* liegt dir jetzt wohl mehr“, äußert der Oberst ziemlich verächtlich.

„Was meinst du mit Herzoginnen und Herzögen? Was weißt du von ihnen, oder was zum Teufel geht mich das an?“ fragt der General.

„Ach so, die sind auch tabu! Verdammt! Dir kann man es aber auch nicht recht machen“, knurrt der Oberst.

„Also gut, Bunch“, stieß der General hervor, „ich muß reden, wenn du mich schon nicht in Ruhe läßt. Mir ist ganz elend. Das merkst du ganz genau. Seit zwei oder drei Nächten tue ich kein Auge mehr zu. Diese Verlobung zwischen meinem Kind und Mr. Firmin kann zu nichts Gutem führen. Du siehst ja, wie er ist – ein überheblicher, boshafter, streitsüchtiger Kerl. Welche Aussicht hat Charley, mit so einem Burschen glücklich zu werden?“

„Ich halte den Mund, Baynes. Du hast gesagt, ich soll mich nicht einmischen“, knurrt der Oberst.

„Ach, wenn du es so aufnimmst, Bunch, brauche ich freilich nicht weiterzusprechen“, ruft General Baynes. „Will ein alter Freund einem alten Freund keinen Rat geben, zum Henker, oder ihm beistehen, wenn er in der Klemme ist, oder ein gutes Wort sagen, wenn ihm elend ist, dann habe ich nichts mehr hinzuzufügen. Ich kenne dich seit vierzig Jahren, und ich habe mich in dir geirrt – das ist alles.“

„Dir kann man es aber auch nicht recht machen. Du sagst: Halt den Mund, und ich sage kein Wort mehr. Ich halte den Mund, und du sagst: Warum redest du nicht? Warum ich nicht rede? Weil dir nicht gefallen würde, was ich sage, mein lieber Charles Baynes. Was nützt es dann, weiterzureden?“

„Verdammt noch mal!“ ruft Baynes und kracht sein Glas auf den Tisch, „aber was *sagst* du denn?“

„Ich sage also, weil du es hören willst“, ruft der andere und ballt die Fäuste in den Taschen, „ich sage, du brauchst einen *Vorwand*, um diese Partie abzubrechen, Baynes. Ich sage nicht, es ist eine *gute* Partie, wohlgemerkt. Aber dein Wort ist gegeben, und deine Ehre ist einem jungen Menschen verpfändet, dem gegenüber du eine große Verpflichtung hast.“

„Was für eine Verpflichtung? Wer hat mit dir über *meine* Privatangelegenheiten gesprochen?“ ruft der General, rot anlaufend. „Hat Philip Firmin damit herumgeprahlt, daß er . . .“

„*Du* selbst, Baynes. Als du hier angekommen bist, hast du immer und immer wieder erzählt, was der junge Mann getan hat. Und *damals* hast du allerdings gemeint, er habe wie ein Gentleman gehandelt. Wenn es dir jetzt in den Kram paßt, dein gegebenes Wort zu brechen . . .“

„Mein Wort zu brechen! Heiliger Strohsack, weißt du überhaupt, was du da sagst, Bunch?“

„Ja, und auch, was du da tust, Baynes."

„Was ich tue? Und was soll das sein?"

„Etwas verdammt Gemeines: das tust du, wenn du es wissen willst. Sag *mir* doch nichts. Ja, glaubst du denn, Fanny – glaubst du denn, irgend jemand merkt nicht, was du vorhast? Du und Eliza, ihr glaubt, ihr könnt für das Mädchen eine *bessere* Partie kriegen, und wollt den jungen Mann fallenlassen: den Mann, der auf sein Recht verzichtet hat und euch hätte ruinieren können, wenn er gewollt hätte. Ich sage, das ist ein durch und durch feiges Verhalten!"

„Oberst Bunch, Sie wagen es, mir so ein Wort ins Gesicht zu sagen?" ruft der General aufspringend.

„Was heißt wagen! Ich sage, es ist ein gemeines Verhalten!" brüllt der andere und springt ebenfalls auf.

„Pst! Sie wollen doch nicht die Damen aufschrecken. Natürlich wissen Sie, was das bedeutet, Oberst Bunch?" fragt der General mit gedämpfter Stimme und läßt sich auf seinen Stuhl zurückfallen.

„Ich weiß, was meine Worte bedeuten, und ich stehe zu ihnen, Baynes", knurrt der andere, „und das ist mehr, als du von den deinen behaupten kannst."

„Verdammt will ich sein, wenn irgendein lebender Mensch mir mit solchen Ausdrücken kommen kann", gibt der General ganz leise flüsternd zurück, „ohne mir dafür einzustehen."

„Hast du mich denn in solchen Sachen jemals zögern sehen, Baynes?" knurrt der Oberst mit einem Gesicht wie ein Hummer und aus dem Kopf quellenden Augen.

„Also gut, Sir. Morgen, so früh Sie es einrichten können. Ich bin von elf bis ein Uhr bei Galignani zu finden. Mit einem Freund, wenn möglich. – Was ist, meine Liebe? Eine Partie Whist gefällig? Nein, danke. Ich glaube, heute abend spiele ich nicht Karten."

Es war Mrs. Baynes, die ins Zimmer kam, als die zwei Gentlemen ihren Wortwechsel hatten – und die blutdürstigen Heuchler glätteten im Nu ihre aufgewühlten Mienen und lächelten sie mit tadelloser Höflichkeit an.

„Whist – nein! Ich habe überlegt, ob wir ihn abholen lassen sollen. Er war noch nie in Paris."

„War noch nie in Paris?" fragte der General verwirrt.

„Er kommt doch heute abend an. Madame hat ein Zimmer vorbereitet."

„Genau das Richtige, wahrlich genau das Richtige!" ruft General Baynes hocherfreut. Und Mrs. Baynes, die nichts von dem Streit zwischen den alten Freunden ahnte, teilt Oberst Bunch nun mit, daß man diesen Abend Major MacWhirter erwarte. Und da war diesem zähen alten Oberst Bunch der Grund für Baynes' Begeisterung klar. Ein Sekundant für den General hatte sich gefunden – genau das, was Baynes brauchte.

Wir haben gesehen, daß Mrs. Baynes, nachdem sie sich mit ihrem General beraten hatte, insgeheim MacWhirter aufgefordert hatte zu kommen. Nach ihrem Plan sollte der Onkel Charlotte auf eine Weile nach Tours mitnehmen und sie zur Vernunft bringen. Dann würde Charleys törichte Leidenschaft für Philip vergehen. Dann würden, falls er ihr so weit zu folgen wagte, Onkel und Tante, zwei Drachen an Tugend und Umsicht, sie bewachen und beschützen. Dann könnte Mrs. Hely, falls sie bei ihrer Absicht bliebe, mit ihrem Sohn ohne weiteres die Postkutsche nach Tours nehmen, wo in Philips Abwesenheit der junge Walsingham seine Liebe erklären könnte. Vielleicht war die Trennung des jungen Paares der beste Teil des Plans. Charlotte würde sich fangen. Mrs. Baynes war davon überzeugt. Das Mädchen hatte bis zu jenem unerwarteten Aufruhr beim Dinner, den wir mit angesehen haben, nie aufbegehrt; und ihre Mutter, die das Kind sein Leben lang despotisch beherrscht hatte, meinte noch immer, Macht über es zu haben. Sie wußte nicht, daß sie die Grenzen der Autorität überschritten hatte und daß angesichts ihres Verhaltens gegenüber Philip ihr Kind seinen Gehorsam abgelegt hatte.

Bunch erkannte also aus Baynes' Miene und Ausdruck vollkommen, was sein Gegner meinte und daß der General seinen Sekundanten gefunden hatte. Für sich hatte er schon einen im Auge – einen zähen kleinen alten Heereswundarzt aus spanischen und indischen Zeiten, der ganz in der Nähe wohnte und als Sekundant und auch, falls nötig, als Arzt Beistand leisten würde – um so zwei Fliegen mit einer Klappe zu schlagen, wie man so sagt. Der Oberst wollte auf der Stelle losgehen und Doktor Martin suchen, und zum Henker mit Baynes und die Pest über die ganze Geschichte und die Verrücktheit zweier alter

Freunde, in so einem Streit Pulver zu verbrennen. Doch er wußte, was für ein blutdürstiger Kerl dieser kleine, unter dem Pantoffel stehende, stille Baynes war, wenn er gereizt wurde; und was ihn selbst betraf – darf ein Kerl *mich* mit derartigen Ausdrücken belegen? Beim heiligen George, Tom Bunch würde nicht vor ihm kneifen!

Wer war die hochgewachsene Gestalt, die Madames Haus auf den Champs-Elysées umschlich, als Oberst Bunch es auf der Suche nach seinem Freund verließ; den die Polizei beobachtet und für eine verdächtige Person gehalten hatte; der jetzt, da die Schatten des Abends sich herabgesenkt hatten, zu Madames Fenstern hinaufsah? O du Schwachkopf von einem Philip! (denn natürlich erraten Sie, meine Lieben, daß der Spion P. F., Esq., war) schaust zum premier hinauf, und die Liebste befindet sich in Madames Zimmer im Erdgeschoß – in dem Zimmer dort, wo eine Lampe brennt und einen schwachen Schimmer gegen die Brettchen der Jalousie wirft. Wüßte Philip, daß sie dort ist, würde er sich in eine Klematis verwandeln und die Fenstergitter emporklettern und sich die ganze Nacht darum herumranken. Aber er glaubt ja, sie sei im ersten Stock; und die Blicke seiner leidenschaftlichen Augen zielen auf die falschen Fenster. Und jetzt tritt Oberst Bunch in seinem kleinen militärischen Umhang mit seinem kräftigen, straffen Schritt heraus – im Geschwindschritt –, und Philip schreckt auf wie ein ertappter Bösewicht und duckt sich hinter einen Baum in der Allee.

Der Oberst brach zu seinem mörderischen Gang auf. Philip himmelt weiter das Fenster seines Herzens an (das falsche Fenster), dem Polizisten trotzend, der ihm befiehlt zu circuler. Er hat hier nicht viele Minuten länger auf der Lauer gelegen, als eine Droschke vorfährt, mit Koffern auf dem Dach, und drin sitzen eine Dame und ein Herr.

Mrs. MacWhirter fand nämlich, sie könnte sich genauso wie ihr Mann einmal Paris ansehen. Da Macs Fahrgeld bezahlt wurde, konnte Mrs. Mac sich eine kleine Geldausgabe leisten. Und wenn sie Charlotte mitnehmen sollten – Charlotte in Kummer und Aufregung, das arme Kind –, wäre eine Matrone, eine Tante, eine viel passendere Begleiterin für sie als ein Major, wie zartfühlend er auch immer sein mochte. So reisten die zwei MacWhirters von Tours an – eine lange Reise war das vor der

Erfindung der Eisenbahn – und stellten sich, nach vierundzwanzig Stunden drangvoller Enge im Postwagen, bei Einbruch der Nacht in Madame Smolensks Pension ein.

Beim Geräusch der Räder stürmten die Baynesjungen in den Garten. „Mama – Mama! Es ist Onkel Mac!“ riefen diese Arglosen, als sie zum Gartenzaun rannten. – Onkel Mac! Was kann ihn herführen? Oh! Sie wollen mich zu ihm schicken! sie wollen mich zu ihm schicken! dachte Charlotte, von ihrem Bett auffahrend. Und daraufhin wurde ein gewisses Medaillon vermutlich noch leidenschaftlicher denn je geküßt.

„Hör doch, Ma!“ ruft der aufgeweckte Moira und springt wieder ins Haus, „es ist Onkel Mac, und Tante Mac auch!“

„*Was?*“ ruft Mama, alles andere als Freude in der Stimme. Und dann rief sie ins Speisezimmer, wo ihr Mann noch saß: „General! MacWhirter und Emily sind da!“

Mrs. Baynes gab ihrer Schwester einen sehr mißmutigen Kuß.

„Liebste Eliza, ich dachte, es wäre eine so gute Gelegenheit, mitzukommen, und meinte, ich könnte mich nützlich machen, weißt du!“ macht Emily geltend.

„Danke. Wie geht es dir, MacWhirter?“ sagt die finstere générale.

„Freut mich, dich zu sehen, Baynes, mein Junge!“

„Wie geht's, Emily? Jungs, holt das Gepäck eures Onkels. Wußte nicht, daß Emily mitkommt, Mac. Hoffentlich haben wir Platz für sie!“ seufzt der General, als er aus dem Zimmer kommt.

Der Major war von der bedrückten Miene und der Blässe seines Schwagers betroffen. „Potztausend! Baynes, du siehst so gelb wie eine Guinea aus. Wie geht's Tom Bunch?“

„Komm mit hier herein. Trink einen Brandy mit Wasser, Mac. – Auguste! Ohdevieh, oschoh!“ ruft der General, und Auguste, der sich von den sechs Gepäckstücken der Neuankömmlinge ein ganz kleines wasserdichtes Kissen zum Tragen herausgepickt hat, sagt: „Comment? encore du grog, général?“ und verschwindet achselzuckend, um in aller Ruhe die Erfrischung zu holen.

Die Schwestern ziehen sich zurück, um sich ungestört in die Arme zu fallen; die Schwäger verziehen sich in die salle à manger, wo General Baynes, bedrückt und einsam, die vergangene halbe Stunde gesessen und über seinen Streit mit seinem alten Kameraden Bunch nachgedacht hat. Er und Bunch sind seit über vierzig Jahren gute Freunde. Sie waren gemeinsam im Gefecht und wurden im selben Bericht ehrenvoll erwähnt. Sie haben einander hoch geschätzt; und jeder weiß, daß der andere ein störrisches altes Maultier ist und bei einem Streit eher stirbt als nachgibt. Sie haben ein Zerwürfnis gehabt, bei dem es nur einen einzigen Ausweg gibt. Worte sind gefallen, die kein Mann, wie alt er auch sei, beim George!, von irgendeinem Freund, wie sehr er ihm auch ans Herz gewachsen sei, hinnehmen kann, beim Zeus! Kein Wunder, daß Baynes ernst ist. Seine Familie ist groß, seine Mittel sind gering. Morgen steht er vielleicht unter dem Feuer der Pistole eines alten Freundes. Er weiß, wie beide sich in einer solchen extremen Situation verhalten werden. Kein Wunder, sage ich, daß der General ernst gestimmt ist.

„Wie stehen denn jetzt die Dinge, Baynes?“ fragt der Major nach einem kleinen Schluck und einem langen Schweigen. „Wie geht es der armen kleinen Char?“

„Höllisch schlecht – ich meine, hat sich höllisch schlecht benommen“, sagt der General und beißt sich auf die Lippen.

„Schlimm! Schlimm! Die arme Kleine!“ ruft der Major.

„Widerspenstiges kleines Biest!“ stößt der bleiche General zähneknirschend hervor. „Wir werden ja sehen, wer hier der Herr ist!“

„Was! Ihr habt eine unangenehme Auseinandersetzung gehabt?“

„An diesem Tisch, gerade heute. Sie saß hier und hat ihrer Mutter und mir getrotzt, beim George! und ist aus dem Zimmer gestürzt wie eine Königin im Trauerspiel. Wir müssen sie bändigen, Mac, oder ich will nicht Baynes heißen.“

MacWhirter kannte seinen Verwandten schon lange und wußte, daß dieser stille, demütige Mann sich im Zorn sozusagen zur Weißglut erhitzte. „Traurige Geschichte. Hoffe, ihr besinnt euch alle beide, Baynes“, seufzt der Major, der es mit nutzlosen Gemeinplätzen versucht; und als er sah, daß diese Bemerkung keine Wirkung zeigte, fiel ihm ein, sich an ihren gemeinsamen Freund zu halten. „Wie geht's Tom Bunch?“ fragte der Major munter.

Bei dieser Frage grinste Baynes so gräßlich, daß MacWhirter ihn verwundert musterte. „Oberst Bunch geht es sehr gut“, sagte der General mit kläglicher Stimme, „wenigstens ging es ihm vor einer halben Stunde noch gut. Da hat er gesessen", und er deutete auf einen leeren Löffel, der in einem leeren Glas steckte, aus dem Branntwein und Wasser verschwunden waren.

„Was war denn los, Baynes?" fragte der Major. „Ist zwischen dir und Tom etwas vorgefallen?"

„Ich will sagen, daß vor einer halben Stunde Oberst Bunch Worte an mich gerichtet hat, die ich von keinem lebenden Menschen hinnehme. Und du bist gerade zur rechten Zeit angekommen, MacWhirter, um ihm meine Forderung zu überbringen. Pst! Hier kommt etwas zu trinken."

„Voici, messieurs!" Auguste hat endlich eine zweite Lieferung Brandy und Wasser gebracht. Die Veteranen mischten sich ihr Getränk; und während sein Schwager sprach, nippte der bestürzte MacWhirter hin und wieder, intentusque ora tenebat.

27. KAPITEL

Ich mahne euch, laßt eure Dolche fallen!

General Baynes begann die Geschichte, die Sie und ich ausführlich gehört haben. Er berichtete sie auf seine Weise. Er wurde sehr zornig auf sich selbst, während er sich verteidigte. Er mußte Philip ganz gewaltig schlechtmachen, um sein eigenes Werk des Verrats zu entschuldigen. Er mußte beweisen, daß sein Werk nicht sein Werk sei; daß er immerhin nie ein Versprechen gegeben habe; und falls er doch etwas versprochen habe, Philips abscheuliches Benehmen ihn von jeder früheren Zusage entbinden müßte. Ich wundere mich nicht, daß der General so aufgebracht war und so abfällig sprach. Ein Verbrechen, wie er es gerade beging, kann ein Mann, der gewöhnlich freundlich, großmütig und ehrlich ist, nicht wohlgemut verüben. Ich behaupte nicht, daß Menschen nicht betrügen, nicht lügen, nicht foltern, keine niederträchtigen Taten begehen könnten, ohne im geringsten ihre Seelenruhe einzubüßen; aber das sind gewohnheitsmäßige Schufte, falsche und grausame Menschen. Sie sind es gewöhnt, ihre Zusagen zu brechen, ihre Nächsten bei Geschäften zu betrügen und was nicht noch alles. Ein schurkisches Wort oder Werk mehr oder weniger macht ihnen nichts weiter aus: ihre Reue erwacht erst, wenn sie ertappt sind, und sie fangen nicht eher an zu bereuen, als bis sie verurteilt die Anklagebank verlassen. Aber hier entzog sich ein normalerweise rechtschaffener Mann seiner Zusage, wandte seinem Wohltäter den Rücken und rechtfertigte sich vor sich selbst, indem er den Mann verleumdete, dem er Unrecht tat. Das ist kein gewöhnlicher Vorgang, meine geliebten Mitsünder und hochgeachteten erbärmlichen Mitsünderinnen; doch ihr behauptet gern, ein Prediger sei „zynisch", der diese traurige Wahrheit zugibt – und legt vielleicht keinen Wert darauf, an mehr als einem Tag in der Woche von dem Thema zu hören.

Um sich also gewissermaßen eine Rechtfertigung zurechtzuzimmern, beliebte unser armer guter alter General Baynes zu glauben und zu verkünden, Philip sei ein so bösartiger, schlechter und verruchter Kerl, daß man ihm gegenüber nicht zu seinem Wort stehen *dürfe*; und Oberst Bunch habe eine so brutale Unverschämtheit an den Tag gelegt, daß Baynes ihn zur Rechenschaft ziehen *müsse*. Was die Tatsache anging, daß es einen anderen, reicheren und weitaus mehr erstrebenswerten Bewerber gab, der wahrscheinlich um seine Tochter anhalten würde, so berührte Baynes diesen Punkt überhaupt nicht; er zog es vor, von Philips hoffnungsloser Armut, seiner schimpflichen Aufführung und seinem groben und rücksichtslosen Benehmen zu sprechen.

Nun hatte MacWhirter, der in Tours wahrscheinlich nicht viel zu tun hatte, Mrs. Baynes' Briefe an ihre Schwester Emily gelesen und erinnerte sich daran. Wirklich war es erst ganz wenige Monate her, seit Eliza Baynes' Briefe von Philips Lob erfüllt gewesen waren, von seiner Liebe zu Charlotte und der edlen Großmut, mit der er auf seine erheblichen Ansprüche gegenüber dem General, dem sorglosen Treuhänder seiner Mutter, verzichtet hatte. Philip war der erste Bewerber, den Charlotte gehabt hatte: in der ersten Glut ihrer Freude hatte Charlottes Mutter viele Bogen Papier mit Komplimenten, Ausrufen und jenen *Strichen* und *Hervorhebungen* bedeckt, mit denen manche Damen ihre Ironie anzudeuten oder ihr Entzücken zu betonen pflegen. Er sei ein trefflicher junger Mann – unbändig, aber großherzig, gutaussehend, edel! Er habe seinem Vater verziehen, daß er ihm Tausende und aber Tausende Pfund schulde – das gesamte Vermögen seiner Mutter; und er habe sich ihren Treuhändern gegenüber *ungemein edelmütig* verhalten – das müsse sie sagen, obwohl der arme liebe schwache Baynes dazu gehöre, Baynes, der so einfältig wie ein Kind sei!

Major Mac und seine Frau waren sich darin einig gewesen, Philips Nachsicht sei sehr großmütig und gütig, aber schließlich liege kein besonderer Grund zur Verzückung in dem Gedanken, daß ihre Nichte einen um seine Existenz ringenden jungen Menschen ohne einen Penny in der Tasche heirate; und die Veränderung des Tons in Elizas neueren Briefen hatte sie nicht wenig belustigt, als sie nämlich anfing, in der großen Welt zu verkehren und auf den armen, mittellosen Firmin, ihren Helden von vor wenigen Monaten, kühl herabzublicken. Da fiel Emily wieder ein, daß Eliza schon immer eine Vorliebe für die Großen hatte; wie es ihr den Kopf verdreht habe, als sie ein paar Gesellschaften im Government House besuchte; wie albern sie sich in Dumdum mit jenem kleinen Wicht Fitzrickets gehabt habe (weil er ein Ehrenwerter war, meine Güte!). Eliza sei Baynes eine gute Frau; den Kindern eine gute Mutter; und komme mit überraschendem Geschick mit einem schmalen Einkommen aus; doch Emily müsse von ihrer Schwester Eliza sagen, eine schlimmere usw. usw. usw. Und als schließlich die Nachricht kam, Philip solle den Abschied bekommen, schlug Emily die Hände zusammen und erklärte ihrem Mann: „Also, Mac, habe ich es dir nicht immer gesagt? Ich *wußte* es, wenn sie für Charlotte einen vornehmen Mann kriegen könnte, dann würde meine Schwester den Arztsohn vor die Tür setzen!“ Daß das arme Kind schlimm leiden würde, dessen war sich ihre Tante sicher. Wirklich hatte Emily selbst vor ihrer Ehe mit Mac ihren eigenen Herzenskummer und Trennungsschmerz erlebt. Das arme Kind würde Trost und Gesellschaft brauchen. *Sie* würde ihre Nichte abholen. Und obwohl der Major behauptete: „Meine Liebe, du willst doch nur nach Paris, um dir einen neuen Kapotthut zu kaufen“, strafte Mrs. MacWhirter die Unterstellung mit Verachtung und kam aus reinem Pflichtgefühl mit nach Paris.

So breitete Baynes seine Geschichte über das ihm zugefügte Unrecht vor seinem Schwager aus, der staunend diesen sonst wortkargen und kühl-gelassenen Mann so zornig und redselig erlebte. Wenn Baynes etwas Unrechtes getan hatte, so besaß er hinterher zumindest soviel Anstand, äußerst mißgestimmt zu sein. Ich jedenfalls, wenn ich jemals innerhalb meiner Familie oder ihr gegenüber etwas Unrechtes tue, begleite diese Handlungsweise mit wildem Zorn und polteriger Wut. Ich dulde nicht, daß Frau oder Kinder sie kritisieren. Kein nörgelnder Nathan von einem Freund der Familie (oder vielleicht auch ein unbequemes Gewissen) soll kommen und *mir* mein Fehlverhalten unter die Nase reiben. Nein, nein. Aus dem Haus mit ihm! Fort, du predigender Popanz, versuche nicht, *mich* zu schrecken! Ich habe den Argwohn, Baynes wird, um den in seinem Herzen flehenden Nathan einzuschüchtern, zu drangsalieren und zu übertönen – Baynes wird diesen geschwätzigen Mahner überschreien und diesen unbequemen Prediger aus dem Blickfeld, außer Hörweite stoßen, ihn mit zornigen Worten von unserem Tor vertreiben. Ach! vergeblich werfen wir ihn hinaus und befehlen John mit strenger Stimme, „nicht zu Hause" zu sagen! Da ist er wieder, wenn wir aufwachen, am Fußende unseres Bettes. Wir werfen ihn über Bord, weil er es wagt, auf unserem Kahn mitzurudern. Wessen grausiger Kopf blickt da aus dem Wasser und schwimmt neben uns her, und wenn wir noch so rasch rudern? Feuert auf ihn! Schlagt mit einem Riemen darauf ein und rudert weiter! Die Pistole blitzt auf. Bestimmt hat doch dieser Riemen den alten Schädel eingeschlagen? Seht! da taucht der furchtbare Begleiter wieder aus dem Wasser auf und ruft: „Vergiß nicht, vergiß nicht, ich bin hier, ich bin hier!"

Baynes hatte vermeint, den einen Mahner durch eine Drohung mit der Pistole einschüchtern zu können, und hier schwamm ein anderer neben seinem Boot her. Und möchten Sie es denn anders, mein lieber Leser, für Sie, für mich? Daß Sie und ich Sünden begehen werden, in diesem Jahr, in den folgenden, ist gewiß: doch ich hoffe – ich hoffe, sie sind nicht so schlimm, daß Gebete nichts mehr fruchten. Hier ist Baynes, der soeben etwas Schlechtes getan hat, in einer schrecklich bösen, grausamen und unzufriedenen Gemütsverfassung. Seine wunde, gereizte Stimmung ist eine einzige Fläche rohen Fleisches; seine ganze Seele ein einziges Toben und Zürnen und Fiebern. Charles Baynes, du alter Sünder, ich bete darum, daß der Himmel dich in eine bessere Gemütslage versetzt. Ich will an deiner Seite niederknien, mir Asche auf den eigenen Kahlkopf streuen, und gemeinsam wollen wir mit zitternder Stimme Peccavimus sprechen.

„Mit einem Wort, der junge Mann hat sich so empörend und schändlich benommen, Mac, daß ich als Familienvater nicht zulassen kann, Mac, daß mein Mädchen ihn heiratet. Aus Sorge um ihr Glück ist es meine Pflicht, die Verlobung rückgängig zu machen", ruft der General am Schluß seiner Geschichte.

„Hat er dich in aller Form von dieser Treuhandgeschichte entlastet?" erkundigte sich der Major.

„Meine Güte, Mac!" ruft der General und wird ganz rot. „Du weißt, ich habe mir ihm gegenüber so wenig etwas zuschulden kommen lassen wie du!"

„Nichts zuschulden kommen lassen – nur hast du dich nicht um deine Pflicht gekümmert."

„Ich habe eine schlechte Meinung von ihm, Sir. Ich bin der Ansicht, er ist ein zügelloser, rücksichtsloser, überheblicher junger Mensch", ruft der General ganz rasch, „der mein Kind unglücklich machen würde; aber ich glaube nicht, daß er ein solcher Schuft ist, über einen pensionierten angejahrten Mann mit einer armen Familie – mit einer zahlreichen Familie – herzufallen: einen Mann, der in Spanien und in Indien für seine Herrscherin gekämpft und geblutet hat, wie du in der ‚Heeresliste' nachlesen kannst, beim George. Ich glaube nicht, daß Firmin ein solcher Lump ist, über mich herzufallen, wirklich, und ich muß sagen, MacWhirter, ich finde es in der Tat unanständig von dir, davon zu sprechen – wirklich unanständig, beim heiligen George!"

„Aber *du* willst doch gerade *deinen* Handel mit ihm rückgängig machen. Warum sollte er *seine* Abmachung mit dir einhalten?" fragt der knurrige Major.

„Weil es", schrie der General, „eine Sünde und Schande wäre, daß ein alter Mann mit sieben Kindern und zerrütteter Gesundheit, der sonstwo gedient hat – jawohl, in Westindien und Ostindien, beim heiligen George! – in Kanada – auf der Iberischen Halbinsel und in New Orleans –, zugrunde gerichtet werden soll, weil ihn ein verfluchter Schuft von einem Arzt durch Betrug und Täuschung dazu gebracht hat, ein falsches Dokument zu unterschreiben, und daß seine armen Kinder und seine Frau an den Bettelstab getrieben werden sollen, beim Zeus!, wie du es dem jungen Firmin anscheinend empfiehlst, Jack MacWhirter. Und ich will dir was sagen, Major MacWhirter, ich nehme dir das verflucht übel. Und tu mir den Gefallen und halte dein Ruder aus *meinem* Boot raus und mische dich nicht in *meine* Angelegenheiten, punktum, und ich weiß schon, wer dahintersteckt, beim

Zeus! Es ist die Frau, die bei euch die Hosen anhat, Mac – es ist deine *bessere Hälfte*, MacWhirter – es ist diese verdammte, intrigante, niederträchtige, verleumderische, herrschsüchtige ..."

„Was denn noch?" brüllt der Major. „Ha, ha, ha! Meinst du, Baynes, ich weiß nicht, wer dich dazu gebracht hat, was ich ohne Umschweife eine äußerst gemeine und schuftige Handlungsweise nenne – jawohl, eine schuftige Handlungsweise, beim George! Ich nehme kein Blatt vor den Mund! Komm du mir nicht mit deinem Generalmajor oder deiner Mrs. Generalmajor! Eliza ist es, die dich aufgehetzt hat. Und wenn Tom Bunch dir gesagt hat, du hättest dein Wort gebrochen und benimmst dich gemein, dann hat Tom recht; und du kannst dir jemand anders suchen, dir zu sekundieren, General Baynes, denn beim George, ich tu's nicht!"

„Bist du den ganzen Weg von Tours gekommen, Mac, um mich zu beleidigen?" fragt der General.

„Ich bin gekommen, um dir eine Gefälligkeit zu erweisen. Um mich deines armen Mädchens anzunehmen, mit der du wirklich hart umspringst, Baynes. Und das ist mein Lohn! Danke bestens. Keinen Grog mehr! Was ich hatte, ist mir schon *zu stark*." Und der Major blickt mit verächtlicher Miene auf sein geleertes Glas mit dem beschäftigungslosen Löffel herab.

Während die Krieger über ihrem Trunk in Streit gerieten, drang von außen ein Lärm wie vom Gezänk weiblicher Stimmen zu ihnen. „Mais, madame", bringt Madame Smolensk auf ihre gesetzte Art vor. „Taisez-vous, madame, laissez-moi tranquille, s'il vous plaît!" ruft Mrs. General Baynes' wohlbekannte Stimme, die mir, ich gebe es zu, nie besonders sympathisch war, weder im Zorn noch in guter Laune. „Und Ihre Kleine – die in meinem Zimmer zu schlafen versucht", hält ihr die Dame des Hauses weiter vor. „Vous n'avez pas droit d'appeler Mademoiselle Baynes petite!" ruft die Gattin des Generals. Und Baynes, der selbst gerade stritt und zankte, erbebte, als er sie hörte. Sein zorniges Gesicht nahm einen erschrockenen Ausdruck an. Er sah sich nach einer Fluchtmöglichkeit um. Schutzsuchend wandte er sich an MacWhirter, dem er eben noch die Nase langziehen wollte. Simson war ein gewaltiger Mann, doch in den Händen einer Frau war er ein Schaf. Herkules war ein tapferer Mann und stark, doch Omphale wickelte ihn um ihre Spindel. Ebenso erzitterte

Baynes, der in Indien, Spanien, Amerika gekämpft hatte, vor der Partnerin seines Bettes und Namens.

Es war ein unheilvoller Nachmittag. Während die Ehemänner sich im Speisezimmer über ihrem Brandy mit Wasser gestritten hatten, waren sich die Ehefrauen, die Schwestern, im Salon über ihrem Tee in die Haare geraten. Ich weiß nicht, was die übrigen Pensionsgäste trieben. Philip hat mir nichts davon erzählt. Vielleicht hatten sie das Zimmer verlassen, um den Schwestern unbehindert Gelegenheit zu Umarmungen und vertraulichem Gespräch zu geben. Vielleicht waren keine weiblichen Pensionsgäste mehr da. Wie auch immer, Emily und Eliza nahmen den Tee ein; und bevor diese erfrischende Mahlzeit vorüber war, stritten sich diese lieben Frauen so heftig wie ihre Männer im Nebenzimmer.

Eliza war zunächst sehr böse, daß Emily uneingeladen gekommen war. Emily ihrerseits war böse auf Eliza, weil diese böse war. „Eliza", sagte die temperamentvolle MacWhirter gekränkt, „du spielst, seit wir da sind, bestimmt schon zum drittenmal darauf an. Wärst du mit deiner ganzen Familie nach Tours gekommen, hätten Mac und ich euch freundlich aufgenommen – Kinder und alles; und deine machen in einem Haus wahrhaftig Mühe genug."

„Ein Privathaus ist nicht dasselbe wie eine Pension, Emily. Hier verlangt Madame für die Extras furchtbar viel", bemerkt Mrs. Baynes.

„Es tut mir leid, daß ich gekommen bin, Eliza. Sprechen wir nicht mehr davon. Ich kann heute abend nicht mehr weg", gibt die andere zurück.

„Und das sind sehr unfreundliche Worte, Emily. Noch Tee?"

„Sehr unangenehm ist es, diese Worte sagen zu müssen, Eliza. Einen ganzen Tag und eine Nacht lang reisen – wo ich in einer Postkutsche nie schlafen kann –, um zu meiner Schwester zu eilen, weil ich dachte, sie hätte Kummer, weil ich dachte, ich als Schwester könnte sie trösten ... und empfangen zu werden, wie du mich emp... wie du ... Oh, oh, huhuhuuu! Wie dumm ich bin!" Ein Taschentuch trocknet die Tränen; ein Riechfläschchen bringt ein wenig Fassung zurück. „Als du zu uns nach Dumdum kamst, mit zwei-i-i-i Kindern mit Keuchhusten, haben MacWhirter und ich dich bestimmt ganz anders aufgenommen."

Die andere fühlte sich von Reue bewegt. Sie erinnerte sich an die Güte ihrer Schwester in früheren Tagen. „Schwester, ich wollte dir nicht weh tun“, sagte sie. „Aber ich bin selbst sehr unglücklich, Emily. Das Betragen meines Kindes macht mich tief unglücklich.“

„Und du hast allen Grund, unglücklich zu sein, Eliza, wenn je eine Frau welchen hatte!“ erklärt die andere.

„Ach, weiß Gott, ja!“ keucht die Gattin des Generals.

„Wenn je eine Frau Gewissensbisse spüren müßte, Eliza Baynes, dann bestimmt du. Schlaflose Nächte! Was war die meine in der Postkutsche, verglichen mit den Nächten, die du sicher durchmachst? Das habe ich mir gesagt. Mir ist elend, habe ich mir gesagt, aber wie elend muß *ihr* sein?“

„Als fühlende Mutter empfinde ich natürlich, daß die arme Charlotte unglücklich ist, liebste Schwester.“

„Aber was macht sie denn unglücklich, liebste Schwester?“ ruft Mrs. MacWhirter, die gleich darauf bewies, daß sie den ganzen Wortwechsel im Griff hatte. „Kein Wunder, daß Charlotte unglücklich ist, liebes Herz! Kann ein Mädchen mit einem jungen Mann verlobt sein, einem äußerst interessanten jungen Mann, einem intelligenten, wohlerzogenen, hochgebildeten jungen Mann ...“

„*Was?*“ ruft Mrs. Baynes.

„Habe ich nicht deine Briefe? Ich habe sie alle in meinem Schreibpult. Sie sind jetzt hier im Hausflur beim Gepäck. Hast du mir das nicht immer und immer wieder geschrieben; und von ihm geschwärmt, bis ich fast dachte, du wärst selbst in ihn verliebt?“ ruft Mrs. Mac.

„Eine unglaublich geschmacklose Bemerkung!“ ruft laut Eliza Baynes mit ihrer tiefen, furchterregenden Stimme. „Keine Frau, keine Schwester darf mir so etwas sagen!“

„Soll ich hingehen und die Briefe holen? Damals hieß es: ‚Der liebe Philip hat uns eben verlassen. Der liebe Philip ist mir mehr als ein Sohn. Er ist unser Retter!‘ Hast du mir das alles nicht immer und immer wieder geschrieben? Und weil du für Charlotte einen reicheren Mann gefunden hast, willst du euren Retter vor die Tür setzen!“

„Emily MacWhirter, muß ich hier sitzen und mir von meiner Schwester – *uneingeladen*, wohlgemerkt – *uneingeladen*, wohlgemerkt, Schandtaten vorwerfen lassen? Muß sich die Gattin eines

Generals von der Frau eines Titularmajors derart behandeln lassen? Obwohl du mir im Alter voraus bist, Emily, bin ich dir im Rang voraus. In jedem Zimmer in England, außer diesem, habe ich vor dir den Vortritt! Und wenn du *uneingeladen* den ganzen Weg von Tours gekommen bist, um mich in meinem eigenen Haus zu beleidigen ..."

„Haus, daß ich nicht lache! Schönes Haus! Jedermanns Haus genauso wie deines!"

„Wie dem auch sei, ich habe dich nie aufgefordert, es zu betreten, Emily!"

„O ja! Du willst, daß ich in die Nacht hinausgehe. MAC! Hör mal!"

„Emily!" schreit die Generalin.

„MAC, so hör doch!" kreischt die Majorin und reißt die Tür des Salons auf. „Meine Schwester möchte, daß ich gehe. Hörst du mich?"

„Au nom de Dieu, madame, pensez à cette pauvre petite, qui souffre à côté", ruft die Frau des Hauses und weist auf ihr eigenes, daneben liegendes Gemach, in dem, wie gesagt, unsere arme kleine Charlotte lag.

„Nappleh pas Madamaselle Baynes petite, sivopleh!" dröhnt Mrs. Baynes' Altstimme.

„MacWhirter, hör doch, MacWhirter!" ruft Emily und reißt die Tür des Speisezimmers auf, wo die zwei Gentlemen ebenfalls einander in den Haaren lagen. „MacWhirter! Meiner Schwester beliebt es, mich zu beleidigen und zu behaupten, die Frau eines Titularmajors ..."

„Beim George! Streitet ihr euch auch?" fragt der General.

„Baynes, Emily MacWhirter hat mich beleidigt!" ruft Mrs. Baynes.

„Anscheinend war das abgekartete Sache", schmettert der General. „Major MacWhirter hat mit mir dasselbe gemacht! Er hat vergessen, daß er ein Gentleman ist und ich auch."

„Er beleidigt dich bloß, weil er denkt, du bist sein Verwandter und mußt alles von ihm hinnehmen", erklärt die Frau des Generals.

„Beim heiligen George! Ich nehme NICHT alles von ihm hin!" schreit der General.

Die beiden Gentlemen und ihre Frauen zanken sich in der

Halle. Madame und die Dienstboten spähen von den Küchenregionen her nach oben. Die Jungen am obersten Treppengeländer tuscheln sich wahrscheinlich zu: „Dicke Luft zwischen Ma und Tante Mac!“ Ich vermute, die geängstigte kleine Charlotte in ihrem zeitweiligen Quartier vergißt für eine Weile beinahe ihren eigenen Kummer und fragt sich, welche Meinungsverschiedenheit ihre Tante und Mutter, ihren Vater und Onkel so erregt. Verteilen Sie die übrigen männlichen und weiblichen Pensionsgäste überall in den Gängen und auf den Treppenabsätzen, in verschiedenen Stellungen, wie sie ihr Interesse, ihren ironischen Kommentar und ihren Zorn über die Störung durch unangebrachten häuslichen Streit ausdrücken – in welcher Positur Sie wollen. Was Mrs. Oberst Bunch angeht, das arme Ding weiß nicht, daß der General und ihr eigener Oberst in tödlichen Streit geraten sind. Sie bildet sich ein, der Zwist herrschte bisher nur zwischen Mrs. Baynes und ihrer Schwester: und die beiden kennt sie seit zwanzig Jahren in solchem Streit. „Toujours comme ça, streiten vous savez, et puis versöhnen sie sich wieder. Oui“, erklärt sie einer französischen Freundin auf dem Treppenabsatz.

Mitten in diesen Sturm hinein kommt Oberst Bunch zurück, seinen Freund und Sekundanten, Doktor Martin, am Arm. Er weiß nicht, daß seit seinem eigenen Gefecht zwei Schlachten ausgetragen worden sind. Das eine, sagen wir, war Ligny. Dann kam Quatre-Bras, das Baynes und MacWhirter ausfochten. Dann kam die allgemeine Schlacht von Waterloo. Und hier tritt Oberst Bunch ein, nichts von den gewaltigen Kämpfen ahnend, die sich seit seinem vorübergehenden Rückzug auf der Suche nach Verstärkung abgespielt haben.

„Wie geht es Ihnen, MacWhirter?“ ruft der Oberst mit dem ins Purpurne spielenden Backenbart. „Mein Freund, Doktor Martin!“ Und als er das Wort an den General richtet, quellen ihm fast die Augen aus dem Kopf, als wollten sie sich in die Brust dieses Offiziers bohren.

„Still, liebe Frau! Emily MacWhirter, wollen wir diese höchst peinliche Auseinandersetzung nicht lieber aufschieben? Das ganze Haus hört uns zu!“ flüstert der General rasch mit gedämpfter Stimme. „Doktor – Oberst Bunch – Major MacWhirter, wollen wir nicht lieber ins Speisezimmer gehen?“

Der General und der Arzt gehen voran, Major MacWhirter

und Oberst Bunch bleiben in der Tür stehen. Sagt Bunch zu MacWhirter: „Major, Sie treten in dieser Affäre als Freund des Generals auf? Es ist zu unangenehm, aber beim George! Baynes hat mir Sachen gesagt, die ich nicht hinnehmen kann, und wäre er mein eigen Fleisch und Blut, beim George! Und ich kenne ihn verdammt zu gut, als daß ich meinte, er werde sich jemals entschuldigen."

„Er hat MIR Sachen gesagt, Bunch, die ich nicht von fünfzig Schwägern hinnehmen kann, verflixt und zugenäht!" knurrt MacWhirter.

„Was? Bringen Sie mir denn keine Forderung von ihm?"

„Ich sage Ihnen, Tom Bunch, ich will *ihm* eine Forderung schicken. Lädt mich in sein Haus ein und beleidigt mich und Emily, sobald wir da sind. Beim George, mir kocht das Blut! Beleidigt uns, nachdem wir vierundzwanzig Stunden in einer verflixten Postkutsche gefahren sind, und sagt, wir wären nicht eingeladen! Er und dieser schreckliche Zankteufel."

„Pst!" warf Bunch ein.

„Ich sage Zankteufel, Sir! *Mir* brauchen Sie nichts zu erzählen! In Dumdum sind sie gekommen und vier Monate bei uns geblieben – die Kinder hatten den Pips oder so eine verflixte Sache –, reisten nach Europa ab und überließen es mir, die Arztrechnung zu zahlen! Und jetzt, beim . . ."

Wollte der Major den heiligen George, den kappadokischen Kämpen, oder den olympischen Zeus anrufen? In diesem Moment öffnete sich eine Tür, neben der sie standen. Sie erinnern sich vielleicht, es waren drei Türen, alle auf dieser Etage: wenn Sie das anzweifeln, gehen Sie hin und sehen sich das Haus an (Avenue de Valmy, Champs-Elysées, Paris). Eine dritte Tür öffnet sich, und eine junge Dame kommt heraus, die sehr blaß und traurig aussieht und der das Haar auf die Schultern herabhängt – das Haar, das gewöhnlich in dicken Locken niederfiel, aber ich nehme an, Tränen haben ihm die ganze Kräuselung genommen.

„Bist du es, Onkel Mac? Ich dachte, ich hätte deine Stimme erkannt, und Tante Emily habe ich auch gehört", sagt das Persönchen.

„Ja, ich bin es, Charley", sagt Onkel Mac. Und er blickt in das runde Gesicht, das so verstört aussieht und so voller unsagbaren Leids ist, daß Onkel Mac gänzlich schmilzt und das Kind in die

Arme nimmt und sagt: „Was ist denn, liebes Kind?“ Und er vergißt ganz, daß er vorhat, ihrem Vater am nächsten Morgen eine Kugel durch den Kopf zu jagen. „Wie heiß deine Händchen sind!“

„Onkel, Onkel!“ stößt sie rasch und fiebrig flüsternd hervor. „Du bist gekommen, um mich wegzubringen, ich weiß es. Ich habe dich und Papa, ich habe Mama und Tante Emily ganz laut reden hören! Aber wenn ich gehe – ich werde – ich werde niemals einen anderen lieben!“

„Als wen, Liebes?“

„Als Philip, Onkel.“

„Beim heiligen George! Char, das sollst du auch nicht!“ sagt der Major. Und daraufhin stieß das arme Kind, das sich im Bett aufgesetzt hatte, während dieser Zank der Schwestern – während dieser laute Streit der Majore, Generale, Obersten – während dieses Vorfahren von Droschken – während dieses Kommen und Gehen von Besuchern zu Pferde – sich abgespielt hatten, einen schrillen hysterischen Schrei aus und fiel wild lachend und weinend ihrem Onkel in die Arme.

Dieser Aufschrei brachte natürlich die Herren aus ihrem daneben liegenden Zimmer und die Damen aus dem ihren herbei.

„Wieso führst du dich hier wie eine Närrin auf?“ faucht Mrs. Baynes in ihren tiefsten Tönen.

„Beim heiligen George, Eliza, du bist unmöglich“, sagt der General kreidebleich.

„Eliza, du bist brutal!“ ruft Mrs. MacWhirter.

„Das ist sie!“ kreischt Mrs. Bunch vom Treppenabsatz darüber, wo noch mehr weibliche Pensionsgäste versammelt waren und auf diese fürchterliche Familienschlacht herabsahen.

Eliza Baynes wußte, daß sie zu weit gegangen war. Die arme Charley war mittlerweile kaum noch bei Bewußtsein und schrillte außer sich: „Niemals, niemals!“, als, so wahr ich lebe, ausgerechnet in dem Augenblick ein junger Mann mit blondem Haar, mit flammendem Backenbart, mit flammenden Augen ins Haus platzt und ausruft: „Was ist los? Ich bin hier, Charlotte, Charlotte!“

Wer ist dieser junge Mann? Wir haben ihn flüchtig zu sehen bekommen, wie er eben noch auf den Champs-Elysées umherstrich und hinter einem Baum in Deckung ging, als Oberst Bunch sich auf die Suche nach seinem Sekundanten begab. Dann sah der junge Mann die Droschke der MacWhirters am Haus vorfahren. Dann wartete er und wartete und blickte zu jenem Fenster im ersten Stock hinauf, hinter dem, wie wir wissen, seine Liebste *nicht* ruhte. Dann sah er Bunch und Doktor Martin eintreffen. Dann trat er durch die Zaunpforte in den Garten und hörte das Gezänk zwischen Mrs. Mac und Mrs. Baynes. Dann kam von der Vorhalle her – wo sich dieses Gefecht ja abspielte – das weithallende, schreckliche Lachen und der schrille Schrei der armen Charlotte. Und Philip Firmin platzte wie eine Granate in die Halle, wo die Schlacht tobte, und in den Kreis der Familie hinein, die sich unter Geschrei in den Haaren lag.

Das *ist* ein Bild, kann ich Ihnen versichern. Wir haben erstens die Pensionsgäste auf dem Treppenabsatz im ersten Stock, wohin auch die Bayneskinder in ihren Nachthemden geschlichen sind. Zweitens haben wir Auguste, Françoise, die Köchin und den Küchenjungen, die vom Souterrain heraufkommen. Und drittens haben wir Oberst Bunch, Doktor Martin, Major MacWhirter mit Charlotte in den Armen; Madame, General B., Mrs. Mac, Mrs. General B., alle in der Halle, als unser Freund, die Granate, zwischen sie hineinplatzt.

„Was ist los? Charlotte, ich bin hier!“ ruft Philip mit seiner mächtigen Stimme. Als Charlotte diese vernimmt, kreischt sie abschließend noch einmal auf und ist im nächsten Moment gänzlich ohnmächtig geworden – aber diesmal liegt sie an Philips Schulter.

„Sie brutaler Mensch, wie können Sie es wagen?“ fragt Mrs. Baynes, den jungen Mann anfunkelnd.

„*Du* hast das angerichtet, Eliza!“ sagt Tante Emily.

„Jawohl, das hat sie, Mrs. MacWhirter!“ ruft Mrs. Oberst Bunch von oben herunter.

Und Charles Baynes hatte das Gefühl, in der Tat wie ein Verräter gehandelt zu haben, und ließ den Kopf hängen. Er hatte seine Tochter ermutigt, ihr Herz zu verschenken, und sie hatte ihm gehorcht. Ich glaube, er war froh, als er Philip Firmin sah; der Major desgleichen, obwohl ihn Firmin recht grob gegen die Wand gerempelt hatte.

„Soll dieser vulgäre Skandal vor dem ganzen Haus hier im Durchgang weitergehen?“ keucht Mrs. Baynes.

„Bunch hat mich hergebracht, damit ich dieser jungen Dame

etwas verschreibe", erklärt der kleine Doktor Martin sehr höflich. „Madame, wollen Sie bitte von Anjubeau im Faubourg etwas Riechsalz kommen lassen; und sorgen Sie dafür, daß sie völlige Ruhe hat."

„Kommen Sie, Monsieur Philippe. Das genügt", ruft Madame, die ein Lächeln nicht unterdrücken kann. „Kommen Sie in Ihr Zimmer, liebe Kleine!"

„Madame!" ruft Mrs. Baynes. „Une mère . . ."

Madame zuckt die Achseln. „Une mère, une belle mère, ma foi!" sagt sie. „Kommen Sie, Mademoiselle!"

In der Pension hielten sich nur ganz wenige Leute auf: wenn sie erfuhren, wenn sie sahen, was geschah, wie können wir das ändern? Aber daß sie alle auf einem Pulvermagazin gesessen hatten, das in die Luft gehen und ein, zwei, drei, fünf Menschen hätte vernichten können, wußte nicht einmal Philip, bis Major MacWhirter ihm hinterher lachend erzählte, wie dieser sanftmütige, doch äußerst grimmige Baynes erst Bunch, dann seinen Schwager gefordert hatte, und daß Kampf, Mord und jäher Tod aller Art hätten die Folge sein können, wenn der Zwist nicht sein Ende gefunden hätte.

Wäre Ihr ergebener Diener darauf erpicht, die Gefühle seiner Leser aufzuwühlen oder seine eigenen schriftstellerischen Fähigkeiten zur Schau zu stellen, sehen Sie wohl ein, daß ich diesen zwei tapferen Offizieren nie gestattet hätte, in Streit zu geraten und einander geradezu an den Kragen zu gehen, ohne sie die Beleidigung mit Blut abwaschen zu lassen. Der Bois de Boulogne liegt dicht bei der Avenue de Valmy und bietet reichlich kühle Plätzchen zum Kampf. Die octroi-Beamten halten die Gentlemen, die an der benachbarten Schranke in Duellangelegenheiten hinausfahren, nie an und verhindern auch nie die Rückkehr des gefallenen Opfers in der Droschke, wenn der schreckliche Kampf vorbei ist. Nach meiner Kenntnis von Mrs. Baynes' Charakter hege ich nicht den geringsten Zweifel, daß sie ihrem Mann zum Kampf zugeredet hätte: und wäre der General gefallen, hätte sie ihren Jungen Pistolen in die Hand gegeben und sie geheißen, die vendetta weiterzuführen; doch da zumindest ich es ungern sehe, wenn Brüder miteinander in Fehde liegen oder Moses und Aaron sich gegenseitig weiße Büschel aus den Bärten reißen, bin ich froh, daß zwischen den Veteranen kein Duell stattfinden wird und daß beider wackere alte Brust vor der brudermörderischen Kugel sicher ist.

Major MacWhirter vergaß Kugeln und Kämpfe völlig, als die arme kleine Charlotte ihm einen Kuß gab, und war überhaupt nicht eifersüchtig, als er das junge Mädchen an Philips Arm geklammert sah. Er schmolz beim Anblick dieses Kummers und dieser Unschuld dahin, während Mrs. Baynes immer noch ihre persönliche Wut herausbellte und erklärte: „Wenn der General mich nicht vor Beleidigungen schützen will, gehe ich wohl besser."

„Beim Zeus, das finde ich auch!" rief MacWhirter, zu dessen Bemerkung die Augen des Arztes und Oberst Bunchs zustimmend blitzten.

„Allons, Monsieur Philippe. Genug davon – ich will sie wieder zu Bett bringen", fuhr Madame fort. „Kommen Sie, liebe Miss."

Wie schade, daß das Schlafzimmer nur ein paar Schritte von ihnen entfernt war! Philip fühlte sich stark genug, seine kleine Charlotte bis zu den Tuilerien zu tragen. Die dicken braunen Locken, die über seine Schultern gefallen waren, werden hinweggehoben. Das kleine wunde Herz, das an dem seinen gelegen hatte, trennt sich mit einem belebenden Pochen von ihm. Madame und die Mutter führen die kleine Charlotte fort. Die Tür des Nebenzimmers schließt sich hinter ihr. Die traurige kleine Erscheinung ist verschwunden. Die Männer, die sich vorhin im Gang stritten, stehen schweigend da.

„Ich habe draußen ihre Stimme gehört", sagte Philip nach einer kleinen Pause (ich nehme an, ihm wirbelte der Kopf vor Liebe, vor Kummer, vor Erregung). „Ich habe draußen ihre Stimme gehört, und ich konnte nicht anders, ich mußte hereinkommen."

„Donnerwetter, das will ich meinen, junger Mann!" sagt Major MacWhirter und schüttelt dem jungen Mann kräftig die Hand.

„Pst, pst!" flüstert der Arzt. „Sie braucht völlige Ruhe. Sie hat für heute abend vollauf genug Aufregung gehabt. Es darf keine Szenen mehr geben, mein junger Freund."

Und Philip sagt, als sich ihm in dieser seiner Qual von Kummer und Zweifel eine freundliche Hand entgegenstreckte, habe ihn das so tief erschüttert, daß er der Gesellschaft der alten Männer schleunigst zu entfliehen genötigt war, in die Nacht hinaus, wo der Regen herabströmte – ein sanfter Regen.

Während Philip draußen vor Madame Smolensks Haus der kleinen Charlotte seine innigsten Gebete, seine Tränen, sein Herzklopfen und seine leidenschaftlichsten Liebesschwüre weiht, ziehen sich die drin versammelten Krieger erneut zu einer Aussprache in die salle à manger zurück; und angesichts der regnerischen Witterung des Abends muß der verblüffte Auguste ein drittes Mal heißes Wasser für die vier Gentlemen bringen, die dem Kongreß beiwohnen. Der Oberst, der Major, der Arzt bauten sich an einer Seite des Tisches auf, sozusagen im Schutz einer Reihe bestückter Gläser, flankiert von einer starken Brandyflasche hinter einer Brustwehr, durch deren Schießscharte man kochendheißes Wasser schütten konnte. Hinter diesen Befestigungen erwarteten die Veteranen ihren Gegner, der, nachdem er eine Weile im Zimmer auf- und abgegangen ist, schließlich ihnen gegenüber Aufstellung nimmt und sich zum Angriff bereitmacht. Der General besteigt wieder sein cheval de bataille, kann das Tier jedoch nicht zu einer so heftigen Attacke anspornen wie zuvor. Charlottes weiße Erscheinung ist zu ihnen getreten und hat die schönen Arme zwischen den Kriegsmännern ausgebreitet. Vergeblich bemüht sich Baynes, gewaltig in Fahrt zu kommen und seinen Zorn mit vehementen Anrufungen von George und Zeus und anderen schlimmeren Ausdrücken aufzuheizen. Dieser schwache, sanfte, ruhige, unter dem Pantoffel stehende, aber ungemein blutdürstige alte General fand sich allein in der Minderheit, und gegen sich hatte er seinen alten Kameraden Bunch, den er beleidigt und gefordert hatte; seinen Schwager MacWhirter, den er gefordert und beleidigt hatte; und den Arzt, der als Freund des ersteren zugezogen worden war. Als sie ihm Schulter an Schulter Trotz boten, fühlte sich jeder dieser drei von seinem Nachbarn beflügelt. Jeder nahm, bedächtig zielend, Baynes unter Feuer. Solcher Übermacht nachzugeben war dem Veteranen andererseits nicht so unangenehm, wie wenn er seinen Degen vor einem einzelnen Gegner hätte senken müssen. Ehe er irgendeinem einzelnen Menschen gegenüber zugäbe, im Unrecht zu sein, würde er dieser Person Ohren und Nase abreißen; doch von drei Gegnern umgeben zu sein und vor solcher Übermacht die Flagge zu streichen war keine Schande; und Baynes konnte den weiten Umweg einschlagen, den manche stolzen Gemüter für ihre Entschuldigungen auf sich nehmen. So konnte er dem Doktor sagen: „Na ja, Doktor, vielleicht war es überstürzt von mir, als ich Bunch beschuldigte, mich mit Schimpfworten zu belegen. Ein Augenzeuge kann diese Dinge manchmal besser erkennen, wenn der unmittelbar Beteiligte zu wütend ist; und da Sie gegen mich aussagen – na ja, also gut, ich bitte Bunch um Entschuldigung."

Als diese Geschichte überstanden war, kam die Versöhnung mit MacWhirter ganz rasch zustande. Tatsache war: bin in verflucht übler Verfassung gewesen – ziemlich aufgebracht von den Ereignissen des Tages – nichts weiter gemeint als dies und das und so weiter. Wenn dieser alte Häuptling schon die bittere Pille der Demütigung schlucken mußte, so wünschten sich seine tapferen Gegner nichts sehnlicher, als daß er seine Portion so rasch wie möglich verputzte, und wandten die ehrlichen alten Köpfe ab, während er sie herunterwürgte. Einer aus der Gruppe erzählte seiner Frau von dem Streit, der sich ereignet hatte, aber Baynes nicht. „Ich bin sicher, Sir", pflegte Philip zu sagen, „hätte Mrs. Baynes an dem Abend etwas von dem Streit erfahren, hätte sie ihren Mann aus dem Bett gescheucht und ihn gezwungen, seine alten Freunde nochmals zu fordern!" Aber zwischen Philip und Mrs. Baynes bestand ja keine Zuneigung, und an denen, die er nicht mag, sieht er gewöhnlich wenig Gutes.

So wird jeder freundliche Leser, der erwartet hatte, mit der Schilderung eines Bruchs des sechsten Gebots unterhalten zu werden, dieses Kapitel enttäuscht beenden. Die wackeren alten rostigen Degen, die die Kriegsmänner, ihre Besitzer, vom Haken heruntergeholt hatten, kehrten in ihre Flanellfutterale zurück, ohne daß man sie entblößt hatte. Irgendwie gab man sich die Hand – wenigstens wurde kein Blut vergossen. Doch obwohl die zwischen den alten Knaben gewechselten Worte soweit ganz verbindlich waren, konnten Bunch, MacWhirter und der Arzt ihre Meinung nicht ändern, man habe Philip übel mitgespielt und General Baynes sei dem Wohltäter seiner Familie eine bessere Behandlung schuldig.

Mittlerweile schritt dieser Wohltäter in einem Zustand vollkommener Verzückung durch den Regen nach Hause. Der Regen erfrischte ihn, ebenso seine eigenen Tränen. Das liebste Mädchen war ihm für einen Augenblick ans Herz gesunken, und als sie dort lag, hatte ein Schauer der Hoffnung ihn von Kopf bis

Fuß durchbebt. Die alten Freunde ihres Vaters hatten ihm die Hand entgegengestreckt und ihn geheißen, nicht zu verzweifeln. Tose doch, Wind, falle, Herbstregen! Mitten in der Nacht, unter den windzerzausten Bäumen, zwischen denen die Lampen der réverbères hin- und herschaukeln, kehrt der junge Mann mit langen Schritten in sein Zimmer zurück. Er ist arm und unglücklich, doch die Hoffnung schwebt neben ihm her. Er betrachtet einen bestimmten Knopf an der Brust seines alten Rocks, ehe er ihn zum Schlafen auszieht. Da hat ihre Wange gelegen, denkt er, genau da. Meine arme kleine Charlotte! Was hatte sie wohl mit dem Knopf des alten Rocks angestellt?

28. KAPITEL

In dem Mrs. MacWhirter einen neuen Kapotthut bekommt

Nun, wenn auch der unglückliche Philip tief und fest schlief, so daß seine Stiefel, diese abgelaufenen Wächter, bis zu einer recht späten Stunde des nächsten Morgens en faction vor seiner Tür standen; und wenn auch die kleine Charlotte nach ein, zwei Gebeten in den süßesten und erfrischendsten Mädchenschlummer sank, verbrachten Charlottes Vater und Mutter eine schlechte Nacht; und ich jedenfalls meine, sie hatten keine gute verdient. Mrs. Baynes konnte leicht behaupten, was beide wach halte, sei MacWhirters Schnarchen (Mr. und Mrs. Mac waren in dem Schlafzimmer über ihren Verwandten untergebracht) – ich sage nicht, ein schnarchender Nachbar sei angenehm – aber welch ein Bettgenosse ist ein schlechtes Gewissen! Unter Mrs. Baynes' Nachtmütze bleiben die strengen Augen die ganze Nacht über offen; auf Baynes' Kissen liegt ein stiller, schlafloser Kopf, der die Stunden schlagen hört. Die Pest über den jungen Mann! (denkt die weibliche bonnet de nuit); wie konnte er es wagen, einfach hereinzuspazieren und alles durcheinanderzubringen? Wie blaß Charlotte morgen aussehen wird, wenn Mrs. Hely mit ihrem Sohn vorspricht! Wenn sie geweint hat, sieht sie furchtbar aus, und die Augenlider und die Nase sind ganz rot. Womöglich vergißt sie sich und sagt schlimme und unvernünftige Dinge, wie heute. Ich wünschte, ich hätte diesen unverschämten jungen Mann mit seinem karottenfarbenen Bart und den ordinären Blücherstiefeln nie gesehen! Wenn meine

Jungen erwachsen wären, dürfte er nicht so großspurig ins Haus gepoltert kommen; *die* würden bald einen Weg finden, ihm seine Frechheit heimzuzahlen! Ich glaube, vereitelte Rache und eine hungrige Enttäuschung halten die alte Frau wach; und wenn sie die Stunden schlagen hört, dann nur, weil böse Gedanken ihr den Schlaf rauben.

Was Baynes angeht, so glaube ich, dieser alte Mann liegt wach, weil er sein schäbiges Verhalten mit wachen Augen sieht. Sein Gewissen, das er hatte aus dem Haus jagen wollen, hat ihn niedergerungen. Er kann tun, was er will, dieser Gedanke drängt sich ihm auf. Mac, Bunch und der Arzt haben das alle sofort erkannt und sich gegen ihn gestellt. Er wollte einem jungen Menschen gegenüber wortbrüchig werden, der sich Familie Baynes gegenüber äußerst edel und großmütig verhalten hatte, was immer er für Fehler haben mochte. Ohne Philips Nachsicht wäre er zugrunde gerichtet; und er erwies seine Dankbarkeit, indem er seine Zusage an den jungen Mann brach. Er war ein Mann, der unter dem Pantoffel stand – das war die Tatsache. Er ließ es zu, daß seine Frau ihn regierte: dieses kleine, alte, unansehnliche, rechthaberische Weib, das da drüben schlief. Schlief sie? Nein. Er wußte, daß sie nicht schlief. Beide lagen ganz still, hellwach und spannen ihre trüben Gedanken aus. Nur Charles gestand sich ein, daß er sich versündigt hatte, während Eliza, seine Frau, wutentbrannt über ihre jüngste Niederlage und darüber nachdachte, wie sie weitermachen und ihre Schlacht doch noch gewinnen könnte.

Dann überlegt Baynes, wie hartnäckig seine Frau ist; wie sie ihr Leben lang immer wieder und wieder auf ihrer Meinung herumgeritten ist, bis er in fast restloser Unterwerfung geendet hat. Er sträubt sich einen Tag lang: sie kämpft ein Jahr, ein Leben lang. Wenn sie jemanden erst einmal hassen gelernt hat, bleibt dieses Gefühl bei ihr stets frisch und lebendig. Ihre Eifersucht stirbt nie; genausowenig ihre Herrschsucht. Wie wird sie der armen Charlotte das Leben sauer machen, jetzt, wo sie sich gegen Philip erklärt hat! Sie wird das arme Kind einer furchtbaren Tyrannei unterwerfen: der Vater weiß es. Kaum verläßt er das Haus zu seinen täglichen Ausgängen, beginnt die Folterung des armen Mädchens. Baynes weiß, wie seine Frau ein weibliches Wesen zu foltern vermag. Als sie mitten in der Nacht in ihrem Bett mit ihrem hohlen Husten losbellt, bleibt der schuldbeladene Mann unter seiner Decke mäuschenstill. Wenn sie ihn wach glaubt, ist *er* an der Reihe, die Folter hinzunehmen. Ach, Othello, mon ami! Wenn du dich im Eheleben der Leute umsiehst und weißt, was du weißt, wunderst du dich da nicht, daß man vom Kissen auf beiden Seiten nicht viel ungehemmter Gebrauch macht? Entsetzlicher Zynismus! Ja – ich weiß. Diese Behauptungen, roh serviert, sind barbarisch und verletzen Ihr Zartgefühl; mit ein wenig pikanter Soße zubereitet, sind sie auch an feinen Tafeln durchaus willkommen.

Das arme Kind! Lieber Himmel! Was wird ihre Mutter ihr für ein Leben bereiten! denkt der General und wälzt sich unruhig auf seinem mitternächtlichen Kissen. Keine Ruhe hat sie, bei Tag oder Nacht, bis sie den Mann heiratet, den ihre Mutter ausgesucht hat. Und sie ist schwach auf der Brust – Martin behauptet das, und man muß ihr gut zureden und sie beschwichtigen, und eine schöne Beschwichtigung blüht ihr von Mama! – Dann steigt vermutlich in der drückenden Erinnerung dieses schlaflosen alten Mannes die Vergangenheit wieder auf. Seine kleine Charlotte ist wieder ein Kind, lacht auf seinen Knien und spielt mit seiner Ausrüstung, wenn er von der Parade heimkommt. Er denkt daran, wie sie einmal Fieber hatte und von keiner anderen Hand Medizin annehmen wollte; und wie sie, obwohl schweigsam gegenüber ihrer Mutter, mit ihm zusammen nie müde wurde, in einem fort zu plappern. Schuldbeladener alter Mann! Rinnen dir diese Tränen an der alten Nase hinab? Es ist Mitternacht. Wir können es nicht sehen. Als du sie zum Fluß gebracht und dich von ihr getrennt hast, um sie nach Europa zu schicken, wie hat sich das kleine Mädchen an dich geklammert und gerufen: „Papa, Papa!" Wie hast du selbst geweint, die Landungstreppe hinaufwankend – ja, Tränen leidenschaftlichen, innigen Kummers hast du geweint, dich vom Liebling deiner Seele trennen zu müssen. Und jetzt durchbohrst du ihr das Herz, bewußt und um des Geldes willen, und brichst die deinem Kind verpfändete Ehre. – Und es ist das grausame, verschrumpelte, gallige, häßliche alte Weib da drüben, das mich dazu bringt, all das zu tun und meinen Liebling mit Füßen zu treten und sie zu quälen! denkt er. Auf Zoffanys berühmtem Gemälde von Garrick und Mrs. Pritchard als Macbeth und Lady Macbeth zeigt

Macbeth eine scheußlich verkrümmte und gezwungene Pose, während Lady Mac fest und natürlich dasteht. War das die Kunst des Schauspielers oder der Einfall des Dichters? Baynes ist also tief unglücklich. Ihn martern Reue und Scham und Mitleid. Nun, ich freue mich darüber. Alter Mann, alter Mann! Wie wagst du es, den zarten kleinen Busen dieses Kindes bluten zu lassen? Wie gallig er am nächsten Morgen aussieht! Wahrhaftig so gelb wie seine grimmige alte Frau. Wie wird Mrs. General B. die Kinder schelten, wenn sie ihnen die Lektionen abhört! Ich bin überzeugt, sie wird das ganze Vormittagspensum hindurch blaffen und kaum ein Wort seines Inhalts verstehen. Als dagegen Charlotte mit roten Augen und kaum einem Anflug von Farbe auf ihrer runden Wange auftaucht, zeichnet sich in ihrem Aussehen und Verhalten etwas ab, das ihre Mutter vor allzu ungenierter Schmähung und Schelte warnt. Das Mädchen ist in Aufruhr. Den ganzen Tag befand sich Char in fiebriger Verfassung, blitzten ihre Augen kriegerisch. Es gab ein Lied, das Philip in jenen Tagen liebte: das Lied Ruth. Char setzte sich ans Klavier und sang es mit sonderbarem Nachdruck. „Dein Volk ist mein Volk", sang sie aus vollem Herzen, „und dein Gott ist mein Gott!" Die Sklavin hatte sich empört. Das kleine Herz stand unter Waffen und meuterte. Die Mutter bekam Angst vor ihrem Trotz.

Was den schuldbeladenen alten Vater betraf: vom Teufel Reue verfolgt, flüchtete er früh aus dem Haus und las bei Galignani alle Zeitungen durch, ohne sie zu erfassen. Unter tollkühner Mißachtung der Kosten stürzte er sich dann in eines der luxuriösen Restaurants im Palais-Royal, wo man Suppe, drei Gänge, eine Süßspeise und eine Pinte köstlichen Wein für zwei „Frongs" bekommt, beim George! Doch alle dort gebotenen Köstlichkeiten vermochten seinen Kummer nicht zu vertreiben und seinen Appetit nicht anzuregen. Dann ging der arme Kerl weiter und sah sich in der Grand Opera ein Ballett an. Vergebens. Die rosigen Nymphen besaßen für ihn nicht den geringsten Reiz. Ihre lockenden Blicke, Sprünge und Kapriolen nahm er kaum wahr. Er sah ein kleines Mädchen mit runden, traurigen Augen – seine Iphigenie, die er durchbohrte. In mehreren Cafés auf dem Heimweg trank er noch mehr Branntwein mit Wasser. Vergebens, vergebens, sage ich Ihnen! Die alte Frau war noch auf und wartete auf ihn, geängstigt von der ungewöhnlichen Abwesenheit ihres

Gebieters. Sie wagte ihm keine Vorhaltungen zu machen, als er heimkam. Sein Gesicht war bleich. Seine Augen waren wild und blutunterlaufen. Wenn der General einen bestimmten Gesichtsausdruck hatte, duckte sich Eliza Baynes schweigend. Mac, die zwei Schwestern und, ich glaube, Oberst Bunch (doch in diesem Punkt ist sich mein Informant, Philip, nicht sicher) spielten einen trübseligen Robber Whist, als der General nach Hause kam. Mrs. B. sah es dem General am Gesicht an, daß er zu alkoholischer Anregung Zuflucht genommen hatte. Doch sie wagte nichts zu sagen. Ein Tiger im Dschungel war nicht so wild wie manchmal Baynes.

„Wo ist Char?“ fragte er in seinem furchterregenden, seinem Blaubartton. „Char ist schon zu Bett“, sagte Mama, ihre Trümpfe sortierend. „Hm! Ohguhst, ohdevieh, oschoh!“ Griff Eliza Baynes ein, da sie doch wußte, daß er genug hatte? Genausogut hätte sie bei einem Tiger eingreifen und ihm erklären können, er habe nun genug Sepoy gefressen. Nachdem Lady Macbeth Mac überredet hatte, diese Sache mit Duncan auszuführen, gab sie sich ihrem General gegenüber ganz ehrerbietig und respektvoll, verlassen Sie sich darauf. Keine Seufzer, Gebete, Gewissensbisse konnten weiland Seine Majestät ins Leben zurückbefördern. Bei dir dagegen, alter Mann, ist die Tat, obzwar begangen, noch rückgängig zu machen. Zwar hast du dein Wort unter einem schmutzigen materiellen Vorwand zurückgenommen; zwei Herzen unglücklich gemacht; das eine, das du am meisten auf der Welt liebst, grausam verletzt; mit arger Undankbarkeit gegen einen jungen Mann gehandelt, der dir und den Deinen edle Nachsicht erwiesen hat; und leidest unter Wut und Reue, da du dir dein Verbrechen selbst eingestehst – doch ist es noch nicht zu spät, deine Tat zu widerrufen. Du darfst diese Herzensqual beschwichtigen und diese Tränen trocknen. Es bedarf von dir aus nur einer entschlossenen Handlung und einer standhaften Wiederherstellung deiner ehelichen Autorität. Mrs. Baynes ist nach ihrer Untat ganz sanft und fügsam. Sie hat ihr Kind halb umgebracht und Philip auf ein höllisches Folterbett gespannt; aber sie geht mit allen in Madames Haus durchaus höflich um. Kein Wort äußert sie über Mrs. Oberst Bunchs Ausbruch vom Vorabend. Sie spricht mit Schwester Emily über Paris, die Mode und Emilys Spaziergänge auf dem Boulevard und im Palais-Royal mit ihrem Major. Sie schenkt verschiedenen Pensionsgästen am Tisch ein furchterregendes Lächeln. Sie dankt Oguhst, als er ihr beim Dinner vorlegt, und erklärt: „Ah, madame, que le buhf est bong aujourdhui, rien que j'aime comme le potofou." O du alte Heuchlerin! Aber ich jedenfalls habe die Frau ja nie gemocht und immer behauptet, ihre Leutseligkeit sei noch widerwärtiger als ihr Zorn. Die Heuchlerin! sage ich noch einmal; ja, und behaupte, es saßen noch mehr Heuchler am Tisch, wie Sie bald hören werden.

Als Baynes eine Gelegenheit fand, unbeobachtet, wie er meinte, mit Madame zu sprechen, können Sie sicher sein, daß der schuldbeladene Bösewicht sie fragte, wie es seiner kleinen Charlotte gehe. Mrs. Baynes übertrumpfte in diesem Moment die beste Herzkarte ihres Partners, tat aber so, als sehe und höre sie nichts. „Ihr geht es jetzt besser – sie schläft", sagte Madame. „Mister Doktor Martin hat ihr einen beruhigenden Trank verordnet." Und was, wenn ich Ihnen verriete, es habe jemand von Charlotte ein Briefchen mitgenommen und wahrhaftig einem savoyardischen Jüngling fünfzehn Sous dafür gezahlt, daß er es zu jemand anderem bringe? Was, wenn ich Ihnen verriete, die Person, an die der Brief adressiert war, habe stracks eine Antwort geschrieben – selbstverständlich an Madame de Smolensk gerichtet? Ich weiß, es war sehr unrecht; aber ich habe den Verdacht, Philips Arznei wirkte ganz genau so gut wie Doktor Martins, und gedenke nicht besonders böse auf Madame zu sein, weil sie den nicht approbierten Arzt konsultiert hat. Halten Sie mir keine Moralpredigt, Madam, und erteilen Sie mir keine Lehren über gefährliche Beispiele für junge Leute. Selbst in Ihrem gegenwärtigen reifen Alter und im Kreise Ihrer lieben Töchter: wenn Sie, Mylady, sich den „Barbier von Sevilla" anhören, welcher Seite gehört Ihre Sympathie – Doktor Bartolo oder Miss Rosina?

Obwohl also Mrs. Baynes ihren Mann sehr respektvoll behandelte und ihn mittels vieler dürrer Zärtlichkeiten, unterwürfiger Gesten und gezwungener Selbstdemütigungen zu versöhnen und zu besänftigen trachtete, zeigte der General der Gefährtin seines Daseins eine finstere, drohende Miene. Ihr klägliches Lächeln konnte ihm nicht mehr gefallen, er beantwortete ihre Bemerkungen mit kurzen „Ohs" und „Ahas". Als Mrs. Hely mit Sohn und Tochter in der Familienkutsche vorfuhr, um bei der

Familie Baynes noch ein zweites Mal Besuch zu machen, geriet der General in Wut und schrie: „Verdammt noch mal, Eliza, du kannst doch nicht daran denken, Besucher zu empfangen, wenn unser armes Kind krank im Zimmer nebenan liegt? Das ist unmenschlich!" Die verängstigte Frau wagte keine Einwände. Sie war so verschreckt, daß sie nicht einmal die jüngeren Kinder zu schelten versuchte. Sie griff zu einer Handarbeit und setzte sich verstohlen weinend zu ihnen. Ihre arglosen Fragen und unangebrachten Heiterkeitsausbrüche versetzten der Matrone manchen Stich und waren eine Strafe für sie. Man sieht Menschen Unrecht tun, auch wenn sie weit über fünfzig Jahre alt sind. Nicht nur die Schüler, auch die Hilfslehrer und sogar der Rektor verdienen manchmal eine Züchtigung. Ich jedenfalls hoffe, mir diese schöne Wahrheit zu merken, und wenn ich das Jahr 1900 erleben sollte.

Zu den übrigen Damen in Madames Pension, zu Mrs. Mac und Mrs. Oberst Bunch, verhielt sich der General aufreizend zuvorkommend und freundlich, obwohl sie sich gegen ihn erklärt und in der Nacht der großen Auseinandersetzung ihre Meinung in offenherzigster Weise kundgetan hatten. Erst vierundzwanzig Stunden vorher hatten sie erklärt, der General sei ein brutaler Mensch – und Lord Chesterfield hätte einer lieblichen jungen Herzogin nicht höflicher begegnen können als Baynes am nächsten Tag diesen Matronen. Man hat gehört, daß Mrs. Mac den brennenden Wunsch nährte, einen neuen Pariser Kapotthut zu besitzen, damit sie unter den Damen auf der Promenade in Tours in gebührendem Glanz auftreten könnte? Major und Mrs. Mac und Mrs. Bunch sprachen davon, zum Palais-Royal zu gehen (wo MacWhirter nach seinen Worten ein paar ungewöhnlich nette Dinger, beim heiligen George! im Eckladen unter der Glasgalerie gesehen hatte). Daraufhin sprang Baynes auf, erklärte, er wolle seine Freunde begleiten, und fuhr fort: „Du weißt, Emily, ich habe dir schon vor ewigen Zeiten einen Kapotthut versprochen!"

Und diese vier gingen miteinander aus, und mit keinem Wort bot Baynes seiner Frau an, sich der Gruppe anzuschließen; dabei war der beste Kapotthut der Ärmsten ein schrecklich altes Gebilde mit ruppigen Federn, zerknitterten Bändern, verblichenen Blumen und Spitze, die sie vor vielen Monaten in St. Martin's

Alley gekauft hatte. Emily freilich fragte ihre Schwester: „Eliza, willst *du* nicht mitkommen? Wir können den Omnibus an der Ecke nehmen, der uns direkt bis vor die Tür bringt." Doch als Emily diese unangebrachte Einladung aussprach, zeigte das Gesicht des Generals einen so wilden und entsetzlichen Ausdruck der Feindseligkeit, daß Eliza Baynes sagte: „Nein, danke, Emily. Charlotte ist noch unpäßlich, und ich – ich werde vielleicht zu Hause gebraucht." Und die Gesellschaft brach ohne Mrs. Baynes auf. Und sie blieben aus, ich weiß nicht wie lange; und Emily MacWhirter kehrte mit einem Kapotthut in die Pension zurück – das entzückendste Ding, das man je sah! – grüner Piquésamt, mit einer ruche voller Rosenknospen, und obenauf prangte ein Paradiesvogel, der an einer herrlichen Weintraube zwischen Mohnblüten, Kornähren, Haferrispen usw. pickte, was alles den verschwenderischen Herbst symbolisierte. Mrs. General Baynes mußte ihre Schwester in diesem eleganten Hut heimkehren sehen; sie willkommen heißen; Emilys Bemerkung zustimmen, der General habe sich wirklich nobel gezeigt; vernehmen, daß die Gesellschaft dann noch bei „Tortoni" eingekehrt war und Eis gegessen hatte; und dann in ihr eigenes Zimmer hinaufgehen und ihren eigenen arg mitgenommenen, geschundenen alten chapeau mit seinen schlaffen Bändern betrachten, der an seinem Haken hing. Diese Demütigung, sage ich, mußte Eliza Baynes schweigend hinnehmen, ohne mit der Wimper zu zucken, wenn möglich sogar mit lächelndem Gesicht.

Infolge vorhin angedeuteter Umstände lautete die Auskunft über Miss Charlottes Befinden sehr viel besser, als ihr Papa von seinem Abstecher zum Palais-Royal zurückkehrte. Er fand sie auf Madames Sofa sitzend, blaß, aber mit dem gewohnten lieben Lächeln. Er küßte und streichelte sie mit vielen zärtlichen Worten. Wahrscheinlich versicherte er ihr, nichts auf der Welt liebe er so sehr wie seine Charlotte. Er werde nie freiwillig etwas tun, das ihr weh täte, niemals! Sie sei sein Leben lang sein braves Mädchen und sein Segen gewesen! Ach! diese Vorstellung – der reumütige Mann und sein an ihn geklammertes Kind – gibt ein hübscheres Bildchen ab als die Szene über ihnen, nämlich Mrs. Baynes, die ihren alten Hut betrachtet. In dem Gespräch zwischen Baynes und seiner Tochter fiel kein Wort über Philip, aber diese liebreichen väterlichen Blicke und Küsse weckten Hoffnung in Charlottes Herz; und als ihr Papa ging (erzählte sie hinterher einer Freundin), „bin ich aufgestanden und ihm nachgegangen, denn ich wollte ihm Philips Brief zeigen. Aber an der Tür sah ich Mama die Treppe herunterkommen. Und sie sah so furchtbar aus und hat mir solche Angst gemacht, daß ich umgekehrt bin." Ich habe erfahren, daß manche Mütter ihren Töchtern nicht erlauben, die Werke Ihres bescheidenen Bußpredigers zu lesen, damit sie nicht auf „gefährliche" Ideen kommen usw. usw. Verehrte Damen, geben Sie ihnen Ammenmärchen wie „Goody Two-Shoes" zu lesen, wenn Sie wollen, oder welches andere Belehrung und Unterhaltung verbindende Werk Sie ihrem jugendlichen Verständnis für angemessen halten! Doch ich flehe Sie an, freundlich mit ihnen umzugehen. Ich habe nie Menschen mit einem besseren Verhältnis zueinander erlebt, offener, liebevoller und herzlicher, als die Eltern und die erwachsene Jugend in den Vereinigten Staaten. Und warum? Weil man die Kinder verwöhnt hatte, keine Frage! Ich sage Ihnen, gewinnen Sie das Vertrauen der Ihren – bevor der Tag des Aufruhrs und der Unabhängigkeit kommt, auf den die Liebe nie wiederkehrt.

Nun, als Mrs. Baynes zu ihrer Tochter hineinging, die bisher ganz behaglich auf dem Sofa in Madames Zimmer gesessen und ihren Vater abgeküßt hatte, wichen das sanfte zitternde Lächeln und die blinkenden Tautropfen des Mitgefühls und der Vergebung, die sich vorhin zur Besänftigung des Mädchens eingestellt hatten, von Wangen und Augen. Sie nahmen wieder ihren fiebrigen Glanz an, und ihr Herz klopfte mit gefährlicher Schnelligkeit. „Wie geht es dir jetzt?" fragt Mama mit ihrer tiefen Stimme. „Mir geht es ziemlich gleich", sagt das Mädchen und beginnt zu beben. „Lassen Sie das Kind, Sie regen sie auf, Madame", ruft die Dame des Hauses, die hinter Mrs. Baynes eintritt. Diese bedrückte, gedemütigte, verlassene Mutter verläßt hängenden Kopfes ihre Tochter. Sie setzte sich den armseligen alten Kapotthut auf und ging am Abend mit ihren Kleinen auf den Champs-Elysées spazieren und zeigte ihnen Guignol; dem Puppentheatermann gab sie einen Penny. Ich bin davon überzeugt, daß sie genausowenig von der Vorstellung sah wie ihr Mann am Abend vorher vom Ballett, als die Taglioni und die Noblet und Duvernay vor seinen brennenden Augen tanzten. Aber immerhin waren die brennenden Augen inzwischen mit einem belebenden

Wasser gewaschen, so daß sie die Welt wieder sehr viel heiterer und munterer zu betrachten vermochten. Ach, gütiger Himmel, gib uns Augen, unser eigenes Unrecht zu sehen, wie sehr das Alter sie auch trübt; und gib uns Knie, nicht zu steif, um niederzuknien, trotz der Jahre, der Wadenkrämpfe und des Rheumatismus! Diese schwergeprüfte alte Frau führte ihre Kinder also in die volkstümliche Komödie des Guignol. Sie machte keine Einwände, als die Jungen auf die Bäume der Elysäischen Felder kletterten, obwohl die Wächter ihnen herunterzukommen befahlen. Sie kaufte den Kleinen rosa Zuckerstangen. Die glitzernden Süßigkeiten aus dem Mund nehmend, wiesen sie auf Mrs. Helys prachtvolle Barutsche, die vom Bois de Boulogne stadteinwärts rollte. Die grauen Schatten senkten sich herab, und in Madame Smolensks Pension gab Auguste gerade das erste Glockenzeichen zum Dinner, als Mrs. General Baynes in ihr Logis zurückkehrte.

Inzwischen hatte Tante MacWhirter die kleine Miss Charlotte besucht, mit dem neuen Hut, den der General, Charlottes Papa, ihr gekauft hatte. Dieser elegante Gegenstand hatte ein angenehmes Thema für das Gespräch zwischen Tante und Nichte geliefert, die einander sehr gern hatten, und sie untersuchten und bewunderten ausführlich alle Einzelheiten des Hutes, die blauen Blüten, die scharlachroten Blüten, die Weintrauben, Korngarben, Spitzen usw. Erinnerte sich Charlotte an das vorsintflutliche englische Ding, das Tante Mac getragen hatte, wenn sie ausgegangen war? Charlotte erinnerte sich an den Hut und lachte bei Mrs. Macs Schilderung, wie Papa auf der Heimfahrt in der Droschke darauf bestand, den abgewrackten Hut aus dem Kutschenfenster auf die Straße zu werfen, wo ein vorüberkommender alter chiffonier ihn mit seinem eisernen Haken aufspießte, ihn sich selbst aufsetzte und grinsend davonging. Wirklich, bei diesem Bericht lachte Charlotte so heiter und fröhlich wie früher; und bestimmt wechselten das arme Mädchen und ihre Tante noch mehr Küsse.

Nun, Sie werden bemerkt haben, daß der General und seine Begleiter zwar in einer Droschke vom Palais-Royal zurückkehrten, jedoch zu Fuß hingegangen waren, je zu zweien – Major MacWhirter voraus mit Mrs. Bunch am Arm (die die Geschäfte im Palais-Royal gut kannte, das dürfen Sie mir glauben), der General in einigem Abstand hinterher mit seiner Schwägerin als Partnerin.

Auf diesem Weg fand ein für Charlottes Interessen sehr wichtiges Gespräch zwischen ihrer Tante und ihrem Vater statt.

„Ach, Baynes! Das ist eine traurige Geschichte mit der liebsten Char", stieß Mrs. Mac seufzend hervor.

„Das ist es wirklich, Emily", gab der General seinerseits mit einem tief unglücklichen Ächzen zurück.

„Es greift mir ans Herz, dich so zu sehen, Baynes – es greift Mac ans Herz. Gestern abend haben wir noch bis spät in die Nacht davon gesprochen. Du warst so schrecklich unglücklich; und aller Branntweinpawnee in der Welt hilft dir nicht, Charles."

„Nein, weiß Gott", sagt der General und verzieht kummervoll den Mund. „Weißt du, Emily, dieses Kind leiden zu sehen, zerreißt mir das Herz im Leib – weiß Gott, wirklich! Sie ist ein so gutes Kind gewesen und so sanft und so fröhlich und so gehorsam, und ich habe nie etwas an ihr zu tadeln gehabt und – huuhuu!" Hier lassen die Augen des Generals, die schon ungewöhnlich rasch gezwinkert hatten, ihn ganz im Stich. Und auf das Signal „Huu" brechen aus ihnen zwei Ströme jenes Augenwassers hervor, das, wie schon gesagt, manchmal so gut für die Sehkraft ist.

„Mein lieber gutmütiger Charles, du warst immer ein guter Kerl", sagt Emily und tätschelt den Arm, auf dem der ihre ruht. Inzwischen klemmt sich Generalmajor Baynes, C. B., den Bambusstock unter den freien Arm, zieht ein schönes großes gelbes Taschentuch aus der hinteren Tasche und stößt ein sagenhaft lautes Obbligato aus – genau unter dem Sprühregen des Springbrunnens am Rond-Point, gegenüber der Invalidenbrücke, über die der arme Philip unendlich oft bei Tag und Nacht gestapft ist, um sein Mädchen zu besuchen.

„Vorsicht mit dem Stock, alter Trottel!" ruft ein näher kommender Fußgänger, den der General mit seiner eisernen Zwinge bedroht und angreift.

„Mille pardong, Mosuh, je vous demande mille pardong", sagt der alte Mann ganz sanftmütig.

„Du bist eine gute Seele, Charles", fährt die Dame fort, „und meine kleine Char ist ein Schatz. Aus eigenem Antrieb hättest du das nie gemacht. Meine Güte! Und sieh nur, wohin es führte:

Mac hat es mir erst heute nacht erzählt. Du gräßlicher, blutdürstiger Mensch! Zwei Forderungen – und der liebe Mac so aufgebracht und ungestüm! Oh, Charles Baynes, ich zittere, wenn ich bedenke, vor welcher Gefahr ihr alle bewahrt worden seid! Angenommen, man hätte dich Eliza ins Haus gebracht – angenommen, man hätte mir den lieben Mac ins Haus gebracht, von dem Arm getötet, auf den ich mich gerade stütze. O es ist furchtbar, furchtbar! Wir sind allzumal Sünder, das sind wir, Baynes!"

„Ich bitte demütig um Verzeihung, daß ich an ein so schweres Verbrechen gedacht habe. Ich bitte um Verzeihung", sagt der General sehr bleich und ernst.

„Wenn du den lieben Mac umgebracht hättest, hättest du da jemals wieder Ruhe gefunden, Charles?"

„Nein. Ich glaube nicht. Ich hätte sie auch nicht verdient", antwortet der zerknirschte Baynes.

„*Du* hast ein gutes Herz. *Du* warst es nicht, der das alles angerichtet hat. Ich weiß, wer es war. Sie hatte schon immer einen schrecklichen Charakter. Wie sie früher unsere arme liebe Louisa gepeinigt hat, die inzwischen tot ist, das kann ich ihr jetzt noch kaum verzeihen, Baynes. Armer gequälter Engel! Eliza war an ihrem Bett, hat ihr zugesetzt und sie gemartert bis zu ihrem allerletzten Tag. Hast du sie jemals mit ihren Kindermädchen und Dienstboten in Indien erlebt? Wie sie die behandelt hat, war . . ."

„Sprich nicht weiter. Die Gemütsart meiner Frau ist mir bekannt. Der Himmel weiß, ich habe genug darunter gelitten!" sagt der General und läßt den Kopf hängen.

„Aber Mensch – willst du ihr denn in allem und jedem nachgeben? Gestern abend habe ich zu Mac gesagt: ‚Mac, will er ihr denn in allem und jedem nachgeben? In der Heeresliste steht kein Mann, der tapferer wäre als Charles Baynes, und soll meine Schwester Eliza ihn ganz und gar beherrschen, Mac?' habe ich gesagt. Nein; wenn du Eliza die Stirn bietest, weiß ich aus Erfahrung, daß sie nachgibt. Wie du weißt, Baynes, haben wir uns dutzendmal, hundertmal gestritten."

„Wahrhaftig, das weiß ich", gibt der General mit einem melancholischen Lächeln zu.

„Und manchmal hat sie gewonnen, und manchmal habe ich gewonnen, Baynes! Aber ich habe nie, wie du, nachgegeben, ohne mich meiner Haut zu wehren. Nein, nie, Baynes! Und das sage ich dir, ich und Mac sind geradezu entsetzt, wenn wir sehen, wie du vor ihr klein beigibst!“

„Komm, komm! Ich meine, du hast mir oft genug gesagt, daß ich unter dem Pantoffel stehe“, sagt der General.

„Und du gibst nicht nur dich selbst auf, Charles, sondern dein liebes, liebes Kind – der arme kleine gequälte Schatz!“

„Der junge Mann ist ein Bettler!“ ruft der General, sich auf die Lippen beißend.

„Was warst du, was waren Mac und ich, als wir heirateten? Wir hatten außer unserem Sold nicht viel, oder? Wir haben uns in guten wie in schlechten Tagen durchgeschlagen, haben uns beholfen, so gut wir konnten, und einander geliebt, Gott sei gelobt! Und hier stehen wir nun, schulden keinem Menschen etwas, und ich soll einen neuen Hut bekommen!“ Und sie warf stolz den Kopf zurück und richtete aus zwinkernden Augen einen gutmütigen Blick auf ihren Begleiter.

„Emily, du hast ein gutes Herz! Das ist die Wahrheit“, verkündet der General.

„Und *du* hast auch ein gutes Herz, Charles, so gewiß mein Name MacWhirter ist; und ich möchte, daß du auch danach handelst, und ich schlage vor ...“

„Was denn?“

„Nun, ich schlage vor, daß ...“ Aber jetzt haben sie das Tor der Tuileriengärten erreicht und gehen hinein und setzen ihr Gespräch inmitten eines solchen Tumults fort, daß wir sie nicht mehr belauschen können. Sie durchqueren den Garten und gelangen so zum Palais-Royal, und der Kauf des Kapotthutes wikkelt sich ab; und inmitten der Aufregung, die *dieses* Ereignis auslöst, gerät selbstverständlich jede Erörterung familiärer Angelegenheiten ins Hintertreffen.

Doch der Kern des Gespräches zwischen Baynes und seiner Schwägerin läßt sich aus der Unterhaltung erraten, die später zwischen Charlotte und ihrer Tante stattfand. Charlotte nahm nicht am gemeinsamen Dinner teil. Dazu war sie noch zu schwach, und man brachte ihr „un bon bouillon“ und einen Hühnerflügel in das Privatgemach, wo sie den ganzen Tag über geruht hatte. Beim Dessert jedoch nahm Mrs. MacWhirter eine schöne Weintraube und einen runden rosigen Pfirsich vom Tisch und brachte sie dem Mädchen, und ihre Unterredung läßt sich einigermaßen wiedergeben, obwohl sie ohne Zeugen ablief.

Seit dem Ausbruch der Konflikte am Abend zuvor wußte Charlotte, daß die Tante ihre Freundin war. Die Blicke Mrs. MacWhirters und der Ausdruck ihres lieben, munteren Gesichts verrieten ihre Anteilnahme mit dem Mädchen. Jetzt ging es ohne Erbleichen, ohne zornige Blicke, ohne Herzklopfen ab. Miss Char konnte sogar ein Scherzchen machen, als ihre Tante erschien, und rief: „Was für schöne Trauben! Aber Tante, die hast du bestimmt von dem neuen Hut genommen!"

„Du hättest auch den Paradiesvogel bekommen, liebes Kind, nur sehe ich, daß du das Huhn nicht gegessen hast! Sie ist eine gutherzige Frau, die Madame Smolensk. Ich mag sie. Sie gibt ein sehr ordentliches Dinner. Ich kann mir nicht denken, wie sie es für das Geld schafft, weiß Gott!"

„Sie war sehr, sehr gut zu mir! Und ich habe sie von ganzem Herzen lieb!" ruft Charlotte.

„Armer Liebling! Wir machen alle unsere Prüfungen durch, und deine haben gerade angefangen, mein Herz!"

„Ja, wahrhaftig, Tante", wimmert die junge Person, woraufhin möglicherweise eine Küsserei stattfindet.

„Liebes Kind! Als dein Papa mit mir den Hut kaufen ging, hatten wir ein langes Gespräch, und es drehte sich um dich."

„Um mich, Tante!" zwitschert Miss Charlotte.

„Er wollte Mama nicht mitnehmen, er wollte nur mit mir gehen, allein. Ich wußte, daß er mir etwas sagen wollte, was dich betrifft. Und was meinst du, was es war? Liebes Kind, du hast hier viel zuviel Aufregungen gehabt. Du und deine arme Mama, ihr werdet sicherlich eine Zeitlang nicht einer Meinung sein. Sie wird dich weiter auf diese Bälle und feinen Gesellschaften schleppen wollen und dir diese *feinen Partner* anbringen."

„Oh, ich hasse die!" ruft Charlotte. Armer kleiner Walsingham Hely, was hatte er getan, daß man ihn haßte?

„Nun ja. Es kommt mir nicht zu, eine Mutter vor ihrer eigenen Tochter zu kritisieren. Aber du weißt, Mama hat so *eine Art* an sich. Sie erwartet, daß man ihr gehorcht. Sie wird dir keine Ruhe lassen. Sie wird immer und immer wieder in dich dringen. Du weißt, wie sie über jemanden – einen bestimmten Gentleman – herzieht? Wenn sie ihn wiedersieht, wird sie ihm grob kommen.

Mama kann manchmal ganz schön grob werden – das muß ich von meiner eigenen Schwester sagen. Solange du hierbleibst . . ."

„O Tante, Tante! Bring mich nicht fort, bring mich nicht fort!" ruft Charlotte.

„Liebes, hast du Angst vor deiner alten Tante und vor deinem Onkel Mac, der so gut ist und dich immer lieb gehabt hat? Major MacWhirter hat auch seinen eigenen Kopf, auch wenn ich natürlich keine Anspielungen mache. *Wir* wissen, wie bewundernswert jemand sich zu deiner Familie verhalten hat. Jemand, den man äußerst *undankbar* behandelt hat, auch wenn ich natürlich keine Anspielungen mache. Wenn du dein Herz dem *größten Wohltäter* deines Vaters geschenkt hast, glaubst du, ich und Onkel Mac nehmen dir das übel? Als Eliza Baynes geheiratet hat (dein Vater war damals ein mittelloser Subalternoffizier, liebes Kind – und meine Schwester verfügte bestimmt weder über Vermögen noch Schönheit), hat sie nicht direkt gegen die Wünsche *unseres* Vaters gehandelt? Gewiß hat sie das! Aber sie sagte, sie sei volljährig – das war sie und noch eine ganze Menge mehr – und sie mache, was sie wolle, und sie hat dafür gesorgt, daß Baynes sie heiratete. Wieso hast du Angst, zu uns zu kommen, liebes Kind? Hier bist du jemandem näher, aber kannst du ihn sehen? Deine Mama läßt dich ganz gewiß nur ausgehen, wenn sie dir wie ein Schatten folgen kann. Du darfst ihm schreiben. *Mir* brauchst du doch nichts vorzumachen, Kind, bin ich denn nicht selbst jung gewesen? Als sich damals eine Schwierigkeit zwischen Mac und dem armen Papa ergab, hat mir Mac da nicht geschrieben, obwohl er Briefe haßt, der arme Schatz, und darin wirklich *unbeholfen* ist? Und wenn es uns auch verboten war, hatten wir nicht zwanzig Arten, uns zu telegraphieren? Herrje! Mein liebes Kind, als dein armer lieber Großvater einmal einen fand, war er so wütend, daß er mich mit seiner großen Peitsche traktiert hat, ein erwachsenes Mädchen!"

Charlotte, die viel Sinn für Humor hat, hätte zu anderer Zeit über dieses Geständnis gelacht, aber jetzt regte diese Einladung, Paris zu verlassen, die ihre Tante soeben ausgesprochen hatte, sie zu sehr auf. Paris verlassen? Die Chance aufgeben, ihren liebsten Freund, ihren Beschützer zu sehen? Wenn er auch nicht bei ihr war, war er nicht in ihrer Nähe? Ja, stets in ihrer Nähe! In jener entsetzlichen Nacht, als alles so verzweifelt aussah, kam nicht ihr

Held herbeigestürzt, um ihr zu helfen? Oh, der Liebste und Tapferste! Oh, der Zärtliche und Treue!

„Du hörst ja gar nicht zu, du armes Kind!" sagte Tante Mac und musterte ihre Nichte mit gütigen Blicken. „Nun hör mir noch einmal zu. Laß dir was sagen!" Und Tante Emily setzte sich zu Charlotte auf das Plaudersofa, gab dem Mädchen erst einen Kuß auf die runde Wange und tuschelte ihr dann etwas ins Ohr.

Wahrhaftig, nie war Medizin so wirksam und rasch wirkend wie jenes erstaunliche Destillat, das Tante Emily ihrer Nichte ins Ohr träufelte! „Ach, du dumme Gans!" begann sie, und den Rest des Zauberspruchs flüsterte sie in jene kleine rosa Perlmuttmuschel, um die Miss Charlottes weiche braune Ringellocken wallten. Welch liebliches Rot breitete sich sogleich über die Wangen aus! Welch süße Lippen riefen: „O du liebe, liebe Tante!" und küßten dann der Tante das gütige Gesicht ab, daß ich den Zauberspruch, wüßte ich ihn, wahrlich spornstreichs aussprechen möchte, wenn ich ihn an solch einer süßen jungen Patientin ausprobieren könnte.

„Wann fahren wir? Morgen, Tante, n'est-ce pas? Oh, ich bin ganz kräftig! Habe mich in meinem ganzen Leben nicht so wohl gefühlt! *Auf der Stelle* gehe ich packen", ruft die junge Person.

„Doucement! Papa weiß von dem Plan. Er war es sogar, der ihn vorgeschlagen hat."

„Liebster, bester Vater!" stößt Miss Charlotte hervor.

„Aber Mama weiß nichts. Und wenn du dich sehr erpicht zeigst, Charlotte, macht sie vielleicht Einwände, weißt du. Gott behüte, daß *ich* einem Kind zur Verstellung rate, aber unter diesen Umständen, liebes Kind . . . Wenigstens gebe ich zu, was zwischen Mac und mir vorgefallen ist. Herrje! *Mir* war Papas große Peitsche egal! Ich wußte, es würde nicht weh tun; und Baynes, da bin ich sicher, würde keiner Fliege etwas zuleide tun. Nie hat ein Mann mehr bedauert, was er getan hat. Das hat er mir gesagt, als wir aus dem Hutgeschäft kamen und er meinen alten Gelben in der Hand hatte. In der Nähe der Bourse haben wir jemand getroffen. Wie bedrückt er aussah und auch wie stattlich! *Ich* habe ihm zugenickt und ihm mit der Hand einen Kuß zugeworfen, das heißt, mit dem Sonnenschirmgriff. Papa konnte ihm nicht die Hand geben, wegen meines Hutes, weißt du, in der braunen Papiertüte. Er hat einen schneidigen Bart, wirklich. Er sah aus wie

SWAIN SC
F W

ein verwundeter Löwe. Das habe ich Papa gesagt. Und ich habe gesagt: ‚Du bist es, der ihn verwundet, Charles Baynes!‘ – ‚Das weiß ich‘, hat Papa gesagt. ‚Ich habe darüber nachgedacht. Ich kann nachts nicht schlafen, weil ich daran denke: und es macht mich verd... unglücklich.‘ Du weißt, was Papa manchmal sagt? Lieber Himmel! Du hättest die Männer und ihre Ausdrücke hören sollen, als Eliza und ich zur Armee kamen, vor vielen, vielen Jahren!“

Ausnahmsweise war Charlotte Baynes darüber glücklich, daß ihr Vater unglücklich war. Der Gedanke, ihr Vater könnte seiner Charlotte ein Unrecht zufügen, hatte das junge Mädchen ins Herz getroffen. Ach! laßt euch von seinem Beispiel warnen, ihr Graubärte! Und wie alt und zahnlos auch immer, wenn ihr Unrecht getan habt, gebt es zu; und setzt euch hin und sprecht ein Tischgebet und mümmelt eure Abbitte.

Der General gab also Philip nicht die Hand. Aber Major MacWhirter ging ganz auffällig forsch auf ihn zu, gab dem verwundeten Löwen die eigene Pranke und sagte: „Mr. Firmin. Freue mich, Sie zu sehen! Wenn Sie einmal nach Tours kommen, denken Sie daran, vergessen Sie meine Frau und mich nicht. Schöner Tag. Kleine Patientin schon viel wohler! Bon courage, wie man sagt!“

Ich frage mich, welchen Wirrwarr Philip an jenem Abend für seine Korrespondenz mit der „Pall Mall Gazette“ herunterstümperte. Jeder, der von seiner Feder lebt, weilt, wenn er zufällig seine Schriften aus früheren Jahren durchsieht, wieder in der Vergangenheit. Unsere Kümmernisse, unsere Freuden, unsere Jugend, unsere Sorgen, unsere lieben, lieben Freunde erwachen wieder zum Leben. Wie schamrot uns manche dieser vortrefflichen Texte machen! Wie öde diese wieder ausgegrabenen Witze sind! Es war Mittwoch abend, Philip schrieb zu Hause in seinem Gasthof eine seiner großartigen Tiraden herunter, *„Paris, am Donnerstag“* datiert – Sie verstehen, um sie für die Sonnabendpost fertig zu haben, da kommt der kleine Kellner und meldet, ein Auge zukneifend: „Wieder diese Dame, Monsieur Philippe!“

„Was für eine Dame?“ fragt unser eigener intelligenter Korrespondent.

„Die alte Dame, die neulich schon da war, Sie wissen.“

„C’est moi, mon ami!“ ruft Madame Smolensks wohlbekannte

ernste Stimme. „Hier ist ein Brief, d'abord. Aber der sagt nichts. Er wurde vor der grande nouvelle geschrieben – der großen Neuigkeit – der guten Neuigkeit!"

„Was für eine gute Neuigkeit?" fragt der Herr.

„In zwei Tagen reist Miss mit Tante und Onkel nach Tours – dieser gute Macvirterre. Sie haben Plätze in der Postkutsche von Laffitte & Caillard bestellt. Sie sind Ihre Freunde. Papa ist dafür, daß sie fährt. Hier ist ihre Visitenkarte. Fahren Sie auch; sie werden Sie mit offenen Armen empfangen. Was haben Sie, mein Sohn?"

Philip sah entsetzlich niedergeschlagen aus. Ein verleumdeter und vom Unglück verfolgter Gentleman in New York hatte auf ihn gezogen, und er hatte alles, was er besaß, bis auf vier Francs ausgezahlt und lebte auf Kredit, bis seine nächste Überweisung eintraf.

„Sie haben kein Geld! Ich habe daran gedacht. Sehen Sie hier! Soll er doch warten – der Hausbesitzer!" Und sie holt eine Banknote heraus, die sie dem jungen Mann in die Hand gibt.

„Tiens, il l'embrasse encor c'te vieille!" sagt der kleine Besteckputzer. „J'aimerai pas ça, moi, par exemp'!"

29. KAPITEL

In den Departements Seine, Loire und Styx (Inférieur)

Ohne Zweifel litt unsere liebe gute Freundin Mrs. Baynes gerade unter einer Panik, wie sie sie manchmal überfiel und während der sie die gehorsamste Eliza und Vasallin ihres Gatten blieb. Wir haben gesagt, wenn Baynes einen bestimmten Gesichtsausdruck zeigte, wußte seine Frau, daß Widerstand zwecklos war. Diesen Ausdruck nahm er vermutlich an, als er Charlottes Mutter ihre Abreise ankündigte und Mrs. General Baynes anwies, die notwendigen Vorbereitungen für das Mädchen zu treffen. „Vielleicht bleibt sie eine Zeitlang bei ihrer Tante", gab Baynes bekannt. „Eine Luftveränderung würde dem Kind sehr guttun. Laß alles Nötige an Hüten, Kapotten, Wintersachen und so weiter herrichten." – „Soll Charlotte denn so lange fortbleiben?" fragte Mrs. B. „Sie ist hier so glücklich gewesen, daß du sie bei dir behalten willst und dir einbildest, sie könnte ohne dich nicht glücklich sein!" höre ich in Gedanken den General finster der Gefährtin seines Daseins antworten.

Ich sehe die alte Frau, den welken Kopf senkend, vielleicht auch mit einer die Wange herabrinnenden Träne, stumm davongehen, um dem Befehl ihres Gebieters zu gehorchen. Sie wählt einen Koffer aus dem Baynes'schen Gepäcklager. Der Koffer einer jungen Dame war damals noch eine Reisekiste. Jetzt ist es ein zwei- oder dreistöckiges Bauwerk aus Holz, in das man zwei, drei voll ausgewachsene junge Damen (ohne Krinolinen) packen könnte. Voriges Jahr habe ich auf dem Bahnhof von Folkestone eine kleine alte Landfrau gesehen, der das Reisegepäck in einer Pappschachtel, in ein altes Baumwolltuch geknüpft, am Arm hing; und sie betrachtete Lady Knightsbridges dreiundzwanzig schwarze Reisekoffer, jeder beinahe so groß wie Myladys Opernloge. Vor diesen beeindruckenden Bauwerken stand die alte Frau stumm staunend. Diese alte Dame und ich hatten in einer Zeit gelebt, als es die Krinoline nicht gab. Und doch, meine ich, sahen die Frauen damals sogar noch hübscher aus als heutzutage. Also, man zog einen Koffer und eine Hutschachtel für die kleine Charlotte aus dem Gepäckstapel, und ich nehme an, ihre kleinen Brüder sprangen und tanzten mit großem Eifer auf der Kiste herum, um den Deckel zu schließen, und der General holte Hammer und Nägel hervor und nagelte eine Karte auf den Reisekoffer, auf der mit Druckbuchstaben „Mademoiselle Baynes" stand. Und Mama mußte zuschauen und diese Vorbereitungen mitansehen. Und Walsingham Hely hatte vorgesprochen; und er würde nicht wiederkommen, das wußte sie; und diese schöne Gelegenheit zur Versorgung ihres Kindes war durch die Starrköpfigkeit ihres eigensinnigen, rücksichtslosen Mannes vertan. Diese Frau mußte ihre Suppe mit ihren heimlichen Tränen verwässern, abends hinter Herzen und Treffs sitzen und über ihren vernichteten Hoffnungen brüten. Wenn ich diese elende Niobe noch einige Zeit länger betrachte, fange ich womöglich an, sie zu bemitleiden. Fort mit dir, Weichherzigkeit! Hole deine Pfeile hervor, die vergifteten, die mit den Widerhaken, die schmerzhaften, und pieke das alte Wesen tüchtig, du Gott des silbernen Bogens! Eliza Baynes mußte also zusehen, wie die Koffer gepackt wurden; mußte zusehen, wie ihr die eigene Autorität über die eigene Tochter entrissen wurde; mußte zusehen, wie das pflichtvergessene Mädchen sich mit großer Begeisterung und Bereitwilligkeit zur Abreise rüstete und keinen Stich bei dem Gedanken verspürte, eine Mutter zu verlassen, die sie durch Krankheiten gepflegt, die sie siebzehn Jahre lang gescholten hatte.

Der General begleitete die Gesellschaft zum Postkutschenkontor. Die kleine Char war doch recht blaß und bedrückt, als sie ihren Platz im Coupé einnahm. „Sie muß einen Eckplatz bekommen. Sie war krank und braucht einen Platz in der Ecke", meinte

Onkel Mac und erklärte sich gern bereit, sich in die Mitte zu quetschen. Unsere drei speziellen Freunde sitzen nun. Die übrigen Passagiere klettern auf ihre Plätze. Ab geht das trappelnde Gespann, während der General seinen Freunden ein Lebewohl zuwinkt. „Mächtig feine Pferde, diese grauen Normannen, famose Rasse, wirklich“, bemerkt er nach der Rückkehr zu seiner Frau.

„Wirklich“, wiederholt sie. „Bitte, in welchem Teil der Kutsche saß Mr. Firmin?“ fragt sie dann.

„Nirgendwo in der Kutsche!“ antwortet Baynes wütend und läuft an wie eine rote Bete. Und so bewies die Frau, daß sie, obzwar stumm, gehorsam, mit hängendem Kopf, über die Ränke ihres Gebieters Bescheid wußte und auch, warum man ihre Tochter fortgebracht hatte. Sie wußte es, doch sie war geschlagen. Ihr blieb nur übrig, zu schweigen und den Kopf zu senken. Ich vermute, sie tat in dieser Nacht kein Auge zu. Sie folgte der Postkutsche auf ihrer Reise. Char ist fort, dachte sie. Ja; mit der Zeit wird er mir den Gehorsam meiner übrigen Kinder rauben und sie mir vom Schoß reißen. *Er* – das heißt, der General – schlief inzwischen. Er hatte in den letzten Tagen vier schlimme Treffen durchgestanden – mit seinem Kind, mit seinen Freunden, mit seiner Frau – in letzterem Gefecht war er Sieger geblieben. Kein Wunder, daß Baynes müde war und Ruhe brauchte. Jeder dieser Kämpfe hätte ausgereicht, den Veteranen zu erschöpfen.

Wenn wir uns die Freiheit herausnehmen, in Zweibettzimmer zu schauen und die Gedanken auszuspähen, die unter den intimen Nachtmützen arbeiten, dürfen wir dann nicht das Coupé einer rasselnden Postkutsche mit einem offenen Fenster untersuchen, in dem eine junge Dame hellwach an der Seite ihres Onkels und ihrer Tante sitzt? Diese schlafen vielleicht; sie aber nicht. Ach! sie denkt an eine andere Reise! an jene glückselige von Boulogne her, als *er* da oben auf dem Verdeck saß, neben dem Schaffner. Als die MacWhirters mit ihr zum Kontor der Postkutsche gelangt waren, wie hatte ihr Herzchen geklopft! Wie hatte sie unter den Laternen alle Leute gemustert, die dort auf dem Hof herumstanden! Wie hatte sie aufgepaßt, als der Sekretär die Namen der Passagiere aufrief. Und, lieber Himmel, welche Angst sie gehabt hatte, daß er womöglich doch da wäre, während sie noch auf den Arm ihres Vaters gestützt dastand! Aber da war kein – nun, ich meine, wir brauchen wohl kaum Namen zu nennen. Da fand sich kein Zeichen von der bewußten Person. Papa gab ihr einen Kuß und sagte traurig Lebewohl. Die gute Madame Smolensk kam mit einem Adieu und einer Umarmung für ihre liebe Miss und wisperte: „Courage, mon enfant", und sagte dann: „Halt, ich habe Ihnen ein paar Bonbons mitgebracht." Da waren sie in einem Päckchen. Die kleine Charlotte legte das Päckchen in ihren Korb. Ab geht die Post, doch die Person hat kein Zeichen gegeben.

Ab geht die Postkutsche. Und Charlotte tastet immer wieder nach dem Päckchen in ihrem kleinen Korb. Was ist darin – oh, was? Könnte Charlotte doch nur mit dem Herzen lesen, sähe sie in diesem Päckchen – mag sein, das süßeste Bonbon von allen oder, o weh! die bitterste Mandel! Durch die Nacht fährt die Postkutsche, passiert einen Pferdewechsel nach dem anderen. Onkel Mac schläft tief. Ich glaube, ich habe schon gesagt, daß er schnarchte. Tante Mac ist ganz still, und Char sitzt kläglich mit ihren einsamen Gedanken und ihren Bonbons da, während Meilen, Stunden, Wechselstationen vorüberziehen.

„Die Damen hier, wollen Sie aussteigen und eine Tasse Kaffee oder eine Tasse Bouillon trinken?" ruft schließlich ein Kellner an der Coupétür, als die Kutsche in Orleans hält.

„Auf jeden Fall eine Tasse Kaffee", sagt Tante Mac.

„Das Weinchen von Orleans ist gut", ruft Onkel Mac. „Descendons!"

„Hier entlang, Madame", weist der Kellner.

„Charlotte, mein Herz, etwas Kaffee?"

„Ich – ich bleibe in der Kutsche. Ich möchte gar nichts, danke", sagt Miss Charlotte. Und kaum sind ihre Verwandten fort, haben sie das Tor des „Lion Noir" durchschritten, wo sich nämlich die Bureaux des Messageries Laffitte, Caillard et Cie. befinden – ich sage, kaum sind ihre Verwandten verschwunden, was glauben Sie, was tut Miss Charlotte?

Sie öffnet das Päckchen Bonbons mit bebenden Fingern – so bebend, daß ich mich frage, wie sie den Knoten des Bindfadens aufbekam (oder meinen Sie, sie hatte diesen Knoten im Dunkeln unter ihrem Schal aufgeknüpft? Ich kann es nicht sagen. Wir werden es nie erfahren). Nun – sie öffnet das Päckchen. Sie schert sich nicht um das Zuckerwerk, die Mandeln und so weiter. Sie stürzt sich auf ein Stückchen Papier und will es gerade beim Licht der qualmenden Stallaterne lesen, als – oh, was hat sie so zusammenfahren lassen?

In jener alten Zeit gab es zwei Postkutschen, die nachts nach Tours fuhren, zur gleichen Stunde aufbrachen und an fast denselben Wechselstationen hielten. Die Postkutsche von Laffitte & Caillard nahm ihr Nachtmahl im „Lion Noir“ in Orleans ein – die Postkutsche der Messageries Royales hielt am „Ecu de France“, gleich daneben.

Nun, während die Messageries Royales im „Ecu de France“ speisen, kommt ein Passagier von dieser Kutsche herübergeschlendert und schlendert immer weiter, bis er an die Kutsche von Laffitte, Caillard & Compagnie gelangt und an das Coupéfenster, wo Miss Baynes gerade versucht, ihr Bonbon zu entziffern.

Er tritt heran – und als die Nachtlampen ihm auf Gesicht und Bart scheinen – das rosige Gesicht, den gelben Bart – oh! – Was bedeutet dieser Aufschrei der jungen Dame im Coupé von Laffitte, Caillard & Compagnie? Ihr ist sogar der Brief entglitten, den sie gerade lesen wollte. Er ist in eine Schlammpfütze unter dem rechten Vorderrad der Postkutsche gefallen. Und der mit dem Bart und einem lieben, glücklichen Lachen und einem Beben in der tiefen Stimme sagt: „Du brauchst es nicht zu lesen. Es sollte dir nur mitteilen, was du jetzt weißt.“

Da sagt das Coupéfenster: „O Philip! O mein . . .“

Mein was? Man kann die Worte nicht vernehmen, weil die grauen normannischen Pferde unter Wiehern und Hufgeklapper an ihre Kutschendeichsel geführt werden, unter solchem Geschrei und Gefluche der Fuhrknechte und Postillione, daß das leise Zwitschern darin untergehen muß. Es war nicht für Ihre und meine Ohren bestimmt; aber Sie können vielleicht den Sinn der Worte erraten. Vielleicht erinnern Sie sich, in ganz, ganz alter Zeit solche gehauchten Worte gehört zu haben, zu einer Zeit, als die Singvögel in Ihrem Hain ganz vergnügt und freiheraus ein Lied dieser Art trillerten. Aber das hier, meine werte Madam, wird im Februar geschrieben. Die Vögel sind fort; die Zweige sind kahl; der Gärtner hat sogar die Blätter von den Wegen gefegt; und das Ganze ist eine Sache eines längst vergangenen Jahres, Sie verstehen. Nun! carpe diem, fugit hora etc. etc. Eine Minute, zwei Minuten lang steht Philip über das rechte Vorderrad der Kutsche gebeugt, spricht mit Charlotte am Fenster, und sie stecken die Köpfe ganz dicht zusammen – ganz dicht. Was zwitschern, was flüstern diese zwei Paar Lippen? „Hi! Gare! Ohé!" Die Pferdeknechte, wie gesagt, verhindern völlig, daß man etwas hört. Und hier kommen die Fahrgäste aus dem „Lion Noir", Tante Mac noch an einem gewaltigen Stück Butterbrot kauend. Charlotte fühlt sich ganz behaglich und braucht gar nichts, liebe Tante, danke. Ich hoffe, sie kuschelt sich in ihre Ecke und schlummert süß. Unterwegs überholen die Zwillingskutschen einander immer wieder. Vielleicht blickt Charlotte manchmal aus ihrem Fenster und zu der anderen Kutsche hin. Ich weiß es nicht. Es ist lange her. Was pflegten Sie in alten Zeiten zu tun, bevor es Eisenbahnen gab und als Postkutschen verkehrten? Sie waren wirklich langsam: aber irgendwie gelangten sie an das Ziel ihrer Reise. Sie waren eng, heiß, staubig, teuer, stickig und unbequem; aber trotz alledem war das Reisen manchmal ein großes Vergnügen. Und wenn die Welt die Freundlichkeit hätte, fünfundzwanzig oder dreißig Jahre zurückzuschreiten, würden manche von uns, die sehr bequem in der Tours–Orleans-Eisenbahn gefahren sind, jetzt gern die Postkutschenreise unternehmen.

Da ich selbst die Stadt Tours erst im vorigen Jahr kennengelernt habe, weiß ich natürlich nicht mehr viel davon. Ein Mann erinnert sich an seine Kindheit und den ersten Anblick von Calais und so weiter. Doch nach vielen Reisen und reichlichem Umgang mit der Welt bedeutet, eine neue Stadt kennenzulernen, nichts als Jones vorgestellt zu werden. Er gleicht Brown; er ist Smith nicht unähnlich; nach kurzer Zeit bringen Sie ihn mit Thompson durcheinander. Ich wage deshalb bezüglich Mr. Firmins Aufenthalt in Tours nicht ins einzelne zu gehen, um nicht topographische Fehler zu machen, derentwegen der kritische Schulmeister mich mit Recht züchtigen würde. Im letzten Roman, den ich über Tours gelesen habe, kamen Schnitzer vor, von deren Folgen sich der unglückliche Autor nie erholt hat. Er stammt von einem gewissen Scott und hat den jungen Quentin Durward als Helden und Isabel de Croye als Heldin. Und sie saß in ihrem Gasthof und sang: „Ah, County Guy, die Stund ist nah." Eine ganz hübsche Ballade; aber welche Unkenntnis, werter Sir! Welche Schilderungen von Tours und Lüttich stehen in dieser irreführenden Geschichte! Ja, so falsch und irreführend, daß ich meiner Erinnerung nach bedauerte, nicht, daß die Schilderung nicht Tours glich, sondern daß Tours nicht der Schilderung glich.

So stieg Quentin Firmin in dem schmucken kleinen Gasthof „Faisan" ab; und Isabel de Baynes nahm Wohnung bei ihrem Onkel, dem Sire de MacWhirter; und ich glaube, Master Firmin hatte nicht mehr Geld in der Tasche als Master Durward, dessen Geschichte der schottische Autor vor rund vierzig Jahren erzählt hat. Und ich kann Ihnen nicht versprechen, daß unser junger englischer Abenteurer eine edle Erbin von ungeheurem Vermögen heiraten und mit dem Eber der Ardennen ins Handgemenge geraten werde; diese Art Eber, Madam, erscheint nicht in unseren modernen Salongeschichten. Andere, nicht wilde, gibt es genug. Sie zerfleischen Sie in den Clubs. Sie packen Sie beim Wams und nageln Sie auf öffentlichen Straßen am Prellstein fest. Sie rennen in Parks gegen Sie an. Ich habe erlebt, wie sie sich nach dem Dinner stellten, eine ganze Gesellschaft aufschlitzten, zerfleischten, aufspießten. Diesen mußte sich unser junger Abenteurer freilich stellen, wie es bei den meisten Rittern der Fall ist. Wer entrinnt ihnen? Ich weiß noch, wie mir eine hochgestellte Persönlichkeit einmal zwei Stunden lang von langweiligen Schwätzern erzählt hat. O Sie beschränkte hochgestellte Persönlichkeit! Ihnen war gar nicht bewußt, daß Sie selbst Hauer und kleine Augen in Ihrem hure hatten; eine borstige Mähne, die man zu Zahnbürsten verarbeiten konnte, und einen geringelten Schwanz! Ich ahne, daß die Menge der langweiligen Schwätzer auf der Welt unermeßlich ist. Ist ein Mann selbst ein langweiliger Schwätzer, wenn er sich langweilt – und diese Tatsache können Sie nicht leugnen –, was bin dann ich, was sind Sie, was ist Ihr Vater, Großvater, Sohn – mit einem Wort, Ihr ganzer liebenswürdiger Kreis?

Eines weiß ich ziemlich genau, Major und Mrs. MacWhirter waren keine glänzenden Plauderer. Was würden Sie oder ich tun und sagen, wenn wir dem Klatsch von Tours zuhörten? Daß der Pfarrer zweifellos zu sehr den Karten und den Cafés zugeneigt war; daß die Dinners, die diese Popjoys gaben, allzu geschmacklos protzig waren; und Popjoy war doch, wie wir wissen, erst letztes Jahr vor dem Zivilgericht; Mrs. Flights, die ein Techtelmechtel mit diesem Major der französischen Carabiniers hatte, war wirklich zu ... usw. usw. „Wie konnte ich diese Leute ertragen?" fragte Philip sich oft, wenn er in späteren Tagen von diesen Personen sprach, wie er es gern tat und noch heute tut. „Wie konnte ich sie ertragen, frage ich? Mac war ein guter Mann. Aber insgeheim wußte ich, Sir, daß er ein langweiliger Schwätzer war. Nun ja, ich war ihm zugetan. Ich mochte seine alten Geschichten. Ich mochte seine minderwertigen alten Dinners; da gibt es übrigens einen sehr angenehmen Wein aus der Touraine – ein mächtig wärmendes Weinchen, Sir. Mrs. Mac haben Sie nie kennengelernt, meine gute Mrs. Pendennis. Seien Sie überzeugt, Sie hätten sie nicht gemocht. Na, ich mochte sie. Mir gefiel ihr Haus, wenn es auch feucht war, in einem feuchten Garten lag und fade Leute ein- und ausgingen. Ich würde das alte Haus jetzt gern einmal wiedersehen. Ich bin mit meiner Frau restlos glücklich, aber manchmal lasse ich sie allein und gönne mir die Freude, unsere früheren Tage noch einmal zu durchleben. Mit nichts in der Welt als einem recht unsicheren Gehalt, das immer schon im voraus ausgegeben war; ohne feste Pläne für die Zukunft und mit einigen wenigen Fünffrancsstücken für die Gegenwart – lieber Himmel, Sir, wie konnte ich es wagen, so glücklich zu sein? Was waren wir für Idioten, Liebste, überhaupt glücklich zu sein! Wir waren verrückt, daß wir geheiratet haben. Keine Widerrede! Würden wir mit einer Börse, die nicht den Verzehr von drei Monaten enthielt, heute zu heiraten wagen? Man würde uns in die Irrenabteilung des Arbeitshauses stecken: das wäre der einzige richtige Platz für uns. Was heißt dem Himmel vertrauen. Blanker Unsinn, Madam! Genausogut hätte ich das Recht, mir ein Haus am Belgrave Square zu kaufen und hinsichtlich der Bezahlung dem Himmel zu vertrauen, wie ich damals ein Recht gehabt hätte zu heiraten. Wir waren Bettler, Mrs. Char, und das weißt du ganz genau!"

„O ja. Wir haben es sehr falsch gemacht – sehr!" sagt Mrs. Charlotte und blickt zu ihrem Kronleuchter auf (der übrigens aus schönem altem venezianischem Glas ist). „Wir haben es sehr falsch gemacht, nicht wahr, lieber Schatz?" Und mit diesen Worten beginnt sie zwei oder mehr kleine Kinder, die sich in ihrem Zimmer tummeln, abzuküssen und zu liebkosen – als hätten zwei oder mehr kleine Kinder irgend etwas mit Philips Behauptung zu tun, ein Mann dürfe nicht heiraten, wenn er keine einigermaßen gesicherten Mittel besitze, um eine Frau ernähren zu können.

Hier also, am Ufer der Loire, verlebte Philip, obgleich er nur ganz wenige Francs in der Tasche hatte und seine Ausgaben im Hotel zum „Goldenen Fasan" scharf im Auge behalten mußte, vierzehn Tage so voller Glück, wie ich es jedenfalls allen jungen Leuten wünsche, die diese wahre Geschichte lesen. Obwohl er so arm war und im Haus so bescheiden aß und trank, behandelten ihn die Dienstmädchen, Kellner, die Wirtin des „Fasan" so aufmerksam – ja, so aufmerksam wie die gichtige alte Marquise von Carabas, die auf ihrer Reise nach dem Süden hier abgestiegen war, in den Fürstenzimmern wohnte, über ihre Unterkunft, das Dinner, das Frühstück, die Verpflegung im allgemeinen murrte, die Wirtin in schlechtem Französisch beleidigte und ihre Rechnung nur unter Druck bezahlte. Philips Rechnung war bescheiden, aber er bezahlte sie bereitwillig. Er gab den Dienstboten nur ein kleines Trinkgeld, aber er war freundlich und herzlich, und sie wußten, daß er arm war. Ich nehme an, er war freundlich und herzlich, weil er so glücklich war. Ich habe den Gentleman auch alles andere als höflich erlebt; und habe ihn toben und sich aufspielen und Wirt und Kellner einschüchtern sehen, so heftig wie der Marquis de Carabas selbst. Aber Philip der Bär war jetzt der sanfteste aller Bären, weil seine kleine Charlotte ihn an der Leine führte.

Fort mit Kummer und Zweifel, mit heiklem Stolz und trüber Sorge! Philip hatte genug Geld für zwei Wochen, während derer Tom Glazier vom „Monitor" Philips Briefe für die „Pall Mall Gazette" zu liefern versprach. Alle Ränke Frankreichs, Spaniens, Rußlands verursachten diesem müßigen „eigenen Korrespondenten" nicht die geringste Beunruhigung. Am Vormittag hieß es Miss Baynes; am Nachmittag hieß es Miss Baynes. Um sechs hieß es Dinner und Charlotte; um neun hieß es Charlotte und Tee. „Jedenfalls verdirbt ihm der Minnedienst nicht den Appetit", bemerkte Major MacWhirter sehr richtig. In der Tat hatte Philip prächtigen Appetit, und die Gesundheit blühte auf Miss Charlottes Wangen und strahlte in ihrem glücklichen kleinen Herzen. Doktor Firmin auf dem Höhepunkt seiner Heilkunst bewirkte nie eine kunstreichere Heilung als die Kur, die Doktor Firmin junior zuwege brachte.

„Ich hatte so knapp kalkuliert, Sir", höre ich noch Philip auf seine übliche nachdrückliche Art dröhnen, während er seinem Biographen diesen Abschnitt des größten Glücks seines Lebens schildert, „daß ich außen auf der Postkutsche nach Paris zurückkam und nicht genug Geld hatte, um unterwegs einzukehren. Aber ich hatte mir eine Wurst gekauft, Sir, und ein Stück Brot – und eine verheerende Wurst war das, Sir – und kam mit genau zwei Sous in der Tasche in meinem Logis an." Roger Bontemps selbst war nicht zufriedener als unser unbesorgter Philosoph.

So ratifizierten und besiegelten Philip und Charlotte einen Vertrag von Tours, den, so beschlossen sie, keiner der Vertragspartner jemals brechen durfte. Ohne Papas Einwilligung heiraten? Oh, niemals! Einen anderen als Philip heiraten? Oh, niemals – niemals! Und würde sie hundert Jahre alt, wenn Philip demnach in seinem hundertneunten oder -zehnten Jahr wäre, wollte diese junge Joan keinen anderen als ihren jetzigen Darby haben. Tante Mac, wenn auch vielleicht nicht die gebildetste und kultivierteste aller Damen, war eine warmherzige und wohlwollende Tante Mac. Sie steckte sich in milder Form am Fieber dieser jungen Leute an. Sie habe nicht viel zu vermachen, und wenn Mac nicht mehr wäre, würden seine Verwandten alles haben wollen, was *er* erübrigen könne. Aber Charlotte solle ihren Granatschmuck und ihre Teekanne und ihren indischen Schal bekommen – unbedingt.* Und mit vielen Segenswünschen verabschiedete sich diese schwärmerische Dame von ihrem zukünftigen Schwiegerneffen, als er nach Paris zu seiner Pflicht zurückkehrte. Knalle mit der Peitsche und schrille dein „Hi!" und fahrt rasch ab, Postillion und Postkutsche! Ich bin froh, daß wir Mr. Firmin von jenem gefährlichen, müßiggängerischen, liebestrunkenen Ort weggeholt haben. Nichts ist mir so süß wie über gefühlvolle Dinge zu schreiben. Viele hundert Seiten lang hätte ich Philip und Charlotte, Charlotte und Philip schildern können. Doch ein unerbittliches Pflichtbewußtsein drängt sich dazwischen. Meine bescheidene Muse legt einen Finger an die Lippen und sagt:

* Leider muß ich sagen, daß sich später, nach Mrs. MacWhirters Ableben, herausstellte, daß sie diese Schätze *schriftlich* mehreren Mitgliedern der Familie ihres Mannes versprochen hatte, woraus viel Unzufriedenheit erwuchs. Doch unsere Geschichte hat mit diesen peinlichen Auseinandersetzungen nichts zu tun.

„Schweig über diese Sache!" Ach, meine wackeren Freunde, ihr ahnt ja nicht, was für weichherzige Leute diese Zyniker sind! Hättet ihr überraschend bei Diogenes auftauchen können, hättet ihr ihn vermutlich in seiner Tonne, sentimentale Romane lesend und vor sich hin winselnd, vorgefunden. Philip soll seine Liebste verlassen und an seine Arbeit zurückkehren, und wir wollen kein einziges Wort über Tränen, Schwüre, Verzückungen, Trennung mehr dulden. Lassen wir diese Gefühlsduseleien, halten Sie sich vielmehr vor Augen, wie arm unser junger Mann war, so daß er, als die Kutsche in Orleans zum Essen hält, sich nur ein kleines Brot und eine Wurst für seine hungrigen Zähne leisten kann. Als er mit seiner dürftigen Reisetasche im „Hôtel Poussin" eintraf, setzte man ihm ein Abendessen vor, das er zur Verwunderung aller Beobachter in der kleinen Kaffeestube verputzte. Er war gewaltig aufgeräumt und heiter. Er dachte nicht daran, seine Armut zu verheimlichen oder daß er sich kein Dinner hatte leisten können. Die meisten Gäste im „Hôtel Poussin" wußten, was es hieß, arm zu sein. Oft genug hatten sie auf Kredit gegessen, wenn sie ihre Serviette in das jeweilige Fach zurücksteckten. Doch mein Wirt kannte seine Gäste. Es waren arme Männer – ehrliche Männer. Sie bezahlten ihn am Ende, und jeder konnte seinem Nachbarn in einer Klemme aushelfen.

Nach der Rückkehr nach Paris hatte Mr. Firmin eine Weile keine Lust, die Elysäischen Felder aufzusuchen. Für ihn waren sie nicht elysäisch, außer in Miss Charlottes Gesellschaft. Er nahm seine Zeitungskorrespondenz wieder auf, die nur einen Tag in der Woche beanspruchte, und die übrigen sechs hatte er – nein, auch am siebenten Tag kritzelte er und bedeckte riesige Bogen Briefpapier mit Äußerungen zu allen möglichen Themen, an eine gewisse Mademoiselle adressiert, Mademoiselle Baynes, chez M. le major Mac usw.

Auf diesen Papierbogen konnte Mr. Firmin so lange, so laut, so glühend, so wortreich zu Miss Baynes sprechen, daß sie es nie müde wurde zuzuhören und er, sich zu äußern. Noch vor dem Frühstück begann er der Liebsten seine Träume und frühesten Eindrücke mitzuteilen. Am Mittag gab er ihr seine Meinung zum Inhalt der Morgenzeitungen bekannt. Zur Postzeit war sein Päckchen im allgemeinen voll und floß über, so daß seine Worte der Liebe und Treue aus dem Umschlag heraussprangen oder in die ausgefallensten Ecken gequetscht wurden, wodurch Miss Baynes die zweifellos erfreuliche Aufgabe zufiel, dort jene kleinen Liebesgötter aufzuspüren und zu entdecken, die ein treuer Liebhaber ihr zusandte. Es hieß etwa: „Ich habe dieses unbeschriebene Eckchen gefunden. Weißt du, was ich hier zu sagen habe? O Charlotte, ich" usw. usw.

Meine reizende junge Dame, den Rest können Sie erraten oder werden ihn eines Tages erraten; und Sie werden so liebe, entzückende, alberne Doppelbriefe bekommen und sie mit jenem feinen Anstand beantworten, den Miss Baynes ganz gewiß in ihren Antworten an den Tag legte. Ach! wenn alle, die jetzt solche Briefe schreiben und empfangen oder die solche geschrieben und empfangen haben oder die sich erinnern, solche geschrieben und empfangen zu haben, beim Verlag ein Exemplar dieses Romans bestellen würden, wie viele Ries, welche Türme und Pyramiden Papier müßte unsere Tinte wohl schwärzen! Seit Charlotte und Philip verlobt waren, hatte er, außer in jenen furchtbaren, schauderhaften Tagen des Zerwürfnisses, kaum die Labsal der Trennung von seinem Herzensschatz genossen – die köstliche Freude, ihr schreiben zu können. Er konnte wenige Dinge mit Maßen tun, dieser Mann – und dieses herrliche Vorrecht, an Charlotte zu schreiben, genoß er jetzt nach Herzenslust.

Nach der kurz währenden Freude in den Wochen dieser Begeisterung, als inzwischen der Winter in Paris eingezogen war und Eiszapfen an den Zweigen hingen, wie kam es, daß ein Tag, zwei Tage, drei Tage verstrichen und der Postbote kein Briefchen in der wohlbekannten lieben Handschrift für Monsieur brachte, Monsieur Philip Firmin à Paris? Drei Tage, vier Tage, und noch kein Brief. O Qual, war sie etwa krank? Hatten sich etwa ihre Tante und ihr Onkel gegen sie gewandt und ihr zu schreiben verboten wie vorher ihr Vater und ihre Mutter? O Kummer, Sorge und Wut! Was die Eifersucht angeht, so kannte unser löwenhafter Freund eine solche Leidenschaft überhaupt nicht. Ihm kam gar nicht in den stolzen Sinn, an der Liebe seines Mädchens zu zweifeln. Aber trotzdem sind vier, fünf Tage vergangen, und nicht ein Wort ist aus Tours eingetroffen. Das kleine „Hôtel Poussin" war in Aufruhr. Wie gesagt, wenn unseren Freund eine heftige Gemütsbewegung packte, ließ er sich unfehlbar darüber aus. Hat Don Quichotte irgendeine Gelegenheit versäumt, der

Welt zu verkünden, Dulcinea del Toboso sei einzig unter den Frauen? Hat nicht Antar im Kampf geschmettert: „Ich bin Iblas Geliebter“? Irgendwie hatte unser Ritter alle Leute im Hotel ins Vertrauen gezogen. Sie kannten alle seine Verfassung – alle, der Maler, der Dichter, der polnische Offizier auf Halbsold, der Wirt, die Wirtin, bis hinab zum kleinen Besteckputzer, der mit: „Eben ist der Briefträger vorbei – kein Brief heute morgen“ hereinzukommen pflegte.

Zweifellos wurden Philips politische Briefe unter dieser äußeren Belastung äußerst pessimistisch und trübsinnig. Eines Tages, als er, auf seinem Schnurrbart kauend, am Schreibpult saß, kommt der kleine Anatole in sein Zimmer und ruft: „Tenez, M. Philippe. Wieder diese Dame!“ Und wieder erschien die treue, die wachsame, die rührige Madame Smolensk in seiner Kammer.

Philip errötete und ließ beschämt den Kopf hängen. Ein undankbarer Kerl bin ich, dachte er, seit über einer Woche bin ich zurück und habe überhaupt nicht an diese gute, freundliche Seele gedacht, die mir beigestanden hat. Ich bin ein furchtbarer Egoist. Die Liebe ist immer so.

Als er aufstand, um seine Freundin zu begrüßen, wirkte sie so ernst, so bleich und traurig, daß ihm ihr Ausdruck nicht entgehen konnte. „Bon Dieu! ist etwas passiert?“

„Ce pauvre général ist krank, sehr krank, Philip“, sagte die Smolensk mit ihrer ernsten Stimme.

Er sei so schwer krank, sagte Madame, daß man nach seiner Tochter geschickt habe.

„Ist sie schon da?“ fragte Philip auffahrend.

„Sie denken nur an sie – der arme alte Mann ist Ihnen egal. Ihr seid alle gleich, ihr Männer. Alle Egoisten – alle. Gehen Sie! Ich habe nie einen kennengelernt, der keiner war“, sagte Madame.

Philip hat seine kleinen Fehler: der Egoismus *ist* vielleicht eine seiner Charakterschwächen. Vielleicht ist er auch die Ihre, oder gar die meine.

„Letzten Donnerstag waren Sie schon eine Woche hier und haben einer Frau, die Sie herzlich lieb hat, kein Wort geschrieben oder Grüße ausrichten lassen. Gehen Sie! Das war nicht recht, Monsieur Philippe.“

Sobald Philip sie sah, erkannte er, daß er sich gleichgültig und undankbar verhalten hatte. Wir haben schon so vieles eingestanden. Aber wie konnte Madame wissen, daß er Donnerstag vor einer Woche zurückgekommen war? Als er nach ihrem Tadel die Augen wieder hob, schienen sie gespannt diese Frage zu stellen.

„Hat sie mir nicht schreiben können, daß Sie zurückgekommen sind? Vielleicht hat sie gewußt, daß Sie selbst es nicht tun würden. Das Herz einer Frau lehrt sie frühzeitig diese Erfahrungen", fuhr die Dame schwermütig fort, dann fügte sie hinzu: „Ich sage Ihnen, ihr seid Taugenichtse, ihr alle! Und ich bereue, sehen Sie, daß ich die bêtise hatte, Sie zu bemitleiden."

„Am Sonnabend bekomme ich meinen Vierteljahreslohn, dann wollte ich Sie aufsuchen", erklärte Philip.

„Habe ich vielleicht davon gesprochen? Was! Ihr seid alle Feiglinge, ihr Männer, alle! Oh, bin ich eine Närrin gewesen, zu glauben, ich hätte endlich einen Mann mit Herz gefunden!"

Wie weit oder wie oft diese arme Ariadne vertraut hatte und verlassen worden war, kann ich nicht wissen und möchte ich nicht untersuchen. Vielleicht ist es für die feinsinnige Leserin, die ich voll ins Vertrauen ziehe, ohnehin gut, wenn wir Madame de Smolensks Geschichte nicht von der ersten bis zur letzten Seite kennen. Zugegeben, daß Ariadne von Theseus hintergangen worden war: doch dann tröstete sie sich, wie wir alle in Smith' „Lexikon" nachlesen können; und dann muß sie ihren Vater hintergangen haben, um mit Theseus durchzubrennen. Ich habe den Verdacht – den Verdacht, sage ich –, daß diese Frauen, die so *sehr* hintergangen werden, selbst . . . Doch wir stellen Betrachtungen über die Vorgeschichte dieser französischen Dame an, dabei sind Charlotte, ihr Liebster und ihre Familie die Personen, mit denen wir es vor allem zu tun haben.

Wahrscheinlich vergaßen diese beiden das Ich, mit dem jeder einen Augenblick lang beschäftigt gewesen war, und Madame fuhr fort: „Ja, Sie haben recht. Miss ist hier. Es war Zeit. Halt! Hier ist ein Brief von ihr." Und Philips gütige Botin gab ihm erneut ein Papier in die Hände.

„Mein liebster Vater ist sehr, sehr krank. O Philip! Ich bin so unglücklich; und er ist so gut und sanft und freundlich und liebt mich so sehr!"

„Es ist wahr", fing Madame wieder an. „Bevor Charlotte kam,

hat er nur an sie gedacht. Wenn seine Frau zu ihm tritt, wendet er sich von ihr ab. Ich habe sie nicht sehr gemocht, diese Dame, das ist wahr. Aber sie jetzt zu sehen ist navrant. Er nimmt keine Medizin von ihr an. Er stößt sie weg. Bevor Charlotte kam, hat er nach mir geschickt und sprach, so gut sein armer Hals es ihm erlaubte, dieser arme General! Die Ankunft seiner Tochter schien ihm gutzutun. Aber er sagt: ‚Nicht meine Frau! Nicht meine Frau!' Und das arme Geschöpf muß hinausgehen und im Zimmer nebenan weinen. Er sagt – in seinem Französisch, wissen Sie –, es sei ihm nicht mehr gut gegangen, seit Charlotte abgereist ist. Er war oft außer Haus. Er hat nur selten an unserem Tisch diniert, und es war immer ein Schweigen zwischen ihm und Madame la Génerale. Vorige Woche bekam er eine schwere Lungenentzündung. Dann wurde er bettlägerig, und monsieur der docteur kam – der kleine Arzt, den Sie kennen. Dann hat sich eine Halsbräune ergeben, und jetzt kann er kaum noch sprechen. Sein Zustand ist äußerst ernst. Er leidet starke Schmerzen, liegt vielleicht im Sterben – ja, im Sterben, hören Sie? Und Sie denken an Ihr kleines Schulmädchen! Die Männer sind alle gleich! Lauter Ungeheuer! Gehen Sie!"

Philip, der, wie gesagt, sehr gern über Philip redet, betrachtet seine eigenen Fehler mit erheblicher Großmut und Gutmütigkeit und erkennt sie an, aber ohne die geringste Absicht zur Besserung. „Wie selbstsüchtig wir sind!" kann ich ihn sagen hören, während er sich im Spiegel betrachtet. „Du lieber Himmel, Sir, als ich in einem Atemzug die Nachricht von der Krankheit dieses armen alten Mannes und von Charlottes Rückkehr hörte, hatte ich das Gefühl, ich möchte *sie* auf der Stelle sehen. Ich müsse zu ihr und mit ihr sprechen. Der alte Mann und seine Leiden schienen mich kaltzulassen. Es ist demütigend, zugeben zu müssen, daß wir egoistische Kreaturen sind. Aber wir sind es, Sir – wir sind gefühllose Tiere, beim George! und nichts weiter", und er zwirbelt noch einmal die Spitzen seines flammenden Schnurrbarts nach oben, während er ihn im Spiegel mustert.

Die arme kleine Charlotte war in solcher Not, daß sie natürlich unverzüglich Philip brauchte, um sich trösten zu lassen. Es war keine Zeit zu verlieren. Rasch! sofort eine Droschke: und, Kutscher, Sie bekommen ein Trinkgeld drauf, wenn Sie schnell zur Avenue de Valmy fahren! Madame setzt sich in den Wagen und berichtet Philip unterwegs ausführlicher über die bedrükkenden Vorfälle der letzten paar Tage. Vor vier Tagen sei es dem General mit seiner Halsbräune so schlecht gegangen, daß er nicht wieder gesund zu werden meinte und man Charlotte kommen ließ. Am Tag ihrer Ankunft sei es ihm ein wenig besser gegangen; aber gestern habe sich die Entzündung verschlimmert. Er könne nicht schlucken, er könne nicht vernehmlich sprechen, er leide sehr und sei lebensgefährlich krank. Er wende sich von seiner Frau ab. Die unglückliche Generalin sei in Jammer und Tränen zu Madame Bunch gegangen und habe sich beklagt, daß ihr Mann ihr nach zwanzig Jahren der Treue und Zuneigung seine Liebe entzogen habe. Baynes gebe seiner Frau sogar schuld an seiner Krankheit. Ein andermal behaupte er, sie sei die gerechte Strafe für seine verruchte Tat, seinen Wortbruch gegenüber Philip und Charlotte. Wenn er sein liebes Kind nicht wiedersehe, müsse er sie um Verzeihung bitten, daß er sie so habe leiden lassen. Er habe schlecht und undankbar gehandelt, und seine Frau habe ihn dazu gezwungen. Er bete darum, daß der Himmel ihm verzeihen möge. Und er habe Philip, der seine Familie überaus großzügig behandelt habe, böse Ungerechtigkeit erwiesen. Und er sei ein Schuft gewesen – das wisse er – und Bunch und MacWhirter und der Arzt sagten es auch alle – und es sei das Werk dieser Frau gewesen. Und er habe auf die verängstigte Frau gedeutet, während er heiser unter Schmerzen diese Worte des Zorns und der Zerknirschung hervorstieß: „Als ich sah, wie krank und fast zum Wahnsinn getrieben dieses Kind war, weil ich mein Wort gebrochen hatte, da fühlte ich mich wie ein Schuft, Martin; und das war ich auch. Und diese Frau hat mich dazu gemacht ... und ich verdiene es, erschossen zu werden ... und ich werde nicht wieder gesund – das weiß ich genau." So gab Doktor Martin, der den General behandelte, Philip die letzten Worte und Handlungen seines Patienten wieder.

Der Arzt war es auch, der Madame nach dem jungen Mann ausgeschickt hatte. Dieser fand die arme Mrs. Baynes mit heißen, tränenlosen Augen und kreidebleichem Gesicht als unglückseligen Wachposten vor dem Krankenzimmer. „Sie werden General Baynes sehr krank vorfinden, Sir", erklärte sie Philip mit schauerlicher Ruhe und einem Blick, dem er kaum zu begegnen vermochte. „Meine Tochter ist bei ihm im Zimmer. Wie es scheint,

SWAIN

habe ich ihn erzürnt, und er weigert sich, mich zu sehen." Und sie knetete ein trockenes Taschentuch, das sie in der Hand hielt, setzte wieder die Brille auf und versuchte erneut, in der Bibel auf ihrem Schoß zu lesen.

Philip begriff den Sinn von Mrs. Baynes' Worten noch nicht recht. Der Gedanke an die Krankheit des Generals erregte ihn, vielleicht auch die Vorstellung, daß die Geliebte so nahe war. Im nächsten Moment lag ihre Hand in der seinen: und sogar in dieser bedrückenden Kammer konnte jede die andere leise pressen, ein zärtliches, stummes Zeichen gegenseitiger Liebe und Treue.

Der arme Mann legte die Hände der jungen Leute zusammen und die eigene oben darauf. Das Leid, dem er seine Tochter ausgesetzt hatte, schien diejenige Schuld zu sein, die ihn besonders belastete. Er dankte dem Himmel, daß er einzusehen vermochte, wie falsch er gehandelt habe. Er bat sein kleines Mädchen mit ein, zwei geflüsterten Worten um Verzeihung, worauf Charlotte auf die Knie sank und seine fieberheiße Hand mit Tränen und Küssen bedeckte. Von ganzem Herzen vergab sie ihm. Sie hatte die Empfindung gehabt, der Vater, den sie zu lieben und ehren gewöhnt war, habe sich gewinnsüchtig und grausam verhalten. Es hatte ihr reines Herz verwundet, glauben zu müssen, ihr Vater könnte anders als großmütig und gerecht und gütig sein. Daß er sich vor ihr demütigte, traf sie mit zärtlichem Erbarmen wie ein Stich ins Herz. Ich möchte diese letzte Szene nicht weiter verfolgen. Schließen wir die Tür, während die Kinder am Bett des Kranken knien, und sprechen wir auf des alten Mannes Bitte um Vergebung und auf des jungen Mädchens schluchzende Beteuerungen von Liebe und Zärtlichkeit ein ehrfürchtiges Amen.

Aus folgendem Brief, den der würdige General wenige Tage vor dem tödlichen Ende seiner Krankheit schrieb, scheint sich zu ergeben, daß er schon nicht mehr an seine Gesundung glaubte.

Mein lieber Mac! Das Sprechen und Atmen fällt mir so schwer, während ich dieses im Bett schreibe, daß ich bezweifle, ob ich es je verlassen werde. Ich möchte die arme Eliza nicht ärgern und kann mich in meinem Zustand nicht auf *Auseinandersetzungen einlassen*, die sich hinsichtlich der Erbschaftsregelung bestimmt ergeben würden. Als ich England verließ, schwebte ein Anspruch über mir (des jungen Firmin), um den ich mich unnötig ängstigte, denn ihn befriedigen zu müssen hätte *viel mehr als alles, was ich auf der Welt besaß*, verschlungen. Habe deshalb Vorkehrungen getroffen, alles auf Elizas Namen zu hinterlassen und die Kinder nach ihr. Testament bei Smith & Thompson, Raymond Buildings, Gray's Inn. Glaube, Char *wird lange Zeit nicht mit ihrer Mutter auskommen.* Wenn sie mit Mr. F. brechen soll, der uns äußerst großmütig behandelt hat, bricht ihr das Herz. Wollt Ihr, Du und Emily, sie eine Weile aufnehmen? Ich habe *F. mein Wort gegeben.* Wie Ihr mir gesagt habt, habe ich ihn schlecht behandelt, was ich zugebe und tief beklage. Wenn Char heiratet, *soll sie ihren Anteil bekommen.* Gott segne sie, darum betet ihr Vater, falls er sie nicht wiedersieht. Und mit liebem Gruß an Emily bin ich, lieber Mac,

aufrichtig Dein
Charles Baynes

Nach Empfang dieses Briefes setzte sich Charlotte über den Wunsch ihres Vaters hinweg und reiste unter der Obhut ihres wackeren Onkels sofort von Tours ab. Der alte Soldat war mit im Zimmer seines Kameraden, als der General Charlotte und ihrem Liebsten die Hände zusammengab. Er gestand sein Unrecht ein, obwohl es für Menschen, die auf Liebe und Ehrfurcht rechnen, schwer ist, Unrecht eingestehen und um Verzeihung bitten zu müssen. Alte Knie sind steif und beugen sich schwer. Bruder Leser, ob jung oder alt, wenn unsere letzte Stunde kommt, mögen die unseren sich mit Anstand beugen.

30. KAPITEL

Kehrt zu alten Freunden zurück

Trauernd gaben die drei alten Kameraden und Philip dem General das letzte Geleit zu seiner Ruhestätte auf dem Montmartre. Ist der Gottesdienst vorüber und die letzte Salve über dem beigesetzten Soldaten abgefeuert, marschieren die Truppen mit raschem Schritt zu munterer Musik in die Kaserne zurück. Unser Veteran ist mit kurzen Zeremonien beerdigt worden. Wir dehnen seine Trauerfeier nicht einmal mit einer Predigt aus. Sein Platz zeigt keine Spur mehr von ihm. Einige wenige erinnern sich seiner: ganz, ganz wenige trauern um ihn – so wenige, daß der Gedanke fast beschämend ist. Die Sonne geht unter, und unser lieber Bruder hat die Erde verlassen. Sterne blinken, der Tau fällt, Kinder schlafen in ehrfürchtiger Scheu und vielleicht unter Tränen ein; die Sonne geht über einem neuen Tag auf, den er nie erlebt hat, und Kinder erwachen hungrig. Vielleicht finden sie ihre neuen schwarzen Kleider interessant. Bald sind sie mit ihrer Arbeit, ihren Spielen und Streitereien beschäftigt. Sie können es kaum erwarten, bis die Trauertage vorbei sind, und die Augen, die gestern hier so freundlich leuchteten, sind dahin, dahin, dahin. Eine Fahrt zum Friedhof, gefolgt von einer Kutsche mit vier in schickliches Schwarz gekleideten Bekannten, die sich trennen und nach Hause oder in den Club gehen und noch ein paar Tage den Trauerflor tragen – können die meisten von uns viel mehr erwarten? Der Gedanke ist nicht erbaulich oder erfreulich, werter Sir. Und bitte, weshalb sollten wir so sehr von uns eingenommen sein? Sind wir so gut gewesen, oder sind wir so weise und groß, daß wir deshalb erwarten, geliebt, beklagt, erinnert zu werden? Sogar der große Xerxes oder der prahlerische Bobadill müssen in jener letzten Stunde, an jener letzten Ruhestätte erfahren, wie verächtlich, wie klein, wie gering, wie einsam sie sind und welch spärliche Handvoll Staub sie bedecken wird. Rasch, Trommeln und Pfeifen, ein munteres Lied! Treibe das schwarze Gespann an, Kutscher, und trabe in die Stadt zurück – in die Welt, zur Arbeit und zur Pflicht!

Ich bin dafür, kein einziges unfreundliches Wort über General Baynes zu sagen, das mir mein Amt als Erzähler nicht aufzwingt. Aus Marlboroughs Geschichte wissen wir, daß der mutigste Mann und größte militärische Genius in den Gefechten mit seiner Frau nicht immer mutig und siegreich ist und daß einige der größten Krieger Fehler im Rechnungswesen und bei der Verteilung von meum und tuum begangen haben. Wir können uns die Tatsache nicht verhehlen, daß Baynes sich verleiten ließ und Schwächen besaß, die nicht ganz mit der höchsten Tugend vereinbar sind.

Als ihm klar wurde, daß seine Sorglosigkeit hinsichtlich Mrs. Firmins Treuhandkapital ihn in die Macht ihres Sohnes gegeben hatte, haben wir miterlebt, wie der alte General, um nicht zur Rechenschaft gezogen zu werden, mit seiner Familie und seinem ganzen kleinen Vermögen über das Wasser floh und wie entsetzt er war, als er sich bei der Landung an einer ausländischen Küste Aug in Auge mit diesem furchterregenden Gläubiger fand. Philip Firmins Verzicht auf alle Ansprüche gegen Baynes beruhigte und beglückte den alten Mann ungemein. Aber Philip könnte es sich anders überlegen, stellte eine Beraterin an General Baynes' Seite ihm wiederholt äußerst nachdrücklich vor Augen. Das Leben im Ausland sei billiger und sicherer als daheim. Also ging Baynes samt Frau, Familie und Geld ins Exil und blieb dort.

Was für Ersparnisse der alte Mann besaß, weiß ich nicht genau. Er und seine Frau drückten sich Philip gegenüber in diesem

Punkt äußerst unklar aus. Und als der General starb, erklärte seine Witwe sich beinahe zur Bettlerin. Unmöglich konnte Baynes viel Geld hinterlassen haben; aber daß Charlottes Anteil sich auf jene Summe belaufen sollte – die nachher vielleicht noch genannt wird oder auch nicht –, war ein wenig *zu* absurd! Mr. und Mrs. Firmin befinden sich nämlich gerade auf einer Auslandsreise. Als ich bei Firmin brieflich anfragte, ob ich die Höhe des Vermögens seiner Frau angeben dürfe, hat er mir nicht geantwortet. Ich möchte diese rechnerischen Dinge auch nicht ohne seine ausdrückliche Erlaubnis anschneiden. Er hat ein hitziges Temperament; womöglich würde er bei der Rückkehr auf den Freund seiner Jugend böse und sagte: „Sir, wie kannst du es wagen, über meine Privatangelegenheiten zu sprechen? Und was geht die Öffentlichkeit Mrs. Firmins Privatvermögen an?“

Als der gutmütige Onkel Mac nach der Trauerfeier vorschlug, Charlotte wieder nach Tours mitzunehmen, machte ihre Mutter keine Einwände. Die Witwe hatte dem Mädchen so schweres Unrecht antun wollen, daß vielleicht letztere eine Vergebung als unmöglich empfand. Die kleine Char liebte Philip von ganzem Herzen und mit ganzer Kraft; wie wir sahen, hatte man es ihr gestattet und sie dazu ermutigt. Ihn jetzt aufzugeben, weil sich ein reicherer Bewerber einstellte, war ein Akt des Verrats, gegen den sich ihr treues Herz empörte, und sie konnte der Anstifterin nie verzeihen. Sehen Sie, bei dieser einfachen Geschichte liegt mir gar nichts daran, mich in Schweigsamkeit zu hüllen oder irgendwelche Geheimnisse zurückzuhalten. Ich möchte nicht, daß Sie auch nur einen Moment lang meinen, Walsingham Hely weine sich immer noch um Charlotte die Augen aus. Meine Güte! Es war ja schon zwei, drei Wochen – vier, fünf Wochen her, daß er in *sie* verliebt war! Da war er der Herzogin d'Ivry noch nicht begegnet, derentwegen er, wie Sie sich vielleicht erinnern, den Streit mit Podichon hatte, im Club in der Rue de Grammont. (Er und die Herzogin schrieben einander Gedichte, jeder in der Muttersprache des anderen.) Miss Charlotte war dem jungen Mann längst aus dem Sinn geschwunden. Dieser Schmetterling war unserer englischen Rosenknospe davongeflattert und hatte sich auf der anderen, ältlichen Blüte niedergelassen. Ich weiß nicht, ob Mrs. Baynes zu der Zeit, von der wir schreiben, die Wankelmütigkeit des jungen Hely erkannt hatte, aber seine Besuche hatten aufgehört, und sie war wütend und enttäuscht; und besonders wütend, weil ihre Mühe vergeblich gewesen war. Charlotte wiederum konnte auch hartnäckig unversöhnlich sein. Ihr ihren Philip nehmen? Niemals, niemals! Ihre Mutter sie zwingen, den Mann aufzugeben, den zu lieben man sie ermutigt hatte? Mama hätte Philip verteidigen, nicht ihn verraten sollen! Wenn ich meinem Sohn befehle, einen Löffel zu stehlen, soll er mir gehorchen? Und falls er gehorcht und stiehlt und in die Strafkolonie verschickt wird, wird er mich danach noch lieben? Ich glaube, soviel Kindesliebe kann ich wohl kaum verlangen.

Also entstand zwischen Mutter und Tochter ein Zwist; und besonders bitterer Zorn bestand auf Mrs. Baynes' Seite, weil ihr Mann, den Habgier oder Angst anfangs bewogen, ihre Partei zu ergreifen, sie im Stich gelassen hatte und zu ihrer Tochter übergelaufen war. Erfüllt vom Groll dieses Zerwürfnisses, starb Baynes, nachdem er Charlotte Recht gegeben und ihr den Sieg überlassen hatte. Ihn schauderte vor seiner Frau. Noch in seinen letzten Augenblicken wollte er nicht mit ihr sprechen. Die Witwe legte diese Kränkung ihrer Tochter und Philip zur Last; und so verzieh keine Seite der anderen. Sie sah nicht ungern, daß das Kind zu ihrem Onkel fuhr; hielt Charlottes Lippen ein mageres, hungriges Gesicht hin und bekam einen Kuß, der nur wenig Liebe ausdrückte, fürchte ich. Ich beneide jene Kinder nicht, die unter dem ausschließlichen Befehl der Witwe zurückbleiben. Oder die arme Madame Smolensk, die den Dünkel, den Gram, den Geiz dieser finsteren Frau erdulden muß. Auch litt Madame nicht lange unter dieser Tyrannei. „Galignani's Messenger" verkündete sehr bald darauf, sie habe Zimmer zu vermieten, und ich erinnere mich noch, wie erbaut ich war, als ich eines Tages in der „Pall Mall Gazette" las, in einem klimatisch günstig gelegenen und vornehmen Viertel von Paris seien elegante Zimmer, erlesene Gesellschaft und ausgezeichnete Verköstigung zu haben. Nachzufragen bei Madame la Baronne de S---sk, Avenue de Valmy, Champs-Elysées.

Wir errieten mühelos, wie diese Anzeige ihren Weg in die „Pall Mall Gazette" gefunden hatte; und sehr bald nach ihrem Erscheinen tauchte Madame de Smolensks Freund, Mr. Philip, an unserem Teetisch in London auf. Er war bei uns, bei Eltern wie Kindern, immer willkommen. Er trug einen Trauerflor am

Hut. Sobald die Kleinen draußen waren, sprudelte er prompt seine Geschichte heraus und verbreitete sich ausführlich über den Todesfall, die Beerdigung, die Streitigkeiten, die Liebe, die Trennungen, alles, was wir geschildert haben. Wie könne er es anstellen, drei- oder vierhundert im Jahr zu verdienen? Das sei derzeit die Frage. Bevor er zu uns kam, habe er bereits Mittel und Wege überschlagen. Er sei bei unserer Freundin Mrs. Brandon gewesen, wohne bei ihr. Die Kleine Schwester meine, dreihundert müßten reichen. Sie könnten ihre zweite Etage bekommen – nicht umsonst; nein, nein, aber zu einem mäßigen Preis, der ihre Kosten decke. Sie könnten Dachkammern dazu haben, wenn mehr Platz gebraucht würde. Sie könnten ihren Küchenherd mitbenutzen, und vorläufig würde ein Dienstmädchen die Arbeit bewältigen. Das arme kleine Ding! Sie sei so sehr jung. Sie sei gerade achtzehn, wenn sie heiraten könne. Die Kleine Schwester sei für frühe Heiraten, gegen lange Verlöbnisse. „Hilf dir selbst, dann hilft dir Gott", sage sie. Und Mr. Philip fand diesen Ratschlag ausgezeichnet; und Mr. Philips Freund, um *seine* Meinung befragt – „Jetzt ganz ehrlich, was ist deine Meinung?" – sagte: „Ist sie nebenan? Natürlich willst du sagen, ihr seid schon verheiratet."

Philip brach in sein dröhnendes Gelächter aus. Nein, er sei noch nicht verheiratet. Habe er nicht gesagt, daß Miss Baynes zu Tante und Onkel nach Tours gefahren sei? Aber daß er heiraten wolle; daß er sich nie ins Arbeitsleben finden könne, ehe er heirate; daß er keine Ruhe, keinen Frieden, kein Wohlbefinden wiedererlangen könne, ehe er diesen Engel heirate, wolle er gern gestehen. Gern? Die ganze Straße hätte hören können, wie er den Namen seiner Charlotte ausrief und sich über ihre engelhaften Reize und Vorzüge ausließ. Er sprach so laut und so lange über dieses Thema, daß meine Frau dessen ein wenig müde wurde; und meine Frau hört es *immer* gern, wenn man andere Frauen preist, das (sagt sie) weiß ich genau. Aber wenn ein Mann eine Stunde lang über Dulcinea tönt? Solches Gerede wird einem zum Schluß über, wie Sie wissen; und kurzum, als er fort war, sagte meine Frau: „Nun ja, er ist sehr verliebt; das warst du auch – ich meine, lange vor meiner Zeit, Sir. Aber deckt die Liebe auch die Haushaltskosten, bitte?"

„Nein, mein Schatz. Und die Liebe läßt sich immer von anderer Leute Rat lenken – immer“, sagte Philips Freund, der das, wie Sie hoffentlich merken, ironisch meinte.

Philips Freunde hatten Philips Auslassungen über Philip nicht ungeduldig angehört. Fast alle Frauen schenken verliebten Männern ein teilnehmendes Ohr. Seien sie noch so alt, werden sie bei diesem Gespräch wieder jung und lassen ihre eigene Jugend wieder aufleben. Die Männer sind nicht ganz so großmütig: Tityrus wird es müde, Corydon endlos über die Reize seiner Schäferin sprechen zu hören. Und doch ist die Selbstbezogenheit ein guter Plauderer. Sogar langweilige Biographien lesen sich angenehm: und wenn lesen, warum nicht hören? Wäre Master Philip nicht so egozentrisch, wäre er auch kein so angenehmer Gesellschafter. Kann man nicht einen Mann mögen, über den man ein wenig lacht? Mir ist ein so gesprächiger Partner lieber als der vorsichtig zurückhaltende Mund, der sich nie ohne bedächtige Verwendung eines Schlüssels auftut. Was den Zugang zu Mr. Philips Geist und Gemüt angeht, so stand diese Tür stets offen, wenn er wach und nicht hungrig und mit einem Freund zusammen war. Außer seiner Liebe und seinen Lebensaussichten, seiner Armut usw. hatte Philip noch mehr Lieblingsthemen. Seine Freundin, die Kleine Schwester, lieferte ihm hervorragenden Stoff; sein Vater stellte einen weiteren beliebten Gesprächsgegenstand dar. Übrigens, sein Vater hatte an die Kleine Schwester geschrieben. Der Doktor erklärte, er sei überzeugt, in seinem neugewählten Land sein Glück zu machen. Er und noch ein Arzt hätten eine *neue* Medizin erfunden, die Wunder bewirken und beiden in wenigen Jahren unzweifelhaft ein Vermögen einbringen werde. Nie fehlte es ihm an diesem oder jenem Plan, das Vermögen zu machen, das nie kam. Jedesmal, wenn er kleine Summen auf den armen Philip zog, waren seine Briefe mit Sicherheit besonders prahlerisch und zuversichtlich. „Immer, wenn der Doktor schreibt, er hätte den Stein der Weisen gefunden“, sagte der arme Philip, „weiß ich genau, es folgt eine Nachschrift, daß ein kleiner Wechsel über soundsoviel, mit soundsoviel Tagen Termin, vorgelegt wird.“

Hatte er in letzter Zeit auf Philip gezogen? Phil gestand uns, wann und wie oft. Wir gaben ihm unsere ganze fromme Empörung zu verstehen. Die Augen meiner Frau funkelten förmlich vor Zorn. Was für ein Mensch! Was für ein Vater! Ach, er war unverbesserlich! „Ja, das ist er leider", gibt der arme Phil humorvoll zu, während seine Hände sich unbehindert in seinen Taschen breitmachen. Sie enthielten wenig mehr als diese großen Hände. „Mein Vater hat vielversprechende Anlagen. Seine Ansichten über das Eigentum sind eigentümlich. Es ist ein Trost, einen so bemerkenswerten Vater zu haben, oder nicht? Ich bin immer überrascht, wenn ich erfahre, daß er noch nicht wieder geheiratet hat. Ich seufze eine Stiefmutter herbei", fuhr Philip fort.

„Oh, *nicht doch*, Philip!" rief Mrs. Laura schmollend. „Seien Sie großmütig, seien Sie nachsichtig, seien Sie hochherzig, seien Sie ein Christ! Seien Sie nicht zynisch, und ahmen Sie niemanden nach – Sie wissen schon, wen!"

Wen konnte sie bloß meinen, frage ich mich? Nach Blitzen kamen aus den Augen dieser Dame Regenschauer. Aus langer Gewohnheit verstehe ich ihre Gedanken, auch wenn sie sie nicht ausspricht. Sie dachte an diese armen, edelmütigen, schlichten, verlassenen jungen Leute und flehte den Himmel an, sie zu beschützen. Es ist weiß Gott nicht meine Art, meine Freunde über den grünen Klee zu loben. Philips schwache Seiten habe ich ehrlich genug geschildert. Doch wenn ich hier hinschreibe, daß er mutig war, fröhlich im Unglück, großmütig, einfach, wahrheitsliebend, über Schliche erhaben – nachdem ich gesagt habe, daß er ein prächtiger junger Mann war –, dixi; und ich will die Worte nicht streichen.

So glühend unser Freund auch liebte, war er doch froh, wieder inmitten des Londoner Rauches und Reichtums und Tumults zu leben. Der Nebel bekomme seinen Lungen, behauptete er. Er atme in unserer großen Stadt freier als in jenem kleinen englischen Dorf mitten in Paris, in dem er sich aufgehalten hatte. In seinem Hotel und in seinem Café (wo er seine wortgewandte „Eigene Korrespondenz" verfaßte) hatte er Gelegenheit, ein wenig Französisch zu sprechen, aber es rann ihm nie besonders flink über die trotzige englische Zunge. „Du glaubst doch wohl nicht, ich möchte für einen Franzosen gehalten werden", sagte er oft mit großem Ernst. Ich möchte wissen, wer je daran gedacht hat, Freund Philip mit einem Franzosen zu verwechseln?

Was die treue Kleine Schwester angeht, standen ihr Haus und ihr Herz immer noch dem jungen Mann zu Diensten. Wir haben die Thornhaugh Street eine ganze Weile nicht mehr besucht.

Mr. Philip, dem wir zur Seite stehen mußten, war zu sehr mit seinem Liebeswerben beschäftigt, um seiner zärtlichen kleinen Freundin viele Gedanken zu widmen. Sie hat sich inzwischen auf ihrem bescheidenen Lebensweg vorangemüht, frohgemut, bescheiden, fleißig, ihre Pflicht erfüllend und auf ihrem Pfad stets eine helfende kleine Hand bereithaltend, um so manchem gefallenen Wanderer beizustehen. Sie hatte in ihrem Haus ein Zimmer frei, als Philip kam. Ein Zimmer, wahrhaftig! Hätte sie nicht ein Haus frei gehabt, wenn Philip es benötigt hätte? Doch in der Zeitspanne, seit wir die Kleine Schwester zuletzt sahen, hat auch sie schwarze Kleidung anlegen müssen. Ihr Vater, der alte Hauptmann, ist zur Ruhe eingegangen. Sein Platz in dem Stübchen ist leer: seine Schlafkammer steht für Philip bereit, so lange Philip bleiben will. Sie gab nicht vor, um den Verlust des Hauptmanns allzu tief zu trauern. Sie sprach dauernd von ihm, als wäre er noch da; und machte Philip Abendbrot und ließ ihn in Pas Sessel Platz nehmen. Wie geschäftig sie an dem Abend, als Philip ankam, umherwirtschaftete! Welch strahlendes Willkommen sprach aus ihren gütigen Augen! Ihre einfache Haartracht war jetzt von Silber durchzogen; aber ihre Wangen waren wie Äpfel; ihre kleine Gestalt war zierlich und leicht und flink; und ihre Stimme mit dem leisen Lachen und der so liebenswert fehlerhaften Grammatik erschien mir schon immer als eine der holdesten Stimmen.

Sehr bald nach Philip Firmins Ankunft in London besuchte Mrs. Brandon die Frau des bescheidenen Dieners und Biographen Mr. Firmins, und die zwei Frauen hielten eine schöne gefühlvolle Beratung ab. Alle guten Frauen sind nämlich gefühlvoll. Der Gedanke an junge Liebende, an die Stiftung einer Ehe, an liebenswürdige Armut fesselt sie und regt ihre zärtlichsten Gefühle an. Meine Frau begann um diese Zeit schöne lange Briefe an Miss Baynes zu verströmen, auf die letztere bescheiden und ehrerbietig antwortete, mit vielen Äußerungen warmer Dankbarkeit für das Interesse, das die Freundin in London dem Mädchen zu erweisen beliebe. Aus diesen Antworten ersah ich, daß die zwei Damen Charlottes Verbindung mit Philip als abgemachte Sache ansahen. Sie erörterten die Mittel und Wege. Sie sprachen nicht von Broughams, Wittümern, Stadt- und Landhäusern, Nadelgeld, Aussteuern; und wenn meine Frau die Einnahmequellen der beiden zusammenrechnete, wies sie stets darauf hin, daß Miss Charlottes Vermögen, obzwar freilich gering, einen sehr nützlichen Beitrag zum Einkommen des jungen Paares liefern werde.

„Fünfzig Pfund im Jahr nicht viel? Ich kann dir versichern, Sir, daß fünfzig Pfund im Jahr ein sehr hübsches Sümmchen sind. Kann Philip selbst auch nur dreihundert im Jahr verdienen, meint Mrs. Brandon, müßten sie ganz gut auskommen." Sie fragen, meine vornehme Freundin, ob es möglich ist, daß Menschen von vierhundert im Jahr leben können? Wie kommen sie zurecht, ces pauvres gens? Sie essen, sie trinken, sie kleiden sich, sie heizen, sie haben ein Dach über dem Kopf und Glas in den Fenstern; und manche unter ihnen sind so gut, glücklich und gesittet wie ihre Nachbarn, die zehnmal so reich sind. Wir haben dann noch, neben dieser pekuniären Berechnung, den festen Glauben der liebevoll verblendeten Frau, der Tag werde jenen schon sein tägliches Brot geben, die dafür arbeiten und an der richtigen Stelle darum bitten; eine Beweisführung, gegen die, wie mancher Mann zu sagen weiß, nichts auszurichten ist. Was meine eigenen kleinen Einwände und Zweifel angeht, begegnete meine Frau ihnen mit dem Hinweis auf Philips vorausgegangene Liebschaft mit seiner Cousine, Miss Twysden. „In dem Fall hattest du keine Einwände, Sir", sagte diese Logikerin dann immer. „Dir wäre es recht gewesen, wenn er ein Geschöpf ohne Herz genommen hätte. *Du* hättest wohlgemut zugesehen, wie er sich auf Lebenszeit unglücklich machte, weil du dachtest, es wäre eine vornehme Beziehung mit genug Geld im Hintergrund. Geld, daß ich nicht lache! Sehr glücklich ist Mrs. Woolcomb mit ihrem Geld! Als sehr rühmlich für alle Beteiligten hat sich *diese* Heirat erwiesen!"

Ich brauche meine Leser wohl kaum an den bedauerlichen Ausgang dieser Heirat zu erinnern. Woolcombs Betragen seiner Frau gegenüber bildete sehr bald, nachdem das Paar im heiligen Bund der Ehe vereinigt worden war, das beliebte Gesprächsthema der Londoner Gesellschaft und der Londoner Clubs. Wissen wir nicht alle noch, wie man Woolcomb nachsagte, er schlage seine Frau, er lasse seine Frau Hunger leiden, und wie sie daheim Zuflucht suchte und mit einem blauen Auge in das Haus ihres Vaters kam? Die zwei Twysdens schämten sich dieser Geschichte so sehr, daß Vater und Sohn aufhörten, Bays's Club zu besuchen, wo ich überhaupt nur von einem einzigen Mann hörte, daß er ihre Abwesenheit bedauerte – aus gutem Grund bedauerte; er behauptete nämlich, Talbot sei ihm für Verluste beim Whist Geld schuldig, das er nun nicht eintreiben könne.

Sollte Mr. Firmin seine Tante in ihrem Unglück aufsuchen? Vergangenes sei vielleicht vergessen und vergeben, dachten einige Ratgeber Philips. Nun, da Mrs. Twysden schweren Kummer habe, werde sich ihr Herz Philip gegenüber womöglich erweichen, den sie als Kind zweifellos geliebt hatte. Philip hatte die Großmut, sie aufzusuchen, und sah ihre Kutsche wartend vor der Tür stehen. Doch ein Bedienter, der den Gentleman zunächst in der trübseligen, altbekannten Vorhalle hatte warten lassen, teilte ihm mit, die gnädige Frau sei außer Haus, lächelte ihm mit gewinnender Frechheit ins Gesicht und machte sich in Gegenwart dieses armen verlassenen Neffen daran, Mäntel, Adelskalender und andere weibliche Ausrüstungsgegenstände in die Kutsche zu schaffen. Dieser Besuch war, das muß ich zugeben, eine von Mrs. Lauras romantischen Bestrebungen, Feinde zu versöhnen: Du gutes Kind, als ließen die Twysdens jemals einen Mann in ihr Haus, der arm oder aus der Mode gekommen war! Sie lebten in der ständigen Furcht, Philip könnte vorsprechen, um sich von ihnen Geld zu borgen. Als ob sie jemals einem Mann Geld geliehen hätten, der in Not war! Wenn sie den geschätzten Leser in ihr Haus bitten, so verlassen Sie sich darauf, daß sie der Meinung sind, er sei vermögend. Andererseits gaben die Twysdens für den neuen Lord von Whipham und Ringwood, der nach dem Tode seines Verwandten jetzt regierte, ein sehr anständiges Festessen. Weihnachten verbrachten sie entgegenkommenderweise bei ihm auf dem Land; und sie krochen und scharwenzelten vor Sir John Ringwood, wie sie zur Zeit des Grafen vor diesem scharwenzelt hatten und gekrochen waren. Der Graf war auf seine alten Tage ein Tory gewesen, als auch Talbot Twysdens Ansichten sehr konservativ waren. Der jetzige Herr von Ringwood war ein Whig. Es ist erstaunlich, wie liberal die Twysdens im Laufe von vierzehn Tagen bei der Unterhaltung nach Tisch und bei Gesprächen über die Fasanenjagd in Ringwood wurden. „Zum Henker! also wissen Sie“, verkündete der junge Twysden danach in seinem Büro, „ein Mann muß mit der Politik seiner Familie gehen, verstehen Sie“, und er prahlte so hemmungslos mit den Dinners, den Weinen, der Pracht, den Köchen und den Jagdgehegen Ringwoods wie zur Zeit seines edlen Großonkels. Jeder, der sich in London einmal einen Haushund gehalten hat, der einem die Stiefel und die Teller ableckt und schmeichelnd und kriechend um die Knochen auf dem Tisch bettelt, weiß, wie das Tier an die Tür kommende arme Leute ankläfft und anfällt. Die Twysdens, Vater und Sohn, gehörten dieser hündischen Rasse an: und hier und woanders gibt es riesige Rudel solcher Hunde.

Wenn Philip uns sein Herz öffnete und rückhaltlos über seine Pläne und Hoffnungen sprach, können Sie überzeugt sein, daß er auch seine kleine Freundin, Mrs. Brandon, ins Vertrauen zog, und daß kein Mensch auf der Welt beflissener war, ihm zu dienen. Während wir erörterten, was zu tun sei, war auch diese kleine Dame zum Besten ihres Lieblings tätig. In Mrs. Mugford, der Gattin des Besitzers der „Pall Mall Gazette", besaß sie eine feste Verbündete. Mrs. Mugford nahm seit langem Anteil an Philip, seinen Schicksalsschlägen und seinen Liebschaften. Diese zwei guten Frauen hatten ihn sich zum romantischen Helden gemacht. Ach! kämen sie doch auf einen durchführbaren Plan, ihm zu helfen! Und sehr bald bot sich den begeisterten Frauen eine solche Gelegenheit.

In fast allen Zeitungen erschien zum neuen Jahr eine beeindruckende Anzeige, die das kurz bevorstehende Erscheinen einer neuen Zeitschrift in Dublin ankündigte. Sie sollte „Das Kleeblatt" heißen, und die erste Nummer sollte am kommenden Patrickstag herauskommen. Ich brauche die Annonce, die die Gründung dieser neuen Zeitschrift bekanntgab, nicht ausführlich zu zitieren. Selbstverständlich habe man sich der namhaftesten Federn der nationalen Partei in Irland für Beiträge versichert. Diese Federn würden zu Stahl in anderer Gestalt umgeschmiedet, wenn sich die Gelegenheit böte. Allseits verehrte Kirchenmänner, Autoren von weltweitem Ruhm, Barden, deren kühne Lyrenklänge bereits die Insel durchhallt und Millionen Herzen hätten höher schlagen lassen und demzufolge in die doppelte Anzahl Augen Tränen getrieben hätten; Philosophen, ihrer wissenschaftlichen Leistungen wegen berühmt; und illustre Anwälte, deren mannhafte Stimmen stets die Sprache der Hoffnung und Freiheit usw. usw., würden sich um die Zeitschrift sammeln und stolz das Symbol des „Kleeblatts" tragen. Schließlich sei Michael Cassidy, Esq., zum Chefredakteur der neuen Zeitschrift bestimmt worden.

Das war genau der M. Cassidy, Esq., der, glaube ich, an Mr. Firmins Berufungsmahl teilgenommen hatte und der lange Zeit Redakteur bei der „Pall Mall Gazette“ gewesen war. Wenn Michael in die Dame Street ging, warum sollte Philip nicht Redakteur in der Pall Mall werden? argumentierte Mrs. Brandon. Natürlich würden sich zwanzig Kandidaten um Michaels Amt bewerben. Der Chefredakteur wünschte sich das Entscheidungsrecht. Barnet, Mugfords Partner bei der „Gazette“, würde seinen Mann berufen wollen. Cassidy würde vor seinem Weggang mit Sicherheit Dutzenden Gentlemen seiner Nation die Nachricht seiner bevorstehenden Abdankung anvertrauen, die nichts dagegen hätten, den Sold des Sachsen zu nehmen, bis sie endlich sein Joch abschütteln könnten, und die sein Brot essen würden, bis der frohe Moment einträte, da sie ihm in fairem Kampf den Kopf einschlagen könnten. Sobald Mrs. Brandon von der freien Stelle hörte, beschloß sie auf der Stelle, Philip müsse sie bekommen. Es war überraschend, wie wohlunterrichtet unsere kleine Freundin über Künstler und Presseleute war, über ihr Leben, ihre Familien, ihre Mittel und Wege. Viele Gentlemen beider Berufe besuchten Mr. Ridley in seiner Wohnung und schauten auf dem Hin- und Rückweg bei der Kleinen Schwester herein. Daß Tom Smith den „Herald“ verlassen hatte und zur „Post“ gegangen war; welchen Preis Jack Jones für sein Bild bekommen und wer für die wichtigsten Figuren Modell gestanden hatte – ich versichere Ihnen, Madam Brandon wußte alle diese interessanten Einzelheiten in- und auswendig. Und ich meine, ich habe dieses Persönchen sehr unzulänglich beschrieben, falls ich Ihnen nicht klargemacht habe, daß sie die unerschrockenste kleine Maklerin war, die jemals lebte, und keine Skrupel hatte, bis zum Äußersten zu gehen, um einem Freund zu dienen. Erzbischof von Canterbury zu werden, Professor für Hebräisch, Lehrer in einer Tanzschule, Kirchenorganist: für jede nur denkbare Stellung oder Tätigkeit hätte dieses Persönchen Philips Eignung beteuert. „Mir brauchen Sie nichts zu sagen! Er kann wunderschön tanzen oder predigen (wie der Fall gerade liegen mochte) oder schreiben! Und von wegen zum Redakteur ungeeignet, möchte ich nur mal wissen, hat er vielleicht nicht einen ebenso klugen Kopf und eine ebenso gute Bildung wie dieser Cassidy? Und ist das College in Cambridge nicht das beste College von der Welt? Das ist es, sage ich. Und er war sehr, sehr lange dort. Und er hätte den allerbesten Preis gewinnen können, nur hat er damals nicht aufs Geld sehen müssen, der liebe Junge, und er mochte den Armen nicht wegnehmen, was er nicht brauchte!“

Mrs. Mugford hatte den jungen Mann immer als recht hochmütig, doch ganz und gar als Gentleman betrachtet und ließ sich rasch von der Begeisterung ihrer Freundin für ihn anstecken. Meine Frau bestellte einen Einspänner, packte mehrere ihrer Kinder hinein, machte bei Mrs. Mugford Besuch und beliebte vom Garten dieser Dame, vom Kinderzimmer dieser Dame – von allem, was den Namen Mugford trug, entzückt zu sein. Es war kurios zu beobachten, in welche aufgeregte Betriebsamkeit diese Frauen verfielen und wie sie Pläne schmiedeten und gut zuredeten und intrigierten, um für ihren Schützling diese Stellung zu bekommen. Meine Frau glaubte – sie hatte nur so ihre Vermutungen, weiter nichts, selbstverständlich –, es sei Mrs. Mugfords Herzenswunsch, in der Welt zu glänzen. „Könnten wir nicht ein paar Leute – mit – mit Henkel am Namen, wie du es nennst – ich glaube, ich habe dich so einen ähnlichen Ausdruck gebrauchen hören, Sir –, mit den Mugfords zusammen einladen? Ein paar von Philips alten Freunden, die bestimmt gern bereit wären, ihm behilflich zu sein.“ Ich gebe zu, eine solche List wurde in die Wirklichkeit umgesetzt. Wir beschwatzten, bearbeiteten, hätschelten die Mugfords um Philips willen, und der Himmel vergebe Mrs. Laura ihre Scheinheiligkeit. Wir veranstalteten dann eine Festlichkeit, ich gestehe es. Wir baten unsere feinsten Bekannten und dazu Mr. und Mrs. Mugford: und wir beteten, der vom Pech verfolgte Philip möge sich allen Personen, die zum Fest eingeladen waren, von der besten Seite zeigen.

Meiner Frau gegenüber gab sich dieser Löwe von einem Firmin wie ein Lamm. Im allgemeinen Umgang schroff, hochfahrend und zum Widerspruch neigend, war Philip denen gegenüber, die er liebte und schätzte, der bescheidenste und demütigste aller Menschen. Er wurde es nie müde, sich mit unseren Kindern abzugeben, beteiligte sich an ihren Spielen und lachte schallend über ihre Mätzchen. Ich habe nie jemanden gehabt, der meinen Witzen ein solches Gelächter gegönnt hätte wie Philip Firmin. Ich glaube, meine Frau mochte ihn wegen des herzhaften Gewiehers, mit dem er diese geistreichen Äußerungen zu begrüßen pflegte. Manchmal fiel er ein bißchen spät mit seinem lachenden Refrain ein, doch zehn Gäste am Tisch waren nicht so laut wie dieser treue Freund. Im Gegensatz dazu, das muß ich ehrlicherweise zugeben, wenn Leute, die er nicht mag, ein Wortspiel oder einen anderen Scherz wagen, muß Philips Reaktion auf ihr Späßchen alles andere als angenehm oder schmeichelhaft für sie sein. Nun, anläßlich dieses wichtigen Dinners ermahnte ich ihn, ganz besonders freundlich und höflich und von jedermann äußerst angetan zu sein und niemandem auf die Hühneraugen zu trampeln, denn, in der Tat, wozu denn auch? Wer sei er, daß er censor morum sein wolle? Und es wurde bereits gesagt, daß kein Mensch seine Fehler mit so gewinnender Offenheit zugeben konnte wie unser Freund.

Wir luden also Mugford, den Besitzer der „Pall Mall Gazette", und seine Frau ein; und Bickerton, den Chefredakteur dieser Zeitschrift; Lord Ascot, Philips alten Freund aus dem College; und noch ein, zwei Gentlemen. Unsere Einladungen an die Damen standen unter keinem so guten Stern. Manche hatten schon Verpflichtungen, manche waren über Weihnachten aufs Land gefahren. Kurzum, wir schätzten uns recht glücklich, uns die alte Lady Hixie zu sichern, die ganz in der Nähe in Westminster wohnt und als Dame der großen Welt durchgehen kann, wenn keine Person von größerem Ansehen dabei ist. Meine Frau eröffnete ihr, der Zweck des Dinners sei es, unseren Freund Firmin mit dem Chefredakteur und dem Besitzer der „Pall Mall Gazette" bekanntzumachen, mit dem auf freundschaftlichstem Fuße zu stehen für ihn wichtig sei. Oh! nun gut. Lady Hixie versprach, den Zeitungsherrn und seine Frau wirklich huldvoll zu behandeln; und hielt den ganzen Abend über ihr Versprechen in gütigster Weise.

Als erste unserer Gäste traf unsere gute Freundin Mrs. Mugford ein. Sie kam „in ihrem Wagen" von ihrer Vorortvilla angefahren; und nachdem ihr Pferdeknecht seine Kutsche in einem nahegelegenen Mietstall untergebracht hatte, erbot er sich, unserem Personal beim Aufwarten zu helfen. Sein Fleiß und Diensteifer waren einzigartig. Porzellan zerschellte und Schüsseldekkel schepperten im Durchgang. Mrs. Mugford bemerkte, „Sam macht wieder mal seine Mätzchen", und ich hoffe, die Gastgeberin bewies, daß sie sich angesichts dieses Porzellangeklirrs in der Gewalt hatte. Mrs. Mugford kam vor der Zeit, sagte sie, um unsere Kinder zu sehen. „Bei unserer späten Londoner Essenszeit", meinte sie, „bekommt man die Kinder nie mehr zu Gesicht." In Hampstead kamen die ihren immer zum Dessert herein und belebten die Tischrunde mit ihrem arglosen Geschrei nach Orangen und ihrem Gerangel um Konfekt. Im Kinderzimmer, wo ein kleines Mädchen in ihrem langen, gestärkten Nachthemd ihr Nachtgebet sprach; wo ein weiteres Menschlein in denkbar luftiger Kleidung vor dem großen, vergitterten Kaminfeuer stand; wo ein dritter Lilliputaner in Nachtmütze und Nachtgewand aufrecht in seinem Bettchen saß und auf die Szene herabschaute, fanden die Damen unsere liebe Kleine Schwester häuslich eingerichtet. Sie war gekommen, ihre kleinen Lieblinge zu besuchen (zwei oder alle drei kannte sie wohl von allerfrühester Zeit an). Bei ihnen allen war sie ungeheuer beliebt und stand, glaube ich, mit der Köchin unten im Bunde, gewisse Delikatessen für ihren Tisch zuzubereiten. Darauf entspann sich ein langes Gespräch über unsere Kinder, über die Mugfordkinder, über Babies ganz allgemein. Und dann brachten die listigen Frauen (die Frau des Hauses und die Kleine Schwester) Philip aufs tapis und verbreiteten sich, à qui mieux, ausführlich über seine guten Seiten, seine Schicksalsschläge, seine Verlobung und die liebe Kleine, mit der er verlobt war. Dieses Gespräch dauerte fort, bis man auf dem Platz Räderrollen vernahm und der Türklopfer (es gab tatsächlich Türklopfer in jener altmodischen Gegend und Zeit) zu dröhnen begann. „Zu dumm! Da kommen die Gäste schon", sagte Mrs. Mugford – und mit Mrs. Brandons geschickter Hilfe Haube und Rüschen zurechtzupfend, kam sie herab, nachdem sie sich zärtlich von den kleinen Leuten verabschiedet hatte, denen sie am nächsten Tag als Geschenk einen Stoß schöne Weihnachtsbücher schickte, die der „Pall Mall Gazette" zur Rezension zugegangen waren. Die freundliche Frau war durch Schmeicheleien und Überredung auf unsere, auf Philips Seite gezogen worden. *Ihre* Stimme für die Redakteursstelle besaß er, was auch kommen mochte.

Die meisten unserer Gäste waren schon eingetroffen, als endlich Mrs. Mugford gemeldet wurde. Ich muß sagen, daß sie eine bemerkenswerte Erscheinung bot, und die Pracht ihrer Gewandung war etwas, das man selten zu sehen bekommt.

Bickerton und Philip wurden einander vorgestellt und unterhielten sich vor dem Essen über die französische Politik, bei welchem Gespräch Philip sich vollkommen beherrscht und verbindlich zeigte. Bickerton hatte zufällig gehört, wie man sich lobend über Philips Briefe geäußert hatte – an höherer Stelle, wohlgemerkt; und seine Wärme wuchs noch, als Lord Ascot kam, Philip mit dem Vornamen anredete und völlig ungezwungen mit ihm zu plaudern begann. Die alte Lady Hixie verkehre in absolut einwandfreien Kreisen, gab Bickerton herablassend zu. „Mrs. Mugford aber“, äußert er mit einem verwunderten, mitleidigen Blick auf diese Dame, „ich brauche Ihnen selbstverständlich nicht zu erklären, daß man *sie* nirgends sieht – nirgends.“ Nach diesen Worten trat Mr. Bickerton vor und richtete seelenruhig ein gönnerhaftes Wort an meine Frau, schenkte mir selbst ein wohlwollendes Nicken, erinnerte Lord Ascot daran, er habe die Freude gehabt, ihn in Egham kennenzulernen; und dann heftete er sich an Tom Page vom Postenjägeramt (der, zugegeben, einer unserer vornehmsten Gäste ist), um mit ihm in die Erörterung irgendeiner politischen Tagesfrage einzusteigen – ich weiß nicht mehr, welcher: doch die Hauptsache war, daß er zwei oder drei führende Politiker erwähnte, mit denen er das Problem diskutiert habe, welches es auch sein mochte. Er nannte berühmte Namen und gab uns zu verstehen, mit den Besitzern dieser Namen stehe er auf freundschaftlichstem und vertrautestem Fuße. Zu seinen Chefs – zum Besitzer der „Pall Mall Gazette“ unterhalte er ein sehr gespanntes Verhältnis, und ich muß leider wirklich sagen, daß sein Benehmen mir und meiner Frau gegenüber kaum höflich war. Mir kam es so vor, als lege sich Philips Stirn in immer tiefere Falten, während seine Augen diesem Mann folgten, der von einer Person zur anderen stolzierte und jeden begönnerte. Das Dinner verspätete sich aus irgendeinem in den unteren Regionen am besten bekannten Grunde ein wenig. „Mir scheint“, sagt Bickerton in einer Gesprächspause und zwinkert Philip zu, „unser guter Freund und Gastgeber ist es nicht eben gewöhnt, Dinners zu geben. Die Dame des Hauses ist offensichtlich verstört.“ Philip schnitt eine so gräßliche Grimasse, daß der andere zunächst glaubte, er habe Schmerzen.

„Sie, der Sie so oft mit dem alten Ringwood zusammen waren, wissen, was ein gutes Dinner ist“, fuhr Bickerton fort und richtete einen verständnisinnigen Blick auf Philip.

„Jedes Dinner ist gut, wo ich so willkommen bin wie hier“, sagte Philip.

„Oh! Sehr ordentliche Leute, sehr ordentliche Leute, selbstverständlich!“ ruft Bickerton.

Ich brauche nicht zu sagen, daß er glaubt, es sei ihm vollkommen gelungen, sich das Ansehen eines Mannes von Welt zu geben. Er schritt zu Lady Hixie hinüber und plauderte mit ihr über die letzte große Gesellschaft, bei der er sie getroffen hatte; und dann wandte er sich dem Gastgeber zu und bemerkte, mein Freund, der Arztsohn, sei ein ungestüm wirkender Bursche. Binnen fünf Minuten gelang es ihm, sich bei Mr. Firmin verhaßt zu machen. Er schreitet durch die Welt und begönnert Leute, die ihm über sind.

„Unser guter Freund ist es nicht eben gewöhnt, Dinners zu geben“ – ist er das nicht? Wie kannst du bloß diesen Mann weiter ertragen? Tom Page vom Postenjägeramt ist ein bekannter Gast an vielen Tafeln; Lord Ascot ist ein Peer; während des Dinners sprach Bickerton mit ziemlich lauter Stimme über den Tisch hinweg mal zu dem einen, mal zu dem anderen dieser Männer. Er saß neben Mrs. Mugford, wandte aber dieser verdutzten Frau den Rücken zu und ließ sich nicht dazu herab, ein persönliches Wort an sie zu richten. „Natürlich, ich verstehe Sie, lieber Freund“, sagte er mir, als die Damen sich zurückgezogen hatten und wir auf Flüsternähe zusammenrückten. „Sie laden diese Leute aus Staatsräson zum Dinner. Sie bringen ein Buch heraus und wollen, daß die Zeitung darauf eingeht. Ich halte solche Leute bewußt auf Distanz – die einzige Art, mit ihnen umzugehen, auf mein Wort.“

Nicht ein einziges herausforderndes Wort hatte Philip bis dahin an den Leitartikler der „Pall Mall Gazette“ gerichtet; und ich wollte mich gerade beglückwünschen, daß unser Dinner ohne jeden Zwischenfall verlaufen werde, als man, weil jemand fatalerweise den Wein lobte, Nachschub kommen ließ. „Sehr guter Rotwein. Wer ist Ihr Weinhändler? Auf mein Wort, hier bekomme ich besseren Rotwein als in Paris zu kaufen – finden Sie nicht auch, Mr. Fermor? Wo essen Sie in Paris gewöhnlich?“

„Ich esse gewöhnlich für dreißig Sous, und an ganz besonderen Tagen für drei Francs, Mr. Beckerton", knurrt Philip.

„Mein Name ist Bickerton." („Wie ordinär von dem Kerl, über seine Dreißig-Sous-Essen zu reden!" murmelte mir mein Nachbar zu.) „Nun, über Geschmack läßt sich nicht streiten. Wenn ich nach Paris komme, esse ich im ‚Trois Frères'. Famoser Burgunder im ‚Trois Frères'."

„Das liegt daran, weil ihr großen Leitartikler besser bezahlt werdet als arme Korrespondenten. Es soll mich herzlich freuen, wenn ich in der Lage bin, besser zu speisen." Und dabei lächelt Mr. Firmin Mr. Mugford zu, seinem Herrn und Besitzer.

„Furchtbar ordinär, vom Geschäftlichen zu sprechen", sagt Bickerton ziemlich laut.

„Ich schäme mich meines Geschäfts durchaus nicht. Sie etwa, Mr. Bickerton?" knurrt Philip.

„Da hat's ihm F. gegeben", bemerkt Mr. Mugford.

Mr. Bickerton stand erbleichend vom Tisch auf. „Meinen Sie das beleidigend, Sir?" fragte er.

„Beleidigend, Sir? Nein, Sir. Manche Menschen werden beleidigend, ohne es zu wollen. Sie heute abend mehrmals!" erklärt Lord Philip.

„Ich wüßte nicht, daß ich verpflichtet bin, so etwas am Tisch irgendeines Mannes hinzunehmen!" ruft Mr. Bickerton. „Lord Ascot, ich wünsche Ihnen eine gute Nacht!"

„Hören Sie, alter Junge, was ist überhaupt los?" fragte Seine Lordschaft. Und wir waren alle überrascht, als mein Gast aufstand und wutentbrannt den Tisch verließ.

„Geschieht ihm recht, Firmin, sage ich!" erklärte Mr. Mugford und stürzte erneut ein Glas hinunter.

„Wissen Sie das denn nicht?" sagt Tom Page. „Sein Vater hat ein Herrenartikelgeschäft in Cambridge und hat ihn nach Oxford geschickt, wo er glanzvoll promoviert hat."

Und das war aus einem Dinner zur Vermittlung von Bekanntschaften geworden – einem Dinner, das Philips Interessen im Leben fördern sollte!

„Geben Sie ihm noch eins drauf, sage ich", rief Mugford, dem der Wein die Zunge gelöst hatte. „Er ist ein hochnäsiger Kerl, dieser Bickerton, und ich kann ihn nicht leiden, und Mrs. M. auch nicht."

31. KAPITEL

Bringt den famosen Witz über Miss Grigsby

Für diesmal entdeckte Philip, daß er jemanden beleidigt hatte, ohne allgemein Anstoß zu erregen. Im vertraulichen Gespräch der Frauen hatte Mrs. Mugford bereits in der ihr eigenen ungekünstelten, aber sehr nachdrücklichen Sprache den Ausspruch ihres Mannes über Mr. Bickerton bekräftigt und erklärt, B. sei ein ekliger Kerl und es tue ihr nur leid, daß Mr. F. ihm nicht noch ein bißchen härter zugesetzt habe. So unterschiedlich sind die Meinungen, die verschiedene Menschen von ein und demselben Ereignis hegen! Ich weiß zufällig, daß Bickerton seinerseits fortging und behauptete, wir seien streitsüchtige, ungebildete Leute; und ein Mann von kultivierter Lebensart gehe solchem Umgang am besten aus dem Wege. Er dünkt sich wirklich allen Ernstes über uns erhaben und wird fast jeden Gentleman bereitwillig in der Kunst unterrichten, einer zu werden. Dieses Selbstvertrauen ist beim parvenu durchaus nicht ungewöhnlich. Stolz auf seine neuerworbene Kunst, ein Ei auszusaugen, rannte der wohlbekannte kleine Junge aus der Fabel los, um sein Wissen an die Großmutter weiterzugeben, die seit vielen Jahren mit dem Vorgang bestens vertraut war, den das Kind soeben entdeckt hatte. Wer unter uns ist nicht solchen Schulmeistern begegnet? Ich kenne Leute, die bereit wären, vorzutreten und die

Taglioni das Tanzen zu lehren, Tom Sayers das Boxen beizubringen oder dem Chevalier Bayard, wie man ein Gentleman wird. Wir kennen fast alle solche Leute und unterziehen uns von Zeit zu Zeit der unsäglichen Wohltat ihrer Gönnerschaft.

Mugford verließ unsere kleine Abendgesellschaft mit der Beteuerung, Philip solle es, beim heiligen George, zu gegebener Zeit nicht an einem Freund fehlen; und diese gegebene Zeit kam sehr bald. Als ich eines Tages das Büro der „Pall Mall Gazette" besuchte, mußte ich lachen, als ich Philip im Zimmer des Redakteurs eingerichtet fand, mit einem Vorrat an Scheren, Oblaten und Leimtöpfen ausgestattet und aus dieser oder jener Zeitung Absätze ausschneidend, ändernd, kürzend, mit Überschriften versehend und so fort; mit einem Wort, regelrecht in den Sielen. Die dreiköpfigen Kälber, die Riesenstachelbeeren, die bejahrten unverheirateten Damen, die in erstaunlich hohem Alter schließlich irgendwo auf dem Lande starben – es war verblüffend (bedachte man seine geringe Erfahrung), wie Firmin all das aufstöberte. Er fand sich voll und ganz in das Wesen seiner Aufgabe. Er war stolz darauf, welche geschickten Überschriften er für seine Absätze fand. Wenn seine Zeitung am Ende der Woche komplett war, musterte er sie liebevoll – nicht die Leitartikel oder jene tiefschürfenden und doch geistsprühenden literarischen Aufsätze, die in der „Gazette" erschienen, sondern die Notizen über Geburten, Todesfälle, Heiraten, Märkte, Gerichtsverfahren und was sonst noch alles. Wie den Ladenjungen, der das Schaufenster seines Chefs ausgestaltet hat und auf die Straße geht, um erfreut sein Werk zu betrachten, so beglückte die einnehmende Frontseite der „Pall Mall Gazette" Mr. Firmin und den Drucker der Zeitschrift, Mr. Bince. Mit ehrlichem Stolz besahen sie das Ergebnis ihrer vereinten Mühen. Firmin fand auch Scherze zu diesem Thema nicht witzig. Spielten seine Freunde darauf an und erkundigten sich, ob er in dieser Woche einen besonders fetten canard geschossen habe, runzelte Mr. Firmin die Stirn, und seine Wangen liefen rot an. Er mochte es nicht, wenn man Witze auf seine Kosten machte: war das nicht eine ganz ungewöhnliche Abneigung?

In seiner Eigenschaft als Redakteur genoß der gute Mann das Vorrecht, unzählige Freikarten für das Theater und das Panorama und Diorama entgegenzunehmen und zu verschenken.

Die „Pall Mall Gazette“ war damals nicht darüber erhaben, solche kleinen Bestechungen anzunehmen, und Mrs. Mugfords weitgehende Vertrautheit mit den Namen der Opernsänger und ihre glanzvollen Auftritte in einer Opernloge waren ganz erstaunlich. Freund Philip steckte oft einen Stoß dieser Eintrittskarten ein und machte sich eine Freude daraus, unser junges Volk zu dieser oder jener Schaustellung mitzunehmen. Aber einmal im Diorama, wo unser junges Volk, wie immer sehr beklommen, im Dunkeln saß, rief aus der mitternächtlichen Finsternis eine Stimme: *„Wer ist auf Freikarten von der ‚Pall Mall Gazette‘ da?“* Eine Dame, zwei angstvolle Kinder und Mr. Philip erbebten sämtlich bei diesem schrecklichen Aufruf. Ich glaube, sogar heute würde ich diese Geschichte nicht zu drucken wagen, wüßte ich nicht, daß Mr. Firmin im Ausland auf Reisen ist. Es war ein Segen, daß es dunkel war, so daß keiner das Erröten des armen Redakteurs bemerken konnte. Eher hätte Philip sich foltern und vierteilen lassen, als diese Dame in Verlegenheit zu bringen. Aber sie war kaum verärgert, außer, weil sie ihren Freund verärgert sah. Das Komische der Szene überwog bei der Dame den Ärger und reizte sie zum Lachen über den Zwischenfall; aber ich gebe zu, unser kleiner Junge (mit einem Hang zum Aristokratischen und eher zu empfindlich gegenüber dem Spott seiner Schulkameraden) war überhaupt nicht darauf erpicht, über das Thema zu sprechen oder die Welt wissen zu lassen, daß er einen Ort öffentlicher Belustigung „auf Freikarte“ besuchte.

Was Philips Wirtin betraf, die Kleine Schwester, so war sie ja seit Jahren mit der Presse und mit Presseleuten und mit Freikarten fürs Theater vertraut. Sie sah mit ihrem gütigen, lächelnden Gesicht und in dem schmucken, gutsitzenden schwarzen Kleid richtig jung und hübsch aus, als sie eines Abends – zu einem Osterstück – an Philips Arm ins Theater kam. Unsere Kinder erspähten die beiden von der Droschke aus, als auch sie zur selben Vorstellung fuhren. Da hieß es: „Schau, Mama! Da ist Philip und die Kleine Schwester!“ Und dann gab es für die zwei Freunde zu Fuß aus der Droschke herab nichts als Lächeln und nickende Köpfe und den entzückten Ausdruck des Wiedererkennens! Natürlich habe ich vergessen, was das für ein Stück war, das wir uns alle an diesem Osterabend ansahen. Aber die Kinder werden es nie vergessen; nein, und wenn sie hundert Jahre alt werden und obwohl die ständige Beobachtung Philips und seiner Begleiterin in der Loge gegenüber ihre Aufmerksamkeit von dem Stück ablenkte.

Mr. Firmins Arbeit und Gehalt waren gleichermaßen nicht besonders gewichtig, doch er nahm beide ganz frohgemut hin. Er sparte noch von seinem kleinen Einkommen. Es war überraschend, wie haushälterisch er mit Rat und Hilfe seiner kleinen Wirtin leben konnte. Er kam oft zu uns und berichtete mit kindischer Begeisterung von seinen kleinen Kunststücken der Knauserei. Er betrachtete gern den von Woche zu Woche anwachsenden Stapel seiner Sovereigns. Er achtete mit scharfem Auge auf Auktionen und kaufte hin und wieder ein Stück für die Einrichtung. Auf diese Weise brachte er ein Klavier mit heim, auf dem er ebensowenig spielen konnte, wie er hätte seiltanzen können; doch man hatte ihm zu verstehen gegeben, es sei ein sehr gutes Instrument; und meine Frau spielte einmal darauf, als wir ihn besuchten, und er saß da, die mächtigen Hände auf den Knien, hingerissen lauschend. Er dachte daran, daß er eines Tages, so Gott wolle, andere Hände auf den Tasten sehen würde – und Spielerin und Instrument verschwanden in einem Schleier vor seinen glücklichen Augen. Seine Käufe waren nicht immer günstig. Zum Beispiel fiel er auf einer Auktion bei einem kleinen Perlenschmuck arg herein. Ein paar listige Hebräer taten sich bei der Versteigerung zusammen und trieben ihn, wie die Redensart lautet, zu einem Preis hoch, der den Wert des Flitterdings weit überstieg. „Aber Sie wissen, für wen es war, Madam", erklärte eine der Ehrenretterinnen Philips. „Wenn sie gern seine zehn Finger tragen würde, würde er sie sich abschneiden und ihr schicken. Aber er behält sie, um ihr damit Briefe und Gedichte zu schreiben – und sie sind wunderschön."

„Und der liebe Junge, der in Glanz und Luxus aufgewachsen ist, Mrs. Mugford, wie Sie, Madam, nur zu gut wissen – er trinkt keinen Wein mehr. Ein bißchen Whisky und ein Glas Bier, mehr trinkt er nicht. Und seine Sachen – er ging immer so fein –, Sie sehen ja, wie er heute herumgeht, Madam. Immer der Gentleman und, wahrhaftig, nie hat ein feinerer oder vornehmerer Gentleman ein Zimmer betreten; aber er spart jetzt – Sie wissen, für was, Madam."

Und in der Tat, Mrs. Mugford wußte es; und Mrs. Pendennis

und Mrs. Brandon wußten es auch. Und diese drei Frauen steigerten sich geradezu in ein Fieber der Anteilnahme für Mr. Firmin hinein. Und Mugford pflegte auf seine rauhe, spaßige Art zu sagen: „Mr. P., ein gewisser Mr. Eff ist gekommen und hat uns ausgestochen. Hat er, so gewiß mein Name Emm ist. Und ich werde noch richtig eifersüchtig auf unseren Redakteur, darauf läuft es hinaus. Aber es tut gut, zu sehen, wie er Bickerton von oben herab behandelt, wenn sie sich einmal in der Redaktion treffen, es tut wirklich gut! *Den* piesackt Bickerton nicht wieder, das kann ich Ihnen sagen!"

Die Konklaven und Komplotte dieser Frauen zu Philips Nutzen waren endlos. Eines Tages öffnete ich die Tür meines Hauses, und heraus trat die Kleine Schwester mit einem Taschentuch an den Augen und in einem Zustand heftiger Erregung, der sich womöglich dem Gentleman mitteilt, der ihr an seiner eigenen Tür begegnet. Die Frau des Gentlemans ist ebenfalls nicht wenig bewegt und aufgewühlt. „Was glaubst du, was Mrs. Brandon sagt? Philip lernt jetzt Kurzschrift. Er meint, er sei nicht gewandt genug, um ein einigermaßen namhafter Autor zu werden; aber er könnte Reporter werden, und damit, zusammen mit seiner Stellung bei Mr. Mugford, meint er, könne er genug verdienen, um ... Ach, er ist ein prächtiger Mensch!" Ich nehme an, eine weibliche Gefühlsaufwallung verhinderte den Abschluß dieses Berichts. Doch als Mr. Philip am selben Tag zum Dinner hereingetrampelt kam, huldigte ihm seine Gastgeberin; sie himmelte ihn an, sie behandelte ihn mit einer liebevollen Achtung und Sympathie, die Frauen ihrer Art tapferen und ehrlichen Männern im Unglück stets zu erweisen pflegen.

Wieso besann sich Mr. Philip Firmin, zugelassener Jurist, eigentlich nicht darauf, daß er einem Berufsstand angehörte, der so vielen Männern zu einem Auskommen und nicht wenigen zu Reichtum und Ehren verholfen hat? Ein Anwalt konnte doch gewiß auf ebenso guten Verdienst hoffen, wie ein Zeitungsreporter ihn überhaupt erlangen konnte. Wir alle kannten Beispiele von Männern, die ihre Laufbahn als Mitarbeiter der Presse begonnen und gleichzeitig den juristischen Beruf ausgeübt hatten und als Anwälte und Richter zu größten Ehren gekommen waren. „Kann ich in einer Dachkammer am Pump Court sitzen und auf Klienten warten?" fragte der arme Philip. „Ehe sie kommen, bricht mir das Herz. Mein Kopf ist nicht viel wert: ich würde ihn ganz und gar durcheinanderbringen, wenn ich über Gesetzbüchern büffelte. Ich bin überhaupt kein begabter Mensch, versteht ihr; und ich habe nicht den Ehrgeiz und den hartnäckigen Willen zum Erfolg, die so manchen Mann voranbringen, der keine größeren Fähigkeiten hat als ich. Ich bin vielleicht ebenso klug und schlau wie zum Beispiel Bickerton; aber ich bin nicht so *aufgeblasen* wie er. Weil er überall den ersten Platz beansprucht, wo er auftaucht, bekommt er ihn sehr oft auch. Meine lieben Freunde, erkennt ihr nicht, wie bescheiden ich bin? Nie hat ein Mensch weniger zu Hoffnung auf ein Vorwärtskommen Anlaß gegeben als ich – das müßt ihr zugeben; und ich sage euch, daß Charlotte und ich uns auf ein Leben in Armut unter knauseriger Sparsamkeit in einer Wohnung im zweiten Stock in Pentonville oder Islington gefaßt machen müssen. Das sind ungefähr meine Erwartungen. Ich würde sie freigeben, nur weiß ich, daß sie mich nicht beim Wort nehmen würde – das liebe kleine Ding. Sie hat ihr Herz an einen grobschlächtigen Bettler gehängt, das ist die Wahrheit. Und ich sage euch, was ich vorhabe. Ich will ernsthaft den Beruf der Armut erlernen und ein Meister darin werden. Was kosten Rindsfußsülze und Kuttelflecke? Ihr wißt es nicht. Ich weiß es, und auch, wo man sie am besten kauft. Ich bin bestimmt der beste Sprottenkenner in London. Mein Gesöff ist jetzt fürs ganze Leben Dünnbier, und ich mag es schon richtig gern und finde es prickelnd und wohlschmeckend und bekömmlich." Philips Darstellung seiner selbst und seiner Fähigkeiten und Unfähigkeiten enthielt nicht wenig Wahres. Zweifellos war er nicht dafür geboren, sich in der Welt einen großen Namen zu machen. Aber mögen wir nur Leute, die berühmt sind? Ebensogut könnten wir sagen, wir schenken unsere Achtung nur Menschen, die zehntausend im Jahr haben oder größer als sechs Fuß sind.

Während von seinen drei Freundinnen und Beraterinnen meine Frau Philips Bescheidenheit aufs tiefste bewunderte, waren Mrs. Brandon und Mrs. Mugford über seinen Mangel an Unternehmungsgeist recht enttäuscht und auch bei dem Gedanken, daß er sich so geringe Ziele setzte. Ich verrate nicht, welche Partei Firmins Biograph in dieser Angelegenheit ergriff. Kam es mir denn zu, ihm Beifall zu zollen oder Vorwürfe zu machen, weil er bescheiden war, oder war ich überhaupt aufgerufen, Rat zu erteilen? Liebenswürdiger Leser, geben Sie doch zu, daß Sie und ich im Leben fast immer den eigenen Weg gehen. Wir essen die Speisen, die wir mögen, weil wir sie mögen; nicht, weil unser Nachbar sie gern ißt. Wir stehen früh auf oder gehen spät zu Bett; wir arbeiten, faulenzen, rauchen oder was sonst, weil es uns so gefällt, nicht, weil der Arzt es anordnet. Philip gleicht also Ihnen und mir, die wir unseren Kopf durchsetzen, wenn wir nur können. Oder etwa nicht? Wenn Sie es nicht tun, haben Sie es auch nicht anders verdient. Statt nach einem Mastochsen zu hungern, gewöhnte er sich allmählich daran, sich mit einem Gemüsegericht zu begnügen. Statt dem Sturm zu trotzen, reffte er lieber die Segel, hielt sich unter Land und wartete ruhigeres Wetter ab.

So war es etwa am Dienstag jeder Woche die Aufgabe dieses bescheidenen Redakteurs, mit dem Ausschnippeln und Aufkleben der Beiträge für die nächste Sonnabendausgabe zu beginnen. Er kürzte die parlamentarischen Reden, wobei er den Sprechern der Partei der „Pall Mall Gazette" die gebührende Vorzugsstellung einräumte und die Äußerungen der Gegner nur in dürren Umrissen wiedergab. Wenn die führenden Politiker, die auf der Seite der „Pall Mall Gazette" standen, Empfänge gaben, so können Sie sicher sein, daß sie in der Gesellschaftsspalte getreulich verzeichnet wurden; wenn jemand von ihrer Partei ein Buch schrieb, konnte er mit ziemlicher Sicherheit auf das Lob des Rezensenten rechnen. Ich spreche von der schlichten alten Zeit, Sie verstehen. Jetzt gibt es natürlich nicht mehr solche marktschreierischen Lobpreisungen und Begünstigungen, so unangebrachtes Lob und so ungerechten Tadel. Jeder Kritiker kennt sich in seinem Fach aus und schreibt mit dem einzigen Ziel, die Wahrheit zu sagen.

Philip, vor zwei Jahren ein Stutzer, begnügte sich also damit, den schäbigsten alten Rock zu tragen; Philip, der Philippus von einundzwanzig, der auffallend schöne Pferde geritten und liebend gern sein Pferd und seine Person im Park zur Schau gestellt hatte, nahm bescheiden in einem Omnibus Platz und gönnte sich nur in besonderen Fällen eine Droschke. Vom Dach des größeren Gefährts herab grüßte er mit größter Leutseligkeit seine Freunde und starrte auf seine Tante herab, wenn sie in ihrer Barutsche vorüberfuhr. Er war nie so recht zur Anerkennung der

Tatsache zu bewegen, daß sie ihn absichtlich übersah: oder er schrieb ihre Blindheit der Auseinandersetzung zu, die sie gehabt hatten, nicht seiner Armut und gegenwärtigen Lebensposition. Was seinen Vetter Ringwood anging, „dieser Kerl wäre zu jeder Gemeinheit imstande“, gab Philip zu. „Und ich war es, der *ihn* geschnitten hat“, behauptete unser Freund.

Eine wirkliche Gefahr bestand darin, daß unser Freund in seiner Armut noch hochmütiger und unverschämter werden könnte als in seinen besseren Tagen und daß er mit Leuten engeren Umgang pflegte, die ihm nicht ebenbürtig waren. War es besser für ihn, in einem vornehmen Club abfällig angesehen zu werden oder sich an der Spitze der Gäste in einer Wirtsstube zu spreizen? Das war die Gefahr, die wir für Firmin befürchten mußten. Es war unmöglich, dem Eingeständnis aus dem Weg zu gehen, daß er aus freien Stücken eine niedrigere Stellung in der Welt anstrebte als die ihm von Geburts wegen zustehende.

„Willst du damit sagen, Philip sei herabgesunken, weil er arm ist?“ fragte eine erboste Dame, an die ihr Mann diese Bemerkung gerichtet hatte – Mann und Frau waren beide gute Freunde Mr. Firmins.

„Meine Liebe“, erwidert das Weltkind von Ehemann, „angenommen, Philip würde es sich in den Kopf setzen, einen Esel zu kaufen und Kohlköpfe zu verhökern? Er würde damit nichts Böses tun; aber bestimmt würde er sich in der Achtung der Welt herabsetzen.“

„Sich herabsetzen!“ erwidert die Dame und wirft stolz das Haupt zurück. „Kein Mensch setzt sich dadurch herab, daß er einen ehrlichen Beruf ausübt. Kein Mensch!“

„Sehr gut! Nehmen wir Grundsell, den Gemüsekrämer aus der Tuthill Street, der bei unseren Dinners bedient. Statt ihn bedienen zu lassen, sollten wir ihn bitten, sich an den Tisch zu setzen; oder vielleicht sollten *wir* die Bedienung übernehmen und mit einer Serviette hinter Grundsell stehen.“

„Unsinn!“

„Grundsell übt einen absolut ehrlichen Beruf aus, es sei denn, er mißbraucht die sich ihm bietende Gelegenheit und läßt etwas mitgehen . . .“

„Läßt puren Unsinn mitgehen!“

„Sehr gut. Grundsell ist also *nicht* der passende Umgang für uns, und die neun kleinen Grundsells sind es nicht für unsere Kinder. Warum sollte also Philip die Freunde seiner Jugend aufgeben und einen Club gegen eine Wirtsstube eintauschen? Du kannst nicht behaupten, unsere kleine Freundin Mrs. Brandon, so gut sie auch ist, sei die passende Gefährtin für ihn?"

„Wenn er eine gute kleine Frau hätte, besäße er eine Gefährtin vom eigenen Stand, und er wäre doppelt so glücklich, und er wäre aller Gefahr und Versuchung entronnen – und das Beste, was er tun kann, ist, sofort zu heiraten!" ruft die Dame. „Und, lieber Mann, ich glaube, ich werde Charlotte schreiben und sie zu uns einladen."

Gegen dieses Argument ließ sich nichts vorbringen. Solange Charlotte bei uns wäre, könnten wir sicher sein, daß Philip nichts anstellen und keine andere Gesellschaft suchen würde. Unmittelbar neben den Zimmern, die unsere Kinder bewohnten, hatten wir noch ein behagliches kleines Schlafzimmer. Meine Frau machte sich eine Freude daraus, dieses Zimmer schmuck herzurichten, und da es sich traf, daß Onkel Mac etwa um diese Zeit geschäftlich nach London reiste, kam die junge Dame unter seinem Geleit zu uns, und ich würde gern die Begegnung zwischen ihr und Mr. Philip in unserem Salon schildern. Bestimmt war sie sehr erbaulich. Doch meine Frau und ich waren nicht dabei, vous concevez. Wir hörten nur einen Ruf der Überraschung und der Freude von Philip, als er das Zimmer betrat, wo die junge Dame wartete. Wir hatten nur gesagt: „Geh in den Salon, Philip. Du findest da deinen alten Freund, Major Mac. Er ist in Geschäften nach London gekommen und bringt Nachricht von ..." Mehr brauchten wir nicht zu sagen, denn da stürzte Philip wie ein Wilder in den Salon.

Und dann kam der Ruf. Und dann kam Major Mac heraus, mit einem so verschmitzten Funkeln in den Augen! Zu welchen Listen und Heucheleien hatten wir vorher nicht greifen müssen, um unser Geheimnis vor den Kindern zu hüten, die es unfehlbar entdeckt hätten! Ich muß Ihnen erklären, daß der paterfamilias sich gegen das arglose Geplapper und die Fragen der Kinder zur Vorbereitung des kleinen Schlafzimmers durch die Eröffnung gesichert hatte, es sei für Miss Grigsby bestimmt, die Gouvernante, mit deren Kommen man ihnen schon lange gedroht hatte. Und eines unserer Mädchen sagte, als der ahnungslose Philip eintraf:

„Philip, wenn du in den Salon gehst, findest du da *Miss Grigsby, die Gouvernante.*"

Und dann ging Philip in diesen Salon, und dann erschallte dieser Ruf, und dann kam Onkel Mac heraus, und dann usw. usw. Und wir nannten Charlotte bei Tisch immerzu Miss Grigsby; und am nächsten Tag nannten wir sie Miss Grigsby; und je mehr wir sie Miss Grigsby nannten, desto mehr lachten wir alle. Und das Baby, das noch nicht deutlich sprechen konnte, nannte sie Miss Gibby und lachte am allerlautesten; und es war so ein Spaß. Aber ich glaube, Philip und Charlotte genossen den Spaß am allermeisten, meine Lieben, wenn sie auch vielleicht nicht ganz so laut lachten wie wir.

Mrs. Brandon kam, darauf können Sie sich verlassen, auf schnellstem Wege zu uns, und Charlotte errötete und sah wunderschön aus, als sie auf die Kleine Schwester zutrat und ihr einen Kuß gab. „Er *hat* Ihnen also von mir erzählt!" sagte sie mit ihrem sanften Stimmchen und strich der jungen Dame über das braune Haar. „Hätte ich ihn denn überhaupt kennengelernt ohne Sie, und haben Sie ihm nicht das Leben gerettet, als er krank war?" antwortete Miss Baynes. „Und darf ich diejenige nicht lieben, die ihn liebt?" fragte sie. Und wir ließen diese drei Frauen eine Viertelstunde allein, in welcher Zeit sie die engsten Freundinnen der Welt wurden. Und unser ganzer Haushalt, groß oder klein, einschließlich der Kinderfrau (eine Frau von höchst eifersüchtiger, herrschsüchtiger und unbequemer Anhänglichkeit), alle hatten von unserem freundlichen jungen Gast eine gute Meinung und hießen Miss Grigsby willkommen.

Charlotte ist nämlich nicht so überaus schön, daß sie andere Frauen zum Meineid treibt, indem sie behaupten, letztlich sei es doch nicht allzuweit mit ihr her. Zu der Zeit, mit der wir uns befassen, hatte sie zweifellos einen sehr schönen Teint, den ihr schwarzes Kleid vielleicht noch hervorhob. Und wenn Philip ins Zimmer kam, hatte sie ihm stets einen schönen Strauß Rosen anzubieten, die auf ihren Wangen erblühten, sobald er erschien. Ihr Verhalten ist so gänzlich unaffektiert und schlicht, daß es nicht anders als gut sein kann: denn ist sie nicht dankbar, wahrheitsliebend, selbstvergessen, aufopfernd, anspruchslos und teilnahmsvoll? Ist sie besonders geistreich? Das habe ich nie behauptet – obwohl ich nicht bezweifeln kann, daß sie den Geist *mancher*

Männer (deren Namen nicht erwähnt zu werden brauchen) zu schätzen wußte. „Also wirklich", ruft Philip an jenem denkwürdigen Abend ihrer Ankunft, und als sie und andere Damen zu Bett gegangen waren, „beim Himmel!, ist sie nicht zauberhaft, wahrhaftig! Was habe ich bloß getan, daß ich ein so reines kleines Herz gewonnen habe? Non sum dignus. Es ist zuviel Glück – zuviel, beim Himmel!" Und die Stimme versagt ihm hinter der Pfeife, und er bohrt sich seine zwei Fäuste in die Augen, die zum Überfließen mit Glück und Dankbarkeit gefüllt sind. Wenn Fortuna jemanden mit einer so reichen Gabe bedenkt, brauchen wir ihn, meine ich, nicht um das zu bemitleiden, was sie ihm entzieht. Als Philip um Mitternacht davongeht (davongeht? hinausgeworfen wird – sonst hätte er bestimmt bis zum Morgengrauen weitergeredet), den Regen im Gesicht und fünfzig oder hundert Pfund als einziges Vermögen in der Tasche, glaube ich, da geht einer der glücklichsten Menschen – der glücklichste und reichste. Denn ist er nicht im Besitz eines Schatzes, den er um allen Reichtum dieser Welt nicht kaufen könnte oder verkaufen würde?

Meine Frau kann sagen, was sie will, aber sie ist fraglos für die Einladung an Miss Baynes verantwortlich und für alles, was daraus folgte. Auf einen Wink hin, daß sie ein willkommener Gast in unserem Haus wäre, gab Charlotte Baynes stracks ihre liebe Tante in Tours auf, die so gut zu ihr gewesen war; ihren lieben Onkel, ihre liebe Mama und alle ihre lieben Brüder – folgte sie doch jenem Naturgesetz, das befiehlt, daß eine Frau unter bestimmten Umständen auf Heim, Eltern, Brüder, Schwestern verzichte um jenes einen Menschen willen, der ihr fortan lieber sein soll als alle.

Mrs. Baynes, die Witwe, beklagte sich knurrend über die Undankbarkeit ihrer Tochter, versagte aber nicht ihre Zustimmung. Vielleicht wußte sie, daß der kleine Hely, Charlottes wankelmütiger Verehrer, mittlerweile zu einer anderen Blume davongeflattert war und daß eine Verfolgung dieses Schmetterlings vergeblich war; oder vielleicht hatte sie erfahren, er werde den Frühling – die Jahreszeit der Schmetterlinge – in London verbringen, und hoffte, womöglich treffe er noch einmal mit ihrer Tochter zusammen. Wie auch immer, sie war ganz froh, daß ihre Tochter die Einladung in unser Haus annahm, und räumte ein, bisher sei der

Anteil des armen Kindes an den Freuden dieser Welt nur gering gewesen. Charlottes bescheidene Köfferchen wurden erneut gepackt, und das arme Kind wurde auf den Weg geschickt, ich will nicht verraten, mit wie wenig Taschengeld. Doch die sparsame Frau besaß nicht viel und war entschlossen, davon so wenig herzugeben, wie sie konnte. „Der Himmel wird für mein Kind sorgen", pflegte sie fromm zu äußern; deshalb legte sie den Werkzeugen, die der Himmel ihren Kindern als Beistand sandte, kaum etwas in den Weg.

„Charlottes Mutter hat versprochen, sie würde ihr nächsten Dienstag etwas Geld schicken", erzählte uns der Major, „aber unter uns, ich bezweifle das. Unter uns, meine Schwägerin will immerzu nächsten Dienstag Geld geben. Aber irgendwie kommt der Mittwoch heran, und das Geld ist nicht gekommen. Ich konnte nicht zulassen, daß die Kleine nicht einmal ein paar Guineas in der Tasche hatte, und habe sie aus meiner Halbsoldbörse versorgt; aber merken Sie sich meine Worte, dieser Dienstagszahltag kommt nie." Soll ich die Behauptung des wackeren Majors abstreiten oder bestätigen? Soviel will ich sagen, der Dienstag kam unzweifelhaft; und mit ihm ein Brief an Charlotte von ihrer Mama, in dem es hieß, einer ihrer Brüder und eine jüngere Schwester würden auf einen längeren Besuch zu Tante Mac fahren; und da Char bei ihren überaus gastfreundlichen und gütigen Freunden so glücklich sei, wolle sie als zärtliche verwitwete Mutter, die allen eigenen Freuden entsagt habe, dem Glück ihres geliebten Kindes nicht im Weg stehen.

Es wurde schon gesagt, daß drei Frauen, deren Namen genannt worden sind, zugunsten dieser jungen Person und des jungen Mannes, ihres Schatzes, zusammenwirkten. Drei Tage nach Charlottes Ankunft in unserem Haus vertritt meine Frau hartnäckig die Ansicht, eine Ausfahrt aufs Land werde dem Kind guttun, bestellt einen Brougham, kleidet Charlotte in ihre besten Sachen und trabt davon, um Mrs. Mugford in Hampstead zu besuchen. Mrs. Brandon ist bei Mrs. Mugford, selbstverständlich rein zufällig! Und ich bin mir sicher, daß Charlottes Freundin Mrs. Mugford Schmeichelhaftes über ihren Garten, über ihr Kinderzimmer, über ihr Gabelfrühstück sagt, über alles, was ihr gehört. „Aber, du meine Güte", sagt Mrs. Mugford (als die Damen sich über ein gewisses Thema unterhalten), „was macht das schon? Ich und Mugford haben mit zwei Pfund die Woche geheiratet; und mit zwei Pfund die Woche sind meine lieben Ältesten zur Welt gekommen. Manchmal war es ein harter Kampf, aber deswegen waren wir nur um so glücklicher; und ich bin sicher, wenn ein Mann nicht ein bißchen was wagt, gebührt ihm auch nicht viel. Ich weiß, wenn *ich* ein Mann wäre, ich würde es wagen, so ein hübsches junges Schätzchen zu heiraten. Und in meinen Augen wäre ein junger Mann eine richtige Memme, der abwartet und herumdruckst, wo er doch bloß *die* Worte zu sagen braucht, um glücklich zu werden. Ich dachte, Mr. F. wäre ein mutiger, couragierter Gentleman, das dachte ich, Mrs. Brandon. Wollen Sie etwa, daß ich eine schlechte Meinung von ihm bekomme? Meine Liebe, ein bißchen von dieser Creme? Sie ist wirklich gut. Wir hatten gestern ein Dinner und dazu extra einen Koch aus der Stadt." Diese Worte, begleitet von getreulich nachgeahmter Stimme und Gestik, gab die Frau dieses Biographen dem geschätzten Biographen wieder, und er erkannte jetzt allmählich, in welch verschwörerisches Spinnennetz die listigen Frauen den Gegenstand dieser Biographie verstrickt hatten.

Wie Mrs. Brandon und die andere Matrone, Charlottes Freundin, erwärmte sich auch Mrs. Mugford bald für das sanfte junge Wesen und gab ihr einen freundlichen Kuß und überreichte ihr beim Aufbruch ein Geschenk. Es war eine Brosche in Form einer Distel, wenn ich mich recht erinnere, mit Amethysten besetzt und einem hübschen schottischen Stein, der, glaube ich, Carumgorum heißt. „Sie hat keinen Schick, und ich gestehe, von einer in Europa erzogenen Generalstochter hätte ich mir mehr erwartet. Aber wir werden ihr ein bißchen die Welt zeigen, Brandon, und die Oper, und sie wird sich schon machen, da habe ich gar keine Zweifel." Und Mrs. Mugford nahm Miss Baynes in die Oper mit und zeigte ihr die übrigen dort versammelten Leute der eleganten Welt. Und Charlotte war wirklich begeistert. Ich zweifle nicht daran, daß ein uns bekannter junger Gentleman im Hintergrund der Loge stand, der auch sehr glücklich war. Und in diesem Jahr hielt sich die Frau von Philips Verwandtem, Lady Ringwood, eine Loge, in der Philip sie und ihre Töchter und den kleinen Ringwood Twysden erkannte, der Mylady beflissen den Hof machte. Sie trafen sich zufällig im Foyer wieder, und Lady Ringwood musterte Philip und die errötende junge Dame an seinem Arm ganz genau. Und es traf sich so, daß Mrs. Mugfords Kutsche – der kleine Einspänner, dessen Verdeck sich so praktisch öffnen und schließen läßt – und Lady Ringwoods hohe, wappengeschmückte Staatskarosse ausgerechnet nebeneinander hielten. Und von der hohen, wappengeschmückten Karosse blickten die Damen wirklich nicht unfreundlich auf den Einspänner herab, der Philips Herzensschatz barg. Und die Wagen fuhren in ihre verschiedenen Richtungen davon, und Ringwood Twysden, der seinen Vetter auf sich zukommen sah, wurde sehr blaß und machte sich im Laufschritt eine Arkade entlang aus dem Staub. Doch er hätte vor Philip keine Angst zu haben brauchen. Mr. Firmins Herz war gerade eitel Sanftmut und Wohlwollen. Er dachte an jene holden, holden Augen, die ihm eben ein zärtliches „Gute Nacht" zugeworfen hatten; an jenes Händchen, das eben noch mit liebevollem Druck auf seinem Arm geruht hatte. Meinen Sie, in solcher Gemütsverfassung hatte er die Muße, an ein hinter ihm herumkriechendes, ekelhaftes kleines Reptil zu denken? Er war an diesem Abend so glücklich, daß Philip wieder König Philip war. Und er ging in die Stammklause und sang sein Lied „Garryowen na gloria" und begrüßte die versammelten Jungs und gab mindestens drei Shilling für Essen und Getränke aus. Doch am nächsten Tag, einem Sonntag, saß Mr. Firmin in der Westminster Abbey und lauschte den klangvollen Kirchengesängen an der Seite genau derselben jungen Person, die er am Abend vorher in die Oper begleitet hatte. Sie saßen so eng beisammen, daß beide die gleichen Schwingungen empfangen haben müssen. Ich nehme an, es ist erbaulich, sich Hymnen à deux anzuhören. Und wie schmeichelhaft für den Geistlichen, wenn man sich wünscht, die Predigt wäre länger! Durch die weiten Gewölbe der Kathedrale hallen herrlich die Orgelklänge. Rubin und Topas und Amethyst flammen von den riesigen Kirchenfenstern. Unter den hohen Bögen schritten die jungen Leute gemeinsam einher. Hand in Hand gingen sie hinaus und dachten an nichts Böses.

Beginnen freundliche Leser dieses Schauspiels von Geschnäbel und Gegurre überdrüssig zu werden? Ich habe mich bemüht, Mr. Philips Liebesangelegenheiten mit so wenigen Worten und in so sittsamen Wendungen wie nur möglich zu beschreiben – die Verzückungen, die leidenschaftlichen Schwüre, die vielen

Ries Briefe und die üblichen Gemeinplätze seiner Situation habe ich ausgelassen. Und doch, meine liebe Madam, wenn Sie und ich auch aus dem Alter des Schnäbelns und Gurrens heraus sein mögen, wenn auch Ihre Ringellocken, die ich entzückend kastanienbraun in Erinnerung habe, jetzt – nun ja – satt purpur und grünstichig schwarz sind und meine Stirn so kahl ist wie eine Kanonenkugel – also, wenn wir auch alt geworden sind, so doch nicht alt genug, um zu vergessen. Uns mag nicht mehr viel an der Pantomime liegen, aber wir führen gern das junge Volk hin und sehen es jubeln. Aus dem Fenster, wo ich schreibe, kann ich auf die Anlagen eines bestimmten Platzes hinabsehen. In diesen Anlagen sehe ich in diesem Augenblick einen jungen Gentleman und eine Dame meines Bekanntenkreises auf- und abschreiten. Sie sind in ein Gespräch vertieft, wie es nach Miltons Vorstellung einst unsere Ureltern waren; und die Anlagen da unten sind für meine jungen Freunde ein Paradies. Würden auch sie einmal über die Umzäunung des Platzes hinausblicken oder irgendwelche Dinge außer der Nase des anderen beachten, sähen sie – sagen wir den Steuereinnehmer mit seinem Buch, der an die eine Tür klopft, den Brougham des Arztes an einer zweiten, ein Totenschild über den Fenstern eines dritten Wohnhauses, den Bäkkerburschen, der über das Geländer eines vierten hinweg mit dem Dienstmädchen schwatzt. Doch was bedeuten ihnen diese Erscheinungen des Lebens? Arm in Arm schreiten meine jungen Leute in ihrem Eden auf und ab und unterhalten sich endlos über die jetzt vermutlich näher rückende Zeit des Glücks, über das bezaubernde warme Nestchen, für das die Möbel schon bestellt sind und wohin Ihr alter Freund und sehr ergebener Diener mit Ihrer Erlaubnis, Miss, seine besten Wünsche und eine silberne Teekanne schicken wird. Ich nehme an, für diese jungen Leute wie für Mr. Philip und Miss Charlotte scheinen sich alle Vorfälle des Lebens auf das eine Ereignis zu beziehen, das den Gegenstand ihrer immerwährenden Sehnsucht und Träumerei bildet. Da fährt der Brougham des Arztes davon, und Imogene bemerkt zu Alonzo: „Welche Angst ich ausstehen werde, wenn du krank bist!“ Dann ist da der Zimmermann, der das Totenschild anbringt. „Ach, Liebste, stürbest du, ich glaube, sie müßten ein Totenschild für uns beide anbringen“, beteuert Alonzo mit einem schauerlichen Seufzer. Beide fühlen mit Mary und dem Bäckerjungen, die über das Geländer hinweg miteinander tuscheln. Nur zu, guter Bäckerjunge, auch wir wissen, was es heißt, zu lieben!

Da nun also Charlotte und Philip aus voller Seele und mit ganzer Kraft der Ehe zustrebten, erlaube ich mir, ein Dokument einzurücken, das Philip um diese Zeit erhielt; und ich kann mir vorstellen, daß es keine geringe Sensation auslöste.

Astor House, New York

Und so bist Du also in die große Stadt zurückgekehrt – zum fumum, dem strepitum und, wie ich aufrichtig hoffe, den opes unseres Roms! Deine Briefe sind nur kurz, doch ich habe hin und wieder eine Korrespondentin (es sind wenige, ach!, die des Mannes *im Exil* gedenken!), die mich über die Lebensgeschichte meines Philip au courant hält und mir mitteilt, daß Du fleißig bist, daß Du frohgemut bist, daß Du vorankommst. Der Frohsinn ist der Gefährte des Fleißes, der Wohlstand ihr Sprößling. Und daß der Wohlstand *zu vollstem Wuchs* gedeihe, ist das innigste Gebet eines in der Ferne weilenden Vaters! Vielleicht vermag ich Dir in nicht allzu langer Zeit mitzuteilen, daß auch ich vorankomme. Ich bin hier dabei, einer wissenschaftlichen Entdeckung nachzugehen (sie ist medizinischer Natur und hat mit meinem eigenen Beruf zu tun), deren Ergebnisse zu Reichtum führen *müßten*, es sei denn, Fortuna, diese liederliche Dirne, hat George Brand Firmin für immer verlassen! Du hast Dich also auf die Plackerei der Presse eingelassen und bist ein Mitglied *des vierten Standes* geworden. Früher hat man ihn verachtet, und lange Zeit galten Journalist und Armut als Synonyme. Doch die Macht, der Reichtum der Presse wachsen tagtäglich und werden noch weiter zunehmen. Ich gestehe, ich hätte gern gehört, daß mein Philip seinen juristischen Beruf ausübt, in dem hohe Ehre, glänzendes Einkommen, ja, aristokratischer Rang der Lohn *der Wagemutigen, der Fleißigen und der Verdienstvollen* sind. Warum sollst Du nicht – soll ich nicht – noch hoffen, daß Du zu *hohem* juristischen Ruhm gelangst? Ein Vater, der viel durchzumachen hatte, der allein und in einem fremden Land dem Tal seiner Jahre zustrebt, würde sich im Exil bei dem Gedanken beruhigt fühlen, sein Sohn werde eines Tages in der Lage sein, das zerbrochene Glück seines Hauses wiederherzustellen. Doch ist es noch nicht zu spät, hoffe ich von Herzen. Vielleicht qualifizierst Du Dich doch noch zum Barrister, und eine der hochdotierten Stellen fällt Dir zu. Ich gestehe, nicht ohne einen kummervollen Stich von unserer guten kleinen Freundin Mrs. B. gehört zu haben, daß Du Kurzschrift lernst, um Zeitungsreporter zu werden. Und ist also Fortuna so unbarmherzig mit mir umgesprungen, daß mein Sohn gezwungen ist, einen solchen Beruf zu ergreifen? Ich will versuchen, mich damit abzufinden. Ich hatte für Dich – für mich – Höheres erhofft.

Mein lieber Junge, hinsichtlich Deiner romantischen Neigung für Miss Baynes, von der unsere gute kleine Brandon mir berichtet, in ihrer *eigenwilligen Orthographie*, doch mit viel *rührender Schlichtheit* –, mache ich es mir zum Grundsatz, kein Wort der Kritik, der Warnung oder des Vorwurfs zu sagen. So gewiß Du der Sohn Deines Vaters bist, wirst Du in jedem Fall, wenn es um die Liebe zu einer Frau geht, Deinen eigenen Weg einschlagen, und alle Väter der Welt werden Dich nicht aufhalten. Im vierundzwanzigjährigen Philip erkenne ich seinen Vater vor dreißig Jahren. Mein Vater hat mich gescholten, angefleht, sich mit mir überworfen, mir nie verziehen. Ich will lernen, meinen Sohn großmütiger zu behandeln. Ich gräme mich vielleicht, aber ich grolle Dir nicht. Sollte ich je wieder zu Reichtum kommen, wirst Du nicht davon ausgeschlossen. Ich habe selbst an einem unnachsichtigen Vater so gelitten, daß ich meinem Sohn nie ein solcher werden will!

Da Du die Livree der Musen angelegt und Dich regelrecht in die Zunft der Presse eingereiht hast, was meinst Du zu einem kleinen Zuwachs für Dein Einkommen durch Briefe, die Du an meinen Freund richtest, den Herausgeber der neuen Zeitschrift, die hier „Gazette der oberen Zehntausend" heißt? Es ist hier *die* Zeitschrift der eleganten Welt: und Deine Fähigkeiten sind genau die, die Deine Mitarbeit besonders wertvoll machen würden. Doktor Geraldine, der Herausgeber, ist, glaube ich, nicht mit der Familie in Leinster verwandt, vielmehr ein Emporkömmling, der vor etlichen Jahren in dieses Land gekommen ist, unbemittelt aus seinem Vaterland verbannt. Er verficht die Repeal-Politik in Irland; doch damit brauchst Du Dich selbstverständlich nicht zu befassen. Und er ist viel zu liberal, als daß er es von seinen Mitarbeitern erwartet. Ich habe Mrs. Geraldine und ihm in Ausübung meines Berufs geholfen. Mein Freund vom „Emerald“ hat mich beim Doktor eingeführt. Erbitterte Gegner in ihren Veröffentlichungen, sind sie privat die denkbar besten Freunde, und die kleinen Waffengänge zwischen den zwei Journalisten dienen mehr zur wechselseitigen Erheiterung als zur Erbitterung. „Der Krämergehilfe vom Ormond Quay“ (Geraldine hat sich offenbar früher einmal in diesem nützlichen, aber bescheidenen Beruf betätigt) und der „Schurke aus Cork“ (der Herausgeber des „Emerald“ kommt aus dieser Stadt) greifen sich öffentlich an, trinken aber privat gemeinsam *Unmengen* Whisky mit Wasser. Wenn Du für Geraldine schreibst, wirst Du selbstverständlich nichts Abfälliges über *Krämergehilfen* sagen. *Seine Dollars sind gutes Silber*, darauf kannst Du Dich verlassen. Dr. G. kennt einen Teil Deiner Geschichte: er weiß, daß Du Dich schon recht weitgehend mit literarischen Vorhaben befaßt hast, daß Du ein Mann von Bildung bist, ein Gentleman, ein Mann von Welt, ein Mann mit Mut. Ich habe mich dafür verbürgt, daß Du alle diese Eigenschaften besitzt. (Der Doktor sagte auf seine drollige, humorvolle Art, wenn der Apfel nicht weit vom Stamm gefallen sei, hättest Du sicher, was er „Mumm“ nannte.)

Politische Abhandlungen werden nicht so sehr gewünscht wie vielmehr persönliche Neuigkeiten über die Londoner Prominenz, und um diese zu beschaffen, habe ich ihm versichert, seist Du genau der richtige Mann. Du, der jedermann kennt, der mit der großen Welt Umgang hatte – der Welt der Juristen, der Welt der Künstler, der Welt der Universität –, hast schon Erfahrungen hinter Dir, deren sich wenige Gentlemen der Presse rühmen können, und kannst diese vielleicht gewinnbringend verwenden. Angenommen, Du würdest beim Aufsetzen dieser Briefe ein wenig auf Deine Phantasie bauen? Es kann doch nicht schlimm sein, *poetisch* zu schreiben. Angenommen, ein *intelligenter Korrespondent* schreibt, er sei mit dem H-rz-g von W-ll-ngt-n zusammengetroffen, habe ein vertrauliches Gespräch mit dem Pr-m--rm-n-st-r geführt und so fort, wer soll ihm das bestreiten? Und das ist die Art Geplauder, die unsere New-Yorker gobemouches entzückt. Mein würdiger Freund Doktor Geraldine zum Beispiel (unter uns, sein Name ist Finnigan, aber seine private Lebensgeschichte ist streng entre nous), verblüffte die Leute, als er frisch in New York angekommen war, mit der Fülle seiner Anekdoten über die *englische Aristokratie*, von der er genausoviel weiß wie über den Kaiserhof von Peking. Er war gewandt, schlagfertig, sarkastisch, amüsant; er fand Leser. Von einem Erfolg schritt er zum nächsten, und die „Gazette der oberen Zehntausend" dürfte wohl das *Glück dieses wackeren Mannes* machen. Du kannst ihm wirklich nützlich sein und dir berechtigtermaßen die *großzügige Vergütung* verdienen, die er für einen wöchentlichen Brief bietet. Anekdoten über Männer und Frauen der eleganten Welt – je flotter und heiterer, desto willkommener – mit einem Wort, das quicquid agunt homines –, müßten das farrago libelli sein. Wer sind die derzeit regierenden Schönheiten Londons? (Wie Du weißt, besitzt die Schönheit ihren eigenen Rang und Stand!) Hat jemand kürzlich beim Pferderennen oder beim Spiel gewonnen oder verloren? Was ist in den Clubs Tagesgespräch? Gab es irgendwelche Duelle? Welches ist der neueste Skandal? Ist der gute alte Herzog noch bei guter Gesundheit? Ist diese Affäre zwischen der Herzogin von Dingsda und Hauptmann Sowieso zu Ende?

Das sind die Informationen, die unsere badauds hier hören wollen und für die mein Freund, der Doktor, einen Satz von ... Dollar pro Brief zu zahlen bereit ist. Dein Name braucht überhaupt nicht zu erscheinen. Die Vergütung ist sicher. C'est à prendre ou à laisser, wie unsere munteren Nachbarn sagen. Schreibe zunächst vertraulich an mich. Und wem kannst Du gefahrloser vertrauen als Deinem Vater?

Du wirst selbstverständlich Deinem Verwandten, dem neuen Lord Ringwood, Deine Aufwartung machen. Für einen jungen Mann, dessen Familie so mächtig ist wie die Deine, kann es gewiß keine Entwürdigung bedeuten, etwas feudalen Respekt an den Tag zu legen, und wer weiß, ob und wie bald Sir John Ringwood seinem Cousin zu helfen vermag? Übrigens, Sir John ist ein Whig, und Deine Zeitung ist konservativ. Aber Du bist vor allem anderen homme du monde. Auf einem so untergeordneten Posten, wie Du ihn bei der „Pall Mall Gazette" innehast, zählen die privaten politischen Ansichten eines Mannes sicherlich überhaupt nicht. Falls Sir John Ringwood, Dein Verwandter, eine Möglichkeit sieht, Dir hilfreich zu sein, um so besser, und natürlich wird Deine politische Haltung die Deiner Familie sein. Ich weiß nichts über ihn. Im College war er ein ganz stilles Wasser, wo die Freunde Deines Vaters, wie ich mit Bedauern sagen muß, durchaus nicht von der stillen Sorte waren. Ich habe das hoffentlich abgebüßt. Ich habe mir die Hörner abgelaufen. Und ach! wie würde mich eine Nachricht freuen, daß mein Philip *sein* stolzes Haupt ein wenig gebeugt hat und bereit ist, sich den Gepflogenheiten der Welt mehr anzupassen, als es früher der Fall war. Sprich also bei Sir John vor. Ich brauche Dir nicht zu sagen, daß er, als Whig und Gentleman mit großem Besitz, von Dir *Respekt* erwartet. Er ist Dein Verwandter; der Repräsentant des tapferen und edlen Hauses Deines Großvaters. Er trägt den Namen, den Deine Mutter trug. *Ihr* gegenüber war mein Philip immer freundlich, und um ihretwillen erfüllst Du die Wünsche Deines Dich liebenden Vaters

G. B. F.

PS – Ich habe kein Grußwort an Mademoiselle gerichtet. Ich wünsche ihr so sehr alles Gute, daß ich gestehe, ich wünschte, sie wäre im Begriff, einen reicheren Bewerber zu heiraten als meinen lieben Sohn. Wird das Geschick es mir je gestatten, meine Schwiegertochter zu umarmen und mir Deine Kinder aufs Knie zu setzen? Du wirst ihnen Gutes von ihrem Großvater erzählen, ja? Der arme General Baynes hat, wie ich hörte, heftige und unangemessene Worte über mich gebraucht, was ich von ganzem Herzen verzeihe. Ich bin dankbar, wenn ich daran denke, *daß ich General B. nie Schaden zugefügt habe*: dankbar und stolz, Wohltaten von meinem eigenen Sohn anzunehmen. Diese hüte ich wie einen Schatz in meinem Herzen; und hoffe immer noch, es mit etwas Substantiellerem entgelten zu können als meinen innigsten Gebeten. Richte also Miss Charlotte meine besten Glückwünsche aus und lehre sie womöglich, freundliche Gedanken über den Vater ihres Philips zu hegen.

Miss Charlotte Baynes, die bei all den schalkhaften Kindern eines witzigen Vaters den Namen Miss Grigsbys, der Gouvernante, behielt, war einen Monat bei uns, und ihre Mama brachte große Freude über ihre Abwesenheit zum Ausdruck, angesichts des Gedankens, daß sie so gute Freunde gefunden habe. Nach zwei Monaten kehrte ihr Onkel, Major MacWhirter, von einem Besuch bei seinen Verwandten im Norden zurück und erbot sich, seine Nichte nach Frankreich zurückzubringen. Er machte diesen

SWAIN. Sc
F.W

Vorschlag mit fidelster Miene, als müßte seine Nichte bei dem Gedanken, zu ihrer Mutter zurückzukehren, Freudensprünge machen. Aber zur Verblüffung des Majors wurde Miss Baynes ganz blaß, eilte zu ihrer Gastgeberin, warf sich dieser Dame in die Arme, und dann begann eine innige Küsserei, die den guten Major vollkommen in Erstaunen versetzte. Charlottes Freundin, Miss Baynes eng mit den Armen umschlingend, blickte den Major über die Schulter des Mädchens hinweg grimmig an und forderte ihn heraus, sie aus diesem heiligen Asyl zu entführen.

„O du liebe, gute liebe Freundin!“ gluckste Charlotte und schluchzte ich weiß nicht was noch für Äußerungen der Liebe und Dankbarkeit hervor.

Doch die Wahrheit ist, zwei Schwestern, oder Mutter und Tochter, könnten einander nicht herzlicher lieben als diese zwei Personen. Mutter und Tochter, fürwahr! Sie hätten Charlottes kläglichen Blick sehen müssen, wenn ihr gelegentlich die Überzeugung kam, sie müsse schließlich doch zu ihrer Mama zurück; einen Blick, wie ihn Iphigenie auf Agamemnon gerichtet haben dürfte, als er, einem schmerzlichen Pflichtgefühl gehorchend, im Begriff war, das – das Opfermesser zu benutzen. Nein, wir alle liebten sie. Die Kinder heulten immer bei dem Gedanken, sich von ihrer Miss Grigsby zu trennen. Charlotte wiederum verhalf ihnen zu sehr netten Lektionen in Musik und Französisch – von ihren eigenen jüngsten Studien in Tours her sozusagen heiß auf den Tisch gebracht –, und eine gute Tagesgouvernante kümmerte sich zu aller Befriedigung um den Rest ihrer Bildung.

Und so verstrichen Monate, und unser junger Liebling war immer noch bei uns. Mama versah die Börse des Mädchens gelegentlich mit einer Überweisung und bat ihre Gastgeberin, sie mit allen nötigen Artikeln von der Modistin zu versorgen. Später, das ist wahr, hat Mrs. General Baynes ... Doch weshalb in einem Kapitel, das innigen Gefühlen gewidmet war, auf diese schmerzlichen Familienauseinandersetzungen eingehen?

Sobald Mr. Firmin den oben getreulich wiedergegebenen Brief erhielt (mit Ausnahme des pekuniären Angebots, das ich mich nicht zu offenbaren für berechtigt halte), kam er von der Thornhaugh Street nach Westminster herübergeeilt. Er stürzte an Buttons, dem jungen Diener, vorbei, er nahm keine Notiz von meiner verwunderten Frau an der Tür des Salons. Er raste in den zweiten Stock hinauf und riß die Tür des Schulzimmers auf, wo Charlotte gerade unserer dritten Tochter beibrachte, „In meinem kleinen Haus am Wald" zu spielen.

„Charlotte! Charlotte!" schrie er.

„Aber Philip! Siehst du nicht, daß Miss Grigsby uns Stunden gibt?" sagten die Kinder.

Doch er hörte gar nicht auf diese Spaßvögel und winkte immer wieder Charlotte zu sich. Diese junge Frau stand auf und folgte ihm zur Tür hinaus, wie sie ihm bestimmt auch zum Fenster hinaus gefolgt wäre . . . und dort, auf der Treppe, lasen sie Doktor Firmins Brief, die Köpfe ganz eng zusammengesteckt, Sie verstehen.

„Zweihundert im Jahr mehr", sagte Philip, dem das Herz so hämmerte, daß er kaum sprechen konnte; „und deine fünfzig – und zweihundert von der ‚Gazette' – und . . ."

„O Philip!" Mehr konnte Charlotte nicht sagen, und dann . . . Eine hübsche Gruppe war das, die die Kinder zu sehen bekamen und die ein Künstler hätte malen müssen!

32. KAPITEL

Haushaltsfragen

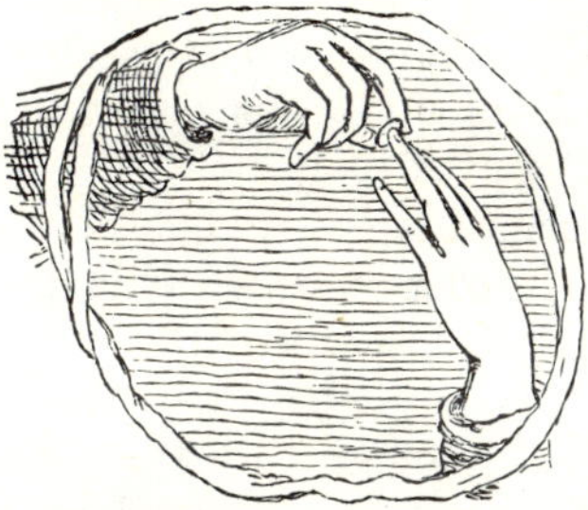

Ohne Zweifel erkennt jeder Mann von Welt, der praktischen Verstand besitzt, daß der Gedanke, bei vierhundertfünfzig im Jahr, in der Weise gesichert wie Mr. Philips Einkommen, heiraten zu wollen, lächerlich und absurd war. Erstens kann man nicht von vierhundertfünfzig Pfund im Jahr leben, das steht fest. Manche Menschen leben zwar von weniger, glaube ich. Doch ein Leben ohne Brougham, ohne anständiges Haus, ohne Rotwein zum Dinner und einen Lakaien zur Bedienung kann man kaum eine Existenz nennen. Philips Einkommen konnte von einem Tag zum anderen ausbleiben. Womöglich sagte er der amerikanischen Zeitung nicht zu. Womöglich überwarf er sich mit der „Pall Mall Gazette". Und was blieb ihm dann? Nur die fünfzig Pfund im Jahr der armen kleinen Charlotte! So argumentierte Philips bester Freund – ein Mann von Welt und mit ziemlich viel Erfahrung. Natürlich war ich nicht überrascht, daß es Philip nicht beliebte, meinen Rat anzunehmen: wenngleich ich nicht erwartete, daß er so furchtbar wütend, beinahe ausfallend werden und unerhört grobe Ausdrücke benutzen würde, als ich ihm, *auf seinen ausdrücklichen Wunsch*, diesen Rat anbot. Wenn er ihn nicht brauchte, weshalb fragte er danach? Der Rat mochte ihm ja nicht recht sein, aber wie kam er dazu, mir an meinem eigenen Tisch, über meinem eigenen Rotwein zu erklären, das sei der Rat eines Duckmäusers und weltlich gesinnten Menschen? Mein lieber Mann, dieser Rotwein, obwohl er nur von mittelguter Qualität ist und ich mir keinen besseren leisten kann, kostet zweiundsiebzig Shilling das Dutzend. Wieviel macht sechsmal dreihundertfünfundsechzig? Eine Flasche pro Tag ist das mindeste, was man ansetzen muß (der Kerl kam regelmäßig in mein Haus und trank mit größter Ungezwungenheit ganz allein zwei Flaschen). Eine Flasche per diem dieses leichten Rotweins – dieser mittelmäßigen Sorte – kostet einhundertvier Guineas im Jahr, verstehst du? Oder, um es dir klarzumachen, *einhundertneun Pfund vier Shilling*!

„Na", sagt Philip, „après? Kommen wir eben ohne aus. Inzwischen nehme ich, was ich kriegen kann!", und bei diesen Worten stürzt er fast eine Pinte hinunter (diese mousseline-Gläser sind nicht nur ungeheuer groß, sie zerbrechen auch dutzendweise). Er stürzt eine Pinte von meinem Larose hinunter und brüllt vor Lachen, als hätte er einen guten Witz gemacht.

Philip Firmin *ist* manchmal ordinär und abstoßend, und Mr. Bickerton hat, wenn er dieser Meinung ist, nicht ganz unrecht.

„Rotwein trinke ich dann, wenn ich zu dir komme, alter Junge", grinst er, „und zu Hause trinke ich Whisky mit Wasser."

„Aber angenommen, Charlotte bekommt Rotwein verordnet?"

„Na, den kann sie haben", sagt dieser großzügige Liebhaber, „eine Flasche reicht ihr eine Woche lang."

„Begreifst du denn nicht", schreie ich mit überschnappender Stimme, „daß sogar eine Flasche pro Woche rund – sechs mal zweiundfünfzig – achtzehn Pfund im Jahr kostet?" (Ich gebe zu, in Wirklichkeit macht es nur fünfzehn und zwölf; aber in der Hitze des Gefechts *kann* man schon mal eine Zahl übertreiben.) „Achtzehn Pfund für Charlottes Rotwein; mindestens ebensoviel, du großes versoffenes Genie, für deinen Whisky und dein Bier. Jawohl, du brauchst tatsächlich den zehnten Teil deines Einkommens für den Alkohol, den du konsumierst! Und dann Kleidung und dann Miete und dann Feuerung und dann Arztrechnungen und dann Taschengeld und dann Seeluft für die lieben Kleinen. Sei so gut und zähle diese Dinge zusammen, und du wirst feststellen, daß du ungefähr zwei Shilling neun Pence übrig hast, um Krämer und Fleischer zu bezahlen."

„Was du Verstand nennst", sagt Philip, schlägt mit der Faust auf den Tisch und zerbricht natürlich ein Glas, „nenne ich Feigheit – nenne ich Gotteslästerung! Willst du als christlicher Mann mir etwa sagen, zwei junge Leute und ihre Kinder, wenn es dem Himmel gefallen sollte, ihnen welche zu schenken, könnten nicht von fünfhundert Pfund im Jahr existieren? Sieh dich doch um, Sir, betrachte die Myriaden von Gottesgeschöpfen, die leben, lieben, glücklich sind und arm, und schäme dich des gottlosen Zweifels, den du äußerst!" Und er springt auf und schreitet im Speisezimmer auf und ab, zwirbelt seinen flammenden Schnurrbart, läutet wild die Glocke und sagt: „Johnson, ich habe ein Glas zerbrochen. Bringen Sie mir ein neues."

Im Salon fragt meine Frau, worüber wir zwei gestritten haben. Und da Charlotte oben ist und den Kindern Geschichten erzählt, während sie zu Bett gebracht werden, oder an ihre liebe Mama schreibt oder sonst irgend etwas, bricht unser Freund in noch gröbere und heftigere Ausdrücke aus als die vorhin im Speisezimmer verwendeten, wo er meine Gläser kaputtschlug, und eröffnet meiner eigenen Frau, ich sei ein Atheist oder bestenfalls ein erbärmlicher Skeptiker und Sadduzäer: ich zweifelte an der Güte des Himmels und sei nicht dankbar für mein täglich Brot. Und einen ihrer rasch entflammten Blicke auf den jungen Mann gerichtet, ergreift meine Frau natürlich seine Partei. Bald kam Miss Char von den Kindern herunter und ging ans Klavier und spielte uns Beethovens „Traum des heiligen Jeremias", der mich immer besänftigt und bezaubert, so daß mir scheint, es wäre ein Gedicht von Tennyson in Musik. Und unsere Kinder, wenn sie oben in Schlaf sinken, hören gern sanfte Musik, die sie in Schlummer wiegt, behauptet Miss Baynes. Und Miss Charlotte sieht am Klavier besonders hübsch aus: und Philip, die riesigen Hände und Füße über einen unserer Sessel geworfen, liegt da und starrt sie an. Und die Musik mit ihrer feierlichen Heiterkeit stimmt uns alle sehr glücklich und gütig und veredelt uns irgendwie beim Zuhören. Und meine Frau hat ihren *segnenden* Ausdruck, wann immer sie sich diesen jungen Leuten zuwendet. Sie hat sich oft in die Meinung hineingesteigert, das Paar da drüben sollte heiraten. Sie kann ihre Überzeugung mit Kapitel und Vers begründen. In dieser Sache überhaupt irgendwelche Zweifel zu hegen ist nach ihren Begriffen ruchlos. Und in gewissen Punkten, das gebe ich in aller Demut zu, wage ich keine Widerrede.

Wenn die Frauen des Hauses in einer Angelegenheit einen

Entschluß gefaßt haben, hat da der Widerstand des Mannes noch viel Sinn? Wenn mein Harem bestimmt, ich habe einen gelben Rock und rosa Hosen zu tragen, weiß ich, daß ich noch vor Ablauf von drei Monaten in rose-tendre- und kanarienfarbener Kleidung herumlaufen werde. Die Hartnäckigkeit ist es, die den Sieg davonträgt, das täglich neue Herumreiten auf dem gewünschten Ziel. Nehmen Sie meinen Rat an, werter Sir, wenn Sie sehen, daß Ihre Frauensleute sich zu einer Sache entschlossen haben, geben Sie lieber gleich auf, und Sie haben ein ruhiges Leben. Zu einer dieser Abendunterhaltungen etwa, wenn Miss Baynes Klavier spielte, was sie sehr hübsch machte und wobei Mr. Philips große ungeschickte Faust die Noten umblätterte, kam oft die kleine Mrs. Brandon hereingetrippelt, und während sie das junge Paar musterte, lautete ihre Bemerkung unweigerlich: „Haben Sie je ein besser zusammenpassendes Paar gesehen?“ Wenn ich vom Gericht heimkam und an der Speisezimmertür vorbeiging, verstellte mir meine älteste Tochter mit vielsagendem Gesicht den Weg und sagte: „Du darfst da nicht hinein, Papa! Miss Grigsby ist drin, und Master Philip darf *bei seinen Lektionen nicht gestört werden*!“ Mrs. Mugford hatte vom ersten Tage an, als sie uns kennenlernte, Ehen zwischen ihrem jungen Volk und dem unseren zu arrangieren begonnen; und Mrs. M.s Stutfohlen Toddles, fast zwei Jahre alt, und unser dreijähriges Hengstfohlen Billyboy probten im Kinderzimmer die endlose kleine Komödie, die die erwachsenen jungen Leute im Salon aufführten.

Mit der größten Offenherzigkeit verkündete Mrs. Mugford ihre Ansicht, Philip wäre ein absoluter Duckmäuser, wenn er mit vier- oder fünfhundert im Jahr zu heiraten zögerte. Wieviel hatten denn sie und Mugford, als *sie* heirateten, wollte sie nur mal wissen? „Emily Street, Pentonville, da hatten *wir* Zimmer“, bemerkte sie, „wir haben so manches Mal in der Klemme gesteckt, aber wir sind nichts schuldig geblieben. Und unsere Wirtschaftsbücher kann ich Ihnen zeigen.“ Ich glaube, Mrs. M. brachte meiner Frau tatsächlich diese angeschmutzten Reliquien ihrer Flitterwochen zur Besichtigung mit. Ich versichere Ihnen, mein Haus wimmelte von diesen Freundinnen des Ehestands. Immerfort belegte man einen Einspänner mit Beschlag, und unsere Jungen waren furchtbar mürrisch, weil sie eine Stunde lang bei

Shoolbred sitzen mußten, während gewisse Damen dort über Laken, Tischtüchern und was weiß ich gar kein Ende finden konnten. Einmal traf ich meine Frau und Charlotte, wie sie in der Wardour Street umherflitzten, erstere Dame stark an einem gewaltigen holländischen Schrank mit Glastüren und bauchigen Schubladen interessiert. Und nicht lange danach wurde dieser Schrank in Mrs. Brandons Haus, Thornhaugh Street, befördert; und bald war hinter diesen Glastüren ein hübsches Porzellanservice für Tee und Frühstück zu sehen. Das Ende rückte näher. Jenes Ereignis, mit dem der dritte Band alter Romane zu schließen pflegte, stand bevor. Leider können unsere jungen Leute nicht in einer vierspännigen Kutsche von St. George's abfahren, und kein adliger Verwandter wird ihnen für die Flitterwochen sein Schloß zur Verfügung stellen. Nun ja: manche Menschen können nicht ins Glück fahren, auch nicht mit vier Pferden; und andere Leute erreichen das Ziel auch zu Fuß. Meine ehrwürdige Muse bückt sich, bindet mit einiger Mühe ihren cothurnus auf und macht sich bereit, dem Paar diesen alten Schuh nachzuwerfen.

Sag uns, ehrwürdige Muse!, welches waren die Hochzeitsgeschenke, mit denen freundschaftliche Gesinnung Philip und Charlotte bedachte? Philips Vetter, Ringwood Twysden, trat eines Nachmittags in Bays's Club, affektiert lächelnd, zu mir und sagte: „Ich höre, mein kostbarer Vetter will demnächst heiraten. Ich glaube, ich schicke ihm am besten einen Besen, mit dem er eine Straßenkreuzung fegen kann." Ich hätte fast gesagt: Das ist die Freigebigkeit, wie sie vom Sohn Ihres Vaters zu erwarten ist, doch in Wirklichkeit fiel mir diese schlagfertige Antwort erst ein, als ich auf dem Heimweg durch den St. James's Park ging und Twysden natürlich außer Hörweite war. Eine Menge meiner besten Aussprüche sind immer ein bißchen zu spät auf die Welt gekommen. Könnten wir doch nur die *un*ausgesprochenen Witze hören, wie würden wir alle lachen; könnten wir sie doch nur aussprechen, wie geistreich wären wir! Wenn Sie das Zimmer verlassen haben, können Sie sich keinen Begriff davon machen, welche geistsprühenden Sachen ich sagen wollte, als Sie mich durch Ihr Fortgehen daran gehindert haben. Nun gut, Tatsache ist, die Familie Twysden schenkte Philip nichts zur Hochzeit, was genau den Betrag der Wertschätzung ausmachte, die sie für ihn hegten.

Mrs. Major Macwhirter schenkte der Braut eine indische

Brosche, den Tadsch Mahal in Agra darstellend, die General Baynes einst seiner Schwägerin geschenkt hatte. Zu einem späteren Zeitpunkt, das ist wahr, verlangte Mrs. Mac von Charlotte die Brosche zurück; doch das geschah, nachdem zahlreiche Familienfehden zwischen den Verwandten getobt hatten – Fehden, deren ausführliche Schilderung den Schreiber und die Leser dieser Geschichte überfordern würde.

Mrs. Mugford schenkte eine elegante silberplattierte Kaffeekanne, sechs Almanache für den Salon (Beutestücke der „Pall Mall Gazette") und vierzehn reichgeschliffene Geleegläser, sehr praktisch für Negus, falls die jungen Leute Abendgesellschaften veranstalteten, weil sie es sich doch nicht leisten könnten, Dinners zu geben.

Mrs. Brandon brachte zwei Tafeltücher und zwölf Servietten dar, wunderschön bestickt, und ich weiß nicht wieviel Wäsche.

Die Gattin des Autors: Zwölf Teelöffel, massiv Silber, und eine Zuckerzange.

Mrs. Baynes, Philips Schwiegermutter, schickte ihm ebenfalls eine Zuckerzange, von billiger Machart, die leicht entzweigeht. Eine Hälfte der Zange bewahrt er bis zum heutigen Tag auf und läßt sich sehr satirisch über diese Reliquie aus.

Philips Advokateninnung: Eine Rechnung über Gemeinkosten und Innungsgebühren, mit freundlichen Grüßen des Schatzmeisters.

Und das waren, glaube ich, alle Posten der kärglichen Aussteuer der armen kleinen Charlotte. Bevor Aschenputtel auf den Ball ging, war sie fast so reich wie unser junges Mädchen. Charlottes Mutter schickte eine mürrische Einwilligung zur Heirat des Kindes, lehnte es aber ab, selbst zu kommen. Sie kränkele und fühle sich nicht wohl. Ihr Witwenjahr sei gerade erst vorbei. Sie müsse sich um ihre anderen Kinder kümmern. Mein Eindruck ist, daß Mrs. Baynes glaubte, solange sie im Ausland bleibe, könne sie sich Philips Zugriff entziehen und die Ersparnisse des Generals seien vor ihm sicher. So übertrug sie ihre Autorität auf Philips Freunde in London und übersandte ihrer Tochter einen zurückhaltenden Glückwunsch, der den jungen Leuten genutzt haben mag oder auch nicht.

„Na und, liebes Kind? Sie sind reich gegen mich, als ich heiratete", sagte die kleine Mrs. Brandon ihrer jungen Freundin. „Sie werden einen guten Mann haben. Das ist mehr, als ich hatte. Sie werden gute Freunde haben – ich war eine Zeitlang fast allein, bis es Gott gefiel, mir beizustehen.“

Nicht ohne ein Gefühl heiliger Scheu sahen wir diese jungen Leute die Lebensreise antreten, die sie von nun an gemeinsam unternehmen sollten; und ich bin überzeugt, in der kleinen Schar, die sie zu der stillen kleinen Kapelle begleitete, wo sie getraut wurden, war nicht einer, der ihnen nicht mit liebevollen guten Wünschen und innigen Gebeten folgte. Sie hatten eine kleine Börse, die für einen Monat Ferien ausreichte. Sie besaßen Gesundheit, Hoffnung, Frohsinn, gute Freunde. Ich habe nie erfahren, daß die Prüfungen des Lebens nach der Trauung vorbei seien; nur ist derjenige glücklich dran, der eine liebende Gefährtin besitzt, die sie mit ihm teilt. Was die Dame betrifft, bei der Charlotte vor ihrer Heirat gewohnt hatte, so befand sie sich in einem Zustand tränenreicher Rührseligkeit. Sie setzte sich auf das Bett in der Kammer, die das Mädchen geräumt hatte. Ihre Tränen flossen in Strömen. Sie wisse nicht, warum, sie könne gar nicht sagen, wie sehr sich das Mädchen in ihr mütterliches Herz eingegraben habe. Und ich meine, wenn der Himmel dieses junge Geschöpf zur Armut bestimmt hatte, so hatte er ihr zur Entschädigung viele kostbare Gnadengeschenke gesandt.

Alle anständigen Männer und Frauen in London werden selbstredend diese jungen Leute bedauern und das verrückte Risiko mißbilligen, auf das sie sich einließen, und doch, wahrscheinlich unter dem Einfluß einer gefühlsseligen Ehefrau, bin ich so närrisch gefühlsselig geworden, daß ich zugebe, manchmal finde ich, diese irregeleiteten Unglückswürmer sind zu beneiden.

Eine düstere kleine Kapelle ist es, wo sie getraut wurden, und sie steht dicht bei unserem Haus. Wir hatten die Kirche nicht mit Blumen geschmückt oder die Kirchendiener mit weißen Schleifen aufgeputzt. Wir nahmen ein trübseliges, bescheidenes Frühstück ein, das Mugfords Späßchen durchaus nicht aufzuheitern vermochten. Er wollte unbedingt eine Rede de circonstance halten, die aber, wie ich dankbar vermerken kann, nicht in der „Pall Mall Gazette“ erschien. „Wir verlangen nichts für eine Hochzeitsanzeige darin, liebes Kind“, sagte Mrs. Mugford. „Und ich habe die besagte Notiz schon selbst Mr. Burjoyce gegeben.“ Mrs. Mugford hatte darauf bestanden, John, der sie von Hampstead herüberfuhr, eine große weiße Schleife anzuheften: doch das war, sehr zur Enttäuschung der guten Dame, der einzige Schmuck bei der Vermählungszeremonie. Es gab eine wirklich hübsche Torte mit zwei Turteltauben aus Zucker oben darauf, die die Kleine Schwester gebacken und herübergeschickt hatte, und weiter kein hochzeitliches Symbol. Unsere kleinen Mädchen als Brautjungfern zeigten sich freilich in neuen Kapotthüten und Kleidern, aber alle anderen gaben sich so still und zurückhaltend, daß drei oder vier Straßenbengel, die sich am Tor herumtrieben, als wir in die Kirche gingen, riefen: „Guckt euch die an. Die werden gleich gehängt." Und so sind die Worte gesprochen, und der unauflösbare Knoten ist geknüpft. Amen. Zum Besseren, zum Schlechteren, auf gute Tage oder böse, liebet euch, haltet zusammen, liebe Freunde. Geht euren Weg und werdet mit den Mühen des Lebens fertig. Im Leid tröstet einander; in kranken Tagen wacht und pflegt. Liebendes Weib, mache dem Gatten Mut bei seinem Kampf; helle seine düsteren Stunden mit deinem zärtlichen Lächeln auf und verbreite Glück in seinem Heim mit deiner Liebe. Gatte, Vater, was dein Los auch bringen mag, dein Herz sei rein, dein Leben ehrlich. Um derer willen, die deinen Namen tragen, lasse keine böse Tat ihn beschmutzen. Wenn du jene unschuldigen Gesichter ansiehst, die dich stets liebreich begrüßen, sei auch das deine unschuldig und dein Gewissen ohne Vorwurf. Während die jungen Leute vor dem Altargitter knien, gehen solcherart Gedanken einem Freund durch den Kopf, der Zeuge ihrer Vermählungszeremonie ist. Sollte nicht alles, was wir an jenem Ort hören, auch für uns gelten und uns nach Hause begleiten, damit wir täglich darüber nachdenken?

Nach der Zeremonie unterschreiben wir im Buch und begeben uns ernst zum Frühstück. Und Mrs. Mugford macht kein Hehl aus ihrer Enttäuschung über die wenigen Vorbereitungen, die zum Empfang der Hochzeitsgesellschaft getroffen sind. „Ich nenne es schäbig, Brandon, das ist meine Meinung. Keine Schleifen. Nur Ihre Torte. Keine nennenswerten Reden. Kein Hummersalat, kein Wein auf der Anrichte. Ich dachte, Ihre Freunde vom Queen Square wüßten so etwas großzügiger aufzuziehen! Wenn eines von *meinen* Mädchen heiratet, lassen wir sie bestimmt nicht klammheimlich zur Hintertür hinaus; und mindestens wollen wir die vier besten Grauschimmel haben, die Newman zu bieten hat. Ich bin der festen Meinung, Ihr junger Freund hängt allmählich zu sehr am Geld, Brandon, und das habe ich auch Mugford gesagt.“ Doch das waren ja nur Fragen des Geschmacks. Derjenige der guten Mrs. Mugford verleitete sie zu einem grünen Seidenkleid und einem rosa Turban, wo andere Damen in Grau oder gedämpften Farben erschienen. Der vertrauliche Umgang zwischen unseren zwei Familien schwand unmittelbar nach Philips Heirat; Mrs. M., muß ich mit Bedauern sagen, tat uns als schäbig-vornehme Leute ab, und sie konnte Knauserei nicht leiden – hatte sie noch nie leiden können!

Nun gut: die Reden waren gehalten. Alle küßten die Braut, und sie reiste mit ihrem Bräutigam ab. Sie hatten nicht einmal Kammerdiener und Zofe zur Begleitung. Der Reiseweg des glücklichen Paares sollte über Canterbury, Folkestone, Boulogne, Amiens nach Paris und vielleicht Italien führen, falls ihr kleiner Bestand an Taschengeld so weit reichte. Doch es war abgemacht, sobald die Hälfte verbraucht war, sollten die jungen Leute unverzüglich den Heimweg antreten; der Drucker und Mugford selbst erklärten sich übrigens bereit, inzwischen die Pflichten des Herrn Redakteurs zu übernehmen. Wieviel hatten sie für ihre Hochzeitsreise in ihrer kleinen Börse? Das geht uns doch gewiß nichts an; aber mit Jugend, Gesundheit, Glück, Liebe in ihrer Habe brauchten unsere jungen Freunde meiner Meinung nach nicht unzufrieden zu sein.

Fort geht es also in der Droschke zum Bahnhof. Lebt wohl, und der Himmel segne euch, Charlotte und Philip! Ich habe erzählt, wie ich meine Frau weinend im leeren Zimmer ihres Lieblings fand. Die Hochzeitstafel spendete kalt eine Art Begräbnisdinner. Das kalte Huhn würgte uns allen im Hals, und das Gelee war für meinen Geschmack eine fade Masse, dabei war es das äußerst kunstfertige Erzeugnis der Kleinen Schwester. Ich gebe zu, ich jedenfalls war richtig niedergeschlagen. Ich fand in den Clubs keinen Trost, und auch der allerneueste Roman vermochte meine Aufmerksamkeit nicht zu fesseln. Ich sah Philips Augen und hörte Charlottes süßes Stimmchen zwitschern. Zu Fuß verließ ich Bays's und ging durch die Old Parr Street, wo Philip früher wohnte und seine Eltern mich als Jungen bewirtet hatten, und dann wanderte ich mit schlechtem Gewissen zur Thornhaugh Street. Das Mädchen sagte, Madam sei in Mr. Philips Zimmern, zwei Treppen hoch – und was hörte ich da auf dem Klavier, als ich die Wohnung betrat? Mrs. Brandon saß dort und säumte irgendwelche Chintzvorhänge fürs Fenster oder fürs Bett oder was weiß ich. Neben ihr saß meine eigene Älteste und stichelte beherzt drauflos, und am Klavier – dem Klavier, das Philip gekauft hatte – saß meine eigene Frau und klimperte stokkend jenen „Traum des heiligen Jeremias“ von Beethoven, den Charlotte immer so feinfühlig gespielt hatte. Wir tranken den Tee aus Philips Geschirr und aßen einen schönen warmen Kuchen dazu, der einige von uns tröstete. Aber ich habe wenige melancholischere Abende als diesen erlebt. Es war ein Gefühl wie am ersten Abend in der Schule nach den Ferien, wenn wir alle uns Mühe gaben, fröhlich zu erscheinen, Sie wissen. Aber ach! wie trübe die Heiterkeit war und wie trostlos es war, in der Nacht wachzuliegen und an die gerade vergangenen glücklichen Tage zu denken!

Wie wir auf Briefe von unserer Braut und unserem Bräutigam lauerten, das war schon kurios. Endlich traf ein Brief von diesen Persönlichkeiten ein; und da er kein Geheimnis enthält, erlaube ich mir, ihn in extenso abzudrucken.

Amiens, Freitag
Paris, Sonnabend

Liebste Freunde! – (denn die liebsten Freunde *seid* Ihr uns und bleibt Ihr, *solange wir leben*) – Wir erfüllen unser Versprechen, Euch zu schreiben, und teilen Euch mit, daß wir *wohlauf* und *heil* und *glücklich* sind! Philip sagt, ich soll nicht *unterstreichen*, aber ich *kann* nicht anders. Er sagt, er nimmt an, ich *strichele* gerade wieder einen Brief zurecht. Ihr kennt seine Art zu witzeln. Ach, welch ein Segen, ihn so glücklich zu sehen! Und wenn er glücklich ist, bin ich es auch. Ich bebe, wenn ich daran denke, *wie* glücklich. Er sitzt mir gegenüber und raucht seine Zigarre und sieht dabei so nobel aus. Ich mag das, und ich bin in unser Zimmer gegangen und habe ihm *diese hier gebracht.* Er sagt: „Char, wenn ich sagen würde, bring mir deinen Kopf, würdest du einem Kellner befehlen, ihn abzuschneiden.“ Bitte schön, habe ich denn nicht vor drei Tagen gelobt, ihn zu lieben, zu ehren und ihm zu gehorchen, und soll ich mein Gelöbnis jetzt schon brechen? Hoffentlich nicht. Ich bete darum, daß es nicht so kommt.

Ich hoffe, daß ich mein ganzes Leben lang danach streben werde, mein Gelöbnis zu halten. Canterbury hat uns fast so gefallen wie das liebe Westminster. Wir hatten eine offene Kutsche und haben eine *herrliche Fahrt* nach Folkestone gemacht, und bei der Überfahrt war Philip seekrank und ich nicht. Und er sah so drollig aus; und er hatte furchtbar schlechte Laune; und das war mein erster Auftritt als Pflegerin. Ich glaube, es wäre mir recht, wenn er manchmal ein *klein wenig* krank wäre, damit ich bei ihm sitzen und ihn pflegen könnte. Wir sind am Zollhaus von Boulogne durch die Schranken gegangen. Und ich dachte daran, wie ich vor zwei Jahren mit meinem armen Papa durch eben diese Schranken gegangen bin, und *er* stand draußen und sah uns! Wir sind zum „Hôtel des Bains" gegangen. Wir sind in der Stadt umherspaziert. Wir sind zu den Tintelleries gegangen, wo wir damals wohnten, und zu Eurem Haus in der Haute Ville, wo ich mich an alles erinnere, *als wäre es gestern gewesen.* Weißt Du noch, als wir einmal spazieren waren, sagtest Du: „Charlotte, da kommt der Dampfer, ich sehe den Rauch aus seinem Schlot", und ich sagte: „Welcher Dampfer?", und Du sagtest: „Die ‚Philip' natürlich." Und er kam heran und rauchte seine Pfeife! Wir sind immer wieder unsere alten Spazierwege abgeschritten. Wir sind zur Pier gegangen und haben dem armen kleinen Buckligen, der Gitarre spielt, Geld gegeben, und er sagte: „Merci, madame!" Wie drollig das klang! Und diese gute freundliche Marie im „Hôtel des Bains" erkannte uns wieder und nannte uns *„mes enfants"*. Und wärst Du nicht die gutmütigste Frau *auf der Welt*, ich glaube, ich würde mich genieren, solchen Unsinn zu schreiben.

Stell Dir vor, Mrs. Brandon hat mir eine Börse gestrickt, die sie mir gab, als wir vom *lieben, lieben* Queen Square abfuhren; und als ich sie öffnete, waren fünf Sovereigns darin! Als wir entdeckten, was die Börse enthielt, stieß Philip einen seiner gewaltigen *jurons* aus (wie immer, wenn ihm besonders weich ums Herz ist), und er sagte, diese Frau sei ein Engel, und wir wollten diese fünf Sovereigns aufheben und sie nie wechseln. Ach! ich danke Gott, daß mein Mann solche Freunde hat! Ich will alle lieben, die ihn lieben – Euch am *allermeisten.* Denn wart Ihr nicht das Werkzeug, das mir dieses edle Herz zugeführt hat? Ich meine, seit ich Euch und einige Eurer Freunde kenne, kenne ich wirklich *bedeutende Menschen.* Ihre Sprache ist schlichter, ihre Gedanken fliegen höher als die der Leute, mit denen ich früher zusammenlebte. P. sagt, der Himmel hat Mrs. Brandon ein so großes Herz geschenkt, daß sie auch viel Verstand haben muß. Wenn es Weisheit bedeutet, meinen Philip zu lieben, kenne ich eine Person, die noch sehr weise wird!

Wenn ich es nicht allzu eilig hätte, Mama zu sehen, meinte Philip, könnten wir einen Tag in Amiens Station machen. Und wir sind zur Kathedrale gegangen, und was meint Ihr, wem sie geweiht ist! *Meinem* Heiligen: dem HEILIGEN FIRMIN! und ach! ich habe den Himmel angefleht, mir die Kraft zu geben, mein Leben dem *Dienst meines Heiligen* zu weihen, ihn stets zu lieben, als reine, treue Frau, ihn bei Krankheit zu behüten, ihn im Leid zu trösten. Ich will mich bemühen zu *lernen* und zu *streben*, nicht, um meinen Verstand dem seinen anzugleichen – sehr wenige Frauen können das erhoffen –, sondern damit ich ihn besser verstehen kann und eine Gefährtin für ihn abgebe, die seiner würdiger ist. Ich möchte wissen, ob viele Männer auf der Welt so gescheit sind wie unsere Männer? Obwohl Philip so bescheiden ist, er sagt, er sei *überhaupt* nicht gescheit. Aber ich weiß, daß er es ist, und irgendwie edler als andere Männer. Am Queen Square habe ich nichts gesagt, aber ich habe immer zugehört; und manche, die hinkamen und die höchste Meinung von sich hatten, kamen mir vorlaut und oberflächlich und unbedeutend vor; und manche waren irgendwie wie Fürsten. Mein Philip ist einer der *Fürsten.* Ach, liebe Freundin, darf ich nicht dort Dank sagen, wo Dank gebührt, daß ich ausersehen worden bin, die Frau eines wahren Gentlemans zu werden? Der gütige und tapfere und zuverlässige Philip! Rechtschaffen und großmütig – erhaben über Täuschung und selbstsüchtige Ränke. Oh! ich hoffe, es ist nicht unrecht, so glücklich zu sein!

Wir haben an Mama und die liebe Madame Smolensk geschrieben, um uns anzukündigen. Mama findet Madame de Valentinois' Pension noch teurer als die der teuren Madame Smolensk. Das Wortspiel *ist unbeabsichtigt*! Sie sagt, sie hat entdeckt, daß Madame de Valentinois' richtiger Name Cornichon ist, daß sie eine Person von schlimmstem Ruf ist und daß in ihrem Haus beim Ekarté betrogen wird. Sie hat ihre eigenen zwei Francs und noch ein Zweifrancsstück vom Kartentisch genommen und gesagt, Oberst Boulotte spiele falsch und das Geld stehe von

Rechts wegen ihr zu. Sie will zum Ende des Monats bei Madame de Valentinois ausziehen, oder sobald unsere Kinder, die die Masern haben, wieder aufstehen können. Sie hat sich ausgebeten, daß ich sie auf keinen Fall bei Madame de V. besuche. Und sie hat Philip zwölf Pfund und zehn Shilling in Fünffrancsstücken gebracht, die sie ihm auf den Tisch hinzählte, und gesagt, das sei meine Rate für das erste Vierteljahr. Ich weiß, sie war noch nicht fällig. „Aber meinen Sie", hat sie gesagt, „ich will einem Mann wie Ihnen verpflichtet sein!" Und P. zuckte die Achseln und legte die rouleau Silberstücke in eine Schublade. Er sagte kein Wort, aber ich sah natürlich, daß er verärgert war. „Was fangen wir mit deinem Vermögen an, Char?" fragte er, als Mama fort war. Und einen Teil haben wir in der Oper und in Vérys Restaurant ausgegeben, wohin wir unsere liebe gute Madame Smolensk ausführten. Ach, wie gut diese Frau zu mir gewesen ist! Ach, wie habe ich in jenem Haus gelitten, als Mama mich von Philip trennen wollte! Wir sind daran vorbeigegangen und haben die Fenster des Zimmers gesehen, wo sich damals diese ganze schreckliche, entsetzliche Tragödie abspielte, und Philip hat gegen die grünen Jalousien die Faust geschüttelt. „Guter Gott!" sagte er, „mein Liebling, wie habe ich dort leiden müssen! Ich hege keinen Groll, ich will niemandem etwas Böses antun. Aber verzeihen kann ich nicht: niemals!" Ich kann Mama verzeihen, die meinen Mann so unglücklich gemacht hat – aber kann ich sie wieder liebhaben? Wirklich und wahrhaftig, ich habe mir Mühe gegeben. Oft und oft spielt sich in meinen Träumen diese gräßliche Tragödie noch einmal ab; und sie nehmen ihn m r fort, und mir ist, als müßte ich sterben. Als ich bei Euch war, habe ich mich oft vor dem Einschlafen gefürchtet, aus Angst vor diesem furchtbaren Traum; und ich hatte einen seiner Briefe unter meinem Kissen, damit ich ihn die Nacht über in der Hand halten konnte. Und jetzt! Niemand kann uns trennen! – oh, niemand! – bis das Ende kommt!

Er hat mich zu allen seinen *Junggesellenbleiben* geführt: zum „Hôtel Poussin", wo er gewohnt hat, das sehr schmuddelig, aber gemütlich ist. Und er hat mich der Wirtin vorgestellt, in einem Madrastuch, und dem Wirt (mit Ohrringen und ohne Überrock), und dem kleinen Jungen, der die Fußböden scheuert. Und der sagte „tiens" und „merci, madame!", als wir ihm ein Fünffrancsstück *aus meinem Vermögen* schenkten. Und dann sind wir in das

Café gegenüber der Bourse gegangen, wo Philip immer seine Briefe schrieb; und dann sind wir zum Palais-Royal gegangen, wo Madame de Smolensk auf uns wartete. Und dann sind wir ins Theater gegangen. Und dann sind wir zu „Tortoni“ Eis essen gegangen. Und dann haben wir Madame Smolensk ein Stück heimbegleitet, unter hundert Millionen funkelnden Sternen; und dann sind wir den Weg durch die Alleen der Champs-Elysées entlanggewandert, Philips übliche Strecke, wenn er mich besuchte, und an den plätschernden Springbrunnen vorbei, die unter dem silbernen Mond glänzten. Und ach, Laura! Ich möchte wissen, ob unter dem silbernen Mond irgend jemand so glücklich war wie Deine *liebende und dankbare*

C. F.

PS – (In der Handschrift Philip Firmins, Esq.) MEINE LIEBEN FREUNDE! Ich fühle mich so famos, daß alles wie ein Traum ist. Seit einer Stunde habe ich Charlotte zugesehen, wie sie gekritzelt und gekritzelt hat, und habe gestaunt und gedacht, ist es denn wirklich wahr?, und habe mich eilig von der Wahrheit überzeugt, indem ich mir das Papier und die Unterstreichungen angesehen habe, die sie hartnäckig unter die Worte setzt. Meine lieben Freunde, was habe ich im Leben geleistet, daß ich dafür einen kleinen Engel zum Geschenk erhalte? Einst war so viel Böses in mir, und mein Herz war so finster und rachsüchtig, daß ich nicht wußte, was aus mir werden würde. Sie kam und hat mich gerettet. Die Liebe dieses Geschöpfes läutert mich – und – und ich glaube, das ist alles. Ich glaube, ich möchte nur noch sagen, daß ich der glücklichste Mensch in Europa bin. Dieser Sankt Firmin in Amiens! Schien das nicht ein gutes Omen zu sein? Beim Sankt George! Ich hatte nie von St. F. gehört, bis ich in der Kathedrale auf ihn stieß. Wann schreiben wir das nächstemal? Wohin könnt Ihr uns schreiben? Wir wissen nicht, wohin wir fahren. Wir brauchen keine Briefe. Aber wir sind lieben, guten Freunden deshalb nicht weniger dankbar; und unser Name ist

P. und C. F.

33. KAPITEL

Schildert eine interessante, aber nicht unerwartete Situation

hne Ausnahme verlangen nur sehr halsstarrige und dumme Kinder nach dem Mond. Von verständigen Leuten, die ihren Leckerzahn verloren haben, kann man erwarten, daß sie sich nicht übermäßig für Honig interessieren. Wir können hoffen, daß Mr. und Mrs. Philip Firmin eine schöne Hochzeitsreise und dergleichen erlebten: doch deren Wonnen und Abenteuer aufzuzeichnen – Miss Sowerby und ich sind der Meinung, diese Aufgabe sei gänzlich unnötig und unmoralisch. Junge Leute sind ohnehin viel zu gefühlsbetont und neigen zu müßiger, rührseliger Lektüre. Das Leben ist ernst, bemerkt Miss Sowerby (mit der starken Neigung, „ernst“ mit einem großen E zu schreiben). Das Leben ist Mühe. Das Leben ist Pflicht. Das Leben ist Miete. Das Leben besteht aus Steuern und Abgaben. Das Leben bringt seine Übel, Rechnungen und Arztpillen mit sich. Das Leben ist nicht ein Kalender von Honig und Mondschein. Sehr richtig. Aber ohne Liebe, Miss Sowerby, ist das Leben schlichtweg der Tod, und ich weiß, liebe Freundin, Ihnen würde ebensowenig an seiner Fortsetzung liegen wie an einem neuen Kapitel des – des neuen Romans unseres lieben Freundes Boreham.

Unter uns gesagt, Philips Humor ist nicht viel leichtfüßiger als der des obengenannten geistreichen Zeitgenossen. Doch wenn er Philip selbst belustigte, weshalb ihm ein wenig Spaß verwehren? Nun denn – er schrieb uns einen gewaltigen Stoß plumper Späße unter dem Datum: Paris, Donnerstag. Genf, Sonnabend. Gipfel des Mont Blanc, Montag. Timbuktu, Mittwoch. Peking, Freitag – mit drolligen Schilderungen dieser Orte und Städte. Er berichtete, in letztgenannter Stadt, wo Charlottes Schuhe durchgelaufen waren, seien ihr die neugekauften ziemlich eng und die hohen Absätze plagten sie ganz schön. Er behauptete, in Timbuktu sei das Rindfleisch für Charlottes Geschmack nicht genug durchgebraten und die Artigkeiten des Kaisers würden allmählich recht auffallend, und so weiter; während die schlichten Nachschriften der armen kleinen Charlotte überhaupt keine Reise erwähnten, sondern klarstellten, sie hielten sich in Saint-Germain auf und seien so glücklich, wie der Tag lang sei. So glücklich, wie der Tag lang war? Wie er kurz war, leider! Ihre kleine Börse war sehr knapp versehen; und in einem ganz, ganz kurzen Urlaub waren die wenigen Napoléons des armen Philip fast alle davongerollt. Zum Glück war Zahltag, als die jungen Leute nach London zurückkamen. Ihnen war fast nur noch das Hochzeitsgeschenk der Kleinen Schwester geblieben: und bestimmt würden sie lieber arbeiten, als mit dem Scherflein dieser armen Witwe ein paar weitere Stunden Wohlleben zu erkaufen.

Wer redete furchtsam von Armut? Philip mit seinen zwei Zeitschriften behauptete, er habe genug. Mehr als genug. Er könne sparen, könne etwas auf die hohe Kante legen. Um diese Zeit malte Ridley, das Akademiemitglied, jenes reizende Bildnis, Nr. 1976 – selbstverständlich erinnern Sie sich daran –, „Porträt einer Dame". Er faßte eine romantische Neigung zu der Mieterin im zweiten Stock; duldete in seinen Räumen keine lauten Gesellschaften und kein Rauchen, um sie nicht zu belästigen. Würde Mrs. Firmin gern selbst Einladungen geben? Sein Atelier und Wohnzimmer stünden ihr zur Verfügung. Er erledigte für sie Wege und Besorgungen. Er brachte Geschenke und Logenkarten mit. Er war ihr ergebenster Sklave. Und all diese romantische Anbetung vergalt sie ihm mit dem gnädigen Druck eines kleinen Händchens und einem freundlichen Blick aus dem sanften Augenpaar, womit der Maler sich wohl oder übel begnügen mußte. Klein und verwachsen, meinte J. J. von Natur auf Ehe und Liebe verzichten zu müssen und blickte mit sehnsüchtigen Augen in das Paradies, das zu betreten ihm verwehrt war. Und Mr. Philip saß in diesem Palast der Wonnen; und bequem hingestreckt kostete er sie aus, und Charlotte wartete ihm auf. Und gelegentlich ließ Mylord dem Ausgestoßenen am Tor ein Krümchen Freundlichkeit oder ein Gläschen Trost hinausbringen, und dieser war seiner Wohltäterin und Mylord, seinem Wohltäter, dankbar und pries sie selig. Charlotte besaß keine zwei Pence: doch sie hatte einen kleinen Hofstaat. Es war bei Philips Freunden Sitte, zu kommen und sich vor ihr zu verneigen. Sehr vornehme Gentlemen, die ihn aus dem College kannten und dann vergessen hatten oder, um die Wahrheit zu sagen, grob und überheblich fanden, erinnerten sich jetzt mit einemmal an ihn, und seine junge Frau hielt an ihrem Fünfuhrteetisch ganz erlesene Kränzchen ab. Alle Männer hatten sie gern, und Miss Sowerby behauptet natürlich, Mrs. Firmin sei ein sanftmütiges, ganz harmloses Frauchen, recht hübsch und – Sie verstehen, meine Liebe – so, wie die Männer es mögen. Hören Sie, wenn ich kaltes Kalbfleisch mag, liebe Sowerby, dann habe ich eben einen einfachen Geschmack. Ein schönes, zähes, altes, trockenes Kamel ist zweifellos ein viel edleres und scharfsinnigeres Tier – und vielleicht meinen Sie, ein Doppelhöcker sei eine wahre Delikatesse.

Ja, Mrs. Philip war ein Erfolg. Sie hatte bisher fast keine Freundinnen, weil sie zu arm war, um in der Welt zu verkehren: doch sie hatte Mrs. Pendennis und die liebe kleine Mrs. Brandon und Mrs. Mugford, deren berühmter Einspänner der jungen Frau wiederholt Delikatessen aus Hampstead brachte, deren Kalesche ein-, zweimal in der Woche vor Philips Tür stand und die, lebhaft beeindruckt von der vornehmen Gesellschaft, die sie in Mrs. Firmins Wohnung antraf, sich stark mit dieser beschäftigte. „Lord Thingamburys Karte! Was denn nun noch, Brandon, also wirklich! Lady Slowby empfängt? Na so was, Mrs. B.!“ Mit solchen naiven Redensarten gab Mrs. Mugford in der ersten Zeit, als Charlotte noch in der Gunst der guten Dame stand, ihrer Bewunderung und ihrem Erstaunen Ausdruck. Ich muß bekennen, daß eine viel weniger erfreuliche Situation folgte. Doch obwohl schon jetzt ein winziges Wölkchen am Himmel steht, wollen wir für eine Weile noch nicht darauf achten und den Sonnenschein genießen und glücklich und zufrieden sein. „O Laura, ich zittere, wenn ich daran denke, wie glücklich ich bin!“ lautete das ständige Gezwitscher unseres Vögelchens. „Wie habe ich bloß gelebt, als ich bei Mama daheim war?“ sagte sie oft. „Weißt du, daß Philip mich nie auszankt? Würde er ein schroffes Wort sagen, ich glaube, ich müßte sterben; während Mama geblafft hat, von morgens bis abends geblafft, und es hat mich völlig kaltgelassen.“ Das kommt beim übertriebenen Zanken heraus, wie bei jeder anderen Arznei. Die heilsame Medizin verliert ihre Wirkung. Der gefeite Patient nimmt eine Dosis, die einem nicht damit Vertrauten einen Schrecken einjagen oder ihn umbringen würde.

Immer noch trafen die engbeschriebenen Briefe der armen Mrs. Baynes ein, und ich bin nicht bereit, mich dafür zu verbürgen, daß Charlotte sie alle las. Mrs. B. erbot sich, zu kommen und die Aufsicht zu führen und sich um den lieben Philip zu kümmern, wenn ein interessantes Ereignis eintrete. Doch für diesen wichtigen Anlaß war bereits Mrs. Brandon verpflichtet, und Charlotte geriet bei dem Gedanken, ihre Mutter könne sie überfallen, in solche ängstliche Unruhe, daß Philip kurz angebunden schrieb und Mrs. Baynes geradeheraus absagte. Sie erinnern sich an J. J.s Gemälde „Eine Wiege“? Die zwei rosigen Füßchen brachten Mr. Ridley je ich weiß nicht wie viele hundert Guineas ein. Die Mutter selbst vertiefte sich nicht zärtlicher und hingebungsvoller in die Babykunde, als Ridley die Wesensart, das Aussehen, die Züge, die Anatomie, die Stellungen, die Babykleidung usw. dieses erstgeborenen Kindes von Charlotte und Philip Firmin studierte. Meine Frau ist ganz erbost, weil ich vergessen habe, ob das erste der jungen Firminbrut ein Junge oder ein Mädchen war, und behauptet, demnächst vergesse ich noch die Namen meiner eigenen Kinder. Also? In diesem Zeitabstand *glaube* ich, es war ein Junge – ihr Junge ist nämlich sehr groß – viel größer als ... *Kein* Junge? Dann, unter uns, bin ich ganz sicher, es war ein ... „Eine Gans“, sagt die Dame, was nicht einmal einleuchtend ist.

Eines ist sicher, wir alle fanden, daß die junge Mutter mit ihren rosigen Wangen und strahlenden Augen sehr hübsch aussah, wenn sie sich über das kleine Kind beugte. J. J. sagt, er meine, zu dieser Zeit liege im Ausdruck junger Mütter etwas

Himmlisches. Nein, er geht sogar so weit, zu behaupten, eine Tigerin im Zoologischen Garten sehe wunderschön und sanft aus, wenn sie die schwarze Nase über ihre Jungen neige. Und wenn eine Tigerin, wieso nicht Mrs. Philip? O ihr Mächte des Gefühls, in welcher Verfassung befand sich J. J. gegenüber dieser jungen Frau! Im Auge einer jungen Mutter liegt ein Leuchten, auf ihrer Wange spielen perlweiße und rosige Farbtöne, die einen Maler unweigerlich faszinieren. Dieser Künstler pflegte in Mrs. Brandons Zimmern umherzulungern, bis es geradezu lachhaft war. Ich glaube, er zog in seinem eigenen Atelier die Schuhe aus, um die Dame über ihm nicht mit deren Knarren zu stören. Er kaufte dem Kind die ausgefallensten Becher und andere Geschenke. Philip ging aus, in seinen Club oder zu seiner Zeitung, wie man es ihm befahl. Doch Mr. J. J. war nicht aus der Thornhaugh Street wegzubringen, so daß die kleine Mrs. Brandon ihn auslachte – ihn buchstäblich auslachte.

Diese ganze Zeit über verblieben Philip und seine Frau bei Mr. und Mrs. Mugford in allergrößter Gunst, und dieses würdige Paar lud sie mit ihrem Kind in Mugfords Villa nach Hampstead ein, zur Luftveränderung, die dem lieben Baby und der lieben Mama guttäte. Philip begab sich in diese dörfliche Zufluchtsstätte. Straßen und Reihenhäuser überdecken jetzt die Fläche von Haus und Garten, die der wackere Mugford damals bewohnte und die er, wie es heißt, sein „Russisches Irby“ zu nennen pflegte. Auf kleinem Raum hatte er eine Menge ländlicher Freuden zusammengedrängt. Er hatte einen kleinen Garten; eine kleine Koppel; ein kleines Gewächshaus; einen kleinen Gurkenkasten; einen kleinen Stall für seinen kleinen Einspänner; eine kleine Jerseykuh; eine kleine Milchkammer; einen kleinen Schweinekoben; und an diesem kleinen Schatz hatte der gute Mann keine kleine Freude. Er liebte und lobte alles, was sein war. Keiner schätzte seinen eigenen Portwein höher als Mugford oder rühmte lauter seine eigene Butter und sein hausbackenes Brot. Er genoß sein eigenes Glück. Er pries seinen eigenen Wert. Er sprach gar zu gern von der Zeit, als er ein armer Junge in den Londoner Straßen war, und jetzt ... „Jetzt kosten Sie mal dieses Glas Portwein, mein Junge, und sagen Sie mir, ob der Lord Mayor einen besseren hat“, pflegte er zu sagen und blinzelte dabei sein Glas und seine Gäste an. Rechtschaffen zu sein, ein

Glückspilz zu sein und sich ständig vor Augen zu halten und öffentlich zu bekennen, daß man das ist – bedeutet das nicht die wahre Wonne? Lobeshymnen auf sich selbst zu singen ist ein herrlicher Zeitvertreib – zumindest für den Sänger; und jeder, der an Mugfords Tafel speiste, konnte mit ziemlicher Sicherheit erwarten, nach dem Dinner diese Musik zu hören. Ich muß leider sagen, daß Philip diese Fanfarenstöße gar nicht mochte. Er fühlte sich in Haverstock Hill furchtbar angeödet. Und angeödet ist Mr. Philip kein ganz angenehmer Gefährte! Er gähnt einem dann ins Gesicht. Er widerspricht einem rücksichtslos. Er behauptet, das Hammelfleisch sei zäh oder der Wein lasse sich nicht trinken; der und der Redner werde überschätzt und der und der Politiker sei ein Trottel.

Mugford und sein Gast hatten nach dem Dinner Reibereien, sogar heftige Wortwechsel. „Mugford, was ist denn bloß? Und über was habt ihr im Eßzimmer gestritten?" fragt Mrs. Mugford. „Gestritten? Das ist bloß der Redakteur, der da schnarcht", erklärte der Gentleman mit rot angelaufenem Gesicht. „Mein Wein ist ihm nicht gut genug, und jetzt muß mein feiner Herr auch noch die Beine auf einen Stuhl legen und vor meiner Nase einschlafen. Er *ist* ein ganz unverfrorener Kunde, und wie, Mrs. M." In diesem kritischen Moment kam dann wohl die arme kleine Char von einem Besuch bei ihrem Baby heruntergehuscht und spielte etwas auf dem Klavier und beschwichtigte den aufwallenden Zorn, und dann kam Philip von einem kleinen Spaziergang zwischen den Sträuchern herein, wo er ein paar Wölkchen gepafft hatte. Ach! da schob sich wirklich ein Wölkchen heran – ein ganz kleines – nein, nicht gar so klein. Wenn Sie bedenken, daß Philips Brot vom Wohlwollen dieser Leute abhing, werden Sie einräumen, daß seine Freunde sich um seine Zukunft Sorgen machen mußten. Ein Wort von Mugford, und Philip und Charlotte und das Kind hätten keinen Rückhalt mehr in der Welt. Und diesen Sachverhalt gab Mr. Firmin auch anstandslos zu, während er, weitläufig seine eigenen Angelegenheiten erörternd (was er so gern tat), mit den Händen in den Taschen dastand und sich an unserem Feuer den Rücken wärmte.

„Lieber Freund", erklärt der freimütige junge Ehemann, „ich habe diese Dinge immerfort im Kopf. Sonst habe ich immer mit Charlotte darüber geredet, aber jetzt nicht mehr. Es regt sie auf,

SWAIN

das arme Ding: und sie drückt das Baby an die Brust. Und – es zerreißt mir das Herz, wenn ich daran denke, daß ihr irgendein Leid zustoßen könnte. Ich tue ja mein Bestes, liebe Leute – aber wenn ich Langeweile habe, kann ich mir nicht helfen: ich lasse mir anmerken, daß ich Langeweile habe, versteht ihr das nicht? Ich kann nicht heucheln. Nein, nicht für zweihundert im Jahr, auch nicht für zwanzigtausend. Aus diesem Schweineohr von Mugford kann man keine Seidenbörse machen. Ein wirklich guter Mensch. Das bestreite ich nicht. Ein guter Vater, ein guter Ehemann, ein großzügiger Gastgeber und ein unsäglich öder Schwätzer und Einfaltspinsel. Liebenswürdig zu ihm sein? Wie kann ich liebenswürdig sein, während man mich umbringt? Er reitet da so auf einer Geschichte herum, wie Leigh Hunt ins Gefängnis kam, wo Mugford, als er ihm Korrekturfahnen brachte, Lord Byron sah. Ich kann mich bei dieser Geschichte nicht mehr wach halten; oder wenn ich wach bleibe, knirsche ich mit den Zähnen und fluche innerlich, so daß ich gräßlich anzuhören und anzusehen bin, das weiß ich. Also, Mugford hat Sofas aus gelbem Seidenatlas im ‚Salong' . . ."

„O Philip!" sagt eine Dame. Und zwei, drei herumlungernde Kinder brechen in wahnsinniges Gekicher aus, das schleunigst und streng zum Schweigen gebracht wird.

„Ich sage euch, sie nennt es ‚Salong'. Das wißt ihr genauso wie ich. Sie ist eine gute Frau, eine freundliche Frau, eine temperamentvolle Frau. Ich höre sie ungeheuer hitzig und mit sagenhaftem Redeschwall die Dienstboten in der Küche herunterputzen. Aber wie kann Char aufrichtig die Freundin einer Frau sein, die einen Salon einen Salong nennt! Bei unserer lieben kleinen Freundin in der Thornhaugh Street ist es etwas anderes. Sie erhebt gar keinen Anspruch auf Ebenbürtigkeit. Hier haben wir einen Gönner und eine Gönnerin, seht ihr das nicht ein? Wenn Mugford mich auf seine Koppel und in seinen Garten spazierenführt und sagt: ‚Sehnsemal, Firmin', oder einem seiner Schweine den Rücken krault und sagt: ‚Sonnabend gibt's 'ne Scheibe von dem Burschen hier . . .'" (explosive Ansätze zu Widersetzlichkeit und Spott bei den Kindern werden erneut von den elterlichen Autoritäten streng unterdrückt) – „‚Sonnabend gibt's 'ne Scheibe von dem Burschen hier', hätte ich größte Lust, ihn oder mich über das Gatter in den Trog zu werfen. – Wissen Sie, daß dieser Mann die Hand in die Tasche gesteckt und mir ein paar Haselnüsse angeboten hat?"

Ich bekenne, hier wurde die Dame, an die Philip sich wandte, blaß und schauderte.

„Ich kann genausowenig der Freund dieses Mannes sein que celui du domestique qui vient d'apporter le Dingsda, le Kohleneimer ..." – (Bei Philips Rede kam John mit diesem nützlichen Gegenstand ins Zimmer – und diesmal gestatteten wir den älteren Kindern zu lachen, denn Tatsache ist, keiner von uns kannte das französische Wort für Kohleneimer, und ich wette, so ein Wort kommt im Chambaud gar nicht vor.) „Dieses Abstandhalten ist keine Arroganz", fuhr Philip fort. „Diese Zurückhaltung ist kein Mangel an Bescheidenheit. Diesem Mann ehrlich zu dienen ist eines; mit ihm Freundschaft zu schließen, über seine stumpfsinnigen Witze zu lachen heißt, mit dem Mammon der Unredlichkeit Freundschaft schließen, heißt Liebedienerei und Heuchelei auf meiner Seite. Ich müßte ihm sagen: ‚Mr. Mugford, ich gebe Ihnen meine Arbeit für Ihren Lohn. Ich stelle Ihre Zeitschrift zusammen. Ich produziere eine angenehme Mischung, die im rechten Verhältnis Nachrichten, politische Stellungnahmen und Skandal enthält, setze Überschriften über Ihre Artikel, bringe die »Pall Mall Gazette« ordentlich durch die Presse und gehe heim zu meiner Frau und meinem Dinner. Sie sind mein Brotgeber, aber Sie sind nicht mein Freund, und ...' Mein Gott! da schlägt es schon fünf!" (Der Zeitmesser in unserem Salon tat das kund, während er sprach.) „Wir haben heute, was Mugford ein Dinner mit weißem Schlips nennt, dem Schwein zu Ehren!" Und damit stürzt Philip aus dem Haus und erreichte Hampstead hoffentlich rechtzeitig zum Festmahl.

Philips Freunde in Westminster hegten keine geringen Zweifel hinsichtlich seiner Zukunftsaussichten, und die Kleine Schwester teilte ihre Besorgnis. „Es gehört sich nicht, daß sie mit diesen Leuten zusammen sind", meinte Mrs. Brandon. „Mrs. Philip freilich, das liebe Kind, mit *der* kann sich bestimmt niemand streiten. Bei mir ist es was anderes. Ich habe ja nie keine Bildung gehabt – ebensowenig wie die Mugfords, aber es gefällt mir nicht, wenn mein Philip sich hinsetzt, als ob er bei diesem Kerl zu Gast und seinesgleichen ist." Ebensowenig kam es „diesem Kerl" in den Kopf, daß Mr. Robert Mugford auf gleicher Stufe mit

Mr. Philip Firmin stehen könnte. Da wir also beide Männer kannten, sahen wir alle bedrückt einem Bruch zwischen Firmin und seinem Gönner entgegen.

Die New-Yorker Zeitschrift betreffend, waren wir in dieser Richtung hinsichtlich Philips Erfolg beruhigter. Etliche seiner Freunde versprachen, ihm zu helfen. Wir trugen Clubgeschichten zusammen; wir baten unsere feudalen Freunde um Anekdoten (die den Seeweg überstehen würden) aus der eleganten Welt. Wir hörten die denkwürdigsten Gespräche zwischen den einflußreichsten Politikern mit an, die keine Geheimnisse vor uns hatten. Wir empfingen von den meisten europäischen Höfen erstaunliche Kunde: Exklusivberichte über den jüngsten Witz des russischen Zaren – den jüngsten? eher den nächsten. Wir kannten die geheimsten Pläne des österreichischen Kronrats; die Absichten des Papstes; die neueste Favoritin des Großtürken, und so weiter. Die oberen Zehntausend in New York wurden mit einer Fülle von Informationen beliefert, die ihnen hoffentlich genützt haben. Es hieß: „Palmerston bemerkte gestern beim Dinner", oder „Der gute alte Herzog erklärte gestern abend im Apsley House dem französischen Botschafter", und dergleichen. Die Briefe waren mit „Philalethes" unterschrieben. Und da unsere Flunkereien niemandem schadeten, wird man sie Mr. Philip und seinen Freunden hoffentlich verzeihen. Dank der Auskünfte, die wir bei kundigen weiblichen Personen einholten, gelang es uns sogar, mehr oder minder zutreffende Schilderungen der neuesten Damenmode zu liefern. Wir waren Mitglieder in allen Clubs; wir waren bei den Festen und Bällen der führenden Politiker beider Seiten zugegen. Wir zweifelten kaum daran, daß Philalethes in New York Erfolg haben würde und erwarteten für seine Mühen eine Erhöhung seines Honorars. Am Ende von Philip Firmins erstem Jahr im Ehestand stellten wir eine Rechnung auf, aus der sich klar ergab, daß er tatsächlich Geld gespart hatte. Seine Ausgaben waren zwar gestiegen. Sie hatten ein Baby im Kinderzimmer; doch im Schrank lag ein Beutelchen mit Sovereigns, und der sparsame junge Mann hoffte, seinen Schatz noch zu vermehren.

Wir waren erleichtert, als wir merkten, daß Firmin und seine Frau nicht zu einer Wiederholung ihres Besuches im Hause ihres Brotherrn in Hampstead eingeladen wurden. Eine gelegentliche

Einladung zum Dinner ging den jungen Leuten immer noch zu; doch Mugford, auf seine Art ein stolzer Mann mit einem eigenen Charakter, war vernünftig genug, einzusehen, daß sich zwischen ihm und seinem Redakteur keine große Vertraulichkeit entwikkeln konnte, und verschmähte es großmütig, sich über den rasch fühlbaren Hochmut des jungen Mannes zu ärgern. Ich glaube, jene unermüdliche Kleine Schwester war die Friedensstifterin zwischen den Häusern Mugford und Firmin junior und hielt sowohl Philip wie seinen Brotherrn dazu an, sich zusammenzunehmen. Jedenfalls, als wirklich ein Streit zwischen ihnen entbrannte, muß ich zu meinem Leidwesen zugeben, daß es der arme Philip war, der sich im Unrecht befand.

Sie wissen, daß in alter, alter Zeit der junge König und seine Königin nie eine Taufe feierten, ohne die Einladung einer alten Fee zu versäumen, die sich über das Übergangenwerden erboste. Ich muß leider sagen, daß Charlottes Mutter so aufgebracht darüber war, nicht zur Patin des neuen Babys berufen worden zu sein, daß sie ihre kleine Vierteljahreszahlung von zwölf Pfund zehn Shilling zu entrichten unterließ. Seit jener weit zurückliegenden Zeit hat sie diese Zahlung bis zum heutigen Tage gänzlich eingestellt, so daß Philip erklärt, seine Frau habe ihm ein Vermögen von fünfundvierzig Pfund mitgebracht, in vier Raten gezahlt. Das erste Viertel war gezahlt worden, als die alte Dame „einem Mann wie ihm nicht verpflichtet sein wollte“. Dann kam ein zweites Viertel – und dann – doch ich werde wohl noch berichten können, wann und wie Philips Schwiegermama den Rest des Vermögens ihrer armen kleinen Tochter auszahlte.

Nun, der Regent's Park ist ein schöner gesunder Ort für kindlichen Zeitvertreib, und ich meine nicht, daß Philip sich irgend etwas vergab, wenn er mit seiner Frau, ihrem kleinen Dienstmädchen und seinem Baby auf dem Arm dort spazierenging. „Er ist grob wie ein Bär, und seine Manieren sind furchtbar, aber er hat ein gutes Herz, das muß ich ihm lassen“, erklärte mir Mugford. Bei der Fahrt von London nach Hampstead traf Mugford einoder zweimal die kleine Familiengruppe, deren Zentralfigur sein Redakteur darstellte; und um Philips junger Frau und des Kindes willen übersah Mr. M. die vulgäre Art des jungen Mannes und behandelte ihn mit Langmut.

So arm er war, dies war seine glücklichste Zeit, möchte mein

Freund beinahe behaupten. Ein kleines Kind, eine junge Frau, deren ganzes Leben ein inniger Liebesdienst an Kind und Mann war, ein junger Ehemann, der über beiden wachte – ich erinnere mich an die Gruppe, wie wir sie damals oft zu sehen bekamen, und erblicke etwas Heiliges in den einfachen Gestalten. Welch ein strahlendes Glück auf dem sonnigen Gesicht der Ehefrau und welch verzücktes Lächeln! Auf das schlafende Kind und die selige Mutter blickt der Vater mit Stolz und Dank in den Augen. Freude und Dankbarkeit erfüllen sein schlichtes Herz und ein spontanes Gebet an den Spender der guten Gaben, er möge die Kraft finden, seine Pflicht als Vater, als Gatte zu erfüllen; er möge imstande sein, diesen lieben unschuldigen Wesen Not und Sorge fernzuhalten; er möge sie verteidigen, beschützen, ihnen einen guten Namen hinterlassen.

Ich muß berichten, daß Philip um Charlottes und des Kindes willen haushälterisch und sparsam wurde; daß er abends zeitig heimkam; daß er in seinem Kind ein Wunderwesen sah; daß er es in unserem Hause nie müde wurde, über dieses Kind zu sprechen, über seine Molligkeit, seine Kraft, sein Gewicht, seine erstaunlich frühen Begabungen und seinen Humor. Er fühle sich jetzt zum erstenmal als Mann, beteuerte er. Bisher sei das Leben nichts als Spiel und Tändelei gewesen. Und besonders jetzt beklage er es, daß er als Junge faul gewesen sei und seine Möglichkeiten nicht ausgeschöpft habe. Hätte er seine juristischen Studien ernsthaft betrieben, hätte er diesen Beruf jetzt einträglich machen und eine Quelle der Ehre und eines befriedigenden Auskommens für seine Familie darin finden können. Unser Freund schätzte seine eigenen Fähigkeiten sehr bescheiden ein: gewiß war er ob dieser Bescheidenheit nicht weniger liebenswürdig. O glücklich der, den die Liebe lehrt, lenkt und regiert, bessert und läutert! Wo war die frühere Arroganz, Selbstsicherheit und lärmende Geschwätzigkeit unseres Freundes geblieben? Er lag seiner Frau und seinem Kind zu Füßen. Er sah sich selbst ganz bescheiden und hatte seine helle Freude daran, wenn er sie herzte und küßte. Sie belehrten ihn, sagte er; und wenn er an sie denke, wende sich sein Herz in ehrfürchtigem Dank an den gnädigen Himmel, der sie ihm geschenkt hatte. Ich sehe den Vater sich über Mutter und Kind neigen, während diese winzige Kinderhand seine Finger umklammert, und deute jene vielleicht unausgesprochenen Segnungen, die er erfleht und spendet. Glückliche Gattin, glücklicher Gatte! Wie arm sein kleines Heim auch sein mag, so birgt es doch unermeßliche Schätze und Reichtümer: welche Stürme draußen auch drohen mögen, das häusliche Kaminfeuer strahlt heller vom Willkommensgruß der liebsten Augen.

34. KAPITEL

In dem ich gestehe, daß Philip eine Unwahrheit sagt

Charlotte (und die übliche kleine Prozession von Kindermädchen mit Baby usw.) erschien einmal in unserem Haus am Queen Square, wo sie der Dame des Hauses stets willkommen war. Die junge Frau befand sich in Hochstimmung, und als wir den Grund ihrer Freude zu hören bekamen, rissen auch ihre Freunde staunend die Augen auf. Sie verkündete tatsächlich, Doktor Firmin habe aus New York eine Anweisung auf vierzig Pfund geschickt (hinsichtlich der Summe kann ich mich irren). Das Schriftstück sei am Morgen eingetroffen und sie habe es gesehen und Philip habe ihr gesagt, sein Vater habe es geschickt; und sei es nicht ein tröstlicher Gedanke, daß der arme Doktor Firmin sich bemühe, einen Teil des Unrechts wiedergutzumachen, das er angerichtet hatte, und daß er bereue und womöglich mit der Zeit ein ganz ehrlicher und guter Mensch werde? Das war in der Tat erstaunliche Kunde: und die zwei Frauen waren freudig bewegt bei dem Gedanken, daß dieser Sünder bereue, und jemand anderem wurde Zynismus, Skeptizismus und so weiter vorgeworfen, weil er die Wahrheit der Information anzweifelte. „Du glaubst an niemanden, Sir. Du bist immer ungläubig, wenn es sich um das Gute handelt“ usw. usw. usw., war die Anklage, die man gegen des Lesers ganz ergebenen Diener vorbrachte. Nun, hinsichtlich der Zerknirschung dieses Sünders behielt ich meine Zweifel, muß ich gestehen, und dachte bei mir, ein Geschenk von vierzig Pfund an einen Sohn, dem er Tausende schuldete, sei kein großer Beweis für die Läuterung des Doktors.

Und ach! wie sich gewisse Leute ärgerten, als endlich die wahre Geschichte herauskam! Nicht des Geldes wegen – nicht, weil sich ihre Argumente als falsch erwiesen und sich herausstellte, daß ich recht gehabt hatte. O nein! Sondern weil bewiesen war, daß dieser unglückliche Doktor derzeit *überhaupt* nicht zu bereuen gedachte. Ein solches Merkzeichen trat nicht zutage, was immer wir hoffen mochten; und die Parteigängerinnen des Doktors waren zu diesem Eingeständnis genötigt, als sie den wahren Hergang zu erfahren bekamen.

„O Philip", ruft Mrs. Laura, als sie Mr. Firmin das nächstemal sah. „Wie habe ich mich gefreut, als ich von dem Brief hörte!"

„Von dem Brief?" fragt der Gentleman.

„Dem Brief von Ihrem Vater in New York", sagt die Dame.

„Oh", bemerkt der angesprochene Gentleman mit rotem Kopf.

„Was ist denn? Ist es – ist es denn nicht wahr?" fragen wir.

„Die arme Charlotte versteht nichts von geschäftlichen Dingen", sagt Philip, „ich habe ihr den Brief nicht vorgelesen. Da ist er." Und er übergibt mir das Dokument, und ich habe die Erlaubnis, es zu veröffentlichen.

New York, den . . .

Und so darf ich, mein lieber Philip, mir dazu gratulieren, die Würde eines *Vorfahren* erlangt zu haben, und darf meinen Titeln „Großvater" hinzufügen? Wie rasch ich diesen bekommen habe! Ich fühle mich noch als junger Mann, *trotz der Schicksalsschläge* – zumindest weiß ich, daß ich noch gestern ein junger Mann war, da ich, wie ich mit unserem lieben alten Dichter sagen darf, non sine gloria militavi. Was, wenn auch ich des einsamen Witwerdaseins überdrüssig würde und wieder in den Stand der Ehe träte? Hier gibt es in der Tat ein, zwei Damen, die sich immer noch dazu herablassen würden, *den englischen Gentleman im Ruhestand* nicht abweisend zu betrachten. Ohne Eitelkeit darf ich es sagen, ein Mann von Familie und Stand in England erwirbt einen Schliff und ein kultiviertes Auftreten, das Dollars nicht erkaufen können und manchen *Wall-Street-Millionär* vor Neid erblassen lassen!

Deine Frau ist von einer *kleinen Briefpartnerin*, die mir viel ausführlichere Kunde über meine Familie gibt, als sie mir mein Sohn zu liefern geruht, als Engel bezeichnet worden. Mrs. Philip sei sanft, höre ich. Mrs. Brandon sagt, sie sei schön – sie sei seelengut. Ich hoffe, Du hast sie gelehrt, nicht *zu* schlecht vom Vater ihres Mannes zu denken? Ich habe mich von Schurken anführen lassen, die mich in ihre Falle lockten, die mir den Verdienst eines ganzen Lebens raubten, die mich durch ihre *falschen Vorspiegelungen* verleiteten, solches Vertrauen in sie zu setzen, daß ich meinen gesamten eigenen Besitz und ach! auch den Deinen, mein armer Junge, in ihre Unternehmungen steckte. Deine Charlotte wird sich die großzügige, die weise, die *gerechte* Ansicht des Falles zu eigen machen und mein Pech eher bemitleiden als verurteilen. Das ist die Ansicht, freue ich mich sagen zu können, die in dieser Stadt allgemein gilt; wo es Männer von Welt gibt, die die Widrigkeiten einer merkantilen Laufbahn kennen und für unglückliche Zwischenfälle Nachsicht aufbringen! Was hat Rom zunächst so groß gemacht und aufblühen lassen? Waren seine ersten Kolonisten alles wohlhabende Patrizier? Nichts kann befriedigender sein als die Geringschätzung, die man hier *bloßen pekuniären Schwierigkeiten* erweist. Zugleich bedeutet, ein Gentleman zu sein, in dieser Gesellschaft kein geringes Vorrecht, wo die Vorteile von Geburt, geachtetem Namen und früher Erziehung *immer* zum Vorteil des Besitzers ausschlagen. Viele Personen, bei denen ich hier verkehre, haben diese Vorteile zweifellos nicht genossen; und in der höchsten Gesellschaft dieser Stadt könnte ich auf Personen weisen, die pekuniäres Mißgeschick wie ich erlitten haben, die nach ihrem Absturz den Kampf tapfer wieder aufgenommen haben und jetzt Auskommen, Reichtum und die Achtung der Welt *gänzlich* zurückerworben haben! Gestern abend war ich in einem Haus in der Fifth Avenue. Wird Washington White von seinen Mitmenschen gemieden, weil er dreimal Bankrott gemacht hat? Etwas Eleganteres oder Üppigeres als sein Gastmahl habe ich auf diesem Kontinent noch nicht erlebt. Seine Gattin trug Brillanten, um die sie eine Herzogin beneiden könnte. Die teuersten Weine, das opulenteste Souper und Myriaden Wildenten bedeckten seine Tafel. Liebe Charlotte, mein Freund Hauptmann Colpoys bringt Ihnen sechs solche Enten von Ihrem Schwiegervater mit, der hofft, sie werden Ihre kleine Tafel bereichern! Hier essen wir Johannisbeergelee dazu, aber ich mag eine alte englische Zitronen- und *Cayennepfeffersoße lieber.*

Übrigens, lieber Philip, ich hoffe, eine kleine finanzielle Transaktion, die eine Notlage mich (leider!) durchzuführen gezwungen hat, macht Dir keine Ungelegenheiten. Da ich wußte, daß Dein Vierteljahreshonorar bei der „Gazette der oberen Zehntausend" jetzt fällig war, habe ich mir erlaubt, Oberst *** zu bitten, es mir auszuhändigen. Zahlungsversprechen müssen hier wie bei uns erfüllt werden – der halsstarrige Inhaber eines verunglückten Akzepts von meiner Hand (ich kann mit Freude sagen, daß es sehr wenige davon gibt) wollte *keinen Aufschub* dulden, und ich war gezwungen, auf das Honorar meines armen Philips zurückzugreifen.

Ich halte Dich nur auf neunzig Tage hin: mit Deinem Kredit und Deinen reichen Freunden kannst Du *beigefügten Wechsel mühelos begeben*, und *ich verspreche Dir*, wenn er vorgelegt wird, honoriert ihn meines Philips

stets liebender Vater
G. B. F.

Übrigens, die Briefe Deines „Philaletes" sind nicht *ganz gepfeffert* genug, sagt mein würdiger Freund, der Oberst. Sie sind *elegant und flott* geschrieben, aber das Publikum hier wünscht sich *mehr persönliche Neuigkeiten; ein wenig Klatsch über Königin Elizabeth*, Du verstehst? Kannst Du nicht jemanden angreifen! Sieh Dir die Briefe und Artikel an, die mein geschätzter Freund vom „New York Emerald" veröffentlicht! Die Leser hier mögen einen scharfgewürzten Artikel! Und ich empfehle P. F., ein bißchen mehr Pfeffer in seine Gerichte zu streuen. Wie tröstlich ist mir der Gedanke, daß ich Dir diesen Posten verschafft habe und damit in der Lage war, meinem Sohn und seiner jungen Familie zu helfen!

G. B. F.

Diesem Brief war ein Stück Papier beigefügt, das der arme Philip auf den ersten Blick für einen Scheck gehalten hatte, der sich jedoch als Schuldschein seines Papas herausstellte, zahlbar in New York vier Monate nach Ausstellung. Und dieses Dokument sollte für das Geld stehen, das der ältere Firmin im Namen seines Sohnes in Empfang genommen hatte! Philips Augen trafen die seines Freundes, als sie über diese Angelegenheit sprachen. Firmin sah fast so beschämt aus, als hätte er selbst die Missetat begangen.

„Ärgerst du dich, daß du dieses Geld verloren hast?“ fragte Philips Freund.

„Über die Art, wie ich es verloren habe“, erklärte der arme Philip. „An dem Geld liegt mir nichts. Aber dieses hätte er nicht nehmen dürfen. Dieses hätte er nicht nehmen dürfen. Denke an die arme Charlotte und das Kind, die ja in Not sein könnten! O Freund, es ist schwer zu ertragen, nicht? Ich bin ein ehrlicher Kerl, stimmt's? Ich glaube doch. Ich bete zum Himmel, daß ich einer bin. Hätte ich das in irgendeiner noch so schlimmen Notlage fertiggebracht? Nun ja. Mein Vater hat mich bei diesen Leuten eingeführt. Ich nehme an, er denkt, er hätte ein Recht auf meine Einnahmen. Und weißt du, wenn er in Not ist, hat er das ja auch.“

„Wäre es nicht besser, du schreibst an die New-Yorker Verleger und bittest sie, ab sofort an dich direkt zu überweisen?“ fragte Philips Freund.

„Damit würde ich ihnen ja verraten, daß er sich das Geld angeeignet hat“, stöhnt Philip. „Ich kann ihnen doch nicht sagen, mein Vater sei ein ...“

„Nein, aber du kannst dich bei ihnen bedanken, daß sie eine solche Summe zu deinen Gunsten dem Doktor ausgehändigt haben, und sie wissen lassen, daß du ab sofort von hier aus auf sie ziehst. In diesem Fall zahlen sie das nächste Quartal nicht an den Doktor aus.“

„Angenommen, er ist in Not, müßte ich ihm da nicht helfen?“ fragte Firmin. „Solange vier Stück Brot im Hause sind, steht eines dem Doktor zu. Soll ich ihm dann übelnehmen, daß er sich selbst bedient hat, alter Freund?“, und mit einem kläglichen Lächeln trinkt der arme Kerl ein Glas Wein aus.

Übrigens muß ich hier pflichtschuldig erwähnen, daß der ältere Firmin in New York, wo kleine Dinnergesellschaften viel kostspieliger sind als in Europa, sehr elegante kleine Dinnergesellschaften zu geben pflegte, um, wie er sagte, als Arzt Verbindungen anzuknüpfen und zu pflegen. Wie ich höre, gewann der Doktor an seinem neuen Wohnort allmählich einen Ruf als Bonvivant, und in bestimmten Kreisen fanden seine Anekdoten über die britische Aristokratie erfreute Aufnahme.

Doch es empfahl sich für Philip von nun an, mit seinen amerikanischen Briefpartnern direkt zu verhandeln und nicht die Dienste eines so sehr kostspieligen Mittelsmannes in Anspruch zu nehmen. Dieser Anregung konnte er nur zustimmen. Inzwischen – und das sei den Männern eine Warnung, ihre Frauen auch in den geringfügigsten Dingen irrezuführen; sie sollen ihnen *alles* erzählen, was sie wissen wollen, diesen lieben und trefflichen Geschöpfen nichts verhehlen –, inzwischen, müssen Sie wissen, meine Damen, hatte Firmin seiner Frau versprochen, wenn sein berühmtes Dollarschiff aus Amerika eintreffe, solle Baby ein allerliebstes weißes Mäntelchen mit wunderhübschem Besatz bekommen, auf das die arme Charlotte oft verlangende Blicke warf, wenn sie bei den Modistinnen und Raritätenläden am Hanway Yard vorbeikam, wo sie, zugegeben, gern und oft hinging. Nun, als Philip ihr erzählte, sein Vater habe vierzig Pfund oder so herübergeschickt, und damit sein liebendes Weib irreführte, suchte die kleine Dame stehenden Fußes ihr Lieblingsgeschäft am Yard auf – Hanway Yard ist jetzt eine Straße geworden, aber ach! es ist immer entzückend –, Charlotte, sage ich, ging los, rannte los zum Hanway Yard, bleich vor Angst, das süße Mäntelchen könnte bereits verkauft sein, entdeckte es – o Glück! – noch in Miss Isaacsons Schaufenster, zog es Baby sofort an Ort und Stelle an, küßte das liebe Kind ab und war von der Wirkung des Kleidungsstücks hingerissen, die auch Miss Isaacsons junge Damen sämtlich für ideal erklärten, und nahm das Mäntelchen auf Babys Schultern mit der Zusicherung heim, das Geld, fünf Pfund, bitte ergebenst, am nächsten Tag zu schicken. Und in diesem Mäntelchen gingen Baby und Charlotte Papa entgegen, als er heimkam. Und ich weiß nicht, wer von beiden, Mama oder Baby, das seligere und kindischere und beglücktere Baby war. Mr. Philip hatte Order, auf dem Heimweg von seiner Zeitung eine bestimmte Straßenfolge einzuhalten, und als die gewohnte Zeit seiner Rückkehr von der Arbeit herankam, ging Mrs. Char mit Betsy, der kleinen Kindsmagd, und Baby im neuen Mäntelchen durch die Thornhaugh Street, Charlotte Street, Rathbone Place. Seht, da kommt er endlich – Papa – mit großen Schritten die Straße entlang. Er sieht die Gestalten. Er sieht das Kind, das lacht und seine rosigen Händchen ausstreckt, ihn erkennt und freudig kräht.

„Sieh nur, sieh nur, Papa", ruft die glückliche Mutter. (Schluß! Ich kann das Geheimnis um das Baby nicht länger aufrechterhalten, und obzwar ich einen Augenblick lang das Geschlecht des Kindes vergessen hatte, fiel es mir im nächsten Moment ein, und daß es sich selbstverständlich um ein Mädchen handelte und daß sein Name Laura Caroline war.) „Sieh nur, sieh nur, Papa!" ruft die glückliche Mutter. „Sie hat seit heute morgen wieder ein Zähnchen, so ein wunderschönes Zähnchen – und schau her, Sir, fällt dir gar nichts auf?"

„Was denn?" fragt Philip.

„Aber, Sir!" sagt Betsy und schwingt Laura Caroline energisch in die Höhe, so daß der hübsche weiße Mantel sich in der Luft ausbreitet.

„Ist es nicht ein süßes Mäntelchen?" ruft Mama. „Und sieht Baby nicht wie ein Engel darin aus? Ich habe es heute bei Miss Isaacson gekauft, weil du doch dein Geld aus New York bekommen hast. Und, ach ja, lieber Mann, es hat nur fünf Guineas gekostet."

„Na ja, es ist eine Woche Arbeit", seufzt der arme Philip, „und ich glaube, das braucht mir nicht leid zu tun, wenn ich Charlotte eine Freude machen kann." Und er tastet ziemlich wehmütig seine leeren Taschen ab.

„Gott segne Sie, Philip", sagt meine Frau mit nassen Augen. „Sie waren heute vormittag da, Charlotte und das Kindermädchen und das Baby in dem neuen – dem neuen . . ." Hier ergriff die Dame Philips Hand und brach richtig in Tränen aus. Hätte sie Mr. Firmin vor den Augen ihres eigenen Mannes in die Arme geschlossen, ich hätte mich nicht gewundert. In der Tat gestand sie, sie sei nahe daran gewesen, diesem höchst sentimentalen Ausbruch nachzugeben.

Und nun, meine Brüder, sehet, wie eine Missetat viele andere zeugt und eine zwielichtige Handlung zu einer ganzen Kette des Betrugs führt. Sehen Sie, zunächst hatte Philip seine Frau getäuscht – freilich aus dem frommen Wunsch heraus, die kleinen Eigenheiten seines Vaters zu verschleiern –, doch ruat coelum, wir dürfen nicht lügen. Nein! Und vom heutigen Tage an befehle ich John, auch dem schlimmsten öden Schwätzer, drängenden Gläubiger, Tagedieb meines Bekanntenkreises niemals mehr: „Nicht zu Hause!" zu sagen. Hätte Philips Vater ihn nicht getäuscht, hätte Philip seine Frau nicht getäuscht; hätte er seine Frau nicht getäuscht, hätte sie nicht fünf Guineas für diesen Mantel für Baby ausgegeben. Hätte sie nicht fünf Guineas für den Mantel ausgegeben, hätte meine Frau sich nie auf einen heimlichen Briefwechsel mit Mr. Firmin eingelassen, der möglicherweise nur dank meines liebenswürdigen Naturells nicht zu Eifersucht, Mißtrauen und den entsetzlichsten Auseinandersetzungen – ja, Duellen – zwischen den Oberhäuptern der zwei Familien geführt hat. Man stelle sich Philips Leiche starr und steif auf Hampstead Heath hingestreckt vor, von einer Kugel getroffen, umgebracht von der Hand seines Freundes! Man stelle sich vor, wie eine Droschke an meinem eigenen Haus vorfährt und aus ihr – vor den Augen der Kinder an den Wohnzimmerfenstern – fliegt die blutige Leiche ihres Vaters! – Genug dieses fürchterlichen Scherzes! Zwei Tage nach der Geschichte mit dem Mantel fand ich einen Brief in Philips Handschrift an meine Frau adressiert, und da ich glaubte, er betreffe eine Dinnerangelegenheit, die gerade zwischen unseren Familien im Gespräch war, riß ich den Umschlag auf und las folgendes:

Thornhaugh Street, Donnerstag

Meine liebe, gute Patentante! Sobald ich erst schreiben und sprechen kann, will ich Dir dafür danken, daß Du so gut zu mir bist. Meine Mama sagt, sie ist ganz eifersüchtig, und weil sie mir den Mantel gekauft hat, kann sie wirklich nicht zulassen, daß Du ihn bezahlst. Aber ich soll Deine Güte uns gegenüber nie vergessen, und obwohl ich jetzt noch gar nichts davon weiß, verspricht sie, es mir zu erzählen, wenn ich alt genug bin. Inzwischen bin ich

Deine dankbare und dich liebende
kleine Patentochter
L. C. F.

Philip ließ sich von seinen Freunden daheim dazu überreden, seinen New-Yorker Auftraggeber zu bitten, von nun an sein Honorar an ihn selbst auszuzahlen. Und ich erinnere mich, daß ein würdevoller Brief von seinem Vater kam, in dem sich dieser mehr im Kummer als im Zorn zu der Sache äußerte, in dem der Doktor darauf hinwies, diese Vorsichtsmaßnahme scheine von Philip aus einen Zweifel an der Ehre seines Vaters anzudeuten und er sei doch gewißlich schon unglücklich genug und heimgesucht genug, um nicht auch noch dieses Mißtrauen seitens seines Sohnes zu verdienen. Die Pflicht eines Sohnes, Vater und Mutter zu ehren, fand gefühlvoll Erwähnung, und der Doktor hoffte in aller Demut, Philips Kinder würden *ihm* mehr Vertrauen schenken, als er seinem unglücklichen Vater zu erweisen scheine. Nun ja. Er werde keinen Groll hegen. Sollte ihm Fortuna je wieder lächeln, und etwas sage ihm, das werde sie, wolle er Philip beweisen, daß er vergeben könne – wenngleich er vielleicht nicht zu vergessen vermöge, daß in seinem Exil, seiner Einsamkeit, seinem vorgerückten Alter, seinem Unglück das eigene Kind ihm mißtraut habe. Das, so sagte er, sei der grausamste Schlag von allen, die sein empfindsames Herz hingenommen habe.

Dieser vorwurfsvolle Brief eines Vaters war einem Schreiben des Doktors an seine Freundin, die Kleine Schwester, beigefügt, in dem er sich einer Entdeckung rühmte, die er und noch einige wissenschaftliche Gentlemen gerade vervollkommneten. Es handele sich um eine Medizin, die gerade in solchen Fällen besonders wirksam sei, mit denen sich Mrs. Brandon selbst oft und von Berufs wegen besonders befasse, und er sei überzeugt, der Verkauf dieser Medizin werde weitgehend dazu beitragen, sein in die Winde zerstreutes Vermögen zurückzugewinnen. Er zählte die Beschwerden auf, bei denen diese Medizin am wirksamsten sei. Er werde Mrs. Brandon eine Probe davon und auch Näheres über ihre Anwendung zusenden, und sie könne ihre Wirksamkeit an ihren Patienten ausprobieren. Er komme in seinem medizinischen Beruf langsam, aber stetig voran, schrieb er, obwohl er freilich unter dem Neid seiner Berufskollegen zu leiden habe. Nun ja. Er sei sicher, allen stünden bessere Zeiten bevor. Dann solle sein Sohn sehen, daß eine erbärmliche Summe von vierzig Pfund mehr ihn nicht davon abhalten werde, alle gerechtfertigten Ansprüche an ihn abzutragen. Amen! Wir alle wünschten von Herzen den Tag herbei, wo Philips schurkischer Vater in der Lage wäre, seine kleinen Schulden zu begleichen. Bis dahin hatten die Besitzer der „Gazette der oberen Zehntausend“ strikte Anweisung, ihre Sendungen direkt an ihren Londoner Korrespondenten zu richten.

Wenngleich Mr. Firmin, wie wir gesehen haben, sich viel auf seinen Geschmack und seine Fertigkeit als Redakteur der „Pall

Mall Gazette“ zugute tat, muß ich gestehen, daß er ein sehr widerspenstiger Mitarbeiter war, gegen den seine Vorgesetzten oft mit Grund aufgebracht waren. Gewisse Leute wurden in der „Gazette“ gelobt – gewisse andere wurden angegriffen. Furchtbar langweilige Bücher fanden Bewunderung und sehr lebendig geschriebene Werke erlebten einen Verriß. Manche Männer wurden für alles, was sie taten, gerühmt; andere wurden verhöhnt, ganz gleich, wie ihre Werke waren. „Ich finde“, pflegte der arme Philip zu stöhnen, „daß besonders in Sachen Kritik so oft private Gründe für Lob oder Tadel ausschlaggebend sind, daß ich in diesem Falle für mein Teil froh bin, nur für die Drucklegung der Zeitschrift verantwortlich zu sein, das ist meine einzige Pflicht. Nimm zum Beispiel Harrocks, den Tragöden vom Drury Lane: jedes Stück, in dem er erscheint, ist ein Meisterwerk und sein Spiel der größte Triumph, den man je erlebte. Sehr gut. Harrocks und mein famoser Chef sind gute Freunde und dinieren miteinander. Und natürlich sieht Mugford es gern, wenn man seinen Freund lobt und ihm in jeder Weise hilft. Aber Balderson vom Covent Garden ist ebenfalls ein sehr guter Schauspieler. Wieso kann unser Kritiker dessen Leistung nicht wie die von Harrocks sehen? Dem armen Balderson gesteht man überhaupt nie irgendeine Leistung zu. Man geht mit einer ironischen Bemerkung über ihn hinweg oder mit einem kühlen, knappen Lobeswort, während für seinen Rivalen Spalten über Spalten voll Schmeichelreden erscheinen.“

„Also wirklich, Mr. F., wie naiv sind Sie bloß, Sie müssen schon entschuldigen“, bemerkte Mugford auf den bescheidenen Einspruch seines Redakteurs. „Wie können wir Balderson loben, wenn Harrocks unser Freund ist? Ich und Harrocks sind dicke Freunde. Unsere Frauen sind ein Herz und eine Seele. Wenn ich zulassen würde, daß Balderson gelobt wird, würde ich Harrocks aufbringen. Ich *kann* Balderson nicht loben, verstehen Sie das nicht, aus Gerechtigkeit gegenüber Harrocks!“

Dann gab es da einen gewissen Autor, den Bickerton ständig angriff. Sie hatten einen privaten Zwist, und Bickerton rächte sich auf diese Weise. Auf Philips Proteste und Einwände lachte Mugford nur: „Die beiden Männer sind Feinde, und Bickerton gibt es ihm, wo er kann. Aber das ist doch nur menschlich, Mr. F.“, erklärt Philips Brotherr.

„Du lieber Himmel!“ schreit Firmin. „Wollen Sie damit sagen, der Mann ist so gemein, seine privaten Feinde mittels der Presse anzugreifen?“

„Private Feinde! Privater Quatsch, Mr. Firmin!“ ruft Philips Brotherr. „Wenn ich Feinde habe – und die habe ich, daran besteht kein Zweifel –, versetze ich ihnen eins, wann und wo ich kann. Und das sollten Sie wissen, es gefällt mir gar nicht, wenn jemand mein Verhalten gemein nennt. Es ist nur natürlich. Und es ist richtig! Vielleicht möchten *Sie* Ihre Feinde loben und Ihren Freund schlechtmachen? Wenn das Ihr Grundsatz ist, sage ich Ihnen, Sie sind im Zeitungsgeschäft fehl am Platze und sollten sich lieber einen anderen Beruf zulegen.“ Und der Arbeitgeber verließ seinen Angestellten nicht wenig ergrimmt.

Mugford äußerte sich mir gegenüber recht deutlich über Philips Aufsässigkeit. „Was denkt sich der Mensch eigentlich, an seinen Existenzgrundlagen herumzumäkeln?“ fragte Mr. Mugford. „Reden Sie mit ihm und zeigen Sie ihm, wo's langgeht, Mr. P., sonst kriegen wir Streit – und den will ich nicht, seiner kleinen Frau zuliebe, armes kleines zartes Ding. Was soll denn aus ihnen werden, wenn wir ihnen nicht beistehen?“

Was sollte aus ihnen werden, allerdings? Jeder, der wie wir Philips Reizbarkeit kannte, war sich darüber im klaren, wie wenig Aussicht bestand, daß guter Rat oder Vorhaltungen auf diesen Gentleman Eindruck machten. „Guter Gott!“ antwortete er mir, als ich mich bemühte, ihn zu einem versöhnlichen Ton gegenüber seinem Brotherrn zu bewegen, „willst du mich zu Mugfords Galeerensklaven machen? Dann sitzt er bald auf dem hohen Roß und wettert gegen mich los, wie er es bei den Druckern macht. Wenn er manchmal in Fahrt ist, schaut er in mein Zimmer und starrt mich an, als wollte er mich am liebsten bei der Gurgel pakken. Und nach ein, zwei Worten geht er wieder, und ich höre ihn im Gang die Jungen beschimpfen. Eines Tages legt er gegen mich los, da bin ich ganz sicher. Ich sage dir, die Sklaverei wird allmählich fürchterlich. Ich wache nachts auf und stöhne und rege mich auf, und die arme Char wird auch wach und fragt: ‚Was ist denn, Philip?‘ Ich sage dann, es ist der Rheumatismus. – Rheumatismus!“

Natürlich versuchten Philips Freunde, sein Leiden mit den üblichen Linderungsmitteln und Tröstungen zu behandeln. Er solle sich zahm verhalten. Er solle daran denken, daß sein Arbeitgeber nicht als Gentleman erzogen worden sei und daß Mugford trotz seiner groben und gewöhnlichen Ausdrucksweise ein gutes Herz habe.

„Mir braucht man nicht zu sagen, daß er kein Gentleman ist, ich weiß das", sagt der arme Phil. „Zu Char und dem Kind *ist* er gut, das stimmt, und seine Frau auch. Trotzdem bin ich ein Sklave. Er ist mein Sklaventreiber. Er ernährt mich. Er hat mich noch nicht geprügelt. Als ich in Paris war, habe ich die Kette nicht so sehr gespürt. Aber jetzt ist es kaum auszuhalten, wenn ich meinen Gefängniswärter vier-, fünfmal in der Woche antreffe. Meine arme kleine Char, warum habe ich dich in diese Sklaverei verschleppt?"

„Weil Sie Zuspruch gebraucht haben, nehme ich an", bemerkt eine von Philips Trösterinnen. „Und glauben Sie denn, Charlotte wäre glücklicher, wenn sie nicht bei Ihnen wäre? Auch wenn ihr zwei Treppen hoch wohnt, ist irgendein Heim anheimelnder, Philip? Sie geben das oft selbst zu, wenn Sie besser aufgelegt sind. Wer hat nicht seine Arbeit zu tun und seine Bürde zu tragen? Sie sagen manchmal, daß Sie überheblich und hitzköpfig sind. Aber die Sklaverei, wie Sie sie nennen, tut Ihnen womöglich gut."

„Ich habe mich und sie dazu verurteilt", sagt Philip und läßt den Kopf hängen.

„Ist sie jemals unzufrieden?" fragt seine Beraterin. „Hält sie sich nicht für die glücklichste kleine Ehefrau der Welt? Sehen Sie, Philip, hier habe ich von ihr ein Briefchen von gestern, in dem sie es ausdrücklich schreibt. Wollen Sie wissen, worum es in dem Brief geht, Sir?" fragt die Dame lächelnd. „Also gut, sie wollte das Rezept für das Gericht haben, das Ihnen am Freitag so gut geschmeckt hat, und sie und Mrs. Brandon wollen es kochen."

„Und wenn es aus Charlottenfrikassee bestünde", bemerkt Philips anderer Freund, „würde sie sich freudig kleinhacken und sich mit Rahmsoße und Toaststückchen zu Euer Gnaden Dinner auftragen lassen."

Das war zweifellos wahr. Haben nicht Hiobs Freunde viele wahre Worte geäußert, als sie ihn in seinem Jammer besuchten?

So geduldig der Patriarch war, klagte und stöhnte er doch, und weshalb sollte der arme Philip, der durchaus kein Muster an Geduld war, nicht murren dürfen? Er war noch nicht gebändigt. Das Arbeitspferd war störrisch und schlug aus. Er schnaubte nicht selten über die tägliche Plackerei und hatte seine Attacken der Auflehnung und Niedergeschlagenheit. Na und? Haben nicht auch andere sich mühen, den stolzen Kopf beugen und die tägliche Bürde auf sich nehmen müssen? Sehen Sie nicht Pegasus, der den Rennpokal gewinnen sollte, als müden, knickbeinigen, abgeklapperten alten Droschkengaul zitternd in der Reihe stehen? Oder vielleicht einen glatten, glänzenden Wallach unter einem beleibten Herrn die Rotten Row entlangtänzeln? Philips Brotkruste wurde allmählich karg und war in bitteres Wasser getunkt.

Ich gedenke aus diesem Teil seines Lebenslaufes keine lange Geschichte zu machen oder meinen Freund als allzu hungrig und arm vorzuführen. Er ist jetzt in Sicherheit und außer aller Gefahr, dem Himmel sei Dank! Doch er mußte schwere Zeiten durchmachen und sehr darauf achten, daß er sich einigermaßen durchschlug. Er behauptete nie, ein Mann von Genie zu sein, er war auch kein erfolgreicher Marktschreier, der hätte als Genie passieren können. Als wir in England französische Kriegsgefangene hatten, haben wir alle erlebt, wie mannhafte alte Offiziere, die den Säbel gegen Mamelucken oder Russen oder Deutsche geschwungen hatten, froh waren, wenn sie mit dem Taschenmesser aus Knochen allerlei Krimskrams schnitzen oder aus Strohabfällen Körbe und Schachteln flechten und sie gelegentlich zufälligen Besuchern ihres Gefängnisses mitleiderregend zum Kauf anbieten konnten. Philip war der Gefangene der Armut. Er mußte die Notbehelfe ergreifen und die Arbeit verrichten, die er in seiner Gefangenschaft fand. Ich glaube nicht, daß Männer, die solche Mühsal durchgemacht und dem strengen Fronvogt gedient haben, gern darauf zurückblicken und der harten Lehrzeit gedenken. Wenn Philip jetzt sagt: „Was waren wir doch für Narren, zu heiraten, Char", blickt sie strahlend empor, Liebe und Glück in den Augen – blickt zum Himmel empor und sagt Dank. Doch das Gesicht ihres Mannes überziehen Schmerz und Trauer beim Gedanken an jene Tage der Sorge und des Trübsinns. Mag sie ihm auch gut zureden, mag er Dank sagen, doch die Wunden sind noch da, die er im grausamen Kampf mit dem Schicksal davongetragen hat. Männer werden dabei über den Haufen geritten. Männer sind Feiglinge und laufen davon. Männer plündern, scheren aus, lassen sich Gemeinheit, Feigheit, schändliche Plünderung zuschulden kommen. Männer werden zu Rang und Ehren befördert oder fallen und gehen auf dem Schlachtfeld unbeachtet zugrunde. Glücklich, wer mit unbefleckter Ehre daraus hervorgeht! Philip gewann keine Orden und Achselstücke. Er ist wie wir, mein lieber Sir, durchaus kein heroisches Genie. Und es ist nur zu hoffen, daß Sie und ich und er, wir alle drei, durchschnittliche Tapferkeit bewiesen und wir uns keiner Gemeinheit oder Treulosigkeit oder Fahnenflucht schuldig gemacht haben. Hätten Sie sich anders verhalten, was würden Weib und Kinder sagen? Was Mrs. Philip angeht, so versichere ich Ihnen, sie meint bis zum heutigen Tage, kein Mann komme ihrem Gatten gleich, und ist bereit, niederzufallen und die Stiefel anzubeten, in denen er läuft.

Wie leben die Menschen? Wie zahlen sie ihre Miete? Woher kommt Tag für Tag das Dinner? In der Regel *gibt* es Dinner. Mit weniger Essen lebt man vielleicht länger, aber ohne Essen kann man nicht auskommen und bleibt nicht lange leben. Wie hat mein Nachbar von Nr. 23 seine Kutsche verdient und wie hat Nr. 24 sein Haus bezahlt? Während ich diesen Satz hinschreibe, kommt Mr. Cox, der in diesem Viertel die Steuern einzieht, ins Haus. Wie geht es Ihnen, Mr. Cox? Es macht uns überhaupt nichts aus, einander zu begegnen. Es gab eine Zeit – eine Zeit von zwei, drei Jahren –, als Cox' Anblick den armen Philip beunruhigte; und diese beunruhigende Zeit gedenkt sein Biograph mit ganz wenigen Seiten zu übergehen.

Nach Ablauf von sechs Monaten erfuhren die oberen Zehntausend New Yorks mit gelinder Verwunderung, daß der Herausgeber jener eleganten Zeitschrift unter Mitnahme des spärlichen Inhalts der Geschäftskasse den Rückzug aus der Stadt angetreten hatte. Also brachten Philaletes' Beiträge unserem armen Freund keinen einzigen Dollar ein. Doch auch wenn ein Fisch geangelt und verzehrt ist, sind im Meer nicht noch viele, viele übrig? Genau zu dieser Zeit, als ich mich angesichts des Stands der Angelegenheiten des armen Philip in begreiflich niedergeschlagener Verfassung befand, fiel Tregarvan, dem reichen Parlamentsmitglied aus Cornwall, auf, daß die Regierung und das Unterhaus seine Reden und Ansichten zur Außenpolitik nicht zu würdigen wußten; daß die Frau des Außenministers Lady Tregarvan nicht sonderlich Beachtung geschenkt hatte; daß die Absichten einer bestimmten Großmacht höchst bedrohlich und gefährlich waren und man sie entlarven und vereiteln müsse und daß ihm endlich die schon so lange ersehnte Peerswürde zu verleihen sei. Sir John Tregarvan wandte sich an gewisse ihm bekannte literarisch und politisch bewanderte Gentlemen. Er wolle die „Europäische Rundschau" herausbringen. Er würde die Pläne jener Großmacht enthüllen, die Europa bedrohte. Er würde einem Minister, der die Ehre seines Landes aufs Spiel setzte und die eigene vergaß, die Maske abreißen: einem Minister, dessen Anmaßung Englands Landadel nicht länger hinnehmen durfte. Sir John, ein kleiner Mann mit Messingknöpfen und einem großen Kopf, der sich gern reden hört, kam zum Autor dieser Biographie und hielt zu obengenannten Themen eine Rede. Die Gattin dieses Autors befand sich in seinem Studierzimmer, als Sir John recht ausführlich seine Ansichten darlegte. Sie hörte ihm mit größter Aufmerksamkeit und Achtung zu. Sie war entsetzt darüber, was sie über die Undankbarkeit der Regierung erfuhr, erstaunt und zutiefst erschrocken angesichts der Darlegungen über die Absichten der – der Großmacht, deren Intrigen die Ruhe in Europa so sehr bedrohten. Sie nahm mit höchstem Interesse den Gedanken auf, die „Rundschau" zu gründen. Selbstverständlich werde er selbst der Chefredakteur sein ... und – und (hier blickte die Frau über den Tisch hinweg mit auffallendem Triumph in den Augen ihren Mann an) – sie kenne, sie beide kennten eben *den* Mann, der sich als bester *auf der ganzen Welt* dafür eigne, als Redakteur unter Sir John zu wirken – einen Gentleman, einen so wahren Gentleman, wie es keinen zweiten gibt – einen Mann mit Universitätsbildung, einen in den europäischen Sprachen ungewöhnlich versierten Mann – jedenfalls im Französischen ganz gewiß. Und jetzt kann der Leser wohl erraten, wer diese Person war. „Ich habe es sofort gewußt", sagt die Dame, nachdem Sir John sich empfohlen hatte. „Ich habe dir doch gesagt, Gott werde diese lieben Kinder nicht verlassen." Und ich könnte sie genausowenig davon zu überzeugen versuchen, daß die „Europäische Rundschau" nicht schlechthin und notwendigerweise zur

Sicherung des Lebensunterhalts von Philip bestimmt war, wie ich sie dazu bewegen könnte, Mormonin zu werden, mit allen Konsequenzen, welche die Damen auf sich nehmen müssen, die sich zu diesem Glauben bekennen.

„Du siehst, mein Herz", erkläre ich der Gefährtin meines Lebens, „was noch alles schlechthin und notwendigerweise vorherbestimmt sein muß, zugleich mit Philips Ernennung zum Redakteur der ‚Europäischen Rundschau'. Es muß ab initio beschlossen gewesen sein, daß Lady Plinlimmon Abendgesellschaften gibt, damit sie Lady Tregarvan ärgern kann, indem sie sie nicht zu diesen Gesellschaften bittet. Es muß vom Schicksal vorherbestimmt gewesen sein, daß Lady Tregarvan neidisch veranlagt ist, damit sie Lady Plinlimmon hassen kann und ihren Mann bearbeitet und ihn mit Zorn und Auflehnung gegen seinen Vorgesetzten erfüllt. Es muß vom Geschick verfügt gewesen sein, daß Tregarvan eine ziemlich schwache und wortreich veranlagte Persönlichkeit ist und sich einbildet, er besitze Talent für literarische Arbeiten. Sonst hätte er nicht daran gedacht, die ‚Rundschau' zu gründen. Sonst hätte er es Lord Plinlimmon nicht übelgenommen, daß der ihn nicht zum Tee eingeladen hat. Sonst hätte er Philip nicht als Redakteur angestellt. Du siehst also, um dieser Bestallung willen und Philip Firmins zweihundert im Jahr müssen von frühester Zeit an Tregarvans geboren werden, müssen schon in uralten Menschheitsepochen Plinlimmons hervorgesprossen sein und sich bis auf den heutigen Tag fortpflanzen. Doktor Firmin hat ein Schurke zu sein und sich seinem Schicksal zu unterwerfen, seinen Sohn um sein Geld zu prellen ... Die ganze Menschheit bis hin zum Ursprung unserer Art ist in deine These eingeschlossen, und wir kommen tatsächlich bei Adam und Eva an, die nur ihr Schicksal erfüllen, nämlich Philip Firmins Vorfahren zu sein."

„Sogar bei unseren Ureltern gab es Zweifel und Bedenken und Skeptizismus", erklärt die Dame mit starkem Nachdruck. „Wenn du behaupten willst, so etwas wie eine höhere Macht, die über uns wacht und die Dinge uns zum Wohle vorherbestimmt, gebe es nicht, bist du ein Atheist – und so etwas wie ein Atheist existiert nicht in der Welt, und ich würde dir nicht glauben, auch wenn du zwanzigmal behauptest, einer zu sein."

Ich erwähne diese Argumente nebenbei und als Beispiele für

die weibliche Logik. Ich gebe zu, daß Philip selbst, wenn er auf seine vergangene Lebensbahn zurückblickt, tief bewegt ist. „Ich streite nicht ab", sagt er ernst, „daß all das nach der natürlichen Ordnung der Dinge geschehen ist. Ich sage, ich bin dankbar für das, was geschehen ist, und blicke nicht ohne heilige Scheu auf die Vergangenheit zurück. In großer Not und womöglich Gefahr habe ich rechtzeitige Rettung erfahren. Unter schwerem Leid ist mir höchster Trost zuteil geworden. Als die Prüfung fast zu schwer für mich zu sein schien, ist sie zu Ende gegangen, und unser Dunkel hat sich gelichtet. Ut vivo et valeo – si valeo, weiß ich, WER das geschehen läßt – und würdest du mir verbieten, dankbar zu sein? Dankbar für meine Frau, dankbar für meine Kinder, dankbar für das tägliche Brot, das mir zuteil wurde, und die Versuchung, von der ich errettet wurde? Wenn ich an die Vergangenheit und ihre bitteren Prüfungen denke, neige ich das Haupt in Dank und Ehrfurcht. Ich brauchte Beistand, und ich habe ihn gefunden. Ich geriet in schlimme Notlage, und gute Freunde erbarmten sich meiner und halfen mir – gute Freunde wie du, wie deine liebe Frau, wie manche anderen, die ich nennen könnte. In welchen Stunden der Niedergeschlagenheit hast du, alter Freund, mich nicht angetroffen und mich aufgemuntert? Ist dir der unaussprechliche Wert eurer Anteilnahme in der Zeit unseres Leids bewußt? Der gute Samariter bringt vielleicht nur zwei Pence für den Wanderer auf, den er gerettet hat, aber die kleine Gabe zur rechten Zeit rettet ein Leben. Erinnerst du dich an den lieben alten Ned St. George, der vor Jahren in Westindien gestorben ist? Bevor er seine Stelle bekam, hing er in London herum, total verarmt und ruiniert, so daß er oft keinen Shilling hatte, um sich Essen zu kaufen. Er kam oft zu uns, und meine Frau und unsere Kinder hatten ihn lieb. Und ich ließ immer ein Häufchen kleine Münzen auf meinem Schreibtisch liegen, damit er sich zwei, drei nehmen konnte, wie er sie brauchte. Freilich erinnerst du dich an ihn. Du warst bei dem Dinner, das wir ihm gaben, als er seine Stelle bekam. Ich habe vergessen, was dieses Dinner gekostet hat, aber ich weiß noch, daß mein Anteil genau die Zahl der Münzen ausmachte, die sich der arme Ned von meinem Tisch genommen hatte. Er gab mir das Geld an Ort und Stelle in dem Wirtshaus in Blackwall zurück. Er sagte, es sehe nach göttlicher Vorsehung aus. Ohne diese Shilling und das stete Willkommen an unserem bescheidenen Tisch hätte er sich wahrscheinlich das Leben genommen, sagte er. Ich brüste mich nicht mit den zwei Pence, die ich gab, sondern danke Gott, daß er mich ausgesandt hat, sie zu spenden. Benedico benedictus. Ich frage mich manchmal, bin ich noch das Ich von vor zwanzig Jahren? Bevor unsere Köpfe kahl waren, mein Freund, und als die Kleinen uns bis ans Knie reichten?

Vor dem Dinner hast du mich in der Bibliothek diese alte ‚Europäische Rundschau' lesen sehen, die dein Freund Tregarvan gründete. Ich stieß auf einen Artikel von mir selbst, einen furchtbar langweiligen, über ein Thema, von dem ich nichts verstand. ‚Die persische Politik und die Intrigen am Hof von Teheran.' Es war eine Auftragsarbeit. Tregarvan hatte irgendein besonderes Interesse an Persien oder wollte Sir Thomas Nobbles ärgern, der dort Gesandter war. Ich habe mit Tregarvan im Albany gefrühstückt, er gab mir die Fakten (nennen wir sie einmal Fakten) und Unterlagen, und ich ging nach Hause, um auf Sir Thomas' Versäumnisse und die scheußlichen Intrigen des russischen Hofes hinzuweisen. Nun, Nobbles, Tregarvan, Teheran, alles verschwand, Sir, als ich den Text in dem alten Band der ‚Rundschau' betrachtete. Ich sah vor mir ein Stübchen und einen einfachen Holztisch mit einer Leselampe und einen jungen Menschen, der daran schrieb, mit schwerem Herzen und von einer schrecklichen Angst gequält. Eines unserer Kinder lag krank nebenan, und ich sehe meine Frau vor mir, wie sie ab und zu in mein Zimmer kam und sagte: ‚Jetzt schläft sie, und das Fieber ist deutlich gefallen.'"

Hier unterbrach das Erscheinen einer hochgewachsenen jungen Dame unser Gespräch, die sagte: „Papa, der Kaffee ist schon ganz kalt. Und gleich kommt die Kutsche, und Mama und meine Patentante sagen beide, sie werden ganz böse. Weißt du, daß ihr hier schon seit zwei Stunden redet?"

Waren wirklich zwei Stunden verstrichen, während wir dasaßen und über alte Zeiten schwatzten? Wenn ich davon erzähle, gebe ich Mr. Firmins Schilderung seiner Abenteuer lieber in seinen eigenen Worten wieder, wo ich mich an sie erinnern oder sie nachahmen kann. Wir sind beide ernstere und würdigere Herren als zu der Zeit, von der ich schreibe. Ist Firmins Tochter inzwischen nicht größer als ihre Patentante? Beide Veteranen, plappern wir in der Tat nur zu gern von den fröhlichen Zeiten, als wir jung waren (Den fröhlichen Zeiten? Nein, die Vergangenheit ist niemals fröhlich.) – also von den Zeiten, als wir jung waren. Und werden wir wieder jung, wenn wir darüber sprechen, oder ergeben wir uns nur einer greisenhaften Heiterkeit und Weitschweifigkeit?

Tregarvan schläft bei seinen Vätern in Cornwall. Europa macht schon viele Jahre lang ohne seine „Rundschau“ weiter. Doch es ist gewiß, daß die Gründung jenes im verborgenen gebliebenen Organs der Meinungsbildung Philip Firmin sehr zum Nutzen gereichte und eine Zeitlang dazu beitrug, ihn und mehrere unschuldige Menschen, die von ihm abhingen, mit dem täglichen Brot zu versehen. Natürlich, da sie so arm waren, wuchs und vermehrte sich diese wackere Familie; und da sie wuchsen und da sie sich vermehrten, drängt meine Frau mich, zu erklären, wie sich der Lebensunterhalt für sie fand. Als sich in Philips Kinderstube ein zweites Kind einstellte, hätte er seine Wohnung in der Thornhaugh Street aufgegeben, hätte nicht die liebevolle Kleine Schwester mit Bitten und Befehlen darauf beharrt, im Haus sei reichlich Platz für alle, und hätte sie nicht erklärt, falls Philip ausziehe, werde sie ihr kleines Patenkind enterben. Und da entdeckte man wahrhaftig zum erstenmal, daß dieses treue und liebevolle Geschöpf ihren ganzen kleinen Besitz Philip vermacht hatte. Das sind die Sonnenstrahlen im Kerker. Das sind die Wassertropfen in der Wüste. Und aus vollem Herzen erkennt unser Freund an, wie ihm in der Stunde der Not Trost zuteil wurde.

Wenn Mr. Firmin auch ein sehr dankbares Herz besitzt, mußte ich bereits einräumen, daß er sich gelegentlich als ein lauter, unangenehmer Bursche erwies, hitzig mit Worten und heftig im Benehmen. Und wir sind nun an jenem Abschnitt seiner Geschichte angelangt, wo er einen Streit hatte, bei dem, wie ich zu meinem Leidwesen sagen muß, Mr. Philip im Unrecht war. Warum verkehren wir mit Leuten, die wir nicht mögen? Warum nur versuchen Menschen, zwischen denen keine Liebe besteht, hartnäckig einen Bund einzugehen? Ich glaube, es waren die Damen, die sich bemühten, Philip und seinen Vorgesetzten miteinander auszusöhnen; die sie zusammengeführt hatten und danach strebten, daß sie sich wieder vertrugen. Doch je häufiger sie zusammenkamen, desto weniger konnten sie sich leiden. Und jetzt muß die Muse ihren endgültigen und unüberbrückbaren Bruch schildern.

Von Mugfords Grimm berichte die grause Mär, o Muse, und Philips elendem Los. Ich habe dargetan, wie die Männer schon lange innerlich gegeneinander gifteten. „Weil Firmin arm wie eine Kirchenmaus ist, ist das noch lange kein Grund, daß er diese hochnäsige Art an den Tag legt und dieses herablassende Getue gegen einen Mann, der ihm das Brot gibt, das er ißt“, behauptete Mugford nicht ohne Recht. „Was geht es *mich* an, daß er von der Universität kommt? Ich stehe ihm in nichts nach. Ich bin besser als sein alter Nichtsnutz von Vater, der auch vom College kam und in feinen Kreisen verkehrte. Ich habe selbst meinen Weg in der Welt gemacht, ganz unabhängig, und ich habe selbst für mich gesorgt, seit ich vierzehn Jahre alt war, und auch meiner Mutter und meinen Brüdern geholfen, und das ist mehr, als mein Redakteur behaupten kann, der sich jetzt noch nicht selbst ernähren kann. Ich könnte fünfzig ebenso gute Redakteure wie ihn kriegen, wenn ich bloß zum Fenster hinaus auf die Straße rufe, jawohl. Zum Henker mit Firmin! Ich verliere langsam die Geduld mit ihm.“

Auf der anderen Seite pflegte Mr. Philip ebenso offenherzig seine Meinung zu äußern. „Wie kommt dieser Mensch dazu, mich Firmin zu nennen?“ fragte er. „Firmin bin ich für meinesgleichen und meine Freunde. Ich bin der Lohnarbeiter dieses Mannes zu vier Guineas die Woche. Ich liefere ihm den Gegenwert seines Geldes, und jeden Sonnabendabend sind wir quitt. Mich Philip zu nennen, also wirklich, und mich in die Seite zu knuffen! Mir bleibt die Luft weg, Sir, wenn ich an diese verdammte Vertraulichkeit denke!“ – „Zum Teufel mit seiner Unverschämtheit!“ lautete der Ruf, der nicht unberechtigte Ruf des Lohnarbeiters wie seines Brotherrn. Man hätte die Männer voneinander getrennt halten sollen, und eine höchst irregeleitete christliche Nächstenliebe und weibliche Verschwörung führte sie zusammen.

„Wieder eine Einladung von Mugford. Es war ausgemacht, daß ich da nie wieder hingehe, und ich gehe auch nicht“, verkündete Philip seiner sanftmütigen Frau. „Schreib ihnen, daß wir schon etwas anderes vorhaben, Charlotte.“

„Die Einladung ist für den Achtzehnten nächsten Monats, und heute haben wir den Dreiundzwanzigsten“, wandte die arme Charlotte ein. „Wir können nicht gut sagen, wir hätten so weit voraus etwas vor.“

„Das ist für einen von seinen großen offiziellen Gesellschaftsabenden“, drängte die Kleine Schwester. „Da könnt ihr in keinen Streit nicht geraten. Er hat ein gutes Herz. Du doch auch. Es bringt nichts ein, wenn du mit ihm streitest. Ach, Philip, verzeih ihm doch und versöhnt euch!“ Philip gab dem Drängen der Frauen nach, wie wir alle. Und man schickte einen Brief nach Hampstead, in dem es hieß, Mr. und Mrs. P. F. würden sich die Ehre geben usw.

In Mr. Mugfords Eigenschaft als Zeitungsbesitzer hofierten ihn Musiker und Opernsänger ganz gewaltig. Und er bewirtete sie gern an seiner gastlichen Tafel, prahlte beim Essen mit seinen Weinen, seiner Küche, seinem Tafelgeschirr, seinem Garten, seinem Wohlstand und seiner persönlichen Tüchtigkeit, während die Künstler ihm achtungsvoll zuhörten; und schlief ein und schnarchte oder wachte auf und fiel vergnügt in einen Kehrreim ein, wenn die Sänger sich im Salon produzierten. Nun gab es da eine Dame, die früher am Theater als Mrs. Ravenswing bekannt gewesen war und die durch die Verfehlungen ihres Mannes, eines gewissen Walker, eines der größten Lumpen, die je ins Gefängnis kamen, gezwungen gewesen war, zur Bühne zu gehen. Nach Walkers Tod heiratete diese Dame einen Mr. Woolsey, einen gutsituierten Schneider, der sich aus seinem Beruf zurückzog und auch seine Frau bewog, den ihren aufzugeben.

Nun, trefflichere und ehrenhaftere Leute als Woolsey und seine Frau gibt es nicht, wie alle wissen, die über ihre Geschichte im Bilde waren. Mrs. Woolsey ist laut. Ihre H kommen durchaus nicht da, wo sie hingehören, ihr Messer ist bei den Mahlzeiten oft da, wo es nichts zu suchen hat, sie ruft die Männer laut beim Namen und das ohne jedes Höflichkeitspräfix. Sie ist dem Porterbier recht zugetan und hat keine Hemmungen, darum zu bitten. Sie setzt sich ans Klavier, spielt und singt aus freundlichem Entgegenkommen, und wenn man ihre Hände betrachtet, wie sie über die Tasten wandern – nun, ich möchte nichts Unfreundliches sagen, doch muß ich gestehen, daß diese Hände nicht so weiß sind wie das Elfenbein, das sie bearbeiten. Woolsey sitzt völlig hingerissen da und hört seiner Frau zu. Mugford nötigt sie anschließend, ein „Gläschen“ zu trinken, und die gutmütige Seele sagt, sie wolle etwas ’eißes. Sie sitzt da und hört mit unendlicher Geduld und Gutmütigkeit zu, während die kleinen Mugfords ihre gräßlichen musikalischen Übungen vortragen. Und sind diese überstanden, ist sie bereit, wieder ans Klavier zu gehen und noch mehr Lieder zu singen und noch mehr ’eißes zu trinken.

Ich behaupte nicht, daß sie eine vornehme und elegante Frau war oder eine passende Gefährtin für Mrs. Philip; doch ich weiß, daß Mrs. Woolsey eine gute, gescheite und freundliche Frau war und daß Philip sie unhöflich behandelte. Er wollte bestimmt nicht grob zu ihr sein, behauptete er. Doch die Wahrheit ist, er behandelte sie, ihren Mann, Mugford und Mrs. Mugford mit einer hochmütigen Schroffheit, die alle vier maßlos aus der Fassung brachte und empörte.

Über diese arme Dame, keusch und unschuldig wie Susanne, hatte Philip einst in lockeren Clubs ein paar lockere alte Gentlemen lockere Geschichten erzählen hören. Da war zum Beispiel der alte Trail, welche Frau wohl entging *seinen* höhnischen Bemerkungen und Verleumdungen? Da waren noch andere, die ich nennen könnte und deren Zeugnis genauso unwahr war. Unter normalen Umständen hätte Philip sich nie um eine Frage des Vortritts geschert oder ereifert und hätte an jedem Tisch jeden ihm zugewiesenen Platz eingenommen. Doch als Mrs. Woolsey in knitteriger Atlasseide und schlaffen Spitzen erschien und von Gastgeber und Gastgeberin überschwenglich und achtungsvoll begrüßt wurde, fielen Philip jene alten Geschichten über die arme Dame ein: seine Augen sprühten Zorn, und in seiner Brust pochte eine Empörung, an der er fast erstickte. Dieses Weib einladen, um sie mit meiner Frau bekannt zu machen? dachte er bei sich und blickte so fuchsteufelswild drein, daß die schüchterne kleine Frau beunruhigt ihren Philip ansah und zu ihm schlich und flüsterte: „Was ist denn, Liebster?“

Mittlerweile waren Mrs. Mugford und Mrs. Woolsey tief im Gespräch über das Wetter, die Kinder und so weiter – und Woolsey und Mugford tauschten den kräftigen Händedruck der Freundschaft. Da kehrte Philip, nach einem finsteren Blick auf die neu eingetroffenen Gäste, den Versammelten den breiten, mächtigen Rücken zu und sprach mit seiner Frau, was auf seinen Gastgeber einen sehr ärgerlichen Eindruck machte.

Zum Henker mit dem Stolz von diesem Kerl! dachte Mugford. Er dreht meinen Gästen einfach den Rücken zu, weil Woolsey Handwerker war. Ein ehrlicher Schneider ist besser als ein bankrotter, betrügerischer Arzt, denke ich doch. *Woolsey* braucht sich nicht zu schämen, sein Gesicht zu zeigen, das ist meine Meinung. – Warum hast du mich beschwatzt, diesen Menschen wieder einzuladen, Mrs. M.? Siehst du nicht, daß unser Umgang ihm nicht gut genug ist?

Philips Benehmen reizte Mugford also dermaßen, daß er bei der Ankündigung des Dinners vortrat und Mrs. Woolsey den Arm bot; dabei hatte er anfangs Mrs. Firmin diese Ehre erweisen wollen. Ich will ihm schon zeigen, dachte Mugford, daß die Gattin eines ehrlichen Handwerkers, der bar bezahlt und vor niemand Angst hat, höher steht als die Frau meines Redakteurs, die Tochter von einem bankrotten hohen Tier! Obzwar Mugfords prunkvollstes Tafelsilber beim Dinner glänzte und sein allerbester Wein es begleitete, war die Mahlzeit für mehrere Anwesende eine trübsinnige und schleppende Angelegenheit, und Philip und Charlotte und wohl auch Mugford dachten, es ginge nie zu Ende. Mrs. Woolsey freilich aß seelenruhig ihre Mahlzeit und trank ihren Wein, während Philip, sich jener lockeren Legenden über sie erinnernd, vor der armen nichtsahnenden Dame saß, stumm, mit böse starrenden Augen und frecher, gehässiger Miene; so sehr, daß Mrs. Woolsey Mrs. Mugford ihre Vermutung anvertraute, der große Herr müsse heute früh wohl mit dem verkehrten Bein zuerst aufgestanden sein.

Nun, Mrs. Woolseys Kutsche und Mr. Firmins Droschke wurden gleichzeitig gemeldet. Und sofort sprang Philip auf und winkte seine Frau heraus. Doch Mrs. Woolseys Kutsche und Kutschlampen bekamen natürlich den Vorrang, und Mr. Mugford begleitete diese Dame bis an ihren Wagenschlag.

Mrs. Firmin erwies er nicht die gleiche Aufmerksamkeit. Höchstwahrscheinlich vergaß er es. Möglicherweise meinte er, nach der Etikette sei es nicht erforderlich, der Frau eines Redakteurs diese Höflichkeit zu erweisen. Wie auch immer, er verhielt sich nicht so beleidigend wie Philip selbst den Abend über; jedenfalls stand er in der Vorhalle und sah zu, wie seine Gäste sich anschickten, in ihrer Droschke abzufahren, als Philip in einer jähen Aufwallung aus dem Wagen stieg und auf seinen Gastgeber zuschritt, der dort in seiner eigenen Vorhalle stand und ihn mit einem, wie Philip versicherte, äußerst dreisten Lächeln auf dem Gesicht herausfordernd ansah.

„Wohl zurückgekommen, um sich eine Pfeife anzustecken, wie? Nett für Ihre Frau, was?“ sagte Mugford, seinen Witz auskostend.

„Ich bin zurückgekommen, Sir“, sagte Philip, Mugford grimmig anstarrend, „um Sie zu fragen, wie Sie es wagen konnten, Mrs. Philip Firmin mit *diesem Weib* zusammen einzuladen.“

Hier geriet wiederum Mr. Mugford in Wut, und von diesem Augenblick an begann *er* sich ins Unrecht zu setzen. Wenn Mr. Mugford in Harnisch geriet, war seine Ausdrucksweise offenbar nicht die feinste. Wir haben gehört, daß er im Zorn seine Untergebenen hemmungslos anschnauzte. Auch bei diesem Anlaß stieß er viele Flüche aus. Er erklärte Philip, er nehme seine Frechheit nicht länger hin, er sei nichts weiter als der Sohn eines Betrügers und Schwindlers; wenn er auch nie auf ’nem College gewesen sei, könne er trotzdem Leute, wo dort gewesen seien, kaufen und bezahlen! Und wenn Philip auf zehn Minuten mit nach hinten auf den Hof kommen wolle, würde er ihm ein paar verpassen und ihm schon zeigen, ob er ein Mann sei oder nicht. Die arme Charlotte, die wirklich dachte, ihr Mann sei zurückgegangen, um sich eine Zigarre anzustecken, saß eine Weile ahnungslos in ihrer Droschke und meinte, die zwei Gentlemen besprächen Zeitungsangelegenheiten. Als Mugford sich den Rock auszuziehen begann, wunderte sie sich zwar, dachte sich aber weiter nichts dabei, zumal ihr Philip den Chef geschildert hatte, wie er ohne Rock in seinem Büro umherstolzierte und eine ausdrucksstarke Sprache gebrauchte.

Doch als Mrs. Mugford, von der Lautstärke des Wortwechsels angezogen, in Begleitung ihrer Kinder, soweit diese noch nicht schlafen gegangen waren, aus ihrem benachbarten Salon kam – als sie Mugford seinen Frack abstreifen sah und in schrilles Geschrei ausbrach – als Mugford, sie überschreiend, völlig außer sich und Phil mit den Fäusten vor dem Gesicht herumfuchtelnd, unter wilden Flüchen die Frage hervorstieß, wie dieser Lump es wage, ihn in seinem eigenen Haus zu beleidigen, und ihm verhieß, ihm jetzt und hier eins über den Schädel zu braten – da sprang die kleine Char in wildem Schreck aus der Droschke, rannte zu ihrem Mann, der vor rasender Wut am ganzen Leib bebte und förmlich schnaubte. Dann sprang Mrs. Mugford vor, schob ihre umfangreiche Gestalt vor ihren Mann, nannte Philip einen großen feigen und unflätigen Kerl und fragte ihn, ob er etwa über diesen kleinen alten Mann herfallen wolle. Dann schleuderte Mugford seinen Rock auf den Boden und forderte Philip mit frischen Flüchen auf, doch zu kommen. Und kurzum, es gab einen denkbar unangenehmen Auftritt, ausgelöst von Mr. Philip Firmins hitzigem Temperament.

35. KAPITEL

Res angusta domi

In der Tat war es unmöglich, diese zwei Männer nach einem Streit wie dem im vorigen Kapitel geschilderten miteinander auszusöhnen. Die einzige Aussicht auf Frieden bestand darin, die beiden getrennt zu halten. Träfen sie sich, würden sie übereinander herstürzen. Mugford beharrte immer darauf, er hätte seinen großen plumpen Redakteur, der seine Fäuste nicht zu gebrauchen verstehe, untergekriegt. In Mugfords Jugendzeit war die Kunst des Boxens in Mode, und der alte Herr vertraute immer noch seiner Gewandtheit und seinem Mut. „Erzählt mir doch nichts", pflegte er zu sagen, „auch wenn der Kerl so groß ist wie ein Leibgardist, ich hätte ihn in zwei Minuten zu Boden gebracht."

Um der armen Charlotte und Philips selbst willen bin ich wirklich froh, daß dieser solcherart Schläge nicht einstecken mußte. Er empfand seinem Arbeitgeber gegenüber soviel grimmige Überraschung wie vermutlich ein Löwe, wenn ihn ein Hündchen angreift. Ich möchte nicht das Hündchen sein. Auch drängt mich meine bescheidene und friedliebende Natur gar nicht dazu, mich mit Löwen anzulegen.

Es war schon ganz gut, daß Mr. Philip Firmin gezeigt hatte, was in ihm steckte, und er sich mit seinem Brotgeber angelegt hatte. Doch als der Sonnabend kam, welcher Philanthrop würde Mr. F.

vier Sovereigns und vier Shilling überreichen, wie es Mr. Burjoyce, der Chefredakteur der „Pall Mall Gazette“, regelmäßig getan hatte? Das muß ich meinem Freund lassen, ihn überkam eine noch schmerzlichere Zerknirschung als angesichts des verwirkten Einkommens, als er herausfand, daß Mrs. Woolsey, auf die er von der Seite her den Stein der üblen Nachrede geworfen hatte, eine äußerst achtbare und ehrenwerte Dame war. „Ich würde am liebsten hingehen, Sir, und mich vor ihr niederwerfen“, erklärte Philip auf seine emphatische Art. „Wenn ich diesen Schneider treffe, werde ich ihn bitten, mir den Fuß auf den Kopf zu setzen und mit seinen Schnürstiefeln auf mir herumzutrampeln. O pfui! pfui! Soll ich denn nie christliche Barmherzigkeit gegenüber meinem Nächsten erlernen und immerzu den Lügen auf den Leim gehen, die andere Leute mir vorsetzen? Wenn ich diesen Erzschurken Trail im Club treffe, muß ich ihn zur Rede stellen. Wie konnte er es wagen, einer anständigen Frau die Ehre abzuschneiden?“

Philips Freunde baten ihn eindringlich, um der Gesellschaft und des lieben Friedens willen, diesen Streit nicht noch auszuweiten. „Wenn“, sagten wir, „jede Frau, die Trail verleumdet hat, einen Verfechter ihrer Ehre hätte, der Trail im Club ohrfeigte, was für ein vulgärer Tummelplatz für Streitereien und Händel würde der Club werden! Mein lieber Philip, hast du Mr. Trail jemals ein gutes Wort über jemanden sagen hören?“ Und mit diesen und ähnlichen Bitten und Argumenten gelang es uns, den Landfrieden zu wahren.

Ja, aber wie eine neue „Pall Mall Gazette“ finden? Hätte Philip siebentausend Pfund in dreiprozentigen Papieren besessen, wäre sein Einkommen nicht größer gewesen als das, was er von Mugfords zuverlässiger Bank abgehoben hatte. Ach! auf welch wunderbare Weise finden sich doch Mittel und Wege! Wenn ich bedenke, daß genau diese Zeile, genau dieses Wort, das ich gerade schreibe, *Geld* bedeutet, versinke ich in ehrfürchtigem Staunen. Man nehme den eigenen Fall, wie man seine Gebete spricht, für sich selbst und seine Familie. Ich bekomme, sagen wir zur Erläuterung, sechs Pence pro Zeile. Mit den Worten *„Ach! auf welch wunderbare Weise“* bis zu den Worten *„pro Zeile“* kann ich ein Brot, ein Stück Butter, eine Kanne Milch, ein bißchen Tee kaufen – tatsächlich genug, um das Frühstück für die Familie zu bestreiten. Und für die Dienstboten des Hauses; und die Scheuerfrau – *deren* Dienstbote – kann sich die Teeblätter mit frischem Wasser aufbrühen, die Krusten einbrocken und hat eine Mahlzeit, tant bien que mal. Weib, Kinder, Gäste, Dienstboten, Scheuerfrau und so fort, wir alle ernähren uns in der Tat sozusagen von Philip Firmins Knochen.

Und mein Nachbar von nebenan, den ich mit dem Regenschirm in der Hand ins Gericht aufbrechen sehe? Und der übernächste, der Geschäftsmann aus der City? Und der überübernächste, der Arzt? Ich weiß, daß der Bäcker heute früh an jeder dieser Türen Brot abgeliefert hat, daß ihre Schornsteine alle rauchen und daß sie alle frühstücken werden. Ach, Gott sei dafür gedankt! Ich hoffe, mein Freund, Sie und ich sind nicht zu stolz, um unser tägliches Brot zu bitten und dankbar dafür zu sein, daß wir es bekommen?

Mr. Philip mußte für das seine arbeiten, in Sorge und Mühe, wie andere Menschenkinder: dafür arbeiten und auch darum beten, hoffe ich. Es ist für mich ein ehrfurchtgebietender und schöner Gedanke, der vom täglichen Gebet und den Myriaden Mitmenschen, die es sprechen, in Not und Krankheit, in Ungewißheit und in Armut, in Gesundheit und in Reichtum. Panem nostrum da nobis hodie. Philip flüstert es am Bett, wo Frau und Kind noch schlafen, und geht mit standhafterem Herzen an seine frühe Arbeit; wenn er sich leise zur Ruhe begibt, nachdem die Tagesmühe vorbei und das tägliche Brot verdient ist, und er seinen leisen Dank an den mildtätigen Spender der Mahlzeit haucht. Überall auf dieser Welt, welch endloser Chor singt da von Liebe und Dank und Gebeten. Ein Tag erzählt dem anderen die wunderbare Geschichte, und eine Nacht sagt sie der anderen weiter. – Wieso fällt mir ein Sonnenaufgang ein, den ich vor fast zwanzig Jahren auf dem Nil erlebte, wo Fluß und Himmel im aufdämmernden Licht rosig aufschimmerten und glühten und als das Lichtgestirn erschien, die Bootsleute auf dem rot angestrahlten Deck niederknieten und Allah anbeteten? So wie deine Sonne, mein Freund, über den bescheidenen Dächern rund um dein Haus aufgeht, sollst du viele, viele Tage zu Pflicht und Mühe erwachen. Möge die Arbeit ehrlich verrichtet sein, wenn die Nacht hereinbricht; und der Aufseher den Tagelöhner gütig behandeln.

Zwei von Philips Stricken rissen also und versagten nach ganz kurzer Belastung, und der arme Kerl hielt sich jetzt nur noch an jener wunderbaren „Europäischen Rundschau" fest, die der mysteriöse Tregarvan gegründet hatte. Die Schauspieler, Menschen mit abergläubischen Vorstellungen und Traditionen, behaupten, der Himmel bringe auf rätselhafte Weise zu ihrem Besten Theaterdirektoren hervor. Genauso werden „Rundschau"-Besitzer gesandt, um uns Leuten der schreibenden Zunft die Nahrung zu liefern. Mit welchem Wohlgefallen meine Frau sich Tregarvans etwas weitschweifige und gespreizte Auslassungen anhörte! Er gespreizt und abgedroschen? Tregarvan spreche mit ausgesprochen gesundem Menschenverstand. Diese verschlagene Frau ließ sich nie anmerken, daß sie seines Geplauders überdrüssig war. Hinter seinem Rücken lobte sie ihn Philip gegenüber und wollte kein abfälliges Wort gegen ihn hören. Wie ein Arzt Ihnen die Brust, die Leber, das Herz abklopft, die Lungen abhört, den Puls fühlt und was noch alles, so studierte, massierte, auskultierte diese praktische Ärztin Tregarvan. Selbstverständlich ließ er sich bearbeiten. Selbstverständlich hatte er keine Ahnung, daß die Dame ihm schöntat, ihn beschwatzte, ihn zum besten hielt; vielmehr dünkte er sich als ein äußerst wohlunterrichteter, beredter Mann, der viel erlebt und gelesen hatte und es verstand, sein Wissen auf angenehme Art weiterzugeben, und die fragliche Dame hielt er für eine vernünftige Person, von Natur aus auf näheren Aufschluß begierig. Fort, Delila! Ich durchschaue deine Tricks! Ich kenne noch manche andere Omphale in London, die Herkules mit schönen Reden von seinem Club fortlockt, damit er ihrem schmeichlerischen Geplauder zuhört.

Nur unter großen Schwierigkeiten konnten wir Philip dazu bewegen, Tregarvans Artikel in der „Rundschau" zu lesen. Anfangs behauptete er, das könne er nicht, oder er könne sie nicht behalten, deshalb sei es zwecklos, sie zu lesen. Und Philips neuer Herr spielte im Gespräch oft geschickt auf seine eigenen Beiträge an, so daß unser unbedachter Freund sich bei jedem zufälligen Gespräch mit Tregarvan einer Prüfung unterzogen fand. Mochte er dessen Ansichten zum Freihandel, zur Malzsteuer, zur Einkommenssteuer, zu den Absichten Rußlands und was nicht noch alles nun gutheißen oder nicht, aber zumindest kennen mußte er sie. Wir zwangen Philip geradezu, die Artikel seines Chefs durchzuarbeiten. Wir stellten ihm unter vier Augen Fragen darüber – „paukten ihn ein“, wie man das unter Studenten nennt. Meine Frau wickelte dieses bedauernswerte Parlamentsmitglied dermaßen um den Finger, daß ich bei dem Gedanken schaudere, welcher Heuchelei dieses Geschlecht fähig ist. Diese List und Verstellung, mit der sie andere einwickelt, angenommen, sie wendet sie bei *mir* an? Fürchterlicher Gedanke! Nein, mein Engel! Anderen gegenüber magst du eine schmeichelnde Heuchlerin sein, mir gegenüber bist du eitel Aufrichtigkeit! *Andere* Männer mögen von anderen Frauen beschwatzt worden sein; ich aber lasse mich von derlei Dingen nicht anführen. Und du bist eitel Aufrichtigkeit!

Wir bekamen damals als Redakteur soundsoviel pro Jahr. Darüber hinaus wurden wir für unsere Artikel honoriert. Wir bezogen eine wirklich hübsche kleine Rente aus dieser „Rundschau“ und beteten, daß es ewig so bleiben möge. Wir könnten einen Roman schreiben. Wir könnten Artikel für eine Tageszeitung verfassen; ein wenig parlamentarische Praxis als Barrister erwerben. Wirklich bekamen wir Philip in einen Eisenbahnprozeß oder auch zwei hinein, und meine Frau wickelte wohl die Anwaltsgattinnen genau so ein und hätschelte sie, wie sie das mit Parlamentsmitgliedern getan hatte. Ja, ich glaube gar, meine Delila fing mit dem alten Bischof Crossticks einen Flirt an, mit dem Plan, ihrem Schützling eine ergiebige Pfarrstelle zu beschaffen; und wenngleich die Dame diese Beschuldigung empört zurückweist, wäre sie wohl so freundlich, zu erklären, wieso die Predigten des Bischofs in der „Rundschau“ so über den grünen Klee gelobt wurden?

Philips Grobheit und Offenheit waren Tregarvan nicht unsympathisch, zu unserer Verwunderung, die wir alle davor zitterten, daß er diese Stelle genauso verlieren könnte wie die vorige. Tregarvan besaß mehrere Landhäuser, und dort war nicht nur der Redakteur der „Rundschau“ willkommen, sondern auch Frau und Kinder des Redakteurs, die Tregarvans Frau ganz besonders ins Herz schloß. In London gab Lady Mary Gesellschaften, wo sich unsere kleine Freundin Charlotte sehen ließ; und ein halbes dutzendmal im Lauf der Saison bewirtete der reiche Gentleman aus Cornwall festlich sein Gefolge von der „Rundschau“. Sein Wein war vorzüglich und alt, seine Witze waren ebenfalls alt, seine Tafel prunkvoll, feierlich, reichhaltig. Mußte Philip das Brot der Abhängigkeit essen, so wurde ihm hier der Laib sehr freundlich gereicht, und er aß es demütig und unter nicht allzu vielem Gemurr. Diese Diät verstopft manchen stolzen Magen und bekommt ihm nicht; doch Philip war jetzt sehr bescheiden geworden und von dankbarem Wesen gegenüber Freundlichkeiten.

Er ist ein Mensch, der auf die Hilfe von Freunden angewiesen ist und Wohltaten annehmen kann, ohne seine Unabhängigkeit zu verlieren – nicht von allen Menschen, aber von manchen, denen er es dann nicht nur in kleiner Münze vergilt, sondern mit einem Riesenmaß an Zuneigung und Dankbarkeit. Wie dieser Mann über meine witzigen Bemerkungen lachte! Wie er den Boden verehrte, den meine Frau betrat! Er ernannte sich zu unserem Vorkämpfer. Er stritt mit anderen Leuten, die etwas an unserem Charakter auszusetzen hatten oder nicht einsahen, daß wir rundum vollkommen waren. Es lag etwas Rührendes in der Art, wie dieser Hüne seinen bescheidenen Platz einnahm. In seinen Augen konnten wir nichts Unrechtes tun; und wehe dem Mann, der sich in seiner Gegenwart abfällig über uns äußerte!

Eines Tages, am Tisch seines Gönners, setzte Philip seinen Mut und Kampfgeist für uns ein und verteidigte uns gegen die üble Nachrede jenes Mr. Trail, den wir vorhin schon einmal erwähnten, ein Gentleman, schwer zufriedenzustellen und stets geneigt, von seinem Nächsten das Schlechteste anzunehmen. Das Gespräch wandte sich zufällig des Lesers ganz ergebenem Diener und dessen Charakter zu, und wie man sich vorstellen kann, verschonte mich Trail nicht mehr als die übrige Menschheit. Möchten Sie, daß alle Leute Sie mögen? Das wäre ein Grund, weshalb Trail Sie nicht leiden könnte. Wären Sie ein frisch vom Himmel gefallener Engel, würde er Schmutz auf Ihrem Gewand erspähen und ein, zwei schwarze Federn in Ihren Schwingen. Was mich angeht, weiß ich, daß ich durchaus nicht engelhaft bin; und wenn ich über meine heimatliche Erde schreite, kann ich nicht vermeiden, daß ein wenig Schmutz an meinen Hosen hängenbleibt. Nun gut. Mr. Trail begann mein Porträt zu malen und trug dabei jene dunklen Schatten auf, die dieser wohlbekannte Meister zu verwenden pflegt. Ich sei ein Parasit des Adels, ich sei ein herzloser Speichellecker, Einbrecher, Trunkenbold, Mörder, heimgekehrter Sträfling und so weiter und so fort. Mit ein wenig Phantasie kann Mrs. Candour den Umriß ausfüllen und die Farben so anordnen, wie es ihrer freundlichen Laune gerade gefällt.

Philip war zu spät zum Dinner gekommen. *Diesen* Fehler, muß ich gestehen, begeht er nur zu oft. Die Gesellschaft saß bei Tisch. Er nahm den einzigen freien Platz ein, und der befand sich zufällig neben Mr. Trail. An Trails anderer Seite saß ein beleibter Mann mit einem gesunden, rosigen Gesicht in einer umfangreichen weißen Weste, an den Trail sich mit einem Großteil seines liebenswürdigen Geplauders richtete und den er mehrmals als Sir John anredete. Wir haben schon ein- oder zweimal erlebt, wie Philip bei Tisch Streit angefangen hat. Er rief laut und ganz ehrlich mea culpa. Er gelobte immer wieder Besserung in diesem speziellen Punkt. Es gelang ihm, vielgeliebte Brüder, nicht viel besser oder schlechter als Ihnen oder mir, die wir unsere Fehler eingestehen und immerfort versprechen, uns zu bessern, und jeden Tag straucheln und uns erneut aufrichten. Das Pflaster des Lebens ist mit Orangenschalen bestreut; und wer ist nicht schon auf den Steinen ausgeglitten?

„Er ist der dünkelhafteste Mann von London", fuhr Trail gerade fort, „und einer der am weltlichsten gesinnten. Er läßt einen Oberst sitzen, um mit einem General zu speisen. Die beiden Baronets würde er nicht sitzenlassen – dazu ist er viel zu gerissen. *Sie* würde er vielleicht nicht einmal fallenlassen, um mit einem Lord zu speisen; aber bei jedem *gewöhnlichen* Baronet würde er das tun."

„Und warum uns nicht wie die übrigen?" fragt Tregarvan, den das Geschwätz des Sprechers zu belustigen schien.

„Weil Sie durchaus keine gewöhnlichen Baronets sind. Weil Ihr Besitz dafür zu groß ist. Weil jeder von Ihnen von einem Tag zum anderen ins Oberhaus kommen kann, vermute ich. Weil er, als Autor, sich vor einer gewissen ‚Rundschau' fürchten dürfte", ruft Trail unter schallendem Gelächter.

„Trail spricht von einem Ihrer Freunde", erklärte der Gastgeber und nickte lächelnd dem Neuankömmling zu.

„Da hat mein Freund ja Glück", knurrt Philip und löffelt stumm seine Suppe.

„Übrigens, sein Artikel über Madame de Sévigné taugt nichts.

Keine Ahnung von der damaligen Zeit. Drei grobe Schnitzer im Französischen. Man kann nicht über die französische Gesellschaft schreiben, wenn man sich nicht in der französischen Gesellschaft bewegt hat. Was weiß Pendennis schon davon? Ein Mann, der derartige Schnitzer macht, kann kein Französisch verstehen. Ein Mann, der nicht Französisch sprechen kann, bringt es in der französischen Gesellschaft nicht weit. Deshalb kann er auch nicht über die französische Gesellschaft schreiben. Die Beweisführung ist doch ganz klar. Danke. Trockenen Champagner, bitte. Er wird ungeheuer überschätzt, sage ich Ihnen, und seine Frau auch. Man hat sie früher als Schönheit herausgestrichen: dabei ist sie nur eine hausbackene Person mit einem Zimmer voll Kinder. Sie hat keinen Stil."

„Sie ist eine der besten Frauen der Welt", rief Mr. Firmin laut und lief hochrot an. Und sofort stürzte er sich in die Verteidigung unseres Rufes und sang eine Lobeshymne auf uns, einzeln wie gemeinsam, die hoffentlich ein klein wenig Wahrheit enthielt. Doch sprach er mit großer Begeisterung, und Trail fand sich in der Minderheit.

„Sie haben recht, sich für Ihre Freunde einzusetzen, Firmin!" rief der Gastgeber. „Darf ich Ihnen vorstellen ..."

„Darf ich mich selbst vorstellen", sagte der Gentleman an Mr. Trails anderer Seite. „Mr. Firmin, Sie und ich sind miteinander verwandt – ich bin Sir John Ringwood." Und Sir John streckte Philip über Trails Stuhl hinweg die Hand entgegen. Im Laufe des Abends sprachen sie viel miteinander; und als Mr. Trail gewahrte, daß der große Landedelmann Philip freundlich und familiär behandelte und sich auf ihre verwandtschaftliche Beziehung berief, änderte sich sein Verhalten Philip Firmin gegenüber. Später hielt er eine warme Lobrede auf Sir John, würdigte seine Freimütigkeit und überströmende Freundlichkeit, mit der er seinen vom Glück nicht begünstigten Verwandten anerkannte, und meinte nachsichtig: „Philip ähnele dem Arzt vielleicht nicht und könne nichts dafür, einen Schurken zum Vater zu haben." In früheren Zeiten hatte Trail unbefangen an der Tafel jenes Schurken gespeist. Doch wir müssen ja die Wahrheit über alles andere setzen. Und wenn Ihr eigener Bruder eine Verfehlung begangen hat, verlangt es einfach die Gerechtigkeit, daß Sie ihn steinigen.

In früheren Tagen, nicht lange nach Lord Ringwoods Tod, hatte Philip seine Karte an der Tür dieses Verwandten abgegeben, und Sir Johns Butler hatte, im Brougham seines Herrn vorfahrend, eine Karte bei Philip hinterlassen, den dieser Dank für seine Höflichkeit nicht übermäßig beglückte und der, ehrlich gesagt, beleidigende Beiworte benutzte, wenn er von dieser Angelegenheit sprach. Doch als die beiden Gentlemen sich dann wirklich begegneten, gingen sie ganz freundlich und liebenswürdig miteinander um. Sir John hörte sich das Geplauder seines Verwandten – und wie es scheint, gab sich Philip ungezwungen und natürlich wie immer – mit Interesse und Neugier an und gab später zu, böse Leute hätten ihre Zungen vorher fleißig am Ruf des jungen Mannes gewetzt und man habe eine Menge Verleumdungen und Unwahrheiten gegen ihn vorgebracht. Wenn Philip in dieser Beziehung schlechter wegkommt als seine Nachbarn, so kann ich nur sagen, seine Nachbarn haben Glück.

Zwei Tage nach der Begegnung der Cousins störte das Erscheinen einer prachtvollen gelben Karosse mit Wappen, Kutschbockdecken, einem Kutscher in Perücke und einem Lakaien die Ruhe der Thornhaugh Street auf. Betsy, das Kindermädchen, das eben mit Baby spazierengehen wollte, lief diesem Riesen auf der Schwelle von Mrs. Brandons Haustür in den Weg; und eine Dame in der Karosse gab dem langen Diener drei Karten, der diese an Betsy weiterreichte. Und Betsy beteuerte immer wieder, die Dame in der Kutsche habe Baby mächtig bewundert und sich nach seinem Alter erkundigt, was Babys Mama gar nicht überraschte. Nach angemessener Zeit folgte eine Einladung zum Dinner, und unsere Freunde lernten ihre Verwandtschaft kennen.

Wenn Sie ein gutes Gedächtnis für Ahnentafeln haben – und in meiner Jugendzeit befaßte sich jeder Mann de bonne maison mit der Genealogie und hatte die großen englischen Familien im Kopf –, wissen Sie, daß dieser Sir John Ringwood, der den Hauptteil der Güter, jedoch nicht den Titel des verstorbenen Grafen erbte, von einem gemeinsamen Vorfahren abstammte, einem Sir John, dessen ältester Sohn dann geadelt wurde (temp. Geo. I), während der zweite Sohn die juristische Laufbahn einschlug, Richter wurde und einen Sohn hatte, der Baronet wurde und jenen derzeitigen Sir John zeugte, der soeben an

Trails Rücken vorbei Philip die Hand geschüttelt hat.* Daher waren die zwei Männer Cousins. Und von seiten der Erbin, seiner armen Mutter, hätte Philip durchaus das Wappen der Ringwoods auf seiner Kutsche führen können, wenn er ausfuhr. Dieses, müssen Sie wissen, zeigt Silber, rechts Grün auf einem welligen Querstreif im ersten Feld – oder suchen Sie sich, lieber Freund, aus dem ganzen heraldischen Kleiderschrank irgendeinen Rock aus, der Ihnen gefällt, und streifen Sie ihn unserem Freund Firmin über.

Als junger Mann auf dem College hatte Philip ein wenig in diese wunderliche Wissenschaft der Heraldik hineingerochen und sich Mühe gegeben, an die Legenden über seine Vorfahren zu glauben, die seine liebende Mutter ihm übermittelte. Er hatte sich eine große Bildtafel mit einer Vielzahl von Unterteilungen anfertigen lassen und konnte die Verbindungen auswendig hersagen, kraft derer die und die Unterteilung in sein Wappen kam. Sein Vater bestätigte diese Geschichten mehr oder weniger und

* Mit Genehmigung P. Firmins, Esq., von dem in seinem Besitz befindlichen Stammbaum abgeschrieben.

- Sir J. Ringwood, Bart. von Wingate und Whipham geb. 1649 – gest. 1725
  - Sir J., Bart. 1. Baron Ringwood gest. 1770
    - John, 2. Baron z. Graf von Ringwood und Visct. Cinqbars ernannt
      - Charles, Visct. Cinqbars geb. 1802 – gest. 1824
    - Philip Oberst in der Armee gest. 1808
      - Maria geb. 1801 verehel. mit Talbot Twysden hat Nachkommen
      - Louisa geb. 1802 verehel. mit Dr. med. G. B. Firmin, Esq.
        - Philip, geb. 1825 Gegenstand dieser Memoiren
  - Sir Philip, Knt. Baron des Schatzkammergerichts
    - Sir John, Bart. von den Hays
      - Sir John v. d. Hays und jetzt von Wingate und Whipham hat Nachkommen
        - Oliver, Philip, Hampden, Franklin und Töchter

äußerte sich mit großer Achtung über sie und die edle Familie seiner Frau. Und Philip, der in der Schule arglos einem gemeinen Jungen zutuschelte, er stamme von König John ab, bezog von dem körperlich überlegenen gemeinen Jungen eine sehr unfreundliche Tracht Prügel und trug noch lange danach den Spitznamen König John. Ich vermute, manche anderen Gentlemen, die ihre Abstammung auf alte Könige zurückführen, haben für ihre Behauptung keinen besseren oder schlechteren Beleg als Freund Philip für seinen Stammbaum.

Als unser Freund zum zweitenmal bei Sir John Ringwood Besuch machte, wurde er in die Bibliothek seines Verwandten geführt. Über dem Kaminsims hing ein gewaltiger Stammbaum, umringt von einer ganzen Galerie verstorbener Ringwoods, deren Repräsentant jetzt der Baronet war. Er zitierte Philip die abgedroschenen alten Zeilen aus Ovid (vor rund zwanzig Jahren war in der Unterhaltung noch eine ganze Menge jener alten Sprüche im Umlauf). Was die Familie und die Ahnen angehe, sagte er, und alles, was wir nicht selbst geschaffen hätten, dürften wir kaum unser eigen nennen. Sir John gab Philip zu verstehen, er sei ein unerschütterlicher Liberaler. Sir John war dafür, mit der Zeit zu gehen. Sir John hatte von den Pariser Barrikaden einen Schuß abgefeuert. Sir John war für die Menschenrechte überall in der Welt. Er hatte neben seinen Vorfahren die Porträts Franklins, Lafayettes, Washingtons und des Ersten Konsuls Bonaparte an den Wänden. Er besaß lithographierte Kopien der Magna Charta, der amerikanischen Unabhängigkeitserklärung und der Namenszüge unter dem Todesurteil für Charles I. Er trug keine Bedenken, seine Vorliebe für republikanische Institutionen einzugestehen. Er verlangte zu wissen, welches Recht irgendein Mann habe – der verstorbene Lord Ringwood zum Beispiel –, einen erblichen Oberhaussitz innezuhaben und Gesetze für ihn zu erlassen. Jener Lord habe einen Sohn gehabt, Cinqbars, der vor vielen Jahren gestorben sei, ein Opfer seiner eigenen Unvernunft und seiner Ausschweifungen. Hätte Lord Cinqbars seinen Vater überlebt, würde er jetzt als Graf im Oberhaus sitzen – ein denkbar ungebildeter junger Mann, ein denkbar verworfener junger Mann, rücksichtslos, liederlich, von schwächster Intelligenz und miserabelster Lebensführung. Nun, wäre er am Leben geblieben und hätte den Besitz der Ringwoods geerbt, wäre diese

Kreatur ein Graf geworden – während er, Sir John, ihm an Sittlichkeit, an Charakter, an Intellekt überlegen, ihm hinsichtlich der Abstammung ebenbürtig (denn hätten sie nicht beide einen gemeinsamen Vorfahren?), immer noch Sir John wäre. Die Ungleichheit der Chancen der Menschen im Leben sei ungeheuerlich und lachhaft. Er sei entschlossen, in Zukunft einen Menschen nur um seiner selbst willen zu betrachten und ihn nicht wegen irgendeiner absurden Laune des Schicksals zu beurteilen.

Während der Republikaner sich mit seinem Verwandten unterhielt, kam ein Bedienter ins Zimmer und meldete seinem Herrn flüsternd, der Klempner sei wie verabredet mit der Rechnung gekommen. Worauf Sir John voller Wut aufsprang, den Bedienten fragte, wie er es wagen könne, ihn zu stören, und ihm befahl, dem Klempner auszurichten, er solle sich in die tiefsten Tiefen des Tartarus scheren. Nichts komme der Unverschämtheit und Geldgier der Handwerker gleich, sagte er, außer der Unverschämtheit und Faulheit der Dienstboten; und er rief diesen zurück und fragte ihn, wie er sich unterstehen könne, das Feuer in diesem Zustand zu belassen – und überschüttete ihn mit einem wütenden Wortschwall, der seinen neuen Bekannten verblüffte. Und nachdem der Mann gegangen war, griff er sein voriges Gesprächsthema wieder auf, nämlich die natürliche Gleichheit der Menschen und die empörende Ungerechtigkeit des derzeitigen Gesellschaftssystems. Als er eine halbe Stunde gesprochen hatte und Philip inzwischen gewahr geworden war, daß er selbst kaum eine Gelegenheit fand, ein Wort zu äußern, zog Sir John seine Taschenuhr und erhob sich; auf diesen Wink hin stand auch Philip auf und beendete ohne Bedauern die Zusammenkunft. Daraufhin begleitete Sir John seinen Verwandten in die Halle und zur Haustür, wo der Reitknecht des Baronets zu Pferd saß und das Pferd seines Herrn am Zügel hielt. Und Philip hörte den Baronet dem Reitknecht gegenüber dieselben üblen Ausdrücke gebrauchen wie vorhin gegenüber dem Bedienten im Haus. Ja, die Armee in Flandern fluchte nicht fürchterlicher als dieser Bewunderer republikanischer Institutionen und Fürsprecher der Menschenrechte.

Philip durfte nicht gehen, ohne genau den Tag zu nennen, an dem er und seine Frau die Gastfreundschaft ihres Verwandten genießen wollten. Bei diesem Anlaß legte Mrs. Philip soviel Anmut und Schlichtheit an den Tag, daß Sir John und Lady Ringwood sie für eine sehr sympathische und damenhafte Person erklärten und sich vermutlich wunderten, wie eine Person ihres Standes so kultivierte und angenehme Manieren erworben haben konnte. Lady Ringwood erkundigte sich nach dem Kind, das sie neulich gesehen hatte, und rühmte seine Schönheit; nahm natürlich damit das Herz der Mutter für sich ein und veranlaßte sie, vielleicht mit größerer Ungezwungenheit zu reden, als sie ihr sonst bei einem ersten Gespräch zur Verfügung gestanden hätte. Mrs. Philip hat einen feinfühligen Anschlag auf dem Klavier und eine liebliche Singstimme, die entzückend klar und rein klingt. Nach dem Dinner trug sie einige Lieder aus ihrem kleinen Repertoire vor und gefiel ihrem Publikum. Lady Ringwood liebte gute Musik und war selbst eine ausgezeichnete Pianistin der alten Schule gewesen, als sie unter der Anleitung des guten alten Sir George Thrum Haydn und Mozart spielte. Als Mr. und Mrs. Philip sich verabschiedeten, legte der hochgewachsene und gutaussehende, mit einer Pfründe ausgestattete Geistliche, der in Sir Johns Hauswesen als Haushofmeister fungierte, ein Paket in den Wagen und meldete mit viel höflicher Ehrerbietung, die Droschke sei bezahlt. Unsere Freunde hätten bestimmt lieber auf diese Zeremonie verzichtet, doch sogar einem geschenkten Droschkengaul schaut man nicht ins Maul, und so hatte Philip dank der Großzügigkeit seines Verwandten rund zwei Shilling mehr in der Tasche.

Als Charlotte das Paket öffnete, das der Haushofmeister mit einer Empfehlung seiner Gebieterin in die Droschke gelegt hatte, ließ sie leider nicht die Begeisterung erkennen, die wir angesichts der Aufmerksamkeiten unserer Freunde empfinden müßten. Zwei Kleidchen nach der Mode Georges IV., rote Schuhchen aus derselben Periode, ein paar zerknitterte Schärpen und sonstige kleine Kleidungsstücke, in Myladys Auftrag von Myladys Kammerzofe zusammengestellt; und als Lady Ringwood Charlotte beim Abschied einen Kuß gab, hatte sie ihr gesagt, sie hätte ihr dieses Päckchen herrichten lassen. „Hm“, sagte Philip, nur mäßig erfreut. „Angenommen, Sir John hätte seinen Butler angewiesen, mir einen seiner blauen Röcke mit Messingknöpfen einzupacken, genauso, wie er die Droschke bezahlt hat?“

„Wenn es freundlich gemeint war, Philip, dürfen wir uns nicht ärgern", wandte Philips Frau bittend ein, „und ich bin sicher, hättest du sie und die Misses Ringwood von Baby sprechen hören, hättest du sie so gern, wie ich es mir vorgenommen habe."

Mrs. Philip zog Baby diese schimmeligen alten roten Schuhe jedoch nie an. Und was die Kleidchen angeht, sind Kinderkleider jetzt so viel weiter und faltenreicher, daß Lady Ringwoods Geschenke ganz unbrauchbar waren. Es gelang Charlotte, für ihr Kind eine Schärpe herzurichten und ein Paar Epauletten – heißen sie Epauletten? oder Achselbänder – ganz wie Sie wollen, meine Damen; und mit diesem Putz wurde Miss Firmin Lady Ringwood und einigen ihrer Angehörigen präsentiert.

Das Wohlwollen dieser neugefundenen Verwandten Philips war eifrig und offenkundig und doch, muß ich sagen, nicht gänzlich angenehm. In der ersten Zeit ihres Verkehrs – denn auch dieser ging leider zu Ende oder erfuhr bald eine Unterbrechung – kamen vom Berkeley Square Gunstbeweise in Gestalt von landwirtschaftlichen Produkten, Landbutter und Geflügel und sogar Schlachtfleisch in die Thornhaugh Street. Der Herzog von Double-Gloster ist viel reicher als Sie, das weiß ich; aber würde er sich erbieten, Ihnen eine halbe Krone zu schenken, bezweifle ich, ob Sie richtig erfreut wären. Und so ging es mit Philip und seinen Verwandten. Ein mit dem Brougham abgelieferter Korb mit Treibhaustrauben und Landbutter ist ja ganz schön, eine Hammelkeule aber stellte eine Gabe dar, die, zugegeben, ziemlich schwer zu schlucken war. Sie *war* zäh. Diese Tatsache stellten wir einmal, als wir bei unseren Freunden speisten, unter schallendem Gelächter fest. Hatte Lady Ringwood im Brougham auch einen Sack Steckrüben mitgeschickt? Mit einem Wort, wir aßen Sir Johns Hammelfleisch und machten uns über ihn lustig, und seien Sie überzeugt, manch einer hat Ihnen und mir gegenüber das gleiche getan. Vorigen Freitag zum Beispiel, als Jones und Brown gehen, nachdem sie bei Ihrem ergebenen Diener gespeist haben. „Haben Sie jemals solchen verschwenderischen Überfluß gesehen?" fragt Brown. „Verschwenderischen Überfluß!" ruft Jones, der wohlbekannte Epikureer. „Mein Lebtag habe ich so etwas Ärmliches nicht erlebt. Was denkt sich der Kerl, *mich* zu so einem Dinner einzuladen?" – „Stimmt", sagt der andere, „es *war* ein schauderhaftes Dinner, Jones, wie Sie ganz richtig sagen; aber es war einfach verschwenderisch von ihm, es zu geben. Sehen Sie das nicht ein?“ Und so sind sich unsere beiden guten Freunde einig.

Nachdem einige Tage verstrichen waren, erschienen die große gelbe Karosse und ihre gepuderten Bedienten erneut vor Mrs. Brandons bescheidener Tür in der Thornhaugh Street, und Lady Ringwood und zwei Töchter und ein Sohn entstiegen dem Wagen und schritten zu Mr. Philips Wohnung im zweiten Stock hinauf, gerade als sich dieser würdige Gentleman mit seiner Frau zu Tisch setzte. Lady Ringwood, entschlossen, sich huldvoll zu geben, war von allem, was sie sah, hingerissen – ein reinliches Haus – ein nettes kleines Dienstmädchen – hübsche malerische Zimmer – kuriose Zimmer – und was für entzückende Bilder! Mehrere waren das Werk des liebevollen Zeichenstifts des armen J. J., der, wie schon gesagt, Philips Bart und Charlottes Augenbraue und Charlottes Baby vieltausendmal gemalt hatte. „Dürfen wir hereinkommen? Stören wir Sie etwa gerade? Was für hübsche kleine Porzellansächelchen! Was für ein bildschöner Becher, Mr. Firmin!“ Das war das Geschenk des armen J. J. an sein Patenkind. „Wie gut das Gabelfrühstück aussieht! Ach so, Dinner? Wie angenehm, um diese Zeit zu dinieren!“ Die Damen waren entschlossen, von allem um sie herum entzückt zu sein.

„Wir essen gerade Ihr Geflügel. Dürfen wir Ihnen und den Misses Ringwood etwas davon anbieten?“ sagt der Herr des Hauses.

„Warum dinieren Sie nicht im Speisezimmer? Warum dinieren Sie in einem Schlafzimmer?“ fragt Franklin Ringwood, der einnehmende junge Sohn des Barons von Ringwood.

„Im Salon wohnt jemand anders“, erklärt Mrs. Philip. Worauf der Knabe bemerkt: „Am Berkeley Square haben wir zwei Speisezimmer. Ich meine für uns, außer Papas Studierzimmer, in das ich nicht hinein darf. Und die Dienstboten haben zwei Eßzimmer und ...“

„Pst!“ ruft hier Mama mit der üblichen Bemerkung über die Zier des Schweigens bei kleinen Jungen.

Doch Franklin bleibt dabei, trotz der „Psts“: „Und in Ringwood haben wir das auch. Und in Whipham gibt es massenhaft Speisezimmer – massenhaft –, und Whipham mag ich viel lieber als Ringwood, weil mein Pony in Whipham steht. *Sie* haben kein Pony. Sie sind zu arm.“

„Franklin!"

„Du hast gesagt, sie sind zu arm. Und es hätte bei ihnen kein Huhn gegeben, wenn wir ihnen nicht welche geschenkt hätten. Mama, du weißt genau, daß du gesagt hast, sie wären arm und würden sich darüber freuen."

Und hier wurde Mama rot, und gewiß glühten Philip die Wangen und die Ohren, und ausnahmsweise war Mrs. Philip froh, ihr Baby weinen zu hören, denn es gab ihr einen Vorwand, das Zimmer zu verlassen und in das Kinderzimmer zu eilen, wohin die anderen Damen ihr folgten.

Inzwischen fuhr Master Franklin mit seinem arglosen Geplauder fort. „Mr. Philip, warum sagt man, Sie sind böse? Sie sehen nicht böse aus – und Mrs. Philip sieht schon gar nicht böse aus – sie sieht sehr lieb aus."

„Wer sagt denn, daß ich böse bin?" fragte Mr. Firmin seinen offenherzigen jungen Verwandten.

„Ach, so viele! Vetter Ringwood sagt es und Blanche sagt es und Woolcomb sagt es. Nur kann ich den nicht leiden, er ist so furchtbar braun. Und als sie hörten, daß Sie bei uns diniert haben, sagte Ringwood: ‚Dieser Kerl ist hiergewesen?' Und ich kann ihn überhaupt nicht leiden. Aber Sie kann ich leiden, ich glaube jedenfalls. Bei Ihnen gibt es nur Orangen zum Dessert. Bei uns daheim gibt es immer alles mögliche zum Dessert. Bei *Ihnen* wahrscheinlich nicht, weil Sie kein Geld haben – bloß ganz wenig."

„Na ja, ich habe bloß ganz wenig", gibt Philip zu.

„Ich habe welches – furchtbar viel. Und ich will Ihrer Frau etwas kaufen. Ich habe Sie lieber bei uns als Blanche und Ringwood und diesen Woolcomb ... und Sie schenken mir nie etwas. Das können Sie ja nicht, weil Sie so sehr arm sind – ja, das sind Sie; aber bestimmt schicken wir Ihnen oft etwas. Und ich möchte bitte eine Orange, danke. Und wir haben an unserer Schule einen Jungen, der heißt Suckling und der hat achtzehn Orangen gegessen und wollte keinem eine abgeben. War das nicht ein gieriges Schwein? Und ich trinke zu meinen Orangen Wein – doch, ja, ein Glas Wein – danke. Das ist famos. Aber Sie haben wohl nicht oft welchen, weil Sie so furchtbar arm sind."

Ich bin froh, daß Philips Kind, da es noch von allzu zartem Alter war, die Komplimente nicht verstehen konnte, mit denen

Lady Ringwood und ihre Töchter es überschütteten. So aber schmeichelten die Komplimente der Mutter, für die sie ohnehin gedacht waren, und entflammten nicht die Eitelkeit des ahnungslosen Babys.

Was hätten die höfliche Mama und die Schwestern gesagt, wenn sie das Geplapper dieses unglückseligen Franklin gehört hätten? Das schlichte Gemüt des Jungen belustigte seinen hochgewachsenen Vetter. „Ja", sagt Philip, „wir sind sehr arm, aber wir sind sehr glücklich und machen uns nichts draus – das ist die Wahrheit."

„Mademoiselle, das ist die deutsche Gouvernante, hat gesagt, sie wundert sich, wie Sie überhaupt leben können. Und ich glaube nicht, daß Sie das könnten, wenn Sie so viel essen würden wie sie. Sie müßten sie mal essen sehen, im Essen ist sie ein *As.* Mein Bruder Fred, das ist der, der auf dem College ist, hat einmal aufgepaßt, wieviel Mademoiselle Wallfisch essen kann, und sie nahm zweimal Suppe, und dann sagte sie „sivopleh" . . .; und dann zweimal Fisch, und sie ließ sich sivopleh noch mehr auftun. Und dann hatte sie Hammelbraten – nein, ich glaube, Rinderbraten war es, und sie ißt die Erbsen mit dem Messer. Und dann nahm sie Himbeerpudding, und furchtbar viel Bier, und dann . . ."

Doch was dann kam, werden wir nie erfahren, denn während der junge Franklin bei der ulkigen Erinnerung an Miss Wallfischs Appetit vor Lachen (und an einem großen Orangenschnitz) fast erstickte, kamen seine Mama und die Schwestern aus Charlottes Kinderzimmer herunter und machten dem Geplauder des lieben Jungen ein Ende. Die Damen beliebten heimzukehren, begeistert von Philip, Baby, Charlotte. Alles war *so* manierlich. Alles war so nett. Mrs. Firmin war so damenhaft. Die vornehmen Damen beobachteten sie und ihr Benehmen mit jener Neugier, die die Damen von Brobdingnag an den Tag legten, als sie sich den kleinen Gulliver auf der Handfläche vor die Augen hielten und zusahen, wie er sich verbeugte, lächelte, das Schwert zog und den Hut abnahm, ganz genau wie ein Mensch.

36. KAPITEL

In dem die Salons nun doch nicht eingerichtet werden

Wir können keine Liebe von einem Verwandten erwarten, den wir in einen illuminierten Teich geschubst und dessen Rockschöße, Hosen, untere Gliedmaßen und zarteste Gefühle wir mittels einer körperlichen Züchtigung und mit zerbrochenem Glas malträtiert haben. Ein Mann, den Sie hinterrücks so behandelt haben, wird hinter Ihrem Rücken nicht mit seiner Rache zurückhalten. Ganz klar, daß alle Twysdens, männlich und weiblich, und Woolcomb, der schwärzliche Gatte von Philips früherer Liebe, ihn haßten und fürchteten und verleumdeten; und sie sprachen von ihm stets als einem rohen und rücksichtslosen Barbaren und Ungeheuer, grob und brutal in Ausdrucksweise und Benehmen, zerlumpt, schmutzig und schlampig in seiner ganzen äußeren Erscheinung; nach Rauch stinkend, ständig betrunken umhertaumelnd, voller Flüche, böser Handlungen, grölendem Gelächter frönend – Dingen, die ihn in zivilisierter Gesellschaft einfach unerträglich machten.

Die Twysdens hatten während Philips Abwesenheit im Ausland das neue Oberhaupt der Familie Ringwood sehr eifrig und respektvoll hofiert. Sie hatten Sir John geschmeichelt und Mylady angeschwärmt. Sie hatten in Sir Johns Häusern in der Stadt und auf dem Lande gastliche Aufnahme gefunden. Sie hatten sich in weitem Umfang seine politischen Ansichten zu eigen gemacht, wie sie es beim verstorbenen Peer ebenso getan hatten. Sie hatten nie eine Gelegenheit versäumt, den armen Philip anzuschwärzen oder sich selbst lieb Kind zu machen. Sie hatten nie eine Einladung Sir Johns in der Stadt oder aufs Land ausgeschlagen und waren schließlich soweit gelangt, ihn und Lady Ringwood und die ganze Familie Ringwood restlos anzuöden. Lady Ringwood erfuhr irgendwo, wie unbarmherzig Mrs. Woolcomb ihrem Cousin den Laufpaß gegeben hatte, als sich in der Person des Westinders ein reicherer Bewerber einstellte. Dann erfuhren sie, wie Philip damals Woolcomb, dem jungen Twysden, einem Dutzend Angreifer eine Tracht Prügel verpaßt habe. Die ersten Vorurteile zerstreuten sich allmählich. Ein, zwei Freunde Philips erklärten Ringwood, daß er sich in dem jungen Mann täusche und malten sein Bild in sehr viel freundlicheren Farben als die von seiner Verwandtschaft verwendeten. Wirklich, liebe Verwandte, wenn die Öffentlichkeit unsere kleinen Fehler und Irrtümer kennenlernen möchte, ich meine zu wissen, wer ihr die gewünschte Information nicht vorenthalten dürfte. Liebe Tante Candour, bist du nicht noch am Leben und weißt du nicht mehr, was wir gestern zum Dinner hatten und auf wieviel sich (ungeheuerliche Verschwendung) die Rechnung unserer Waschfrau beläuft?

Nun, die Familie Twysden verketzerte den armen Philip so sehr und stellte ihn als Ungeheuer mit so gräßlicher Fratze dar, daß es kein Wunder war, wenn die Ringwoods ihm aus dem Weg gingen. Dann bekamen sie seine Verleumder gänzlich satt. Und dann hörte Sir John bei einem zufälligen Gespräch mit seinem Parlamentskollegen Tregarvan im Unterhaus eine völlig andere Geschichte über unseren Freund als jene, mit der die Twysdens ihn unterhalten hatten, und erfuhr zu seiner nicht geringen Überraschung von Tregarvan, wie aufrichtig, derb, wacker, liebevoll und freundlich dieser arme verleumdete Kerl sei; wie sein Schuft von Vater sich an ihm versündigt hatte, dem er verziehen und aus seinen kümmerlichen Mitteln sogar noch geholfen habe, und wie tapfer er gegen die Armut ankämpfe und eine süße, kleine, liebende Frau und ein Kind habe, denen jedes gütige

Herz gern zu helfen bestrebt sei. Weil Menschen reich sind, müssen sie nicht unbedingt Unholde sein. Weil sie von Geburt an Gentlemen und Ladies von hohem Rang sind und in guten Verhältnissen leben und eine großzügige Erziehung genossen haben, folgt daraus nicht zwangsläufig, daß sie herzlos sind und einem Freund in Not den Rücken zukehren. Moi qui vous parle – ich bin in böser Not und Krankheit dem Tode nahe gewesen, und die Freunde, die mir mit jedem Trost und Beistand und Mitgefühl zu Hilfe kamen, waren wirkliche Gentlemen, die in guten Häusern wohnten und eine gute Erziehung genossen hatten. Sie wandten sich nicht ab, weil ich krank war, und flohen mich nicht, weil sie mich für arm hielten. Im Gegenteil, Hand und Börse, jede Unterstützung und Teilnahme standen zu meiner Verfügung, und Gott sei dafür gelobt.

Und so fand auch Philip Hilfe, als er sie brauchte, und Unterstützung, als er arm war. Tregarvan, das wollen wir zugeben, war ein aufgeblasener kleiner Mann, seine Reden im Unterhaus waren lahm und seine geschriebenen Dokumente furchtbar unbeholfen – doch er hatte ein gütiges Herz. Das Bild, das Laura von des jungen Mannes Armut und Ehrlichkeit und schlichter Hoffnung in schweren Zeiten zeichnete, rührte ihn. Und so konnten wir miterleben, wie die „Europäische Rundschau" Mr. Philips Leitung anvertraut wurde. Dann beschlossen Philips verschlagene Freundinnen, daß er auch mit seinen Verwandten zu versöhnen sei, die wohlhabend waren und ihm dienlich sein könnten. Und ich wünschte, lieber Leser, Ihre ehrenwerten Verwandten und die meinen würden sich diesen kleinen Absatz merken und uns beiden stattliche Vermächtnisse aussetzen. Dann sprach Tregarvan mit Sir John Ringwood, und jene Begegnung kam zustande, wo, zumindest dieses eine Mal, Philip sich mit niemandem anlegte.

Und jetzt folgte noch eine kleine Glücksgabe, die wir, nehme ich an, derselben gütigen Freundin zuschreiben müssen, die in Philips Interesse Ränke schmiedete und die nichts so glücklich macht, wie wenn ihre kleinen Komplotte zugunsten ihres Freundes gelingen. Ja, wenn dieser Erzintrigantin – sagen Sie mir doch nichts: ich habe nie eine Frau von einigem Format kennengelernt, die keine gewesen wäre –, wenn also dieser Erzintrigantin ein Vorhaben gelungen ist, durch das irgendein Freund glücklich gemacht wird, flammen ihre Augen und Wangen triumphierend auf. Ob sie einen kranken Mann in einem Hospital untergebracht oder eine arme Frau einer Familie als Wäscherin vermittelt oder einen Sünder überredet hat, zu bereuen und zu Ehefrau, Ehemann oder sonstwem zurückzukehren, geht diese Frau davon und dankt, wem Dank gebührt, mit solcher Inbrunst, mit so erleichtertem Herzen, mit solcher Glückseligkeit, daß ich Ihnen versichere, sie gibt ein wundervolles Bild ab. Pst! Wenn ein Sünder gerettet ist, wer empfindet Freude? Manche unter uns kennen eine Frau oder zwei, rein wie Engel – kennen sie und sind ihnen dankbar.

Wenn die Person, über die ich geschwatzt habe, eine ihrer wohlmeinenden Intrigen spinnt oder zu Ende gebracht hat, hat sie gewissermaßen einen Ausdruck des Triumphes und der Schalkhaftigkeit in ihrem Gesicht, den ich nicht anders zu beschreiben weiß. In dieser Zeit erfaßt sie meine besten Witze nicht oder beantwortet sie auf gut Glück oder lacht ganz sinnlos und geistesabwesend. Sie umarmt ihre Kinder stürmisch und im unvernünftigsten Augenblick und ist überhaupt nicht bei der Sache, wenn sie ihre Lektionen aufsagen, ihre arglosen Fragen plappern und so weiter. Ich entsinne mich, daß alle diese Symptome an einem bestimmten Tag zu Anfang der Ostersession achtzehnhundertundetwas auftraten (und mache mir meinen Reim darauf, wie die Redensart lautet) – daß sie an einem bestimmten Vormittag auftraten, als diese Dame erstaunlich distraite und sonderbar erregt gewesen war. Ich erinnere mich jetzt, daß sie während der Mahlzeit ihrer Kinder aus dem Fenster auf den Platz hinaussah und kaum das unschuldige Gepiepse der Kinder nach Hammelfleisch beachtete.

Endlich klapperte es rasch über das Pflaster, eine hohe Gestalt schritt an den Wohnzimmerfenstern vorbei, die, wie unsere guten Freunde wissen, auf den Queen Square blicken, und dann folgte ein lautes Bimmeln der Glocke, und mir war, als stieße die Herrin des Hauses ein Ah! aus – einen Seufzer –, als wäre sie erleichtert.

Bald ging die Haustür auf, dann die Eßzimmertür, und Philip kommt herein, den Hut auf dem Kopf, die blauen Augen starr blickend, das Haar wild um sein Haupt flammend, und: „Aber Onkel Philip!“ rufen die Kinder. „Was hast du denn gemacht?

Du hast dir den Schnurrbart abrasiert." Und das hatte er, wahrhaftig!

„Also, Pen, hör mal! Das hier ist in unserem Advokatenbüro abgegeben worden. Und Cassidy hat es durch seinen Schreiber geschickt", erklärte unser Freund. Ich weiß nicht mehr, ob ich schon erwähnte, daß Philips Name immer noch an der Tür jener Geschäftsräume in den Parchment Buildings stand, wo wir einst sein Lied über „Doktor Luther" gehört und seinem Berufungsmahl beigewohnt hatten.

Das Dokument, das Philip uns zeigte, war tatsächlich ein Verhandlungsschriftsatz. Die Papiere trugen den Kopf: „Vor dem Parlament – Polwheedle-und-Tredyddlum-Eisenbahn/Vorlage unterstützt Mr. Firmin/Honorar für Barrister fünf Guineas. Klageschrift fünfzig Guineas. Konsultation fünf Guineas / Mit Ihnen Mr. Armstrong, Sir J. Whitworth, Mr. Pinkerton." Das war einmal ein Wunder! Ein Goldregen ergoß sich über meinen Freund. Mir ging ein Licht auf. Die Vorlage betraf eine Eisenbahnlinie in Cornwall. Unser Freund Tregarvan war daran interessiert, da die Linie durch seinen Besitz ging, und meine Frau hatte ihn heimlich bearbeitet und mit ihren Überredungskünsten und Schmeichelreden Tregarvan dazu gebracht, seinen Einfluß bei den Sachwaltern einzusetzen und Philip diesen willkommenen Auftrag zu verschaffen.

Philip beäugte das Papier mit einem eigenartigen Ausdruck. Er hielt es wie manche Männer ein Kleinkind. Er sah aus, als wisse er nicht, was er damit anfangen solle, und als hätte er es am liebsten fallen lassen. Ich glaube, ich äußerte etwas Ironisches in diesem Sinne, als ich unseren Freund mit diesem Angebot in der Hand betrachtete.

„Er hält ein Kind ganz wunderbar", sagte meine Frau mit großer Begeisterung, „viel besser als manche Leute, die ihn auslachen."

„Und dieses wird er bestimmt sehr ordentlich halten. Möge es der Vater vieler Klageschriften sein. Mögest du ganze Säcke voll bekommen!" Philip hatte alle unsere guten Wünsche. Sie kosteten nicht viel und halfen auch nicht viel, aber sie waren aufrichtig. Ich kenne Menschen, die ums Leben nicht imstande sind, auch nur die kleine Münze des Wohlwollens herzugeben, denen vielmehr das Vorankommen ihrer Nächsten verhaßt ist und die es ihnen übelnehmen, wenn sie nicht mehr abhängig und arm sind.

Wir haben berichtet, daß Cassidys erstaunter Schreiber Firmin dieses Papier von der Kanzlei in seine Wohnung bei Mrs. Brandon in der Thornhaugh Street brachte. Hätte ein Gerichtsdiener ihm einen Haftbefehl vorgelegt, hätte Philip nicht überraschter oder in größerer Aufregung sein können. Eine Klageschrift? Grands Dieux! Was sollte er mit einer Klageschrift anfangen? Er dachte daran, sich ins Bett zu legen und krank zu sein oder aus Heim, Familie, Vaterland zu fliehen. Klageschrift? Charlotte, die ihren Mann beunruhigt sah, begann natürlich ebenfalls zu zittern. In der Tat, wenn Seiner Lordschaft der Finger weh tut, leidet sie nicht am ganzen Leib? Doch Charlottes und Philips verläßliche Freundin, die Kleine Schwester, empfand keine derartige Angst. „Jetzt, wo sich diese Gelegenheit bietet, mußt du sie ausnützen, lieber Junge", sagte sie. „Angenommen, du verstehst nicht viel von der Rechtswissenschaft . . ."

„Nicht viel! Gar nichts", warf Philip ein. „Man kann mich auffordern, Klavier zu spielen und – aber da es sich so ergeben hat, daß ich es nie gelernt habe . . ."

„Ach, was! – erzähl mir doch nichts! Du darfst nicht verzagen. Nimm den Auftrag an und erledige ihn, so gut du nur kannst. Das nächstemal machst du es besser und das übernächstemal noch besser. Advokat ist ein Beruf für Gentlemen. Pflege ich denn nicht die Gattin von einem Richter, die ich mit ihrem ersten noch in einem kleinen Ding von Haus in der Bernard Street, Russell Square, vor mir sehe . . . und war ich jetzt nicht bei ihr am Eaton Square, wo sie einen Butler und zwei Lakaien und so viele Kutschen hat? Du kannst weiter für ein Stück Brot für deine Zeitungen arbeiten, und wenn du alt bist oder wenn du Streit kriegst – und du hast einen Hang zum Streiten – den hat er, Mrs. Firmin. Ich kenne ihn länger als Sie. Streitsüchtig ist er und bleibt er, auch wenn Sie ihn für einen Engel halten, gewiß doch. – Angenommen, du streitest dich mit deinen Zeitungsherren und deinen Zeitschriften und verlierst deine Stelle? Ein Gentleman wie Mr. Philip dürfte keinen Vorgesetzten haben. Ich könnte den Gedanken nicht ertragen, daß du sonnabends zum Verlagsbüro gehst und deinen Lohn abholst wie ein Arbeiter."

„Aber ich *bin* ein Arbeiter", wirft Philip ein.

„Na, aber willst du für immer einer bleiben? Ich würde aufsteigen, wenn ich ein Mann wäre!“ erklärte die beherzte kleine Frau. „Ich würde aufsteigen oder wüßte genau, wie man's macht. Wer weiß, wie viele es in deiner Familie noch schaffen? Ich hätte mehr Mumm, als in einem zweiten Stock zu wohnen – jawohl!“

Und die Kleine Schwester äußerte das, obwohl sie an Philips Kind mit einer inbrünstigen Zärtlichkeit hing, die sie vergeblich zu verhehlen suchte; obwohl sie spürte, sich von ihm zu trennen hieße, sich vom größten Glück ihres Lebens zu trennen; obwohl sie Philip wie ihren eigenen Sohn liebte und Charlotte – nun ja, um Philips willen – wie die Frauen eben andere Frauen lieben.

Charlotte kam zu ihren Freunden am Queen Square und berichtete uns vom Rat und den Äußerungen der resoluten Kleinen Schwester. Sie wußte, daß Mrs. Brandon sie nur als etwas zu Philip Gehörendes liebte. Sie bewunderte diese Kleine Schwester, sie vertraute ihr und vermochte jene gelinde, etwas verächtliche Herrschaft zu ertragen, die die gute Mrs. Brandon über sie ausübte. „Sie mag mich nicht, weil Philip mich liebt“, behauptete Charlotte. „Meint ihr, ich könnte sie oder sonst irgendeine Frau mögen, wenn ich dächte, Philip liebe sie? Umbringen könnte ich sie, Laura, das könnte ich!“ Und bei dieser Empfindung stelle ich mir ein Paar Augen, die normalerweise sehr sanft und leuchtend waren, Dolche sprühend vor.

Da ich mit dem Fall nicht befaßt war, in dem Philip zum erstenmal die Ehre eines Auftritts hatte, kann ich diesbezüglich nicht auf Einzelheiten eingehen, bin aber überzeugt, daß der Fall, der solch einen Anwalt überstehen konnte, in sich ungewöhnlich überzeugend gewesen sein muß. Er machte eine fürchterlich qualvolle Nacht durch, bevor er vor dem Ausschuß auftrat. In dieser Nacht, behauptet er, sei sein Haar ergraut. Sein alter Freund und Gefährte aus dem College, Pinkerton, der mit ihm den Fall betreute, „paukte“ ihn am Tag vorher ein. Und in der Tat muß man gestehen, die Arbeit, die er zu leisten hatte, war nicht von der Art, dem Inneren oder Äußeren seines Schädels zu schaden. Ein großer Mann führte ihn, sein Freund Pinkerton folgte, und Mr. Philip hatte nichts weiter zu tun, als einem halben Dutzend Zeugen Fragen vorzulegen, die zwischen ihnen und den Sachwaltern im voraus abgesprochen waren.

Wenn Sie erfahren, daß Mr. Firmin als Entgelt für seine Dienste in diesem Fall eine Geldsumme bekam, die zur Deckung seiner bescheidenen Familienausgaben für rund vier Monate ausreichte, bin ich überzeugt, liebe und geehrte literarische Freunde, daß Sie sich wünschten, das Los eines parlamentarischen Barristers wäre Ihnen zugefallen oder Ihre unsterblichen Werke würden mit derselben Freigebigkeit honoriert, die die Mühen dieser Juristen belohnt. „Nimmer erscheinen die Götter allein."* Nachdem ein Sachwalter Philip beschäftigt hatte, kam der nächste und sicherte sich seine wertvollen Dienste; diesem folgten noch zwei oder drei, und unser Freund hatte buchstäblich Geld auf der Bank. Nicht nur waren vorläufig die Ängste vor der Armut beseitigt, sondern wir hatten allen Grund zu der Hoffnung, daß Firmins Wohlstand wachsen und anhalten werde. Und als ein kleiner Sohn und Erbe zur Welt kam, welcher Segen Philip zuteil wurde, nachdem etwa ein Jahr vergangen war, seit seine Tochter, unser Patenkind, das Licht der Welt erblickt hatte, hätten wir es schändlich gefunden, noch irgendwelche Bedenken für die Zukunft zu hegen, so erfreulich sahen Philips Aussichten aus. „Habe ich dir nicht gesagt", bemerkte meine Frau mit ihrer üblichen leicht entflammten Schwärmerei, „daß sie Trost und Beistand in der Stunde ihrer Not finden würden?" Amen. Wir waren dankbar, daß Trost und Beistand kamen. Bestimmt war keiner für die glücklichen Fügungen, die ihm widerfuhren, in Demut dankbarer als Philip selbst.

Dieser plötzliche Wohlstand beunruhigte ihn mehr, als daß er ihn in Hochstimmung versetzte. „Es kann nicht anhalten", sagte er. „Sag mir doch nichts. Die Anwälte müssen mich schon bald durchschauen. Sie können ihre Geschäfte nicht weiter einem solchen Nichtskönner anvertrauen. Und ich glaube wirklich, ich muß bei ihnen meine Einwände vorbringen." Sie hätten die Empörung der Kleinen Schwester sehen sollen, als Philip in ihrer Gegenwart diese Meinung aussprach. „Deinen Beruf aufgeben? Ja, tu das ruhig!" rief sie und stieß Philips Jüngstes in die Höhe. „Wirf doch dieses Kind aus dem Fenster, warum eigentlich nicht, das der Himmel dir gesandt hat! Du müßtest auf die Knie fallen und dafür um Vergebung bitten, daß du etwas so Gottloses gedacht hast." Philips Erbe war übrigens sofort nach seinem Erscheinen in der Welt der allererste Liebling dieser unvernünfti-

* Im Original deutsch.

gen Frau geworden. Das Töchterchen wurde als unwichtige kleine Person abgetan und begann also die Leidenschaft der Eifersucht beinahe im allerfrühesten Alter zu spüren, in dem selbst der weibliche Busen dieses Genusses fähig ist.

Und obgleich die Kleine Schwester geradezu eine rasende Zuneigung für alle diese Leute hegte und, glaube ich, wach lag, wenn sie die kleinen Kinder weinen hörte, oder auf leisen Sohlen im Dunkeln an die Kammertür schlich, hinter der sie bei ihrer Mutter schliefen; obgleich sie sozusagen von einer Sucht auf diese Kinder ergriffen und unglücklich war, wenn sie sie nicht vor sich sah, bestand Mrs. Brandon, als Philip eine dritte und eine vierte Klageschrift zuging und er in der Lage war, ein wenig Geld zurückzulegen, dennoch hartnäckig darauf, er müsse ein eigenes Haus beziehen. „Ein Gentleman", erklärte sie, „darf nicht in einer Wohnung zwei Treppen hoch wohnen. Er muß ein Haus für sich haben." Wie Sie sehen, beschleunigte sie die Vorkehrungen zu ihrer eigenen Hinrichtung. Sie wanderte zu den Trödlerläden und erwarb Möbel zu sagenhaften Gelegenheitspreisen. Sie schnitt Chintz zu und bezog Sofas und nähte und stückelte zusammen und probierte an. Sie fand ein Haus und nahm es – Milman Street, Guilford Street, gegenüber dem Fondling (wie die gute kleine Seele es nannte), eine wirklich vornehme, stille kleine Straße, „und nahe genug", meinte sie, „daß ich kommen und meine Lieben besuchen kann." Sprach sie mit trockenen Augen? Meine werden manchmal feucht, wenn ich an die Treue, an die Großmut, an das Opfer dieses hingebungsvollen, liebenden Wesens denke.

Ich habe Charlotte sehr gern. Ihre Liebenswürdigkeit und Einfachheit gewannen unser aller Herz. Keine Ehefrau und Mutter war je anhänglicher und liebevoller; doch ich gestehe, es gab eine Zeit, da mochte ich sie gar nicht, obwohl jene Frau mit hohen Grundsätzen, die Gattin des Autors dieser Memoiren, natürlich sagt, die Behauptung, die ich hier vorbringe, sei absoluter Unsinn, um nicht zu sagen unmoralisch und unchristlich. Nun also, ich mochte Charlotte nicht wegen des gräßlichen Feuereifers, mit dem sie von dieser Kleinen Schwester fortstrebte, die so an den Kindern hing, deren ersten Schrei sie gehört hatte. Ich verabscheute Charlotte dafür, welch grausames Glück sie empfand, wenn sie die Kinder an ihr Herz drückte: ihre eigenen Kinder in deren eigenem Zimmer, die sie ankleidete und behütete und wusch und versorgte; und für die sie keine Hilfe brauchte. Keine Hilfe, entendez-vous? Ach, es war eine Schande, eine Schande! In dem neuen Haus, in der hübschen, kleinen, schmucken neuen Kinderstube (von wessen liebenden Händen eingerichtet, verraten wir nicht) wacht die Mutter mit funkelndem Blick über dem Bettchen, wo die kleinen weichen runden Wangen auf dem Kissen ruhen; und drüben in den Zimmern in der Thornhaugh Street, wo die Kleine Schwester sie zwei Jahre lang umhegt hat, sitzt diese einsam im hereinströmenden Mondlicht. Gott steht dir bei, leidendes, treues Herz! Nur ein einziges Mal in ihrem Leben hatte sie bisher einen so scharfen Schmerz verspürt.

Selbstverständlich gab es einen festlichen Empfang in dem neuen Haus. Und Philips Freunde, alte und neue, kamen zur Einzugsfeier. Die Familienkutsche der Ringwoods versperrte die verwunderte kleine Straße. Der Puder auf dem Kopf ihrer Lakaien streifte fast die Decke, sobald diese Hünen aufstanden, wenn die Gäste die Vorhalle betraten oder verließen. Die Kleine Schwester nahm sich nur des Teezimmers an. Philips „Bibliothek" war jener übliche winzige Käfig hinter dem Speisezimmer. Der kleine Salon war schrecklich beengt durch ein ehemaliges Kinderzimmerklavier, das die Ringwoods ihren Freunden stifteten; und jemand mußte bei dieser Soirée pflichtschuldig darauf spielen; obgleich sich die Kleine Schwester im unteren Stockwerk über die Musik ärgerte. Tatsächlich lauteten ihre genauen Worte: „Verflixtes Klavier!" Sie „verflixte" das Instrument, weil die Musik ihre kleinen Lieblinge oben wecken würde. Und die Musik weckte sie wirklich. Und sie heulten in den höchsten Tönen, und die Kleine Schwester, die Lady Jane Tregarvan gerade Tee einschenken wollte, stürmte in das Kinderzimmer hinauf. Und Charlotte hatte schon das Zimmer erreicht und schaute böse drein, als die Kleine Schwester hereinkam; und sie sagte: „Mrs. Brandon, ich bin sicher, die Gäste unten möchten ihren Tee", und sie sprach mit einiger Schärfe. Und Mrs. Brandon ging ohne ein Wort wieder hinunter. Da ich zufällig auf dem Treppenabsatz stand und mich mit einem Freund unterhielt, ein Stückchen abseits des Duetts, das die Misses Ringwood gerade vortrugen – sozusagen ihr großes altes Steckenpferd ritten und es auf Mrs. Firmins kleiner Koppel durch alle Gangarten jagten –, da ich, wie gesagt, zufällig auf dem Treppenabsatz stand, als Mrs. Caroline vorüberkam, ergriff ich eine Hand, kalt wie Stein, und habe nie eine so tragische Miene des Leids gesehen wie auf ihrem armen Gesichtchen, als sie an mir vorüberglitt. „Meine Kinder haben geweint", sagte sie, „und ich bin ins Kinderzimmer hinauf. Aber sie will mich da nicht mehr." Arme Kleine Schwester! Sie erniedrigte sich und kroch vor Charlotte. Da konnten Sie nicht umhin, sie mit Füßen zu treten, Madam; und ich haßte Sie – und noch eine Menge andere Frauen. Ridley und ich gingen in das Teezimmer hinunter, wo Caroline Brandon wieder ihren Platz einnahm. Sie sah sehr nett und hübsch aus mit ihrem blassen, lieben Gesicht und ihrer adretten Haube und der blauen Schleife. Ich weiß, sie litt Qualen. Charlotte hatte ihr Herz durchbohrt. Die Frauen gebrauchen manchmal die Schneide und stoßen den Stahl hinein. Charlotte sagte mir später einmal: „Ich *war* auf sie eifersüchtig, und du hattest recht; und ein lieberes, treueres Geschöpf hat es nie gegeben." Doch wer hat Charlotte verraten, daß ich gesagt hatte, sie sei eifersüchtig? O Narr! Ich hatte es Ridley gesagt, und Ridley sagte es Mrs. Firmin weiter.

Wenn Charlotte Caroline auch das Herz durchbohrte, konnte Caroline doch nicht anders, sie mußte immer wieder zum Messer zurückkehren. Sonntags, wenn sie abkömmlich war, war an Philips bescheidenem Tisch stets ein Platz für sie frei. Und wenn Mrs. Philip in die Kirche ging, durfte Caroline in der Kinderstube regieren. Manchmal war Charlotte so großzügig, Mrs. Brandon diese Gelegenheit zu schenken. Als Philip ein Haus – ein ganzes Haus für sich – mietete, erbot sich Philips Schwiegermutter, zu ihm zu ziehen, und erklärte, da sie niemandem verpflichtet zu sein wünsche, würde sie für Kost und Logis zahlen. Doch Philip schlug diesen „Hochgenuß" aus und stellte ihr zu Recht vor Augen, sein jetziges Haus sei nicht größer als seine frühere Wohnung. „Mein armer Liebling verzehrt sich danach, mich bei sich zu haben", bemerkte Mrs. Baynes dazu. „Aber ihr Mann ist so grausam zu ihr und hält sie so in Angst und Schrecken, daß sie sich nicht getraut, einen Mucks zu machen." Grausam zu ihr! Charlotte in ihrem kleinen Haus war von allen Glücklichen die glücklichste. Infolge seines parlamentarischen Erfolges ging Philip jetzt regelmäßig in seine Kanzleiräume, in der frommen Hoffnung, es kämen weitere amtliche Klageschriften. In der Kanzlei führte er auch hauptsächlich die Geschäfte seiner „Rundschau“, und zur gewohnten Stunde seiner Rückkehr war die übliche kleine Prozession von Mutter und Kind und Kindermädchen zu sehen, die nach ihm Ausschau hielten. Und die junge Frau – die glücklichste junge Frau der Christenheit – kehrte dann, am Arm ihres Gatten hängend, heim.

Diese ganze Zeit über kamen Briefe von Philips liebem Vater in New York, wo er sich, wie es schien, nicht nur mit seinem Beruf beschäftigte, sondern auch mit verschiedenen Spekulationen, mit deren Hilfe er ständig sein Glück zu machen im Begriff war. Eines Tages bekam Philip eine Zeitung, die eine neue Versicherungsgesellschaft annoncierte, und las zu seiner Verblüffung die Ankündigung: „Anwalt in London, Philip Firmin, Esq., Parchment Buildings, Temple.“ Ein väterlicher Brief verhieß Philip gewaltige Honorare aus dieser Versicherungsgesellschaft, doch habe ich nie gehört, daß der arme Philip davon reicher geworden wäre. Tatsächlich rieten ihm seine Freunde, sich auf keinen Fall mit dieser Versicherungsgesellschaft einzulassen und in seinen Briefen nicht darauf einzugehen.

„Sie fürchteten die Danaer und ihre Geschenke“, wie der alte Firmin gesagt hätte. Sie mußten Philip ein ständiges Mißtrauen gegenüber jenem verschlagenen alten Griechen, seinem Vater, einflößen. Firmin senior schrieb immer hoffnungsvoll und großspurig und glaubte oder versicherte hartnäckig, in nicht allzu ferner Zeit werde er Philip verkünden können, daß sein Glück gemacht sei. Er spekulierte an der Wall Street, ich weiß nicht in welchen Aktien, Erfindungen, Gruben, Eisenbahnen. Eines Tages, wenige Monate nach seinem Umzug in die Milman Street, mußte mir Philip errötend und mit gesenktem Kopf mitteilen, sein Vater habe wieder Wechsel auf ihn gezogen. Hätte er seine Anteile an einer gewissen Mine nicht bezahlt, hätte er sie verwirkt, und er und *sein Sohn nach ihm* hätten ein sicheres Vermögen verloren, behauptete der alte Danaus. Was denn, soll ein Mann von guter Herkunft Reichtum, Freunde und eine gehobene Lebensposition besitzen und doch so enden, daß wir ihn nicht mit unseren Löffeln allein im Zimmer zu lassen wagen? „Und du hast diesen Wechsel bezahlt, den der Alte gezogen hat?“ fragten wir. Ja, Philip hatte den Wechsel bezahlt. Er beteuerte, mehr werde er nicht zahlen. Doch war nicht schwer vorauszusehen, daß der Doktor noch mehr Wechsel auf diesen gefälligen Bankier ziehen würde. „Ich fürchte die Briefe, die mit einem Tusch auf das Vermögen anfangen, das er demnächst machen wird", gestand Philip. Er wußte, daß der alte Vater auf diese Art seine Geldforderungen einleitete.

Ich habe bereits eine große medizinische Entdeckung erwähnt, die der Arzt seiner Briefpartnerin, Mrs. Brandon, angekündigt hatte und durch die er, so beteuerte er wie gewöhnlich, drauf und dran sei, ein Vermögen zu machen. In New York und Boston habe er Versuche angestellt, die mit *verblüffendstem* Erfolg verlaufen seien. Man habe ein Mittel entdeckt, das allein beim Verkauf in Europa und Amerika den glücklichen Erfindern *ungeheure* Einkünfte bringen müsse. Für die Damen, die Mrs. Brandon pflege, sei das Mittel von unschätzbarem Wert. Er werde ihr etwas schikken. Sein Freund, Kapitän Morgan vom Southamptoner Postschiff, werde ihr etwas von der erstaunlichen Medizin bringen. Sie solle die beigefügten Fälle Doktor Goodenough – jedem seiner Arztkollegen in London – vorlegen. Obwohl selbst aus seinem Vaterland verbannt, liebe er es und sei stolz auf die Möglichkeit, ihm eine der größten Segnungen zuteil werden zu lassen, die die Wissenschaft der Menschheit geschenkt habe.

Goodenough, muß ich leider sagen, hegte ein solches Mißtrauen gegen seinen confrère, daß er es vorzog, keiner Behauptung Firmins Vertrauen zu schenken. „Ich glaube nicht, meine liebe Brandon, daß der Kerl Sachverstand genug hat, um irgendeine nützliche wissenschaftliche Entdeckung zu machen, die über eine neue Soße für Koteletts hinausgeht. Der und außer Schwindeleien etwas erfinden, niemals!" Sie sehen, dieser Goodenough ist ein dickköpfiger alter Heide; und wenn er einmal Grund gefunden hat, einem Mann zu mißtrauen, weigert er sich von da an für immer, ihm zu glauben.

Jedoch ist der Doktor ein Mensch, der stets nach einer Erweiterung seiner beruflichen Kenntnisse Ausschau hält und nach mehr Mitteln, um der Menschheit Gutes zu tun: während die Kleine Schwester in seinem Arbeitszimmer saß und ihn nicht aus den Augen ließ, druckste er an der Broschüre herum. Nach einer Weile warf er sie auf den Tisch und klatschte sich nach seiner

Gewohnheit mit den Händen auf die kurzen Beine. „Brandon", sagte er, „ich glaube, da ist eine Menge dran, und das glaube ich erst recht, weil sich herausstellt, daß Firmin nichts mit der Entdeckung zu tun hat, die in Boston gemacht worden ist."

In der Tat war Doktor Firmin, früher London, nur in dem Bostoner Krankenhaus zugegen gewesen, wo man die Versuche mit dem neuen Mittel durchführte. Er hatte sofort „halbpart" gerufen und wollte es als Geheimmittel verkaufen, und die Flasche, die er unserer Freundin, der Kleinen Schwester, übersandte, trug das Etikett „*Firmins Schmerzstiller*". Was Firmin tat, war freilich, was er schon immer zu tun pflegte. Er hatte sich das Eigentum eines anderen Mannes angeeignet und versuchte jetzt, groß damit herauszukommen. Die Kleine Schwester ging also mit ihrer Flasche Chloroform wieder nach Hause – denn das war es, was Doktor Firmin seine Entdeckung zu nennen beliebte und wovon er eine Probe heimgeschickt hatte; wie er ein Faß Petroleum aus Virginia heimgeschickt hatte; wie er Ankündigungen neuer Eisenbahnlinien schickte, auf die er Philip eine großzügige Provision versprach, falls sein Sohn bei seinen Freunden einige von ihren Aktien unterbringen könne.

Und hinsichtlich dieser Wertpapiere glaubte der optimistische Doktor mit der Zeit selbst, er versehe seinen Sohn wirklich mit großen Geldbeträgen. „Mein Junge hat einen Hausstand gegründet und hat eine Frau und zwei Kinder, der Grünschnabel!" äußerte er in New York oft. „Als wäre er früher nicht schon unbesonnen genug gewesen! Als ich heiratete, besaß ich eigene Mittel und habe die Nichte eines Aristokraten mit einem beträchtlichen Vermögen geheiratet. Keiner dieser beiden jungen Leute hat einen Penny. Nun ja, nun ja, der alte Vater muß ihnen helfen, so gut er kann!" Und wie ich höre, gab es Damen, die Tränen der Empfindsamkeit vergossen und sagten: „Was ist dieser Doktor doch für ein liebevoller Vater! Wie er sich für den Tunichtgut von Sohn aufopfert! Stellen Sie sich vor, der liebe Doktor in seinem Alter, wie er sich frohgemut für diesen jungen Mann abmüht, der zu seinem Ruin beigetragen hat!" Und Firmin seufzte und führte sich mit der schönen weißen Hand ein schönes weißes Taschentuch an die Augen. Und ich glaube, er weinte wirklich und hielt sich für einen richtig guten, liebevollen, schwergeprüften Menschen. Beim Gottesdienst vertraute man ihm den Sammelteller an; er sah sehr stattlich und ansehnlich aus und neigte vor den Damen, wenn sie ihre Spenden hineinlegten, mit hinreißendem, melancholischem Charme das Haupt. Der gute Mensch! Sein Teller war voller als der anderer Leute – das erzählte uns ein Reisender, der ihn in New York getroffen hatte; und schilderte ein ganz erlesenes Dinner, das der Doktor in einem damals gerade eröffneten hochexklusiven Hotel einigen wenigen Freunden gab.

Trotz aller Sparsamkeit und Umsicht der Kleinen Schwester vermochten sich Mr. und Mrs. Philip nur unter beträchtlichen Kosten in ihrem neuen Haus einzurichten, und ich muß leider sagen, über jenes großartige Klavier der Ringwoods hinaus, das sich in Philips kleinem Salon breitmachte, standen so gut wie keine Möbel darin. Eine der Liquidationen in der Eisenbahnsache war noch nicht bezahlt, und der arme Philip konnte sich nicht von bloßen papierenen Zahlungsversprechen ernähren. Er mochte auch das Anerbieten guter Freunde nicht annehmen, die sich ihm gern als Bankiers zur Verfügung gestellt hätten. „Einer in der Familie ist für derlei Geschäfte genug“, meinte er trübsinnig. Und es kam heraus, daß der interessante Gentleman im New-Yorker Exil, der den Leichtsinn und die törichte Heirat seines Sohnes beklagte, immer wieder Wechsel auf Philip gezogen hatte, die unser Freund akzeptierte und bezahlte – Wechsel, wer weiß, in welcher Gesamthöhe? Er hat es nie verraten. Und der einnehmende Vater, der ihn ausplünderte – muß ich ein so unhöfliches Wort benutzen? –, wird jetzt nie mehr sein Geheimnis preisgeben, in welchem Ausmaß er sich aus Philips bescheidenen Mitteln bediente. Ich weiß nur, als der Herbst kam – als der September vorüber war –, traf in unserer behaglichen kleinen Zuflucht an der See ein Brief von der Kleinen Schwester ein, in ihrer liebenswürdigen fehlerhaften Orthographie (die etwas Rührendes an sich hatte, das die allerkorrekteste Schrift nicht besitzt) – es kam, sage ich, von der Kleinen Schwester ein Brief, in dem sie uns mit vielen Unterstreichungen berichtete, die liebe Mrs. Philip und die Kinder schmachteten und kränkelten in London, und „dieser Philip, der habe zuviel Stohlz und Karackter, um von irgend jemand Geld anzunehmen; Mr. Tregarvan reise auf dem Kohntinent, und jener Lump – jenes Ungeheuer, *Sie wissen schon wer*, habe wieder auf Philip Geld gezogen und der habe wieder bezahlt, und die lieben, lieben Kinder könnten nicht in die gute frische Luft."

„Hat sie dir gesagt", fragte Philip und fuhr sich mit der Hand über die Augen, als ein Freund kam, um ihm Vorhaltungen zu machen, „hat sie dir gesagt, daß sie selbst mir Geld gebracht hat, aber wir wollten es nicht nehmen? Sieh mal! Da drüben in meinem Schreibtisch habe ich noch ihre kleine Hochzeitsgabe und bete zu Gott, daß ich sie meinen Kindern hinterlassen kann. Tatsache ist, der Doktor hat auf mich gezogen, wie üblich; nächste Woche will er ein Vermögen machen. Ich habe wieder einen seiner Wechsel bezahlt. Die parlamentarischen Anwälte sind nicht in der Stadt, wahrscheinlich auf ihren Mooren in Schottland. Die Luft am Russell Square ist ungemein bekömmlich, und wenn die Kinder genug davon genossen haben, nun ja, dann müssen sie zu der am Brunswick Square überwechseln. Was redest du vom Land! Wo kann es auf dem Lande ruhiger sein als in der Guilford Street im September? Morgens recke ich mich und atme die Gebirgsluft auf der Ludgate Hill."

Und mit diesen trübseligen Neckereien und Witzen beliebte unser Freund gute Miene zum schlechten Los zu machen. Die Verwandten in Ringwood waren freundlich genug, ihre Gastfreundschaft anzubieten, doch wie sollte der arme Philip das Fahrgeld für Dienstboten, Kinder und Ehefrau bezahlen? In dieser Not schrieb Tregarvan aus dem Ausland, wo er einen ungeheuerlichen Anschlag Ruß... – der Großmacht aufgedeckt hatte, die ihn täglich in Angst und Schrecken hielt und die zu nennen, da wir mit dieser Macht unverbrüchlich befreundet sind, keine andere Macht mich bewegen soll – Tregarvan schrieb an seinen Redakteur und gab ihm vertrauliche Kunde von einem ganz gewaltigen und ruchlosen Komplott gegen die Freiheiten des ganzen übrigen Europa, den die betreffende Macht vorbereite, und fügte in einer Nachschrift an: „Übrigens ist das Michaelisquartal fällig, und ich übersende Ihnen einen Scheck" usw. usw. O kostbare Nachschrift!

„Habe ich dir nicht gesagt, es kommt so?" sagte meine Frau mit selbstzufriedener Miene. „War ich nicht sicher, es werde Hilfe kommen?"

Und Hilfe kam wirklich; und eine selige kleine Gesellschaft fuhr in einem Wagen zweiter Klasse nach Brighton und fand eine ungewöhnlich billige Unterkunft, und die Rosen kehrten auf die kleinen blassen Wangen zurück, und Mama kam wunderbar zu Kräften und sah erfrischt aus, wie alle ihre Freunde hätten bemerken können, als die kleine Familie in die Stadt zurückkehrte, nur herrschte so dicker bräunlicher Nebel, daß es unmöglich war, überhaupt irgendeinen Teint wahrzunehmen.

Als die Jagdsaison zu Ende war, kehrten die parlamentarischen Anwälte, die Philip beschäftigt hatten, nach London zurück. Und ich freue mich, sagen zu können, daß sie ihm einen Scheck für seine bescheidene Liquidation übergaben. Meine Frau rief öfter denn je: „Habe ich es dir nicht gesagt? Wendet sich nicht alles zum besten? Ich wußte, der liebe Philip würde vorankommen!“

Alles wandte sich zum besten, ja? Philip würde bestimmt vorankommen, ja? Was halten Sie von der nächsten Neuigkeit, die der arme Kerl uns brachte? Eines Abends im Dezember kam er zu uns, und ich sah es seinem Gesicht an, daß ihm irgend etwas Bedeutsames widerfahren war.

„Ich bin am Verzweifeln“, sagte er und schlug mit der Faust auf den Tisch, als das junge Volk aufgestanden war. „Ich weiß nicht, was ich machen soll. Ich habe euch nicht alles erzählt. Ich habe schon vier Wechsel für ihn bezahlt, und jetzt hat er – hat er mit meinem Namen unterschrieben.“

„Wer denn?“

„Der in New York, du weißt schon“, sagt der arme Philip. „Ich sage dir, er hat auf meinen Namen einen Wechsel ausgeschrieben – und ohne meine Ermächtigung.“

„Gütiger Himmel! Du meinst, dein Vater hat gefä. . .“ Ich konnte das Wort nicht aussprechen.

„Ja“, stöhnte Philip. „Hier ist ein Brief von ihm!“ Und er reichte mir einen Brief in der wohlbekannten Handschrift des Doktors über den Tisch.

Liebster Philip! (So schrieb der Vater.) Ein schlimmes Unglück hat mich betroffen, das ich meinem lieben Sohn zu verschweigen oder doch jedenfalls von ihm abzuwenden gehofft hatte. Denn Du, Philip, teilst infolge der Unvorsichtigkeit – muß ich es sagen? – Deines Vaters dieses Unglück. Hätte ich mir doch die Hand abgehackt, die die Tat beging, ehe sie begangen wurde! Doch dem Fehltritt sind Flügel gewachsen, und er ist meiner Reichweite entflogen. Immeritus, lieber Junge, mußt Du für die delicta majorum leiden. Ach, das ein Vater seinen Fehltritt gestehen, auf die Knie fallen und seinen Sohn um Verzeihung bitten muß!

Ich bin in zahlreiche Spekulationen eingestiegen. Manche sind über meine kühnsten Hoffnungen hinaus erfolgreich gewesen; einige haben die verständigsten, die vorsichtigsten, die kühlsten unserer Kapitalisten in der Wall Street in die Irre geführt und haben, obwohl die großartigsten Erfolge verheißend, mit äußerstem Mißerfolg geendet! Um eine Forderung in einer Unternehmung zu begleichen, die die SICHERSTEN AUSSICHTEN auf Erfolg zu bieten, die ein Vermögen für mich und meinen Sohn und Deine lieben Kinder zu versprechen schien, gab ich mit anderen Sicherheiten, die ich ganz plötzlich zu Geld machen mußte, einen Wechsel in Zahlung, auf dem ich Deinen Namen benutzte. Ich datierte ihn so, als hätte ich ihn sechs Monate vorher in New York auf Dich in Parchment Buildings, Temple, gezogen; und ich schrieb Dein Akzept, als wäre die Unterschrift die Deine. Ich gebe mich Dir in die Hand. Ich sage Dir, was ich getan habe. Mache die Sache publik. Gib der Welt mein Geständnis bekannt, wie ich es hier schreibe und unterzeichne, und Dein Vater ist vor der Welt für immer gebrandmarkt als ein ... Erspare mir das Wort!

So wahr ich lebe, so wahr ich auf Deine Verzeihung hoffe: lange, ehe dieser Wechsel fällig wurde – er lautet auf fünf Monate Frist, 386 £ 4s 3d, Wert empfangen, und ist im Temple mit dem 4. Juli datiert –, gab ich ihn an jemanden weiter, der ihn zu behalten versprach, bis ich selbst ihn auslösen würde! Die Kommissionsgebühr, die er von mir verlangte, war *unerhört*, war *ruchlos*; und nicht zufrieden mit dem exorbitanten Zinssatz, den er mir abpreßte, hat der Gauner den Wechsel weitergereicht, und er befindet sich in Europa, in den Händen eines Feindes.

Du erinnerst Dich an Tufton Hunt? Ja. Du hast ihn *mit vollem Recht* gezüchtigt. Der Lump ist kürzlich in hiesiger Stadt aufgetaucht, verkehrte mit den *Gemeinsten der Gemeinen* und versuchte, seine alte Methode der *Drohungen*, *schönen Reden* und Erpressungen fortzusetzen! In einer *verhängnisvollen Stunde* erfuhr die Kanaille von dem Wechsel, über den ich Dich vorgewarnt habe. Er hat ihn dem Spieler abgekauft, an den er weitergereicht worden war. Da ihm in New York das Pflaster sehr bald zu heiß wurde *(denn der Unglückselige hat es mir sogar überlassen, seine Hotelrechnung zu bezahlen)*, ist er geflohen – und zwar nach Europa – und hat jenen verhängnisvollen Wechsel mitgenommen, den Du bezahlen wirst, das weiß er, sagt er. Ach! lieber Philip, wäre dieser Wechsel doch nicht mehr in den Händen dieses Lumpen! Welche schlaflosen Stunden der Qual blieben mir erspart! Ich bitte Dich, ich flehe Dich an, bringe jedes Opfer, um ihn zu honorieren! Du wirst ihn doch nicht verleugnen? Nein. Da Du eigene Kinder hast – da Du sie liebst – mutest Du ihnen freiwillig nicht zu einen entehrten

Vater

Ich habe einen Anteil an einer *großen medizinischen Entdeckung**, über die ich an unsere Freundin Mrs. Brandon geschrieben habe und die ganz sicher einen ungeheuren Profit abwerfen wird, wenn ein so wohlbekannter – ich darf wohl sagen, beruflich *so geachteter Arzt wie ich* sie in England einführt. Die allerersten Profite, die sich aus dieser Entdeckung ergeben, verspreche ich, auf mein Ehrenwort, Dir zukommen zu lassen. Sie werden sehr bald den Verlust, den meine Unvorsichtigkeit über meinen lieben Jungen gebracht hat, *weit mehr* als wettmachen. Lebe wohl! Liebe Grüße an Deine Frau und die Kleinen.

G. B. F.

* In Amerika wurde, glaube ich, zuerst Äther angewendet; und ich hoffe, der Leser wird in diesem Fall die Unterschiebung von Chloroform entschuldigen. W. M. T.

37. KAPITEL
Nec plena cruoris hirudo

Tatsächlich erfüllte die Lektüre dieses kostbaren Briefes Philips Freund mit einer Empörung, die sich nur schwer beherrschen oder verhehlen ließ. Es ist keine angenehme Aufgabe, einem Gentleman zu eröffnen, daß sein Vater ein Gauner ist. Ein paar Jahre zuvor wäre der alte Firmin für solche Schliche gehängt worden. Im Gespräch mit einem ganz großen Schurken oder mit einem Verrückten, hat da der geschätzte Leser nicht manchmal mit strenger Selbsterniedrigung darüber nachgedacht, daß der Kerl von unserer eigenen Art ist und homo est? Lasset uns, geliebte Brüder, die wir draußen sind – ich meine außerhalb des Laderaums des Deportationsschiffes oder des Irrenhauses –, lasset uns dankbar sein, daß wir einen Barbier dafür bezahlen müssen, wenn er uns das Haar stutzt, und daß die Wahl des Schnitts unserer Jacke uns selbst anvertraut ist. Als der arme Philip den erbärmlichen Brief seines Vaters vorlas, war mein Gedanke: Und ich kann mich noch erinnern, wie die weiche weiße Hand dieses Schurken, die gerade den Namen seines eigenen Sohnes gefälscht hat, mir ganz freundlich Sovereigns in die Hand drückte, als ich ein Schuljunge war. Ich hatte diesen

Mann immer gemocht – doch die Geschichte ist nicht de me – sie betrifft Philip.

„Du wirst doch diesen Wechsel nicht bezahlen?“ fragte Philips Freund dann empört.

„Was soll ich denn machen?“ sagte der arme Philip, bedrückt den Kopf schüttelnd.

„Du bist für keine fünfhundert Pfund in der Welt gut“, bemerkt der Freund.

„Wer hat das denn behauptet? Ich bin für diesen Wechsel gut – oder doch mein Kredit“, antwortet das Opfer.

„Wenn du diesen bezahlst, zieht er wieder welche.“

„Wahrscheinlich wird er das.“ Soviel gab Firmin zu.

„Und er wird immer weiterziehen, solange noch ein Tropfen Blut aus dir herauszuholen ist.“

„Ja“, gesteht der arme Philip und legt einen Finger an die Lippen. Er dachte, ich wollte es bekanntgeben.

Seine arglose Frau und die meine erörterten gerade die jeweiligen Vorzüge einiger süßer Chintzmuster, die sie bei Shoolbred in der Tottenham Court Road gesehen hatten und die so preiswert und hübsch und freundlich in den Farben waren! Diese Vorhänge für den Salon würden ja so gut wie nichts kosten! Sie sehen, bevor unser Regulus in sein Folterfaß stieg, lächelte er seine Freunde an und versuchte sich mit unbefangener, fröhlicher Miene am Geplauder über die Zimmerdekoration zu beteiligen. Um Chintz oder etwas anderes für den Haushalt zu besorgen, verließen die Damen schwatzend das Haus. In Charlottes armem unschuldigem Herzchen nistete eben jetzt keine Sorge, außer um Mann und Kinder.

„Hübsch, sie über süßen Chintz für den Salon reden zu hören, nicht?“ sagt Philip. „Wollen wir uns bei Shoolbred umsehen oder in dem anderen Geschäft?“ Und dann lacht er. Es war kein besonders heiteres Lachen.

„Du meinst, du bist also entschlossen, zu ...“

„Zu bestätigen, daß es sich um *meine Unterschrift* handelt? Selbstverständlich“, erklärt Philip, „wenn sie mir jemals vorgelegt wird, würde ich sie anerkennen!“ Und ich kannte meinen standhaften Freund zu gut, als daß ich geglaubt hätte, nachdem er diesen Entschluß gefaßt und verkündet hatte, würde er sich jemals davor drücken.

Das Erbitterndste an der Angelegenheit war, daß Philips Freunde, wie wohlwollend sie ihm gegenüber auch eingestellt sein mochten, ihm in diesem Fall keine helfende Hand reichen konnten. Der Doktor würde nur noch mehr Wechsel ziehen und dann noch mehr. So gewiß Philip zahlte, so gewiß würde der schurkische Vater mehr verlangen; und jener allesverschlingende Drache von Doktor besäße genug Appetit für unser aller Blut, zeigten wir nur die geringste Neigung, es herzugeben. In der Tat sah der gute Philip das ein und gab alles mit seiner gewohnten Offenherzigkeit zu.

„Mir ist klar, was dir durch den Kopf geht, alter Junge!" sagte der arme Kerl, „so genau, als würdest du es aussprechen. Du meinst, daß ich hilflos und unverbesserlich und unwiderruflich zum Ruin verurteilt bin. So sieht es ja auch aus. Man kann seinem Schicksal nicht entgehen, Freund, und mein Vater hat mir meines vorgezeichnet. Wenn ich es schaffe, mit Hängen und Würgen diesen Wechsel zu bezahlen, zieht er selbstredend wieder einen. Meine einzige Aussicht auf Rettung ist, daß ihm einige seiner Spekulationen glücken. Da er ständig einen Einsatz im Spiel hat, zieht er eines Tages vielleicht doch einmal einen Treffer. Dann gibt er mir aber nichts davon ab. Das ist nicht seine Art. Wenn er einen Coup landet, behält er das Geld oder gibt es aus. Mir gibt er bestimmt nichts. Aber er wird nicht, wie jetzt, auf mich ziehen oder geschmackvolle Imitationen des Autogramms seines Sohnes verschicken. Es ist ein wahrer Segen, so einen Vater zu haben, nicht? Weißt du, Pen, wenn ich bedenke, von wem ich abstamme, und mir deine Löffel besehe, staune ich, daß ich noch keinen eingesteckt habe. Du läßt sie ganz ungesichert mit mir allein im Zimmer. Wirklich, es ist richtig rührend, wie sehr du und deine liebe Frau mir Vertrauen schenken." Und mit einem bitteren Fluch über sein Schicksal unterbricht der arme Kerl einen Augenblick sein Klagelied.

Sein Vater sei sein Schicksal, glaubte er offenbar, und es gebe keine Möglichkeit, es abzuwenden. „Erinnerst du dich an das Bild von Abraham und Isaak im Arbeitszimmer des Doktors in der Old Parr Street?" fragte er mich manchmal. „Mein Patriarch hat mich gefesselt und schon einigemal mit dem Messer zugestochen. Er bringt mich nicht gleich bei der ersten Operation zum Opfer dar; aber eines Tages kommt es zur letzten, und ich blute nicht mehr. Ganz witzig und amüsant, nicht? Besonders, wenn man Frau und Kinder hat."

Ich für mein Teil war so aufgebracht, daß ich daran dachte, in den Zeitungen zu inserieren, alle in Philips Namen gezogenen Wechsel seien Fälschungen; mochte der Vater doch die Folgen seiner Tat tragen. Doch die Folgen wären lebenslange Haft für den alten Mann gewesen und nicht weniger Schande und Unglück, als ihm jetzt drohten, für den jungen. Er setzte uns das ganz klar auseinander; auch konnten wir seine niederdrückende Logik nicht völlig widerlegen. Es sei jedenfalls besser, diesen Wechsel zu honorieren und dem Doktor für die Zukunft eine Warnung zukommen zu lassen. Nun ja, vielleicht war es besser. Nur angenommen, der Doktor nähme die Warnung gut auf, ließe den Tadel in aller Demut über sich ergehen und beginge bei nächster Gelegenheit wieder eine Fälschung? Darauf antwortete Philip, kein Mensch könne gegen sein Schicksal ankämpfen; er habe schon immer sein Verderben von der Hand seines Vaters erwartet. Als der Ältere nach Amerika gegangen sei, habe er gedacht, womöglich sei der Bann gebrochen, „aber du siehst, es ist nicht der Fall", stöhnte Philip, „und die Sendboten meines Vaters erreichen mich, und ich stehe immer noch unter dem Bann." Der Überbringer der *Seidenschnur* war unterwegs, wie wir wissen, und würde binnen kurzem seine grausame Botschaft übermitteln.

Nachdem es Mr. Tufton Hunt oft genug gelungen war, von Doktor Firmin Geld zu erpressen, meinte er nichts Besseres tun zu können, als seinem Bankier über den Atlantik zu folgen. Und wir brauchen den Verdruß und die Wut des Doktors nicht zu beschreiben, als dieser merkte, daß er die Schwarze Sorge immer noch im Rücken hatte. Er hatte nicht viel zu geben; wirklich war die Summe, die er mitnahm und seinem Sohn und den übrigen Gläubigern raubte, nur bescheiden. Doch Hunt war darauf erpicht, ein Teil abzubekommen, und gab natürlich zu verstehen, falls der Doktor sich sträube, werde er die näheren Umstände der frühen Jahre Firmins und seiner jüngsten Unterschlagungen in die New-Yorker Presse bringen. Mr. Hunt hatte sich ein halbes dutzendmal unter der Galerie des Unterhauses aufgehalten und kannte unsere Politiker vom Sehen. Auf seiner ziemlich langen und unrühmlichen Lebensbahn hatte er allerlei Anekdoten über Mitglieder der Aristokratie, Liebhaber des Pferderennens und solcherlei Leute aufgelesen; und er erbot sich, dieses kostbare Wissen an mehr als eine amerikanische Zeitung zu verkaufen, wie es auch andere liebenswerte Verbannte aus unserem Land getan haben. Doch Hunt war zu alt, und seine Geschichten waren dem New-Yorker Publikum zu abgestanden. Sie reichten in die Zeit Georges IV. zurück und in die Zeiten, als man noch boxte und Postkutschen lenkte. Er fand nur wenig Absatz für seine Waren, und der benebelte Geistliche schwankte von Schenke zu Bar, nur ein Ziel der Verachtung für jüngeres Gesindel, das nichts von seinen veralteten Geschichten hielt und sie mit Lumpereien viel moderneren Datums übertrumpfen konnte.

Nach etwa zweijährigem Aufenthalt in den Vereinigten Staaten empfand dieser Ehrenmann das brennende Verlangen, sein Vaterland wiederzusehen, wie es sich so oft in edlen Herzen regt, und reiste von Liverpool nach London. Und in London angelangt, lenkte er seine Schritte zum Haus der Kleinen Schwester, wo nach seiner Erwartung Philip immer noch wohnte. Obwohl man Hunt hier schon einmal aus dem Haus geworfen hatte, war es ihm jetzt nicht weiter peinlich, es wieder zu betreten. Er hatte etwas in der Tasche, das ihm eine respektvolle Behandlung von Philips Seite sichern würde. Unter welchen Umständen war dieser gefälschte Wechsel in seinen Besitz gelangt? War es eine Spekulation zwischen Hunt und Philips Vater? Hatte Hunt darauf hingewiesen, Philip werde, um den älteren Firmin vor Schande und Ruin zu bewahren, den Wechsel bestimmt honorieren? Eine gefälschte Unterschrift sei eigentlich ein besseres Dokument als ein echtes Akzept? Wir werden die Wahrheit über diese Transaktion nie mehr erfahren. Wir haben nur die Behauptungen der zwei Beteiligten; und da sie beide, zu unserer Betrübnis muß es gesagt werden, gänzlich unglaubwürdig sind, werden wir hinsichtlich dieser Angelegenheit kein Licht in das Dunkel bringen. Vielleicht hat Hunt Philips Akzept gefälscht, vielleicht hat es sein unglücklicher Vater geschrieben, vielleicht war die Geschichte des Doktors, das Papier sei ihm abgepreßt worden, wahr, vielleicht auch nicht. Was macht das noch aus? Beide Männer sind von uns gegangen und werden keine Lügen mehr schreiben oder aussprechen.

Caroline Brandon war nicht zu Hause, als Hunt nach der Rückkehr aus Amerika seinen ersten Besuch abstattete. Ihr

Dienstmädchen beschrieb den Mann. Mrs. Brandon war überzeugt, der Besucher sei Hunt gewesen, und die Ankunft des Geistlichen verhieß ihr für Philip nichts Gutes. Wir haben gesehen, daß die Kleine Schwester in den Augen dieses Mannes in früheren Jahren Gefallen gefunden hatte. Die verkommene Kreatur, von den Menschen gemieden, von Verbrechen, Trunksucht, Schulden besudelt, besaß immer noch kein geringes Maß an Eitelkeit und spreizte sich gewaltig in den Schenkstuben, wo er verkehrte. Weil er vor dreißig Jahren die Universität besucht hatte, meinte er, er sei gewöhnlichen Männern, die nicht den Vorzug einer Erziehung in Oxford oder Cambridge genossen hatten, weit überlegen, und die „Snobs", wie er sie nannte, hätten Achtung vor ihm. Wenn er mit einem noch so reichen Handwerker sprach, gab er sich großspurig, redete ihn bloß mit dem Familiennamen an und glaubte ihm eine Ehre zu erweisen, wenn er ihn begönnerte und mit ihm plauderte. Die Grammatik der Kleinen Schwester, habe ich Ihnen schon gesagt, war nicht ohne Fehler, ihre Aussprache – die armen kleinen H kamen arg regellos. Ein Brief war für sie eine mühselige Arbeit. Sie wußte, wie schlecht sie damit fertig wurde und daß sie dauernd Schnitzer machte.

Sie erfand tausend drollige kleine Begründungen und Entschuldigungen für ihre Schreibfehler. Trotz aller orthographischen Patzer lag in ihren Briefchen ein Pathos, das einem irgendwie die Tränen in die Augen trieb. Ehrwürden Mr. Hunt dünkte sich dieser Frau überlegen. Er glaubte, seine Universitätsbildung verleihe ihm Anspruch auf ihren Respekt, und warf sich in seine beschmutzte Collegerobe und blies sich vor ihr und anderen auf. Er hatte seinen Grad eines Master of Arts in vielen tausend Schenkstuben zur Schau gestellt, wo sein Griechisch und seine Gelehrsamkeit ihm eine gewisse Achtung eingetragen hatten. Er begönnerte die Wirte und stolzierte mit weinseligem, schmierigem Grinsen oder trunkener Würde vor den Theken der Wirtinnen auf und ab. Er mußte schon sehr heruntergekommen und verworfen gewesen sein, daß er noch glauben konnte, er stehe über irgendeinem lebenden Menschen: er, der die Bedienten hätte bedienen und dem Hausknecht die Schuhe hätte putzen müssen. Hatte er ein bestimmtes Stadium der Trunkenheit erreicht, begann er gewöhnlich von der Universität zu prahlen und die Titel seiner Freunde aus früheren Tagen herzusagen. Nie war ein Fußtritt so angebracht wie der, den Philip diesem Hundsfott einmal versetzte. Der Kerl sei in der Gosse inzwischen gänzlich zu Hause, behauptete Firmin oft und beteuerte weiter, das Schmutzwasser dort könne ihm nur guttun.

Mrs. Brandon entdeckte bald, daß ihre Vermutungen hinsichtlich ihres namenlosen Besuchers zutrafen. Am nächsten Tag, als sie die Blümchen in ihrem Fenster goß, schaute sie auf die Straße hinaus und sah den torkelnden Geistlichen lüstern zu ihr hinauf grinsen. Als sie ihn gewahrte, zog er den speckigen Hut und verbeugte sich vor ihr. Vom ersten Moment an hatte sie das Gefühl, er sei in feindseliger Absicht gegenüber Philip gekommen. Sie wußte, daß er Böses im Schilde führte, sobald sie das aufgedunsene Gesicht, die blutunterlaufenen Augen, die unrasierten, feixenden Lippen sah.

Mag sein, daß sie am liebsten in Ohnmacht gefallen wäre oder aufgeschrien oder sich vor dem Mann versteckt hätte, vor dessen Anblick ihr ekelte. Sie fiel nicht in Ohnmacht, versteckte sich nicht und schrie nicht auf. Vielmehr nickte sie prompt und lächelte diesem unwillkommenen, schmutzigen Fremden äußerst gewinnend zu. Sie ging an die Tür, sie öffnete sie (obwohl ihr Herz so klopfte, daß man es hätte hören können, wie sie ihrer Freundin später berichtete). Einen Augenblick lang stand sie schelmisch lächelnd vor ihm und winkte ihn mit einer Geste des Willkommens in ihr Haus. „Herrje" (dieses, habe ich Grund zu glauben, waren genau ihre Worte), „herrje, Mr. Hunt, wo haben Sie denn bloß so lange gesteckt?" Und ein lächelndes Gesicht blickte ihn unter einer adretten Haube mit frischer Schleife hervor beherzt an. O ja, ich weiß, daß manche Frauen zu lächeln und ganz gelassen auszusehen vermögen, wenn sie sich auf dem Sessel eines Zahnarztes niederlassen.

„Herrje, Mr. Hunt", sagt dann das aufrichtige Geschöpf, „wer hätte das gedacht, *Sie* zu sehen, na so was!" Und sie macht einen netten, munteren kleinen Knicks und sieht ganz heiter, erfreut und hübsch aus; und auch Judith sah zweifellos heiter aus und lächelte Holofernes an und plapperte ihm etwas vor. Und dann sagte sie selbstverständlich: „Wollen Sie nicht hereinkommen?" Und Hunt stolzierte die Stufen zur Haustür hinauf und trat in das Stübchen, in das ich den freundlichen Leser schon so oft geführt habe, mit dem netten, bescheidenen Zierat, den Bildern, dem funkelnden Eckschrank und den blankpolierten Möbeln.

„Wie geht's dem Hauptmann?" fragt der Mann (allein mit dieser Kleinen Schwester, begann auch dem Kerl das Herz zu klopfen, und seine blutunterlaufenen Augen glitzerten).

Er habe nicht von dem armen Pa gehört? „Da sieht man mal, wie lange Sie weg waren!" bemerkt Mrs. Brandon und nennt das Datum der tödlichen Krankheit ihres Vaters. Ja, jetzt sei sie allein und müsse für sich selbst sorgen. Und im gleichen Atemzug fragte Mrs. Brandon sicherlich Mr. Hunt, ob er etwas „zu sich nehmen" wolle. In der Tat nötigte diese gute kleine Frau ihre Freunde dauernd, etwas „zu sich zu nehmen", und hätte es für einen Verstoß gegen die Gesetze der Gastfreundschaft gehalten, wenn sie diese Aufforderung unterlassen hätte.

Niemand hatte je erlebt, daß Hunt ein solches Angebot ausschlug. Er würde gern einen Schluck zu sich nehmen – einen warmen Schluck. Er habe in New York das Wechselfieber gehabt, und die Krankheit hinge ihm immer noch an. Mrs. Brandon brannte sogleich darauf, von Mr. Hunts Leiden zu hören, und bestätigte, daß ein tröstliches Glas sehr wirksam sei, drohendes Fieber niederzuschlagen. Ihre flinken, zierlichen Händchen mischten ihm ein Glas. Er konnte nicht übersehen, was für eine schmucke kleine Hausfrau sie war.

„Ach, Mrs. Brandon, hätte eine so gütige Freundin auf mich aufgepaßt, wäre ich jetzt nicht so ein Wrack!" seufzte er. Er mußte wohl zu einem zweiten, nein, einem dritten Glas fortgeschritten sein, als er zu seufzen und rührselig über sein unglückliches Schicksal zu reden begann; und Mrs. Brandon gestand später ihren Freunden, sie habe diese Gläser besonders stark gemacht.

Nachdem also Hunt in beträchtlichen Mengen „etwas zu sich genommen" hatte, ließ er sich zu der Frage herab, wie es denn seiner Gastgeberin gehe und was ihre Mieter machten. Wie es ihr gehe? Die kleine Mrs. Brandon zeichnete das erfreulichste Bild von sich und ihren Verhältnissen. Die Zimmer vermieteten sich gut und stünden nie leer. Dank Doktor Goodenough und anderer Freunde habe sie beruflich so viel zu tun, wie sie es sich nur wünschen könne. Seit *Sie wissen schon wer* aus dem Lande sei, sagte sie, sei ihr viel leichter ums Herz. Solange er in der Nähe war, habe sie sich nie sicher gefühlt. Aber nun sei er weg, und „das Pech möge sich an seine Fersen heften", erklärte diese rachsüchtige Kleine Schwester.

„Wohnt sein Sohn noch oben?" fragte Mr. Hunt.

Was tut Mrs. Brandon daraufhin? Sie bricht in einen wütenden Ausfall gegen Philip und seine Familie aus. *Der* und hier wohnen? Nein, Gott sei Dank! Sie habe genug von ihm und seiner Frau und deren vornehmem Getue, und die ganze Nacht das Kindergeschrei, und die Möbel runtergewirtschaftet, und nicht einmal die Rechnungen bezahlt! „Er sollte nämlich glauben, daß ich und Philip keine Freunde mehr sind. Und der Himmel verzeihe mir, daß ich geschwindelt habe! Ich weiß, daß dieser Kerl mit Philip nichts Gutes im Sinn hat. Über kurz oder lang weiß ich, *was* er vorhat, bestimmt", gelobte sie.

Denn selbigen Tages, nachdem Mr. Hunt sie besucht hatte, eilte Mrs. Brandon zu Philips Freunden und teilte ihnen Hunts Ankunft mit. Wir konnten nicht sicher sein, daß er der Überbringer des gefälschten Wechsels war, der dem armen Philip drohte. Bisher hatte Hunt noch nichts davon erwähnt. Doch obwohl es uns fernliegt, irgendeine Form der Täuschung oder Heuchelei gutzuheißen, geben wir zu, daß wir es der Kleinen Schwester nicht *allzusehr* übelnahmen, wenn sie sich im vorliegenden Fall der Verstellung bedient hatte, um Hunt zu der Annahme zu verleiten, sie sei keineswegs Philips Komplizin. Wenn Philips Frau ihr verzieh, sollten da seine Freunde weniger nachsichtig sein? Um das Rechte zu tun, darf man kein Unrecht begehen; wenngleich ich zugebe, dies war einer der Fälle, wo ich dazu neige, nicht allzu streng mit der kleinen, in guter Absicht handelnden Übeltäterin umzuspringen.

Nun, Charlotte mußte unserer kleinen Freundin verzeihen (und dieses Vergehen, wenn schon nicht gewisse andere, verzieh ihr Charlotte von ganzem Herzen), angesichts des Grunds, warum Mrs. Brandon sie so zügellos verleumdet hatte. Als Hunt fragte, was Philip Firmin für eine Frau geheiratet habe, erklärte Mrs. Brandon, Mrs. Philip sei ein kleines schnippisches, unsympathisches Ding; sie tue wunder wie vornehm, vernachlässige ihre Kinder, schikaniere ihren Mann und was noch alles. Und schließlich beteuerte die gute Brandon, sie könne Charlotte Firmin nicht leiden und sei richtig froh, sie aus dem Haus zu haben.

Und Philip sei, seit er geheiratet habe, nicht mehr der alte Philip, und *er* tue auch vornehm und sei grob und lasse sich in allen Dingen von seiner Frau leiten. Es sei ein Glück, daß sie sie alle los sei.

Hunt gab gnädig zu bedenken, Streitigkeiten zwischen Wirtinnen und Mietern seien nicht ungewöhnlich. Mieter zahlten manchmal ihre Miete nicht pünktlich, in anderen Fällen seien sie übertrieben mißtrauisch, was den Verbrauch ihrer Lebensmittel, Spirituosen und so weiter angehe. Und die kleine Brandon, die sich eher die Hand abgehackt hätte, als ihrem Philip auch nur den Gegenwert eines Pennys zu stehlen, belachte den Scherz ihres Gastes und tat so, als amüsierten sie seine spitzbübischen Andeutungen, sie mache lange Finger. Kein Wort, das er sagte, was sie nicht mit gefälliger Fügsamkeit hingenommen hätte. Innerlich mochte sie vor der lüsternen Vertraulichkeit des widerlichen, angetrunkenen Strolches schaudern, doch nach außen hin verriet sie keinerlei Abscheu oder Angst. Sie ließ ihn soviel reden, wie er wollte, in der Hoffnung, er werde auf ein Thema kommen, das sie brennend interessierte. Sie erkundigte sich nach dem Doktor, und was er mache und ob Aussicht bestehe, daß er jemals zur Rückerstattung des Geldes imstande sei, das er seinem Sohn genommen habe. Und sie sprach in gleichgültigem Ton und tat sehr beschäftigt über einer Handarbeit, an der sie stichelte.

„Oho, Sie sind immer noch scharf auf ihn", stellt der Kaplan fest, eins seiner blutunterlaufenen Augen zukneifend.

„Auf diesen alten Mann scharf! Was soll mir an ihm liegen? Als ob er mir nicht schon genug angetan hat!" ruft die arme Caroline.

„Ja. Aber so ein bißchen schlechte Behandlung bringt die Frauen nicht gleich von einem Mann ab", meint Hunt. Zweifellos hatte der Kerl seine eigenen Versuche mit der weiblichen Treue angestellt.

„Na, ich denke doch", sagt die kleine Brandon, den Kopf zurückwerfend, „die Frauen können es genauso satt kriegen wie die Männer, oder nicht? Ich bin diesem Mann vor vielen Jahren auf die Schliche gekommen und habe genug von ihm. Noch ein Tröpfchen aus der grünen Flasche, Mr. Hunt! Es ist für das Wechselfieber wirklich gut und verhindert wunderbar den Schüttelfrost!"

Und Hunt trank, und er redete noch ein bißchen mehr – noch viel mehr. Und er sagte seine Meinung über den älteren Firmin und sprach über dessen Erfolgsaussichten und Spekulationsbesessenheit und bezweifelte, ob er je wieder den Kopf oben tragen könne – obwohl, möglich wäre es, möglich wäre es immer noch. Er lebe in einem Land, wo man eine Chance habe, überhaupt wieder auf die Beine zu kommen. Und Philip tue hochnäsig, soso? Er sei schon immer ein arroganter Kerl gewesen, dieser Mr. Philip. Und er habe ihr Haus verlassen? und sei schon ewig fort? und wo wohne er denn jetzt?

Da, muß ich leider berichten, fragte Mrs. Brandon, woher *sie* denn wissen solle, wo Philip jetzt wohne? Sie glaube, in der Nähe von Gray's Inn oder Lincoln's Inn oder da irgendwo. Und sie sei dafür, dieses Thema am besten fallenzulassen; und sie bemühte sich auch darum mittels vieler munterer Bemerkungen und geschickter kleiner Listen, die ich mir ausmalen kann, die sie mir aber nur teilweise bestätigte – denn Sie müssen wissen, sobald ihr Besucher sich verabschiedete – um sich in das Gasthaus zum Club „Admiral Byng" zu begeben und die Bekanntschaft mit den in der Gaststube dieser Schenke versammelten Ehrenmännern aufzufrischen –, rannte Mrs. Brandon nach einer Droschke, fuhr damit zu Philips Haus in der Milman Street, wo sie nur Mrs. Philip antraf, und nach einem banalen Gespräch mit ihr – das Charlotte kein geringes Rätsel aufgab, denn Mrs. Brandon wollte nicht sagen, was sie herführte, und erwähnte Hunts Ankunft und Besuch bei ihr mit keinem Wort – bestieg die Kleine Schwester die nächste Droschke und erschien schließlich im Haus von Philips Freunden am Queen Square. Und hier eröffnete sie mir, daß Hunt angekommen sei und daß sie überzeugt sei, er führe für Philip nichts Gutes im Schilde, und sie habe Mr. Hunt gewisse – gewisse Sachen erzählt, die nicht den Tatsachen entsprächen; für diese Schwindeleien gedenke ich sie durchaus nicht zu entschuldigen.

Obwohl der interessante Geistliche kein Wort über jenen Wechsel gesagt hatte, den Philips Vater angekündigt hatte, glaubten wir, daß das Dokument in Hunts Besitz sei und er es zu gegebener Zeit präsentieren werde. Wir wußten zufällig, wo Philip dinierte, und schickten ihm eine Botschaft, er solle zu uns kommen.

„Was hat er denn?“ fragten die Leute am Tisch – einem Junggesellentisch im Temple (denn Philips gute Frau redete ihm tatsächlich zu, dann und wann auszugehen und sich mit seinen Freunden einen vergnügten Abend zu machen). „Was kann das bedeuten?“, und sie lasen das Stück Papier vor, das er hingeworfen hatte, als man ihn abrief.

Philips Korrespondent schrieb: „Lieber Philip! Ich glaube, DER ÜBERBRINGER DER SEIDENSCHNUR ist soeben eingetroffen. Er war gerade heute bei der K. S.“

Die K. S.? Der Überbringer der Seidenschnur? Nicht einer der Junggesellen, die in den Parchment Buildings dinierten, vermochte das Rätsel zu lösen. Erst nach Empfang dieses Stückchens Papier war Philip aufgesprungen und hatte den Raum verlassen. Und ein Freund von uns, ein schlauer Spaßvogel und Don Juan vom Pump Court, wollte jede Wette eingehen, in den Fall sei eine Dame verstrickt.

Bei dem eiligen kleinen Kriegsrat, der nach Eingang der Nachricht in unserem Haus zusammentrat, teilten wir der Kleinen Schwester, die ihr Instinkt nicht getrogen hatte, in Einzelheiten mit, welche Gefahr Philip drohte; und sie legte einen heftigen, kräftigen Zorn an den Tag, als sie erfuhr, wie er dem Feind zu begegnen gedachte. Er habe eine gewisse Summe parat. Er werde sich von seinen Freunden etwas dazuborgen, die wüßten, daß er ein ehrlicher Mann sei. Diesen Wechsel werde er honorieren, was auch kommen möge, um zumindest diese Schande von seinem Vater abzuwenden.

Was? Vor diesen Lumpen klein beigeben? Seine Kinder hungern lassen und seine arme Frau zur Hausmagd und Dienstbotin zu machen, wo sie zu weiter nichts tauge als zur vornehmen Dame? (Sie sehen, es herrschte keine übertriebene Liebe zwischen diesen zwei Damen, die beide Mr. Philip liebten.) Es sei eine Sünde und Schande! behauptete Mrs. Brandon und erklärte, sie hätte Philip mehr Feuer zugetraut. Philips Freund hat schon früher die eigenen geheimen Gedanken zu dem Firmin bedrohenden Unheil dargelegt. Diesen Wechsel zu bezahlen hieße ein Dutzend weitere auf sich zu ziehen. Philip könnte sich genausogut jetzt widersetzen wie zu einem späteren Zeitpunkt. Das war auch die Meinung, die des Lesers ganz ergebener Diener auf Befragen äußerte.

Meine Frau wiederum ergriff für Philip Partei. Sie war tief bewegt über seine Ankündigung, diesmal wolle er seinem Vater noch verzeihen und sich bemühen, sein Vergehen zu decken.

„So wahr man hofft, einem werde vergeben, lieber Philip, bin ich überzeugt, man tut recht", sagte Laura. „Ich bin überzeugt, Charlotte meint das auch."

„Ach, Charlotte, Charlotte!" wirft die Kleine Schwester ziemlich mürrisch ein, „natürlich meint Mrs. Philip alles, was ihr Mann ihr sagt!"

„Philip hat in der Stunde seiner Prüfung wunderbare Hilfe und Güte erfahren", beharrte Laura. „Seht doch, wie eines nach dem anderen dazu beigetragen hat, ihm zu helfen! Als er in Not war, waren stets Freunde da, ihm beizustehen. Wenn er wieder in Not ist, bin ich sicher, mein Mann und ich werden mit ihm teilen." (Dazu habe ich vielleicht ein schiefes Gesicht gezogen; denn bei aller Freundschaft und dergleichen gegenüber jemandem kommt es einem doch nicht immer gelegen, ihm fünf- oder sechshundert Pfund ohne Sicherheit zu leihen.) „Mein lieber Mann und ich werden mit ihm teilen", fährt Mrs. Laura fort, „nicht wahr, Arthur? Ja, meine liebe Brandon, das werden wir. Sie können sicher sein, Charlotte und die Kinder sollen deswegen keine Not leiden, weil Philip Firmin das Unrecht seines Vaters deckt und vor der Welt verbirgt! Gott segne Sie, lieber Freund!" Und was tut diese Frau dann, und direkt vor ihrem Mann? Sie geht tatsächlich zu Philip. Sie nimmt seine Hand – und . . . Nun, was sich vor meinen eigenen Augen abspielte, will ich lieber nicht niederschreiben.

„Sie ermuntert ihn, die Kinder zu ruinieren, diesem – diesem verruchten alten Scheusal zuliebe!" ruft Mrs. Brandon. „Das kann ja einen Heiligen aus der Ruhe bringen, wahrhaftig!" Und sie reißt ihren Kapotthut vom Tisch und stülpt ihn sich auf den Kopf und rennt in einem kleinen Wutanfall aus dem Zimmer.

Meine Frau faltet die Hände und haucht ein paar Worte, die lauten: „Vergib uns unsere Schuld, wie wir vergeben unseren Schuldigern."

„Ja", sagt Philip tiefbewegt. „Das ist der göttliche Befehl. Sie haben recht, liebe Laura. Ich habe eine schwere Zeit hinter mir, und Zweifel und Gram lagen mir mit schrecklicher Düsterkeit auf der Seele, solange ich über diese Sache nachdachte, bis ich mich so zu handeln entschloß, wie Sie es auch täten. Aber mir ist eine große Last von der Seele, seit mir klar wurde, wie ich mich zu verhalten habe. Wie viele Hunderte um ihr Dasein ringende Männer haben genau wie ich Verluste erlitten und ihnen getrotzt! Ich werde diesen Wechsel bezahlen, und ich werde dem Aussteller ankündigen, er soll – er soll mich in Zukunft verschonen."

Jetzt, da die Kleine Schwester in ihrer empörten Aufwallung gegangen war, befand ich mich im Kriegsrat ja in der Minderheit, und die Opposition war mir einfach zu stark. Ich begann die Meinung der Mehrheit zu teilen. Ich bin wahrscheinlich nicht der einzige Gentleman, den je eine Frau umgestimmt hat. Ja, meine Frau überzeugte mich mit Stellen aus ihrem Katechismus und ließ keinen Widerspruch gegen ihr Urteil zu, es sei Philips Pflicht, seinem Vater zu verzeihen.

„Und was für ein Glück, daß wir neulich nicht den Chintz gekauft haben!" sagte Laura lachend. „Weißt du, daß zwei Stoffe so hübsch waren, daß Charlotte sich nicht entscheiden konnte, welchen von beiden sie nehmen sollte?"

Philip stieß eine seiner dröhnenden Lachsalven aus, die die Fenster zum Klirren brachten. Er war in bester Stimmung. Für einen Mann, der im Begriff stand, sich zu ruinieren, hatte er beneidenswert gute Laune. Wisse Charlotte von dieser – dieser Forderung, die drohend über ihm schwebe? Nein. Sie könnte sich am Ende Sorgen machen – das arme kleine Ding. Philip habe es ihr nicht gesagt. Er habe daran gedacht, ihr die Sache zu verschweigen. Sei es denn nötig, sie aufzustören, das arme unschuldige Kind?

Sie sehen, wir alle behandelten Mrs. Charlotte mehr oder weniger wie ein Kind. Philip spielte mit ihr. J. J., der Maler, hätschelte und verwöhnte sie sozusagen. Die Kleine Schwester liebte sie, allerdings mit einer Liebe, die des Respekts entbehrte. Charlotte nahm jedermanns Wohlwollen mit gewinnender Sanftmut und süßem lächelndem Behagen hin. Es komme Laura nicht zu, Mann und Frau Ratschläge zu geben (als hielte die Person Philip und seiner jungen Frau nicht ständig Vorträge!). Doch im vorliegenden Fall meine sie, Mrs. Philip müsse unbedingt erfahren, wie Philips Lage tatsächlich beschaffen sei; welche Gefahr drohe; „und wie bewunderungswürdig und christlich und richtig – und dafür werden Sie belohnt werden, Philip!" wirft die begeisterte Dame ein – „Sie sich verhalten haben!"

Als wir unverzüglich in einer Droschke zu Charlotte fuhren, um ihr die Angelegenheit auseinanderzusetzen, du meine Güte!, war sie gar nicht entsetzt oder besorgt oder erschrocken. Mrs. Brandon war soeben bei ihr gewesen und hatte ihr erzählt, was vorging, und sie hatte gesagt: „Natürlich muß Philip seinem Vater helfen!"; und Mrs. Brandon war in einem regelrechten Zorneskoller gegangen und furchtbar grob geworden. Sie würde ihr das nie verzeihen, nur wisse sie, wie herzlich die Kleine Schwester Philip liebe, und natürlich müßten sie Doktor Firmin helfen. Und in welcher ganz, ganz furchtbaren Not müsse er gewesen sein, um so etwas zu tun! Aber er habe Philip ja immerhin vorgewarnt, und so fort. „Und der Chintz, Laura, nun ja, wir werden uns wohl weiter mit den alten schäbigen Bezügen behelfen. Weißt du, bis nächstes Jahr gehen sie noch ganz gut." So nahm Mrs. Charlotte die Neuigkeit auf, die Philip ihr verheimlicht hatte, um sie nicht in Angst und Schrecken zu versetzen. Als würde sich eine liebende Frau jemals so sehr davor fürchten, das Unglück ihres Mannes teilen zu müssen.

Was den geringfügigen Fall von Fälschung anging, glaube ich nicht, daß man die junge Person jemals vom verbrecherischen Charakter der Missetat Doktor Firmins überzeugen könnte. Die verwegene kleine Logikerin schien in dieser Sache eher den Vater als den Sohn zu bedauern. „In welch schrecklicher Bedrängnis muß er gewesen sein, als er es tat, der arme Mann!" sagte sie. „Gewiß, er hätte es überhaupt nicht tun sollen! Aber bedenkt seine Notlage. Das habe ich der guten Brandon auch gesagt. Im Schrank da ist zum Beispiel Klein-Philips Kuchen, den ihr ihm mitgebracht habt. Also, angenommen, Papa hätte großen Hunger und nähme sich welchen, ohne Philly zu fragen, wäre das doch nicht so furchtbar unrecht, finde ich, oder nicht? Ein Kind gibt doch gern seinem Vater etwas ab, nicht wahr? Und als ich der guten kleinen Brandon das sagte, wurde sie so grob und heftig, ich bin wirklich ganz empört über sie! Und sie vergißt, daß ich eine Lady bin, und" usw. usw. Die Kleine Schwester hatte offenbar einen verzweifelten Versuch gemacht, Charlotte auf ihre Seite zu ziehen, hatte immer noch vor, Philip gegen seinen Willen zu retten, und war erbost über ihre Niederlage davongegangen.

Wir sahen in den Briefen des Doktors nach und stellten das Datum des Wechsels fest. Er hatte das Wasser überquert und würde binnen ganz weniger Tage bei Philip auftauchen. Hatte Hunt ihn mitgebracht? Der Schurke würde ihn zweifellos auf regulärem Wege präsentieren lassen. Und Philip und wir alle erkundeten Mittel und Wege und rechneten und gaben uns Mühe, die dürftigen Zahlen so stattlich wie möglich aufzuputzen, wie die sparsame Hausfrau einen Flicken hier und eine Stopfnaht da anbringt und einen Streifen von jenem alten Kleidungsstück abschnippelt, um das ärmliche kleine Gewand für den Winter herzurichten. Wir hatten soundso viel auf der Bank. Ein Freund könnte mit einem kleinen Vorschuß helfen. Wir würden einfach ein Darlehen von der „Rundschau" erbitten. Wir saßen in der Klemme, aber wir würden es schaffen. Und so wollten wir uns mit standhaftem Herzen bereitmachen, den Überbringer der Seidenschnur zu empfangen.

38. KAPITEL

Der Überbringer der Seidenschnur

Traurig schlich die Kleine Schwester von der Milman Street heim, erbost über Philip, über Philips Frau und die Entschlossenheit der beiden, den hoffnungslosen Ruin hinzunehmen, der über ihnen allen schwebte. Dreihundertsechsundachtzig Pfund, vier Shilling und drei Pence, dachte sie, für diesen gottlosen alten Schuft zu bezahlen! Es ist mehr, als der arme Philip besitzt, mit allen seinen Ersparnissen und seinen paar Möbeln. Ich weiß, was er macht: Er borgt bei den Geldverleihern und gibt ihnen diese Wechsel und verlängert sie und endet im Ruin. Wenn er diesen Wechsel bezahlt hat, wird der alte Lump wieder einen fälschen, und sein famoses Frauchen wird ihm raten, auch den zu bezahlen, nehme ich an ... und meine kleinen Liebchen müssen um Brot betteln gehen, außer, sie kommen und essen meins, was sie – Gott segne sie! – allezeit von Herzen gern haben können! Sie berechnete – es war eine unschwer zu berechnende Summe –, wieviel ihr kleiner Sparvorrat an Bargeld ausmachte. Vierhundert Pfund aus einem Einkommen wie Philips zu bezahlen hielt sie für ein vergebliches und unmögliches Bemühen. Und jetzt darf er meinen armen kleinen Sparstrumpf noch nicht kriegen, sagte sie sich, den brauchen sie später, wenn ihr Stolz gebrochen ist –

und das kommt so –, und meine Lieblinge hungrig auf ihr Dinner warten! Während ihr diese trübe Angelegenheit durch den Kopf ging und sie kaum noch wußte, wo sie Trost und Rat suchen sollte, lenkte sie ihre Schritte zu ihrem guten Freund Doktor Goodenough und traf diesen wackeren Mann auch an, der immer ein Willkommen für seine Kleine Schwester hatte.

Sie fand Goodenough allein in seinem großen Speisezimmer, wo er ein kärgliches Mahl zu sich nahm, nachdem er sein Krankenhaus und seine fünfzig Patienten besucht hatte, unter denen, glaube ich, mehr Arme als Reiche waren; und der gute schläfrige Doktor wurde hellwach, als er die Neuigkeiten seiner kleinen Pflegerin vernahm, und ließ eine Salve heftiger Ausdrücke gegen Philip und seinen Schuft von Vater los. „Und es war ein wahrer Trost, das zu hören", erzählte uns die kleine Mrs. Brandon später. Dann trabte Goodenough aus dem Speisezimmer in das anschließende Studier- und Sprechzimmer, wohin ihm seine alte Freundin folgte. Dann zog er ein Schlüsselbund hervor, öffnete einen Sekretär und nahm ein in Pergament gebundenes Heft heraus, auf dem in schöner, deutlicher Handschrift „F. Goodenough, Esq., M. D." stand – und bei dem es sich um ein Sparbuch handelte. Die Prüfung des bewußten Dokuments muß den trefflichen Arzt erfreut haben, denn ein Lächeln breitete sich über seine ehrwürdigen Züge aus, und er holte sogleich ein dünnes Heft aus grauem Papier aus dem Schreibtisch, das auf jedem Blatt den hochangesehenen Namen der Messrs. Stumpy, Rowdy & Co., Lombard Street, Bankhaus, trug. Auf ein Blatt graues Papier schrieb der Doktor eine Anweisung für ein Tränkchen statim sumendus – (eine *Anweisung* – beachten Sie meinen Scherz) –, die er seiner kleinen Freundin überreichte.

„Da, Sie dummes Ding!" sagte er. „Der Vater ist ein Schuft, aber der Junge ist ein feiner Kerl. Und Ihnen, Sie kleine dumme Gans, muß ich in dieser Geschichte helfen, sonst gehen Sie hin und ruinieren sich – das weiß ich ganz genau! Bieten Sie dem Kerl für seinen Wechsel das hier an. Oder, halt! Wieviel Geld ist im Haus? Vielleicht verlockt der Anblick von Scheinen und Gold ihn mehr als ein Scheck." Und der Doktor holte all sein Honorargeld aus den Taschen, das er gerade darin stecken hatte – ich weiß nicht, wie viele Honorare in Gestalt blinkender Shillings und Sovereigns, ordentlich in Papier gewickelt. Auch räumte er eine Schublade aus, in der auch noch Silber und Gold lagen; und er trabte in sein Schlafzimmer hinauf und kam schnaufend mit einer kleinen dicken Brieftasche herunter, in der ein Bündel Scheine steckte, und mit alledem brachte er – ich will nicht erwähnen, wieviel zusammen; diese Summe drückte er der Kleinen Schwester in die Hand und sagte: „Versuchen Sie es bei dem Kerl mit dem hier, Kleine Schwester. Sehen Sie zu, ob Sie den Wechsel von ihm bekommen können. Sagen Sie nicht, daß es mein Geld ist, sonst geht der Gauner darauf aus, zwanzig Shilling aufs Pfund zu bekommen. Sagen Sie, es gehört Ihnen, und wo das herkommt, ist weiter keines; und reden Sie ihm gut zu und tun Sie ihm schön und lügen Sie ihm ordentlich etwas vor, liebes Kind. Davon bricht Ihnen das Herz nicht. Was ist Brummell Firmin doch für ein Erzhalunke, wahrhaftig! Obwohl ich es übrigens im Krankenhaus in noch zwei Fällen probiert habe, dieses . . .“ Und hier geriet der Arzt in ein Fachgespräch mit seiner Lieblingspflegerin, das ich mich Nichtmedizinern nicht wiederzugeben getraue.

Die Kleine Schwester rief Gottes Segen auf Doktor Goodenough herab, wischte sich mit dem Taschentuch die schwimmenden Augen, steckte mit bebendem Händchen die Scheine und das Gold ein und wanderte mit leichtem Schritt und frohem Herzen davon. An der Tottenham Court Road angekommen, überlegte sie, gehe ich nach Hause oder gehe ich zur armen Mrs. Philip und bringe ihr dieses Geld? Nein. Ihr Gespräch am selben Tag war nicht besonders erfreulich verlaufen. Es hatte einen beinahe heftigen Wortwechsel zwischen ihnen gegeben, und unsere Kleine Schwester mußte eingestehen, daß sie Charlotte gegenüber ziemlich grob gewesen war. Und sie war eine stolze Kleine Schwester – jedenfalls mochte sie nicht zugeben, daß sie sich *dieser* jungen Frau gegenüber schroff oder geringschätzig verhalten hatte. Dazu war sie zu starrköpfig. Haben wir jemals behauptet, unsere kleine Freundin sei frei von Vorurteilen und Eitelkeiten dieser schlechten Welt? Nun, Philip zu retten, den verhängnisvollen Wechsel an sich zu bringen, mit ihm zu Charlotte zu gehen und zu sagen: „Da, Mrs. Philip, da haben Sie die Freiheit Ihres Mannes“, das wäre ein herrlicher Triumph, wäre es! Und Philip würde versprechen, bei seiner Ehre, das solle der letzte und einzige Wechsel gewesen sein, den er für diesen elenden alten Vater bezahlen wolle. Während ihr diese glücklichen Gedanken das kleine Herz weiteten, strebte Mrs. Brandon dem vertrauten Haus in der Thornhaugh Street zu und wollte ein bißchen was zu Abend essen. Und sie breitete ihr kleines Tischtuch aus und legte ihre kleinen Gabeln und Löffel auf, die so blank waren, wie sie durch emsiges Polieren überhaupt nur sein konnten; und ich bin zu der Mitteilung ermächtigt, daß ihr Mahl aus zwei schönen kleinen Lammkoteletts bestand, die sie bei ihrem Nachbarn, Mr. Chump aus der Tottenham Court Road, nach einem freundlichen kurzen Gespräch mit diesem Gentleman und seiner guten Frau gekauft hatte. Und zu ihrem Happen Abendbrot gönnte sich unsere kleine Freundin nach der Tagesarbeit manchmal ein Glas – ein kleines Glas – von etwas Stärkendem. Die Korbflasche, aus der sich ihr armer Pa so manchen langen Tag seine Gläser gemischt hatte, stand im Schrank. Nachdem sie es mit eigenen Händen hergerichtet hatte, setzte sie sich also an ihr bescheidenes Mahl, müde und glücklich; und als sie die Vorfälle des Tages überdachte und die Rettung, die ihrem geliebten Philip und seinen Kindern zur rechten Stunde zuteil geworden war, bin ich sicher, sie sprach vor dem Fleischgericht ein Dankgebet.

Weil ihre Kerzen brannten und ihre Jalousie nicht heruntergelassen war, konnte jeder von der Straße aus sehen, daß sie sich in ihrer Stube aufhielt; und gegen zehn Uhr abends kamen schwere Schritte das Pflaster entlanggestapft, ein Geräusch, bei dem die Kleine Schwester bestimmt ein wenig zusammenfuhr. Der schwere Schritt stockte vor ihrem Fenster und polterte dann die Stufen zu ihrer Tür hinauf. Dann, als ihre Glocke läutete – ich halte es für höchst wahrscheinlich, daß ihr die Wangen ein wenig zu brennen begannen. Sie ging an ihre Haustür und öffnete selbst. „Herrje, sind Sie's, Mr. Hunt? Na so was! Na ja, ich dachte, Sie kommen vielleicht. Also wirklich!" – und mit dem Mondlicht hinter sich, trat der schmuddelige Hunt großspurig ins Haus.

„Wie gemütlich Sie an Ihrem Tischchen ausgesehen haben", bemerkt Hunt, den Hut schief über dem Auge.

„Wollen Sie nicht hereinkommen und sich dazusetzen und etwas zu sich nehmen?" fragt die lächelnde Hausfrau.

Gewiß wollte Hunt etwas zu sich nehmen. Und der speckige Hut wird mit Schwung abgesetzt, und er stolziert in das Stübchen der armen Kleinen Schwester, zupft an einer graudurchzogenen Haarsträhne und bemüht sich um ein flottes, elegantes Auftreten. Die schmutzige Hand hatte im Nu die Korbflasche gepackt. „Was! Sie heben also auch mal einen kleinen?" stellt er fest und zwinkert Mrs. Brandon und die Flasche liebreich an. Sie trinke ein ganz, ganz klein wenig, gibt sie zu; und erinnert ihn an Zeiten, die er noch nicht vergessen haben kann, als sie aus dem Glas des armen Pa ein Weinglas voll abbekam. Ein blankes Kesselchen summt am Feuer – möchte sich Mr. Hunt nicht ein Glas mischen? Sie holt einen blinkenden Humpen aus dem Eckschrank, der in ihrer Nähe steht und an dem ihr Schlüsselbund hängt.

„Oho! Da haben wir also den Stoff stehen, was?" lacht der weltmännische Hunt.

„Mein Papa hat ihn immer da zu stehen gehabt", sagt Caroline sanftmütig. Und während sie ihm den Rücken zukehrt, um eine Dose aus dem Schrank zu nehmen, weiß sie, daß der verschmitzte Hunt die Gelegenheit benutzt hat, sich aus der viereckigen Flasche ein gutes, reichliches Maß einzuschenken. „Wohl bekomm's", sagt die Kleine Schwester auf ihre heitere, schlichte Art. „Wo der herkommt, gibt es noch mehr!" Und Hunt trinkt auf das Wohl seiner Gastgeberin, und sie nickt ihm zu und lächelt und nippt an ihrem Glas. Und die kleine Dame sieht richtig hübsch und rosig und blank aus. Ihre Wangen gleichen Äpfeln, ihre Figur ist schmuck und zierlich und stets in ein tadellos sitzendes Gewand gekleidet. Beim behaglichen Schein der Kerzen auf ihrem blinkenden Tisch sieht man kaum die Silbersträhnen in ihrem hellen Haar oder welche Spuren ihr die Zeit um die Augen gezeichnet hat. Hunts Blicke hängen bewundernd an ihr.

„Nanu", sagt er, „Sie sehen wahrhaftig jünger und hübscher aus als – als ich Sie zum erstenmal sah."

„Ach, Mr. Hunt!" ruft Mrs. Brandon mit einem rosigen Anflug auf der Wange, der ihr gut steht, „erinnern Sie mich nicht an damals, oder an diesen – diesen Schuft, der so grausam mit mir umgesprungen ist!"

„Er war ein Lump, Caroline, eine Frau wie Sie so zu behandeln! Der Kerl hat keine Grundsätze. Er war von Anfang an nichts wert. Mich hat er ja genau wie Sie zugrunde gerichtet: hat mich zum Spielen verleitet; hat mich in Schulden gestürzt, indem er mich bei seinen sauberen Kumpanen eingeführt hat. Ich war damals ein einfacher junger Mensch und hielt es für eine feine Sache, mit Bürgerlichen meinesgleichen und mit Adligen zu verkehren, die ihre Tandemgespanne kutschierten und ihre feudalen Dinners gaben. Er war es, der mich verführt hat, sage ich Ihnen. Ich hätte Professor an meinem College werden – eine Pfründe bekommen – eine gute Frau heiraten – zum Bischof aufsteigen können, beim heiligen George! – denn ich hatte große Gaben, Caroline. Nur war ich so verdammt faul und liebte die Karten und die Knöchelchen."

„Die Knöchelchen?" ruft Caroline mit einem fragenden Blick.

„Die Würfel, meine Liebe! ‚Sieben ist Trumpf' war mein Ruin. ‚Sieben ist Trumpf', und die Elf sticht die Sieben. Das war damals unser Spielchen!", und er machte mit seinem leeren Glas eine schwungvolle Geste, als lasse er ein Paar Würfel auf den Tisch trudeln. „Mein Nebenmann bei den Vorlesungen ist jetzt Bischof, und in griechischen Jamben und auch in lateinischen Hexametern habe ich ihn immer um Längen geschlagen. In meinem zweiten Jahr errang ich den Preis für lateinische Deklamation, glauben Sie mir . . ."

„Brandon hat immer gesagt, Sie waren einer der hellsten Köpfe auf dem College. *Das* hat er immer gesagt, das weiß ich noch", wirft die Dame sehr respektvoll ein.

„Hat er das? Er *hat* also auch mal ein gutes Wort über mich gesagt? Brummell Firmin war kein intelligenter Mann, er war kein belesener Mann. Ich dagegen konnte bei einer sapphischen Ode gegen jeden in meinem College setzen – gegen jeden! Danke sehr. Sie mischen ihn *so* besonders heiß und gut, da kann man nicht nein sagen, wirklich nicht! Dabei habe ich schon genug – auf Ehre, das habe ich."

„Herrje! Ich dachte, ihr Männer vertragt alles! Und Mr. Brandon – Mr. Firmin, sagten Sie?"

„Na ja, ich sagte, Brummell Firmin war irgendwie ein feiner Pinkel. Er hatte so eine großartige Art an sich . . ."

„Ja, die hatte er", seufzte Caroline. Und ich vermute, ihre Gedanken wanderten in eine lange, lange vergangene Zeit zurück, als dieser großartige Gentleman sie bestrickt hatte.

„Und daß ich versuchte, mit ihm mitzuhalten, hat mich zugrunde gerichtet! Natürlich zerstritt ich mich mit meinem armen alten Herrn wegen des Geldes, wurde faul und verlor meine Stelle und Einkünfte als Fellow. Dann kamen die Rechnungen auf mich herabgeschneit. Ich sage Ihnen, manchen Collegepump habe ich heute noch nicht bezahlt."

„Pump? Herrje!" stößt die Dame hervor. „Und . . ."

„Pump beim Schneider, Pump in der Kneipe, Pump im Mietstall – denn zu unserer Zeit gab es famose Gäule, und ich ging mit den feinsten Leuten auf die Jagd. Querfeldein war ich nicht schlecht, gar nicht schlecht. Aber wir können mit diesen reichen Kerls nicht mithalten. Wir geben uns Mühe, und sie reiten drauflos – sie reiten uns über den Haufen. Meinen Sie, wenn ich nicht ganz schwer in der Patsche gesessen hätte, ich hätte Ihnen angetan, was ich tat, Caroline? Sie arme kleine unschuldige Dulderin. Es war eine Schande. Es war eine Schande!"

„Jawohl, eine Schande war es", ruft Mrs. Caroline. „Und das nehme ich nie zurück. Sie sind mit einem armen Mädchen böse umgesprungen. Sie alle beide."

„Es war schurkisch. Aber Firmin war der Schlimmere. Er hatte mich in der Gewalt. Er war es, der mich auf die schiefe Bahn gebracht hat. Er war es, der mich in Schulden getrieben hat und dann ins Ausland und dann ins Zu. . ., vielleicht ins Gefängnis: und dann zu dem hier." („*Das hier*", wie schon vorher taktvoll erklärt, bedeutete ein Glas heißer Grog.) „Und mein Vater wollte mich nicht einmal an seinem Totenbett sehen. Und meine Geschwister brachen mit mir. Und das alles verdanke ich Brummell Firmin – alles. Meinen Sie, nachdem er mich ruiniert hat, er muß es nicht bezahlen?" Und wieder schlägt er mit einer schwärzlichen Hand auf den Tisch. Sie hinterließ dunkle Spuren auf dem makellosen Tischtuch der Kleinen Schwester. Diese Hand rieb die Stirn und das glatte, ergrauende Haar ihres Besitzers.

„Und ich, Mr. Hunt? Was schuldet er mir?" fragte Hunts Gastgeberin.

„Caroline!" ruft Hunt. „Ich habe Brummell Firmin schon gezwungen, mir eine ganze Menge zurückzuzahlen, aber ich kriege noch mehr", und dabei schlug er sich triumphierend auf die Brust, schob dann die Hand in die Brusttasche und umklammerte etwas darin.

Da ist es! dachte Caroline. Vielleicht wurde sie blaß; doch bemerkte er ihre Blässe nicht. Alle seine Sinne waren aufs Trinken, auf seine Selbstgefälligkeit, auf Rache gerichtet.

„Ich habe ihn, sage ich. Er schuldet mir eine ganze Menge, und er hat mir eine ganze Menge bezahlt; und er soll mir noch eine ganze Menge mehr bezahlen. Meinen Sie, ich bin ein Mensch, der sich zugrunde richten und beleidigen läßt, und räche mich nicht dafür? Sie hätten sein Gesicht sehen sollen, als ich in New York im Astor House aufkreuzte und sagte: ‚Brummell, alter Junge, hier bin ich', sagte ich: und er wurde so weiß – so weiß wie das Tischtuch hier. ‚*Ich* verlasse dich nie, mein Junge', sagte ich. ‚Andere Kerls mögen sich von dir abwenden, aber der alte Tom Hunt hält fest zu dir. Gehen wir in die Bar und trinken wir einen!', und er mußte mitkommen. Und jetzt habe ich ihn in der Gewalt, sage ich Ihnen. Und wenn ich ihm sage: ‚Brummell, trink mal einen', muß er trinken. Er muß den alten kahlen Kopf in den Eimer stecken!" Und Mr. Hunt schlug ein Gelächter an, das bestimmt nicht angenehm war.

Nach einer Pause fuhr er fort: „Caroline! Hassen Sie ihn eigentlich? Oder haben Sie einen Kerl gern, der Sie verlassen und wie ein Schuft behandelt hat? Manche Frauen sind so. Ich könnte von Frauen erzählen, die so sind. Vielleicht könnte ich Ihnen auch von anderen Kerls erzählen, aber ich tu's nicht. Hassen Sie Brummell Firmin, diesen kahlköpfigen Brum. . . Heuchler und diesen – diesen unverschämten Halunken, der Hand an einen Geistlichen und alten Mann gelegt hat, verdammt! und mich geschlagen hat – in dieser Straße geschlagen hat. Sagen Sie, hassen Sie ihn? Hoho! hick! Ich hab sie alle beide! – hier in meiner Tasche – alle beide!"

„Sie haben – was?" keuchte Caroline.

„Ich habe ihr – hallo! halt mal, was geht es Sie eigentlich an, was ich habe?" Und er rutscht auf seinem Stuhl zusammen und zwinkert und grinst lüstern und stürzt triumphierend sein Glas hinunter.

„Na, mich geht es weiter nichts an. Ich – ich habe bisher noch von keinem von beiden was Gutes erlebt", sagt Mrs. Caroline mit schwindendem Mut. „Reden wir doch von jemand anders und nicht von diesen beiden Scheusalen. Weil Sie an dem einen Abend ein bißchen lustig waren – und mir macht es nichts, was ein Gentleman sagt, wenn er ein Gläschen über den Durst getrunken hat –, daß da ein großer, kräftiger, starker Mann einen alten Mann schlägt ..."

„Einen Geistlichen schlägt!" kreischt Hunt.

„Es war eine Schande – eine feige Schande! Und dafür hab ich ihn ordentlich heruntergeputzt, das kann ich Ihnen sagen!" ruft Mrs. Brandon.

„Jetzt mal auf Ehre, hassen Sie die beiden?" ruft Hunt, fährt auf und ballt die Faust, dann sinkt er wieder auf seinen Stuhl.

„Habe ich denn Grund, sie zu lieben, Mr. Hunt? Setzen Sie sich doch und trinken Sie ein kleines ..."

„Nein. Sie haben keinen Grund, sie zu mögen. Sie hassen sie – ich hasse sie. Passen Sie mal auf. Versprechen Sie mir – aber auf Ehre, Caroline – ich hasse sie alle beide, sage ich Ihnen. Einen Geistlichen schlagen, das kann er. Was sagen Sie zu dem hier?"

Und wieder von seinem Stuhl auffahrend und sich an der Wand abstützend (wo eines von J. J.s Porträts von Philip hing), zieht Hunt erneut die speckige Brieftasche heraus und durchwühlt ihren speckigen Inhalt; und als die Papiere auf Tisch und Boden flattern, schnappt er mit einer schmutzigen Klaue eines heraus, lacht grölend und ruft: „Hab ich dich erwischt! Das ist es. Was sagen Sie dazu? – London, 4. Juli. Fünf Monate nach obigem Datum zahle ich an ... Nein, lassen Sie los!"

„Ach, Mr. Hunt, darf ich es mir mal ansehen?" ruft die Gastgeberin. „Was ist es denn? Ein Wechsel? Mein Pa hatte viele."

„Was? Mit brennenden Kerzen im Zimmer? Nein, lassen Sie los."

„Was ist es denn? Wollen Sie es mir nicht sagen?"

„Es ist das Akzept des Jungen für den Wechsel des Alten", erklärt Hunt zischelnd und lachend.

„Über wieviel denn?"

„Dreihundertsechsundachtzig Pfund, vier Shilling und drei – mehr nicht; und ich denke, wo der hergekommen ist, kann ich noch mehr kriegen!" sagt Hunt und lacht immer ausgelassener.

„Was wollen Sie dafür haben? Ich kaufe ihn Ihnen ab!" ruft die Kleine Schwester. „Ich – ich habe bei meinem Pa genug Wechsel gesehen; und ich – ich diskontiere Ihnen diesen, wenn Sie wollen."

„Was! Sind Sie ein kleiner Wechselmakler – ein Diskonter? Verdienen Sie sich so Ihr Geld, und die Silberlöffel und das gute

Abendbrot und alle schönen Sachen um Sie herum? Eine kleine Diskomtesse sind Sie – Sie kleiner Schelm? Eine kleine Diskomtesse, beim George! Wieviel geben Sie denn, Sie kleine Diskomtesse?“ Und der ehrwürdige Gentleman lacht und zwinkert und trinkt und lacht, und Tränen tröpfeln ihm aus den alten Säuferaugen, die er sich mit einer Hand abwischt, als er wieder sagt: „Wieviel zahlen Sie denn, Sie kleine Diskomtesse?“

Ich habe nie erfahren, wieviel die arme Caroline hinlegte, als sie an ihren Schrank ging und die Scheine und das Gold herausholte, die sie, wir wissen schon von wem, hatte, und dazu aus einer niedlichen Schachtel ein Häufchen ihrer eigenen heimlichen Ersparnisse hinzufügte und mit bebenden Händen die Scheine und die Sovereigns und die Shillings in eine Schale auf dem Tisch schüttete. Doch sie muß alles, was sie auf der Welt besaß, hergegeben haben; denn sie tastete ihre Taschen ab und leerte sie. Und sie schlug sich vor die Stirn, wandte sich wieder zum Schrank und holte eine kleine Handvoll Löffel und Gabeln heraus, dann eine Brosche, dann eine Taschenuhr, und das türmte sie alles in einer Schale auf, und sie sagte: „So, Mr. Hunt, das alles gebe ich Ihnen für diesen Wechsel!“ Dabei blickte sie zu Philips Bildnis auf, das über dem blutroten Satyrgesicht des Geistlichen hing. „Nehmen Sie das“, sagte sie, „und geben Sie mir den! Das sind zweihundert Pfund, das weiß ich, und das sind vierunddreißig und zwei achtzehn, macht sechsunddreißig achtzehn, und da ist das Silber und die Uhr, und ich will diesen Wechsel haben.“

„Was! Soviel haben Sie, Sie liebes kleines Ding?“ rief Hunt und sank auf seinen Stuhl zurück. „Sie sind ja ein kleiner Schatz, Donnerwetter! – ein hübscher kleiner Schatz, eine kleine Diskomtesse, ein kleines Frauchen, ein kleines Vermögen. Also, ich bin Akademiker; ich konnte einmal so gut alkäische Strophen schreiben wie kein anderer. Ich bin ein Gentleman. Sagen Sie, wieviel *haben* Sie denn da? Zählen Sie es noch einmal durch, liebes Kind.“

Und noch einmal nannte sie den Betrag des Goldes und der Scheine und des Silbers und die Anzahl der armen kleinen Löffel.

Ein Gedanke schoß dem Kerl durch den benebelten Kopf: „Wenn Sie so viel bieten“, sagt er, „und Sie eine kleine Diskomtesse sind, dann ist der Wechsel mehr wert. Dieser Lumpenhund kommt wohl doch zu einem Vermögen? Was wissen Sie darüber? Hören Sie mal, wissen Sie etwas darüber? Nein, ich will den Schein. Ich will den Schein!" Und er gab eine betrunkene Imitation Shylocks und kippte auf seinem Stuhl zurück und lachte.

„Trinken wir doch noch ein bißchen und sprechen wir darüber", sagte die arme Kleine Schwester. Und sie schob ihre kleinen Schätze hübsch zusammen und rückte sie auf ihrer Schale ins rechte Licht und lächelte den Kaplan an, der sich lachend auf seinem Stuhl zurücklehnte.

„Caroline", sagte er nach einer Pause, „Sie haben diesen alten kahlköpfigen Gauner immer noch gern! Das ist es! So seid ihr Frauen – genau wie – aber das sage ich nicht. Nein, nein, das sage ich nicht! Sie haben diesen alten Schwindler immer noch gern, sage ich! Wo haben Sie bloß das viele Geld her? Passen Sie mal auf – mit dem hier und diesem kleinen Wechsel in meiner Tasche haben wir genug, um lange, lange auszukommen. Und ich sage Ihnen, wenn dieses Geld alle ist, kenne ich jemand, der uns mehr gibt und der es uns nicht verweigern kann, das sage ich Ihnen. Hören Sie, Caroline, liebe Caroline! Ich bin ein alter Kerl, das weiß ich, aber ich bin auch ein guter Kerl. Ich habe eine klassische Bildung, und ich bin ein Gentleman."

Der Gentleman mit der klassischen Bildung verschliff schon die Worte, und in seinen trüben Säuferaugen und auf sein gemeines Gesicht trat ein begehrliches Grinsen, das die arme kleine Dame, der er sich als Freier antrug, erschreckt haben muß, denn sie fuhr mit bleichem Gesicht und einer Miene solcher Abscheu und Angst zurück, daß sogar ihr Gast sie bemerkte.

„Ich sagte, ich bin ein Gelehrter und ein Gentleman", kreischte er wieder. „Bezweifeln Sie das? Ich bin genauso gut wie Brummell Firmin, sage ich. Ich bin nicht so elegant und lang. Aber ich schreibe lateinische alkäische Strophen oder griechische Jamben gegen ihn und jeden Mann meiner Gewichtsklasse. Wollen Sie mich beleidigen? Weiß ich etwa nicht, wer Sie sind? Sind Sie besser als ein M. A. und ein Geistlicher? Er hat sich auf die Medizin geworfen, der Firmin. Meinen Sie, wenn ein M. A., ein Mann von klassischer Bildung, Ihnen Hand und Vermögen anträgt, Sie stehen über ihm und weisen ihn ab, verdammt?"

Der Nachdruck der Rede und das gräßliche Aussehen des

Mannes brachten die Kleine Schwester allmählich aus der Fassung und ängstigten sie. „Oh, Mr. Hunt!“ rief sie. „Schauen Sie her, nehmen Sie das! Sehen Sie – es sind zweihundertvierunddreißig – sechsunddreißig Pfund und alle diese Sachen noch dazu! Nehmen Sie das und geben Sie mir den Schein da.“

„Sovereigns und Banknoten und Löffel und eine Taschenuhr und was ich in der Tasche habe – und das ist nicht viel – und Firmins Wechsel! Dreihundertsechsundachtzig vier und drei. Das ist ein Vermögen, meine Liebe, wenn man sparsam damit umgeht! Ich möchte nicht, daß Sie weiter Pflegerin und dergleichen bleiben. Ich bin ein Gelehrter und ein Gentleman – bin ich –, und diese Stellung schickt sich nicht für Mrs. Hunt. Wir geben erst Ihr Geld aus. Nein – erst geben wir mein Geld aus – dreihundertsechsundachtzig und – und pfeifen auf das Kleingeld – und wenn das alle ist, holen wir uns von diesem kahlköpfigen alten Gauner wieder einen Wechsel: und sein Sohn, der einen armen Geistlichen geschla... Das *machen* wir, bestimmt, Caroline, wir ...“

Der Halunke ließ auf seine Worte Taten folgen, stand wieder auf und ging auf seine Gastgeberin zu, die unter halb hysterischem Lachen zurückschrak und so, wie der andere sich ihr näherte, rückwärts auswich. Hinter ihr stand jener Schrank, der ihren bescheidenen kleinen Schatz und andere Vorräte geborgen hatte und an dessen Schloß immer noch ihr Schlüsselbund hing. Als das Scheusal näher kam, schlug sie ihm kräftig die Schranktür entgegen. Die Schlüssel trafen ihn am Kopf. Mit einem Fluch und einem Aufschrei fiel er blutend auf seinen Stuhl zurück.

Im Schrank stand die Flasche, die ihr unlängst aus Amerika zugegangen war und über die sie an eben diesem Tag mit Doktor Goodenough gesprochen hatte. Auf seine Verordnung und vor ihren Augen hatten die Chirurgen im Krankenhaus sie zwei- oder dreimal verwendet. Unvermittelt ergriff sie diese Flasche. Während der Strolch vor ihr seine zornigen Verwünschungen murmelte, schüttete sie etwas vom Inhalt der Flasche auf ihr Taschentuch. Sie rief: „Oh! Mr. Hunt, habe ich Sie verletzt? Das wollte ich nicht. Aber Sie dürfen – Sie dürfen eine alleinstehende Frau auch nicht so erschrecken! Kommen Sie, ich tupfe Sie ab! Riechen Sie das mal! Es tut – es tut Ihnen – gut – das tut – das tut es bestimmt!“

Das Taschentuch lag über seinem Gesicht. Da er schon vom Trinken beduselt war, wirkten die Dünste der Flüssigkeit, die er einatmete, fast augenblicklich, um ihn zu überwältigen. Er sträubte sich noch wenige Sekunden. „Ruhig – ruhig! Gleich ist Ihnen besser!" flüsterte sie. „O ja! Besser, viel besser!" Sie träufelte noch etwas Flüssigkeit aus der Flasche auf das Taschentuch. Binnen einer Minute war Hunt gänzlich bewußtlos.

Da beugte sich die kleine blasse Frau über ihn, zog ihm die Brieftasche aus dem Rock und entnahm ihr den Wechsel, der Philips Namen trug. Während Hunt betäubt vor ihr lag, drückte sie noch das Tuch über seiner Nase aus. Dann warf sie den Wechsel ins Feuer und sah zu, wie er zu Asche verbrannte. Darauf steckte sie die Brieftasche in Hunts Rocktasche zurück. Später sagte sie, ohne ihr kurzes Gespräch mit Doktor Goodenough am selben Abend über einen Fall, in dem sie das neue Mittel nach seiner Anordnung verwendet hatte, wäre sie nie auf dieses Chloroform gekommen.

Wie lange lag Hunt in dieser Betäubung? Caroline kam es wie eine ganze lange Nacht vor. Sie sagte später, der Gedanke an die Tat jenes Abends hätte ihr Haar von einer Stunde auf die andere ergrauen lassen. Das arme Köpfchen! Wirklich, für Philip hätte sie es geopfert.

Ich nehme an, Hunt kam zu sich, als das Taschentuch von seinem Gesicht fortgenommen wurde und die Dämpfe der starkwirkenden Flüssigkeit nicht mehr auf sein Gehirn einwirkten. Er war furchtbar ängstlich und verwirrt. „Was war denn? Wo bin ich?" fragte er mit heiserer Stimme.

„Das waren die Schlüssel in der Schranktür, als Sie – als Sie dagegenrannten", sagte die bleiche Caroline. „Schauen Sie! Sie bluten ja am Kopf. Ich wische es Ihnen ab."

„Nein! Bleiben Sie mir vom Leibe!" rief der erschrockene Mann.

„Wollen Sie eine Droschke für den Heimweg? Mary, der arme Gentleman hat sich an der Schranktür gestoßen. Du erinnerst dich doch, daß er vor einer Weile schon einmal hier war, nicht wahr?" Und Caroline zeigte ihrem Dienstmädchen, das sie herbeigerufen hatte, achselzuckend die große viereckige Branntweinflasche, die noch auf dem Tisch stand, und deutete an, dort liege der Grund für Hunts Verwirrung.

„Geht es Ihnen jetzt besser? Wollen Sie – wollen Sie – noch eine kleine Erfrischung zu sich nehmen?“ fragte Caroline.

„Nein!“ schrie er mit einem Fluch, und mit stieren, blutunterlaufenen Augen schwankte er zu seinem Hut hinüber.

„Jemine, Madam! Was ist denn bloß los? Dieser Geruch im Zimmer und dieser ganze Haufen Geld und die Sachen auf dem Tisch?“

Caroline riß die Fenster auf. „Das ist Medizin, die Doktor Goodenough für eine Patientin verordnet hat. Ich muß noch heute abend zu ihr“, erklärte sie. Und um Mitternacht, bleich wie der Tod, ging die Kleine Schwester zum Haus des Arztes und holte ihn aus dem Bett und erzählte ihm die hier geschilderte Geschichte. „Ich habe ihm alles angeboten, was Sie mir gegeben haben“, sagte sie, „und dazu alles, was ich auf der Welt besaß, aber er wollte nicht, und ...“ Hier verfiel sie in einen hysterischen Zustand. Der Arzt mußte seine Dienstboten herbeiklingeln; seiner kleinen Pflegerin Mittel verabreichen; sie in seinem eigenen Haus zu Bett bringen.

„Beim unsterblichen Zeus“, sagte er später, „am liebsten hätte ich sie gebeten, das Haus nie mehr zu verlassen! Wenn meine Wirtschafterin nicht Caroline die Augen auskratzen würde, dürfte Mrs. Brandon von Herzen gern für immer bleiben. Bis auf ihre seltsame Aussprache der H besitzt diese Frau alle Tugenden: Standhaftigkeit, Güte, Seelenadel, Fröhlichkeit und den Mut einer Löwin! Sich vorzustellen, daß dieser Dummkopf, dieser geschniegelte Idiot, dieser dreifache Esel Firmin“ (es gab wenige Männer auf der Welt, für die Goodenough größere Verachtung hegte als für seinen ehemaligen confrère Firmin aus der Old Parr Street) – „sich vorzustellen, daß der Hundsfott einen solchen Schatz besessen hat – ganz davon zu schweigen, daß er sie hintergangen und verlassen hat –, daß er einen solchen Schatz besessen und weggeworfen hat! Sir, ich habe Mrs. Brandon schon immer bewundert ... aber seit ihrem glorreichen Verbrechen und ganz und gar gerechtfertigten Diebstahl schätze ich sie zehntausendmal höher. Wäre der Schuft gestorben, auf der Straße tot umgefallen – der versoffene Lump, Fälscher, Einbrecher, Mörder –, so daß keine Strafe die arme Brandon hätte treffen können, ich glaube, ich hätte sie nur noch höher geachtet!“

Doktor Goodenough hielt es für angebracht, Philip und mir

schon ganz früh am Morgen einen Boten zu schicken und uns über das sonderbare Abenteuer der vergangenen Nacht zu unterrichten. Wir eilten beide schleunigst zu ihm. Ich selbst wurde zweifellos wegen meiner tiefgründigen juristischen Kenntnisse herbeizitiert, die der armen Mrs. Caroline in ihrer derzeitigen Notlage nützlich werden könnten. Und Philip kam, weil sie sich danach sehnte, ihn zu sehen. Ein Instinkt sagte es ihr, als er eintraf. Sie schlich von der Kammer, wo die Haushälterin des Arztes sie auf ein Bett gelegt hatte, die Treppe hinab. Sie klopfte am Arbeitszimmer des Doktors an, wo wir drei eine Beratung abhielten. Ganz bleich kam sie herein, taumelte auf Philip zu und warf sich ihm mit einem Tränenausbruch in die Arme, der ihre Überreizung und ihr Fieber wesentlich linderte. Firmin war kaum weniger erschüttert.

„Du wirst mir verzeihen, was ich getan habe, Philip", schluchzte sie. „Wenn sie – wenn sie mich verhaften, läßt du mich nicht im Stich?"

„Sie im Stich lassen? Ihnen verzeihen? Ziehen Sie zu uns und verlassen Sie uns nie mehr!" rief Philip.

„Ich glaube nicht, daß das Mrs. Philip gefallen würde, lieber Junge", sagte die an seinem Arm schluchzende kleine Frau, „aber seit du in der Schule von den Grauen Brüdern so krank warst und ich dich pflegte, bist du mir wie ein Sohn gewesen, und irgendwie konnte ich letzte Nacht nicht anders, ich mußte es diesem Lumpen besorgen – ich konnte nicht anders."

„Geschieht dem Schuft recht. Hat es gar nicht verdient, wieder zu sich zu kommen, liebes Kind!" erklärte Doktor Goodenough. „Regen Sie sich nur nicht wieder auf, kleine Mrs. Brandon! Ich muß Sie wieder ins Bett zurückschicken. Bringen Sie sie hinauf, Philip, in das kleine Zimmer neben meinem. Und sagen Sie ihr, sie soll sich hinlegen und mucksmäuschenstill liegenbleiben. Sie haben sich nicht zu rühren, bis ich es Ihnen erlaube, Brandon – merken Sie sich das. Und Sie eilen dann wieder schleunigst zu uns zurück, Philip, sonst kommen uns die Patienten dazwischen."

Also brachte Philip diese arme Kleine Schwester hinaus. Zitternd und an seinen Arm geklammert, kehrte sie in das ihr zugewiesene Zimmer zurück.

„Sie will mit ihm allein sein", sagte der Arzt. Und er sprach ein, zwei Worte darüber, welchen seltsamen Wahn die kleine

Frau hegte: dies sei ihr totes, zu ihr zurückgekehrtes Kind. „Ich weiß, daß ihr das im Kopf steckt", meinte Goodenough, „sie hat das Gehirnfieber, in dem ich sie fand, nie überwunden. Wenn ich sie auf die Bibel schwören ließe und fragte: ‚Brandon, glauben Sie nicht, er ist Ihr wieder lebendig gewordener Sohn?', würde sie nicht wagen, nein zu sagen. Sie wird ihm alles hinterlassen, was sie besitzt. Gestern habe ich ihr nur deshalb weniger gegeben, als der Wechsel dieses Schurken macht, weil ich wußte, sie wollte gern selbst einen Teil beisteuern. Es hätte sie tödlich gekränkt, bei der Sammlung übergangen zu werden. Sie lieben es, sich aufzuopfern. Ja, in Indien gibt es Frauen, die vor Verdruß sterben würden, wenn man ihnen nicht erlauben würde, mit ihren toten Ehemännern auf dem Scheiterhaufen zu braten." Und mittlerweile kam Mr. Philip mit langen Schritten ins Zimmer zurück und rieb sich die ungewöhnlich geröteten Augen.

„Dieser betrunkene Strolch ist bestimmt schon längst wieder nüchtern und weiß, daß der Wechsel weg ist. Aller Voraussicht nach verklagt er Mrs. Brandon wegen Diebstahls", meint der Arzt.

„Angenommen", sagt Philips anderer Freund, „ich hätte dir eine Pistole an den Kopf gehalten und dich erschießen wollen und der Doktor hätte mir die Pistole aus der Hand gewunden und sie ins Meer geworfen? Würdest du mir helfen, den Doktor gerichtlich zu belangen, weil er mich der Pistole beraubt hat?"

„Du glaubst doch wohl nicht, es macht mir Freude, diesen Wechsel zu bezahlen?" gab Philip zurück. „Ich habe gesagt, falls man mir einen bestimmten Wechsel präsentierte, der angeblich von Philip Firmin akzeptiert wurde, würde ich ihn bezahlen. Aber wenn dieser Galgenvogel Hunt nur *behauptet*, er hätte so einen Wechsel besessen und hat ihn verloren, will ich es gern auf meinen Eid nehmen, daß ich niemals irgendeinen Wechsel unterschrieben habe – und sie können die gute Brandon nicht schuldig sprechen, eine Sache gestohlen zu haben, die nie existiert hat."

„Wollen wir also hoffen, daß es kein Duplikat des Wechsels gibt!"

Und zu diesem Wunsch sagten alle drei Gentlemen von Herzen amen!

Und jetzt begannen die ersten Patienten die Türglocke des

Arztes in Bewegung zu setzen. Sein Speisezimmer war schon voll. Die Kleine Schwester mußte still liegenbleiben, und wir mußten die Erörterung ihrer Angelegenheit auf eine passendere Zeit verschieben. Philip und sein Freund kamen überein, das Haus in der Thornhaugh Street auszukundschaften und nachzusehen, ob irgend etwas vorgefallen war, seit die Hausfrau es verlassen hatte.

Ja, es war etwas vorgefallen. Mrs. Brandons Dienstmädchen, die uns in das Stübchen ihrer Herrin führte, erzählte uns, früh am Morgen sei der schreckliche Mann, der gestern abend da war und so betrunken gewesen sei und sich so schlecht aufgeführt habe – genau derselbe Mann, der hier schon mal betrunken gewesen sei und den Mr. Philip damals hinausgeworfen habe –, dieser Mann sei wiedergekommen und habe den Klopfer bearbeitet und an der Glocke gerissen und ganz fürchterlich geflucht und gewettert und „Mrs. Brandon! Mrs. Brandon! Mrs. Brandon!" geschrien und die ganze Straße aufgeschreckt. Nach dem Läuten habe er noch ewig lange geklopft und an die Tür gedonnert. Mary habe oben aus dem Fenster auf ihn herabgeschaut und ihm gesagt, er solle sich wegscheren, sonst würde sie die Polizei holen. Darauf habe der Mann gebrüllt, er würde selbst die Polizei holen, wenn Mary ihn nicht reinließe; und weil er immerzu „Polizei!" gerufen und an der Tür herumgeschrien habe, sei Mary hinuntergegangen und habe die Haustür bei vorgelegter Kette aufgemacht und ihn gefragt, was er denn wolle.

Hunt, draußen auf den Stufen stehend, fluchte und tobte noch lauter und verlangte eingelassen zu werden. Er müsse unbedingt Mrs. Brandon sprechen.

Mary hinter ihrer Barrikade beteuerte, ihre Herrin sei nicht zu Hause, sie sei in der Nacht zu einer Patientin Doktor Goodenoughs gerufen worden.

Hunt behauptete unter noch lauterem Geschrei und Gefluche, das sei eine Lüge! Und sie sei zu Hause und er wolle sie sehen und er müsse in ihr Zimmer und er habe dort etwas liegenlassen und er habe etwas verloren und er wolle es wiederhaben.

„Hier etwas verloren?" rief Mary. „Wieso hier? Als Sie aus diesem Haus getorkelt sind, konnten Sie sich kaum auf den Beinen halten, und Sie sind fast in die Gosse gefallen, wo ich Sie schon mal habe liegen sehen. Scheren Sie sich weg und gehen Sie nach Hause! Sie sind ja noch gar nicht nüchtern, Sie gräßlicher Kerl!"

Daraufhin schrie Hunt, an das Geländer vor den Souterrainfenstern geklammert und sich wie ein Verrückter aufführend, wieder los: „Polizei, Polizei! Man hat mich bestohlen, man hat mich bestohlen! Polizei!“, bis an verschiedenen Fenstern der ruhigen Straße erstaunte Gesichter auftauchten und wirklich ein Polizist herbeikam.

Als der Polizist erschien, begann Hunt an der durch die Kette gesicherten Tür zu rütteln und zu reißen; und er wiederholte wie rasend seine Beschuldigung, er sei heute nacht in diesem Haus von Mrs. Brandon betäubt und bestohlen worden.

Der Polizist gab mit einem allgemein gebräuchlichen Wort seinem gänzlichen Unglauben hinsichtlich dieser Behauptung Ausdruck und hieß den schmutzigen, verlotterten Mann sich zu entfernen und sich aufs Ohr zu hauen. Mrs. Brandon war weit und breit in der Nachbarschaft bekannt und geachtet. Sie hatte vielen armen Leuten im ganzen Umkreis beigestanden und war für Hunderte Wohltaten bekannt. Sie pflegte in vielen achtbaren Familien. In der dortigen Gemeinde war keine Frau besser angesehen. Und mit dem Wort „Quatsch“ drückte der Polizist sein Urteil aus, wie absolut unsinnig die Beschuldigung gegen die gute Dame sei.

Hunt kreischte weiter, man habe ihn betäubt und bestohlen! Und Mary wiederholte hinter ihrer Tür hervor gegenüber dem Beamten (zu dem sie womöglich recht freundliche Beziehungen unterhielt) ihre Behauptung, der Grobian sei am Abend vorher aus dem Haus getaumelt, und wenn er etwas verloren habe, wer könne wissen, wo er es verloren habe?

„Es ist mir aus dieser Rocktasche und aus dieser Brieftasche genommen worden“, heulte Hunt, an das Geländer geklammert. „Ich lasse sie verhaften. Ich lasse das ganze Haus verhaften! Es ist eine Diebshöhle!“

Während dieses ganzen Aufruhrs und Geschreis glitt in Ridleys Atelier ein Schiebefenster hoch. Der Maler ging an seine Morgenarbeit. Er hatte frühzeitig ein Modell bestellt. Die Sonne konnte Ridley nicht früh genug aufgehen; und sobald sie überhaupt Licht gab, fand sie ihn frohgemut an der Arbeit. Von seinem Schlafzimmer aus hatte er den lärmenden Auftritt gehört, der sich an der Tür abspielte.

„Mr. Ridley!“ sagt der Polizist und greift sich mit großem Respekt an den blanken Hut (in der Tat war Z 25 auf mehr als einem von J. J.s Gemälden abgebildet, allerdings nicht in Uniform) – „hier stört ein Kerl die ganze Straße und schreit herum, Mrs. Brandon hätte ihn betäubt und bestohlen!“

Ridley rannte in heftiger Empörung die Treppe hinunter. Er ist nervös, wie Menschen seines Schlages – rasch mit den Gefühlen, mit Mitleid, Liebe, Zorn bei der Hand. Er nahm die Kette ab und rannte auf die Straße.

„Ich erinnere mich, daß der Kerl schon einmal betrunken hier war“, erklärte der Maler, „und in eben dieser Gosse hier lag er.“

„Trunkenheit und Ruhestörung! Mitkommen!“ ruft Z 25. Und seine Hand packte den Geistlichen rasch beim speckigen Kragen, und ihr kräftiger Griff zwingt Hunt vorwärts. Er geht, immer noch unter gellendem Geschrei, man habe ihn bestohlen.

„Sagen Sie das Seiner Gnaden“, wehrt der ungläubige Z ab. Und das war die Neuigkeit, die Mrs. Brandons Freunde von ihrem Dienstmädchen erfuhren, als sie in ihrem Haus vorsprachen.

39. KAPITEL

In dem mehrere Personen Prüfungen erleben

Ich nehme an, wären Philip und sein Freund zufällig durch die High Street, Marylebone, gekommen, als sie in die Thornhaugh Street gingen, um das Haus der Kleinen Schwester auszukundschaften, hätten sie Ehrwürden Mr. Hunt gesehen, wie er in sehr schmutziger, mitgenommener, niedergeschlagener und fragwürdiger Verfassung von dem Revier aus, wo der ehrwürdige Gentleman die Nacht im Polizeigewahrsam verbracht hatte, nach Marylebone marschierte. Ein Geleit von Gassenjungen folgte dem Häftling und seinem Bewacher und machte sarkastische Bemerkungen über beide. Hunts Äußeres hatte sich nicht verbessert, seit wir am Abend vorher das Vergnügen einer Begegnung mit ihm hatten. Wir können uns den ehrwürdigen Gentleman vorstellen, wie er mit graugesprenkeltem Bart und Haar, schmuddeligem Gesicht, schwärzlichem Hemd und einer von Schmutz und Trunk gezeichneten Miene in zerlumpter Kleidung die Straße entlanggeht, um vor dem Polizeirichter zu erscheinen.

Wahrscheinlich haben Sie die Notiz vergessen, die zwei Tage nach dem Vorfall in der Thornhaugh Street in den Morgenzeitungen erschien, doch mein Sekretär hat sich die Mühe gemacht, den Polizeibericht aufzustöbern und abzuschreiben, in dem die mit unserer Geschichte zusammenhängenden Ereignisse verzeichnet sind.

MARYLEBONE. Mittwoch – Thomas Tufton Hunt, seiner Behauptung nach Geistlicher, jedoch von extrem ungepflegter Erscheinung, wurde Mr. Beaksby in diesem Amt vorgeführt. Er wurde von Z 25 beschuldigt, am Dienstag der Woche in trunkenem Zustand sich äußerst ruhestörend aufgeführt und mit Gewalt und Drohungen versucht zu haben, erneut in ein Haus in der Thornhaugh Street einzudringen, aus dem man ihn tags zuvor in einem seinem geistlichen Stande durchaus nicht angemessenen, berauschten Zustand hinausgeworfen hatte.

Als man den ehrwürdigen Gentleman auf die Polizeiwache brachte, reichte er seinerseits Klage ein und behauptete, man habe ihn in der Thornhaugh Street mittels einer Droge betrunken gemacht, betäubt und ihm in diesem Zustand einen Wechsel über 386 £ 4s 3d gestohlen, gezogen von einer Person in New York und akzeptiert von Mr. P. Firmin, Barrister, Parchment Buildings, Temple.

Mrs. Brandon, die Hauswirtin von Nr. *** in der Thornhaugh Street, vermietet seit vielen Jahren Zimmer, und mehrere ihrer Freunde, darunter Mr. Firmin, Mr. Ridley, Mitglied der Königlichen Akademie, und andere Gentlemen waren anwesend, um über ihren Ruf auszusagen, der absolut untadelig ist. Nachdem Z 25 ausgesagt hatte, gab das Dienstmädchen an, Hunt sei mehr als einmal vor diesem Haus betrunken aufgetaucht und habe sich ruhestörend verhalten und sei mit Gewalt hinausbefördert worden. An dem Abend, als der angebliche Diebstahl stattgefunden haben soll, hatte er das Haus in der Thornhaugh Street besucht, es in betrunkenem Zustand verlassen und war mehrere Stunden später zurückgekehrt, um zu behaupten, das fragliche Dokument sei ihm gestohlen worden.

Mr. P. Firmin sagte aus: „Ich bin Barrister und habe Kanzleiräume in den Parchment Buildings, Temple, und die Person, die sich Hunt nennt, ist mir bekannt. Ich habe keinen Wechsel akzeptiert, auch steht meine Unterschrift auf keinem solchen Dokument."

Hier mischte sich der ehrenwerte Polizeirichter ein und erklärte, das gelte zwar als Beweis, daß der Wechsel noch nicht durch Mr. F.s Akzept vervollständigt gewesen sei, würde aber den ihm vorgelegten Fall durchaus noch nicht beschließen. Behandele er den Fall jedoch nach Für und Wider in den Hauptpunkten, betrachte er, auf welche Art die Beschuldigung vorgetragen worden sei, und würdige er das völlige Fehlen ausreichender Beweise von seiten des Klägers, die ihn zu der Entscheidung berechtigten, in jenem Hause oder seitens der Beschuldigten sei auch nur ein Stück Papier entwendet worden, so sei er der Überzeugung, daß, selbst wenn er eine Verhaftung anordnen wollte, doch eine Überführung unmöglich sein würde. Er weise daher die Klage ab.

Die Dame verließ das Gericht mit ihren Freunden, und der Kläger brach, als man ihm eine Geldstrafe für Trunkenheit abforderte, in äußerst unpriesterliche Redensarten aus, inmitten welcher man ihn gewaltsam abführte.

Philip Firmin brachte seine Aussage, er habe keinen Wechsel ausgestellt, nicht ohne Zögern vor und wirklich erst auf das dringende Zureden seiner Freunde hin. Mehr als an den Vorsitzenden des Polizeigerichts richtete sie sich an jenen betagten Mann in New York, der damit gewarnt war, jemals wieder den Namen seines Sohnes zu fälschen. Ich fürchte, zwischen Philip und seinem Vater kam es infolge des Verhaltens des Jüngeren zu einer Abkühlung. Der Doktor habe seinen Jungen höher eingeschätzt, als daß er geglaubt hätte, Philip werde ihn in einem *Augenblick der Not* im Stich lassen. Dennoch verzeihe er Philip. Vielleicht wirkten seit seiner Heirat *andere Einflüsse* auf ihn ein, usw. Der Vater machte weitere Bemerkungen in diesem Sinne. Ein Mann, der Ihnen Ihr Geld wegnimmt, ist natürlich gekränkt, wenn Sie Einwände machen. Sie verletzen sein Feingefühl, wenn Sie dagegen protestieren, daß er die Hand in Ihre Tasche steckt. Der elegante Doktor in New York fuhr fort, mit kummervollem Kopfschütteln von seinem unglücklichen Sohn zu sprechen; er behauptete, glaubte vielleicht sogar, Philips Leichtsinn sei teilweise der Grund für sein Exil. „Das hier ist kein Gastmahl wie das, zu dem ich Sie in meinem eigenen Haus in England eingeladen hätte“, pflegte er zu sagen. „Ich gedachte meine Tage dort zu beenden und meinen Sohn in guten, nein, glänzenden Verhältnissen zurückzulassen. Ich bin ein armer Mann im Exil, und er – doch ich will keine harten Worte verwenden." Und seinen Patientinnen sagte er oft: „Nein, meine liebe Madam! Keine Silbe des Vorwurfs soll gegenüber diesem irregeleiteten Sohn über meine Lippen kommen! Doch Sie können mit mir fühlen: ich weiß, daß Sie mit mir fühlen können."

In alten Zeiten hielt sich ein kühner Straßenräuber, der einem Passagier in der Postkutsche die Börse abnahm, für geschädigt und den Reisenden für einen knickerigen Kerl, wenn der ein, zwei Guineas unter dem Kissen versteckte. In seinen jetzt selten gewordenen Briefen stieß der Doktor hier und da einen mannhaften Seufzer aus, wenn er daran dachte, daß er das Vertrauen seines Jungen verloren hatte. Ich glaube wirklich, daß gewisse Damen unserer Bekanntschaft zu der Meinung neigten, dem älteren Firmin sei nicht ganz gerecht mitgespielt worden, wie sehr sie auch die Kleine Schwester wegen ihrer ungesetzlichen Tat zum Schutz ihres Jungen liebten und bewunderten. Doch diesen wichtigen Punkt hatten wir gewonnen. Der Arzt in New York nahm sich die Warnung zu Herzen und setzte unter keinen Wechsel mehr die Unterschrift seines Sohnes. Der brave Goodenough bekam sein Darlehen in derselben Münze zurück, die er zur Verfügung gestellt hatte. Er behauptete, seine kleine Schwester Brandon sei splendide mendax und ihr Diebstahl sei eine erhabene und mutige Kriegstat.

Bisher hatte Mr. Philip seit seiner Heirat ziemliches Glück gehabt. In der Not waren ihm Freunde beigesprungen. In Zeiten der Gefahr hatte er Beistand empfangen. Obwohl er ohne Geld geheiratet hatte, schenkte ihm das Schicksal ein hinreichendes Auskommen. Seine Flasche war nie leer gewesen, und er hatte immer Mehl im Kasten. Doch jetzt standen ihm schwere Prüfungen bevor: schwere Prüfungen, die, wie wir schon sagten, erträglich waren und die er seither längst durchgestanden hat. Jeder Mensch, der das Spiel des Lebens oder Whist gespielt hat, weiß, daß ihm eine Weile eine Serie guter Karten zugeteilt wird, und dann wieder bekommt er überhaupt keinen Trumpf. Nachdem unser Freund sein Haus in der Milman Street bezogen und das gastfreundliche Dach der Kleinen Schwester verlassen hatte, schien das Glück ihn im Stich zu lassen. „Vielleicht war es eine

Strafe für meinen Stolz, weil ich so herablassend zu ihr war und – und eifersüchtig auf dieses liebe, gute kleine Geschöpf", gestand die arme Charlotte später im Gespräch mit anderen Freunden, „aber als wir nicht mehr bei ihr wohnten, schien unser Glück umzuschlagen, das muß ich zugeben."

Vielleicht hatte, als sie noch unter Mrs. Brandons Dach weilte, die umsichtige Sorge der Kleinen Schwester sehr viel mehr Gutes für Charlotte bewirkt, als diese wußte. Mrs. Philip stellte die einfachsten Ansprüche der Welt und wandte nie einen unnötigen Shilling an sich selbst. Wirklich war es ein Wunder, bedachte man ihre geringen Ausgaben, wie schmuck und nett Mrs. Philip allezeit aussah. Doch sie konnte sich nie beherrschen, wenn es um die Kinder ging, und putzte sie mit allen möglichen feinen Sachen heraus und nähte und stichelte Tag und Nacht, um die kleinen Puppen zu schmücken. Und auf die Einwände der befreundeten Matronen hin bewies sie, daß es unmöglich war, Kinder für weniger Geld zu kleiden. Wenn ihnen irgend etwas fehlte, rasch, mußte der Doktor her. Nicht der wackere Goodenough, der ohne Honorar kam und ihre Ängste und Sorgen verlachte; sondern der liebe Mr. Bland, der ein fühlendes Herz besaß und selbst Vater von Kindern war und der diese Kinder vom Ertrag der Pillen, Tränkchen, Pülverchen, Besuche ernährte, die er allen Familien angedeihen ließ, deren Türen er durchschritt. Blands Anteilnahme war so tröstlich; doch stellte man am Jahresende fest, daß sie auch recht kostspielig war. „Na und?" sagt Charlotte mit flammenden Wangen. „Meinst du, uns muß das Geld leid tun, das unseren liebsten Herzensbabies zur Gesundheit dienen soll? Nein. Du kannst keine derart schlechte Meinung von mir haben!" Und folglich strich Mr. Bland von unseren Freunden eine nette kleine Jahresrente ein. Philip hatte bezüglich der Hauswirtschaft seiner Frau einen Witz auf Lager, der sich vielleicht auch auf andere, von überbesorgten Müttern zu sehr in statu pupillari gehaltene junge Frauen anwenden läßt.

Als sie heirateten oder kurz vor der Hochzeit standen, fragte Philip Charlotte, was sie zum Dinner bestellen werde. Sie antwortete prompt, sie werde Hammelkeule bestellen. „Und nach der Hammelkeule?" – „Rinderkeule natürlich!" sagt Mrs. Charlotte und blickt sehr zufrieden und erfahren drein. Wie diese kleine Hausfrau widerwillig zugeben mußte, ist es eine Tatsache, daß ihre Haushaltskosten *sagenhaft* anstiegen, nachdem sie die Thornhaugh Street verlassen hatten. „Und ich kann nicht begreifen, lieber Mann, wie das Anschreibebuch beim Krämer so auflaufen konnte – und das beim Buttermann, und das Bier" usw. usw. Wie oft haben wir das hübsche Köpfchen, über die schmuddeligen Hefte gebeugt, grübeln und grübeln sehen; und das älteste Kind hob oftmals gegenüber den unseren seinen warnenden Finger und hieß sie ganz leise sein, weil Mama an ihren „Resnungen" sitze.

Und jetzt, muß ich betrübt sagen, wurde das Geld für die Begleichung dieser Rechnungen knapp; und obwohl Philip sich einbildete, er verberge seine Sorgen vor seiner Frau, können Sie gewiß sein, daß sie ihn zu sehr liebte, um sich von einem der ungeschicktesten Heuchler der Welt täuschen zu lassen. Nur, da sie eine viel geschicktere Heuchlerin als ihr Mann war, tat sie so, als lasse sie sich täuschen, und spielte ihre Rolle so gut, daß der arme Philip sich über ihre Fröhlichkeit ärgerte und meinte, seiner Frau sei ihre mißliche Lage gleichgültig. Sie dürfte nicht so heiter und glücklich sein, fand er; und wie üblich beklagte er sein Los gegenüber seinen Freunden. „Ich komme heim, von Sorgen gequält, und denke an diese unvermeidlichen Rechnungen. Ich schaudere, Sir, vor jedem Brief, der im Flur liegt, und möchte zittern, wenn ich ihn aufreiße, wie sie es auf der Bühne machen. Aber ich lache und mache eine muntere Miene und führe Char hinters Licht. Und ich höre sie im ganzen Haus singen und mit den Kindern lachen und plappern, wahrhaftig! *Sie* merkt überhaupt nichts. *Sie* weiß nicht, wie furchtbar das res domi auf mir lastet. Aber *vor der Heirat* wußte sie es, sage ich euch. Damals erriet sie es, wenn mich irgend etwas quälte. Wenn ich mich noch so leicht unpäßlich fühlte, hättet ihr die Besorgnis auf ihrem Gesicht sehen sollen! Da hieß es: ‚Lieber Philip, wie blaß du bist' oder ‚Philip, wie rot du bist' oder ‚Bestimmt hast du einen Brief von deinem Vater bekommen. Warum verbirgst du mir etwas, Sir? Das darfst du nie – niemals!' Und jetzt, wenn unter meinem Mantel der Fuchs an meinen Eingeweiden nagt, lache und grinse ich so natürlich, daß sie glaubt, mit mir sei alles in Ordnung, und sie kommt mir entgegen und schwenkt die Kinder vor meinem Gesicht hin und her und macht einen restlos glücklichen Eindruck! Ich würde sie nicht um alles in der Welt täuschen wollen, das wißt ihr. Aber es wurmt mich. Mir braucht ihr nichts zu sagen. Es wurmt mich wirklich, wenn ich mich die ganze Nacht über hellwach hin- und herwälze und den ganzen Tag von Sorgen geplagt werde, und das Weib meines Herzens plappert und singt und lacht, als gäbe es keine Sorgen oder Zweifel oder Gläubiger auf der Welt. Hätte ich die Gicht, und sie würde lachen und singen, würde ich das nicht Anteilnahme nennen. Würde ich schuldenhalber verhaftet, und sie käme strahlend und lachend ins Schuldgefängnis, würde ich das nicht Trost nennen. Wieso spürt sie nichts? Sie müßte es spüren. Da ist Betsy, unser Stubenmädchen. Da ist der alte Kerl, der Schuhe und Besteck putzen kommt. *Die* wissen, in welch bedrängter Lage ich bin. Und meine Frau singt und tanzt, während ich am Rande des Ruins stehe, weiß Gott!, und lacht und kichert, als wäre das Leben eine Pantomime!"

Da senkten der Mann und die Frau, denen Philip seine Geständnisse und Kümmernisse in die Ohren dröhnte, in beschämtem Schweigen den errötenden Kopf. Es geht ihnen leidlich gut im Leben, und ich fürchte, sie sind recht zufrieden mit sich selbst und miteinander. Eine Frau, die fast nie falsch handelt und Haus und Familie regiert, wie es meine ... wie es von der Gattin des ergebenen Dieners des Lesers allüberall bekannt ist, wird oft – muß ich es sagen? – ihrer eigenen Tüchtigkeit allzu sicher und ist zu sehr von der Richtigkeit ihrer Meinung überzeugt. Wir tüchtigen Leute erteilen eine ganze Menge Ratschläge und schätzen diesen Rat ungemein hoch ein. Wir begegnen einem bestimmten Mann, der, sagen wir, unter die Räuber gefallen ist. Wir kommen ihm bereitwillig genug zu Hilfe. Wir bringen ihn gütig ins Gasthaus und bezahlen dort seine Rechnung; doch wir sagen dem Wirt: „Sie müssen diesen armen Mann ins Bett stekken! Seine Medizin geben Sie ihm um diese Zeit und seine Suppe um jene. Aber wohlgemerkt, er muß diese Arznei bekommen und keine andere und diese Suppe, zu wann wir sie bestellt haben. *Wir* nehmen uns seiner an, verstehen Sie. Hören Sie nicht auf ihn oder sonst jemanden. Wir wissen über alles restlos Bescheid. Leben Sie wohl. Kümmern Sie sich gut um ihn. Denken Sie an die Medizin und die Suppe!", und Mr. Wohltäter oder Lady Mildtätig gehen vollkommen zufrieden mit sich davon.

Erfassen Sie diese Allegorie? Als Philip sich bei uns über die

Ausgelassenheit und Fröhlichkeit seiner Frau beklagte, als er ihre Oberflächlichkeit und Leichtfertigkeit bitter mit seiner Niedergeschlagenheit und Ratlosigkeit verglich, erfüllte Charlottes zwei beste Freunde tiefe Scham. „O Philip, lieber Philip!" rief seine weibliche Ratgeberin (nachdem sie, während Firmin sprach, ein-, zweimal ihren Mann angeblickt und sich vergeblich bemüht hatte, die schuldbewußten Augen auf ihre Handarbeit gesenkt zu halten), „Charlotte hat das getan, weil sie demütig den Rat von Freunden angenommen hat, die das nicht sind. Sie weiß alles und mehr als alles! Denn ihr liebes weiches Herz ist von Befürchtungen erfüllt. Aber wir haben ihr geraten, sich kein Zeichen der Sorge anmerken zu lassen, damit ihr Mann sich nicht beunruhigt. Und sie hat uns vertraut, und sie vertraut auch Einem anderen, Philip, und sie hat ihre eigenen Ängste verheimlicht, damit Ihre nicht noch größer werden, und hat Sie heiter empfangen, während ihr Herz voller Furcht war. Jetzt wissen wir, daß das falsch war. Aber sie hat es getan, weil sie so einfältig war und uns, die wir sie falsch beraten haben, gefolgt ist. Heute nun ist uns klar, daß zwischen euch allezeit volles Vertrauen hätte herrschen müssen und daß es ihr schlichtes Gemüt und ihre Gutgläubigkeit waren, die sie irregeführt haben."

Philip hielt eine Weile den Kopf gesenkt und verbarg die Augen – und wir wußten, womit sich sein dankbares Herz in der Minute beschäftigte, als sein Gesicht unserem Blick entzogen war.

„Und Sie wissen, lieber Philip ...", sagt Laura und blickt ihren Mann an und nickt diesem zu, der den Wink sofort verstand.

„Und übrigens, Firmin", fällt der Gatte der Dame ein, „du verstehst, wenn du irgendwie – daß heißt, wenn du – das heißt, können wir dir vielleicht ..."

„Halt den Mund!" schreit Firmin mit einem Gesicht, auf dem das Glück strahlt. „Ich weiß, was du meinst. Du Wicht willst mir Geld anbieten! Ich sehe es dir an. Gott segne euch beide! Aber wir wollen versuchen, auch ohne das auszukommen, will's der Himmel. Und – und es ist es wert, den Druck der Armut zu spüren, wenn man solche Freunde findet, wie ich sie habe, und ihn mit so einem – so einem – verflixt! – lieben kleinen Ding zu teilen, wie ich es daheim habe. Und ich will nie wieder versuchen, Char hinters Licht zu führen. In solchen Sachen bin ich nicht gut. Und gute Nacht, und ich werde eure Güte nie vergessen, nie!“ Und gleich darauf ist er draußen und springt die Stufen vor unserer Haustür hinab und dann in den Park. Und obwohl in dem armen kleinen Haus in der Milman Street keine fünf Pfund vorhanden waren, gab es an jenem Abend in London keine glücklicheren zwei Menschen als Charlotte und Philip Firmin. Wenn unser Freund auch seine Sorgen hatte, so genoß er doch auch unermeßliche Tröstungen. Glücklich wer, wie arm er auch sei, Freunde besitzt, die ihm beistehen, und die Liebe, die ihn in seinen Prüfungen tröstet.

40. KAPITEL

In dem das Glück uns gar nicht geneigt ist

Es ist gewiß, daß jeder Mann und jede Frau unter uns die Reise nach Lilliput und den Ausflug ins Königreich Brobdingnag gemacht hat. Wenn ich mein heimatliches Landstädtchen besuche, meldet die Lokalzeitung unsere Ankunft; die Landarbeiter tippen sich an den Hut, wenn die Ponychaise vorbeikommt, die Mädchen und die alten Frauen machen freundliche Knickse; Mr. Hicks, der Krämer und Hutmacher, tritt in seine Tür und macht eine Verbeugung und lächelt übers ganze Gesicht. Wenn unser Nachbar Sir John im Herrenhaus eintrifft, ist er eine noch größere Persönlichkeit; die Glöckner begrüßen die Herrenhausfamilie mit Geläut; der Pfarrer geht in den ersten Tagen hinüber und macht seinen Besuch, und die Bauern auf dem Markt umdrängen ihn in der Hoffnung auf ein Nicken des Wiedererkennens. Sir John daheim ist in Lilliput: am Belgrave Square ist er in Brobdingnag, wo fast alle, denen wir begegnen, so viel größer sind als wir. „Was gefällt Ihnen besser, ein Riese unter Pygmäen zu sein oder eine Pygmäe unter Riesen?" Ich weiß, welcher Umgang mir selbst lieber ist: aber darauf will ich nicht hinaus. Was ich andeuten möchte, ist, daß wir möglicherweise kleinen Leuten gegenüber eine herablassende Art an den Tag legen, genauso, wie höhergestellte Leute sich *uns* gegenüber spreizen. Eine herablassende Art? Die alte Miss Mumbles, die Tochter des Leutnants auf Halbsold, die mit ihrem Dienstmädchen über der Klempnerwerkstatt wohnt, gibt sich auf ihrer Stufe vornehmer als jede Herzogin in Belgravia und würde das Zimmer verlassen, wenn die Frau eines Handwerkers darin Platz nähme.

Nun wurde schon gesagt, daß wenige Männer in dieser Stadt London so einfach und ungekünstelt in ihrem Auftreten sind wie Philip Firmin und daß er den Gönner, dessen Brot er aß, und den reichen Verwandten, der sich zu einem Besuch bei ihm herabließ, mit gleicher Ungezwungenheit behandelte. Er gibt sich offen, aber nicht vertraulich, und ist zu Mylord keine Spur höflicher als zu Hinz und Kunz im Kaffeehaus. Die Anbiederung vulgärer Personen nimmt er übel auf, und wer sich damit an ihn heranwagt, zieht sich verwundet und gekränkt zurück, wenn er mit ihm zusammengestoßen ist. Was die Menschen betrifft, die er liebt, so kriecht er förmlich vor ihnen, betet ihre Stiefelspitzen und Rocksäume an. Doch er unterwirft sich ihnen nicht ihres Reichtums oder Ranges wegen, sondern aus Liebe. Anfangs fügte er sich sehr großmütig den Gefälligkeiten und dem Gehätschel Lady Ringwoods und ihrer Töchter, denn die Wertschätzung, die sie für seine Frau und seine Kinder zeigten, rührte ihn und nahm ihn für sie ein.

Obzwar Sir John für die Menschenrechte überall auf der Welt einstand und in seiner Bibliothek die Bildnisse Franklins, Lafayettes und Washingtons hingen, hatte er auch Porträts seiner eigenen Vorfahren in diesem Gemach und hegte eine ungemein hohe Meinung vom gegenwärtigen Repräsentanten der Familie Ringwood. Der Charakter des verstorbenen Oberhaupts des Hauses war berüchtigt. Lord Ringwoods Leben war unordentlich gewesen und seine Moral locker. Er war zweifellos in hohem Maße talentiert, doch widmete er seine Gaben nie einem ernsthaften Studium oder nützlichen Zielen. In seinen besten Jahren ein überaus zügelloser Mann, veränderte er seine Lebensweise nur infolge nachlassender Gesundheit und wurde ein Einsiedler, wie eine Gewisse Person zum Mönch wurde. Er war bis an sein Ende ein frivoler Mensch und kam als Politiker und Staatsmann nicht in Betracht; und dieser leichtfertige Genießer war zum dritten Rang der Peerswürde aufgestiegen, während sein Nachfolger, ihm an Wissen und Sittlichkeit überlegen, immer noch Baronet war. Wie war das Ministerium blind, das ein solches Maß an Gediegenheit und Talent nicht zur Kenntnis nehmen wollte! Besäßen die Lenker der Nation Gemeinsinn oder gesunden Menschenverstand, hätte man Verdienste wie die Sir Johns niemals übersehen können. Doch die Minister bildeten bekanntermaßen einen Familienklüngel und halfen nur sich gegenseitig. Beförderung und Protektion wurden in schändlicher Weise von den Mitgliedern einiger ganz weniger Familien für sich allein in Anspruch genommen, die keine besseren Geschäftsleute waren als Sir John, keine Männer von besserem Ruf, keine Männer von älterer Abstammung (obwohl die Abkunft natürlich ein bloßer Zufall war). Mit einem Wort, bevor sie ihm nicht die Peerswürde verliehen, sah er sehr wenig Hoffnung für das Kabinett oder das Land.

Ganz am Anfang dieser Geschichte wurde ein gewisser Philip Ringwood erwähnt, dessen Schutz Philip Firmins Mutter ihren Jungen anvertraute, als man ihn erstmals in die Schule schickte. Philip Ringwood war sieben Jahre älter als Firmin; er kam im Laufe seiner Schulzeit zwei- oder dreimal in die Old Parr Street, ließ sich dazu herab, das „Taschengeld“ zu nehmen, das der arme Doktor freigebig genug austeilte, geruhte aber nie, von dem jungen Firmin die geringste Notiz zu nehmen, der mit Ehrfurcht und Zittern zu seinem Verwandten aufblickte. Von der Schule wechselte Philip Ringwood rasch zum College über und ging danach in die Politik. Er war der älteste Sohn Sir John Ringwoods, den unser Freund kürzlich kennengelernt hat.

Mr. Ringwood war eine viel bedeutendere Persönlichkeit als sein Vater, der Baronet. Selbst als letzterer Lord Ringwoods Güter erbte und nach London kam, konnte man kaum behaupten, er käme seinem Sohn an gesellschaftlichem Rang gleich; und der jüngere begönnerte seinen Vater. Was ist das Geheimnis großen gesellschaftlichen Erfolges? Man kann ihn nicht durch Schönheit oder Reichtum oder Geburt oder Geist oder Tapferkeit oder Ruhm irgendwelcher Art gewinnen. Er ist eine Gabe Fortunas und ebenso launisch verliehen wie alle Gunstbeweise dieser Göttin. Betrachten Sie, liebe Madam, die elegantesten Damen, die derzeit in London regieren. Sind sie vornehmer oder liebenswürdiger oder reicher oder schöner als Sie? Betrachten Sie, werter

Sir, die Männer, die den Ton angeben und bei Black's im Erkerfenster stehen; sind das klügere oder geistreichere oder sympathischere Leute als Sie? Und doch wissen Sie, was Ihnen blühte, wenn man Sie in diesem Club vorschlagen wollte. Sir John wagte es nie, sich dort aufstellen zu lassen, nicht einmal nach seinem großen Vermögenszuwachs nach dem Tode des Grafen. Sein Sohn redete ihm nicht zu. Es hieß sogar, Ringwood würde seinen Vater durchfallen lassen, wenn er zu kandidieren wagte.

Ich konnte, wie gesagt, nie den Grund für Philip Ringwoods Erfolg im Leben begreifen, obwohl man einräumen muß, daß er einer unserer prominentesten Dandies ist. Herzöge behandelt er leutselig. Einen Marquis begönnert er. Er ist nicht witzig. Er ist nicht klug. Er gibt keine guten Dinners. Wie viele Baronets gibt es im britischen Reich? Schlagen Sie in Ihrem Buch nach. Ich sage Ihnen, vielen dieser Leute würde Philip Ringwood kaum gestatten, bei einem seiner schlechten Dinners zu bedienen. Dieser Mann hat seine gesellschaftliche Prominenz erreicht, indem er seelenruhig seine Ansprüche im Leben durchgesetzt hat. Mag sein, daß wir ihn verabscheuen; doch wir erkennen seine Überlegenheit an. Zum Beispiel würde es mir ebensowenig einfallen, ihn zu mir zum Dinner einzuladen, wie dem Erzbischof von Canterbury einen Klaps auf den Rücken zu geben.

Mr. Ringwood hat ein engbrüstiges kleines Haus in Mayfair und ist in einem Ministerium tätig, wo er seinen Chef begönnert. Seine eigene Familie neigt sich vor ihm: seine Mutter ist in seiner Gegenwart unterwürfig, seine Schwestern sind respektvoll, sein Vater prahlt nicht mit seinen liberalen Grundsätzen und bringt in Gegenwart seines Sohnes nie die Menschenrechte zur Sprache. In der Familie wird er „Mr. Ringwood" genannt. Die Person, die am wenigsten Ehrfurcht vor ihm hat, ist sein jüngerer Bruder, der hinter dem Rücken des älteren sogar schon Grimassen gezogen haben soll. Doch ist er ein schrecklich eigensinniges und unerfahrenes Kind und hat vor nichts Respekt. Lady Ringwood ist übrigens Mr. Ringwoods Stiefmutter. Seine eigene Mutter war die Tochter eines adligen Hauses und starb bei der Geburt dieses Musterexemplars.

Philip Firmin, der seinen Verwandten nicht mehr zu sehen bekommen hatte, seit sie gleichzeitig auf der Schule waren, erinnerte sich an verschiedene Geschichten, die über Ringwood umliefen und für diesen hervorragenden Dandy alles andere als rühmlich waren – Geschichten von Intrigen, vom Glücksspiel, von Ausschweifungen und derlei Heldentaten. Eines Tages dinierten Philip und Charlotte bei Sir John, der nach seiner Art redete und plapperte und schwadronierte und renommierte, was das Zeug hielt, als sein Sohn hereinkam und fragte, ob er mitessen könne. Er hätte eine Einladung angenommen, im Garterton House zu dinieren. Kurz vor dem Essen habe der Herzog eine seiner Gichtattacken bekommen. Das Dinner sei ausgefallen. Wenn Lady Ringwood ihm eine Scheibe Hammelbraten geben könne, wäre er ihr sehr zu Dank verpflichtet. Ein Platz für ihn war rasch gefunden. „Und, Philip, das ist dein Namensvetter und unser Verwandter, Mr. Philip Firmin", sagte der Baronet, indem er dem Neffen seinen Sohn vorstellte.

„Ihr Vater hat mir oft Sovereigns geschenkt, als ich noch in der Schule war. Auch an Sie kann ich mich schwach erinnern. Waren Sie nicht ein kleiner Junge mit einem weißen Schopf? Wie geht es dem Doktor und Mrs. Firmin? Wohlauf?"

„Aber weißt du denn nicht, daß sein Vater ausgerückt ist?" ruft das jüngste Mitglied der Familie. „Tritt mich doch nicht, Emily. Er *ist* ausgerückt!"

Da fiel es Mr. Ringwood ein, und ein leichtes Erröten breitete sich über sein Gesicht aus. „Lange her. Ich weiß. Hätte nicht fragen sollen, nach so langer Zeit." Und er erwähnte einen Fall, wo ein Herzog, der sehr vergeßlich war, fatalerweise einen Marquis nach seiner Frau gefragt hatte, die mit einem Grafen durchgebrannt war, und sich dann nach dem Sohn des Marquis erkundigte, der, wie jedermann wußte, nicht mehr mit seinem Vater sprach.

„Das ist Mrs. Firmin – Mrs. Philip Firmin!" rief Lady Ringwood ziemlich nervös. Und ich nehme an, Mrs. Philip errötete, und das Erröten stand ihr, denn Mr. Ringwood geruhte hinterher zu einer seiner Schwestern zu äußern, ihr neugefundener Verwandter scheine einer dieser rauhbeinigen Gentlemen zu sein, aber seine Frau sei wirklich durchaus gesellschaftsfähig und eine recht hübsche junge Person und könne sich überall sehen lassen – wirklich überall. Nach dem Essen wurde Charlotte gebeten, ein oder zwei ihrer netten Lieder zu singen. Mr. Ringwood war entzückt. Ihre Stimme war rein und klar. Was sie sang, sang sie vortrefflich. Und er war so freundlich, bei einem ihrer Lieder mitzusummen (bei dieser Darbietung erwies sich, daß *seine* Stimme nicht frei von kleinen Schwächen war) und zu erzählen, vergangenen Herbst habe er in Glenmavis Lady Philomela Shakerly genau dieses Lied singen hören; und es sei so beliebt gewesen, daß die Herzogin jeden Abend darum gebeten habe – buchstäblich jeden Abend. Als unsere Freunde nach Hause gingen, reichte Mr. Ringwood Philip fast einen ganzen Finger zum Schütteln. Und während Philip innerlich über diese Frechheit kochte, glaubte er seine bescheidenen Verwandten restlos bezaubert zu haben und äußerst wohlmeinend und freundlich gewesen zu sein.

Ich kann nicht sagen, weshalb das gönnerhafte Benehmen dieses Mannes unseren wackeren Freund so ärgerte und reizte, daß es ihn die Grenzen der Höflichkeit und Vernunft nicht einhalten ließ. Die naiven Bemerkungen des kleinen Jungen und die gelegentlichen arglosen Äußerungen der jungen Damen hatten nur Philips Sinn für Humor angesprochen und dienten ihm zur Belustigung, wenn er mit seinen Verwandten zusammenkam. Ich habe den Verdacht, es war eine gewisse ungenierte Art, die Mr. Ringwood gegenüber Mrs. Philip an den Tag zu legen beliebte, was ihren Mann aufbrachte. Er hatte nichts geäußert, woran man hätte Anstoß nehmen können; vielleicht ahnte er gar nicht, daß er Anstoß erregte; ja, hielt sich gar für ganz besonders liebenswürdig. Möglicherweise behandelte er sie nicht unverschämter als andere Frauen; doch wenn Mr. Firmin von ihm sprach, funkelten seine Augen vor Grimm, und mit seiner üblichen schrankenlosen Offenherzigkeit sprach er von seinem neuen Bekannten und Verwandten als einem Emporkömmling und arroganten, eingebildeten jungen Laffen, dem er gern einmal die Ohren lang ziehen würde.

Wie lernen eigentlich gute Frauen, Männer zu durchschauen, die nicht gut sind? Geschieht das instinktiv? Wie erfahren sie diese Gerüchte über die Männer? Ich versichere, daß ich meiner Frau nie etwas Gutes oder Schlechtes über diesen Mr. Ringwood erzählt habe, obwohl ich freilich als Mann, der in der Stadt herumkommt, Geschichtchen über seinen Lebenswandel vernommen habe – wer hat das nicht? Sein Verhalten in jener Affäre mit Miss Willowby war herzlos und grausam; sein Betragen jener unglücklichen Blanche Painter gegenüber kann niemand verteidigen. Meine Frau gibt ihre Meinung über Philip Ringwood, sein Leben, seine Grundsätze und seine Moral, durch Blicke oder vielsagende Pausen zu verstehen, die furchtbarer und vernichtender sind als der bitterste Sarkasmus oder Worte des Tadels. Philip Firmin, der ihre Art kennt, in ihrer Miene liest und, wie ich schon sagte, ihr zu Füßen liegt, bemerkte die furchteinflößenden Blicke der Dame, als er kam, um uns die Begegnung mit seinem Vetter und die großspurig herablassende Art, die Mr. Ringwood an sich hatte, zu schildern.

„Was?“ sagte er. „Sie können ihn genausowenig leiden wie ich? Das habe ich mir gedacht. Und ich bin froh darüber.“

Philips Freundin sagte, sie kenne Mr. Ringwood nicht und habe in ihrem ganzen Leben noch nie ein Wort mit ihm gesprochen.

„Ja, aber Sie wissen über ihn Bescheid“, ruft der impulsive Firmin. „Was wissen Sie von diesem Kerl, mit seiner unsäglichen Eitelkeit und Arroganz?“ Ach, Mrs. Laura wisse nur sehr wenig über ihn. Sie glaube nicht – sie wolle lieber nicht glauben –, was die Welt über Mr. Ringwood sage.

„Angenommen, wir würden die Woolcombs nach ihrer Meinung über deinen Charakter fragen, Philip?“ ruft der Biograph des Gentlemans lachend.

„Lieber Mann!“ sagt Laura mit einem noch strengeren Blick, dessen Strenge ich erklären muß. Das Zerwürfnis zwischen Woolcomb und seiner Frau war stadtbekannt. Über ihre unglückliche Ehe wußte alle Welt Bescheid. Die Gesellschaft begann Mrs. Woolcomb mit wirklich sehr kühler Miene zu betrachten. Nach Auseinandersetzungen, Eifersüchteleien, Zusammenstößen, Versöhnungen, erneuten heftigen Szenen und wütenden Wortgefechten hatte sich zwischen ihnen Gleichgültigkeit eingestellt und bei der Frau der rücksichtsloseste Lebenshunger. Ihr Heim war prachtvoll, aber erbärmlich und bedrückend; alle möglichen Geschichten waren in Umlauf über die brutale Behandlung der armen Agnes seitens ihres Gatten wie über ihre eigene unbesonnene Aufführung. Mrs. Laura war empört, wenn der Name dieser unglücklichen Frau fiel, ausgenommen, wenn sie daran dachte, daß unser warmherziger, biederer Philip diesem herzlosen Geschöpf entronnen war. „Was war es doch für ein Segen, Philip, daß Sie ruiniert waren und daß sie Sie verlassen hat!" sagte Laura oft. „Welches Vermögen hätte Sie dafür entschädigen können, wenn Sie so eine Frau geheiratet hätten?"

„Es war wirklich meinen ganzen Besitz wert, sie loszuwerden", stimmte Philip zu, „also sind der Doktor und ich quitt. Hätte er mein Vermögen nicht vergeudet, hätte Agnes mich geheiratet. Hätte sie mich geheiratet, wäre ich vielleicht zum Othello geworden, und man hätte mich dafür gehängt, daß ich sie erdrosselt hätte. Ja, wäre ich nicht arm gewesen, hätte ich nie die kleine Char geheiratet – und man stelle sich bloß vor, nicht mit Char verheiratet zu sein!" Hier verfällt der wackere Kerl in Schweigen und gibt sich beim Gedanken an sein übergroßes Glück einer innerlichen Begeisterung hin. Dann wiederum beängstigt ihn der Einfall, den seine eigene Phantasie hervorgebracht hat.

„So etwas! Sich vorzustellen, ich hätte die Kleinen und Char nicht!" ruft er mit bestürzter Miene.

„Dieser gräßliche Vater – diese schreckliche Mutter – verzeih, Philip. Aber wenn ich an die weltliche Gesinnung dieser Menschen denke und daß diese arme unglückliche Frau so erzogen worden und davon zugrunde gerichtet worden ist – bin ich so – so – so *aufgebracht*, daß ich die Fassung verliere!" ruft die Dame. „Ist die Frau verantwortlich oder die Eltern, die ihr Herz verhärtet und sie verkauft haben – verkauft an diesen . . . Oh!" – Dieses „Oh" bezeichnete unseren glanzvollen Freund Woolcomb, und die Dame unterbrach sich schon wieder, vor Grimm erstickend, als sie an diesen „Oh" und die Frau dieses „Oh" dachte.

„Ich wundere mich, daß er sie nicht wie Othello behandelt hat", bemerkt Philip, die Hände in den Taschen. „Ich hätte es getan, wäre sie meine Frau gewesen und hätte sich so aufgeführt, wie man behauptet."

„Der Gedanke ist furchtbar, furchtbar!" fährt die Dame fort. „Sich vorzustellen, daß sie von ihren eigenen Eltern verkauft worden ist, das arme Ding, das arme Ding! Die Schuld liegt bei denen, die sie irregeleitet haben."

„Nein", sagt einer der drei Gesprächspartner. „Weshalb bei den armen Mr. und Mrs. Twysden stehenbleiben? Weshalb sollte man sie nicht freisprechen und *deren* Eltern anklagen, die in ihrer Generation wohl genauso weltlich gesinnt waren? Oder halt, sie stammen von William dem Eroberer ab. Sprechen wir den armen Weldone Twysden und seine herzlose Frau frei und stellen den Normannen vor Gericht."

„Ach, Arthur! Hat unsere Sünde nicht ganz am Anfang begonnen?" ruft die Dame. „Und sind wir nicht im Besitz des Heilmittels? Ach, dieses arme Geschöpf, dieses arme Geschöpf! Möge sie wissen, wohin sie ihre Zuflucht nehmen kann, und beizeiten lernen zu bereuen!"

Die georgischen und zirkassischen Mädchen, heißt es, pflegten sich ganz zufrieden in ihr Los zu fügen und brannten geradezu darauf, in Konstantinopel auf den Markt zu kommen und verkauft zu werden. Mrs. Woolcomb brauchte niemanden, sie von dem armen Philip fortzulocken. Sie sprang dem alten Liebhaber davon, kaum war der neue mit seinem Sack Geld erschienen. Sie wußte ganz genau, an wen sie sich verkaufte und zu welchem Preis. Der Verführer bedurfte keiner Geschicklichkeit oder List oder Wortgewandtheit. Er besaß nichts dergleichen. Doch er zeigte ihr einen Geldbeutel und drei schöne Häuser – und sie kam. Unschuldiges Kind, daß ich nicht lache! Sie verstand durchaus soviel von der Welt wie Papa und Mama; und die Anwälte kümmerten sich nicht umsichtiger und kaltblütiger um ihr Wittum als sie selbst. Hat sie nicht später davon gelebt? Ich behaupte nicht, sie habe ehrbar gelebt, aber durchaus bequem, wie Paris und Rom und Neapel und Florenz Ihnen bestätigen können, wo sie gut bekannt ist, wo sie in großem Maße eine gewisse Art Umgang pflegt, wo man sie verachtet und ihr schmeichelt und wo sie glanzvoll und einsam und unglücklich lebt. Sie ist nicht unglücklich, wenn sie Kinder sieht: ihr liegt nichts an anderer Leute Kindern, wie ihr auch nie an den eigenen gelegen hat, nicht einmal, als man sie ihr wegnahm. Natürlich ist sie gekränkt und aufgebracht, wenn ganz gewöhnliche, vulgäre Leute, nicht zur Gesellschaft gehörend, Sie verstehen, ihr den Rücken zukehren und sie meiden und nicht zu ihren Gesellschaften kommen wollen. Sie gibt vorzügliche Dinners, wo muntere alte Knaben, lebenslustige Junggesellen und zweifelhafte Damen häufige Gäste sind: doch sie ist allein und unglücklich – unglücklich, weil sie Eltern, Schwester oder Bruder nicht sieht? Allons, mon bon monsieur! Sie hat sich nie etwas aus Eltern, Schwester oder Bruder gemacht oder aus dem Baby oder aus einem Mann (außer einst ein ganz,

ganz klein wenig aus Philip, als sich bei seinem Erscheinen ihr Puls manchmal um zwei Schläge pro Minute beschleunigte). Vielmehr ist sie unglücklich, weil sie mit der Zeit die Figur verliert, und vom engen Schnüren ist ihre Nase sehr rot geworden, und irgendwie will das pudrige Perlweiß nicht daran haften. Und auch wenn Sie Woolcomb vielleicht für einen unsympathischen, ungebildeten und ungeschliffenen kleinen Schuft gehalten haben, müssen Sie zugeben, daß er wenigstens rotes Blut in den Adern hatte. Hat er nicht einen großen Teil seines Vermögens für den Besitz dieser kalten Frau hingegeben? Für wen hat *sie* jemals ein Opfer gebracht oder einen Schmerzensstich empfunden? Ich bin überzeugt, Freund Philip hätte ein größeres Mißgeschick widerfahren können als alles, was ihm zugestoßen ist, und deshalb gratuliere ich ihm, daß er davongekommen ist.

Nachdem unser Freund seinem Grimm über die Arroganz und Unverschämtheit dieses wichtigtuerischen Laffen Philip Ringwood Luft gemacht hatte, begab er sich einigermaßen besänftigt in seinen Club in der St. James's Street. Der Megatherium Club liegt nur ganz wenige Türen von Black's viel aristokratischerem Etablissement entfernt. Mr. Philip Ringwood und Mr. Woolcomb standen dortselbst auf den Stufen. Mr. Ringwood winkte Philip mit seinem anmutigen, glacébehandschuhten Händchen zu und lächelte ihn an. Mr. Woolcomb dagegen starrte unseren Freund wild aus seinen schillernden Augäpfeln an. Philip hatte einmal vorgehabt, Woolcomb mit einem Tritt ins Meer zu befördern. Irgendwie hatte er das Gefühl, er würde Ringwood gern das gleiche Bad zukommen lassen. Mittlerweile wiegte sich Mr. Ringwood in dem Glauben, er und sein neugefundener Verwandter stünden auf dem denkbar besten Fuß.

Es gab eine Zeit, da ließ sich der arme kleine Woolcomb gern mit Philip Ringwood sehen. Er glaubte, der Umgang mit diesem Mann der eleganten Welt verleihe ihm besonderes Ansehen, und so hängte er sich regelmäßig an Ringwood, wenn sie die Pall Mall entlangschritten.

„Kennen Sie diesen großen plumpen, eingebildeten Rohling?" fragt Woolcomb auf den Stufen vor Black's seinen Begleiter. Vielleicht belauschte sie jemand vom Erkerfenster aus. (Ich versichere Ihnen, in London wird alles belauscht, und noch eine ganze Menge mehr.)

„Ein Rohling ist er?“ sagt Ringwood. „Scheint ein grober, hochfahrender Typ zu sein.“

„Sohn eines gaunerhaften Vaters. Der bankrotte Vater ist ausgerückt“, erklärt der dunkle Mann mit den schillernden Augäpfeln.

„Ich habe gehört, daß er ein Gauner war – der Doktor; aber ich mochte ihn. Weiß noch, daß er mir drei Sovereigns geschenkt hat, als ich in der Schule war. Mochte jeden, der einem Taschengeld zusteckt, wenn man noch Schüler ist.“ Und hier winkte Ringwood seinen wartenden Brougham heran.

„Sehen wir Sie zum Dinner? Wohin gehen Sie?“ fragte Mr. Woolcomb. „Wenn Sie in Richtung ...“

„In Richtung Gray's Inn, zu meinem Anwalt. Habe einen Termin bei ihm. Bin um acht bei Ihnen!“ Und Mr. Ringwood hüpfte in seinen kleinen Brougham und war fort.

Tom Eaves erzählte es Philip. Tom Eaves ist Mitglied bei Black's, bei Bays's, im Megatherium, ich weiß nicht in wie vielen Clubs in der St. James's Street. Tom Eaves kennt jedermanns Verhältnisse und jeglichen Klatsch sämtlicher Clubs aus den letzten vierzig Jahren. Er weiß, wer Geld verloren hat und an wen; kennt das Tagesgespräch der Opernloge und den Kulissenklatsch; weiß, wer wessen Tochter den Hof macht. Was immer die Männer und Frauen in Mayfair tun, ist Stoff für Toms Lästerzunge. Er kennt so viele Geschichten, daß er natürlich manchmal die Namen verwechselt und behauptet, Jones stehe am Rande des Ruins, dabei blüht und gedeiht dieser, und in Wirklichkeit ist es der arme Brown, der in Schwierigkeiten steckt. Oder er teilt uns mit, Mrs. Fanny flirte mit Hauptmann Ogle, dabei sind beide einer Affäre so wenig schuldig wie Sie und ich. Tom ist gewiß boshaft und irrt sich oft; doch wenn er von unseren Nachbarn spricht, ist er stets amüsant.

„Es ist so gut wie ein Stück auf der Bühne, wenn man Ringwood und Othello zusammen sieht“, erzählt Tom unserem Philip. „Wie stolz der schwarze Mann ist, wenn man ihn mit ihm zusammen sieht! Habe gehört, wie er Sie bei Ringwood schlechtgemacht hat. Ringwood hat zu Ihnen und Ihrem alten Herrn gehalten – hat gesprochen wie ein Mann ... wie man zu einem Kerl hält, der am Boden liegt. Wie der schwarze Mann damit protzt, daß Ringwood zum Dinner kommt! Hat ihn dauernd zum

Dinner da. Sie hätten sehen sollen, wie Ringwood diesen Kerl abgeschüttelt hat! Sagte, er fährt nach Gray's Inn. Habe ihn zum Kutscher Gray's Inn sagen hören. Glaube in der Tat kein Wort davon."

Nun bewegen Sie sich vermutlich in viel zu feinen Kreisen, als daß Sie wüßten, daß die Milman Street eine kleine Sackgasse ist, die in die Guilford Street mündet, die wiederum in die Gray's Inn Lane mündet. Philip setzte seinen Heimweg fort und schüttelte Tom Eaves ab, der sich seinerseits zu seinen übrigen Clubs trollte und den Leuten erzählte, er habe eben mit dem Sohn dieses bankrotten Arztes gesprochen und frage sich, wie Philip das Geld aufbringen wolle, um seinen Clubbeitrag zu bezahlen. Philip ging also seiner Wege und strebte mit seinem gewohnten männlichen Schritt heimwärts.

Wessen schwarzer Brougham war das? Der schwarze Brougham mit dem Rotfuchs, der gemächlich in der Guilford Street hin- und herfuhr. Mr. Ringwoods Wappen prangte auf dem Brougham. Als Philip in seinen Salon trat, nachdem er die Tür mit seinem eigenen Schlüssel geöffnet hatte, saß da Mr. Ringwood und plauderte mit Mrs. Charlotte, die um fünf Uhr eine Tasse Tee trank. Sie und die Kinder liebten diese Tasse Tee. Manchmal ersetzte sie Mrs. Char das Dinner, wenn Philip auswärts speiste.

„Wenn ich gewußt hätte, daß Sie herkommen, hätten Sie mich mitnehmen und mir einen langen Fußmarsch ersparen können", sagte Philip und wischte sich die glühende Stirn.

„Das hätte ich – das hätte ich!" sagte der andere. „Ich bin gar nicht darauf gekommen. Ich mußte meinen Anwalt in Gray's Inn aufsuchen. Und dann fiel mir ein, herzufahren und Sie zu besuchen, wie ich gerade Mrs. Firmin erzählte – und in einer wirklich netten, ruhigen Gegend wohnen Sie."

Das war soweit ganz gut. Doch zum ersten und einzigen Mal in seinem Leben war Philip eifersüchtig.

„Trampele doch nicht so mit den Füßen! Ich mag nicht reiten, wenn du so auf den Boden stampfst", sagte Philips ältestes Herzblatt, das auf Papas Knie geklettert war. „Warum guckst du so? Drück mir doch den Arm nicht so, Papa!"

Mama war völlig ahnungslos, daß Papa irgendeinen Grund zur Aufregung hatte. „Du bist den ganzen Weg von Westminster und vom Club zu Fuß gekommen und bist ganz erhitzt und abgespannt!" sagte sie. „Etwas Tee, lieber Mann?"

Philip verschluckte sich fast am Tee. Unter seinem Haar hervor, das ihm über die Stirn fiel, blickte er seiner Frau ins Gesicht. Es zeigte einen so süßen Ausdruck der Unschuld und Verwunderung, daß sich, während er sie betrachtete, der Eifersuchtskrampf löste. Nein: in diesen zärtlichen Augen lag kein Schuldbewußtsein. Philip konnte in ihnen nur seiner Frau innige Liebe und Sorge für ihn lesen.

Doch was war mit Mr. Ringwoods Gesicht? Als das anfängliche leichte Erröten und Zögern gewichen war, zeigte Mr. Ringwoods blasses Antlitz wieder jenes gelassene, selbstzufriedene Lächeln, das gewöhnlich darauf lag. „Die Kaltschnäuzigkeit des Mannes hat mich wild gemacht", erklärte Philip, als er später seinem gewohnten Vertrauten den kleinen Vorfall berichtete.

„Himmlischer Vater!" rief der andere. „Würde ich Charlotte und die Kinder besuchen gehen, wärst du auf mich eifersüchtig, du bärtiger Türke? Hältst du für jeden Mann Sack und Seidenschnur bereit, der bei Mrs. Firmin Besuch macht? Wenn du dich in diese Rolle einlebst, steht dir und deiner Frau ein nettes Leben bevor. Natürlich hast du auf der Stelle mit Lovelace einen Streit vom Zaun gebrochen und gedroht, ihn unverzüglich aus dem Fenster zu werfen? Du bist es gewöhnt, zuzuschlagen, solange du in Hitze bist. Siehe . . ."

„Aber nein!" unterbrach mich Philip. „Ich habe mich noch nicht mit ihm gestritten." Und er knirschte mit den Zähnen und funkelte ganz wild mit den Augen. „Ich bin bis zum Schluß ganz manierlich sitzen geblieben. Ich habe ihn zur Tür gebracht, und ich habe Anweisung gegeben, daß er nie wieder meine Schwelle betreten darf – das ist alles. Aber ich habe mich durchaus nicht mit ihm gestritten. Nie haben sich zwei Männer so höflich betragen wie wir. Wir haben uns ganz liebenswürdig voreinander verbeugt und uns angegrinst. Aber ich gebe zu, als er mir die Hand entgegenstreckte, mußte ich beide Hände auf dem Rücken halten, denn sie waren recht boshaft aufgelegt und hatten größte Lust, zu . . . Nun ja, lassen wir das. Vielleicht ist es so, wie du sagst, und er meint es gar nicht böse."

Wo, frage ich noch einmal, erfahren die Frauen alles Böse, worüber sie Bescheid wissen? Weshalb sollte meine Frau solches

SWAIN. SC

Mißtrauen und solche Abscheu gegenüber diesem Gentleman empfinden? Sie stellte sich voll und ganz auf Philips Seite. Sie sagte, ihrer Meinung nach habe er ganz recht, diesen Menschen seinem Hause fernzuhalten. Was wußte sie denn über diesen Menschen? Wußte ich es nicht selbst? Er war ein Wüstling und führte ein lasterhaftes Leben. Er hatte junge Männer verleitet und sie das Glücksspiel gelehrt und ihnen zum Ruin verholfen. Wir alle haben Geschichten über den verstorbenen Sir Philip Ringwood gehört; jenen letzten Skandal, in den er vor drei Jahren verwickelt war und der seinem Leben in Neapel ein Ende setzte, brauche ich wohl nicht zu erwähnen. Aber vor vierzehn oder fünfzehn Jahren, zu der Zeit, als sich eben dieser gegenwärtige Abschnitt unserer kleinen Geschichte abspielte, was wußte sie da von Ringwoods Missetaten?

Nein, Philip Firmin geriet bei dieser Gelegenheit nicht mit Philip Ringwood aneinander. Doch er verschloß Mr. Ringwood seine Tür. Er schlug alle Einladungen zu Sir John aus, die daraufhin selbstverständlich weniger oft und dann überhaupt nicht mehr kamen. Reiche Leute mögen es nicht, von den Armen so behandelt zu werden. Hatte Lady Ringwood eine Ahnung, aus welchem Grund Philip ihr Haus mied? Ich halte es für mehr als wahrscheinlich. Einige Freunde Philips kannten sie, und sie wirkte nur schmerzlich berührt, nicht überrascht oder aufgebracht, angesichts des Streits, der nicht sehr lange nach jenem Besuch Mr. Ringwoods bei seinem Verwandten in der Milman Street zwischen den beiden Gentlemen irgendwie *doch* ausbrach.

„Ihr Freund scheint recht hitzköpfig und aufbrausend zu sein“, bemerkte Lady Ringwood, über eben diesen Streit sprechend. „Es tut mir leid, daß er solchen Umgang pflegt. Ich bin überzeugt, es kommt ihn teuer zu stehen.“

Wie es sich fügte, traf uns Philips alter Schulfreund, Lord Ascot, nur wenige Tage nach der Begegnung und Verabschiedung Philips und seines Vetters in der Milman Street und lud uns zu einem Junggesellendinner am Fluß ein. Unsere Frauen (ohne deren Absegnung bestimmt kein guter Mann jemals einem Weißfisch ins Auge blicken würde) erlaubten uns, an dieser Geselligkeit teilzunehmen, und blieben daheim und nahmen zusammen mit den lieben Kindern ein Tee-Dinner ein (der Himmel segne sie!). Die Männer werden wieder jung, wenn sie sich bei diesen

Gesellschaften treffen. Wir sprechen von Prügeln, Proktoren, alten Freunden; wir erzählen alte Späße aus Schule und College. Ich hoffe, manche von uns führen diese freundlichen Gastereien fort, bis wir achtzig Jahre alt sind und unsere zahnlosen alten Kiefer die alten Geschichten mümmeln und mit ewig neuem Vergnügen über die alten Späße lachen. Erinnert sich der freundliche Leser an den Bericht über ein solches Dinner am Anfang dieser Geschichte? An diesem Nachmittag kamen Ascot, Maynard, Burroughs (einige der früher genannten Männer) wieder zusammen. Ich glaube, wir mögen einander so gern, daß jeder sich freut, von den Erfolgen des anderen zu hören. Ich weiß, daß ein oder zwei gute Kerle, denen Fortuna eine finstere Miene gezeigt hat, in dieser Gesellschaft andere gute Kerle gefunden haben, die ihnen halfen und beisprangen; und daß alle auf Grund dieser freundlichen Freimaurerei besser dran sind.

Bevor das Essen aufgetragen wurde, kamen die Gäste auf dem Rasen des Hotels zusammen und betrachteten jene schöne Aussicht, die in unseren Augen gewiß nicht an Reiz verliert, weil man sie gemeinhin vor einem guten Dinner sieht. Die Wipfel der Ulmen, der blinkende Fluß, die smaragdenen Wiesen, die bunten Blumenbeete ringsum, alles mit einem angenehmen Duft nach friture, Blumen und Flundern köstlich vermischt. Wer hat diese Wonnen nicht genossen? Mögen es manche von uns erleben, sage ich, im Jahre 1900 den 58er Rotwein zu trinken! Ich bin davon überzeugt, daß dann die Überlebenden unseres Kreises immer noch über die Witze lachen, die uns immer Freude machten, als das gegenwärtige Jahrhundert erst in seinen mittleren Jahren war. Ascot wollte demnächst heiraten. Würde er im nächsten Jahr am Dinner teilnehmen dürfen? Frank Berrys Frau ließ Frank nicht fort. Erinnert ihr euch an seinen gewaltigen Kampf gegen Biggs? Erinnern? Wer tat das wohl nicht? Marston war Berrys Sekundant; der arme Marston, der in Indien fiel. Und Biggs und Berry waren von da an die festesten Freunde fürs Leben. Wer hätte je gedacht, daß Brackley ein gesetzter Mann und Archidiakon würde? Wißt ihr noch seinen Kampf mit Ringwood? Wie hat der den jüngeren drangsaliert und wie haben wir uns alle gefreut, als Brackley ihn verdrosch. Was für verschiedene Schicksale sind den Menschen beschieden! Wer hätte sich je Nosey Brackley als Unterpfarrer in den Bergbaubezirken vorgestellt und am Ende mit einer Rosette am Hut? Wer hätte je gedacht, daß Ringwood ein so fabelhafter und in der Mode tonangebender Stutzer werden würde? Damals war er ein furchtbar schüchterner Bursche; überhaupt kein gutaussehender Bursche; und was für ein toller Kerl war er geworden und was für ein Herzensbrecher. Ist er nicht irgendwie mit Ihnen verwandt, Firmin? Philip sagte ja, aber er sei fast gar nicht mit Ringwood zusammengekommen. Und einer nach dem anderen erzählte Histörchen über Ringwood: daß er junge Männer zum Spielen in sein Haus ziehe; daß er in eben diesem „Stern und Hosenband" gespielt habe; und daß er immer gewinne. Sie müssen bitte bedenken, daß unsere Geschichte rund sechzehn Jahre zurückreicht, als noch gelegentlich der Würfelbecher klapperte und man den König aufdeckte.

Während sich dieser alte Schulklatsch abspult, trifft Lord Ascot ein und mit ihm genau *der* Ringwood, von dem die alten Schulfreunde gerade gesprochen hatten. Er kam in Ascots Phaeton mit herausgefahren. Selbstverständlich wartet auch der höchste Mann der Gesellschaft immer auf Ringwood. „Wenn wir bei den Grauen Brüdern einen Herzog gehabt hätten", murrt jemand, „hätte Ringwood den Herzog dazu gebracht, ihn mitzunehmen."

Als Philips Freund Mr. Ringwoods Ankunft bemerkte, packte er Firmin bei seinem mächtigen Arm und flüsterte:

„Halt den Mund. Keine Schlägerei. Keinen Streit. Laß das Vergangene ruhen. Denke daran, ein Skandal bringt absolut nichts ein."

„Laß mich in Ruhe", sagte Philip, „du brauchst keine Angst zu haben."

Mir schien, Ringwood zucke flüchtig zurück, und ich bildete mir ein, er sehe vielleicht ein wenig blaß aus, doch er ging mit einem leutseligen Lächeln auf Philip zu und bemerkte: „Es ist lange her, seit wir Sie bei meinem Vater gesehen haben."

Auch Philip grinste und lächelte. Es sei wirklich lange her, seit er in der Hill Street war. Doch Philips Lächeln war gar nicht angenehm anzusehen. In der Tat, unser Freund war wohl der schlechteste Komödiant, der auf der Bühne dieses Lebens steht.

Darauf bemerkte der andere munter, er freue sich, daß Philip Erlaubnis habe, den Junggesellenabend mitzumachen. Treffen alter Schulfreunde wirklich nett. Schon lange keines mehr besucht; obwohl die „Grauen Brüder“ ein gräßliches Loch waren; das sei die Wahrheit. Wer sei das in dem Schaufelhut? ein Bischof? welcher Bischof?

Es war Brackley, der Archidiakon, der rot anlief, als er Ringwood sah. Denn es traf sich, daß Brackley gerade mit Pennystone sprach, dem kleinen Jungen, um den es in der Schule bei dem Streit und der Schlägerei gegangen war, als Ringwood Pennystone gewaltsam sein Geld hatte abnehmen wollen. „Ich denke, Mr. Ringwood, Pennystone ist jetzt groß genug, um sich selbst zu wehren, meinen Sie nicht?“ sagte der Archidiakon. Und damit drehte sich der ehrwürdige Mann auf dem Absatz um und überließ es Ringwood, sich dem kleinen Pennystone aus früherer Zeit zu stellen: jetzt ein hünenhafter Landjunker, aus dessen Stimme die Gesundheit hallte, mit einem Paar mächtiger Arme und Fäuste, die auf dem Kampfplatz sechs Ringwoods zerschmettert hätten.

Der Anblick dieser einstigen Feinde störte Mr. Ringwoods Seelenruhe erheblich.

„Ich bin in dieser Schule furchtbar drangsaliert worden“, wandte er sich in flehendem Ton an Mr. Pennystone. „Ich habe mich verhalten wie alle anderen. Es war eine scheußliche Schule, und mir ist schon ihr Name verhaßt. Hören Sie, Ascot, finden Sie nicht, daß Barnabys Antrag gestern abend sehr ungelegen kam und daß der Schatzkanzler ihn wirklich geschickt abgefertigt hat?“

Das wurde später bei einigen Witzbolden unter uns eine stehende Redensart. Immer wenn wir das Gesprächsthema zu wechseln wünschten, hieß es: „Hören Sie, Ascot, finden Sie nicht, daß Barnabys Antrag gestern abend sehr ungelegen kam und daß der Schatzkanzler ihn wirklich geschickt abgefertigt hat?“ Mr. Ringwood hätte wohl kaum daran gedacht, sich unter so gewöhnliche Leute wie seine alten Schulkameraden zu mischen, aber als er bei Black's Lord Ascots Phaeton sah, ließ er sich dazu herab, mit Seiner Lordschaft nach Richmond hinauszufahren, und ich hoffe, eine Menge seiner Freunde in der St. James's Street sahen ihn in dieser edlen Gesellschaft.

Windham war der Präsident des Abends – auf diesen Posten gewählt, weil er so sehr gern Reden hält, jedoch keineswegs erwartet, daß man ihm zuhört. Alle verständigen Männer überlassen ihm dieses Amt herzlich gern: und ich für mein Teil hoffe, bald kommt der Tag (doch ich gebe zu, wohlgemerkt, daß ich nicht gut tranchiere), da wir die Reden von einem geschulten Kellner am Beistelltisch erledigen lassen, wie es jetzt schon mit dem Tranchieren geschieht. Finden Sie nicht, daß Sie die Soße verspritzen, das Fleisch zerreißen, das Gelenk nicht treffen, wenn Sie den Versammelten eine Tischrede vorlegen? Ich jedenfalls gebe zu, daß ich mich vor dem Akt in einer Verfassung bebender Geistesabwesenheit befinde, während des Geschäfts in einem Zustand des Schwachsinns. Und daß mir am nächsten Morgen Kopfschmerzen und ein verdorbener Magen sicher sind. Was soll's? Habe ich nicht im vorigen Jahr einen der tapfersten Männer der Welt in einem ebensolchen Zustand der Panik erlebt? – Ich habe den Eindruck, daß ich von Philips Abenteuern zu denen seines Biographen abschweife, und gestehe, daß ich an das elende fiasco denke, daß ich selbst bei diesem Anlaß des Dinners in Richmond erlebt habe.

Die Tagesordnung bei diesen Zusammenkünften verlangt nämlich, über alles zu witzeln – über den Präsidenten zu witzeln, über alle Redner, über Heer und Marine, über die Geistlichkeit, die Legislative, über Richter und Advokaten und so fort. Wenn wir einen Trinkspruch auf einen Advokaten ausbringen, weisen wir nach, wie hervorragend er sich auf der Anklagebank gemacht hätte; bei einem Seemann, wie jämmerlich seekrank er gewesen ist; bei einem Soldaten, wie flink er davonrannte. Zum Beispiel tranken wir auf den Ehrwürdigen Archidiakon Brackley und die Armee. Wir beklagten den Eigensinn, der ihn dazu verleitet habe, den schwarzen Rock anzuziehen statt des roten. Offensichtlich sei der Krieg seine wahre Berufung gewesen, das habe er durch die häufigen Schlachten bewiesen, an denen er in der Schule beteiligt gewesen sei. Wofür sei der *andere* große Kriegsmann des Zeitalters berühmt? Für jenes römische Merkmal in seinem Antlitz, das unseren Brackley auszeichne, ihm zu einem Namen verholfen habe – einem Namen, an dem wir liebevoll festhielten (Zwischenrufe: „Nosey, Nosey!"). Möge dieses Merkmal in nicht allzuferner Zeit das Antlitz eines – eines der Heerführer jener Armee zieren, in der er ein hervorragender Stabsoffizier sei! Möge ... Hier, gestehe ich, blieb ich richtig stecken, verlor den Faden meines Scherzes – bei dem Brackley ziemlich streng dreinzublicken schien – und schloß die Rede mit einem Gekoller über Respekt, Wertschätzung, allgemeine Achtung und beste Gesundheit, alter Junge – was seinen Zweck ganz so gut wie eine vollendete Ansprache erfüllte, wie unzufrieden der Redner auch damit sein mochte.

Die kleine Predigt des Archidiakons war sehr kurz, wie es die Ausführungen verständiger Geistlicher manchmal wirklich sind. Er freue sich, alte Freunde wiederzutreffen – sich mit alten Gegnern auszusöhnen (laute Rufe: „Bravo, Nosey!"). Im Lebenskampf müsse jeder ein paar Schläge einstecken, und jeder tapfere Mann nehme seinen Kinnhaken gelassen hin. Habe er in alter Zeit mit irgendeinem Schulkameraden Streit gehabt? Er trage den Frieden nicht nur auf dem Rock, sondern auch im Herzen. Frieden und guter Wille sei die Parole in der Armee, der er angehöre; und er hoffe, alle Offiziere darin beseele ein einziger esprit de corps.

Darauf folgte Schweigen, während man zu Mr. Ringwood hinblickte, dem „alten Gegner", dem der Archidiakon die Hand der Freundschaft hingestreckt hatte; doch Ringwood, der die Rede des Archidiakons mit deutlich angewiderter Miene angehört hatte, erhob sich nicht von seinem Stuhl – raunte nur seinem Nachbarn Ascot zu: „Wozu soll ich aufstehen? Zum Henker mit ihm, ich habe nichts zu sagen. Hören Sie, Ascot, warum haben Sie mich bloß dazu überredet, diesen Unfug mitzumachen?"

Da ich befürchtete, zwischen Philip und seinem Verwandten könnte es zu einem Zusammenstoß kommen, hatte ich Philip von dem Platz im Saal fortgezogen, auf den ihn Lord Ascot mit einer Geste gewiesen hatte, und zu ihm gesagt: „Philip, setz dich lieber nicht zum Lord", wußte ich doch ganz genau, daß Mr. Ringwood einen Platz an dessen Seite finden werde. Doch es traf sich, daß wir nur durch die Breite des Tisches von Seiner Lordschaft getrennt saßen, zwischen uns ein Arrangement von Blumen und Früchten, durch das wir unser Gegenüber sehen und hören konnten. Als Ringwood von „diesem Unfug" sprach, blickte Philip scharf über den Tisch und richtete sich auf, als wollte er sprechen; aber sein Nachbar kniff ihn ins Bein und flüsterte ihm zu: „Still – mach keinen Skandal. Denk dran!" Der andere ließ sich zurückfallen, stürzte ein Glas Wein hinunter und trug nicht eben zu meinem Behagen bei, indem er mit den Fingern heftig einen Zapfenstreich auf meinem Stuhl trommelte.

Die Ansprachen gingen weiter. Wenn sie nicht redegewandter waren, so doch lauter und lustiger als vorher. Dann rief man den Gesang zu Hilfe, um das Bankett zu beleben. Der Archidiakon, der die letzte halbe Stunde über schon etwas beunruhigt dreingeblickt hatte, stand beim Ruf nach einem Lied auf und verließ den Raum. „Gehen wir doch auch, Philip", bat Philips Nachbar. „Du willst doch diese schrecklichen alten Collegelieder nicht alle wieder hören?" Doch Philip gab mürrisch zurück: „Du kannst ja gehen, ich möchte noch bleiben."

Lord Ascot durchlebte die letzten Tage seines Junggesellendaseins. Diese letzten Abende sollten recht fröhlich sein; er zog sie in die Länge und mochte es nicht, wenn sie zu rasch zu Ende gingen. Sein Nachbar hatte die Festlichkeit schon längst satt und war unserer Gesellschaft überdrüssig. Mr. Ringwood hatte in letzter Zeit in einer so vornehmen Welt verkehrt, daß gewöhnliche Sterbliche ihm verächtlich waren. Er bewahrte keine freundliche Erinnerung an seine Jugendjahre oder an jemanden, der dazu gehörte. Während Philip sein Lied von „Doktor Luther" sang, war ich heilfroh, daß er nicht den Ausdruck von Überraschung und Widerwillen wahrnehmen konnte, den sein Verwandter offenbarte. Weitere Gesangsdarbietungen folgten, einschließlich eines Liedes von Lord Ascot, das er, wie ich berichten muß, gräßlich falsch sang; doch nahm sein unmittelbarer Nachbar das ganz wohlwollend hin.

Der Lärm begann jetzt anzuschwellen, die Kehrreime wurden vielstimmiger, die Reden lauter und zusammenhangloser. Ich glaube nicht, daß die Versammelten der Rede des kleinen Mr. Vanjohn zuhörten, auf dessen Wohl als Vertreter des britischen Rennsports getrunken wurde und der erklärte, er habe nie etwas vom Rennsport oder vom Spiel verstanden, bis ihr alter Schulkamerad, sein lieber Freund – sein flotter Freund, wenn ihm der Ausdruck gestattet sei – Mr. Ringwood ihm das Kartenspielen beigebracht habe; und ihm einmal in seinem eigenen vornehmen Haus in Mayfair und einmal genau hier, im „Stern und Hosenband", gezeigt habe, wie das edle Spiel „Blind Hookey" gehe.

„Die Männer sind betrunken. Gehen wir, Ascot. Ich bin nicht

zu solchem Unfug gekommen!“ rief Ringwood wütend an Ascots Seite.

Das war der Ausdruck, den Mr. Ringwood kurz vorher verwendet hatte, als Philip schon im Begriff gewesen war, ihn zu unterbrechen. Da hatte er das Gewehr angelegt, um zu feuern, aber man hatte seine Hand aufgehalten. Der Vogel schwirrte wieder vor ihm auf, und er konnte nicht anders, er mußte zielen.

„Solcher Unfug ist furchtbar fade, was, Ringwood?“ rief er über den Tisch, eine Blume beiseite biegend und den anderen durch die kleine Öffnung anfunkelnd.

„Fade, alter Junge? Ich nenne das eine famose Stimmung“, ruft Lord Ascot in allerbester Laune.

„Fade? Was meinen Sie?“ fragt Mylords Nachbar.

„Ich meine, Sie hätten doch sicher lieber zwei Satz Karten und ein kleines Zimmer, wo Sie einem jungen Kerl drei- oder vierhundert abgewinnen können? Es ist einträglicher und ruhiger als ‚dieser Unfug‘.“

„Also, ich weiß nicht, was Sie meinen!“ ruft der andere.

„Was! Haben Sie es schon vergessen? Hat Ihnen Vanjohn nicht eben erzählt, wie Sie und Mr. Deuceace ihn hier herausgebracht und ihm sein Geld abgewonnen haben und wie Sie ihm dann Revanche in Ihrem Haus in ...“

„Bin ich hergekommen, um mich von diesem Kerl beleidigen zu lassen?“ ruft Mr. Ringwood, an seinen Nachbarn gewandt.

„Wenn das eine Beleidigung ist, können Sie sich die hinter den Spiegel stecken, Mr. Ringwood!“ ruft Philip.

„Gehen wir, gehen wir, Ascot! Halten Sie mich hier nicht auf und hören Sie nicht auf diesen ver. . .“

„Wenn Sie noch ein Wort sagen“, verkündet Philip, „werfe ich Ihnen diese Karaffe an den Kopf!“

„Na, na – Unsinn! Hier wird nicht gestritten! Söhnt euch aus! Alle haben zuviel getrunken! Laßt die Rechnung kommen und den Omnibus vorfahren!“ Eine dichtgedrängte Gruppe stand an der einen Seite des Tisches und eine an der anderen. Einer der Vettern hegte nicht den geringsten Wunsch, daß der Streit weiterginge.

Wenn Philip Firmin sich in einer Auseinandersetzung ruhig und majestätisch gibt, befindet er sich vielleicht in seinem gefährlichsten Zustand. Lord Ascots Phaeton (in dem Mr. Ringwood nur unter sichtlichem Widerwillen neben dem Kutscher Platz nahm) stand vor dem Portal des Hotels, ein Omnibus und ein, zwei Privatkutschen hielten sich bereit, die übrigen Gäste des Festes heimzubringen. Ascot ging ins Hotel, um sich eine letzte Zigarre anzuzünden, und jetzt sprang Philip vor und packte den Gentleman, der auf dem Vordersitz des Phaetons saß, beim Arm.

„Halt!“ sagte er. „Sie haben vorhin ein Wort gebraucht ...“

„Was für ein Wort? Ich weiß nichts davon!“ ruft der andere mit lauter Stimme.

„Sie haben ‚beleidigt‘ gesagt“, murmelt Philip in sanftestem Ton.

„Ich weiß nicht, was ich gesagt habe“, gab Ringwood mürrisch zurück.

„Ich sagte auf die Worte, die Sie vergessen haben, ‚ich würde Sie niederschlagen‘ oder etwas in dem Sinne. Wenn Sie sich im geringsten gekränkt fühlen, wissen Sie ja, wo meine Geschäftsräume sind – bei Mr. Vanjohn, den Sie und Ihre Mätresse zum Kartenspiel verführt haben, als er noch ein Junge war. Es gehört sich nicht, daß Sie das Haus eines ehrlichen Mannes betreten. Nur weil ich das Feingefühl einer Dame nicht verletzen wollte, habe ich es unterlassen, Sie aus meinem Haus zu werfen. Gute Nacht, Ascot!“ Und mit großer Würde kehrte Mr. Philip zu seinem Gefährten und der Droschke zurück, die bereitstand, diese zwei Gentlemen nach London zu befördern.

Meine Vermutung erwies sich als völlig richtig, Philips Gegner werde Philip gegenüber keine weitere Notiz von dem Streit nehmen. Wirklich zog er es vor, ihn als Zank unter Betrunkenen zu behandeln, von dem sich kein verständiger Mann ernsthaft beunruhigen lassen würde. Ein Streit zwischen zwei Männern aus derselben Familie – zwischen Philip und seinem eigenen Verwandten, der ihm nur Wohlwollen entgegengebracht hatte? Es war lachhaft und unmöglich. Mr. Ringwood beklagte nur Philips hartnäckige Bösartigkeit und allbekannte Gewalttätigkeit, die ihn ständig zu solchen Zusammenstößen führte und seine Familie veranlaßte, von ihm abzurücken. Einen Mann beim Rock zu packen, zu beschimpfen, mit einer Karaffe zu bedrohen! Einen Mann von Stand so zu behandeln! Und das seitens eines Menschen, der sich selbst in einer höchst fragwürdigen Lage befand, dessen Vater flüchtig war und der um seinen unsicheren Lebensunterhalt rang! Die Frechheit war zu groß. Mit den besten Wünschen für den unglücklichen jungen Mann und seine liebenswürdige (aber nichtssagende) kleine Frau war es unmöglich, weiter Notiz von ihnen zu nehmen. Die Besuche hatten aufzuhören. Die Kutsche hatte nicht mehr vom Berkeley Square zur Milman Street zu fahren. Gaben von Wild, Geflügel, Hammelkeulen und was sonst noch hatten wegzufallen. Von nun an war die Ringwoodsche Kutsche in der Umgebung des Foundling unbekannt, und die Ringwoodschen Lakaien verströmten nicht mehr den Wohlgeruch ihrer gepuderten Köpfe unter der niedrigen Flurdecke der Firmins. Sir John beteuerte bis zuletzt, er sei im Begriff gewesen, Philip eine einträgliche Stellung zu beschaffen, als dessen beklagenswerte Gewalttätigkeit Sir John zwang, alle Beziehungen zu diesem so sehr irregeleiteten jungen Mann abzubrechen.

Aber damit war das Unheil noch nicht zu Ende. Wir haben alle gelesen, daß die Götter nie einzeln erscheinen – die Götter, die Glück oder Pech bescheren. Als unserem jungen Mann zwei oder drei kleine Glücksfälle widerfahren waren, rief meine Frau triumphierend aus: „Ich habe es dir ja gesagt! Habe ich nicht immer gesagt, der Himmel werde dieser lieben, unschuldigen Frau und den Kindern beistehen und diesem tapferen, großmütigen, unbedachten Vater?“ Und jetzt, als die bösen Tage kamen, beharrte diese ungeheuerliche Meisterin der Logik darauf, Armut, Krankheit, schreckliche Unsicherheit und Angst, nahezu Hunger und Mangel, seien alle gleichermaßen zu Philips Nutzen gedacht und würden sich am Ende zum Guten auswirken. Also war der Regen gut, und der Sonnenschein war gut; also war die Krankheit gut, und die Gesundheit war gut; der leidende Philip sollte so glücklich sein wie der rüstige Philip und für ein krankes Haus und eine leere Tasche so dankbar sein wie für einen warmen Kamin und eine wohlversehene Speisekammer. Wohlgemerkt, ich verlange von keinem christlichen Philosophen, sich gegen sein Mißgeschick aufzulehnen oder zu verzweifeln. Ich will Zahnschmerzen (oder sonst eine Not des Lebens) hinnehmen und ohne allzuviel Murren ertragen. Aber ich kann nicht behaupten, einen Zahn gezogen zu bekommen, sei eine Gnade, und vermag auch nicht die Hand zu streicheln, die an meinem Kiefer reißt.

„Sie können auch ohne ihre feinen Verwandten und ihre Spenden von Hammelfleisch und Steckrüben leben“, ruft meine Frau und wirft stolz den Kopf zurück. „Die Art, wie diese Leute Philip und die liebe Charlotte begönnert haben, war einfach unerträglich. Lady Ringwood weiß, wie schrecklich sich dieser Mr. Ringwood aufführt, und – und ich bin über sie empört!“ Woher, wiederhole ich, wissen die Frauen über die Männer Bescheid? Wie telegraphieren sie einander ihre Botschaften der Warnung und des Mißtrauens zu? und flüchten, wie die Vögel rauschend und aufgeregt auffliegen, wenn die Gefahr sich zu nähern scheint? All das war soweit gut und schön. Aber Mr. Tregarvan vernahm etwas von dem Streit zwischen Philip und Mr. Ringwood und fragte Sir John nach näheren Einzelheiten; und Sir John – als der liberale Mensch, der er war und allezeit gewesen war und der sich, der Himmel wußte es, wenig auf die Privilegien gesellschaftlichen Ranges einbildete, die auf reinem Zufall beruhten – mußte notgedrungen gestehen, das Benehmen dieses jungen Mannes zeige eine ganze Menge zuviel laissez aller. Er habe ständig – auch in Sir Johns eigenem Haus – einen Geist der Unabhängigkeit offenbart, der an Grobheit gegrenzt habe; er sei von jeher für seine streitsüchtige Veranlagung berüchtigt und habe sich kürzlich in einer Szene mit Sir Johns ältestem Sohn, Mr. Ringwood, so schändlich aufgeführt – habe solche Brutalität, Undankbarkeit und – und Trunkenheit an den Tag gelegt, daß Sir John nicht zögere, rundweg zu erklären, er habe dem Gentleman sein Haus verboten.

Sicherlich ein widersetzlicher, schlechter Mensch! denkt Tregarvan. (Und ich behaupte nicht, auch wenn Philip mein Freund ist, Tregarvan und Sir John seien hinsichtlich ihres protégés gänzlich im Unrecht gewesen.) Zweimal hatte Tregarvan ihn zum Frühstück eingeladen, und Philip war nicht erschienen. Mehr als einmal hatte er Tregarvan, die „Rundschau“ betreffend, widersprochen. Er hatte behauptet, mit der „Rundschau“ gehe es nicht vorwärts, und wenn man Philip um seine aufrichtige Meinung frage, es werde mit ihr *nie* vorwärtsgehen. Sechs Nummern waren erschienen, und sie weckte nicht die Aufmerksamkeit, die die Öffentlichkeit ihr hätte erweisen müssen. Die Öffentlichkeit scherte sich nicht um die Pläne jener Großmacht, die Tregarvan zu vereiteln und zu hintertreiben trachtete. Er ging mit sich zu Rate. Er suchte die Redaktion auf und prüfte die Bücher; und das Ergebnis dieser Prüfung war so unangenehm, daß er stracks nach Hause ging und Philip Firmin, Esq., New Milman Street, Guilford Street, einen Brief schrieb, den dieser arme Kerl seinen gewohnten Beratern brachte.

Dieser Brief enthielt einen Scheck über ein Quartalsgehalt und gab Mr. Firmin den Abschied. Der Verfasser wolle nicht wiederholen, welche Gründe er zur Unzufriedenheit hinsichtlich der Leitung der „Rundschau“ habe. Er sei stark enttäuscht über die mangelnden Fortschritte des Blattes und ganz allgemein von der Leitung. Nach seiner Meinung sei die Gelegenheit unwiederbringlich verspielt, die Pläne einer Macht zu enthüllen, die Europas Frieden und Freiheit bedrohe. Wäre diese „Rundschau“ mit dem gehörigen Nachdruck geführt worden, hätte sie ein Schild dieser bedrohten Freiheit werden können, eine Lampe, um die Finsternis dieser gefährdeten Unabhängigkeit zu erhellen. Sie hätte den Weg zur Pflege bonarum literarum weisen können; sie hätte aufstrebende Begabungen fördern können; sie hätte die Arroganz sogenannter Kritiker züchtigen können; sie hätte der Sache der Wahrheit dienen können. Tregarvans Hoffnungen seien enttäuscht: er wolle nicht sagen, durch *wessen* Säumigkeit oder Schuld. *Er* habe für die gute Sache sein Bestes gegeben und ersuche Mr. Firmin schließlich, die bereits angenommenen und bezahlten Artikel in Druck zu geben und für die nächste Nummer eine kurze Notiz zu verfassen, wonach die „Rundschau“ ihr Erscheinen einstelle; und Tregarvan zeigte meiner Frau noch ziemlich lange die kalte Schulter, zudem wurden wir, ich weiß nicht mehr über wie viele Saisons hinweg, nicht zu seinen Teegesellschaften geladen.

Das war für uns kein großer Verlust oder Anlaß zum Ärgern: aber für den armen Philip? Für ihn war es eine Angelegenheit auf Leben und beinahe Tod. Er hatte von seinem kärglichen Gehalt nie viel sparen können. Hier hatte er fünfzig Pfund in der Hand, das war richtig; doch Rechnungen, Steuern, Miete, die hundert kleinen Verpflichtungen eines Haushalts waren fällig und bedrängten ihn. Und inmitten dieser seiner Sorgen war unsere liebe kleine Mrs. Philip im Begriff, ihm eine dritte Zierde seines Kinderzimmers zu schenken. Der arme kleine Tertius traf ganz pünktlich ein, und solche Heuchler waren wir, daß die arme

Mutter tatsächlich daran dachte, das Kind Tregarvan Firmin zu nennen, Mr. Tregarvan zu Ehren, der so gut zu ihnen gewesen sei, und sie finde, Tregarvan Firmin wäre ein so hübscher Name.

Wir bildeten uns ein, die Kleine Schwester wisse nichts von Philips Sorgen. Natürlich pflegte sie Mrs. Philip in ihrer Not, und wir beteuern, daß wir ihr kein einziges Wort über Philips eigene Not sagten. Doch Mrs. Brandon ging eines Tages zu Philip, als er sehr ernst und bedrückt bei seinen zwei erstgeborenen Kindern saß, nahm ihn bei beiden Händen und sagte: „Du weißt, lieber Philip, ich habe ganz viel gespart: und das habe ich immer – du weißt, wem, zugedacht." Und hier löste sie eine Hand von ihm und suchte in ihrer Tasche nach einer Börse und gab sie Philip in die Hand und weinte an seiner Schulter. Und Philip gab ihr einen Kuß, dankte Gott dafür, daß er ihm eine so gute Freundin gesandt habe, und gab ihr die Börse zurück, obwohl er wirklich nur noch fünf Pfund in der seinen hatte, als diese Wohltäterin zu ihm kam.

Ja – aber man war ihm Geld schuldig. Da war die kleine Mitgift seiner Frau von fünfzig Pfund im Jahr, die seit dem zweiten Quartal nach ihrer Heirat, die nun schon mehr als drei Jahre zurücklag, nie mehr bezahlt worden waren. Da Philip kaum noch eine Guinea auf der Welt besaß, schrieb er an Mrs. Baynes, die Mutter seiner Frau, um seine äußerst bedrängte Lage zu schildern und sie daran zu erinnern, daß dieses Geld fällig war. Mrs. General Baynes wohnte damals in Jersey inmitten einer erlesenen Gesellschaft von Damen auf Halbsold, Geistlichen, Hauptleuten und dergleichen, unter denen sie sich bestimmt als große Dame gab. Sie trug ein großes Medaillon des verstorbenen Generals am Hals. Bei ihren häufigen Teegesellschaften weinte sie über dieser interessanten Kamee trockene Tränen. Sie konnte Philip nie verzeihen, daß er ihr ihr Kind entrissen hatte, und wenn irgend jemand ihr noch andere Töchter entreißen sollte, würde sie genauso unversöhnlich sein. Mit jener erstaunlichen Logik ausgestattet, mit der die Frauen gesegnet sind, gab sie meiner Meinung nach nie zu oder war gar nicht imstande, vor sich selbst einzugestehen, daß sie Philip und ihrer Tochter Unrecht tat. Bei den Teegesellschaften ihres Bekanntenkreises stöhnte sie über die Verschwendungssucht ihres Schwiegersohns und seine brutale Behandlung ihres geliebten Kindes. Viele gute Leute stimmten ihr zu und schüttelten die ehrwürdigen Häupter, wenn über ihren gerösteten Semmeln und ihrem minderwertigen Tee der Name jenes verschwenderischen Philip fiel. Man betete für ihn, man bemitleidete seine liebe verwitwete Schwiegermutter und bedachte sie mit jeglichem Trost, den geistliche Gentlemen auf der Stelle zu liefern vermochten.

„Auf Ehre, Firmin, man hat Emily und mir eingeredet, Sie wären ein Ungeheuer, Sir", sagte der wackere Major MacWhirter einmal. „Und jetzt, wo ich Ihre Geschichte gehört habe, Donnerwetter, glaube ich, Sie sind es, dem Unrecht geschehen ist, und nicht Eliza Baynes. Sie hat eine verdammt scharfe Zunge, die Eliza; und einen Charakter – *den* hat der arme Charles kennengelernt!"

Kurzum, als Philip, bei seiner letzten Guinea angelangt, Charlottes Mutter aufforderte, ihre Schuld an ihre kranke Tochter zu bezahlen, schickte Mrs. General B. Philip eine Zehnpfundnote, offen, durch Hauptmann Swang von der Indischen Armee, der gerade nach England reiste. Und das, sagt Philip, war von allen schweren Schlägen des Schicksals der allerschwerste, den er hinnehmen mußte.

Doch die arme kleine Frau wußte nichts von dieser Grausamkeit und auch nichts von der wahren Armut, die ihren Bettvorhang säumte. Aber mitten in seiner Bedrängnis wurde Philip Firmin durch die liebevolle Treue der Freunde, die Gott ihm gesandt hatte, mächtiger Trost zuteil. Ihre Misere ging jetzt dem Ende entgegen. Ihr freundlichen Leser alle, mögen eure Sorgen, mögen die meinen keine Bitterkeit in unserem Herzen zurücklassen, und möge sich alles demütig dem Großen Willen fügen!

41. KAPITEL

In dem wir die vorletzte Etappe dieser Reise erreichen

Auch wenn die Armut an Philips bescheidene Tür pochte, erfuhr die kleine Charlotte in all ihrer Not nie, wie bedrohlich nahe die grimmige Besucherin gewesen war. Sie begriff nicht so recht, daß ihr Mann in seiner äußersten Bedrängnis wegen des ihm zustehenden Geldes an ihre Mutter geschrieben hatte und daß die Mutter sich abwandte und ihn abwies. – Ach, dachte der arme Philip, vor Verzweiflung stöhnend, ich möchte doch wissen, ob die Räuber, die den Mann im Gleichnis überfielen, Räuber aus seiner eigenen Familie waren, die wußten, daß er Geld nach Jerusalem brachte, und ihm unterwegs auflauerten? Doch immer wieder hat er Gott mit dankbarem Herzen für die Samariter gepriesen, denen er auf seiner Lebensstraße begegnet ist, und wenn er auch niemals verziehen hat, muß man doch zugeben, daß er denen, die ihn ausraubten, nie etwas Böses angetan hat.

Charlotte wußte nicht, daß ihr Mann bei seiner letzten Guinea angelangt und von schrecklicher Angst um sie erfüllt war, denn nach der Geburt ihres Kindes erkrankte sie an einem Fieber; in ihrem Delirium merkte das arme Ding nichts von allem, was um sie her vorging. Irgendwie verstrichen für Philip die vierzehn Tage mit einer schwerkranken Frau, mit weinenden kleinen Kindern, mit dem vor der Tür lauernden Hunger. Der junge Mann wurde in dieser Zeit zu einem alten Mann. In der Tat war sein helles Haar hinterher an den Schläfen weiß durchzogen. Aber man darf sich nicht vorstellen, er habe in seinem Jammer keine Freunde gehabt, und er kann immer dankbar die Namen vieler Menschen aufzählen, an die er sich im Notfall hätte wenden können. Von seinen Verwandten erwartete und erbat er diese Hilfe nicht. Tante und Onkel Twysden schrien und jammerten über seine Verschwendungssucht, seinen Leichtsinn und seine Torheit. Sir John Ringwood erklärte, er müsse wirklich seine Hände in Unschuld waschen angesichts eines jungen Mannes, der das Leben seines Sohnes bedrohe. Grenville Woolcomb wünschte Philip unter vielen Flüchen, in die sein Schwager Ringwood einfiel, zum Teufel und sagte, ihn lasse es kalt und der Schuft gehöre gehängt und sein Vater gehöre auch gehängt. Aber ich glaube, ich kenne ein halbes Dutzend guter und treuer Menschen, die anders sprachen und mit ihrer Anteilnahme und Hilfe bereitstanden. Erbot sich nicht Mrs. Flanagan, die irische Wäscherin, mit von Tränen und Gin erstickter Stimme, Philips Haus umsonst zu putzen und die lieben Kinder zu pflegen? Sagte Goodenough nicht: „Wenn Sie in Not sind, mein Lieber, wissen Sie natürlich, an wen Sie sich zu wenden haben!“ Und schrieb er nicht tatsächlich zwei Rezepte aus, das eine für die arme Charlotte, das andere über fünfzig Pfund, sofort anzuwenden, das er versehentlich der Pflegerin aushändigte? Sie dürfen überzeugt sein, daß sie das Geld nicht unterschlug, denn natürlich wissen Sie, daß die Pflegerin Mrs. Brandon war. Charlotte hat in einem Punkt in ihrem Leben Gewissensbisse. Sie gesteht, daß sie auf die Kleine Schwester eifersüchtig war. Und jetzt, da jenes sanfte Leben sein Ende fand, da Philips Heimsuchungen durch die Armut vorbei sind, da die Kinder manchmal hingehen und traurig das Grab ihrer lieben Caroline betrachten, legt unsere Freundin Charlotte den Kopf an die Schulter ihres Mannes und gibt demütig zu, welch gute, tapfere und großmütige Freundin ihnen der Himmel in dieser bescheidenen Beschützerin gesandt hat.

Haben Sie jemals den schmerzhaften Zugriff der Armut gespürt? In vielen Fällen ist er wie der Stuhl des Zahnarztes, schrecklicher anzusehen als tatsächlich zu ertragen. Philip sagt, er habe sich nie richtig geschlagen gefühlt, ausgenommen an dem Tag, als in Antwort auf seine Bitte um das ihm zustehende Geld Mrs. Baynes' Freund, Hauptmann Swang, ihm die Zehnpfundnote ganz offen aushändigte. Es war kein schwerer Schlag: aber die Hand, die ihn austeilte, machte den Schmerz so heftig. „Ich erinnere mich", sagt er, „wie ich einmal in der Schule losweinte, weil ein großer Junge mir einen leichten Klaps versetzte, und die anderen Jungen sagten: ‚Ach, du Feigling.' Ich kannte den Jungen nämlich von daheim, und meine Eltern waren freundlich zu ihm gewesen. Ich empfand es als Unrecht, daß Bumps mich schlug", sagte Philip; und während er die Geschichte erzählte, sah er aus, als könnte er jetzt noch über diese Kränkung weinen. Ich hoffe, er hat sich gerächt, indem er den Verwandten seiner Frau feurige Kohlen aufs Haupt häufte. Aber bis zum heutigen Tage, wo er sich guter Gesundheit und eines anständigen Einkommens erfreut, ist es nicht ratsam, in seiner Gegenwart Schwiegermütter zu erwähnen. Er wettert, schreit und tobt gegen sie los, als wären sie alle wie die seine; und die seine, habe ich gehört, ist eine mit sich selbst und ihrem Betragen in dieser Welt vollkommen zufriedene Dame; und was die nächste Welt angeht – doch unsere Erzählung wagt es nicht, so weit zu weisen. Sie interessiert sich nur für eine kleine Gruppe Menschen hier unten – ihre Nöte, ihre Prüfungen, ihre Schwächen, ihre gütigen Herzen.

Menschen kommen in unserer Geschichte vor, die mir überhaupt keine gütigen Herzen zu besitzen scheinen; und doch, wenn jemand eine Biographie von ihrem Standpunkt aus schreiben könnte, würde dieser andere Autor vielleicht zeigen, daß Philip und *sein* Biograph ein Paar auf weltlichen Vorteil bedachte Egoisten gewesen seien, durch und durch unglaubwürdig, Onkel und Tante Twysden ganz musterhafte Menschen, und so weiter. Habe ich Ihnen nicht erzählt, wie viele Leute in New York den Kopf schüttelten, wenn Philips Name fiel, und ihrer festen Meinung Ausdruck gaben, er habe seinem Vater ganz übel mitgespielt? Als er verwundet und blutend stürzte, stieß sein Gönner Tregarvan ihn von seinem Pferd, und Vetter Ringwood blickte sich nicht um, wie es ihm erging. Doch diese mögen auch wieder ihre eigene Meinung über unseren Freund gehabt haben, der ihnen vielleicht falsch dargestellt worden ist – ich versichere, wenn ich auf die vergangenen Teile dieser Geschichte zurückblicke, beginnt sich mein Gewissen zu regen, und ich frage mich, ob wir den Leuten, über die wir plauderten, wirklich Gerechtigkeit erwiesen haben; ob Agnes Twysden nicht eine von Philips ungestümem Benehmen zu Recht gekränkte, schwergeprüfte Märtyrerin ist und ob Philip überhaupt irgendwelche besondere Aufmerksamkeit oder Freundlichkeit verdient. Er ist nicht überragend gescheit; er ist nicht bezaubernd schön. Er ist nicht im Begriff, die Finsternis, in der die Völker kriechend umhertasten, mit den sprühenden Emanationen seiner Wahrheit zu erhellen. Er ist manchmal Geld schuldig, das er nicht zurückzahlen kann. Er gleitet aus, stolpert, geht in die Irre, prahlt. Ach! er sündigt und bereut – Gott gebe es – seine Fehler, seine Eitelkeiten, seinen Stolz, seine tausend Mängel! Das sage ich – Ego – als Biograph meines Freundes. Vielleicht verstehe ich die übrigen Personen um ihn herum nicht so gut und habe eine Reihe ihrer guten Seiten übersehen und ihre kleinen Mängel karikiert und aufgebauscht.

Von den Samaritern, die Philip in dieser Notlage beisprangen, erinnert er sich gern an J. J., den Maler. Er traf ihn einmal bei den Kindern sitzend an, denen er Zeichnungen machte, und der gute Maler wurde des Skizzierens nie müde.

Nun, hätten diese Kinder Ridleys Skizzen doch nur aufbewahrt und eine gute Saison bei Christie's abgewartet, hätten sie gewiß für die Zeichnungen Dutzende Pfund einstreichen können, aber die Sache war die, sie hatten die Zeichnungen mit eigener Hand verbessert. Sie malten die Soldaten gelb aus, die Pferde blau und so weiter. Auf die Pferde setzten sie Soldaten von eigener Hand. Ridleys Landschaften wurden mit Darstellungen von „Omnibussen" ausgeschmückt, die die Kinder auf der nahegelegenen neuen Landstraße sahen und bewunderten. Ich vermute, daß Charlotte, als ihr Fieber wich und sie die Dinge wieder so sah, wie sie waren, die Augen zärtlich auf den Bildern der Omnibusse ruhen ließ, die in Mr. Ridleys Skizzen eingefügt waren, und daß sie einige beiseite legte und ihren Freunden zeigte und sagte: „Zeigt unser Liebling nicht ein außergewöhnliches Zeichentalent? Mr. Ridley behauptet es. Er hat einen großen Teil dieser Skizze gemacht."

Doch was meinen Sie, was sich Master Ridley, von den Skizzen abgesehen, seinen Freunden zu zeichnen erbot? Was schrieb Doktor Goodenough außer den Rezepten für die Medizin noch aus? Wir wissen, welche Form der Bezahlung für ihre Dienste Schwester Brandon vorschlug, als sie Mrs. Philip in ihren schweren Tagen beistand. Wer behauptet, die Welt sei ganz kalt? Es gibt die Sonne und den Schatten. Und der Himmel, der Armut und Krankheit verhängt, sendet auch Mitleid und Liebe und Beistand.

Während Charlottes fieberhafter Krankheit hatte die Kleine Schwester sie nur einen einzigen Tag allein gelassen, als ihre Patientin sich ruhig verhielt und sich nach ärztlichem Urteil auf dem Wege der Besserung befand. Offenbar war Mrs. Charlotte damals wirklich schwerkrank; so krank, daß Doktor Goodenough meinte, sie wäre uns allen beinahe entwischt; so krank, daß sie ohne Mrs. Brandon höchstwahrscheinlich dieser mühseligen Welt entronnen wäre und Philip und ihre verwaisten Kleinen zurückgelassen hätte. Dann erholte sich Charlotte: konnte Nahrung zu sich nehmen, die ihr auch schmeckte, und besonders mundeten ihr ein paar zarte Hühner, die nach Auskunft ihrer Pflegerin „vom Lande" kamen. „Bestimmt von Sir John Ringwood?" sagte Mrs. Firmin, die sich an die Gaben vom Berkeley Square erinnerte, das Hammelfleisch und die Steckrüben.

„Na, essen Sie mal und seien Sie dankbar dafür", antwortet die Kleine Schwester, die so aufgeräumt war, wie es eine kleine Schwester überhaupt sein konnte, und für das Geflügel eine feine Brotsoße zubereitet hatte; und die das Baby auf den Armen gewiegt hatte und es immer wieder seinen bewundernden Geschwistern zeigte; und die dafür sorgte, daß Mr. Philip sein gemütliches Dinner bekam; und die nie auch nur einen Tropfen Porter zu sich nahm – zu Hause war ein Gläschen manchmal wohltuend, aber im Dienst nie, niemals! Nein, nicht einmal, wenn Doktor Goodenough es anordnen würde! beteuerte sie. Und der Arzt hätte sich gewünscht, dasselbe von allen seinen Pflegerinnen sagen oder annehmen zu dürfen.

Die Milman Street ist eine so stille kleine Straße, daß unsere Freunde sie nicht auf die übliche Art mit Stroh ausgelegt hatten.

Und drei Tage nach Schwester Brandons vorübergehender Abwesenheit, während sie am Bett ihrer Patientin sitzt und das Hinterteil eines kleinen rosigen Kindes einpudert, das auf ihrer Schürze Schwimmbewegungen macht, ist in der stillen Straße Rädergerassel zu hören – vier Räder, ein Pferd, ein schellenklirrendes Gefährt, das vor Philips Tür anhält.

„Es ist die leichte Kutsche", meint Mrs. Brandon begeistert.

„Das müssen diese guten Ringwoods sein", vermutet Mrs. Philip. „Aber warten Sie, Brandon! Haben die nicht, haben wir nicht? – ach, wie freundlich von ihnen!" Sie versuchte sich an die Vergangenheit zu erinnern. Vergangenheit und Gegenwart waren in ihrem fiebernden Hirn tagelang seltsam miteinander verschmolzen.

„Pst, meine Liebe, wir sollen Sie ganz ruhighalten", erklärt die Pflegerin – und fuhr dann fort, den rosigen Frosch auf ihrem Schoß vollends zu säubern und zu pudern.

Das Schlafzimmerfenster stand zur sonnigen Straße offen; doch Mrs. Philip hört nicht, wie eine weibliche Stimme sagt: „Halt das Pferd, Jim", sonst hätte sie sich aufgeregt. Jemand hielt das Pferd, und ein Gentleman und eine Dame mit einem gewaltigen Korb, der Erbsen, Butter, Gemüse, Blumen und weitere ländliche Produkte enthielt, stiegen aus dem Gefährt und zogen an der Glocke.

Philip öffnete. Seine Kleinen trabten wie üblich neben seinen Beinen her.

„Nanu, ihr Liebchen, wie groß ihr geworden seid!" ruft die Dame.

„Lassen wir das Vergangene vergessen und vergeben sein. Geben Sie uns die Hand, Firmin: hier ist meine. Meine Frau hat Ihrer lieben guten Frau Landbutter und so was mitgebracht. Und wir hoffen, die Hühner haben Ihnen geschmeckt. Und Gott segne Sie, alter Junge, wie geht es Ihnen?" Die Tränen rollten dem guten Mann bei diesen Worten über die Wangen. Und Mrs. Mugford war ebenfalls ungemein erhitzt und tief bewegt. Und die Kinder erzählten ihr: „Mama geht es schon besser; und wir haben ein Brüderchen, und das weint oben."

„Gott segne euch, ihr Schätzchen!" Mrs. Mugford hatte inzwischen die Fassung verloren. Sie setzte ihre Friedensgabe von Karotten, Hühnern, Speck und Butter ab. Sie vergoß reichlich Trä-

FW

nen. „Mrs. Brandon ist gekommen und hat es uns gesagt", erklärte sie, „und als sie uns erzählte, wie alle Ihre großen Leute Sie haben fallenlassen und daß Sie wieder Streit gekriegt haben, Sie nichtsnutziger Mann, da sage ich zu Mugford: ‚Sehen wir doch mal nach dem lieben Ding, Mugford', sage ich. Und da sind wir. Und hier sind zwei feine Kuchen für Ihre Kinder" (nach kurzem Stöbern im Füllhorn). „Und, du meine Güte, wie sind sie gewachsen!"

Hier tritt eine kleine Pflegerin aus den oberen Regionen in Erscheinung, ein Bündel Kaschmirschals im Arm, die sie zur Seite schiebt, um ein Wesen zu enthüllen, das man als ganz entzükkend bezeichnet und „ganz wie Mrs. Mugfords Emaly!".

„Also", sagt Mugford, „der alte Laden steht Ihnen noch offen. Der andere Kerl hat sich gar nicht gut gemacht. Er wurde wild, wenn er was getankt hatte. Ire. Ist auf Bickerton losgegangen und hat ihm ein blaues Auge verpaßt. Bickerton war es, der Ihnen Lügen über diese arme Dame erzählt hat. Sehe ihn gar nicht mehr. Hat sich Geld von mir geborgt; habe ihn seither nicht mehr zu sehen gekriegt. Wir hatten beide Unrecht, und wir müssen uns wieder vertragen – meine Frau hat es gesagt."

„Amen!" sagte Philip und drückte dem ehrlichen Mann fest die Hand. Und am nächsten Sonntag gingen er und eine schmucke Kleine Schwester und zwei Kinder in eine alte Kirche am Queen Square, Bloomsbury, die zur Regierungszeit der Königin Anne in Mode gewesen war, als Richard Steele noch gleich nebenan Hausherr war und keine Miete zahlte. Und als der Geistliche beim Dankgebet sich besonders an jene wandte, die nunmehr „für ihnen kürzlich zuteil gewordene Gnaden Lob und Dank zu sagen" wünschten, sagte Philip Firmin noch einmal „amen", auf den Knien und mit ganzem Herzen.

42. KAPITEL

Im Reich des Friedens

Jeder weiß – zur Weihnachtszeit wissen es alle artigen Jungen und Mädchen –, vor der letzten Szene der Pantomime, in der die Gute Fee in strahlendem Glorienschein emporschwebt und Harlekin und Kolombine sich endlich bei den Händen halten, nachdem sie sich durch all ihre Possen und Nöte und Stürze hindurchgetanzt haben – vor diesem Schluß kommt erst noch eine kurze, düstere, scheinbar sinnlose vorletzte Szene, in der die Schauspieler verwirrt umherzutappen scheinen, während Bässe und Posaunen und dergleichen tragisch grummeln. Indes die Schauspieler mit Gesten des Schreckens und ausgebreiteten Armen umherstürzen, sieht der erfahrene Pantomimenliebhaber die Beleuchter der Heimstatt der Seligen und des Festsaals der Regenbogenpracht flink hinter der Leinwand umherhuschen und im Dunkeln blinzelnde Flammen entzünden – Flammen, die gleich darauf in tausend Farben rings um die Gute Fee im kreisenden Tempel der Himmlischen Seligkeit herum aufstrahlen. Sei glücklich, Harlekin! Liebe und sei glücklich und tanze, hübsche Kolombine! Kinder, Mama sagt, ihr sollt die Schals umnehmen. Und Jack und Mary (die jung sind und Pantomimen sehr mögen)

zögern noch und blicken über die Logenbrüstung, solange der Feentempel sich dreht, solange das Feuerwerk sprüht und bis der Große Dunkle Vorhang sich senkt.

Meine lieben jungen Leute, die freundlich alle Szenen hindurch ausgehalten haben, solange unsere Vorstellung gedauert hat, es sei euch mitgeteilt, daß das vorige Kapitel die dunkle Szene war. Schaut nach euren Mänteln und wickelt die Hälschen gut ein, denn ich sage euch, der große Vorhang fällt bald. Habe ich das ganze Stück über irgendwelche Geheimnisse vor euch gehabt? Ich sage euch, das Haus wird sich leeren, und ihr steht draußen in der Kälte. Wenn die Logen in ihren Nachthemden stecken und ihr alle fort seid und ich das Gas abgedreht habe und im Dunkeln allein im leeren Theater bin, werde ich nicht fröhlich sein, das kann ich euch versichern. Macht nichts! Wir können Witze machen, und seien wir noch so traurig. Wir können Purzelbäume schießen, obwohl das Parterre wahrhaftig schon halb leer ist und die letzte Orangenverkäuferin sich aus dem Staub gemacht hat. Encore une pirouette, Colombine! Saute, Arlequin, mon ami! Bleiben auch nur noch fünf Takte Musik, meine Lieben, müssen wir sie flott herunterspielen und dann nach Hause gehen, zum Abendessen und ins Bett.

Philip Firmin war also von dieser Großmut und Güte seines früheren Brotherrn tief gerührt und hat Mugfords Kommen und seine Freundlichkeit immer als besondere Fügung zu seinem Besten betrachtet. Alles verdanke er der guten Brandon, sagt er. Sie war es, die sich über seine Lage Gedanken gemacht, sie Mugford geschildert und ihn mit seinem Feind versöhnt hat. Andere waren mit ihrem Geld rasch bei der Hand. Die liebe Brandon war es, die ihm lieber Arbeit als Almosen brachte und ihn in die Lage versetzte, dem Schicksal frohgemut entgegenzutreten. Seine Armutsepisode war so kurz, daß er noch keinen Anlaß hatte, sich etwas zu borgen. Eine Woche länger, und er hätte nicht durchhalten können, und die bescheidene Hochzeitsgabe der armen Brandon hätte in den Zenotaph der Sovereigns wandern müssen – das Geschenk der guten Kleinen Schwester, das Philips Familie bis auf den heutigen Tag liebevoll hegt.

So kletterte Philip mit demütigem Herzen und gemäßigter Haltung erneut auf seinen Redakteursschemel bei der „Pall Mall

Gazette" und schwang wieder Leimtopf und Schere. Ich weiß nicht mehr, ob Bickerton bei der „Pall Mall Gazette" noch das Kommando hatte oder Philip freundlicher als früher behandelte oder sich vor ihm fürchtete, weil er von seinen Taten als Raufbold gehört hatte; doch das ist sicher, die beiden gerieten nicht in Streit, und sie machten einen großen Bogen umeinander, wie man so sagt, und jeder ging seinen eigenen Pflichten nach. Leben Sie wohl, Monsieur Bickerton. Außer vielleicht in der Schlußgruppe rund um die Feenkarosse (wo, das versichere ich Ihnen, ein so strahlender Lichterglanz herrscht, daß er unsichtbar wird) werden wir das kleine boshafte, neidische Geschöpf nie mehr sehen. Soll er in seiner Versenkung verschwinden; und rasch, Fiedeln! laßt die heitere Musik weiterhüpfen.

Auf Grund der Kühle, die zwischen Philip und seinem Vater infolge ihrer unterschiedlichen Ansichten über den Gebrauch von Philips Unterschrift entstanden war, zog der alte Herr keine weiteren Wechsel im Namen seines Sohnes, und unserem Freund blieb die lästige Drangsal erspart. Mr. Hunt liebte Doktor Firmin so heiß, daß er es nicht ertragen konnte, lange von dem Doktor getrennt zu leben. Ohne den Doktor war London für Hunt eine trostlose Wüste. Hier verfolgten ihn unerfreuliche Erinnerungen an frühere pekuniäre Transaktionen. Wir waren alle froh, als er sich schließlich aus den Schenken in Covent Garden zurückzog und sich wieder zur Bowery begab.

Und jetzt war Freund Philip wieder an der Arbeit und verdiente sich schwer das knappe Brot für sich selbst, die Frau, das Dienstmädchen und die Kinder. Es war wirklich ein kärgliches Brot und ein geringer Lohn. Charlottes Krankheit und anderes Mißgeschick hatten die geringen Ersparnisse des armen Philip verschlungen. Es kam zu dem Beschluß, die elegant möblierten Zimmer im ersten Stock zu vermieten. Vielleicht hätten Sie gedacht, dem stolzen Mr. Philip sei eine solche Maßnahme gänzlich zuwider. Und so war es auch, aber nur um der Behaglichkeit willen, nicht im geringsten der Würde halber. Bis zum heutigen Tage würde Philip, wenn die Umstände es verlangten, ganz gravitätisch eine Wäschemangel drehen. Ich glaube, der Gedanke an Mrs. General Baynes' Entsetzen bei der Vorstellung, ihr Schwiegersohn vermiete Zimmer, befriedigte und tröstete Philip nicht unerheblich. Die Zimmer mietete unter Vorbehalt unsere Bekannte vom Lande, Miss Pybus, die zu den Maiandachten nach London kommen wollte und der wir einredeten (der Himmel verzeihe es uns), sie finde ein ganz vorzügliches, *ruhiges* Quartier im Hause eines Mannes mit drei greinenden Kindern. Miss P. kam also mit meiner Frau, um sich die Zimmer anzusehen; und wir köderten sie, indem wir ihr die herrlichen, musikalisch umrahmten Gottesdienste im Foundling Hospital ganz in der Nähe schilderten; und Mrs. Philip gefiel ihr ganz ungemein, und sie erschrak nicht einmal beim Anblick der älteren Kinder, deren hübsche Gesichter das Herz der alten Dame für sich einnahmen. Und ich schäme mich zu gestehen, daß wir kein Wort von dem Baby verlauten ließen. Miss Pybus wollte gerade die Zimmer fest mieten, als Philip aus seinem Stübchen gestürmt kam, ich glaube gar in Hemdsärmeln, und einen kleinen Druckerlehrling zusammenstauchte, der im Flur saß und auf eine „Fahne" wartete, bei der ihm ein Schnitzer unterlaufen war. Philip belegte den kleinen Faulpelz mit so heftigen Ausdrücken, daß Miss Pybus erklärte, „sie könne wirklich nicht daran denken, in diesem Haus Zimmer zu mieten", und in panischem Schrecken flüchtete.

Als Mrs. Brandon von diesem Vorhaben, Zimmer zu vermieten, hörte, war sie außer sich. *Sie* konnte Zimmer vermieten, aber für Philip schickte sich das nicht. „Zimmer vermieten, lachhaft! Kauft euch Besen und geht eine Kreuzung fegen!" Mrs. Brandon hielt Charlotte immer für ein kleinmütiges Geschöpf, und wie sie Mrs. Firmin wegen dieses Vorhabens schalt, war nicht wenig erheiternd. Charlotte nahm es nicht übel. Der Plan sagte ihr so wenig zu wie Mrs. Brandon. Nie wieder fragte jemand in Charlottes Haus nach Zimmern. Der Mai mit seinen Andachten ging zu Ende. Die alten Damen fuhren wieder in ihre Landstädtchen. Die Missionare kehrten ins Kaffernland zurück. (Ach! wo sind die so hübsch anzusehenden Quäkerinnen unserer Jugend mit den lieben Gesichtern und den kleidsamen taubengrauen Gewändern? Es heißt, die fromme Sekte schwindet hin – sie schwindet hin.) Die Quäkerinnen verließen die Stadt; dann begann sich die vornehme Welt zurückzuziehen; das Parlament ging auseinander. Mit einem Wort, wer nur konnte, ging in die Ferien, während der arme Philip an seiner Arbeit blieb, seine Artikel ausschnitt und zusammenklebte und seine bescheidene Fron verrichtete.

Doktor Goodenough verordnete Charlotte und ihren Kleinen

als absolut notwendig einen Aufenthalt am Meer, und als Philip bestimmte triftige Gründe anführte, weshalb seine Familie die vom Doktor verschriebene Medizin nicht einnehmen könne, griff dieser exzentrische Arzt zu ebender Brieftasche, die wir ihn bei einer früheren Gelegenheit haben ziehen sehen. Er entnahm ihr, soweit ich weiß, einige ebenjener Scheine, die er damals der Kleinen Schwester gegeben hatte. „Ich nehme an, Sie können sie genausogut bekommen wie dieser Gauner Hunt", sagte der Doktor mit grimmiger Miene. „Sagen Sie *mir* doch nichts. Alles Quatsch. Pah! Zahlen Sie es zurück, wenn Sie ein reicher Mann sind!" Und dieser Samariter war in seine Kutsche gesprungen und auf und davon, ehe Philip oder Mrs. Philip ein Wort des Dankes herausbrachten. Betrachten Sie ihn, während er verschwindet. Sehen Sie, wie der grüne Brougham davonfährt und nach Westen abbiegt, und behalten Sie ihn in guter Erinnerung. Ein Schuh sei dir nachgeworfen, John Goodenough; wir sehen dich in dieser Geschichte nicht wieder.

Sie sind nicht eingeweiht, freundliche Leser; aber ich, der ich seit vielen Monaten mit bestimmten Menschen zusammenlebe und manche von ihnen herzlich liebhabe, werde ganz weich, wenn die Stunde des Abschieds kommt, und ich weiß, daß wir uns nie wieder begegnen. Verflixt! als diese Erzählung anfing und noch einige Monate lang, lasen diese Seiten ein Paar gütige alte Augen, die jetzt zu dem uns allen vorherbestimmten Schlaf geschlossen sind. Und so wendet sich Blatt um Blatt, und dann kommt Finis und das Ende des Buches.

So kamen Philip und sein junges Volk zur Periwinkle Bay heraus, wo wir uns aufhielten, und die Mädchen der beiden Familien umhegten das Baby, und Kind und Mutter erlangten in der frischen Luft Gesundheit und Wohlbehagen, und Mr. Mugford – der sich für den tüchtigsten Redakteur der Welt hält – und ich kann Ihnen versichern, es ist wirklich eine Kunst, eine Zeitung zu redigieren –, Mr. Mugford also übernahm Philips Schere und Leimtopf, während der seinen Urlaub genoß. Und J. J. Ridley, R. A., kam auch noch, und wir unternahmen viele Malpartien, und meine Zeichnungen der verschiedenen Merkmale der Bucht, etwa der Hummerklippen, der Molluskenfelsen usw. usw. gelten als überaus kühn, auch wenn mein kleiner Junge (der freilich nicht den Kunstsinn seines Vaters besitzt) das vortrefflich gelungene Porträt Philips im grauen Hut und Paletot, auf dem Sand ausgestreckt, irrtümlich für den Felsen gehalten hat.

Von der Bucht etwa zwölf Meilen landeinwärts liegt das Städtchen Whipham Market, und Whipham grenzt an das Parkgitter jenes Schlosses, wo Lord Ringwood gewohnt hatte und wo Philips Mutter zur Welt gekommen und aufgewachsen war. Auf dem Marktplatz von Whipham steht eine Statue des verstorbenen Lords. Wäre es nach seinem Willen gegangen, hätte der Wahlkreis weiter zwei Mitglieder ins Parlament entsandt, wie in der zurückliegenden guten alten Zeit. In jenem uralten und grasüberwucherten Städtchen, wo die Schritte widerhallen, wenn man die Straße entlanggeht, wo man deutlich das Knarren des Schildes am Hotel und Posthaus „Zum Wappen von Ringwood" und das oppositionelle Knarren des Gasthofs „Zum Widder" gegenüber hört – wo der Hauptmann auf Halbsold, der Pfarrer und der Mediziner vor der fliegenbeschmutzten Jalousie der „Ringwood-Stiftung" stehen und die Fremden mustern –, hält man die Erinnerung an den großen Lord noch in Ehren, der drüben im Herrenhaus hinter den Eichen wohnte. Er habe seine Fehler gehabt. Seine Lordschaft habe nicht das Leben eines Einsiedlers geführt. Und Seine Lordschaft habe, zumal in seinen späteren Jahren, nicht den Umgang gepflegt, auf den ein Edelmann vom Range Seiner Lordschaft hätte Anspruch erheben sollen. Whipham jedoch sei er ein guter Freund gewesen. Einem guten Pächter sei er ein guter Grundherr gewesen. Wäre es nach seinem Willen gegangen, hätte Whipham seine Selbständigkeit behalten. Als das Rathaus abgebrannt war, habe Seine Lordschaft die Hälfte der Kosten übernommen. Er war ein eigenwilliger Mann, gewiß, und habe Alderman Duffle vor seinem eigenen Laden durchgeprügelt, doch habe er sich hinterher wirklich nobel dafür entschuldigt. Wünschten die Gentlemen Portwein oder Sherry? Rotwein werde in Whipham nicht verlangt, gar nicht. Und Fisch gebe es nicht, weil alle Fische aus der Periwinkle Bay aufgekauft werden und nach London gehen.

Solcherart Bemerkungen richtete der Wirt des „Wappens von Ringwood" an die drei Kavaliere, die in diesem Gasthof einkehrten. Und Sie dürfen überzeugt sein, daß er uns von Lord Ringwoods Tod berichtete, in der Postkutsche auf dem Weg von Turreys Regum her, und wie man Seine Lordschaft durch das Tor da gefahren habe (dabei wies er auf ein zweiflügeliges Tor mit Pförtnerhaus, das an das Städtchen grenzt) und wie er ins Schloß hinaufgebracht und feierlich aufgebahrt worden sei; und Seine Lordschaft habe nie mit der Eisenbahn fahren wollen, nie; und er sei immer wie ein Edelmann gereist, und wenn er an ein Hotel kam und die Pferde wechselte, habe er immer eine Flasche Wein kommen lassen und bloß ein Glas getrunken, und manchmal nicht einmal das. Und der jetzige Sir John habe noch keine Gäste hier gehabt; und es heiße, er halte sein Geld mächtig fest zusammen, heiße es. Und das eine sei sicher, Whipham habe noch nicht viel davon zu sehen gekriegt, Whipham nicht.

Wir gingen in den Hof des Gasthauses, wo es einst lebhaft zugegangen sein mag, und dann bummelten wir zum Parktor, das Schild und Wappen der Ringwoods überragten. „Ob wohl meine arme Mutter durch dieses Tor gekommen ist, als sie mit meinem Vater durchbrannte?“ sagte Philip. „Die Ärmste, die Ärmste!“ Die mächtigen Torflügel waren geschlossen. Die sinkende Sonne warf Schatten auf das Gras, wo hier und da Rotwild äste, und etwa eine Meile entfernt stand das Schloß, dessen Türme und Säulenvorbauten und Wetterfahnen in der Sonne flammten. Das kleinere Tor stand offen, und an der Tür des Pförtnerhauses stand ein Mädchen. Sei das Haus zu besichtigen?

„Ja“, sagt das kleine rotwangige Mädchen mit einem Knicks.

„Nein“, ruft grob eine Stimme von drinnen, und eine alte Frau kommt aus dem Pförtnerhaus und blickt uns grimmig an. „Keiner darf ins Schloß. Die Familie kommt.“

Das war ärgerlich. Philip hätte gern den Stammsitz besichtigt, wo seine Mutter und seine Vorfahren zur Welt gekommen waren.

„Fürwahr, gute Frau“, wandte sich Philips Gefährte an die Ahne, „dieser wackere Gentleman hat ein Recht zum Betreten jenes Schlosses, dessen Ihr gewißlich unkundig seid. Habet Ihr nie von einem gewissen Philip Ringwood sagen hören, erschlagen auf Busacos glorreichem Fe. . .“

„Halt den Mund und verulke sie nicht, Pen“, knurrte Firmin.

„Nein, und sie kennt Philip Ringwoods Enkel nicht“, fuhr der andere Witzbold in gemäßigterem Ton fort. „Das hier wird sie von unserem Recht zum Eintritt überzeugen. Erkennest du dieses Bildnis deiner Königin?“

„Na, ich denke, Sie können raufgehen“, lenkte die alte Frau

beim Anblick dieses Talismans ein. „Sie sind nur zu zweit da, und die sind ausgefahren."

Philip war darauf gespannt, den Wohnsitz seiner Vorfahren zu sehen. Grau und mächtig, mit Türmen und Wetterfahnen und Säulengängen, lag er in einer Meile Entfernung vor uns, von einem glitzernden Wasserlauf von uns getrennt. Eine prachtvolle Kastanienallee führte zum Fluß, und im gesprenkelten Gras äste das Rotwild.

Sie kennen natürlich das Haus. Eine Abbildung davon ist im „Watts" enthalten und trägt das Datum 1783. Ein Gentleman mit Dreispitz und Zopf fährt auf einem blinkenden Fluß eine Dame in einem Boot spazieren. Ein anderer Edelmann im Dreispitz angelt in dem flimmernden Wasser von einer Brücke aus, über die gerade eine Postkutsche fährt.

„Ja, das sieht alles ganz ähnlich aus", meinte Philip, „aber ich vermisse die Postkutsche, die über die Brücke fährt, und die Dame im Boot mit ihrem hohen Sonnenschirm. Erinnerst du dich noch an den Druck im Zimmer unserer Haushälterin in der Old Parr Street? Meine arme Mutter hat mir oft von dem Haus erzählt, und ich habe es mir prächtiger als Aladins Palast vorgestellt. Es *ist* ein wirklich stattliches Haus", fuhr Philip fort. „‚Es bedeckt eine Fläche von zweihundertsechzig mal fünfundsiebzig Fuß und besteht aus einem bossierten Erdgeschoß und Hauptgeschoß mit einer Attika in der Mitte, das Ganze in Stein ausgeführt. Die große Front zum Park hin schmückt ein edler Säulenvorbau im korinthischen Stil, und es gilt mit Fug und Recht als eines der schönsten Bauwerke im ...' Ich zitiere nämlich aus Watts' ‚Wohnsitze des Adels und der vornehmen Stände', verlegt bei John und Josiah Boydell, das in unserem Salon auslag. Ach, du lieber Gott! Ich habe in dem Exemplar im Salon das Boot und die Dame und den Gentleman ausgemalt, und mein Vater hat mir eine Ohrfeige verpaßt, und meine Mutter hat aufgeschrien, die arme gute Seele! Und das hier ist also der Fluß? Und hier fuhr die Postkutsche mit den Pferden mit den gestutzten Schwänzen, und hier angelte der Gentleman mit dem Zopf. Es ist schon ein eigenartiges Gefühl", sagte Philip, auf der Brücke stehend und die mächtigen Arme ausstreckend. „Ja, da sind die zwei Leute in dem Boot am Schilf. Ich kann sie sehen, aber ihr nicht; und ich hoffe, Sir, Sie machen einen guten Fang."

Und hier zog er den Hut vor einem imaginären Gentleman, der von der Brüstung aus geisterhafte Gründlinge angelte. Dann kommen wir ans Haus. Wir läuten an der Tür im Erdgeschoß unter dem Säulenvorbau. Der Pförtner macht Einwände und erklärt, ein Teil der Familie sei da, aber sie seien freilich ausgegangen. Dasselbe Argument der halben Krone stimmt ihn um, das schon die Pförtnerin am Tor überzeugt hat. Wir schreiten durch die Paraderäume des stattlichen, aber etwas verblichenen und melancholischen Schlosses. Im zedernholzgetäfelten Speisesaal hängt das grimmige Porträt des verstorbenen Grafen. Und dieser hellhaarige Offizier in Rot? Das mußte Philips Großvater sein. Und diese zwei schlanken Mädchen, die sich umfaßt halten, das sind gewiß seine Mutter und seine Tante. Philip geht leise durch die leeren Zimmer. Er gibt dem Pförtner ein Goldstück, bevor er die riesige Halle verläßt, vierzig Kubikfuß, mit Statuen geschmückt, die John, der erste Baron, aus Rom mitgebracht hatte, und zwar Heliogabalus, Neros Mutter, eine Isispriesterin und einen Flußgott; die Gemälde über den Türen von Pedimento; die Deckenbemalung von Leotardi, usw.; und in einem Fenster in der großen Halle steht ein Tisch mit einem Besucherbuch, in das Philip seinen Namen einträgt.

Als wir gingen, begegneten wir einer Kutsche, die rasch auf das Haus zufuhr und zweifellos die Mitglieder der Familie Ringwood in sich barg, von denen die Pförtnerin gesprochen hatte. Nach den früher geschilderten Familienzwistigkeiten legten wir keinen Wert darauf, diese Verwandten Philips zu treffen, und gingen schnell im Dämmerlicht unter dem rauschenden Schatten der Kastanien weiter. J. J. nahm im Dahinschreiten hundert schöne malerische Effekte wahr; das Spiegelbild des Schlosses im Wasser; das gesprenkelte Rotwild unter dem Fleckenmuster der Baumschatten. Es hieß: „Oh, was für ein famoser Farbtupfer!" und „Seht doch nur, wie gut sich der rote Mantel dieser alten Frau einfügt!" und so fort. Maler scheinen ihrer Arbeit nie überdrüssig zu werden. Mit siebzig sind sie immer noch Schüler, geduldig, gelehrig, glückselig. Mögen auch wir, mein guter Sir, achtzig Jahre werden und nie zu alt zum Lernen sein! Der Fußmarsch, das lebhafte Gespräch dabei in herrlicher Landschaft um uns herum, brachten uns mit gutem Appetit und in guter Stimmung in unser Gasthaus zurück, wo man uns sagte, das Dinner werde umgehend serviert, sobald der Omnibus vom Bahnhof eintreffe.

Ein kurzes Stück vom „Wappen von Ringwood" entfernt auf der anderen Straßenseite steht der Gasthof „Zum Widder", wo schmucke Postchaisen ausspannen und die Bauern einkehren; ein Haus, das weniger anspruchsvoll zu sein schien, obwohl der Betrieb dort etwas lebhafter war. Als das Posthorn die Ankunft des Omnibusses von der Bahnstation ankündigte, versammelte sich eine Menge von, ich würde meinen, mindestens fünfzehn Menschen an verschiedenen Türen der Hauptstraße und des Marktplatzes. Der Hauptmann auf Halbsold und der Pfarrer kamen aus dem „Ringwood-Athenaeum". Der Gehilfe des Arztes stand auf der Stufe vor der Tür des Behandlungszimmers, und aus dem ersten Stock schaute die Gattin des Wundarztes heraus. Wir teilten die allgemeine Neugier. Wir und der Kellner standen vor der Tür des „Wappens von Ringwood". Wir beobachteten gekränkt, daß von den fünf Personen, die der Bus gebracht hatte, einer ein Handwerker war, der vor seiner Tür ausstieg (Mr. Packwood, der Sattler, so teilte uns der Kellner mit), drei Reisende am „Widder" abgesetzt wurden und nur einer zu uns kam.

„Hauptsächlich Handlungsreisende steigen im ‚Widder' ab", bemerkte der Kellner mit verächtlicher Miene; und diese Handlungsreisenden mit ihren Musterkoffern verließen den Omnibus.

Ein einziger Passagier blieb für das Hotel zum „Wappen von Ringwood" übrig, und der stieg gleich darauf unter der porte cochère aus; der Omnibus – ich gestehe mit Bedauern, daß es nur ein einspänniges Gefährt war – fuhr rasselnd in den Hof ein, wo einst die Abfahrtsglocke des „Stern", des „George", des „Rodney", des „Dolphin" geläutet hatte und der Hof vom Lärm und Geklapper der Hufe und der Hausknechte und den Rufen: „Erstes und zweites, heraus" gehallt hatte.

Wer war der so heiter blickende kleine Gentleman in Schwarz, der dem Omnibus entstieg und, als er uns sah, ausrief: „Was, *Sie* hier?" Es war Mr. Bradgate, jener Anwalt Lord Ringwoods, mit dem wir gleich nach dem Ableben Seiner Lordschaft flüchtig Bekanntschaft geschlossen hatten. „Was, *Sie* hier?" ruft Bradgate also Philip zu. „Natürlich wegen dieser Geschichte gekommen? Freue mich sehr, daß Sie und – und gewisse Personen sich ausgesöhnt haben. Dachte, Sie wären nicht gerade Freunde."

Was für eine Geschichte? Was für Personen? Hätten wir denn die Neuigkeit nicht gehört? Wir seien nur zufällig von der Periwinkle Bay herübergekommen, um uns das Schloß anzusehen.

„Wirklich merkwürdig! Haben Sie die – die Leute getroffen, die sich hier aufhalten?"

Wir sagten, wir hätten eine Kutsche vorbeifahren sehen, hätten aber nicht erkannt, wer darin saß. Aber was sei denn die Neuigkeit? Nun ja. Sie würde ohnehin bald bekannt und in der „Gazette" vom Dienstag erscheinen. Die Neuigkeit sei, daß Sir John Ringwood die Peerswürde erhalte und dadurch der Sitz für Whipham frei werde. Und dabei entnahm unser Freund seiner Reisetasche einen Aufruf, den er uns vorlas und der gerichtet war an die Wähler und folgenden Wortlaut trug:

„An die würdigen und unabhängigen Wähler
des Wahlkreises Ringwood.

London, Mittwoch

Meine Herren – da unsere gnädige Herrscherin zu befehlen geruhten, daß die Familie Ringwood weiterhin im Oberhaus vertreten sei, nehme ich Abschied von meinen Freunden und Wählern, die mir bisher ihr wohlwollendes Vertrauen geschenkt haben, und versichere ihnen, daß meine Wertschätzung für sie niemals enden wird, ebensowenig wie meine Anteilnahme an der Stadt und ihrer Umgebung, wo meine Familie viele Jahrhunderte lang ansässig war. Der Bruder des verstorbenen Lord Ringwood fiel im Dienste seines Herrschers in Portugal, als er derselben Fahne folgte, unter der seine Vorfahren jahrhundertelang gekämpft und geblutet haben. Mein eigener Sohn dient der Krone in einer zivilen Laufbahn. Natürlicherweise sollte jemand unseres Namens und unserer Familie die Beziehungen fortsetzen, die so lange zwischen uns und diesem loyalen, wohlwollenden, doch unabhängig gesinnten Wahlkreis bestanden haben. Mr. Ringwoods drükkende Pflichten in dem Amt, das er innehat, nehmen seine Zeit vollauf in Anspruch. Ein Gentleman, der in engster Verbindung zu unserer Familie steht, bewirbt sich als Kandidat um Ihre Wahlstimmen . . ."

„Nanu, wer denn? Er wird doch nicht Onkel Twysden hineinbringen oder den Schleicher, meinen Vetter?"

„Nein", sagte Mr. Bradgate.

„Na, Gott steh mir bei! Mich kann er doch nicht meinen", sagte Philip. „Wer ist der Dunkelmann, den er in der Hinterhand hat?"

Da lachte Mr. Bradgate. „Dunkelmann kann man wohl sagen. Das neue Parlamentsmitglied soll Grenville Woolcomb, Esq., werden, Ihr westindischer Verwandter, und kein anderer!"

Wer die enorme Ausdruckskraft der Äußerungen Mr. P. Firmins im Zustand der Erregung kennt, kann sich den Philipschen Zornesausbruch vorstellen, als unser Freund diesen Namen hörte. „Diese Kanaille! Dieser Knicker! Dieser reiche Straßenkehrer! Dieser Hohlkopf, der mit Müh und Not seinen Namen schreiben kann! Oh, es ist abscheulich, schändlich! Der Mann steht sich ja mit seiner Frau so schlecht, daß es sogar heißt, er schlägt sie. Wenn ich ihn sehe, möchte ich ihn am liebsten würgen und ihn umbringen. *Dieses* Vieh geht ins Parlament, und der republikanisch gesinnte Sir John bringt ihn hinein! Es ist ungeheuerlich!"

„Familienarrangements. Sir John, oder ich muß wohl sagen, Mylord Ringwood ist ein außergewöhnlich liebevoller Vater", bemerkte Mr. Bradgate. „Er hat eine große Nachkommenschaft aus seiner zweiten Ehe, und seine Güter gehen an seinen ältesten Sohn. Wir dürfen es Lord Ringwood nicht übelnehmen, wenn er seine jüngeren Kinder zu versorgen wünscht. Ich behaupte nicht, daß er dem extremen liberalen Standpunkt ganz gerecht wird, dessen er sich früher gern rühmte. Aber wenn man Ihnen die Peerswürde anböte, was würden Sie tun – was würde ich tun? Wenn Sie Geld für Ihre Kinder brauchten und könnten welches erwerben, würden Sie es nicht nehmen? Na, na, kommen Sie uns nur nicht zu sehr mit dieser spartanischen Tugend! Wenn man uns auf die Probe stellte, mein lieber Freund, wären wir nicht viel besser oder schlechter als unsere Nächsten. Ist mein Einspänner schon da, Kellner?" Wir baten Mr. Bradgate, seinen Aufbruch aufzuschieben und unser Dinner zu teilen. Doch er lehnte ab und erklärte, er müsse zum Herrenhaus hinauf, wo er und sein Klient viel Geschäftliches zu erledigen hätten und wo er sicherlich über Nacht bleiben werde. Er befahl dem Personal des Hotels, seinen Koffer in den Wagen zu bringen, sobald dieser komme. „Der alte Lord hatte einen exzellenten Portwein", sagte er; „ich hoffe, meine Freunde haben den Schlüssel zum Weinkeller."

Der Kellner trug gerade unser Essen auf, als wir im Erkerfenster der Kaffeestube des „Wappens von Ringwood" dieses Gespräch führten. Von da aus konnten wir die Straße und das gegnerische Gasthaus „Zum Widder" überblicken, wo jetzt ein großes Plakat angebracht wurde. Mindestens ein Dutzend Straßenjungen, Ladendiener und Bauern versammelten sich rasch um diese Bekanntmachung, und auch wir gingen hinaus, um sie uns anzusehen. Das Plakat am „Widder" prangerte in Ausdrücken grenzenloser Empörung den dreisten Versuch des Schlosses an, den freien und unabhängigen Wählern des Wahlkreises Vorschriften zu machen. Die freien Bürger wurden aufgerufen, ihre Stimmabgabe nicht festzulegen; sich ihres Namens würdig zu erweisen; sich nicht dem Diktat des Schlosses zu unterwerfen. Ein Gentleman aus dieser Grafschaft mit Einfluß und Vermögen und liberalen Grundsätzen – kein WESTINDER, kein SCHLOSSLAKAI, vielmehr ein ECHTER ENGLISCHER GENTLEMAN – werde vortreten und sie von der Tyrannei erretten, unter der sie schmachteten. In dieser Hinsicht dürften sich die Wähler auf das Wort EINES BRITEN verlassen.

„Das hat Bedloes Sekretär herausgebracht. Er und ein Pressemensch sind mit mir im Zug gekommen; ein Mr. . . ."

Während er noch sprach, kam aus dem „Widder" der Pressemensch, den Mr. Bradgate meinte – ein alter Freund und Kollege Philips, jener energische Mann und fähige Reporter, Phipps vom „Daily Intelligencer", der Philip erkannte und ihn nach einer herzlichen Begrüßung fragte, was *er* denn hier draußen mache und die Vermutung äußerte, er sei zur Unterstützung seiner Familie da.

Philip erklärte, wir seien hier fremd, seien von einem in der Nähe gelegenen Seebad herübergekommen, um uns das Heim der Vorfahren Philips anzusehen, und hätten bis jetzt nicht einmal gewußt, daß im Ort ein Wahlkampf im Gange sei oder daß Sir John Ringwood demnächst in den Peersrang erhoben werde. Inzwischen war Mr. Bradgates Einspänner aus dem Hof des „Wappens von Ringwood" vorgefahren, und der Anwalt rannte ins Haus, um eine Tasche voller Dokumente zu holen, sprang in den Wagen und befahl dem Kutscher, zum Schloß zu fahren.

„Bon appétit!" rief Mr. Bradgate in zuversichtlichem Ton, und fort war er.

Wolle Phipps mit uns essen? Phipps flüsterte: „Ich stehe auf der anderen Seite, und unser Haus ist der ‚Widder'."

Wir, die auf keiner Seite standen, gingen in das „Wappen von Ringwood" und setzten uns an unser Mahl – Hammelfleisch mit Ketchup, Blumenkohl und Kartoffeln, die Beigerichte in kupfergerandeten Schalen und ebenso die wässerige zerlassene Butter, womit man in den Gasthäusern heruntergekommener Kleinstädte die Fremden verwöhnt. Die badauds der Stadt, die das Plakat am „Widder" gelesen hatten, kamen jetzt, um den Aufruf in unserem Fenster zu studieren. Ich schätze, dreißig Paar klappernde Stiefel blieben vor dem einen und dem anderen Fenster stehen, während wir zähes Hammelfleisch aßen und kratzigen Sherry tranken. Und J. J. vergaß sein Dinner und skizzierte einige Typen der Kleinstädter, die auf das Manifest starrten, den altmodischen „Widder" im Hintergrund – ein recht malerischer Giebel.

Wir hatten gerade unsere Mahlzeit beendet, als zu unserer Überraschung unser Freund, der Anwalt Mr. Bradgate, ins „Wappen von Ringwood" zurückkam. Er zeigte eine erregte Miene. Er fragte, was er zum Dinner bekommen könne. Hammelfleisch, nicht heiß und nicht kalt. Hm! Das müsse genügen. Man habe ihn also doch nicht eingeladen, im Herrenhaus zu speisen? Wir neckten ihn ungemein witzig mit seiner Enttäuschung.

Dem kleinen Bradgate quollen vor Wut die Augen hervor. „Was ist der kleine schwarze Wicht doch für ein Flegel!" rief er. „Ich habe ihm seine Papiere gebracht. Ich habe mit ihm verhandelt, bis man das Dinner in ebendem Zimmer auftrug, wo wir saßen. Grüne Bohnen und Wildbraten – ich habe zugesehen, wie die Haushälterin und der Diener es hereinbrachten! Und Mr. Woolcomb hat mich mit keinem Wort eingeladen, mitzuessen – vielmehr hat er gesagt, ich solle um neun Uhr wiederkommen! Zum Kuckuck mit diesem Hammelfleisch – es ist weder heiß noch kalt! Der kleine Knauser!" Die Gläser des kratzigen Sherrys, den Bradgate jetzt trank, trugen eher dazu bei, dem Anwalt die Luft abzuschnüren, als ihn zu beruhigen. Wir lachten, und diese Heiterkeit brachte ihn noch mehr auf. „Ach", sagte er, „ich bin nicht der einzige, dem Woolcomb grob gekommen ist.

Er war in miserabler Laune. Seine Frau hat er beschimpft; und als er im Besucherbuch einen Namen las, Firmin, ich versichere Ihnen, da hat er auf *Sie* gewettert. Am liebsten hätte ich ihm gesagt: ‚Sir, Mr. Firmin diniert gerade im »Wappen von Ringwood«, und ich will ihm erzählen, was Sie über ihn sagen!' Was ist das bloß für ein Gummihammel! Was für ein erbärmlicher Sherry! Um neun Uhr wiederkommen, daß ich nicht lache! Zum Henker mit seiner Unverschämtheit!"

„Sie dürfen vor Firmin nicht abfällig über Woolcomb reden", sagte einer aus unserer Gruppe. „Philip hat den Mann seiner Cousine so gern, daß er es nicht mitanhören kann, wenn man den schwarzen Mann schlechtmacht."

Das war kein besonders glänzender Witz, aber Philip grinste mit ausgesprochen grimmiger Befriedigung darüber.

„Lassen Sie sich so scharf über Woolcomb aus, wie Sie wollen, hier hat er keine Freunde, Mr. Bradgate", knurrte Philip. „Er springt also auch mit seinem Anwalt grob um, wie?"

„Ich sage Ihnen, er ist schlimmer als der alte Graf", rief der erboste Bradgate. „Der alte Mann war wenigstens ein Peer von England und konnte sich wie ein Gentleman benehmen, wenn es ihm paßte. Aber von einem Kerl schikaniert zu werden, der ein schwarzer Lakai sein könnte oder ein Straßenfeger! Es ist ungeheuerlich!"

„Sprechen Sie nicht schlecht von einem Mitmenschen, Mr. Bradgate. Woolcomb kann nichts für seinen Teint."

„Aber er kann etwas für seine verfluchte Unverschämtheit, und die soll er nicht an mir auslassen!" meinte der empörte Anwalt.

Während Bradgate schnaufend und erregt aus seinem Abteil herausrief, strichelte Freund J. J. in dem kleinen Skizzenbuch, das er immer bei sich hatte. Er schmunzelte bei seiner Arbeit. „Ich", sagte er, „kenne den Schwarzen Prinzen recht gut. Ich habe ihn oft seine Fuchsstuten im Park kutschieren sehen, diese verstörte weiße Ehefrau an seiner Seite. Ich bin sicher, diese Frau ist unglücklich, und das arme Ding . . ."

„Geschieht ihr ganz recht! Wie kommt eine englische Dame dazu, so einen Kerl zu heiraten!" ruft Bradgate.

„Ein Kerl, der seinen Anwalt nicht zum Dinner einlädt!" bemerkt einer der Versammelten – vielleicht des Lesers sehr ergebener Diener. „Aber was hat er sich für einen unbedachten Anwalt genommen – einen Anwalt, der seine Meinung sagt."

„Ich habe schon Besseren meine Meinung gesagt, und zum Henker mit ihm! Glauben Sie, ich fürchte mich vor *ihm*?" schreit der reizbare Rechtsberater.

„Contempsi Catilinae gladios – erinnerst du dich an das alte Zitat aus der Schulzeit, Philip?" Und hier riß unser Gespräch ab, denn als wir zufällig in Freund J. J.s Skizzenbuch schauten, sahen wir, daß er eine wunderbare kleine Zeichnung gemacht hatte von Woolcomb und Woolcombs Frau, mit Reitknechten, Phaeton und Fuchsstuten, wie sie während der Londoner Saison jeden Nachmittag im Hyde Park zu sehen waren.

Ausgezeichnet! Famos! Jedermann erkannte sofort die Ähnlichkeit des schwärzlichen Wagenlenkers. Iracundus selbst grinste und kicherte darüber. „Wenn Sie sich nicht benehmen, Mr. Bradgate, macht Ridley ein Bild von *Ihnen*", mahnt Philip. Bradgate schnitt eine drollige Grimasse, wich in sein Abteil zurück und tat so, als zöge er den Vorhang zu. Doch der gesellige kleine Mann verharrte nicht lange in seiner Zurückgezogenheit. Bald darauf kam er heraus, seine Weinkaraffe in der Hand, und setzte sich zu unserem Grüppchen; und dann begannen wir von alten Zeiten zu sprechen. Und wir alle erinnerten uns an eine berühmte Zeichnung H. B.s vom verstorbenen Grafen von Ringwood in altväterischem Schwalbenschwanz und engen Hosen, auf seinem altväterischen Pferd, den altväterischen Reitknecht hinter sich, wie man ihn so oft schwerfällig die Rotten Row entlangtrotten sehen konnte.

„Ich sage meine Meinung, so?" sagt Mr. Bradgate dann. „Ich kenne jemanden, der diesem alten Mann *seine* Meinung gesagt hat und der besser dran wäre, wenn er den Mund gehalten hätte."

„Los, verraten Sie es mir, Bradgate", rief Philip. „Jetzt ist ja alles aus und vorbei. Hatte Lord Ringwood mir etwas vermacht? Wahrhaftig, ich glaubte einmal, er hätte es vorgehabt."

„Nein, hat Ihr Freund hier mich nicht gerügt, weil ich meine Meinung gesagt habe? Ich schweige still wie ein Mäuschen. Sprechen wir lieber von der Wahl", und der aufreizende Anwalt sagte kein Wort mehr zu einem Thema, das für den armen Phil von so trübseligem Interesse war.

„Ich habe genausowenig das Recht zu murren", meinte dieser Philosoph, „wie ein Mann, der in der Lotterie die Nummer x gezogen hat, wenn der Hauptgewinn auf die Nummer y gefallen ist. Sprechen wir, wie Sie sagen, von der Wahl. Wer kandidiert gegen Mr. Woolcomb?"

Mr. Bradgate glaubte, ein Gutsbesitzer aus der Umgebung, Mr. Hornblow, solle der Kandidat sein, der gegen den von Ringwood vorgeschlagenen Mann antrete.

„Hornblow! Was, Hornblow von den Grauen Brüdern?" ruft Philip. „Ich kenne keinen besseren Kerl als ihn. In diesem Fall gehört ihm unsere Stimme und unsere Unterstützung, und ich finde, wir sollten zum ‚Widder' hinüber und dort noch einmal essen."

Der neue Kandidat stellte sich wirklich als Philips alter Schul- und Collegefreund Mr. Hornblow heraus. Nach dem Dinner trafen wir ihn mit einem Gefolge von Wahlhelfern auf der Runde durch das Städtchen. Mr. Hornblow machte den Kaufleuten seine Aufwartung, deren Läden noch offen waren. Für den nächsten Tag, der Markttag war, hatte er sich vorgenommen, die Markthändler zu bearbeiten. „Wenn ich den Schwarzen treffe, Firmin", sagte der stämmige Squire, „ziehe ich ihn auf, daß ihm Hören und Sehen vergeht. Er ist kein guter Redner, höre ich."

Als hätte sich in Whipham und gegen den Kandidaten des Herrenhauses die Zunge eines Platon durchsetzen können! Es war freilich spät am Tag, doch Mr. Hornblows Begleitern bei seinem Werbefeldzug schwante nach einem halbstündigen Marsch in seinem Gefolge nichts Gutes für seinen Erfolg. Bäcker Jones wollte sich auf gar keinen Fall festlegen: das bedeutete, Jones würde für das Schloß stimmen, mußte Mr. Hornblows juristischer Adjutant, Mr. Batley, notgedrungen zugeben. Fleischer Brown saß gerade beim Tee – teilte uns seine Frau, die aus ihrem verglasten rückwärtigen Wohnzimmer schaute, mit schriller Stimme mit: Brown würde für das Schloß stimmen. Sattler Briggs wollte es sich überlegen. Krämer Adams erklärte geradeheraus, er werde gegen uns stimmen – gegen *uns*? – gegen Hornblow, dessen Partei wir bereits ergriffen. Ich fürchte, die schmeichelhaften Versprechungen, die Mr. Hornblow bewogen hatten, sich der Wahl zu stellen, er werde die Unterstützung eines mächtigen Lagers freier und unvoreingenommener Wähler finden usw., waren nur Erfindungen dieses kleinen Rechtsanwalts, Batley, der durch einen Wahlkampf im Kreis auf seine Kosten kam.

Als der Tag der Abstimmung kam – wie Sie sehen, verschmähe ich es, in dieser schlichten und wahren Geschichte irgend etwas zu verhehlen –, wurde MR. GRENVILLE WOOLCOMB, dessen Anwalt und Agent für ihn sprach, Mr. Grenville Woolcomb, der keine zwei Sätze in anständigem Englisch schreiben oder sprechen konnte und dessen Ruf für geistige Beschränktheit, Grausamkeit, filzigen Geiz, Mißgunst und beinahe dünkelhafte Dummheit aller Welt nur allzu offenkundig war, mit überwältigender Mehrheit gewählt, und der Squire bekam kaum hundert Stimmen.

Wir, die überhaupt nichts mit der Wahl zu tun hatten, fanden dennoch unsere Unterhaltung in einem ruhigen Landstädtchen, wo sich sonst wenig regte. Wir kamen ein-, zweimal von Periwinkle Bay herüber. Wir hißten offen Hornblows Farben. Wir fuhren demonstrativ vor dem „Widder" vor und ließen das „Wappen von Ringwood" links liegen, wo MR. GRENVILLE WOOLCOMBS KOMITEERAUM jetzt in eben der Kaffeestube eingerichtet war, wo wir in Mr. Bradgates Gesellschaft gegessen hatten. Wir erwärmten uns für den Wettstreit. Wir trafen mehr als einmal auf Bradgate und seinen Mandanten, und unsere Montagues und Capulets forderten einander auf offener Straße heraus. Es war schön, Philips mächtige Gestalt und edle Zornesmiene zu sehen, wenn er Woolcomb beim Stimmenfang begegnete. Der Haß des Mulatten funkelte aus den Augen des kleinen Hauptmanns. Feuerpfeile schossen unter Philips Augenbrauen hervor, wenn er sich mit den Ellbogen einen Weg bahnte und Woolcomb vom Gehsteig herunterrempelte. Mr. Philip machte nie ein Hehl aus seinen Gefühlen. „Das kleine dumme, giftige, vulgäre, habgierige Biest hassen? Freilich hasse ich ihn, und ich würde ihn am liebsten in den Fluß werfen." – „O Philip!" bat Charlotte. Doch diesem Wilden war mit Vernunft nicht beizukommen, wenn er in Wut war. Ich beklagte seine Wildheit, auch wenn sie mich vielleicht belustigte.

Die Lokalzeitung auf unserer Seite war mit vernichtenden Epigrammen gegen diesen armen Woolcomb angefüllt, deren Verfasser, wie ich vermute, Philip Firmin war. Ich glaube diesen hitzigen Stil und diese maßlosen Ausfälle zu kennen. An dem Mann, den er haßt, kann er nichts Gutes sehen; und an seinem

Freund keinen Fehler. Wenn wir Bradgate ohne seinen Mandanten trafen, gingen wir ganz freundschaftlich miteinander um. Er sagte, wir hätten in dem Wettstreit keine Chance. Er machte kein Hehl aus seiner Abneigung und Verachtung für seinen Klienten. Er erheiterte uns in späterer Zeit (als er wirklich Philips Rechtsbeistand wurde) mit Anekdoten über Woolcomb, über seine Wut, seine Eifersucht, seinen Geiz, sein brutales Benehmen. Die arme Agnes hatte des Geldes wegen geheiratet, und er gab ihr keins. Als der alte Twysden seine Tochter diesem Mann gab, hatte er gehofft, freien Zugang zu einem großen Haus zu haben, in Woolcombs Kutschen zu fahren und an seinem Tisch zu prassen. Doch Woolcomb war so knickerig, daß es ihm um das Fleisch leid tat, das seine Frau aß, und ihren Verwandten mochte er erst recht keines geben. Er warf diese Verwandten zur Tür hinaus. Talbot und Ringwood Twysden, beide jagte er davon. Er verlor ein Kind, weil er keinen Arzt kommen lassen wollte. Seine Frau verzieh ihm diese Niedertracht nie. Ihr Haß gegen ihn wurde offen und unverhohlen. Sie trennten sich, und sie führte ein Leben, auf das wir nicht näher eingehen wollen. Sie überwarf sich mit ihren Eltern ebenso wie mit ihrem Mann. „Warum", sagte sie, „haben sie mich an diesen Mann verkauft?" Warum hatte sie sich selbst verkauft? Es bedurfte nur geringer Überredung seitens des Vaters und der Mutter, als sie diesen Frevel beging. Gewiß, sie hatten sie so gut in der weltlichen Gesinnung erzogen, daß sie dazu bereit war, als sich die Gelegenheit bot.

Wir sahen diese glücklose Frau, Pferde und Bedienstete mit Schleifen in Woolcombs Farben geschmückt, oft genug in dem Städtchen umherfahren und matte Anstrengungen unternehmen, die Bewohner zu bearbeiten. Diese wußten alle, wie sie und ihr Mann sich stritten. Die Berichte drangen sehr rasch vom Schloß in die Stadt. Woolcomb war noch keine Woche in Whipham, als die Leute ihn schon ausbuhten und verhöhnten, wenn er in seiner Kutsche vorbeifuhr. „Bedenken Sie, wie schwach Sie dastehen müssen", sagte Bradgate, „wenn wir mit diesem Pferd gewinnen können! Ich wünschte aber doch, er würde sich nicht zeigen. Ohne ihn könnten wir es viel besser schaffen. Er hat, ich weiß nicht wie viele, freie und unabhängige Wähler beleidigt und andere verärgert, weil er ihnen kein Bier ausschenken will, wenn sie ins Haus kommen. Würde Woolcomb hier wohnen bleiben und wir hätten die Wahl erst nächstes Jahr, ich glaube, Ihr Mann könnte gewinnen. Aber wie die Dinge liegen, kann er auch gleich aufgeben und sich die Kosten einer Abstimmung sparen." Indessen war Hornblow sehr zuversichtlich. Wir glauben, was wir glauben möchten. Es ist erstaunlich, welches Vertrauen ein begeisterter Wahlagent in seinem Mandanten wecken kann. Wie dem auch sei, falls Hornblow diesmal nicht gewann, würde er bei der nächsten Wahl gewinnen. Die alte Herrschaft der Ringwoods in Whipham war von nun an für immer dahin.

Als der Wahltag herankam, fuhren wir, darauf können Sie sich verlassen, von Periwinkle Bay herüber, um die Schlacht mitzuerleben. Mittlerweile war Philip für Hornblows Sache so begeistert – (Philip wollte übrigens nie die Möglichkeit einer Niederlage zugeben) –, daß er seine Kinder mit Schleifen in den Hornblowschen Farben aufputzen ließ und mit einer Rosette, so groß wie ein Pfannkuchen, von der Bay herüberfuhr. Er, ich und der Maler Ridley fuhren zusammen in einem leichten Wagen. Wir waren guten Mutes, wenn wir auch wußten, daß der Gegner stark war; und fröhlich, obwohl es zu regnen begann, nachdem wir knapp fünf Meilen gefahren waren.

Philip war sehr besorgt um eine bestimmte riesige Papierrolle, die wir mitführten. Als ich ihn fragte, was das sei, antwortete er, ein Gewehr; was absurd war. Ridley schmunzelte auf seine stille Art. Wir konnten zu der Zeit nicht ahnen, welch ungewöhnliches Wild sein Schuß zur Strecke bringen sollte.

Als wir in Whipham eintrafen, lief die Wahl schon seit mehreren Stunden. Der verfluchte schwarze Schuft, wie Philip den Gatten seiner Cousine nannte, lag in Führung, und stündlich wuchs seine Mehrheit an. Die freien und unabhängigen Wähler schienen nicht im geringsten von Philips Artikeln im Lokalblatt beeinflußt zu sein, auch nicht von den Plakaten, die unsere Seite im ganzen Ort geklebt hatte und mit denen die freien Wähler aufgerufen wurden, ihre Pflicht zu tun, einen wackeren altenglischen Gentleman zu unterstützen, sich keinem Kandidaten des Schlosses zu unterwerfen und so weiter. Der Druck des Verwalters und der Inspektoren der Ringwoods war zu stark. Wie unsympathisch der schwarze Mann ihnen auch war, ein Händler nach dem anderen und ein Pächter nach dem anderen gab seine Stimme für ihn ab. Unsere Pauken und Trompeten im „Widder" schmetterten eine laute Herausforderung gegen die Blaskapelle im „Wappen von Ringwood". Von unserem Balkon herab, schmeichele ich mir, hielten wir viel bessere Reden, als die Ringwoodleute sie zustande brachten. Hornblow war in der Grafschaft ein beliebter Mann. Wenn er zu einer Ansprache vortrat, hallte der Marktplatz vom Beifall wider. Die Bauern und kleinen Kaufleute tippten vor ihm freundlich an ihre Hüte, schlichen jedoch kleinlaut zur Wahlbude und stimmten vorschriftsmäßig ab. Als tüchtiger, gesunder, gutaussehender, rotwangiger Gutsbesitzer nahm die äußere Erscheinung unseres Favoriten alle Damen für sich ein.

„Könnten die zwei Männer", dröhnte Philip vom Fenster des „Widders" herab, „den Wettbewerb in Hemdsärmeln vor dem Rathaus da drüben austragen, was meint ihr, welcher würde gewinnen – der weiße Mann oder der schwarze?" (Laute Rufe: „Hoch Hornblow!" oder „Mr. Philip, wir wollen *Sie*!") „Aber ihr seht, meine Freunde, Mr. Woolcomb mag keinen fairen Kampf. Warum zeigt er sich nicht im ‚Wappen von Ringwood' und spricht? Ich glaube nicht, daß er sprechen kann – nicht Englisch. Seid ihr Männer? Seid ihr Engländer? Seid ihr weiße Sklaven, die man an diesen Kerl verkauft?" (Ungeheurer Aufruhr. Mr. Finch, der Ringwoodsche Vertreter, versucht vergeblich, sich vom Balkon des „Wappens von Ringwood" aus vernehmlich zu machen.) „Warum kommt nicht Sir John Ringwood – jetzt Mylord Ringwood – zu seiner Pächterschaft heraus und unterstützt den Mann, den er hergeschickt hat? Ich vermute, er schämt sich, seinen Pächtern ins Gesicht zu sehen. Ich würde mich schämen, wenn ich sie zu einem so entwürdigenden Geschäft befohlen hätte. Sie wissen, Gentlemen, daß ich selbst ein Ringwood bin. Mein Großvater liegt in der Kirche dort begraben – nein, nicht begraben. Sein Grabmal steht dort. Sein Leichnam liegt auf dem glorreichen Feld von Busaco!" („Hurra!") „Ich bin ein Ringwood!" (Rufe: „Buh – raus! Kein Jahr für Ringwoods. Wir wollen keinen!") „Und vor dem heiligen George, hätte ich eine Stimme, würde ich sie für den tapferen, den guten, den vortrefflichen, den ausgezeichneten Hornblow abgeben. Da hält jemand eine Tafel mit dem Stand der Wahl hoch, und Woolcomb führt. Ich kann nur sagen, Wähler von Whipham, *pfui über euch*!" – „Hurra! Bravo!" Die Jungen, das Volk, die Rufer aus der Menge, alle stehen auf unserer Seite. Die Stimmabgabe, muß ich mit Bedauern mitteilen, geht ständig zu Gunsten des Gegners weiter.

Während Philip seine Ansprache hielt, erschallte ein gewaltiges Gepauke und Trompetengeschmetter vom Balkon des „Wappens von Ringwood", und das Orchester der Gegenpartei spielte etwas, das entfernt dem Triumphgesang „Seht, der Held und Sieger kommt" ähnelte. Die Torflügel des Parks waren jetzt mit den Ringwoodschen und Woolcombschen Farben geschmückt. Sie flogen auf, und eine dunkelgrüne Karosse mit vier grauen Pferden kam aus dem Park herausgeprescht. An der Karosse prangte eine Grafenkrone, und die Leute sahen ziemlich verängstigt aus, als sie auf uns zukam, und sagten: „Guck doch mal, das ist Mylords eigene Postkutsche!" In den Tagen zuvor waren Mr. Woolcomb und seine Frau als Adjutant in einer offenen Barutsche durch die Stadt gefahren, aber weil es ein verregneter Tag war, zogen sie den Schutz der alten Karosse vor, und bald erspähten wir darin Mr. Bradgate, den Londoner Sachwalter, und neben ihm die düstere Figur Mr. Woolcombs. Er hatte, wie wir später erfuhren, viele qualvolle Stunden mit dem Versuch verbracht, eine Ansprache auswendig zu lernen. Er vergoß Tränen darüber. Er konnte sie einfach nicht behalten. Er schrie wie ein rasendes Kind seine Frau an, die sich Mühe gab, ihm seine Lektion einzutrichtern.

„Jetzt ist es soweit, Mr. Briggs!" rief Philip Mr. B. zu, dem Sekretär unseres Anwalts, und der intelligente Briggs sprang die Treppe hinunter, um seinen Auftrag zu erfüllen. „Macht die Straße frei! Platz da!" hörte man aus der Menge unter uns. Die Tore zum Hof unseres Gasthauses, die geschlossen waren, wurden plötzlich aufgerissen, und unter dem Geschrei der Menge kam ein Karren heraus, den zwei Esel zogen und ein Neger kutschierte, und Mann und Tiere trugen Woolcombs Farben. Im Karren war ein Plakat mit einem höchst unleugbaren Konterfei Mr. Woolcombs aufgestellt, dem die Worte in den Mund gelegt waren: „Wählt mich! Bin ich nicht ein Mensch und Bruder?" Dieser Karren kam aus dem Hof des „Widders" getrabt und fuhr mit einem Gefolge johlender Jungen auf den Marktplatz, den Mr. Woolcombs Kutsche in diesem Moment kreuzte.

Vor dem Gesellschaftshaus steht die schon erwähnte Statue des verstorbenen Grafen. In seiner Adelsrobe weist er mit ausgestrecktem Arm auf sein Parktor. Eine Inschrift, nicht verlogener als viele andere Nachrufe, gibt Kunde von seinem Rang, seinem Alter, seinen Tugenden und der Wertschätzung, die die Bewohner Whiphams für ihn hegten. Der Mulatte, der das Eselsgespann lenkte, war ein fliegender Händler, der Fisch von der Bucht ins Städtchen brachte; ein fröhlicher Spaßvogel, ein Kerl von zweifelhaftem Ruf, Stammgast in allen Bierschenken der Umgebung und recht berühmt für seine Fähigkeiten als Boxer. Ihn und seine Vierbeiner umflatterten Bänder in den Woolcombschen Farben. Mit ironischen Rufen: „Hoch Woolcomb!" trieb der Gelbe Jack seinen Karren auf die Karosse mit den Schimmeln zu. Er zog mit spöttischem Respekt den Hut vor dem Kandidaten, der in der grünen Karosse saß. Vom Balkon des „Widders" aus konnten wir sehen, wie die zwei Fahrzeuge aufeinander zufuhren; und wie der Gelbe Jack seinen schleifengeschmückten Hut schwang, die krummen Beine hierhin und dahin schlenkerte und seine Esel antrieb. Bei dem Gejohle der Menge und dem Pauken und Trompeten der gegnerischen Kapellen konnten wir nur wenig hören. Doch ich sah Woolcomb den gelblichen Kopf aus dem Kutschenfenster stecken – er wies auf den frechen Eselskarren und drängte anscheinend seine Postillione, ihn über den Haufen zu fahren. Peitschenschwingend galoppierten die Postkutscher auf den Gelben Jack und sein Gefährt zu, eine kreischende Menge spritzte vor den Pferden auseinander und strömte hinter ihnen wieder zusammen, um Woolcomb Schimpfworte nachzurufen. Seine Pferde waren zweifellos verängstigt; denn gerade als der Gelbe Jack hurtig die eine Seite des Ringwooddenkmals umrundete, hatten es auch Woolcombs Pferde, ganz ineinander verkeilt und sich verstört aufbäumend, erreicht, und das vordere Rad stieß hart an das Mauerwerk des Geländers um das Standbild: und dann sahen wir das Fahrzeug ganz umstürzen, eines der Stangenpferde ging mit seinem Reiter zu Boden, und die Leitpferde schlugen nach allen Seiten aus und bäumten sich, wild und toll vor Angst. Mr. Philips Miene, muß ich sagen, zeigte einen höchst schuldbewußten und eigenartigen Ausdruck. Dieser Unfall, dieser Zusammenstoß, die Verletzung, womöglich der Tod Woolcombs und seines Anwalts, rührten von unserem großartigen Mutwillen über den „Menschen und Bruder" her.

Wir rannten die Stufen des „Widders“ hinab – Hornblow, Philip und noch ein halbes Dutzend – und bahnten uns einen Weg durch die Menge zur Kutsche mit ihren umgestürzten Insassen. Die Leute machten dem beliebten Kandidaten – dem verlierenden Kandidaten höflich Platz. Als wir die Karosse erreichten, hatte man die Stränge durchgeschnitten: die Pferde waren frei. Der heruntergeschleuderte Postillion stand wieder und rieb sich das Bein, und sobald man die Stangenpferde aus der Deichsel genommen hatte, tauchte Woolcomb aus der Kutsche auf. Er hatte von innen gerufen (und seine Worte mit vielen Flüchen begleitet, die ich nicht zu wiederholen brauche und die eine klare Erkenntnis der ihm drohenden Gefahr bewiesen): „Schneidet die Stränge durch, verdammt noch mal! Und führt die Pferde weg! Ich kann ja warten, bis sie weg sind. Ich sitze auf meinem Anwalt; *ich* lasse mir den Kopf nicht von diesen Stangenpferden einschlagen.“ Und gerade als wir die umgestürzte Postkutsche erreichten, kletterte er lachend heraus und rief, an Mr. Bradgate gewandt, der sich unter ihm wand und krümmte: „Liegen Sie still, Sie alter Schuft!“ Sein Auftauchen aus der Kutsche wurde mit schallendem Gelächter aufgenommen, das noch ungeheurer anschwoll, als der Gelbe Jack, leichtfüßig am Geländer der Statue emporkletternd, das Bildnis des „Menschen und Bruders“ auf den ausgestreckten Arm des Standbilds spießte und diese Karikatur dort über Woolcombs Kopf im Winde flattern ließ.

Da erhob sich ein Gejauchze, wie man es in diesem ruhigen Städtchen selten erlebt hat. Dann begann Woolcomb, der ganz aufgeräumt gewesen war, als er aus der beschädigten privaten Postkutsche kletterte, noch schriller als vorher zu kreischen, zu toben und zu wettern. Und zwischen seinen Flüchen und Wutausbrüchen hörte man ihn sagen, er werde jedem Mann einen Shilling geben, der ihm das verfluchte Ding herunterhole. Dann kam verstört, zerschlagen, gequetscht und verwirrt der arme Mr. Bradgate aus der Kutsche hoch, und sein Mandant nahm nicht die geringste Notiz von ihm.

Hornblow gab der Hoffnung Ausdruck, Woolcomb sei nicht verletzt, worauf der kleine Gentleman sich umdrehte und sagte: „Verletzt? Nein, wer sind denn *Sie*? Holt mir denn keiner das verdammte Ding herunter? Ich sage doch, einen Shilling gebe ich dem Kerl, der's macht!“

„Ein Shilling ist für dieses Bild geboten!“ ruft Philip Firmin mit rotem Gesicht und außer sich vor Aufregung. „Wer nimmt einen ganzen Shilling für dieses Prachtstück?“

Woraufhin Woolcomb noch giftiger als vorher zu kreischen, fluchen und wettern begann. „*Sie* hier? Zum Henker mit Ihnen, wieso sind Sie hier? Kommen Sie mir bloß nicht zu nahe, mich schüchtern Sie nicht ein! Bringt den Kerl da weg, ein paar von euch Leuten. Bradgate, kommen Sie mit in meinen Komiteeraum. Ich bleibe nicht hier, auf keinen Fall. Nehmen wir das Miststück von Kutsche und ... Nanu, was ist denn jetzt wieder los?“

Während er redete, schrillte und tobte hatte ein halbes Dutzend Schultern aus der Menge die Kutsche auf ihre drei Räder aufgerichtet. Die Holzverkleidung war beim Aufschlag auf den Boden auf einen Stein geprallt, und man sah an der Seite einen breiten Riß. Eben wollte ein Junge die Hand in den Spalt stekken, als Woolcomb auf ihn losging.

„Hände weg, du kleiner Lump!“ schrie er. „Hier wird nicht geklaut! Verjagt dieses Volk, he, ihr Postillione! Steh doch nicht da und reib dir das Knie, du großer Trottel. Was ist das?“, und er steckte selbst die Hand da hinein, wo der Junge plündern wollte.

In den alten Reisekutschen gab es gewöhnlich einen Behälter oder Degenkasten, in dem die Reisenden Degen und Pistolen unterbrachten, als auf der Landstraße solche Verteidigungswaffen noch nötig waren. Aus diesem Degenkasten in Lord Ringwoods alter Postkutsche zog Woolcomb nicht einen Degen, sondern ein gefaltetes und mit rotem Band verschnürtes Dokument. Und er begann stockend die Überschrift zu lesen: „Testament des Sehr Ehrenwerten John, Grafen von Ringwood. Bradgate, Smith & Burrows.“

„Gerechter Gott! Das ist das Testament, das er aus meiner Kanzlei zurückgeholt hat und von dem ich dachte, er hätte es vernichtet. Mein lieber Freund, ich gratuliere Ihnen von ganzem Herzen!“ Und hiermit begann der Anwalt Mr. Bradgate, Philip mit großer Herzlichkeit die Hand zu schütteln. „Gestatten Sie mir, das Dokument zu prüfen. Ja, das ist meine Handschrift. Gehen wir in das ‚Wappen von Ringwood‘ – den ‚Widder‘ – irgendwohin, damit ich es Ihnen vorlese!“

Hier blickten wir zum Balkon des „Wappens“ hinauf und sahen eine große Tafel, die den Stand der Auszählung um ein Uhr verkündete:

Woolcomb	–	216
Hornblow	–	92

„Wir sind geschlagen“, erklärte Mr. Hornblow ganz friedlich. „Wir können unsere Flagge einziehen. Mr. Woolcomb, ich gratuliere Ihnen.“

„Ich wußte, daß wir es schaffen“, sagte Mr. Woolcomb und streckte eine kleine Hand in gelbem Glacéhandschuh aus. „Hatte schon vorher alle Stimmen in der Tasche – wußte, daß wir es hinkriegen. Nanu. He! Sie – Dingsda – Bradgate! Worum geht's denn in diesem Testament? *Der* Schuft da hat doch wohl nichts davon, wie?“ Und unter Gelächter und Geschrei und Rufen: „Hoch Woolcomb!“ und „Spendieren Sie uns was zu trinken, Euer Ehren!“ marschierte der erfolgreiche Kandidat in sein Hotel.

Und war der gelbbraune Woolcomb die Fee, die Philip aus Sorgen, Schulden und Armut erretten sollte? Jawohl. Und die alte Postkutsche des verstorbenen Lord Ringwood war die Feenkarosse. Sie haben in einem früheren Kapitel gelesen, daß der alte Lord, außer sich vor Zorn über Philip, seinen Anwalt aufforderte, ein Testament zurückzugeben, in dem er dem jungen Mann, als dem Sohn seiner Mutter, ein schönes Legat vermacht hatte. Mylord hatte Mrs. Firmin eine Versorgung zugedacht, als sie noch seine gehorsame Nichte war und unter seinem Dach wohnte. Als sie mit Doktor Firmin durchbrannte, nahm Lord Ringwood sich fest vor, seiner Nichte nichts zu geben. Doch ihm gefiel das unabhängige und das versöhnliche Wesen, das ihr Sohn an den Tag legte. Und als Mensch mit viel Sinn für grimmigen Humor hat er wohl in sich hineingelacht, wenn er sich die Wut der Twysdens ausmalte, wenn sie erfahren würden, daß Philip der Günstling des alten Lords war. Dann gefiel es Mr. Philip, aufmüpfig zu werden und den Zorn seines Großonkels zu erregen, der sein Testament zurückverlangte. Er steckte das Dokument in das Geheimfach seiner Kutsche, als er sich auf jene letzte Reise begab, bei der ihn der Tod ereilte. Wäre er am Leben geblieben, hätte er ein neues Testament ohne jede Erwähnung

Philips errichtet? Wer kann das sagen? Mylord machte und annullierte zahlreiche Testamente. Dieses war freilich, ordnungsgemäß aufgesetzt und bezeugt, das letzte, das er je unterschrieb ... und dadurch kommt Philip nun in den Besitz einer ausreichenden Summe, um die Versorgung derer, die er liebt, zu sichern.

Freundliche Leser, ich weiß nicht, ob die Feen jetzt noch verbreitet oder aus dieser Alltagswelt verbannt sind, doch Philips Biograph wünscht Ihnen einige der Segnungen, die Philip während seiner Prüfungen nie im Stich ließen: eine gute Frau und Kinder, die Sie lieben, ein, zwei wahre Freunde, die zu Ihnen halten, und in gesunden oder kranken Tagen ein reines Gewissen und ein gütiges Herz. Wenn Sie auf dem Weg straucheln, möge Ihnen Beistand zuteil werden. Und mögen Sie wiederum Hilfe und Mitleid für den Unglücklichen bereithalten, den Sie auf der Lebensreise überholen.

Möchten Sie wissen, wie es den anderen Personen unserer Erzählung ergangen ist? Der alte Twysden schwatzt und prahlt immer noch in den Clubs herum und ist, wenn auch bejahrt, durchaus nicht ehrwürdig. Er hat sich mit seinem Sohn überworfen, weil der Woolcomb nicht gefordert hat, als es zu jenem unglücklichen Konflikt zwischen dem Schwarzen Prinzen und seiner Frau kam. Er behauptet, seine Familie sei vom verstorbenen Lord Ringwood grausam ungerecht behandelt worden, doch sobald Philip ein kleines Vermögen vermacht worden war, söhnte er sich unverzüglich mit dem Neffen seiner Frau aus. Firmin hat noch weitere Freunde, die sich ihm in seinen schweren Tagen gütig genug erwiesen hatten, ihm aber seinen Wohlstand nicht verzeihen können. Da wir uns in der milden Stimmung befinden, die jedes Abschiednehmen begleiten muß, wollen wir diese Neider Philips nicht nennen, sondern wünschen, alle Leser unserer Geschichte mögen einen ähnlichen Grund haben, manche ihrer Bekannten zu erzürnen.

Unsere liebe Kleine Schwester wollte nie bei Philip und seiner Charlotte wohnen, obwohl letztere *ganz besonders* und von ganzem Herzen Mrs. Brandon bat, zu ihnen zu ziehen. Dieses reine und nützliche und bescheidene kleine Leben hat sich vor ein paar Jahren vollendet. Sie starb an einer fieberhaften Krankheit, an der sie sich bei einem ihrer Patienten angesteckt hatte. Sie wollte Philip oder Charlotte nicht in ihre Nähe lassen. Sie sagte, das sei ihre gerechte Strafe dafür, weil sie zu stolz gewesen sei, bei ihnen wohnen zu wollen. All ihr kleines Erspartes vermachte sie Philip. Er hat jetzt noch die fünf Guineas in seinem Schreibtisch, die sie ihm bei seiner Hochzeit geschenkt hatte; und J. J. hat ein kleines Porträt von ihr gemalt, mit ihrem traurigen Lächeln und ihrem lieben Gesicht, das in Philips Salon hängt, wo Vater, Mutter und die Kinder von der Kleinen Schwester sprechen, als weilte sie noch unter ihnen.

Sie war furchtbar erregt, als aus New York die Nachricht von Doktor Firmins zweiter Heirat eintraf. „Seine zweite? Seine dritte!" rief sie. „Der Schurke, der Schurke!" Jener seltsame Wahn, der sie, wie wir geschildert haben, manchmal befiel, steigerte sich auf diese Nachricht hin. Mehr denn je glaubte sie, Philip sei ihr eigenes Kind. Sie eilte außer sich zu ihm und rief, sein Vater habe sie beide verlassen. Nur wenn sie erregt war, sprach sie diese Überzeugung aus. Doktor Goodenough sagt, obgleich sie meistens darüber geschwiegen habe, sei sie sie nie losgeworden.

Anläßlich seiner Heirat schrieb Doktor Firmin einen seiner langen Briefe an seinen Sohn und gab das Ereignis bekannt. Er schilderte den Reichtum der Dame (einer Witwe aus Norfolk in Virginia), mit der sich zu verbinden er im Begriff sei. Jedes Pfund, jeden Dollar, jeden Cent, die er seinem Sohn schulde, werde er zurückzahlen, und zwar mit Zinsen. War die Dame reich? Wir hatten nur das Wort des armen Doktors.

Drei Monate nach seiner Hochzeit starb er auf dem Gut seiner Frau am Gelbfieber. Da kam die Kleine Schwester in Witwenkleidung zu uns, ganz außer sich und rot angelaufen. Sie hieß unseren Diener melden, Mrs. Firmin sei an der Tür, zur Verblüffung des Mannes, der sie kannte. Sie hatte sogar eine Traueranzeige drucken lassen. Ach, das kleine fiebernde Hirn hat jetzt Ruhe und das liebende treue Herz, darum beten wir, seinen Frieden.

Die Mütter in Philips und meinem Haushalt haben schon eine Partie zwischen unseren Kindern verabredet. Wir hatten neulich eine große Zusammenkunft in Roehampton, im Hause unseres Freundes Mr. Clive Newcome (dessen großer Junge, wie meine Frau behauptet, sehr aufmerksam zu unserer Helen war), und da wir alle in derselben Schule erzogen worden sind, saßen wir ewig lange beim Dessert und erzählten alte Geschichten, während die Kinder zu Klaviermusik auf dem Rasen tanzten. Tanzt auf dem Rasen, junges Volk, während die Älteren im Schatten plaudern! Was? Der Abend sinkt herab, wir haben über unserem Wein genug geredet, und es ist Zeit, heimzugehen? Gute Nacht. Gute Nacht, Freunde, alt und jung! Die Nacht bricht herein ... die Geschichten müssen ein Ende finden ... und die besten Freunde müssen voneinander scheiden.

ANHANG

NACHWORT

Die Kritik stöhnte einmütig: Das war nicht mehr der Verfasser des „Jahrmarkts der Eitelkeit“ (1847/48) und von „Henry Esmond“ (1852). Die „Times“ schrieb am 5. Dezember 1862: „Mr. Thackeray hebt sich vom gesamten Schlag der Romanschriftsteller dadurch ab, ... daß er dem Geschmack derjenigen hohnspricht, die er umwirbt.“ Zu Whitwell Elwin, der eine Zeitlang Herausgeber der „Quarterly Review“ war, hatte er ja selbst geplaudert: „Alte Sachen kann ich in angenehmer Weise wiederholen, aber ich habe nichts Frisches zu sagen.“ Die spätere Literaturgeschichtsschreibung hat diese Urteile auf die großen Erzählungen des Spätwerks ausgedehnt und eher noch zugespitzt. So kam es dazu, daß man zwar „Die Virginier“ (1857/59) als Fortsetzung des Romans „Henry Esmond“ gerade noch akzeptierte, daß aber „Witwer Lovel“ (Lovel the Widower, 1860) und „Die Abenteuer des Philip“ (The Adventures of Philip, 1861/62) aus dem Kanon der großen Werke Thackerays, zu dem außer den beiden eingangs genannten üblicherweise „Die Geschichte des Pendennis“ (1849/50) und „Die Newcomes“ (1853/55) gerechnet werden, quasi hinausgedrängt wurden. Ebenso wie Thackerays erster Roman, der riskant satirische „Barry Lyndon“ (1844), keine Gnade vor den Sitten- und Kunstrichtern seiner Zeit fand – wenngleich viele Leser den Henry Fieldings „Jonathan Wild der Große“ (1743) nachfolgenden erzählerischen Geniestreich bejubelten –, wurde sein letzter vollendeter, kurz „Philip“ genannt (Thackeray starb am 24. Dezember 1863), in die Kategorie seiner „sonstigen“ Werke abgeschoben. Nach der Wiederentdeckung oder der eigentlichen Entdeckung von „Barry

Lyndon“ sollte das Mißtrauen gegen die so rasche und andauernde Hintanstellung unseres Romans anwachsen. Tatsächlich weist all das Merkwürdige seiner Entstehung, seiner Handlung und vor allem seiner Erzählweise darauf hin, daß dieses so subjektiv artikulierte Werk des Fünfzigjährigen (Thackeray wurde 1811 in Indien geboren) weit abrückt von den frühviktorianischen Erfolgsmythen, die über die Jahrhundertmitte hinaus noch in den Jahrzehnten bürgerlicher Ungewißheit als vertraute Hoffnungen die Seelen der Leser besänftigten. Thackeray war in seiner konservativen Haltung ehrlich genug, die Legende vom immerwährenden bürgerlichen Aufstieg, vom Bestehen der Abenteuer des Lebens, von der glückhaften Allmacht moralischer Unterweisung und vom Sieg der Nächstenliebe in Frage zu stellen und die mit ihr verbundenen Konventionen des Erzählens zu desavouieren oder gar zu verwerfen. Der Bildungsroman verwandelt sich hier. Thackeray läßt Charles Dickens' „David Copperfield“ (1849/50) und seinen eigenen „Pendennis“ hinter sich, um eine Schreibweise und eine Fiktionalisierung der Lebensumstände auszuprobieren, die ähnlich wie jene von Gustave Flaubert (1821–1880) und später die von Henry James (1843–1916) auf die Literatur der Moderne hindeuten.

Thackeray selbst hat diesen literar- und kulturhistorisch bedeutsamen Schritt keineswegs bewußt vollzogen oder auch nur als solchen erkannt. Innerlich mochte er vielleicht eher der Kritik seiner Zeitgenossen beipflichten, denn daß er mit seinen drei letzten Romanen („Denis Duval“ wurde 1864 postum als Fragment veröffentlicht) an frühere Werke anknüpfte, galt ihm selbst als ein Zeichen dafür, daß seine Erfindungskraft erlahmte: „Die Virginier“ schließen an die Vorwegnahmen im Vorwort zu „Henry Esmond“ an, „Witwer Lovel“ bildet die erzählerische Version der 1855 von ihm für das Olympic Theatre verfaßten melancholischen Komödie „Die Wölfe und das Lamm“ (The Wolves and the Lamb), die allerdings nicht aufgeführt wurde, und „Philip“ setzt „Eine schäbig-elegante Geschichte“ (A Shabby Genteel Story) fort, die er 1840 für „Fraser's Magazine“ geschrieben hatte. Gerade in diesen Jahren zwischen 1859 und 1862, in denen unser Roman entstand und Thackeray sich um seine Schöpferkraft sorgte, erreichte er den gesellschaftlichen und künstlerischen Höhepunkt seiner Laufbahn.

Bis dahin hatten ihn widrige und zum Teil selbstverschuldete Umstände sowie die an sein künstlerisches Talent geknüpften Erwartungen mehrmals von der Bahn abgebracht, die ihm vorgezeichnet schien. In dem sozial so reich differenzierten Gebäude der englischen Gesellschaft hatten sich seine Vorväter als Ärzte, Pädagogen und Beamte in den oberen Regionen angesiedelt, nahe der Etage, in der Aristokratie und Großbürgertum in konkurrenzbedingtem Interessenausgleich nebeneinander wohnten. Als unternehmerischer Kolonialist der Ostindischen Kompanie lebte der Großvater wie ein Fürst auf dem Subkontinent, den man das Juwel der Krone nannte. Der Sohn dieses angesehenen Piraten, der Vater des Schriftstellers, setzte das Herrenleben als Steuereinnehmer mit den erstaunlichen Einkünften, dem luxuriösen Palast und der Dienerschar fort, wie sie unter den englischen Nabobs in Indien üblich waren. Für seinen Jungen hätte sich wohl ein ähnlicher Dienst oder eine urbane Profession im Mutterland des Empires abgezeichnet. Doch als er vier Jahre alt war, starb der Vater an einem Fieber. Die Mutter blieb zunächst in Indien, wo sie einen Jugendfreund heiratete, den später von Thackeray so geachteten Major Henry Carmichael-Smyth. Der Knabe aber wurde in die Obhut von Verwandten und privaten Internatsschulen nach England geschickt. Praktisch elternlos, vergrub er sich in diesen mit strenger Zucht geführten Anstalten wie der Londoner Charterhouse School in Bücher, vornehmlich in die Romane Henry Fieldings (1707–1754), in die moralischen Wochenschriften Richard Steeles (1672–1729) und Joseph Addisons (1672–1719) sowie in die Schriften Jonathan Swifts (1667–1745) und anderer Geister der bürgerlichen Aufklärung in England.

Das Studium der klassischen Fächer Philologie und Mathematik am renommierten Trinity College in Cambridge nahm der junge Thackeray wenig ernst, ebenso wie später das Studium der Jurisprudenz in London. In seinem Roman „Die Geschichte des Pendennis“ hat er Phasen seines eigenen Lebens und seiner guten wie schlechten Erfahrungen aus diesen Jahren autobiographisch dem Titelhelden zugeschrieben. Ein Student verschuldet sich darin, ohne besonders ausschweifend zu sein, aus sorgloser Naivität und zehrt bei den üblichen Freuden und Genüssen sein Erbe auf. Als 1833 sein eigenes unbeschwertes Leben ein jähes

Ende fand, weil er einen größeren Betrag durch Spekulationen und durch den Bankrott einer in Indien ansässigen Bank verlor, stand er unversehens vor dem Nichts und mußte auf die Andeutungen eines zeichnerischen Talents vertrauen. So brach er die Studien ab und fuhr nach Paris, um Maler zu werden. In gewisser Weise führte auch dieser Weg in eine Sackgasse, denn wenn man noch keinen Namen hatte, war es schwer, vom Verkauf von Bildern oder Illustrationen zu leben. Mehr oder weniger beiläufig begann er für englische Blätter aus Paris zu berichten und fand bald heraus, daß er mit journalistischen Arbeiten mehr Erfolg hatte. Er widmete sich deshalb ganz diesem Metier und ging 1837 nach London zurück, wo er sich dafür bessere Möglichkeiten versprach.

Außer der journalistischen und schriftstellerischen Tätigkeit sowie der eigentlich ungeliebten Beschäftigung mit der Jurisprudenz, die Thackeray bereits in die Lebensgeschichte des Arthur Pendennis eingeflochten hatte, nahm er im „Philip" noch Erinnerungen aus einem anderen Kapitel seiner Lebensgeschichte auf, das in die Pariser Jahre fiel: Reminiszenzen an die Werbung um Isabella Shawe und an die Heirat. Während der Drucklegung schrieb er seinem Verleger: „Philip wird unglücklicherweise in Armut und Kampf versinken, aber das ist nicht zu ändern, und da er – entre nous – so ziemlich dem Lebenslauf von WMT in den ersten Jahren seines Ruins und seiner absurd unklugen Heirat folgen wird, wird wenigstens sein Porträt getreu." Zwar hatte er schon öfter den Typ der mißtrauischen, intriganten und nervtötenden Schwiegermutter auftreten lassen, etwa in den Gestalten der Lady Kicklebury in seinem Weihnachtsbuch für 1850 „Die Kickleburys am Rhein" (The Kickleburys on the Rhine), der Mrs. Mackenzie in dem Roman „Die Newcomes" und der Lady Baker in „Witwer Lovel", aber nun übertraf Mrs. Baynes sie alle an Selbstsucht und pathetischer Ignoranz. Vermutlich ist sie das gelungenste Porträt von Mrs. Shawe, die alles nur Erdenkliche getan hatte, um Thackerays Ehe mit ihrer Tochter zu verhindern. Seine überstürzte Heirat mit der kindlichen jungen Irin nahm dann allerdings einen anderen Verlauf als Philips Ehe mit Charlotte Baynes: Isabella, die Thackeray zwei Töchter schenkte, zeigte 1840 Symptome einer Geisteskrankheit, die sich rasch verschlimmerte. Im Jahre 1842 mußte sie in eine Heilanstalt eingeliefert werden. Sie verstarb 1893, ohne daß sie am Familienleben der Thackerays und der in Paris lebenden Carmichael-Smyths hatte teilnehmen können.

In London fiel Thackerays Aufstieg zu einem ironischen Erzähler, satirischen Kritiker und anerkannten kritischen Journalisten in eine Periode umwälzender Veränderungen. Fabriken schossen wie Pilze aus dem Boden, die Industrialisierung und neue Verkehrsmittel veränderten nicht nur das Gesicht ganzer Landschaften, sondern riefen kraß gegensätzliche Erfahrungen des kapitalistischen Fortschritts hervor: Die einen fanden sich in schäbigen Wohnsiedlungen massenweise am Rande der Armut wieder, obwohl sie bis zur Erschöpfung arbeiteten, den anderen eröffneten sich ungeahnte Möglichkeiten eines nationalen und weltoffenen Handels und Wandels, so daß sie nur allzusehr mit dem Lauf der Dinge zufrieden waren. Wenn auch das Bürgertum sich selbst unter dem systembedingten Zwang schärfer werdender Konkurrenz in den für die Konstitution des Individuums so charakteristischen Zwiespalt zwischen christlich geprägter Moral und unchristlichen Methoden der Selbstbehauptung brachte, die allein zum Erfolg und zum seligmachenden Reichtum führten, war es doch in diesen Jahrzehnten noch überzeugt davon, daß es beiden Göttern – dem himmlischen Sündenprotokoll und dem irdischen Bankauszug – gleichermaßen gerecht werden könnte.

In den gängigen Romanen der dreißiger und vierziger Jahre des 19. Jahrhunderts spiegelte sich dieser tatsächliche wirtschaftliche Aufschwung der Begüterten und des Bürgertums, das sich nach der Entstehung des Proletariats nun als „Mittelklasse“ bezeichnete, in einer Vielfalt von Abenteuergeschichten, Romanzen, Verbrecherbekenntnissen, historischen oder Bildungsromanen. Die meisten von ihnen waren einem Grundmuster verpflichtet, das der Situation und dem Lebensgefühl dieser Mittelklasse entsprach: Ein Held wie auch immer gearteter geistiger und moralischer Konstitution wird in einen konfliktreichen gesellschaftlichen Zusammenhang gebracht, in dem er die Anständigkeit und das sittliche Gefühl beweisen muß, das sich die Mittelklasse zuschrieb. Wenn aber ein Romancier so ehrlich und so realistisch war, zu zeigen, daß dem Helden ebendiese Anständigkeit und alles sittliche Gefühl in der erbarmungslosen Konkurrenz nur zum Nachteil gereichte und diese Gesellschaft der „dunklen satanischen Mühlen", wie ihr Dichter William Blake (1757 bis 1827) sie im Vorwort seiner Dichtung „Milton" nannte, die Oberhand über die Rechtschaffenen behielt, dann mußte am Ende der theatralische Deus ex machina für diesen Helden noch alles zum Guten wenden. So wurde durch eine unerwartete Wendung in Gestalt einer Erbschaft, eines wiederentdeckten Nachweises hoher oder reicher Geburt oder eines unglaublichen Glückswechsels das Einzelschicksal gerettet und die gesamte Leserschaft mit ihren Hoffnungen versöhnt, wenn es sich nicht gerade – wie in den meisten dreibändigen Schmökern ohnehin – um phantastische Illusionen handelte, deren harmonische Kadenz von der Konvention vorgeschrieben war.

Stärker als die anderen großen Realisten der Mitte des 19. Jahrhunderts – Charles Dickens (1812–1870), Charlotte Brontë (1816–1855), Elizabeth Gaskell (1810–1865), George Eliot (das ist Mary Ann Evans, 1819–1880) – hatte Thackeray diese Erwartung an die Literatur ironisiert und parodiert. In dem Roman „Barry Lyndon", in welchem sich der Renommierheld als Erzähler seiner letztlich fatalen Erfolge selbst bloßstellte, und in seiner sarkastischen Sammlung englischer Charaktere „Die Snobs von England" (The Snobs of England, 1846/47) entwarf er eine andere Vorstellung von Literatur, die er dann in den späteren Romanen so großartig realisierte. Mit dem „Jahrmarkt der Eitelkeit" schrieb er sich in die erste Reihe der englischen Prosaisten, denn der satirische Grundgestus brach zwar gelegentlich in einer Schärfe und einem Grimm hervor, die von der Mittelklasse und ihren besseren Verwandten in der großbürgerlichen und aristokratischen Oberklasse schwerlich zu goutieren waren, er veranlaßte ihn aber nicht, seine sentimentale Leutseligkeit aufzugeben. Während man sich bei Dickens sicher war, daß er auch dort, wo er Typen karikierte oder offenes Unrecht und geheuchelte Wohlanständigkeit anprangerte, sein volkstümliches Empfinden nie mißbrauchen würde, um die Leser zu schockieren, konnte man sich dessen bei Thackeray nie sicher sein. Als er in „Pendennis" seine liebste Idealvorstellung, die des englischen Gentlemans, autobiographisch mit dem damals ungentlemanhaften Beruf des Schriftstellers in Kollision brachte, fügte sich diese Geschichte zu einem äußerlich fröhlichen und lauten, im Grunde aber erschreckenden Bild der Gesellschaft. Hier lösten einander unvermittelt Szenen der Ausgelassenheit, empfindsame Betrachtungen, lehrhafte Kommentare und eine damals äußerst befremdliche wehmütige Selbstbefragung ab. Prostitution herrschte auf dem Heiratsmarkt, im Geschäftsleben und in der Kunst, und Thackeray vermochte ihr nicht immer nur mit mildernder Ironie zu begegnen. So wurde dieser Roman sein für die Nachwelt wohl bedeutendster, weil er in ihm seine Zeit und sein Leben selbst am schonungslosesten Revue passieren ließ.

Das waren schon die Jahre nach dem Hoch der industriellen Zuwachsraten, nach dem letzten Aufbäumen der Chartisten (1848), nach der Londoner Weltausstellung (1851), Jahre relativer Stagnation, in denen es sich zeigte, daß all der technische Fortschritt das Land nicht in ein „zweites Eden“ (Shakespeare) verwandelte. Sie brachten statt dessen allerlei neue Mißhelligkeiten mit sich wie Wirtschaftskrisen, Kämpfe um soziale Verbesserungen und Konkurrenz auf dem Weltmarkt. Das viktorianische Zeitalter trat in die Periode härterer Auseinandersetzungen um geringere Renditen, von Aufruhr in Indien, Kriegen auf der Krim und in China, Unruhen in Irland. Ernüchterung dämmerte herauf, dem Vertrauen mischte sich Skepsis bei, die Parallelisierung von Moral und Erfolg verlor an Gewicht und erhielt Risse, denn niemand konnte noch auf die alte kalvinistische Hoffnung setzen, daß die Tugendhaften schon im Diesseits belohnt würden.

In diesen Jahren hatten sich Thackeray dank des Erfolgs seiner Romane und Schriften die Stadtpaläste der Reichen und des Adels geöffnet, er gehörte nun dem Athenaeum und dem Reform Club an, beide in der Pall Mall, und galt als eine berühmte Persönlichkeit der Stadt. Er verkehrte im Garrick Club, dem ein Herzog, fünf Marquesses, sechs Grafen, zwölf Barone, Schauspieler, Verleger, Maler und andere angehörten, ebenso gern auch freilich in den Restaurants in Covent Garden oder in Richmond, wo er sich den Luxus guten Essens und Trinkens leisten, geistreiche Unterhaltung pflegen und mit seinen vertrauten Kumpanen anzügliche Geschichten und dreiste Witze austauschen konnte. Zu Hause am Onslow Square Nr. 36 in Kensington legte er das formale Benehmen der Clubs ab und gab sich in entsprechender Gesellschaft ausgelassenen Späßen und harmlosen Spielen hin. Die Töchter Anny und Minny wuchsen zu jungen Damen heran (1860 waren sie 23 und 20 Jahre alt).

Dieses in dieser Periode geruhsame Leben in London, das von gelegentlichen Reisen nach Brighton, Tunbridge Wells oder zu Mutter und Stiefvater nach Paris unterbrochen wurde, verlief nicht ungetrübt. Beschwerden mit der Verdauung und mit der „Hydraulik", wie er es nannte, kehrten häufiger und mit größeren Schmerzen wieder, die er zu Hause mit Hilfe der fürsorglichen Töchter (und einer dreiköpfigen Dienerschaft) einigermaßen überwinden konnte; in der Öffentlichkeit jedoch kam es zu peinlichen Situationen.

Überdies hatte der nunmehr anerkannte Autor einige literarische und persönliche Fehden auszufechten, die ihn mehr belasteten, als er zugeben wollte. Seit dem Erscheinen des „Jahrmarkts der Eitelkeit" herrschte eine verdeckte und zuweilen offen ausbrechende Rivalität mit Charles Dickens, der sich schon Ende der dreißiger Jahre mit den „Pickwickiern" (The Posthumous Papers of the Pickwick Club, 1836/37) und mit dem Roman „Oliver Twist" (1837/38) einen Namen gemacht hatte und sich einer ungeheuren Beliebtheit erfreute. In diese Nebenbuhlerschaft hatte ihn ebenso die Literaturkritik gedrängt. Obwohl sich die beiden Männer, aber auch beider Kinder, zu besuchen pflegten, gab es Spannungen zwischen ihnen. Sie brachen auf, als John Forster, ein Anhänger, Freund und der erste Biograph Charles Dickens', bei verschiedenen Gelegenheiten Thackeray in nahezu beleidigender Art angriff. Als Dickens im Jahre 1850 vorschlug, eine „Zunft für Literatur und Kunst" zu gründen, um jüngeren Autoren durch die Vermittlung von Spenden unter die Arme zu greifen und um das Ansehen der Schriftsteller im öffentlichen Bewußtsein zu heben, hielten die meisten anderen etablierten Autoren das für einen falschen Weg, und Thackeray vertrat diese Meinung mit einer gewissen Verve.

Im Jahre 1858 erregte Dickens' Absicht einiges Aufsehen, sich nach zweiundzwanzigjähriger Ehe scheiden zu lassen, um eine neue Verbindung einzugehen. Thackeray schlug sich sogleich auf die Seite von Mrs. Dickens, deren bitteres Los allerdings nicht abzuwenden war. Im selben Jahr trug sich die Garrick-Club-Affäre zu, in der Thackeray am Ende gerechtfertigt schien, die jedoch an seinen Nerven zerrte und ihm kaum die gewünschte

Ruhe zum Schreiben ließ. Es begann damit, daß der Journalist Edmund Yates, wie Thackeray Mitglied des Clubs, in dem obskuren Pfennigblättchen „Town Talk“ einen Artikel über Thackeray veröffentlichte, der dessen Charakter in ein ausgemacht schlechtes Licht setzte. Thackeray schrieb ihm einen Brief, woraufhin Yates sich noch ausführlicher in solcher ehrenrührigen Weise ausließ. Die Eingeweihten und auch Thackeray wußten, daß Dickens Yates in dieser Kampagne unterstützte, wenn nicht gar ihm soufflierte. Nun unterbreitete der Verunglimpfte den Vorgang dem Komitee des Garrick Clubs und trat damit an die Öffentlichkeit. In diesem Streit schieden sich die Geister, doch sowohl im Komitee als auch in der Vollversammlung des Clubs behielten die Gentlemen (pro Thackeray) die Oberhand über die Bohemiens, und Yates wurde ausgeschlossen. Anwälte wurden eingeschaltet, Yates schrieb in der „Illustrated Times“ ein Gedicht, das Thackerays zugegeben meist schwache Verse parodierte; es trug den Titel eines älteren Poems unseres Autors, „Die Ballade von Bouillabaisse“. Thackeray, der ja in den vierziger Jahren in der satirischen Zeitschrift „Punch“ selbst andere Romanciers parodiert hatte (unter dem Titel „Romane aus berühmter Hand“, Novels by Eminent Hands, wurden diese Stücke von 1847 später gesammelt), fühlte sich getroffen und war des leidigen Streits überdrüssig.

Diese Affäre zog sich bis in das Jahr 1859 hinein, das dennoch für Thackeray als höchst erfreulich angesehen werden muß. Er erhielt nämlich von dem Verleger George Smith das Angebot, das „Cornhill Magazine“ (1860–1875) herauszugeben, das Smith gründen wollte. Obgleich Thackeray in den fünfziger Jahren „Henry Esmond“, seine Vorlesungsreihe „Die englischen Humoristen des 18. Jahrhunderts“ (The English Humourists of the Eighteenth Century, veröffentlicht 1853) und die Märchenpersiflage „Die Rose und der Ring“ (The Rose and the Ring, 1855) bei Smith, Elder & Company publizierte, war doch Bradbury & Evans sein eigentlicher Verlag gewesen. Zuerst lud ihn Smith ein, für das „Cornhill Magazine“ ein oder zwei Romane in je zwölf Fortsetzungen zu verfassen, wofür Thackeray 350 Pfund je monatlicher Nummer erhalten sollte. Als Thackeray zusagte und Smith keinen geeigneten Herausgeber finden konnte, trug der Verleger dem Autor auch dieses Amt für weitere 1000 Pfund im Jahr an, die Smith später noch verdoppelte. Nach einigem Zögern nahm Thackeray an und übte danach mehr als zwei Jahre lang diese Tätigkeit aus. Im ersten Jahr brachte er in der Zeitschrift seinen kurzen Roman „Witwer Lovel" und die Vorträge „Die vier Georges" (The Four Georges) unter, und ab 1861 folgten „Die Abenteuer des Philip". Außerdem konnte er in der „Household Words" (Alltagsworte) genannten Rubrik des „Cornhill Magazine" vermischte Artikel und Schriften von sich und von anderen abdrucken. Als Beiträger für die Zeitschrift gewann er unter anderen den Poeta laureatus Alfred Lord Tennyson, die Literaten Matthew Arnold und George Lewis, die Dichterin Elizabeth Barrett Browning und die Romanciers Edward George Bulwer-Lytton, Elizabeth Gaskell und Charles Lever. Mit jeder Nummer konnte er ungefähr 600 Pfund verdienen, soviel wie nie zuvor – obwohl die Auflagenhöhe nach einem Anfangsrekord von 120000 dann stetig sank. Dieses plötzliche sichere Einkommen erfüllte endlich seinen Wunsch, der ihm über Jahre hinweg am Herzen gelegen hatte, nämlich die Töchter mit einer ansehnlichen Mitgift auszustatten. An seine Mutter schrieb er 1859: „Drei weitere Jahre, wenn es den Schicksalsgöttinnen gefällt, und die Mädchen werden jede die acht- oder zehntausend haben, die ich ihnen geben möchte; wir sollten nichts gegen den schnöden Mammon einwenden, denn ich erlebe mit jedem Tag mehr seinen Gebrauch und seine Erquickung. Was für ein Segen, sich nicht um Rechnungen sorgen zu müssen!" Nun konnte er sich ein stattliches Haus in Palace Green (Nr. 2) errichten lassen, am Westrand von Kensington Gardens unweit des Kensington Palace. Das „Cornhill Magazine" bescherte ihm nicht nur diesen relativen Wohlstand und dieses sichtbare Zeichen des Erfolgs, sondern – für kurze Zeit – auch einen mächtigen Einfluß auf die literarische Landschaft Englands.

Den Gedanken, „Eine schäbig-elegante Geschichte" fortzusetzen, hatte Thackeray in seinen „Vermischten Schriften" (Miscellanies, 1856) als längere Zeit präsent, doch dann als verworfen beschrieben. Wenige Jahre danach machte er sich allerdings daran, obwohl er lieber die Briefe Horace Walpoles (1717–1797) herausgegeben oder Thomas Babington Macaulays „Geschichte Englands" (The History of England, 1849 und 1855) über die Glorreiche Revolution von 1688/89 in das „Augusteische Zeitalter“ der englischen Aufklärung hinein fortgesetzt hätte. Nun griff er doch auf die zwanzig Jahre davor entstandene Geschichte zurück. Er hatte sie seinerzeit abgebrochen, weil er mit der Krankheit seiner Frau, der Unsicherheit seines Einkommens und der Belastung durch die Verantwortung für die beiden kleinen Mädchen eine unselige Zeit durchlebte. Es war die Geschichte des Aschenputtels Caroline Gann, deren Vater im Ölgeschäft bankrott macht, als die Gasbeleuchtung aufkommt. Caroline wird von der Mutter tyrannisiert; der gutherzige Vater versucht, sich seine ärmliche Eleganz zu bewahren. In ihrer Pension steigt George Brandon ab, der ein Gedicht des jungen Künstlers Andrea Fitch plagiiert, um Caroline zu beeindrucken. Mit Hilfe des intriganten Geistlichen Tom Tufthunt arrangiert Brandon eine Scheinheirat mit Caroline, die an die Echtheit der Ehe glaubt. Eingeweihter Zeuge der Zeremonie ist Viscount Cinqbars, der mit vollständigem Namen Augustus Frederick Ringwood heißt.

Die Geschichte hatte Thackeray, wie er 1840 an den Verleger von „Fraser's Magazine“ schrieb, auf eine Weise abgebrochen, daß er sie entweder so belassen oder später einmal fortführen konnte. Sie war im Ton der frühen Werke Thackerays erzählt. In einem wichtigen Punkt bildet sie die Vorgeschichte des Romans, denn das Geschick Philips hängt letztlich davon ab, ob die Eheschließung zwischen Caroline Gann – oder Caroline Brandon, wie sie sich danach nannte – und George Brandon, dessen richtiger Name Doktor Firmin ist, rechtens war; wenn ja, ist Doktor George Brandon Firmins spätere Ehe mit Louisa Ringwood, aus der Philip hervorging, nichtig und unser Held ohne Anspruch auf das mütterliche Erbe. Der Roman setzt mit der Kindheit Philips um das Jahr 1830 ein; es ist, so kann man sagen, ein Gegenwartsroman. Er wird von Arthur Pendennis erzählt, den Thackeray als sein Alter ego schon in den „Newcomes“ verwendet hatte; an seinen Verleger schrieb er diesbezüglich: „Ich würde gern Mr. Pendennis zum Verfasser der Geschichte machen und ihn durch sie hindurchspazieren lassen. Er kann freier als Mr. Thackeray reden.“ Gerade an der Wandlung des Erzählers Pendennis von den „Newcomes“ zu „Philip“ läßt sich ablesen, wie weit sich Thackeray vorwagte, den aktiven bürgerlichen Helden, den gesicherten Konsensus der Moral und den festen Standort des Erzählers in Frage zu stellen.

Der eigentlich befremdliche Punkt unseres Romans ist nicht leicht zu fassen, da er mit fast allen Ingredienzien des viktorianischen Realismus ausgestattet ist. Nähern wir uns dem geheimen Punkte von außen und beginnen wir mit den Gestalten der Peripherie. Wir entdecken in einigen von ihnen Ähnlichkeiten mit Zeitgenossen Thackerays, die er zum Teil beabsichtigte und eingestand. Der Arzt Doktor Goodenough wurde Dr. John Elliotson nachgezeichnet, dessen Fürsorge dem schwer erkrankten Thackeray 1849 das Leben rettete. Der erwähnte Andrea Fitch mag dem schottischen Maler John Brine aus den Pariser Jahren nachgebildet sein. Das Porträt Doktor Firmins trägt deutliche Züge des berüchtigten Londoner Anwalts Edwin James, der wegen einiger Amtsvergehen drei Jahre niemanden vor Gericht vertreten durfte und der in der Garrick-Club-Affäre Thackerays Widersacher Yates beraten hatte. Mrs. Baynes erinnert, wie gesagt, an Thackerays Schwiegermutter Mrs. Shawe und Charlotte an seine Frau Isabella während der Zeit seiner Werbung. Neben der geistig agilen Madame de Smolensk, die die Freuden und Mühen des Lebens bewundernswert unverdrossen hinnimmt, und dem bekannten Typ des Pharisäers der Respektabilität in Gestalt Talbot Twysdens taucht mit dem Geistlichen Tufton Hunt eine neuartige Gestalt auf: der Schurke im frommen Gewand. So weit war noch kein englischer Schriftsteller gegangen; höchstens mit kleinen Lastern behaftet, doch stets liebenswürdig hatte man Vertreter des kirchlichen Standes als Hüter von Glauben und Moral charakterisiert, doch nie so infam, gierig und skrupellos wie diese Ausgeburt des Bösen.

Und was ist aus Laura Pendennis geworden, dem freundlichen Mädchen aus der „Geschichte des Pendennis“, der gütigen jungen Frau des Erzählers in dem Roman „Die Newcomes“? Sie wird von ihrem Ehemann mit einer Art von vergnüglicher Verachtung betrachtet und in ihrer dogmatischen Moral fast lächerlich gemacht. Wenn sie Agnes Twysden dafür verurteilt, daß sie die heiligen Bande der Liebe gelöst habe, obgleich Agnes doch gar nicht zu Philip gepaßt hätte, und wenn sie verlangt, daß er den Wechsel seines Vaters deckt, dann legt sie nicht nur die Überheblichkeit einer abstrakten Rechtschaffenheit, sondern ihre Blindheit gegenüber den Realitäten an den Tag: Die einstige geliebte viktorianische Romanheldin entpuppt sich als halb verschrobenes Opfer ihrer ausgedienten Ideale. In der Zeichnung dieser Gestalt scheint Thackeray der Hoffnung auf häusliches Glück ganz zu entsagen.

Merkwürdiger noch verfährt er mit der Figur Caroline Brandons, der Kleinen Schwester. Als guter Geist in Philips Leben spielt sie die Rolle eines doppelten Surrogats. Sie beschützt und versorgt Philip wie eine Mutter (sie hatte ihr eigenes Kind ebenso zeitig verloren wie Philip seine Mutter), und sie tröstet ihn mit Zärtlichkeit, richtet ihren angebeteten Helden immer wieder auf und rivalisiert mit Charlotte wie eine Geliebte um ihren Platz in Philips Herz. Selbst als sie Rechtsnormen und die viktorianische Schicklichkeit verletzt, indem sie Hunt Zugänglichkeit vortäuscht, ihn betäubt und beraubt, mutet uns Thackeray durch seinen Erzähler Pendennis mit berechtigter Zuversicht zu, ihr die Zuneigung zu erhalten. In ihrer Bewertung wird also die Hauptkategorie bürgerlicher Menschenbeurteilung, die der Moral, von der Analyse der jeweiligen Gemütslage einer Gestalt verdrängt. Wie schon in „Pendennis" demonstriert Thackeray im Vorgang des Erzählens eine beginnende Unsicherheit und eine sich anbahnende Krise des einheitlichen bürgerlichen Konsensus der Wertvorstellungen.

Das wird noch deutlicher in der Darstellung seines Helden Philip und dessen „Abenteuer", der Handlung des Romans. Philip spiegelt in Phasen seines Lebens Erfahrungen Thackerays wider, besonders in der Liebesgeschichte mit Charlotte Baynes und in einigen Aspekten seiner journalistischen Tätigkeit. In das Profil dieser Gestalt sind aber auch Erinnerungen an einen Freund aus der Studentenzeit in Cambridge eingeflossen, an Saville Morton. Der aus guter Familie stammende junge Ire verschwendete viel von seinem reichlich bemessenen Taschengeld in London beim Spiel und war mehrmals in unglückliche Frauengeschichten verwickelt. Eine solche Affäre, die Thackeray in seinem hinterlassenen Romanfragment „Denis Duval" aufgriff, führte dann auch zu Mortons tragischem Tod.

Gewiß gehört Philip unsere Sympathie, und wir verfolgen seinen Weg mit einiger Anteilnahme. Zugleich aber ist er einer der unliebenswürdigsten Helden der viktorianischen Literatur. Der Leser wird stets ein wenig auf Distanz gehalten, denn wo immer Philip dessen Wohlwollen erheischt, stößt er ihn durch sein Verhalten sogleich wieder vor den Kopf. Er neigt dazu, sich für ein unerkanntes Genie zu halten, und reagiert mit dem Hochmut des Zurückgewiesenen. Er ist ungeduldig, grob, aggressiv, unglaublich anmaßend, einfältig und eigentlich ohne feste Ziele und Prinzipien, ein Narr, wenn man es recht bedenkt, von erstaunlicher geistiger und gefühlsmäßiger Seichtheit, der sich später als Journalist – freilich unter dem Zwang der Umstände – verkauft und falsche beziehungsweise unfachmännische Berichte verfaßt. Und doch unterscheidet ihn etwas grundlegend von den Nutznießern des spätindustriellen und Gründerzeit-laissez-faire: Philip mangelt es an jener Verruchtheit, welche die aufstrebenden Unternehmer, die spekulierenden Bourgeois und besitzorientierten Aristokraten auszeichnet. Das hebt ihn von seiner Umgebung ab und läßt ihn in einem positiven Licht erscheinen, verurteilt ihn jedoch natürlich dazu, erfolglos und unbedeutend zu bleiben. Er selbst entbehrt jener gesellschaftlichen Bewußtheit, die Becky Sharp aus dem „Jahrmarkt der Eitelkeit" und Arthur Pendennis als Romanheld mehr oder weniger ausprägten, und wo Pendennis Philips Ausbrüche von Unmut und Rebellion registriert, interessiert ihn als Erzähler weniger der gesellschaftliche als der affektive Aspekt.

Welches sind nun eigentlich Philips „Abenteuer", die literarisierten Begebnisse, die seit den Romanen Daniel Defoes (1660 bis 1731) und Henry Fieldings im Einzelschicksal immer das Panorama der Zeit entwerfen? Die Tatsachen des Initiationsmusters scheinen zu stimmen: Philip ist offensichtlich ein zukünftiger Erbe, er besucht die richtige Schule und die richtige Universität, findet seinen wenn auch bescheidenen Platz im Berufsleben und heiratet die Tochter eines Generals. Es liest sich jedoch ganz anders: Der zukünftige Erbe ist Sohn eines Verführers, Betrügers und Urkundenfälschers, das Erziehungssystem der Schule muß verachtet werden, die Universität ruiniert junge Menschen, der Beruf entehrt den Ausübenden, und die Ehe bildet das traurigste und langweiligste Happy-End der zeitgenössischen Literatur.

Kaum, daß der erste Konflikt umrissen ist – der zwischen Philip und seinem Vater –, erfahren wir (im 2. Kapitel und später noch zweimal), daß wir nicht um Philip fürchten müssen und die Geschichte einen für ihn guten Ausgang nehmen wird. Die übliche dramatische Spannung kommt also nicht ernstlich auf. Philips Revolte gegen die sexuelle Heuchelei des Vaters, gegen alle Arten von Beschränkungen und gegen den niederträchtigen Geldbetrug ist nicht eigentlich eine Bewährungsprobe zum Eintritt ins Erwachsenenleben, wie man sie vom Erziehungsroman her kennt. Sie drückt vielmehr Philips Verlangen aus, sich selbst nicht in der Welt, sondern gegen die Welt zu behaupten oder am liebsten ohne sie zu existieren. Seine Aggressionen zielen nicht darauf ab, einen Platz zu erobern; sie projizieren eher den Wunsch, sich von den Orthodoxien seiner Umwelt zu befreien und sich auf sich selbst und auf die engsten Freunde zurückzuziehen. Die Verhältnisse zwingen ihm aber leidige Berührungen mit dieser Welt und eine Serie von Einzelkonflikten auf. Nach dem Vater treten ihm Tufton Hunt, Mrs. Baynes, Cousin Twysden, Lord Ringwood, der Mulatte Woolcomb und der Verleger Mugford in den Weg, wobei gerade der letztgenannte sich eher als sein Wohltäter erweist. Diese Streitfälle bewirken nun keine „Entwicklung" der Gestalt des Helden, auch bleiben die handfesten Aktionen – Twysden wirft er in einen Brunnen, Hunt in die Gosse, dem Lord bietet er die Stirn, den sozial unter ihm stehenden, doch finanzkräftigen und einflußreichen Verleger putzt er ungerechterweise herunter – im Grunde folgenlos. Philip reitet nicht als strahlender Held mit erhobenem Schwert vorwärts wie der heilige George, Englands christliches Ritteridol, sondern er verteidigt sich bissig oder gelegentlich unwillig in Scharmützeln auf einem Rückzug, um sein zwischen Bohemien und Gentleman angesiedeltes Persönlichkeitsideal für sich zu retten. Zu vollbringen hat er dabei wenig: Er muß eine Frau gewinnen und später eine Familie ernähren.

Wenn sich auch das Format des englischen Romanhelden mit Thackerays Philip spürbar verringert, seine Aktionen eher aufs Persönliche als aufs Öffentliche gerichtet sind und seine Darstellung in einer gedehnten melodramatischen Romanze eher psychologisch als gesellschaftlich geprägt ist, hat Thackeray doch die sozialen Konditionen genau markiert, speziell hinsichtlich der Einkommen und der Lebenskosten. In keinem anderen seiner Romane werden so oft Geldsummen genannt. Philip verschwendete die acht- bis neuntausend Pfund, die er von seiner Mutter jährlich erhielt, doch er darf mit einer Erbschaft von 30000 Pfund und mit einem unbestimmten, doch offensichtlich ansehnlichen Vermögen seines Vaters rechnen. Mit zweiundzwanzig Jahren sieht er sich allerdings mittellos und muß sich selbst eine Existenz schaffen. Das ist nicht leicht, denn in London konnte man mit weniger als 2000 Pfund im Jahr nicht anständig leben, wie der Erzähler (von dem noch die Rede sein wird) im 17. Kapitel anmerkt. Vorher heißt es schon: „Was ist Liebe, junges Herz? Es ist zweitausend im Jahr nach der geringsten Veranschlagung, und bei dem gegenwärtigen Anstieg der Preise und Mieten kann diese Rechnung nicht lange aufgehen.“ (9. Kapitel) Wir erfahren, was das Frühstück und die Wäsche in Paris kosten, wieviel Philip für seine Artikel erhält und wie er allmählich seine Einkünfte von 100 Pfund über 300 auf 450 Pfund steigert. Das ist zwar keine präzise soziale Analyse, wie sie Henry Mayhew (1812–1887), ein Bekannter Thackerays seit der Zeit bei „Punch“, in seiner großen Studie „Londoner Arbeit und die Londoner Armen“ (London Labour and the London Poor, 1851) angefertigt hatte, doch ein Zeugnis dafür, daß Thackeray Gemüts- und Gesellschaftszustand nicht völlig trennte. Wenn er am Ende Philip doch noch mit der Erbschaft beglückt, so bildet diese „Sensation“ keine Schicksalswendung, denn Philip hat sich zu diesem Zeitpunkt schon eingerichtet im Leben, freilich auf einer niedrigeren Stufe, auf der er sich weder Kutsche noch einen Diener oder die Gastfreundlichkeit des Dinners leisten konnte.

Thackerays Leser mußten nach seinen bisherigen Romanen damit rechnen, daß der Erzähler – es ist wie bei den „Newcomes“ Arthur Pendennis – den Gang der Handlung mit seinen Betrachtungen öfter unterbrechen würde. Pendennis tut dies auch mit mehr oder weniger amüsant formulierten Gemeinplätzen über Schein und Wesen der Dinge und Menschen, über die Vergänglichkeit, den Einfluß des Geldes und den Heiratsmarkt. Er erinnert sich an Straßen, gewahrt Veränderungen der Stadt, fällt direkte Urteile über seine Gestalten, bezeichnet sich als Regisseur des dargebotenen Schauspiels und nennt die Wahrheit zu schreiben sein Ziel und seine Pflicht. So weit haben das seit Henry Fielding viele Romanciers getan: Sie nutzten den zwischen Autor und Romangeschehen etablierten Erzähler als eine Persona, d. h. als eine Maske, um wie von einer höheren Warte der Weisheit und Weltkenntnis aus ihre Geschichte mit allgemeinen Einsichten, Warnungen, Ratschlägen und sittlichen Maximen zu schmücken und so dem horazischen Imperativ des Unterhaltens und Belehrens zu entsprechen.

Nun aber gewinnt der Erzähler des „Philip“ über seine universale Statur hinaus ein individuelles Profil, eine private Stimme, eine subjektive Bewußtheit, die von tiefen psychischen Spannungen vibriert. Schon im 5. Kapitel gibt er den Widerspruch preis, Philip zu mögen, obgleich der erhebliche Fehler besitze, und er bekennt seine Unsicherheit, ob er die Figur Doktor Firmins nicht zu sehr verzerrt habe. Beruft er sich im 4. Kapitel noch ironisch auf seine Rolle als unfehlbarer Chronist, so sieht er sich im 17. als hilfloser Beobachter. Im 23. Kapitel verschiebt er dann frank und frei das Interesse von der Handlung auf das Erzählen der Handlung. An anderen Stellen zeigt er sich verärgert, er verspottet sich selbst und verliert sich zwanghaft in persönlich gefärbte Reaktionen, beschimpft sich dann wegen seiner Ressentiments gegenüber einigen Gestalten, die er doch letztlich selbst hervorbrachte. Meistens verteidigt er seine Aufgabe als Erzähler, zuweilen aber möchte er sich ihr am liebsten entziehen. Welchen Zweck der Erzähler Arthur Pendennis damit verfolgt, bleibt dunkel. Von diesen subjektiven Abschweifungen zu seiner Geschichte zurückzukehren ist ihm im 5. Kapitel geradezu eine Erlösung. Die traditionelle zentrifugale Tätigkeit des Erzählers, nach außen zu blicken auf andere Menschen und auf die Zeitläufte, kehrt sich in solchen Passagen in die zentripetale Beschäftigung mit sich selbst um.

Hier treffen wir auf besagten merkwürdigen Punkt dieses Romans, der ihm gewiß viel Anerkennung bei den Zeitgenossen kostete. In die alte Romanstruktur mischt sich ein neuer Umgang mit dem Erzähler und ein neuer Umgang des Erzählers mit seinem Stoff. Des Lesers Aufmerksamkeit wird nicht nur auf den Helden gelenkt, sondern zugleich auf Pendennis’ Verhältnis zu ihm. Pendennis bewundert seine Kreation nicht, er glaubt nicht an Philip, und doch hält er zu ihm, hat er ihn doch als seinen Romanhelden gewählt. Mit der Figur Philips wird der traditionelle Romanheld, der sein Leben aus sich heraus aktiv gestaltet und dadurch seine Zeit zu durchleuchten vermag, verabschiedet. Im 17. Kapitel verlangt es den Erzähler, wie Sokrates Abschied zu nehmen; er sucht das Vergessen. Briefe will er verbrennen und das Gestern abstreifen (18. Kapitel), wo doch der Erzähler vornehmlich dazu berufen ist, sich zu erinnern und zu berichten, was gestern geschah. Ein Erzähler wie der Pendennis in „Philip", der nicht hinter seiner Geschichte steht, der nicht weiß, ob sein Held überhaupt diese Aufmerksamkeit verdient und ob er, Pendennis, immer richtig geurteilt habe (41. Kapitel), der sich also der Last seiner inneren Beteiligung entledigen will, der zweifelt nicht nur an den bislang gültigen ästhetischen Vereinbarungen zwischen Autor und Leser, sondern auch daran, daß es noch richtig sei, eine allgemeine Übereinstimmung zwischen den moralischen und ästhetischen Normen des Bürgertums und der wirklichen Erfahrung der Periode nach 1848 zu postulieren.

Damit gab Thackeray viel von der Zuversicht auf, welche die frühviktorianische Romanliteratur zu ihren großen Leistungen inspirierte und ihre Gesellschaftskritik – auch in seinen eigenen frühen Werken – so emphatisch machte. Dieser Antrieb hatte sich abgeschwächt, war in gewissem Grade erschöpft. Auf jeden Fall konnte und wollte Thackeray offensichtlich unter die Glücksmärchen und unter die sentimentalen Geschichten zur tröstlichen Belehrung, die immer noch im Schwange waren, einen Schlußstrich ziehen. Wir sahen schon, wie er mit der Gestalt Philips den Vorstellungen von einem Romanhelden ins Gesicht schlug, wie er die von den zeitgenössischen Lesern überaus geliebte Figur des häuslichen Engels in der biederen, doch auch töricht verbohrten Laura und in dem herzensguten, doch auch waghalsigen und vor Gewalt und Raub nicht zurückschreckenden Aschenputtel Caroline Brandon demontierte. Einschneidender noch, daß er den Erzähler mit einem unerklärten Gefühl des Überdrusses und mit Zweifeln an seinem Tun ausstattete – jene für unantastbar gehaltene Instanz, die sich doch stets für die Welt der viktorianischen Romane bislang so selbstsicher verbürgt hatte. Ferner vermerkt Arthur Pendennis häufig und mit Genuß, welche gemeinhin erwarteten Ereignisse in seiner Geschichte n i c h t eintreten werden. Die herkömmliche Abenteuerspannung, die ihre Lösung im Endpunkt der Handlung findet, läßt er zugunsten des neuartigen Interesses, wie die Authentizität einer widersprüchlichen Gestalt im Erzählvorgang entfaltet wird, fallen. Die trotzigste Geste bildete seine höhnische Zurückweisung der Liebe im 17. Kapitel. Er weigert sich, Liebesszenen mit dem üblichen Schmus breitzutreten, da das Liebesgeflüster nur sinnloses Gewäsch sei, und macht sich über das archetypische Liebespaar Hero und Leander lustig (20. Kapitel). Gewiß sollten Thackerays Zweifel an dem romantischen Glauben, der Mensch sei im Innersten von Natur aus gut, und seine ständigen, bewußten Verletzungen der für unverletzlich gehaltenen Erzählkonventionen die Leser aufschrecken und ihnen die Fragen aufdrängen, denen sie um ihres Seelenfriedens willen auswichen.

Mit den „Abenteuern des Philip" eröffnete Thackeray dem späteren englischen Roman eine neue psychologische Dimension. In dem Maße, wie er die Aufmerksamkeit des Lesers auch auf das Verhältnis des Erzählers zu Held und Handlung richtete, deutete er intuitiv auf die Notwendigkeit, den veränderten gesellschaftlichen Umständen entsprechend, die Erzählkunst neu zu definieren. Dem ehrlichen, kritischen Bürger Thackeray boten sich aber offensichtlich keine gleichermaßen vorwärtsweisenden gesellschaftlichen Ideen und Haltungen an. Im Gegenteil, er gründete seine Kritik der Lebensverhältnisse ebenso wie seine erzählerischen Neuerungen auf die alten Werte einer standesverpflichteten Aufrichtigkeit, die sich indes kaum noch verwirklichen ließ. Das schlägt sich auch in solchen Ungereimtheiten nieder wie in der ungebührlichen Arroganz, mit der Thackeray seinen Philip dem Verleger Mugford begegnen läßt, oder darin, daß die Kleine Schwester – für den Leser eine Vertrauensperson – dem höherstehenden Philip beteuert, er dürfte keinen Herrn über sich haben; mit anderen Worten, die Niedrigstehende will ihren Herrn davor bewahren, sich zu erniedrigen. Ob es ein Zugeständnis an das öffentliche Rassenvorurteil der englischen Bürger oder Thackerays eigene Meinung ist: Die Absicht, Agnes' Geldheirat dadurch als um so verabscheuungswürdiger darzustellen, daß sie sich einem reichen Farbigen (Woolcomb) hingibt, entfernt sich weit von Thackerays früher geübter Toleranz.

Dennoch beschleicht uns beim Lesen dieses halb vergessenen skeptischen Romans eine gewisse Vertrautheit. Sie rührt wohl von Thackerays damals kühner Entschlossenheit her, nicht mit erhobenem Zeigefinger auszumalen, wie das Leben sein sollte, sondern es so zu nehmen, wie es ist. Setzten Dickens und George Eliot darauf, daß die längst bröckelnde Selbstlosigkeit ihren Geschichten noch Wertgrund sein und Zusammenhang verleihen könne, so sieht Thackeray diese Mitte des Erzählens fast verloren. Er hält sich deshalb an die Erscheinungen, an das Bild des gereizten – und oft genug zornigen – jungen Mannes, der in den Augen eines mißvergnügten Erzählers wenn nicht das große Glück, so doch sich selbst sucht. In dieser doppelten Perspektive, als Beschriebener und als Schreibender, kündigt sich hier am Ende von Thackerays Schaffen und vielleicht zum ersten Male in der englischen Romanliteratur der „moderne“ Mensch an, der im Abenteuer des Lebens und in dem des Erzählens den Zeichen bürgerlicher Entfremdung begegnen wird.

Günther Klotz

ANMERKUNGEN

8 *„Le temps fait passer l'amour"* – (franz.) Die Zeit läßt die Liebe vergehen.
Tricktrackbrett – Tricktrack oder Puff, ein altes Brettspiel für zwei Personen, mit 24 Dreiecksfeldern, in die man als erster mit zwei Würfeln jeweils 15 Damesteine hinein- und wieder herausbringen muß.
Sèvresporzellan – In der seit 1753 als Manufacture royale bestehenden Porzellanfabrik (ab 1756 in Sèvres angesiedelt) wurden Leuchter, Uhren, Tafel- und anderes Gerät, Prachtvasen, Figurengruppen usw. hergestellt. Unter Ludwig XV. wurde im Rokokogeschmack, unter Ludwig XVI. und Napoleon I. in antikisierendem Stil gearbeitet.
Darby, Joan – Vgl. Anm. zu Band 1, S. 286.

9 *Punch* – Hauptfigur (Hanswurst) des englischen Puppenspiels.
Guignol – Verschmitzte, gutmütige Figur des französischen Puppenspiels. – Auf den Champs-Elysées gab es seinerzeit im Freien Buden für das sogenannte Théâtre de Guignol.
Ally! Vite! – (schlechtes Französisch) Los! Schnell!
laquais de place – (franz.) Mietdiener.
Bois de Boulogne – Ein parkartig angelegter Wald von 872 ha Fläche, eine der beliebtesten Promenaden im Westen von Paris mit Alleen, künstlichen Teichen und einer breiten Zufahrtsstraße von den Champs-Elysées her.

11 *voyez-vous?* – (franz.) sehen Sie?
vom Obelisk bis zur Etoile – Der Obelisk (errichtet 1836) befindet sich auf der Place de la Concorde am Ende des Jardin des Tuileries und am Beginn der Champs-Elysées; die Place de l'Etoile mit dem Arc de Triomphe beschließt die Champs-Elysées. Die Entfernung beträgt 2,6 km.

13 *parbleu!* – (franz.) wahrhaftig!
Merci! Tenez . . . – (franz.) Danke! Sehen Sie, Monsieur Philippe.
cachemire – (franz.) Kaschmir; ein feines, weiches Gewebe aus Ziegenwolle.
Gretna Grin – Vgl. Anm. *überhaupt keinen Pfarrer* zu Band 1, S. 184.
Faubourg St-Honoré – Die englische Botschaft befand sich in der Rue du Faubourg St-Honoré Nr. 39.
L-w- – Der Löwe war das Wappentier des englischen Königshauses; das Einhorn war seit dem Mittelalter Träger (Haltefigur) des königlichen Wappens.

13 *Drei K-n-gr--ch-* – Das sind England, Irland und Schottland.
porte cochère – (franz.) Torweg, Einfahrt.
chancellerie – (franz.) Kanzlei.
messieurs y sont – (franz.) die Herren sind dort.

14 *Variété* – Das Théâtre des Variétés, 1807 von Céllenier erbaut, befand sich Boulevard Montmartre Nr. 7. Es war berühmt für seine Vaudevilles, die kurzen Possen mit gassenhauerartigen Gesangseinlagen.
lansquenet – (franz.) Landsknecht; ein Glücksspiel mit Karten.

15 *truffles ...* – (franz.) Trüffel und Krebse auf Bordelaiser Art.
Cérisette – Sprechender Name; soviel wie „getrocknete Kirsche".
Charlotte Russe – Kalte Speise aus geschlagener Sahne.
pomme cuite – (franz.) gekochte Kartoffel.
Friede von Amiens – Im Frieden von Amiens am 27. 3. 1802 mußte England die eroberten spanischen und holländischen Kolonien (außer Ceylon und Trinidad) abtreten. Frankreich erhielt seine Kolonien zurück, wofür die Franzosen Rom, Neapel und Elba räumen mußten.
Lord Malmesbury – James Harris, erster Graf von Malmesbury (1746–1820), Diplomat. Er war 1772 Gesandter in Berlin, 1777 in Petersburg, 1784 im Haag und leitete 1796 und 1797 die ergebnislosen Friedensverhandlungen mit Frankreich.
Napoleon – Vgl. Anm. zu Band 1, S. 85.
meis sumptibus – (lat.) auf meine Kosten.
Iterum – (lat.) Abermals.

16 *Cockney* – Vgl. Anm. zu Band 1, S. 28.
Diht Mosho ... – (schlechtes Französisch) Sagen Sie, Monsieur Ringwood Twysden, bitte, für den ehrenwerten Monsieur Lowndes.

17 *Somerset* – Grafschaft im Südwesten Englands.
„Trois Frères" – Vgl. Anm. zu Band 1, S. 340.
Sotto voce – (ital.) Mit gedämpfter Stimme.
Chatsworth – Prachtvolles Schloß in der Grafschaft Derbyshire, von dem Architekten William Talman 1687 bis 1706 im Stil des Palladio für William Cavendish, den ersten Herzog von Cavendish, erbaut.

18 *Monsieur Chesham ...* – (franz.) Kann Monsieur Chesham Monsieur Firmin empfangen?

19 *Mr. Peel* – Sir Robert Peel (1788–1850), Politiker der Torypartei und Parlamentsabgeordneter; später Begründer der Konservativen Partei; von November 1834 bis April 1835 und 1841 bis 1846 Premierminister und Kanzler des Schatzamtes. Er legte 1846 sein Amt nieder, weil das Kabinett in der Frage der Kornzölle seine Politik nicht billigte. 1827/28 führte er die Opposition und war Gegner der Reform Bill von 1832.
„Pall Mall Gazette" – Vgl. Anm. zu Band 1, S. 261.

20 *déjeuner* – (franz.) erstes Frühstück, wo man nur Kaffee, Schokolade trinkt oder sonst etwas mit dem Löffel zu sich nimmt, wohingegen man beim zweiten Frühstück (Gabelfrühstück) Fleisch ißt und Wein trinkt.
Asmodeus – Vgl. Anm. *hinkender Teufel* zu Band 1, S. 395.

21 *Chaumière* – Pariser Ballhaus am Boulevard Montparnasse; während der Restauration und der Regierungszeit Louis-Philippes der bevorzugte Treffpunkt der Studenten und Künstler; 1855 geschlossen.

21 *Mabille* – Pariser Ballhaus in der Avenue Montaigne, eine der beliebtesten Vergnügungsstätten der Julimonarchie und des Zweiten Kaiserreichs; 1840 von einem Tänzer namens Mabille gegründet; Chicard führte dort den Cancan ein. 1875 geschlossen.

Bon Dieu! – (franz.) Mein Gott!

22 *Frauen in Schwarz* – Anspielung auf das Schicksal der von Don Juan verlassenen Frauen in Mozarts Oper „Don Giovanni" (1787). Don Juan hatte den Komtur, den Vater Donna Annas, meuchlings erstochen; sie sinnt auf Rache. Donna Elvira hatte er verlassen, Zerline sucht er zu verführen.

tausendunddrei – In der berühmten Registerarie „Schöne Donna" zählt Don Juans Diener Leporello die zahllosen Liebschaften seines Herrn auf. Vgl. Mozarts „Don Giovanni", 1. Akt.

fraîcheur – (franz.) Frische, Kühle.

Rue Miroménil – Von der Place Beauveau, Ecke Rue du Faubourg St-Honoré abzweigende Straße.

23 *„Hôtel de la Terrasse"* – Das Grand Hôtel de la Terrasse-Jouffray befand sich am Boulevard Montmartre Nr. 10.

p. p. c. – pour prendre congé (franz.) = um Abschied zu nehmen. Handschriftlicher Vermerk auf Besuchskarten bei Abschiedsbesuchen.

24 *Ceci . . .* – (franz.) Hier bei Madame Smolensk? – Ja.

Ici demeure . . . – (franz.) Wohnt hier General Baynes?

27 *Nec dulces amores sperne . . .* – (lat.) Verschmähe nicht die Freuden der Liebe, mein Junge, und nicht den Tanz. Vgl. Horaz, „Oden", 1, 9, 15-16.

C. B. – Vgl. Anm. *K. C. B.* zu Band 1, S. 336.

28 *meine Herrscherin* – Königin Victoria regierte von 1837 bis 1901.

29 *Barrackpore* – Vgl. Anm. zu Band 1, S. 350.

Hastings – Francis Rawdon-Hastings, erster Marquis von Hastings und zweiter Graf von Moira (1754–1826) war von 1813 bis 1822 Generalgouverneur von Bengalen und festigte die britische Vorherrschaft in Zentralindien. 1817/18 kämpfte er gegen die Marathen-Konföderation (vgl. Anm. zu Band 1, S. 276) und erhielt für seine Verdienste 60000 Pfund von der Ostindischen Kompanie. 1824 war er Gouverneur von Malta. Er heiratete 1804 Flora Mure Campbell, Gräfin Loudoun.

31 *Geburtstag der Königin* – Victoria wurde am 24. 5. 1819 im Kensington Palace geboren.

de cap à pied – (franz.) von Kopf bis Fuß.

32 *sibi constans* – (lat.) sich treu bleibend. Vgl. Horaz, „Über die Dichtkunst", 127.

parcus cultor . . . – (lat.) spärlicher und seltener Besucher. Vgl. Horaz, „Oden", 1, 34, 1.

bossiert – mit erhabener Stickerei verziert.

Palais-Royal – Ursprünglich Palast Kardinal Richelieus in Paris, 1634 bis 1639 erbaut; danach bis 1848 im Besitz des Hauses Orléans. Um 1780 wurden zusätzlich zu beiden Seiten des Palastes Theater und an drei Seiten des Gartens hölzerne Arkaden mit Galerien angebaut, die an Geschäftsleute und Spielbankhalter vermietet wurden; dort traf sich die vornehme Welt in den Vergnügungs- und Spielsälen. Von 1818 bis 1830 wurde die Anlage noch durch Pavillons mit eleganten Geschäften erweitert; 1829 entstand die den Garten abschließende Galerie d'Orléans mit einem riesigen gewölbten Glasdach. Um 1805 gab es bereits 15 Restaurants, 20 Cafés und 18 Spieltische. – Thackeray hielt sich während seiner Parisaufenthalte gern dort auf.

33 *Quais* – Die Uferstraßen an der Seine.

Deputiertenbrücke – Das ist der Pont de la Concorde an der Chambre des Députés (Deputiertenkammer) über die Seine.

queue – (franz.) lange Reihe.

34 *Comme il est bien ganté* – (franz.) Er ist gut behandschuht.

38 *Pradier* – James Pradier (1792–1852), französischer Bildhauer. Er ging 1813 nach Rom, schuf nach seiner Rückkehr in akademischer Eleganz u. a. „Kentaur mit Bacchantin", „Die Toilette der Atalante", Statuen der Städte Lille und Straßburg auf der Place de la Concorde und zwölf kolossale Viktorias am Denkmal für Napoleon I. im Invalidendom.

40 *Beaujon Hospital* – Beaujon Hôpital, ein 1780 gegründetes Krankenhaus in der Nähe der Rue du Faubourg St-Honoré.

41 *Golkonda* – Ort im ehemals britisch-indischen Staat Haidarabad und früher Sitz einer berühmten Diamantenschleiferei und Fundort von Rubinen und Saphiren in der Umgebung.

„Galignani's Messenger" – Vgl. Anm. zu Band 1, S. 349.

42 *Rhadamanthys* – In der griechischen Sage ein weiser, gerechtigkeitsliebender König der Vorzeit, Sohn des Zeus und der Europa. Er herrschte nach seinem Tode mit Kronos im Elysion oder richtete mit Minos und Aiakos zusammen in der Unterwelt über die Toten.

43 *Infandi dolores* – (lat.) Unsägliche Schmerzen. Vgl. Vergil, „Äneis", 2, 3.

46 *O schwache Willenskraft!* ... – Vgl. Shakespeare, „Macbeth", II, 1, 124.

47 *que c'était pitié à voir* – (franz.) daß es ein mitleiderregender Anblick war.

48 *Sou* – Französische Kupfermünze.

49 *Qui est la?* – (franz.) Wer ist da?

Vous n'êtes qu'un poltron – (franz.) Sie sind eine Memme, General.

50 *Ah, que je vous aime!* ... – (franz.) Ah, wie ich Sie liebe! Ah, wie gut Sie sind, Madame!

52 *Pont des Invalides* – 1827/29 erbaute Seinebrücke.

ah, qu'on y était ... – (franz.) Oh, gut ging es einem da mit zwanzig Jahren.

Carcassonne – Hauptstadt des französischen Departements Aude mit vielen mittelalterlichen Bauwerken.

Victor Hugo – (1802–1885), französischer Romancier, Dramatiker und Lyriker. Er begründete 1824 die Zeitschrift der französischen Romantiker „La Muse française"; Romane u. a. „Der Glöckner von Notre-Dame" (1831), „Die Elenden" (1862).

Alfred de Musset – (1810–1857), französischer Lyriker, Novellist und Dramatiker; jüngstes Mitglied des von Hugo begründeten romantischen „Cénacle"; u. a. „Die Nächte" (1835–1837), „Bekenntnisse eines Kindes seiner Zeit" (1836).

quoi – (franz.) was!

les Mihs anglaises – (franz.) von den englischen Fräuleins.

au premier – (franz.) im ersten Stock.

53 *eau sucrée* – (franz.) Zuckerwasser.

que sais-je? – (franz.) was weiß ich.

53 *salle à manger* – (franz.) Speisesaal.
Madrastuch – Bunt gegittertes baumwollenes Tuch, in Asien und Afrika sehr geschätzt und nach Europa ausgeführt.
54 *plumet* – (franz.) Staubwedel.
Une dame pour ... – Eine Dame für Monsieur Philippe. – Eine Dame, verschwinden Sie, Sie Schlingel.
55 *garçon* – (franz.) Junge.
58 *dawk* – (anglo-ind.) Seinerzeit Relaispost, meist mit Trägern, auch mit Pferden für Briefe und Reisende, die im Palankin bzw. Postwagen befördert wurden.
59 *amari aliquid* – (lat.) etwas Bitteres.
60 *laudo manentem* – (lat.) Ich bin's zufrieden, (wenn Fortuna bei mir ausharrt). Vgl. Horaz, „Oden", 3, 29, 53.
si celeres ... – (lat.) Wenn Fortuna ihre raschen Schwingen zum Fluge reckt. Vgl. Horaz, „Oden", 3, 29, 53-54.
probam pauperiem sine dote – (lat.) züchtige Armut, auch ohne Mitgift. Vgl. Horaz, „Oden", 3, 29, 55-56.
der Kaufmann meines Lieblingsdichters – Anspielung auf den Kaufmann Bassanio aus Shakespeares „Kaufmann von Venedig".
indocilis pauperiem pati – schwer lernend, die Armut zu erdulden. Vgl. Horaz, „Oden", 1, 1, 18.
innamorato – (ital.) Verliebter.
62 *Trinity* – College der Universität Cambridge, gegründet 1546.
Hosenbänder – Vgl. Anm. *Stern und Ordensband* zu Band 1, S. 15.
quondam – (lat.) ehemalig.
Wall Street – Nebenstraße des Broadway in New York mit Banken und der Börse.
Bays's – Vgl. Anm. zu Band 1, S. 69.
63 *Albany* – Hauptstadt des nordamerikanischen Staates New York.
Delmonico – Das Pariser Restaurant allerersten Ranges befand sich in der Rue d'Antin.
seine Reisen in unserem Land – Louis-Philippe (vgl. Anm. zu Band 1, S. 313) hielt sich ab Oktober 1796 in Philadelphia in Nordamerika auf, von wo aus er Reisen zu den Großen Seen und zum Mississippi unternahm. Er kehrte im Februar 1800 nach Europa zurück und lebte mit seinen zwei Brüdern bis 1807 als Privatgelehrter in Twickenham bei London.
65 *Tartuffe* – Der eifrige Frömmler und angeblich uneigennützige demutsvolle Tartuffe wird von Orgon, einem vermögenden Pariser Bürger, in sein Haus aufgenommen. Er kann seine gemeinen Machenschaften ausspielen, während Orgon in maßloser Verblendung den Heuchler nicht durchschaut, bis er beinahe ruiniert ist. Vgl. Molière, „Tartuffe" (1664).
Bufo – Name eines aufgeblasenen Kunstgönners, der Schmeicheleien zugänglich war, aus Alexander Popes Satire „An Epistle to Dr. Arbuthnot" (1735; Vers 230 ff.)
67 *Un petit canard* ... – (franz.) Ein köstliches Entchen, kosten Sie davon, Madame.
Canard sauvage ... – (franz.) Wildente sehr gut, Madame mit ...
femme-de-chambre – (franz.) Zimmermädchen.

68 *Courage, ma fille* ... – (franz.) Mut, meine Tochter, Mut, mein Kind!
77 *premier* – (franz.) erster Stock.
circuler – (franz.) weitergehen, nicht stehenbleiben.
78 *Ohdevieh* ... – (schlechtes Französisch) eau-de-vie = Branntwein, eau chaude = heißes Wasser.
Comment? ... – (franz.) Wie? Schon wieder Grog, General?
80 *Voici* ... – (franz.) Hier, meine Herren!
intentusque ora tenebat – (lat.) und gespannt betrachtete er sein Gesicht. Vgl. Vergil, „Äneis", 2, 1.
83 *Kapotthut* – Unter dem Kinn gebundener, kleiner Damenhut der Biedermeierzeit.
84 *Peccavimus* – (lat.) Wir haben gesündigt.
85 *Kanada* – Der Sieg bei Quebec 1759 über die französischen Kolonialtruppen hatte die britische Vorherrschaft in Kanada begründet. Der Vertrag von Paris (1763) nach Beendigung des Siebenjährigen Krieges sprach Kanada endgültig Großbritannien zu. Am 18. 6. 1812 erklärte Nordamerika Großbritannien, dessen militärische Kräfte es in den Napoleonischen Kriegen gebunden wußte, den Krieg, um Einfluß in Kanada zu gewinnen. An den Grenzen fanden Gefechte statt, u. a. bei den Niagarafällen; die Vereinigten Staaten besetzten 1813 Detroit. Die Briten begannen mit einer Blockade der amerikanischen Häfen, legten den Seehandel brach und landeten Soldaten.
auf der Iberischen Halbinsel – Gemeint sind die militärischen Auseinandersetzungen zwischen Frankreich und England in Spanien von 1808 bis 1814. Vgl. Anm. *Spanischer Krieg* zu Band 1, S. 65.
New Orleans – Der Friede nach dem englisch-nordamerikanischen Krieg von 1812 bis 1814 war schon in Gent geschlossen, als die Briten in Unkenntnis des Vertrages am 8. 1. 1815 die Stadt New Orleans angriffen und von den Truppen der Vereinigten Staaten unter schweren Verlusten zurückgeschlagen wurden.
86 *Mais, madame* ... – (franz.) Aber Madame ... Schweigen Sie, Madame, lassen Sie mich bitte in Ruhe.
Vous n'avez pas droit ... – (franz.) Sie haben nicht das Recht, Mademoiselle Baynes Kleine zu nennen!
Simson – Vgl. Anm. *Delila* zu Band 1, S. 179.
Omphale – Vgl. Anm. zu Band 1, S. 339.
89 *Titularmajor* – Patent, das einen Offizier provisorisch zu einem höheren Rang erhebt, ohne daß er den Sold desselben bezieht.
Au nom de Dieu ... – (franz.) In Gottes Namen, Madame, denken Sie an die arme Kleine, die nebenan leidet.
Nappleh ... – (schlechtes Französisch) Nennen Sie Mademoiselle Baynes bitte nicht Kleine.
90 *Toujours comme ça* ... – (franz.) Immer so streiten, wissen Sie, und dann versöhnen ...
Ligny – Dorf in der belgischen Provinz Namur, nordöstlich von Charleroi. Der preußische Feldmarschall Blücher, der in der Gegend seines Hauptquartiers in Namur 116000 Soldaten zur Verfügung hatte, wurde am 16. 6. 1815 (kurz vor der Schlacht von Waterloo) bei Ligny, wo 83000 Mann standen, von 71000 Franzosen besiegt.

90 *Quatre-Bras* – In der Schlacht bei Quatrebras, einem Weiler in der belgischen Provinz Brabant, siegte Wellington am 16. 6. 1815 über die französischen Truppen unter Ney. Der französische Reiterangriff scheiterte an dem Widerstand des preußischen und englischen Fußvolks.
Waterloo – Bei Waterloo, einem Dorf in der belgischen Provinz Brabant, wurde am 18. 6. 1815 die letzte Schlacht in den Befreiungskriegen gegen Napoleon geschlagen. Sie endete mit dem Sieg der verbündeten Truppen unter Wellington und Blücher. Beide trafen sich um 21.15 Uhr als Sieger im Meiereihof la Belle-Alliance. 45000 Tote blieben auf dem Schlachtfeld zurück.
91 *heiliger George* – Der Schutzpatron Englands, um den sich viele Legenden ranken, soll in Kappadokien, einer Landschaft an der Schwarzmeerküste, geboren worden sein. Er tötete u. a. einen Drachen, als dieser eine Königstochter verschlingen wollte.
der olympische Zeus – In der griechischen Sage der Vater der Götter und Menschen auf dem Olymp.
94 *Une mère . . .* – (franz.) Eine Mutter, eine schöne Mutter, meiner Treu.
octroi – (franz.) Zoll.
vendetta – (ital.) Rache.
Moses und Aaron – Nach dem Alten Testament war Moses der um drei Jahre jüngere Bruder des Aaron; dieser wurde Moses bei dessen Berufung als Sprecher und Prophet beigegeben.
95 *Allons* – (franz.) Vorwärts; wohlan.
96 *cheval de bataille* – (franz.) Schlachtroß.
98 *réverbères* – (franz.) Straßenlaternen.
99 *en faction* – (franz.) auf Posten.
bonnet de nuit – (franz.) Nachthaube.
101 *mon ami* – (franz.) mein Freund.
Zoffany – John Zoffany (1733–1810), Maler deutsch-böhmischer Herkunft; er erhielt seine Ausbildung in Rom und Florenz und kam 1761 nach England, wo er 1768 die Royal Academy mitbegründete. Seinen ersten Erfolg hatte er in London mit einem Rollenbildnis des Schauspielers David Garrick (1763). Das Gemälde „Garrick and Mrs. Pritchard as Macbeth and Lady Macbeth" zeigt die beiden Schauspieler vor gotischer Kulisse; Macbeth wird durch die in zeitgenössischem Stil reichgestickte Weste und einen prächtigen Rock als Edelmann von hohem Rang charakterisiert.
Garrick – David Garrick (1717–1779), der berühmteste Schauspieler des 18. Jahrhunderts in tragischen wie in komischen Rollen; als Darsteller von Shakespearehelden, vor allem als Hamlet, gefeiert; ab 1747 war er Direktor des Drury Lane Theatre in London und angesehenes Mitglied in Johnsons literarischem Zirkel. Er wurde u. a. von Reynolds, Hogarth, Gainsborough gemalt.
Mrs. Pritchard – Hannah Pritchard (1711–1768), Schauspielerin. Sie trat zunächst am Haymarket Theatre, dann unter Garrick am Drury Lane Theatre auf und wurde vor allem als Lady Macbeth und als Titelheldin in Samuel Johnsons Tragödie „Irene" (1736 verfaßt; 1749 aufgeführt) gefeiert.
102 *„Dein Volk ist mein Volk"* – Vgl. Altes Testament, Ruth 1, 16.
Palais-Royal – Vgl. Anm. zu S. 32.

102 *Grand Opera* – Opernaufführungen der Académie de Musique, dem Vorläufer der Grand Opéra, die erst 1875 eröffnet wurde, fanden in der Salle de la Rue le Peletier statt. Die Opéra-Comique befand sich Place Boieldieu.

Iphigenie – In der griechischen Sage die Tochter des Agamemnon und der Klytämnestra. Um die Göttin Artemis zu versöhnen, die mit Windstille die Ausfahrt der griechischen Flotte in den Trojanischen Krieg verhinderte, will der Vater Iphigenie auf Aulis opfern; sie wird jedoch von Artemis gerettet und als Priesterin zu den Tauriern entrückt.

103 *Sepoy* – Einheimischer Soldat der ehemaligen britischen Kolonialarmee in Indien.

104 *Ah, madame...* – (schlechtes Französisch) Ah, Madame, wie gut das Rindfleisch heute ist, ich liebe nichts so sehr wie Eintopf.

„Barbier von Sevilla“ – Oper (1816) von Gioacchino Rossini. Doktor Bartolo bewacht sein schönes Mündel Rosina, auf deren Geld er aus ist, streng; Rosina liebt Lindoro, den verkleideten Grafen Almaviva, und erhält ihn nach einigen Verwicklungen zum Gemahl.

105 *Lord Chesterfield* – Philip Dormer Stanhope, Graf von Chesterfield (1694–1773), Whigpolitiker, brillanter Redner im Oberhaus und Schöngeist; Oberkammerherr des Prinzen von Wales. Er führte ein galantes, ausschweifendes Leben, galt als Mann von mannigfachem Talent und frönte dem Spiel. Er war u. a. mit Pope und Voltaire befreundet. Von 1728 bis 1732 und 1744 war er Botschafter im Haag. Im Chesterfield House in London und auf seinem Landsitz in Blackheath legte er eine wertvolle Gemäldesammlung an. Seine „Letters to his Son“ („Briefe an den Sohn“) mit Anweisungen zur vornehmen Lebensführung erschienen postum 1774.

St. Martin's Alley – Das ist der Boulevard Saint-Martin in Paris.

106 *ruche* – (franz.) Rüsche.

„Tortoni“ – Elegantes, teures Café am Boulevard des Italiens Nr. 22.

chapeau – (franz.) Hut.

107 *„Goody Two-Shoes“* – Das Kindermärchen, vermutlich von Oliver Goldsmith verfaßt, erschien 1765 bei dem Verleger John Newbery in St. Paul's Churchyard, London.

Guignol – Vgl. Anm. zu S. 9.

Taglioni – Maria Taglioni (1804–1884), italienische Tänzerin. Sie trat als Primaballerina erstmals 1829 in London auf und feierte auch in Paris, u. a. in der Klosterszene von Giacomo Meyerbeers Oper „Robert der Teufel“ (1831), und in Berlin Triumphe. Thackeray bewunderte sie ebenfalls, seit er sie in Paris gesehen hatte. Sie kreierte einen neuen schwerelosen Spitzentanz. In dem romantischen Ballett „La Sylphide“, das Filipo Taglioni für seine Tochter 1832 geschaffen hatte, kam ihr Stil, unterstützt von der neuartigen Gasbeleuchtung, voll zur Wirkung.

Noblet – Lise Noblet (1801–1852), französische Tänzerin.

108 *chiffonier* – (franz.) Lumpensammler.

109 *pawnee* – (anglo-indisch) Wasser.

Obbligato – (ital.) Eine selbständig geführte Stimme.

Mille pardong... – (schlechtes Französisch) Tausendmal Verzeihung, Monsieur, ich bitte tausendmal um Verzeihung.

111 *un bon bouillon* – (franz.) eine gute Brühe.

114 *n'est-ce pas?* – (franz.) nicht wahr?
Doucement! – (franz.) Langsam!
Bourse – Die Pariser Börse wurde auf Anordnung Napoleons von 1808 bis 1826 als Nachbildung des römischen Vespasiantempels von den Architekten Brongniart und Labarre an der Rue Vivienne erbaut.
117 *Bon courage* – (franz.) Nur Mut.
C'est moi . . . – (franz.) Ich bin es, mein Freund.
118 *d'abord* – (franz.) zunächst.
grande nouvelle – (franz.) große Neuigkeit.
Laffitte & Caillard – Vgl. Anm. zu Band 1, S. 310.
Tiens, il l'embrasse . . . – (franz.) Sieh mal an, er küßt die Alte noch. Mir jedenfalls würde das nicht gefallen.
119 *Styx* – In der griechischen Sage der düstere Grenzfluß, der aus dem Okeanos in die Unterwelt fließt.
Inférieur – (franz.) Tiefer gelegen.
120 *Folkestone* – Vgl. Anm. zu Band 1, S. 273.
Niobe – In der griechischen Sage Tochter des Königs Tantalos, Frau des Königs Amphion von Theben. Stolz auf ihre Kinder (7 Söhne und 7 Töchter), verhöhnte sie Leto, die nur zwei Kinder, Apollon und Artemis, hatte. Diese töteten wegen der Schmähung ihrer Mutter mit Pfeilen alle Kinder der Niobe. Sie wurde in einen weinenden Felsen verwandelt.
Gott des silbernen Bogens – Das ist der griechische Gott des Lichts, Apollon, der strafende Bogenschütze.
Coupé – Zweisitzige Kutsche bzw. die vordere Abteilung einer Postkutsche.
122 *Courage . . .* – (franz.) Mut, mein Kind.
Descendons! – (franz.) Aussteigen!
„Lion Noir“ – „Schwarzer Löwe“.
Bureaux des Messageries – Kontor eines Personen- und Frachtfuhrunternehmens.
123 *Messageries Royales* – Königliches (öffentliches) Fuhrunternehmen für Personen, Gepäck und Fracht.
„Ecu de France“ – „Zum Wappen von Frankreich“.
124 *carpe diem* – (lat.) nutze den Tag. Vgl. Horaz, „Oden“, 1, 11, 8.
fugit hora – (lat.) die Stunde flieht. Vgl. Horaz, „Oden“, 3, 2, 9.
Gare! – (franz.) Achtung! Vorsicht!
Quentin Durward – Held des gleichnamigen Romans (1823) von Walter Scott, der im 15. Jahrhundert in Frankreich und den Niederlanden spielt und das Leben Ludwigs XI. und seiner Zeitgenossen zum Gegenstand hat. Der junge schottische Ritter Quentin Durward gewinnt nach vielen Abenteuern die Hand Isabelle de Croyes, einer edlen Gräfin aus Burgund.
„Ah, County Guy, die Stund ist nah“ – Zitat aus Scotts Roman „Quentin Durward“, 4. Kapitel.
125 *„Faisan“* – Das „Grand-Hôtel au Faisan“ befand sich Rue Nationale Nr. 17 in Tours.
eine edle Erbin – Isabelle de Croye, Heldin aus Scotts „Quentin Durward“.
der Eber der Ardennen – Das ist der intrigante William de la Marck, eine Nebenfigur aus Scotts „Quentin Durward“.
hure – (franz.) Kopf.

126 *Arbeitshaus* – Die bis zu Beginn der dreißiger Jahre des 19. Jahrhunderts geltende Armengesetzgebung (seit 1601) übertrug den Gemeinden die Sorge für Arbeitslose und Arbeitsunfähige, die diese nach unterschiedlichem Ermessen unterstützten. Das neue Armengesetz (Poor Law Amendment) wurde 1834 auf Betreiben der Whigregierung verabschiedet und sah die Einrichtung von Arbeitshäusern vor, in denen die Armen zur Arbeit verpflichtet wurden – denn ironischerweise galt Faulheit als Hauptgrund der Armut. Im Arbeitshaus sollten die arbeitsfähigen Armen samt Familie unter Trennung der Geschlechter ein Obdach finden und gemeinsam unter Aufsicht arbeiten. Die Zustände dort waren unerträglich.

Belgrave Square – Platz mit Stadtpalästen der Aristokratie im Mittelpunkt des Stadtteils Belgravia im Bezirk Westminster, südlich des Hyde Park.

127 *Carabas* – Nach Perrault und Béranger auch Name in Thackerays „The Book of Snobs" (1848).

„Monitor" – Eine ab 1755 erscheinende politische Wochenzeitschrift, die die Whigpolitik vertrat.

128 *Roger Bontemps* – Die allegorische Figur des Bon Temps tritt in französischen mittelalterlichen Moralitäten auf. Als Roger Bontemps verkörpert die Figur Hoffnungen, Ängste und Illusionen des Volkes. In Pierre Jean Bérangers (1780–1857) Lied „Roger Bontemps" ist er fröhlich, sorglos und voller einfacher Vergnügen.

129 *Diogenes* – Vgl. Anm. zu Band 1, S. 212.

chez M. le Major – (franz.) bei Herrn Major.

130 *Don Quichotte* – Der tragikomische, weltfremde Titelheld des berühmten Romans (1605–1615) von Miguel de Cervantes Saavedra (1547–1616); seine Angebetete ist die dörfliche Schöne Dulcinea.

131 *Antar* – Held des anonymen arabischen Heldenromans, der mit vielen einzelnen eingeschobenen Märchen und Erzählungen ausgeschmückt ist. Dessen Zentralfigur, der vorislamische Dichter 'Antara ibn Saddad (6. Jahrhundert), verficht Ideale wie Mannesmut, Freundes- und Stammestreue, Schutz der Schwachen und Gastlichkeit.

Tenez ... – (franz.) Sehen Sie, Monsieur Philippe.

Ce pauvre général – (franz.) Der arme General.

132 *bêtise* – (franz.) Torheit.

Ariadne – Tochter des kretischen Königs Minos, die Theseus ein Garnknäuel gab, damit er an dessen Faden nach Tötung des Minotaurus den Rückweg aus dem Labyrinth fände. Sie folgte Theseus, der ihr die Ehe versprach, wurde aber im Schlaf von ihm auf der Insel Naxos zurückgelassen. Dionysos (Bacchus) nahm sich der Verzweifelten an und machte sie zu seiner Frau.

Smith' „Lexikon" – Sir William Smith (1813–1893) gab die Nachschlagewerke zur Antike, das „Dictionary of Greek and Roman Antiquities" (1842) und das „Dictionary of Greek and Roman Biography and Mythology" (1844–1849) heraus und ebenso ein „Dictionary of the Bible" (1860/63).

133 *navrant* – (franz.) herzzerreißend.

138 *Raymond Buildings* – Gebäude im Komplex von Gray's Inn, der Londoner Advokateninnung, benannt nach dem Lordoberrichter Sir Thomas Raymond (1627–1683).

139 *Montmartre* – Im Norden von Paris befindet sich der große Friedhof Cimetière Montmartre ou du Nord.

140 *Xerxes* – Perserkönig 486 bis 465 v. u. Z., Sohn und Nachfolger Dareios' I. Er setzte die Eroberungskriege seines Vaters gegen Griechenland fort, erlitt jedoch Niederlagen u. a. bei Salamis und Mykale. Wegen seiner politischen Mißerfolge wurde er 465 v. u. Z. durch eine Adelsverschwörung ermordet.

Bobadill – Figur eines alten Soldaten, eitel und großspurig, prahlerisch und feige, bemerkenswert wegen seiner Würde und seines Gehabes, aus Ben Jonsons Komödie „Every Man in His Humour" (Jedermann spielt seine Rolle, 1599).

Marlborough – Vgl. Anm. zu Band 1, S. 348.

meum, tuum – (lat.) mein und dein.

141 *Rue de Grammont* – Im Norden von Paris an der Place Boieldieu gelegen; sie führt zum Boulevard des Italiens.

145 *dixi* – (lat.) Ich habe es gesagt; basta!

147 *ces pauvres gens* – (franz.) diese armen Leute.

148 *Tory, Whig* – Vgl. Anm. zu Band 1, S. 65.

149 *„Das Kleeblatt"* – Fiktiver Name einer Zeitschrift; das Kleeblatt (shamrock) gilt als Wahrzeichen Irlands.

Patrickstag – Der heilige Patrick, Apostel und Schutzheiliger Irlands, hat seinen Namenstag am 17. März.

150 *Dame Street* – Straße im Londoner Bezirk Islington.

der Sachse – Hier für den Angelsachsen gebraucht, im Gegensatz zu den Iren oder Schotten.

„Herald" – Der „Morning Herald" wurde 1781 von Sir Henry Bate Dudley gegründet und erschien bis 1869. In den Jahren 1835 bis 1845 betrug die tägliche Auflage 6000 Exemplare; er galt eine Zeitlang als wichtigstes Toryblatt.

„Post" – Die „Morning Post" ist die älteste Londoner Tageszeitung (1772 gegründet); um 1850 wurden nur 3000 Exemplare täglich verkauft.

152 *censor morum* – (lat.) Sittenrichter.

Westminster – Londoner Bezirk mit dem St.-James-Palast, dem Buckingham-Palast, dem Parlament und anderen Regierungsgebäuden und der Westminster Abbey.

153 *tapis* – (franz.) aufs Tapet (bringen).

à qui mieux – (franz.) um die Wette.

158 *Taglioni* – Vgl. Anm. zu S. 107.

Tom Sayers – Vgl. Anm. zu Band 1, S. 51.

Chevalier Bayard – Pierre du Terrail, Seigneur de Bayard (um 1473–1524), *der* französische „Ritter ohne Furcht und Tadel", tapferer Held in den italienischen Feldzügen Karls VIII., Ludwigs XII. und Franz' I. Er kämpfte 1503 in Neapel gegen die Spanier und verteidigte allein eine Brücke gegen 200 Reiter.

canard – (franz.) Ente.

Panorama, Diorama – In London gab es seinerzeit eine ganze Reihe von Schaustellungen, in denen auf Leinwand gemalte Bilder durch wechselnde Lichteffekte und die Einbeziehung plastischer Elemente und beweglicher Staffage, die Tiefe und Weiträumigkeit vortäuschten, „belebt" wurden. Der irische Porträtmaler Robert Barker eröffnete 1793 am Leicester Square in

London das erste Panorama, das bis 1863 bestand. Der Schwager Louis Daguerres, John Arrowsmith, gründete 1823 am Park Square East ein Diorama nach dem Pariser Vorbild. Im Panorama am Regent's Park, dem „Colosseum", einer Art Pantheon (entworfen von Decimus Burton) mit einem zylindrischen, verglasten Turm, wurde ab 1829 ein Rundblick von London gezeigt, ebenso Paris bei Nacht, die Schweizer Alpen. Besucher wurden mit dampfgetriebenen Lifts auf erhöhte Galerien gehoben und konnten von oben alles betrachten; es gab ein Spiegelkabinett, ein Theater usw. Im Jahr der großen Weltausstellung von 1851 waren Panoramen äußerst beliebt. In der Albany Street konnte man das Erdbeben von Lissabon mit ansteigenden Fluten, Erschütterungen usw. miterleben; außerdem gab es die Grand tour, den Besuch im Heiligen Land, die Ersteigung des Mont Blanc, Ballonfahrten. Um 1860 wurden die Panoramen von einer Flut von illustrierten, reich ausgeschmückten Magazinen abgelöst, die Sensationen und Schreckensmeldungen direkt ins Haus lieferten.

161 *Pump Court* – Ein mit Bogengängen versehener kleiner Platz an der Middle Temple Lane, 1680 angelegt; Sitz von Anwälten. Vgl. Anm. *Temple* zu Band 1, S. 32.

162 *Pentonville* – Um 1773 entstanden auf freiem Feld in Clerkenwell am Nordrand der City von London eine Reihe von Häusern; sie wurden von Henry Penton (gest. 1812) erbaut.

Islington – Seinerzeit kleiner Ort, inmitten von Wiesen und Sümpfen gelegen, ein beliebtes Ausflugsziel der Londoner Bürger.

165 *vous concevez* – (franz.) Sie verstehen.

167 *Non sum dignus* – (lat.) Ich bin nicht wert (daß du unter mein Dach gehest). Vgl. Neues Testament, Matthäus 8, 8.

Fortuna – Die römische Göttin des Glücks, Zufalls, Gelingens.

170 *„Garryowen na gloria"* – Altes irisches Lied.

Westminster Abbey – Ehemaliges Kloster, das im 13. und 16. Jahrhundert erweitert wurde; in der Kirche wurden viele Könige gekrönt und begraben. Sie enthält auch Grabstätten, Denkmäler, Grabplatten, Statuen und Büsten zahlreicher Staatsmänner, Gelehrter, Dichter und Künstler.

à deux – (franz.) zu zweit.

171 *Milton* – John Milton (1608–1674), Dichter und Pamphletist; er schrieb u. a. das Epos „Paradise Lost" (Das verlorene Paradies, 1658/67), das in Blankversen die Ausstoßung Satans aus dem Himmel und den Sündenfall der ersten Menschen Adam und Eva schildert.

Totenschild – Eine quadratische oder rhombische Tafel mit dem Wappenschild des Verstorbenen wurde an der Vorderfront seines Hauses aufgestellt oder ausgehängt.

Imogene, Alonzo – Helden der Ballade „Alonzo the Brave and the Fair Imogene" von Matthew Gregory Lewis (1775–1818), der vor allem mit dem Schauerroman „Ambrosio, or, The Monk" (Der Mönch, 1796) bekannt wurde.

172 *fumum* – (lat.) dem Qualm, dem Rauch.

strepitum – (lat.) dem Lärm.

opes – (lat.) dem Reichtum.

au courant – (franz.) auf dem laufenden.

173 *Barrister* – In England höchste Stufe der juristischen Sachwalter (counsels). – Den Anwälten (solicitors, attorneys) fällt die Vorbereitung des Prozesses zu, bis die Sache dem Advokaten (barrister) zum mündlichen Vortrag vor dem Gericht übergeben werden kann. Der Barrister darf nur nach vorheriger Zulassung bei Gericht praktizieren, was das Bestehen einer Prüfung nach fünfjähriger Referendarzeit voraussetzt. Er plädiert an den höheren Gerichten und verhandelt nicht mit den Parteien.
Leinster – Provinz im Südosten Irlands.
Repeal-Politik – Politik einer Bewegung zur Abschaffung der legislativen Union zwischen Großbritannien und Irland. Ab 1801 war Irland mit England zum Vereinigten Königreich Großbritannien verbunden. Versuche der „Vereinigten Iren", eine Aufhebung (repeal) dieser Union zu bewirken, wurden immer wieder niedergehalten. Einen Aufschwung erhielt die Bewegung 1843.
174 *„Emerald"* – Name einer fiktiven Zeitung; Irland trug den poetischen Beinamen Emerald Island.
Cork – Stadt und Grafschaft im Südwesten Irlands in der Provinz Munster.
W-ll-ngt-n – Wellington war in Peels (vgl. Anm. zu S. 19) zweitem Kabinett 1841 bis 1846 Minister. Von 1828 bis 1830 war er selbst Premierminister.
gobemouches – (franz.) Einfaltspinsel, Maulaffen.
entre nous – (franz.) unter uns.
175 *quicquid agunt homines* – (lat.) was immer die Menschen treiben. Vgl. Juvenal, „Satiren", 1, 85.
farrago libelli – (lat.) der bunte Inhalt des Buches. Vgl. Juvenal, „Satiren", 1, 86.
badauds – (franz.) Gaffer, Schaulustige.
C'est à prendre ou à laisser – (franz.) Die kann man sich nehmen oder nicht.
homme du monde – (franz.) ein Mann von Welt.
179 *Thornhaugh Street* – Vgl. Anm. zu Band 1, S. 44.
182 *per diem* – (lat.) pro Tag.
après – (franz.) danach.
Pinte – Englisches Flüssigkeitsmaß; 1 Pinte = 0,55 l.
mousseline-Gläser – Gläser aus besonders feinem Glas.
183 *Sadduzäer* – Angehörige (und Anhänger) der priesterlichen Führungsschicht des frühen Judentums in Palästina, die in Anerkennung der mosaischen Gebote, die sie wörtlich auslegten, eine strenge Vergeltungslehre vertraten und alle apokalyptischen und pharisäischen Neuerungen verwarfen. Ihre Haltung zum Alltag war jedoch weniger eingeengt als die der Pharisäer.
Tennyson – Vgl. Anm. zu Band 1, S. 225.
184 *rose-tendre* – (franz.) zartrosa.
185 *Shoolbred* – Vornehmes Modewarengeschäft in der Tottenham Court Road Nr. 151-158.
Wardour Street – Vgl. Anm. zu Band 1, S. 28.
St. George's – Vgl. Anm. zu Band 1, S. 286.
cothurnus – Dicksohlige Fußbekleidung zur Erhöhung der Körpergröße der Schauspieler in der antiken Tragödie.
St. James's Park – Der älteste der königlichen Parkanlagen in London. Ursprünglich eine Sumpfwiese in Westminster, die Henry VIII. trockenlegen

und mit einer Mauer umgeben ließ; der Park wurde unter George IV. von 1820 bis 1828 durch seinen Architekten John Nash neu gestaltet.

186 *Tadsch Mahal* – Mausoleum aus weißem Marmor, das der Mogulkaiser Schah Dschahan 1630/48 für seine Lieblingsfrau in Agra errichten ließ.

Negus – Eine Art Punsch aus Wein, Wasser, Zucker, Muskat und Zitrone, benannt nach dem Erfinder Oberst Francis Negus (gest. 1732).

187 *de circonstance* – (franz.) (der Gelegenheit) angemessen.

190 *in extenso* – (lat.) vollständig, ausführlich.

191 *mes enfants* – (franz.) meine Kinder.

jurons – (franz.) Flüche.

193 *rouleau* – (franz.) Rolle.

Vérys Restaurant – Die Brüder Véry, Bauern aus Lothringen, eröffneten 1790 in Paris ein Lokal, das ab 1808 in elegante Räume im Palais-Royal umzog und exquisite Speisen bot.

200 *Haverstock Hill* – Straße im Nordwesten der Londoner City in Richtung Hampstead.

203 *Leigh Hunt* – James Henry Leigh Hunt (1784–1859), Schriftsteller und Essayist, ab 1808 Herausgeber des angesehenen „Examiner". Wegen eines kritischen Artikels über den Prinzregenten (den späteren George IV.) wurden er und sein Bruder John 1813 zu einer zweijährigen Gefängnisstrafe verurteilt; er konnte während der Haft den „Examiner" weiter edieren. Wegen seiner politischen Unerschrockenheit gewann er die Sympathie u. a. von Byron, Thomas Moore, Bentham, Brougham. In Hampstead sammelte er später einen Kreis bedeutender Künstler um sich, u. a. Keats, Shelley, William Hazlitt, Charles Lamb, Bryan Procter. Byron lud ihn 1821 nach Italien zur Herausgabe der Zeitschrift „The Liberal" ein.

Lord Byron – George Gordon, sechster Baron Byron (1788–1824), Dichter der englischen revolutionären Romantik; u. a. das poetische Reisetagebuch „Childe Harold's Pilgrimage" (1812), das Drama „Manfred" (1817) und die dramatische Dichtung „Don Juan" (1819/24).

204 *que celui du domestique . . .* – (franz.) wie der des Dieners, der das Dingsda, den Kohleneimer, gebracht hat.

205 *Palmerston* – Henry John Temple, Viscount Palmerston (1784–1865), Staatsmann; seit 1807 als Tory im Unterhaus; von 1830 bis 1841 (unter Grey) Außenminister und 1846 bis 1851 und 1852 bis 1855 erneut Außenminister; ab 1859 Premierminister. Er bestimmte maßgeblich die Innen- und Außenpolitik jener Jahre.

Der gute alte Herzog – Das ist Wellington. Vgl. Anm. zu Band 1, S. 19.

Apsley House – Vgl. Anm. zu Band 1, S. 141.

206 *Regent's Park* – Vgl. Anm. zu Band 1, S. 145.

210 *non sine gloria militavi* – (lat.) Ich habe nicht ohne Glanz gedient (in der Liebe). Vgl. Horaz, „Oden", 3, 26, 2.

211 *Fifth Avenue* – Seinerzeit elegante Wohngegend der Geldaristokratie in Manhattan, New York, mit den bedeutendsten Hotels und Clubs.

212 *Königin Elizabeth* – Gemeint ist Königin Victoria.

215 *ruat coelum* – (lat.) mag auch der Himmel einstürzen.

218 *Drury Lane* – Das Königliche Theater Drury Lane in der Nähe von Covent Garden, London, wurde 1663 eröffnet, brannte mehrfach nieder und wurde

zum letztenmal 1812 wiederaufgebaut. Es sah auf seiner Bühne berühmte Schauspieler wie Nell Gwynn, David Garrick, Mrs. Sarah Siddons, Peg Woffington, Charles Kean, Joseph Grimaldi und William Charles Macready. Doch in jenen Tagen war die Zeit der glanzvollen Shakespeareaufführungen vorbei. Finanzielle und künstlerische Mißerfolge ruinierten das Theater ab 1831; man hielt sich mit Pantomimen, Zauberkunststücken, Ballett- und Varietévorführungen über Wasser.

218 *Covent Garden* – 1732 von John Rich eröffnetes Theater, das als Schauspielhaus und Opernbühne (u. a. Händel) galt. Nach einem Brand 1808 im Stil des Minervatempels auf der Akropolis neu erbaut, erlebte es bis 1821 eine neue Blüte. 1842 wurde es aus finanziellen Gründen geschlossen und nach kostspieligen Veränderungen als Royal Italian Opera House eingerichtet, das nach einem Maskenball am 5. 3. 1856 abbrannte; im Mai 1858 wurde dort die Covent Garden Opera mit ca. 2000 Plätzen eingeweiht.

220 *Hiob* – Gestalt des Alten Testaments (Hiob 1), die, sprichwörtlich vom Unglück verfolgt, als Inbegriff der Geduld und Frömmigkeit gilt.

223 *Peerswürde* – Vgl. Anm. zu Band 1, S. 65.

224 *Mormonin* – Anhängerin der Religionsgemeinschaft „Kirche Jesu Christi der Heiligen der letzten Tage", die 1830 in Nordamerika von Joseph Smith (1805–1844) begründet wurde. Die Mormonen gestatteten bis 1890 die Ehe eines Mannes mit mehreren Frauen.

ab initio – (lat.) von Anfang an.

225 *Ut vivo et valeo ...* – (lat.) So wahr ich lebe und gesund bin – wenn ich denn gesund bin.

Blackwall – Östlich von London am linken Themseufer gelegener Ort, Greenwich gegenüber.

226 *Benedico benedictus* – (lat.) Als ein Gesegneter danke ich.

Albany – Vgl. Anm. zu Band 1, S. 28.

229 *Ihre H kommen nicht* – Vgl. Anm. *Happetit* zu Band 1, S. 154.

230 *Susanne* – Jüdin in Babylon, Frau des Jojakim, die durch Daniels Weisheit aus schmählicher Verleumdung durch zwei alte Männer, die sie begehrten und im Bade belauschten, gerettet wurde. Vgl. Altes Testament, Apokryphen, Geschichte von Susanna und Daniel.

234 *Res angusta domi* – (lat.) Bescheidener Besitz daheim. Vgl. Juvenal, „Satiren", 3, 165; 6, 357.

236 *tant bien que mal* – (franz.) so recht und schlecht.

Panem nostrum ... – Unser täglich Brot gib uns heute. Vgl. Neues Testament, Matthäus 6, 11.

vor fast zwanzig Jahren auf dem Nil – Thackeray besuchte während seiner Mittelmeerreise von August bis Oktober 1844 auch Alexandria und Kairo.

239 *Delila* – Vgl. Anm. zu Band 1, S. 179.

Omphale – Vgl. Anm. zu Band 1, S. 339.

240 *Barrister* – Vgl. Anm. zu S. 173.

Saison – Vgl. Anm. zu Band 1, S. 67.

242 *Mrs. Candour* – Vgl. Anm. zu Band 1, S. 223.

mea culpa – (lat.) meine Schuld.

Madame de Sévigné – Marie de Rabutin-Chantal, Marquise de Sévigné (1626 bis 1696), französische Briefschriftstellerin. Sie wurde durch etwa 1500

Briefe bekannt, die bereits zu ihren Lebzeiten als eine Art Gesellschaftschronik über Hofereignisse, Theater, Literatur und das Leben im Paris des 17. Jahrhunderts handschriftlich kursierten; ab 1697 erschienen sie in 14 Bänden in Buchform.

244 *de bonne maison* – (franz.) aus gutem Hause.

temp. Geo. I. – zu Zeiten Georges I.; er regierte von 1714 bis 1727.

245 *Bart.* – Baronet.

Knt. – Knight (engl.) = Ritter.

246 *König John* – John ohne Land (1167–1216), König von England seit 1199; er verlor durch eine Niederlage seine französischen Erblande. In dieser Situation erzwangen 1215 die englischen Feudalherren im Bund mit den Städten den Erlaß der Magna Charta Libertatum, die ihnen politische Sonderrechte und Rechtssicherheit gegen königliche Übergriffe garantierte.

Ovid – Publius Ovidius Naso (43 v. u. Z.–18 u. Z.), römischer Dichter.

Franklin – Benjamin Franklin (1706–1790), amerikanischer Staatsmann, Ökonom und Naturforscher, ursprünglich Buchdrucker in Philadelphia. Er war 1754 Abgeordneter des Kongresses in Albany und Mitglied des Kontinentalkongresses 1775, Mitverfasser der amerikanischen Unabhängigkeitserklärung von 1776 und erster Gesandter der Vereinigten Staaten in Europa von 1776 bis 1785.

Lafayette – Marie-Joseph Motier, Marquis de Lafayette (1757–1834), französischer Politiker und General. Er nahm als Freiwilliger am amerikanischen Unabhängigkeitskrieg teil. Nach seiner Wahl als Abgeordneter des Adels in die Generalstände in Paris trat er 1789 zum Dritten Stand über. Aus Furcht vor der weiteren Entwicklung der Revolution gehörte er dem konservativen Klub der Feuillants an. 1830 war er Befehlshaber der Nationalgarden und unterstützte die Thronbesteigung Louis-Philippes.

Washington – George Washington (1732–1799), amerikanischer Staatsmann; Oberbefehlshaber der nordamerikanischen Armee im Unabhängigkeitskrieg; Vorsitzender des Bundeskonvents 1787 und erster Präsident der Vereinigten Staaten von 1789 bis 1797.

Erster Konsul – Napoleon Bonaparte wurde am 9. 11. 1799 durch Staatsstreich Erster Konsul.

Magna Charta – Die Magna Charta Libertatum (Große Urkunde der Freiheiten) wurde am 15. 6. 1215 dem englischen König John von Adel, Klerus und Stadtpatriziat abgenötigt. Sie bestätigte und erweiterte die politischen, wirtschaftlichen und juristischen Privilegien dieser Schichten und ist der Beginn der verfassungsmäßigen Beschränkung der englischen Krone.

Unabhängigkeitserklärung – Die dreizehn britischen Kolonien in Nordamerika erklärten am 4. 7. 1776 offiziell ihre Unabhängigkeit.

Charles I. – Charles I. (vgl. Anm. zu Band 1, S. 75) wurde am 30. 1. 1649 enthauptet, nachdem am 27. 1. 1649 eine parlamentarische Gerichtskommission unter dem Vorsitz von John Bradshaw (1602–1659) einmütig das Todesurteil beschlossen hatte.

249 *Berkeley Square* – Vgl. Anm. zu Band 1, S. 131.

252 *sivopleh* – (schlechtes Französisch) s'il vous plaît = bitte.

Brobdingnag – Das Land der Riesen in Jonathan Swifts satirischem Roman „Gullivers Reisen“ (1726).

255 *Moi qui vous parle* – (franz.) Ich, der ich mit Ihnen spreche.
256 *distraite* – (franz.) zerstreut.
257 *Parchment Buildings* – Vgl. Anm. zu Band 1, S. 79.
„Doktor Luther“ – Vgl. Anm. zu Band 1, S. 115.
Klageschrift – In diesem Fall ein Verhandlungsschriftsatz, d. h. eine kurze Darstellung der Klagepunkte, Beweise usw. als Information von seiten des Solicitors an den Barrister, welcher die Sache vor Gericht (vor dem Parlament) vertritt.
258 *Grands Dieux!* – (franz.) Große Götter!
Bernard Street – 1799 bis 1802 von dem Architekten James Burton auf dem Grund und Boden des Foundling Hospital bebaute Straße am Russell Square.
Eaton Square – Rechteckig langgezogene Straße im vornehmen Londoner Stadtteil Belgravia.
260 *„Nimmer erscheinen die Götter allein“* – Vgl. Friedrich Schiller, „Dithyramben“ (1796). Dort heißt es: „Nimmer, das glaubt mir, / Erscheinen die Götter, / Nimmer allein.“
261 *Milman Street* – 1792 bis 1799 von William Milman, einem reich gewordenen Börsenmakler, angelegte Straße in Bloomsbury; sie zweigt von der Guilford Street ab.
Fondling – Das Foundling Hospitel befand sich in der Guilford Street. Es war 1742 von dem Handelskapitän Thomas Coram (1666–1751) zur Aufnahme ausgesetzter oder elternloser Kinder gegründet worden. Ab 1760 wurde es zum Erziehungshaus für uneheliche Kinder. Die Plätze waren sehr begehrt, da die Zahl auf ca. 560 Kinder beschränkt war. Es erfuhr Unterstützung durch Stiftungen u. a. von Hogarth, Händel.
262 *entendez-vous?* – (franz.) hören Sie?
264 *Danaer* – In den Epen Homers Bezeichnung für die Griechen. Ihr unheilbringendes „Geschenk“ war das hölzerne Pferd, das die griechischen Eroberer Trojas in sich barg und das trotz der Warnung Laokoons von den Trojanern selbst in die Stadt gezogen wurde. Vgl. Vergil, „Äneis“, 2,49.
265 *Doktor Goodenough* – Vgl. Anm. zu Band 1, S. 9.
confrère – (franz.) Fachkollege, Amtsbruder.
268 *Russell Square* – Westlich an die Guilford Street angrenzender, um 1800 großzügig mit Grünflächen angelegter Platz in Bloomsbury.
Brunswick Square – Nördlich der Guilford Street von 1795 bis 1802 angelegter Platz in Bloomsbury.
Ludgate Hill – Die Fleet Street führt in östlicher Verlängerung in die sanft ansteigende Straße Ludgate Hill.
Michaelisquartal – Der 29. September (Michaelis) ist einer der vier traditionellen Quartalstage im englischen Geschäftsleben, an denen u. a. Kündigungen ausgesprochen, Pacht-, Miet- und Lohnverträge erneuert wurden.
270 *Immeritus . . .* – (lat.) Unschuldig an den Sünden der Vorfahren. Vgl. Horaz, „Oden“, 3, 6, 1.
272 *Nec plena cruoris hirudo.* – (lat.) (der Vorleser eigener Verse läßt nicht eher von seinem Opfer ab, als) wenn er wie ein Blutegel sich mit Blut vollgesogen hat. (Vgl. Horaz, „Über die Dichtkunst“, 476.)
homo est – (lat.) ein Mensch ist.

273 *de me* – (lat.) über mich.
Shoolbred – Vgl. Anm. zu S. 185.
Regulus – Marcus Atilius Regulus war 267 und 256 v. u. Z. römischer Konsul. Er siegte 256 v. u. Z. über die Flotte Karthagos, geriet aber in Gefangenschaft. Nach fünf Jahren wurde er nach Rom gesandt, um für Karthago Frieden zu erwirken, doch sprach er sich als Römer gegen den Frieden aus. Er kehrte aber infolge seines Versprechens nach Karthago zurück, wo er grausam zu Tode gefoltert worden sein soll. Er gilt als Muster heroischer Beständigkeit im Unglück.
274 *Abraham, Isaak* – Vgl. Anm. zu Band 1, S. 242.
276 *George IV.* – Prinzregent von 1811 bis 1820; König von 1820 bis 1830.
277 *Master of Arts* – Unterer Grad der philosophischen Fakultät in England.
278 *Judith* – Nach dem Alten Testament (Apokryphen, Judith) tötete sie den ihre Vaterstadt belagernden assyrischen Feldherrn Holofernes.
282 *Gray's Inn, Lincoln's Inn* – Die Areale dieser beiden Advokateninnungen liegen westlich der City von London.
283 *Pump Court* – Vgl. Anm. zu S. 161.
289 *Lombard Street* – Alte Straße in der Londoner City; ursprünglich Sitz lombardischer Kaufleute, die sich als Steuereintreiber für den Papst und als Bankiers betätigten. Der Straßenname wurde später zur Bezeichnung der Londoner Finanz- und Handelswelt; auch allgemein für Pfandleihe gebraucht.
statim sumendus – (lat.) sofort einzuvernehmen.
293 *sapphische Ode* – Nach der griechischen Dichterin Sappho (geb. um 650 v. u. Z.).
294 *Fellow* – Vgl. Anm. zu Band 1, S. 105.
Mietstall – Seinerzeit gab es allenthalben Unternehmen, die Reit- und Kutschenpferde vermieteten; auch konnten eigene Pferde in Unterkunft und Futter gegeben werden.
297 *alkäische Strophe* – Nach dem griechischen Dichter Alkaios (um 600 v. u. Z.).
298 *Shylock* – Der jüdische Geldverleiher in Shakespeares „Kaufmann von Venedig".
309 *High Street* – Eine breite Straße im Zentrum des ehemaligen alten Dorfes Marylebone.
312 *splendide mendax* – (lat.) in ehrenvoller Weise unwahrhaftig. Vgl. Horaz, „Oden", 3, 11, 35.
313 *in statu pupillari* – (lat.) in unmündigem Zustand.
314 *res domi* – (lat.) häuslicher Besitz.
318 *Lilliput* – Das Land der Zwerge in Swifts „Gullivers Reisen".
Brobdingnag – Vgl. Anm. zu S. 252.
Belgrave Square – Vgl. Anm. zu S. 126.
319 *eine Gewisse Person* – der Teufel.
321 *Black's* – So bezeichnet Thackeray hier den Club White's (vgl. Anm. zu Band 1, S. 53).
Mayfair – Vgl. Anm. zu Band 1, S. 66.
326 *William der Eroberer* – Nach dem Tode Edwards des Bekenners (König von England 1042 bis 1066) erhob Herzog William von der Normandie (1027–1087) Thronansprüche gegen Harald von Wessex, drang mit einem

normannischen Heer in England ein und besiegte jenen in der Schlacht von Hastings (14. 10. 1066). Als William I. (der Eroberer) schuf er eine starke Zentralmacht. – Der englische Adel leitete seine Herkunft gern von dieser einstigen normannischen Oberschicht ab.

326 *zirkassisch* – Nach dem kaukasischen Volksstamm der Tscherkessen, die als sprichwörtlich schön galten.

Allons, mon bon monsieur! – (franz.) Los, mein lieber Herr!

327 *St. James's Street* – Sie führt vom St.-James-Palast zur Piccadilly; an ihr liegen eine Reihe vornehmer Clubs, u. a. Crockford's (Nr. 50), White's (Nr. 37), Boodle's (Nr. 28), Brooks's (Nr. 60), Carlton (Nr. 69/70), Union (Nr. 86).

Megatherium – Vgl. Anm. zu Band 1, S. 81. An den Athenaeum Club, Pall Mall Nr. 107, grenzen zwei elegante Bauten im italienischen Renaissancestil an, der Travellers' Club (Nr. 106) und der Reform Club (Nr. 104).

Pall Mall – Vgl. Anm. zu Band 1, S. 56.

330 *Lovelace* – Robert Lovelace, Gestalt aus Samuel Richardsons Briefroman „Clarissa Harlowe" (1747/48), ist ein äußerst attraktiver, vielseitiger, skrupelloser Mann von Welt. Er entführt die wohlerzogene, ehr- und sittsame Clarissa nach London, bringt sie in schlechte Gesellschaft und überwältigt sie, als sie standhaft seinen Annäherungen trotzt, mit Hilfe eines Schlafmittels. Clarissa stirbt vor Schande, während ihn die gerechte Strafe im Duell ereilt.

334 *Proktoren* – Vgl. Anm. zu Band 1, S. 77.

friture – (franz.) Gebackenes, Gebratenes.

335 *„Stern und Hosenband"* – Vgl. Anm. zu Band 1, S. 248.

Phaeton – Eleganter, leichter, zweispänniger Kutschierwagen.

336 *Schaufelhut* – Flacher, breitkrempiger Filzhut der Geistlichen.

337 *jenes römische Merkmal* – Gemeint ist Wellingtons ausgeprägte Adlernase.

338 *esprit de corps* – (franz.) Korpsgeist.

339 *Blind Hookey* – Häufeln; eine Art Kartenspiel.

342 *Foundling* – Vgl. Anm. zu S. 261.

343 *laissez aller* – (franz.) Nachlässigkeit, Zwanglosigkeit.

344 *bonarum literarum* – (lat.) der schönen Literatur.

345 *Jersey* – Die südlichste und größte der britischen Kanalinseln; berühmt wegen der Rinderzucht.

347 *der Mann im Gleichnis* – Vgl. Das Gleichnis vom barmherzigen Samariter, Neues Testament, Lukas 10, 30 ff. Darauf spielt auch Thackerays langer Romantitel zu „Philip" an.

350 *Christie's* – James Christie (1773–1831), Antiquar und Auktionator. Er übernahm von seinem Vater James Christie (1730–1803) das 1766 gegründete Auktionshaus in der Pall Mall. 1823 zog er in Räume in der King Street Nr. 8 um, wo wertvolle Bilder und andere Kunstgegenstände vor allem sonnabends versteigert wurden.

Omnibusse – Der Unternehmer und Kutschenbauer George Shillibeer (1797–1866) stellte seine ersten beiden Omnibusse am 4. 7. 1829 auf der Strecke vom Gasthaus „Yorkshire Stingo" (New Road) zur Bank in der City für täglich 12 Fahrten hin und zurück in Dienst. Die Omnibusse mit Fenstern nach drei Seiten, gezogen von drei Pferden nebeneinander, beförderten 22 Passagiere, konnten jedoch nur breite Straßen passieren. Der Fahrpreis betrug 1 Shilling und schloß die Benutzung einer Zeitung ein. Ab 1834 gab es Busse nach Greenwich und Woolwich; andere Linien kamen hinzu. 1835 erfand man dampfgetriebene Omnibusse.

355 *eine alte Kirche* – Das ist die zu Beginn des 18. Jahrhunderts erbaute Kirche St. George the Martyr am Queen Square in Bloomsbury.

Königin Anne – (1665–1714), seit 1702 Königin von England aus dem Hause der Stuarts, einzige protestantische Vertreterin dieser Dynastie.

Richard Steele – (1672–1729), Dramatiker, Essayist und Politiker, Verfasser und Herausgeber (zusammen mit Joseph Addison) der moralischen Wochenschriften „The Tatler" und „The Spectator". Er wohnte u. a. – um den Gläubigern zu entgehen – in Haverstock Hill, Hampstead, und von 1712 bis 1715 am Bloomsbury Square in der Nähe des Queen Square.

356 *Pantomime* – In England traditionelles Weihnachtsspiel. Es entwickelte sich aus den Harlekinaden des 18. Jahrhunderts, die zunächst als Zugaben nach einem Schauspiel eingeführt wurden. Zeigten sie anfangs Harlekin, Kolombine und Ballette in klassischen Stoffen, so wurde die Pantomime im 19. Jahrhundert eine abendfüllende Unterhaltungsform, oft in burleskem oder romantischem Ton mit akrobatischen und Balletteinlagen. Nun wurden Stoffe aus den Volksbüchern (Dr. Faustus, Jack Sheppard) oder Märchen (Aschenputtel, Rotkäppchen, Aladin) verwendet und das lustige Durcheinander von Clownerie und bekannter Geschichte mit aktuellen Liedern und Anspielungen durchsetzt. – Pantomimen wurden auch jene stummen Melodramen der nichtpatentierten Theater genannt, denen es bis 1843 verboten war, Sprechstücke aufzuführen, und die deshalb auf Revuen, Komödien mit Musik und andere Mischformen sowie auf Ballette, Akrobatik und stummes Spiel auswichen.

357 *Encore une pirouette . . .* – (franz.) Noch eine Pirouette, Colombine! Spring, Harlekin, mein Freund!

Zenotaph – Grabmal auf einem leeren Grab zur Erinnerung an einen woanders Verstorbenen oder verschollenen Toten.

358 *Covent Garden* – Platz und Gegend im Londoner Bezirk Westminster.

Bowery – Geschäftsstraße in Manhattan, New York, und seinerzeit berüchtigt wegen der Tanz- und Spielhallen und der Ganoven.

359 *Foundling Hospital* – Die Konzerte im Foundling Hospital haben eine lange Tradition. 1750 stiftete Georg Friedrich Händel eine Orgel und nahm anläßlich einer „Messias"-Aufführung 7000 Pfund ein. Auch später war der Besuch des Gottesdienstes mit seinen brillanten Predigern und dem Gesang des Knabenchores noch so in Mode, daß Reiche aus ganz London dort ihre Kirchenstühle mieteten.

Quäkerinnen – Anhängerinnen der 1650 von George Fox (1624–1691) begründeten protestantischen Sekte der „Gesellschaft der Freunde" (Society of Friends). Sie lehnten alle äußeren Formen und Dogmen des Glaubens ab, verzichteten u. a. auf Pomp und Schmuck. Ihre Gottesdienste fanden in völliger Stille statt, die nur hin und wieder von spontanen und geistlich inspirierten Äußerungen der Mitglieder unterbrochen wurden. Auch verweigerten die Quäker den Eid und den Kriegsdienst; sie nahmen an, daß über jeden Menschen eine Erleuchtung als Quelle der Gotteserkenntnis und des wahrhaft christlichen Lebens komme.

360 *R. A.* – Royal Academy = Die Königliche Akademie.
361 *Alderman* – (engl.) Ratsherr; auch Vertreter im Grafschaftsrat.
362 *Busaco* – Vgl. Anm. zu Band 1, S. 19.
363 *„Watts"* – William Watts (1752–1851), Graveur; er veröffentlichte 1779 bis 1786 „Seats of the Nobility and Gentry" (Landsitze der Aristokratie und des Landadels).
Aladins Palast – Vgl. die Geschichte „Aladin und die Wunderlampe" aus „Tausendundeiner Nacht".
John und Josiah Boydell – John Boydell (1719–1804), Kunststecher von Landschaften, Kunstdruckhändler und erfolgreicher Verleger von Gravuren, Radierungen; Sheriff von London 1785, Lord Mayor 1790. Er verpflichtete 35 bekannte Künstler – darunter Reynolds, Romney, West, Fuseli, Opie, A. Kauffmann –, um Shakespearestücke zu illustrieren und eröffnete zum Zweck einer ständigen Ausstellung im Juni 1789 die Shakespeare Gallery in der Pall Mall Nr. 52, was seine Mittel überstieg. Sein Neffe Josiah Boydell (1752–1817), ein Maler und Kupferstecher, führte die Kunsthandlung seines Onkels weiter. 1805 erschien in zwei Bänden die „Shakespeare Gallery". Die Galerie selbst wurde 1868 von der British Institution übernommen.
364 *Heliogabalus* – Der syrisch-spätantike Sonnengott und Beiname des Marcus Aurelius Antoninus (204–222), römischer Kaiser seit 218.
Neros Mutter – Agrippina (15–59 u. Z.), römische Kaiserin. Um ihren aus erster Ehe stammenden Sohn Nero auf den Thron zu bringen, ließ sie ihren Mann, Kaiser Claudius, vergiften. Neros anfängliche Dankbarkeit schlug in Mißtrauen um, so daß er seine Mutter durch Soldaten ermorden ließ.
Isispriesterin – Anhängerin der ursprünglich ägyptischen Göttermutter Isis, die seit dem 4. Jahrhundert v. u. Z. Mittelpunkt einer Mysterienreligion mit hierarchischer Priesterschaft war.
366 *„Gazette"* – In der dienstags und sonnabends erscheinenden „London Gazette" (erstmals 1665) wurden amtliche Mitteilungen über Ernennungen, den Handel, die Börse, Bankrotte, Straftaten, Hochzeiten und Sterbefälle der vornehmen Gesellschaft veröffentlicht.
gnädige Herrscherin – Das ist Königin Victoria.
in Portugal – Vgl. Anm. *Busaco* zu Band 1, S. 19.
369 *badauds* – (franz.) Gaffer, Schaulustige.
371 *Contempsi Catilinae gladios* – (lat.) Ich habe Catilinas Schwerter geringgeschätzt. Vgl. Cicero, „Philippische Reden", 2, 118.
Iracundus – Sprechender Name; soviel wie ein Jähzorniger, Aufbrausender.
372 *Squire* – Grundbesitzender Angehöriger des niederen Adels.
373 *Montagues und Capulets* – Die beiden verfeindeten Adelsfamilien aus Verona in Shakespeares Tragödie „Romeo und Julia".
377 *„Seht, der Held und Sieger kommt"* – Zeile eines populären Liedes aus Händels Oratorium „Josua" (1748); der Text stammt von Thomas Morell (1703–1784).
383 *Gelbfieber* – In tropischen Gebieten durch Mücken übertragene Infektionskrankheit. Sie verursacht hohes Fieber, Kopf-, Rücken-, Gliederschmerzen und Schäden an Leber, Niere, Herz und Gehirn.
Roehampton – Seinerzeit Dorf westlich von London mit eleganten Landhäusern der reichen Bürger.

INHALT

Anhang

William Makepeace Thackeray

The Adventures of Philip on His Way through the World Shewing Who Robbed Him, Who Helped Him, and Who Passed Him by

Aus dem Englischen übersetzt
von Ana Maria Brock

Mit Illustrationen
von William Makepeace Thackeray und Frederick Walker
und einem Frontispiz

1. Auflage 1989

Einbandgestaltung Heinz Hellmis
Typographie Peter Birmele
Karl-Marx-Werk, Graphischer Großbetrieb, Pößneck V15/30
Printed in the German Democratic Republic
Lizenznummer 220. 415/21/89
Bestellnummer 618 505 5
I/II 02450

Thackeray, Ges. Werke in Einzelb.
ISBN 3-352-00146-4
Philip 1–2
ISBN 3-352-00296-7